I0733685

THE COLLECTED WORKS OF DULU WANG

王度廬選集

Author of Crouching Tiger, Hidden Dragon

《卧虎藏龙》作者

Wuxia Novels Volume Two

武侠小说集 卷二

大漠雙驚譜

紫鳳鏢

繡帶銀鏢

燕市俠伶

DULU WANG

王度廬

Edited and Modified by Hong Wang

校訂者：王宏

JIANGHU PUBLISHING　江湖出版社

Copyright©2020 by Hong Wang
THE COLLECTED WUXIA WORKS OF DULU WANG
VOLUME TWO
王度廬武俠小說選集卷二

ISBN: 978-1-990113-38-3 (Paperback)
ISBN: 978-1-990113-43-7 (eBook-epub)
ISBN: 978-1-990113-42-0 (eBook-Kindle)

江 湖 出 版 社
JIANGHU PUBLISHING

Jianghu Publishing
PO Box 35075 Fleetwood Postal Outlet
Surrey, BC Canada V4N 9E9
www.jianghubooks.com

出版說明 (PREFACE)

Dulu Wang (1909-1977), was a famous Chinese Wu Xia (which literally means "heroes with martial art skills") writer in the 1930s and 1940s who wrote many novels including Crouching Tiger, Hidden Dragon (臥虎藏龍) Pentalogy which was adapted into a film under the title "Crouching Tiger, Hidden Dragon" by Ang Lee and his colleagues in 2000. Its spectacular action, rhapsodic landscapes and tragic romance have touched audiences in Asia, North America and around the world and won over 40 awards and was nominated for 10 Academy Awards, including Best Picture, and won Best Foreign Language Film, Best Art Direction, Best Original Score and Best Cinematography. In 2019, the film was ranked the 51st in 100 best films of the 21st century list by Guardian.

Wang was less interested in writing about ruthless killings; instead he focused on his characters' development, their emotions, friendship, and passions. Wang had great sympathy for women who suffered cruel oppression by the society, and his novels featured many strong female characters, warriors, and heroines. Most of his stories featured tragic endings. His perfect combination of wuxia, romance and tragedy in his novels have thrilled many critics and readers and this style has influenced many authors. During 1925-1949 Wang published more than 90 novels and thousands of articles and poems.

The Collected Works of Dulu Wang has many Wuxia novels including Crouching Tiger, Hidden Dragon Pentalogy. This Volume Two includes 《 大 漠 雙 鴛 譜 》 The Swordswoman In The Gobi Desert, 《紫鳳鏢》 Phoenix Courier Guards, 《繡帶銀鏢》 Embroidered Belt, Silver Dart, and 《燕市俠伶》 Starring Actor, Hidden Hero.

"The Swordswoman In The Gobi Desert" was published in 1944. The story occurred in Xianjiang Province in China in the early 1880s of Qing Dynasty. A young female knight fought against evils in the Gobi Desert area, saved a kidnaped woman and fell in love with a knight. After she realized she cannot marry anyone because of her lifetime mission to fight against evil, she disappeared in the desert.

"Phoenix Courier Guards" was published in 1946. The story was about a female knight fought against evils with the help of a warrior who later married her. After they killed the evils they lived together peacefully, but she was seriously injured, in both body and mind, and felt unhappy because of her miserable experience and her husband's previous suspicion on her history.

"Embroidered Belt, Silver Dart" was published in 1947. The story occurred in the late Qing Dynasty. The young Liu Defei had outstanding martial arts skills. He once rescued a concubine Xiaofang who was abused in a wealthy family. After that, the two fell in love. The heroine Lu Bao'e, who was good at darts, also fell in love with Liu Defei. She accidentally killed Xiaofang with a dart. Lu Bao'e was remorseful and hanged herself. Liu Defei, then became mentally disordered.

"Starring Actor, HiddenHero" was published in 1948. This story occurred in the Qing Dynasty. A young Qin Opera actor concealed his identity and joined a family school to learn Beijing Opera. His plan was to kill his ene my who tortured his father to death and was a corrupt Minister.

王度廬是中國著名的武俠言情小說作家，在上個世紀三四十年代曾發表过大量小說、雜文、詩詞等作品。《鶴驚昆侖》、《寶劍金釵》、《劍氣珠光》、《臥虎藏龍》、《鐵騎銀瓶》是王度廬創作的武俠悲情小說，通常被合稱為"鶴－鐵五部"。2000年李安導演根據該系列改編的電影《臥虎藏龍》，曾獲得40多個國際電影獎，並榮獲了第73屆奧斯卡最佳外語片等四項大獎。

《王度廬選集》，收入了王度廬先生的包括"鶴－鐵五部"在內的不同時期的作品，王宏並對其做了一些必要整理和訂正。本书为《王度廬武俠小说》第二卷，包括四部作品：《大漠雙鴛譜》The Swordswoman In The Gobi Desert，《紫鳳鏢》Phoenix Courier Guards，《繡帶銀鏢》Embroidered Belt, Silver Dart，《燕市俠伶》Starring Actor, Hidden Hero.

《大漠雙鴛譜》發表於1944年，小說描述了清朝年間在新疆戈壁灘一帶發生的故事。女俠客魏芳雲在為搭救被劫持的女性同當地惡霸和土匪鬥爭的過程中愛上了這個女性的哥哥。後來她意識到，她作為一個被眾人崇拜的女英雄卻難以獲得真正的愛情，於是她便隱身沙漠，終生孤身，行俠作義。

《紫鳳鏢》發表於1946年，描述了一個擅長飛鏢的女俠在一個俠客的幫助下擊敗了宿敵，二人結成良緣。但由於淒慘的經歷，曾有猜忌和悔恨，使得他們雖然相愛，但已經看破紅塵，抑鬱寡歡。

《繡帶銀鏢》發表於1947年，描寫了清末北京武藝超群卻不諳世事的鐵臂英雄劉得飛與在豪門受虐待的小妾小芳和女鏢師盧寶娥之間的愛情糾葛和悲慘的命運。

《燕市俠伶》發表於1948年，描寫了清朝年間一个年輕俠客潛入北京，入戲班學戲，準備在演出時刺殺貪官，以報殺父之仇的故事。

Jianghu Publishing 江湖出版社
www.jianghubooks.com

序 (Foreword)

徐斯年

　　王度廬是位曾被遺忘的作家。許多人重新想起他或剛知道他的名字，都可歸因於影片《臥虎藏龍》榮獲奧斯卡獎。但是，觀賞影片替代不了閱讀原著，不讀小說《臥虎藏龍》（而且必須先看《寶劍金釵》），你就不會知道王度廬與李安的差別。而你若想了解王度廬的"全人"，那又必須盡可能多地閱讀他的其他著作。這部選集收錄了他的一些代表作，這篇序文裏還會提及他的另一些作品，都有助於讀者認知全人。

　　王度廬，原名葆祥，字霄羽，1909 年生於北京一個下層旗人家庭。幼年喪父，舊制高小畢業即步入社會，一邊謀生、一邊自學。十六歲開始，先後在《平報》和《小小日報》發表雜文和連載小說（包括武俠、偵探、社會言情等類別），並曾在《小小日報》開闢個人雜文專欄"談天"，就任該報編輯。1933 年往西安，與李丹荃結婚，曾任陝西省教育廳編審室辦事員和西安《民意報》編輯。1936 年返回北平，繼續賣稿為生。次年赴青島，淪陷後始用筆名"度廬"，在《青島新民報》及南京《京報》發表武俠言情小說，同時發表的社會小說則署名"霄羽"。1949 年赴大連，任大連師範專科學校教員。1953 年調瀋陽，任東北實驗學校（即遼寧省實驗中學）語文教員。文革後期以退休人員身份隨夫人下放昌圖縣農村。1977 年卒於鐵嶺。

　　早在青年時代，王度廬就接受並闡釋過"平民文學"的主張。他的文學思想雖與周作人不盡相同，但在"為人生"這一要點上，他們的觀念是基本一致的。

　　從撰寫《紅綾枕》（1926 年）開始，王度廬的社會小說就把筆力集中於揭示社會的不公，人生的慘淡，以及受侮辱、受損害者命運的悲苦。

　　戀愛和婚姻是五四新文學的一大主題。那時新小說裏追求婚戀自由的男女主人公，面對的阻力主要來自封建家庭和封建禮教，作品多反映"父與子"的衝突——包括對男權的反抗，所以，易卜生筆下的娜拉尤被覺醒的女青年們視為楷模。到了王度廬的筆下，上述衝突轉化成了"金錢與愛情"的矛盾。

　　正如魯迅所說：娜拉衝出家庭之後，倘若不能自立，擺在面前的出路只有兩條——或者墮落，或者"回家"。王度廬則在《虞美人》中寫道："人生"、"青春"和"金錢"，"三者之間是相互聯繫着的"，而在當時的中國社會裏，金錢又對一切起着主導性的作用。他所撰寫的社會言情小說，深刻淋漓地描繪了"金錢"如何成為社會流行的最高價值觀念和唯一價值標準，如何與傳統的父權、男權結合而使它們更加無恥，如何導致社會的險惡和人性的異化。

　　王度廬特別關注女性的命運。他筆下的女主人公多曾追求自立，但是這條道路充滿兇險。范菊英（《落絮飄香》）和田二玉（《晚香玉》）付出了生命的代價；

"

虞婉蘭（《虞美人》）終於發瘋，生不如死。惟有白月梅（《古城新月》）初步實現了自立，但她的前途仍難預料；至於最具"娜拉性格"，而且也更加具備自立條件的祁麗雪，最終選擇的出路卻是"回家"。

這些故事，可用王度廬自己的兩句話加以概括："財色相欺，優柔自誤"（《〈寶劍金釵〉序》）。金錢腐蝕、摧毀愛情，也使人性發生扭曲。人是"社會關係的總和"，他的社會小說正是通過寫人，而使社會的弊端暴露無遺。

在社會小說裏，王度廬經常寫及具有俠義精神的人物，他們扶弱抗強，甚至不惜捨生以取義。這些人物有的寫得很好，如《風塵四傑》裏的天橋四傑和《粉墨嬋娟》裏的方夢漁；有些粗豪角色則寫得並不成功，流於概念化，如《紅綾枕》裏的熊屠戶和《虞美人》裏的禿頭小三。

上述俠義角色與愛情故事裏的男女主人公一樣，也是現代社會中的弱者。作者不止一次地提示讀者：這些俠義人物"應該"生活於古代。這種提示背後隱含着一個問題：現代愛情悲劇裏的那些曠男怨女，如果變成身負絕頂武功的俠士和俠女，生活在快意恩仇的古代江湖，他們的故事和命運將會怎樣？這個問題化為創作動機，便催生出了王度廬的俠情小說，這裏也昭示着它們與作者所撰社會小說的內在聯繫。

《寶劍金釵》標誌着王度廬開始<u>自覺地</u>把撰寫社會言情小說的經驗融入俠情小說的寫作之中，也標誌着他自覺創造"現代武俠悲情小說"這一全新樣式的開端。此書屬於厚積薄發的精品，所以一鳴驚人，奠定了作者成為中國現代武俠悲情小說開山宗師的地位。繼而推出的《劍氣珠光》《鶴驚崑崙》《臥虎藏龍》《鐵騎銀瓶》[1]（與《寶劍金釵》合稱"鶴—鐵五部"）以及《風雨雙龍劍》《彩鳳銀蛇傳》《洛陽豪客》《燕市俠伶》等，都可視為王氏現代武俠悲情小說的代表作或佳作。

作為這些愛情故事主人公的俠士、俠女，他們雖然武藝超群，卻都是"人"而不是"超人"。作者沒有賦予他們保國救民那樣的大任，只讓他們為捍衛"愛的權利"而戰；但是，"愛的責任"又令他們惶恐、糾結。他們馳騁江湖，所向無敵，必要時也敢以武犯禁，但是面對"廟堂"法制，他們又不得不有所顧忌；他們最終發現，最難戰勝的"敵人"竟是"自己"。如果說王度廬的社會小說屬於弱者的社會悲劇，那麼他的武俠悲情小說則是強者的心靈悲劇。

王度廬是位悲劇意識極為強烈的作家。他說："美與缺陷原是一個東西。""向來'大團圓'的玩藝兒總沒有'缺陷美'令人留戀，而且人生本來是一杯苦酒，哪裏來的那麼些'完美'的事情？"（《關於魯海娥之死》）《鶴驚崑崙》和《彩鳳銀蛇傳》裏的"缺陷"是女主人公的死亡和男主人公的悲涼；《寶劍金釵》《臥虎藏龍》《鐵騎銀瓶》裏的"缺陷"都不是男女主角的死亡，而是他們內心深處永難平復的創傷；《風雨雙龍劍》和《洛陽豪客》則用一抹喜劇性的亮色，來反襯這種悲愴。

王度廬把俠情小說提升到心理悲劇的境界，為中國武俠小說史作出了一大貢獻。正如佛洛伊德所說："這裏，造成痛苦的鬥爭是在主角的心靈中進行着，這是一個不同

———————————————————

1　這裏敘述的是發表次序。按故事時序，則《鶴驚崑崙》為第一部，以下依次為《寶劍金釵》《劍氣珠光》《臥虎藏龍》《鐵騎銀瓶》。

衝動之間的鬥爭，這個鬥爭的結束決不是主角的消逝，而是他的一個衝動的消逝”[2]。
這個“衝動”雖因主角的“自我克制”而“消逝”了，但他（她）內心深處的波濤
卻在繼續湧動，以至遺恨終身。

李慕白，是王度廬寫得最為成功的一個男人。

有人說，李慕白是位集儒、釋、道三家人格於一身的大俠；這是該評論者觀
賞電影《臥虎藏龍》的個人感受。至於小說《寶劍金釵》裏的李慕白，他的頭上決
無如此“高大上”的絢麗光環。古龍說得好：王度廬筆下的李慕白，無非是個“失
意的男人”。

在《寶劍金釵》裏，李慕白始終糾結於“情”和“義”的矛盾衝突，他最終
選擇了捨情取義，但所選的“義”中卻又滲透着難以言說的“情”。手刃巨奸如囊
中取物，李慕白做得非常輕易；但是他又投案伏法，付出的代價極其沉重。他做這
些都是自願的，又都是並不自願的。出發除奸之前，作者讓他在安定門城牆下的草
地上作了一番內心自剖，這段自剖深刻地展示着他的“失意”，這種心態可以概括
為三個字——“不甘心”。

早期王度廬曾以“柳今”為筆名發表雜文《憔悴》，其中寫及自己當時的心態，
與上述李慕白的自剖如出一轍。而在《紅綾枕》中，男主角戚雪橋為愛人營墓、祭
掃時的一段內心獨白，其心態又與柳今極其相似。於是，我們看到了王度廬、柳今、
戚雪橋（還有一些其他作品裏的男性角色）與李慕白之間的聯係——李慕白的故事，
是戚雪橋們的白日夢；戚雪橋、李慕白們的故事，則是柳今、王度廬的白日夢。

不把李慕白這個大俠寫成一位“高大上”的“完人”，而把他寫成一個“失
意的男人”，這是王度廬顛覆傳統“俠義敘事”，在中國武俠小說史上作出的一大
貢獻。

玉嬌龍，是王度廬寫得最為成功的一個女人。

玉嬌龍的性格與《古城新月》裏的祁麗雪有相似之處，但是她的叛逆精神更
加決絕、更加徹底。為了自由的愛情，她捨棄了骨肉的親情；同時，她也捨棄了貴
胄生活，選擇了荊棘江湖，捨棄了“城市文明”，選擇了草莽蠻荒。

對玉嬌龍來說，最難割捨的是親情；最難獲得的，是理想的婚姻。她發現自
己選擇羅小虎未免有點莽撞，所以又離開了他。她獲得了自由的愛情，卻在事實上
拒絕了自由的婚姻。這與其說反映着“禮教觀念殘餘”、“貴族階級局限”，不如
說是對文化差異的正視。儘管如此，這位“古代娜拉”並未“回家”，而是毅然決
然地踏上一條不歸路。這條路是悲涼的，同時又是壯美的。

— — — — — — — — — — — — — — — — —

2　佛洛伊德：《戲劇中的精神變態人物》（張喚民譯），《二十世紀西方美學名著選》
　（上），第 410 頁，復旦大學出版社，1987，上海。

　　玉嬌龍和李慕白都是"跨卷人物"。《劍氣珠光》裏的李慕白寫得不好，因為背離了《寶劍金釵》中業已形成的性格邏輯。《鐵騎銀瓶》裏的玉嬌龍則寫得很好，她青年時代的浪漫愛情，此時已經昇華為偉大的、無私的母愛。她青年時代的夢想，終於在愛子和養女的身上得以成真，但是他們攜手歸隱時的心態，也與母親一樣充滿遺憾。

　　王度廬的上述成就，都是對於傳統武俠敘事的揚棄，這使他的武俠悲情小說擁有了現代精神。

　　王度廬又是一位京旗作家。

　　清朝定都北京之後，即將內城所居漢人一律遷出，由八旗分駐內城八區。王度廬家住地安門內的"後門裏"，其父是內務府上駟院的一個小職員。王氏一族當屬擁有滿洲旗份的"漢姓人"，雖無滿族血統，卻浸潤着滿族文化。

　　滿人崛起於白山黑水之間，民族性格剛毅尚武，自立自強，粗獷豪放。入關定鼎之後，宴安日久，八旗制度的內在弊端開始呈現，"八旗生計"問題日益突出，以至最終導致嚴重的存亡危機。王度廬出生時，恰逢取消"鐵杆莊稼"（即旗人原本享受的"俸祿"），父親又早逝，全家陷於接近赤貧的境地。他的早期雜文經常寫到"經濟的壓迫"，"身世的飄泊，學業的荒蕪"，疾病的"纏身"，始終無法擺脫"整天奔窩頭"的境況。他的許多社會小說及其主人公的經歷、心境，也都寄託着同樣的身世之感和頹喪情緒。這種刻骨銘心的痛楚，蘊含着當時旗人不可避免的噩運，漢族讀者是難以體會這種特殊苦痛的。

　　同時，王度廬又十分景仰滿族優秀的民族精神。他的作品，明確書寫旗人生活的有十多部；他所塑造的許多旗籍人物身上，都寄託着對民族精神的追憶和期許。

　　從這個角度考察玉嬌龍，首先令人想到滿族的"尊女"傳統。這一傳統的形成至少出於四點原因：一、對母係氏族社會的清晰記憶；二、以採集、漁獵為主的傳統經濟，決定了男女社會分工趨於平等；三、入關之前未經歷很多封建過程；四、旗族少女在理論上都有"選秀入宮"機會，所以家族內部皆以"小姑為大"。[3]玉嬌龍那昂揚的生命力，正是滿族少女普遍性格的文學昇華。《寶刀飛》可能是第一部把入宮前的慈禧，作為一位純真、浪漫而又不無"野心"的旗族姑娘加以描繪的小說。作者以"正筆"書寫入宮前的她，用"側筆"續寫成為"西宮娘娘"之後的她，沉重的歷史感裏蘊涵幾分惋惜，情感上極具"旗族特色"。

　　在《寶劍金釵》和《臥虎藏龍》裏，德嘯峰雖非主人公，卻可視為旗籍"貴胄之俠"的典型。他沉穩、老練，善於謀劃，善於掌控全域，比李慕白更加"拿得起、放得下"。他的身上比較完整地體現着金啟孮所說京城旗人遊俠的三個特徵：一、淩強而不欺下，一般人對他們沒有什麼惡感。二、多在八旗人居住的內城活動，沒什麼民族矛盾的辮子可抓。三、偶或觸犯權勢，但不具備"大逆不道"的證據，故多默默無聞。[4]鐵貝勒、邱廣超和《彩鳳銀蛇傳》裏的謝慰臣都屬此類人物。

3　參閱關紀新《多元背景下的一種閱讀——滿族文學與文化論稿》，第219頁，遼寧民族出版社，2013，瀋陽。
4　參閱關紀新《老舍與滿族文化》第80頁所引，遼寧民族出版社，2008，瀋陽。

　　進入民國之後，由於政治、經濟原因，京中旗人的精神狀態呈現更趨萎靡甚至墮落之勢（《晚香玉》裏的田迂子即為典型），但是王度廬從閭巷之中找到了民族精神的正面傳承。《風塵四傑》實際寫了五個"閭巷之俠"——那位"有學有品而窮光蛋"[5]的"我"，也算一個"不武之俠"。作者清楚地認識到：雖然如今早非"俠的時代"，但是天橋"四傑"[6]身上那種捍衛正義，向善疾惡，剛健、豁達、堅韌、仗義、樂觀的民族精神，卻是值得弘揚光大的。這已不僅僅是對旗族的期許，更是對重振中華民族傳統美德的期許。

　　凡是旗人，都無法回避對於清王朝的評價。王度廬在雜文裏認為，"大清國歇業，溥掌櫃回老家"[7]乃是歷史的必然，人民期盼的是真正實現"五族共和"。他更在兩部算不上傑作的小說中，以傳奇筆法描繪了兩位清朝"盛世聖君"的形象。《雍正與年羹堯》裏的胤禛既胸懷雄才大略，又善施陰謀詭計。他利用"江南八俠"的"復明"活動實現自己奪嫡、登基的計劃，又在目的達到之後斷然剪除"八俠"勢力。但是，他對漢族的"復明"意志及其能量，卻日夜心懷惕懼，以至"留下密旨，勸他的兒子登基以後，要相機行事，而使全國恢復漢家的衣冠"。書中還有一位不起眼的小角色——跟着胤禛闖蕩江湖的"小常隨"，他與八俠相交甚密，又很忠於胤禛。"兩邊都要報恩"的尖銳矛盾，導致他最終撞牆而殉。作者展示的絕不限於"義氣"，這裏更加突出表現的是對漢族的負疚感和對民族殺伐史的深沉痛楚。王度廬對歷史的反思已經出離於本民族的"興亡得失"，上升為一種"超民族"的普世人文關懷。《金
剛玉寶劍》中的乾隆，則被寫成一個孤獨落寞的衰朽老人，這一形象同樣透露着作者的上述歷史觀。

　　滿族入關後吸收漢族文化，"尚武"精神轉向"重文"。有清一代，湧現出了納蘭性德、曹雪芹、文康等傑出滿族作家，其中對王度廬影響最大的是納蘭性德。"搖落後，清吹那堪聽。淅瀝暗飄金井葉，乍聞風定又鐘聲。"[8]納蘭詞的淒美色調，融入北京城的撲面柳絮和戈壁灘的漫天風沙，形成了王度廬小說特有的悲愴風格。

　　旗人的生活文化是"雅""俗"相融的，王度廬繼承着旗族的兩大愛好：鼓詞（又稱"子弟書"、"落子"）和京劇。他十七歲時寫的小說《紅綾枕》，敘述的就是鼓姬命運，其中還插有自創的幾首淒美鼓詞。至於京劇，據不完全統計，僅在《落絮飄香》《古城新月》《晚香玉》《虞美人》《粉墨嬋娟》《風塵四傑》《寒梅曲》

5　見王度廬早期雜文《中等人》，原載於北平《小小日報》1930 年 4 月 5 日"談天"欄，署名"柳今"

6　民國初年，"天壇附近的天橋大多數的女藝人、說書人、算命打卦者都是滿人。"轉引自關紀新《老舍與滿族文化》第 122 頁。

7　見王度廬早期雜文《小算盤》，原載於《小小日報》1930 年 5 月 20 日"談天"欄，署名"柳今"

8　納蘭性德詞：《憶江南》——當年王度廬與李丹荃相愛，曾贈以《納蘭詞》一冊，李丹荃女士七十餘歲時猶能背誦這首詞。

七部小說中，寫及的劇目已達 96 折[9]之多！作為小說敘事的有機內涵，王度廬寫及昆曲、秦腔、梆子與京劇的關係，"京朝派"（即京派）與"外江派"（即海派）的異同，"京、海之爭"和"京、海互補"，票社活動及其排場，非科班出身的伶人、票友如何學戲，戲班師傅和劇評家如何為新演員策劃"打炮戲"，各色人等觀劇時的移情心理和審美思維……。他筆下的伶人、票友對京劇的熱愛是超功利的，而她（他）們的社會角色和物質生活則是極功利的——唯美的精神追求與慘淡的現實生活構成鮮明反差，映射着人性的本真、複雜和異化。他又善於利用劇情渲染故事情節和人物情感，例如《粉墨嬋娟》中，憑藉《薛禮歎月》和《太真外傳》兩段唱詞，抒發女主人公不同情境下的不同心緒，展示着戲如人生、人生如戲的微妙契合，極大地增強了小說的詩意。

入關以後，旗人皆認"京師"為故鄉，京旗文學自以"京味兒"為特色。王度廬的小說描繪北京地理風貌極其準確，所述地名——包括城門、街衢、胡同、集市、苑囿、交通路線等等，幾乎均可在相應時期的地圖上得到應證。《寶劍金釵》《臥虎藏龍》主人公的活動空間廣闊，書中展示清代中期北京的地理風貌相當宏觀，又非常精細。玉嬌龍之父為九門提督，府邸位置有據可查，作者由此設計出鐵貝勒、德嘯峰、邱廣超府第位置，決定了以內城正黃旗、鑲黃旗（兼及正紅旗、正白旗）駐區為"貴胄之俠"的主要活動區域。李慕白等為江湖人，則決定了以"外城"即南城為其主要活動區域。兩類俠者的行動則把上述區域連接起來，並且擴及全城和郊縣。《落絮飄香》《古城新月》《晚香玉》《虞美人》等社會小說中，主人公的活動空間相對狹小，所以每部作品側重展示的是民國時期北平城的某一局部區域：或以海淀——東單——宣內為主，或以西城豐盛地區——東單王府井地區為主，等等。拼合起來，也是一幅接近完整的"北平地圖"。上述小說之間所寫地域又常出現重合，而以鼓樓大街、地安門一帶的重合率為最高。作者故居所在地"後門裏"恰在這一區域，在不同的作品裏，它被分別設置為丐頭、暗娼等的住地。這反映着作者內心深處存在一個"後門裏情結"，他把此地寫成天子腳下、富貴鄉邊的一個小小"貧困點"，既體現着平民主義的觀念，又是一種帶有幽默意味的自嘲。

王度廬小說裏的"北京文化地圖"，是"地景"與"時景"的融合，所以是立體的、動態的。這裏的"時景"，指一定地域中人們的生活形態，包括節俗、風習。無論是妙峰山的香市、白雲觀的廟會、旗族的婚禮儀仗、富貴人家的大出喪、"殘燈末廟"時的祭祖和年夜飯、北海中元節的"燒法船"，以至京旗人家的衣食住行，王度廬都描寫得有聲有色，細緻生動。這些"時景"與故事情節融為一體，成為展示人物性格、心理的重要手段；它們同時也頗具獨立的民俗學價值。王度廬在小說裏常將富貴繁華區的燈紅酒綠與平民集市裏的雜亂喧鬧加以對比，他對後者的描繪和評論尤具特色。例如，《風塵四傑》裏是這樣介紹天橋的："天橋，的確景物很多，讓你百看不厭。人亂而事雜，技藝叢集，藏龍臥虎，新舊並列。是時代

9　由於現存《虞美人》和《寒梅曲》文本均不完整，所以這一數字是不完整的。而未列入統計的《寶劍金釵》《燕市俠伶》等作品中，也常含有京劇演出、觀賞等情節，涉及劇目亦復不少。

的渣滓與生計的艱辛交織成了這個地方，在無情的大風裏，穢土的彌漫中，令你啼笑皆非。"他筆下的天橋圖景，噴發着故都世俗社會沸沸揚揚的活力和生機，嘈雜喧囂而又暗藏同一的內在律動；它與內城裏的"皇氣"、"官氣"保持着疏離，卻又沾染着前者的幾分閒散和慵懶。這又是一種十分濃厚，相當典型的"京味兒"！

"京味兒"當然離不開"京腔"。王度廬的語言大致是由兩部分組成的：敘事以及文化程度較高角色的口語，用的是"標準變體"，即經過"標準化處理"的北京話，近似如今的"普通話"；底層人物的語言，則多用地道的北京土語，詞彙、語法都有濃厚的地域特色，比一般的"京片兒"還要"土"。故在"拙""樸"方面，他比另一些京派作家顯得更加突出。

筆者認為，1949 年前促使王度廬奮力寫作的動力當有三種：一曰"舒憤懣"；二曰"為人生"；三曰"奔窩頭"。三者結合得好，或前二者起主要作用時，寫出來的作品品質都高或較高；而當"第三動力"起主要作用時，寫出來的作品往往難免粗糙、隨意。當然，寫熟悉的題材時，品質一般也高或較高，否則，雖欲"舒憤懣"、"為人生"，也難以得到理想的效果。是否如此，還請讀者評判、指正。

斯年於姑蘇香濱水岸，2020 年 6 月 [10]。

10　本文原係作者為北嶽文藝出版社《王度廬作品大係》所撰總序，移入本選集時作了一些刪改。

目录

目录

《大漠雙鴛譜》

THE COLLECTED WORKS OF DULU WANG
AUTHOR OF CROUCHING TIGER, HIDDEN DRAGON
王度廬選集
Edited and Modified by Hong Wang, 修訂者：王宏

江湖出版社
JIANGHU PUBLISHING

Jianghu Publishing
PO Box 35075 Fleetwood Postal Outlet
Surrey, BC Canada V4N 9E9
www.jianghubooks.com

THE COLLECTED WORKS OF DULU WANG

王 度 廬 選 集

Author of Crouching Tiger, Hidden Dragon

《 卧 虎 藏 龙 》 作 者

Wuxia Novels Volume Two

武侠小说集　卷二

大漠雙鴛譜

DULU WANG

王 度 廬

Edited and Modified by Hong Wang

校 訂 者：王 宏

JIANGHU PUBLISHING　江湖出版社

第一章　　風砂裏的兄妹

　　新疆———是中國各省之中最大的一省，也是一個遼遠的地方。早先這是"西域"的地方，在此居住着各種不同的民族，以度着遊牧生活的為最多。到了前清光緒八年才把它設為行省，在伊犁設了一位將軍，在迪化派了一個巡撫。但是除了遠戍的罪犯，和飄零不幸的人們，還是很少有人西出陽關，而至這裏。這裏缺少中原的禮俗，沒有游賞的樂地，沒有文化，更沒有美女。可是有一段故事，就是本書中的故事。

　　這是在距今約有六十年前，正當新疆省才設之時，在嘉峪關之外，酒泉縣西，是九月初旬的天氣。"涼風九月，塞外草衰"，其實這裏連草都很少，滿地是黑砂。一大串駱駝方才走過去，那駱駝鈴聲還叮鈴噹啷地在寒冷的空氣裏飄蕩着，隨在後面可就來了吱吱扭扭的車子的聲音：是一輛破車，一匹老馬拉着。車上本來有藍布的圍子，可是都已舊得褪了顏色，破得不成樣子。最令人提心的還是那兩隻車輪，包着的鐵都磨光了，木頭也快要斷了，車軸裏更沒有上油，所以才發出這種難聽的聲音。

　　趕車的人是穿着一身棉襖棉褲，都磨破了，烏黑的棉花露出來很多。但這人倒是個強壯的小伙子，二十來歲，身材之高，可高過了常人，長得非常之雄偉，而且眉目端正，頭戴着一頂破氈笠。他搖着鞭子趕着車走，走得累了，他就斜跨上了車轅。

　　車廂裏呢？是有個破簾子遮着，裏邊坐的是一個十六七歲的鄉間女子，穿的略微整齊，是大紅布的棉襖、黑棉褲，梳着辮子，還蒙罩着首帕。她的眉目跟趕車的簡直是長的一個樣，不過因她是個女子，所以才顯得清秀些。總之，都是長得不錯，令人一看就知他們是親兄妹。親兄妹在一同走路，不是不可，只是太少見了。他們的車上除了人，破舊的被褥，兩三隻包袱之外，還有鐵鍋、案板、擀麵杖，黃泥的火爐子，瓦盆等等，幾無隙地，好像是搬家的。但他們可不是從近處來的，由車上跟人身上蒙的砂土可知。而且姑娘掀起車簾向外邊說話了，她問說："哥哥，怎麼又陰了天啦？別是要下雪吧？"她的口音簡直不是甘肅省的，倒有點像山西的語調，可見他們真是不遠千里而來。

　　這個做哥哥的壯年高身的漢子，聽了他妹妹的話，他就仰面看了看天氣，說："不至於下雪吧！要下也就是下雨，或是下冰疙疸。"說着，揚鞭趕着車，更走得急，車可就顫動得更厲害，有幾次都要翻了。車裏的姑娘噯喲噯喲直叫，但她的哥哥依然不停地趕着車，並且囑咐着說：「你不要膽小，車翻不了，咱們只要找着個地方，就要歇下了。」於是又走，天空的陰雲可就更稠密了。一會兒，車棚子上就嘩啦嘩啦發出了雨聲，姑娘又噯喲噯喲喊，用棉被把頭都包住了，車裏的鐵鍋案板也叮噹吧啦直響。雨是越落越大，風也刮起來，不曉得是從哪裏吹來的一些泥沙，都攪在雨裏，顯得雨點的份量更是沉重，打在臉上真跟冰疙疸一樣，是又痛，又涼，又濕。

但那位趕車的高身漢子仍往前走着，他看見了眼前有一大行車馬，他就是更是加鞭，這匹馬都走不動了，車輪子也快要掉下來了，可是到底趕上了前面的車馬群，並且看見了更前面不遠之處房屋隱隱，正是一個市鎮。他的鞭子就又吧吧連抽下來，可無奈前面的車馬遮住了他們的路。

本來這個地方兩邊雖沒有什麼田地，可是沙崗起伏，坑坎不平，也絕不能夠走車。當中的這條路很窄，而且只有兩道車轍，轍都很深，車輪非得在轍裏走着才快，才平穩，若是想趕上轍來，一個不小心就能夠車覆馬倒。此時前面是十一輛車還有五匹馬，車輛占住了兩道轍，馬是前面兩匹，後面三匹。這還是往西去的大客商，一半的車上都載着貨物，並插着鏢旗。不過旗子都已卷起了，看不出鏢店的字號。貨車上面都蓋着蘆席，客車上面又遮着雨布，馬上的鏢頭也都身披油布的雨衣，頭戴竹編的斗笠。人家是一點也不怕雨，盡可以慢慢地走，但後面這兄妹卻受不了，棚車早就漏進許多的雨水，連車裏的鐵鍋都盛了有半鍋的水了，棉被也將要濕透。趕車的大漢渾身竟像個水雞一般。他就大聲喊着說：「借借光呀！借借光呀！讓我們先過去吧！」跟着車的鏢頭之中就有個大鬍子的人，轉過首來怒罵着說：「他媽的！你趕過車嗎？什麼事情都有個先來後到。你的車既在後邊，你就不能夠性子急，要想讓你先過去，那是媽的就辦不到！」

這鏢頭實在是不講理，按理說兩股車轍全叫他們占着就不對，何況又開口罵人。但這個高身的漢子，一因是經受過了若干的折磨，脾氣一點也不敢爆；二來是帶着他的胞妹，他更不願意惹出事來。就雖然也瞪起了眼，可是又極力抑下了這口氣。前面的車馬仍然慢慢地向前去行，他們的車也就只好慢慢地隨着走。可是暴雨粗風並不稍減，反而更加着猛烈。同時，他想着前面只有一座小鎮，客店自然不多，這幫客人一定也到那裏去住。他們若是去把店房先住滿了，自己倒不要緊，可是妹妹沒有地方住，卻太是不方便呀！所以他恨不得給馬上車上都插了翅膀，一下子飛過去趕在前面。

所幸，又走了不遠，忽見這幫車馬全都停住了，不知為什麼，竟騰出一股車轍。這高身漢子趁着這個機會就趕緊跳下了車，抬起了車輪，換到另一股轍裏，向前疾進。馬上的鏢頭，車上的客人都向着他大罵，說：「小子，是給你讓的路嗎？」有趕車的還拿鞭子抽他，但是沒抽着。有個肥胖的掌櫃樣子的人，在車上探出頭來，瞪圓了兩隻眼睛罵道：「什麼東西，好大膽子！把他揪下車來！揍死他！」可是這輛破車早就把他們越過去了。

高身的漢子並且留心看對面到底是什麼了不起的人，在大雨中還往荒原上去走，並且使得這一幫客商鏢頭不敢不讓路？但只見也不過是黑馬拉着一輛普通的車，車後跟着一個騎馬的人，穿着皮衣裳，身體非常瘦弱。可是他對着那幾個鏢頭大模大樣的，見這輛破車直沖過來，他也是只看了一眼，倒沒有生氣。高身的漢子無暇細看，就冒雨趕着車西行，可是那一群車馬也隨後趕來，一些人還大罵着。

　　車一進了市鎮，到了一家店房的門前就停住了。高身的漢子先下了車，進店去找房子。待了一會又出來，頭上臉上都汪洋地流着雨水，他可是喜歡得笑了，叫他的妹妹也快下車。當那位姑娘才把蒙着身子的被褥掀開，露出臉來，恰巧那群人的車馬正正趕到，有的還滿嘴胡罵，掄鞭子要抽這高身材的漢子。卻聽他們的車上，突然有人大聲說：“不可無禮！先讓人家的姑娘下車進去！你們都往後邊閃閃吧！”

　　高身漢子一聽，這個人倒還講理，就不由得抬頭看了看。原來正是那個胖掌櫃的，剛才他還罵人，說要把他揪下來、打死！現在這個人忽然和氣了，而且他有指使這些夥計、鏢頭的權勢。他可是真熱心，穿着新緞子的衣服、新鞋，就下車站在雨裏、泥中，胖臉上並且帶着笑，直說：“先讓人家姑娘進去！你們幫助人往裏搬搬東西。”當下幾個車夫聽了他的話，都一齊上前，有的拿起來鐵鍋，夾起來案板，有的是搬火爐跟臉盆。高身漢子倒覺得過意不去了，連忙拱手說：“太客氣了！”他自己的手也不閑着。

　　店裏夥計也出來了，原來認識這位胖掌櫃，當時就恭恭敬敬地稱呼“何大爺”。胖掌櫃何大爺，就沉着臉兒吩咐着說：“先給人家姑娘找房間！找那乾淨的房間！我們這些人倒都不要緊！”

　　姑娘此時已經下了車，雖然是風雨沙塵，長途跋涉，但都掩不住姑娘的嬌容。胖掌櫃何大爺又趕緊跟人要過一柄傘來，親手撐開，交給了高身漢子，說：“千萬不要淋着姑娘！淋得病了可不好！”

　　高身漢子被人這樣處處照顧，他真被感動了，手腳反倒都慌亂。自己剛要去卸那老馬破車，何大爺卻一拍他的肩膀，說：“你先把姑娘送到裏邊，你再出來卸車也不晚！車放在這兒還能夠有人偷了去嗎？我看你這個趕車的大概也是外行，帶着單身的姑娘走路，處處都得謹慎，你把人家先安置在房子裏，那才算對！”高身漢子知道他錯認為自己是個車夫了，就也不加辯駁。遂抱起來被褥往裏就走，他的妹妹已被店夥引到了一間房內。隨後別的人又都給他送進來那一些傢俱，他又一一地拱手稱謝。別的人卻都不大理他，回過了身去就走。

　　那位何大爺也進來了，問說：“你們是從哪裏來的？”高身漢子喘着氣回答說：“從河東來！”何大爺說：“真不近啊！”又問說：“怎麼姑娘只是一個人兒？莫非還有車在後面了嗎？”高身漢子搖頭說：“不是，我們是一家的。”何大爺聽了，胖臉上就現出些詫異之色，指着姑娘問說：“這是你的？”高身漢子答道：“他是我的胞妹。”何大爺就笑了，說：“哦！怪不得我看你們兩人的模樣兒長得一樣呀！”

　　說着，這位何大爺對於高身漢子就又改了一幅容顏，變得更加和藹，他說：“你們兄妹先歇一會吧！車，我叫夥計他們給卸下來，把馬喂起來就是。咱們住店的人，走了一天，應當進來就得歇着，卸車喂馬都是他們店家的事。他們開的是店，就做的是這些事。不然為什麼咱們除了店錢之外，臨走的時候還給他們賞錢呀？”笑了笑就走出屋去了。

　　高身漢子就說：“這個人還不錯，可見到處都能夠遇見好人。”一面說着，他就脫去了外面的濕衣服。姑娘是坐在炕上先蓋上了一幅不太濕的棉被，在被裏就脫去了她的濕衣服，換上了乾衣服。

　　又待了一會，店夥又給端進一盆燒得通紅的木炭。一送到了屋裏，立刻就小室生春，一點也不寒冷了，並且火光照得屋子很亮，高身漢子就說：“好好，這可以把咱們的濕衣服跟鞋都烤一烤了。”店夥放下炭盆出屋以後，姑娘就悄聲說：“哥哥！住這個店，得花不少的錢吧？」這兩句話才把她哥哥提醒了，想了想覺得也是，兄妹二人出河東來到這裏，一路上投的店也不少，可是哪有這麼寬大的屋子呢？屋裏還有一張方桌，兩條板凳，另外還管炭盆，這一定得花不少的錢。遂就不禁伸手摸了摸懷裏的一個小口袋，算了算所余的錢，覺得還夠，他就說：「不要緊，多花二百錢也沒有什麼的。只盼着明天雨住，不要把咱們留在這裏幾天，那才好！早一日到伊犁，就早一日……」歎了口氣又說：「那時，我就放下心啦！」姑娘聽了她哥哥的這話，臉上卻不由得有些發熱，她就躺在炕上歇息，仍然蓋着半乾的棉被。她的哥哥卻坐在炕頭，把濕的衣服、鞋襪，全都在炭盆旁邊烘烤着。

又少時，那兩個店夥一同進來了，一個送來了飯，一個送來了錫燈檯。飯之外還有菜，菜中還有幾片肉。兄妹吃完了，身體就更暖。那個店夥放下了燈檯，又給提進來一壺釅茶，並問說：「客官貴姓呀？」高身漢子就說：「我姓吳。」店夥說：「吳大爺！」漢子搖頭說：「我行三。」店夥又叫了聲：「吳三爺。」這個吳三就像是沒被人叫慣似的，他十分覺得不安。

兩個店夥出屋去後不大的時間，就見那位胖掌櫃換了一套新衣裳，托着銀水煙袋，又帶着微微的笑，走進屋來。胖掌櫃何大爺此時已經換上了小毛紫羔的皮襖了，這個人年紀將過四旬，和藹中可又帶着點氣派，非但像個大財主，還像是個大官。吳三見他來了，就趕緊扔下了烤着的衣服，站了起來，他比這位掌櫃高出一頭來。吳姑娘也擁被坐起來。何大爺卻笑着說：「快歇着吧！不用客氣，我也是才吃完飯。我到你們這屋裏來，一則是故意躲一躲，好叫我那十幾個夥計他們隨便說說，隨便笑笑；二則是來看看姑娘沒叫雨淋病了嗎？被褥濕了不要緊，我哪兒有乾的，還都是乾淨的，新做的；三則是……」向着吳三就拱手，說：「剛才在路上多有得罪！我真不知道你們的車上有女眷，我要是知道，早就讓開路，請你們先過去了。」

吳三也拱手說：「不要緊，何掌櫃你太客氣了。」

何大爺說：「我這個人生平有錯便認錯。人家說，禹聞善言則拜，我何子成雖然不敢比古人，可是我對朋友最是忠心。這在甘新兩省，吳三兄你可以打聽去，都知道我是個古道俠腸的人！」

吳三問說：「何掌櫃你做的是什麼買賣呀？」何子成就說：「貨都在外邊放着了，有粗有細，粗的是茶葉水煙，細的是珠寶玉器皮貨。小買賣！我只有個百十來萬兩銀子的資本。在京都，在蘭州，在安息州，在迪化城，統共不過開着八個舖子。連坐莊的，帶送貨的，手下有個四五百夥計，見笑得很！你們兄妹兩現在是要到什麼地方去呢？」

吳三一聽不由得都發怔了。他想不到竟會認識了這樣的大富商。當下他對於這何子成就更不敢輕視，就恭恭敬敬地答覆說：「我們是走伊犁去。」

何子成笑着說：「噯呀！好遠哪！再有一個月，你們也到不了啊！可是……」他坐在炭盆旁的小凳上，掠起他的皮襖衣襟，抽了兩口水煙，皺了皺眉，又接着問說：「你們只是兄妹二人，到伊犁去？那個地方，什麼蒙古人、哈薩克人、纏頭人、錫伯人是極多，所說的話也都不一樣，你們幹什麼去呢？」吳三見問，面上就不由浮出了一層憂鬱之色。何子成隨說着，隨就把眼睛去盯炕上坐着的姑娘。姑娘卻轉過臉向裏去了，然而那個紅絨的辮根大辮子，卻使這位胖掌櫃盯得更是出神。

吳三是把頭低了一會，因為觸起他的煩惱之事來，他歎了口氣，說：「實在不瞞你，我是送我的妹妹錦娥到伊犁去結親。她給的是我的一個朋友，姓秦，那個朋友……”又歎了口氣說：“本來也是河東人，因為被人所害，才不得不到伊犁去。可是聽說他在那裏還很好。”

何子成就問說：“在伊犁幹什麼事情？”吳三說：“也是做買賣，不過是個小買賣，將就可以養得起家。我把我的妹妹送了去，我就算辦完了一件事，因為我們只是兄妹二人，家中的一點田產，也都為朋友的事花光了。以後，我或是也在伊犁，或是到別處再找飯去！”何子成說：“不過伊犁那個地方可苦極啦！錦娥姑娘年紀多大呀？”吳三說：“她今年十七歲。”何子成把眉毛都擰在一塊兒了，額前的胖肉都拱起來了多高，他惋惜着說：“年歲還太小！才跟我家裏的女兒同歲，到了伊犁，那種苦，怎麼能夠受得了呢？話可不該如此說，我想令妹丈也不是什麼有本事的人。”

吳三聽了這話，不由得有些生氣，說：“秦雄那個人的本事是第一，錢？他並不是沒有，他是不肯要。他是我的好弟兄，不是為了他，我也不能夠蕩業傾家，只剩下一匹老馬，一輛破車。這點東西，我也都搬了去，就是知道他那裏一定是什麼東西也沒有，我去給他立個家，送我的妹妹做他的妻子。我還預備下十幾兩銀子，路上我寧可挨着餓，我也絕不使用。到伊犁見了他，我再送給他作本錢。”

何子成說：“奇怪！像你這樣的交情，我可真沒有見過。到底你跟那位秦雄，令妹夫，是怎麼一個好兄弟呀？你是怎樣為他傾了家蕩了業呀？”吳三趕緊把他所問的話攔住了，更重重地歎息了一聲，說：“提起來話長！掌櫃你也不必問了。我這個人，你也看得出，我是一個血性的男子；秦雄他比我更重肝膽，更講義氣；我這個妹妹也是吃苦長大了的。”何子成說：“咳！出了閣之後若是再受苦，那可就太委屈啦！”吳三卻慨然說：“受苦也是應當的！我早先既已將我妹妹許配給秦雄，他就是現在天邊，我也得把我妹妹送了去，哪有悔婚忘義的道理！”何子成抽着水煙，可還是搖頭。

待了會兒，兩人的話又轉到別的話題上去了，不再提說伊犁，卻說到了迪化。何子成就說：“迪化比伊犁可好的多了，地方富庶，人煙稠密，漢人也多。在那裏要想找碗飯吃，或是想做買賣發財，可真是一點兒也不難。”又說：“不瞞吳三弟說，我因為連年往各地做買賣，各地又都有舖子。所以在伊犁我也安着一份家。那個女人給我養了個女兒，跟錦娥是同歲，她們兩人要是見了面，一定能夠說得到一塊兒。”又悄聲說：“這個地方名叫弱水鎮，明天要是起身往西去走，就得過金牛峽。那地方近一年來還好，沒聽說出過什麼事。可是若再往西去，譬如說猩猩峽那個險要的地方，你們的車可就不大容易過去了！”

吳三聽了這話，就要站起來，說：“那地方莫非有強盜嗎？那咱也不怕，這些破爛東西，隨他們的便拿了去。”何子成搖頭說：“咳！他們要你的東西做什麼呀？他們要的就是人呀！西路上有話：‘出了玉門關，醜女也賽貂蟬’，何況令妹又長得那麼清秀，歲數兒正輕！”吳三冷笑着。

何子成又說：“咱們是一見如故，你令妹跟我那個女兒同歲，攀個大來說，我見了她，就如同見着了我那女兒。前面的路上有些壞人，我不能不預先提醒你，因為我也看出來了，兄弟你這次大概是第一回出門，江湖的閱歷你太少。我想明天是不能走了，天就是晴了，路上的泥這麼多，也絕走不了車。那麼過兩天咱們可以一同西去。我們的人多車多，路上又熟，保你必定一路平穩。到了迪化，可以請姑娘先到我家裏去住着，她們小姑娘大侄女在一塊玩兒也盤桓盤桓。我的櫃上又常有跑伊犁的夥計，就派個人去一趟，打聽打聽你那妹夫秦雄在那兒的生意到底好不好。如若生意好，就無話說，我再托幾個熟人，送你們平穩地前去就親；如若秦雄在那兒的買賣不好呢？那據我想，可還不如叫他也到迪化去幫助我，我那櫃上正缺少一個能夠出力的人。”

吳三聽了就不禁喜歡，說：“可是，怎好這樣打擾你呢？”何子成說：“沒有什麼的，咱們是一見如故，何況我也是願意我那女兒將來能夠有個伴兒。”說着就站起來，從懷中掏出個小元寶，上面還繫着紅繩兒，就放在桌上，說：“這是我送給姑娘買胭脂粉的，千萬請代姑娘收下！”吳三真沒有料到世間竟有這樣的好人，這只元寶，他只得代妹妹感愧地收下了，連句道謝的話，他都說不出來，他只是想着：將來我再報答他吧。

胖掌櫃何子成拱拱手就出去了。外面的風砂和粗暴的雨點，還不住嘩嘩地響着，室中的燈光搖搖，盆中的碳越燒越旺。吳三的心裏跟身體同樣地感受到溫暖，忽然他的妹妹錦娥又轉過臉兒來，說道：“哥哥！你看這姓何的，怕不是個好人吧？”吳三就一陣發怔，接着卻笑道：“哪能不是好人呢？他帶着那些夥計，運着那些貨物，還能不是買賣人？沒有錯，沒有錯。人要是走在外邊，見了同行的人，就都覺得親熱，全好像是鄉親，何況他有個女兒又正跟你同歲？這人不過是好交朋友。”錦娥說：“可是他無緣無故就給人元寶，哪能夠沒存着壞心？哥哥不記得趙閻羅，也是送給過咱們許多的銀子嗎？”

提起來趙閻羅，吳三的腦筋不禁全都凸起。趙閻羅是他故鄉的一個惡霸，如今雖已經死了，但若不是為了他，秦雄也不至於吃了一年多的官司，遠走新疆；自己也不至於家敗人亡。那時錦娥不過十五歲，趙閻羅就一眼看上了她，要強娶她作小老婆。如今，細想起來，剛才的那個何子成實在長得跟趙閻羅有幾分相像，桌上放着的元寶也確實可疑。風大雨粗，鎮市又小，他們不僅有夥計，有保鏢，並且店家跟他們全都廝熟，莫不是今夜就要暗算我們兄妹嗎？

想到了這裏，他周身的血液就都滾湧了起來，冷笑着，對着妹妹說：“咱們不怕！”說時，從那破舊的行李捲中，抽出來他那一口“金背砍山刀”，刀光映着燈光閃爍。他又放下了，藏在褥子下面，淡然地又笑着說：“不必多疑，可也不要大意。他如果是好人，咱受了他的好處，將來再報他的恩；如果是歹徒，是狼心狗肺之輩，那時我鎮河東的弟子，八卦刀的真傳，絕不受人欺負！若打到西路上就更好，秦兄弟知道一定要來幫助咱們，他的那對虎頭鉤……”說着嘿嘿地冷笑。

此時錦娥姑娘也不言語了。她相信哥哥的武藝，更想念她的未婚夫——那位少年英俊的人物，她只盼着雨快住，好快走，以便見着秦雄。但窗外的風是淒淒，雨是嘩嘩，連夜未止。

次日，吳三本想着走，可是雨還不住，並且有越下越大的樣子，真沒有法子！吳三回過身向錦娥說：“咱們只好再在這裏歇一天吧！”夥計見他們起來了，就給他們打來了洗臉水，又端進來許多燒得通紅的木炭。吳三就說：“天氣不算十分冷，用不着屋子裏添炭盆。”店夥計卻說：“這是何大爺的吩咐！他那個人最是仗義疏財，好交朋友，你若是拂了他的美意，他反倒不高興了。”吳三又默然了一會，心裏覺着何子成也許不是什麼壞人，在外面經商走路的人每每是這樣慷慨。

店夥計又說：“客官！你既然投上了他的緣，可真算是走運。你跟他往新疆去，在路上，他絕不能叫你花費一文，還敢保一路無事。不要看他只是個買賣人，他手面最寬，新疆巡撫都得聽他的指使。你沒看見他們這次帶來的貨嗎？能值幾十萬。那幾位鏢頭都是蘭州順康鏢局的，鏢局是他的錢開的，鏢頭就如同是他的家丁一樣。」吳三聽了就更覺得詫異了，心說：這不是惡霸嗎？比趙閻羅還要厲害吧？店夥又說：「他本人書文皆通，雖不會武藝，卻頗認識不少的會武藝的朋友，譬如昨日從這裏才過去的那位神劍魏。」

吳三忽然想起昨日雨中，何子成等人的車馬謹慎地讓路，那輛小馬車，那個騎着馬的很瘦很瘦的人，確實可疑，遂就趕緊問說！「神劍魏是個什麼模樣？」

店夥說：「瘦得簡直像個煙鬼！他的女兒可是美若天仙。他們都是南方人，從去年才到新疆省來，可是就出了大名啦！在沙漠裏，只是父女兩個人，曾殺退了七八百的兇悍的強盜，巡撫大人都請他吃酒；伊犁將軍派人請他，他都沒去見。昨天你們來的時候，她們父女才從這裏過去。別人遇見了雨都趕緊投村找店，他們反倒向荒地裏去走，因為絕沒有人敢劫他們。他們必是回南方去了，此後還不定什麼時候才能夠再來。」

吳三聽了心中就不禁惆悵，想着把一位有名的俠客交臂失去，未交一交，真是可惜！店夥接着又說着何子成，他把何子成誇得簡直跟神劍魏一樣值得尊敬。正在說着，何子成那肥胖的身體就走進屋來，今天換的是另一件狐腿的皮襖，笑容滿面，先看着錦娥，問說：「姑娘昨晚在這裏睡得還安嗎？」

今日，吳三對何子成可懷着點戒心了。先仔細看他的那張臉，因為一切的胖人都是顯得十分忠厚，並看不出他有一絲奸狡的樣子；再看他的身上，又只是闊，但他本來就是個大商人，並且他向錦娥說了一句話，沒得着答覆，他也就沒再說。

他坐在吳三的對面，也沒有怎樣用眼睛死盯着錦娥，他只說：這場雨下得可真討厭。不過也好，迪化域附近的麥子正缺雨，這一下，就可以收了。只是越天山走路的人可苦了，那山上不定要怎樣的寒冷，同時在路上他就不免要多破費幾文。因為這條路上常有行旅的客人，及發配的囚徒因寒冷，因饑餓，或因此而倒斃，向來他是只要遇見了，就必定出資買棺，並且雇人給抬埋。像這樣的善事，他不知道做了有多少次了，可見他是個好人。吳三聽了他的話，漸漸覺得倒是自己的不對，自己太多疑了，於是更傾心與他相交。

早飯時，何子成就在這屋裏同他們兄妹一起用的。飯畢，他又叫店夥取來了他們從蘭州帶到這裏來的美酒，與吳三細斟慢飲，毫無拘束，並述他生平之事，原來他還是棄儒學商呢，這使得吳三對他更加欽敬。他在這屋裏坐了半天，戶外的風雨漸停。屋中的火烤得吳三連身上的破棉衣都穿着發癢，但是到院中，到店門外去看，只見是一堆的稀泥，行旅的人實在沒有法子走，他只得耐着性就在店中住着。何子成的那些夥計見了吳三的面也不說一句話；那些鏢頭走過去時還都撇嘴；只有何子成，連吳三也覺得跟他投緣了。

晚間兩人又在一塊兒飲的酒，蘭州帶來的酒真是又香又醇，吳三煩惱無聊，不禁多喝了兩杯，他就醉了。何子成扶着他躺在炕上，叫店夥給拿進來兩床被褥，一床是布的，半新的，他就給吳三蓋上；另一床被褥是綢裏緞面，似未給人用過，他就帶着笑，雙手捧着送到姑娘的身旁。錦娥姑娘趕緊將身子轉向了炕裏，扭轉了頭，何子成卻笑出了聲，說：「姑娘！你哥哥醉了，你好好看着他。我走後你把屋門自己關上，燈自己吹了就行了，嘻嘻，萬一夜裏有什麼事呢？姑娘你不要對我客氣，叫我一聲，我必即刻就來！」姑娘仍是沒言語，何子成就笑着出了屋。

　　何子成去後，錦娥就趕緊推着吳三的身子說：“哥哥！哥哥！哥哥你醒一醒！咳……”她連連推着，連連悄聲地叫，她的哥哥卻只是含混地答應，不睜開眼。錦娥將那口金背砍山刀交在吳三的手裏，又叫着：“哥哥你快醒！我告訴你話！”

　　吳三的發熱的手一觸到了那冰涼的刀柄，不知怎麼他就驀吃了一驚，立時瞪大了眼，坐起來，忙問說：“什麼事？什麼事？”錦娥便扒在他的耳邊，悄聲說：“我看那個何子成一定不是個好人！他對咱們太是過分地殷勤了，你看，他還借給咱們這兩份被褥！”吳三卻笑着，舌頭發短地說：“因為他是個好交朋友的人，我已看出來了。你就不要再多疑了！”錦娥卻搖着頭說：“不！我總不信他是好人！”

　　吳三放下了刀柄，又躺下了，可是接着錦娥又說：“剛才他出屋的時候向着我笑，那笑，不像是好笑！”吳三忽又問說：“什麼？”他又翻身坐了起來，雖然他的頭暈，可是怒氣夾着酒同時往胸頭上湧，他暗想：莫非剛才何子成把我灌醉了之後，他立時就要調戲我的胞妹嗎？這可是小看了我！想要欺負我，他可自尋倒楣！他登上了鞋就下炕，持刀向外就走。錦娥卻又緊緊拉住他的胳臂說：“哥哥！你不用就去惹出事來！”吳三說：“我不拿着刀就是了！”遂放下了刀，走出屋去。

　　外面的冷風一吹，他的腹中的酒又往上湧。看看天已黑了，各屋中的燈光齊明，說話喧笑之聲，也很雜亂，他邁着步，搖搖晃晃就走到了何子成的住屋之前。這窗上的燈光是分外發亮，他壓着腳步，悄悄立於窗外，聽見屋中是有三四個人談話，還嘩啦嘩啦地搖着骨牌。聽出何子成的聲音來了，說的不過是什麼“大五”、“長三”、“么二”、“金屏”等等骨牌上的事，又說了幾句買賣上的話。

　　吳三在窗外聽不出個究竟來，怒氣已漸漸地沒了，可是酒和胃中存積的菜飯，都忍不住冒出了喉來，“哇”的一聲，就吐在地下。這時屋中的人已經聽見聲音，何子成先問：“是誰？窗外邊是誰？”更有個人怒罵說：“娘的！是誰在院裏吐！少喝些酒好不好！”何子成連說：“不要罵！不要罵！”當時屋裏的人齊出來了，吳三卻在這裏彎着腰不住嘔吐，連話都顧不得說。

　　何子成看出來是吳三在這裏，他就大笑起來，說：“好！三弟！原來你的酒量竟這樣小？竟在這兒吐了！對不起，我真不該把那酒給你喝。”遂就趕緊吩咐人取來溫茶叫吳三漱口，然後他親自攬着吳三進了這屋。

　　他住的這間客房，實在更是整潔，又加着炕上的舖蓋都是閃緞的，點着兩盞燈，桌子都發亮，使得吳三的兩眼更花了。他被攬着坐在炕上，何子成又拍着他的肩，湊趣着笑說：“三弟你可真不行啊！這麼長大的一條漢子，沒想到竟禁不住酒！你看我剛才還比你多飲了兩盅酒，我可……你看，一點醉意也沒有吧？”

　　吳三雖然酒都吐出來了，可是臉上更紅了，他真羞愧，覺得何子成實在是個和藹、親誠，並且頗為文雅的人，自己倒真是量小、多疑，而且自己又嘔吐了，在人的面前丟了醜，他就連連抱拳，客氣話可也不會說。別人又給他倒過來熱茶，他將碗接到了手中就喝。何子成又給屋中的三個人向他介紹，原來除了一個名叫馬廣才的商人是何子成的管賬的，其他二人都是鏢頭，一個叫白額虎苗鵬，是個身材比吳三略低，可是相貌十分兇惡的人；另一個就是昨天在雨中要打吳三的那人，大鬍子黑臉，有三十余歲，原來他姓彭名彪，外號叫黑鬚太歲。

　　經何子成一道出了吳三的姓氏，並略略說了籍貫和身世，這兩個鏢頭就全對吳三客氣了。黑鬚太歲一把拉住了他的腕子，說：“老吳！你學過武藝麼？練的是哪一家的功夫呀？”吳三就想：對着保鏢的人應把話說客氣一些，遂道：“生在鄉下，村子裏有好拳腳的人，我們年輕人都學過幾手，可是不敢說是功夫。”

黑鬍太歲說：“對！你不誇口，就不能夠吃虧。新疆那地方雖說娘們少，可是會武藝的多，沙漠裏常出強盜；有些犯官，發配伊犁，也都有鏢師、護院的保護隨行。由這往西，到處講的是拳腳刀槍，不講喊冤告狀。昨天過去的那神劍魏，就是個有本事的人，是俺的老朋友；除他以外，就是俺這苗二哥了。你再問問何財東，他是怎樣發的財！雖說有他的福大命大，可也是俺兄弟們給他出的力。咱一路走頂好，沿路你就看看，俺彭彪的名頭敢保比鐘撞起來還響，你的妹子，有俺保護着，敢說沒人能對她起念頭；你也是，無論多少金銀也保沒人敢搶。”

吳三覺得這黑鬍太歲是個性格粗魯，口直心快的人，也還可交；那苗鈞雖外號叫“白額虎”，腰帶上插着兩把短刀，可是說話總代笑，也頗為和藹；馬廣才更是一位老實的買賣人。待會兒又先後出來進去的有兩名鏢頭和幾個夥計，全都是他們手下的，聽着他們吩咐指使；對何子成更不必說了，何子成簡直就是他們的“老太爺”。何子成既然跟吳三稱兄喚弟，說說笑笑，他們有誰敢對吳三不恭敬呢？所以吳三雖然穿得比人都窮，可是被大家恭維着，款待着；他簡直沒受過這滋味，心中只是感愧。

何子成又請他來玩骨牌，他也不好意思推辭，由何子成坐莊，推牌九；吳三把懷裏藏的銀子拿出來下注，連次皆贏。他雖自信是一條好漢，一位英雄，可是他真經不住這誘惑了，算了算，手中的十三兩銀子，一瞬時變成五十多兩了，他就喜歡地心說：秦雄兄弟！我仗着你的時氣，替你多贏些錢吧！贏到二百兩，咱就夠了，連聘我妹妹，帶你娶媳婦、安家、作買賣，就全夠了！就全不發愁了。於是他就大注地去下，又贏了兩次；可是再下，再賭，就都輸了，瞬時又連他的十幾兩賭本也全輸出去了，他急得臉上更紅。何子成在那裏推着莊，摟着錢，正是高興，就好像沒有看見。

他急得抓腦袋，忽然黑鬍太歲慷慨地拿了幾塊銀子借給他，他接着又來，有時輸，也有時贏；一連又來了幾莊，結果他倒是把為秦雄預備的那十幾兩依然揣在了懷裏，可是拖欠了黑鬍太歲的有三十兩銀的賬。他覺出賭運漸漸不濟，不敢再賭了，然而欠那傢伙的銀子，可怎麼還呢？他剛一嚅嚅地說：“彭大哥！我欠你的，等我到了伊犁再想辦法還你吧！”黑鬍太歲立時就擺手說：“算了！算了！還他娘的什麼吧？你看我，今天贏得有多少？”吳三益發地慚愧，悶悶地又坐了一會，他就出了屋，何子成也沒有顧得招呼他。

此時，雨雖已住，天上的星光也露出來了不少，但寒風更緊，直若嚴冬。回到了屋裏，見炭盆也滅了，妹妹依然掩被坐着，問：“哥哥幹什麼去了，這麼半天？”吳三心裏更加愧悔，只是說：“何子成這些人還可交。”

次日，天已大明，在店裏悶居了兩日的客人們，都忙忙匆匆地起身走了。吳錦娥姑娘在這裏住着，總覺得心裏不安，她就說：“哥哥！今天咱們可以走了吧？”說這話時她是帶着懇求的態度，同時她可又有些含羞，因為急着去往新疆是為什麼呢？不是為早些跟她的未婚夫秦雄見面嗎？

吳三當時又斟酌了一下，何子成的盛意隆情實令人感激，既是應允了一路同行，那麼人家今天都不走，自己可也不便就向人家告別；不過他也是着急要去見秦雄，急着給妹妹安頓好了。略微發了會兒怔，他就點頭說：“好！反正，咱們只有那輛破車，誰管他路上有泥？好走不好走？咱們這就走吧！一定走了！不過我得去告訴何掌櫃的一聲！”錦娥皺着眉說：“哥哥不必去見他了！咱們就套上車悄悄走吧！”吳三笑着說：“那不成逃跑了？交朋友不能那樣辦；再說咱們出這個門時總得被他們看見。”說着就去見何子成。

何子成是才起來，吳三抱了抱拳，說：“何大哥，我們兄妹要走了！咱們後會有期吧！”何子成連忙攔阻着說：“不要忙！不要忙！我也是想着今天就走，好！一塊兒走就是。你先去收拾行李吧，店飯錢你全不用管了，昨夜裏我已經全都開付了。車馬你也都不用管，我叫人去給套。”吳三抱着拳，兩隻手簡直不能夠分開了，心中實在是說不出來地感戴。

回到了屋中，見妹妹已經在收拾東西，他就悄聲說：“何掌櫃也正預備着走，咱們還得跟他們在一路。這沒有法子！誰叫咱們在路上遇着了他呢？不過他們實在不是壞人，我們也不用多疑了！”錦娥姑娘低着頭，沒有說話，但心中仍未釋然，吳三便也收束東西。

外面是何子成吩咐了話，當時就更亂了：一些人套車的去套車，備馬的去備馬，並有店夥和何子成手下用的人，來給吳三搬那些破爛的東西。黑鬚太歲腰掛着刀怔走進屋來，大笑着問說：“吳老三！你難道還坐車嗎？騎上我們的馬，有多痛快？”吳三又拱手說：“不用！不用！我還是趕我自己的那輛車吧，馬我不會騎。”黑鬚太歲哈哈大笑，又溜了姑娘一眼才走出去的。

一霎時外面的車馬全已經備齊，何子成另換了一件銀鼠的皮襖穿着，帶笑走進屋說：“三弟跟姑娘全都收拾好了嗎？咱們現在可就要動身啦。”

吳三同他妹子一同出門，就見車輛已占滿了一條街。他們原來的那輛破車，不但堆着他們的那些破爛傢俱，還裝了些喂馬用的草料，簡直容不下人坐了。可是何子成為他們騰出來一輛新車，好馬拉着。何子成並且笑着說：“上去吧！你們的那輛車我很喜愛，咱們換啦。”並派了個人替他們趕着。

錦娥姑娘是不說話，吳三是心中有感謝的話而仍是說不出來，只好上車吧！車上舖着很厚的被褥，還有特給錦娥預備的暖手爐，銅工做的非常精緻，上罩着紅緞的絲棉套，為是不至於燙手；車圍跟車簾又都嚴密，冷風吹不進來，此外還有兩匣子點心，一個暖水壺呢！這可使他們兄妹頓然變成了“闊上路的”了。

吳三也覺得何子成殷勤得未免過分了，但一來是想着何子成真是為給他那女兒找個好伴兒，才這樣款待自己的妹妹；二來是想，何子成久走江湖，必定極有眼力，他已經看了出來，我並非是等閒之輩，知道我的武藝比他那些鏢頭強，才想收我作他的心腹，以後好保着他作買賣。咳！吳三想到了這裏，就不由得暗歎一聲，而凝視着他隨身行李捲中的那口金背刀。他又想，古人說士為知己者死，我吳三原想將來嫁出妹妹之後，去做一番事業，但既遇了何子成這樣待我，我只好一生幫助他；他如遇有危難，我就要以死相報了！

此時店掌櫃出來送客，許多人都說着：“何東家一路平安！”人聲漸漸又止，車輪卻動了，馬蹄聲又響了。路上雖有稀泥，但他們走起來還都很快，不到半天的工夫，就向西出了金牛峽。此時吳三已在車裏打盹了，錦娥姑娘也被車顛動的昏昏欲睡。當日晚間仍由何子成命人投鎮市找店房宿下。

一連五天，同行同止，何子成對他們兄妹永遠是那樣殷勤，處處照顧着，可是錦娥姑娘不同他們交談。他們已過了安西州，來到了個地方叫大泉驛。這個地方荒涼極了，只有兩家小店，都是土屋子，還極其破爛，而且早有不少客人都先來投宿了。然而何子成極有辦法，他叫錦娥住在店家老闆娘的屋子裏，吳三卻只得與黑髯太歲、白額虎那些人擠在一間屋中。

到晚飯後，黑髯太歲賭起錢來了，連店中住的不認識的人都來跟他賭。白額虎用手向吳三的肩頭一拍說：“兄弟你來，我同你要說幾句話。”吳三不知有什麼事，隨着苗鈞出屋，立於暮色之中。苗鈞就悄悄地說：“我有件事跟兄弟你商量。我有個表弟三十來歲，為人極為忠厚，在迪化也開着大買賣，論家財並不在何子成之下。現在新斷的弦，想要續娶一位，好生兒養女，接續後代的香煙。因為咱們也交了這些日子的朋友了，我看你的令妹人品、模樣兒還都不錯，我想替他求求親。”

吳三搖頭並攔住了他的話，說：“不行！我的妹妹已經許配給人！”苗鈞點頭說：“我也聽何東家說過了，你的妹妹是給了一個姓秦的。可是那個人，我覺得……”吳三有不容他說完，就又把他攔住了，並且不耐煩地說：“那姓秦的是我的好兄弟，我不許旁人說他不好。再說，我是個堂堂的漢子，我又只有這一個親胞妹，怎能夠悔婚？”說了話轉身就要進屋。

苗鈞卻用力把他拉住，笑着說：“我還沒把話說完呢？你再聽我說兩句。你得知道人生在世，沒錢沒勢再沒闊親，是最可憐。你們兄妹到了新疆那個荒地方，去投靠誰呢？你將你的妹妹，就嫁給一個飄流在外的窮漢，你對得起她嗎？我這個人是生來專愛給人家捏合好事，我的那位表弟，簡直跟何東家一樣地有錢！”

吳三卻說：“不管他有錢沒錢！你說旁的我都不惱，你要再提這些話，我可真生氣！”

苗鈞也似乎翻了臉，說：“你生了氣，又當怎麼樣？你可得把眼睛睜開些了，看看這是什麼地方！從此往西去，路上更沒有王法，我們也護不住你帶着的那個招風惹事的妹子。你不要把我的良言當惡語，受了何財東的好處，不知情！”吳三奪開了胳膊發怒說：“什麼話？”苗鈞又冷笑着說：“什麼話？就是這句話！”說時右手向他抓來，左手由腰間把短刀抽出。吳三就驀地飛起來一腳，只聽咕咚！噹唥！白額虎就摔了個大仰頦，短刀也撒了手扔在地下。吳三卻轉身進屋，氣忿忿地找了個角落坐着，不住地發怔。

此時屋子裏十多個人，股子擲得正起勁。那黑髯太歲彭彪口中大喊着：“幺呀！五呀！”拳頭也不住向桌子上使勁地擂。贏了錢，他就雙手往眼前去撈，並向吳三說：“喂！小子！你為什麼不也來下注呀？若沒有錢，老子俺能借給你！”

少時何子成也進了屋來，托着銀水煙袋，胖臉上笑容兒微微，好像他不知道到吳三把苗鈞踢倒在院中之事。他也不向吳三說話，只過去看那些人賭錢。苗鈞又悄悄地進屋，屁股後頭滿是泥。但他倒不凶了，反過來輕聲告訴吳三說：“你千萬莫把剛才的事告訴我們財東！”指指何子成。這時吳三的氣又有些消了，覺得苗鈞是不會說話，枉想提親，但這件事卻與何子成無關。何子成看了半天擲股子的，也回過身來，又向吳三笑着，說：“我那個屋裏也有幾個人賭上了，這沒有辦法。在路上我就不得不隨他們的便，但到了櫃上可就不行。我那櫃上訂的規矩最嚴，除了年節，絕不許夥友聚賭，因為這能夠鬧出是非來！”吳三點點頭，何子成又說：“令妹今天倒很好，住在店家的屋裏。店掌櫃跟我的趕車去睡，內掌櫃陪着你令妹，待會兒，她們就許吹燈睡覺了。”

吳三聽了這話，忽又不放心錦娥了，便站起身走出屋去。先看看那內掌櫃的屋子，見門裏還露着淡淡的燈光。他往那邊走了走，就隔着門問說：“錦娥在屋裏麼？”錦娥在屋裏答應着：“是哥哥嗎？有什麼事呀？”吳三說：“你把那口刀交給我！”裏面又答應着，不多時，錦娥就自屋內將那口金背砍山刀拿出來，並悄聲說：“哥哥莫非有？……”吳三搖着頭說：“也沒有什麼事，不過今夜你小心一點就是了！”錦娥益發吃驚地說：“今夜我絕不睡覺，萬一有事，我就大聲叫你！”吳三點點頭，歎了口氣說：“這幾天我都已不疑心了！如今又使我不能不疑心起來！”錦娥說：“那何子成絕不是好人！”吳三說：“他倒不壞，可是他的手下有個壞東西！”擺擺手叫妹妹速回到屋裏。他獨自在院，來回走着，想着怎樣能夠跟何子成他們分開了走才好。

　　這時天已黑了，星光又被烏雲遮隱住了，好像又要下雨，他更是憂慮。忽然覺得腳下踏着個物件，還發出來響聲，便彎身拾起，一看原來是剛才白額虎苗鈞扔下的那口短刀，他就趕緊去叫出來錦娥，把這交給了她，囑咐她今夜以此防身。

　　吳三便提着金背刀又到那賭錢的屋子，何子成跟黑髯太歲卻正要出來，尤其看見他手裏提着刀，就全向後去退步。吳三說：“何大哥你不用慌，你來！我要同你說句話。”何子成問說：“有什麼事？三兄弟你就在這兒跟我說吧！你今天是怎麼啦？忽然提起了刀？臉色也不大好看，莫不是誰得罪了你嗎？你告訴我，我當時就管教他們！”吳三歎了口氣，說：“也沒有旁的事，只是我想不應再打擾你啦，明天咱們還是分開了走好些！大哥我借用你的錢，我將來再還。你待我的好處，將來再報！”黑髯太歲卻突然翻臉說：“你那次輸了老子的錢可得還給俺！”何子成卻把他推開，說：“你不要說話！”托着水煙袋又向吳三說：“兄弟！你是這個樣子，嚇得我簡直不敢出屋了！我怕你多半是凶神附了體，你看你的那兩隻眼睛有多麼可怕呀？你先放下刀，咱們到那屋裏去再說！”吳三說：“何掌櫃！我不是跟你呀！”

　　這時那些賭錢的人也擁擠過來，何子成就也有些往下沉臉，對吳三說：“你要跟我分開了走，那很容易，朋友可交則交，不交則罷，我還能夠攔阻你嗎？你要是個光身漢還不要緊，你帶着個大姑娘，叫人家說我是存着什麼心哪？我可不落那個名兒，你問問這條路上的人誰不認識我？”旁邊的人果然都應着他的話說：“何財東是好人，最愛交朋友行善，你這個人可不該這樣！”

　　突然，那白額虎苗鈞又跑過來，拉住了吳三的手大笑，說：“我說出原因來吧！是怪我！因為我要給他令妹說媒，嫁我的表弟，為這點事就把他給得罪了！”何子成當時就跟苗鈞翻了臉，罵道：“混蛋！你不知道人家妹子有婆家了嗎？你又去胡說亂道！吳三兄弟是個老實人，他哪能受得住你的打耍？怪不得他急了！”苗鈞又笑着連向吳三賠罪，倒弄得吳三非常不好意思。刀雖沒有放下，可是態度已經緩和，就同着何子成，苗鈞，馬廣財，到了何子成的屋內。

　　何子成又笑着向他解釋，他就更覺得慚愧無顏，不僅把那分開了走的事情不再提了，並且進一步地講明了自己的來歷，他說：“我吳三實在就是一個粗暴的性情，常因此得罪人。我的師父鎮河東李孟飛也常勸我，秦兄弟也說我是個太直爽的人。今天本是小事，我弄大了！諸位朋友不要再見怪！”此時白額虎苗鈞的神色更變，何子成也似乎打了個寒噤，因為都知道鎮河東乃是一位赫赫有名的老俠，不料吳三竟是他的弟子。

　　當下，一天的雲霧就算全都散了，何子成對着吳三是益發表現親近，在親近之中可又帶着些凜戒之意。夜間，吳三是還同着黑髯太歲，及另外的三個鏢頭同屋就寢。他的金背刀沒有離開身，那四個人也都不摘下腰間的刀。白額虎是曾點着燈籠在院裏找了半天他那把短刀，沒有找着，也就沒聲張。一夜，小驛更聲，遲遲地敲着。敲到五更，天便發明，大家都起來又預備着走。錦娥姑娘也平安無事，在老闆娘的屋裏梳頭了。待起身時，仍然是吳三與妹子同坐那輛新車，隨眾西走。

走過了中午，風就刮起來了，這地方大約臨近了沙漠，所以刮得趕車的跟騎馬的滿身都是沙子。天更昏暗，路更崎嶇，附近更是荒涼而無村落，並且連樹都看不見，一根衰草，一片敗葉也全無有。車輪馬蹄發出來怪異之聲和劇烈的顫動，原來愈走越向高處，上了一遍荒原。吳三又在車上打鼾，可是錦娥就用手推他，害怕地問說：「這是什麼地方呀？」吳三睜開了兩隻醉眼，往外看了看，就說：「大概快到新疆了！」說着又闔上了眼睛，他的金背刀就放在他的眼旁。

又走了不知有多時，忽然一下子顫動，倒把他驚醒了，原來是車已停止。車簾從外邊被掀起，出現了一個大鬍子，正是黑鬚太歲彭彪，吳三還以為他是又來要賬呢，便問說：「你來什麼事？」黑鬚太歲卻笑着，說：「你來！你來！有件好事，何東家叫我來請你！」吳三很覺得詫異，便出了車棚，下了車。只見前面的幾輛車仍在走着，黑鬚太歲真像是有什麼喜歡的事，就拉着吳三往後去跑，到了一輛也是停着的車旁。此時風砂很大，吳三簡直睜不開眼睛，黑鬚太歲卻推着他上這輛車。

這車上除了個趕車的之外沒有別人，車裏邊放着個瓦盆，裏邊燒着炭，烤着一把砂酒壺。黑鬚太歲又笑着說：「上裏邊去！上裏邊去！咱們喝酒。」一掀褥墊拿出來一支醬雞，一大包燻肉，還有煎餅，真不曉得他是什麼時候預備下的。吳三見他是好意，便上了車，坐在裏首。黑鬚太歲就在外坐着，放下了車簾，遮住外面的狂風砂礫。車輛照舊前行，這車裏就如同是間小屋子，而且很暖，又是將將地擠着坐下他兩個人。對着炭盆，黑鬚太歲拿起來砂酒壺就勸吳三喝，吳三忽然又懷疑了，堅持着不喝他的酒。

吳三倒不是疑惑他的酒裏放着毒藥，而是恐怕喝醉了又吐，或是黑鬚太歲這傢伙存着什麼壞心。彭彪大鬍子蓬鬆，發着怪笑，說：「吳老三，我的小兄弟，你不要以為喝了酒，我就跟你要銀子，連你那次借我的那三十幾兩咱都算是交了朋友啦！我不要了！現在咱們已走到了猩猩峽，這個地方你看，連娘的一戶人家也沒有！老天爺又刮起了大風，娘的！你車上那娘們要是你的媳婦，俺就犯不上去攪你；她是你的妹子，你個做哥哥的也不能夠跟她談心。」

吳三心說：「這是什麼話？」彭彪又說：「俺還拉了你來陪陪俺！有酒有肉有大醬雞，你為什麼不吃也不喝？」吳三就捏了一片肉放在口裏，一邊嚼着又笑，說：「叫我吃可以，酒我可不敢喝了，上次還不是教訓了我一回？」彭彪拿着砂酒壺自己飲了兩口，指着吳三說：「你可真不像是個江湖好漢，不會喝酒，倒像是個娘兒們！」說着他就一口一口地飲酒，吳三就一片一片地吃肉。

外面的風砂更大了，吳三不放心前面錦娥獨自乘的那輛車，便拱手說：「彭大哥！我叨擾你半天了！你現在一個人飲吧，我還要回到那輛車上去！」黑鬚太歲彭彪就把眼一瞪，說：「為什麼你這樣離不開你那妹子呢？不怪別人說她不是你妹子。」吳三聽了，不禁有些發怒，就也瞪起眼來說：「你說的這是什麼話？」彭彪卻哈哈笑着，說：「你不陪着俺喝酒，俺可就要這樣說。」

此時吳三又有些生疑，因為這輛車子走得太遲緩了。輪聲吱吱在風砂裏單獨的響着，似乎聽不見另外還有車響、馬蹄聲與人語。吳三急說：「不行！我非要下車不可！」黑鬚太歲彭彪忽又獰笑着，說：「你既上車來，就不能再叫你下去，老子今天有兩件事要同你說！”吳三當時也沉下臉來挽挽袖子說：“什麼事！你就快說！”黑鬍太歲忽又笑着，手可探到懷裏，說：“第一件事是何財東要娶你的妹子，你為什麼不點頭呢？”吳三更是驚訝！問說：“什麼？那何子成？……”黑鬍太歲擺手說：“朋友你且不用發急！俺姓彭的不像是苗鈞，給人家說媒他不說真話，硬要造出什麼表弟。俺同你實說吧，何財東早就看上你妹子了，要花一百兩銀子買她，另外還給你一宗錢叫你小子養老！”吳三當時大怒起來。

彭彪已將身子移動，隨時就能夠跳下車去的樣子，又說：“這樣好的事，我勸你就聽了吧！聽了，你的妹子就穿金戴銀從此享起福來了。你跟何財東作了親戚，俺就跟你是一家人，吃喝不分，三十多兩銀子俺真不要了。不然，你可休以鎮河東的名聲嚇人，何財東早已吩咐我了……”說時抽出刀來，但話尚未接着說出，吳三已抄起來瓦盆向着他打去。

黑鬍太歲彭彪一回身便跳下了車，外邊有好幾個人圍着，並且有兩口鋼刀自外探向裏邊扎來。吳三疾忙掀起來褥墊，就當做盾牌似的向外擋。褥墊裏裝的是一些棉花，又軟又厚，足能夠禁抵住刀殺劍砍，並且因為炭都滾在上面了，已經燃燒了起來了，濃煙冒出。吳三同時還用腳使力踹旁邊的那車窗，車窗不過是木棍兒安插的，跟那極玲瓏的窗櫺相似，裏外都蒙着一層布圍子，很是不結實，哪裏禁得住他的大腳一下接一下地踹呢？所以只消三四下，就將車窗的左面踹掉。他將要往外去鑽，鋼刀又扎來了，正扎在他的右臂上。他忍着痛，也不顧流血沒有，就拆了一段車窗去迎敵，同時大喊一聲就向車下去跳。

外面正是風砂猛烈，那黑鬍太歲彭彪，白額虎苗鈞還有另外兩個鏢頭，全都手持單刀向他來砍。他手無寸鐵，右臂又傷，但他並不逃跑，反倒奮勇向前。兩三下就從一個人的手中奪過來一隻刀，他舞刀迎戰，對面的三個人竟不是他的對手。此時連剛才他們坐的那輛車都被趕車的人驚驚慌慌地趕走了，何子成的車跟錦娥姑娘坐的車，這時全已不見了，大概都已走往遠處了。

風砂彌漫，十步之外就看不見人，吳三一面亂殺，一面咆哮着說：“你們將我的妹子搶到哪裏去了？快些把她送回來便沒事！”彭彪說：“她早已跟何財東成親了，哈哈！”吳三狠狠掄刀向他就砍，他也以刀相應。那白額虎苗鈞等人原來都預備了馬，這時就齊向彭彪招呼說：“快走吧！快走吧！跟他還瞎打？”說着這三個人都上了馬了，還留下一匹馬給彭彪放過來，又催着他走，然而這時的黑鬍太歲已于吳三打得難解難分，他是絕不肯逃。

二人交手不下四五十余回合，黑鬍太歲只是力氣兇猛，刀法卻不見得佳。但吳三的刀法雖好，可是右臂又已負傷，只仗着左手來掄刀與他殺鬥，當然十分地不便利。在這風砂之中又不能夠睜大眼睛，而且吳三的心急得跟一把烈火似的。兩人打來打去，結果是吳三一刀砍在黑鬍太歲的背上，這彭彪就一個前失撲倒在地。吳三再一刀，彭彪就喊了一聲，在大風中也聽不見他聲音的悲慘，他就再也爬不起來了，黑鬍太歲這傢伙立時就算是喪了命。吳三也不瑕細看他的屍體，只四下去尋找，然而剛才苗鈞給留下來的那匹馬，此時已不知竄奔哪裏去了。吳三只得提刀往西去緊跑，跑一會他就得站住喘一喘氣。他的右臂痛得越來越甚，血不住往下流。這倒不要緊，只可恨風砂總不停，而且迎着面吹，越吹越猛，他簡直不能夠快跑了，只好慢慢地走，但是走也頗為費力。

他四下裏瞻望，這混混沌沌的長空大地之中，哪裏有一輛車？又哪裏有一匹馬，一個人影兒呢？他的淚不禁汪然流下來了，自怨自恨，真不該跟着何子成同行，以至於上了他們的這個大當。自己真是個傻子，已經看出何子成不是個好人來了，還因循猶豫，跟着他同行。咳！何子成倒是跑不了，我追到迪化去，也能夠把他尋獲，也能殺了他，出了這口氣；但是妹妹她，今天今夜就許遭受了污辱，咳！我怎能夠對得起我的父母呀？我又怎對得起我的秦雄兄弟啊！他一面哭着一面走。風砂迷得他的眼睛都睜不開，他依舊前行。然而這廣漠的大地，他行走了半天也沒走出了多遠，更沒看見有一戶人家。

　　暮色漸漸地垂下來了，風勢更大，忽然聽得在風砂之中還含有一種雜亂的聲音，這聲音是越來越近，也越來越大了。少時沖到了眼前，原來是一群人馬。這些人多半都穿着皮衣戴着皮帽，模樣都看不清楚。吳三這時也顧不得想一想這些人都是做什麼的，只想：是人就行，是從西邊來的就可以。我只得向他們問問，看見何子成的車輛了沒有？看見我的妹子沒有？於是他奮身向前，將刀一掄，大聲喊叫說：“請諸位住馬！”

　　這些人馬約有十余騎，原來都是強盜，都不講理，也沒聽明白了他的話，只見他掄着刀，便都以為他是不懷好意。當時就有三四個人都跳下馬來，拔刀掄起，齊向他砍。吳三用左臂掄刀，一面迎敵，一面口中喊着說：“聽我來說！聽我來說！我並不是要同你們作對，我卻是……打聽打聽前面的車馬，你們看見了沒有？我的妹子是被人搶走了！”

　　此時那強盜群中有一個首領，這個人看見吳三右臂流着血，本來就覺得驚異。看見吳三的熟練刀法，跟吳三這樣魁梧的身材，更覺得他不是個凡人。又聽他喊出“妹子”來，這個人立時就將兩個手指放在口中“噓噓”吹出來嘯音。這聲音及其洪亮而且尖銳，衝破了風砂與馬蹄的的凌亂之聲，當下那與吳三正在交手的幾個人，就齊都紛紛曳刀向四下去退。吳三自然也就收住了刀勢，喘了幾口氣他就又向這些人擺手，使着力氣來說：“咱們不要打！我也看出你們全是做什麼的了，可是我並非要與你們作對。我是要尋找我的妹子……”

　　他一說出來這話，當時這些人就齊都哈哈大笑，卻被那首領怒吼一聲，將眾人的笑聲都壓住，眾人都不敢再笑了。這個首領把刀交給了別的人，他跳下馬來直到吳三的臨近，一抱拳。吳三當時也扔下了刀拱手。這首領也是個雄壯的人，說話的聲音很大，態度極為豪爽，他問說：“朋友！你貴姓大名？是從哪一條路上來的？”吳三說：“在下姓吳行三，因為送我妹妹到伊犁去就親，不料被壞人給搶去了，我並且負了傷！”這個人搖頭說：“我不信你這話！我手下的兄弟們幹別的事請都行，就是不准搶劫人家的娘兒們，如若犯了，我刀下不饒！”吳三說：“不是你手下的人。他倒是個大商人，名字叫何子成。”強盜首領說：“我不認識他。”吳三說：“我想你也不能夠認識他，可是你們沒有看見前面剛過去一大列車馬嗎？”強盜首領向他的手下人高聲去問，那些人全都搖頭說：“沒有看見！”

　　這首領當時就向吳三說：“朋友！我看你也是一條好漢，此處風太大，天也黑了，不如你到我們那裏，明天我們想法子幫助你去找你那妹子。”

　　吳三此時倒是一點也不猶疑，一來是曉得這些江湖豪客，雖說都是歹人，但倒還都性情慷慨。二來，天已黑了，茫茫的大地，往哪裏去找宿呢？於是他便點了點頭。這首領命人騰出一匹馬給他，他拾起來刀就騎上了馬，那首領也上了馬，於是一聲呼嘯，立刻就群馬奔騰。吳三就夾在其中隨他們去走，往東又往南，不知過了多少座土崗，天色已經黑沉沉的了。便望見前面有幾點燈光，群馬便向那邊奔去。少頃來到了臨近，吳三一看原來是一個村莊。當時眾人齊都收住了馬。吳三也下來，他為表示信任這些人，就要將手中的刀交給他人。那首領卻說：「刀還是自己拿着好了，到了我們這裏，就得刀不離身，不然出了事，你沒有一點辦法！」吳三聽了這話，又不由得一陣驚異。

這首領請他進了一個門中，這裏的屋子都極其簡陋，讓到一間很狹小的黑屋子裏。待了半天，才有人點來一隻油燈，那豆大的光焰照着這間小屋子裏，有不少的東西，什麼狼皮褥子，狐皮的袍子，還有大包小攏的東西。總而言之，這些絕不是他們善得來的。吳三也想不到自己才脫離開那奸惡的何子成，與那兇猛的黑鬚太歲，卻又走入與盜窟之中了！但是這盜窟的一些人，個個倒是說話非常之豪爽，真是一見如故，齊都呼他為吳三哥。

這首領名叫陳永勝，論年歲他比吳三長，就呼吳三為兄弟，他說：「兄弟！你不要以為我們原來就是響馬，我們幹這個行當還不到兩年，我們大多是嘉峪關裏的人，我們都是保鏢的，和做小生意的，因為遭貪官惡霸所害，我們才到這裏來，幹這行當也是無法。可是我們第一不打劫孤身旅客，第二不枉殺生靈，第三最要緊就是不准欺辱人家的婦女。這個村子本來有些戶人家，因為鬧旱災，全都走往他處去了，我們就借住了這個地方。幹了這些日子，倒還生意不錯。可是外邊的人給我起了個不好聽的外號，叫我『蓋魔王』！」說着又笑了笑。

吳三卻拱手說：「陳兄！我現在說實話，你們是幹什麼的我也都不問，我只想在你們這裏寄宿一夜，明天借我一匹馬，我好去追來我那被搶走的妹妹！」吳三說完了這話，他望着戶外的沉沉夜色。又不住歎氣，想着妹妹這時不知怎麼樣了，他就急憤填胸，同時右臂的傷又疼痛難忍，他連坐都坐不住，就歪着身子倒於土炕上。

那蓋魔王陳永勝，命人取來了刀創傷藥給他敷在傷處，又為他的身上蓋了兩件狐皮襖。並勸他說：「兄弟你不用着急，有什麼話明天再說，你能夠自己追回來你的妹子更好，你若不能自己去追，咱就派幾個弟兄前去，連媽的那壞人帶你的妹子，全都能夠弄回來！」

這些話雖然說得很粗野，可是吳三聽了覺得倒很是安慰。他此時是實在什麼也顧不得了。臂上的這處傷真不輕，把他這條老大的漢子簡直折磨壞了。他又不願當着這些好漢們呻吟，他就緊咬定了牙關，一夜聽着戶外不斷的風砂之聲，他也未得安眠。

次日他的心中更急，可是臂傷太重，他簡直起不來了。外面的風砂不但沒止，比昨日更似乎刮得猛烈了。蓋魔王陳永勝叫來了他手下的幾個人，大聲地吩咐，叫他們騎着馬快些去向西追，務必將吳三的妹子找回來，更務必將那個何子成捉到。這幾個人應命去後，蓋魔王就命人燒火做飯，他卻在屋中與吳三閒談。他因為吳三的儀表不俗，刀法頗高，他就向吳三細細詢問來歷。吳三便說了一遍，提到了師父鎮河東之名，這蓋魔王卻不知道。吳三又提到了秦雄，蓋魔王也說自己不認識此人。

蓋魔王又提他自己的事，他說：「我們在這一帶幹這行當，也沒有人管。這幾百里之內連個官人也沒有。有，除了過往的官差，就是發配伊犁去的犯官，這些人也不來惹我們，我們也不去理他。只是……」說到這裏，蓋魔王這樣彪悍的人物突然變了色，顯出來很害怕的樣子，他連說話的聲音全都變小了。他說：「我的外號叫蓋魔王，我可最怕天神，新疆這裏有一個天神，他還有一個最厲害不過的女兒！」

　　吳三聽了這話，立時就連傷痛似乎全都忘了，趕緊問說：「你說的這父女兩個都叫什麼名字？」蓋魔王說：「這位天神的名字叫作神劍魏！」吳三接着又問：「神劍魏？我這次往西來曾聽人提到這人的名頭，只不曉得他的武藝是那一派傳出來的？」

　　蓋魔王搖頭說：「這咱可不曉得！不過他跟他的那個女兒，全是有一身了不起的武藝，像我們這樣子的二百個也敵不過他們兩個。人都說他們父女在江南的時候就很有名，在京都更做過許多驚天動地的事業。自來到新疆以後行跡真是神鬼不測。你要想找他，踏破鐵鞋也沒處去尋他！你要是不怕他，不想躲避着他，那麼就好，你快做出一件惡事吧，說不定頃刻之間，他就能夠來取你的頭！」

　　吳三聽了，心中卻將信將疑，因為想着自己的師父鎮河東，乃是二十年來北方的唯一的英雄，他也不能令人畏懼得如此之甚。於是又向蓋魔王細細打聽那神劍魏在新疆所做的一些事情。蓋魔王當時就說出來許多件事。可是，第一是神劍魏究竟叫什麼名字，卻無人曉得，他的女兒有名字沒有，更是無人曉得；第二是他們父女素日行俠仗義，可絕不取人的一個錢，絕不傷害一個好人的性命。可是只要遇見了綠林豪客，他們可絕不客氣了，即使不惹着他們，他們也能夠用劍來索取性命。蓋魔王說完了，並道：「我雖知曉他們的厲害，我可還沒見着他們父女的尊面；哪一天我能夠見着，我想我的命大概也就完了！」言下他現出非常憂慮的樣子。

　　吳三卻說：「陳大哥！我勸您再幹幾天這樣綠林的行當，也快改了行吧！」蓋魔王卻搖頭說：「不行！誰不知道我的名呀？我往西到迪化城，往東到蘭州府，也不用到了蘭州，一進嘉峪關也就行了，只要被人一看見了，好！捉住了我，我就得歸天！」說到這裏他愁得眉頭全都皺起來。

　　吳三對於這個失路的豪雄，淪落的好漢，倒是頗為憐憫。又想：那神劍魏父女，雖然名頭大，武藝或者也真高，然而自己是絕看不起他們。那次在的風雨中相遇，知道他們父女是已經往東去了，此時一定不在新省。但何子成既認識他們，他們如何能夠不認識何子成？何子成既能搶去我的妹妹，早先他在這條路上還不知做過多少惡事。神劍魏卻沒有將他剪除，使他還敢如此為非作歹。哼哼！神劍魏跟他的女兒，能算得俠士嗎？大約不是徒負虛名，便是與何子成他們勾結作惡！如此一想，心中又氣，右臂的傷處更發起痛來。

　　吳三直在這裏等到天晚，蓋魔王派去的那幾個人方才回來，個個都弄得滿頭的土，滿身的砂，極不成樣子，可是也沒捉來何子成，更沒有找回來錦娥。他們都說：「風太大！路上是一個人也沒有，我們走出六十多里，連幾個纏頭人的家，和幾個蒙古包裏，我們都去問過啦，全都說是沒有看見那作買賣的車從這裏過，更沒有人看見什麼小姐、娘兒們。風太大！沒法子找！」

　　蓋魔王納着悶說：「莫非，他們都駕着風走了嗎？」這幾個人說：「可說不定！沙漠裏真常有那些事，有時把車跟人吹到半空中，扔出了幾百里地外！」蓋魔王生了氣，罵說：「媽的，刮走了一輛車，還能把十多輛車全都刮走？媽的，你們就說你們都是飯桶廢物完了！什麼事情也辦不了！明天我親自去追，你們看我能把他們追着不能？」他手下這幾個人，被他罵着，全都不敢還言，各自走開吃飯去了。

　　這裏蓋魔王也與吳三一同用餐，並勸慰着說：「老弟！你不用着急！明天我親自出馬，准能夠把咱們的妹妹請回來。我開個殺戒，把何子成那小子碎屍萬段了給你看！如果再尋不着，我拼出腦袋去陪着你走一趟迪化，無論怎樣，咱也得找着那何子成，向他要回來咱的妹妹。」他雖是這樣說，天色可又黑了，仍然得熬過這一夜去，明天才能再說。吳三想妹子丟失已經兩日了，再見了面，她就不定已成了什麼樣了呢？何況今生今世就許永久也見不着了呢？想到這裏，他又不禁汪然流涕。但過了這一夜，他的胳臂腫得簡直比房柁還要粗，血色模糊，而且爛了，化出許多白膿。他就更不能夠起來了。蓋魔王倒是既說出來就做，命人備上了馬，就掛着刀，親自去尋找吳錦娥，並捉拿何子成去了。到晚間才回來了，他很慚愧，只是歎息，因為他也是沒追着那些車輛。

　　吳三這時已經有些發燒了，口中時時模糊着罵那何子成，並怨切切地叫着他的秦雄兄弟。這條長大的漢子臥在這小屋的土炕上，簡直是呻吟待斃，恐怕不能夠好了。急得蓋魔王如同熱鍋上的螞蟻一般，連呼：「倒楣！倒楣！我跟他交了朋友，他就要死！」

　　這地方的名字原來叫狼兒莊。也真是名符其實，過了兩日風漸漸止了，夜間卻常聽見野狼叫喚。這裏的眾盜，到晚間都是刀不離手，一來是防範着野狼能夠跳牆進屋來吃人，二來似乎他們時時恐懼有人來剿滅他們。吳三聽他們的談話，就曉得他們的對頭冤家有兩個。除了神劍魏父女之外，在不遠之處還有一幫賊人，為首的人叫作鐵頭張飛，比他們的人還多，而且向來專和他們作對。因此吳三更是輕視那神劍魏了。就想，他來到這新疆是專殺強盜，只這一個地方的強盜就有兩大批，可見他不行！

　　幾日之後，他才能夠起來，但右手仍然是不能夠提刀。他去尋找胞妹的心更急，但蓋魔王攔阻他又不放他走，應約過幾天帶着他同往迪化，去找何子成，去救錦娥，並說：「老弟你就想開了吧！反正已經過了這些日子了，咱們的妹子要是個烈女，她就早已死了，如若還活着那也難講，遲早我們幫助你出了這口氣也就得了。何子成絕跑不了，他走必須走這條路，這路上永遠有咱們的人，見了他，就不能再放走了他。你放心養這只胳臂，等到好了的時候，我們只求你一件事，就是去把鐵頭張飛那小子結果了。他的財比我們發得可大的多，現在他足趁七八萬兩，他連搶的帶占的現在有七八個娘兒們。咱們去了，除了他之外，不傷第二個人。把他存的金銀得過來大家分了，從此大家就洗手，發誓不再幹這行當了，把那幾個娘兒們也救啦，叫她們各回各的家！」

　　吳三本來很感謝這些日他們的關照之情，而且想着：幫他們去剪除了那些強盜，同時使他們也都改邪歸正，這事情似乎也是應當做的。而且先去救別的被難的婦女，後再去救自己的胞妹，這也是俠義當為之事。他遂就仍在這裏住着，可是卻見蓋魔王這些人幾乎是天天出去打劫，每天要劫來不少的財貨。有一天他們出去劫來了許多箱子，並且聽說還傷了人。吳三可就有些惱怒了，當時就向蓋魔王去質問。不料蓋魔王這時正在急怒着，用一杆棗木棍，向他的一個手下人沒頭蓋臉地打，大罵着說：「為什麼你就殺傷那年輕人？壞了咱們的規矩，還給咱們惹下了事！那個鏢頭說『他們同神劍魏有交情』，難道你就沒聽見嗎？如今惹下了麻煩了！萬一要是真的，咱們可就全都得媽的完結了！」吳三聽了又是吃驚。

　　原來他們剛才打劫了幾輛車，那是官員的家眷，大概是自京都來的要往伊犁去，並且有兩個保鏢的跟着。他們倒沒把保鏢的傷了，可是傷了一個好像是少爺樣子的人。鏢頭曾說出神劍魏之名，當時雖沒把他們嚇住，這時候他們一細想，可都個個膽寒。蓋魔王把那惹禍的人打得頭破血出，跪在地下只央求，他才住了手，轉身來就又向吳三說：「你說這可怎麼辦呀？萬一神劍魏是真來了，那可怎麼好呢？」

　　吳三卻說：「我想不如今天，你們就散夥。」蓋魔王說：「散了夥可更不好辦了！他若來了，我一個人更抵不住他們了！」吳三說：「這可沒有法子！誰叫你們做了這事？」

　　蓋魔王當時就取出他們搶來的一封銀兩，說：「老弟！咱們交了朋友一場，這算是我送給你的，你快走吧！因為我們不能夠連累你，神劍魏父女若是來了，他一定不分什麼好人歹人，就連你一齊殺！」

　　吳三聽了這話，倒不住冷笑，銀兩他是絕不肯收受。無論蓋魔王是怎樣的人，但自己既然在此住了許多日，跟他們成了朋友，到如今他們有了難，自己怎好就趕緊走？那不成了個冷心寡情的人？於是就說：「既有你這話，我更不能夠走了，無論如何我也得等着那神劍魏來。我可也並不一定是幫助你們和他拼鬥，我是想到時候給你兩下調解調解。」蓋魔王搖頭說：「怕不容易！他如何肯聽你的廢話？你既在這裏，便跟我們一樣是強盜。若是打起來，我可並不是說你的武藝不高，只是你的胳臂還沒有大好呢？」吳三搖頭說：「那都不用提！我只在此等着會會神劍魏就是了！」心裏倒發愁神劍魏不能夠來。

第二章　娟娟女俠飛大漠

　　這夥人今晚卻都緊張萬分。蓋魔王派出了幾個人到大道邊去打探，吳三也要了一匹馬，左手提着一口朴刀隨他們到了大道邊。這荒涼的大道之上，今天可沒有風，天邊的明月照得地面如雪。他們等了半天，又派了兩個人往東邊去迎。又半天，也不見有人來。吳三都有些失望了。在這時忽然聽得東邊來了一匹馬，蹄聲如連珠，直奔前來，吳三便急催馬迎了過去，離着有二十余步，他就大聲問說：“來的是誰？”

　　來的這原來是他們派往東邊瞭望的人，他也沒有看出來吳三是誰，就大聲喊着說：“去了！去了！往咱們那村裏去了！”吳三一聽，急忙撥馬向狼兒莊裏去奔，身後可沒有人隨着他來；大概是那幾個人嚇得全都逃往別處，不敢回來了。吳三迎着月色去走，馬蹄騰起地下的砂土，就好像是騰起來了雪花。

　　在將來至狼兒莊的時候，他忽然看見了眼前有一匹馬，大約是黑色的，馬上的人可是穿着淺顏色的衣服，行得急速。他就一面追一面大聲地呼喊着問：“前面的人是誰？”那個人忽然一回首，吳三還未將那馬上的人面貌看清，卻聽得嗖的一聲，原來是一支鏢，正從耳邊飛過去，險些就要了吳三的命。吳三當時大怒，更往前去奔，並喊着說：“神劍魏！你算什麼好漢呀？使用暗器，太不光明，我吳三要會一會你！我是鎮河東的徒弟，我可沒見我師父使過飛鏢！”

　　前面的人已勒住馬回身，手中揚起來了白刃。吳三沖上去收住了馬一看，借着月光看得是非常的清楚，只見一匹棗紅色的大馬上，坐着一位細腰俊臉、蛾眉雲鬢的，二十歲上下的女子。穿的是淺桃紅色的短衣長褲，是緞子的，跟她頭上的金釵一齊與月光相映，而閃爍發亮。她一手揚起來冷光森森的寶劍，另一隻手中還拿着一支鋼鏢，瞪着雙目看着吳三，可未發一語。

　　吳三明白了，就說：“你就是神劍魏的女兒吧？我久聞你們父女的大名，可是你們不要來殺蓋魔王。他也算是個好漢，並且他已經應許了我，說他們就要洗手，不再幹這行當了！”他把話才說到這裏，那女俠好像就沒有聽明白，反撒出手中的鏢，向着他打來。吳三因為沒有閃得開，這一鏢就打在了他那只受了傷的右臂，真是傷上添傷，痛上加痛，他的馬不得不向後去退。而俠女的人馬已如一股煙似的就沖進了狼兒莊。當時那莊裏就喊聲四起，刀劍齊鳴，且有不少的賊人狼狽往外逃命。

　　吳三本來自覺是一條好漢，不願與一個女流交手，如今見村中起來殺戮，他想着：蓋魔王那些人雖都是盜賊，但他們對我都不錯，我怎能夠袖手旁觀，不去救他們？實在吳三這時吳三右臂傷痛，自顧不暇，他可又奮身催馬直進了狼兒莊。他的馬就撞倒了兩個人，那兩個人趕忙爬了起來，又向村外跑去逃命。

那位女俠簡直是虎入羊群，她連馬也不下，在村中就縱橫馳驅，手中的那條冷光閃閃的寶劍，高揚猛落，追着砍那紛紛逃奔的群賊。那些人手中雖也有刀棍，可是簡直就不敢跟她相打。腿快的是狂奔着逃了命，腿慢的就被她砍倒，只聽得聲聲慘呼，地下已不知道臥倒了多少。

吳三可真怒了，以左臂掄刀迎上前去，向着女俠就砍。那女俠也沒有看清楚了吳三是誰，見吳三的刀來了，她就用劍去擋。當時雙刀交磕，兩馬不讓，對着面就拼鬥起來了。女俠的劍法極精，可惜的是她臂短力弱，吳三雖用的是一隻左臂，可是臂長身長，又兼着力大，所以他頗佔便宜，但是也莫能將這女俠制下了馬來。相戳十餘合之後，女俠漸漸地驚訝了，於是借着月光向着吳三的面貌詳看了一下，她就將劍法翻新。可是吳三沒有工夫去細看她，只是鋼刀飛舞，一點也不客氣。

這時候，原來那藏在門裏的蓋魔王才得逃出來，他一邊往村外去奔，一邊回首望見了在這裏交手的二人。他就停住了腳，回身喊道：「吳三弟！你不要跟她打了！咱們快飄吧！」這「飄」字大概就是逃走的意思，吳三可真不想走。不料這位女俠是一點也不饒人，她一邊將劍換於左手之中，絲毫不懈地應付着吳三，一邊卻將右手向囊中取鏢。鋼鏢飛了出去，那邊的蓋魔王就立時哎喲一聲臥倒於地，想飄都不能夠了。

吳三也一驚，將身往旁邊一閃，那女俠卻放棄了吳三，催馬奔將過去，就要殺那已經中鏢倒地的賊首。吳三連撥馬都顧不及了，他就躍身下了坐騎，撲奔過去，掄着刀向女俠騎的那匹棗紅馬就是一下。立時馬嘶蹄蹶，女俠也騰身離了她的坐騎，同時玉足飛起，正踢在吳三的腕上。吳三把刀也扔了，但又向前猛勇地一撲，奪過來女俠手中的寶劍，他就與女俠相搏在一起。

女俠一被他將劍奪過去，扔了，就有些敵他不住了，因為吳三猛勇得跟一隻猛虎似的。女俠是個亭亭玉立的窈窕女子，身材不算矮，但是跟身材高大的吳三一比就短了半截，她得仰着臉去看這個像個鐵塔似的人。女俠雖武藝高強，拳腳功夫精湛，可是吳三不吃這一套，玉足踹在他的身子上，他一點也不動，就好像是沒踹着；拳頭打在他的胸上，甚至那鐵鉤似的五隻玉指抓在他右臂上的傷處，他不皺眉也不咧嘴。氣得女俠真想要走了，不跟這樣的人打架啦！

可是她的坐騎已被人家砍了，而且吳三毫不謙遜，不許她不打，步步直逼，就擰住了她的胳臂，又抓住了她的後肩。女俠急得哎喲了一聲，可是身子已被吳三扛起來了，就像扛了半袋米似的就給扛進了那個門中。女俠急得手亂抓，足亂蹬，極力地掙扎，可是才一進到院中，吳三就將她放下了。她將身子一挺就站住了，同時掄起玉掌吧吧就抽了吳三兩個嘴巴，氣得她的臉都紅了，氣喘吁吁的罵着：「強盜！強盜！」又掄拳向吳三打來。

吳三也不躲，就叫她打、捶，好像一點也不覺得疼，只拱了拱手說：「魏姑娘你先住手！你不要以為我也是強盜，我卻是鎮河東的徒弟，姓吳行三，光明正大，生平沒作過虧心犯法之事。我是送我的胞妹往新疆就親，遇見了你們，遇見壞人何子成，還遇着蓋魔王這些強盜。我現在覺着蓋魔王還算是好一點，因他頗講義氣；何子成是個色鬼，是個惡霸；而你父親神劍魏是徒有虛名，不但不是俠義，還與惡人勾通。”

　　俠女說：“呸！你敢看不起我的爸爸神劍魏！”吳三冷笑着說：“我真是連他帶你，全都看不起！”俠女更顯得生氣了，但是沒有再掄拳打，玉足反倒向後退了幾步。

　　這時明月已到天心，越發的清朗，吳三魁偉的身軀，英俊的面貌，昂壯的態度，又正對着月光，俠女把他看了個清清楚楚，也知道他實在不是強盜，而且是一好漢，是一奇男子。俠女不禁咬了咬下嘴唇，將散亂在額前的頭髮掠了一掠，並且整一整釵環，揪一揪衣襟。但是她的美卻一點也引不起吳三的注意，吳三仍然沉着臉說：“你們只會殺強盜，卻不能去剪除那比強盜更兇惡的商人何子成，我真替你們慚愧！”

　　俠女就急着問：“你說！那何子成有什麼不好？我們只知道他是個大商人，並沒有不端的行為，他那人還是很客氣。”吳三說：“他只對你們父女客氣，給你們讓路，是因為懼怕你們，但他對別的人卻……”他氣的簡直說不出一句話來了。

　　半天，他才忿恨而沉痛地將何子成與他兄妹在路上相遇，假意結交，趁着刮大風的時候，就將吳錦娥搶走，從頭至尾細說了一遍。又說他因為尋找胞妹才認識的蓋魔王，因為養傷才住在這賊窟之中，然而他卻覺得賊倒不像是真賊，他們頗知義氣，頗幫助人；何子成也不是個真商人，卻是搶掠良家婦女的歹徒惡霸；你們神劍魏父女更是徒負俠名，不做真正俠義之事。何子成敢這樣胡為，多半是有你們保護着他，說不定我的妹妹錦娥還是在你們家裏藏着了，因為你們這些假俠義，必貪慕何子成的財富！

　　俠女聽了，急得更是不住跺腳，並且連連擺手說：“你不要再說了！十天之內，我必把何子成的頭割下來給你，並把你的妹妹送回來，你就在這裏等候着我吧！”

　　吳三拍着胸脯又說：“我也是一條好漢，武藝並不比神劍魏弱，我自己會去尋找我的胞妹，用不着你們！”

　　女俠又把他看了一眼，就問說：“你叫什麼名字？”吳三說“我就叫吳三。”女俠說：“難道你就沒個名字嗎？”

　　吳三覺着這個問題問的倒很奇怪，就說：“你問這個幹嗎？我早先也有過一個名字，還念過一本三字經，一本百家姓。可是後來不念書，也就用不着那個名字了，連我師父鎮河東全管我叫吳三。”又說：“你回去告訴神劍魏，不要叫他再稱那假俠義，我吳三看不起他！”說着，轉身就向門外走去，也不理這位俠女了。

　　這俠女卻倒傷心似的，在月光下低着頭站立了半天。隨後她一跺腳，一擰身就上了房。她順着房去走，向下去看，就見吳三到外面是把那蓋魔王扶起來了。那蓋魔王大概只是腿上受了鏢傷，並沒有死，吳三很謹慎地攙扶着他，他也直說：“我的傷不要緊，兄弟你不要着急！只不知道那位俠女是走了沒有？”吳三卻發怒似的說：“什麼俠女吧？她也配稱女俠？只不過是那姓魏的女兒罷了！”此時女俠在房上聽罷了，倒不由得真是慚愧。

　　這女俠等着吳三將蓋魔王扶進了院中，她方才跳下來到了外邊。她的馬是臥在地下已經不能夠騎了，她的那口寶劍倒是由她找了半天，方才拾撿起來。她既慚愧又傷心，簡直要哭。她就想：跟隨父親走遍了南北，自己也曾單身孤劍制服過許多盜賊，可是哪兒吃過這樣的虧，受過今天這樣的侮辱呢？但今天這也不算是侮辱，是受了教訓，人家吳三說的話本來對。我們在新疆有這麼大的名聲，自己也認為是俠客，可是就眼看着何子成搶人，對於比強盜還兇的何子成，卻不能剪除，有什麼臉再見人呢？

　　這女俠沒精神地提着劍，就走出了狼兒莊。她也尋不着一匹馬，就步行着找着了大道，往東走去。當空又望見了那朗朗的明月，明月都像在羞她。她又想起來吳三的相貌跟武技，就覺得不要說是在新疆這荒涼的地方，沒有這樣的人，就是自己隨着父親走過了許多的地方，她也沒有見過那樣的英雄漢，奇男子……不知為了什麼，這女俠竟自忍不住對着月而落下淚來。

　　她走着走着，由大道又走入了一條小徑，又行了十餘里，就來到了一個村莊裏。這裏比那狼兒莊的人家可多得多，房屋也都很整齊，且有巡更之聲。但是女俠來此，卻沒有人察覺，她又上了房，踏房過屋走着，就走到了一戶人家。這似乎是本地的一家大戶，她就跳將下來，到了院中，直走進了一間有燈光內的屋內。看見她的父親還沒有睡眠，她就叫了聲：「爸爸！」神劍魏揚起來瘦臉，向女兒略看了一下，就問：「芳雲！你去了怎麼樣？」芳雲答說：「我去了，殺了他們許多人，將那強盜頭目也用鏢打傷了。」神劍魏說：「越多殺越好，那些個強盜惡人，是越多剪除了越好！」

　　在往常，神劍魏的這樣的話，他的女兒是一點也不覺得詫異。但今天魏芳雲姑娘的心中突然發出了一種反感。她的臉兒一沉，不由得就哼了一聲。她的父親神劍魏可還沒有注意，只仍忿忿地說：「咱們仗着行俠，在江湖間幾年，竟不能將強盜惡人全都滅盡，可見得壞人是太多了！」芳雲姑娘卻擺着手說：「爸爸快不要說了！說起來，哼，我也真灰心！」

　　神劍魏這才注意到了女兒不滿意的神態。他見女兒的樣子簡直與往日不同，就說：「你這是什麼話？小小年紀為什麼就說出了灰心？」芳雲姑娘說：「我灰心的是咱們枉負俠義之名，其實也不過殺一些毛賊小盜，真正的惡人咱們卻沒把他剪除！」神劍魏有點生氣說：「你快說出來！哪個人才是真正的惡人？只要你說出來他的惡名惡事來，我絕不容他生在人世！」芳雲說：「就是那個何子成，他比誰都惡！」

　　神劍魏怔了一怔，就又說：「你說的不是那做買賣的何子成嗎？他在蘭州雖開設着鏢店，可是他本人並不會武藝，我也沒聽說他縱容手下的人做出過什麼惡事？」芳雲也忿忿地說：「他自己做出的惡事也就夠了！還用得着再縱容他手下的人嗎？」神劍魏說：「我們雖與何子成沒有交情，可是我知道他做的是正經的買賣，而且樂善好施，譬如路上常有倒斃的人，只要被他知道，他就要施棺雇人給埋了。」芳雲又哼了一聲，說：「那算什麼，埋了死人是為沽名釣譽，他可搶去了活人，給他為婢為妾，害得人家兄妹分離！」

　　神劍魏一聽這話，就更詫異了，他的臉色此時是極為可怕，又瘦又青，真如寶劍一般，兩眼更發着可怕的光芒，仔細地望着他的女兒，並專心聽女兒說那何子成的惡行。芳雲就說了，但是她並未說出那被搶去的吳錦娥的哥哥是誰，也沒說出剛才在狼兒莊與吳三相見之事。但是神劍魏聽了，哪能夠不細細地問？他就問說：「這些話你是聽誰說的？」

　　芳雲說：「我是聽狼兒莊裏的一個強盜說的，他還說咱們父女是徒負俠義之名，真正的惡人倒不去剪除，真正的難女咱們也不去救，他非常看不起咱們。當時我一生氣，就要了他的命。可是我細一想，他說的那話也對，本來咱們只能跟些毛賊小盜為難，卻不曾看出那麼壞的何子成。爸爸你還說他是什麼樂善好施，我竟覺得咱們實在應當羞愧！」

　　神劍魏忽然問說：「你是騎着馬回來的嗎？」這句話卻問得芳雲的臉兒紅了，一時沒有答上來話。神劍魏卻蟇然站起，說：「你聽來的這話，未必屬實，我想何子成不能做出來這種事。這其實也好辦，以後我們再細細打聽去吧！目前我們關心的就是胡公子今日所受的傷勢，他的傷若不見好，我們即使有什麼急事，也是無暇去辦！」芳雲姑娘聽了這話，她就便不再言語了。待了一會，她就回到了自己的住屋之內去就寢。她的父親可仍然不睡，拿着刀創藥，又去看那受了傷的胡公子。

　　胡公子即是在白晝遭了蓋魔王那夥強盜打劫，並負了刀傷的那位少爺。神劍魏並非愛惜這位少爺，他所尊敬的原是少爺之父，有名的清官，有名的忠臣，官至禮部尚書，而因詭被罪，發配伊犁的那位胡大人。其實神劍魏與胡大人也無一面之識，不過因他的俠義肝膽，就決定要保護着忠良。他們聞說胡公子自京來到新疆陪侍他父親，所以神劍魏就急帶女兒往東去迎接，也是想要沿途保護。沒想到他們因為彼此不認識，走在對面，也沒有彼此招呼。

　　後來聽說胡公子已經走過去了，他們父女又折回來趕緊向西來追。又因芳雲姑娘也是坐着車，他們的車走得沒有胡公子的那幾輛車快，只遲了一步，胡公子就不幸遇着了蓋魔王那夥盜賊。搶去了箱籠行李還不要緊，更不幸的是胡公子又負了重傷，這真令神劍魏的心中愧歉！他從此就侍候着胡公子的傷，一步兒也不敢離開了，並且連覺都顧不得睡。那蓋魔王的一夥強盜，他也無暇去親自剿除，剛才女兒所說的何子成的惡行他更沒往心裏去放。他只是恐怕那位忠臣的唯一的兒子，因這次的傷就喪了命，那可就真沒有天理和公道了，他自己都得終生負疚！

　　現今他們住的這地方是叫甜水兒村。因為附近百里之內，只有本村中有一眼甜水井。本村中的大戶，即是這所莊宅的主人，名叫陳百萬，也是個富商，在伊犁，迪化，和安西州等地都有大商號，素與神劍魏相識。所以他們才把胡公子連同四名僕人，兩名保鏢護送到這裏。這一夜他就親手給胡公子的傷處敷了三次藥劑。到了次日，胡公子的傷處並未見好，反倒作熱發暈了起來，神劍魏心中更是焦急。胡家的幾個僕人和隨來的幾個鏢頭，都求他快些到狼兒莊去把失了的那些東西拿回來，神劍魏卻怒聲呵斥說：「那點事還算要緊嗎？東西絕不能丟失！蓋魔王群盜的性命也就在我的手中，但那些事現在都不忙，你們只看着你家的少爺，萬一他要是有個不幸，豈不叫你家的老爺更是傷心麼？我姓魏的連他這麼一個人都沒有保護得了，我還有什麼顏面在新疆稱俠義？」但他這話被隔壁屋中的芳雲聽見了，她不禁對她的爸爸哼了一聲。

　　芳雲姑娘在這一夜之間也是未得安眠，她是總忘不掉狼兒莊裏住的那長身英雄漢子吳三。她不敢把吳三輕視自己父親的事說出來，然而見自己的父親為了一個做官的少爺，竟這樣殷勤關照，實在自己也對他有點輕視了。如今那何子成搶去了人家姑娘，他不定在旁處怎樣地狂笑取樂，以為神劍魏都被他瞞了，而那吳錦娥不知要如何可憐！難道這件事就不比胡公子受的那麼一點傷更重要嗎？徒負俠名的父親卻不前去幫助。

　　芳雲的心中越想越是忿恨，越是不平。她就要獨自去做這件俠義之事。趁着此時神劍魏又到胡公子的屋裏去敷藥治傷，那幾個鏢頭、僕人們是在另一間屋內，商量着要仗着神劍魏的勢力，到狼兒莊把昨晚失去的財物索回，沒有什麼人看見芳雲，這魏芳雲姑娘就攜帶着一支輕便的包袱和一支鏢囊，一口寶劍，她就出門去了。

門外還拴着三四匹馬，是這裏陳百萬家中和那幾個鏢頭騎來的，芳雲就解下來一匹白馬，也不備鞍韂，她就馳出了村口。村口外的一顆槐樹下可有幾個人正在蹲着賭錢，其中有給她趕車的鵝頭小孟。這人的頭上有個包兒，是神劍魏在北京時收下的徒弟，一向是又趕車又打雜，跟着他們也有好幾年啦。當下鵝頭小孟將起來高舉着臂喊說：“芳姑娘！你要幹什麼去呀？”芳雲說：“我去找何子成，救吳錦娥！”鵝頭小孟一陣發怔，芳雲可已經催馬直往西去了。鵝頭小孟又大聲喊問着說：“師父他老人家知道嗎？”離着太遠，芳雲沒有聽見，白馬馱着紅妝，飛馳去了，鵝頭小孟也就又蹲下，專去賭錢。

少時芳雲騎着馬已奔向了大道。道上人稀少，大概就因為昨日出了事，一般商賈都駐足不前了。芳雲的心裏忽然一動，想着：我是不是再到一趟狼兒莊，告訴那個長大的漢子，你也不要看不起我們，我這就去殺了何子成，救了你的妹妹！然而這樣的話昨晚也曾對吳三提出，是被他拒絕了。他彷彿是不稀罕我們去救他的妹妹，他真是驕傲非凡。好！你等着看吧！我辦完了事去再見你。我一手提着那壞人的頭，一手拉着你的妹妹，倒得叫你看看我們姓魏的父女，俠義之名是實還是虛？當下芳雲的心裏就堵上了這口氣，她馬不停蹄，蕩動了沙塵，直往西去，她料定何子成在前邊絕不會逃得太遠。

陽光自東方升起，照在大地上，地上只有馬蹄響，空中時聞鵰鷂鳴。越走，越顯出新疆地方的遼遠與荒漠。然而魏芳雲在這裏往來行走已不止一兩次了，所以她倒不覺得怎樣。往西行了約二十里，她的馬是在高原之上，但是偶一低頭，看見原的下面也有一個人騎着馬。她走的是大道，那人走的是小徑，她對於路途認識的是極熟，即使閉着眼睛也不至於走差了路。然而下面走的那人彷彿是彷徨不知所之，一上一下相离十數丈，一左一右不到半里，也差不多。

芳雲看出來這人是迷了路的樣子，她就撥馬趕到近前去看。來得近了，她便看出這人正是吳三，騎的是一匹黑馬。芳雲就高聲叫道：“吳三！”叫了出來自己可又後悔，雙腮也突然發燒了。但因為天高地廣，相離着還算太遠。下面的吳三隻想找着一條路好奔向大道，他卻沒聽見高處有人在叫他，連臉也沒有抬起。這可又使芳雲失望了。芳雲心裏替他着急，心說：這個笨人！他為什麼走下面的小路，可不到原上來？又細看吳三雖然行在自己腳底下，可是他那身軀依然顯得雄壯，顯得高長。並且顯得他騎的那匹馬太小，他的辮髮盤在頭頂上，身穿着那件破棉衣，右胳臂就下垂着，成了殘疾似的，一動也不動，左手卻提着個竹竿的短鞭，策着他的馬。刀是插在馬上的一支破被卷裏。

魏芳雲在上面看他，才離了狼兒莊沒有幾十里地，他就走差了路，這樣怎能夠找得着他的妹妹呢？自己想再叫他一聲，可是又恨他昨天太驕傲，心裏就解恨似的說：讓你就在這條小路上慢慢走吧，我去急急地救回你的妹妹，就帶來給你，也省得你費事。

當下芳雲又撥馬離得吳三遠了一些，就催馬西去。下來高原，未再遇着吳三，再回頭時也看不見了，她就又急急去走。往西過了黃草嶺，又過了牛頭店，這都是路上的鎮店，她就向人打聽那何子成的下落，有的人搖頭說：“不知道！”有的人大概認識她是神劍魏的女兒，就先是張口結舌擺手兒，後來又把手向西一指，說：“往西去了！是前天刮大風的時候走過去的。”芳雲一聽，心說：“何子成好大的勢力呀！他從這裏走過去，都沒有人敢實說，可見他是個惡人。”於是加鞭飛馳，恨不得立刻就將他們追上。

　　魏芳雲連午飯都顧不得用，往西疾馳，又過了駱駝坡、辛家鎮幾個市鎮。她是逢人就打聽何子成的去處，只要被問的人回答得慢了些，她就忿忿地用馬去撞人。但她也不敢太多耽誤了時候，只得忍着氣又往下走。天色漸漸地昏晦了，西邊的那片彩霞都落于青山背後，秋風吹得是愈來愈勁。她知道前面有一片大沙漠，名字叫黑沙海。她想：今天是絕走不過去了！她將馬收得緩了一些，略微喘了喘氣，就向西又行十餘里，眼前望見了一個很大的市鎮。

　　一個月前，她曾隨父親由此行過，並曾歇宿過一晚，知道這是黑沙海東岸的大鎮，望鄉莊，俗名兒叫作望鄉台，因為一來是這裏的地勢高，二來是自遠處到這裏的征人旅客，回首家鄉，再也不得見了。由此再走半里便是黑沙海的旱海，生渡過去的人都不多；即使渡過了那片沙漠，也山川異形，人民異俗，與中原大不相同。可是在本地生長大了的人，及走慣了新疆的客商們全無此感，反倒多半在此歇足，玩樂一天之後，明天將駱駝餵足了水，再走沙漠。因此這個地方很是繁華，一條很寬的土街，兩旁都是舖戶，舖戶裏點着菜油的燈，羊油的蠟。有那酒飯舖裏還有人劃拳行令，並有瞎子彈着破弦子，土娼啞聲唱着怪調的小曲。賭窟裏更是熱鬧，賭急了的人就在街上亂罵、亂打、亂滾。地下不是駱駝糞便就是馬尿，氣味是極為難聞。哈薩克人、纏頭人，都腰裏帶着刀往來着。

　　因為天色已經黑了，魏芳雲牽着馬走在這條街上，也未惹人注意。她就找了上次隨着父親住過的那家店房，一進門將馬交給了店夥，她就問說：「哪間房子是閑着啦？」她的嬌聲兒細氣，倒未使店夥生疑。可是店夥把房子指給了她，她嫋嫋娜娜地向那邊一走，店夥可就看出她不是個男人來了，不由得就有點詫異。遂將馬急急忙忙牽至棚下，趕過去追着看，看出來雲鬢簪環，他才敢叫出來，說：「大嫂！你就是一個人兒來住店嗎？」芳雲沒有答話，卻一徑走進屋裏去了，就隔着窗喊着：「拿燈來！」

　　這個店夥答應了一聲，趕緊又去拿燈，並把這件事告訴了他們的掌櫃的。於是他拿着一盞燈，掌櫃的拿着茶壺茶碗，先咳嗽了一聲，兩人才敢進了屋。掌櫃的借着燈光一瞧這女客，卻不由得手發顫，他就心說：「哎呀！神劍魏老爺的女兒，怎麼一個人兒又回來啦！」

　　店掌櫃的雖然認得她是神劍魏的女兒，可是不敢用話點明，不敢對她不尊敬，就遞着嘻嘻的笑容說：「小姐！你不是前一個月在我們店裏住過嗎？那位老爺子呢？是在後面，待會兒就到嗎？」芳雲坐在炕頭，由衣襟解下一條手絹來，先抖了一抖，然後就擦了擦臉上沾着的塵土，說：「他今天不來，只我一個人在你們這兒住，你們不要這樣大驚小怪的！」

　　店掌櫃帶夥計都一齊彎身打躬說：「哪裏的話！哪裏的話！小姐來來往往都住我們這家店，專照顧我們，就是財神爺，我們敢怠慢嗎？」芳雲擺着手說：「廢話不要說，我問你們這個地方，這兩天都住的有什麼人？快據實告訴我！」店夥計發了怔了，掌櫃的可還笑着說：「小姐是最聖明不過！這望鄉台地方雖比不了迪化城，可是個路口兒，店房連我們這家就有九家，一天來來往往打尖兒的，歇腳兒的，不知有多少，我們哪裏數得過來？」

　　芳雲沉着臉說：「你就實說吧！何子成從這兒過去了沒有？」掌櫃的還故意納悶地說：「誰？小姐你問的到底是哪一位？」那店夥卻在他身後邊站着，就搖了頭，說：「沒有！我們都沒看見他們！」掌櫃的偷偷地用腳向後邊一踹，那店夥也自知把話說漏了，就趕緊退出了屋。芳雲將一雙俊目一瞪，接着發了聲冷笑，說：「看你們不但認得何子成，還認得我，你們若還想要性命，就不用再瞞着啦！若是不想活，那就再替何子成拿假話來欺我！」說時鏘的一聲，冷森森的寶劍已出匣了半截。

店掌櫃的神色一變，往後去退，趕忙擺着雙手，悄聲說：「魏小姐！你老人家不要生氣！」芳雲嗔怒說：「什麼老人家？」店掌櫃彎身說：「是！小姐！我們也不是敢欺瞞你老，是何財東切切實實囑咐了我們的。何財東這次由此地過，住在西邊太平店。他帶來一個姑娘，這個姑娘在車上時，就是哭哭啼啼，下了車給硬拉進了店房，越發哭喊。她手裏還拿着一把小刀子，誰要是逼她，她不扎人，卻要扎她自己。因此，這次何財東可是煩惱極了，他命人向每家店舖送了二兩銀子，囑咐後面無論是什麼人再來打聽，都不許實說。我們倒不是貪圖他那二兩銀子，是不便得罪他老人家！」芳雲立起身來趕緊問說：「他現今還在太平店嗎？」掌櫃的說：「早就走啦！前天傍晚時到這裏來的，因為那姑娘鬧得太厲害，他們住不安，當時就在鎮上買了許多隻燈籠，連夜過了黑沙海啦。」

芳雲聽到這裏，就不禁失望了。黑沙海她是走過幾次的，她真恨那個地方。那簡直是無邊無岸，一天也走不完。而且若沒有父親給領路，是自己一個人在裏邊行走，她也會迷了方向。何子成那些人又是前天已經走過去了，這時都許到了哈密了。他們的人多車多馬也多，半夜裏打着燈籠過沙漠倒還沒有什麼，自己卻是單身、匹馬、孤劍，在沙漠裏若遇着強盜還不怕，她卻怕遇着狼群。新疆的狼都成群，每群多則有二三十隻，遇上可就麻煩了！於是她複又坐在炕頭。那店掌櫃又說：「魏小姐不要怪我們，我們做生意的都不敢得罪人。尤其何子成，他是有名的大財東，又是有名的善人義士，手下那幾個保鏢的又都不講理。他囑咐了我們的話，我們敢不聽不依嗎？可是他也沒叫我們瞞着你。他只說：若有個叫吳三的人找到這裏來，就說都不知道！」芳雲也不耐煩再聽，就擺了擺手令店掌櫃的出去。

她的心裏此時十分不痛快，就想：原來吳三的話半句也沒有說謊，他的妹妹真是被何子成搶了去！父親還以為何子成是個良善的商人，其實他所做的事，真比強盜還兇惡萬倍。她又欽佩那俠烈的吳錦娥，更疑惑何子成連夜渡沙漠，倒未必是恐怕吳三來追，而是多半他們把吳姑娘拉到沙漠裏，不是給強迫着污辱了，就是給害死了！越想越覺得這種情形是可能的。吳錦娥不定落到了何等的地步，屍首都許已叫狼給吃淨了！自己的心裏實在不安，如沸着熱油一般，眼前燈光搖搖，那只茶壺的嘴裏，也冒着熱氣。窗外是秋風瑟瑟，鄰屋中又人語喧嘩，使她的心中更煩。

忽聽得有嗒嗒敲着竹板的聲音，又聽有弦子彈了起來。接着是一個嗓音沙啞的女人唱起來：「正月裏來月輪高，家家戶戶鬧元宵，羅兒鼓兒一齊響，小妹也想把花燈來逛喲！可惜呀情郎不見了喲！……」芳雲真氣急了，立時跳下炕去，把門一摔，出屋門喊說：「不要唱了！不要唱了！給你錢，你們快點走！」

那個樂人沒有聽見，還照舊撥弄着弦子。女人是站在北房的門首，那北屋數間，裏邊的燈光全都極亮。有幾個漢子走了出來，向那女人說：「唱吧！唱吧！進屋來唱！」雜着喧嘩的笑聲，那女人又接着唱：「二月裏來龍抬頭……」一邊唱一邊走進那屋裏去了，就沒有理芳雲。

芳雲不禁覺得又羞又怒，她真是從來也沒有像今天這樣煩惱過。忍住了氣，回到屋裏，恨不得一手抓起來那盞燈摔在地下。店夥又進屋裏了，給她送進來菜飯，是羊尾巴油熬茄子，比地下的土還粗還黑。又髒又硬的大饅頭，她咬一口就覺着牙磣，想咽是怎麼也咽不下去，倒一碗茶沖一沖吧！咳！哪裏是茶？簡直是苦水煎的棗樹葉。她從來也不想故鄉江南，如今卻是真真地懷念起來家鄉來了。

她覺得爸爸做得真不對，他是只想把名聲遠播在異域。然而新疆這個可恨的地方，除了前夜遇見的那個吳三之外，還有誰能夠算得是個人？但是這裏僅有一個正直的人，英雄漢，他就先看不起爸爸跟我，真的！我們何必還在這裏自命為俠士呢？她灰心了，就加倍覺得煩惱。可是北屋裏的幾個人正在高聲歡笑。瞎子仍然亂播着絲弦，那個唱歌的女人，還唱着很難聽的歌曲。那幾個光身漢，有的擂桌子，有的敲茶碗，還有的當當當，好像打着什麼鐵東西，真是發瘋了！擾得人的耳根一點不得清淨。

魏芳雲不禁把筷子一摔，怒聲又叫着："店家！店家！"但那北屋的幾個人吵得太厲害了，櫃房裏的人是一點也聽不見。芳雲就忿忿着出屋，她也不再叫店家了，卻向北屋裏怒聲喊道："你們亂吵什麼？別人都不用睡覺了，這個店裏只是你們幾個人住嗎？"那屋裏的人似乎聽見了院中的怒聲，因為有個人影扒着窗向外面直看。可是那敲碗、擂桌子，打什麼鐵東西的聲音，連那女人忽唱忽笑的怪音，不稍停止，反倒更吵人。

芳雲心中的怒火真是不可抑制，她就將手探向囊中，取出了一支鋼鏢，就向那窗中，吧的一聲飛了去。這可真有效驗，那屋裏除了那女人哎呦驚呼了一下，其他的亂雜聲音全都戛然停止。芳雲重又清脆地說："這家店是許多人住的，別人還要歇息，睡覺，你們亂吵，不是有意欺負人嗎？哼！"

那屋裏就有人說："嘿嘿！有飛鏢，還是個娘們兒？喂喂！外邊說話的人，你先不要進屋，叫我來認識認識你，看你是哪裏條路上的雌魔王女太歲！"屋門一開，跳出來了一個渾身都是青色的短小精悍的少年。

天際烏雲隱着朦朧的月，因此芳雲把這個人看得相當的清楚，就更發怒說："剛才你說的是什麼？你罵的是誰？"這人就往前走幾步，用目細細觀察着芳雲，他就哈哈大笑說："我弄錯了！我還以為是什麼鋸齒獠牙的雌魔王，藍靛臉的女太歲，原來，哈哈！真想不到，黑沙海邊今天會遇見了嫦娥！這麼個破爛小店竟住着織女！有緣有緣！姑娘你剛才往我們的屋裏打飛鏢，也許是因為我們沒有招呼你，你就吃了醋了吧？"

魏芳雲雖然跟隨父親行走江湖這幾年，她可還不明白吃醋這兩個字，是好話還是壞話。便依然沉着臉說："你少犯貧嘴！只要你們不再亂吵攪人，就得啦！真可氣！"那精悍的少年人卻一個箭步追上來，仿佛要揪她。她又大怒，回身一拳，同時腳也踢起，那少年人騰步躲開，拿定了拳勢點了點頭。又說："大姑娘！我們幾個都是在外面奔波的苦人，叫來個娘們兒唱只曲，開開心，解解悶。也是因為不知道你也住在這兒，若是知道，我們早就預備酒兒，作揖打躬也得請你到我們的屋裏，彼此樂一樂也！"

芳雲此刻才聽出來這個人說的不是好話，就喊一聲："呸！"掄拳躍步又打。那少年也遂翻身以拳還擊。兩個人往返三四回合，雖未相搏在一起，但芳雲的拳一發出來，他總知道路數，總會巧妙地相迎。芳雲便又怒問一聲："你叫什麼名字？"這人仍然笑着說："我姓秦名雄，河東人。在河東我是個黑炭頭，姑娘們見了我就皺眉；來到新疆我可成了小白臉，女人們見了我就眯眯笑。"芳雲越聽這個人說的話越可氣了，就矗又掏出一支鋼鏢向他打去。秦雄"呀"的一聲大叫，身子倒地，手腳蜷起，咕碌咕碌，滾出了很遠。

芳雲這才平下氣，回身就進屋。然而還沒坐下，那秦雄又來到屋門前笑着說："謝謝大姑娘給我的這只鏢，我可一點也沒傷着，姑娘若是不惱，我也要請教請教芳名和貴姓！"芳雲大怒，抽劍躍起，向着他就砍。秦雄急退幾步，站在院中又嘿嘿冷笑，說："真想要比武嗎？那我可也願意奉陪！"

芳雲挺劍跳出了屋，嬌軀昂然而立，本想要跟他殺鬥一場，可又覺得不值得。這秦雄不過是個無名小輩，多半還是個劫人盜馬的小賊，自己何必跟他惹氣？今天在這店裏好好歇一夜，明天還得渡過黑沙海，追上何子成，救那可憐的女子吳錦娥呢！同他惹氣真不值得！這樣一想，就不再挺劍向前去逼。那屋中秦雄的幾個同伴也都跑出來了，有的代秦雄向芳雲賠罪，說了許多就客氣有禮貌的話，並應得即刻就把那唱曲的女人遣走，他們也不敢再亂敲了；又有幾個人死拉活拽把秦雄給架進了他們那屋裏。芳雲這才又哼了一聲，放下了劍，進屋就閉上了屋門。

但她的劍未入鞘，怒也未息，外面卻萬籟俱寂。莫說秦雄那些人不敢再吵，就連別的屋內的客人也沒個敢高聲談話的。芳雲少時即熄了燈睡眠。店內更是安靜，只是北屋裏還有燈光。原來秦雄的夥伴張八，崔九，小狐狸跟大老貓，因為聽店掌櫃跑到屋裏說"這就是神劍魏的女兒！"他們害了怕，才把這場糾紛解開，把秦雄拉進了屋，也把彈弦子的跟唱曲的都趕緊打發走。茶碗不敲了，桌子也不擂了，那個鐵東西，馬蹬子連鞭杆都輕輕地放在一邊。

直到現在他們四個人還都在低聲勸着秦雄。張八探着頭說："老弟你想想，她爸爸是神劍魏，咱們惹得起嗎？"崔九仿佛大哥似的教訓着說："本來是你不對！咱們哥兒們住土娼，叫來唱曲的，都不算什麼，怎可以跟同店住的女子說那些輕薄的話？被江湖朋友知道了，就要看不起咱們啦！"小狐狸也搭腔說："你在河東有老婆呀？你還在外邊調戲人家的姑娘，豈不怕被你老婆知道了要吃醋嗎？"大老貓卻直摸耳朵，吸着氣說："我可真害怕！剛才那位女劍俠要是不息怒，我可真想下跪給她叩頭了！明天，不用等到天亮，就趕快飄吧！"秦雄卻微微地冷笑，他是一句話也不回答。這個面黑眼大而短小精悍的少年，顯出來極端的煩惱，並懷着無限惆悵，因為他自有生以來，從沒見過像魏姑娘這樣拳劍精通，容貌豔絕的可愛的佳人。

秦雄對於這幾個朋友的話都不樂意聽。張八是太膽怯，莫說神劍魏還沒在這裏，即使真來了又當怎樣？崔九他自己就是一個好色之徒，如今他卻又假充正經，在這兒勸人；大老貓簡直太洩氣了，竟想給人下跪叩頭，這有多麼可恥呀？然而小狐狸剛才說的那一句話：你在河東有老婆呀！卻實在戳痛了秦雄的心。

他在屋中來回地走，好像是坐也不安，也立不住。後來他就用手咚的一擂胸膛，長歎了口氣。旁邊小狐狸又笑着說："老秦煩了，喂！喂！老秦你不要煩呀！咱們再遇着兩號闊買賣，我就一定陪着你到河東接你媳婦去。你不是說她才十七八嗎？因為她被人看上了要奪她，你才鬧出事，才打了官司，才來到新疆，可見她長得模樣必定不錯。你還說過你那大舅子也是好漢子，好武藝，那正好！咱們現在還正短少一個夥計，招了他來，一同做生意一同發財，比你癩蛤蟆想吃天鵝肉，惦記上了人家神劍魏的女兒，強得多不強得多呀？"秦雄依然是一聲不語，幾個朋友卻齊聲笑他，可是不敢大聲笑，怕那女俠再往窗戶裏來打鏢。秦雄卻一頭倒在炕上，合上了眼就睡。此時觸動了無數的心事，他真想痛哭一場，或是痛飲一番。

他本來是個坎坷失意的少年，負罪逃生的壯士。他在河東時，原來是潔身自愛，與義友吳三肝膽相交，並且聘訂了吳三之妹，那溫柔嫵順且貌美的錦娥。但，如今他竟流落到了新疆，也不知錦娥是生是死。他想，即使錦娥依然思念着他，可是這邊疆絕城，一個弱女子怎能夠來？他既不能回河東，並且無顏見義友。因為他已經與張八、崔九、小狐狸、大老貓這幾個盜賊在一起混了這些日子，也染了些惡習，性情變得更為暴烈。他到處都要找女人，酗酒，他自甘墮落。不想今天遇着了神劍魏之女，卻突然攝去了他的魂魄，救起來他的良心，又增添了他的慚愧。他睡不着，暗暗地想：媽的！神劍魏的女兒我自然配不上，可是明天，非得跟她比比武不可！

次晨，天還沒亮，大老貓真就備好了五匹馬，催他跟着快走。他本來是搖頭，可是聽店家都說：「那魏小姐也是要往西邊去，你們幾位既然不願惹事，還是先走吧！」他聽了卻又十分喜歡，就大呼着說：「好！我跟她在黑沙海裏再見面！」當他們走出店門的時候，秦雄還直嚷着：「黑沙海！黑沙海！黑沙海那地方你敢去嗎？」急得崔九直捂他的嘴，大老貓要給他叩頭。

此刻，魏芳雲由夢中被這嚷聲擾醒，她疾忙翻身坐起，隨手就擎住了寶劍，只聽群馬的蹄聲雜亂，似都是往西去了。她是又氣又疑，想起昨晚惹的那場氣，那秦雄跟那幾個人不是強盜便是鏢頭。後來他們忽然告罪息事，必是已經曉得我是誰了。可是他們為什麼要那樣怕呢？許是心虛吧？幫助何子成搶吳錦娥的就許是他們吧？對了！這裏的店掌櫃和夥計的神色，也都很可疑。想到這裏，芳雲將鞋繫緊，衣紐扣好，她就下了地，開了屋門就叫店家。

外面的天色才五分明，晨風甚是淒緊，店掌櫃送走了秦雄那幾個人，才將大門頂好，聽見魏小姐又叫他，他趕忙着笑應了一聲，打着個紙燈籠，就走向這屋裏來。芳雲就問說：「剛才走的是那姓秦的不是？」店掌櫃回答着說：「他們都走啦，天還早，小姐再休息吧！」芳雲說：「你不要說這話！我問你，他們那幾個人都是幹什麼的？」店掌櫃搖着頭說：「不知道！他們都是頭一回住我們這家店。」芳雲卻含着怒氣冷笑着，說：「你們不知道？哼！」

店掌櫃幾乎要發出誓來，指着鼻子說：「我們真不知道！從來也沒見過他們，不過，他們都帶着刀跟馬匹，又都很有錢，我猜着他們大概不是保鏢的，就是……」芳雲卻發怒說：「少說話吧！快些算清了店錢，把馬喂好，我這就要走！」店掌櫃不敢再言語了，就急忙退出屋去，到櫃房裏去算帳，並叫個店夥快些去喂馬，他也願意快些把這位不講理的小姐恭送出去。

少時，馬就喂足了水草，芳雲也將頭髮梳好，行李整頓完畢，就付了店錢，出門上了馬。她忿忿地向西疾馳，就奔入了黑沙海。這時殘月如一片白玉，嵌在西邊的天空中，天作濃青色，星光俱隱。東方已萌出了紫色的曦光，托着幾片朝霞。芳雲雖然心急，但馬行得是越來越緩，因為地下的砂礫漸漸粗大，秋風也吹得極為猛烈。

黑沙海這個地方雖叫作海，實則百里之內，點水均無。天色漸漸亮了，就見地下完全是又黑又粗的砂礫，並且因風堆成了一座一座的沙崗。間或也有幾根黃黑色的蒿草，但被馬蹄一碰，當時就折斷，經風一吹，連影兒也不見了。這裏還有沙雞，跟沙是一樣的顏色，一群一群的忽飛忽落。芳雲早先曾聽父親說過：這是沙漠裏的唯一鳥類了。陽光雲影到此處也顯得變幻迷離，眼前時常有似乎是海市蜃樓的那種奇景出現。

　　芳雲知道，要渡過這片沙漠，趕着去走，也得由此時直到天黑。若是慢了些，再起了大風，人跟馬就許連渴帶凍，全都埋骨在沙裏。因此她得急急去走，並時時往前面去望，她是絕不肯放走了秦雄那幾個人。不過她騎來的這白馬，大概是那甜水井村陳百萬家裏養活的，如今是第一次走沙漠，非常發怯，蹄鐵在路上磨得又快光了，沒有換新的，現在簡直走不動路了，半天，方繞過了五六座沙崗。

　　天色更亮了，風也漸息了，四下裏仍是沒看見一個人。她正在走着，忽覺得一把砂子都打在她的腦後。她不由得一驚，回頭去看，就見在一座沙崗之旁正站着那秦雄，騎着一匹白鼻梁兒的紫色馬，手擎着一口鋼刀，向着她冷冷地笑，說：“姓魏的女子！我在這裏等候你多時了！昨晚因為有我的朋友攔阻我，我沒得跟你比武，那個地方也太狹窄。現在他們全都走了，這沙漠裏除了你我就沒有別的人了，地方又寬。在此地，我若是再跟你說半句輕狂的話，就算我秦雄不是好漢。可是咱們得比一比武，我要領教領教神劍魏的女兒劍法到底如何高超？”

　　他的話才說到這裏，芳雲就憤怒着將一鏢打來。秦雄已經防備着了，用刀一磕，噹啷一聲，鏢就落在沙上。他說：“料你的囊中能有多少只鏢？還是省着點用吧！這沒有用！”離鞍下了馬，擎着刀走過來，說：“下來吧！你還逃得脫嗎？除了你認輸，叫我一聲秦大哥，秦好漢！”芳雲怒罵一聲：“呸！”馬也不下，掄劍奔過來就砍，秦雄就在步下以刀相迎，當時雙刃翻飛，沙塵揚起，兩個人越殺越是猛烈。

　　殺了有十余回合，魏芳雲姑娘因在馬上，向下殺戮不便，就也躍下馬來。她的劍如同疾風掃葉，起舞盤桓。秦雄的刀也緊湊相迎，絲毫不讓。又戰十余合，秦雄是氣力越猛，而芳雲是劍法翻新。畢竟莽力氣抵不過真實的功夫，亂揮刀抵擋不住人家有套數及精熟的劍法。同時人家魏姑娘雖然腰細弱小，可是穿着粉紅色短衣的身軀翻騰翱翔。你才向東邊去迎，她忽又跳到西邊以劍來斫。那雙瘦窄的紅鞋又步步進逼，有幾次都是劍尖離着半寸就要扎到秦雄了，並且十分厲害，不向着咽喉，准對着胸口。幸虧秦雄還短小精悍，身子閃得快，避得急。但他越退越遠，刀法更糊塗了，氣也喘不過來，一張黑而發亮的臉膛，憋得像個紫茄子。

　　芳雲仍是不讓步，一劍緊似一劍，且怒聲說：“快說！你們幫助何子成把人家姑娘搶到哪裏去了？”秦雄說：“你不要混賴人！你說的什麼姑娘？我不明白。搶了去，該搶，我連你也要搶。少說話，拼吧！”他拼出了命去向芳雲來殺。芳雲的步法更是敏捷，劍法更毒，劍向前取，撥雲撩風，隨去隨來，忽刺忽斫，自然之極，不沾痕跡。秦雄不但刀法都錯，眼睛也迷離了。他就自知不行，疾忙逃開，抓住了他的那匹馬，騎上了就跑。芳雲仍然喊着：“你敢跑！不說出來那姑娘的下落，我絕不放你的活命！”隨也過去騎上了馬去追。

　　秦雄的馬是飛快，一霎時就爬過了一道崗。芳雲的馬越過了沙崗又追。秦雄的馬跑了不遠，忽又越過一座沙堆，芳雲的馬再向前去趕。秦雄是揮鞭疾逃，芳雲仍然不肯捨讓。追着追着，芳雲的這匹馬就前蹄一屈，跪倒在地，整個將芳雲摔了下來，劍也扔了。她哎喲了一聲，秦雄回首看見了，就撥馬回來，又橫刀冷笑。芳雲往起來爬，要去抄劍，但是腿骨極疼，還沒站起就又倒在地下了。她蛾眉緊蹙，雲鬢也已蓬落，仰着臉仍向秦雄怒罵，說：“狗強盜！這是我的馬不行，也不能算你真本領！”

　　短小精悍的秦雄，見魏姑娘真是被馬摔傷了，他就也下了坐騎，這時他的刀若是向下一掄，芳雲絕無法躲避，必定香消玉殞，血染沙漠。但秦雄過去彎身，將扔在一邊的寶劍取了來，手捏着劍尖，將劍柄重交給與芳雲手內。他又退後幾步，反將自己的刀扔在地下了，恭敬地抱了抱拳，說：「魏小姐！我想把你攙扶起來，你騎上我的馬，回到望鄉莊那店裏去休養，怎麼樣？」芳雲怒聲說：「呸！你敢近前來，我就用劍殺死你！」

秦雄說：「我把劍交給你，是為什麼？就是怕你疑心。我只扶你上馬，如果我有半點輕狂，你拿劍殺我，我絕不還手！」芳雲說：「誰騎你那強盜的馬，何子成給你的馬！」秦雄擺手說：「你說的我真聽不明白，我也不願細問。只是你的那匹馬，現在腿也傷了，你不騎我這匹，你怎能夠走出這沙漠？豈不將餓死在這裏麼？」芳雲瞪着眼說：「你不要管！」

秦雄說：「我也不是管，更不是畏懼你的父親神劍魏，我是欽佩你的武藝，愛慕你的劍法。剛才咱們比武一場，我自認是輸了。以後我再去學本領，並且也要學劍，三年五年之後，咱們見了面，再一較高低。現在只請你騎上我的馬走，我也不送你，不跟着你，不然我不算是好漢秦雄！」芳雲又說：「呸！如今你又稱得起好漢，裝起假好人來了，我看你是個壞蛋！你比何子成更壞！」秦雄說「我不認得何子成是誰？」芳雲說：「哼！你不認識他？恐怕你可能幫助他做壞事！」

秦雄搖頭說：「你偏要把我錯認了，我也沒有法子辯白。我跟你說實話！我秦雄實在是個罪人，但是我的心並沒壞。我跟你刀對劍，那全是想看看你的武藝。再說句實話吧！咳！因為你長得太俊俏了，你太不俗了。我這個江湖上的倒楣人，一見了你就不禁……咳！」芳雲生氣了，先抓了把沙子向他去打，又往起來站，然而腿傷腳痛，站不住又坐下了。她又向囊中取鏢，秦雄卻擺手是：「你到了這個地步，若是還想用鏢打我，那你可就不是俠女了！」芳雲說：「我也不叫你稱讚我！」秦雄說：「可是俠女沒遇見良駒，我真替你可惜！」

正說着，忽聞遠處有悠揚的駝鈴之聲，秦雄就知道是有帶着貨物的由近處經過，他就也不顧芳雲在這裏是起得來起不來了，遂就急忙拾起了刀，騎上了他的馬，一股煙似的走了。芳雲在這裏還以為他是氣走了呢，心中到很慶幸。不過覺得自己這次的受傷，倒不要怨人，都得怨這匹馬。這馬跟上次在狼兒莊被吳三砍傷的那匹馬一樣的不中用，這可叫秦雄說對了，俠女遇不着良馬。她真是恨極了，並且要哭，自己想要拿寶劍作拐棍兒站起來，可也不行。因為地下的沙粒很松，劍尖一插就插進去了，令她真是無可奈何！

待了不久的時候，忽見那秦雄騎着馬又回來了，芳雲料到他既然回來，就絕不會再懷好意，所以把劍又高舉起來。但秦雄這時，馬上馱着許多的東西，臉上蒙着一層兇惡之色還未褪。來到近前也不下馬，就將馬上的一支滿裝水的牛皮袋和用繩子串成串兒的乾糧，還有一塊乾鹹的羊肉，又有一件狼皮褥子——還是新的，都扔在了地上。他一句話也不說，轉馬又急急地走去了。芳雲看出他的用意，就大聲喊叫說：「強盜，你回來！把這些東西快拿走！你以為這搶來奪來的破東西，我就能吃它用它嗎？呸！你瞎了眼！」秦雄卻連頭也不回，馬越走越遠，少時又看不見了。芳雲實在生氣，然而又想：我永遠坐在這裏，起又起不來，究竟怎麼辦呀？爸爸你只顧了給那胡公子治傷，怎麼也不來救我呀？她的淚汪然流了下來，又嗚嗚痛哭。

哭了大概時間也不多，就聽耳邊有人說話，並有噹啷噹啷的鈴聲，她疾忙用衣袖擦了擦眼淚，扭着頭去看。見來了三個人，一個七十多歲的老頭子和個三十來歲傻樣子的人，都在前面走，後面還跟着一個年約十二三的孩子，拉着一大串又高又大的駱駝，最後邊還跟着一隻小駱駝。芳雲驚訝着，還沒有言語。那傻子張着兩隻手就往前來跑，怪聲嚷着說：“嗳喲！嗳喲！他在這兒啦！他剛搶去咱們的東西，就坐在這兒吃上啦！小子你是強盜！我，我打死你！”

老頭兒卻用長煙袋攔住他，說：“傻子你看清楚一點！人家是一位大姑娘，哪兒是剛才劫去咱們東西的那個黑小子呀？”忽又驚訝着說：“怪呀！東西可都扔在這兒啦！”此時芳雲就故意做出柔弱可憐之態，哭着說：“連這馬跟寶劍都是那強盜的，我也是被他搶來扔在這兒的人！”老頭兒就一邊歎氣一邊走過來，說：“咳！大姑娘你真是可憐！”

這老頭兒是一位很慈祥的人，他彎着腰說：“大姑娘！我看你的年紀也不過十八九歲，我的孫女要是活着，比你還許大呢！新疆這地方向來是強盜多，我由二十多歲起，就在沙漠裏往返地拉駱駝，被劫也不止十幾次了。可是向來我不招強盜生氣，他要拿什麼我就叫他拿走什麼。反正是無冤無仇，強盜就是凶吧？也不能夠殺老實人。剛才，我可有點氣兒了，那單身兒的強盜竟搶去了我新買來的狼皮褲子。這是我們掌櫃的家要娶兒媳婦了，我花了四兩銀子才買來，為是帶回去到時候好送禮，我捨不得！強盜走了一會兒，我們就追過來看，想不到就遇見你啦。你難道……姑娘我聽你說話可也不是本地人，你怎麼會一個人來到新疆？又被那強盜黑小子搶到這裏……”說着話，他就張慌着四下裏去望。芳雲卻低着頭只是擦眼淚，實話不願吐出，而假話又一時難以編好，所以半天她也沒有答覆得出來。

老頭兒一邊叫傻子把地下扔着的東西，都又放在駱駝的背上。他又說：“大姑娘！咱們也不便在這裏多說話。我想那強盜不定又劫誰去了，待會兒他一定還來，把東西拿去，把你背走；不如……大姑娘你就隨着我們走吧！我先把你安置一個地方，再慢慢想辦法給你找投靠。因為在這兒待着不行，強盜就是不來，天黑了可也難辦！”

芳雲說：“我倒是想跟你們去，可是……”她又嗚嗚哭着說：“我的兩條腿全都不能走了！”老頭兒回頭看了看，就說：“我把你攙到我們那匹小駱駝上行不行？你要是不會騎，我把你拿繩子綁在駱駝身上，那就掉不下來了！”芳雲說：“我會騎！老爺爺你攙扶我一把就行了！”老頭兒答應着，於是就將芳雲由沙中扶起。這老人年紀雖邁，到底是常走沙漠，賣力氣的人，所以不費事就把芳雲攙到駱駝的背上了。

芳雲雖沒騎過駱駝，然而這是個小駱駝，跟馬的大小差不多，脖子可也長，背上也有雙峰，也許還不到兩歲，就隨着它的媽媽大駱駝一起出來遊逛沙漠了；這也跟小學生、小學徒一樣，十分可愛，芳雲不禁又笑了。

此時那傻子已連芳雲的東西都拿起來了，手中就拿着那口寶劍直耍。小孩子拉着駱駝在前，老頭兒抽着旱煙，隨走隨同芳雲談話，傻子是持劍在後，鈴鐺又悠揚地一聲聲響了起來，走入了黑沙海的腹地。幸喜沙平風定，也沒再遇着秦雄。駱駝這種笨大的東西，到了沙漠中它卻比馬走得快，尤其是小駱駝，它踏着沙子，就如小魚兒游着水，快樂極了。

老頭兒又說：“我姓趙，傻子是我的夥計，拉駱駝的那小孩是我的孫子，我們都是幫海西邊李家的。李掌櫃就是那村子裏的財東，家裏養活着二百多匹駱駝，雇着三十多個夥計，專替人運貨，是好買賣。可是掌櫃三年前病故了，只留下一女一兒。女兒沒出嫁，兒子下月才能夠娶親。我跟李掌櫃是鄉親，都是從甘肅省搬來的，現在我就不能不給他看着那份家業。我可是一點也不虧心，我今年七十二啦，照舊不吃閒飯。前兩天自己贖了點稻子到東邊去賣，回去還得忙着給少掌櫃辦喜事。大姑娘！我把你送到他們家裏，你就放心養着，腿好了也幫幫忙兒，到少掌櫃娶媳婦的那天你看，一定熱鬧極啦！慢慢地我再托人去找你的爸爸；我們的夥計很多，他們各地方都去，整年不在家，又都什麼人全都認識，想要找個人還難嗎？」

芳雲想着：自己的傷，確實得找個好地方養上三五天，可是救吳錦娥的事情難道就不提了嗎？女俠之名就拋在沙漠裏了麼？並且吳三……想到這裏，她的眼前就又幻出那身軀極高的英俊漢子，覺得已經對人家誇下海口了，若不能把他的妹妹找回，將惡人捉獲，他不是更看不起自己了嗎？偏不能叫他看不起！

她在小駱駝背上待久了，認為比騎馬還舒服。那老頭兒、小孩子、傻子，也都輪流着步行一段又騎一段駱駝。沙漠裏無所謂路徑，更沒有標識。可是他們走得極熟，天還沒黑，就走出沙漠了。又走了幾十里地，對面就有兩隻燈籠迎接他們來了，因為是聽到了鈴聲。老頭兒就與迎來的兩個人，笑着說話，並談到救了這位魏大姑娘的事，那兩個人還舉起了燈籠向着小駱駝照着看了一下。芳雲就借着燈光看見了二人，也都是很老的了。於是鈴聲又繼續響着，駱駝隨着燈光又向前走，就進了一家村內。犬也叫，人也出來說話，三個老頭子一齊把芳雲攙扶下來，送進了一家門裏。

裏邊有一位姑娘聽說了，就趕緊迎出來，說着很清脆的甘省話：「把這位大妹妹請到我的屋去裏吧！」於是兩隻柔軟的手也來幫助攙扶芳雲，就進了屋，給穩穩地放在炕上，芳雲的身上還掛着鏢囊呢。她真不禁滿面通紅，愧煞了女俠！

芳雲看這屋內，沒有什麼講究的器具，可是有鏡奩、針線盒，牆上還貼着紙剪的各種精巧的花樣，可見是一間沙漠附近的繡戶閨房。李姑娘年紀比芳雲大，長得很端正，微微的胖，而臉兒是又潤又紅，舉止也頗大方，不似是個村野的女子。她的衣服還有點素，這許是因為她的父喪還未滿三年。她笑着問芳雲說：「妹妹你念過書嗎？有學名嗎？」芳雲搖頭說：「都沒有！」也笑着問說：「姐姐你呢？」李姑娘說：「我的乳名叫玉蘭，我兄弟叫玉保，父母都故去了，家中就留下我們兩個人啦，多虧這位趙老爺爺給我們經營着事情！」

趙老爺爺坐着那邊抽着煙袋，笑着說：「我能經營什麼？家裏的事情還都仗着玉蘭姑娘操持。玉蘭姑娘是又能寫又會算，掌櫃的活着的時候就都仗着她！」芳雲笑着說：「哎喲！我可什麼事情也不會！以後姐姐可別笑話我。」玉蘭說：「哪兒的話？我是個粗人，就生長在這兒，什麼地方都沒去過，一點閱歷也沒有！」那邊趙老爺爺說：「不出去走也好，現在新疆簡直什麼事情都有啦，各地的壞人也都來啦。這幾年黑沙海裏都沒有強盜，如今，一個黑臉的小伙子，拿着把刀騎着匹馬就敢劫人！劫了我倒不要緊，還搶來人家這麼大的姑娘，這成了什麼事了麼？官人是不管事，俠客也不知都哪裏去啦？咳！」

玉蘭姑娘走過去說：「老爺爺走了這麼遠的路，又受了一場驚，我攙着老爺爺去歇息吧？」趙老爺爺說：「不用！不用！今天在沙漠了我還算忍氣，要不然，不要看是七十多了，我也能夠把那強盜打了。」他磕了磕煙袋就站起來說：「我還得去看看傻子，叫他莫胡掄那口寶劍，傷了人、傷他自己都不是玩的！那也是強盜留下的凶東西！你弟弟娶親的那天，還得把它藏起來！」芳雲趁着他們二人談話的時候，就將鏢囊摘下，藏在他們炕上鋪着的褥子下面。

趙老爺爺出屋去了，少時又進來一個四十多歲的村婦，送來了洗臉水。玉蘭呼這人為陳大媽，就叫陳大媽又去燒茶做飯。她將盆水放在炕前，請芳雲淨面，又搬來了鏡奩，叫芳雲自己擦胭抹粉。她坐在炕邊替芳雲梳頭，一面談着閒話兒。燈光照着人影，戶外也聽不見一點什麼聲音。芳雲萬也沒料到今夜竟住在這裏，這裏比店房好，比沙漠更強。李玉蘭姑娘這個人也很可愛，反是自己又羞愧，又傷心，想着：這幾年跟隨爸爸東游西蕩，過的都是什麼日子呀？豈如人家這裏恬靜而安樂的生活？

她當着這樣的女子，倒感覺沒有什麼話可說了，同時又怕人家猜出她的來歷，覺出她可怕，她就作出溫和活潑的樣子，笑問說：“大姐！你們住在這沙漠旁邊，也不害怕嗎？”玉蘭搖頭說：“不害怕，我活了這麼大，還沒到那沙漠裏看過呢！因為我們這兒離着黑沙海還有三十多里，這裏地勢又高，那邊起了風，沙子都吹不到我們這兒來。”芳雲說：“雖說是沙子吹不到，可是這個地方我也不願意住。我看新疆這一省，簡直沒有什麼好地方，人也好的少，像大姐這樣的人，我還是第一次見！”玉蘭說：“也許我生長在這裏，就不覺得了，我還以為這地方很好呢？人也是，本村裏的人就全是很誠實的。”

芳雲忽又笑着問說：“大姐你訂下親事了嗎？你的弟弟快娶親了，你怎麼還不出閣呀？”

玉蘭說：“因為這些年都是我操持家務，幫着我爸爸經營買賣，扶助我弟弟成人，顧不得我自己的事，因此至今還沒有出閣，可是我也沒把那事當作多麼要緊的一件事。”說出這話來，她是非常的坦然，臉也一點沒有紅，可又反問着說：“妹妹你有了女婿沒有？”

芳雲搖頭說：“沒有！誰要那東西？那有多麼厭煩人！”玉蘭說：“不過我們女子早晚是得出閣的。”芳雲說：“出閣倒不要緊，那男的要是看不起你，可是真叫氣人！若是再有公婆，就更麻煩了！”

玉蘭笑着說：“你說的這簡直是小孩兒的話，除非將來你找個女婿也是個小孩兒……”說到這裏，翻着眼睛想了一想，又笑着道：“可惜我的兄弟快要娶媳婦啦，不然我那兄弟的年紀既比你還小，這兒也沒有公婆。我雖然是個大姑子，可是過幾年，等到我兄弟把買賣學熟了，他能夠自己經營了，我就也得想着法兒走開，我不能叫我的兄弟媳婦說我在這兒是貪圖着家裏的產業！”

芳雲沒有言語，暗自又發着冷笑，覺着這個李大姑娘真是有眼無珠，她沒看出我是什麼人，並且她把這份產業看得這麼重。什麼產業？不過是幾間土房子，一二百匹駱駝罷了，白給我也不要，可見她真是個世俗的女子。

少時將飯用畢，就已經是三更余了，李玉蘭就與魏芳雲同炕睡眠。芳雲的心緒是最為複雜，輾轉反側，直到天明才睡着。醒來時，見炕前已遮着一幅藍布幔帳，是新掛上的；微微掀起帳角，向外偷看，就見不但屋中收拾的極為整潔，李玉蘭也早就起來了，頭髮梳得很整，衣服也極平展，就在那張八仙桌旁打算盤寫帳，顯見得是十分忙碌。

芳雲在炕上仍是不能夠起來，一切的事情全由那陳大媽伺候着，服侍着，她心裏雖是感激，嘴裏可不會說什麼客氣的話。因此陳大媽就不大樂意她了，在窗外對着別人說：“我不是雇的老婆子呀？我看她可憐，行行好倒成，要拿我當作傭人看待，那可就是錯啦！”芳雲聽了，一生氣就對她更不客氣。不過李玉蘭倒是暗暗地她給調解，使兩個人沒有衝突起來。

　　這位李玉蘭真是可欽敬，無論老少男女，她都能夠應付的周到，沒有一個在背後裏不說她好的。她還寫算都熟，辦事精慎。看她天天繁忙，可見她家中的產業實在不小。他那兄弟李玉保也常在屋裏幫助她，芳雲也見過，卻是一個又瘦又矮的小孩，簡直真不配娶媳婦。

　　幾天之後，芳雲才下了炕。手腳一切全都照常了，抑悶了許久的一顆雄心，又勃然而起。可是也不好意思立時就走，因為趙老爺爺已托出許多人往各地找她的父親去了，囑她要在此安心等候。並且玉蘭的兄弟，眼看就要娶媳婦了，她又不能不幫人家辦完了這件喜事。她在這裏為人佈置新房，跟新娘的一切衣飾用具，閒時她就到門口外去看看。只見田野彌望，稍遠之處還有幾頃水田，無數株枯柳。這若是在春天，風景一定不亞於江南，沒料到沙漠附近會有這片良田沃土。

　　可是這村裏的駱駝也太多了，一天到晚，來來往往地不斷，鈴鐺聲簡直令人聽厭了。村中的人家不是養駱駝的就是拉駱駝的，而確實以李家的駱駝為最多。他們雇的夥計有甘省的，陝省的，各地的人全有，多半的單身漢。給他們做買賣，按年掙工錢，這時全都從各地回來了。個個的烏黑的臉上帶着喜笑，盼着少掌櫃娶親的那天。他們好喝酒，又都瞪着一雙被風砂吹得發腫的眼睛，貪婪地、驚訝地，時常盯着李家的這個門兒，為的是看芳雲出來。

　　芳雲把她自己的那隻隨身的包袱已經要過去了，那幾件她平常愛穿的衣服小鞋兒，還都沒有遺失。她今天穿這身紅的，明天又換那件粉的。李玉蘭所用的胭粉頭油，也都是由駱駝運來的，真有京城的名品，擦在芳雲的臉上，更是加倍地豔麗。其實芳雲只是天生愛美，並不是有意賣弄風流。可是這個村子，就像是由沙漠那邊颳來了一陣暖風，這兒又遇到春天了，鳥兒也叫得更響，人也個個發迷，駱駝仿佛全都高興。然而芳雲的心是很天真的，她沒覺出人家都對她注意，她站在門前，只是望着那長大的浮雲，與遠處的青山，她遙念着那昂壯落拓的好漢——吳三，不知彼人這時是在哪裏？

　　光陰很快，又過了十幾天，李家的喜期就到了，村中立時換了一番景象。那些駱駝都不知牽往哪裏去了，一匹也看不見。拉駱駝的人也都把臉兒洗得很乾淨，有的還穿上了新衣。一般老婆婆、媳婦們，尤其是村裏一些姑娘，都濃妝豔抹起來，仿佛今天是辦她們自己的喜事。李家是不必說了，院中早搭起來了喜棚，擺設了許多的坐位，由昨天晚上起，幾位臨時的大司務就都忙了起來。賀客們來道喜，在男家道完了喜，又往女家去道喜，女家也在本村內。李玉蘭大姑娘今天初換上了紫色的新衣、綠裙，頭上也滿戴了金珠首飾，光芒彩豔，雍容大方，殷勤地接待着一些男女賀客，並有魏芳雲幫助她專管應酬女客。有的人簡直以為是把新娘已經娶到了，因為芳雲今天打扮得真似一朵牡丹花。

　　那些拉駱駝的人，平常都很規矩，進了這個門都不敢說笑，今天可是都撒瘋來了，把新郎拉着灌酒。那新郎的小身軀上，穿着緞子的新袍子，頭上還戴着一頂沒品級的紅纓帽，人家還沒灌他酒，他的臉就先紅了。趙老爺爺擺着雙手說：“你們不要把他灌醉了，今天他還有好多的事呢！”有個拉駱駝的人名叫大瘤子，他嚷嚷着說：“他醉了不要緊，今天他有什麼事，我都替他辦。”由這句話，一些人又都大笑起來，把新郎拉扯得更緊，大盃的酒往他的嘴邊去遞，新郎簡直都要大哭了。

　　而這時那位一身淺桃紅色的綢衣綢褲的魏姑娘從屋內走出，站在階下，就沉着臉叫着新郎的名字，說：“玉保！玉保！你姐姐叫你進屋去有話說！”她這麼兩三句話，把那群拉駱駝的人狂歡都鎮服了下去，個個把一雙直眼睛又都向着她來盯，她卻正顏厲色地，令人不敢冒犯。

她把新郎的圍解了，她也遂就重進屋內。這裏大瘤子把嘴撇了撇，說：“干她什麼事呀？她倒很護着新郎的，仿佛今天是她嫁人？”有人就低聲說：“這小娘們嫁人一定不知有多少次了，要不她哪兒來的那些漂亮衣裳？好閨女強盜也不能夠搶，搶了也不至於又給拋在沙漠裏。連強盜都不要的貨，他娘的可來到咱們這兒充人？”有很多的人都氣不平，都紛紛議論，又把那個傻子拉來，細問那天沙漠裏的情形。傻子也糊裏糊塗地說不清楚，只撇着嘴說：“我耍那寶劍，把手指頭耍傷了，真痛死了我！”有的人疑惑，芳雲本就是強盜的老婆兒做內線，想圖謀李家的財產，跟那些駱駝。等着看吧！這件喜事辦完了還不定要出什麼事？當下一般人就都把魏芳雲當作了談話的中心，而懷疑着她的來歷。

門前的一頂花轎早就擱上了，轎夫跟鼓手們都聚在一堆賭博。天上陽光漸漸地移動，不覺預定發轎的時間就到了。趙老爺爺從裏邊傳出來話，當時這些賭錢的人就都收起賭具，忙亂了起來。新郎也在許多人的笑聲哄聲之中，低着頭走出。有人扶他了後邊的那頂花轎，遂就抬了起來。鑼也當當地響，鼓也咚咚地敲，嗩吶宛轉地叫着。當時村中家家戶戶無論男女老少都跑出來看。

其實女家只在左近不遠，由那也結着紅彩的門前經過時，轎可不停住，鼓樂全出了村子，繞村一周，才又回到村裏來到女家去娶。費去了許多的煩瑣禮節，才把個新娘子連這位新郎官又抬出了村子，又亂處去胡遊，直走到一片枯柳樹的那邊，這才又回來。樂器吹奏得更是起勁，新娘子的哭啼聲猶時時自轎中散出，眼看就要娶回村裏來了。

這時村裏的人更多，那李家一些賀客也都擁擠在門首，探着頭去望。李玉蘭姑娘是更應當出來迎接弟媳，她盛裝站立在門前，她身旁就俏立着那位——村中人全都知道的魏姑娘。芳雲今天雖是幫助人辦喜事，可不知為什麼，自己的心緒極為不佳。她是極力忍耐着了，不忍就非得打幾個人才行，那麼一來心裏或者才能痛快。她非常恨這些看熱鬧的人，心說：這有什麼可看的呀？並且她見有幾個仿佛是過路的人，有牽着馬的，有背着行李的，還有在村外停着騾車的都來看，還有的笑，似乎是頗感覺趣味。

有一個過路的人又拉住趙老爺爺正在說話，趙老爺爺此刻正忙着，哪有工夫來回答陌生人呢？陌生的人跟他說的又不是閒話，卻是要打聽一件事情，問着問着，趙老爺爺就也有點注意了，便把手向着李家的門兒一指。陌生的人扭轉過身來一看，他就看見了魏芳雲，他面上就現出一陣驚異之色。

芳雲也早就在直着眼睛看他，因為他這個人的身軀特別高大。此時二人的臉跟眼睛正相對，雖相隔着十餘丈、許多人，但彼此都認識。芳雲看出此人果然是吳三，心中突然萌出來驚喜之情，恨不得過去問說：你為什麼來了？可是又不能過去問，怕他更要瞧不起，也怕這些人都不看新娘了，而來看她。但她的心弦是突然地緊緊彈動。

此時花轎已來到門前了，遮斷了她與吳三之間的視線。她想擠出去，可是轎子竟抬到門裏來了，反把她也給擠進來。不知是誰又踏了她的腳一下，她氣得要罵。可是銅鑼，大鼓，嗩吶，都來到門裏亂吹亂奏。男女的賀客，齊聲大笑，說：“看新娘！看新娘……”擠得芳雲連身子都轉不開了。

她忽然一眼看見趙老爺爺進來了，她就用手去推身旁的人，可是推不開。因為這個男子還正企着腳，張着大嘴在看新人。她把拳頭向這人的胳肢窩猛擂了一下，說：「躲開一點呀！」這人忽然殺豬似的叫了起來。原來這個人的胳膊下生着一個肉瘤子，裏面都是血，這一下被打破了，隨着叫，隨着坐下了。可是他的慘呼聲被鑼鼓聲遮掩，人家都注意新娘，也沒人注意他。芳雲就踏着他的肩膀，跳出了人叢，過去就把趙老爺爺的白鬍子揪住，遂拉着就走。

趙老爺爺這時可真顧不得新娘啦，跟跟蹌蹌地跟她到北屋裏。這裏因為不是新房，此時的人又都在院裏了，所以沒人。芳雲掩閉屋門，遮住了外面的噪音，他才把白鬍子松了手。趙老爺爺氣得身軀直抖，指着她說：「魏姑娘你，你！你中了邪啦嗎？」芳雲笑着說：「老爺爺你不用生氣，我問問你，剛才那個高身漢子跟你說了些什麼？」

趙老爺爺想了半天才想起來，說：「那個也是個不知好歹的人，我們這裏忙着娶親，他卻問我閒話。他說他聽說了咱們這兒住着個被賊人搶過的姑娘，他從哈密趕到這裏來特為看看，要見見那姑娘。我把你指給他了。我說：你要看，就是那個，穿粉紅色衣裳的姑娘！」芳雲的臉一紅，問說：「看了我，他又說什麼呀？」趙老爺爺說：「我沒顧得細聽，好像他是說：錯啦！他就走啦。」芳雲不由得生氣，心說：哼！錯了？他就走了？他也不是不認識我，不是不知道我為救他妹妹才獨自往西來。不用管是真被賊搶，或是假被賊搶，他總也應當走過來慰問慰問，才算對。如今見這裏沒有他的妹妹，他就走了？遂又急急問說：「他走往哪兒去啦？」

趙老爺爺說：「他不是牽着一匹馬了麼？他本來是路過此地，我看見他出了村子往東，大概是過黑沙海去啦。」芳雲心裏更恨恨地說：哼！我叫他去得遠？我叫他走得開？趙老爺爺又出屋去了，芳雲卻到就炕裏摸着鏢囊掛在身上，又將一條綠綢的汗巾緊繫在腰間，為是身軀利便，她就匆匆又出了屋。這時院中還照舊地吵，因為新人入新房之後的禮節仍很多，嗩吶還得吹奏；加上那個大瘤子疼得在地下亂滾，好幾個人過去揪他、拉他，問他是怎麼了，因此更亂。

芳雲卻力排眾人直向外走，門口被許多人堵着，她擠不出去，她就飛身上了牆頭。這麼一來，眾人可就把注意力都移在她的身上，齊聲仰面驚喊說：「哎呀！上了牆啦！」

芳雲如飛鳥一般的自牆頭跳下，外邊的人不但更是驚呼，而且各自往家中去跑。芳雲也是跑，她飛跑出了村的東口，這時有兩個過路的騎馬的人，才在村中看完了娶媳婦的，正悠閒地揮鞭，互相笑着，一個說：「可惜咱們沒看見花轎裏的媳婦！」另一個說：「你看見那門前站的穿粉紅衣裳的，還不夠一眼嗎？」那個人又後悔似的說：「我怎麼在那時候眼睛花了，沒有留意呀？咱們再回去看看吧？」正在說着，芳雲就在後面隨跑隨喊着說：「前面的人！我借你們一匹馬，用用就還給你們！」

這兩個人都一驚，回過頭來一看，可又齊呆了。尚未發言，芳雲就一躍上前，如同一隻貓似的，撲上馬來把一個人推下去，同時她就騎上了，急用拳捶馬，馬就嘚嘚嘚嘚，蹄聲如連珠一般的響，飛似的向東疾去。一霎時就走進了黑沙海大漠。她因有上次事情的教訓，騎在馬上不敢不謹慎，可是這匹馬渾身是鐵青色，十分矯健，而且是新換的蹄鐵，打得砂礫飛濺，她想收也也收不住，就越過了幾道沙堆，向大漠的深處走去。芳雲的嬌軀伏在馬的背上，風將她腰間的綢巾吹得飄起，獵獵地發響，如同鳥翅一般。

　　她向前飛奔，片刻就望見了遙遙在前的馬上的吳三。她就高聲喊叫着說：“吳三！你站住！……”她連叫了幾聲，吳三並未聽見。她的馬又一時間趕不上，她就掏出來一支飛鏢，解下腰間的綢巾，裹了幾層，並且繫緊，便用力飛了出去，正中吳三的後腰。吳三驚得趕緊回身，芳雲卻已把馬勒住了，要笑卻又趕緊沉住了臉。那吳三低頭看了看落在沙漠上的裹着綢巾的鏢，也沒有怎麼驚詫，沒覺可笑，也沒去拾起，就撥轉了馬頭，回來說：“魏姑娘，你追趕我來是有什麼事？”

　　芳雲拿眼看着他，自己的臉卻有點發燒，卻正色問說：“我想問問你，把你的妹妹找着了沒有？”吳三拱手說：“承你掛念，但是……”歎了口氣又說：“我直追到哈密，也沒問出那何子成的行蹤，簡直就沒有一個人看見他。我想他一定是走了旁路，沒有往西邊去。可是我在哈密又聽個拉駱駝的人說：有人在沙漠裏救過一位被盜賊掠劫的姑娘，他們給安置在黑沙海西的村裏住着，我疑心那就是我的胞妹錦娥，我就連夜趕到此處。可是剛才向那位老人一打聽，才知道錯了，不是錦娥，原來是你！”芳雲心裏說“是我，你就不管？一點也不管？”可是心裏的這話不能說出，只能瞪了一眼，接着又發出冷笑說：“哼！你要打算尋找何子成跟你妹妹的下落不是？除了我之外，別的人誰也不能曉得！”

第三章　一片情心比劍堅

　　吳三聽了這話，立時覺得驚異，面上現出懇求之態，拱手說：“魏姑娘！你既是聽得我妹妹的下落，你就快告訴我吧！我好去找她！”

　　芳雲卻勒着馬韁，不慌也不忙地說：“何子成的手下有幫手，是一個身材不高的黑臉小子，武藝可好，怕你抵擋不過。你若去了也是白送上一條命。我們魏家父女既負俠義之名，就能做俠義之事。你最好是到西邊村中暫住幾天，我去了，不費多大的事，就能將你的妹妹救來！”

　　吳三突然露出忿怒的樣子，但又不得不忍耐，就又拱手說：“魏姑娘！那夜在狼兒莊裏，實在是我的不對！現在我向你賠罪了，就請你快將我胞妹的下落說出，我去了，就是舍出了一條命也得救她出來！將來，令她跟她的夫婿，再向你們父女叩謝！”

　　芳雲露出有點得意的笑容，說：“你要是再往東去找，恐怕一輩子也是找不着。我聽人說：何子成在二十天之前，在望鄉鎮買了許多隻燈籠，連夜就渡過這黑沙海西去了！”吳三更驚詫地說：“怎麼在哈密城，我都問遍了，竟沒有一個人看見他們？”芳雲笑着說：“你是個傻子！那何子成既有錢，在新疆道上又有勢力，他走在哪裏都囑咐人不說實話。人家怕得罪他，即使他在你眼前，人家也不能夠吧他指給你呀！”

　　吳三說：“那麼據你說，她此刻是在哪裏了？”

　　芳雲說：“我只知道他們是在這西邊，是在迪化，是在伊犁，還是在別處，那可就連我也說不準，因為新疆的地面太大了。他又有錢，不發愁盤纏，哪裏都可去得。可是我告訴你，你也不要憂愁，你的那妹妹確實是令人欽佩。她手中有一把刀，沿途她不是哭，就是喊，不然就要自戕，弄得何子成也是沒有辦法。這都是我在望鄉鎮的店中，聽那裏的人說的。我真欽佩你的妹妹，可是又怕……咳！她那樣剛烈的人，到了何子成的手中，還能活得長久嗎？”

　　吳三不由拭着眼淚，悲痛無語。芳雲卻依舊說：“我為什麼要裝作一個被難的女人，住在西邊那村裏呀？就因為他們那裏有些拉駱駝的人，整年滿處都去，這個人才回來，那個人又走了，如此往來不斷。要托他們去給打聽個人，是再容易不過。我現在正托他們去找我的父親，不如你也去托他們找一找你的妹妹或何子成，我想何子成的名兒大，總容易找着。那些替何子成隱瞞着行蹤的人，見了拉駱駝的也就不避諱了。只要訪查到了，你再去捉他，比你這麼滿處瞎走強呀！你想一想吧！其實可與我不相干！”吳三聽了就不住點頭。

“但是……”吳三說：“我不認識那村裏的人呀！”

芳雲說：“我可都認識，並且今天娶兄弟媳婦的那位李玉蘭，跟我相好得如姐妹一般。一向他們都不曉得我會武藝，今天大概才曉得。可是我也不能就承認我是俠女，也不能說你是個沒來歷的流浪漢！”吳三問：“那麼可應當怎樣說？”芳雲說：“就說你也久在伊犁做買賣，跟我是表兄妹！”吳三搖頭說：“我吳三生平不說假話！”

芳雲說：“不用你說，我去替你說。你可記住了，我是你的表妹。至於你那真胞妹的事情，倒不必告訴人，只托人打聽何子成就是。說咱們跟何子成也是親戚，是有意要投奔他；那樣一來，才容易找。等我們捉到了何子成時，再跟他細細算帳！”吳三歎了口氣，他覺得魏芳雲為他的事，實在是熱心，便甚感激，可是說不出半句感謝的話。芳雲又指着那沙上說：“勞你駕！把那條羅巾包着的鏢拾起來給我吧！”吳三依着她的話過去，將那東西拾起來給她。芳雲伸出纖手接過去，要笑，卻又忍住了。把明麗的眼波向吳三掠了一過，她就解開了羅巾，抖了抖，重繫於腰間，鏢也收起來了，然後騎馬放彎走去，並點着手兒向吳三說：“來吧！”少時，兩匹馬就回到了那村中。

這時村中的鑼鼓跟嗩吶，雖都吹奏完了，可是那些鼓手、轎夫還都沒走。村裏的人，跟那兩個被芳雲搶去了馬的人，正在一塊兒大談大說。忽見芳雲回來了，他們都更是驚慌。芳雲卻飄然跳下了馬，將馬一推，說聲：“還給你們吧！”那兩個人嚇得越發失措。同時，芳雲的豔裝略染沙塵，她的嬌豔微帶氣喘。吳三也牽着馬進村來了，她就叫着說：“表哥！把馬隨便拴在哪棵樹上都行，在這裏不至於丟失了。”又點手說：“跟我進來吧！”此時不但這兩個過路的人，旁人也都眼睛發直了。尤其是吳三那長大的身材，簡直是一位顯道神。有個拉駱駝的就笑着說：“好！這可就熱鬧了！桃花女把顯道神勾來了！”

那兩個過路的人，也都不是小商人。一個姓劉，一個姓革，他的馬送回來了，可倒都不想走了，問這村裏有店房沒有，他們說：“天色都挨到這般時候了，黑沙海也度不過去了，只好先找個地方住一夜吧！”村裏也有貪便宜的人，想收下點臨時的店飯錢，就把這兩個人讓到家裏去了。鼓手也有住在遠處的，當日回不去，跟幾個拉駱駝的光身漢一塊兒賭錢去了。今晚這個向來平靜的小村，忽然容留了些個閒雜人，弄得沒有一家能睡得好覺，都揣着驚疑之心，何況鑼鼓嗩吶吵了一天，至今人人還都覺着耳邊嗡嗡地作響，又有魏姑娘飛身上牆的那件驚人的事……

李玉蘭姑娘今天也不大高興，這原因很為複雜。第一，新弟媳雖然是同村的女兒，並且兒時還在一塊兒玩過，但自從兩家訂了親，幾年來，二人也沒再見面，常聽人說：“那姑娘在家裏做事多能幹，也會幫助她爸爸看帳，將來是你的一個好幫手。”可是今天一娶過來，別人的話風就都改變了。都說新娘是三角眼，不好鬥；並且腦門上有兩條紋，妨夫；手粗，是敗家之相；肩膀瘦，又是什麼艱於子嗣；那兩隻腳，其實既是村裏的人，平日誰還沒有見過？可是今天因為是新娘的腳了，大家就都特別注意，加倍笑話。

其實，李玉蘭並不介意這些事。娶婦娶德，不是娶貌。然而這新媳婦見了她都沒有一點客氣。給賀客們敬酒時，那些拉駱駝的人拿她耍笑，她也就大哥、三兄弟地亂叫着，哈哈地笑，不成體統，哪裏像是新娘子？她比新郎高一頭，年數雖僅比新郎大六歲，但卻像個老母。尤其是她娘家的媽，那個本村中最有名的巫婆，在新房坐到吃完飯時還沒走，好像根本不願把女兒給人。如今大概才走，因為那可憐的小新郎進洞房去了。玉蘭對此就深為憂慮，恐怕以後的家，不能如自己理想的那麼順適快樂了。

　　第二原因是她覺得芳雲能上牆，會騎馬，太是可疑。雖然芳雲今天說：“玉蘭姐姐！我告訴你實話吧！我爸爸就是迪化城巡撫衙門的大班頭，所以我自幼就會打拳。”但，萬一她爸爸跟她實在都是強盜，來圖這裏的財產可怎麼好？她又忽然弄來個表兄，身材是那麼高大！趙老爺爺都說：“那絕不是她的表兄！不定是怎麼回事啦？”現在就住在堆駝糞的那間屋裏了，這豈不可怕？

　　第三個原因是她說不出來的，她與芳雲也許有着同感，就是今天迎親的彩轎，喜房的花燭，實在都使得她心動。她有點悲傷，自憐自憫，本來她今年已經二十多歲了，哪有二十多歲的女兒還沒有婆家的呢？

　　她懶懶地在燈前坐着。芳雲與“表兄”談了半天話，這時才進屋，見了玉蘭就笑問說：“你怎麼沒睡呀？天可不早啦！得啦！一天的事這才算辦完。你娶了兄弟媳婦，我也無意之中遇着表兄，真是巧事。過幾天我們就要走了，他一邊去找他掌櫃的做買賣，一邊就帶着人找我爸爸去了。將來我們可還能夠來，因為我表兄說這地方太好了，他將來跟掌櫃的分了錢，也要來這兒置房子、買駱駝，那不就成了你們的同行了嗎？”玉蘭一聽十分驚異，覺得這話中頗有圖謀她家產業的心。

　　這一夜，芳雲倒睡的很香，李玉蘭卻總是沒有睡着，因為院中有偷聽喜的人，她總疑惑是賊的腳步聲。好容易天才亮了，那趙老爺爺就來了，說：“姑娘！我真一夜也沒睡好！昨兒本來是一件大喜的事，可是沒想到出了些別的麻煩，晚間這村裏又住了些雜人。”玉蘭就問說：“現在都走了嗎？”趙老爺爺說：“倒是都走了，連那兩個過路的買賣人也都走了，只是在你們家裏住的這兩個人……”李玉蘭趕緊擺手，又指了指在那炕上幔帳裏睡着還未起來的芳雲。

　　趙老爺爺歎了口氣，說：“我萬也沒想到，老了又辦了件糊塗的事。在黑沙海，因為我一時可憐她，才把她送到你們這兒，誰想是給你們送來了魔難，她原是個女賊呀！不是女賊哪會上牆？她把大瘤子的瘤子給打破了，幾乎要痛死了。把那些拉駱駝的也都惹惱了，都要給大瘤子出氣，想要打她，我勸都勸不住，連那傻子都掄着那寶劍要找她來。還有她那表兄，那不是她給找來的幫手嗎？一半日，不知要出什麼事情啦！你說催他們走吧，那可就得罪他們了，他們什麼事情做不出來呀？”

　　玉蘭皺着眉，想了半天，又指着炕上幔帳裏，悄悄地說：“我看她倒許不致怎樣，因為這些日來，我們倆總算處得不錯……”趙老爺爺說：“他們圖的就是錢呀！你看他那個表兄，穿得有多麼破爛！一定是實在沒辦法了，才來的……”李玉蘭說：“其實我們多養活一兩個閒人倒不要緊，只怕他們日久，做出別的事來。若是魏姑娘還不要緊，那人是一個年青的男人，誰曉得他懷的是什麼心？”

　　趙老爺爺說：“要不然，給他們幾兩銀子，跟他們好好地說，叫他們走了吧！”

　　玉蘭說：“魏姑娘是個很講面子的人，這樣辦，不是看不起她了嗎？”趙老爺爺說：“叫女的暫時還在這住着，男的卻請他今天就走，再住就不像話了。我們這裏有新媳婦，又有大姑娘。莫說他們不是真表親，即使是真的，可也不能都住在這裏。來！你給我五兩銀子！咱們也不少給他，我這就把他打發走了吧！”玉蘭遂就取出了五兩銀子，趙老爺爺就拿着找吳三去了。

玉蘭恐怕那人還嫌銀子少，同時也許發起強盜脾火，便將門推開了一個小縫，向外去看。只見那吳三已經走出了那屋，這人確實是衣服破爛，說話也跟魏姑娘不是一地的口音，但他那魁梧的體格，英俊的相貌，使玉蘭又覺出來這個人的氣度可是不凡。

趙老爺爺一手托着銀子，一手拿着旱煙袋，對吳三點點頭，和氣地問說：“你起來啦？”吳三也客氣地點點頭。趙老爺爺又說：“那間小屋倒堆着有半房子的駱駝糞，太髒了，難為你睡了這一夜！今天你能夠走了吧？”

吳三聽了，不由得一怔，就回答說：“魏姑娘叫我在這兒住幾天，因為要托人去……”趙老爺爺不容他把話說完，就搖頭說：“不行！不行！魏姑娘一個人可以在這住半年也不要緊，你是個男子漢呀！再多住一晚也不方便！”吳三點點頭，認罪似的說：“那麼我今天准走！我實是因為無法！”

趙老爺爺說：“我也看出來了，我們這兒拿出五兩銀子送你做盤纏，這是整整的五兩。在我們這兒拉駱駝的，拉上一年也掙不來這麼些錢，你就收下吧……”

吳三卻面現驚詫之色，搖搖頭說：“我不要！”趙老爺爺說：“難道你還嫌少嗎？”吳三說：“不嫌少。我深謝老爺爺的這番美意，可是我吳三是個堂堂正正的人，不是乞丐，更不貪人家的非義之財！”趙老爺爺說：“這是李姑娘剛由箱子裏取出的，是駱駝賺來的，怎麼能夠說是非義之財呀？”吳三說：“但我若接到手裏，就是不義！老爺爺！你是輕看了我，是錯疑我了，若不看你這大年紀，我把銀子能踹在地下！”他忿忿地。

這時李玉蘭走出來了，說：“你也不要錯會了意，這並不是看不起你，是因為你表妹。我們彼此都很好，你走了，我們哪好意思不借你一點路費？”

吳三看了李玉蘭一眼，便把怒氣按下了些，說：“我並沒有什麼表妹，那魏姑娘與我非親非故，不過是為找胞妹錦娥之事……”趙老爺爺說：“你細說說！不要緊，我也看出你是個好漢子來了！”吳三拱了拱手，就說：“我在此打擾，也實在覺得羞愧！”遂慷慨爽直地說出了他自己的來歷，及與魏姑娘相識的經過。他說：“因為魏姑娘叫我在此處暫住幾日，托求貴村的人去打聽打聽何子成的去處，我才無法，才什麼事情都依了她。我想將來向她，向你們，全都重重地酬謝報答。沒想到你們就先疑了我，現在我只好走了！”說着就要出門。

忽見芳雲從屋中跑了出來，大聲說：“你不要走！”她驀地竄過去，一把揪住了吳三，用手一推，推得吳三那大漢子倒退了兩步，芳雲可也立時就臉紅了。她是才睡醒，鬢髮蓬亂，衣紐還未扣齊。她十分地生氣，可對趙老爺爺跟李玉蘭都不好急惱，只沉着臉兒說：“天下人管天下人，天下人幫天下人。吳三從遠處來到新疆，因為他忠厚誠實，以至於被人搶去了妹子，他又人地生疏，遍尋無着。我幫助他，你們再出點力，倘若把一個難女救出，令他兄妹相聚，豈不是一件好事嗎？”

趙老爺爺也大聲說：“你為什麼不早說呀？我們要早知道你一個女俠，我們還許請你給我們的駱駝保鏢呢！”

芳雲又嫣然笑着說：“我早說？怕你們就不敢叫我在這兒住了。”李玉蘭也帶笑走過來說：“我可不怕你！看你有多大的本事？”說着就向芳雲的胸上打了一拳，芳雲倒真噯呦了一聲。

趙老爺爺又吹着鬍子大罵，說：「何子成是什麼東西？竟敢搶良家婦女！難道新疆就沒有王法了嗎？」又說：「吳三你可不要怪我，剛才我把你看錯了，是因為我老了，眼睛花了！現在我明白了，你是個好朋友，攀個大，我叫你一聲老賢侄！老賢侄你若是走，你若是再客氣，那算是你量小心狹，記住了仇恨啦！我七十多歲了，新疆也都走遍了，旁的不敢應你，要是打聽那何子成的下落，可不費吹灰之力。魏姑娘的爸爸難找，那是因為他是俠客，俠客是來無蹤，去無影，駱駝哪裏追得上？若是一個大商人，像何子成，他不在迪化，也在伊犂，兩個月之內我准能夠把他找着。」

這時李玉蘭姑娘走過來向着吳三，微微地笑說：「再過幾天，我們這裏就有人走迪化，叫他們去打聽，准能夠打聽的出來。吳三哥就不必着急了！將來把那位妹妹接回來，也是在我們這兒住些日才好！」

吳三剛才怒氣填胸，這時卻萬分感激。他雖能夠跟芳雲說話，並且能夠動手相打，他可真不敢抬眼皮看這麼溫柔端麗的大姑娘。他一句話也說不出來，臉紅得過了脖子。趙老爺爺倒看出來了，就說：「你到我的家裏坐着去吧！這兒連洗臉的地方兒都沒有。」芳雲在旁邊笑着，只看得吳三出了門。李玉蘭卻是不笑也不語，只在臉上微微泛起來紅暈。這時她的兄弟和弟媳也全起來了，出了新房來向她問安，並向芳雲道謝。

這一天，在李家還算是個大喜的日子，還有人來看新娘，所以李玉蘭又得穿着好衣裳接待親友，白晝她也沒有怎樣睡覺。芳雲倒是很安閒，一切的事物，她也幫助料理，並且面上總掛着笑容，對人愈是和藹可親，別人都看不出她哪一點與眾不同，如人所說的俠客。趙老爺爺在家中騰出一間屋子，叫吳三居住，吃飯也是趙家的人給做。

住了只半日，吳三就深深地感覺不安了，並且芳雲又常來找他。他想走卻又無處可去；想躲着芳雲，又感覺芳雲的熱情與盛意，因此他頗是為難。同時，李玉蘭的那端重的姿容，大方的儀態，也頗使他難以忘懷。吳三這誠實的漢子，生平就不大注意女人，把他的妹妹一向看作小孩，對於別人家裏的的婦女，他也從不多看，自己也沒想到過「老婆」的問題。他雖知魏芳雲是個「俠女」，但他只注意了那個「俠」字，佩服芳雲的身手不錯，見義勇為，只是有點慣說假話，喜歡穿紅着綠，說話的聲兒細些，還常笑眼看人，他可從未感到女人之魅力，與女人的那顆多情善感的心。不想自從見了李玉蘭之後，他開始覺得玉蘭是真正的女人了，他雖然在困苦煩惱之中，也未能將這一縷仿佛是思慕之情的東西拂掉。

他在此已經住了三日了，趙老爺爺已經囑咐了拉駱駝走東路的黑跛子，又託付了拉駱駝走西路的爛眼韓，都去訪問那何子成的下落。這天有個麻子孟，是才從黑沙海的東邊回來，向趙老爺爺報告着說：「沒聽說有個姓魏的人，女兒被強盜搶去！」

恰巧芳雲過來找吳三，她聽見了，她就擺手說：「你們不用去找我的爸爸啦！將來我自己去找他，那還許容易一點。」她慢慢地拉開門，到了吳三的屋中，見吳三才從炕上爬起來，芳雲就有點皺眉，問說：「怎麼！你大白天的也睡覺？」吳三卻搖搖頭，說：「不是睡覺，是因為我的右臂，傷處還有些疼痛。」

芳雲曉得這與狼兒莊自己打的那一鏢有關，她就不禁說聲：「咳！本地也沒有什麼好藥！一半天我真的去一趟迪化，一來是給你買一兩帖治創傷的膏藥；二來，我一個女的要是去找何子成，恐怕比那些拉駱駝的還容易！”吳三聽她自稱為女的，仿佛這才知道她真不是一個男人。不錯，她是梳着一條黑亮的的大辮子，額前還留有孩兒髮，細眉秀目，染着紅嘴唇，臉上還擦着胭脂，耳邊帶着金墜子；穿着緋色的小衣，水綠色的長褲，下着一對紅鞋，她的確是個女子，但也不過是與胞妹錦娥一般的女子罷了，小孩子而已！將來是得嫁人，但是現在還不大配。

芳雲又說：“你天天愁？愁死也是白搭！”吳三說：“你能夠攔得住我煩惱麼？我也不由我自己！”芳雲說：“你不會去找點開心的事麼？”吳三冷笑說：“哪裏有開心的事？”芳雲說：“你看！村外的風景有多麼美！”吳三說：“現在我還有心看風景？”芳雲說：“沒事時找人談談天？”吳三說：“村中的人我都不認識，跟拉駱駝的在一處，除非是賭錢，但我恨極了賭錢！趙老爺爺偌大的年歲了，也沒有精神和我多談話！”芳雲說：“你可以找我去呀？那兒有我，又有玉蘭大姐，都可以陪着你談談閒話。”吳三搖頭說：“人家玉蘭是一位大姑娘，我怎好常去找她閒談？”

芳雲說：“哼！不要因為人家是個姑娘，你就看人家不起！人家比你能說會道，還比你辦事情精明，每天人家裏外的事情不知有多少，都辦得清清楚楚，一點也不亂，一點小事也不會給忘了。她也不是心裏沒有痛苦的事，父母雙亡，她時常思念，可是沒見她流過一滴無用的眼淚。她本想給兄弟娶了媳婦，漸漸地把家產都歸弟媳掌管，那時……她都跟我說了，她或是遠嫁，或是為尼，絕不沾娘家的一點光。可是她的兄弟才娶了媳婦，就先夫婦不和美，剛才，她就勸過了兄弟，又費了好多的話寬慰弟婦。”

芳雲這樣說着，吳三就十分注意地聽着。芳雲又指了他一下，笑着說：“我說的話你可別惱，我並不是奚落、輕視你，你是太誠實了，可也太不能幹了！才來到了新疆地面，就上了個大當，把個妹妹給丟了；在狼兒莊，你還把個蓋魔王當作了好朋友，幸虧我去了，不然日子長了，你也得受累。你往西去，連路全不認識，不走平原，卻走那坑坎不平的小路，真笑死我啦！你跑到了哈密，也是沒打聽出來何子成，偶爾聽人說這裏有個難女，你就慌裏慌張的趕來；到這兒一看，又是我，不是你妹妹，你也不細問一問，當時就又往東，若不是我把你追回來，這時你都許走到河南去啦！你真是死心眼！傻人！你看看人家李玉蘭，比你精明萬分！我向來就自覺着能幹，她比我還不在以下，她只是不會武藝罷了！我想，將來你……”她笑着，又羞澀地說：“難道不娶吳三嫂子？但願你能夠娶一位能幹的人，可千萬不要跟你一樣！”

她臉紅着過來拉了吳三一把，說：“走吧！咱們找玉蘭大姐說會閒話去吧！”吳三也覺得芳雲說得對，並且益為愛慕那李玉蘭，又想：那次李玉蘭給了我五兩銀子，我沒收，還發了脾氣。自那次，就未同李玉蘭說過一句話，一定叫她以為我是個不懂情理的人，實在應當去解釋解釋。

當下他們就出了趙老爺爺的家，往李玉蘭家去。相離着才幾步的路，芳雲走路就總是扭扭娜娜的，有人看她，她也瞪人；並且到了臺階，總是跳上去，過門檻，從來不規規矩矩地邁過。她，飄灑是真飄灑，活潑也真活潑，可是哪有這個樣兒的姑娘？這與其說是俠客的門風，不如說是江湖的惡習。

芳雲先跑過去開了屋門，向裏笑着說：“吳三哥看你來了！”玉蘭說：“請進來吧。”魏芳雲笑向吳三招手，吳三就低着頭進了屋，只見李玉蘭才起座，安嫻地問說：「吳三哥這幾日可好？」

　　這屋子裏並不太低，但不知為了什麼，吳三竟抬不起頭來。李玉蘭問他這話，如和婉的音樂在耳邊響着，他可不知道應當以什麼回答。芳雲就指着一把椅子說：「坐下吧！」吳三這才坐下。

　　芳雲又帶着不平之氣，指着他向李玉蘭說：「姐姐你看！把這個人折磨成了什麼樣子啦？新疆真不是個好地方！若是在別的省，無論尋找什麼人，只要你一州一縣的去找，總沒有找不到的。可是新疆這地方就不同啦，一縣管着幾千里地，地大人少，什麼哈薩克、錫伯人、纏頭、索倫，什麼樣子的人全有，說話也全不同。加上這些討厭的沙漠，可恨的草原，最叫人頭痛的是天山，我已走過兩次了，我真是怕走那條路了。在山南邊的天氣是那麼熱，一到了山北卻又凍死人！新疆這地方真不好！」這位俠女說起她的經歷來了，生長在本地的李玉蘭卻沒有什麼話可說。

　　吳三倒是搖頭，說：「也不怪地方，還是怪人！恨我對人太誠實了，又碰巧遇着了何子成那惡霸，並且，我妹妹也太命苦！」芳雲就問：「你的那個妹夫在伊犁做什麼呀？他不會去接他的妻嗎，卻叫你來送？我跟我爸爸在北京時聽過一齣戲，叫作《鍾馗嫁妹》。我想你就是那個莽鍾馗，嫁你的妹妹不走別處，偏來到新疆。怪不得遇着何子成那個鬼，把你弄得劍也不靈了，法術都沒有了，袍子也破了。」芳雲說完了這話，就盈盈地笑着，在個小凳兒上坐着，還斜靠着窗櫺。

　　李玉蘭卻使了個眼色給她，叫她不要挖苦人。本來吳三雖是穿着短衣，可是衣服已經十分破舊不堪了。大概他從打一到新疆，就穿的是這一身衣褲，右臂上連刀砍帶鞭打，血水浸蝕，早就污穢不堪，也早破了。本來是一件棉襖，現在棉花都已綻出，也全脫落，他與叫花子也相差不多了。除了臉因為常洗，沒有什麼泥；精神雖不甚好，但沒有寒酸、卑賤之態。芳雲見了李玉蘭的眼色，便也覺得話說錯了，臉不由得一紅，同時望着吳三的落拓的樣子，心中反而生出無限的憐憫。

　　李玉蘭已經拿起來針線，低着頭坐着。吳三先是無意看了一眼，後來又故意地看了一眼。芳雲又問說：「你的那位妹夫，他到底是幹什麼的呀？」吳三卻不願說出秦雄的真實來歷，只說：「我聽說他在伊犁做着個小買賣。他原是我的好友，也因他那人太剛直了，以至於終身不走運，咳……」歎了口氣之後，又說：「即使能將我的妹妹找回，到了伊犁，還未必能夠找得着他！」李玉蘭停住針線就說：「將來不如連那妹妹跟妹夫都來到這兒住，彼此也都可以照應！」吳三說：「那些事以後再說，現在我愁的就是沒有一點辦法救舍妹！」

　　少時，那位才當過新郎的玉保也進了屋，向他姐姐報告買賣上的事。玉蘭又叫他「見見吳三哥！」玉保過去給吳三打躬，吳三也拱手還禮，二人倒是說了幾句話。門外的駝鈴聲又斷續地響着，是又有拉駱駝的人回來了，進來向李玉蘭報帳：腳錢是多少，宿店、叫飯的費用多少，帶回來的什麼布疋、零碎的東西，又一總用了多少錢，還剩下了多少錢，別人還欠着多少錢……李玉蘭放下女紅，就走過來，把算盤撥了幾下，便全無誤了，然後提筆記在帳本子上了，把錢數了一數，遂即收下。她拂拂手令拉駱駝的人出去，又去做針線。吳三卻覺得也生平未見過這樣有本領的女子。他又坐了一會，便走了，覺得李玉蘭在他腦裏印的更深。才出門，卻聽身後有一種嬌細的聲兒說：「你天天來都不要緊！」吳三回頭看了看，見是芳雲送他出來，他就把頭點了點，走了。

　　這裏的芳雲見他回到了趙家的門裏，自己才也轉身進院，但自覺得心事很重。

這次拉駱駝的帶回來很好的藍布，李玉蘭又存着棉花，於是芳雲就想像着吳三的身軀，剪裁了一套又長又肥的棉褲棉襖，她就動手縫做起來了。她也不怕李玉蘭笑話，連夜地趕做。兩天便已做成了，她便親自雙手托着衣服給送了去。見了吳三，她就嫣然地笑着說："給你這身衣服換上吧，你的那身簡直太不像樣子啦！真叫人笑話死了！我的活計可做得太粗，你不要挑剔！"說着為了叫吳三換衣服便利，扭身就走了。

這裏吳三真是又羞又惱，覺得芳雲嫌他的衣服破舊，實在是侮辱了他。又想：這衣服的布、棉花，連剪裁，都一定是李玉蘭之功，出於那端莊而幹練的姑娘的一片芳心，芳雲不過幫一點忙。她是神劍魏的女兒，哪裏會做針線？當下心中就對於李玉蘭愈是銘念。

此時芳雲已經回李家去了，而李家又來一個拉駱駝的人，說是聞知何子成確在迪化。芳雲一聽，心中就大喜，囑咐叫人不要向吳三去說，因為怕吳三不但見不着何子成，討不回來胞妹，還許要中計被捉，或惹禍出事；而萬一錦娥若是已經死了，吳三必定更要痛心。所以這俠女就要私自替她所愛的人去辦這件事，成功之後，她回來再見吳三，那時⋯⋯她心中充滿了美妙的期望。於是她就又找着那匹小駱駝，並逼着那傻子還給了她寶劍，還託付了李玉蘭照顧着吳三。次日的清晨她就走了。這俠女隨身是寶劍、駱駝、銀鏢，走的是沙漠、土丘，無邊的草原。寒風嚴霜擊着她的玉膚，但一片俠膽情心，使得她無畏。十餘日以後，她才來到了迪化。

在這建省未久的迪化城池，景況是很熱鬧，各地的人均紛紛來此經商，不但民族有別，省份也各異，即以漢族的人來說，就有甘陝、河南、河東（山西）及直隸省。女的固然是不多，可是女的跟男的一樣，騎馬的不算稀奇。有的大約是哈薩克的富家姑娘，身穿着皮子跟呢子的短衣，馬皮小靴，騎着健馬，馬的周身鑾鈴、鞍蹬等等全是白銀製成，閃閃地發着光彩，所以芳雲騎着一匹小駱駝來到這兒，簡直沒有人注意。

不過可也有人直看她，因她生得是太美了。在此地富商雖多，年輕的所謂王孫公子卻極少見。但她一進城，就覺出有個少年人直在後面跟着她，她不由得有點生氣。回過頭去，瞪起來明麗的眸子一看，見是一位衣服非常整齊的少年，長得也頗為清秀文雅，再遠一點還跟着個人，好像是個書童。她心裏的氣就撒不出來了，只說了聲："跟着我幹什麼？"轉過頭來，騎着小駱駝又走。

對面可騰起來一片煙塵，有三匹馬都飛跑着來了，馬上的有一個還帶着紅纓帽，可知是個差官。來到了臨近，才大聲喊："快閃開！快閃開！"但馬頭已將要撞着小駱駝的頭！軟弱的小駱駝就要跪伏在地。芳雲伸手將這個人一推，這人當時就滾下了馬來，馬倒是跳到了一旁，可是人還沒顧得爬起來。身後那兩匹馬就都收不住了，蹄鐵在這人的身上、頭上踏了幾下，就越過去了。街上見了的人齊都驚喊，那兩匹跑過去了多遠，方才停止，等到那兩個人回來一看，他們的夥伴兒已經趴在地下，臉腫鼻破，痛得只剩了微弱的呻吟，紅纓帽早已飛出了很遠。忽然有人說："是那個騎駱駝的娘們把他推下來的！"當時這二人就都暴怒了起來，喊着說："娘們兒！你不要走！"仿佛趕過來就要揪她，其中的一個還掏出鐵鎖鏈子來了。

芳雲是毫無懼色，向囊中就要掏鏢。但這時忽然有人跑過來勸解，連說："不可！不可！人家這位小姐不是故意，你們不可欺辱人家！"芳雲一看。這就是剛才一直跟隨自己的那位清秀文雅的少年。那兩個人也都是差官，可都對此人非常的敬畏，就一齊都住了手。少年又吩咐他們說：「把他抬回衙門裏治一治去吧！他自己騎馬不謹慎，反來怪人家嗎？」又轉身向芳雲說：「小姐受驚了！請便吧！這件事不要緊！」芳雲見此人和藹有禮，長得又不討厭，便也點了點頭，含羞地說：「謝謝你啦！」

她仍騎着小駱駝走去，只覺得街上的人全都對她十分注意，她可並不看人。走了不遠，忽聽見有人連聲叫着：「小姐！小姐！」她頓然吃驚，一看，跑來的並不是別的人，正是鵝頭小孟。當下芳雲的心裏倒很不快樂，因曉得父親若在這裏，可就不能叫自己再回去與吳三見面了。鵝頭小孟已來到了近前說：「我的小姐呀！您怎麼騎上了駱駝？魏老爺子一向連馬都不叫您騎，說那就不像是大姑娘；現在倒好，魏老爺子沒在這兒，您就成了外邦女子啦！」

芳雲問說：「我爸爸沒有在迪化嗎？」鵝頭小孟說：「沒有沒有！小姐您放心，您就是騎着獅子來逛街，只要不吃人，也沒有人攔您。現在我就住在北邊的店裏，小姐同我到那裏歇一歇，我再把所有的事情向您細說，好不好？」芳雲點了點頭，就下來彈彈衣裳，頓着她的小鞋，指着小駱駝說：「你給我牽着吧。」鵝頭小孟說：「好！好！我就給您拉着吧！」

此時街上的人簡直都快要把芳雲圍上來，爭着來看，那位清秀文雅的錦衣少年仿佛還要過來招呼着跟小孟說話。鵝頭小孟卻看出來芳雲已經不耐煩了，快要發脾氣了。他知道小姐一發脾氣就不得了，所以趕緊向那少年搖搖頭，又向旁邊的人拱手，說：「諸位閃一閃吧！叫我們過去吧！」又說：「一匹小駱駝可有什麼值得看的？你們也太不開眼了！」

他請芳雲到了他的下處，原來他住的就在一條橫胡同裏，小而整潔的一家店，坐北朝南非常敞亮的一間屋。小駱駝牽到棚下，跟騾馬在一起飲喂，姑娘的簡單行李和寶劍，他全都給送到屋中。於是他就在屋中談述芳雲從甜水井村走後，他們的事了。原來神劍魏十分忿恨女兒的私走，只為那位胡大相公的傷勢未愈，絆住了他，所以才不能去把女兒追回。現在神劍魏是護送着那位胡大相公往伊犁去了，沿途上他曾問出何子成的惡行，大約他將來還要去懲罰那何子成。把鵝頭小孟留在迪化，不為別事，就是叫他設法尋找着芳雲。所以現在小孟就說了：「您既是來了，我可就不能再見您走啦！因為這是我師父魏老爺子的吩咐！」

芳雲說：「你管不着我！我愛往哪兒去，就往哪兒去。慢說是你，就是我爸爸回來，他也攔我不住！」小孟笑着說：「好厲害，小姐我問問您，您這麼東奔西跑，不就為找的是何子成嗎？這可容易！」芳雲趕緊問說：「在哪兒？」

鵝頭小孟卻不說何子成的下落，他仍然笑着，說：「小姐您看見剛才給你們勸架的那位闊少爺了沒有？那就是現任巡撫大人的三公子，雖是庶出，但頗得巡撫于大人的喜愛。本來都快要中舉人啦，可是于撫台就想：中了舉，就得做官，不定要派到哪一省去。于撫台年老多病，什麼公私的事，都是仗着這位三公子給料理，所以寧可耽誤了公子的前程，也離不開身。這位公子不但辦事幹練，而且書畫皆通，有個別號，叫郎月齋主。因此尊敬他的人，都稱他為朗月三少爺。可是也沒有人不尊敬他的，因為他那個人太好了，無論見着什麼人，他都斯文有禮，而且濟困扶危，憐孤惜寡，年紀雖不大，而卻是一位善人。他今年二十歲了，自幼訂下的親事，未過門便已夭折，所以他就絕不續訂親事。但人家也不尋花問柳，更沒有半點風流的行為。這位公子可比那位胡大公子又好得多了！獨怪我的師傅，他老人家為什麼單把胡大公子看上啦？其實那不過是個無能的廢物，自被蓋魔王那夥強盜殺傷，縱使不死，也得成為殘廢！」

　　芳雲連連擺手說：「管不着！管不着！我也不管什麼胡公子，什麼于公子，我都不認識他們；我只向你問的是何子成的下落，你快說！」

　　鵝頭小孟依然嬉皮笑臉地說：「好！我快說！我就快說！我告訴您，剛才被您推下馬來的那是衙門的差官，若不是于朗月少爺給排解，事情到現在也不能夠完！于朗月少爺原定的是他的表妹，聽說那位小姐才貌具佳，可惜未等到鸞鳳相配，就先死了。至今于少爺的郎月齋中，還掛着那位小姐的遺容。少爺每日要焚香思念，立志不娶，從來也不注意街上的婦女，和人家的姑娘。今天可對於您……我看總是跟您有緣，所以一見，他就情不自禁。這話我可不該說，但我想總比那胡公子強呀！」

　　芳雲一聽，並沒生氣，心裏倒覺得那個于朗月的脾氣古怪，大概是個癡情的人。轉又想：反正他與我不相干，我沒把那胡公子看得上眼，還能夠看得起他嗎？於是就向小孟說：「我不許你說這些廢話！我都不聽！你就快把何子成的下落告訴我吧！」

　　鵝頭小孟說：「這很容易！何子成不是無名少姓的人，街上的一家大糧行，兩家雜貨莊，全是他開的。我聽說半月之前，他曾來到這裏，現在可又走了。」芳雲問說：「你沒聽說他來的時候，說帶着個姓吳的姑娘嗎？」小孟說：「這倒沒聽人說。您要打聽，可以到後街雙槐巷，那裏有何子成的家宅。」

　　芳雲問說：「何子成的家就在這兒嗎？」鵝頭小孟說：「這是他的外家！他在各地，凡是有他的買賣的地方，他就置着宅子，住着老婆。他也許十年八年不來一次。這裏可是最得他寵的一位太太，年紀很輕，外號叫做花大姐。」芳雲就站起身來說：「雙槐巷是在哪裏？小孟你領着我去，我見着那花大姐去問問，碰巧吳錦娥姑娘也就在那兒啦。」

　　小孟卻搖搖頭，說：「小姐您可去不得！」芳雲問：「為什麼？」小孟說：「您還不明白？那何子成既然到處都有家有老婆，並且在路上搶去了人家的閨女，可見是一個好色之徒。您是一位小姐，長得好，又年輕，若是拍門去找何子成，不用說什麼話，花大姐可就得疑心了：啊！一位花枝招展的大姑娘來找何財東？」芳雲憤憤地說：「我找他是要他的命！」小孟說：「何財東沒在這兒，您也沒法子要人家的命！迪化城又有衙門三司，您如果拿着寶劍去攪他的家宅，官人們就許給您個麻煩。再說此事若被于郎月知道了，可也未免疑惑小姐。」

　　芳雲怒斥着說：「你怎麼淨提于郎月？我不認識他是誰！」小孟說：「他可認識魏老爺！您記得去年于撫台接待奇俠，在衙門裏的西茶廳宴請魏老爺？那天您沒有去，我可去了，從那次我認識了于公子……」芳雲不待他說完，就愈是生氣，抄起寶劍來，吧一下拍着了小孟的後腰。

　　小孟嚇一跳，就跑出屋去了。到院中他還隔着一層窗紙向屋中來悄聲說：「小姐！我是好意！您是不知道，我師父魏老爺常跟至近的友人說，不願您再跟他當俠客，趁着您這年歲，想給您找婆家……」屋裏的芳雲向着窗紙啐「呸！」小孟在外仍笑着說：「魏老爺說有意把您許配胡公子，您大概也看出來了。我可覺得有點不配！像您這樣的美貌俠女，怎麼能夠嫁姓胡的？雖然是個孝子，其實也是個廢物。于朗月少爺卻不但多情，而且風流豪爽。」芳雲怒聲說：「滾出去！」外面的鵝頭小孟才走，這間店房算是讓給芳雲了。

　　芳雲倒不怎麼生氣，只覺得討厭。那于朗月的人物也不怎麼討厭，可是這件事情怪討厭的。鵝頭小孟尤其討厭，他必定跟那于朗月是朋友，還很有交情。不然他不能夠說這些沒規矩的話，他是欺負我！等到爸爸回來，我非得叫爸爸管教管教他不可！然而爸爸又是個最糊塗的人，他既知道我應當出嫁了，他可為什麼不給我選找吳三那樣的一個人物？

　　芳雲的芳心難過了一會兒，但過後就忘了。又想着：鵝頭小孟說的那話倒對，若是登門去找何子成，能使人疑惑對他倒是懷着好心，那可真是一種侮辱！不如索性深夜再去。吳錦娥如果真在他家，夜間也不能藏躲。何子成若是假外出，其實正在家呢？那就取了他的首級用包裹包好，掛在小駱駝的脖子上。不等到天明，就離開迪化。如此一想，她倒心裏發急，恨這個天不快一些黑了！

　　她叫店家給她換茶，預備飯，店家進到屋裏來，雖然見所住的客人變了樣兒了，可是並沒有驚訝的表示。聽了芳雲的吩咐，當時就趕緊去做，並且知道芳雲是魏小姐。這大約是鵝頭小孟臨走時，把話對店家說明白了，倒沒有什麼可疑之處。天快晚了，因為戶外天寒，店家就給搬進來燒着木炭的火盆。芳雲就說：“你們廚房有什麼東西，就熱一些來給我吃。”她原想着：像這樣的店，菜飯也就是預備熱湯麵、蒸饃或烙餅，若是特意囑咐他們，也許有一碟炒雞子。可是沒料到，端上來的竟是一個湯，菜是一盤炒腰花，一盤燴魚片，店家還說這魚是特由蘭州運來的黃河鯉。湯雖然是普通的雞湯，可是裏邊還夾着點口蘑、海米跟海參。這可就得說是珍貴了。不要說這小小店房，就是迪化城中的各飯館也未必都能夠預備。這裏的人除了牛羊肉之外，別的東西簡直不容易吃到。富商們請客擺酒席，當中都是一盤木頭做的假魚，海味更是少見。那麼除了撫台衙門，還誰有這些東西？再看，飯食是精米白飯，還有一盤飛羅白麵和池鹽蒸成的千層小花卷。匙箸也都那麼講究，不似店中常用的。芳雲本來是很生氣，心說：“這是什麼意思？給我好吃的，我就能夠感激他嗎？”但後來又噗嗤笑了，心說：“這正好，管他是誰送給我的，我就吃！叫我感謝他，理他，看得起他，可是休想！可是做夢！”於是她一句話也不問，就吃了。

　　飯後，她令店家將盤碗端走，再沏茶來，把茶嘗了一口，覺得也很清香，心說：“還許是西湖龍井呢？”她遂又細細打聽出雙槐巷何子成的房屋式樣。店家走後，她將屋門閉緊，燈也不點，就裝作睡覺。至二更後，她才略略地紮緊利便，攜帶寶劍、鋼鏢，出了屋就飛身上了房，在星稀月暗之下，去往雙槐巷。

　　雙槐巷，何子成的外家是很容易找到的，因為這條巷裏都是一些小門小戶，只有這一家的門是大的，房子也很整齊，似是新蓋的。而且芳雲是在房上行走，她看見別處全都漆黑的沒有燈光，獨有這所院落裏，尤其那北房，裏面燈燭閃耀，窗上的鬢影搖搖，還有婦人向門外叫着說：“張媽！”張媽沒有答應，芳雲已自房上一躍而下。她也用不着什麼躡足潛蹤，就拔出來寶劍，直進北屋。

　　這屋裏就有兩個婦人，見了她，一個驚問說：“你是找誰的呀？”另一個卻哎呀一聲喊叫起來。芳雲把劍一晃，寒光嚇得兩個婦人都向旁躲藏，芳雲就怒容怒聲說道：“不許嚷！也不許說話，否則我殺了你們！”

　　這兩個婦人的衣飾都很講究，那年輕的大概就是何子成的外室，長得並不如何的美，可是打扮的十分妖媚，頭上還戴着不少的綾絹花，她那花大姐的外號大概即是由此而得。另一個好像是她的媽，又像是個鴇母，年紀有五十歲上下了，可還擦了一臉的粉和胭脂。這個半老徐娘把芳雲仔細看了一看，她可就不怕了，並且發了脾氣，過來拿手指着說：「你！你！你是什麼人？哪兒來的野丫頭、瘋娘們，半夜到我們這兒來嚇唬人？你也不打聽打聽這是誰的家？」

她想要過來推芳雲，芳雲將劍又向她的頭上一晃，她就雙手抱着頭，向下一縮身子。芳雲又抬起腳來，向她的腹上一踹，並沒有用力，她可就咕咚一聲坐在地下了，於是哭喊起來：「有了賊！有了女賊啦！快來人吧！」芳雲大怒，掄劍向她的肩上一拍，吧的一聲，這半老的徐娘並沒受傷，可是嚇得渾身哆嗦，真不敢言語了。

此時外面有個僕婦剛要進來，就又回身跑，卻被芳雲一手揪住，說：「你不要害怕！我不是賊，也不是強盜，我只要跟你們打聽一件事，你們可得說實話！第一，你們這是何子成的家不是？」僕婦點頭說：「是！是！是何財東的家，這兒住的是他的五太太跟他的丈母娘！」芳雲又瞪着眼問：「何子成現在哪兒啦？實說！」僕婦顫顫地說：「是前半個月走的，往南江和闐縣采玉去啦。」

這時忽然那花大姐又從屋裏出來，指着僕婦說：「張媽！你多嘴？好，你多嘴，掌櫃的在南疆若是出了事，將來可就得由你擔！」

芳雲仍是逼這僕婦，說：「你快把實話告訴我！何子成搶來了一個良家女子名叫吳錦娥，他給放在哪兒了？給怎樣處置了？」她問得很急。

那花大姐卻發出來冷笑，說：「得啦！你也不用再嚇唬我們啦！我也明白啦，你是神劍魏的女兒魏大姑娘，是不是？」

芳雲詫異着說：「你怎麼知道的？」

花大姐說：「何財東沒告訴我，我可聽他跟人說了。魏大姑娘，咱們可無怨無仇，我還頂佩服你們的。因為何子成是不怕爺不怕娘，也不怕我這他花了錢置來的老婆。他只是怕神劍魏，還最恨一個叫吳三的人。往常他把貨運到省城，至少得在我這兒住三四個月，過了年才能走。一年到頭就指着他來的這幾個月，叫他給我置穿的、戴的、使用的。可是這次來了，沒他媽的住了三天就走了，因為他又弄了個比我還年輕的小老婆。這話我可也說得過分啦，我也不該恨人家，因為人家是個大姑娘，就是吳三的妹子。倒楣，不知怎麼硬被他給搶來了。人家並不從他，人家有一把小刀子，時時想要自盡，他得派人時時看着。他是個貓兒，越得不到手，他就越眼饞，有時嚇唬、硬逼，有時又軟求，又欺哄，應得給人家置什麼金的，買什麼翠的。在這兒才不過住了兩三天，可就把我差點沒氣死，我就跟他鬧，鬧也不行。

「後來他聽說他的這件事被俠客神劍魏知道了，神劍魏正往西來要抓他，神劍魏的女兒更是厲害，就把他急得跟熱鍋上的螞蟻一般。幸虧有人給他出了個主意，叫他往南疆去，說是南疆的地方大，神劍魏追不到，找不着。和闐又出玉，何子成去住半年，辦點貨再回來，那時也許就沒事了，還能發一筆財，作一檔子好買賣。因此何子成就去了。他去可是去，帶着他的親隨馬廣財，白額虎苗鈞，還在這城裏請來有名的鏢師南疆虎，他們一同走了。可是他捨不得扔下那吳姑娘，就也把人家強逼着帶了去。現在走了已經半個月了，大概都過了吐魯番了！我想：魏大姑娘呀！你要哪個追到南疆，把那吳姑娘救了，連我跟我的媽都要謝你，可是你千萬不要把何財東傷了。他人雖不好，可是像我們……還有不少別的人，都是指着他才穿衣吃飯，他若一死，我們可就都苦啦！」

當下這婦人絮絮地說着，不住地央求，並且還流下了幾滴眼淚。她的那個媽，鴇婆似的，起來也直哀求，並說：「張媽！不用害怕了！快給這位大姑娘倒茶！你看看！人家這姑娘比我的女兒長得還俊！」芳雲卻一言不發，回身就出屋，飛身上房，回往她住的那家旅店。

　　回到了店內，還沒有跳下屋去，卻見院中有個人，正在來回踱着。芳雲驚訝着想：這個人不進屋去睡覺，可在這兒幹什麼啦？她一時也看不出來是誰，自然不便驀然下房去，但趁着這個人倒背着手往東面去走的時候，她就由房跳到了牆跟兒，悄悄地下來了。那個人還拿脊背對着她，並沒有回頭，她就急速而無聲地撥了門走進屋去。以劍在前晃了一晃，知道沒有藏着什麼人，她就將屋門閉嚴，輕輕上了插關，然後將劍放下，就坐在炕邊，就着那炭盆中的餘火來烤手。

　　待了片刻，就聽見腳步聲來到窗外了，還是兩個人，聲音不大地一問一答，正談着話。一個是很生疏的聲音，問說：「怎麼還不回來呀？」那一個卻是鵝頭小孟，說：「三爺不用忙！呆一會她准回來，這時大約她准在雙槐巷裏了。」

　　那被呼為三爺的，當然就是剛才倒背着手在院中走的那人，也就是新疆撫台的公子，半夜裏來到這店裏候着女俠，未免可笑，因此芳雲更注意地向外去聽。這于朗月就似乎歎息着，說：「你給我出的這個主意不大好，我來此冒昧了！倘若她回來不肯理我，或者反倒生了氣，那豈不於我的面上更難看？」

　　鵝頭小孟說：「也比白天強些！她的脾氣是忽然好忽然壞，連我也摸不透，不過試着辦。等到她少時回來，我先說一說您對她的傾慕之意。如果她並不生氣，那可就好辦了，我叫您去同她談話，我也就躲開了。」

　　此時芳雲聽着，氣得站起身來，心說：「鵝頭小孟原來是這樣壞！」可是聽那于朗月說：「你不躲開也無妨，我對她也沒有什麼背着人的話。我只要求她在省城多住幾日，然後差人往伊犁請回來神劍魏老爺，家嚴再托出人來提親。至於非禮之事，敗人名節之事，我絕不為。實因今天我一見着了魏姑娘，便覺得仿佛前世有緣，永不能忘，何況又知道她是一位俠女，使我更是欽佩不已！」

　　鵝頭小孟說：「若不是三爺你的事，我也絕不管；我師父若是無意給女兒擇配，我也不敢給這樣撮合。我想，只要我師父還沒有答應把女兒給那胡相公，就一定能夠答應您。因為我師父雖攜着女兒遍歷江湖，可輕易也不願他的姑娘拋頭露面，不然為什麼他的姑娘連駱駝都會騎，房也能竄，他可不許她騎馬永遠叫坐車呢？就是想把女兒許配給個讀書識字，有前程的人！」于朗月沒言語。

　　芳雲在屋裏聽了，又生氣又覺得心裏難過，她想不到世間還有像于朗月這樣癡心妄想的人。他的癡心倒是很是可憐，也許世間另有這麼一種多情的男子；他的妄想卻真可憐，憑他一個書呆子，能配得上我？尤其可氣的是鵝頭小孟說的那些話，將來要叫我的爸爸允婚！芳雲又一細想，覺得父親實在是那樣一個人，他絕看不上吳三那窮漢，八成能夠應允于朗月這個請求。幸虧他沒在這兒，假若他在，那可就不好辦了，我做事就一點也不能由着我了，我還是趕緊走了才好！

　　於是她生着氣，摸着了引火之物，就突然打開了火，將蠟燭點上。屋裏一亮，可就把窗外的人都嚇呆了。少時，鵝頭小孟趕到窗前來，悄聲帶着笑說：「小姐原來都回來啦？您把屋門開開，我跟您有點事情要商量！」芳雲一點也不給他好氣兒，就說：「有什麼事你就在外面說吧！」鵝頭小孟的聲音更小，更帶着笑，就說：「先請小姐不要生氣，我才敢說。就因為白天我提說過的那位于撫台的三少爺，他一看見了小姐，簡直，簡直他就夢寐不忘……」芳雲卻怒聲說：「你小心點！你要是再說這話，你可知道我的鏢能夠隔着窗戶打出！」她並未向囊中取鏢，單聽外面腳步之聲跟蹌，大概是小孟很害怕，向後沒有退俐落，跌坐在地下了。

　　又過了片時，小孟仿佛是蹲在窗戶外，又向裏說：“那麼，請小姐多在迪化住幾天，等候魏老爺回來，好不好？”芳雲說：“我一天也不能多待！明天早晨我就走，因為我還要往南疆去追何子成！”她說出來這話，外面可就不言語了，也不知鵝頭小孟跟于朗月是什麼時候走的。不過芳雲倒覺着這件事可笑，覺着那于朗月太傻，真是個書呆子，又可謂為情癡。她也沒怎麼往心裏放這事，吹滅了燈便即睡眠。

　　次日起來時，太陽就已經升上來了。她梳洗打扮，又費了一些時間。她想吃罷早飯再起身，遂就叫店家給做菜做飯，等到端上來一看，簡直是比昨天更為豐盛的酒肴一桌，她一個人絕吃不了。叫店家給算帳，店家說是：“撫台衙門的三相公已經開發過了！”

　　正說話時，鵝頭小孟又來了，說：“小姐不是要往南疆去嗎？要騎那小駱駝可太慢了，過天山時也太不方便。現在我們給你備下來一匹好馬，這是朗月三少爺花了八百兩銀子買來的，真正的千里駒，慢說在新疆沒有第二匹，各地也少見！”芳雲一聽，卻忍不住出屋去看。

　　見院中果然有一匹馬，渾身雪白，矯健絕倫，全新的鞍韂已經備好，鞍旁並掛着一隻紅綢的包裹，裏面大概都是當地的名產土物，這當然全是于朗月給預備的了。芳雲的心裏不由得有些感激，然而故意多一眼也不看，回身就進到屋裏。鵝頭小孟又說：“小姐莫惱，容我再說幾句話。這都是朗月三少爺的一片誠意，他知道小姐要急着走，他雖然心裏很難過，但他不敢勉強挽留。這匹馬就請小姐騎走，那匹小駱駝，只要你說出地方來，我們就能夠給送去。”芳雲說：“不用送了，將來要有黑沙海那邊村子來拉駱駝的人，你們就交給他，沒錯。”

　　小孟“是是是”地連聲答應，又說：“朗月三少爺敬祝小姐一路平安，諸事順心，並說將來若是有緣，就請小姐來迪化再會一面；若是無緣，也就算了。不過他說，他永世也不能忘了小姐，這樣美貌，又俠義無雙，真是古今罕有的女子。他並說：‘曾經滄海難為水，除卻巫山不是雲’，從今以後，他益堅誓不再娶妻，不用眼去瞧別人家的姑娘、小姐，我怕他早晚還要出家當和尚！”

　　芳雲剛沉下臉來，卻又忍不住要笑出來。她始終也沒有表示出來什麼態度，鵝頭小孟又說了好幾句什麼“朗月三少爺……”，“撫台大人的公子……”她就作為是沒聽見，不理。飯畢，漱過了口，便走出屋。不客氣地把寶劍掛在那馬鞍之旁，小孟走過去，又遞給她一根新的馬鞭，她也接到了手中，遂就牽着馬出店。

　　到了街上，她就跨上了馬，稍微側目一看，就見那位服裝華貴、相貌端正文雅的于朗月，恭敬地立於道旁，是特地來送別的樣子。芳雲的心未嘗不覺着有點過意不去，而憐愛這個癡情的人，但她一想起吳三，卻又把她的心硬起來，到底也不理，連看也不看，更不致什麼謝意，揮鞭就走。

　　少時就出了迪化城，她更加緊揮鞭。那匹馬真好，果真是俠女遇着了名馬了，蹄動如飛，極快地東去。但芳雲思見吳三之心更急，她還嫌這匹馬慢。不到四天，她就又來到了黑沙海西，村中李家的門首。有人看見了她，都說：“哎呀！回來啦，騎着馬回來啦！這麼好的馬，小駱駝可沒回來！”芳雲下馬就跑了進去，一到屋裏，卻見吳三正在這裏，與李玉蘭對面坐着，屋中也沒有別人，二人正在談說，可不知說的是什麼。

　　李玉蘭見她回來啦，就趕緊放下了針線的活計而站起了身。芳雲卻笑着說：“姐姐你不想我嗎？我去了這些日，你一定以為我是回不來了吧？”又轉臉看那已經穿上了她親手裁做的棉衣棉褲的吳三，見他依然是那麼愁眉不展。"白長了那麼高的身材，跟駱駝似的！"她就半笑半嗔地說："得啦！你就不必再愁啦！我已經到迪化打聽得千真萬確，何子成是又往南疆和闐采玉並且避禍去了，把你的妹妹錦娥也帶走了。我想事不宜遲，我的馬在門外還沒有卸下鞍韉，你趕快也牽了你的馬來，咱們當時就走。快些越過了天山到南疆，不容何子成把你妹妹帶到和闐，咱們就得將他追上才好。南疆我走過，路徑我多半還熟，我帶着你去絕沒有錯，快！快些！咱們立刻就走吧！"

李玉蘭說："你才回來，為什麼不歇一歇呢？"芳雲搖頭，喘着氣笑說："不！我不歇！"吳三也說："你稍等一會兒，我就去備馬。"他急急地就走了。

這裏李玉蘭倒十分不放心似的，問說："南疆還有多遠啊？天山容易過去嗎？准能夠追得着何子成？沒有人給他保鏢嗎？"芳雲卻說："有我幫助吳三哥，辦這件事情是一點也不難！"當下李玉蘭就不再言語了，但似乎是有一些不大高興的樣子。芳雲卻不能坐下歇息，口渴得又很厲害，她就去倒茶飲水。

此時吳三回到了趙家，剛要去備馬，趙老爺爺一眼看見了，就問他要往什麼地方去？他回答說是："為去找我的妹妹，要同着魏姑娘過天山去往和闐縣。"趙老爺爺一聽，就驚訝得什麼似的說："哎呀，你要過天山？你知道天山上頭有多麼冷嗎？憑你這一身薄棉襖棉褲，魏姑娘那麼單薄的衣裳，就能走？現在都立冬了，我還沒看見你們穿上棉鞋呢！我不能眼看着叫你們上山去凍死。無論你們有什麼忙事、急事、要緊的事，也得等兩天。我跟李大姑娘給你們預備好了皮衣、皮褲、棉鞋，那時才能讓你們走，誰叫咱們認識了一場呢？你又是個老實人的人，我不能眼見你去凍死。"吳三見趙老爺爺雖是固執，但就是一片好意，自己縱然心急，也不能夠不聽不顧，立時就走。

趙老爺爺就當作一件大事似的，當時就去找李玉蘭。不到半日，弄得全村裏的人也都知道了此事。村中的人都說吳三要上那姓魏的丫頭的當！那個丫頭妖妖佻佻的，會上牆又會使寶劍，她把吳三騙到天山上，不定是想幹什麼啦？大瘤子的那般朋友，一些拉駱駝的又都說："趁着魏丫頭還沒有走，咱們就收拾她！要不然將來她還能夠回來攬咱們！"有那小氣的人，就說："魏丫頭必是把那小駱駝賣了，她又不知由哪裏拐來了一匹馬？"有的色鬼卻又羨慕吳三："到底是長個子的吃香呀，她怎麼不叫我陪着她走呀？"

這個時候，趙老爺爺已到了李家，連芳雲也被他給攔住了。芳雲見吳三都不爭這一兩日，自己又何必太急？說實話，自己已由迪化跑到這裏，也夠累的了，何況腦裏又還沒有忘那溫文恭謹的于朗月，也實在應當休息一半天，使體力恢復恢復，也使思緒清楚清楚。她就把那匹白馬牽到院裏，叫來那傻子，吩咐好生地替她喂着。她把于朗月送給她的那些禮物，就假說是自己在迪化買來的，分送給了李大姑娘跟趙老爺爺。這樣豐富的禮物，村中的人哪裏見過？因此又傳開了，都說："這次魏丫頭跑到迪化是發了一筆外財！"

芳雲曾偷眼細細品察着吳三的容貌，她覺得一萬個于朗月也比不上吳三這麼一個人，因此把那撫台之子，多情的少爺的影子忘得乾乾淨淨，一點也不遺留。她只準備像個妻子似的，服侍着吳三過那巍峨的天山。

李玉蘭現在是給她跟吳三找出來皮衣，給吳三找到是李老掌櫃在世時所穿的羊皮襖，是灘羊的，十分輕暖，面子還是緞子的呢，但玉蘭還要拆改，使它務必合得吳三的軀幹！送給芳雲的是她自己的一件青綢子面的銀鼠小皮襖。她向芳雲說：“我這件衣裳，你穿着也許不合適，你自己去改一改吧！”芳雲說：“我倒用不着什麼皮衣裳！”就扔在一邊，她也不預備穿。吃完了晚飯，就到幔帳裏的炕上睡覺去了，她是頭一沾枕，就睡着了。

二更以後，李玉蘭還在燈下為吳三改做那件皮衣呢，但她時時地發楞，又暗暗歎息。窗外月色凄清，萬籟俱寂，她的兄弟跟新弟媳也都安息了，家中再沒有旁的人。但這時候忽聽門外有人叩門，李玉蘭吃了一驚似的，急忙放下了針線，先向那垂着的幔帳看了一眼，便輕輕地走了出去。她走到門前，隔着門縫，就悄悄問道：“誰打門呀？”外面卻說：“我是吳三，你是李大姑娘嗎？你也不必開門了，我只在這裏跟你說幾句話吧！”

李玉蘭此時的心情卻是欣喜中還帶着驚悸，隔着門，就聽吳三那粗大的聲音極力地壓着，他說：“李大姑娘！前兩天我那句話你可不要介意。我說你是個能幹的姑娘，令我的心服，實沒有別的意思。我吳三漂流在這裏，自己的妹妹自己都不能去找，要是再有心調戲你，那我可真不是人了！可是，李大姑娘！你那天說的話我也記住了，我願意，真的！若能走一步運，我吳三絕不辜負你。可是若叫我長在這裏，幫助你管買賣、吃閒飯，那又使我愧煞！今天白晝，我不能跟你談話，現在我來告訴你吧！我同魏姑娘一路赴南疆，絕保無半點私情。到南疆追上何子成自難免鬥一場，死了無話說；若是活着，我必定要強，找個出身，一二年後回來再見你。話說完了，你也要歇息去吧！我走了！”就聽咚咚的腳步聲，吳三果然走了，這裏李玉蘭在門裏不禁用衣襟拭淚。

她回到屋裏，雖然眼邊仍掛着淚，雖然打着哈欠，雖然燈光已暗，窗前的月色更清，她依然不息地改做那件皮衣。到半夜裏，忽然帳中的芳雲說夢話，還是帶着笑說：“你看你這個傻子！連天山你都沒走過嗎？我問你，你知不知道我對你的心？”李玉蘭更是吃驚着。

冬夜漫漫，好容易才算過去。到了次日，李玉蘭已經把一件皮襖改做好了。叫趙老爺爺給吳三送去。趙老爺爺一回到家裏，卻見芳雲正站在吳三的屋門外向裏邊催着，說：“不如你就在這兒享福吧！我一個人也能夠過天山去追何子成，也能把你的妹妹找回來！”吳三被激得憤憤出屋就要備他的馬。趙老爺爺卻說：“無論怎麼着，你們還是在這兒歇一天。皮襖是預備好了，可以乾糧還得現烙，不然你們走在路上，到哪兒去買？上了天山，不凍死也得餓死呀！”

魏芳雲說：“不要緊！老爺爺你不用多慮了，我們這是去辦急事，並不是什麼游山玩景。路上雖沒有賣吃的，可是我會去找，到了沒法子的時候，我也能夠用鏢打死山裏的野兔，我們連皮帶骨地囫圇着吃。天山雖說高、遠，我可也走過一兩回啦，到如今我也沒餓死！”

她這幾句話，把位趙老爺爺噎得無話說了，心裏卻歎息，“好好的吳三，一定叫你害了！”吳三卻也說早去救胞妹的事急，不能再在此多留，於是他就備馬，又去向村中認識的人一一辭行。芳雲也回去都預備好了，就見吳三與李玉蘭作別時，那二人仿佛有點依依不捨似的，她卻不禁在心裏譏笑。

村中人都出了門，眼望着他們的雙馬走去。吳三的背後贏得的是一片稱讚聲，說：“這個人老實、忠厚，有血性！”但芳雲的背後卻有不少人在撇嘴，還有人向空掄拳，罵道：“狐狸精！可他娘的走啦！”這也難怪，如今他二人是沖着寒風去走遠路，後邊馬上的吳三穿着李姑娘給他的那件皮衣，頭上仍戴着一頂破氈帽，就老老實實地走；而前面小白馬上的魏芳雲卻偏逞能幹，只穿着桃紅色的棉襖和水綠色的綢裌褲，烏雲似的髮上，罩着繡花的手帕也就可以的啦，她還在鬢邊斜插着一支絹做的玫瑰。她在馬上常回首，閃着星眸，作着嫣然的笑，說：「你倒是快走呀！真是的，叫我遇見你這麼個慢性的人！」吳三可是一言也不發，他似乎是故意避免着跟芳雲多談話。

由黑沙海西往南疆去走，是順着驛道過木壘河，再到奇石縣的舊城，他們一天半就走到這裏了。見有一條街，有些賣吃食和用具的鋪子，芳雲就在這裏買了六斤乾烙餅，三斤臘羊肉，都盛在一個竹籃裏，放在鞍後，他們就向南去走。天山的山容在眼前也愈來愈清楚。這座山的頂上，無論冬夏永遠是銀色的，越離着山近，氣候就越寒冷，冷得芳雲也不得不披上李玉蘭給她的那件小皮襖了。

他們在離着山腳尚有三十餘里的一個小鎮上投店住宿，照例吳三是與一些商客擠在一塊，叫店家給芳雲騰出一間屋。半夜寒風吹來山上的積雪沙沙地響，在這裏也絕找不着炭盆，凍得吳三都一夜沒睡好覺。次晨，寒氣觸面如刀割，此地住的客商全都起來走了，然而人家有往東的，有往西的，並沒有一個往南的。他們卻各自騎着馬，揮鞭向正南走，緊閉着嘴，鼻孔都往出冒白氣，他們就走到了山腳下。

這是天山，吳三從來沒見過這樣高，而峰嶺綿延無盡的大山。在這裏地下全是冰，仰面也見不到陽光，天仿佛被這座山裁去了一半。芳雲卻還笑着，找着了一條山路，就以鞭招呼吳三隨着她向上去走。山路十分崎嶇，雖不甚陡峭，可是地下太滑，馬簡直不能快走。順着懸崖又刮來呼呼的寒風，風裏攪着無數雪屑，吳三簡直睜不開眼睛了。但見芳雲拉開了紗帕，遮住了半面，依然在馬上挺着身向前走去。吳三不能示弱，便緊緊隨行。轉過了幾重山巒，越過了七八道峻嶺，風勢更大，芳雲便哎呦一聲，笑着說：「這可怎麼走呀？」

她把馬勒住等着吳三。吳三走到前來說：「魏姑娘！你為我的事這樣辛苦，叫我的心裏如何能安？」芳雲回轉過臉兒來，問說：「據你說，我應當怎麼辦？」吳三說：「魏姑娘，你已經將我帶領到了這裏，你幫助我到了這地步，也就夠了！你可以轉馬回去，或再回李玉蘭的家中去住！」芳雲說：「那又不是我的家，我去倚賴人家一輩子嗎？」吳三說：「你也可以去找你令尊呀？」芳雲不高興地說：「我不去找他，因為我爸爸他不明白我的心！」吳三又說：「我一人可以由此沖風冒寒，一直過山，追上何子成，救還我胞妹。將來有朝一日我們再能見面，我必設法報答。」芳雲搖頭說：「我不稀罕！」吳三又說：「因為你是一位女俠，我是個男子，將來再見面時，也許我們不能交談一句，可是我吳三，連我的胞妹帶妹夫，敢說終身難忘姑娘的大德！」他這話卻使芳雲難過，又有些生氣，她就說：「你不用管！你走你的，我走我的，我到南疆去也有我自己的事！」吳三說：「那麼姑娘你可以慢慢地走，我的心急，我得急行！」芳雲簡直要哭出來，說：「好啦好啦！咱們就分開吧！」說着她就把馬後的竹籃摘下，向着吳三一摔，乾饢跟臘肉灑了一山路，芳雲卻揚鞭催馬含怒地走去了。吳三還不知她是為何發怒呢，就下馬來，一個一個地向籃裏拾那些食物。

寒風更緊，芳雲已騎着馬又過了一重山嶺。她原希望吳三追她來解釋、央求，誰料那個硬漢子，傻人，在後面竟一點影兒也不見了，她也犯不上又回去。好在只是這一股山路，自己走出了山口再等着他，也准能夠見面，於是就策馬慢慢行走。

越走山越深，嶺越高，她又覺得饑餓，可是乾糧全沒剩下，她只好快些前行。走到一座空谷之中，記得早先這裏有石頭蓋成的屋子，住着三四戶獵戶，但如今只剩下幾堆亂石，人家都不知移往哪裏去了。她又向前去走，同時想：像吳三那樣的傻人，我怎樣才能夠使他明白我的心呢？話又不能由我自己說出！因此心中又很感痛苦。

她惘然前行，不知又走了多遠多高，可是竟於山路上的殘雪堅冰之間看見了許多人的腳跡。她倒吃了一驚，暗道：莫非這附近住着人嗎？天也不早了，我應當去投宿了！於是一邊張望着，一邊走，忽聽高處有人叫了一聲：“咄！騎馬的！你是幹什麼的？”

芳雲抬頭一看，見是一塊連着山峰的大石之上站着一個人，穿着也不知說一種什麼皮的破襖，臉上泥汙得難看極了，手中拿着一口生着鐵銹的刀，發威地說：“下來！下來！你是哪裏來的娘兒們？有什麼東西都快拿出來！免得叫老爺費事！”芳雲心中氣極了，暗自說：“這麼荒涼的山裏還有你這樣的窮賊？竟敢來劫我？這可真是找死！”於是就說：“你等一等，我把金銀掏了出來就都給你！”說着探手於鏢囊之內，掏了出來，就揚手打去。上面的賊人哎呀地一聲叫喊，身子就跌倒在山石上了，那口刀卻噹啷啷落在山道之上。芳雲心中才出了一點氣，卻聽得咕咚咕咚，由更高之處擲下來了許多的石塊，原來那更高之處，還有賊人。

芳雲就也不暇再仰面去瞧，只催着馬快走，躲開了那紛紛的亂石。同時她抽出了寶劍，向前直沖。然而前面忽有人大聲喊說：“不要亂動手！讓我來吧！我跟她是熟人！”芳雲也突然將馬勒住，一看，見原來是望鄉鎮的店中曾相遇，黑沙海裏也交過鋒的那個短小精悍的盜賊秦雄。芳雲哪裏懼他，就喊一聲：“好！原來是你在這裏了！”

那秦雄現在雙手持的是一對閃閃發光的護手鉤，先把他旁邊的幾個窮強盜驅開，他就說：“姑娘！你的本事可也真算不小，想不到我們在此相遇。這麼冷的天，你也能到這裏來了，姑娘先容我跟你說幾句話吧！”

芳雲就瞪着眼睛說：“說什麼？你就自管快說吧！”

秦雄一見姑娘的這番怒容，怒中帶着美，氣裏更顯着俏，他又有一些銷魂似的，就歎了一口氣，說：“在黑沙海裏你已受傷，我都沒對你發出什麼歹意，後來你罵了我，我就去了，可見我不是個沒臉的人！”

芳雲說：“有臉你會在這兒當強盜？”

秦雄搖頭說：“我沒有當！我跟我那幾個夥伴張八、崔九、小狐狸、大野貓，全都分散了。那天在沙漠裏劫駱駝，是我最後的一回，以後我就洗了手啦。可是我又沒有地方去住，只好到這深山裏。這幾個人都是被我打服了的，我只借他們的地方住，卻不幫助他們劫人。”

芳雲說：“那，今天你為什麼又幫助他們來劫我？”秦雄仿佛被問住了，有點慚愧，但又說：“我實告訴你吧！我是個窮小子！一邊得到處找飯吃，一邊我還要練學劍武門，你想再鬥一場？”芳雲說：“就鬥吧！”秦雄又說：“我劍還沒有學好，雙鉤可是我本來的武藝，今天請姑娘留點神，我秦雄可要對你不客氣了！”

芳雲真是氣，就就：“我最恨你這種臉皮厚的人，我跟你本來不認識，以前我還疑惑你是何子成的人，現在我才知道，你還不配叫他雇幫助他作惡呢！誰有工夫跟你鬥打？我管你使刀還是使鉤？反正你是賊！今天我見了你就不能夠叫你活！”說着催馬向前，掄劍向秦雄就砍。

秦雄也怒了，立時就以雙鉤相迎。雙鉤本來說一種最厲害的東西，兩面是刃，等於寶劍，上邊是鉤，可以鉤壓對方的兵刃，下邊是戟形的護手，別人不能傷他。柄下又尖銳，等於持着短刀，而且是兩把，分持在左右手，相互呼應着來殺，比刀劍緊湊兇猛而且難防。

當下他與芳雲交手了十餘合，一點不覺力弱，芳雲那狠毒的劍法也不能施展。芳雲可認識了出來，他使用的是一種名曰雪片鉤的鉤法，拉、鎖、帶、拿、栓、捉，頗稱熟練，並可以看出他是急於要將芳雲鉤下馬來。芳雲不禁冷笑，心說：天都晚了，誰有工夫跟你瞎鬥？遂就轉劍法，掄劍急砍了幾下，秦雄才向旁邊一閃，她就催着馬躍了過去。那幾個窮盜賊齊迎着頭截她，她卻掏出鏢來，連發兩隻，就有兩個賊又中鏢倒地。

她頭也不回，催馬急走。然而當她向嶺下去的時候，後面的人在上面又投下來石塊，她的馬就中了一石，把蹄子掀起，芳雲就跌下馬來。然而她只是蹲下了，身軀一挺，隨即又站起，並且掏出鏢來，又向上飛了一鏢。她囊中的鏢已不足五隻了，就捨不得再打。同時那秦雄站在上面舉起雙鉤，口中雖直喊叫，卻也沒有往下追。她就不便再去爭鬥，跑下嶺來，先抓住馬再騎上，然後緩了口氣，便尋找着路徑又向前去走。

這時的天色已近黃昏了，山中氣候更冷，風從山頭刮來那些積雪，一團一團地向她打來，比那賊人們投的石塊更是難防。她把小皮襖的紐扣全都扣上，但也禦不住寒風。腹中即餓，口裏又渴，身體更疲倦，馬也怯於前行了。山中只是亂石亂雪，樹都少，草也全無，沒有一聲鴉鳴雀叫，更看不見一點燈光，一隻人形。只有那風是愈刮愈大、愈猛，呼呼地響着，極為可怖，有如虎嘯狼嚎。芳雲收了劍，用袖子遮住了臉，她真已支持不住了，然而她的心頭仍是充滿酸苦熱情的，她更是不放心吳三，暗想：那個傻子，不知他這時在後邊幹什麼了？也許他已遇着了秦雄那群強盜，已被害死了吧？

在寒風裏，深山中，她徘徊了一夜，一夜也沒有下馬，馬也沒有停蹄。到次日她才無意之中闖出了山口。這時太陽已高升，天山之南的天氣確實暖和得多，她身上的小皮襖又穿不住了，她覺得鬢邊用手一摸就是一些塵土，玫瑰花也不知丟在哪裏了，自己的樣子不定如何難看了，饑困得她的兩眼都睜不開，馬也累得抬不起頭來了，茫茫的大地，她又向前走。

走了又十餘里，才看見有樹木，田畝和茅廬。原來這裏是有些漢人，都是自他省移來的，在這裏築了房屋，開闢了田畝，利用春夏之交山上流下來的融化的雪水，灌溉田地，所以這裏的人家都很殷實。芳雲來到，他們是非常地歡迎，芳雲就住在一戶人家裏，這裏的人給她燒洗臉水，做飯、喂馬。

芳雲吃完了飯，就在人家的一位老太婆的屋裏歇着，老太婆在炕頭閉着眼睛念觀音咒，她卻叫這家的男人給她在門前注意着，有沒有騎着馬的長身漢子從北邊來。託付完畢，她就身蓋着小皮襖臥在炕裏，不知不覺地就睡去了。這家的男人喂過了馬，就在門前閑坐着。天過正午的時候，果然見由北邊來了兩匹馬，是相並着走。右邊的那個人真是身體碩長，可是隨行的那短小漢子，鞍邊掛着一對護手鉤，那種神色跟相貌，很令這人家的農人害怕，所以就沒當時跑回去告訴芳雲。

直到傍晚時，芳雲醒來起來了，才知道吳三已竟走過去了，並且一聽隨着吳三的那人年貌，分明就是盜賊秦雄，這使得芳雲既驚且恨。匆匆地用畢了晚飯，留下了銀兩，給這家人作為酬謝，她就騎着那匹也歇息夠了，而精神活潑的小白馬，就沖着暮色向南去追。她倒要明白明白吳三和秦雄為什麼會在一起？

此時吳三與秦雄已在前面六十里地之外，投店住下。原來那秦雄是因為與芳雲爭鬥了一場，結果被芳雲走去，白傷了幾個山中的強盜。那些強盜本來都在後嶺的石窟裏住，都是獵戶，有的活了二三十歲了也沒出過山。他們的生機艱難，又都不知道王法，沒見過外人，所以什麼事情他們都做。沒想到今天竟吃了這個大虧，連他們所敬為大豪傑的這使護手鉤的秦雄，也沒有一點辦法。他們就對秦雄有怨言了。秦雄也自覺得慚愧，而且煩惱，正站在山道旁跟那些人講話，說：「你們不要忙，早晚我必定替你們做檔子好買賣！」不料北邊又有人來了，也是騎着馬的，他就掄雙鉤率領眾盜向前去劫，抬頭細細一看，他可就更是驚訝。

這馬上的人原來正是秦雄的義兄吳三，當年他們同在河東，肝膽相交，道義相助，真如同胞的弟兄一樣。後來吳三且將胞妹錦娥許配於他，他本來是發奮要強，想找個正當的出身，安排一個美滿的家庭，不料就因惡霸趙閻王垂涎錦娥的貌美，強要娶她作妾，因此秦雄才被逼闖禍，逃到新疆這遙遠的地方來，離開了他的義兄和未婚妻，並且流落新疆。今日此時，他作夢也想不到會能與吳三見面。

吳三的身長，他容易認得，吳三可都不認得他了，拔出刀來下馬就要與他們鬥，並厲聲罵道：「狗強盜！你們竟敢在這裏劫人？」秦雄卻扔了雙鉤，叫了聲大哥，隨即跪倒。吳三卻更是驚異，認明了是秦雄，就一手拉他起來，別的話全都不向他問，只問他現在住在什麼地方？秦雄回答說是住在這幾個賊人的家裏，也就是嶺後的石窟裏。吳三當時就叫他領着到了那裏，一看，這裏的石窟住着的人也都有老小，洞裏邊放着獵戶的用具，還有打來的兔子肉跟野狼的皮。吳三對秦雄面色才稍見緩和，但是秦雄剛要跟他說話，就被他怒聲止住了，他說：「現在什麼話也不用說！出了山，我再細問你！」秦雄嚇得也不敢再言語了。當夜吳三隻在這裏的石窟內避了一夜的風，連一碗水他也沒喝。這裏的盜賊因為他的身軀高大，又見連秦雄都這樣怕，便都更是畏懼，都躲着他。

次日吳三曉得秦雄有馬寄在這裏，便叫秦雄備好了，隨着他去走。秦雄也就貼耳順服，離開了盜窟，領着吳三出山。二人並馬向南去走，秦雄時時偷眼看着他的義兄，希望吳三跟他說幾句話，甚至於命他去死，他也就能夠當時自盡，可是吳三對他就簡直不理。他的心裏更愧了，更難過，而且不明白吳三為什麼一個人到這裏來，莫非把錦娥留着河東？或者錦娥已經死了？話堵在他的喉間，他卻不敢發言去問。

此時吳三的心裏有許多的話，也是想說，而不知先說那一句好，他的心裏比秦雄更難過。秦雄是太使他失望了，他因為聽人說秦雄在伊犁做買賣，雖不是什麼大買賣，可是已走入了正路，他才不辭辛苦，翻山跋涉，把妹妹送到這裏來想要就親。如今，可是妹妹已經被何子成搶去了，但即便沒有被搶去，這秦雄實在已不配作自己的妹夫了！更難過的是自己多年誠心與他相交，把他當作了一個好漢，誰曉得他卻是這樣沒有出息的人！

在路上既不閒談，兩匹馬只管向南去走，所以覺得很快。當日晚間他們便來到了吐魯番地面。這裏是天山南麓最繁華的地方，有回漢二城，漢城名曰廣安縣，有兩條熱鬧的大街，開設着許多的商鋪。他們來到北關，天色就已黑了，可是店房裏還正忙亂着，店夥招待來投宿的客人，唱曲的來這裏找主顧，什麼賣羊頭肉，賣饅頭的小販也在院裏嚷嚷。吳三找了一間店房，與秦雄同去歇息。他只叫店家沏了一壺茶，吃那乾饢和臘羊肉。秦雄如一個作了錯事的兒子似的站在一旁，連頭都不敢抬起。

半天，燈已點上，吳三忽然看了看他，就發出一聲歎息，說：「兄弟！你叫我說你什麼？我原以為你是在伊犁做買賣了，誰料到你卻在天山中為盜？咳！」秦雄把頭低得更向下了，也小聲地說：「我實在是無法！因為跑到新疆來，想不出一點生計，我就——咳！但我現在已改悔前非了！」

吳三不理他這話，卻又問說：「你知道這次我來，是帶着錦娥嗎？」秦雄吃驚說：「是嗎？那麼她現在哪裏？」吳三見問，也面現慚愧之色，說：「被人騙去了，搶去了，如今生死還都難說，不過知道她是被人給帶到南疆去了！」

秦雄突然昂起頭來，握着拳頭恨恨地說：「咱們兄弟來到新疆，豈能受這樣的侮辱？大哥你快告訴我，錦娥現在什麼地方，是被哪一個小看我們的人搶了去的？」吳三說：「是被何子成搶去的，但也怪我，交友不慎！」秦雄聽了益發吃驚，因為何子成之名，似曾聽那個俠女說過。當時，芳雲的麗容又在他的腦中一閃，他覺得丟失了未婚妻真是多報應，該當！自己為什麼來到新疆不務正業，見了那位俠女還廢寢忘食地迷戀了多日？

旁邊吳三又有頭有尾地敘述了錦娥丟失，以及魏芳雲幫助自己來南疆尋她的詳細之事。秦雄於懺悔中加上憤恨，又加上感激，他覺得魏芳雲真不愧一位女俠。人家為去救我的未婚妻受盡了千辛萬苦，我反倒三次與人家為難，調戲人家，夢想人家，這豈不是恩將仇報，禽獸不如！這種悔恨之情，使他心中更加難過，可是又不能對吳三表明。

此時吳三就又歎息着說：「在天山裏，因為我無意中說話得罪了魏姑娘，她就生着氣走了。她是有本領的人，走在什麼地方都不要緊，我們倒盡可放心；只是錦娥，我怕等我們捉住了何子成之時，她也許就已經死了！」秦雄在旁聽着，不發一言，臉色卻是十分陰慘。

第四章　鐵腕上的胭脂印

　　當下，吳三也不再說什麼了，只向秦雄拂拂手，表示叫他：「睡覺去吧！」秦雄就走到炕旁，一倒身就頭向着裏睡去了。吳三又在燈旁悶坐了些時，又歎了口氣，便也就寢。次晨吳三起來卻已不見了秦雄，趕緊叫來了店家詢問，據店家說：「天色還未明時，那位客人就起來，自己到棚下去備馬，帶着他的雙鉤走了！」吳三聽了，不由得一驚，想秦雄必因羞愧憤怒，而急着奔赴和闐去了。他去了必然不顧一切，就去拼命。何子成有鏢師南疆虎保護着，而那個人又必極為難惹，秦雄去了，未必能抵得過。於是吳三就付清了店帳，趕忙備馬出店，離開了吐魯番的漢城，再往南去。

　　離着背後的天山已漸遠，天氣也漸漸地熱，跟新秋的天氣差不多。大地上遍生着蒿草，那些遊牧的人們在此畜養千萬匹的牛馬。牛在草裏一群一群地吼叫，馬在山崗上紛紛地跑着，有的地方還有野生的葡萄，那羽狀的綠葉彌漫無邊，也不搭着架，就隨便任憑行路的人采着解渴。那些葡萄多半是淺綠色的，一串一串，晶瑩可愛。行路的人還有把籃子裝滿，把包袱壓得提不動，卻也沒有人來管。吳三覺着這裏的風俗很是奇異，他只是策馬前行，並不拾取路旁的一點東西。他順着驛道行去，沿途的費用他極為儉省，可怎奈他身邊的錢本來就不多，而南疆的路程又太遙遠了。

　　走了八天，過了天山的支脈那林喀拉山，又過了庫爾車，來到了焉耆縣，可是離着和闐還極遠。焉耆縣這個地方，既產名馬，又出寶刀，靠近着博斯河。因為離着沙漠也很近，所以氣候十分寒冷。吳三這時腰間就已沒有一文錢了，為追上秦雄，為擒獲何子成，也為救回來胞妹，他的刀跟馬無論如何是不能當賣的。他只好脫下來身上的那件皮襖，插了一根草標兒，就在街上賣，他也不曾爭價錢，結果被一本地的商人，只出了三兩銀子另一串錢，就給買了過去。當他把這件皮襖交給人的時候，他想起來這不但是李玉蘭贈送的，還是她一夜給拆改做好了的，如今真辜負她的一片心了，歎息着。在黃昏暮色之下找了家店房便去投宿，跟無數的人擠在一間大房內，車也在屋裏，雜亂的行李跟別人的貨物也都在屋裏。他的身子又長，連躺着的地方也沒有，只靠着土壁坐了一夜，可是他睡得很沉。也不知睡到什麼時候，忽然被人給推醒了，他就揉了揉眼睛睜開一看，只見那件皮襖，還有幾塊銀子，全都放在他的眼前。

　　旁邊的客人們都正在睡得沉，有的坐着，有的臥着，呼嚕呼嚕的鼾聲，亂七八糟的囈語，咬牙、放屁、各種的聲音和氣味，無不應有盡有。有的人身旁還燃着煙燈，那暗淡的光照着屋中的一切情形。然而，是誰推醒的吳三呢？卻已看不見了，紙窗，蓬戶，被外面的風撼得沙沙地響動。

　　呆了會，院中就有雞啼了，原來天色已經黎明。吳三收拾了銀兩，拿着這件皮襖反復地看，見正是昨天賣去了的那一件，但怎麼又返還來了呢？莫非昨天買去我的衣裳那人是位俠客，他看出來我是條好漢，憐我的困頓？或是他查出那皮襖上有可敬的姑娘的針線痕跡？所以他才不忍得要，才趁着深夜返還，並且資助我的路費？他又施恩不望報，因此才推醒了我，他便走了？吳三就這樣想這樣相信了，覺得新疆這地方確實也有不少的好人。可是我受了別人的這許多恩德，將來若不能報答，豈不令我愧煞？

　　他不能夠再睡了，看得窗紙的顏色又發白了一些，他就起來，到院中自己去備馬。少時給了店錢，他就離開了焉耆縣又往南走，行二日便到了塔里木河的北岸。這道河是南疆最大的川流，河水激蕩滾湧但船隻絕無。吳三就沿岸向西去走，走了有一天多，才到了一個市鎮，這裏也有街道，有店房，往來的車馬極多。吳三看見幾輛車的上面插着鏢旗，他就過去找個人打聽，知道這是蘭州龍家鏢店的鏢車，保的是和闐縣知縣的家眷。吳三就心中甚喜，說：「我也要往和闐縣去，咱們搭個伴走吧？」

　　這個跟他談話的人卻說：「我既不是保鏢的，也不是跟官的，我做不了主。你要想搭伴兒走，你先跟他們去商量商量，吳老爺的家眷在這店裏邊啦，管事的人叫毛大爺，他若不答應，我們不敢帶着你；要不，你就跟那兩個保鏢的商量去，他們一個姓崔，一個姓尹，正在對過那酒鋪裏呢。」吳三卻想：不必跟他們去說明，只消他們走時我也走，他們歇我也歇，便可以不至於迷路，一直走到和闐。

　　此時天色已經不早了，這幾輛官車和鏢車也是正往裏邊卸。吳三到旁邊的店裏去找房子，可是附近的店現在都因為那邊住着官眷，又有鏢頭的囑咐，都不願收留單身的客人。他找了半天也沒有找着個住處，心中既急，又渴又餓，牽着馬徘徊在街頭。天色已經快黑了，兩旁的鋪戶只有那酒鋪裏還燈光照耀，人語噪雜，他歎了口氣，就將馬拴在那門前的椿上，走進了酒鋪。

　　這酒鋪裏，人亂哄哄，有的在吃，有的在喝，有的是吃着喝着還大談。屋子本來就低，吳三進來，頭就頂在頂棚了，惹得旁邊的人全扭頭看，還有人說：「喝！這大高個子！」堂倌見吳三穿的皮襖很闊，就讓他到了裏首，在一張桌旁坐下。堂倌就把這張桌子擦得發亮，然後急忙去拿酒菜，一小碟一小碟，足擺了有十幾個碟子，什麼醬羊肉、燉馬脯、鹽豇豆、醃蘿葡、菜豆腐等等，然後就問吳三要喝什麼酒，是喝白乾還是喝黃酒？吳三卻搖搖頭說：「都不要！你們這裏有鍋餅嗎？」

　　堂倌卻勉強地笑着說：「這兒可不預備那些粗吃食，有的只是饅頭跟羊肉包子。」吳三說：「那你們一定賣得都很貴？」堂倌冷笑了笑，說：「我們這家鋪子是這安樂鎮上最出名的買賣。你再往南，得走二十多天的大沙漠，往北也是些荒地，除了您過天山的迪化，再也找不着我們這樣兒的一個買賣了。我們的總號也是在迪化，這兒是分號，向來南來北往的達官、大掌櫃們，一到了我們這兒，就得照顧一回。」

　　吳三點頭說：「我也看出來，你們這兒的買賣不錯。」堂倌說：「不但不錯，來我們這兒照顧的一些老爺們吃吃喝喝，還都從來沒計較過錢，你瞧那邊……”他努了努嘴說：“那邊的兩位是保護和闐縣太爺眷口的，那位師傅，您瞧瞧人家？再瞧瞧這個桌上？”他笑了笑，又說：“來到我們這兒的人沒有光吃飯不喝酒的。”吳三覺得這堂倌直是辱罵了他，心中十分生氣，但又不得不忍，就說：“好吧！來一點酒！越少越好，既然沒有鍋餅跟烙饃，就來饅頭吧！”堂倌才轉身走開。

這裏吳三沒有好氣，扭頭看了看那兩個保鏢的人，見都是衣服整齊，神奇昂然，腰間都別着刀子，可是臉都紅中帶着紫，早就喝醉了，可是二人仍舊在喝。又呆了一會兒，見這兩個人都起身來招呼，叫道：“毛大爺！我們等候了半天，你怎麼這時候才來？菜可都沒給你留！”外面進來的這人是個跟官的打扮，雖然穿着灰布衣服，可是羔子的皮袍，可見是很講究，在老爺的跟前一定是很得信任。這人年約四旬，臉很瘦，眼睛雖小而閃閃發光，鼻子是勾形的，如同雕隼的嘴，帶着笑走進來，就向那二人說：“不要緊！菜沒了咱們再另叫。”搖晃着身子走了過去，就拿筷子敲碟子，嗒嗒嗒地直響，叫着說：“堂倌！堂倌！”那兩個鏢頭也捶着桌子怒喊：“堂倌！堂倌！”堂倌此時卻正給吳三送來饅頭跟酒。

這堂倌一個人顧不過來兩邊的事，那邊的兩個鏢頭可就氣了，都站起來，要過來打這個堂倌。吳三倒趕緊說：“我這裏你不用管了，你快點到那邊去伺候吧！”他推着堂倌快往那邊去。那邊有一個紫臉凹鼻子的鏢頭，還氣猶未息，咚的就給了堂倌的胸口一拳，罵道：“你做買賣的挑着人伺候嗎？看俺像沒錢的嗎？”還要用腳去踹，吳三便忙走過去勸解。他說的話十分客氣，勸這鏢頭不要跟一個作堂倌的一般見識，這凹鼻子的鏢頭把他瞪了一眼，才算止住了手，但全屋裏的人此時莫不對吳三注意了。

那堂倌依然坐在地下了，吳三用手攙扶他起來，這堂倌痛得還鼻涕眼淚都直往下流，腰都直不起來，走也走不動。吳三仍攙着他，慢慢走到了櫃檯旁邊要叫他坐下來，歇一歇，卻不料這堂倌就把頭一低，哇的一聲一口鮮血，咳在地上，旁邊喝酒的人全都大驚。但那邊的兩個鏢頭和那毛大爺，卻飲得吃得正高興，掌櫃的只得親自過去殷勤地伺候他們。這裏吳三不由就把面色一變，扭着頭，眼向那邊瞪着。依着他自己的性情，就不能任憑那凹鼻子的鏢頭將這個堂倌打得這麼重，但現在可有什麼法子呢？自己今晚連睡覺的地方都沒有，還跟人家惹什麼氣呀？所以他就把這堂倌放在板凳上，自己回到座位去吃饅頭。

屋中的一般客人這時都不大談話了，用完了酒菜，就付了錢趕緊走了。那掌櫃的剛在這張桌旁算畢了帳，又得跑到那邊去收錢，忙個不休。那兩個鏢頭跟那名喚毛大爺的還要酒，添菜，十分地頻繁，掌櫃的應聲稍遲看一些，那邊就咚咚地擂桌子，暴躁地大罵。吳三此刻已經拿定了主意，只要那個鏢頭連這掌櫃的也打，他可就不能夠再看着了，非得把那兩個人管教一番不可。幸虧，這個掌櫃的到底不愧為掌櫃的，他手腳兒敏捷，嘴耳都快，東照看，西答應，一會兒全都照顧得周到了。

酒客已都散去，只留下了那邊的三個人，都跟醉老虎一般。還有這邊的吳三，雖然已吃飽了，可是因無處可去，還不得不坐在這裏。又呆了片時，那邊的毛大爺說是附近有一家花煙館，裏邊有個娘兒們是這沙漠邊的一朵野花兒，很是有名。當下說得那兩隻醉貓、鏢頭，全都更高興起來，哈哈地大笑，也沒付酒帳，他們就一同歪歪斜斜，推推拉拉，嘻嘻哈哈地都走了。屋中只留下了吳三一個，他這才向掌櫃的商量着，要在此寄宿一宵的話。

　　他說明了自己在此投店不着之意，並說自己是要往和闐縣去尋找一個人，自己確實是個規矩本分的人，只在此寄宿一宵，明天一早必走，還要給幾個錢作為店資。這酒鋪的掌櫃的為難了半天，就說：「給錢不給錢倒不是要緊的，我們這酒鋪也時常留客人住，可是對門店裏就住的是縣太爺的家眷。」吳三不由得有點憤然說：「知縣不過是個七品官職，他的家眷住在什麼地方，就能使得客店酒家都不敢留往來的人嗎？」

　　掌櫃的卻咋舌地說：「知縣的官在別的省份不算什麼，可是一來到新疆，就大得不得了啦！何況對門住的這位吳太爺的家眷，人口又多，兩個鏢頭又都橫，他們那個管事的人毛大爺更是……」

　　吳三就說：「我實因沒地方住了，才想在你們這裏寄宿，難道還能夠給你們惹下什麼是非嗎？」

　　這時候扒在櫃檯上的受傷的堂倌，卻央求他的掌櫃，說：「就留下這位客人在咱們這兒住下吧！」掌櫃的又想了一想，才點了頭，但是這裏可沒有地方寄存馬匹，馬仍然得在外面繫着。吳三就找了些生爐子用的乾草，又端了一盆水，出門去喂馬。門外的天色已經黑了，冷風嗖嗖，街上沒有一個人，對面的店門也將大門關上了。吳三就將馬在椿上又繫得牢固一些，他便又進來，於是掌櫃的就關門、熄燈，叫吳三在外屋將桌子連在一塊，就睡覺。

　　這酒鋪裏只有三個人，一是這掌櫃的；二是那先前對吳三很倨傲，這時又很感激他的那個受了傷的堂倌；三就是一個專管做各樣酒菜的廚子，早就睡着了。至街上的更鼓敲過了三更以後，吳三仍是不能入夢，聽見了門外的馬還打嘟嚕，跺蹄子，他就放心；若是半天聽不見什麼動靜，他就疑心馬是被人盜走了。可是至天色將明的時候，他聽見外面吧吧吧，有幾聲鞭子的聲音，同時又聽他那匹馬在門外嘶叫。吳三急忙翻身起來，同時抄刀，把門開開。剛一出屋子，就見一條人影往南跑去，少時又聽見蹄聲嗒嗒，很輕緩地就消失了，自己的馬仍然在椿上拴着未動。

　　冷風愈烈，天色微明，而對門的店裏卻有許多人亂嚷嚷起來，不知是什麼事，頗使吳三驚異。而這時那酒鋪掌櫃的又在裏邊咳嗽，吳三就趕緊進來，輕輕地又將屋門關上，慢慢地再躺下了身，可是他更睡不着了。直到天明，門外的行人漸漸多了，馬蹄聲、車輪聲也紛亂了起來，更有不少人在紛紛談話。吳三隻注意去聽，聽出來原來是對門店中住的那個鏢頭，在今天黎明之時，丟失了一隻耳朵，現在那人已昏暈過去了。吳三聽了，就更為驚異，覺得這暗中必定有一位俠客高人。

　　酒鋪很晚才把門開開，那掌櫃的現在對吳三是又害怕，又敬仰，直催着勸着他快些走。那堂倌是更感激，而更慌張。他們認定吳三就是今天黎明時，在對門店房裏削掉了那個姓崔的鏢頭一隻耳朵的人，他們就稱呼吳三為俠客。那掌櫃的怕吳三的盤纏不夠，還要拿出錢來送他，弄得吳三倒有些莫名其妙了。因為自己覺得那匹馬拴在門外椿上，很叫人注意，所以他就收拾了隨身的東西，並匆匆開發了昨晚用的酒飯錢，他就向掌櫃的跟那堂倌都拱拱手，說聲：「再會吧！」他出了酒鋪解下馬來，就忙忙地走了。

　　順着大道沿着河岸又往西去走了不遠，便望着了渡口，於是他在那邊就渡河往南，一直走進了大沙漠。他走進這沙漠中，覺得與那黑沙海有些不同，因為那裏的沙是發黑色的，這裏的沙卻有些發白。沙崗起伏，一望無邊，人跡絕無，景況是更為陰慘。什麼水、草、乾糧，他都一點也沒有預備。他原想這至多也就同黑沙海一樣，快些，走上一天，一定就可以渡過了。卻不料走了許多時，天上又烏雲密佈，也不知是過了正午沒有，但覺得越走越沒有盡頭，同時風也漸漸猛烈了起來。這可又與山裏的風不同，這風中卷着無數的砂石，都打在他的臉上，他睜不開眼，也抬不起頭，可是他依然揮鞭策着馬去走。那匹馬冒着風沙向前奔馳，走了又不知有多遠，馬就昂首長嘶，然而它的嘶叫也難為吳三所聽見，後來它就向前一蹶，兩隻前蹄全都跪倒了。幸因吳三的身體俐落，趕緊就跳下馬來，可是禁不住一陣大風，把他那鐵鑄一般的身軀吹得都有點搖晃。他就蹲了下去，待了許多的時間，他才緩過來氣。

那陣大風雖已刮過去了，他的兩腳卻也埋在沙裏。再看那匹馬，四條腿都跪着埋在沙中。他趕緊掃去了頭上落下的沙子，又抖抖衣褲，然後先拔出自己的兩腿來，再將馬也攙起，叫馬又歇了半天，他也不敢騎了，就牽着向前去走，但這廣大的沙漠，他用腳去走，更是走不到邊涯。

不多時天就黑了，在大漠中仰面去看，連一顆星也沒有。他此時倒不覺得餓，可是口渴的實在厲害，馬先前還嘶叫，越叫越無聲。他勉力前行，直走到天色漆黑，他已精疲力盡，這才連馬都臥倒在地上，就將大漠作為了旅店。但風未停，水和乾糧一點也不能尋到。好容易才過了這一夜，天色微明時，他起來牽着馬又往下走。又勉強走了一天，仍然未遇着一個人，未得到一滴水，他跟馬都如同得了大病一般，齊臥倒於地上。

吳三現在走的這沙漠，在新疆本地的人呼為大戈壁，番名叫做塔克拉瑪乾，是本省最大的沙漠。東西長約六千多里，南北的最長之處也得走兩三個月，一百多天，從古至今可以說絕無人走過。但中間流着一道和闐河，河的東西兩岸都是沃土，都有耕種的人家和驛站。可是吳三他不知道，其實他要是橫着向西去走，走不到二十里就可以望着那道河了，但是他只知道直走，所以越走越沒有盡頭。如今他才走了兩日夜，他就渴得，餓得，連他帶馬全都起不來了。臥在風沙之中，連眼都不能夠睜開。

也不知又過了多少時候，他忽覺得身旁有人，又覺得身旁的那馬也在動了，他就問說："是誰呀？"並哀求着說："救命呀！"就又覺得有清涼而甘甜的水，灌進了他的乾渴的喉中。他就趕緊張着大嘴咕嘟咕嘟地飲下，有些水都灌在他的鼻子裏，他一連打了幾個噴嚏。忽就聽眼前有人噗嗤的一聲笑，並溫和地拉了拉他的手，還清脆地說："一直！沖着你的刀尖去走！"他長長地緩了口氣，也一時答不出話來，忽然眼前這個人把手奪開，仿佛就不見了。

他用力地睜開了兩眼，見天色漆黑，伸手不見掌，也不知救活了他的那個人是誰？他這時可以說是更生了，精神漸漸地長起，只是還有些餓，所以站起來覺着兩腿發軟。又過了些時，天就亮了。他隱隱看出那匹馬也站起來了，馬的旁邊還扔着一隻很大的牛皮口袋，裏邊裝的大概是水，他飲完了，又飲完了馬，人家還把那水袋，口兒繫緊了，給他留在這裏才走的。吳三真感激那位救命的恩人，驚人的奇俠。

他又細細地看着，自己的馬上本有一隻空的竹籃，但此時的籃裏竟放着一隻羊腿。他過去拿起來就啃着吃，還是鹽水煮熟了的，雖然上面沾了許多沙粒，他也不顧得，就吃着來解餓。同時又見沙地上端端正正地擺着自己的那口刀，刀尖兒所指的方向，雖然還辨別不出是東是西，還是南北，但他憶起剛才耳邊的那句話："一直沖着你的刀尖兒去走！"這是領路之意，是救人救到底之意，但是又一細想，就仿佛那一句話的聲音說很熟，很清脆，似是女子的語聲。吳三一想到這兒，就不禁驚訝了，心想：莫不是魏姑娘嗎？但又想：絕不能夠是她，她在黑沙漠裏都曾跌傷過腿，如何能有這樣大的本事，這樣高的武藝，到這裏來？這一定是另一個人。

此時天光已經大亮了，他就要去牽馬，但忽然發現自己左手上有一抹嬌紅的胭脂痕跡。吳三想着：這一定是那個人救我的時候，灌下水去叫我飲，同時水也流在她的手上。她又用手一拉我的手，所以她手上的胭脂也就染在我的手上了。手上既有胭脂，自然是個女子了，而且必是個最好打扮的豔麗女子。於是吳三不由憶起芳雲的容貌，覺得芳雲的臉上確實說常擦胭脂，擦胭脂時手上也必染紅，那麼一定就是她了；連第一次將皮襖送還，並貽我銀兩；第二次在那裏削了那鏢頭的一隻耳朵，必定也是她了？但是……吳三總不相信芳雲會有這樣大的能耐。他將皮襖上沾的沙子抖了一抖之後，忽然因這件皮襖，又想起來李玉蘭，那一幅端重的影子，又把芳雲那風流的模樣，在他的腦中打消了。他更斷定這不是芳雲，而假定是芳雲，那芳雲也只是可欽佩，值得感謝的一位女俠，並不是可以愛慕的女人。

當下吳三收束了東西就拾起刀來，牽着馬，向着那指定的方向走去。因為馬雖不渴了，可是還沒喂什麼草料，所以走起來還是不快。如此行了多時，他忽然就看見了田野和人家的土屋，並有一道河流曲折如帶，在眼前蕩漾着，他就不禁驚喜，心中卻又懊悔說：「我可真是傻子了，這裏本來有河，有人家，我卻不知道往這邊來走，只管在那沙漠裏來回轉，真是傻子，無用！」他來到河邊進了個村落，見這裏的人家很多，還都是很殷實之家。這裏的人看他這個樣子，就曉得他是在大沙漠裏走迷了路的，於是就有人把他讓到家裏，他的馬匹也有人去給喂。他在這人家是洗了臉，並吃過了兩碗小米粥，又睡了一個覺，他的精神和體力已完全緩過來了，就跟這人家的兄弟二人閒談。

這裏兄弟二人都是由肅州遷來的，在此務農為業，都有了一群子女，生活頗為快樂。他們就說那大沙漠時常有人迷路，不過觀音老母也常在那裏顯聖，救渡生靈，所以又常有人從那裏邊渴餓得都快死了，一來到這裏可又活了。聽了此話，吳三又泛想了半天，他覺得觀音老母顯聖之事，也許是有的，但救了自己的那人，一定不是神靈，而必定是人，還必是個女人。或者在那沙漠中原來就有一位專救人危難的女俠，那女俠的仁心、奇技，在神劍魏之上，尤非魏雲芳所能企及，這也許是有的。他暗暗地感念，而長長地歎氣，當下他就問這裏離着和闐縣尚有多遠，是不是曾有一位鉅賈何子成由這裏走過？那個兄弟說點頭說：「不錯！何財東是五天前由這兒走過去的！」

他的哥哥瞪了他一眼，意思說不叫他再往下說了。然而這個兄弟卻興高采烈，一提起何財東來他就羨慕不止，他說：「人家那才真叫有錢哪！向來到和闐縣采玉的人，全都是那些窮蛋，哪有大掌櫃的親自出馬去采玉的哪！可是人家何財東，也許是一半想到南疆來玩玩，車就有四輛，馬更是七八匹，連夥計帶保鏢的有十三四個人，還帶着娘兒們……」

吳三聽到這裏，就趕緊插言問說：「怎麼？何子成去采玉，他還帶着婦女？」這個兄弟就說：「可不是！有錢的大掌櫃無論走在哪兒，也得帶着老婆，為的是怕在路上寂寞。可是這次何掌櫃帶着家眷，他真受了家眷的累了。聽說他那個女人才十幾歲，是新買的，一來到南疆就病了，病到這兒可就不能走了。在我們這村裏住了有八九天，那女人才稍微好了一點，本來他有個老媽子伺候着，由我們這兒走的時候，又帶去了西鄰柳老二的老婆，沿路去伺候。柳老二真是交好運，他老婆去上兩三個月回來，還不得賺幾十兩銀子嗎？再置上二十畝地還算難嗎？”

　　吳三知道他所說的那個女人，就必是自己的胞妹錦娥，他想：原來錦娥並沒有死？咳！這些日來，她必定已經為何子成所辱了！心中悲傷而憤恨。

　　這時那個哥哥也搭話了，說：“何子成的為人是多麼慈祥、和藹，只是跟着他的那些人大都壞極了！尤其是鏢頭南疆虎，那傢伙是最兇橫，在這村裏住了不到十天，他把張家的姑娘給調戲了，把柳老二的老婆也……”說到這裏他就跟他的兄弟爭論起來，他說柳老二的老婆家裏還有孩子，本來不願意出外雇傭，可是那南疆虎逼着她非走不可，因此還把柳老二打傷了。柳老二現在把孩子抛了，也下落不明了，不知是尋了死，還是追他的老婆去了。那兄弟跟他的哥哥所認識的卻不一樣，他總說柳老二也是跟着發財去了，不到兩個月，人家夫婦一定滿載而歸，能置三十畝五十畝的地也說不定。

　　吳三此時急躁得實在再也呆不住，他就向這兄弟二人問明了向南去的路徑，他便留下了一塊銀子作為酬謝，當日他就騎着馬攜着刀走了。循着這道河流去走，沿途都有村鎮和人家，路上的行人也往來不斷。他幾乎是只要遇着人就打聽，都說是“何財東才走過去！”於是他越發心急，馬就越快。走了五六日就來到了一個大地方，這裏有數百戶人家，屋舍是鱗次櫛比，街道也很寬闊，各種的買賣和店房也很多，人煙極為稠密。吳三來到這裏就又下了馬，向人打聽這裏是什麼地方。

　　吳三聽人說：“這個地方叫做穆門鎮，和闐河到了這個地方分為兩支，往東叫做玉龍河，往西叫做哈喇河，可是都得流過沙漠，只是往南的沙漠雖也很寬，須走七八日，但是玉龍河的兩岸都是青草，行旅尚稱方便。過了沙漠就是和闐縣城，那可是個寶地。出玉不用說了，還出產蠶絲、甜瓜、棉花、綢緞、氈子、毯子。”吳三注意地向街上去看，見往來的載貨的駱駝跟車輛果然很多，腰別鋼刀，雄赳赳的鏢行中人也頗不少。

　　吳三想找個鋪子釘一釘馬蹄，他就順着大街往南去走。不想他忽然看見迎面來了兩個人，其中之一頗為眼熟，就是何子成用的那個管賬的先生，姓馬的，馬廣財。吳三就想：他既在這裏，何子成當然也不能夠遠了，好！好！如今這才冤家走到了對面了！他故意不讓馬廣財看見，就轉身，背着馬，並且低下了頭去，看街上一個擺着些破爛貨叫賣的攤子。

　　呆了一會兒，他又扭扭頭去看，見馬廣財同着一個仿佛是官差樣子的人，走進了一家大客店裏，那門前停放着不少的車馬。吳三剛要過去看看，打聽打聽，忽見裏面又大邁着步出來了四個人，都是裏面穿着短衣，外面披着大皮襖，氣態驕橫。吳三看了就更是驚愕了，原來這四人，一就是在沙漠北邊那酒鋪裏見過面的鏢頭之一，姓尹的；二就是那個毛大爺；三就是何子成的保鏢白額虎苗鈞；四，卻是秦雄。吳三真不由得不驚異，趕緊又將身蹲下了，挑選攤子上的破爛貨，作出要買的樣子，同時留心着身後邊。就見那四個人說說笑笑，都由他的身後走過去，而進了南邊的一座酒樓。吳三這才慢慢地站起了身來。擺攤子的人就問他想買什麼，他卻把頭搖了搖，牽着馬就往南去。經過酒樓的時候，他就聽見了秦雄的聲音在那裏嚷嚷着，他也沒敢扭頭。

　　往南去了不遠，就進了街旁的一家店房，將馬交給了店家。他拿着刀跟簡單的行李，就找了個單間的屋子進去了，坐在凳子上發呆，心想：秦雄來此，跟那些人混在一起是何用意？

　　少時，店家給他送進來洗臉水，他就問說：“大商人何子成，跟和闐縣的官眷，現在全都住在這鎮上了吧？”店家答應說：“可不是嗎，這幾天，我們這鎮上可熱鬧了！客人你要是再遲來一天，就連這麼一間房子，也准保你找不到。”吳三問說：“這卻是因為什麼？”店家就說：“因為南邊的沙漠裏這些日出現一個歹人，那人可是劍法高強，嚇得人都不敢往那邊走了。現在只等着南疆虎大鏢頭，把那個歹人除掉，這裏的人才敢放心往和闐縣去。”吳三聽了，只是愕然地發呆。

　　吳三可是真猜不出沙漠中的那個歹人是誰了，他趕緊就問：“是男是女？”店家先笑了笑說：“歹人還能夠有女的嗎？哈！女的至多了賣娼，無論怎麼着也不至於當歹人呀？”說出了這話，他好像驀然又想起了什麼事情似的，顏色一變，把頭搖了一搖說：“可也說不定呀！我不敢說女的裏沒有有本領的呀！”

　　吳三聽了這個店家說話是前後矛盾，就很覺得可疑。他淨過了面，遂就躺在炕上歇息身體，他的腦中卻不斷想着如何去救胞妹。躺了一會，忽覺得外面有咕隆隆的雜亂腳步聲，並有人急急說着：“快出去看看！”驚得他又趕緊起身下了炕，往門外去走，只見在這店裏住的許多的客人全都往外去跑。他到了門前，見人擁擠得把門都堵嚴了，個個的人都伸着脖子探着腦往外去望，外面也是吵吵嚷嚷，仿佛是有人在打架了。

　　吳三雖然身體高長，可是也看不見外邊的景況。更因為他身體長，又怕擠出去被人看見了，所以他反倒退步。只聽別的人紛紛地談，原來真是打架的事。就聽有人說：“哎呀！打得可真不輕呀！”又有人說：“你看打人的那個叫白額虎，他跟南疆虎全是何財東雇用的鏢頭，真比老虎還厲害啊！”還有人讚歎着說：“到底是何財東呀！連這樣老虎一般的漢子都得聽他的指使呀！可是那個勸架的精悍小伙子又是誰呀？”有人又說：“那是他們的朋友，那小子武藝一定很好，心可也慈善，你看！把那個受傷的人攙走了！”

　　吳三雖未看見，但也知道了這必是秦雄。至於外面打架的原因，此時人們也紛紛地談着。原來就是那個柳老二，因為老婆跟着南來，伺候何子成的那個病女人，但柳老二並不願意，乃是為南疆虎強迫着來到，所以柳老二也追着來要他的老婆。他沒看見那南疆虎，卻知道白額虎苗鈞等人正在酒樓上，他就去央求着苗鈞給他說幾句好話，央求那南疆虎把他的老婆還給他。不料苗鈞聽了就不耐煩，又因已喝得醉了，就從樓上將柳老二直打到街上，他還不肯停手。那姓尹的鏢頭也幫助打，毛大爺是站在旁邊瞧着開心，幸虧秦雄看不過了，上前勸解，才把個遍體傷痕的柳老二送到南邊的一條小巷裏，這場風波才算暫時息止。

　　一般看熱鬧的人全都誇讚白額虎的身手高，而沒有一個同情那倒楣的柳老二的，吳三心裏卻怒不可遏。當時他沒有言語，到了晚飯後，天色又黃昏了，他就攜着單刀，走出了店房，去到南邊的那條小巷裏。只見地上坐着那個柳老二，呻吟不斷，傷的已經爬不起來了，吳三就過去細問情由。

　　柳老二見有人來問他，他就哭着說：“我家裏也不是沒有飯吃呀？可是南疆虎一定逼着她去，伺候那何太太。哪裏是伺候何太太呀？簡直就是跟了他啦，永遠也不能夠回去啦！”

　　吳三低聲問說：“南疆虎姓什麼？他現在哪裏住？”

　　柳老二說：“南疆虎名字叫薛傑，他就住在北邊的永盛店。他假說是歇息兩天，就過沙漠，其實他在前一天過沙漠時遇着了一個使寶劍的人，幾乎把他的命要了，他就絕不敢走了。”

　　吳三又急着問說：“那何財東也住在那兒了嗎？”

　　柳老二說：“哼！大概也是在那兒了吧？反正我的老婆是在那裏，那病女人何太太也在那店裏，可是店裏的夥計也都不講理，攔着我，不叫我進那店門！”

　　吳三吃驚地說：“那麼你要是在這裏，命都許難保，呆一會那幾個惡人就許找來害你。你暫忍着痛不要再呻吟，我送你到我那裏去吧！到了我那裏，你略呆一呆，我就能夠將你的老婆救出來。”柳老二又哭泣着問說：“老爺！你貴姓大名呀？你真是個好人呀！”吳三說：“不必多說了，你快跟着我走吧！”於是吳三就伸手將柳老二負於他的背上，於暮色中出了胡同，就回到店房。幸虧有暮色遮蔽着，又因為天寒，街上跟店房的院裏都沒有人，所以也無人看見他們。吳三把柳老二放在他屋中的炕上，就囑咐不要出聲，他攜着刀又走出去了。

　　外面的天氣真冷，這也因是鄰近這沙漠的緣故。風又呼呼地吹起來了，吹得街上更不見一個人了。吳三來到那永盛店前，見大門已掩了半扇，可是櫃房中還有燈光。吳三向裏探了探頭，只聽見屋裏有人說話，院中卻沒有人，他就走進去了。外院就是馬棚，他先跑到那裏的馬槽下藏了他的刀，然後走出來在院中查看，見許多的單間屋裏都已熄了燈了。

　　馬棚的旁邊就是廁所，有個人從那裏一邊繫着褲子，一邊走出來，向着吳三招呼，說：“裏邊的牌九推得很熱鬧，你不去看看嗎？”吳三搖了搖頭。那人說：“看看也沒有什麼要緊，反正咱們賭不起。”說着，這個人就點手叫吳三。吳三隱隱看出這個人穿着長袍，大概是跟隨那和闐縣官眷的，他就放了些心，遂就跟着此人進到裏院。

　　原來裏院之中還有裏院，但在這院裏的西房就燈光明耀，裏面有笑聲、罵聲、談話聲，摔牌和數籌碼聲，十分地雜亂。窗戶外面也有五六個人都扒着玻璃往裏瞧，可是又都不敢進去。這個人拉着吳三，也近前去瞧了一瞧，吳三也不用推開別人，他就能夠看得見裏邊，就見秦雄也正在這裏賭錢了，但秦雄的面上卻如附着一層嚴霜。

　　吳三並不怨恨他這個兄弟，但見秦雄與屋中的那毛大爺、姓尹的、白額虎苗鈞，還有幾個也是鏢頭樣子的，全都十分廝熟。秦雄也有很多的錢下大注，輸贏他似乎都不計較。旁邊還預備着酒跟菜，他不斷地斟了酒給別人喝。那白額虎苗鈞連舌頭都短了，直擺手，說：“得啦！老弟你別再灌我啦！今兒我喝得酒足夠裝滿一罎子的啦！”可是他又飲下了一碗，笑着又去賭錢。

　　吳三看了半天，見秦雄並沒飲一滴酒，也未露出過一絲的笑容，他就明白了他這個兄弟的用意了。他心中忽然氣憤難耐，想要闖進屋，同着秦雄先把這幾個人打了，然後再去搜何子成的屋子。但是這時拉着他的那個人，忽又一揪他的衣襟，說：“到我屋裏歇一會去吧！”吳三點頭說：“好！”遂就同着這個人去走。

　　原來這個人的房子是在第三層院落裏。他們剛走進去，就都止住了腳步。因為這院裏很黑，有兩個人正靠着牆根悄悄地談話，見他們進來，就齊都止住話扭頭。吳三也不由得扭頭去看，夜色甚深，當然看不出那二人的詳細模樣，但也可以看出來是一男一女，男的似乎比吳三的身軀並不矮，女的卻靠着牆兒直笑。吳三猜不透是怎麼回事，但旁邊那個人又趕緊推着他走，走到靠着牆的一間小屋，這個人就推了屋門，嚷着說：“請屋裏坐！咱們談談，我一個人可真是悶！”屋中有燈光透出來，吳三已經看清了，這人正是白晝間和馬廣財在一起的。

　　他心中略有點遲疑，剛邁步進了屋，不想這個人跟着進來，可立時就插上了門。吳三不由得大為驚訝，握拳問道：「你這是什麼意思呀？」這個人趕緊推着他說：「請坐！請坐！慢慢再說！我姓徐，我是和闐縣太爺的親戚，我叫徐順。大俠客！我可認識你，從打在安樂鎮上你削了崔凹子的一隻耳朵，我就曉得你是一位能人了。」吳三不由得不在炕頭坐下了，可是驚異得發了呆。

　　這徐順又說：「現在這店裏住的官眷，和闐縣吳太爺的二太太，就是舍妹。我們本來都是蘭州府的人。吳太爺放了和闐縣到任還不到半年，因為初到任未攜家眷，家眷都在蘭州府；現在覺着南疆這地方也還不錯，所以就派了那毛大去接。我本來在蘭州開着鋪子，可是我見毛大那個人就不可靠，他並雇了兩個鏢頭，名目上是沿途保護，其實是跟他一同商量着壞主意。毛大原來是沒懷着好心⋯⋯」

　　吳三見他又扯到了旁的事情上去了，自己便不耐煩聽了，只問說：「毛大如何，我不管，我只問，你曉得何子成現在什麼地方嗎？」

　　這徐順說：「我只認得馬廣財，不認得何子成。你聽我詳細說吧！毛大那小子從很早就對舍妹存着非分之想，這次在路上，背着我他就向舍妹加以調戲。可是舍妹為人正派，看出他的壞心來，就把他大罵了一頓，因此弄得同行的兩位小姐和幾位同僚的女眷都知道了。毛大也曉得，他要是到了和闐，事情一定鬧穿，吳縣太爺不但不能再要他，還得辦他。因此他跟那兩個鏢頭，崔凹子和尹黑子，便在一塊商量壞主意。大概那天在安樂鎮，若不是你削掉了崔凹子的耳朵，使他們害了怕，他們不定還做出什麼事情來了！後來往南來，我時時捏着一把汗。幸喜沿途都有人家，我並且遇見了熟人馬廣財，跟他們搭着伴兒走，覺得才好一點。可是沒想到他們帶着的那幾個鏢頭，也都不是好人。後來又碰着一個姓秦的，那小子連南疆虎都有點怕他，好容易走在這兒沒出事，可是往南去過沙漠就不能走啦！」

　　吳三聽到了這裏就又問：「為什麼不能走？是不是因為沙漠中有個歹人？」徐順點了點頭，吳三說：「這可奇怪了！沙漠中只有歹人一個，南疆虎薛傑他們的人並不少，為什麼竟不敢過去呢？」徐順搖頭說：「這可就不知道了，聽說沙漠中的那個人沒跟他們打，別的人也都沒看見，只有南疆虎薛傑一個人看見了，可是嚇得他就趕緊跑了回來。現在他一面與姓秦的等人相商量對付之法，一面又派人請朋友去啦。等到三五日內，必有許多人來幫助他，他護送着何太太再過沙漠，可就怕我們過不去了，毛大絕不敢去和闐縣。今天他又請那幾個鏢頭喝酒，又借給他們賭本，我真怕他們今夜就許出歹事。所以白天我就看見你啦，剛才我上茅房的時候又看見你往馬槽下藏刀，我才把你請來，因為我曉得你是一位能人，才求你想個法子救我們這步難！」

　　吳三慨然說：「不要緊！你放心吧！我姓吳行三，是鎮河東的門徒，那南疆虎，白額虎等人，一百個我也不怕。那姓秦的是我兄弟，到了時候他能夠幫助我，也不能夠幫助他們！」又問說：「你們的官眷共有多少人，現都住在哪間房內？」徐順說：「這院裏的屋子都叫我們包下了，舍妹是住北屋，東房裏是和闐縣丞的太太，跟典史的太太，一共是五位女眷。」吳三又問：「那何子成沒攜着女人來嗎？」徐順說：「有啊！他的那個女人很怪，說是有重病，連我們這兒的幾位女眷，想見她都很難得見着。服侍那女人的是個柳媽，就是剛才咱們一進院子來的時候，看見的那個風流女人。」

　　吳三曉得，那所謂柳媽必就是柳老二的老婆，那女人原來不是個好東西，遂又問說：「可是剛才在黑暗中跟她調笑的那個男子又是什麼人呀？」徐順又低聲說：「那就是南疆虎薛傑呀！除了他跟毛大，沒有事誰也不能過這裏院來。毛大一進來，當着我，當着兩位小姐，他也敢跟舍妹說那些不三不四的沒規矩的話。南疆虎是一進來就找柳媽，他跟柳媽簡直是醜態百出。咳！真難說了！我今天求馬廣財給想個辦法，可是他也不敢惹那南疆虎！」吳三問：「柳媽住的是哪一間房？」徐順指着說：「這後邊還一個小院，裏邊只有兩間房，一間是另一個僕婦住，一間住的就是那何財東新買的女人，聽說叫什麼錦娥？」吳三聽到這裏，把肺幾乎氣炸了。

　　徐順又說：「馬廣財聰明，他一個人在南邊的小店裏，他說嫌這個地方住着官眷，不方便，其實他也是躲南疆虎，他也知道現在暗中有高人跟着了。崔凹子既能夠丟了耳朵，薛傑就也許丟頭。」吳三覺得已把話聽夠了，就說：「我要出去看看，你把屋門關嚴了吧，待會兒，外邊無論出了什麼事，你也不要出頭。」說着他就自己開門出了屋，向前院去走，經過那有人賭博的院子，見那屋中還有燈光和搓牌的聲音，可是外面偷看着的人一個也不見了。他到了前院，更覺得岑寂，連櫃房裏的燈都滅了。他就從馬槽的下面取了刀，鋼刀在手，他的煞氣倍增。重進到裏院，腳步略一踟躕，就想：暫且讓這幾個小子賭吧！待一會再來結果他們，還是先去救錦娥要緊！於是他提刀一直走進了裏邊的那個小院。

　　這裏果如徐順所說，是只有兩間房。只有一間屋內有燈光，也很慘黯，屋中是悄然無聲。吳三滿懷悲痛之情剛要去見一見這個同胞妹妹，走到了窗前，他忽然又驚愕住了，只見門沒關嚴，隔着門縫看見了室中的情景：原來是秦雄在這屋裏了，只見他一隻手併持雙鈎，高舉起來，威嚇那得着柳媽已經匍匐跪在地下，床上坐着的錦娥是正在哭泣。秦雄低着聲說：「你不要哭，我這就送你去見大哥。」吳三這時心中更為愴痛，就先叫了聲：「秦兄弟！」秦雄驚得一轉臉，吳三人已經跨步進屋。他還未發言，那床上圍在錦被中坐着的蓬首垢面、衣服極髒的錦娥，就放聲哭了起來，說：「哥哥！我就等着見你的面了！我告訴你，何子成搶來我這些日，我並沒有……」吳三也不禁流下淚來，說：「不要多說了，你快跟着秦雄走吧！」

　　不想秦雄卻搖頭說：「還是大哥帶着她走吧！我還有些事要辦。」說着雙手提鈎向外就走。吳三橫臂將他擋住，瞪起眼睛來大聲說：「你為什麼不帶她走？我已把她許配了你，難道為何子成搶了她的事，你就不要了嗎？」秦雄沉着臉搖頭說：「不是！是因為我……我已不是早先在河東時你的那個好兄弟了！」

　　吳三的心一陣酸苦，卻低聲說：「此刻咱們不要再爭論，雖不能夠立時把錦娥救到別處，也得趕緊換換屋子，不然前面的那些人不見了你，必定找來！」秦雄說：「我抵擋他們，大哥，你就帶錦娥，並不要驚動了前院住着的官眷。」吳三說：「我想先將錦娥藏在那官眷的裏屋！」秦雄說：「也好！」正在說着，窗外又聽得腳步聲響。吳三疾忙擺手，秦雄卻把他向旁一推，身子立時如豹子一般就竄出了屋子，同時他的雙鈎齊下。就聽外面的人啊呀一聲，並有刀落於地下的聲音。

　　吳三托着燈到屋外一看，見白額虎苗鈎已倒在地下了，連動也不動了。秦雄又進屋來，要以鈎柄的利刃結果了伏在地下的柳媽。吳三卻揪住了他的手說：「不可枉殺人！你聽我的吩咐！」當下吳三一手提刀，一手夾起來他的胞妹，就出了屋。秦雄又踢了柳媽一腳，喝了聲：「不許動！」

　　他們出了這小院，吳三先悄悄地吩咐秦雄去叫那徐順出來，遂後由徐順又將官眷的門叫開，吳三就將他的妹妹放在地下。吳三也沒看清楚官眷是什麼模樣，就推着錦娥進了那間屋。這時秦雄就手持雙鉤飛往前院，斯時前院裏就打起來了。有人怒喝說：「秦雄！原來你是這麼個小子！」秦雄卻沒有答話，刀和鉤驟然相擊，相殺正緊。吳三想去幫忙，但他又離不開這裏。正在急，忽然由牆的那邊跳過了一個人，吳三將身一跳橫刀去攔，問了聲：「你是誰？」這個人卻哼的一笑，說：「原來秦雄小輩還有幫手！」刀向吳三砍來，吳三也以刀迎殺，這個人身材也很高大，正是那南疆虎薛傑。

兩個大漢兩口刀相殺正緊，外面的秦雄已鉤倒了好幾個人，沒得人可鉤了，他就跳進來裏院喝聲：「大哥！讓給我！」當時他也舞雙鉤來取南疆虎，吳三在那邊仍未住手。南疆虎左迎刀，右迎鉤，又抵擋了七八合，他就脫身到了那小院裏。吳三向裏去追，並大聲說：「兄弟你不要離開這屋！」他直到了那小院，屋中的柳媽正在喊：「救命呀！」南疆虎剛要進屋，去救他的情婦，但吳三已經趕到，從身後就是一刀。南疆虎薛傑的身手卻極快，覺得後面的刀來了，疾快閃身向旁去跳，躲開吳三的刀，同時也把刀揚起，當時兩條大漢在這小院中又相拼起來。

在外的秦雄也舞雙鉤沖進院裏來，那南疆虎薛傑嗖的一聲上了房。吳三生着氣向秦雄說：「叫你去看守前院，你如何也進來？」南疆虎在房上卻一聲冷笑，就由房一跳，越了牆頭，仿佛是要往前院的樣子。秦雄提着雙鉤去鉤他腳，他果真跳了下去。秦雄便越過牆去追，吳三也追出門外。而那南疆虎並未闖進女眷的屋，他又虛晃一刀，便嘿嘿冷笑了兩聲，轉身向外去跑。秦雄依然不舍，緊追了出去。吳三卻不敢也向外追，耳邊就聽見屋中的女眷有人驚慌哭泣起來。那徐順隔着閉得很嚴的門，向外問說：「怎麼樣了？怎麼樣了？」吳三說：「不要緊，你們放心吧！」

他提刀站在院中，向房上東瞭西望，但都沒有人影，秦雄也不回來，他真是着急。過了些時，外面就有人說話了，還有腳步聲，燈光漸漸照到了裏院，原來是店掌櫃跟幾個夥計。他們看見了這院前橫躺豎臥的人，就齊都驚訝着說：「哎呀！哎呀！這是怎麼回事？」這裏吳三就叫着說：「店家！店家呀！」當時幾個店夥計隨着兩隻燈籠進到這個院裏，一見了手提着鋼刀的吳三，他們就都更是驚訝變色，吳三卻先說明白了：「你們不要多疑！我是保護這裏的官眷的。」然而這幾個店夥全都沒見過他，就依然不敢近前來，提着燈籠的手都發抖。

此時屋中已點上了燈，那徐順走了出來，指着吳三向店家說：「這是一位大俠客，我找來的，要不是人家這位，那幾個匪人今夜裏得鬧出事來；這屋裏的官眷倘若出了舛錯，你們開店的也擔當不起呀！」

店夥們聽了這話更是害怕，有一個可是說：「這外院，地下可躺着幾個了，一個是那個長耳朵的鏢頭，耳朵還沒好，疼得他睡不着覺，他可來賭錢；還有那位毛大爺，那也是跟着官眷的呀，可也躺在外院死啦！那幾個都是何財東手下的人。何財東要是不依，你們哪位當呀？」

吳三拍着胸忿然說：「有我當！何子成現在哪裏？你們快告訴我！」店夥說：「自從前天他們從南邊沙漠折回來，我們就沒再看見他。」吳三聽了這話，心中不禁覺得失望。

他同徐順借着燈光又到院裏去看了看，見地下果然臥着五個都是死于秦雄雙鉤之下的人，那店掌櫃還猜疑着說：「他們大概是賭錢賭得急了，才鬧出來人命案吧？」

　　吳三指着地下躺着的幾個死人說：“他們都是罪有應得，毛大雖是知縣派去護家眷的僕人，可是他與那幾個強盜鏢頭勾通，想劫他的主人。你們就報官去吧！我吳三去打官司！”

　　徐順攔着手過來說：“不必不必！這地方屬我們和闐縣管，這裏只駐着一個千總的官兒，他也做不了主。店家們！你們快找人來收了屍，有什麼事等我見了我們親戚吳太爺，三句話兩句話就能了事！這位大俠客是行俠仗義，除暴安良；那位現在還沒回來的秦雄也是一位好漢，他是假意與這些強盜鏢頭交結，其實也是為保護官眷，他們都是不但無罪，還有功！”

　　店掌櫃說：“徐爺！既有你做主，我們可就要收拾這幾個死人了。要是在這兒擱上一天兩天，弄得遠近的人都知道了，那以後我們這家店可就沒法子開了！”吳三說：“好！官面由徐順當，私面有我吳三當。你們就放心吧！只是，後面那小院地上還躺着一個呢！”店掌櫃聽了，又有些害怕，派兩個夥計拿着燈又往那後小院去了。

　　這時就有個服侍官眷的僕婦出來傳遞着意思，是徐順的妹妹，說那知縣的二太太要請吳三去見一見，吳三倒不由得有些發怯。

　　斯時，這幾個院裏的人越來越多了，燈也漸多，因為店裏住的一些客人知道外面已沒有事了，就都膽子大，披衣起來，到院子裏來看熱鬧。裏院的縣丞太太跟典史太太也都好奇地去看那個難女吳錦娥。

　　柳老二的老婆也跑出來了，哭啼抹淚地在那躺着死人的院裏大說特說，她說：“我跟着何財東來，不是給他服侍他的女人！他那個女人也沒什麼，不過老拿着一把刀，說要尋死。其實她也不尋死，她就是不叫別人近她的身，乾脆是何財東找來的一個麻煩。他花了幾個錢雇了我，就把這麻煩推到我的身上啦。他們原來的那個老媽兒是又拙又笨，不能幹事。其實我給他看着，麻煩也不要緊，可是那南疆虎姓薛的又……”說到這裏她又跺着腳大哭起來，說：“我也真沒有臉啦！我沒臉見我的漢子啦！南疆虎說他們跟毛大商量着，不但要害這裏的幾位太太，還要逼、搶吳知縣跟什麼縣丞典史的錢，騙我說將來帶着我到遠處做他的老婆，跟着他去過好日子。我不願意，我知道他們一準得惹出禍來。可是我敢惹他們嗎？我才冤哪！”這女人才不過二十來歲，長得頗不難看，越哭越招得看她的人多，吸得那些人全都不走了。

　　此時吳三已進屋去見了那幾位官眷，在屋裏的吳錦娥已經略略地擦乾淨了臉，有人給她梳攏了頭。吳知縣的二太太並怕她冷，給她的身上披了一件絳色的小皮襖。她還在婉轉悲啼地傾述她過去的種種苦難和貞節，惹得三位太太、兩位小姐，有的點頭讚歎，有的也陪着抹眼淚。吳知縣的二太太也不過是三十歲上下的人，很溫柔，也怪不得毛大在路上生心調戲她。二位嫡出的小姐，年長的十五六，年幼的才七八歲，都依偎着錦娥，跟她有如姊妹一般。縣丞太太和典史太太也都年紀不老，都很慈祥和藹，但因為沿途的風霜和數日的憂慮，剛才又受了一陣恐嚇，她們的臉上都顯得瘦而憔悴。

　　吳三恭謹地一個一個都見了禮，他不會說什麼感謝的話，只說：“都不要怕了！事情完了！只有何子成和南疆虎那兩個賊跑掉了，可是早晚我也會把他們捉住！”

　　那位二太太反倒向吳三道謝，並說：“我不是拉親近，我們姓吳，你們也姓吳，以後我不敢叫這位吳姑娘當我的義妹，可也得叫她作我的乾侄女。現在我也沒有什麼禮物能夠給她，再說這地方我覺得仍然不怎麼穩妥。”

　　她說到這兒，那錦娥就插言說：“我聽那柳媽說，那南疆虎勾了很多的人也都快來了！他們打算先對付完了沙漠裏的一個人，就去到和闐縣搶劫吳老爺。聽說何子成早就到了那邊去了，那邊還有個玉山王，勢力比知縣都大，聽說到時也能夠幫助他們。”那位典史的太太在旁也說：“玉山王是和闐縣的紳士，平日那個人實在是很難惹，可是他跟縣太爺也有來往，大概不至於幫助強盜，也去做犯法的事。”那位二太太又說：“一天不過沙漠，我總是一天不得安心！”

　　吳三便說：“太太們放心吧！明天或後天，我一定能夠保護着太太們去回和闐縣，我不怕沙漠裏的那個人，更不怕南疆虎勾來多少強盜！”將話停頓了一會，他又躬身說：“太太們放心吧！”他就退身出屋去了。

　　徐順還要請他回那屋裏去歇一會，他卻搖頭，又拿起刀來，在院中來回地走。他最不放心的是秦雄，不曉得秦雄追趕那南疆虎到什麼地方去了，更憂慮秦雄抵不過那南疆虎，心中又計議着如何急速渡過沙漠的事，如此直到了天明。

　　到太陽出來的時候，吳三就到了前邊。那柳媽在櫃房裏坐了一夜，跟幾個好事的店夥也足談了一夜，現在他們都挺熟的了。吳三叫了這女人，就帶着她去見了寄放在那店裏的柳老二。她一見她丈夫身上的那些傷，她可又哭啼不止。吳三覺得這個女人即可恨，又可憐，便問說：“你們現在打算怎麼辦？”這女人哭着說：“我還是要跟我這男人回家裏過日子去……”

　　外邊，這個鎮上的人都紛紛地亂了起來。因為這幾日，一些商人旅客，都因聽說了沙漠中有歹人的話才停在這裏，在這裏天天看那南疆虎、白額虎幾個鏢頭橫行，也都擔着個心。現在知道了昨夜出現了一位姓吳行三的能人，趕走了南疆虎薛傑，並殺死了白額虎、崔凹子等鏢頭，這使得大家都緩了一口氣。紛紛談述着昨晚的事情之後，現在又都擠到這裏來見吳三，要各個出資，共同請吳三給他們保鏢，好渡過前面的那遍沙漠。

　　吳三的心中頗費了一些斟酌，一是因自己昨天一夜未眠，精神有點疲憊；又因秦雄未歸，自己還想在這裏等着。可是細一想，可也實在不必再留在此地了，因為自己實在孤掌難鳴，倘若南疆虎將那夥盜賊勾來，自己一人難以保護得周到，說不定眾官眷和錦娥就又許出來舛錯。當下他就將心一橫，振奮了起來，應道：“好！立時就過沙漠！誰願意隨我們走就都由我保護，絕保沒有閃失！”當下許多的人都趕忙着去收束行李。吳三又囑咐柳老二說：“你傷成了這樣，也不能夠動彈，無論是你們往北去，或留在這裏，倘若被南疆虎知道了，他必不能饒你們，不如你們也隨着走吧！到了那裏也缺不了你們的吃喝，等我們幾時將南疆虎薛傑那惡賊剪除了，幾時你們再還家！”當時那柳老二是感恩不盡，連連叩頭稱謝，他那老婆也一邊梳着頭髮，一邊答應。

　　吳三就又到那永盛店裏，見那徐順已經得着信息了，正在吩咐着人，備馬套車，又催着官眷們快些收拾行李。如今是都要準備着往和闐縣去。只有這裏還留着個何子成由迪化帶來的老媽子，吳三命人去找那馬廣財，可是馬廣財也跑了，不知哪裏去了。吳三只得叫人給了那老媽子些錢，讓她自己去投依靠。不想那個老媽子還幾乎把錢摔在地下，說：“我跟了何財東多少年，我也見過這錢！”這話傳到了吳三的耳裏，吳三倒不怎樣地生氣，只疑惑何子成在這一帶有很大的勢力，為此更應當急速將官眷和妹子送到和闐，然後自己再折回來，單個與他們拼命。

　　這時外面紛亂之聲，已漸息止，吳三出店門一看，街上擺了二十多輛車，還有許多載着貨物的。一少時官眷和錦娥都已上了車，那柳老二夫婦也有車容納下了。吳三就上了馬，吩咐了一聲：「走吧！」他腰橫鋼刀，手揮絲鞭，趕在最前，當時馬蹄嗒嗒，車輪轔轔，向南趕直去走，不到十里，便又走進了沙漠之中。

　　現在這二十多輛騾子車上，約有男女共七十多人。女的是官太太、小姐，跟錦娥，都是緊掩着車簾，連面也不向外露。只有柳老二的那個老婆，借了別人的車轅，她跨着坐着，談着她的那些事情，她倒似乎是津津有味的，無論對誰都說。男人們雖也有幾個年輕的，但不是綢緞商，便是玉器行的客人。他們對於路徑都熟，可是膽子又都極小。如今這一干人的生命、財物，就全都依託在吳三和他的那口刀之上了。

　　吳三這時反倒一點也不覺得疲倦困乏，他縱目看着這沙漠中的景象，見這裏卻與黑沙海，及自己迷過路的那沙漠，又有些不同之處。這裏當中是有一道玉龍河，河的南岸都生着草，可是河是乾的，河中只有些巨大的石卵；草也早已枯了，風一吹便斷。

　　天地依然無邊，車馬不停地前進。霞光雲影漸漸轉移，不覺得天色又晚了，大家便找了一個沙阜的後邊，把車輛都圍了起來。有帶來的許多乾柴，就在當中燃起來一堆熊熊的烈火，一來是為大家來取暖，還有的趁這時候就烤肉吃，燒開水喝；二來是因為有人說：「這沙漠裏有狼，都比驢子還大。點上了火，狼一看見就害怕，就不敢來啦！」

　　此時吳三也下了馬，他吃畢喝完，就手提鋼刀來回地走。只見各位官眷都仍在車裏不下來，可是那個柳老二的老婆還在說。她又說起那南疆虎來了，當時就把幾個買賣人嚇得連水都喝不下了。

　　天漸黑，沙漠中的晚風今天不太大，星光稠密，耿耿地映着下面的那堆火光。初冬的天氣，比天山北的七月天氣似乎還暖一點，聽不見更鑼，只有那燃着的乾柴「必剝必剝」地響着。

　　過了一些時，忽聽由北邊傳來嗒嗒的馬蹄踏在沙地上的聲音，這裏在地下坐着的許多人就都驚慌着站起來，有人說：「強盜來了！強盜來了！」有人又說：「人許不多，大概是那南疆虎一個人來了，吳三爺你可預備着點！」那柳老二的老婆又哭似的嚷嚷着：「都不要怕！南疆虎若是來了，我去跟他說，我跟他去還不行嗎？絕累不着你們眾位！」她的丈夫在一輛車上呻吟着叫她，此時車圈裏又亂極了。

　　但吳三十分鎮定，他牽了馬騎上出了車圈，可不遠走，只橫刀勒馬，眼望着北邊。他猜想着：或許是那個沙漠中的歹人來了？但他認為那個歹人也必定是一位俠客，他覺得見了那人講上幾句話，那人便不會與他們為難。

　　此時蹄音越來越近了，這裏的人有的就驚呼起來。吳三已望見了馬影，他便迎了上去，問聲：「是誰？」對面的人未來到臨近，就高聲地叫道：「大哥！」吳三聽出聲音來了，不僅立時放下了心，還十分歡喜，他就先回首大聲告訴了車圈裏的人，說：「你們都不要慌了！來的是咱們自己的人，是我的兄弟！」

　　說話之間，圈裏的一些人還正在發怔，那匹馬就已來到了。有人舉起火來照看，可又驚詫起來，叫着說：「哎呦」原來這個人滿面渾身都有血跡，簡直跟個鬼似的。吳三可認出來確是秦雄，他就要上前去攙扶，秦雄卻一躍就下了馬，連連搖頭說：「不要緊！我的腿腳和雙手都沒受傷！」他仍然提着雙鈎，不住地喘氣。

　　吳三也下馬問道：「兄弟你從哪裏來？」秦雄說：「我從昨夜就追趕南疆虎，

且殺且追，因為我知道若不殺了他，你們都難以過沙漠；我直追出了八十里地，倒是叫他逃進了四虎莊。」吳三問說：「四虎莊中也有強盜嗎？」

秦雄點頭說：「都是南疆虎的徒弟，現在都在那裏種着莊稼，可還做歹事。我追進了莊去與他們打，又殺了他們一條虎，但那南疆虎仍然沒傷也沒死。我到底抵不過他們的人多，中了兩鏢、幾箭，可是都不要緊！妨害不着我的手腳。我並且得知了他們從西邊勾來的強盜，在今晚或明天就能夠到，因此我趕緊回到鎮上。又知道你們已經往這邊來了，我才又追來，叫你們快些走，不要歇！」

吳三說：「怕什麼？南疆虎薛傑如再來，由我一人去擋！兄弟你且歇一歇，你吃過飯了沒有？」秦雄搖頭說：「我不吃，我勸你們還是快些走好！他們再來時，至少也有二百人，都是慣在沙漠裏打劫的強盜。除了神劍魏父女之外，他們是誰也不怕！」吳三冷笑着又說：「神劍魏父女的本領，又能比我們兄弟倆高強得多少？他們能驅賊，難道咱們反倒怕賊？」

秦雄說：「因為神劍魏父女二人，當年曾在南疆將他們那夥賊剗除過不少，所以至今他們想起來仍覺得膽寒。你我卻不行，他們不怕，假使他們追來了，一齊下手，只你和我，如何能抵得過？」

他的話說到這裏，就驚得圈子裏的一些人，也不等聽吳三的吩咐，就紛忙地去套車，吳三想攔也無法攔阻了。少時間車聲轔轔，又一齊向南去走。黑天沉沉，大地茫茫，背後遺下的那一堆柴的火光，也漸漸看不見了。秦雄在前領路，吳三殿后，二人也沒法子交談。

如此行了一夜，已經馬疲人倦，到天明時，氣候卻轉為寒冷，風卷着狂沙又刮起來了。現在大家實在不能夠再走了，車馬就又在一座沙丘的後邊圍起來。可是還避不住風卷着沙仍舊向眾人的身上猛擊，女眷們在車裏更都不敢下來了。有人就焚燒起黃表，說是祭風神。但那黃表紙才經點着，立時就為風所刮走，刮得極高極遠，天地也跟黃表是一樣的黃色。在中間圍着蹲着的人又燃燒乾柴，可是半天才將柴燃着，也看不見火光，煙才升起來便被風吹散。

這時每個人的頭上、臉上、衣上全都沾着沙；尤其難看的是秦雄，因為他的身上和臉上還都有血跡，也不知他的傷究竟有多麼重，只見他躺臥在沙上，不能動彈。吳三把熱水和乾糧給他送去，他都搖頭說：「不用！」吳三心中甚是難過，就說：「兄弟，你可要保重你的身體！你想：我們為錦娥，萬苦千辛方才把她找到，倘若你有個好歹，她豈不是更命苦了麼？」但是秦雄不言語，吳三才一轉身，他就暗暗歎氣。

他自覺得傷勢是極重，但他不甘心就死。一來是他覺得還沒有對得起義兄，沒有盡畢生的力量去救錦娥；二來是他尚希望再與那位俠女魏芳雲見上一面。他想向芳雲道歉認罪。然而若許他說出心裏的話，他就要說：吳三那實在是他的義兄，但吳三將胞妹許配給他，可並非他心中所願，那不過是大哥的一番好意。他不能夠推辭，而他的確是愛慕芳雲。假使他沒有跟錦娥訂過婚，也沒有失足當過那幾天強盜，芳雲若是也喜歡他，那才是他終生的樂事。然而現在卻無可奈何了！當下秦雄這短小的漢子就臥在沙上，後來大概是吳三命錦娥下了車，喂了點水給他，他才喝下去。

風勢才過去，大家算是死裏逃生一般，都喘了喘氣，掃了掃身上的沙子。剛要套車，但這時從北邊可就來了馬蹄之聲，這陣馬蹄聲真如洪水一般，嘩……；又似剛才那陣大風一樣，呼……，但其中還雜有銅鐵相磨的鏗鏗之聲，大約是刀劍鞘觸在馬鐙上發出來的音響。

　　這裏的眾人又都慌忙起來了。吳三大聲嚷說：“不要慌！”可是大家哪裏管他一個人的話，立時車全套好。馬也備齊，就雜亂走了。秦雄早已霍然而起，騎上了他的馬，舞動着雙鈎就迎着那邊的馬群而去。吳三趕過去拉他，說：“你這不是自己找虧吃嗎？我們還是保護着那些客商和官眷要緊！”秦雄說：“大哥你去招呼她們，我來跟這些人鬥鬥！”吳三說：“你一個人如何鬥得過那許多人？再說我一個人也護不住那邊，快走快走！”

　　此時那客商和官眷的車輛，都紛亂地急逃，連招呼他們也顧不得了。秦雄只得又依從了吳三的話，撥馬往南，他手提雙鈎，時時回頭去望，吳三倒是十分鎮定，提刀壓護着前邊的車輛。可是向前行走了不遠，北邊來的人馬就愈逼愈近，只見那南疆虎薛傑，和那外號叫尹黑子的人領頭，一共是三十多個人騎着馬，五六十人都在步下跑，手裏拿着單刀、板斧、扎搶、木棍，使什麼傢伙的人都有，個個也全都是一身的沙，氣勢極為洶洶。

　　秦雄這時怒起，無論誰也攔不住了，轉馬舞鈎，就奮勇地迎了上去。吳三也自知躲避是不能夠了，便也撥轉了馬頭，掄刀趕到了秦雄之前。他大聲喝問道：“薛傑！你們這夥人真是目無王法了嗎？”尹黑子趕上前來說：“什麼叫目無王法？官眷本來是由我保護，你們殺了我的夥計，劫走了官眷，你們就是沒王法！”南疆虎薛傑卻說：“跟他們費什麼話？只這兩個人，把他們結果了就完了！”當下他就喝手下的人一擁上前，同時圍住，同時就刀槍齊遞。

　　吳三掄刀東殺西砍，前遮後攔。最奮勇的便是秦雄，他的雙鈎飛如雪片，一霎時被他鈎倒了十多個人，連那尹黑子也死於他的鈎下了。但是他身上又受了數處創傷，血流不止、他卻仍然不倒。他仍然舞鈎亂殺。吳三連自己的身子都不顧，過來護他。可是被一個強盜以長槍將秦雄挑下馬來，吳三一刀將那強盜殺死，同時躍下馬來要救起秦雄，但南疆虎蓋頂一刀向吳三就砍，吳三橫刀去迎，並將他的馬頭抓住，刀又向馬上去砍，南疆虎跳下來，兩個人就在沙上相拼，而同時秦雄已在沙上慘死了。更有些強盜舍了吳三，卻跑向南邊，追截那些官眷跟商客的車輛去了。吳三心中又痛又急，他就拽刀向南去跑，南疆虎扔掄刀緊追，吳三跑向前面追着了一個騎着馬的強盜，他從後面跳起來一刀，便把那強盜砍下馬來，同時他可也跳到鞍上。於是催馬緊走，趕到最前，以單刀橫護住了前面的車輛。

　　如今吳三且殺且走，他的刀法盡展開了老師鎮河東的真傳，但是南疆虎率領着的那些人，馬還有十多匹呢，步下吶喊幫着進殺的人也還有三四十，而且這又都是貫在沙漠裏馳騁的盜賊，他們不怕沙子不怕風，個個雖是武藝不高，卻腳步兒健，力氣猛，南疆虎薛傑的刀法更是不弱，因此吳三一人頗難以招架。跑了些時，那群官眷和客商的車輛，已驚逃得很遠了。吳三在這裏卻又被群盜圍住，他使盡了力量將一口刀前遮後護的，好容易才又殺出了重圍，向南去跑，還沒有趕上那邊的車輛，卻又被群賊將他趕上了。

　　而且這次南疆虎出了特別的主意，南疆虎同着兩個都是使着長矛的人，從正面與他殺鬥，其餘的人不管是刀是棍，齊從背面殺來，這個辦法使得吳三越發難以脫身。吳三時時要一方面掄刀東攔西檔，一方面還要時時地撥轉馬頭，他總要使這些賊在他的左右，卻不敢使賊在他的前後。但是他轉，人家也轉，因此他又跳下馬來索性以身抵擋，他那長大的身軀往來跳躍，一道刀光遮護着他的身，如此，雖暫時不至於被傷，但要想在逃開，卻不能夠。

　　此時南疆虎薛傑又出了新主意：命幾個人跑到了旁邊，專由地下抓起沙子，向吳三的臉上去揚灑。如此，弄得吳三連眼也睜不開了，他的性命已危在頃刻。

　　可是忽見由南邊來了一騎馬，馬上一人，趕來幫助他，先發來了兩鏢，就有兩個人都受傷倒地，其餘的人也都紛紛逃奔。這時南疆虎薛傑已經銳氣都無，他驚呼了一聲，回身也跑了。吳三此時已被沙迷了一隻眼，站住身。只見這位俠客嬌細的腰驅，反穿着一件狐皮斗篷，騎着一匹健壯的小白馬，手掄寶劍，頭上也戴着一頂狐皮的帽子。吳三一見，不由得就驚訝極了。

　　此時那南疆虎薛傑就如同是老鼠耳見了狸貓，自然就膽怯，自然腿軟。這俠客從他背後發了一鏢，第一鏢沒有打着，第二鏢那南疆虎薛傑便落馬倒在沙上。這俠客催馬趕了過去，彎身一劍揮下，當時就結果了那猛悍的賊人。然後，這俠客將劍入鞘，撥轉了馬頭，同時摘下來皮帽子，露出釵環雲鬢，向着吳三一笑。吳三第一注意到了的就是這俠客臉上的嬌豔的胭脂。

　　吳三的那被沙子迷了的眼睛也能夠睜開了，他確確實實地認出來馬上的這位俠女，正是神劍魏的女兒魏芳雲。芳雲的臉上因有皮帽子跟蟬翼紗遮着，所以人家不但眼睛照舊能睜開，還能夠那麼聰明地、含情地、襯托着女俠的豔世姿容。狐皮的斗篷裏就是緞子的桃紅色的小衣褲，而兩頰上的胭脂色比桃花更紅，尤豔。

　　吳三想起來那次幾乎渴死在沙漠裏了，有人喂水、救命，後來在手上發現的胭脂印，也正如同人家頰上的顏色一般。當下他就明白了，知道那一次——可以說連第一次送還皮襖，第二次懲治那兇惡的鏢頭，都是人家；現在又救吳三脫離了危險之境，吳三實不能再看不起人家了。因為欽佩人家卻又羞慚自己，傷憐秦雄，就想：我連秦雄的命全都護不住，我還妄稱什麼英雄？比人家魏姑娘，真是相差太遠了！當下他不由得滿面通紅，而且留下淚來。

　　魏芳雲已催馬來到了臨近推了他一下，笑着問說：“你怎麼至於成了這個樣子了？”吳三說：“愧我無能！並感謝你多方對我救助！”芳雲仿佛倒有點不好意思了，又笑一笑，臉上更紅了一些，說：“這算什麼？我想你來到南疆這地方，是因為路不熟，在此地又沒有威名，所以才吃了虧。我嗎？是因為我跟隨我爸爸到這兒來過，所以我對於路都很熟。又有我爸爸當年留下來的威名，他們一見了我，也就疑惑我的爸爸就在不遠，所以他們自然先膽寒了！”芳雲說的這話才真叫作謙虛客氣，同時那話的聲音又極為清脆婉轉。話灌到吳三的耳裏，眼波也就掠到吳三的臉上跟身上，但是吳三仍舊是木然不覺。他跑到了北邊，將秦雄的屍身尋獲着了。他就下了馬，撫屍大哭，眼淚都濕了一大片沙子。芳雲也隨了過來，卻不住地冷笑，說：“哭他幹嗎？我也認識這個人，他姓秦，我看他跟南疆虎薛傑一樣，早就該死了！”

　　吳三也沒還言，就將秦雄的屍身放在他的馬上，他也上了馬，遂就往南走去，沿途上他只管流淚，卻不知芳雲已在後面跟着他了。少時就趕上了前面的官春和客商的車輛，那裏的一些人全都歡呼着說：“俠客小姐回來了！把南疆虎那小子打走了吧？”吳三才知道芳雲剛才是去救了這些車輛，然後才去救自己，他心中又油然生起了感激之意。但這種感激之意，還不如他悲悼秦雄死的情緒來得是深而且重。

　　當吳三將秦雄的屍身放在沙上，錦娥下了車痛哭。更聽見旁邊的人歎息、談論，芳雲才曉得這姓秦的原來就是吳三的那個未婚的妹夫。錦娥姑娘的清秀、瘦弱、淒態，在芳雲看來，她真是可憐，才脫開了那步大難，卻又死了未婚夫，這個姑娘既不像李玉蘭那樣富有產業，又不似自己這樣別人都欺負不了，她將來必是更可憐，然而……芳雲轉又一想：其實也不要緊，我可以替她設法另找一個好女婿，因為我有這責任，只要我將來能夠成了她的……芳雲想到了這兒，不自禁的就有點煩上發熱。更注意看吳三，就見吳三借了毛毯將秦雄的屍身裹起來，他還不住的流淚，他可又勸慰他的妹妹上了車，他真可謂是朋友的義重，手足的情深。同時因為那幾位官眷也都直勸解錦娥，芳雲也不斷向那邊看。

那邊的吳知縣的二太太，就叫徐順來請。芳雲含着笑珊珊地走了過去，官眷們都把雙手擱在前胸，拜了拜，說着對她的感謝之情。芳雲也客氣地說：“咳！你們這樣一來，倒叫我覺得心裏不安。實在我前幾日就到這裏來了，我還在那鎮上住過一晚，本來我是想獨自將那南疆虎薛傑剪除，叫你們平安地過去；可是沒想到那薛傑太怕我，他一見了我，就趕緊又逃回那鎮上去啦。”

知縣的二太太就好奇地問道：“那麼魏小姐！這幾日來，你都住在哪兒呀？”芳雲指着說：“往南，那河邊有一片草地，那裏住着兩家哈薩克人，他們是以遊牧為生的人，很和氣，我就住在他們那兒。反正無論是誰，要過這沙漠就都得從那兒走，我就都能夠看見。”幾位太太現在都目不轉睛地向芳雲看着，那些客商跟趕車的人，更都仿佛是鎖了魂。

在這裏又歇了一會兒，芳雲就發下了話，叫大家起身，於是大家都遵從着她，就又往南去走。魏芳雲也不帶那頂皮帽子了，頭上只罩着桃紅色的紗帕，纖腰掛着寶劍，玉手揮着線鞭，就走。當晚他們是都在哈薩克住的那個地方過了夜。夜聽得牛吼聲，馬嘶聲。還有人睡不着覺，就坐起來嗚嗚地吹着短笛，聲音至為哀慘，引得那吳錦娥姑娘哭起來了。芳雲就趕緊過去勸慰，但也不能夠安慰得了錦娥的心，因為這許多人之中，也可以說天地之間最可憐的人，就是她了！

她是才脫開了惡人之手，就突然死了未婚夫。她跟着她的哥哥，是枉到了新疆這地方，白受了萬千的痛苦，將來仍然是伶仃無主，她不由得不悲泣。魏芳雲勸了她半天，她仍舊是哭。芳雲可就急了，說：“那個秦雄，他死了倒好！他若活着，你跟了他，你也得受一輩子的罪，他不是好人！”

秦雄的屍身就在旁邊的一輛車上放着，吳三在那裏看守着。吳三的心裏是比他妹妹更難過，他的心直、憨厚，對別人的事都不理會，他可專明白秦雄。秦雄到底是好漢，是個好兄弟，尤其他對於魏芳雲，他做得對，做得慷慨豪爽。秦雄是喜愛芳雲的，但後來知道芳雲為救他的未婚妻，頗受辛苦，他就懊悔、煩惱，所以他後來只要遇着與賊人爭鬥的事情，他就特別地奮勇，他簡直故意拼命，故意捨命，為叫大家，尤其是為叫我跟芳雲，看他是一條好漢！然而現在我已明白他了，芳雲可還不明白他。

少時芳雲由錦娥那邊走過來，跟吳三說：“你妹妹的心眼兒真是窄，我怎麼勸她也是不行！”吳三歎息說：“難怪她！即使我沒把她許配給秦雄，像秦雄跟我的交情，像秦雄那樣的好漢，他死了，她也得難過！”芳雲卻又把嘴撇了撇，說：“你可真護着你那個兄弟！誰要是跟你交了朋友，就算是交着了！”吳三說：“交情的深淺不說，義還不能不講，譬如魏姑娘，你跟我……”芳雲趕緊低着聲兒問：“我跟你的交情如何？比秦雄跟你如何？”

吳三連連搖頭說：“不能並比，因為不是一樣的事。”他的話這麼一說，芳雲的臉真不禁得發熱，含羞地故意問說：“怎麼不一樣呢？你說一說理由。”吳三說：「秦雄他跟我是生死兄弟，如今他死了，我雖然用不着也去尋死，可是我這一生縱有多少榮華富貴，也不能使我喜歡了。因為我忘不了他，我們兄弟二人應當是有福同享，有難同受！」

芳雲對他這話就有點不大高興聽，又問說：「那麼我跟你呢？」吳三說：「你是古今無雙的女俠，你是我妹妹跟我的救命恩人。將來我們兄妹縱使肝腦塗地，也要報恩！」芳雲卻說：「我可不叫你肝腦塗地來報我的恩！」吳三說：「你是個俠義之人，縱然施恩不望報，我可是絕不能忘了姑娘的恩德！」他沉痛地歎了口氣。

芳雲的心裏也不禁難過了，說：「不用客氣啦！只要…你看得起我就行啦！」她仍覺着這句話未能表達出來她的衷曲，可是她不能再細說了，不能再具體地說了，她以為吳三總應該明白了。

次日，兼程南去，一路無阻。不到五天，就進了和闐縣城。那些隨行的客商都向吳三致謝，贈送銀兩。依着吳三是分文不收，但芳雲叫他都收下了。芳雲是他的恩人，說出來的話，他無一不依從。當日三位官太太、兩位小姐，都請魏芳雲和吳錦娥先至縣衙的內宅裏去歇息，徐順也引着吳三去見了知縣。吳知縣向吳三稱謝不止，在內宅裏擺了兩桌酒席，知縣夫婦和小姐、縣丞夫婦、典史夫婦，連同吳三兄妹，男女雖然分席，但在一室之內，暢飲歡敘。

魏芳雲在女席上是被讓在上首，她的華豔美麗壓倒了眾位女眷。她談笑風生，溫柔嫺雅，使知縣、縣丞、典史，這三位老爺都不勝驚佩。可是錦娥雖經知縣夫婦當宴認她為義妹了，大家都向她道喜，她也不得不笑了一笑，但笑過之後仍然是愁容甚深。

吳三跟知縣商量的是兩件事，第一是如何葬埋秦雄。知縣說：「那位秦兄弟，是因為保護我的家眷拒盜，才至慘死。備棺、設祭、超度、安葬，我盡皆派人去辦，你就放心吧！」吳三又問到何子成的行蹤，知縣說：「我聽玉山王說，他可是來了，現就住在玉山上玉山王的家中。他說他被盜賊所逼才來到此地，求我派幾名幹練的捕役，並替他再顧幾十名壯丁，以便保護着他。我已答應了，但還沒有給他辦，也還沒有見着他的本人。」吳三聽了，立時就連坐都坐不住了，就要去找何子成。知縣卻把他攔住，低着聲音說：「兄弟你且不要魯莽！現在你保護着我的家眷過沙漠的事，已無人不知了。今天我們夫婦既認令妹為義妹，咱們二人也就是兄弟了，這事也瞞不住人。何子成住在本地面，他搶人的事，可以依法治罪，卻不至於有死罪。你若是去找他，把他殺了，那時是不是我也得緝拿兇手？」

那時的芳雲，就也說：「這話對！應當秉公辦！這地方是縣城，不像沙漠裏殺了人沒人管。」她用眼色去攔吳三，吳三卻沒有看見，依然忿忿不息。吳知縣接着又歎了口氣說：「這裏沒有外人我才說，此事即使叫我秉公辦理，恐怕一時也難以辦成！」芳雲由那邊席上過來問說：「為什麼？」吳知縣又歎息着，指着那位縣丞和典史，就說：「請魏小姐問他們兩位吧！」可是那兩個人也都十分作難，又羞愧，又驚慌而又不肯說明。芳雲就微微冷笑說：「莫非那玉山王是本城一個惡霸嗎？」吳知縣把頭點了一點，說：「他並且還是南疆的首富，他的聲勢，不要說我這個七品縣令，就是迪化的巡撫也比他不了！」

當下話題就都轉到了玉山王的身上。原來這和闐縣是以產玉而馳名，在城南有一座玉山，那山雖不甚高，可是溪谷縈繞，深不可測。據聞從來也沒有人能夠過得去那座山。有傳說山的那邊就是西藏了。山上每年春天就發下來洪水，沖出來許多玉石，所以每年約有數千人都來此采玉。

　　玉石都有主人，如同貨物一般。玉的主人就是玉山王，人都稱為“山主”。玉山王也是代代相傳，因為那玉山，簡直就跟他的私產一樣。無論是誰，采了好玉，都得先獻給他，由他再以貴價賣出。他是嘉峪關的人，那老玉山王也是因為犯罪才逃到此地，與南疆的大盜、豪傑，不知相鬥了多少次，才據住了此山。及至傳到他的兒子，又結交官府，收納家丁。到了現在，這第三代的玉山王，年才二十多歲，更是兇悍。在玉山上蓋有莊院二處，養着百餘名家丁，都會武藝。他本人也是拳、腳、刀、槍、棒全都會使，而且不算低。又有一百采玉的的窮漢全都聽他的指使，勢力極大。向來的和闐縣官，就如同是他的奴僕。他一瞪眼就可以殺幾個人，但是那該殺的強盜，已經由知縣定了罪的，省裏也批准了的，他只要叫人來說一句話，是當時就得釋放。那玉山王就是如此的厲害。現今何子成不遠千里投到這裏，求他保護，他們兩人自然是很有交情了，惹着何子成就必定得惹着了他！

　　吳三聽了這話，將臉全都氣得發紫，但他這時一看見了芳雲向他直使眼色，他也就沒說什麼話。那位縣丞跟那位典史，又不住地向他解勸，說：“令妹已經找回來了，而且沒失了貞節，就可以把何子成饒過了。”吳三卻歎氣說：“若容許那樣的惡人在人世上，我的心裏總是不痛快！”知縣也勸他避着點玉山王的鋒芒，因為倘若是出了事，連我都許護不住你！吳三也沒有言語。

　　少時酒盡席散，徐順已給吳三在距離着縣衙不遠的大街上，找着了店房，芳雲還是跟錦娥同住在衙門的後院。一夜氣得吳三也睡不好覺。次日已將秦雄的屍身入殮，設祭在城中的法嚴寺，吳三同着錦娥全都身着孝衣，前去弔祭，各揮熱淚。當晚因為有僧人放焰口，他們兄妹也就都沒有離開那裏。吳三是在院中徘徊，望一望秦雄的棺材，他就歎一口氣。錦娥在一間禪堂裏，有知縣的二太太派了個僕婦服侍着她。她的眼睛都已哭腫了，柔腸回轉，自悲身世茫茫。

　　這間禪堂裏有後窗，窗外大概還有個小院。至三更後，忽然見那窗自己掀起來了，錦娥大驚，剛要喊，只聽咕咚咕咚，就由窗外跳進來了兩條大漢。

第五章　玉山頭上風雲起

　　這時院中的和尚們正放焰口，把鐘鼓鐃鈸敲得亂響。錦娥喊了聲："呀！"外面的吳三也沒聽見。那僕婦是早已被強盜一刀砍倒了，兩個強盜手中都持着刀，一個威嚇着錦娥，一個向錦娥耳邊說："何財東叫我們來請你去享福，可不准你再喊啦！"錦娥仍然大聲地哭，一個強盜用刀向錦娥的頭上一擊，錦娥痛得就暈了過去。當下一個強盜將錦娥背起，一個強盜在後防備着人來。不想背着接的人才鑽出了窗戶，就咕咚一聲，連他帶錦娥全都摔倒了。後面的這個人驚問道："怎麼樣？你腳下為什麼不小心？"話將說完，吳三已聞見了妹妹的哭喊之聲，就趕緊闖進了屋。這強盜大驚，疾忙掄刀向吳三就砍，吳三飛起來右腿正踢中了賊人之腕，鋼刀飛了，噹啷一聲碰在了牆上。吳三近前又咚咚猛掄了幾拳，將這盜賊打得昏暈在地。

　　此時魏芳雲已將錦娥抱進了屋內，就說："虧得我今兒晚上心裏一動，趕緊來了。來得還不算晚，要不然錦娥又得叫何子成派來的這兩個賊搶走了！窗戶外還躺着一個，是被我用鏢打的。"吳三忿恨着，跺腳說："魏姑娘你看着錦娥，我這時就去！我本想與何子成換個地方再算帳，誰想到他又欺到我的頭上，我不找他去，胸中的這口惡氣如何能出？"說着就從地上撿起那口刀來，先要結果了這個賊人的性命。錦娥趕緊閉上了眼睛，芳雲卻攔住他，說："這用得着你辦嗎？你就快走吧！"

　　當下吳三提着刀忿忿地走出了屋，離了房。街上是岑寂無人，城門都已關了。他就尋着了走道上了城垣，然後手揪着城垣外面斜生着的荒榛亂樹，爬下了城垣，仰面看了看北斗星，辨別出來方向，他就向正南去走。夜深，人靜，風緊，天寒，他胸中卻燃燒着一把憤怒的烈火就去走，順着道路走了很遠，就來到了玉山，天色已經近明了。

　　這時就聽遠遠之處，有人叫着"吳三！吳三！"吳三就也大聲問道："是誰叫我？"他站住了身向四下去望，星月之下，忽見由後面飛跑來了一個條黑影，並傳來了格格的嬌笑之聲。吳三就定住身問道："是魏姑娘來了嗎？"說話之間，芳雲已跑到了臨近，就把吳三的胳臂抓住了，身軀也來依戀着吳三，並且連笑帶喘。吳三可覺得不應當這樣，趕緊將胳膊奪開，身軀也躲到一旁，他就恭謹地問說："魏姑娘！你也來了？可是你將錦娥怎樣安置了？她那裏不至於再出什麼舛錯嗎？"芳雲說："你放心吧，我已經把錦娥送回衙門了。"

　　他們繼續沿山路前行，芳雲步子很快，吳三在後面緊跟。少時，芳雲忽然停住腳，探手鏢囊，掏出三支鏢，嗖嗖嗖向坡下打去。原來下面有一條羊腸小路，正有兩個轎夫抬着一架小轎走過，魏芳雲這三鏢打下，轎子隨轎夫傾倒，轎中坐的人也哎喲一聲滾出。

　　芳雲、吳三這時已經跑下山坡，轎裏滾出的那一個黃面漢子，忍痛抽刀就砍。吳三一個箭步過去，踢落了他的刀，立刻將他結果了性命。這兩個轎夫一個是在地下躺臥着，一個是磕頭如搗蒜似的。芳雲問：“這就是玉山王嗎？”那個轎夫說：“這不是我們的山主，這是山主由城裏請來的！他外號叫黃臉蛇，會配銀箭的毒藥。”

　　芳雲一聽玉山王做毒藥箭，她就不由得一驚，趕緊問道：“他的毒藥在哪裏？”這轎夫說：“在他的身上帶着了！”芳雲急忙到那死屍的身旁，果然摸出一大包藥面子來。轎夫又說：“這種藥聽說是沾在箭頭子上，只要一點，射着了人，就准死不能夠活。”芳雲咬着牙恨恨地說：“你們真狠！”舉劍就要將這兩個轎夫一齊殺死。

　　但此時吳三也來到了，趕忙將她攔住。芳雲就把那包藥給他看，跺着腳說：“他們這樣的狠毒還不該殺嗎？”吳三說：“這是玉山王跟何子成的主意，他們都應該碎屍萬段！”遂就將那已死的黃臉蛇扔在下面的澗裏。芳雲又說：“把轎上的棉墊子留下，因為你得提防他們的箭。”吳三向着芳雲一扔，說：“魏姑娘，把這給你用吧！”芳雲卻抬腳又給他踢回來說：“我才用不着這東西呢！”說畢，將藥包裝在鏢囊裏，轉身提劍又往上去走。吳三也覺着拿着這個棉墊子太是累贅，並且也太不英雄，所以他就連同那頂小轎一併扔下了山澗，然後又疾忙去追芳雲。

　　芳雲這時已經到了前面的那所宅院，一看，這所宅子並不大，門前站着二十多個人，手中都拿着刀槍棍棒，氣勢洶洶。可是一見芳雲來到，他們都又笑了，互相嘀咕着話。芳雲就把寶劍向着他們一指。厲聲地問說：“玉山王跟何子成全都在這裏沒有？實說！”有一個胖子，顢頇着走了過來，笑眯嘻地說道：“還用瞞着嗎？您不是神劍魏的大小姐嗎？”芳雲說：“你們怎麼知道的我？”這胖子說：“是何財東對我們山主說的，現在他們都在後宅裏等着您啦，叫我們幾個人在這兒，是先等候着您的大駕！”芳雲冷笑着說：“哼！何子成好大的膽！他還敢說這些不知死活的話？”胖子說：“有錢的人也就有膽子，再說有錢的人也就有娘兒們。我們這所宅子裏叫作前宅，這裏住着我們山主的兩位太太，小姐您要想來到這兒住可也行，裏邊的房子寬敞極了！”芳雲一聽，怒氣大發。挺劍就向這個胖子的肚皮扎去。

　　這胖子後面有那些個人保護着，他以為芳雲不敢和他交手，都不料芳雲一劍就扎破了他的肚皮。幸因他也退得迅速，劍尖扎進不過半寸，可是血也淌出來了，痛得他雙手捂着肚子，哎呀哎呀直叫。他後邊的那些人就把刀槍棍棒掄起來，齊聲罵道：“好潑辣的丫頭！”但芳雲掏出鏢來，吧吧吧，一接連打出了三隻，那邊就有三個人都中鏢倒地，其餘的人有的抹頭就跑開，有的嚇得縮頭蹲在地下，沒有一個人敢再罵，也沒有一個人敢近前來。

　　芳雲一手掐着鏢，一手舉着劍，又厲聲問道：“快告訴我實話，何子成在哪裏了？”就有人恭謹地回答說：“真是在後宅裏了，這個前宅，他們是輕易也不來，這裏的兩個老婆也都不是我們山主喜歡的。不過今天清早，山主就叫我們到這兒來，擋着你，跟一個叫吳三的。”芳雲又問說：“他的後宅在哪裏？”有人指着說：“就在後邊，走過一道嶺就是！”芳雲遂就往後去走，並時時回身，用鏢作着要打出的姿勢，不許那些人跟着她。

　　她腳步如飛，頃刻之間又走過了一重山路崎嶇的峰嶺，就見下面平谷之上，有一片瓦屋，簷脊相連，不下百餘間。這座宅莊確實比那所前宅宏大得多了，並且四周圍都是高垣，左右側都是山峰，峰腰間漂浮着冉冉的白雲，下面是叢生着一片長青的樹木。芳雲知道現在已經找着了玉山王的家，尋着了何子成藏匿的巢穴了。她遂奮勇地握劍持鏢，連跑帶躍，如一只小豹子似的，來到了平谷之前。

　　然而她望見了那大門，立時她就煞止住了腳步。只見這座門，完全是細磚精工雕刻而成，大門上刷着朱漆，門框還鑲着金邊，極為壯麗，有如公侯的府第。門前已列有衣服整齊，刀劍生光的健僕約有五六十人，當中有一個身軀不高，而臉膛發紫，留着小黑鬍子，年紀不過三旬上下的人，穿着一身發光的豆青色綢子的衣褲，同樣材料的鞋，鞋幫子上還墜着各色的絲穗。芳雲覺得這人的服裝跟神態很奇特，心裏便謹慎了些，瞪着她的雙眸，作出很威嚴的樣子，一步一步向前走着，問道：“你是誰？”這個人帶笑說：“我就是本山山主玉山王。”芳雲說：“你也要找死啦？”玉山王說：“什麼話？我是預備下了酒筵特意要給你接一接風，只怕你太客氣了，不領我的情！”芳雲突然一揚手，兩旁的人齊都驚喊着說：“哎呀哎呀！鏢！鏢！”

　　其實魏芳雲並未將鏢發出，可是那玉山王已經躲在旁邊了，有兩個僕人用盾牌保護着他，他還不敢離開盾牌，站在後面大聲喊着說：“魏小姐！咱們無冤無仇呀！你何必這樣兒呀？我知道你是來找何子成，可是那好辦呀！”芳雲厲聲說：“把他送出來，就沒有你們的事！”玉山王說：“容易呀！”話說到這裏，忽然那大門裏腳步之聲雜亂，又跑出來了約二十人，各個的手中全都持着硬弩，裝着箭，對準了芳雲，芳雲就趕緊向後去退出。

　　這時的玉山王膽子又大了，他又挺身離開了那兩面盾牌，面上又帶着一種不正經的笑容去先攔住手下的人，說：“不要發箭！”

　　芳雲冷笑着說：“發箭我也不怕，你們那些箭尖上又沒喂着什麼藥，還比得了我這毒藥鏢嗎？”

　　嚇得玉山王打了個冷戰，他又連連擺手說：“小姐你也不必放鏢！早先有一次，我聽說神劍魏老俠客帶着小姐來到了南疆，我還帶着手下的人，備辦了本地產的美玉，羊毛織花的細毯，哈薩克打的寶刀，俄羅斯出的綢緞，兩車的禮物都送到玉龍河邊，想去接魏老俠客跟小姐的大駕，可是沒見着！這是真事，連吳知縣都知道，不過他絕不肯對你實說。他這次把你請來的意思，我也曉得，就是要借着你們的力量，把我除掉，玉山歸他。以後他又做縣官，又開着玉山，他可就發了大財啦！更得派人去給他辦小老婆了！”

　　芳雲說：“這些事與他不相干！你在此作惡多端，我們也不知道詳細。只是昨夜又有兩個人到廟裏去搶吳姑娘，今天你們又請來黃臉蛇給喂毒箭……”

　　玉山王的面色發白，指着門裏邊說：“那都是何子成辦的事！他都背着我，我連做夢也沒想到，乾脆你進去找他問去吧！”他將身子向旁一閃，讓開了路。

　　芳雲提劍走進了大門，又轉進了屏門，卻就吃了一驚。原來這裏有二十多個人也都手持着弩箭，都向她比着，房上也有人。身後是呼啦一聲，外面的人過來了多一半，個個手中都拿着弩箭，肩上掛着箭囊。大門也關上了，就把芳雲圍困在院中。玉山王這時可變了面孔，露着洋洋的驕傲之色，向芳雲說：“你可上了當了，哈哈！你只是一個人會打鏢，但我們這裏，你看一看，有多少只弩箭？假如我發一句話，可憐呀！你就亂箭攢身，跟刺蝟一樣的難看了！小羅成多麼勇武？被箭射死在淤泥河，楊七郎是黑虎星轉世，也被射死在芭蕉樹。有本事的人千萬不要賣弄，老實一點！聽我玉山王跟你說說道理！”

芳雲一見這種情形，確實也有些畏懼，但絕不服氣，哼哼地冷笑着。玉山王又說：“請大廳裏去坐吧！”芳雲看那南房是一座過廳，有高大的屏風擋着，大概可以通往後院。芳雲就想：到了那個地方或者還可以脫出重圍。於是就不待玉山王再讓，她就一直走往那大廳裏。玉山王被許多持弓箭的保護着，也走了進去。廳中的陳設都十分華麗，玉山王又讓着說：“請坐！請坐！”芳雲卻並不坐。

玉山王站在芳雲的對面五步之外，他就說：“魏小姐你不必着急，今天我准能叫你見着何子成。可是他是我的好朋友，我這山上出產的美玉，一向是由人送到迪化，再交他轉手去賣。他是我的老大哥，他的脾氣跟我一樣，沒有旁的，只是喜好你們這長得美的娘兒們！”氣得芳雲又要發鏢打他，玉山王卻擺手說：“別發！別發！你若是發出鏢來，也未必打得着我，可是我手下的人這些弓箭就都發出來了，那時連我都許攔不住。我預備這些弓箭，本來是為對付吳三的，叫我拿來對付你，我可是實在不忍！”芳雲聽到這裏，氣得她手握寶劍向前又逼了一步。玉山王又連連擺手說：“不要急！你先聽我把話講明白了！”芳雲挺劍對準了他的胸膛，相離着不過兩步，玉山王手下的人也都用弓箭比着她。

玉山王沉下來臉，就又說：“子成他受那吳三的欺負，連我都生氣！子成要他的妹子是抬舉他，他卻不識抬舉。還有你們父女，竟幫助吳三那窮漢將子成逼到南疆來。子成本來已把那沒福氣的丫頭扔下了，事情也就算完了。你們可還不饒，直逼到我這山上！”芳雲厲聲說：“不饒就是必須要你們兩人的命，因為我們是行俠仗義，在人間專剔除你們這些橫行不法的東西！”玉山王又哈哈大笑，說：“我們這些東西就是專愛好看的娘兒們，吳三的妹子，白給咱，咱也不要！可是我今天見你，嘿！果然是名不虛傳，頭兒是頭，腳兒是腳……”

芳雲忍不住就一鏢向玉山王打去，玉山王嚇得一伏身，鏢倒沒有打着他。他旁邊嗖嗖發出了幾支弩，都被芳雲用劍撥落在地。玉山王又擺手說：“不要發箭！不要發箭！諒她也不敢再放鏢了！”芳雲聽了這話，卻又由囊中掏出來一支鏢，並將那包毒藥也掏了出來，打開就在鏢上沾了一點。這時可把玉山王，連同那些拿弩弓的人全都嚇得驚慌失色，咕隆咕隆都又跑到了院中。

芳雲趁這時就急轉在屏風後，屏風後正有兩個人，手中拿着刀，芳雲急揮劍鏗鏗，交戰數合，她就將兩個人全都砍倒，她向後院去走。後院的屋裏有婦人驚呼道：“賊娘兒們跑進來了！”芳雲一鏢打進了窗，裏面的婦人就“哎喲”了一聲，芳雲以為何子成也在這屋內，遂就闖進去一看，這屋內的一切什物特別華麗整潔，有一個滿身金珠綾羅的少婦已經中鏢，倒地身死。兩個僕婦都正驚慌地要往後窗外去爬。芳雲一進來，她們扭頭一看，全都又咕咚，嚇得坐在地下，身軀亂抖，央求着“饒命！”芳雲就問說：“何子成在哪裏了？”兩個僕婦都搖頭說：“我們不知道！”芳雲又指着已死的婦人問說：“這是誰？”僕婦哭喪着臉回答着說：“這是山主最寵愛的人。”

芳雲哼了一聲就跳出後窗，卻見這院裏有不少的女人全都亂逃亂奔，仿佛逃往哪裏她們也都覺着不合適似的。芳雲也不逼她們，只大聲地問說：“你們誰曉得何子成藏的地方？”然而沒有一個人回答她。她就又飛身上了房，腳踏着屋瓦，到了那大廳屋脊之上。

　　這個地方很高，向下一看，見前面又亂了起來。那大門外有許多人圍住了吳三，刀棍齊上，亂箭俱發。芳雲實在覺得心痛，大喊着，在房上步履如飛，往前去救。可是吳三已突破了重圍，往西去飛跑，如同一匹大鹿似的，就匿往那邊的山裏去了。芳雲才放下了心，可是那些人又望見了她，就奔來向房上發箭。芳雲卻連鏢都捨不得用，只揭下房上的瓦，吧吧地向下去砸，砸得一個個血流頭破。芳雲伏着身，竄房過脊，就又向後跑去，由莊院的後牆，她跳了下去，也直跑進了山裏。

　　這座山峰極高，路徑極為迴曲，樹木甚多，下面處處是深壑、幽澗。芳雲向山裏走了多時，就聽亂草的叢中有人叫着“魏姑娘！魏姑娘！”芳雲聽出是吳三的聲音，心中就一喜，當時臉上就現出笑容兒來了。她尋着聲音找到了，就見吳三面色蒼白，坐在亂草中，正從臂上往外拔箭。她這一驚，非同小可，哎喲一聲，趕緊跑進草叢，坐在吳三的身畔，就握住了那只長大的胳臂細細地看，連問道：“怎麼啦？怎麼啦？咳！咳！”吳三卻微微地笑，說：“不算什麼！只中了四支箭，還都射得不深。來到新疆，不過這只膀子受了些委屈，可是也因我的技術不高。到如今，我才真佩服了你們父女，不愧人稱為俠義！”

　　芳雲倒臉紅了，說：“你不用損我們啦！傻……”她抿着嘴笑着把話噎下去，又仔細地看吳三的箭傷，皺着眉關心地問說：“箭尖上可千萬別沾着毒藥啊！”

　　吳三搖頭說：“沒有！若是毒藥箭，我的胳臂必定覺着麻木，如今只是微微有點痛，如同被蜜蜂蟄了一下似的。”掄了掄胳臂更傲然說：“這不要緊！我照舊能夠跟他們拼，照舊能要了何子成跟玉山王的兩條狗命！”

　　芳雲卻攔阻說：“你先別急躁！我看玉山王手下的惡奴太多，弩弓又實在令人難防。再說咱們要找的第一個還是何子成，現在還不知他在哪兒，光跟那些個人瞎亂打，豈不是白費力？我想他們若是跟進山來，那另說；如若是他們也不進來，咱們就且在此等到深夜再去。你的胳膊不利便，你也不用動手，看我一個人的。我准叫何子成跟玉山王都不能活到明天！可是咱們也不能在這和闐縣住了，別叫吳知縣為難，我們明天就應當走！”

　　吳三點頭說：“連錦娥也還是帶走，我要到迪化去！”芳雲說：“對啦！由迪化再去看李玉蘭，到了那裏……”吳三此時也忽然又想李玉蘭來了，便說：“好！只要今天我不死在他們的亂箭下，我必定回北疆，必定回李玉蘭那裏。我們將來縱不是走一條路，可是我們一定在那裏見面就是，我們兄妹在那裏再重重地謝你。”

　　芳雲擺手說：“我可不受你們的謝，我也不稀罕你們的謝，不過……”她低下頭去擺弄着她的鏢囊，含羞地說：“在玉蘭姐姐那兒見，可也好！我有幾句話要叫她告訴你。那是我心裏的話，可不能夠當面跟你說！”她把頭低了半天，覺得一陣燒已從臉上飄了過去，這才慢慢地抬起頭來。再去看，見吳三正由地下抓起來亂草葉子，擦那由衣裳裏箭傷上浸出來的血。芳雲再跟他說什麼話，他也像是都不注意，都沒聽懂似的。氣得芳雲就也不說了，但心裏很原諒他，知道他是沒找着何子成，心中的氣還沒有出，所以就什麼都不顧得。因此她也默默不語，並將身就倒於草裏，歇息着。

　　如此直等到了天黑，二人方才慢慢地又走出山來。芳雲可又向後推了一把，說：“你還是在這裏邊等着我吧！”我一個人去辦，倒還能辦得俐落！待一會，我辦完了事，再回來找你！”說着，她就連頭也不回，匆匆地走去。

　　由那莊院的後牆，飛身進內，過了兩重院落，她就又上了房。再向前去走，卻不禁的驚疑，因為有好多的人全都在前邊的大廳裏，那裏燈光照耀，有如白晝。

原來現在是那玉山王，因魏芳雲攪鬧了他的家宅，並鏢殺了他的愛妾，他又氣又心痛，發誓非得跟魏芳雲鬥一鬥，令他的手下五十多人全都預備着硬弩。他猜着魏芳雲晚上一定還來，來到時必定更凶。他的宅院廣大，婢妾眾多，五十只硬弩也難以護庇得到，所以他就將全家的人叫到大廳，並由偏院裏請出來那畏縮如鼠的何子成。在院中，在大廳裏燃燒起來數十支紅燭，廳裏並擺上酒筵。令他的婢妾都換上他素日最喜愛的那種豆青色的衣裳，都是緞子的，光豔奪目，又都鑲着金線，垂着絲穗。更兼他這十幾個婢妾都是新梳得的頭，臉上擦着非常厚的脂粉，所以長得雖沒有什麼好看的，現今在燈光裏往來着侍酒，倒都像是天仙了。

玉山王本來每年辦壽辰時才這樣做，那種豆青色，他認為是玉中最美的的顏色，他是倚着玉發的財，所以這種顏色便成為了他的癖好。他並且吩咐手下的人說：「今天晚上沒有月亮，可是黑天之下，也能夠看得出來豆青色，遇着這顏色就不許放箭，以免傷了自己的人。除了這種顏色，只要看見一條影子，不管他是誰，就把箭恇射，不要客氣！」他手下的人全都答應着。除了那五十多名弓箭手之外，還有幾十個人拿着刀棍在各處巡查。並有十幾個打更的，借着山音，把鑼敲得十分的響亮。至於裏面那幾個院落，除了廚役往來送菜，婢妾們三個五個的結成伴兒去上毛房，簡直就沒有什麼人出入了。各屋中也都昏黑，沒有燈光。那前廳上，有的人興奮，壯着膽說：「不怕！」女人們都知道姨太太中鏢身死之事，全都有點身子發抖，可又都不敢不勉強作笑，應酬山主。

玉山王連飲了幾杯酒，就拍着桌子說：「媽的！我倒願意魏丫頭再來，她打死了我的人，她就來補上吧！我疼她比疼那個死的還厲害！」哈哈地怪笑，向何子成說：「老何？你見過那姓魏的丫頭沒有？」何子成點頭說：「見過的！見過的！」玉山王指着他的臉說：「你見過她，為什麼不把她弄到手裏呢？那還不冤呀？你弄了個吳三的妹子，長得還能邁過她去？你也沒得手，倒惹出來這些麻煩，我看你可是弄得不值得呀！」

何子成歎了口氣。這個好色胡為的大財東本來是個胖子，如今卻瘦得多了。他心中並不懊悔，只覺着是倒楣，並想：只要把神劍魏的女兒收拾了，剩下的那個吳三就好辦了。可是這裏的弓弩都安排好了，神劍魏的女兒她們還不來呀？咳！快來吧！快射死她，我好安心。

正在着急，就見由後邊有三個女人笑着跑來了。這都是幾個既然膽小害怕，可偏偏又愛上毛房的女人，都是玉山王買的或搶的丫頭，一個個都穿着豆青色的緞衣，遠看着還都不錯，燭光越黯，她們都像是嫦娥。玉山王喝一聲：「不准再出去了！人家也是個娘們兒，你們也都是娘們兒，你們一群……」他嘴裏胡罵着說：「平常吃我的飯，花我的錢，還在背地裏怪我不把你們看上眼？如今，有個小娘們兒欺負到我的頭上來了，你們不但不能幫我，還笑，笑什麼？等待會兒，把那娘們射死，光留下個整整齊齊的臉給你們看，看你們誰比得了？」婢妾們全都擠在一塊兒，不敢說話了。玉山王真煩惱，又大喝一聲：「過來！都過來！斟酒來！」於是眾婢妾全都上前，給斟酒，挾菜。可是這座房間只有玉山王和何子成二人，哪用得着這些人服侍。女人們又都沒有規矩，一陣亂擠亂搶，長袖子扇起風來，把桌旁的兩支燭都扇滅了。

何子成這時已飲下了六七杯酒，越發醉了，看着這些鶯鶯燕燕，這個強給他斟酒，那個忙着給他挾菜，他倒樂不可支，胖臉上浮起笑容來，就對玉山王說：“老弟！我實告訴你，我生平沒有像今天這樣害怕過，可也沒有像這時這麼樂過！”說着他也不知由哪一隻的纖纖玉手中，又接過來一杯酒，一仰脖，咕嘟咕嘟就咽了下去，遂就又笑着，用筷子挾菜。但忽然他覺得有一陣難過，手把筷子也扔了，他喊叫了一聲：“不好，…噯喲！”他當時連椅子都摔在了平地，身子亂滾。婢妾們嚇得都不知所措了，驚慌亂奔。

玉山王突然抽刀向桌上一拍，喊道：“都不許走，…快來人！”當時那些弓弩手都擁了過來，個個都把弩弓繃緊。玉山王又喊叫說：“把燈拿來照！看看何財東是什麼緣故？把我這些女人也都……”

他的話還未說完，只覺得後面有人將他手中的刀奪了過去，並且用手緊緊揪住了他的後腰。他嚇得啊的一聲叫，剛要回身，可是身後的人已將鋼刀架住了他的脖頸，他就只好縮脖。身後的人還是一個女人，發出了極嚴厲的聲音，說：“你們……”她眼瞪着那些持弩弓的人，這些人也都驚訝極了，看見了她雖然穿的是豆青色的衣裳，跟旁邊的眾婢妾一樣。然而她實在不是別人，正是神劍魏的女兒！

當時眾人就要發箭，玉山王卻怪喊着說：“噯喲！千萬不要放箭呀！我的命可快完了！”這時魏芳雲是毫無懼色，就向那些人冷笑，說：“你們要放箭，可就得先射死他！放吧！我不怕！”對面的眾人如何真敢動手？此時那惡人何子成已經倒在地下身死。

魏芳雲本來是見玉山王的手下弩箭環列，她無法下手，所以才想出來妙計，趁着有個丫頭上茅房的時候，她就強迫她把身上的衣服脫掉，不許出來喊叫。她就穿上了那豆青色的衣裳，雜於眾婢妾的行列。室大燭昏，誰也沒看出她。當玉山王呼她們侍酒之時，她就也隨眾走了過去。她已經將白晝得到的那黃臉蛇的毒藥取出一點，藏在指甲裏，攪在酒中遞給了何子成。何子成就飲了下去，一命嗚呼了。

如今芳雲將玉山王當作了一面盾牌，遮擋着眾人的弩箭，同時她揪扯着玉山王向外去走，玉山王怎敢不依從她？她的刀時刻放在玉山王的頸間。但是一走出了大廳，那些人全都張弓揚弩喝道：“狗丫頭！快些將我們山主放了！”芳雲卻將手中的刀向前一推，那玉山王就連喊叫都沒喊叫，身子向前倒去。芳雲將他撒了手，就急忙飛身上了房，下面的眾弩箭如雨一般的嗖嗖向上來射，芳雲卻脫了那件青豆色的衣裳抖了起來，就見箭都射在這件衣上，她身上卻一點也沒受傷。

此時前面鑼聲齊鳴，門前也有許多的人都亂行了起來。芳雲大驚，知道必是吳三又來了。她深恐吳三中了他們的弩箭，於是就步履着屋瓦向前飛跑，下面雖仍然有人用箭追着射她，她依然抖着衣裳擋。到了前面她就越牆而下，棄了衣裳，高聲喊着說：“快走！吳三哥快走！事情我都給辦完了，咱們快走吧！”一面喊叫，一面向着那有燈籠火把之處，連施了幾鏢。本來剛才還是鑼聲震耳，她把鏢發了出去，只見鑼聲盡停，且有的噯喲噯喲地直叫喚。於是芳雲的喊聲越發清亮，直飄入了夜色深沉的雲霄之中。聽見有人回答着說：“魏姑娘你先走！我就去！”因是芳雲心中一喜，知曉吳三並未出什麼舛錯，她就更喊了一聲：“往西，往上去走！”喊畢轉身就往西跑去。

她上了高峰，下面卻未見有人追來，並且見那門外稀稀的幾點燈光，全都進那門裏去了，門裏的院中倒很紛亂。芳雲就知道是因何子成與玉山王都已身死，他們這些家丁也都膽寒了，都顧不得跟人打了。於是她就又高聲呼着：“吳三！吳三！

吳三哥！”此時四遭岑寂，她的尖銳聲音借着空谷的回音，更易為遠處所聞見。

只喊了兩聲，就聽到吳三的回答了。她就又說：“我在這兒啦！你來吧！”說了幾聲，吳三便順着她的聲音，也來到了峰上。她又問說：“你這次沒受傷嗎？”吳三說：“沒有！姑娘你呢？怎麼樣了？”芳雲卻笑着說：“我若是受了傷還能先來到這兒叫你？”

吳三一步一步向上來走，芳雲就一句一句將自己施用妙計，使何子成與玉山王全都斃命的事情說了。說出來的時候，她是十分得意。吳三聽了，卻覺得慚愧異常，就想：若論武藝，這俠女並不比我高，但她的心機，和她那飛簷走壁的本領，確實在我之上，我真不如她！少時上得山來，雖然未看清楚芳雲的容貌，但已聽見了芳雲的笑聲。吳三可覺得她太不莊重，且太驕傲，但是自己的事情全都沒費自己的什麼力氣，全是人家給辦了的，如今還能夠對人家說什麼呀？只得仍說那幾句話，如什麼將來必報。芳雲卻嬌聲呵斥着他說：“你這人怎麼這樣嘴貧？我不愛聽！我不願聽一個堂堂的男子漢像老婆子似的，說這些貧話！”吳三只得說：“我不再說了！”

芳雲又笑一笑，問道：“咱們要是由這兒下去，走不遠可就下山了。如今是新疆省的惡霸何子成與玉山王都被剪除，咱們再也沒事可做了，咱們到底是往哪兒去呀？”吳三說：“先回城裏，等明天將我秦兄弟葬埋了。然後，如若要打官司，我出頭……”芳雲說：“你放心！絕不能打官司。因為玉山王死了正是大快人心，吳知縣尋出他幾項罪名來，也就能夠免究兇手。”吳三說：“一些事畢我就要回北疆去了。”芳雲問說：“李玉蘭那裏你不去嗎？”吳三說：“一定去，不但得告訴她，叫她放心，就連趙老爺爺那些人，我也得叫錦娥向他們道道謝。”芳雲說：“這就是了！我也想再看看她去，咱們還是一塊兒回去吧？”吳三就答應了。

當下，芳雲在前試探着腳步，叫吳三在後緊跟着她，頃刻之間，二人就下了高峰，到了山溝之中。這道溝，就是春天發洪水，能夠沖出玉石的地方，極為幽深曲折，腳底下踏着的都是大小的石卵，好像行走在沙漠似的。芳雲說：“這溝裏恐怕有什麼野獸！”於是二人就都提着刀防備着，可是芳雲仍不斷談閒話。

她此時仍極興奮，又說她穿上青色的衣裳，假扮作玉山王的婢妾，而以毒酒毒死了何子成的情形。吳三卻覺得此非俠女所應為，簡直是玷污了她了，為自己的事使她如此，自己實在對她不起。芳雲又不服氣，覺得今夜打得還不算痛快，並且劍也扔在他們那兒啦。那雖然不是什麼寶劍，究竟是很可惜的。回去再取，又得費一回事，不大合算。因此她又埋怨、叨嘮，吳三又覺得她的氣量太窄。

少時二人走出了山溝，一直往北，到了城牆了。天色尚未交五鼓，他們就又爬上了城牆，潛回至縣衙裏。兩個人都直入縣衙的內宅，芳雲就去敲錦娥住的那屋子的門。屋裏的錦娥驚醒了，隔着窗戶問明是芳雲，才叫僕婦把門開開。原來錦娥在此是獨住在一間屋裏，這也並非是吳知縣的太太格外優待義妹，卻是以為錦娥無論何時都有被人掠走的可能，她們怕，都不敢與錦娥同住一屋，所以只派了個年老的僕婦伺候着。

當下芳雲先等着錦娥將衣扣都扣好，燈也點着了，才叫吳三進來。芳雲就說：“妹妹你不用怕了！那何子成已死了。幫助他，想再把你搶走的那人，玉山王也叫我剪除了！”錦娥聽了，身子反倒直哆嗦。吳三又說：“明天我們就要走！你也隨着我們去才好，因為把你留在這裏，我也不放心！”錦娥點頭，他們兄妹也沒有什麼話可說了。芳雲是脫了鞋，連鏢囊也沒摘，就滾到炕裏睡着了，錦娥給她的身上蓋了一條絨毯。

　　吳三等到了天明，知道那吳知縣已經起了床，便先叫人去稟報了，然後他才去見，把事情全都說明。吳知縣聽了，表面上是非常之驚訝，其實心裏是十分歡喜，因為魏芳雲和吳三，剪除了他境內的惡紳，實在是于他有利。可是他又故作難色，囑吳三今日在這裏暫歇，不要出門，到晚間再走。吳三答應了，又拜謝了。吳知縣就指定了一間屋子，叫他去歇息；並囑咐自己的二太太去攔阻魏芳雲，今天千萬不要叫她出門。

　　吳知縣於是忙了起來，命親信的人趕快將秦雄葬埋。當日午間就有玉山王的家人，和城裏那黃臉蛇的老婆來衙告狀，指明兇手是神劍魏的女兒和一個叫吳三的。吳知縣敷衍着說是：「等着把案子訪明了之後，才能給你們輯兇。」然而滿城中的人，誰不疑惑吳三跟魏俠女就都住在縣衙呢？可是都十分欽佩，都說玉山王早就該死，那黃臉蛇死了，還得算是便宜了他呢！至於何子成，本城中的人只曉得他是個有錢的人，倒沒評論他是該死或不該死。何子成在這裏雖也留着兩個人，可都也收拾了東西跑了，沒敢出頭。

　　到傍晚時，知縣派了個心腹的人將吳三和魏芳雲的馬匹牽出城去。少時天黑了，才雇來一輛車。這輛車是由蘭州送着官眷來的，如今正要順便回北疆，吳三的事情都不必瞞着趕車的；他也被魏俠女救過命，所以他極願應這趟兒買賣。當時吳三兄妹就都拜別了知縣和幾位官眷，攜帶着他們不能不收下的一些禮物和川資，出了縣衙的後門，就都上了車。錦娥與芳雲坐在車裏，吳三是在外跨着車轅。車走到了西城門，門已掩上，僅僅留下了一道小縫。吳知縣特派的人早在這裏候着了，就放他們的車出了城，並交給了他們那兩匹馬。

　　出了城，吳三與魏芳雲都下了車，騎上了馬。吳三向錦娥詢問那柳老二夫妻是怎樣被安置的。錦娥說：「因為吳知縣看柳老二的老婆不是好人，不願留她，所以給了她點錢，把她打發走啦。」趕車的卻是說：「柳老二的媳婦跟南疆虎混了幾天，本來掙了幾個錢，昨天她就也雇了一輛車，拉着她跟她的男人，離開和闐，聽說是回家去了。可是那個娘兒們是靠不住，半路上就許把男人拋下。」芳雲聽了就說：「那種事情，我就不願管！我救的，幫助的，連我劍底下饒恕的都得是一些好人！像那種不要臉的婦人，我絕不理她！」

　　馬蹄嘚嘚，車輪徐徐，往西走了不遠，就轉向北去了。那大漠的風就迎面刮來，刮得車後邊懸着的一隻昏昏的燈籠，都快滅了。吳三是一言不發，他回首向南，望着那一遍茫茫的夜色、荒原，也不曉得秦雄之墳是在何處。但他默默地祝告說：「兄弟！我們如今走了，今後恐怕不能再來此地了！你的陰魂，最好也隨着我們走吧！」他不住用袖子拭淚。芳雲在旁邊看見他了，就說：「喝！你可真是多情！」吳三也沒有言語，沖着夜色又往北去走，沿途也沒看見一個村莊。

　　走到天明時，他們又進了沙漠。在沙漠裏停車駐馬，歇了半日，他們就打開了吳知縣送的禮品食用了。過了午，又往下走。這條路是他們的熟路，不過來的時候是有眾盜相逼，如今卻是車平馬穩，風砂也沒有怎麼揚起。他們到了那玉龍河邊的哈薩克人的家裏，備足了牛羊肉和飲水，再往北去，就到了秦雄身死的那個地方了。大漠荒涼，也尋不着當時的血跡了，吳三又不禁悲哀，錦娥也哭泣了一場。

　　又往北去，路過穆門鎮的時候，他們也沒有歇住，一直去走。連行了一個多月，就到了沙雅縣城。天氣極寒，他們在路上都已勞頓不堪，連芳雲都主張得在這兒歇一歇了。於是找了店房，芳雲與錦娥同住在一間屋內。吳三是本想在大房子裏去擠着，芳雲卻說：“你何必又單省這幾個錢呢？”所以就也叫吳三找了一間小屋住下。在此一連歇了三天，芳雲還不想走，一來是因為她跟吳三越來越熟了，每日談的話很多，自己總覺得新穎而有趣。她跟錦娥更親熱得和親姐妹是一樣的了，連錦娥心中所固執的誓欲為秦雄守節，她都千辟解、萬勸說地給說活了心了。芳雲認為是：如若錦娥是個富戶女子，還得生於詩書之家，也可以終身不嫁；但她是一個流浪的人，她的哥哥將來還要漂流到別處，哪裏能夠永遠帶着她呢？錦娥也明白了這種困難。

此時還有一件事情存在芳雲的心裏，就是在他們對門的屋子裏住着兩個人，全都生得像貌兇橫，來在這裏也有兩天了，眼睛時時盯着他們三個人，盯着他們住的屋子。吳三沒有看出來，芳雲可覺出必是玉山王和南疆虎的朋友，潛隨着他們來此，都沒懷着好意。芳雲除了到夜間仔細一點外，全不表示，她安嫻地等待着。到了第五天，她在此買的材料，叫裁縫給做的幾件衣服，都做好了。這都是紅綠的綢緞新衣，她自己穿上了，覺得有點像是新娘了。她並給了錦娥一身，錦娥便也摒去了淡素，而着上了豔妝，可是她還是愁眉不展。吳三看着，也有點不高興。

芳雲這時才催着走，此時連騾馬的精神全歇過來了，所以向東走得很快。那趕車的人在路上可是十分提着心，他悄悄地對吳三說：“大爺！後面可有人跟着咱們啦！起先還是兩個，現在大概不止四五個人了。在沙雅城的時候，我有個熟人知道他們，他們之中有一個是四虎莊中的一條虎，外號又叫惡煞星。他們所有弟兄都死在那位秦爺手裏了，大爺你跟魏小姐也殺死過他們的人，他們跟南疆虎更是至交。咱們現在走的這個地方，可還是南疆，他們還都能夠到處嘯聚人。我想他們把人聚得多了，也就快下手了！大爺你跟魏小姐，你們都預備着點吧！”

吳三聽了，當時就勒住馬向後去望，望見遠遠有兩輛車追着他們來了，他忿憤着，就要抽刀。芳雲卻說：“幹嗎呀？不管他們是什麼惡煞星，只要沒有招惹着咱們，咱們就犯不着先動手！”吳三說：“姑娘你不要管，現在的事，你就由我辦，我這次離開南疆，就永遠不再來了，可是我不給南疆再留下一個惡人！”芳雲說：“惡人可除不盡，我爸爸神劍魏他老人家的俠義之名滿天下，見了惡人他就不饒，我看結果倒是惡人越來越多了。”吳三聽了這話，很覺得驚訝，他不明白這位殺人不眨眼的俠女，為什麼忽然變了脾氣，變得一點也不急不凶了？

當下芳雲叫車仍照向前去走，她連頭也不回，心裏好像一點也沒有氣，她是溫柔的，良善的。吳三看她越來越有點像李玉蘭了，也可以說她漸漸像個“女人”了。路上、店中，吳三就對她加了一些注意，覺出她是真真懷着一種情意。錦娥也早就看出來了，背着芳雲的時候，就悄悄告訴了哥哥說：“魏姐姐的人真不錯，哥哥將來再往別處去，也應當有個幫手，不如……我想是叫她作我的嫂子吧！我跟她一說，她准能夠答應！”

吳三聽了妹妹的言語，卻不禁發怔，想了半天，便搖頭說：“不行！那樣一來，我們成了什麼人？她是我們的恩人呀！”錦娥說：“哥哥你要是不娶她，她可就傷了心了！”吳三說：“什麼話？她是神劍魏的女兒，懂得什麼叫傷心？”錦娥說：“人家也是個人呀！人家也有一顆心呀！”吳三擺手說：“不要再說了！”

錦娥說：“難道哥哥你就終身不討嫂嫂嗎？”吳三說：“現在我們剛得那活命，還沒有家業，連一定的去處都沒有，能就說到這些話？”錦娥說：“我想哥哥你若是找一個保鏢的事情必定不難。若魏姐姐能夠幫你保鏢，將來一定能夠興家立業。”吳三說：“我堂堂的一個男子，將來豈能依仗着婦人給我興家立業？娶妻應當娶賢德的女子。”錦娥說：“難道人家魏小姐不賢德？”吳三說：“她是俠義，可不是賢德！”連錦娥聽了，卻不贊成她的哥哥，可是話已經不能再說。吳三由此越發對芳雲恭謹，芳雲也對他更表露真情，這種真情動了吳三的堅硬的心。

這日，他們到了焉耆縣。天氣很寒，但街上的人卻十分多，尤其是皮貨行的人，現在都來此收買細毛的皮貨，保鏢的人聚集在這裏的也不少。他們找了店，依着芳雲想在此至少也得再歇幾天，因為她也要在這裏買幾件皮貨。但是才進去找好了兩間房子，忽然那趕車的就驚驚慌慌地來對他們說：“趁車還沒卸，咱們不如這就走吧！在這兒可是不能夠住！”吳三就驚訝着問說：“為什麼？”

趕車的說：“小姐剛才大概看見了，隔壁店裏比這兒住的人還多，有些是保鏢的。有的，我看着簡直就是強盜。那惡煞星帶着幾個人也去了，原來他們都認識，大概是一家子。現在那裏亂極了，磨刀的磨刀，擦槍的擦槍，我看着大概要不好，待一會就許跳牆過來。你們雖都武藝高，可只是兩個人呀？再說這裏又是縣城，不是沙漠，有好武藝也不容易施展。”

此時錦娥被嚇得身體都抖了，吳三是怒氣勃起，當時就將刀亮出。芳雲卻仍然鎮定，擺着手說：“不要緊！他們之中既然有保鏢的，那就更好辦了，他們還能夠闖到這麼多人的大店房裏行兇嗎？”趕車的吐着舌頭說：“怎麼不能行兇呀？”芳雲沉下臉來說：“行兇也絕行不到你的頭上！卸你的車去吧！我們一定要在這兒住，倒得會會他們！”趕車的不敢再言語，就走了。

芳雲又向吳三說：“你也不用生氣，我們先得商量好了，待一會，他們若來找，無論他們是多少人，咱們可只能有一個人出頭與他們打，因為還得有一個人保護咱們的妹妹。”

吳三點頭說：“姑娘說的這話很有理。到時就請姑娘保護着舍妹，他們無論多是少人來了，都由我一個人去擋！”芳雲說：“這是為什麼呀，我看還不如你在家裏，我出去。”吳三冷冷地笑着說：“那我吳三更見不起人了！”芳雲說：“並不是我看不起你的武藝，是我覺着我還會打鏢，一個人若是會打暗器，就如同是有七八隻手。他們雖人多，我也能夠一個一個盡皆把他們打傷。”吳三說：“姑娘是俠義，我吳三卻是一個笨漢，自幼沒學過暗器，生平更不喜好那東西。”見芳雲的臉上現出不願意的樣子，就趕緊說：“因為姑娘保護着舍妹還方便些，我一個男子漢應當去抵擋他人，不然我真愧生在人世間了！”他說這話的時候極為忿忿，芳雲怕他真急了，便也就不言語了。

在這時間，忽然就聽院中有人叫道：“有姓吳的嗎？”說話的聲音十分粗暴，屋中的人就都愕然吃驚。吳三提着刀邁步出屋，芳雲也拿起刀來，護住了錦娥，一面又隔着門窗往外去瞧。就見院中是三個人，全都是短打扮，都年輕悍勇。在前面的那人還客氣一點，先抱拳，後才問道：“你就是吳三嗎？”吳三點頭說：“不錯！有什麼事？”那人說：“隔壁店裏有幾個人，都想會會你，你敢去嗎？”吳三說：“這有什麼不敢去？”那三個人都說：“走！”吳三也慨然說：“走！”當時腳步之聲咚咚地響，吳三就隨着那三個人出了店房去了。

錦娥害怕得就要哭，芳雲卻說：“你不要急！天色還沒黑，諒他們絕不敢公然在城裏殺人。”話雖這樣地說，心裏卻也十分緊張，她想：那些惡人住的地方，與這裏只隔着一堵牆，那邊若是交起手來，那刀聲，喊罵聲，在這裏必定聽得見。

芳雲預備着是只要聽見了那邊的殺聲，自己就連錦娥都許不顧，就得跳過牆去幫助吳三他們廝殺，她的心實在焦急，為自己的事都沒像這樣砰砰地跳過。

可是多了少時，並不見隔壁有什麼聲音，她想着可是有點怪，莫不是他們懼怕了吳三，不敢打了？要不然就是他們彼此說開了，"出門在外的都是兄弟"，"江湖人全是一家"？有道是"冤家宜解不宜結"，他們真交起朋友來了嗎？但又不敢太相信了。

過了些時，可又聽那趕車的口中驚慌叫着："小姐！小姐！你還不快去！"他進到屋裏，芳雲就急問道："怎麼樣了？"趕車的跺腳說："咳！吳大爺完了，一定完了！"

芳雲急問說："你倒是快說呀？吳三他跟人打起來沒有？"趕車的說："還沒打起來，可是一出了城就許打起來啦！"芳雲驚問着說："怎麼？他們出城去了？"趕車的說："現在城門還沒有關，他們——好！人家惡煞星的朋友足有三十多人，他吳大爺只是一個。無論他有多大的本領，禁不住一人難抵眾手，他能不吃虧？"芳雲急得神態都變了，趕車的又說："小姐你快去吧！只有你還行，你施展施展沙漠裏的那番本領，他們人再多一些也不怕！"

芳雲就要走，可是錦娥又在旁邊哭，芳雲就向趕車的說："你能替我保護住吳姑娘嗎？"

趕車的搖頭，向後直退身，說："要是沒有事，十位八位姑娘我也敢保；出了事，我可連半個姑娘也護不住。人家不是都跟吳大爺拼鬥去啦，人家在城裏還留着人啦，倘若來上三條五條的大漢，拿着明晃晃的刀來要搶吳姑娘，我，憑我那杆小皮鞭子，能攔得住人家嗎？"

芳雲急得鬢邊已出了汗，又問說："那麼叫店家給看守着？"

趕車的說："這店裏全是光身漢，連掌櫃的都沒家眷，又都知道惡煞星厲害，誰敢答應保護姑娘，擔着沉重？這時您就是找到縣衙門，人家也是不管，你得先寫好了呈子，才能夠告狀！"

芳雲急得真如熱油煎着心，是又跺腳又歎氣，錦娥就哭着說："姐姐快去救我哥哥吧！不必管我啦！"芳雲叫着說："那誰來管你？"

此時趕車的又說："要保護住吳姑娘，現在只有一個地方——盧舉人家，盧舉人，那是本城中第一個有名的人，誰都敬重他，江湖鏢頭們也都不敢惹他。"芳雲問說："她是玉山王那樣的人嗎？"趕車的搖頭說："不！不！他是一位好人，已經是個老頭兒啦！新疆地方只出了這麼一位舉人，所以他是個有名的人，人就都尊敬他！"

芳雲此時也顧不得細加斟酌，就趕緊說："你快帶着我們去吧！"遂喊了店夥一聲，囑咐給看着屋裏的東西，她就手提着鋼刀，帶着錦娥出了門，並催着那趕車的在前快快地領路。她也走得很快，錦娥簡直追不上他們了。

少時進了一條深巷，到了一家大門前，趕車的可就說："我可不進了！"芳雲拉着錦娥上了臺階，就用刀吧啦吧啦地緊緊敲門，裏面有人問道："是誰？"芳雲在外笑道："是我！把門開開吧！快開快開！"裏邊的人本來聽見女的聲音，就很疑惑，又聽她這麼急躁，簡直嚇的更不敢開了，芳雲卻掄刀向着大門就砍。

此時門裏的人不止一個，一起向外急問道："你得把話說明白了才能夠開門，到底你是有什麼事呀？"芳雲說："你們就快開門吧！我不是有什麼惡意，就是現在有一個被難的姑娘，得暫且放在你們這兒，叫她待一會，絕沒有別的事。你們開門一看就能知道了，可是快着點！快點！我還有急事要辦呢！”裏邊的眾人聽了這話，可更覺得納悶了，更不敢開門了。

　　芳雲情急，拉着錦娥下了臺階，她就說：“沒有工夫跟他說廢話，我背着你過去，我就走，你再跟他們細說，他們絕不能夠不收留你！”說着就將錦娥往她的背上去背。

　　不料這時來了一個人，呵斥着說：“你在這裏做什麼了？”芳雲吃了一驚，趕緊把錦娥放了手，反舉起來刀，也向着來的一條黑影，厲聲說：“你是什麼人？不快說出，我可就要殺你了！”

　　這黑影竟昂然來近，不是怎樣的魁梧，手裏也沒拿着劍和刀，更大聲呵斥着，說：“你這個不聽教訓的東西！我找了多日，都沒找着你，原來你是在這裏逞能了！天都黑了，你還敲人家的門戶，你還拿着刀，好個不聽教訓的丫頭！”說着已逼至了芳雲的面前。芳雲早就聽出聲音來了，如今更隱隱看出來，這人正是她的父親神劍魏，她就不由得哭了，說：“爸爸！你怎麼來了？這吳姑娘人家有多麼可憐！她的哥哥是……”神劍魏說：“你不用說了，我都已知道。”遂就上前叫門。向裏邊一說出來姓魏，裏邊立時就把門開開了，神劍魏叫錦娥進去，並說：“在這裏住一夜，絕無差錯！”又向門裏的人囑咐了幾句，門裏的幾個人全都唯唯地答應。那錦娥驚驚慌慌的望着神劍魏，還要施禮，神劍魏就把她推進去了，大門隨也關上。

　　外面，這時芳雲反倒十分欣喜，她就說：“爸爸！我真想你！現在咱們快出城去救吳三吧？”神劍魏卻怒了起來，說：“什麼吳三？他是哪裏來的一個江湖強徒？”芳雲說：“他不是！他是好人！”神劍魏斥說：“少說話！跟着我回去！”芳雲又擦眼淚，可是不得不跟着父親去走，同時仍然關心吳三，就急得她一邊走去，一邊頓足。

　　少時隨着她的父親進了一家大皮貨行的後院，這裏有一間很雅潔的屋子，屋裏無人，燈光卻很亮，神劍魏就帶着她進去。她將刀立在牆角，又頓腳說：“爸爸！咱們快去救救人家吧！你想：三十多人打人家吳三一個，多不公道呀！吳三有多可憐呀！”神劍魏瞪眼說：“不許你再提吳三！我有了你這樣的女兒，真喪盡了我一世的俠義之名！”

　　芳雲低着聲兒說：“哼！既是俠義，可不去救人？”神劍魏沒有聽見，就在燈旁一把椅子坐了，那張瘦臉，沉得令芳雲害怕。他就指着女兒嚴加教訓，說：“你的母親臨終時就曾對我說，說我都已經淪落於江湖，但務必使你做一個賢孝有德的女子，不可使你一生也飄流着。所以我在各地行走，帶着你，但什麼事也不讓你辦，叫你學着安嫻一點。我東奔西跑雖說是為行俠仗義，但實在是為給你尋一門好親事，咱們並不要攀什麼高貴的門第，可也得把你給個正經的人家，念書的人！”

　　芳雲的臉緋紅了說：“爸爸！你就不是個念書的人，我自幼也只練過武，沒念過書，如今忽然你老人家又要叫我看得起念過書的，那如何能夠？”神劍魏說：“念書的人都是深明禮儀！”芳雲說：“哼！也不見得吧！”神劍魏又說：“念書的人全都有遠大的前程，將來都能夠治國安民！”芳雲說：“有的可就做了貪官，有的又變成窮酸。”神劍魏說：“無論如何，也比江湖強！像我這一生就頗使我後悔！”並對芳雲說：“不能再管吳三的事！自從甜水井村，你背着我跑出來，就各處胡撞。如今你得跟着我回去了，不能再理吳三！”芳雲流下淚來說：“爸爸！吳三他是個好人。”神劍魏拍着桌子說：“即使他是個好人，咱們也不能夠理他！”芳雲咽哽着，低聲兒說：“難道……爸爸你不講理嗎？”此時神劍魏的心中似有無限的憂煩之事，在屋中就來回地走，不住唉聲嘆氣。

　　芳雲真覺得此時吳三就在城外，已被許多的人，刀槍齊上，將他圍困住了，他此時已身受數創，流血不止，必在高聲呼叫：魏姑娘快來救我！芳雲一想到這裏，她簡直是心肝盡碎，一咬牙，趁着她的爸爸剛一轉身的時候，她疾忙就抓起刀來，一躍出了屋，隨着就躥上了房，電也似的，頃刻之間，她就跳到了街心。此時天邊掛有微月，她可是四顧茫然，不知道吳三與人拼鬥的地方是在城東、城西？還是城南、城北？她只得又趕緊回到了店房，卻見她住的那間屋裏燈光很亮，進屋去一看，原來那個趕車的一個人在屋，見她回來，就趕緊欠身說：“我在這兒給您看着屋子啦，您沒把吳大爺救來嗎？”芳雲頓足說：“我還沒有去呢！你快告訴我，吳三跟那些人到底是往哪邊去了？”

第六章　含淚撮成雙鴛侶

　　趕車的說：「吳大爺是跟着那些人出東門去了。東門外有一座山，名叫亂屍山，向來是有仇的人到那兒去拼命；沒法兒的人上那而去尋死，死了沒人埋，仵作也不去驗屍，只有老鷹跟野狼，給死人念往聲咒。」芳雲聽了更是心焦，由桌上抄起來了點火的東西，出屋跳出了店房的院牆。她急急地就往東去走，街上兩旁的舖戶都已關了，也沒有什麼行人，更鑼聲也在遠處，但她極為害怕，——她怕的是爸爸追來，又怕是吳三已經死了。

　　她越過了城，一直往東，大地茫茫，道途坎坷。她走出約四里，才於微月下望見了一座土崗。這裏，大概就是所謂的亂屍山了。她來到山下，四處去望，也沒見着一人。風搖着枯樹，發出來悲慘的聲音，忽然她一邁腳步，覺得踏着一具可怕的東西，她疾忙將身向旁去挑，借着微月的微光，向地下審視，見地下原來是躺着個人，連動也不動，大概是死了。她就更吃驚，心說：「莫不是吳三麼？」但見這具屍身並不很大，絕不是的。

　　可是她還不放心，她就把帶來的打火的東西掏出來，以鐵鍊敲着火石。吧的一聲，迸出來火星，但還沒有引着火絨過去照看那死屍的臉。此時遠處卻有人望見了這邊的火亮，當時就嗤嗤傳來了呼嘯，仿佛老鷹的叫聲似的。芳雲就曉得這必是賊，吳三絕不會吹這個。她就不敢再打火兒了，吧吧地連拍手幾下。那邊原來是兩個人，就悄悄地走來，未到臨近，就有一個人說：「你是誰？是老褚嗎？還不快走？連惡煞星都跑了！剛才來的那瘦子，他救走了吳三，他就是神劍魏！好厲害！咱們不能在這待着了，快快跑吧！」

　　芳雲一聲也不發，卻將兩隻鏢連珠般地打了出去，一個人中鏢倒地，另一個人卻抹頭就跑。芳雲飛趕上去，一刀就將他砍倒，但傷得他並不重，只威嚇着，向他逼問剛才的情形。這個賊就一面央求着饒命，一面說出原來他們都是南疆的強盜，因為那惡煞星要為南疆虎報仇，並有何子成管賬的先生馬廣財，幫助給他們資財，他們便尾隨着吳三來此，勾結了四五十人，打算將吳三跟魏芳雲全都收拾了，連吳錦娥的性命他們也不饒。所以今天三十多個人才把吳三激到此處。本來吳三孤身抵眾已經不行了，眼看着就要遭他們的毒手，卻不料忽然來了一個人將他救走。那人，惡煞星把那個人也認識出來了，曉得他就是天下聞名的大俠客神劍魏。眾賊便喪膽驚魂，連城裏還留着的那幾個，準備今夜下手去害芳雲跟錦娥的人，也得快快跑了，都知不跑就性命難保。因為神劍魏本人已經出頭了，誰敢惹他呀……芳雲聽畢，心中突然一喜，覺得自己的爸爸真是一個好爸爸。

當下芳雲就饒了這個賊的命，她又問那惡煞星逃往哪裏去了？這賊說：“不知道，他要跑一定就得跑很遠。”芳雲又問那馬廣財現在何處？賊也是說：“不知道，反正他沒住在這地方，何財東死後，多一半的財產全都歸給他了。”芳雲也無暇再問了，遂就轉身往西去。

越過了城牆，到了城內，她就想到那店裏去，看看吳三已經回來了沒有。可是正在她順着街走時，就聽身後有人叫道：“到這時，你還不跟着我回去嗎？”芳雲打了個冷戰，回身一看，又是她的爸爸神劍魏。她就笑着說：“爸爸！您把事情辦得真快！真好！可是吳三他現在回店裏去了嗎？錦娥在那盧家，他也知道了嗎？”神劍魏說：“都已辦完，你就隨我進來吧！”原來他們現在說話的地方，就是那家大皮貨行的門首。芳雲雖仍想要去看看吳三跟錦娥，可是又不敢不依着父親之命。她的心裏仍然不痛快，不高興。

父女二人越牆進內，一點聲音都沒有，又到了那間屋中，那盞燈也不像剛才那樣的明亮了。神劍魏將女兒手中的刀要過來，隨後又教訓了一番，他說：“今天我要管的這件事，是末一回了。我的年歲已漸老，你也長大了，我們父女都不宜再在江湖飄蕩，應當找一個長久居住的家了。”

芳雲煩惱地問說：“家？把家安在哪兒呢？”神劍魏說：“你同我先往伊犁。”芳雲撅着嘴說：“伊犁那個地方我也不愛！”神劍魏忽然大聲說：“我叫你往什麼地方去，你就得聽話！我如今是想帶着你到伊犁去，見一個人，給你辦完了一件事……”芳雲趕緊問說：“見什麼人？咱們在伊犁有什麼親戚故舊？”神劍魏並不答覆她問的這話，依然說：“由伊犁回江南，祭一祭咱們魏家的祖墳，再到廣州府看望看望你的舅父，然後我再送你到伊犁。”芳雲說：“來回走，有多麻煩！”神劍魏說：“可就完了我一生的事了！”芳雲擦擦眼淚，沒說什麼。她也不明白爸爸到底是什麼意思，只覺得爸爸既然這樣說，就得依着他，不能不跟着他走，可是就得與吳三暫時分別了。為此，她流了許多的淚，哭泣了半夜，但心中的衷曲無法對着爸爸去說。

次日清晨，那盧舉人就來給他們父女送行。原來盧舉人與神劍魏有交誼，這家大皮貨行，也就是盧家的資本開的。吳三攜帶着錦娥，也來叩謝昨晚神劍魏援救的恩德，並且把芳雲的那匹馬跟行李，都送過來了。

芳雲的心可真難過，又有點生氣，強忍着眼眶裏的熱淚。吳三卻學作書呆子的模樣，只管向神劍魏施禮，恭謹而拘束，眼睛一點也不向着芳雲看看，他簡直像是個呆子了。錦娥拉着芳雲的手，倒是戀戀不捨。芳雲就悄聲對她說：“你們千萬到李玉蘭那兒去等着我，過不了幾天我就一定去。”

這時吳三卻在那邊對神劍魏說：“我是鎮河東的弟子，此番我攜着舍妹來新疆，若不虧前輩俠義和令媛相救，我們兄妹真沒有今天！以後，只要前輩有事，自管召我，我吳三舍死也要報恩！”

神劍魏說：“你也不必過分地客氣了，我們父女幫助人辦一點事，向來是不問酬報。何況你又是個好人，我們理應助你。但望你以後要做些正經的生意，少與江湖人接近就是！”吳三唯唯地答應着。

　　芳雲心中卻着急，氣忿忿地想：你為什麼不跟我父親說一說，我一向是有多麼好啊？你求求他或者你就托旁邊的那盧老頭兒給說一說媒，他也許就答應了，也許就不叫我同他走了。她直向吳三使眼色，吳三卻沒有看見。

　　盧舉人也稱讚吳三的相貌不俗，說他將來必定發跡。吳三卻歎了口氣，說：“我自幼學武，沒念過什麼書，因此前程也就沒有！”神劍魏卻說：“尋找前程不在念過書沒念過書，文武都可！”吳三又躬身說：“是！以後我一定奔我的前程，我現在是想往黑沙海面，去再和幾位恩人叩謝，然後……”芳雲這時聽見了心中就一喜歡，以為吳三是故意說此話給自己聽，叫自己別忘了將來與他相會的地點。就聽吳三又說：“在那裏若能將舍妹安頓下，我就獨身去往別處謀前程；不然我先帶着舍妹回河東，我再走。我總不能辜負了師長和眾位前輩的恩義，更不能忘了人對我的知己之情！”芳雲感動得幾乎要落淚，因為聽這話一定是對着她說的。

　　此時，外面已有人將他父女的馬都備好了，神劍魏便向盧舉人作別，芳雲又拉了錦娥的手，並且向吳三說：“再見！”吳三也向他拱手，說了聲：“後會有期！”芳雲的淚都幾乎垂下來了，無奈她跟隨着她爹爹就走出了這皮貨行。吳三兄妹與盧舉人都送出來，神劍魏與芳雲就上了馬，神劍魏向送的人又拱拱手，就揮鞭走去。芳雲是隨走隨回頭，向着吳三兄妹揚鞭，錦娥也抬了抬胳臂，表示着再見。只有吳三，那麼高的身材卻低着頭。芳雲便猜着，他的心必是很難過了。

　　他們父女離了焉耆縣往西走去，順着都斯河岸，迎着寒風，踏着荒沙，沿途簡直沒遇見一個漂亮整齊的人。晚間就在遊牧人的盧幕裏寄宿，喝的是馬乳，吃的是馬肉、羊油，聞的是一種騷羶的氣味；聽的是各種的番語，跟清晨的山鵰叫喚，還有黃昏的喇叭鳴聲——這是遊牧人叫他們放出的牛馬歸來的信號。天，總是陰的時候居多，地上又落了一場大雪。芳雲真難受，沿途上不住地抱怨，她的爸爸神劍魏也呵責她，父女的感情真不如從前好了。

　　走得快到了天山的時候，迎面又遇着了一群強盜，約有二百餘騎，可是一望見了神劍魏，就連句話也不敢過來說，當時就都紛紛地亂奔。這種情形，芳雲已見過無數次了，然而如今對她的爸爸更是特別敬佩。她曉得自己若是跑，無論跑到哪裏，爸爸也能夠趕上。可是爸爸什麼都好，就是不知道女兒的心！

　　過天山時山上滿是積雪，但他們父女策馬過山，並未覺出困難。芳雲時時惦記着吳三，不知他們兄妹在過天山時是否平安？真盼着這連綿的峰嶺，能夠從遠處傳來信息。

　　她隨着爸爸過了山，又走了數日，方才到了伊黎河。這條大河已經結了堅冰，他們的兩匹馬就從冰上踏過，而一直進了伊犁城。伊犁地面本來有城九座，他們父女現在來到這是其中最大的一座城，土名叫作金頂寺。這裏比迪化繁盛得多，這裏駐的伊犁將軍官位跟職權比巡撫都大。神劍魏來到這裏的第一日，就去赴將軍設的洗塵宴。但他一這位名聞天下的奇俠，所最開心的卻是在這裏的一個罪人，即是那官至尚書，而被罪遠的胡大人。他對胡大人的尊敬，是比江湖上那些人對他的尊敬更深。胡公子被他護送到這裏，傷勢到了現在已經痊癒了。

　　如今神劍魏就直說明了，他把女兒找回來，是要叫女兒跟胡公子訂婚。芳雲覺得這如同是在頭上響了個霹靂，她堅決地搖頭，哭着向神劍魏說：“爸爸！我不願意，我寧可死，也不能願意！”

　　神劍魏怒斥着：“你不願意，也得依從着我。我的女兒不能下嫁江湖，也不攀附高門，只像胡公子這樣的，是最如我的意，人既老成，品德也好。他家雖已敗露，但他的父親卻是一位大大的忠良！胡公子是你的終身依靠！”芳雲說：“我不依靠他！爸爸，你別再逼我啦！若逼急了我，我可就去尋死！”神劍魏怒說：“你就去死吧！”芳雲擦着眼睛說：“我先殺死了胡公子，我才去尋死！”因此，父女二人就傷了感情。

他們是住在店房裏，父女二人分住兩間屋子。芳雲那間屋的門幾乎就整天也不開，她在屋裏，頭也不梳，臉也不洗，就躺在床上睡。第一天跟第二天，店夥來送飯，她都不開門，她就水米都不進。原想着她的父親會因此而可憐，會來叫她的門，跟她說：“胡公子的事情作為罷論了，你就去隨便嫁人吧！”她爭的就是這兩句話。自然，如果她的父親真這樣說出來，她也很覺得羞愧。

可是她的爸爸神劍魏就不說，知道她的女兒是這樣，可是一概置之不理，每天要請那胡公子過來暢談。倒是那個胡公子一來是已看出來這種情形，知道不可強求；二來，胡公子身上受的傷雖好了，可是身體虛弱，好像已染了癆病，天天聽神劍魏的高談闊論，他的精神支持不住，他簡直受不了。所以到第三天，神劍魏雖然派人又去請他，他可也不來了。神劍魏就一個人在屋裏發脾氣，歎息，頓腳，並抽出劍來向桌上用力地拍。

芳雲在屋裏倒漸漸地寬了心了，再把茶飯送來時，她也就開了一道門縫接進來了。有時神劍魏不在店裏，她也把屋門一開，想要私自遠去；但究竟覺着那太對不起父親了，她不願因此事弄得父女永絕。

然而又過了兩天，又來了兩個人。一是鵝頭小孟，一是于朗月，他們更是可厭。那于朗月尤其臉厚，見了神劍魏，就呈上了他父親于撫台書寫的一封為兒求親的書信，遂後他就公然說：“我跟芳雲小姐在迪化見過，現在聽說芳雲小姐病了，我快去看看她吧！”芳雲在隔壁聽了，趕緊將屋門閉得嚴裏又嚴，並頂上一張桌子。她又不願叫于朗月看見自己這蓬頭垢面的樣子，所以躺在炕上用被蒙着頭。鵝頭小孟把門敲了幾下，又推，推也是推不開。隔着門縫向裏說：“于三少爺看您來啦！”芳雲也是不理。只聽小孟跟那于朗月在門外悄悄說了幾聲話，就不再來叫門了。

這個于三少爺確實比那胡公子強得多，像貌既好，神情又瀟灑，舉止大方、豪邁，說話的聲音也極為清楚、宏亮。不但才學高深，江湖的事蹟他也曉得的不少，使得神劍魏也驚訝不止。

當天的晚上，神劍魏就隔着窗來告訴女兒，說：“胡家的親事你既不允，于家現在來求親，但總可以願意了吧？他的父親是巡撫，我本不願攀這樣的親，可是只是要將你的終身大事辦完，我就無掛牽了，也沾不着他們的榮利。再說，我見于朗月那個人也還不俗，你若是應允了，我好去回復他們。”芳雲聽了爸爸的話，她忍不住地傷心，就在被裏哭泣起來。

結果，芳雲並沒有表示可否，她的心裏更加難受，因為她也承認，于朗月的為人，不但是不俗，還很多情。可是他到底不是個英雄，不像吳三那樣的英雄，何況自己與吳三還有約呢！約在李玉蘭那裏見面。李玉蘭縱不明白我的心，錦娥也會明白我的心事，他們一定在那裏等着我了，我豈能負約而不去呢？這時神劍魏在外歎息了一聲，就走了。芳雲終宵未寐，輾轉斟酌，結果她是決定走。

到了四更時，她就悄悄地起來。她父親近日是因為心緒愁悶，時常飲酒，所以晚上睡得很沉，于朗月又不在這店裏住，因此沒有人查覺她的行動。她先出屋到馬棚下，備上了她的那匹馬，將簡便的行囊放在馬上。她就再悄悄地拿着洗臉盆到廚房去舀了水，回屋來淨過面，只在梳頭的時候點上了一會燈，遂即吹了。她又換了一身乾淨的衣服，看了看外面的天色已將發曉，她就趕緊出了屋，去開那店門。因為門是鎖着，她又不願驚醒了店夥，所以她就要手擰，扭，並拿出一支鏢來砸，因此，就發出來兩下響聲。

原來鵝頭小孟也住在店裏，他聽見門鎖的響聲，就趕快爬起來，先扒着窗向外一看，他就大驚，當時開了門跑出來，大聲地說：“小姐……你怎麼要走呀？噯呀！你可別走呀？”芳雲沖着他一抬手，他就以為是飛鏢來了，趕緊將身爬在地下，其實芳雲並未將鏢發出，卻已將門開了。到馬棚下就取馬。鵝頭小孟現在也不嚷了，只蹲在地下說：“小姐！你想一想，于朗月那樣的人才，天下還能夠到哪兒去找？既是小姐，就早晚得出閣。像那樣的人，你都不要，你還要誰呢？”芳雲說：“呸！”策馬就出了店門，把那個砸下來的鎖頭也扔在地下了。

這時天才亮，伊犁的城門才開。魏芳雲出了南門，渡過了伊黎河，就往東去。她又走向了風沙的大道，天氣很冷，然而她的心裏是有一點溫暖，她急着要去見她那心目中的英雄，理想中的一生伴侶。她急急地走，恐怕她的爸爸能夠追她，她又時時回首望去，身後也是一片風沙。

那位老俠客倒未來追趕他的女兒，可是走出了三十多里，再回首時，就見有一騎追來，仔細一看，原來是于朗月。她既是詫異，又生氣，心說：你一個書呆子，難道還能夠騎着馬趕上我嗎？於是更緊緊揮鞭。又走下了數里，再回首時，于朗月就已不見，然而前面的風砂愈高。

天色還沒太晚，她就不得不找了個市鎮而投宿，因為風實在大。在店裏，風撼得這土屋，板壁，都幾乎要坍塌。天又實在冷，炕裏面燃燒着駝糞，外面還抱這個炭盆，並且是才吃完一碗熱湯麵，可是也暖和不過來她的肢體。待了些時，屋中已黑，窗外看更是發亮，風砂也似乎息了，只聽外面喳喳喳，有一種微細的單調的聲音，她推開門一看，原來遍地已白，空中仍飄蕩着成團的雪花。連次走過冰雪天山的她，對此是一點也不覺着畏怯，反覺着雪的顏色好看，雪花好玩。可是她想起來隨在後面的于朗月，那個書呆子，不！他不呆，他只是個情癡。他那樣的文弱的身體，又不大會騎馬，豈不要死在半路上嗎？其實那樣的人死了，也不怎麼委屈，不過他若是為我而死，我可有一點對不起他！因此就有點關心。

待了會，夥計進屋來點燈，芳雲就問說：“隨在我後邊，有一個也騎着馬的人？”夥計就問：“是個爺們還是個婆娘？”芳雲說：“是一個爺們。”說出這話，臉不禁有些發紅，又說：“是一個年輕的人，讀書的人。”夥計搖頭說：“沒看見！”芳雲就不再問了。

夥計出屋之後，她就將門閉緊。想一想父親，覺得心裏很難過，但又一想遠處的吳三，卻又歡喜，她就盼着這場雪不要下得太大。熄了燈就睡，想一覺就到天明，天明就走，好快些見着吳三。

一夜過去，次日還沒到五更，她就醒了，窗上已然很亮，扒着窗一看，外面的雪依然飄灑着，處處都成了白色的，地下的都沒過了土階，可見至少也有二尺厚了。芳雲不由皺了皺眉，心說：這樣可怎麼能夠走呀？即使勉強走，也絕走不出多少裏路，白受苦！同時天又冷，這些日自己又覺得懶懨懨的。

午後，她在屋中寂寞無聊。店中也很清靜，可是過了些時，忽聽見外面有車輪響，又有客人來了，她心裏就想：人家是怎麼走來的，我反倒不能夠走？我真懶，吳三在那兒不定怎麼盼望着我啦！可是今天已經到這時候了，只好等明天，無論風雪多大，就也動身吧！

此時外面的人，說話的聲音不斷，說着說着，並且說到這房前來了。她很覺得詫異，就見夥計自外面硬把門開開。她就問說：「什麼事？」夥計叫她說：「太太，你不是等這位老爺嗎？」芳雲生着氣說：「什麼話？」

外面一聽見了她的聲音，當時就另有一個男子回答，帶笑說：「魏小姐……是我，我因知小姐倉卒出來，未多帶着隨身的什物，所以我才冒昧地前來。」芳雲一聽，就知道是那個于朗月，暗暗地哼了一聲，心說：難道你還能夠送給我什麼東西嗎？

她帶着氣就跳下了炕，向門外一看，只見于朗月雖立於雪中，然而衣冠整潔，態度文雅，滿面的春風，芳雲立時就沉下臉兒來。那于朗月往近來走，微微打躬，又笑着說：「實在是對不起！實在是欠禮！」芳雲仍然不言語。

于朗月是自己騎着馬，同時原來還帶着車，還有一個小廝。當下他就命小廝把東西拿來，送到屋中。當着店裏的夥計，芳雲也不好意思鬧翻了臉。就見是兩隻包袱。于朗月就走進屋來，又說：「好大的雪！天氣可是真冷！」隨之就將屋門帶上。芳雲向後退了一步，雙頰微紅，而面上泛出來怒色，于朗月卻又恭謹地拱着手，說：「魏小姐！這次我來得實在唐突，但我由迪化到伊犁確實是奉着父命，有一封信，我已呈上了令尊大人，其中的大意，諒小姐必已知道了？」芳雲搖着頭說：「我不知道！」于朗月說：「既是這樣，想小姐此次出遊，還不是為了那封信的緣故，也不是為我到了伊犁，才使小姐離開！」芳雲說：「你去你的，我來我的，兩不相干……」

于朗月又躬身說：「誠然如此！小姐本是一位釵裙的奇俠，巾幗英雄，此番冒着寒風大雪出遊，必定是有為人間不平之事，去救忠義良善之人，我也不敢多問。只是聽說小姐離開伊犁之時，隨身的行李甚簡。天寒，恐怕在路上不太夠用，我現在帶來一些，或者是小姐所需，小姐也是一位慷慨豪俠的人，想當不以我之此舉為冒昧。」

芳雲的眼光也沒向那包袱上去投，只點了點頭說：「好啦，我就收下吧！」她連一個「謝」字也沒有提。于朗月倒又向她拱了拱手，並說：「我也是要往東邊去走一走，倘能和小姐一路同行，更是欣幸！」芳雲沒再理他，他便退出屋去了，並給輕輕地關上了屋門。

此時芳雲到直向窗外去看，並側耳靜聽，就知道于朗月帶着那個僕人也在店裏找了房屋。芳雲覺得這個人很是奇怪，耐性還真不小，於是打開那兩隻包袱看了一看，見裏面都是婦女穿用的皮棉衣裳，都十分的豔麗、奢華，而且完全是新做的，看了看那肥瘦與長短，還都很跟自己的身體差不多，另外有兩隻首飾匣，上面貼着紅色的雙喜字，又有兩封銀子，也用紅綾包着。

芳雲這時可真生了氣，她心說：這不是當着面給我下訂禮嗎？這麼看他許有婚書沒有交來呢！但是又一想；連自己所騎的那匹馬，也是上次在迪化，他送給我的。我若都拒絕、退回，跟他賭氣，那自是合不着，同時也顯出來我不慷慨豪俠。不如我就給他一個乾收，反正決定不理他就得了。於是就又把包袱繫好，扔在一邊，就又倒在床上，冥想着吳三，可是一陣陣地不由想起來于朗月，而且漸漸覺得于朗月仿佛也有許多的好處為吳三所沒有的。這種思緒就繞在她的心上，有些撕不開，扯不斷，同時又聽那屋裏的于朗月在朗誦詩文，聲音益是引她的注意。

芳雲覺着不大好，覺着這種讀書的人，都會行使詭計，都能夠用他們儒雅的儀表，深奧的詩文，客氣、送禮、撩逗，而使他們所愛慕的女子入於他的網羅。如今，芳雲就覺着自己受了人的這些好處而不理人家，太有點不對了，她不願這種柔弱多情的心滋生出來。她就決然說：「走！雪大算得什麼，我屋裏有人送的禮物，跟人家，撫台的公子同住在一個店裏，算是怎麼一回事？」於是，她就喚來店夥，付清了錢，收拾了行李，她就騎着馬走了。

此時，雪雖不大，可是路極難行，地面皚皚的白雪之上，連一點馬蹄和人的腳印也沒有。她只走了約二十里，就又找了處小鎮店住下了。這裏沒了于朗月，她才放了點心。次晨雪住，又往東行。因為道路雪多，馬上的行李又重，所以無法趕路，行走二十幾天才來到迪化。但她沒有進城，又往東去。這時越走就越離李玉蘭的家近了，也跟吳三會面的日期近了，她心中又喜又急，不過她反倒不能快走了。因為她不願風沙吹傷了她的顏面使玉蘭和錦娥見笑，又不願過勞了她的身體怕吳三見了關心。有時是一陣陣地悲傷，是一種將嫁的女兒特有的無端的悲傷。

這日走在奇台縣，使她意外地驚訝：同店裏住着一個人，攜着兩個僕人，還有車馬跟隨。這個人衣服雅麗，舉止豪華，店家特別殷勤地招待他，同店裏住的客商和婦女，對此人都悄悄地談論，偷偷地觀看，仿佛都是羨慕極了，敬仰極了。這人又正是于朗月。他走得可真不慢，也許因為他有的是錢，所以到處都能夠換好車，選好馬，結果是追上了芳雲。並且他的僕人多添了一個，衣履又換的更新，可見他路過迪化的時候還回了一趟家。因為有他的吩咐，所以店家對芳雲招待的也特別殷勤。晚間，于朗月命店家先來通知了，遞來了他的名帖，又待了一會兒，他才來到芳雲的屋裏。他就仿佛是拜訪尊貴的客人似的那麼恭謹，使得芳雲不但不能發脾氣翻臉，反倒有點羞澀澀的，自己倒恨自己不大方了。

于朗月對芳雲並沒有說別的，只是又陳述其敬仰、欽佩之情而已，芳雲也淡淡地回答了他兩句話，他就退出了。但因此使得芳雲又想着他，感激他，並細細揣測着他的為人，還拿他跟吳三兩個人權衡了一下，結果芳雲是對自己冷笑了一聲：對於這麼個花花公子，風流自賞的大少爺，何必關心呢？由他跟着我好了，最好能夠叫他跟着我到黑沙海西，見見吳三。大概也不用吳三打他，他一看見了我同吳三的情形，他也就知難而退了，對於一個妄想攀高的人是應當如此對付的，不能夠叫他高興了。因此芳雲就把于朗月從心裏拋開，次日仍往東去。又行數日，就來到了黑沙海面，又見了李玉蘭的那片村舍。

芳雲來到這裏的時候是在午後，天晴風定。這地方大概最近幾天沒有見雪，所以地下沒有凍着冰。雪還在遠林之外飄着，真如一幅妙筆畫出的冬景。鈴鐺聲叮噹嘟當地響，一大串馱着貨的駱駝由對面走來，拉駱駝幾個人都驚訝看着她，她也走過去，一回首卻見那幾個人也都回首還向她笑。芳雲就心裏想：這些人很討厭，以後我還是得叫吳三離開這兒，在這兒住長了，不但我爸爸容易找到，還能夠把他的壯志消磨了。誰能像李玉蘭那樣，庸庸碌碌，跟駱駝打半輩子的交道？

一霎時，她就催馬進了村，村裏都是十分清靜。她在李家的門前下了馬，解開了頭上和臉上罩着的紗帕，將馬拴在門前的一塊石頭之旁。她又摸了摸頭髮，彈彈衣上的塵土，這時她卻聽見門裏說話的人很多，還有笑聲，她就也笑，心說：你們倒都挺樂的，可知道我在路上受了多麼的苦！但並不惱。走進了門，聽北屋裏的笑聲還未斷。那趙老爺爺正在說：“我打算今天就喝你們喜酒！”芳雲一怔，心說：他們怎麼知道我要來了？屋中正有一個人要出來，門一開，裏邊的很多的人都看見芳雲了，可是都驚訝，沒有一個迎出來的。只有那趙老爺爺哈哈大笑地走了出來，說：“魏姑娘，你真是一個女神仙。你怎麼會來了呢？怎麼就知道李大姑娘跟吳三爺今天訂喜事呢？請！請！請進屋來看看吧！”

這時候芳雲的感覺就如同是一盆冰水從頭上直澆到心上，有如做着夢一般，而且做的是怪夢。她呆默默地進了屋，見屋中果然擺着天地桌，還貼着李氏與吳氏三代宗親之位的條子，屋中的香煙還沒有散，可見是才行過了禮。吳三那大個子穿着新做的蘭緞面子的大皮襖，還戴着一頂好像官員的帽子，李玉蘭更簡直是個新娘子。吳三先向芳雲拱拱手說：“我還以為魏姑娘不能來了呢？”芳雲瞪起眼睛來說：“我為什麼不能來？”李玉蘭這時才過來，拉着她的手笑說：“你看你，還沒喝我們的酒啊，你的臉就先紫啦！”旁邊也有人笑着說：“外面太冷，多半是姑娘在風裏凍的，快到爐旁邊來暖一暖吧！”芳雲這時的心如被烈火焚燒着。此時她若是身邊帶着利劍，她真能夠抽出來，結果了吳三與李玉蘭的性命。但她轉而又一想：我何必要露出生氣的樣子呢？以我堂堂的一個俠女，為什麼要叫這些俗人看不起？於是她就粲然一笑，說：“我不但是從千里之外特來給你們賀喜，我還帶來了價值萬金的禮物！”

說着，她自己咚咚咚，跑到門外把馬牽進來，解下來包袱就拿進了屋，笑得更厲害，說：“玉蘭姐姐你快來看吧！不管你穿着合適不合適，我給你做的這些東西，你看了就一定喜歡。”說着，把兩隻包裹在桌上全都打開，一班來賀喜的女人都擠過來看，都驚羨得目瞪口呆。李玉蘭也是從來沒有見過這麼華貴的衣裳。

趙老爺爺在旁更大聲說：“哎呀！這至少不得值上幾千兩銀子嗎？能買二三十只駱駝吧！這可真了不得！魏姑娘你怎麼花這麼些錢呀？”嘖嘖兩聲又說：“可也是！吳姑爺是個有志氣的人，沒訂親的時候就先說明白了，訂了親之後先去謀出身，幾時有了前程，幾時再迎娶過門；那時把這裏的房產、地業、連駱駝，全都給兄弟，他們一個也不要。剛才我還說，何必這樣呢？可是現在魏姑娘一送來這些東西，喝！這簡直都是官太太用的東西，李大姑娘早晚非得當官太太不可！明天就許有敲鑼貼喜報子來啦！說吳姑爺放了闊差，中了武舉！”

芳雲起初還鄙視吳三，以為他是貪圖這點財產才要娶李玉蘭。如今知道不是，吳三並不圖什麼，只是要李玉蘭一個人。於是芳雲的心，就更加難受，更騰起來怒氣，又把那堆衣裳一掀，露出那兩隻首飾匣，匣上貼着紅喜字，更顯出是特為賀喜的禮物，她就說：“這些也是我給你買來的！”打開一看，金光燦然，一盒裏是一對雙股金釵，和兩對耳墜，四隻鑲珠嵌翠的戒指，另一盒裏卻是兩對金鐲。一些女人們卻更驚羨，有的還把眼睛挨在匣邊，問說：“這是真金的呀，還是包金，鍍金的呀？”芳雲瞪了這個女人一眼，說：“都是我在迪化省城訂打的，會有什麼假貨！”

吳三過來說：“魏姑娘，你不但救了我的性命，使我得以跟李大姑娘成全這件親事，你還送這樣的厚禮，真叫我……說什麼感謝的話才好！”芳雲哼了一聲，把吳三上下打量說：“想不到你這時候也學得會說話了！真是福至心靈！你們這樣的大好親事，我為什麼不賀？”吳三說：“我上次在這裏時，就有意求親，可惜那時我正在危難之間，又正窮困！”芳雲瞪着眼睛說：“你現在還算窮困嗎？”吳三說：“但我吳三不願享受什麼富貴榮華，將來魏姑娘就曉得了。我要娶李姑娘，是因為她賢德、能幹，而且她說她將來能夠跟我受苦，同着我去流浪江湖！”芳雲說：“好啦！不用說啦！等將來你要再遇着南疆虎，李大姐姐也遇見何子成或者更厲害的人，那時我必去救你們！”芳雲以後便不再說什麼，表面上看她是歡天喜地的，其實她也暗自彈淚，只有錦娥看見。

晚間，芳雲和錦娥睡在一起，錦娥明了芳雲此時的心情，含淚說了許多安慰的話，但芳雲仍佯笑不理會。一直等到錦娥睡熟，屋中靜寂寂的，芳雲感到自己異常孤單，想到白天吳三和李玉蘭的情景，她越想越氣，她知道今晚吳三仍住在趙老爺爺的家中，李玉蘭住在北屋。他們現在終身已訂，但還沒有成為夫妻，真要是成為夫妻，那可更氣人了！芳雲現在真想要先到趙老爺爺的家裏，一鏢打死吳三，然後再回來用鏢打死李玉蘭，最後攜帶着錦娥走去，這樣仿佛才能使得自己的心中稍平妒恨。

她都已經走出了屋，忽見月光清朗，李玉蘭的那屋裏燈光也很明。她悄悄地走過去扒着窗隙一看，就見李玉蘭正在燈下，一件件的細細檢點那兩隻包袱裏的東西，仿佛喜愛得她連覺都不得睡了，芳雲就不由對她更為輕視，心說：這麼一個眼皮子淺的女人，我也犯不着跟她爭什麼！更不值得一鏢打死她！就跳出了牆，又到趙老爺爺的家裏去。

原來這裏也還沒有睡覺，吳三的屋中燈光微明，紙窗上隱隱有趙老爺爺的影子，他正在說：“我瞧那些東西總有些來歷不明吧？神劍魏縱便是有錢，可是也不能都由着他的女兒隨便花用。那兩包袱東西，連那兩隻首飾匣，不值一萬，也得值幾千，我總覺着那不是好來的。別是她在什麼伊犁、迪化，跳牆進到財主的家裏偷出來的吧？假如那樣，這可就是賊贓，你娶親的那天可千萬別顯露出來，可了不得！”這趙老爺爺因為自己的耳朵聾，所以說話的聲兒特別大。芳雲聽着氣極了，若不是想到這個老頭子曾經對她也有過好處，就掏出鏢來打死他。

此時卻又聽吳三感慨地回答，連說：“趙老爺爺你不要多疑，魏姑娘她雖會武藝，會越牆躥房，但她為人尚義任俠，絕非盜賊可比，絕不能做偷竊的事。我知道她手中沒有太多的錢，但她認識的人很多，有許多的人都是受過她的救命大德，想報都無法報。那兩包袱東西也許是旁人送給她的，她自己不喜使用，才拿來送給我們，來歷一定是光明正大，老爺爺您就放心吧！我看這村裏的人對魏姑娘都永存着疑懼。其實不必，她真是一位俠女，實實在在是個好人！”

趙老爺爺還搖着頭，說：“好人壞人都先不必說！她是俠女，咱們就惹不起她，以後我勸你們還是少跟她來往！”吳三歎氣說：“老爺爺你還有些不知道！本來我可以與她訂親，但我沒有那樣做，因我自己已有主張：‘娶妻當娶淑女，交友不妨結俠客’。”窗外的魏芳雲聽到此處，已掏出鏢來。

聽吳三接又說：“娶妻是為共甘苦，將來我有榮華，要與玉蘭姑娘同享；我受窮苦，當與玉蘭姑娘同受。但交友是要同生死，共患難的。她日若是魏姑娘在別處遇有危難，那時即使我在千里之外，我也要趕去救她、助她，那時也許就是我死日到了！”

趙老爺爺驚訝着說：“你怎麼胡說起來！你還沒辦大喜事，怎麼就說出這樣喪氣話來，讓我這個老頭子當媒人的聽了，心裏有多麼打鼓呀！”

吳三卻笑，笑聲之中帶着悲慘，他說：“這話在前天我已經對玉蘭姑娘說了，她不攔阻我，她可也不信魏姑娘武藝那樣高強的人，能遇着什麼危難。但萬一有事，將來我因報恩而送掉性命，她是無怨的！所以將來老爺爺你還得多照應她！”

趙老爺爺急了說：“這是什麼話！咳！這是什麼話！早知道你們都有這個想頭，我不給你們作這個媒！可是我也活不了幾年啦，但願意你們白頭到老呀！魏丫頭那個人還靠得住？說不定幾時，她就能夠跟幾十個強盜在大漠打了起來，她一打不過，你就許去上手。你一上手，你就許完，玉蘭她不成了小寡婦了嗎？你妹妹也沒有人管啦，都得托我照應？我這個老頭子！咳！依着我說，乾脆你連魏姑娘也娶了吧！那兩包袱衣裳也足夠她們兩人穿戴的，別叫她們分什麼大小。你將來做了高官，若有兩個太太，那更顯得夠譜兒！”

吳三說：“老爺爺的話說得太錯了，太污蔑了芳雲那樣的女俠！”趙老爺爺說：“女俠難道就不嫁人嗎？”吳三說：“她嫁人也要嫁那武藝比她高超，生性比她磊落，英名比她還遠大的人。我是個庸人、愚夫！如何配得上她？”

此時窗外的芳雲躥上了房去走了，她出了村，無目的地走，走到遠處的寒林間，徘徊了半天，心中一陣一陣地悽楚，卻又一陣地寬慰，自矜，直到月向西墜，天已漸明，她才回到了李玉蘭的家裏。進屋時，錦娥一點也不覺得。芳雲就將鏢囊收起來，拉了一條被倒身睡下。

昏昏然的直到次日，她的覺還沒有睡足，可就被外邊的嘈雜聲音吵醒了，好像村裏出了什麼大事。外面又是車軸響又是馬蹄聲，聽那拉駱駝的傻子說：“來了大官啦！”又聽另一個人說：“不要慌！這是迪化撫台大人的公子，上次魏姑娘騎到迪化沒騎回來的那只小駱駝，就是人家派人給送回來的。現在來了，要見魏姑娘。魏姑娘起來了沒有？”芳雲聽于朗月又追到這兒來了，就不由得生氣，急跳下炕，手挽着發，罵道：“討厭死人！”

這時錦娥忽上前來拉住了她。錦娥的意思是怕她出去，把人家撫台的公子打了。可是芳雲忽然回眸一看，她覺出錦娥的模樣實在勝過李玉蘭，不然，也不會使得何子成把她搶去。當時，芳雲的心思忽然一轉，就笑着說：“你拉着我幹什麼？”錦娥說：“我是想，這位撫台的公子來找姐姐，不定是有什麼用意，姐姐你若是願意見他，就可以把他讓進來。不然就叫我哥哥跟趙老爺爺應酬他們，就得啦！免得姐姐出去惹氣！”芳雲說：“我跟他惹什麼氣？他叫于朗月，上次在迪化，我們兩人就認識了，他對我很好，我正盼着他來，有點事還要求他，有什麼氣可惹呀？”說着，拿過來鏡子，整了整頭髮，又忽然往臉上塗了一些胭脂，她就走出了門去。

原來這時，那翩翩風采的于朗月剛被讓到趙老爺爺的家，這才談完了話出來。趙老爺爺、吳三恭送着，村子各家各戶的人也都出來了，少婦長女們全都偷眼往外瞧，都表現着驚異之色。實在，像于朗月這樣衣飾闊綽的俊俏少年，村裏的人一輩子也沒見過，何況又跟着有兩輛簇新的車，幾匹鞍韉鮮明的馬，簡直是天官降臨了凡世。一些人早把駱駝趕走拉走，地下掃得乾乾淨淨，連李家的臺階都給掃得毫無塵埃，現在就見這位公子到李家看那位俠女魏姑娘去了。

但是，這位公子倒背着手，含着微笑，還沒有走到李家門前，就見魏俠女已自門中走出。這位公子當時斂住了步，拱拱手，恭恭謹謹地說道：“我知道魏小姐必在這裏。上次，小姐自迪化走後，我就叫人去訪問，有見過小姐的兩個客商就說過：這裏的李小姐和吳三兄全是小姐的好友。前些日，這裏的李少爺娶親時，小姐就在這裏。所以那只小駱駝我早就叫人給送回來了，那時小姐還在南疆！”

　　芳雲微笑說：“我真沒法謝你，你真是一位熱心的人！”于朗月又拱手說：“不敢當！此次我是一來拜訪俠女，二來是見一見吳三兄，因為久聞吳三兄也是一位俠義之人。”芳雲說：“吳三兄昨天定的親，有大喜的事，你沒有給他賀喜嗎？”

　　于朗月一怔，回過身去向吳三說：“是真的嗎？吳三兄是才訂的親事嗎？小弟理應道喜！”吳三是乾拱着手，臉通紅，卻答不出一句話來。趙老爺爺替他說了：“訂的就是這村裏的李玉蘭姑娘。”于朗月這才大笑，連向吳三作揖賀喜。

　　芳雲卻在那邊笑着說：“得啦！你就先別給人賀喜了，我這兒還有一件喜事，要跟你商量商量呢，你就來吧！”

　　這位俠女現在真是千嬌百媚，她點着手兒，叫于朗月隨着她到村外去，一般看見了的人，全都不知道是怎麼回事。但于朗月態度從容，掛在面上的笑容愈深，他連一個僕人也不帶着，就跟芳雲出了村子，愈走愈遠，已走到那遠林之外青山之間了。四顧無人，芳雲才回轉過來，正色向他說：“你知道我把你帶到哪兒去？”于朗月搖頭說：“我也不問，隨小姐把我帶到天涯海角，我都樂意去！”芳雲說：“我是會殺人的！”于朗月笑着說：“死在美人的刀下，勝如這樣寂寞着度過一生！”芳雲又問說：“你為什麼寂寞？你不會找個好看的娶了麼？”說出了這話，自己也不由得臉紅。于朗月卻一點也不變色，仍然大大方方地說：“天下的女子，再也沒有比俠女好看的。”芳雲的臉更紅了，問說：“俠女是可以娶的麼？”于朗月不言語了。芳雲索性問說：“你也不想想，你既是欽佩俠女，難道就能叫俠女嫁你，做你的老婆嗎？”于朗月仍不言語，只是微笑。

　　芳雲說：“我告訴你，連吳三他都沒有這膽子，他不敢娶我。我既是俠女，就如同是鳥中的鳳凰，獸中的祥麟，叫我去當你的少奶奶，你不是褻瀆我麼？”于朗月連連打躬說：“不敢！不敢！我實未作此想，我仰慕小姐正如仰慕祥麟威鳳一般。但我願拋去富貴，拋去身家，從我所仰慕之祥麟威鳳，遨遊終生！”芳雲說：“這也不必！現在倒是有一個姑娘，雖然不會武藝，不是俠女，但長得模樣比我還好。她的性命是我救的，我的心情，惟有她知道。”于朗月說：“莫非是吳三的妹妹錦娥姑娘？”芳雲說：“對了，正是她，你不要以為她配不上你這樣高貴的身份，她的出身並不比我低，她還是和闐縣正堂夫人的義妹！”于朗月說：“這全是末節，只是……”

　　芳雲攔住他的話說：“你先別言語！還聽我說，我實在已被你這個多情的人感動了！可惜不能。我這一生，不能再做誰的妻子了。現在我給你做媒，將我作她，娶了她就如同娶了我，我將與你身隔千里，但心如在一處。”說到此處，芳雲竟不禁悲哽起來。于朗月卻喜歡得直笑，說：“既承小姐這樣錯愛，我如何不允？”

　　芳雲聽于朗月把這件事情答應得這麼痛快，她倒覺得很駭異，同時更加喜愛這個不同凡俗的公子。當下于朗月就特別喜歡，同着芳雲直回到村裏，不待芳雲說話，他先叫趙老爺爺給他去求親。趙老爺爺呆得鬍子都垂了下來。吳三也說：“我們卑賤的人家，況舍妹又曾經許配過人，雖那人已死，但怎能攀高枝呀？”芳雲卻向他瞪眼說：“連這麼點事，你都違背我嗎？都不肯答應麼？”吳三便不敢再言語了。當時芳雲高興極了，進去告訴了李玉蘭，又去跟錦娥說。錦娥感激得不禁抱住她哭了，她也不住地對着錦娥流淚。

　　當日，村子裏的人連正事都不幹了，駱駝也沒人管了。那個傻子嚷嚷着說：“咱這村子快跟撫台的大爺定親了！”于朗月即被趙老爺爺讓在村中一家房屋比較寬大的家裏暫住。他寫了信，派人回迪化去徵詢他父親的同意。在此住了十幾天，他就與吳三、李玉蘭，全都很熟識了。他也見了錦娥的面，認為確有芳雲那般的美，同時芳雲天天與他見面，慷慨瀟灑，有笑有談，彬彬不拘。十日以後，迪化的巡撫不僅有了回書，兒子的婚事都聽兒子自主，並且着人帶來了貴重的聘禮。芳雲就將錦娥也打扮得跟新娘一般，叫她納禮受聘，等待着吉期。於是這個幸福的小村裏又出了一件喜事。吳三與李玉蘭，于朗月與吳錦娥，兩對鴛鴦，譜訂了終生之好，並擇日就要同往迪化去成親。

　　在這時忽有迪化來的人說：「神劍魏老爺幾日前到了迪化，與撫台作別，攜帶着鵝頭小孟往東去了，並曾言以後恐不再到新疆來了！」芳雲一聽，就說：「我也應當走了！」於是她就收束行囊。李玉蘭和錦娥對她都戀戀不捨，于朗月與吳三共同設宴餞別。她雖然面上是很高興，但心裏很是凄慘。她流過眼淚，但是背着人，只有錦娥一個人知道。現在村裏的人不再像早先了，簡直沒有一個不對芳雲佩服、尊敬的，說這真是一位女俠，是個高人。

　　這一日，天氣晴朗，北風已停，遠山遠林，漸轉春意，芳雲就走了。于朗月、錦娥、吳三、李玉蘭、趙老爺爺，連同很多的人，全都把她送出了村子。她上了白馬，拂手令眾人回去，看了看吳三，她的臉兒只沉着，並無一語；又望了望于朗月，她倒是一笑，說了一聲：「後會有期！」說畢，她就策馬東去，連頭也不回，少時間就走入了那遼遠無垠的黑沙海。她忽又想起秦雄來了，忽覺得那人才是一條好漢，才是一個男子，比吳三跟于朗月都強。但這種思緒不過在她的腦中一現，她疾疾地就給掠開了，同時馬也疾進，過了黑沙海就一直往東。

　　芳雲走後，已是歲暮。于朗月同錦娥，吳三同李玉蘭，都趕往迪化去成親。在雙雙辦喜事的時候，迪化城裏很熱鬧了一回。接着就是過新年，元宵節鬧燈籠，巡撫衙門也擺出了鼇山燈來，衙門內外的人全都非常高興。過了幾日，那位吳二太太也自和闐縣趕來認親。錦娥真是苦盡甘來，她沒有想到她竟會做了闊少奶奶，並且她的哥哥也在衙門作了班頭，嫂嫂玉蘭也同她在一起居住。夫婿待她更是恩愛。只是有一樣，她不大瞭解：于朗月叫她出去會客，是穿戴得象個少奶奶的樣子；可是在屋裏，尤其是晚間燈下，新夫婦相對，于朗月總叫她換上短的衣褲，而且不是紅的就是紫的，把她打扮得簡直也像個俠女子。同時于朗月給她改了名字，叫她為芳雲，她起初覺得太不好意思了，後來也略略察覺了夫婿的心，就也依着他，而不把他的心點破。于朗月並且將那間書房郎月齋改名為亦雲精舍，他在壁間懸上寶劍，終日在其中苦讀。

　　至於吳三與李玉蘭也琴瑟甚得，一年之後，他們就得了個小孩。但吳三不願再倚順着親戚作事，他先往和闐，至秦雄的墳上弔祭了一番，隨後他又返迪化，辭別親友，攜妻子還往故里，由河東又轉往江南。他到處尋訪魏父女，思報昔日之恩。連訪了數載，倒是聽說神劍魏已經病故，而他的女兒魏芳雲卻無下落。

　　如此又是數載，吳三在江湖上名聲漸盛，兼有賢內助李玉蘭把他累年保鏢所得的錢，除了飲食必需之外，多一個也不花，積少成多，湊成資本，他們就在山東臨清開了一家大鏢店。臨清地瀕運糧河，在彼時原是個著名的大碼頭，商業繁盛，鏢店的生意尤其興隆。要提起吳三爺，吳大鏢頭來，是無人不知。吳家鏢店的內掌櫃，精明幹練，寫算精通，遠近更都曉得。只是吳三爺有兩個兒子，現在已都在習學拳腳了。大的名叫吳忘恩，這個名字很特別；二的卻叫秦小雄，據他自己說是過繼給人了，可又不知道那個姓秦的在哪裏。吳三見兒子俱將長成，他就又時常出外，有時自己押着鏢走遠路，有時還隻身去走，年餘不歸。他的心，是總想要尋一尋芳雲的下落，找一個機會，好報她昔日的恩德。在外面，他濟貧扶傾，也總稱奉俠女之命，作此等之事。可惜，歷遍了山川，過了十餘載之久，也未得重見芳雲之面！

　　這時，那迪化的于撫台也已去世，當年神劍魏所崇拜的那位胡大人放了新疆的巡撫，胡公子可已因癆疾而死了。這位胡撫台因為知道當年于撫台在任時，一切的公事全是由他的三公子代辦，至今人民還盛道那位三公子的種種好處。現在于朗月，是做着江西永新知縣，頗不得意，這位胡大人就向朝廷保奏，得蒙破格提升，命于朗月去做迪化省城的臬司。于朗月攜着夫人吳錦娥北上晉職，路過臨清，就去看了看大舅吳三。吳三就願為妹婿保鏢赴任，李玉蘭也想回娘家去看一看，於是就一同先赴北京，然後轉道西去。吳三自詡在江湖多年，同時新疆是他的熟地方，有他一人保鏢，沿途必無阻礙，于朗月也很是放心。錦娥與玉蘭，姑嫂二人一路閒談，更忘記了疲倦。

　　卻不料這時甘新之間道途不靖，他們的車馬走到了猩猩峽，便被數十名強盜圍困住了。吳三抽刀去迎殺，不料越殺強盜越來得多，而且強盜的武藝還都十分厲害，有的還大聲喊着，要替南疆虎報昔日之仇。吳三身被數創，好容易才突出重圍，保護住妹夫、妹妹和自己的妻子，再往西走。這猩猩峽地勢極險惡，兩旁都是高峰，當中只有一股羊腸小徑，不能容車馬並行。時已薄暮，後面的群盜仍在緊迫，對面忽又來了三十餘騎馬賊，將他們截住，前來夾攻。吳三的一口刀哪裏敵得過？眼看着刀槍都已逼到了眼前，他們夫婦，連同一干僕從的性命都已危在頃刻。

　　這時忽然不知從哪裏來了一位俠士，騎着駿馬，手揮寶劍，並且發着飛鏢。只見劍光抖處，賊眾紛逃；鋼鏢發出，強人落馬。這位俠士真如自天降下一般，就保護着于朗月夫婦和吳三夫婦等人，平安度過了這道深峽。時新月已升，于朗月自車中向外去看這位俠士。見卻是一個道姑，年歲不過才三十餘，他就驚叫着說：“莫非是魏小姐麼？芳雲……”他不叫還好，他這樣一叫，那俠士竟拋了他們，而催馬直往西去了。吳三、李玉蘭、錦娥也都直叫，叫着：“魏小姐！芳雲姑娘！魏大妹妹！姐姐！”他們是越叫聲音越急，而那俠士的馬卻越走越遠，霎時即沒有蹤影。這些人都歎息張望，還盼着往西去將來能再見着她，卻不料到了黑沙海，又到了迪化府，後來又遍處托人尋訪，也是杳無那魏芳雲俠女的下落。這部“大漠雙鴛譜”寫至此處，即告終結。

《紫鳳鏢》

王度廬（DULU WANG），《臥虎藏龍》作者
AUTHOR OF CROUCHING TIGER, HIDDEN DRAGON

江　湖　出　版　社
JIANGHU PUBLISHING

Jianghu Publishing
PO Box 35075 Fleetwood Postal Outlet
Surrey, BC Canada V4N 9E9
www.jianghubooks.com

THE COLLECTED WORKS OF DULU WANG

王 度 廬 選 集

Author of Crouching Tiger, Hidden Dragon

《 卧 虎 藏 龙 》 作 者

Wuxia Novels Volume Two

武 俠 小 说 集　卷 二

紫 鳳 鏢

DULU WANG

王 度 廬

Edited and Modified by Hong Wang

校 訂 者：王 宏

JIANGHU PUBLISHING　　江湖出版社

第一回　歲暮天寒保鏢出無奈　刀飛劍起比武識英雄

　　在清代光緒年間，那時保鏢的行當兒還很興旺，在北方江湖上赫赫有名的就是"紫鳳鏢"。別家的保鏢，車上插的都是白布做的旗子，上面用墨筆寫着鏢店的字號；他這個鏢則不然，卻永遠招展着素緞子的地儿，繡着十分精細的紫鳳一隻，連一個字也沒有。然而，凡是插有這種旗幟的鏢車，無論是多少輛，裝着多少價值萬金的貨物，或是官眷、珠寶、金條等等，足以使一般綠林歹人垂涎的東西，可是准保萬無一失。就是沒有一個鏢師跟着，半夜黑天地在野地上走，也絕沒有一點錯；不但財物不會被劫，還能夠逢山有人開路，遇水有人搭橋；跟車的人一路投宿吃飯，甚至於騾子、馬匹的草料等等，都可以不花一個錢，只憑着一隻紫鳳鏢旗，到處有人對之謙恭、客氣，因為崇拜的就是這鏢旗的主人。

　　紫鳳鏢旗在江湖上行走了約有二十多年的歷史，留下的俠義、壯烈、慷慨激昂的事蹟很多，但很少人能夠曉得他——鏢旗的主人，採用這紫鳳作為招牌的原因，這卻是包含着一段哀艷的故事。

　　話要從頭說起。當年，保鏢最有名的要算河北冀州的"金刀徐老"。徐老是少林派有名的英雄，自幼在嵩山上跟着智德禪師學過藝。徐老開設"四海通鏢店"已有多年，買賣雖然不大強，卻是因為徐老為人忠厚，好閒散，喜飲酒，不善理財，其實他的名聲，可稱得起是遠近皆知；武藝，更是壓倒儕輩。

　　徐老鏢頭闖出了名聲之後，就與杯中物結了不解之緣，整天是半斤多白乾。喝了酒，就迷迷糊糊的，除了睡覺，就是揉着手裏的一對鐵核桃。櫃上的事，他全都不過問，只交給兩個夥計經營辦理。這兩個夥計一個是他遠房的族侄，名叫小長蟲徐順；還有一個是他的徒弟，人還能幹一些，江湖的路數也熟，名字叫賽張遼，姓秦行九。

　　這兩個人都不是江湖上頭路的腳色，而且是只知守成，無意發展，因此買賣便不發達。年底結帳，雖然不致賠錢，可也沒什麼贏利。徐老鏢頭光是女兒就有五個，還有老娘和整年癱在炕上的妻，一大家的人口，開銷甚大，所以漸漸地這位老鏢頭就現出生活窘迫之狀。鏢店要關門，夥計們也都要另尋飯碗，這才使得徐老鏢頭有點着急。他眼望着壁間懸掛多年，久而不用的那口金刀，說："怎麼着？難道我這把年紀了，還得叫我出門去奔嗎？跟那些江湖後生去爭長論短嗎？不然就要挨餓？丟人！”說着他又喝了一大口白乾，並不住地連聲歎息。

正當天寒歲暮，錢少債多之時，忽然又有個陌生的人投奔他。這個人拿着一封信，上寫：

今有柳夢龍往投，千請收容是荷！

悅禪合十

介紹的悅禪是一位嵩山上會武藝的和尚，與徐老頭有舊交，然而已有十多年未通音信。如今，猛然間給薦來了這麼一個人。這人倒還年輕，相貌也好，只是在這風雪酷寒的天氣，他還穿着夾衣，窘得不成像，分明是落拓無聊，來此找飯無疑。

徐老鏢頭把這個人打量一番，就開口說：“學過功夫沒有？”柳夢龍回答說：“學過一年多。”老鏢頭又問：“拿得起來一兩樣兒傢伙嗎？”柳夢龍點頭說：“差不多的，還都會點兒。”

徐老鏢頭又問：“保過鏢沒有？”柳夢龍擺頭說：“沒有！對保鏢這行的事，我實在是一竅不通，因此悅禪師傅才把我薦來，我願跟着老前輩學習學習。”

徐老鏢頭歎道：“我的這個買賣，也實在不行了，因為沒有靠得住的人，我自己又不願跟一些江湖晚輩爭強鬥勝。不瞞你說，這個年底我就過不去，明年這鏢店能開門不能，還不敢說。可是你既來了，則安之。在這兒沒有別的，很受苦，可是只要我有吃的飯，就有你吃的飯。你不必外道，儘管安心在這裏住着，四海之內，皆兄弟也。幾時你有了好事，幾時你再走！”柳夢龍也沒有說別的。

當時老鏢頭把小長蟲徐順叫來，給他們介紹了一番，就叫柳夢龍到前面櫃房去住。

櫃房裏冷冷清清，壁上掛着的武財神像全都沾了塵土，生着的小炭爐子一點也不旺。柳夢龍身穿的衣服更是單寒，他也沒帶着什麼行李。幸虧徐老鏢頭拿出來一件大皮襖給他穿，並且給他預備了一床被褥。

小長蟲徐順是個很好聊天的人，賽張遼因為在城裏有家眷，櫃上又沒有買賣，所以不常來，徐順很是寂寞。如今來了這個姓柳的，他正好談談天，於是他就東拉西扯，又問柳夢龍的來歷，又述說他自己的經驗。可是這柳夢龍雖然是新上跳板，來到這兒做鏢客，但他完全沒有點豪傑氣，簡直是個書呆子。一來到這兒他就從懷裏掏出來一本書看，入了迷似的，看上就沒完。小長蟲心裏說：“好！這可行了，來個新鏢客，卻是個老夫子！這也不錯，明年要是鏢店關了門，索性就把這兒改個學房吧！”

鏢店的景況實在淒涼。外邊，人家別的鏢店裏，管帳的早吧啦吧啦打算盤，把帳給結好了。今年，哪一家鏢店不是大賺錢？哪一個保鏢的不能賺個百八十兩的銀子？只有他們這兒，今年的大年初一真怕連頓餃子也吃不成。小長蟲想着想着就不禁有點發愁，同時又對柳夢龍加以輕視，心說：你也是個倒楣鬼，沒人要的貨！不然為什麼大年底的你別處都不去，偏到這兒來呀？

到了傍晚的時候，忽然賽張遼秦九來了。他卻是精神興奮，滿面紅光，一進門就說：“現在有一件好買賣！長蟲，你快去問問掌櫃的，咱們做不做？”

小長蟲還遲疑着說：“有什麼好買賣？真要是有好買賣，還不早叫別家給搶了去？能夠送到咱們門上來？”

秦九卻說：“因為這號買賣別家都不肯做！這是京裏的戶部主事劉大人，因為卸職回家，病在源興店裏有一個多月，前天忽然死了。他的家眷，一妻二妾，還帶着幾個孩子，幾名男女傭人，都要趕在大年三十以前還靈回河南汝南府，車都已雇好了，只是還想請兩位鏢頭保護着，肯出大錢，七八百兩銀子都不在乎。”

小長蟲聽了不由有點眼饞，說：“主事也不是什麼大官兒，就能夠這麼闊？”

秦九卻說：“戶部的主事是管錢的，可與別的部不同，大概留下的好東西不少，聽說大皮箱就有二十多隻，所以非得雇人保鏢不可，可是別的鏢頭全都不肯去。”

此時柳夢龍忽在那邊發問說：“這是為什麼？”

賽張遼喘着氣說：“這得趕緊去問問掌櫃的！要想答應這號買賣，我趕緊就到源興店把它搶到手。遲一些買賣也許就飛了，雖然別的家都因為快到年底，賬也結了，懶得再出門。我還聽說這位劉大人早先曾做過磁州的知州，在任上的時候為官清廉，嫉惡如仇，與磁州的三霸天全都仇深如海。現在因為快到年底了，路上的行人本來就少，磁州又不是個好走的地方，三霸天的耳風又都很快，為錢、為人，為報當年之仇，他們就許要攔路打劫！”

小長蟲聽到這裏就趕緊擺手，說：“趁早，認窮認命，過咱們這個倒楣年吧！這個鏢可真不容易保，這筆錢也是不容易掙的。三霸天是幹什麼的？這時恐怕他們早就預備好了，到了時候，恐怕連給這劉大人保鏢的都得跟着沒命。三霸天那還了得！上霸天，青毛豹段成恭；中霸天，鎮山豹陳兗；下霸天，白眉老魔薛大朋。這三位，慢說咱們，就是把咱們冀州所有的鏢頭全都請了去，也保不了這枝鏢呀！也惹不起他們呀！”

這時，那柳夢龍聽了這些話，忽然顯出很興奮地樣子，說：“咱們開的既是鏢店，為什麼現在有了買賣不做呀？誰管他什麼三霸天？你們要都不敢去，我一個人去！”說着，收起來他正在看着的那本書，就跳下炕來。

賽張遼又說：“其實磁州的三霸天，跟咱們也都有點交情。請掌櫃的寫兩張帖子，我帶着，走過磁州的時候，先去拜望他們，難道他們還真一點面子也不講，一定要打劫嗎？”

小長蟲卻仍然搖頭擺手地說：“你們去吧！這份差事可沒有我！我甘願到大年下吃不着煮餑餑，我可真不敢去發這筆財！”

當下柳夢龍跟着賽張遼到裏院去見掌櫃的，徐老鏢頭聽了卻先猶豫了一番。徐老大概也是看出來了，這件買賣不是什麼好做的。可是，禁不住柳夢龍自告奮勇，賽張遼又是發財心急；再說，做了這號買賣，別的不說，先可以借着它支支賬，年就可以度過去了。萬一沒有什麼事，三霸天都很講面子，使得這號買賣平平穩穩地做成了，七八百兩銀子確實也可以擋不少的饑荒，虧空彌補了，整個春天的吃喝不用發愁了；五月間大女兒出閣，多少也可以預備點妝奩。想來想去，徐老也點頭說：“好！我舍個老面子吧！走的時候，你們帶上我的兩張帖子！”於是賽張遼就趕緊去講這件買賣。

原來，那劉家的人正在發愁呢！因為慢說是在年底，就是平時，誰也不願意給他們保鏢。不然，劉主事就是病，也不至於在這地方一延遲就有兩個月。劉主事就是十年之前磁州的州太爺“劉鐵面”。他為官真是鐵面無私，把磁州曾治得路不拾遺，夜不閉戶，捕殺的強盜無數，因此也就得罪了不少的綠林人。那三霸天幾乎沒有一個沒吃過他的虧的，所以把他恨入骨髓。何況他雖有清官之稱，身後留下的宦囊卻如此之多；並且他那第二個姨太太今年才二十來歲，貌美如花，聽說還會唱大鼓。既有金銀，又有美人，誰敢給他們一路保險呀？

所以，本地的各鏢店一聽說這號買賣叫四海通給應了，就不但不嫉妒，反倒哈哈大笑，說：「徐老真是想自走死路，叫他去得罪江湖吧！叫他們去栽這個大跟頭吧！管保他結果是一個錢也掙不着，還許賠上人命。金刀徐老半輩子的名聲可是完了，以後他也別再向咱們誇他的當年之勇了，碰巧還許弄得老命嗚呼！」

賽張遼跟劉家是以八百兩銀子講妥了的，準備明日就要起程。

翌日清晨，北風吹着殘雪，天色陰霾而酷寒。劉家雇來的是十多輛車，多一半拉着行李、包裹、大皮箱，少一半車倒是坐着人。店門外很多的人等着看那位二姨太太小寡婦。

少時，二姨太太就出來了，披麻戴孝，淚眼顰眉，真是一位絕世的美人。其餘的各位小姐少爺，以至於僕婦長隨，雖也都是穿着孝衣，裏面襯着的衣裳確實全都很闊。只是那位主事大老爺，橫臥在杉木十三圓的大棺材裏了，沒法子看見。兩頭騾子馱着一付槓，槓上放着棺材，棺材上披着火紅繡花的緞帔。臨行時焚過了紙，家屬們齊聲嚎啕大哭。隨着哭聲，車輛和靈柩就離開了冀州的市街。

許多人都佇足，擁擠着看熱鬧。只見車上稀稀的插着三五枝四海通老鏢店的鏢旗，旗子都很破舊了，上面寫的字也俱已模糊不清，一點也沒有氣派。保鏢的只有兩個人，還是臨時租來的馬。後面的那個柳夢龍，誰認識他呀？無名的小輩，看那窮樣子倒像是個叫花子。

賽張遼可還不愧是個略略有名的鏢頭，打扮得很整齊，人也夠個樣兒。他身佩着一口帶着鐵鞘的撲刀，搖鞭策馬在前面走，並跟街上熟識的人抱拳含笑地打招呼，說：「過幾天見！年前我們一定能夠交了鏢回來！」他走過去了後，可就有人向着他的背影撇嘴，說：「你還能夠回來？你要能平平穩穩地交了這趟鏢，那才怪！」

冀州城裏的人就像是送喪似的，懷着一種幸災樂禍的心理，送走了四海通的鏢車。

這時，賽張遼與柳夢龍已保護着鏢車走上了南去的大道。賽張遼的心裏本來頗有幾分把握，因為自己帶着金刀徐老的名帖呢，三霸天不能不給點面子，也許就平安無事。他愁的倒是現在，路上行人稀稀。

本來現在快到過年的時候了，久客他鄉的遊子都已回到家中去度歲，誰還出來在外面奔波？因此，路上不但車馬很少，行人也稀稀零零的。天又寒，風又大，天色永遠也不晴，雪花一陣一陣往脖頸子裏飛。莽莽的大地，脈脈的遠山，可真叫人看着有點害怕。賽張遼心裏說：「三霸天我倒不怕！可是在這路曠人稀的時候，要驀地跳出幾位活閻王、猛太歲，再不懂得江湖話，那我們可真就完了！憑我一個人總是孤掌難鳴，就是武藝好也不中用。看柳夢龍那個樣子，簡直是個廢物，並且他還大爺似的，一點也不勤儉，什麼忙他也不幫。帶着這麼個夥計出來，才真叫倒了霉呢！」

柳夢龍確實是很懶的，找到店房，他只知道騙腿下馬，馬交小二去喂。他只是掏出那本舊書，找個熱炕頭兒去坐着看，等着茶來了伸手，飯來了張口，什麼事情他全都不操心。

賽張遼是真忙，不但他所找的都是熟店房，一進店門就得先跟店掌櫃聊一陣，跟店小二打幾句哈哈——據他說這些全都不可輕視，因為他們跟鏢行人、綠林人全都很熟，那些全都是他們的熟主顧。有他們在當中串氣兒，瞎着眼睛也可以保鏢；若沒有他們，尤其是得罪了他們，那縱使保鏢的人是八臂哪吒，有降龍伏虎之能，路上也准得出事兒。

再說哪個地方沒有一兩家鏢店？沒有三幾個鏢頭呢？無論是有名的無名的，認識的與不認識的，賽張遼每逢來到一個地方，縱使已經人困馬乏了，可也得立時就去拜訪，以便打聽前面路上有沒有什麼障礙，或是近幾日有無事情發生——這些都是保鏢的門路。

其它像對於雇主兒的照應、聯絡、幫忙，也全是他份內的事兒。除了那位二姨太太小寡婦，賽張遼實在不敢多看她一眼，別的人如劉太太、劉大姨太太、小姐、少爺，以及管家、僕婦，沒有一個不跟他弄得很熟，並稱他是個好鏢頭。

因為跟着一口靈柩，所以在路上不能快走，第四天才到了磁州。這時劉家的那些家人，雖然都穿着孝，可是因為早先他們跟着劉主事在這裏做知州的時候，都住過很多年，都有幾個熟朋友，都想順便去看一看；有的還要帶點這裏的土物兒，回汝南府去食用或是送人。賽張遼卻把他們全都攔阻住了，說是不大相宜，他說：“你們既是請我保鏢，在路上就得聽我的話，不然出了事我可不管！”

現在已能望見遠遠之處的磁州城池了，天色已將近午，正應趕到那城裏去打尖，用午飯。可是賽張遼卻不住地在心裏打主意，他暗想：是偷偷地就越過去呢，趁着三霸天不知道，就闖過去這一關？還是這就去投帖拜訪呢？

他原想着是多一事不如少一事，最好能夠鴉雀無聲地走過去；但是又一細想，卻覺得不行。賽張遼保鏢多年，他還能夠不知道，磁州周圍二百里之內全都是三霸天的勢力範圍，就是有個稍微岔點眼的遊僧貧道從這兒走過去，他們也立時就能夠知道，何況這大隊的鏢車，又有靈柩，他豈能沒耳報神？如果他是想打劫，恐怕早已佈置好了，絕逃不出他的圈去。若是不想打劫，那是他故意閉眼睛，絕不是不知道。你若不去拜訪他，求他們給個面子，他倒許惱羞成怒。總而言之，這關想逃過是不行，還是得去辦事，去憑面子請求才行。

於是，賽張遼索性大膽起來，吩咐鏢車的行列就往城那邊去走。他們一直到了城的西關，找了一個很大的店房，就停下了。賽張遼說：“看現在這天氣，說不定待一會兒就要下雪。下了雪能往下走不能，還不一定。咱們先在這兒打尖，吃完飯多歇一會兒，大家可不要滿處亂走。不過我還得出去一趟，去拜訪拜訪這裏的幾位有名的人。”說着他就打扮得整整齊齊，拿着金刀徐老的名帖，去看那三霸天。

原來三霸天雖然都是在磁州出的名，他們可不全是本地的人，並且也不全在這地方住。只有中霸天鎮山豹陳兑在這裏是土生土長，年幼的時候就是街頭的一個小潑皮，用刀傷過人；後來做賭徒，當地痞，拐人家閨女，搶人家的錢，無所不為，結果是淪于綠林，越發地橫行無忌。

他曾有四次被磁州的知州，即是被現在躺在棺材裏由這裏經過的那位劉主事所捕，雖然沒有把他正法砍頭，可是雙腿也幾乎被夾棍夾斷。後來，上霸天設法把他救出，他的兩條腿養了三年才好。

劉大人在這裏做官的時候，他連偷着進城也不敢；及至劉大人卸了任，換了個新知州是軟弱無能，他才又明目張膽地在磁州鬧起來。可是他一改年青時的浮躁與魯莽，心裏雖是險若蠍蛇，行為雖是狠若虎狼，但表面上卻作出一些君子之風，居然也有人說他是好人了。

　　他的財產與他的惡行日漸增加。現在他蓋有很大的莊院，有了五房老婆，兒女也有了。他還開設着一個鎮山鏢店，雇用着幾十名鏢頭和夥計。這些鏢頭和夥計是行動無常，今天走了一個姓張的，明天又來了一個姓趙的，也不知是怎麼投了他來的，他為什麼收下，那些人到底是幫他做些什麼買賣，也無人曉得。可是中霸天的勢力越來越大了，簡直是一個殺人不眨眼，而且睚眥必報的魔王。

　　賽張遼已有一年多沒來拜望他，今天來到他的門前一看，喝，更闊了！宅子又圈進去了不少，房屋更多了，而且連磚帶瓦都十分新，好像是重新翻蓋了的；門前綠柳系肥馬，出入僕從亦綾羅，比什麼總督、巡撫的宅子還要顯赫。可就是一樣美中不足，他家是一個黑漆的大門，還不敢刷紅漆，也沒有那些文元、進士及第等等的表現功名爵祿的牌匾。

　　賽張遼還沒有來到門前，就先把名帖掏出來了。一共是三張，兩張大紅色的分寫着四海通鏢店的字號和金刀徐老的姓名，另有一張淡紅色的是他本人的名字，不過上面加了一個晚字。這是他學來的一點官派，表示自己的客氣，謙卑。

　　拿到門前，正好有個人站在那裏。那人頭上盤着小辮子，鼻子上抹着鼻煙，凶眉惡眼的，披着一件綠緞面的二毛皮襖，掩着懷。賽張遼走到他的跟前，遞上帖子，他連看也不看，更連接也不接。賽張遼就一抱拳，說：「煩老哥！替我去回一聲，我是特意前來拜望中霸天陳大太爺的。」這人才問：「你叫什麼？」賽張遼又抱拳說：「你只說出賽張遼，他就知道了，早先我常來。」這個人斜着眼睛把他打量了一番，仍是不說一句話，便一步兒挪不了三寸，懶懶地往裏面走去。裏面就是門房，那人就進去了。

　　又待了好半天，賽張遼站在門外等着，兩腳都凍得發僵了，門房裏才出來一個小廝。這人更是一點禮貌沒有，搶過去他手裏拿着的三張紅帖就往裏走。裏面是屏門，垂花門，還有許多的門，院落很深。賽張遼他曾來過，所以也都知道，他就耐着性兒等着，心裏盤算着見了中霸天應當怎樣說話。

　　如此又待了多時，才見裏面另出來兩個強悍的小夥子，腰帶上都插着小刀子，齊聲喝着說：「喂！進來吧！」這就算是讓客。賽張遼答應了一聲，遂就唯恭唯謹地跟着他們往裏院走去。

　　他被引至一個客廳裏，這廳大概是新佈置，很講究呀！紅木的桌上擺着些古玩，也不知是真是假。四壁也掛有名人字畫，中霸天鎮山豹居然也風雅了。屋裏很暖，炭盆就燒着兩個。還有一隻金鞭打繡球的小狸貓兒，眼饞饞的，一會兒望望高懸着的籠中鸚鵡，一會兒又想去撈撈缸裏的金魚。兩個強盜似的人就瞪眼看着他，這兩個人可真跟這麼雅致的客廳太不相稱。

　　賽張遼坐在個瓷繡墩上，屁股覺得很涼，趕緊又換了把有棉墊兒的紅木椅子去坐，也沒有茶。他含笑對這兩個人搭訕着話，這兩個人卻都沉着死臉，斜着賊眼，並不理他。他漸漸覺出有點不妙了，然而還得耐着性子等着。

　　中霸天也許是抽上了大煙，足足地又等了一個半鐘頭，那巨大的身材，黃臉濃眉，露着一顆大牙的中霸天，才走進了屋。他也老了，快五十歲了，披着緞面的狐裘，手裏拿着一把往背後抓癢癢的撓子，可是鋼打的。賽張遼趕緊站起身來，先口稱大叔，隨即一躬到地，又問：「您好啊！我少來望看您！」中霸天只略略點點頭，說：「坐！坐！」

　　賽張遼哪裏敢坐下？他辦事的心急，開口就帶笑說：「大叔！我是無事不來三寶地，這一年多我是因為窮奔忙，少來見您；可是不但我，就是我們掌櫃的也無時不惦念着您。現在是我們應了一號買賣……」

才說到這裏，中霸天就瞪了他一眼，問說：「是保着那劉老小子的棺材，跟他那小寡婦不是？」

賽張遼吃了一驚，趕緊又帶笑地說：「我還敢瞞您嗎？這號買賣本來我不想應，可是四海通櫃上的生意大概您也知道，若不應這買賣，賬主子就沒法兒擋，我跟我們掌櫃的這個年就全都過不去。因此，才就應了，可是我們掌櫃的囑咐我，務必先來磁州，拜望大叔，大太爺，跟大太爺借路。」

中霸天淡淡地說：「我管得着嗎？我又不是這兒的城隍爺！」

賽張遼又笑了笑，說：「大叔聖明，我們掌櫃的也知道，劉主事在這裏做知州的時候，曾得罪過您；可是他如今已死，仰巴腳兒從您的眼前過也就是報應。人死不再為仇，大叔您又是寬宏大量，宰相的肚子能撐船，大概您也能高高抬抬手。」說出了這些懇求的話，他趕緊就觀察中霸天的神色。

中霸天聽了這話，卻連一點表情也沒有，只說：「用不着問我，我還能夠攔住你們走路？」

賽張遼勉強地笑着說：「不是這樣說。慢說那劉主事生前還跟大叔有點仇兒，就是沒有，我們也得先來請示請示大叔；大叔要是不點頭，我們就在這兒待着，一步兒也不敢走！」

中霸天哈哈大笑，說：「你們真把我看成一個惡霸了！其實我既不認得什麼劉知州，劉主事，更不認得金刀徐老！」賽張遼聽到這裏，當時就嚇得一打哆嗦。中霸天把臉一沉，但旋又露出一種陰險的笑，他說：「我只記得有一個劉老小子，無論他是死是活，只要由這裏過，得叫他親身來見我！」

賽張遼道：「他已經死了。」

中霸天說：「死了也得打開棺材，抬出死屍來，叫我砍他幾刀！」賽張遼趕緊央求着說：「大叔！你老人家不是饒不得人的人，何必還要跟一個死人，如此……」中霸天怒目圓睜，說：「你別說這些廢話！你既是知道，為什麼還膽敢給他保鏢？」

賽張遼苦着臉央求說：「實在，實在……是沒有法子呀！只為掙下這筆錢，好還帳過年。大叔，您高抬一抬手，就算幫了我們掌櫃的忙，也算是可憐了我！」

中霸天說：「我要是不可憐你，現在就不能叫你走！你更不要提你的掌櫃的。那金刀徐老，窮死活該！向來他扳着臭架子不理我，如今忽又來跟我套近？我不認識他！」

賽張遼為難着說：「這真是……，大叔，別的話也都不用說了，您既是可憐我，就要可憐到底，抬抬手兒讓我們過去吧！」

中霸天說：「我把話都跟你說明白了，你一定要走，我也不攔阻你，只是，斟酌着辦！」

賽張遼說：「我……」他此時真要下跪了，卻見中霸天抖手走出屋去。那兩個惡僕一齊按刀，向他怒聲呵斥，說：「你還不快滾蛋！」

此時，賽張遼不但弄得下不了臺，還落一個沒臉，被兩個惡僕硬給架了出去。算是還好，倒沒有踢，沒有踹。

賽張遼才定了定神，緩了緩氣。忽見有個人走過來問說：「怎麼樣了？中霸天他肯講理不講？」

　　賽張遼一看，原來柳夢龍也來了，當時羞得滿面通紅。可是他還不肯說實話，只慘笑着搖搖頭，說：「沒什麼的，他能夠一點面子也不給嗎？他不給掌櫃的面子，也不好意思不給我個面子呀！好辦，好辦，他並沒有說什麼，可是我想索性在這兒歇半天，明天再說。」

　　柳夢龍卻說：「天還這麼早，就停在這兒不走了，這樣的走法，兩個月也到不了汝南，咱們還能夠指着這趟回去過年、還帳嗎？」

　　賽張遼發急地說：「你不用管！你懂得什麼？我保鏢多年，現在這個買賣也是我攬來的，我擔着沉重。我說走就走，我說住下就得住下，用不着你多說話！」

　　柳夢龍卻微微一笑，說：「本來今天停在這兒，你還非得見中霸天不可，這就是多此一舉！什麼中霸天？連上霸天、下霸天，連他們的老子、祖宗全都算上，誰要敢攔咱們的鏢車，我就叫他們……」嚇得賽張遼臉色都白了，他急得不住跺腳，又趕緊扭頭去看，就見那兩個惡僕還在那門旁站着，向這裏怒目而視，賽張遼趕緊拉着柳夢龍就走。

　　回到了店房，柳夢龍就吩咐車夫們趕緊套車。那些車夫騾夫們大概是都恨不得當時就到汝南府，事情辦完了，領了錢好趕回家去過年；劉家的女眷和僕人們，更是都願意趕快回家，所以就一齊紛忙着套車、拿行李，準備離開這裏再往下走。

　　賽張遼直急，張着手嚷嚷了半天，想攔這些人，但他也是攔阻不住。於是，不多時，人馬車騾就又離開店房，登程南去。風刮得越發的寒，天也更陰，大地茫茫，前面真不知道伏着多少災難。

　　賽張遼只好也就跟着走，他還不能顯出太畏縮的樣子，而且轉又一想：中霸天實在是太不講面子，太不懂人情！求他是白求，怕也是白怕，也許就這麼闖過去了，他也未必真就打劫。乾脆，快點走吧，叫他們追也追不上。於是他反倒催促起眾人，說：「快！快點走！下一棧的大棧是泥窪鎮，離這裏還有五十里，咱們頂好是別等到天黑就趕到了才好！」當時車聲轔轔，馬蹄嘚嘚，那騾子架着的靈柩也緊緊的走，就如同疾風暴雨似的直往前進。

　　此時是柳夢龍一馬當先，精神抖擻。賽張遼漸漸對這個窮小子有點驚詫了，心說：莫非這個小子還真有點本事嗎？就是沒有什麼本事，他也算有點硬氣，我可也別叫他看出太膿包了呀！於是賽張遼也就把心一橫，精神振起，他在後面催得愈急，恨不得當時就跳出中霸天的手心去。他還時時地回過頭去望，可是，也沒有看見後面有什麼人追來，他的心就更覺得輕鬆了。

　　往下一直走了約三十里，騾子跟馬就全都累了，不能夠再快走了。天越發黑，這倒不是天更陰沉，是四周的暮色漸漸攏合了起來。賽張遼暗暗地埋怨：都快立春了，天怎麼還這麼短？走了才不大會兒，天就要黑了。現在離着泥窪鎮還有差不多二十里地，恐怕今天趕到那裏也得三更天了……

　　幸虧這條路上雖仍沒有什麼行人，村落卻時時顯現。遠處的村落隱在雲霧中，近處的人家卻炊煙嫋嫋，犬吠之聲時聞。賽張遼不由得心裏又另外打了個主意，暗想：別傻往下走了，這些個人家，也可以前去投宿呀！於是，賽張遼就搖着鞭子，大聲喊嚷着：「喂！喂！站住吧！先站住一會兒吧！」

　　他嚷了好幾聲，車馬和騾子方才都停止住，有人就問他說：「秦鏢頭，有什麼事呀？」

　　賽張遼說：「你們看這天色，不早啦！趕到泥窪鎮，頂早也得二更天，可是看這樣路靜人稀的，等不到咱們趕到泥窪鎮就許出事兒！”

柳夢龍卻忿忿地說：“出什麼事麼，咱們這些個人，怕他什麼？還是快些走吧！”

賽張遼搖着頭說：“你別以為人多就行了，人多才不中用呢！強盜不來便罷，只要一來，就不止十個八個。到了那時候，除了你我會些武藝，還可以抵擋一氣，其餘別的人，尤其是咱們現在還保護着女眷啦，能夠叫她們瞪着眼兒吃虧？”

趕車的和趕騾子的人就都說：“對啦！不能再往下走啦，騾子跟馬也都受不了。附近有人家，咱們為什麼不去說幾句好話，尋個休息，這樣窮趕命幹嗎？再說，泥窪鎮壞人多，店房十家有九家是黑店，那地方兒更靠不住！”

劉家的一個管家說：“可是，咱們是帶着靈柩，靈柩能往哪兒停呀？一大群帶孝的男男女女，到誰家誰能收留呀？”

有個趕車的說：“這可沒有法子！出門走路就得隨機應變，穿着孝就得暫時脫下來，棺材也可以停在人家的門口外，那還怕什麼的？再說住上一夜，第二天多送他們兩個錢，他們倒只有喜歡的，我看可應當這麼辦。要是怕人家嫌着不吉祥，怔往下走，那好，一會兒天就黑，走得上不着村，下不着店，那時咱們不吉祥的事情，可就快出來了！我常走這條路，還能不知道？這地方常出事，前面有一座橋，別名兒就叫作斷命橋！”

柳夢龍見趕車的這樣一說，便更主張不可在此停留，他怒聲喊嚷着，叫大家再往下趕路，說：“你們別聽他的話！聽了他的話，你們可就都要斷命了！”那趕車的卻冷笑着說：“我不管！愛走不走隨你們，反正出了事與我不相干。我趕車的怕什麼？從沒聽說強盜連趕車的都劫。”柳夢龍恨不得抽他幾鞭子，但是也無用。

這時大家全都不走了，尤其是劉家的女眷，她們實在是被前面那斷命橋的名字給嚇得哆嗦了。天又這樣的酷寒，手腳凍得都像被刀割着一般，誰不想趕快找一個地方暖和暖和去？所以劉主事的正太太就先發了話，她說：“就找個地方去投宿吧！住在人家裏總比走在路上強。咱們這麼些人，強盜就是看見了，也必不敢怎麼樣。”

賽張遼是剛才還有一點猶豫，現在，尤其是柳夢龍主張走，賽張遼就更得主張“偏不走”，因為不如此就不能維持他大鏢頭的面子。他心想：買賣是我應的，掌櫃的是把鏢託付給了我。你姓柳的才進了鏢行幾天？什麼都不懂，還敢自稱行家，我能聽你的？我索性不走了，大概也不至於就有什麼事。而且這個着兒中霸天絕想不到，他要是派人追劫，那就一定追到泥窪鎮，把這兒就掠過去了，我們這兒倒許平安無事。於是他就吩咐眾人，趕緊到村子裏去找人家，村子還是越離着大道遠，才越好。

柳夢龍現在是一人難拂眾人意，他只好就不說話了。於是，車馬和靈車就都改變了方向，前去找村子。

找了好幾個村子，不是因為沒有地方，就是人家不肯收留。天已經黑了，寒風吹得更猛，攪得各村子裏的狗都亂叫不止。結果總算是得到一家允許了，這家人一共兄弟七個，個個都身強力大，出來幫他們抬卸行李。有個人還舉着一個大燈籠，喊着說：“快點！先叫娘兒們下車，先抬那大箱子！”。

寒夜，荒村，四面的犬吠聲和一陣卸車喂馬的雜亂聲剛安靜下來，那些車夫、騾夫立刻就湊在一起賭起錢來了。人多，屋子極小，炕席都是破的，幸虧有帶來的行李——都是錦緞的，此時可以打開，擁着取暖。劉太太、大姨太太、二姨太太和小姐少爺，都擠在這個屋裏，還有帶來的小暖爐，燃起炭來，屋裏倒是暖和多了。

僕婦們幫着去下廚房，其實這兒哪有廚房呀？廚房就是外屋燒草的鍋臺，一燃燒，濃煙都撲進了裏屋，嗆得太太、小姐都直咳嗽。一個破沙碗裏添點兒油，燒着個棉花撚兒就算是燈，官眷們哪裏受過這委屈？趕緊叫人點上臘燭。這臘燭原是為在靈前點的，上面還用金粉寫着“西方極樂”什麼什麼的字樣，光線很強，照得小屋通明，可是濃煙也更大了。

忽然在這跳躍着燭光的濃厚煙霧中，又出現了那個剛才打着大燈籠的人。這人簡直像是半截塔，頭也很大，年已五六十了，滿臉叢生的鬍子像是掛着霜雪，又像是個大刺蝟。他的眼睛是一隻凸，一隻凹，凹的那只是瞎了，像是個深洞，非常難看；凸的那只卻瞪得很大，而且灼灼逼人。這人邁着大步就硬走進裏屋，僕婦們趕緊來攔他，說：“你別怔進來呀！你有什麼事？”這個人一隻眼東看看，西看看，臉色沉得就像這時外面的天色一樣。半晌之後，就聽這人莽問道：“你們都是幹什麼的？”

劉太太倒是不怪他，想着：鄉下人哪懂得規矩和禮節呀？自己這些人現在是寄宿在人家的家裏，不應當再拿出官太太的身份。於是她就很客氣地親自把來歷說了一遍，並問他貴姓，家裏都有什麼人。

這人仍然無笑容，說：“我姓焦呀，我有七個兒子，兩房兒媳……你們就住着吧，棺材可不能進來。”他又向各處看了看，才轉身走了。這人家的媳婦卻始終也沒有露面。

看樣子這家人並不太貧窮，因為還有碾得很細的白麵和穀子，雞蛋也有。劉家的僕婦們就給太太和小姐、少爺們做了很好的雞子湯麵和小米稀飯。她們也都吃得不錯，把一天所受的寒冷全都驅除開了，覺得很舒服。男僕們也是自己下手做的飯，是跟賽張遼和柳夢龍在一起吃了。至於車夫騾夫們，他們都隨身帶着乾糧，有點兒熱水就可以吃飯。他們的賭比吃更要緊，一直賭到深夜，有的輸得連破棉襖都給人了才算完。不，要不是因為他們確實都太疲倦了，明天還要趕路，他們還得賭呢！

夜已過了三更，北風呼呼地吹着，大地如死，連犬吠的聲音都沒有了。這土牆柴扉之內的幾間小土房，一點光亮也不見，只有沉重的鼾聲呼嚕呼嚕地傳到戶外，與風聲相應和，連柳夢龍也睡着了。

“他倒好，保鏢的要都這麼享福，那他娘的，人全都幹這行買賣了！”賽張遼心裏罵着，只有他此時沒睡。他連氣地打着呵欠，可是也不敢合眼，又一次次地到戶外巡查，連房上、牆角都看過了，倒還沒有什麼可疑的情形。他暗暗地念了聲阿彌陀佛，心說：今夜也算是平平安安地度過了！明天天亮就趕路，還能走不出中霸天的手心嗎？

回到了屋裏，他悄悄地抽出撲刀，把刀緊挨着身畔，手不離開刀柄，這才躺下閉目。心裏一迷糊，就飄進了夢裏，只是有點睡不大穩當，時時地要一驚，可是才驚醒，緊接着又睡了。

就這樣，也不知過了多少時，忽聽得有人喊叫：“哎喲……”這聲音極大，極為淒厲，而且不是一個人喊出來的。賽張遼不禁啊的一聲，翻身而起，提刀向屋外就走。然而他還沒有開屋門，就先止住了腳步。他不敢貿然出門，因為院中此時腳步雜遝，扒着門隙一看，見有兩三個人，手裏都持着明晃晃的鋼刀。

　　喊聲是自劉家僕人們住的那屋發出來的，就聽有人央求着說：“老爺們，要什麼都行！我這兒還有二十兩銀子……”又聽有啪啪的打人聲，噯喲噯喲的慘叫聲，還有人在央求着：“饒了我的命吧……”緊接着就聽到女眷們不住地罵，並尖聲地喊叫起來。劉太太罵道：“強盜！強盜！你們這一家人原來都是強盜！你們敢？敢動我的東西？上有朝廷王法……”二姨太太和小姐、少爺也都哭了，更聽有男人狠惡的笑聲和沙啞着嗓子的罵聲、威嚇聲，大概這焦家的父子們此時全都出馬了。賽張遼心說：他們原來是黑道兒上的人呀！這可，這可怎麼辦……

　　在此危機之際，與賽張遼同屋睡覺的柳夢龍仿佛是才醒。賽張遼雖然心慌腿軟，可是也不肯在自己的夥計眼前顯出來太無能，於是他就把心一橫，走出了屋，高聲說：“諸位，別這樣呀！現在是有保鏢的跟着啦！四海通金刀徐老，總還沒得罪過人吧？兄弟賽張遼吃這碗飯，也不是一天半天了。這條路上算來都是好朋友，多少請給留點面子。要借盤纏，要是年過不去，我都能給想法子，咱們好說好辦。再說我才在磁州見過了中霸天陳大太爺，你們不看僧面也得看佛面……”

　　他才說到這裏，當時院中的三個人就一齊持刀撲奔過來，一個吧的就打了他一個嘴巴，另一個抬起腿來就是一腳，幾乎沒把他踹趴下。有人罵道：“你小子別昏着心啦！中霸天？就是他叫我們要你們命！你們就是不自己送上門來，也跑不了！”這裏邊就有那獨眼的老頭子焦某，他呵斥着說：“沒工夫跟他廢話！……你是保鏢的，快躲開！別管閒事就能饒你的命！”

　　此時，屋裏的柳夢龍早已躍出，如飛一般的快，如豹子一般的猛，吧的一下就先奪過焦家兒子的刀，但他並不立即順手傷人，卻先奔往官眷們住的那屋中，前去援救。平常像個書呆子似的柳夢龍，此時竟如此悍勇絕倫。他撲進了這屋，見燈已經點上了，屋中共有四個強盜，其中就有焦家的幾個兒子。他們把刀就放在桌上、炕上，手騰空了，都在開箱子、解包袱，亂抖亂翻。

　　劉太太揪住了一個強盜的胳膊，她面色慘白，急得全身亂抖，說：“你要什麼我給你們，你可不能亂動……”僕婦們哆哆嗦嗦地用被褥護住了小姐、少爺，一點聲兒也不敢作。那大姨太太跑到了炕的最裏首，張着雙手還在哎呀哎呀地驚叫。年輕的二姨太太卻已被一個賊揪住了頭髮，她掙扎着，哭得已經涕淚交流。另一個賊說：“把她捆起來！陳大爺說是要她，待會兒人來了，就把她帶走。”

　　此際，柳夢龍就進屋來了，只見鋼刀落下，那揪着二姨太太的賊慘叫了一聲，立時躺倒在地。其餘的賊一齊去抄傢伙，但柳夢龍刀快手疾，喀喀，又砍倒兩個賊，剩下的那個賊就脫兔似地逃出屋去了。

　　這時外面的那焦老頭又兇狠地闖入，說：“保鏢的！你敢在這地方賣弄嗎？”一口寶劍就向着柳夢龍的前胸刺來。柳夢龍應合得極為巧妙，鐺的一聲就把他的寶劍磕開。

　　焦老頭覺得手腕一陣發痛，趕緊向後退了半步。在這個當兒，他的那只獨眼就看見了躺在地下血泊裏的兒子。他立時兇焰倍增，暴跳如雷，怒喊道：“你敢傷我的人？”但還未容他來以劍拼命，柳夢龍又一刀劈去。他退到了外屋，柳夢龍追出去又唰唰兩刀。他一面急忙抵擋，一面就退身到了院中。“哈哈……”，焦老頭發出一陣比梟鳥的叫聲更為森厲的惡笑，並大喊道：“保鏢的！你出屋來吧，我獨眼狼今天要跟你拼命了！”

　　柳夢龍毫不畏懼，持刀自屋中走出，並立即護住了官眷們住的這間屋的門。

他向強盜們說：“你們，今天算是瞎了眼！”

獨眼狼這老頭子又怒聲道：“你也不打聽打聽！三霸天都得叫我老大哥，這條道上誰不知道我？”柳夢龍說：“我就知道你是我的刀下之鬼！”

獨眼狼撲上來，用劍就刺，他的三四個兒子也一齊上前。但柳夢龍並不退步，他只是用刀抵擋，只見刀光閃爍，那前面的傢伙全都近不得他的身。他並且尋着了空隙就探身向前，或是躍進一步。砍倒了一個人，他就急忙地又跳回來，緊守住這屋門。一霎時，他又砍傷了焦家的兩個兒子。

那焦老頭子就更暴躁了，他奮不顧命地上前來與柳夢龍廝殺。這老頭子相當地厲害，劍法狠毒，力氣頗大，但他究竟攻不破柳夢龍的刀法：寶劍劈來，刀即迎住；雙鋒才進，必被攔開。柳夢龍並未把他放在眼裏，但似乎是有點不願傷他的老命。

此際，那賽張遼原來還在院裏了，他拿着刀，可不幫助，只是說：“柳兄弟，快點兒！該怎麼樣就怎麼樣，別耽誤工夫。他們是跟中霸天勾着啦，說不定中霸天待會兒就來了，人還就不能少了，那可就麻煩了！”這時他又把柳夢龍叫作兄弟了，因為他如今才知道，柳夢龍原來是一個英雄，這份本事，恐怕連金刀徐老年輕時也比不過。然而他可不上前，無論今天殺多少人，那都是姓柳的幹的事，他只要不幫助，那就得罪不了中霸天。

他在旁邊嘰咕着，意思是叫柳夢龍別淨守着那屋門，再努點兒力，索性叫這獨眼狼也嗚呼了。柳夢龍並不理他，但刀法仍不放鬆，身軀卻也前進。只見他龍驤虎躍，輾轉騰挪，展開了少林秘傳的三義刀。

獨眼狼雖兇猛，但漸漸也就招架不住了。忽然他又回身跑了幾步，一躍上了房，賽張遼就說：“追！”柳夢龍卻收了刀，“嘿！”的笑了一聲，並不去追趕，眼看那獨眼狼竟由房上逃走了。

第二回　前遮後護大戰黃土溝　美意柔情驚逢泥窪鎮

　　獨眼狼焦老頭子這麼一逃走，賽張遼反倒慌了。他說：「了不得！這老傢伙一跑，中霸天就是不想來，也得來了！柳兄弟，你應當一不作，二不休，不該就把他放走。現在，這個地方咱們可不能待了，不管他半夜黑天，總是快走為妙。」又說：「咱們倒不要緊，只是官眷一大群，咱們兩人就是武藝高強，到時也得寡不敵眾！」

　　柳夢龍也似乎考慮到這一點，於是就說：「你催着他們快套車，咱們這時就走也成。」他又隔着窗向屋中囑咐劉太太等女眷，說是：「賊人們已經都跑了！你們不必再害怕，快一些收束行李，現在就走，因為恐怕有大幫的賊人再來，又得叫你們受驚。」屋中的女眷們帶着哽咽之聲答應了，就都忙着收拾東西。

　　屋裏和院中橫倒豎臥的幾個賊人，死的是不言語了，傷的卻還在呻吟；獨眼狼的七個兒子並沒有全都死傷，有的卻比他爹先逃跑了。他家中倒確實有兒媳婦，大概還有小孩，可是都躲在屋裏，壓根兒就沒出頭。柳夢龍就囑咐人不准亂翻亂搜，趕快預備走就是了。

　　那幾個劉家的男僕，剛才是睡着覺的時候就被綁起來了，有的嘴裏還被塞上了東西，現在才算被柳夢龍救了。賽張遼又精神十足了，大聲催着眾人：「快……快！快！」男僕們一着手，那些行李、箱子等等，當時就又都捆紮好了。

　　騾夫倒沒有什麼，車夫之中，昨天那個逞能幹，最主張在這兒住的車夫，此時卻連影兒也沒有了。別的車夫也都是那麼懶洋洋的，一點兒也不着急，套車套得都很慢。賽張遼就奪過鞭子來抽他們，罵着說：「孫子們！你們還不快一點兒嗎？還要等着中霸天嗎？甚麼話也不用說了，咱們心裏都明白，你們要是還這麼故意地磨煩，那我賽張遼可是翻臉無情！」

　　於是，這十幾個車夫就被逼着又離開了這荒涼的小村，登上了黑夜茫茫的原野。雖然他們對路徑都熟，可是這麼黑的天，也實在無法找得着路。有的車夫就把燈籠點上，但剛要往車軸之間去掛，就被賽張遼一鞭子給打滅了，他罵着說：「你們還怕中霸天追不上咱們，點着燈兒要給他引路是怎麼着？」

　　車夫們都低聲罵着賽張遼，瞧不起他，因為知道他明雖氣壯，可是心裏實在是發怯。他怕被人追上，恨不得一下子就飛遠了才好。柳夢龍卻是一句話也不多說，只按馬在後面壓着。這一大群剛才險遭危難的車騾、靈柩、男女和小孩，就冒寒前行，但行得極慢，車輪聲與馬蹄聲，也都被北風的呼呼吼聲淹沒了。

路還沒有走錯，前面不遠就是斷命橋。這個地方，不在它的地名凶，而是在它的地形險惡。此時，星光漸稀，大地上的所有景物漸由夜色之中顯露出來，但都蒙着一層濃霧。地下喀吱喀吱的，輪碾馬踏得盡是積冰殘雪。前面兩邊都是十幾丈高的土原，當中是一條坎坷不平，極為狹窄，只能容一輛車行走的夾溝。兩輛車要是從對面都走進那溝裏，那就誰也退不出去，可就麻煩了。所以這裏的幾個車夫，因恐對面再有車來，就齊聲大喊：「哦……唔……哦……唔！」喊聲震動着這道土溝，同時車馬人等排成直行向內緊走。

賽張遼更催着說：「快走！這個地方可不是玩的，只要從兩旁的高原上扔下來幾塊大石頭，咱們就得車碎馬死，人也得完蛋，快走吧！」

當下車馬就緊急而迅速地走着，但是夾溝中的風吹得更猛，行走很是吃力。他們才走到溝的當中，忽然就看見背後有一群人馬追趕來了，前面也同時發現有七八個人將路攔住。賽張遼這時可真是大驚失色，直說：「啊呀！這可怎麼辦呀？不如……」他就向柳夢龍說：「我過去跟他們說一說吧！追咱們來的必是中霸天，我們也相識多年了，大概他還不能不給咱們點兒面子……」

柳夢龍卻說：「還跟他說什麼？往前走！都不要怕！」

賽張遼說：「前面？你看吧，人可也一定不少，光咱們兩個哪行？好漢不吃眼前虧，事到如今，這個鏢咱們可保不住了，劉家的銀錢財物受點損失，那可就沒法子了！」

柳夢龍怒說：「你這叫保鏢的說的話嗎？拼着命也得闖過去！不用怕，中霸天現在要是找死，十分的容易！」說着就掄着鞭子督促着眾人。

這時，劉家的女眷和那些男女僕人又都嚇掉了魂。趕車的趕騾子的，他們倒並不太顯慌張；向來幹他們這一行的，路上要是遇着強盜，他們只要躲在一旁不管，強盜是絕不會傷害他們的，況且他們大半跟強盜本來就認識。如今在這前後夾攻的情勢之中，他們恨不得就停下來，來個袖手旁觀。

可是柳夢龍掄着鞭子不住地向他們抽，誰不往前快走就抽誰，吧！吧！吧！鞭聲如雨點一般。他並且亮出刀來，眼睛也迸出了兇焰，這時誰還敢惹他呀？不得已，只得都拼命地往前來趕。車輪咕碌碌地發出滾雷似的聲音，地上又不平，幾次都險些翻了車，馱棺材的騾子累得直要跪下。

賽張遼也只得貼着溝幫子，催着馬往前行，他還不時地張惶回首，嘴裏嘀咕着：「不得了啦……」

這時後面的快馬十餘匹眼看就要追到，前面七八個人個個手執刀槍，也進到溝中來截。溝上面真有石頭，還有大土塊，咚咚地往下直扔。二姨太太坐的那車的車棚，就被一塊由高處落下的巨石砸塌了，車裏立時發出尖叫聲。柳夢龍也無暇顧得去問，依然逼着趕車的往前去趕。

此時，身後的追騎已呼啦一聲全都趕到了。柳夢龍撥馬向後，將刀一揚，嘿嘿一笑，說道：「你們是幹什麼的？難道還想自討苦吃嗎？」

這十幾個騎着馬的盜賊，為首的就是中霸天鎮山豹陳兗，後面跟着一些凶眉惡眼的人，其中就有昨夜逃走的那個獨眼狼。這老傢伙瞪着一隻怒火暴裂的眼睛，用劍指着柳夢龍，說：「就是他！就是他！」

賽張遼躲得遠遠的，直擺手，喊着說：「陳大叔！你先別生氣，有話咱們好講！”

　　溝上面仍然往下扔着石頭，幸虧扔得還不算太猛烈，可也把賽張遼嚇得好幾次都險些掉下馬來。柳夢龍卻防得嚴，躲得疾，休想能傷得了他。他一面用刀比着中霸天，作迎殺之勢，一面還斜催着馬向前去走，並喝令那些車輛也依舊前進，不允停止。

　　中霸天步步緊追，同時傲然地，冷冷地問道：“小子，你叫什麼？”這時他已直逼到柳夢龍的身後。夢龍大喊一聲：“我就叫柳夢龍！”喊聲既出，刀隨身進，向着中霸天就砍。中霸天以劍相迎，喀喀！鐺鐺！刀擊劍響，兩匹馬幾乎糾纏在一塊。

　　中霸天連迎了兩劍，就顯出力量有些不敵。後面一個掄着斧子的賊，趕上前來剛一幫忙，當時就被柳夢龍一刀劈下馬去。中霸天劍又翻起，嗖嗖地砍來。柳夢龍稍變刀式，只四五回合，就殺得中霸天不得不向後退。

　　柳夢龍是且殺且走，精神十分抖擻，同時還催着那些車輛跟騾夫。後面的十幾個強盜因為不敢太向前來，反倒越來越離得遠了。一霎之間，將要來到前面的溝口了，卻又被面前的強盜截住了。這幾個卻是虛張聲勢，亂舞刀槍亂嚷嚷，中霸天等人也在後面齊聲大喊：“別放他過去呀！”

　　這時上面的石塊、土塊，還有許多沙土，就扔得更多，而且更猛烈，咕咚咕咚亂響，並騰起了煙霧，打了人的頭，迷了人的眼。柳夢龍卻催馬向前，鋼刀翻飛，殺得那幾個賊根本招架不住，有的被砍倒下，有的卻回身便逃。柳夢龍又催着車夫說：“快走！……”

　　這時後面的中霸天等人卻又追上，竟把車輛圍住了。這一次撲上來，群盜首先把車截住，逼着要叫車上的人下來，他們好搶東西。但是此時柳夢龍已與中霸天相拼在一起了。中霸天就喊着說：“你們急着幹那事幹嗎？不先把這小子結果了，你們搶了東西也走不了啊！”於是群盜就又都過來掄刀舞棍，向柳夢龍廝殺。

　　那獨眼狼尤其兇狠，他下了馬，掄着劍，就要趁着柳夢龍正在馬上與眾人拼鬥之時，他先把馬腿砍折了，使柳夢龍由馬上掉下來，那就可以大家一陣亂刀齊下，柳夢龍就不愁不變為肉泥。但是他哪裏曉得柳夢龍的武藝超群，真有眼觀六路，耳聽八方之能，未容獨眼狼的劍砍在馬腿上，他的刀早剁在獨眼狼的頭上了。這老傢伙立時就是一聲慘叫，真比狼嚎還難聽，扔下劍倒在血泊裏了。

　　中霸天與群賊趁空刀劍齊上，但柳夢龍鋼刀如飛，招架自若，絲毫也不令他人得逞。

　　此時，那些在土原上的傻強盜，還不住地往溝裏扔石頭、灑土，可是連他們自己人的頭也打破了，把中霸天的眼也迷了，他也成了獨眼狼，閉着一隻眼，瞪着一隻眼，還掄着劍喊說：“姓柳的，倒看看今天咱們誰生誰死？”柳夢龍的刀颼颼地又向他砍，同時催着車輛再往前進。

　　這時眾趕車的因為恐怕受誤傷，就也急着要逃出這道溝，車輪咕隆隆，騾子的嘚的嘚，就往前緊行。那些已經被逼下車的劉家男僕，又跟着騾子的屁股緊跑，雖有強盜還要截，說：“別走！誰走要誰的命！”

　　這時賽張遼也抖起威風來了，他是看出中霸天已然不行了，沒什麼可怕的了，他得顯幾手了，這也沒什麼關係了，於是他也上手與盜賊來廝殺。

　　柳夢龍與中霸天等賊且殺且走，衝開了刀劍重圍和滿溝的飛石亂土，呼啦一聲，他們全部的車馬人等就都闖出了這黃土溝。天地頓然開豁，車馬散開，人都緩了口氣。可是前面不到百步就是一道河，河裏滿結着冰，也不知冰薄冰厚，車馬不敢驟然向上去走。河上只有一座已經塌了半邊的磚橋，這不用說，必是那名字非常險惡的所謂斷命橋了。人馬還是非經此橋不可。

此時，才到了橋頭，中霸天便又趕上。中霸天氣喘吁吁的，滿臉是汗，還沾着許多沙土，左臂上已負了傷，血水往下滴嗒着。他身旁還有幾個夥計，可也都累得不像樣子，仿佛連傢伙也舉不起來了，都用驚慌恐懼的目光向着柳夢龍來望。

柳夢龍從容不迫，手橫着染血的鋼刀，微笑着問說：「你們還不服氣嗎？」

中霸天喘了半天，才說：「姓柳的！算你行！你再把你的名字說一遍，我好記住。」

柳夢龍說：「柳下惠的柳；夢就是作夢的夢；龍，你知道吧？龍爭虎鬥，可惜你連狗也不如。」

中霸天說：「別罵人，今天我算認識你了。可是，你跟金刀徐老做買賣有多少年了？」

柳夢龍說：「我與他無關，早先並不相識，這次我不過是暫時給他幫個忙。中霸天，你也明白，剛才我若要你的狗命，此時你就不能再跟我說話。」中霸天發出獰笑，說：「再見吧！反正這條路夠你走的。你要小心，咱們後會有期！」說畢，撥轉了馬頭，就帶領着他那幾個殘餘的盜賊，又往那土溝裏走去，柳夢龍也不去追趕。

車馬就過了這座斷命橋，現在可以算是平安無事了。賽張遼卻極為憂慮，他現在不但不稱讚柳夢龍幾句，反倒不住地抱怨着，說：「兄弟！你可真是個念書的人，仁人君子，為什麼能夠結果中霸天的性命，卻不斬草除根，還放他走呢？他這一走，可就沒完了！你不曉得，這條道上共有三個霸天，他們有如兄弟，雖不在一處住，卻簡直就像是一個人。你得罪了一個，就算把三個都得罪了，何況你又放虎歸山？等着吧！熱鬧的還在後頭呢！我真後悔，這趟鏢就是保好了，我得的銀子也有限，可是我這一輩子算完了，一輩子休想再在這條路上走了！咳……」

柳夢龍由着他說，連理也不理。這時，不但劉家的女眷、僕人，對他益加欽佩，無話不從，那些車夫騾夫們更是把他看成了神人，他叫往哪邊去走，就趕緊往哪邊走，一點也不敢違拗。

查看了一番，這次在黃土溝裏遇盜，並沒受多大損失。只有幾個僕人叫石塊打得傷了一點皮肉，都不能算重。比較不幸的就是那二姨太太，因為她坐的那輛車剛才被石頭砸壞了，傷了她的臉。

這位二姨太太，一路上就最為人所注意。因為她年紀很輕，貌又美麗，跟死者劉主事的感情尤重。在車裏，在店中，她時常地悲戚。她那哭泣的聲音和嘮嘮叨叨的訴說聲，早為跟着她的這些人聽慣了。每一聽到她哭，無論誰，心裏也都得陪着她難過。

尤其是賽張遼，心裏的感覺只有他自己知道。如今黃鼠狼單咬病鴨子，偏偏把二姨太太坐的那輛車的車棚打斷了，又恰巧傷着了她的臉，現在她的臉上還直流血呢！血和上淚，都在臉上結成了冰，她哭得更厲害了，呻吟得更叫人心痛。賽張遼實在懊惱，他越發着急，又拿鞭子催着那幾個車夫和騾夫，說：「孫子們！還磨煩呢？還想再來一場是怎麼着？快點走吧！人都傷了，快趕到泥窪鎮去歇一歇吧！」於是車馬騾子就又向前緊行。

又走了多時，方才到了泥窪鎮。這個鎮市雖然不算大，可是買賣店房還不算少，如今卻也因為年殘臘尾，蒙上了一片蕭寥的景象。他們找了一家店，這店裏除了還有幾個害着病的和大概是無家可歸的人住着，其餘的房子全都空着。他們來了正好，先把這些房子全都占滿了。

店裏的夥計們，本來都悠閒自在的，專等着過年了，現在又來了這麼多的客人，他們實在不大歡迎。可是掌櫃的卻喜歡財運興旺。賬都結了，又來了個這麼興旺的買賣，豈不是財神爺保佑，哪有拒而不納之理？再說，賽張遼雖然這兩年沒大出來保鏢，可是，本來也是熟人呀！

騾夫們、車夫們亂哄哄地佔據了這家店，劉家的眾僕們，又催着給燒熱炕，打洗臉水。靈柩停放在院裏，劉太太先命人燒紙，帶着兩個姨太太和小姐、少爺又祭奠了一場，都揮了一些眼淚。尤其是二姨太太那滿面血淚，憔悴可憐的樣子，不能不令人生疑。其實這倒不用店家來打聽，車夫們和劉家的男僕，一進店門就都喘着氣說了：他們原來是剛在斷命橋那邊遇着了強人！強人並非別個，就是那中……陳大太爺。又幸虧有這位保鏢的柳夢龍武藝高強，才算掙出了虎口……

這些事大家七言八語，亂嘈嘈地一說，弄得店中的人全都知道了，並且驚動了在這裏住着的兩位客人。這兩位客人在這兒住了好幾天了，都是女客，是母女二人。母親是有肝氣病，因為天寒，來到這兒就犯了病，女兒天天服侍着。本來是雇着騾車來的，前兩天把車也打發走了。看樣子，她們是要住到過年，才能起身。

如今院中亂嘈嘈的，忽又來了這麼些住店的，肝氣病才略微見好了一點的老太太，就很覺得詫異。叫來了店夥，問明白了一切事因，她就很是生氣，說：“這還了得！這條路上的強盜得有多少呀？真是太無法無天了！連人家做官的靈柩跟家眷都劫，也太膽大了！”

那店夥就說：“老太太你還沒看見呢！一個年輕的太太，滿臉都是血，聽說是叫強盜打的，傷的真不輕！”

老太太當時就動了慈心，呻吟着說：“咳！走路真不容易……鳳兒！”她喚着她女兒的名字，說：“咱們不是還存着半包刀創藥了嗎？你快拿點給人家送去，告訴她怎麼上那藥，順便看看人家。都是出門的人，應當彼此照應着，再說又都是婦道人家，若不是萬分無奈，誰能不好好在家待着？何必大年底的出門上路，受這個苦？”

她的女兒，名叫鳳兒的這位姑娘，趕緊答應了一聲。她跟她母親是一樣的熱心，立時就從她們的行李箱裏取出來那半包刀創藥。這藥外面是紅布包着，裏面還有三四層紙，可見是很寶貴的。她撕下一塊紙來，取出約莫一小調羹的藥面，好好包上，然後將那半包藥又重新收在箱裏了。她就拿着這點藥，說：“那麼，媽！我這就給人家送去了？”老太太說：“你給送去吧！看看人家，再細問問她們老爺是做什麼買賣的？由哪兒來的？”

鳳兒姑娘走出房屋，這時柳夢龍正在院中看着店夥給他的那匹馬喂草料。旁邊站着兩個劉家的僕人，正在對他恭維着說：“今天的事，要不多虧了柳鏢頭，我們都不定怎樣啦……”

忽然屋裏面走出這麼一位姑娘，引得柳夢龍不禁扭頭來看。鳳兒姑娘年在二十上下，梳着長辮子，這就說明她還是一個姑娘，沒有婆家。她長得是一個圓圓的臉兒，並不算十分的美，然而她的眉毛、鼻子、小嘴兒、眼睛，安置得都十分恰當，尤其是她的一雙眼睛，很小，如同一道縫兒，不笑也像帶着笑。她也向柳夢龍看了一眼。

柳夢龍驀然感到很驚訝，剛才在黃土溝遇見中霸天之時，他都一點也沒驚訝。他把目光盯在這姑娘的身上，見她穿的是一件玫瑰紫色的半長不短的棉襖，又肥又大，不甚好看，下面露着一點青色的夾褲腳，青鞋上也沒紮着花兒。使柳夢龍驚訝的原因就是，普通女子走路，必然是一扭一扭的，然而這個姑娘走路時，不但不扭，而且顯得十分輕快敏捷，跟男子走路無別，腰也挺直。

這鳳兒姑娘問店夥說：“那位受了傷的太太住在哪屋？”正在喂馬的店夥說：“就在那間，北屋！”姑娘又說：“我們老太太叫我去看看人家，給她點兒藥。”劉家的僕人趕緊說：“我帶着您去。”

柳夢龍直用眼盯着，見那男僕隔着窗向北屋裏先回稟了，屋裏就走出來了個僕婦，客氣地將那姑娘讓進了屋。柳夢龍心裏納着悶，轉首問說：“這人是幹什麼的？”

店夥笑着說：“這也是在這兒住的客，只是娘兒倆，她……”又低聲說：“她小名叫作鳳兒，長得很好看吧？”說着又笑着。但是柳夢龍再往下追問：“她們是幹什麼的？以什麼為生呀？”店夥卻搖頭說：“那誰能知道？反正人家不欠店錢，也不欠飯錢，總是有辦法吧。”

柳夢龍的眼就此發直了，他吸着氣，不住地尋思。回到他跟賽張遼同住的那間屋裏，就坐在炕頭上不住地發怔，也不再掏出那本書看了。

賽張遼洗臉洗脖子，收拾得乾乾淨淨的，並且換上了一件棉袍，他笑着說：“柳兄弟！你真有兩下子。我一見你面時，就看出來你是一位高人。要沒有你這麼個幫手，我也不能放心出來保這個鏢，現在果然不出我之所料！”柳夢龍並沒有理他。

他又悄聲說：“可是，咱們還得商量商量。現在既然得罪了中霸天，咱們就算是把三霸天全給得罪了！因為他們三個人，就如同是一個人，這個扣兒，就是想解也不行了。再往下走，不定還得有多少事情要發生，怕也沒法子怕了，咱們頂好再想個主意。”柳夢龍依舊坐在那裏發着怔。

賽張遼就又努努嘴，說：“這個泥窪鎮，可也不是什麼妥當地方。這裏有兩家店，還有一家鏢店，都是他們開的，咱們現在仍算是處在龍潭虎穴之中。”

柳夢龍說：“大概他們也不敢再怎麼樣。”

賽張遼說：“咱們已經住在這兒啦，難道他們還能夠闖進店裏亂殺一氣？不能，這兒也有個官廳，再說他還得留着這個地方，將來還做買賣。在這兒住一天，倒還可以安心一天，可就是別再走了，一走准得出事。”

柳夢龍說：“那麼就在這兒多住幾天也不礙事，我現在倒不打算走了。”

賽張遼一聽這話，覺得很是奇怪：從冀州起身的那一天起，柳夢龍無一刻不是催着走路。要不是他這樣催，自己也許能夠跟中霸天再央求央求，就過去了，何至於如今結這麼大的仇兒？現在，他可又不打算走啦！好，就在這兒過年吧！他沒有家眷怕什麼的，我家裏可還有一大群老小，都等我掙錢回去，過年團聚呢！我在外面跟他們漂流着，算是怎麼回事呀？因此他又不禁皺起了眉。再看看柳夢龍，似乎有點改變了：書是絕不看了，只坐在炕頭上，揣着雙袖口兒發呆，有時又發出微微的笑聲。不好！他好像得了痰迷症了，大概是跟中霸天拼鬥了一場，把他氣的？

劉家的管家也傳來了劉太太的話，說是：劉太太的主意，因為二姨太太傷得這麼重，少爺受了驚嚇，也有點發燒，路上又這麼難走，索性多住幾天吧！

賽張遼也沒有法子，好在先跟劉太太借了些錢，花用倒還夠。只是趕車的和趕騾子的卻又不大樂意了，都說：“我們跟着他這兒住一天，就得多賠一天的開銷，難道將來送到了汝南府，還能夠給我們雙份錢嗎？”

劉家的女眷在這兒住着，一切倒還覺得安心，尤其是同店裏還住着這麼一位鳳兒姑娘！

這姑娘說她姓陶，人是溫柔、和藹極了。她的藥也很有效驗，她親自用溫水將藥面子和了，拿一塊絨布，慢慢地給二姨太太臉上的傷處敷上，待了一會就止住了疼痛，真是仙丹妙藥！聽鳳兒姑娘說：“這種藥，是我們祖傳下來的，現在那方兒也丟了。因為我媽想着，出門走路，難免有些車馬閃失，所以隨身老帶着這種藥，可是也沒用過一回，現在恰巧真用着了。出門兒的人，誰能夠不幫誰點忙兒呢？”

陶鳳兒是這麼溫柔可愛，劉太太真喜歡她。聽說她的父親已故去了，只拋下母女二人，現在是由北京到信陽州去投奔她的舅父，所以她說：“可惜我媽病着，不知什麼時候才能好，要不然，咱們可以在路上做伴兒走。”不過劉太太對於她也有一點疑惑：她說她是自北京來，曾在北京住了多年，可是她說的話又沒有一點京腔，倒好像帶着點南方的口音。

柳夢龍一整天都在發呆納悶，到了晚飯後，他就在院子裏來回地走着。漸漸天又黑了，他就看見那個穿紫棉襖的鳳兒姑娘，又往官太太的屋裏去了。那屋裏已點上了燈燭，紙窗上可以看見幢幢的人影，分得清楚哪一個是劉太太，哪一個是大姨太太，哪一個是鳳兒。她們在屋裏所說的話，站在窗外也可以略略地聽得出。

娘兒們是真愛說話，也不知哪有這麼些個說的？尤其這鳳兒姑娘，她倒好，跟人家一見面就熟，一口一聲地叫人家大嬸子、二嬸子、三嬸子，簡直的，畫眉、百靈、八哥也沒有她這麼能說會叫，唧唧喳喳的，只聽她說上了沒完。就聽她說什麼路上的強人多，常出事；又細問了黃土溝、斷命橋出事時的情形，因此就談到了那姓柳的保鏢的。聽到有人說：“多虧了柳夢龍……人真能幹……”她就忙問：“是嗎？哪個是柳夢龍呀？就是那個披着破皮襖的嗎？”

柳夢龍聽了，不禁有一點異樣的感覺，心說：怎麼着？這個鬼丫頭還很注意我嗎？

此時天很冷，院中沒有別人。劉太太住的是官眷的房間，分着裏外屋。裏屋一定是有火爐子的，所以人都擁擠在那裏；外屋卻不但沒有人，連點兒燈光也沒有。柳夢龍就慢慢地開了屋門，邁步走入，輕得可以說是沒有一點兒聲音。

就聽裏屋的陶鳳兒正在說：“保鏢的確實有本領大的，可是我看那姓柳的，年歲並不算是怎麼大呀？人也不大有精神，他怎麼會就……”說到這兒，她把話突然截止，此後，便只聽到劉太太和二姨太太說話，陶鳳兒就再沒有聲音。柳夢龍與里間只隔着一層布的軟簾，裏屋爐火的暖氣兒都能撲到外屋。他本想再細聽聽，多聽陶鳳兒說幾句話，不料，倒好像是人家故意不說給他聽了。

又待了一會兒，才聽陶鳳兒帶着笑聲說：“我該走啦！在這兒真待的工夫太大了！三嬸子還得養神呢，明兒見！大嬸子、二嬸子明天見！您可全別送！”劉太太吩咐僕婦說：“拿燈送送！陶姑娘你可慢點走，小心院子裏有冰，滑倒了！”陶鳳兒連聲地笑應着，她的聲音總帶着笑，真甘甜，可以想像得出，她那一對小眼睛，這時一定笑得更好看了。

屋裏的燈光移動，軟簾兒掀起，柳夢龍便趕緊推開屋門，到了外面，並將屋門隨手帶上。他動作輕捷，毫無聲音，相信才由那里間走出來的人也絕沒有看見他的影子。

他到了院中只將身子一閃，並不往別處去走，等到屋門一開，陶鳳兒頭一個出來，他就猛往前用胳膊一撞。卻不料並沒有把這姑娘撞倒，而且這姑娘連哎喲一聲也沒有，只跟沒有事兒一樣，柳夢龍卻不得不閃開兩步了。屋裏射出來一片燈光，一個僕婦執着燈在門檻裏說：「陶姑娘你可慢着點走！」鳳兒姑娘笑聲說：「不要緊，你回去吧！」說着，輕輕地跑着、跳着，就回轉到自己屋裏去了。

這裏門也掩，燈也隱，柳夢龍反覺着自己撞人的這只胳膊有點麻，心中不但是納悶，簡直是有點要發瘋了。他站在院當中又呆了半晌，簡直一點精神也沒有了。

回到屋裏，他依舊一句話也不說，掏出那本書來，就着微弱的燈光看着，可是也看不下去。賽張遼在旁又悄聲說：「雖說咱們住在這兒，算是穩妥了，可是今夜也得小心一些！」柳夢龍只是微微冷笑。

今夜，柳夢龍也不像以往那樣，故意地做出粗心大意、滿不在乎的樣子，他把屋門閉得很嚴，睡覺的時候也把刀放在身畔。他又仿佛中了魔似的，一會兒就要坐起來一次，並且自言自語地說：「怪呀……」賽張遼更着慌了，說：「兄弟，你是怎麼啦？事情既走到了這步，咱們就只好拿命換吧！我看上霸天、下霸天知道了你的武藝，也不能不先斟酌一點，就再下二次手，你還是沉着點氣兒好！」他不知道柳夢龍的心事，柳夢龍也不對他說。

在這店裏連住了兩天，天已晴，氣候也仿佛是有點暖和了。二姨太太臉上的傷被那藥治的，簡直就算是好了。車夫騾夫們全都說：「我們不能在這兒白耽擱着，再耽擱就連褲子都輸沒了！你們要是再不走，就把應當給我們的錢，先開發給我們，叫我們先走，你們再去另雇。」確實，現在已沒有什麼再在此處停留的理由。劉太太也願意動身，因為小姐、少爺也沒有什麼病。賽張遼雖是對於前面的道路還擔着心，可是也不能說不走，他只一個一個的囑咐着：「從此走路更得小心，什麼都得聽我的話！」

柳夢龍雖然也在備馬，可是他的眼睛卻不住地向陶鳳兒住的那間屋子去望。

待了不大的工夫，那鳳兒姑娘就出來了，身上仍然穿的是那件紫棉襖。柳夢龍就想：這麼年輕的姑娘，穿着這件衣裳，可是太叫人笑話，簡直像是個鄉下丫頭。不過，陶鳳兒今天還算是特別打扮了打扮，在鬢邊插着一枝絨花，是一隻紫色的鳳凰。花已有些舊了，手工也做得不大精細，絕不是京中著名的花莊出品的。然而她戴上，還自覺得怪美似的，眯縫着兩隻小眼睛不住地笑着。她腰兒挺直，腳兒很快，一陣風兒似的就進了劉太太住的那屋。

又待了一會兒，劉太太等人往外走的時候，她就笑着相送。她跟那二姨太太雖然才僅僅交往了兩日，可是感情已經深極了，如今分別，彼此都十分的捨不得。二姨太太直流眼淚，陶鳳兒卻仍是那樣似笑不笑的，她一直送出了店門口，說：「再見吧，你們一路平安！少傷心，往開裏想。等我媽的病再好一點，我們也就要走了，路過汝南府的時候，我一定去看你們，再見吧！」

她並且等着二姨太太上車之後，就將鬢邊插着的那枝紫鳳摘了下來，插在了這輛車的車圍子上一個很顯眼之處，也不知是什麼意思，因此更令柳夢龍生疑。

最可疑的是這個姑娘，這麼個態度，又能說會道，不避生人。可是店家、車夫，甚至於趕騾子的都一點也不注意她，好像都認識她似的。她的這枝絨鳳插在車上，那趕車的還用一條細繩兒給綁牢固了，似乎寶貴萬分。

待了一會，車、馬，連同靈柩，就又蠕蠕地往前行了。陶鳳兒站在那店門前，手兒高高的，搖動着一條紫色的絹帕，這裏二姨太太也隔着車上的玻璃，向那邊招手。

現在這二姨太太坐的車，已不是被砸壞的那輛了，趕車的也換了人。這個趕車的是個老頭子，一副死臉子，仿佛誰也瞧不起似的，可是他就寶貴他車邊插着的那枝絨鳳，時時地扭着頭去看，惟恐掉下來。柳夢龍一生氣，又回頭看了看，那陶鳳兒還站在那店門首，他就掄起鞭子一抽，說：“要這東西幹嗎？”當時就把那枝絨鳳抽落在地下。

那老趕車的急得叫了聲：“哎呀……”仿佛就要跟柳夢龍翻臉，趕緊停住了車，下來彎着腰，小心仔細的將絨鳳拾起來，又寶貝似的插在了車上，並用細繩兒綁得更牢。他又瞪了瞪柳夢龍，可是一句話也沒有說。旁邊的人也看見這種情形了，可是全都似是很理解，各個都默然不加一詞。“真怪！”柳夢龍向那些車夫、騾夫們冷笑着。回首看了看，那陶鳳兒已回店門裏去了，他就又用鼻子哼了一聲，說：“弄得什麼把戲？”

賽張遼是根本對這些小事不加注意，尤其是小寡婦坐的那輛車，他雖是時時地想着，可是他總不願意用眼去瞧。因為他是個正經的鏢頭嘛，就得有個君子的樣兒，要是淨惦記着人家的女眷，那還成什麼人？這種名聲，若是傳出去，以後更沒有人請他保鏢了。因此，他根本就沒有注意到這輛車上的絨鳳。小小的一枝絨鳳，在寒風裏顫抖着，就隨着車馬向南行去。

才行了不到十多里地，忽然就見前面有一群黑壓壓的，怪獸似的東西撲來，蕩起來了數丈高的塵土，滾滾的，越來越近。這裏的賽張遼首先嚷嚷說：“不得了，來啦！來啦！一定又是三霸天他們！快！柳兄弟快準備着，到時候我先跟他們講江湖話，等到話講不成的時候你再上手……哎呀……”

他瞪圓了兩隻眼睛向前去望，於塵土滾蕩之中，就看出了來的是一夥騎着馬的人，足有廿多個。他不由得吐着舌說：“我的爺！來的還真不少呀！”來的是二十多匹馬，嘩的一聲，就如同是潮水撲來。馬上個個都是強悍的小夥子，刀、劍、鈎、斧全都帶着。不用說，當然都是中霸天的夥計，是這一帶的強盜了。

騾子跟車馬，此時全都停住了，車上坐的人莫不渾身亂抖。賽張遼此時竟連一句江湖話也說不出來了，並且躲到了那靈柩的後邊。柳夢龍卻絲毫不怯，他一馬當先，向前面的這些人說：“喂！你們要怎麼樣？難道是中霸天還不死心，還叫你們也來會會我姓柳的嗎？”說話時，他就亮出來鋼刀，準備再來一場比黃土溝斷命橋更為兇狠的廝殺。

對面的群盜也都亮出傢伙來了，雙方正要交手，忽然他們像是看見了什麼，使他們感到非常的詫異，而又有些畏懼。他們之中有幾個人就彼此交談了幾句，仿佛是商量着辦法似的。

柳夢龍在這裏還高傲地掄着刀，說：“小輩們！上前來吧！人來得越多越好！我非得打平了這條路，叫你們上霸天、中霸天、下霸天，以及一些什麼小霸天，都認清楚了我姓柳的，來！”對面的二十多個人卻忽然一齊撥轉了馬頭，一句話也沒說，只聽蹄聲踏踏踏踏，雜亂得有如暴雨，煙塵滾滾，有如一片雲霧，又向南邊飛滾去了。

這群強盜真是突如其來，倏然而去。他們到底是為什麼來了又走呢？這連賽張遼都有些莫明其妙，心裏更欽佩柳夢龍了，可是柳夢龍也顯得十分的驚訝。卻見那個給二姨太太趕車的老車夫，又找了條細繩兒，把綁在車上的那枝紫鳳絨花緊了緊，臉上平淡極了，沒有一點表情。柳夢龍又冷笑了一聲，說：「什麼鬼把戲？」他收起來鋼刀，又揮動着鞭子，說：「走！快走！走！」於是車馬、騾子、靈柩等，就追着前邊群盜踏出的煙塵，又向南去。

柳夢龍越發地意氣高昂，趕車的可都有些趑趄不前了，說：「還往前去撞，那不是成心找麻煩嗎？」

英俊的柳夢龍，披着大皮襖，頭上扣着一頂破氈帽，鋼刀插在馬鞍旁，卻傲笑如舊，毫無畏縮。他並且不時地回首，看那枝顫顫在車旁的渺小的紫鳳絨花。他就像跟誰賭着氣似的，拼着命地向前走，逼着車輛騾子都不許稍停。走，走，咕嚕咕嚕，嘚的嘚的，緊緊地走，漸漸眼前不見了那些煙塵，他還不歇，仍喊着：「快走……」

賽張遼已經累得有些騎不動馬了，他這時也拿定主意了：反正這次保鏢，自己雖沒栽跟頭，可是臉兒確實是一點也沒露，風頭都叫柳夢龍一個人給出了，說不定連那小寡婦的心裏都佩服他。這也沒有什麼，不如我就趁早拱手讓位，再遇見事兒，我也給他來個袖手旁觀。只要我不太得罪三霸天，那就不但性命可保，以後還能夠有飯吃。柳夢龍要真是武藝無敵，將三霸天個個打敗，拿過來江山，那也不錯，可以叫四海通鏢店的買賣鼎盛興隆，我和徐老掌櫃的，連小長蟲，也能沾光。於是，柳夢龍是奮勇當前，他就故意在後。

強盜的影兒此時倒是沒了，路途卻更形險惡。淒涼的大道上，連個人影兒都沒有；莽荒荒的田野裏，幾乎連狗也不見一隻；村落更都為遠山、高原給遮蔽了。鳳兒呼呼地吹着，天色漸漸地沉着，路又越走越迴曲、窄狹，而且坑坎不平。若不是信任這幾個趕車的都是這股路上的老手，簡直就不明方向。

車上的劉太太令僕人傳着話，說「天大概快晌午了吧？先找個地方吃飯吧？」賽張遼說：「眼前沒有市鎮，只好走一走再說。」他心裏卻在長歎，暗想：我不但是希望吃飯，而且還盼着睡覺，盼着交鏢呢！

說話之間，仍然不住地前行。又向南走了一會兒，忽然就見眼前的路，已經被一群盜賊橫馬持刀，嚴嚴地擋住。那群盜賊齊齊地向着這邊怒喝着，說：「站住！站住！別的我們什麼全都不要，只叫那個姓柳的，柳夢龍，跟我們走！」

柳夢龍此時面不更色，大聲地說：「行！虎穴龍潭，刀山油鍋，我也跟你們走一走！要怕的，就不是好漢！」眾賊說：「走！走！」說着一齊掄着傢伙，向他撲奔而來。

柳夢龍卻橫刀怒目地說：「叫我跟着你們走倒可以，你們若是敢上前，來侵犯我，那可是自找死路！」說着將鋼刀唰地一掄，眾賊一齊退後，都不敢上手。柳夢龍又問說：「往哪裏去？先把地方說出來！」一個賊就向西面指着，說：「那邊，段家堡！」

柳夢龍又問說：「什麼人想要見我？也先得說出他的名字，我看值得我就去；若不值得，要是你們這些人，那還不如就在這兒廝殺一場呢！省得累着了我的馬。」

對面的賊人，有個就說：「呵！姓柳的，你這小子還怪有架子的！告訴你吧，就是西邊段家堡的青毛豹段大老爺，他要會會你！」

柳夢龍似乎有點納悶，說：「青毛豹？這又是怎樣的一個毛賊？」

這時賽張遼已來到了旁邊，他說：「青毛豹就是上霸天的外號。」言下帶有恐懼之意。

　　柳夢龍笑着說：“這還罷了！我這次跟着鏢出來，就為的是要打服三霸天。前天我已將中霸天打了，但打得還不帶勁兒，因為他還是個中常之輩。現在上霸天既來請我，這很好，我倒要去看一看，他究竟是個什麼上流之才？可是……”他指着這些車驟人馬，說：“我跟你們去，我這裏的人可不許你們欺負！”

　　眾賊說：“那還用說？現在我們頭一個對付的就是你這小子，把你對付了，別的都好辦。”

　　柳夢龍哼了一聲，說：“好！我這就憑你們去對付！”遂向賽張遼說：“你先保着鏢往前走，不到晚飯的時候，我一定能趕上你們。”賽張遼聽了他這話，不由得暗暗吐舌頭，連點聲兒也沒答應出來。

　　當下，這裏的趕車的、趕騾子的、連坐在車裏的人，齊都心神緊張，瞪着大眼，看着柳夢龍騎着馬，大大方方的，就跟着那二三十名強盜去了：如一窩蜜蜂似的，越飛越遠，漸漸地就成了一些小黑點兒，霎時便為遠處的松林所掩沒。這裏，賽張遼卻又打起精神來了，他就吆喝着，催動着車馬前行。

第三回　獨打上霸天雞群顯鶴　重逢紫鳳女愛裏添仇

　　此時，柳夢龍已經被那些賊人擁着到了段家堡。段家堡這裏的地形十分險惡。前面是塊平曠的土地，田畝卻很少，人家住戶更是絕無，大概也是沒有人敢和上霸天作鄰居。在這曠地上若有二三百人刀兵相拼，也不至於覺着地方窄狹。後面是一座山坡，高高的，好像一座城，上面亂雜雜地生着無數的松柏樹，還有許多已經落了葉的樹木，枝杈都隱在薄霧之中，上面還像是有些房屋院落，並且住的不是小戶人家。

　　上霸天在這個地方建築宅子，可謂是適得其所。他在這裏做什麼壞事，也不易為外人知道，而且三五十個外人也未必就敢來，更不用說是單人匹馬。這地方是豹子窟、毒龍穴，甚至連地下的石頭、土坑，都似乎萌露着殺氣。

　　柳夢龍隨眾賊來到這裏，那坡上就有十多名手持刀槍棍棒的人跑了下來，齊聲大喊着問說：“來了嗎？那姓柳的小子來了嗎？”

　　柳夢龍催馬向前，一手掄刀，一手拍着胸脯，高聲說：“柳夢龍就是我！上霸天，姓段的，什麼青毛豹、青毛狗的，快出來見你的柳大爺！”

　　有個人就過來說：“你先下馬！你先下馬！段大老爺在家裏等着你呢，你騎馬可不能上去！”

　　柳夢龍一看，這個土坡果然是很陡，並且向上去，只是一蹬兒、一蹬兒的就着土坡挖成的臺階，既狹且彎，騎着馬確實是不大容易上去。於是柳夢龍一縱身就跳下馬來，馬嗗嗗地往旁邊跑去了，他便手挺鋼刀向坡上就跑。

　　那些個人反倒得在後面追，便大聲嚷着說：“喂！姓柳的！你慢着走！我們帶你上去。媽的，你倒是慢着點兒，怔闖什麼？”柳夢龍卻不聽這一套，也不管上面有什麼，他的腿快腳健，身子如飛，一跳就是四五級，猿猴一般，豹子似的，獨自就上了山坡，反把那些人甩在下面了。

　　山坡上，樹木環繞之中，就是上霸天青毛豹新蓋的房屋。房屋高大，一層一層的不下百餘間。高牆盡用虎皮石壘成，大柵欄門是鐵的，上面竟敢塗着朱砂色的桐油，還釘着個大牌子，上寫“俠義堂段”。柳夢龍暗笑道：哈哈，這些為霸一方的強盜，竟然也自稱為俠義！

　　門前站着的也有七八個，都是相貌獰惡、手執利刃的強壯漢子，齊喊着：“先扔下你的傢伙，才許你進門！」

　　柳夢龍含着笑，把手中的刀噹啷啷一扔。這刀飛起了很高才落在地上，有個小子趕緊縮頭，恐怕刀掉在他的脖子上，及至刀落於地，他才去拾了起來。柳夢龍便笑着說：「我出來時，原就是什麼也沒帶，這口刀還是從獨眼狼的兒子手中搶過來的。好男子，真本事，不必非得手裏有傢伙。今天我空着手，也要按着上霸天脖子，叫他給我磕頭！」說時嗖的一躍，他就跳上了那半開着的柵欄門，然後就跳到院裏。

　　這裏又有五六個小子刀槍齊遞，向着他打來，柳夢龍卻徒手相迎。只見他身軀疾速地跳躍着，敏捷地躲閃着，那些傢伙都休想近得他的身。他拳飛腳起，乒乒乓，打倒了三個人，又踹翻了兩個，然後將大皮襖一甩，扔在地下，一跳就進了二門。

　　二門以裏是三門，這裏有四個人，全都使着長槍，一齊向他猛刺。他疾忙閃身，四杆槍卻分前後左右將他圍住。他雙手疾快地去奪槍，吧的，就被他奪過來了一杆，他卻不用槍尖去刺人，只將槍桿舞起，吧吧吧，向幾個人的頭上亂敲一氣。

　　這時又由裏院出來了幾個人，斧鉞鉤叉一切的兵刃全都拿着，也都蜂擁而上。柳夢龍卻用單槍招架，七八個回合，就將這幾個人又打得落花流水。但他也覺得有些累了，頭上的汗涔涔流，他就將頭上的破氈帽也摘下，向着那些人驀然一扔。那些人本來就已經打得眼花了，忽見飛來一物，也不曉得是什麼暗器，嚇得一齊後退。有個人被人一撞，竟啪嚓一聲坐下了，摔得屁股生疼。及至察覺出飛來的乃是破氈帽一頂，柳夢龍此時早已闖進了三門。

　　三門之內，院中相當寬廣，而地形稍為坡陡，所以顯得北邊的房屋蓋得特別高大。那屋裏已有五六個人走出，並有七八個人全都持着大刀、長槍、快斧、利劍，森森密密地保護着。

　　柳夢龍躍到院中，先緩了一口氣，將槍扔下，又將雙袖挽起，然後就昂然地站立着。他揚目一瞧，卻見這幾個人之中，就有那個曾在黃土溝斷命橋與他大戰過的那個中霸天，便笑道：「原來你又來到這兒了？好！大概那一天較量的結果，你還不大服氣，今天無妨再來！先得說明白了，你們現在是要一齊上前，還是一個一個的來動手？是比拳腳，還是動傢伙？都隨你們挑，柳某無不奉陪。」

　　中霸天鎮山豹陳克，一隻左膀子那天本來傷得不輕，今天他是不能動手了。對於柳夢龍能單身奮勇來此，連闖進了防守森嚴的三道重門，他是更加驚訝，而且更為忿恨。他的兩眼都瞪紅了，把柳夢龍看了又看，露出的那幾個大牙也都緊緊地咬着，仿佛恨不得將柳夢龍一口咬死才甘心。

　　在中霸天的身旁，有一個人的衣着特別的闊綽，全身都像是發着光。穿的是一身淺灰色的緞子衣褲，上面繡着魚鱗，靴子上還嵌着面小玻璃鏡，左臂上戴着一隻粗笨的金鐲。他腆着胸脯站在正中，不用問，這就是上霸天青毛豹段成恭了。上霸天的身材雖略低，但精神卻比中霸天更為矍鑠，體格也健強。他的年紀雖未必到五十，鬍子可長了滿臉；兩隻眼圓瞪着，熊態傲然，仿佛並沒有把柳夢龍看在眼裏。他就說：「姓柳的，你先別吹！你既然敢來到這兒，總還算是個好小子。可是我們兄弟在這條道上二十多年了，就沒聽說過還有你這個姓柳的，現在你先道出來你的真名實姓吧！」

　　柳夢龍拍着胸脯說：「大爺就叫柳夢龍，難道為你們，我還改名字嗎？」

　　上霸天段成恭又問：「你是在何處學藝？你的老師是誰？早先你是幹什麼樣的？哪裏人氏？」

柳夢龍冷笑道：“這些你問不着！因為我這次來，就是要教訓你們三霸天。你們做的惡太大了，不義之財發的也太多了。多少善良的人受了你們的欺凌、損害、霸佔、搶劫，都無處伸冤。我現在也並非專為四海通保鏢，並非專為保護劉主事的靈柩和家眷，我只是要剷除了你們。先給你們一條路，叫你們改悔前非，莫再欺人，並將你們的不義之財去施散給那些孤獨鰥寡、殘廢貧病之人，做些好事，籍贖前愆；如若不然，待到我交了鏢回來，必定一個一個的要你們的性命！”

上霸天段成恭聽了這些話，不禁狂笑得前仰後合，說：“哈哈哈，想不到你還酸溜溜的，會撰這一大套文！你不用說了，小子，你大概也不知道我們弟兄都是幹什麼的吧？三霸天這些個名號得來不容易，財也不是偷來的、搶來的，都是各處的朋友奉送的，你看着眼紅嗎？”

此時前後院的人都擁擠在這裏，只見四面是凶徒似虎，刀劍如林。柳夢龍此刻如陷身在狼群虎窩裏，自己卻什麼也沒有了：兩手空空沒有刀；頭上只有不光整的辮髮；皮襖也脫去了，穿的是短夾褲夾襖，袖子全都破了，露出來胳膊肘。然而，別看他這個窮樣子，卻是一點也無畏懼，他擦拳磨掌的，立刻就要與這麼多的手執利刃的凶徒惡漢來相拼。

上霸天青毛豹段成恭，畢竟是個老江湖，他看得出，這姓柳的絕不是個平凡之輩，來歷一定不小。他既敢來，就必定有把握。如果喝令一聲，一齊上前，那也無用。不是這些人都得被他一個人打了，就是眼看着他飛躍而逃，抓住他都不容易。對於這樣的人，不得不另想辦法。

於是上霸天青毛豹就點點頭，掀着他的大鬍子，哈哈的又大笑兩聲，說：“有你的！這麼些年，我還真沒有見過你這好樣兒的！既然如此，我們更不能倚眾淩人。把名聲傳出去，還說我們不講理。你須知我姓段的也是一條堂堂正正的好漢，不然混不到現在這樣，可是咱們也得認識認識。”

柳夢龍說：“怎麼個認識法？你就說吧！”

上霸天青毛豹說：“當然是比武嘍！你看看我的手下……”他指着旁邊的幾個惡漢，說：“他們也都投過名師，受過幾年的傳授，在江湖上都闖蕩過，閱歷過，本領絕不比你低。我可以先叫他們一個一個的跟你比比武。你如果不行，那就不客氣了，應當乖乖的聽我們處置；若是你真有本事，把他們一個個的全都打輸了，那時我就親身跟你領教。告訴你，我姓段的自闖出了名聲，立下了這份基業，十多年沒跟人挽袖子比武了，今天也許真要跟你再走幾個圈子。話還得先說明白了，如果你敗在我手裏，那你可也別後悔，我有方法教訓輕視我的人。若是我不行，只要你姓柳的能跟我打個平手，那我就算佩服你了。不但四海通的鏢以後永遠叫你保，我們永遠不劫，還隨你的便，我家裏的金銀家私，衣服綢緞，你無論要多少，我也一概奉送！”

柳夢龍冷笑着說：“誰要你那些搶來的東西？你們要比武，就來吧！”心裏卻也明白，上霸天的用心狠毒：他是要一個一個的上手，叫我先疲倦了，然後他再親自比武，他好佔便宜。

當時，就有那上霸天身旁的一個熊一般的矮胖漢子，年約二十來歲，把一對板斧插在腰帶子上，向手心先唾了一口吐沫，將雙掌磨了幾下，便大喊一聲：“我來！叫你先認識認識我鐵頭羅漢！”

這傢伙猛撲前來，伸手就要抓柳夢龍的脖領，仿佛是要跟他摔跤似的。柳夢龍卻不容他揪住，就吧的一聲將他的右手打開，同時自己的右拳，就咚的一下擂在了這傢伙的前胸上。這一拳擂得並不輕，但這傢伙的胸脯好像是鐵打的，他一點也沒覺得怎樣，身子並不稍退，雙手又以蒼鷹抓兔之勢，向柳夢龍撲來。柳夢龍疾忙閃身，避到這傢伙的身右，雙手向前招架着這傢伙的拳頭，一腳抬起踢去。呵！這一腳正踢在這傢伙的右胯骨上。這傢伙就向旁傾斜，同時低身翻轉，並以掠月之勢，反退為進，雙拳就向柳夢龍擊來。柳夢龍卻趁勢托住了他的右腕，抬腳又向他的肚腹端去。

這傢伙還想抄柳夢龍的腳呢，可惜他的手太笨，沒有抄着，肚子上卻吃了一腳，他可真站不住了，撲哧一聲就坐在了地下。這傢伙雖名為鐵頭羅漢，屁股卻嬌嫩無比，摔得他不住地皺眉裂嘴。他真急了，雙腿一挺，又站起了身，拔出了一對板斧，掄動着向柳夢龍就砍。柳夢龍身軀疾閃，又轉在一邊，將他的右臂又按住了，他就將左手的斧子向着柳夢龍狠劈過來。

這時候上霸天那邊又躍過來了兩個人，柳夢龍卻先閃身避斧，同時就將鐵頭羅漢右手裏的那只斧子奪到手裏，以斧敵斧，唪的一聲，鐵頭羅漢就覺得手腕發麻。那躍來的二人，都是手執單刀，飛如雪片，分左右來取。柳夢龍以短斧相應，三四個照面，就將其中的一個連手指頭帶刀全都砍落。痛得這個人亂叫，直甩手，手上的血都甩在柳夢龍的身上了。

柳夢龍仍然舞動着短斧，抵住二人。那邊就又有一個使長槍的人喊了一聲，也跑過來，“梨花亂點頭”，槍尖向着柳夢龍的咽喉就刺。柳夢龍急忙撤身避開，讓過了槍，身子匍匐着，以斧反向這人進取。這時，可是使長傢伙的人要吃虧了。這個使長槍的人，竟抵不住柳夢龍的短斧，他疾忙退身撤槍，而柳夢龍卻又向前逼進。此時旁邊的那個鐵頭羅漢和那使刀的人，仍在左右夾攻，柳夢龍是一個人頂住了三面。

這時，上霸天就抄起了一口青龍偃月刀，用手一晃搖，刀上的環子嘟嘟的發響，他就說：“先住手！先住手！三個人打他一個，他就是輸了，也絕不服氣，還得叫他說咱段家堡欺負人。來！讓我獨自鬥一鬥他，你們都不准幫助！”

柳夢龍心裏不住地發笑，暗想：已經叫人跟我亂打了半天，況且我使的只是這一把斧子，你卻抄起大刀來！這分明是想找便宜，好維持住你青毛豹上霸天的名氣，好！來吧！

在上霸天尚未走近之時，柳夢龍卻先掄起斧子奔向那個使單刀的人。那人急得把刀亂掄，說：“怎麼？你不敢跟段大老爺去打，卻又找我來？”柳夢龍一面以斧子壓住他的刀，一面就去抄他的手腕，其勢極快，當時就把這個人的刀奪到手中。

有單刀在手，這是他最合適的傢伙，那只笨重的斧子就用不着了。他遂就高高地扔起，就仿佛飛起來一件法寶似的，那只斧子正向那中霸天飛去。中霸天鎮山豹本身因為一隻胳臂受了傷，他不能上前幫忙，眼看着柳夢龍如此的悍勇，旁人都鬥不過他，正在着急，不料這柄斧子又從半空飛來了，嚇得他疾忙向後去退，幾乎喊叫出來。幸虧那斧子落下來時，離着他的腦門子還有二寸，好危險哪！他不禁出了一身冷汗。

這時只聽噹噹噹，上霸天青毛豹舞起了大刀，已與柳夢龍的單刀鬥了起來。大刀的把子長，分量又沉重，但是上霸天本來就頗有力氣，所以舞動如飛，一刀緊一刀地劈去，他很容易占取上風。但是柳夢龍使的刀雖短，然而卻運轉伶俐，身軀敏捷，所以上霸天的大刀竟有些尾大不掉了。

中霸天在旁不但自己已嚇出了一身汗，還時時為他的老大哥上霸天捏着一把汗，他越看越覺得不行了。柳夢龍的刀法已經展開，真是神出鬼沒，變化百出；上霸天的大刀簡直是亂抖胡來，他也累得連鬍子上都沾着汗珠。

中霸天鎮山豹陳兗一看要糟，他就大聲喊嚷着說：“你們還不快些去幫着，還講什麼單打單鬥？先下手為強，把這小子結果了再說別的！”

那些圍着看的人一聽了他的吩咐，當時就亂舞刀槍斧棍，四面八方的同時上前，將柳夢龍團團的圍住了。那上霸天的威風陡起，大刀疾掄，說：“不必要活的，把這柳小子砍成爛醬就行了！小子們使點力，別怕他！”

四面的傢伙一齊上前，柳夢龍單身孤掌，實在就有些顧不過來了。但他毫不氣餒，刀法較前更為急快；一口寒光閃閃的刀，化成了一道白氣，回飛宛轉，緊緊地護住了身，使身形與刀光已分不出來，而且疾快地前進。只聽哎喲！咕咚！旁邊的賊人當時就又受傷摔到了三四個，上霸天拖着大刀也趕緊跑到了一邊。

這時柳夢龍就驀然往前一躥，他的身子就有如白鶴，那口刀如同是鶴翅，飄然的，也不知是怎樣的一扭身，他竟跳到距地約有二丈的北房上了。下面的賊人一齊喊叫：“他上房去了！”上霸天與中霸天便齊聲喝喊：“追他！別放他走了！”柳夢龍站在房檐上，橫刀微微一笑，然後一轉身，履着屋瓦就走。他在房上如履平地，行走如飛，由房上跳到牆上，由牆上又越過了屋脊，竟向前院去了。

這裏上霸天青毛豹依然不肯甘休，他們雖都是幹了江湖多年，上房的本領不是沒有，然而如今看了柳夢龍人家這飛簷走壁的身手，他們就覺出不行；要是追到房上去，一定也是吃虧，所以沒有一個敢上房的，只是在下面隨着追趕。

柳夢龍踏着房瓦出了三門二門，他們也就在下面搖槍舞斧，亂吵亂嚷的跟着出去。霎時，柳夢龍已經到了大柵欄門外，他就由牆上飛身跳下，手掄着刀說：“再來！再來！”上霸天怒喊道：“你既然來到這裏，我焉能還放你走？”他手掄大刀，率領眾人，趕過來又相廝殺。

柳夢龍一面用刀招架，一面退身便走。眼看來到了那通着坡下的土蹬兒之上，他就將身站住了，翻刀再與上霸天生死相拼。此時他與上霸天拼鬥，刀法益為緊密。兩三回合之後，上霸天就手慌腳亂了。他便尋找了個破綻，刀就向上霸天的右臂斬去，腳又抬起來一踹。當時上霸天的臂就受了傷，把他的大刀噹啷一聲撒了手，身子同時也趴在了地上。柳夢龍趁勢兒又一腳，就將個青毛豹踢得咕嚕嚕的就順着斜坡的土道滾了下去。眾賊大驚，刀槍齊向柳夢龍殺來，柳夢龍卻也將身向下跳去。這股土道上的磴兒不下三十餘級，但他只消兩三跳就跳下去了。

此時上霸天青毛豹已經跌得不成樣子，坡下原也還有他的幾個人，趕忙上前攙扶。才把他扶起來，柳夢龍就飛下了土坡，以刀揮退了這幾個人，他就將上霸天一把抓住。上面的群賊這時也紛紛齊追下來。還沒有再動手，上霸天就先怪喊着說：“別！別……忘八蛋們你們都退後！這是成心想要我的命嗎？”喊畢就不住地呻吟。

柳夢龍又用刀向上霸天的脖子喀地蹭了一下，把個上霸天青毛豹嚇得渾身亂抖，連說：“朋友！咱們遠日無冤，近日無仇，你何必……非要我的命不可？你要怎麼樣，請說就是了！”

這時土坡上的那些人幾乎全都下來了，只是沒再見中霸天陳兗。柳夢龍就說：“先把我的帽子、皮襖、刀、和馬匹，都還給我！”於是上霸天就趕緊吩咐他的那些人，趕快把那些東西找着送來。

頃刻之間，就把柳夢龍剛才拋下的那氈帽、破皮襖和在焦家奪的那口刀，在冀州租的那匹馬，全都送來了。柳夢龍這才將上霸天撒手，他一面戴着帽子，披上皮襖，接過來單刀，一面就向上霸天說：「我柳夢龍只願在江湖間行俠仗義，從來不願傷人。你跟中霸天本來都死有餘辜，但我仍然饒恕你們，望你們趁早改悔前非，連你手下的這些人都算上，從今以後必須做個好人。若是不然，等我到河南交了鏢之後，還要到這裏來。那時如再看見你們不改悔，可沒有別的說了，我必定將你們這些強盜個個剪除！聽明白了沒有？」

上霸天只是氣喘吁吁地臥在地下，連連點頭，並且連聲歎氣。旁邊的一些人雖還各執着刀刃，卻莫不呆若木雞，就眼望着柳夢龍上了馬，飛也似的馳去。

如今將上霸天也打服了！所謂橫行江湖的三霸天原也不過如此，這條路上就可以永遠無憂無慮了。柳夢龍現在唯一的想法，就是快些追上他們的鏢車。原想這時賽張遼等人往南至多就走了十來里地，不難追上，卻不知道他在段家堡的那場廝殺，已經耽誤了不少的時光。而且無論他是怎樣精力充足，現在也不免感覺着有點累了，不能夠再催馬速行。又加上天氣轉為陰霾，一片一片地飄起了雪花，北風吹着後腦勺，大皮襖都禦不住這寒冷。冰雪的大地之上，一望無邊，崎嶇的小路上連個車影也沒有。柳夢龍就不禁心慌：怪呀！他們可往哪兒去了？

他心急，往南緊追了有十多里地，還是沒有追上，馬卻累得跑不動了。他也不住地喘着，心裏越發焦急，暗想：莫非他們是又出了什麼事？或是投了村落，歇下不走了？賽張遼那個人是既膽怯又無主張，他可能夠這麼辦！

柳夢龍是既狐疑又生氣，沒法子，只好撥回了馬頭，再向北面慢慢地走。此時雪更大了，風把雪花吹進他的脖子裏，臉被凍得也幾乎失去了知覺。看路旁的村落實在很小，而且零零散散的，至多不過是三兩家，絕不能容得下他們那大隊的車馬、騾子和靈柩。他就想：不必去瞎找了，他們必然不會到這些人家去投宿的。那麼，他們到底是往哪裏去了呢？

於是柳夢龍就將馬騎到了較高的一個地方，在亂雪中縱目向下望去。望了好半天，驀然間他看見偏北的大道上，有一輛騾車，卻是停在那裏，一點也不動。他不禁吃了一驚，就猜想着：必是他們又遇着劫了！只剩了這一輛車，不知怎麼就逃到了這裏，或者是別的車都已逃走了，只有這一輛被打毀，在這裏停住了？

當時他就疾忙飛也似的策馬向前馳去。少時來到了臨近，就見拉這輛車的騾子跪在地下，趕車的在旁邊用鞭子狠抽，並喊着：「哦！哦！唔！唔！」但無論怎麼使力，騾子可也是站不起來，車棚、騾背和趕車人的皮帽子上，都已落滿了雪。

這輛車是很新的，新木頭的車輪子，藍布做的車棚子、車圍和車簾。車簾垂得很嚴密，四邊都有紐扣扣着，坐在裏邊真可能都覺不出外面的寒風。也不知這車裏坐的是什麼人，因為車裏的人根本就沒下來，也沒有說話。車簾上雖嵌着一塊玻璃，但從車裏若往外看或許還有用，從外面要是看車裏，真是很難。

柳夢龍這時也失望了，這輛車根本不是他們的鏢車，趕車的更是一點也不認識。問他這輛車是由哪兒來的，這趕車的答覆了一句，含含糊糊地也沒有說清。

柳夢龍又問他：「你看見有十幾輛鏢車沒有？是冀州四海通家的，還有一口靈柩，是用騾子馱着。」這個趕車的不住搖頭，他簡直是什麼話也顧不得說了。

地面的雪愈落愈厚，天色也快晚了。騾子是因為打了前失，跪着兩條前蹄兒，再也不能站起，車輪子也陷在深轍之中。任憑這個趕車的人，臉上流着汗，喊得嗓子也啞了，鞭子也快要抽斷了，騾子也還是不能夠站起，車輪更是無法滾動。這真是一件着急的事，四面沒個幫手，只這趕車的一人，他實在是束手無策。車上坐的人也太怕冷了，這半天也不露頭，只隱隱聽見車簾子內仿佛有人說了兩句話，語聲兒十分的清細，可見車裏坐的是女人家，也難怪她們不下來幫助。

柳夢龍遇見了此事不能不管，雖然不是與自己有關係的車，也應當幫忙。縱使這是賊車，或是仇家的車也不能坐視，這是江湖人和一切行路的人所應有的互助，也是義不容辭。於是柳夢龍就下了馬，他先用雙手去攙扶騾子的腿，然後托着騾子的肚子猛一用力，大喊了一聲，當時就把這騾子給扶起來了。隨後他又到後面去推車輪子，同時叫車夫猛抽騾子。前後這樣一用力，立刻騾子就能走了，車也活了。柳夢龍卻雙手都是冰和泥，皮襖上也沾滿了雪。趕車的人笑着向他道謝，他搖搖頭說：“不必客氣，你們走吧！我還得去尋我們的車！”

當時，這輛車向前走了，柳夢龍卻四顧茫然。他此時是真真的疲倦了，一付鋼筋鐵骨，現在已經融化了一般。雪下得更大了，那輛車也走遠了。他想只在這裏站着也是不行，於是就又上了馬，仍向南去。

此時雪滿大地，風撼動着長天，他慢慢地走着，也不知走了多時，四周漸漸地黑了。又往前走，卻驀見雪花飄舞之中，隱約的閃動着一點燈光。他就有些欣喜，再走，再細看，原來是已走入了一個小鎮。

這鎮市比那泥窪鎮更小，幾乎沒有一個像樣的房屋，都是歪歪斜斜的小房子，似乎都要被雪壓塌了。大概人家也都養不起狗，不然為什麼連一點吠聲也聽不見？只有他的馬喳喳地踏着地上的雪和冰。在灰暗的夜色中四下觀望，也沒看見有什麼鋪戶，只有眼前的一盞燈，是玻璃的，就掛在一個小鋪戶的門前，旁邊還掛着一個木頭葫蘆，可見這個小店不但收容旅客，還賣酒。

柳夢龍下了馬，就覺着雙腿有些發酸，他就一手拉着馬韁，一手推開了這小店的門。向裏面一看，只見裏面的牆上倒是掛着一盞油燈，可是冷冷清清的，不見一個人，他就大聲地喊道：“有人沒有？”

立刻有人答應了。原來這屋子是用木板分為裏外間，板門一開，由裏面走出來一個酒保，同時散出來一片雜亂的說話聲。柳夢龍就問說：“你們這兒還有住的地方嗎？”

酒保把他細看了看，說：“地方倒是有，可就是得擠着點兒。”

柳夢龍說：“那倒不要緊，只是我這裏有一匹馬，可以牽進去嗎？”

酒保笑着說：“馬怎能往屋裏來牽？我們這兒又沒有後院。你就把馬系在門口那塊石頭上就得了，草料我們這兒倒有。”柳夢龍還有一些猶疑，酒保就說：“你放心吧！馬在外邊絕不能丟。我們這余家小店開了好幾十年了，車、馬向來就在門口兒放，沒丟過一回。因為有面子，沒有人好意思硬給牽了走。你放心吧，丟了我們賠你！”

柳夢龍一聽，這酒保說話倒真爽快，別看這家店小，招牌倒仿佛很硬，於是他點了點頭。就着雪光一看，門前的地上確實擺着一塊石頭，可是已快被雪埋沒了。他遂就將那雪踢了一踢，將馬拴在石頭上，這才走進了店。酒保又向着他渾身上下不住地瞧。

柳夢龍拍着身上的雪，這時就聽見裏屋有人嚷着說：“你媽的！倒是把門關上呀！往屋裏直灌涼風，要把爺爺凍死呀？”酒保趕緊關上那板門。柳夢龍卻又給拉開了，他向裏面看了一眼，只見這屋兒的人可真不少，炕上、地下都坐得滿滿的，倒是很暖和，可就是臭氣難聞。裏屋有人說：“喂！喂！把門關上呀！媽的，看什麼？”柳夢龍卻拱拱手說：“我先打聽打聽！請問你們今天可看見四海通的鏢車沒有？”裏面卻有人說：“四海通？六海通爺爺也沒看見呀！”柳夢龍又問說：“難道今天就沒有一輛鏢車從這兒過嗎？還跟着一口棺材。”他這樣的一問，更有人大罵起來，說：“媽的！大雪的天，什麼棺材棺材！”

柳夢龍也不由得生了氣。這時，幸虧有一個好說話的人，說：“真沒有看見有什麼車從這兒過！可是，你問這個幹麼呀？都快到年底了，除了我們這些在附近住的人，因為要採辦點年貨，好到集上去做買賣，這才出來，才被雪截在這兒；別的人，誰還出門呀？路上要想看見鏢車，至早也得過正月十五。”

另外有個人又譏笑着說：“你大概是做夢了吧？哪兒來的鏢車呀？你沒睡醒吧？”柳夢龍受着這樣的搶白，心裏本來很是生氣，但是，這時也實在沒有精神再跟人較長計短了。

這兒可以說裏屋是旅店，外屋就是酒館。裏屋雖然暖，他卻不願意進去；外屋雖然冷些，可是還清靜，於是他就在一張桌旁，一個三條腿長，一條腿短的破凳子上坐下了，叫酒保給來一壺酒。

這酒保對他倒還不慢怠，給他把酒熱了，還擺上了兩樣酒菜：是一碟肉皮凍兒和一碟煮青豆，不過都是涼的，都已結成了冰淩；還有鍋餅，也給他稱了半斤。柳夢龍就一邊休息着，一邊就算是用飯。這涼的酒菜，熱的酒，他吃起來覺得十分的愜意，周身血脈漸漸地活動了，解除了身上的寒冷和疲倦。

他本來是不常喝酒的，今天卻喝盡了一壺，又叫酒保給他沽來了一壺。兩壺酒差不多都喝完了，心裏覺得飄飄然的，他仿佛把一切什麼鏢車、靈柩、賽張遼、三霸天全都忘了，只影影綽綽地還惦記着兩件事：一是在店門外的馬，一是不知現在何處的那朵紫鳳絨花。

外面的雪，此時也不知落得有多麼大，冷倒是不大覺得了，只是有些困乏，他手拿着酒杯，坐着就打起盹兒來了。打了幾個盹兒，也不知過了多少時間，忽然覺得頭一沉，凳子一搖動，差點要栽倒，當時他就驚醒了。同時，覺出戶外的寒風由門隙吹進屋內，非常的冷，不知是誰把屋門開開了？他不由有些生氣，驀地睜眼一看，啊！斜對面竟坐着一個人，這人不是酒保，是個剛進來的酒客，旁邊也放着一壺酒。

油燈的光此時更暗了，模模糊糊地照着這個人。只見他身軀不大高，很瘦的，穿着一件狐皮領子的袍子，帽子也是狐皮的，壓着他的臉。雖相隔僅三四尺之遠，但模樣卻不能看清，此人是低着頭，趴在桌上，仿佛是才喝了幾口就醉了似的。

柳夢龍心說：這可糟了！裏屋的人那麼多，我真不願跟他們擠在一塊去睡。本想把這兩張小長桌拼在一起，今夜這就算是我的床鋪了，現在那張桌子卻已為這個人佔據了。看他這樣子，大概也是要在這裏尋宿兒。我除非是把他攆到裏屋去，不然就得拿酒缸當板凳，而將屋門摘下來做床鋪了。這屋裏的大小酒缸倒還能湊足四隻，而且看那樣子，缸裏多半沒有酒。

此時酒保也沒在這裏，只有柳夢龍跟這個酒客，相對無語。裏屋卻發出雜亂而沉重的鼾聲，大概有不少人已經睡着了。忽然之間，見那個酒客站起了身。在這時柳夢龍可就借着昏暗的燈光，向他臉上注意地盯了一眼。只見此人年紀已是不小了，瘦臉，兩道眉毛都是白的，好像沾着雪花；嘴邊倒沒有鬍子，可是有不少的鬍子碴兒。他也向柳夢龍看了一眼，但一句話也沒說，就開了門走出去了，門也沒有給帶好。柳夢龍趕緊追出去看，就見這個人踏着滿地的皚皚白雪，連頭也不回地轉過了一個土牆角，就沒有影兒了，雪卻還在密密地飄搖。

柳夢龍因為見這個人的行為古怪，還以為他是要來偷盜馬匹，如今才知道不是這麼一回事。這個人喝完了酒，也不招呼酒保一聲就走了，可見他是這個店的老主顧。這樣大的雪，深夜，他喝完了酒就走，想必是這個鎮上的人，家離着不遠兒，也沒什麼可疑的。

當下柳夢龍見馬匹仍在，而且雪地上面還放着草料簸籮和水桶。店家都不怕丟，他更是放心了。掩上了門，叫了兩聲夥計，那個酒保大概也睡着了，總沒有答應。柳夢龍打了個呵欠，心說：睡吧！明天再找賽張遼他們去，可還不知道他們出了事沒有？其實即使出了事，也沒多大了不得，只剩了一個下霸天，他還有何能為？

當下他把門插好，搬了兩隻空酒缸將門頂住，回身又把桌上的東西收拾了一下，就把兩張長條的桌子並在了一起。他還想把壁上掛着的油燈吹滅了，因為在這個不妥當的地方，點着一盞燈，他實在不能安心睡覺。但是他剛要吹，忽然又想起了一件事情，不由得又呆住了；同時他就覺得在自己的眼前，幻出了一隻小鳳凰，紫色的毛羽都發着光，十分靈活地在那燈前飛來飛去，令他眼花繚亂……良久，他方才明白過來，卻仍然有點神不守舍，又呆呆地站立了半天，才噗的一聲把燈吹滅了。

門外雖因為雪光的返映，明亮得跟白晝差不多，但這家店因為沒有臨街的窗戶，所以燈一滅，立時就昏黑極了，而且由門隙吹進來的風，異常寒冷。柳夢龍穿着皮襖就往桌上一躺，只聽咯嘣一聲，幾乎給壓塌了架，倒不是他的身子太沉，而是桌子太不結實了。接着又聽吧嗒一聲，一隻錫酒壺掉在了地上，咕嚕咕嚕地在地上直滾，把剛出來走動的耗子嚇得也不敢再啃東西了。原來是剛才收拾桌子的時候，把那酒壺忘下了，現在也幸虧掉在地下了，不然還許正墊着他的頭呢！

現在柳夢龍躺在這晃晃搖搖，好像船似的桌子上，身子底下倒還平坦，沒有什麼東西，可就是沒個枕頭，真不得勁兒。好在他是疲倦極了，一倒下就迷糊起來，就睡了。他沉沉地睡着，外面還在飄着大雪，這荒涼的小鎮上好像是無事發生。

又過了約有兩個鐘頭，忽然聽到那匹馬在外面直跳。地下是深雪，當然不會發出很大的聲音，但馬蹄若是砸在那塊石頭上，卻也喀喀作響，同時又吹進來一陣特別猛烈的寒風。

柳夢龍早就醒了，並且知道門又開了，有人進來。那里間，雖然還有人在呼嚕呼嚕地酣睡，可是也有嚓啦嚓啦的腳步聲，倒好像是在鬧耗子。這時柳夢龍有些後悔，因為他在才進到這店裏時，就把自己的刀放在牆角裏，忘了應該預備在手邊，又不該碰掉了那只錫酒壺，否則那也可以作為一件武器。

現在他一點也不敢動彈，因為不知前來暗算他的人手裏有沒有傢伙，如若是有，恐怕他一動彈，人家必定就是一刀，那時可真是無法抵禦，所以他只能裝睡，手跟腳可都蘊蓄着力量，準備着一觸即發。他的兩條腿現在是直挺挺地伸着，這時就覺着又有人由裏屋走出來，大概是兩個，竟拿着繩子，悄悄地要來綁他的兩隻腳。柳夢龍不禁暗自發笑，心說："好笨的賊！"

他翻翻眼皮看了看，就見屋門半開，外面的雪光映在屋裏，倒還略略地可以看出，外面進來的人離着他有兩三步，正在那裏閑着，專等着那兩個人捆起他來再說。柳夢龍就趁此時驀然向桌下一翻身，兩張桌子同時都倒了，把賊人們嚇了一大跳。但柳夢龍並沒有倒下，他疾快地抄起來一張桌子，向着賊人就打，並說：「好小輩！你們竟敢……」

裏外來的賊人一共是四個，他們真沒有料到有這麼一着，當時就都向旁邊躲避這桌子。柳夢龍就順勢將桌子整個兒撞在牆上，只聽吧的一聲巨響，接着嘩啦一聲，這張桌子就散了架。柳夢龍的手中只拿着一隻桌腿，他就掄起這只桌腿，向一個賊的頭上就是一下，打得那人哎呀哎呀直叫。他又抄起來一隻剛才頂門用的小酒缸，向另一個賊撞去。那個賊疾忙往屋外逃走，柳夢龍就勢把酒缸也扔出去了，把那賊撞了一個大馬趴，酒缸就在雪地上直滾。

柳夢龍此時已彎身拾起來自己的那口刀，立時寒光舞起。賊人的手中也有刀，只慌張地迎了一下，然後就都拼命地向外奔逃。柳夢龍道：「你們竟敢來暗算我？好愚笨的賊！」緊跟着他就追出屋去。

這時那里間原來打呼睡覺的那些人之中，有六七個都是賊人，現在也全都出來了，個個的手中都有傢伙。那由外面來的賊，共合是四個，為首的就是那個瘦小的戴皮帽子、白眉毛的人。他手擎着一對護手鉤，撲上來就將柳夢龍手中的刀鉤住了，並獰笑着說：「柳夢龍你不用逞能！今天我就送你回姥姥家！」柳夢龍聽了不由得有點驚訝，心說：啊？他們原來認識我！他就冷笑着說：「你是誰？莫非還是上霸天打發你們來的嗎？」

這白眉毛的瘦子說：「我們本來就是兄弟！我的名字就叫白眉老魔薛大朋，你聽的時候可要站穩了，別把你嚇個跟頭！」

柳夢龍哈哈大笑，說：「原來你就是下霸天呀？我打了一個中霸天，又打了個上霸天，正愁下邊還有一個小輩沒碰着，恨不能當時就抓住他打一頓，不料你倒自己來了。昨晚你在我的旁邊喝酒時，我就看出你了。不過，你們休以為三霸天的名字就了不得，我沒保這趟鏢的時候，就沒聽說過你們三個人的名字！」

下霸天白眉老魔卻哼哼地冷笑，說：「姓柳的，你也不必誇口，現在有個地方，你敢去嗎？」

柳夢龍冷笑着說：「連上霸天的段家堡，我都已去過了，你那裏還能擺着刀山火海？不過，柳大爺現在沒那麼大的工夫。你既然來了，我就不能夠叫你僥倖地逃了性命！」說時抽回刀來，將身前躍，唰的一下，掄刀就砍。

白眉老魔急忙以雙鉤相迎，他的雙鉤着數狠毒，總想要用一隻鉤將柳夢龍的刀鉤住，趁勢再用另一隻鉤去鉤柳夢龍的頭頸。可是柳夢龍的刀法巧妙，那容他得手？他雙鉤配合，步步緊湊；而柳夢龍單力削砍，也毫不放鬆。兩個人就對殺了十餘回合，將地下的雪都踢得亂飛亂揚。

柳夢龍就覺出，白眉老魔別看樣子不濟，別看他只是個下霸天，他的武藝卻比那上、中兩霸天還都高強些，而且他手下的人也不像那些賊人那樣，只是幫助亂打，一點也沒有用；他們卻趁着柳夢龍與白眉老魔廝殺之際，就把柳夢龍的那匹馬給搶走了。

柳夢龍一看賊人將他的馬匹騎走了，他就十分生氣，想要三刀兩刀的先將下霸天砍倒，然後趕緊去追那匹馬。卻不料這白眉老魔也非常的狡猾，他也不跟柳夢龍死拼了，將鉤晃了兩下，回身就逃，其餘的幾個賊人也跟着跑了。他們都似是生長在本地，路徑極熟，而且好像是久慣在雪天出來"做買賣"，所以在這積雪沒脛的地上，居然跑得很快，一霎時便都沒有影兒了。

這裏，那家酒店的門也關上了。柳夢龍去推了兩下，沒有推動；踢了幾腳，也沒有踢開，裏邊好像是把什麼酒缸等等全都搬了來，把門頂住了。這個門的木頭還很結實，砍了兩刀，也沒有給砍裂。柳夢龍不由得怒氣填胸，又要拿起那滾在雪地上的酒缸，或抬起那塊拴馬石向門上去砸；可是他忽然又想到，那開店的從裏面關上門，也許是怕惹事，他們自然認識下霸天，可未必就是賊人一夥的。

柳夢龍又覺得下霸天這幾個賊人很可疑：他們並不死拼硬幹，卻只是激惱着我，挑逗着我，叫我去追他們，莫非他們那裏真埋伏着什麼陷井？或是另有高人，在哪兒等着我了？心裏這樣一生疑，柳夢龍就覺出下霸天在此的勢力一定不小，而且他跟那上霸天、中霸天，都是連串兒地勾結着了。賽張遼所保着的鏢車和靈柩，為什麼沒地方找去了？肯定是已經陷入了這群賊人之手！不入虎穴，焉得虎子？我若是不往他們的巢裏去追，那還行？

這時遠遠之處又有人喊着："姓柳的小子，你敢來嗎？來者是英雄，不來者是小輩！"柳夢龍就忿然地挺刀踏雪追去。

轉過了牆角，見是一條小巷，深深的，卻仍看不見對面的人，只聽見那邊又喊着："柳夢龍！忘八蛋！你敢來嗎？"柳夢龍就又往前追。

走出了這條巷，卻見那幾個賊人的身影又跑遠了。他們一面跑，一面還不時回着頭，譏笑地嚷着："來呀！來呀！姓柳的，有膽子就快點來呀！我們這兒請客，請你吃飽了拳頭、棍子、刀子、斧子，就送你到鬼門關聽戲去！"柳夢龍再向前追，他們卻又跑遠了。

這時也不知是什麼時候了，不過雪雖漸止，四周的曠野卻越發呈顯着一種灰白色；遠處的樹林，也模模糊糊的如在霧裏。除了身後邊那個小鎮市的一堆破爛房子之外，前面幾乎沒有一間房屋，更談不到村落，只有無數蒙着雪的墳堆，就好像是在那裏埋伏着、蹲着的賊人。

柳夢龍很謹慎地順着賊人在雪上踏出的腳印，向前去追趕。賊人還在前面一邊跑，一邊叫着他。他現在倒不生氣了，只覺得這其中必有奧妙：下霸天一定是有一點手段，要等着我追到他的窩裏，他才施展。柳夢龍此時已有破斧沉舟之心，決定要去看看，索性不顧一切地向前去追。

追出了約有二里地，原來在那片樹林之外，就是一座廣大的莊院，幾乎與中霸天和上霸天的宅院同樣大小，不過中霸天陳兗的宅子是在城市，有點世家、巨族的氣派；上霸天的段家堡建在高坡上，很是特別；這下霸天卻完全像是一位鄉下的財主，房子不少，可都是灰棚草屋，牆也是用石頭壘的，倒頗為堅固。

柳夢龍來到這裏，已經連一個人也看不見了，兩扇大門緊緊的關着，木頭門上還包着鐵葉子。雪地上有許多雜亂的腳印和馬蹄的痕跡，顯然是進了這個門。柳夢龍不由得十分生氣，明知道這是一種計策，但是既已追到了這裏，哪能就白白地叫他們把馬給搶了去？他遂就咚咚地用腳踹門。踹了好幾下，當然也踹不開，門裏只有狗在亂咬，卻沒有人聲兒。柳夢龍不禁冷笑了一聲，他就縱身上了牆。站在牆頭向下一看，只見院落分好幾重，但最外邊的院裏也是一個人也沒有，他就向下大喊着說："喂！下霸天！你們快出來！把我的馬還給我！"

連喊了兩聲，仍是沒有人答應，他就跳到了院裏，先掄刀將兩條大狗驅開，又冷笑着說：“白眉老魔！你也不必弄這玄虛！無論你埋伏着什麼，我也不怕。現在你趁早兒出來，將馬還給我，還得擔保我們保着的鏢並沒被你們所劫，那我才能夠走；要不然，你們這裏雖是住宅，可也是賊窩，我也用不着客氣，無論你們藏在那裏，我也能給搜出來！”柳夢龍說着話，就先向這外院的兩間屋裏去看。但是把門拉開了，向裏一探頭，見裏面就是土炕破席、鋤頭耙子、大盆小罐，此外什麼也沒有。他就把門一摔，向裏院走去。

第二重院落，東西兩邊都有房子，他也大踏步全去看了。見屋裏都點着燈，升着很旺的火爐，炕上還有鋪蓋，並放着酒壺和些個吃剩下的酒菜，人還是不見一個。柳夢龍真不明白是怎麼回事，他們為什麼使這空城計？

再往裏院去看，恐怕就有他們的家眷居住了。柳夢龍暗想：雖然是賊的家眷，但究竟自己是堂堂的一條好漢，豈可任意闖進人家的內宅？他躊躇着，就又向裏院怒喊了兩聲：“下霸天，你出來！”裏面仍是無人應聲，他就硬走進去了。

這時由東西兩邊的屋中可就走出來了幾個人，白眉老魔的手中仍然持着雙鈎，其他人全都擎着單刀、扎槍、利斧、梢子棍等等。他們此時都像是很佔理似的，恐嚇着說：“你這個人，為什麼膽敢跳進人家的院牆，拿着刀怔進裏院？天還沒亮哩，你是懷着什麼心？”

柳夢龍冷笑道：“你們何必玩這一套？這無用，快點先把我的馬交出來吧！”

他的話才說到這裏，白眉老魔就掄動雙鈎，如同雪片一般向他來取。柳夢龍疾忙以刀相迎，旁邊那幾個人的傢伙也一齊遞來。柳夢龍身軀往返騰躍，單刀翻飛，喀喀先砍傷了兩個，然後就專奔白眉老魔去了，下霸天白眉老魔就趕緊以鈎招架。

這院子很寬廣，他的雙鈎頗可以展開，但柳夢龍的刀法緊急，絕對不許他緩手。白眉老魔就不住地向旁邊躲，柳夢龍也緊追。旁邊又有兩個人雙槍齊進，柳夢龍卻用刀將這兩個人的槍全都撥開了，他並且說：“你們都不要妄自上手來找虧吃！我今天是單要下霸天的狗命！”白眉老魔又虛晃了兩鈎，然後回身就跑，卻奔到屋裏去了。柳夢龍在後緊追，一刀砍去，喀的一聲正砍在屋門上。白眉老魔卻已逃進屋裏，並且驚叫着，跑進了一個有紅布門簾下垂的里間。

柳夢龍也追進了屋，挺刀剛要再往里間去走，就聽那里間有人說：“這是怎麼回事呀？也太難啦！就說欺負人吧，還有像這樣斬盡殺絕的？”柳夢龍不由得一陣驚愕，立時止住了腳步，原來屋裏說話的是個女人聲音，並且聽來覺得很熟。

待了一會，那女人才走了出來。柳夢龍一看，不由得發怔了，原來這個女人不是別人，卻正是曾在泥窪鎮住在同一店房裏的那個陶鳳兒！穿着玫瑰紫緞子肥大棉襖的那個鳳兒姑娘，此時依然是那個打扮，兩隻似笑的小眼睛，現在卻是滿含着怒氣地瞪着。可惜她無論怎麼瞪，也是瞪不大。

這外屋雖沒有燈，但雪光隔窗映入，柳夢龍把陶鳳兒還是看得很清楚，就一笑說：“哦！你是住在這兒呀？原來有你給下霸天他們保鏢！”

陶鳳兒的小圓臉立時就氣得發紫了。她斜着眼睛又瞪了柳夢龍一眼，說：“我知道你，你會點兒武藝，自己就覺着了不得啦？我本來不想跟你惹氣，無論你是打上霸天、打中霸天、打下霸天，都不幹我們的事，可是你別一清早的就打到屋裏來呀？屋裏就是我媽，才睡醒，你要是把她老人家嚇着，可怎麼好呀？”

這時里間就有老太太的聲音，說：“叫他進來吧！”

柳夢龍搖着頭說：“我倒不進去了，如今我才知道下霸天真有點本事，他能勾出來個女將來！」說着話他就退身出屋，又喊着說：「下霸天！你出來！沖你這個外號，你也應當像一條漢子，為什麼要托庇於婦人女子？」

陶鳳兒也隨着出來了，她斜倚着屋門，拿一對小眼睛還不住的瞪着柳夢龍，說：「你保什麼鏢？發什麼威？憑你那點兒本領，真給人家有本事的人提鞋，人家也不要你！」

這話可把柳夢龍招惱了，他就說：「呸！我不跟你一個女人計較也就是了，你還敢開口辱罵我？你是一個什麼東西，我也看得出來……」陶鳳兒急着說：「你可別罵人！」柳夢龍忿忿地說：「我罵的就是你！我知道你是一個江湖盜婦……」

陶鳳兒氣得用手指着柳夢龍，說：「你胡說！」柳夢龍說：「不然，你為什麼要住在這兒？說不定你就是下霸天的小老婆！」陶鳳兒氣得身子都有點發抖，說：「氣死我啦！」旁邊的幾個賊就鼓勁兒說：「鳳姑娘，還不殺了這小子！」陶鳳兒當時就向院中一跳，看得出她的身手真是伶俐而剛勁。

柳夢龍把刀一掄，又罵着說：「你那個絨鳳凰，只能嚇嚇小賊，柳大爺早已把它用腳踏爛了！一個江湖女子，娼妓之流，跟個老盜婦……」

陶鳳兒屬聲問說：「什麼？好！你連我媽都罵了？」邊說邊解她那件肥大的紫棉襖的紐扣，吧的一聲，將棉襖甩在一邊，露出來裏面穿的緊身窄袖、十分俐落的一身青。她一個箭步斜躥出去，接了一把鋼刀在手，然後翻臂挺身，唰的一聲，刀就向柳夢龍削來。柳夢龍用刀一應，只聽鏘然一聲，兩口刀相碰在一起，卻並未顯出女人的腕力薄弱。柳夢龍冷笑着說了聲：「行啊！」便刀展身翻。

陶鳳兒又以刀斜劈而來，柳夢龍卻迂回閃避，以刀向上一撩。陶鳳兒迅速地迎住，刀背擋住了柳夢龍的刀刃，用力向下去壓。她兩眼瞪着柳夢龍，緊咬着下嘴唇，狠狠地用力，把刀壓了下去。不待柳夢龍抽刀，她又身躍刀起，颼颼颼，向着柳夢龍連砍。

柳夢龍連連後退，她卻步步緊追；柳夢龍這才轉換刀式，反身進攻，而陶鳳兒竟絲毫不讓，刀法仿佛比他還要嫻熟。柳夢龍就不住哼哼地冷笑，心說：我可不能再讓着你了！於是他舒臂躍步，刀如鶴翅，竟向鳳兒橫掃。

鳳兒卻閃避遮攔，不但着着都能應付，而且她刀光繞身，毫無破綻，小腳兒騰飛跳躍，並借着地上的冰雪向前滑行。忽然她伏身而來，那刀就向着柳夢龍的腰部橫斬過來。柳夢龍閃身一跳，她卻又掄刀躍起，依然緊緊掄刀。

柳夢龍當！當！迎擊了兩下，她大概才稍微覺出腕子有點受不了，就向旁邊連跑幾步。柳夢龍緊追了幾步，忽然她一翻身，刀如車輪，其勢極猛，柳夢龍忙向後閃避。陶鳳兒又以滾趟刀之法，將她的嬌軀在雪地上一滾，刀光和着一陣旋風，就朝着柳夢龍的兩條腿斬來。柳夢龍急忙閃身，刀尖向下，將陶鳳兒的刀抵住。陶鳳兒就半蹲半地，以刀又同柳夢龍廝殺了幾合。突然她又躍身高騰，鋼刀直砍柳夢龍的頭部。

陶鳳兒這時的刀法雖不放鬆，顏色卻仿佛和悅了一些，把她的一對小眼睛不住地向柳夢龍來溜，又好像帶着點笑——也許是一種冷笑。她的心裏似乎是很佩服，又像是愛慕柳夢龍的武藝高強。柳夢龍這時是神情自若，十分從容，刀法不緊不緩，處處都無破綻，那樣子簡直儒雅得和書生一般。她卻胸脯兒一起一伏的，有些喘息了。她掏出紫色的手帕，拭了拭鬢邊的汗珠，擎刀俏立，眼皮兒一翻一翻的，瞪着柳夢龍，還想要伺機來進攻，但又無機可乘。

　　在陶鳳兒跟柳夢龍交手之際，旁邊數丈之外，站着觀看的人雖然不少，而且他們手裏也都有傢伙，可是沒有一個人敢上前來幫助，這當然是陶鳳兒不許他們來上手。別人倒沒大看出來，還都以為柳夢龍那小子是絕對不行了，鳳兒姑娘是何等的人物，這回還能叫他走脫？所以都一點不着急，只像是看戲似的，還希望他們多練一會兒。獨有下霸天可着了急啦！他卻看出來鳳兒姑娘已經力疲刀緩，而且也仿佛手軟了；柳夢龍卻有點在耍戲她了，刀法漂亮而不費力，真是所謂遊刃有餘。

　　這時鳳兒的媽，那位五十多歲的鬢髮蒼白、面帶病容的老太婆，也出來了。她扶着那屋門說：“別打啦！鳳兒，你別跟人家打啦！我看這個人，還倒不錯……”老太太似是有點瞧上這個小伙兒了。

　　下霸天更覺着不妙，就驀然喊道：“陶姑娘！要是不把這姓柳的制了，不但這條路沒咱們的份兒了，我們也都在這兒住不住，你不給他個厲害的可真不行！”

　　老太太還在那邊直擺手，陶鳳兒卻又將眼睛瞪起，用刀指着柳夢龍說：“有什麼本事你就快使出來，要不然就跪下服輸！”柳夢龍說：“我淨等着看你的本事呢！諒你個小小的丫頭，還能有什麼了不得的着數？”陶鳳兒一咬牙，驀將鋼刀掄起，寒光翻飛，又向柳夢龍來砍。柳夢龍當着那位老太太，倒不好意思欺負人家的女兒了，所以手下頗為留情。卻不料鳳兒這時越發地厲害，簡直是拼起命來了。雖然她媽在那邊直說：“別打啦！你們聽我說……鳳兒！你這不聽話的孩子！”

　　鳳兒可真不聽她媽的話，每一刀取的總是柳夢龍的致命之處，因此把柳夢龍的性情又招惹起來，便刀隨身進，雖不想使她負傷，但也要用拳腳將她打倒。鳳兒卻身體伶俐，左翻右騰，使柳夢龍也有點捉摸不着。忽然間她又使了一個滾趟刀，待柳夢龍閃避了過去，她卻不起來，反而往遠處去滾。柳夢龍掄刀趕過去砍，這叫作高祖斬蛇。然而此時蛇似的陶鳳兒忽又躍身而起，她周身散落着雪屑，突然纖手一揚，一件暗器打來，柳夢龍躲避不及，立時就咕咚一聲跌倒了。

　　原來陶鳳兒在滾的時候，就已由懷裏掏出一枝鏢。慢說柳夢龍沒有防備，就是防備着也不行，因為鳳兒把鏢打得極為準確，而且極快。這一鏢正打在柳夢龍右下腿上，正是要緊的地方，打得又很深，柳夢龍就斜躺在地下，真站不起來了。鳳兒這時突又急躁萬分，兇狠百倍，猛地又跳過來，狠狠地掄刀，自頂向柳夢龍就劈。柳夢龍人雖跌倒，刀卻並未撒手，他迎住陶鳳兒的刀，喀喀又交戰兩合。

　　這時那位老太太奮不顧身地走了過來，怒聲向鳳兒說：“你這丫頭敢不聽我的話？你要殺人，就先殺死我吧！”老太太伸着一隻手把她女兒攔阻住，另一隻手就扶住了柳夢龍的肩膀，喘吁吁地說：“要不是他，咱們的車還陷在泥轍裏，那個騾子也起不來。就憑人家昨天的那點兒好處，你也不該這樣！我不准你傷人家！”

　　柳夢龍這才知道，昨天在風雪裏自己幫忙扶起來的那輛車，車裏原來就是她們母女。如今，這老太太雖然還知恩報恩，可是鳳兒也太凶了，他不由得更為生氣。他咬着牙，拔出來右腿上插着的鏢，那血水就順着鏢直流了滿腿，連地上的冰雪都染紅了一大片。他將鏢噹啷一聲擲向遠處，不顧疼痛地努力往起來站，並掄刀說：“老太太你不用勸！你女兒既是這樣的心毒手辣，她肯饒我，我也不能饒她！”又罵着說：“陶鳳兒！你這娼婦，你來，你再來，我若怕你，我就不是柳夢龍！”

　　鳳兒卻也真狠，又掄刀上來要砍，卻被她媽攔腰抱住，並且推着她，叫她回那屋裏。這時鳳兒卻突然又傷了心，她將刀也撒了手，哭着說：“媽，你淨攔我，你不想他有多麼招我生氣！他……他原來也是這麼一點沒本事！”說着就放聲啼哭

　　起來。她不住地抽泣哽咽，身子亂顫亂抖，真仿佛傷心極了，真乃是芳心寸碎。

　　柳夢龍又很驚訝，不明白她為什麼竟會這樣？然而自己是絕不能服輸的，便依然大罵說：「你說我沒本事吧？我只是沒料到你這娼婦還會打飛鏢、使暗器！這原是婦人女子的行為，算不得英雄好漢！」陶鳳兒被她媽勸進了北屋，還不住的放聲痛哭，哭的真慘。雖然是氣着了她，可也不至於這麼哭呀？所以柳夢龍倒疑惑起來，連腿上的傷痛也忘了。

　　那陶老太太在推着女兒進屋的時候，還囑咐了下霸天兩句，說：「快把人家扶起來，不許傷人家的一根汗毛！」

　　下霸天和他手下的幾個賊，便一點也不敢違背，可又不敢走過來，因為柳夢龍的手裏還拿着刀呢！下霸天就先將雙鉤放下，然後站得遠遠的，向柳夢龍作揖，說：「朋友，現在你已受了傷，又有老太太出來解圍，咱們可不能再打啦。本來咱們也不過為賭一口氣，並沒有什麼深仇，細說起來，還都是江湖上的朋友，不打也不相識。現在你放下刀，我們也好放心過去攙你。把你攙到屋裏，熱點兒酒，先給你解解疼，以後有什麼話，咱們就都好講。反正有陶老太太的吩咐，我們絕不敢再對你怎麼樣，如若有半句狂言，如若是明着這樣說，暗着還想害你，那我就是忘八蛋，我的這幾個夥計也都不得好死。」

　　柳夢龍本想不叫他們攙扶，但自己此時實在是站不起來，遂就說：「你既這樣說，你們過來就是了。我也是條漢子，被個女子打傷了，我都眼看着叫她甩手走了，怎能又用刀害你們。」

　　下霸天笑着說：「好啦，那麼朋友，我過來攙你。」

　　當下這下霸天白眉老魔就走過來，親手攙扶，旁邊的人也趕過來幫助。剛才陶鳳兒脫掉的那件紫棉襖，已有人給送到屋裏去了。柳夢龍的大皮襖也有人為他披在身上，遂攙着他進了這院裏的東房。柳夢龍歎了口氣，噹啷一聲，就把刀扔在地下了。

　　他被攙扶到一張小竹床上坐下了，此時天光已亮，屋中已用不着點燈。下霸天就命人搬了個小桌兒，自己又搬了個凳兒，他就坐在了柳夢龍的對面。柳夢龍這時是既煩惱、氣忿，又慚愧、狐疑，萬種的情緒都攪在一起，心裏非常地難過，就不住地歎氣。

　　那下霸天白眉老魔這時對他卻非常地關心了，低聲說：「不要緊，柳兄弟，我扳個大說，咱們走江湖的人，哪能淨佔便宜，一點虧也不吃呢？你這個傷，暫時忍一忍，等她……」他努努嘴，又說：「等着陶姑娘她消一消氣就好了，她們可有頂好頂好的刀創藥。」

　　柳夢龍說：「今天我是因為沒有防備，受了這鏢傷，總算是落在你們的手裏了，愛怎麼處置就由你們處置吧！」

　　下霸天說：「哪兒的話？告訴你，你放心，她們絕不能傷你的性命。並且，咱們說自己的話，還許有你的好處呢！」

　　柳夢龍哼了一聲，說：「誰要她們的好處？那陶鳳兒，絕不是好東西！」

　　下霸天擺手說：「我也不是吃着誰，向着誰，她們可確實都是好人。」柳夢龍瞪着眼說：「怎麼，你下霸天還是指着那兩個婦人吃飯嗎？」下霸天沒有言語。

　　柳夢龍說：「我看中霸天、上霸天和你下霸天，你們在這條路上作惡也夠多了，不然你們為什麼都掙了這樣大的家業？其實你們可以洗手不幹，而從此改一改了，何必還要架着陶鳳兒這麼一個江湖丫頭？只為她會打飛鏢嗎？可是你們也太不像男子漢了！”

下霸天又默然了一會，就微歎着說：“這些事兒很難說，三句話、兩句話你也不能明白。其實不是我們找她，卻是她先來找我們來的。我們這些人早叫她拿下馬來了。這話說出來，似乎是給江湖人洩氣，其實是真的。外面的人還全都不知道底細，以為那陶鳳兒……”他說陶鳳兒這三個字時，便把聲音壓得極小，並且還趕緊扭頭瞧瞧，才接着說：“我們跟她不但沒有半點曖昧之情，簡直是連平起平坐也不敢。咱們是自己人，我才跟你說這些。還有，你別看上霸天段成恭、中霸天陳兗，連我，都像是發了財，成了個闊老爺似的，不錯，我們在這條道兒上是瞎混了十多年，也掙下了不少，可是……別說了……”他仿佛心裏有一段隱情，但又羞於，或是不敢說出口似的。

柳夢龍也不向他細加究問，只是腿上的鏢傷不住地疼痛，使得他心裏非常地急躁。

下霸天又命人熱來了酒，炒了幾個雞蛋作為酒菜，還叫人去給做熱湯麵。不但是他，連他手下的人，都對柳夢龍是異常的客氣，而且很殷勤，柳夢龍也不好再向他們發脾氣了。

喝着酒，柳夢龍就詢問賽張遼保着的那鏢車和女眷，以及靈柩的下落。下霸天白眉老魔說：“早就過去了！我敢擔保沒有閃失，因為其中有一輛車插着紫鳳凰，那就是她……”他向北屋努努嘴，又接着說：“那是她的幌子，這條路上的人都認識，不至於有人打劫。你要是不放心，我可以派人去打聽打聽，或是請他們也到這裏來。”

柳夢龍搖頭說：“那倒不用。我今天總算是栽了跟頭啦，那個鏢我也沒臉再保了，只要他們沿路不出事，把人家的女眷平安送到家，就完了。今天在這兒，陶鳳兒要是想殺我，那我也許就再跟她拼一拼，或是就由她處置，這還有什麼話說？”

下霸天擺手說：“沒有的話！你的性命我保着，你就放心吧！”

柳夢龍冷笑着說：“我實在也用不着你給保命！”

下霸天說：“你別外道，待一會兒我就派人到段家堡，把這裏的事通知段成恭和陳兗。”

柳夢龍依然冷笑道：“上霸天和中霸天若是全來了也好，連上你跟那陶鳳兒，咱們再鬥他個百十合！我姓柳的雖然腿已負傷，可是還不至於怕你們！”

下霸天說：“我叫他們來，還是給你們擺酒講和。他們也都是外場人，一來就能說得開，絕不會像娘們兒似的那樣量小心狹。”他扭頭又向門外看看，然後就給柳夢龍又斟上酒，說：“喝吧，日久天長，你就知道我們三霸天……”他又笑着說：“以後真得把這個外號改一改了，真的，將來你就知道，我們是不是朋友了。”

正在說着，忽見有個剛才還跟柳夢龍相打過的人，笑吟吟地走進屋來了，手裏拿着個小紙包兒，來到下霸天的面前說：“這是陶老太太給柳大爺的刀創藥。”

下霸天說：“這個藥真是好極啦！柳兄弟，你看夠面子不夠？換個別的人，叩頭求她們，她們也不能夠給。柳兄弟，你快上上這個藥吧！”

柳夢龍把藥包接過來，略微地看了看，遂就將這藥包撕得粉碎，向地下一扔，說：“什麼創藥？神藥我也不要！我受了鏢傷會自己治，用不着打傷了我的人，現在又給我治傷。我堂堂的男子漢，不能受這婦人的愚弄！”

下霸天等人全都有些驚慌失措。柳夢龍摔着酒杯，又高聲地叫着說：“陶鳳兒！你個江湖丫頭，休在柳大爺的跟前獻這個媚！你出來，讓我再會會你！”

下霸天急得直跺腳，說：“這樣，就是你的不對了！再說那藥是陶老太太派人給你送來的，無論怎樣也是出於一片好心，你怎麼可以還罵她的女兒？”

柳夢龍想了一想，跟一個婦人女子這樣的鬥氣，也太不算英雄，但是右下腿實在疼得厲害。一疼，他就顧不得一切了，就越發高聲地破口大罵。

又罵了兩聲，果然把陶鳳兒給罵出來了。

陶鳳兒大概是因為剛才哭了一場，流了許多的眼淚，所以雖沒擦胭脂，可也又淡淡地施了一些粉。衣服自然是因為剛才的滾趟刀，滾了點泥跟雪，現在又換了一身玫瑰紫的衣裳。

這衣裳可跟那件當作外氅用的肥棉襖不同，這是瘦袖兒、緊身，並且還是琵琶襟。她看上去真漂亮，苗條，而又嫵媚。她的辮梢是藏在衣裳裏，頭髮也重梳過了，格外顯得整齊。

陶鳳兒沒有拿着刀，也不知道拿着鏢沒有，急忿忿地闖進屋來，一手叉着腰，一手指着柳夢龍就嚷嚷着說：“你快說，你到底是罵誰呢？你有本事，為什麼打不過我？為什麼不會躲鏢？你受了傷，躺下了，就得算你沒本事，就得算你丟人現眼！我不殺你就算是便宜你，這也是聽了我媽的囑咐。那藥，依着我，本來連一絲絲兒也不能給你，那也是因為她老人家可憐你。你，你竟沒有良心，將人家的好意當作惡意，你還罵人，你憑着什麼？”只見她嬌軀亂顫，纖指亂點，她那小眼睛雖圓瞪起來，可是並不令人害怕。她喳啦喳啦地說了這一大篇，惹得柳夢龍倒大笑起來。

第四回　　為醫傷痕中宵憐俏影　　強學鏢技十里送征駒

　　柳夢龍笑過之後，就用那只受傷的腳將桌子一踢，嘩啦的一聲，桌子就倒了，桌上的酒盅酒壺、筷子盤子，還有剛端上來的一碗熱湯麵，就全都翻在地下了。

　　下霸天嚇得趕緊跑到一邊，把臉一沉，說：「你真不懂得交朋友嗎？」

　　柳夢龍也不理他，依然對着陶鳳兒暴躁如雷地說：「江湖的娼婦！你還要跟我撒潑嗎？我柳夢龍豈能怕你？我不能像上霸天、中霸天、下霸天他們那樣，帖耳順服在你的雌威之下。柳大爺是堂堂的男子！你有本事，可以再拿刀來，拿鏢來，再跟柳大爺拼，沒本事你就得聽我罵！等我罵夠了，我才能走。三個月之後咱們再見，那時我再報今日的一鏢之仇！」

　　這時陶鳳兒的媽本來又急急忙忙地跑過來了，柳夢龍一邊罵着，一邊也自覺着不太對，可是沖着陶鳳兒現在這個樣兒，看着她那一對小眼睛，他就不能不罵；好像越罵得厲害、痛快，心裏才舒服，不然就發亂，就真許英雄氣短，兒女情長。所以他得罵，不講理地指着陶鳳兒的臉大罵，為的就是氣陶鳳兒，使她變成個夜叉婆、醜八怪，那倒好惹些。千萬別像現在這樣兒，尤其是這一身瘦袖緊身，琵琶襟的玫瑰紫，可比在店裏初遇之時豔麗萬分了，這才是毒鏢，才打得柳夢龍心疼！

　　他又噴出唾沫來，大罵：「陶鳳兒！你錯看了人，我柳夢龍這樣的好漢，跟你這麼一個江湖下流女人惹氣，也實在是不值得的！哼！狗丫頭！」

　　陶鳳兒也怪，被罵得反倒不生氣了，只是又汪然地滾下了兩行眼淚，小孩子似的那麼撒嬌，抱住了她媽的肩膀，哭說：「媽！你聽他罵得咱們……」

　　陶鳳兒的媽也不住地傷心落淚，說：「柳大爺！你別欺負我的女兒，她，她是一個可憐的孩子……」

　　柳夢龍一聽了這話，不由得怔住了，什麼話也沒法子罵出來了，心也立時就如一灘泥似的軟了，並且驚疑萬分。這時，下霸天等人很知道眼色，趕緊就躲避出屋去了。

　　陶老太太抹着眼淚，淒淒慘慘地說：「我們母女是好人，她……只是命苦。我們母女由南邊到北邊來，於今一年了，沒做過一件惡事。跟下霸天他們拉攏，也是……沒法子，不是我們願意的。這提起來話長，以後咱們慢慢地說。柳大爺，我看你與他們都不一樣，你一定是個熱心腸的人。今天雖說鳳兒得罪了你，可是我能叫她賠個不是。”

　　鳳兒依舊用手帕擦着眼淚。聽了這話，就頓腳急急地說：“我不能夠給他賠不是，憑什麼？他欺負我……”說着話，又不住地哽咽，弄得柳夢龍的心裏真難受。他就笑了笑，擺着手說：“老太太，你不必再說了。我柳夢龍如今中了暗器，總算是武藝不高，埋怨不着別人。我跟你家姑娘動手，也是因為受了下霸天的騙，無論怎樣說，也是我的不對，因為我是一個男子，應當是讓着你的姑娘。可是，唉，如今我也很灰心，不願再多說什麼話，既是你們都是好人，並不想趁着我受了傷，就將我殺死在這兒，那麼，我就謝謝你們。我待會兒就走，以後放心，我絕不再找你們作對。”

　　陶鳳兒聽了這話，仍在掩面啜泣，倒是沒有說什麼。她媽卻連忙攔阻說：“柳大爺，你受了這樣重的傷，也別當時就走呀！”

　　陶鳳兒說：“他一定是不放心他保着的那鏢。”

　　陶老太太就說：“那不要緊，我已經派人囑咐段成恭他們去了，不許他們驚擾了人家劉大人的靈柩，跟那三位劉太太和少爺、小姐。在那輛車上又有我們鳳兒頭上戴的花，他們哪個不要命的敢劫？柳大爺，你就放心吧，那絕沒有錯。”

　　這位陶老太太的態度是很誠懇的，鳳兒這時也是溫柔婉轉，楚楚可憐，柳夢龍還能夠跟人家說什麼呢？

　　接着，老太太又把下霸天叫進屋來，就像是對待僕傭似的，正顏厲色地吩咐着說：“這屋裏什麼東西也沒有，你們怎麼叫人家住呀？快把我那個東里間收拾乾淨了，把床上鋪厚一點，升旺了火，攙着柳大爺上那屋裏歇着去。”

　　下霸天垂手佇立，連聲應着：“是！是！”轉又去吩咐他手下的人，當時他手下的人誰都不敢怠慢。就都忙活起來。下霸天並幫助攙扶柳夢龍，笑着說：“兄弟，請你到那屋裏歇着去，那屋離着老太太和姑娘住的地方近，你們也好敘敘家常。”

　　柳夢龍本來是咬着牙，掙扎着，想不用人攙扶，自己走到那屋，但是不行，陶鳳兒的這一鏢，實在把他的“英雄氣”連根兒打消了，他真覺得羞慚。陶老太太這時還在旁邊直說：“慢慢攙，慢一點，腿受了傷的人哪能禁得住……”鳳兒也斜着小眼睛看着。柳夢龍就實在是等於被人背着、架着，跟個死屍一樣，被好幾個人給送到了北房的東里間。

　　這房裏的西里間就是鳳兒和她媽住着的，實在是跟在一間屋裏一樣。屋內的東西很簡單，只有一張木床，一張桌子，臨時搬來了幾個凳兒。床上鋪着的被褥倒是很厚，而且整潔，枕頭上還繡着花兒，真許是陶鳳兒的枕頭呢！屋子當中升着一個白灰做的火爐，燒的炭很旺，非常的暖和。窗外的天氣還陰沉着，雪還飛着，這算是歲暮天寒，出門走路是十分的辛苦，因而能夠得到這麼一個溫暖而舒適的地方，雖然腿上受了鏢傷，可是也不能不算是僥倖啊！

　　此時，下霸天等人又全都回避出去了。陶老太太也吩咐着女兒，說：“別再跟柳大哥涎臉了，你把咱們那藥再找出點兒來，給柳大哥敷上。”

　　鳳兒正斜着小眼睛瞪着柳夢龍，心裏好像還有點兒憤恨似的，但聽了她媽的吩咐，她不敢不答應一聲兒，但答應得也很勉強。等她媽走出去之後，她卻又向着柳夢龍一撇嘴，哼了一聲。

　　柳夢龍也斜眼看着。陶鳳兒這丫頭，實在是相當的標緻，她那小圓臉兒，臉蛋兒上還掛着一點淚痕，淚痕連着紅暈。頭髮梳得是那麼好，雖然前邊有點蓬鬆淩亂，可是愈顯得嫵媚。她的身段是那樣的苗條，玫瑰紫的，琵琶襟的緊身小衣，真是格外的嬌嬈可愛。

這丫頭真是個尤物，手辣而心毒。不，她的心倒未必毒，只是有一點小孩子氣。氣也不像是真氣，嬌可是真會撒嬌。誰知道她的心裏是在想什麼？她可是斜倚着窗櫺，拿腳兒咯登咯登地不住地搖晃着一隻凳兒，她似是不想走開了。剛才還是仇人，現在竟像是伺疾一個小丫環了。但小丫環為什麼要穿戴得這樣花梢？她花梢得好像是個娼妓！

真的，柳夢龍自覺得這幾天東跑西顛，爭來鬥去，劍光刀影，雪夜荒村，糊裏糊塗地過了這幾天的緊張生活，現在倒好像是住在妓院裏了：那陶老太太像是鴇母，下霸天等人是一群毛夥、茶壺，而鳳兒這丫頭就得是個多情的豔妓了！不對，不應當這樣想，這可實在是有點欺負人了！人家的態度誠懇，鳳兒也是可愛而又可憐，怎麼能這樣地比方呢？太不該了。那麼應當怎樣比方才對呢？說那老太太是我的丈母，鳳兒她是我的妻……

柳夢龍這樣地胡思亂想着，因為這樣一想，才可以稍微忘了點腿上的疼痛。他並且很不禮貌地，從頭至腳地看陶鳳兒。陶鳳兒先是撅着嘴兒生着氣，扭着臉，轉着身子，躲避着柳夢龍的目光，可是柳夢龍還不住地瞧。瞧了大半天，她就急了，一摔手絹，頓頓腳，說：“你瞧什麼呀？難道你沒見過嗎？”

柳夢龍點頭微笑着，說：“我真沒見過！我活了二十六年，到如今是初次看見，像你這樣武藝又高強，而又長得好看的姑娘。”

鳳兒撲哧一聲又笑了，這句讚美的話，就如熨斗一樣，熨平展了她的心。她嫵媚地轉過身來，眼波向柳夢龍撩了一下兒，說：“其實你的武藝比我好，只是你不會……”

柳夢龍所不會的，自然就是暗器了。陶鳳兒承認他的武藝好，但只有這一點是個缺點，是個遺憾。但是她一說起來，眼圈兒又一陣紅，遂又微微地歎了口氣。

柳夢龍就說：“暗器、打鏢、接鏢、避鏢和什麼運珠弩、練子錘這些玩藝，我並不是沒有見過，只是我向來不屑於學這些個，以為非英雄之所當為。但如今有了這一番教訓，以後我真得也找個地方去學學了。”

陶鳳兒似笑似急地說：“得啦得啦，你就別再說了。”她邁着細碎的步兒跑過來，指着柳夢龍的腿說：“你……真是一點也不覺着疼嗎？”

柳夢龍笑着說：“這算得什麼？就是你拿把刀來，向我這傷處再劃上七八刀，挖下幾塊肉，我要是皺一下眉，便不是好漢！”說着就用拳頭向腿上的傷處狠狠地搖了一下。

陶鳳兒卻急忙用雙手揪住他的胳膊，跺着腳說：“你這是幹麼呀？這不是成心叫人心裏難過嗎？”她翻着小眼睛望着柳夢龍，那淚珠兒又幾乎奪眶而出。

柳夢龍卻仍是微笑着說：“真的，這也不是逞英雄，只要是個男子漢、大丈夫，若怕了這麼點兒鏢傷，那還算什麼人物？”

此刻忽聽那邊的里間，陶老太太又在叫着說：“鳳兒，你倒是快給人家拿藥呀！”

陶鳳兒高聲地答應了一聲，又向柳夢龍悄聲說：“我媽叫我啦，你在這兒等一會兒。”說畢，她急忙忙的就跑往那屋裏去了。柳夢龍這才皺眉吸氣，因為腿傷實在是痛疼得很。

　　陶鳳兒被她媽叫去了半天，才又來了，臉兒越發地泛着紅暈，小眼睛如春水一般，傳遞來多少笑意。她的腰上又系了一條綢子的汗巾，是蔥綠色的，愈見嫵媚動人。她一手托着只小瓷碟兒，一手拿着個棉花撚兒，正在配和着那刀創藥。柳夢龍本來最恨她這個刀創藥，他認為這個藥如果有效，那麼打傷的、治好的全都是這個丫頭，倒楣的只是我這條腿，這不是一種侮辱嗎？所以就準備着她走近床時，再將藥打翻在地上。但，畢竟人心都是肉長的……

　　陶鳳兒托着小藥碟，到他床前，半跪半坐地，把他那破褲腿解開，慢慢地，十分小心謹慎地，惟恐碰着了他的傷處。他那下腿上血倒是不多了，泥垢卻是不少。人家也不嫌髒，就像服侍親人似的，拿着那小棉花撚兒，一下一下，輕輕地給他敷上了藥。他真不好意思再怎樣了。柳夢龍又想到：誰能如此呢？假如自己有妻子，也不過就是如此。何況素昧平生，又闖到人家這兒來拼過命，得到這樣的優待，實在不可以再無禮了。

　　她這藥還真是不錯，敷上了之後，微覺麻木，疼痛立止。他就索性將身子躺下。陶鳳兒又立時給他的脖子底下墊上枕頭，身上蓋好了棉被。這樣一來，柳夢龍不但心裏沒氣了，反倒覺得有些感激。由感激而生情愛，由情愛又生煩惱，他就索性閉上了眼睛，待了一會兒，就睡着了。

　　雖是受了很重的鏢傷，但疲倦已極，他睡得十分安適。及至醒來，只覺得屋裏溫暖得很，小爐子裏的火燒得很旺，上面坐着個小鐵壺兒，壺中的水已被燒得滾開，由壺嘴裏嘟嘟地往外冒熱氣。院子裏有人在說話：“把肉燒爛着一點兒！余家小店有好燒酒，叫秃頭鬼趕快去給打來。”

　　屋子裏卻沒有人，只是在那門上又新掛了一條紅緞子門簾。細聽了聽，也聽不見陶家母女在那邊屋裏說話，柳夢龍的心裏倒不由很惦念。他等了半天，屋裏都快黑了，才見簾子掀起。他以為是期待的鳳兒又來了，一看卻是那下霸天白眉老魔。

　　這個老魔一進屋，就先摘下皮帽子，說：“我剛從段家堡趕回來，他們我都見着了。只是中霸天的胳膊被你傷得不輕，我段大哥上霸天，摔得更重，也許將來得成殘廢！可是我把你在這兒的情形一說，他們都說算了，既成了一家人，什麼話也就都不用再提啦！”

　　柳夢龍聽了，也沒有說什麼。

　　白眉老魔就自己搬桌子，挪凳子，說：“我已吩咐廚房做飯了，今兒晚上，我可得大請客。”

　　柳夢龍問說：“都要請誰？”

　　白眉老魔笑着說：“沒有別人！連我家裏的，雖住在後院，可也沒有她們的份兒，因為她們都上不了場面。我那幾個夥計，也都不配跟咱們坐在一起。待一會兒，只有……”他用手隔着門簾，指了指那西里間，說：“有那二位，還有，就是你跟我啦。”

　　柳夢龍又沒有言語，心裏卻很贊同，並且盼着快些實現，盼着那如花的麗人陶鳳兒，再坐在自己的對面，亦笑亦顰。真的，柳夢龍現在真覺出自己已經是英雄氣短，兒女情長了。他現在對陶鳳兒有一種恐懼，倒不是怕她的飛鏢準確難防，而是怕她的嬌容和媚態。這情絲真乃是纏綿不斷，縛住了他的雄心。

　　盼着盼着，屋裏已點上了燈，擺好了桌子，上好了菜，熱好了酒，酒已斟在杯子裏。千呼萬喚始出來，出來的卻是陶老太太，她女兒鳳兒並沒露面。老太太說：

“鳳兒病了，說是頭疼，不想吃東西，我叫她睡下了。那個丫頭，身子骨兒本來不大好……”

白眉老魔說：“陶姑娘是練功夫的人，怎麼也時常病呀？我那個老婆子，笨得連地都不會掃，平日好吃懶做，可是一頓飯，她能夠吃五個大饅頭！”

陶老太太歎氣說：“那才是有福的！我們鳳兒，她就是心重。好不容易這半年來，她也會說會笑的了，不想今兒又遇着了柳大爺……”。

柳夢龍趕緊說：“老太太不要再這樣稱呼我了。”

陶老太太這才又改口說：“偏偏的又遇見了夢龍，又偏偏的她把夢龍給得罪了！夢龍雖沒有怎麼見怪她，她那小心眼裏，可也是後悔得了不得。現在倒不要緊，也不過是有點頭疼腦熱，她睡了一陣，待會兒也就好啦。”

白眉老魔打着自己的嘴巴，說：“這都怪我，我要不把夢龍激到這兒來，也沒有這些事。可是話又說回來了，夢龍要是不來呢，咱們能認識他嗎？得啦，剛才的那些事，現在別再說了。我倒得請教請教夢龍兄，你到底仙鄉何處？嫂夫人幾位？有沒有小孩？”

柳夢龍笑了一笑，說：“你以為我也像中霸天似的，家裏有五個老婆嗎？”

白眉老魔也笑着，說：“至少也應當有一位。”

柳夢龍搖搖頭，喝了一口酒，又夾了一箸子菜吃，便又說：“我生平也沒做過什麼大事，家中更非世家。我是河南省盧氏縣的人，父親是個老學究，他教我念了幾本四書五經。同時村子裏有個會武藝的人，又教了我一些拳腳。但是，我的父親對我的教訓是不許我科考及做官，我的師父臨死時的遺言又是，不許我取非義之財，不許我欺凌孤弱。他們都已故去了，我的母親也早已不在人世。我既少叔伯，終鮮兄弟。十二歲時訂下的親，那個女子也得了癆病死了。如今只剩下我孤身一人，而且是一貧如洗。幸虧認識一個和尚，他給寫了一封信，才薦我到金刀徐老那裏去當夥計，這才保了這次鏢。”

白眉老魔看了看陶老太太，只見陶老太太連連地點着頭，提着神，仿佛正在想什麼。白眉老魔就又給老太太和柳夢龍滿滿地斟酒，大箸地夾菜，說：“我想管一件閒事兒，不知道行不行？聽夢龍兄弟剛才這麼一說，可知他實在是個老實人，規矩人，也是一個苦人。老這麼打着光棍兒，也不像回事，應當趕快給他做個媒。陶老太太帶着鳳姑娘呢，這我都知道，也實在沒有別的親人，正好叫我給……”說到這裏，大概是陶老太太在暗中攔了他一下，他就不說了。

柳夢龍也頗覺詫異，然而白眉老魔不說出，陶老太太無此意，也未嘗不好。鳳兒雖說是漂亮，可是誰知道她到底是個什麼人？這不過是偶爾的一段姻緣，如落花流水，一時的綺麗，轉眼成空。腿好了我就走我的，胡夢什麼？是英雄，豈能真的難過美人關？於是他又喝了滿滿的一大杯酒，並不感覺失望。

陶老太太因為有肝氣病，而且心裏仿佛添了事似的，略略地吃了一點兒，她就起身走了。這裏白眉老魔就低聲埋怨着柳夢龍，說：“老鄉，你也得自己往前湊合湊合，這不是放在眼前的一隻燒鴨子嗎？你要是不張嘴，那可就飛啦！”

柳夢龍也不言語，悶悶地又吃了些飯菜之後，才說：“你的意思我明白，你是要做個月下佬兒，你叫我也得自己向她們去巴結巴結。但是你不知道，我可不是那些江湖上無信無義的人，我若要家室，就得那女子有來歷，能安分才行。”

白眉老魔下霸天就有點替他急了，說：“咳，什麼叫來歷呢？你也看得出來，她們難道是亂七八糟，不三不四的人嗎？在外邊，江湖上，像她們這樣的就可以了，你難道還非得娶個千金小姐？說句笑話，就憑你這件破皮襖？再說，你可別惱，咱們又都有什麼來歷？說到安分，你得知道，今兒要不是我把你騙來，你要不追到屋裏來，你要不先開口罵人，她絕不能跟你動手！不錯，她是有一身好武藝，學得好暗器，可是有她媽管教着她，她的武藝從不輕露，鏢也不是見着誰就打誰。這樣的女子，娶了她之後，只要你能安分守己，她絕不能夠胡作非為，一定會死心塌地地跟着你過日子。你還要怎麼樣呢？難道我要給你做媒還是屈尊了你，你非得端端架子不可？這話都別說，由根兒上講，咱們都是江湖人，不然今天也不能拼夠了命，又成了好朋友。憑人家，你也有眼睛，那模樣兒，那性格兒，就不用再說那身武藝及鏢法了，管保你從南京到北京，再也找不出第二份兒！好男子一生能遇見幾個好婆娘？這麼好的事兒，給你你會不要，可真是大傻瓜了！」

　　柳夢龍被下霸天可以說是連損帶罵，數落了一大頓，然而他卻並不生氣，因為無法說他的這些話不對。下霸天確實是一番好心，言之頗有道理，世間上也不能再找出第二個陶鳳兒了！有來歷沒來歷，更沒大關係。只是，陶老太太有時像是要給女兒找女婿，有時又不像，捉摸不着她的心；鳳兒更是若有情若無情的，令人難測。非得等着我柳夢龍去下跪求親？那我可絕不能幹！男兒膝下有黃金，豈能為了媳婦拜丈人？不能夠，絕不能夠。由着她去吧，何況，這一鏢打得我現在還起不來。

　　下霸天似乎是真想跟柳夢龍交個朋友，並且十分誠意地，要給這好朋友說一房好媳婦。但是，如今見柳夢龍這樣的迂闊，他不由得灰了心了，說：「我反正是盡了心了，成不成還在你，我又不貪圖什麼謝大媒的厚禮。」

　　又吃了些菜飯，他就起座說：「你一個人吃吧！你白天傷的那兩個人，我還得看看去，那都是跟我多年的夥計，我也不能顯出待他們太薄了。」

　　柳夢龍說：「你請吧，今天我真打攪得你不輕。好在我們由今天起已是朋友了，將來後會有期。」下霸天沒再說什麼，他皺着白眉，仿佛是替人家說不成媳婦，他倒很難過似的。

　　下霸天一出了屋，柳夢龍一個人喝酒用飯，更覺着毫無意思。他時時地惦記着那邊的里間，可是那邊一點聲息也沒有。他暗歎了口氣，就想：還是算了吧，還是孤身在江湖上去飄泊吧，弄上這些情絲煩索，恐怕將來倒得受罪。

　　少時，悄悄地走進來一個又像僕人又像小賊的人，慢條斯理地把所有的殘肴剩酒，全都收拾了去，又給送來了一壺釅茶，就走了。

　　外屋的那個門響了一聲，不知是誰給關上了。合着這屋裏住的是他，那屋裏就是陶家母女，只隔着兩層門簾。那屋中的母女若是低聲兒談話，這裏豎起耳朵來也能夠隱隱地聽出。可是人家母女竟好像什麼也沒談，更不知睡了沒有。真悶人，真是天涯咫尺啊！若是忍着痛，柳夢龍大概也可以走過去看一看，可是那就不對了，那就失掉了自己的身份，叫鳳兒那丫頭反倒瞧不起。

　　柳夢龍又忿忿地想：這丫頭，什麼東西？我還是快些離開此地吧，叫她們跟這群賊廝混一輩子吧，休想再能遇得到我這樣的人！

　　本來他已睡了一天，可是現在還困，他把被蒙頭蓋上，一會兒就睡着了。又不知道睡了有多少時刻，忽然覺着那條受了傷的腿有一些癢，他驚醒了，覺得有人正在給他那傷處敷藥，手用得很輕，仿佛是惟恐把他驚醒似的。柳夢龍猛地將被一掀，隨即坐起。正在偷偷給他敷藥的陶鳳兒就嚇了一跳，她瞪着眼睛說：「幹嗎呀？」

說話的聲兒很低，好像怕被她媽聽見似的。

柳夢龍借着暗淡的燈光細看，見陶鳳兒現在穿的還是那條紫緞的褲子，上身卻換了一件粉紅色的小夾襖兒，這似是睡覺時才穿的。她雲鬢惺松，釵環半卸，臉上也是愁容壓着淚跡，淚跡又顯着病容，小眼睛的眼泡兒都哭腫了，是什麼傷了她的心呢？她低着頭不言語，只是專心地往柳夢龍的腿上敷藥，仿佛恨不得叫這處鏢傷，立刻就痊癒，才能夠稍慰她的心。

柳夢龍就想：既然這樣，你何必要打我呢？真是可笑！然而這丫頭總算是個癡情的丫頭，我不應當再對她言語粗暴了。遂就也低聲地說："真多虧你了，我也不跟你客氣了，就求你快些把我這塊傷治癒，我好趕快離開此地。"

鳳兒說："你還不放心你們那鏢車？他們一定沒事兒。"

柳夢龍說："我不是一定要去尋他們，我是覺得，住在你們這兒算是怎麼回事？我也於心不安。我雖然是無家可歸，可是也得另換個地方去再想主意了。"

陶鳳兒笑了笑，說："你有什麼主意？打算到哪兒去？"問這話時，她抬起眼皮看着柳夢龍，正在敷藥的手也停住了，她這樣殷切地期待着柳夢龍的回答。柳夢龍卻淡淡地笑了笑，說："哪裏不可以去？無家的人，到處為家。至於打什麼主意，那也得到時候再說了。"

陶鳳兒顰眉淚眼地又問說："你不是說要去找個人學暗器，或學着打鏢、避鏢？"

柳夢龍笑着說："誰跟你說我要學那些？真是小看了我柳夢龍了！我此番沒有被你的鏢打死，將來也說不定要喪命在別人的暗器之下。但是要叫我去學暗器、也打暗器，或是鬼鬼崇崇地躲暗器，那真是小窺了我柳某不是英雄！我無論何時也要使用真功夫、真武藝，打鏢避鏢那些不光明的手段，我絕不使！"

陶鳳兒聽了他這話，驀然就將藥碟兒一摔，氣忿忿，悲戚戚，站起來就走了。

柳夢龍不禁覺得詫異，心想："她為什麼非叫我去學打鏢避鏢不可呢？莫非她真是有心要嫁我？她很愛我的武藝，只可惜我不會打鏢，又不會避鏢，因此她才鼓勵着我，逼着我，去學那些本事，想使我成為一個武藝十全的人，大概這樣她才覺得光榮？"

想到這裏，又覺着很可笑："不過，這也難怪她，女人都是好體面的，尤其是她。她的鏢打得這樣好，若嫁的那人連鏢都不會躲，只會挨，當然與她配不上。俗語云：才女必須配才郎，會打鏢的姑娘，當然也是非得遇着會打鏢的男人才嫁了！看來我實在是應當找個地方去學學。陶鳳兒不錯，若能娶她為妻，一生可以無憾，而且她還很可憐，我又何必抱着拗脾氣，死不學鏢呢？"

他本想要立時就把陶鳳兒叫回來，告訴她自己願意去學暗器了，但是又一想：一叫她，必能被她媽聽見，誰又知道她媽的心裏是什麼主意？她媽還許叫我得學三霸天呢？他想追到她屋裏去跟她說，但是一條腿不能動，再則更深夜半的，怎可以到人家母女睡覺的屋裏去？許她可以自薦枕席，我卻不能逾東家牆，而⋯⋯

柳夢龍想起了這些古人的句子，他又想起自己永遠在懷中揣着的那本書了。他那本書原來就是唐詩三百首，多半是在段家堡打架的時候弄丟了，然而其中的妙句，他早已記得滾瓜爛熟，尤其忘不了的是李義山的那首《無題》：身無彩鳳雙飛翼，心有靈犀一點通。此句正像是自己此時此景的寫照。想到這裏，他有些惘然了。

柳夢龍歎了口氣，又默默地吟道："春蠶到死絲方盡，蠟炬成灰淚始幹。"

咳！我柳夢龍坎坷半生，如今遇着這個陶鳳兒，未必就是豔福，還許是一場孽緣，將來不定怎麼樣呢，由它去吧！想到這裏，他就又倒頭睡下了。

次日天明，也沒再見着陶鳳兒，只覺得下霸天的家裏人很是忙亂。

原來，今日已是除夕了，明天就是大年初一。下霸天裁了許多條紅紙，請柳夢龍給寫春聯。柳夢龍就笑着告訴他：「今年我萬也想不到會來到這兒給你寫春聯！可是，留下個紀念物兒也好，鮮紅的春聯就如同是我受鏢傷流的鮮血。明年我盼着還能回到這兒來，再給你寫，那時我也學會了打鏢避鏢了。」

下霸天聽了這話，先是驚訝，後是欣喜，就說：「真的嗎？老柳你真是要學鏢去嗎？其實，陶姑娘就是個打鏢的老手，你何必要跟外人學去呢？」

柳夢龍想了一想，也是，真不知道陶鳳兒一定要叫我出外去學鏢，是什麼意思？遂就自己替她想了個理由，微笑着說：「我跟她學還行？還得拜她為老師，那我可真算拜倒在石榴裙下了！我得另找高手。終南山上有一位高人，外號叫飛鏢李，我得找他去，學會了打鏢，回來報了這一鏢之仇，那時我再給你寫明年的春聯。」

下霸天笑着說：「得了吧，我看再打你兩鏢，你也不能認為是仇恨。你挨的這一鏢，我想挨還挨不到呢！挨了鏢就坐在床上享福，有人伺候，末了還……」說到這兒，他扭頭一看，見陶鳳兒進屋來了。柳夢龍又補充了一句，說：「我只在此住六天，一過初五，我就上終南山去找飛鏢李，跟他去學鏢，學躲鏢之法去。」

這真寬慰了鳳兒的心，鳳兒立時就抿着嘴兒笑了。她先急急忙忙地跑回去，不用說，一定是把這話告訴她媽去了，待了一會兒就又回來了。

下霸天給柳夢龍的膝前放了一張小炕桌，他就拉平了紅紙，鳳兒就在旁磨墨，柳夢龍覺得這時就只少個高力士給他脫靴子了！鳳兒之豔麗實不亞于楊貴紀，而自己就好像是李太白！

他揮着大筆，隨手寫着：春年春月春光好，人得人心人壽長；五風十雨皆為瑞，萬紫千紅總是春；及時霖雨舒龍甲，晴雪梅花起鳳毛；鳳兮鳳兮原一鳳，他想了一想，便又寫道：卿乎卿乎喚我卿。

鳳兒在旁就不住地笑，原來她還認得字。

柳夢龍對於鳳兒，確是愛慕難舍，只可惜這春聯寫不盡自己的情意。

白眉老魔只說：「寫得好！寫得好！姑娘別累着，墨交給我磨吧！」

鳳兒也許是心裏喜歡得忘了形，就用指甲蘸了點墨，向着下霸天一彈，白眉老魔的眉毛上就沾了一塊黑墨，立時成了個一邊眉毛白，一邊眉毛黑，一副怪樣子的老魔了。他笑着說：「弄了一臉墨倒不要緊，可別弄姑娘你一身，這姑娘真淘氣！」

鳳兒倩然地笑着，先低頭細看她身上的琵琶襟玫瑰紫的小衣裳，倒幸虧沒有濺上墨；又忽然間急斂笑容，偷着看了柳夢龍一眼，仿佛自覺得剛才那舉動太不端莊了，怕柳夢龍不願意。柳夢龍明白她的心，就故意做出了不介意的樣子，依然拿着筆寫。

鳳兒就在旁邊給想詞兒，說些四季平安、五福臨門的吉祥話。

白眉老魔就說：「這姑娘真是才學大，不但會打鏢，還能拿筆。老柳你還差點兒，光會拿筆究竟不行，應當趁早快學鏢去。」他又自言自語地說：「我是鏢不會打，筆也不能拿。寫的這些字都湊在一塊兒，我就認識半個。我是完啦，什麼下霸天？簡直是下半天，沒多大起色啦！」

正在說着，陶老太太也進了屋，她打扮得很是齊整，向鳳兒說：「你就別管這個啦！快收拾收拾，咱們快走吧！趁着今兒還有集，咱們買點東西去。”

陶鳳兒放下墨，笑着說：“我還給忘啦！”

下霸天一邊用袖子擦眉毛上的墨，一邊說：“老太太可別再買年貨了，什麼什麼我都已給預備好了。”

陶老太太說：“我們買點布去。趁着這幾天有空兒，叫鳳兒給她大哥做幾件衣裳。”說着，就帶着鳳兒出屋去了。

這裏下霸天眼望着柳夢龍，悄聲說：“這就行了，不用我給做媒啦。”

柳夢龍沒有言語。待了一會，見陶鳳兒在那屋裏打扮完畢，又走過來，向着柳夢龍似乎要叫大哥，可又叫不出來，只問說：“你想一想，你不要什麼東西嗎？”這話問得是親切而多情。

柳夢龍搖頭說：“我什麼也不要，也不用給我買布做衣服，因為我用不着。”

下霸天就說：“老弟，你也不必客氣了，給你做兩件衣裳又算什麼？你一個年輕人，也應當打扮打扮，老披着那件破皮襖，成什麼樣子？”

柳夢龍說：“連那件皮襖還是四海通掌櫃的，金刀徐老借給我穿的。我平日是不修邊幅，尤其是我無家無業，整年在江湖上漂流着，住小店，受風霜，有時還要跟人打架，滾在山上，揪到河裏，我就是想穿好衣裳，也是不行。”

下霸天笑着道：“你可別這麼說，以後你也應當立一份家業了。”

他說到這裏，那陶老太太和鳳兒，就都轉身走出了屋。下霸天把話止住，待了半天，他才接着說：“老柳啊，你這個人怎麼一點兒世故也不懂？現在的事，你就不用言語，什麼事都由她們去辦。反正有的是錢，還許給你做幾箱、幾櫃的衣裳呢！大概衣裳做好了的時候，我們也就該喝你的喜酒了。你總算走運了，結果必定是人財兩得。”

他裂着嘴哈哈大笑，又說：“等着吧，你娶了媳婦以後，我再跟你要帳！你打三霸天，不用說，頂我這下霸天對得起你。我要不把你帶到這兒來，你想要挨這一鏢，求着挨這一鏢都辦不到！咳，我也是糊裏糊塗，怎麼就把你帶到這兒來啦？怎麼倒給你找了好事兒啦？得了，快點兒給我寫春聯吧！”

柳夢龍此時並沒有笑，他覺得下霸天說的這些話，真是粗俗而無味，不過眼前這些事，他並不在乎什麼衣裳和錢，只有陶鳳兒，卻實在有味得很。這真是一件奇遇，就像是過去看過的《聊齋志異》裏，那些某生、某甲所遇見的鬼狐故事，一樣的新奇。真的，陶鳳兒實在不啻是一個妖狐豔鬼！她到底是個幹什麼的呀？為什麼會刀法，擅打鏢，管轄着三霸天，還很有錢？她到底是個幹什麼的呀？這樣的一個來歷可疑的女子，我如何能冒然與她婚配？他一面提着筆一幅一幅地寫着春聯，一面在腦中不斷地想。

待了一會，柳夢龍就將這許多張春聯寫完了。因為墨跡沒有乾，所以都平鋪在地下，屋裏幾乎沒有站腳的地方了。好在這時下霸天白眉老魔又已出去，忙着預備着過年的一些事。

柳夢龍是仍然下不了床，他倒不怎麼感覺寂寞。也許是他連年的飄泊生活，從沒得到過一點溫暖和片時的享受，如今這個地方倒成了他的安樂鄉；不，是溫柔鄉了。雖然陶鳳兒只這麼一會兒沒在家，沒有見面，他就好像很想念，很不安心似的。自己又覺得有些恐懼，這種纏綿不斷的情絲，實在能夠使一個頂天立地的漢子，變成一個極其無用的人，西楚霸王項羽還不就是個榜樣？於是他就想着：我在此時，千萬要拿定了主意，不可因循自誤，也不可中了這條美人計！

大概今天有集市的那地方離此不遠，也可能就是柳夢龍住過店，喝過酒，跟下霸天開始鬥毆的那個小鎮，所以不大會兒，陶鳳兒和她媽就都回來了，可是沒到這屋裏來，也不知買來的都是些什麼東西。當時就在那邊忙起來了。隔着兩層門簾，也沒法子看見那邊的動作，只是聽。

柳夢龍現在倒像個癱在床上，下不了地，可是又愛多管閒事的老太婆，他就側耳向那屋裏聽着，甚至連陶鳳兒的腳步聲，他都能聽清楚了。又過了些時，他就聽見哐啷哐啷地剁肉、剁菜。他明白，陶鳳兒是給他包今晚除夕吃的水餃兒了。富有趣味的新年氣氛，柳夢龍雖沒下床，也能感覺得出來。下霸天和一些家人、僕人是在院子裏忙，陶鳳兒是在那間屋裏忙，忙得都仿佛很高興。他就想：過年這件事，主要的就是吃食。看下霸天這裏，人口像是很多，一定有廚房和廚役，但是現在陶鳳兒還要自己動手，這就可見是要做點特別的吃食了。這個年看她過得還高興，莫非是因為我在這裏嗎？」

下半天，柳夢龍始終沒再見着陶鳳兒。好在床旁邊就放着那藥碟，裏面還有不少的藥，柳夢龍就不斷地往傷處敷藥，果然覺着輕爽了好多。

到了晚間，有人進屋點上了燈，收拾起來那些春聯。下霸天又來了，悄聲告訴柳夢龍說：「今天可是大年三十晚兒，諸神下界，無論什麼事都得討個吉祥，你就是還覺得我哪點不好，也等到過年再說。」

柳夢龍笑道：「我們既然相交得這麼熟了，往事就都不必再提了。我只盼你過了年，少做那些綠林的勾當。」

下霸天點頭說：「過了年我一定改行！不單我自己，連上霸天、中霸天和我手下的這些夥計，我都敢擔保叫他們洗手不幹了。這些事，咱們走着瞧，我也不用多說，你也不必再講。不過這裏頭還有事，我們以後雖說是洗手不幹，可是也還得開鏢店，或是養活些閒人，這沒法子。你要問詳細的情由，我們也不能說，實在我們也不大知道，我們都是聽喝奉命。你要是想弄明白，還是問你的太太和丈母娘去。」

柳夢龍聽了這些話，又笑了一笑，心裏更是不禁猜疑。

下霸天卻正色說：「你別笑，這是真的！剛才陶老太太已經跟我明說了，她願意把她的閨女許配給你……」柳夢龍聽到這裏，不禁神馳。下霸天接着又說：「老太太說這話的時候，是當着她的女兒。鳳兒那時正拌餃子餡兒，聽了她媽的話，一點兒沒搖頭，只低着小臉兒仿佛很害臊似的。你得知道人家是黃花女兒，今年才整整二十，又是小生日，實在說不過才十九，你得知道點溫存。待一會，她們一定請你過去吃餃子，你可千萬別再說什麼魯莽的話。還有，你得給人家一件訂禮呀，我看你可沒有什麼東西。」

柳夢龍說：「這件事情，我還不一定答應不答應，我還得斟酌斟酌。」

下霸天着急地說：「你老哥還斟酌什麼呀？論模樣，難道你還非得娶嫦娥？論武藝，你非得娶穆桂英嗎？得啦，算了吧，沒什麼可斟酌的啦，我都替你在陶老太太和鳳兒跟前點了八次頭，全都答應了。」

柳夢龍聽了這話，本來又要發急，但是他只長歎了一聲。

下霸天又問：「你拿什麼當訂禮呢？」

說到訂親用的禮物，柳夢龍實在一件也沒有，那破氈帽、破皮襖，以及那口刀，都不能作為訂禮，他連馬都是租來的，將來還得叫賽張遼還給人家呢！他正在作難，同時又想：正好可以借着沒有訂禮，把答應親事的這件事再拖延幾天，再斟酌斟酌，再把鳳兒的來歷細問一問……。

這時陶老太太忽然進了這屋，帶着笑向下霸天說：“薛三爺，你把夢龍請過去吧，怎麼着，還是攛一攛他吧！”

柳夢龍說：“不用，我能夠自己下床。”他隨就抬腿下了床，忍着痛，一半仗着下霸天攙扶着，居然就走出了這間屋。

過了外屋，而到了那屋裏。立時，一片綺麗的景象，都映于柳夢龍的眼中，立時覺得眼前一亮。她們母女所住的這間屋子，跟那邊柳夢龍住的那間是一樣大小，可是四壁是新糊的，器具也不像別的屋子那樣簡單，有梳妝鏡、衣櫃、條案、椅子、茶兒，都是一律的榆木擦漆，而且像是新置的。有一鋪磚炕，炕上的單子、被褥等也完全是簇新的，以大紅大紫的綢緞質料為多。另有一張紅木的炕桌，桌上早就擺放好了許多吃食，什麼紅燒的鮮魚，乾炸的丸子，醋溜的肝尖，粉蒸的肉片等等，雖不是什麼盛饌珍肴，可也是一般人家過年時應當預備的好菜。三隻錫制的燈檯上都高燒着紅燭。靠着炕的壁間上新貼的吉祥如意，梳妝鏡的旁邊還倒貼着福字，意思即是福到了。這全是柳夢龍剛才寫的，新貼上的，漿糊恐怕還沒有大乾。那紅紙襯着粉壁，顯得格外的鮮豔。

陶鳳兒已經穿上了一件桃紅色的軟緞旗袍，可是一點也不肥大了，特別的合體，這也許是為預備過年，或是為今天訂婚才穿的？她高挽着兩隻袖子，露出灰鼠的裏子來，手腕上的金鐲成對，玲瓏而發着光澤，釵環搖曳，滿頭都是翡翠珍珠。

柳夢龍只看見了她的一個背影，因為她正臉沖着裏，稍稍彎着腰，雙手動作很快，自己擀出皮子來，自己捏餃子，然後就放在旁邊的一個蓋墊上。屋子當中升着很旺的火爐，坐着一隻大砂鍋。水已經開了，散出來許多的蒸氣，咕嘟咕嘟地直響，並順着鍋邊往外溢水，熱烈、橫溢，好像有情人的心那樣熱烈、奔放。

陶老太太說：“鍋都開了！鳳兒，你快下餃子吧！夢龍，你上炕裏邊坐着去。”

柳夢龍本來已經被攙着上了炕，往裏面又挪了挪身子，便坐在炕的當中了。就看見鳳兒在那邊往鍋裏下餃子，她那頰上的胭脂顯得更紅了，嬌豔的打扮，簡直像個新娘子，柳夢龍也不好意思多看了。

下霸天在旁邊一坐，指着桌上的各樣兒菜說：“這都是陶姑娘做的。你看怎麼樣，稱得起是好手藝吧？”

柳夢龍也只得笑笑，豈好意思當面誇獎呢？再說，還猜不着待會兒陶老太太要說什麼，也許還會變卦呢？他心裏不由得很着急，同時又斟酌着：如果是提明了，那時我是應，還是不應呢？

燭光照着陶老太太的容顏，這個老婆婆長得倒實在跟她女兒一樣，鳳兒是她親生的，這件事倒是不必疑惑了。老太太安祥而且穩重，說話不急不慌，處處顯露出她的尊貴身份，絕不是無來歷，絕不是養個女兒走江湖、掙錢混事的那等人物，這也不必多疑。只是，這位老太太多半是因為上集買了一趟東西，就又累着了，犯了她的肝氣病了，她皺着眉，好像是難過得很。

柳夢龍就說：“老太太可不要陪着我，您要是覺着身體不舒服，您就躺着吧。我本來不該在這兒過年，這樣勞動老太太……”

陶老太太搖着頭說：“你不用客氣！我就是這樣，永遠是好兩天，又壞兩天。不是大三十的我又說不吉利的話，你想我這樣的身子骨兒，萬一有個什麼好歹，可叫鳳兒依靠着誰？”

　　柳夢龍偷眼又看看陶鳳兒，鳳兒卻仍在一會兒擀擀皮，捏捏餃子，一會兒又拿漏勺，攪一攪鍋裏煮着的餃子，她低着臉兒，倒是沒有因她媽的這話掉淚。柳夢龍就等着陶老太太再往下說。

　　陶老太太卻真叫人着急，又去說別的了，她說：“行了吧？撈吧，先撈一盤子給柳大哥吃，再要煮，皮兒可就破啦！”

　　陶鳳兒給撈出來一大盤子熱氣騰騰的餃子，下霸天趕緊給接過來，放在柳夢龍的面前，說：“吃吧，吃吧，一邊吃着一邊再說閒話。”

　　柳夢龍讓老太太也吃，陶老太太卻捂着胸口說：“吃不下去。”接着又微微歎了口氣，說：“我就怕心裏有事，說不出來。”

　　柳夢龍真想不明白，這位老太太為什麼給她的女兒說婆家，她自己倒這麼發怵？吞吞吐吐地沒有一句爽快話，莫非是其中還有什麼隱情？

　　這時，下霸天白眉老魔在旁也忍耐不住了，他就說：“我替老太太說吧！當着姑娘，我也不怕打我的嘴巴子。老太太母女二人，很覺着孤單，要找個養老女婿。瞧着老柳你不錯，想要……乾脆說吧！要把鳳兒姑娘給你當媳婦。這可也不是求着你，央告着你的事，你願意不願意，你就快一些說。現在別尋思：將來萬一你又不願意了呢，可也別後悔。一句話，你就說願意不願意吧？”

　　柳夢龍被話逼到了這種地步，原想再斟酌斟酌，再商量商量，那也不能了，而且自己若是也吞吞吐吐的沒有一句爽快話，也未免太不像一個男子漢了，遂就慨然地點頭說：“我願意！這我自是求之不得了！”

　　下霸天白眉老魔哈哈大笑，說：“好了！好了！我這次的媒可算做成了。這輩子，我是頭一次做了這麼一件好事。老柳，你既是答應了，那麼君子一言出口，駟馬難追，以後姑娘就是變成一臉大麻子，也算是你家的人了。按着老規矩，現在你就得拿出訂禮來！”

　　柳夢龍說：“我現在什麼東西也沒有，等我的腿傷好了，我必然會買幾件東西作為訂禮。”

　　陶老太太這時又歎息着說：“訂禮的事，倒是不大忙，我就有一件事，簡直是說不出口！”

　　下霸天說：“我也替老太太說了吧！老柳，就是這麼一回事，人說‘郎才配女貌，呂布才能配得上貂蟬’。鳳兒姑娘的鏢法，舉世無雙，你卻連躲鏢都不會，便不能算是相配。現在鳳兒姑娘雖已經訂給你了，可是你還得先去學鏢，回來之後，還得看看你學得到家不到家；如果是真行，才能叫鳳兒姑娘跟你拜天地呢！”

　　柳夢龍一聽，想不到果然又提出了這件事！這種要求，實在太不近情理，而且簡直是侮辱人。他本想不應，但是，此時卻見陶鳳兒已經是什麼事兒也做不下去了，她背靠着梳妝鏡，正在拭淚啜泣。

　　“未免有情，誰能遣此？”這樣的楚楚可憐，千般風流，萬種婀娜的佳人，只叫你去學學鏢，還是只要能夠會避鏢就行，不必一定也會打，這麼一件容易而且便宜的事，還能夠算是苛刻嗎？於是柳夢龍便又點了點頭，說：“這件事我也一概答應。本來現在要叫我成親，我也不願意，因為我也得有許多準備。若論到學鏢，原是一件極容易的事，只消我到一趟終南山……”說到這裏，他卻忘了曾跟下霸天說過的那位在終南山上的高人，是姓張還是姓李了，他便含混地說：“至多兩三個月，我必能夠學成鏢技回來！”

　　這時候陶老太太也笑了，倒似乎是覺得很對不起他的樣子，殷殷勤勤地給他斟酒、布菜、夾餃子。下霸天倒好像完成了使命，現在沒他的什麼事了，只是自己在大喝大吃，話也仿佛沒什麼可說的了。

　　鳳兒是已拭乾了淚水，又對着鏡臺施了一點脂粉，就繼續勤快地包着餃子。她媽叫她也來陪着在一塊兒吃，她卻搖頭，話也不說，仿佛很害臊似的。她在頓然間，倒跟柳夢龍顯着生疏了。她那圓圓的小臉兒時時低着，那雙嫵媚的小眼睛也不再看柳夢龍。她的心，不知是苦還是甜。她完全沒有了往日的潑辣、風流，只是默默的，靜靜的，或許是因為她已經是名花有主，行將為人妻，自然就表現出來的一種矜持的儀態。

　　外面，多半是下霸天的小賊，劈裏啪啦地放起鞭炮來了。令人記起，這不但是定情之夜，還是一年僅有的除夕呢！柳夢龍有些醉了，後來就被下霸天又把他攙回到那屋的床上去。

　　次日，即是新年元旦，見了面都得道一聲恭喜發財，柳夢龍也沒到那屋裏給陶老太太拜年去。下霸天笑着道：“留着你那個頭，等將來謝親的時候，一塊再磕吧！”

　　最令人感覺惆悵的是，從訂親之後，鳳兒就沒再進這間屋，沒再見柳夢龍的面，真是個就等着出閣的大姑娘了！柳夢龍既覺着好笑，又很思念。不過，聽說鳳兒在那屋裏是很忙的，她正在給柳夢龍做着全份的衣服和鞋襪。

　　過了初六，柳夢龍腿上的鏢傷已經結了疤，可以下床走動了。他曾到鳳兒住的那間屋裏去看了看，想要給陶老太太道聲新喜，沒想到正趕上老太太不在屋裏，只有陶鳳兒一個人正對着鏡子理妝。頭上滿戴着絨花和絹花，臉上擦的脂粉也十分嬌豔，衣服又換了一件銀紅色的錦緞旗袍。她見柳夢龍進屋來了，就頓着腳，皺着眉低聲說：“快出去！”

　　柳夢龍說：“我是特來告訴你，我的傷已經好了。”鳳兒說：“我知道啦！得了，你快走吧！幹嗎呀？”她笑了笑，臉又紅紅的，柳夢龍只得退身出屋。這種滋味真是難受，訂了婚事，陶鳳兒倒跟他拘起形跡來了，倒生疏了，還不如早先打架拼命的時候了！

　　衣服、褲子、鞋襪，甚至於腿帶兒，俱已做好，下霸天給他抱到屋裏來，一大堆，叫他換上。他一看，全都是綢緞的，心說：幹嗎？叫我去學鏢，還必得穿這些好衣裳嗎？

　　因為他原來的衣服太破舊，而且單薄，所以，感于陶老太太的盛情，鳳兒的美意，他就把渾身上下，從頭到腳的衣着全都更換了，只有他的那件破皮襖，還是不肯捨棄。他就對下霸天說：“這是金刀徐老借我穿的，將來我還得還給他。再說，我不能有了新衣，便忘了舊服，我將來也永遠要做這樣的人。陶姑娘要想跟我享受榮華，那是做不到的。”

　　這幾天他吃的飯菜，全是下霸天的廚房裏做的，鳳兒簡直好像不大關心他了。他也想：快些走吧！永遠在這裏算是怎麼一回事？慢說陶鳳兒並不是即時就跟我成親，假定她願意，我也不能從此就在這兒做她家的養老女婿。

　　於是，他就表明了即日就要走。陶老太太和陶鳳兒也都不大挽留他，於是就定于這天起程了。陶老太太又為他預備了豐盛的酒肴，令鳳兒陪着，為他餞行。然而，雖是佳人就在眼前，卻相對無語，勉勉強強地算是吃完了這頓酒飯。

下霸天已命人將他的那匹馬備好了，連他的那口刀，也配上了鞘又交給他。於是，陶老太太和白眉老魔下霸天，就一齊送他出莊子，只是還不見陶鳳兒。柳夢龍牽馬持鞭，心裏就不勝煩悶。

陶老太太依然是那樣，好像心裏有很多的事，可是又說不出來似的。她只是對柳夢龍說：「你得多保重！快點去快點回來，別再管別的閒事！」她幾次拭着眼淚，並且說：「你也放心鳳兒吧！我絕不叫她出門，只等着你回來！」

白眉老魔下霸天又趕上前來，悄聲說：「你去練一練躲鏢的法子也就行啦，那還有什麼難的呢？找個地方一個人去練幾天就行。陶鳳兒她也不是非叫你也會打不可，這就是馬馬虎虎、遮人耳目的一件事兒！」

柳夢龍本想要問問：「為什麼要這樣遮人耳目呢？」明知白眉老魔也是弄不大清楚，不然他早就說出來了。如今，當着陶老太太，有許多的話也不便細問。反正，走是得走了，有什麼話將來再說吧！於是他微微地笑着，連連點頭說：「好！好！再見吧！」又拱一拱手，他就上了馬，揮鞭走去。

走出約有百餘步，再回首時，見陶老太太和白眉老魔全都回去了，又顯着他們太冷淡了，柳夢龍心裏真不大痛快，走吧！

這荒莽的原野，淒涼的古道上，雖然這幾天沒再落雪，地上卻仍積着一堆一堆的冰雪。因為燈節還沒有過，人們還都在家裏過年，沒什麼人出來在這條道上行走。柳夢龍徐徐的策馬向南走着，腦子裏卻在不斷地回憶着，這幾天所遇見的事真如一場夢境，如今是相見時難別亦難，真不知自己幾時才能夠歸來，才能夠重見着陶鳳兒呢？

他正在馬上這樣呆呆地想着，忽聽身後有人細聲兒叫着說：「忙什麼呀？你等一等我！」他疾忙回首去看，見身後邊是陶鳳兒騎着一匹白馬追着來了。她依然穿着是銀紅色的旗袍，因為騎着馬，所以撩起了衣襟，露出蔥綠色的綢裏兒。滿頭上仍戴着釵環和大小花朵，鬢上又壓着一枝紫絨鳳。這枝絨鳳卻是新的，而且做得十分精緻，那鳳兒並且銜着一串珠穗，顫顫搖搖的。陶鳳兒漸漸來近，又發着話問說：「你真傻心眼兒！難道你就想不出來，我能不送你嗎？」

柳夢龍撥回了馬，微笑着說：「我不是不知道你能送我，我是想，送我千里，終須一別；好在我只是去學鏢法。」陶鳳兒擺着手說：「別再提啦！」她此刻已變得淚眼愁眉。馬到了近前，就與柳夢龍所騎的馬緊緊地相挨在一起，她說：「我真對不起你，我恨不得就在你的眼前死了！」

柳夢龍詫異着，說：「這是什麼話？」陶鳳兒卻淚如拋珠，嬌軀抽搐，在馬上也坐不住了，她就斜倚在柳夢龍的身邊，哭得簡直令人心痛。

陶鳳兒哭得幾乎要掉下馬來，柳夢龍扶住了她，她才在馬上又坐穩了。她掏出一塊紫紅色的綢手絹，剛要擦眼淚，不料手一顫，就掉在地上了，柳夢龍趕緊下了馬替她拾起。

陶鳳兒皺着眉，關心地問說：「你那腿傷，真的全好了嗎？上馬下馬覺得方便嗎？」

柳夢龍笑着說：「一點也不覺着怎麼樣了，這你倒放心吧！」

陶鳳兒又指着柳夢龍的馬鞍後綁着的一隻包袱，說：「這裏邊還有刀創藥，你要是覺着不好，可以自己調治。這個包兒是我給你打的。」

柳夢龍就點了點頭，又上了馬，說：“你也不必太掛念我了，反正我們兩人必須暫時分別，將來還能夠見面，你何必要這樣的傷心？”

陶鳳兒又一邊抽搐着，一邊說：“因為你待我太好了，而我待你又太不好，我才心裏忍不住地難受！”柳夢龍微笑着說：“這也是因為你太多情，其實我對你又有過什麼好處？我們兩人不過是萍水相逢，偶然成為夫婦。”陶醉鳳兒拭着淚，忽又一笑，說：“你看你這股子酸勁兒！得啦，你晉京趕考去吧！”

柳夢龍又微笑着說：“真的！這投師去學鏢，實在比晉京趕考還難！這麼大的天地，會使鏢的能有幾人？你叫我找誰去呢？”他仿佛是心灰意懶了，恨不得聽到鳳兒說：“那麼你就不用去了，還是回來吧！”

鳳兒此時卻露出很詫異的樣子，皺着眉說：“你不是說過，終南山上的飛鏢李嗎？”

柳夢龍這才被她提醒了，才想起來，自己確曾說過那個人，誰知道有沒有那麼個人呀？是姓李，對啦，是飛鏢李……

當下，柳夢龍不由得臉紅了紅，點頭說：“我雖跟飛鏢李見過一面，可是並無深交呀，他能夠就把鏢法教給我嗎？”

陶鳳兒說：“你說的這個飛鏢李，一定就是李文彪，他早先就在終南山那一帶住着。他的鏢法真是第一，比我們都強得多。”

柳夢龍一聽，倒不由得有點喜歡，原來真有這麼一個會打鏢的，而且是姓李。

此時陶鳳兒忽又一陣羞澀，一陣傷心，她低着頭又擦了擦眼淚，說：“可是我囑咐你一句話，你就一直去找李文彪去好了。你有這麼好的武藝，他一定肯收你做他的徒弟。經他指點，你一兩個月就可以把鏢學成，那時一定比我打的鏢還准，別人若用鏢打你的時候，你也就都會躲了。學成了你可就快點兒回來，千萬可別到南方去！”

柳夢龍聽了這話，心中不由又充滿了狐疑，可是也不能向鳳兒再問了，因為她已悲痛得了不得。一個人在這時要有些英雄的丈夫氣，明知女子的心中有一種隱情，她既不願意說，還是以不問最佳。她叫我怎樣去做，我就怎樣去做，也就是了！

他於是點頭答道：“好！我就依你的話去找李文彪。不過由此往終南山不是近路，那座山也很大，我到了那裏，未必就能夠找得着他，路上還許有耽擱。恐怕頂快也得三個月，那時天也暖了，花也開了，我才能夠回來。”

陶鳳兒說：“遲一兩個月倒不要緊，我在這兒也得給咱們預備預備。我還決定要攔住三霸天，不准他們再去胡作非為了；我自己也絕不出家門，你放心！”

柳夢龍說：“我沒有什麼不放心的，好了，再見吧！”

他策馬走去，才行了幾步，陶鳳兒又騎着馬追上來，說：“給你這個！”柳夢龍一看，卻是她剛才擦淚用的那塊紫綢子手絹。柳夢龍就由她那戴着幾顆鑽金嵌翠戒指的纖手中接了過來。

他的馬向前走，陶鳳兒的馬依舊跟隨着。路旁的楊柳枯枝被風吹着，都好像在搖着手。柳夢龍說：“你回去吧！”

陶鳳兒這才勒住了馬，卻依然依依不捨地目送着他。柳夢龍且走且回首，多時之後，陶鳳兒豔麗的身影才在風砂裏消失，他這才鞭馬疾行。

目前柳夢龍就是想會着賽張遼，無論如何也要把劉主事的靈柩和家眷送到汝南府，完成了這件事，自己才能夠往終南山去。

　　他原想着一定不容易追上他們了。賽張遼有那只紫鳳給他保着鏢，必定是一路無阻，他們還不連蹦帶跑地趕着走路？這時一定已經到汝南府了。但是，事情卻出乎他的意料。

　　他隨走隨向人打聽，打聽得還很詳細，連賽張遼的模樣也都詳細地告訴人了，可是沿路的店房和小鋪，以及村莊裏的人家，凡是他打聽過的人，全都怔怔地回答說：「沒有啊！從去年臘月初十起，就沒看見過一輛鏢車，更沒有什麼官眷和靈柩從這兒經過。」

　　這絕不是假話。賽張遼他們要是往汝南府去，必須由此經過。現在，大家都沒有看見他們，這就可疑了，他們又不會插翅飛過去的，多半是出了事了。

　　柳夢龍原想再折回去，往北去找他們，可是又怕再經過下霸天那個地方，被陶鳳兒知道，那倒好像是我捨不得走，又回去了似的。再加上騎馬走了這些路，腿上的鏢傷又被磨破了，疼得真忍不住，沒法子，只好找個地方先歇兩天。

　　他住的這個地方是衛輝府西關，大道旁邊的一家很大的店，字號是福來棧。因為除了那件破皮襖外，他全身上下，連鞋襪都是新的，而且是綢緞的，又有馬，那麼好的鞍子，所以店家就把他認作是一位闊大爺，把他讓到最寬綽而又最講究的屋裏。

　　這屋裏一切的傢俱雖不是花梨紫檀，可也都是榆木擦漆的，還有穿衣鏡，壁間懸掛着畫，畫上是個美人。柳夢龍倒不計較店錢的多少，他已經打開陶鳳兒給他捆紮的那個包裹看過了，裏面不僅有預備更換的衣褲鞋襪，有刀創藥，還有金有銀。柳夢龍心中很覺着慚愧，暗想：不料我發了這麼一筆財！又拿着那塊拭過淚的手絹把玩了半天，覺出這手絹好像有一股麝香的味兒。

　　他惆悵、相思，精神都不大振作，愈發懶得走了。每天只是吃好的，喝好的，在屋裏塗塗刀創藥，然後便到門口外去看看有沒有鏢車過來。他並且託付了櫃房的店夥和管賬先生，都給他留心着。因此，在此住了三天，他跟店裏所有的人都熟識了。

　　這店裏另有一個孤身的客人，也跟他談上了閒話，就算是交上朋友了。這客人自稱複姓歐陽，名叫歐陽錦，是湖北襄陽人，保過鏢，還帶兵當過千總。和柳夢龍談起武藝來，他都在行，江湖上的門路也能說的頭頭是道。他並且知道三霸天，但對他們是抱着一種輕視而痛恨的態度。

　　這歐陽錦年約三十五六歲，長得也氣宇不凡。起先，柳夢龍還以為他不過是賽張遼那等人物，漸漸地卻覺出來不同。這歐陽錦自誇他生平的武藝就是劍術，他曾在屋裏拿雞毛撣子譬仿過，柳夢龍就看出來他的劍法確實高強，不是瞎吹。有一次，他又拿了個小銅錢兒，從遠遠的打那幅美人畫，說：「我給她添個酒渦兒吧！」只聽吧的一聲，那小銅錢真在那美人的臉蛋上，打了一個小坑兒。柳夢龍到近前一看，果然是不歪不斜，真像是酒渦兒。歐陽錦哈哈一笑，說出他還有個外號，就叫作神鏢手。柳夢龍不由得目瞪口呆，心裏盤算着：我何必要往遠處學鏢呢？跟他學不就行了？可是見神鏢手歐陽錦還十分客氣，說：「見笑！見笑！我這幾手兒，也不過是玩玩還可以，若講起真功夫來，我還差得遠呢！」

　　這個神鏢手歐陽錦的舉止還很闊綽，他穿的衣履比柳夢龍更為講究，住的屋子也是頭等，跟柳夢龍的房間相對。在元宵節那天的晚上，他擺了桌豐盛的酒筵，請這裏的掌櫃的和柳夢龍共慶元宵。

　　他還寫條子叫來了本地最有名的兩個妓女，一個叫月芳，一個叫小翠寶。兩人都是周身綺羅，滿頭珠翠，一臉的胭脂粉，婀娜風流。她們殷勤地侍酒陪筵，對歐陽錦一口一聲地叫着歐三老爺，可見歐陽錦是她們的一個熟客，還是個肯揮霍金錢的人；對這裏的掌櫃的也很巴結，因為這位掌櫃的跟歐陽錦原有舊交。對柳夢龍呢，她們是更加聯絡，因為柳夢龍現在是衣服簇新，相貌又英俊，真像是一位翩翩公子，尤其她們也看出來，這是歐陽錦很敬重的一個新交。

小翠寶搶過來酒杯，說：「柳老爺，您沖我的面子，也得喝了這一杯！」月芳也在旁拍着手，笑說：「這就瞧柳老爺給不給面子了！大節下的，別叫我們翠寶姐敬不上酒，回家裏哭去！」柳夢龍此時，心中是煩惱已極，尤其是怕人糾纏着他。其實，這兩個女人都長得不錯，可就是不能跟陶鳳兒比，他見過了陶鳳兒，好像簡直就不能再見別的女人了。尤其是這些個虛情假意，聽了要令人作嘔的語言，柳夢龍真覺得心裏冒火。依着他的脾氣，就恨不得把酒杯摔了，把這兩個妓女全都踢開。

可是他又想：那我不成瘋子了嗎？歐陽錦請客原是好意，兩個妓女這麼勸酒，也不過是為了銀錢，我心中的煩惱，他們哪能知道？何必拿人家撒氣？這樣一想，心裏就平和一些了，他微笑着搖頭說：「我不喝！」。

小翠寶還拉住了他的胳膊，說：「柳老爺真就這麼瞧不起我嗎？」她又使出來妓女會的那些手段，惹得柳夢龍真要打她啦。幸虧歐陽錦在那裏直擺手，又使眼色，說：「你別再勸了！柳老爺因為身體不大舒服，所以不能夠喝酒，並不是看不起你。」

這裏的掌櫃的也為她找臺階，說：「來！把酒拿來給我喝，再不給我喝酒，我可就要吃醋了！」

小翠寶這才把酒都倒在掌櫃的杯子裏，並在他那胖脖子上捶了一下，掌櫃的就笑眯眯地喝幹了這杯酒，解了這場僵局。

然而，不一會兒的工夫，柳夢龍又忘了形兒，他搖頭長歎着，自己連斟了兩杯，全都飲盡。由此，歐陽錦對柳夢龍就有些驚疑。

當晚宴畢，柳夢龍本已有些醉意了，歐陽錦卻仍追過來，對他說：「柳兄！你也別這樣的煩惱呀！有什麼事，只要你說出來，我就能給辦。雖然咱們是萍水相逢，可是江湖一家嘛。」

柳夢龍對歐陽錦是絕不肯吐露出個人的心事，不過試探着問了兩次，就是想跟歐陽錦學鏢，問他肯不肯指導人。歐陽錦卻微笑着說：「這沒有什麼，像你這樣武藝好的人，一經指點，兩三個月就可以全都學會了。不過，我可不配當你的老師，因為現在的江湖間，若論起打鏢來，我只算是第三把交椅。」

柳夢龍問道：「那麼第一把和第二把交椅應當歸於誰呢？」

歐陽錦又笑着說：「原來連這你都不知道？你可真是閱歷太淺了。打鏢的第二把交椅，如今是一個女人。」

柳夢龍的臉色一變。歐陽錦說：「你一定還不知道吧？將來有工夫，我可以跟你細說說，還許叫你去見一見她呢！那真是個江湖間的尤物，她的風流事兒還不少呢！」

柳夢龍聽了這話，越發地驚訝了。

歐陽錦又說：「至於第一把交椅，那就是襄陽府的耿二員外。不瞞你說，我現在就是給他辦事。日後，若是你有工夫，我可以領着你去見見他。你若想叫他親手教你鏢法，那是很難的，可是你可以跟他談談。他平日最喜歡接待天下英雄，見了你，他必定高興。如果知道你有志學鏢，他只消說幾句話，指點指點你，然後你再自己刻苦練習，包管第四把交椅是你的。”

　　柳夢龍也笑了笑，從此他就放了心了，心說：我何必要遠往終南山，找那個未必能夠找得着的飛鏢李呢？跟着歐陽錦到趟襄陽，不是很方便地就能把鏢學成了嗎？因此他非常地高興。

　　不過，又因為聽歐陽錦說過，論打鏢的第二把交椅是一個女人，那女人的風流事兒還不少……他實在心裏不能釋然，就屢次的旁敲側擊，想跟歐陽錦打聽陶鳳兒的出身和事蹟。

　　歐陽錦這人也很怪，一談到關於女人的事兒，他就不願意多提。然而，他可也不是什麼正人君子，他幾乎每晚都要叫來妓女陪他作樂。他在這兒似乎是等着辦什麼事情，可是他整天也不像有什麼事。

　　這天，午後四點多鐘，忽有店夥跑來告訴柳夢龍，說：“有鏢車來啦！還有一口靈……”柳夢龍就趕緊跑出店門去看，見正是四海通的鏢車，賽張遼比以前倒胖了。柳夢龍就趕上前去，問道：“喂！你們怎麼這時候才來呀？”

　　賽張遼卻反問着說：“你怎麼到這兒了呢？”當下，車馬、靈柩也就卸在這福來棧裏，劉太太和那小寡婦都找好了房間。

　　原來，說起來真叫柳夢龍又可氣，又可笑。當柳夢龍被上霸天手下的群賊，強邀往段家堡去比武爭鬥的那一天，路既難行，後來又下起大雪。賽張遼倒有主意，他叫騾車、靈柩又轉身向北，當日又回到泥窪鎮的店裏去了。

　　回到那店，陶鳳兒母女卻已走了，他們這一大幫人索性把那店裏的房子全都占了。賽張遼就向劉太太把話說明：沒有了柳夢龍，他更不敢保險在這條路上不出事，最好是在這兒多住些日子，過了年再走。不過車夫騾夫，連他自己，可都賠不起開銷，須得請劉太太再多拿出些錢來。

　　劉太太自然也無可奈何，現在就處處都得聽從賽張遼的主意，他要多少銀子就得給他多少。於是賽張遼就得其所哉，他在店裏整天地享福，並且跟那小寡婦也混得越來越熟了。過了新年，他跟那些趕車的賭博，又贏了不少。他的錢口袋沉沉的，臉也發胖了。直到初十他們才動身，沿路又是太陽多高才起身，下午四點就投店，慢慢地才來到這裏，就遇見了柳夢龍。

　　他反倒把柳夢龍着實地抱怨了一頓，說：“你上哪兒去啦？我還當你回家娶媳婦去了呢！一塊兒做買賣，你不知道跟着鏢，只會滿處兒找人打架！幸虧還有我，要光指着你老哥，柳大英雄，咱們這檔子買賣更得丟人，就得賠本帶洩氣啦！”柳夢龍本來也自覺得慚愧，便不願跟賽張遼分辯。

　　賽張遼一進了這個店，當時事兒就多了。他為了向劉太太，尤其是向那小寡婦獻殷勤，把幾個店夥支使得手腳不得閒。他見歐陽錦相貌不凡，又跟柳夢龍很熟，就也去套近乎，把自己吹了一大通兒。見人家不大搭理他，又背地裏對柳夢龍說：“那個姓歐的不是個好東西，咱們對他得留點神，你……”他渾身上下地打量着柳夢龍，似笑似妒地說：“呵，闊起來啦！一定是在哪兒發了一筆邪財呀？穿這麼闊的衣服，住這麼大的房間，交那麼闊的朋友？”柳夢龍也不多理他。

　　晚間，歐陽錦的屋裏又叫來妓女作樂，賽張遼卻跑到小寡婦的屋裏談天。

　　到了次日，柳夢龍自然也得收束行李，備上馬匹，要隨着鏢車前往汝南府。歐陽錦卻也要起身，他來向柳夢龍說：“柳兄！你們這就要走嗎？我的事情現在也辦完了，想要回襄陽府，不妨咱們一塊兒走，我也省得路上寂寞。”

　　柳夢龍點頭說：“很好！到了汝南我把鏢交了，我還要隨你往襄陽去，拜訪拜訪你所說的那位頭把交椅呢！”

　　歐陽錦就笑着說：“那容易，我一定能讓你見着他。”

　　賽張遼在旁邊有點狐疑，直着眼睛問說：“怎麼？老柳，你不等着回冀州分賬了嗎？你還要往哪兒去瞎闖？”

　　歐陽錦笑着說：“因為你們這位柳鏢頭想要學習鏢法。”

　　賽張遼就說：“老柳！你有這身武藝，保鏢吃飯也就夠啦，幹嗎還要學打鏢呢？難道你還要當獵戶，拿鏢打狐狸、打兔子吃飯嗎？”

　　歐陽錦又笑着說：“不是！因為襄陽府的耿二員外，是當今天下打鏢的頭把交椅，所以他就想去拜訪拜訪。”

　　賽張遼說：“我在江湖上闖了這些年，怎麼沒聽說有這麼一個耿二員外？”

　　歐陽錦說：“他本來不是江湖人。他家世代都是做官的，現在他的長兄還做着兵部侍郎。他本人也是武舉出身，做過一任總兵。”

　　賽張遼就向柳夢龍說：“怪不得你忽然這麼闊了，原來你巴結上了官兒老爺？”

　　歐陽錦又說：“秦鏢頭你不要開玩笑，這位柳兄是要叫我帶他去見見耿二員外，以便討教討教武藝。那耿二員外的官諱是叫秉榮，四方人尊稱他為鎮襄陽，銀鏢將軍小呂布。”

　　賽張遼說：“哈！他是我的朋友！他是呂布，我是張遼，你沒看過《三國演義》嗎？張遼跟呂布原是一塊兒的。”

　　歐陽錦也笑了，說：“秦兄要去，我們也可以一同去。”

　　賽張遼卻搖頭說：“我可不攀那高枝兒，我交了鏢，就得趕緊回家看我老婆去。”

　　當下，賽張遼就催着車夫、騾夫們趕緊起身，柳夢龍走不走他都不管。一霎時，都預備好了，就由這店門外起身又往汝南去，成隊的騾車，前面是靈車，鏢旗招展，聲勢赫赫。

　　賽張遼自認為自己是唯一的大鏢頭，柳夢龍倒好像是外人，歐陽錦更是個搭伴兒的。此時，柳夢龍也實在無意跟賽張遼爭地位，他只盼着把鏢車送到汝南，不負金刀徐老的一場託付，也就算了。

　　這隊鏢車直往南去，毫無阻礙，也許是因為那輛車上依然插着紫鳳的緣故。

　　這枝曾在陶鳳兒鬢邊斜插過的紫色絨鳳，被那個老車夫珍重地保管着，現在仍然完好如初，只是顏色有些褪落了，不大能使人注意。可是柳夢龍對於它卻牽繫着一縷情思，看見了它，就以為又與陶鳳兒見了面。

　　歐陽錦也對此很是注意，他就向那趕車的詢問這枝絨鳳的來由。不料這個老車夫是個擰脾氣，說話是又乾又脆，他說：“你既然連這個都不知道，就不必瞎打聽啦，你給我一百兩銀子，我也不能告訴你！”歐陽錦也無可奈何，不過他是很驚奇，很注意的，一路上他時時看着這枝紫鳳絨花，好像心中有不少疑問似的。

　　其實這枝紫鳳絨花也好像沒有多大用處，在路上往來的人很多，並沒再遇見強盜。賽張遼可是時時在疑鬼疑神，太陽多高，他就逼着眾人找店投宿，住在店裏他也是一夕數驚，其實是一點事也沒有。他還很懷疑歐陽錦，覺着歐陽錦跟着他們一塊兒走是沒懷着好意，雖有柳夢龍給保證着，他還是不放心。

　　他完全把柳夢龍給拋開，認為這個鏢是他獨自保着，他時時額外地跟那劉太太勒索銀錢。他還真有本事，那小寡婦真跟他有感情了，一些人常看見他們眉來眼去的。

這天就到了汝南府。劉主事原是城內數得着的財主，族人也很多。靈柩一來到，這裏就預備着開弔、下葬，熱熱鬧鬧地辦起了白事。

賽張遼算是平平安安地交了鏢，算清了賬，領了銀子，又拜訪了當地的鏢行，到處吹了一大陣。事情全都已完了，他可還不準備着回去，他又攙在劉宅的喪事裏邊去了，幫忙，管事，趁空兒就跟那二姨太太小寡婦拉扯一陣，他簡直叫柳夢龍瞧着就皺眉。

他只給了柳夢龍十兩銀子，說：「老夥計，你也算是在路上辛苦了一場，幫了不少的忙。你先拿着這個花着，細帳等着咱們回到冀州，當着掌櫃的再算。」

柳夢龍卻把這十兩銀子依舊給了他，說：「這個錢你還是帶回去吧！或是你在這兒買些土產回去，就算是我給徐老掌櫃的送的一點禮物。那匹馬是租的，勞你駕，你也給帶回。破皮襖是掌櫃的借我穿的，依舊物還原主。我這次跟着鏢車出來，很慚愧，路上出了點變故，使我未能把事情辦得全始全終。幸而，我倒是跟着把鏢送到這兒來了，還算是對得起。現在我因為要到別處去辦點事，不能跟着你回冀州，請你見着徐老掌櫃的，替我問他好，咱們是後會有期！」

賽張遼一聽，不由得怔了一怔，接着就點頭帶笑說：「好吧！我也知道你這次出來，是在路上遇見好事兒啦，交上闊朋友啦，這點點的銀子，你也看不上眼。得啦，你奔你的前程去吧！將來咱們再見面，等你發了財，可別忘了老朋友！」

他又忙着管劉家的事情去了，並且說那二姨太太因為在路上受了風寒，現在又有點病，得拿人參湯補。城裏的藥鋪裏雖賣人參，可是惟有他才能辨別出來好壞，因此他得趕快去買藥，忙得沒有心思再跟柳夢龍多談。

柳夢龍也就去找歐陽錦，商量同往襄陽府，去拜訪那位銀鏢將軍小呂布，耿二員外。

這歐陽錦在汝南府這個地方的熟人很多，大概都是些鏢行的和護院的。這些人見了他，全都十分地恭謹，並且都先要問：「二員外好嗎？」

歐陽錦對他們都沒什麼客氣，仿佛是隨意驅使似的。並且，這歐陽錦好像是負着一項使命，只要見了人，他就必要打聽一番，他打聽的這件事，可又時時避諱着柳夢龍。柳夢龍在旁，他是絕對不說的；或者他正跟人談着話，只要柳夢龍一進來，他立時就把話中止。

不過，柳夢龍卻也偷聽了幾句，好像他所打聽的那個人，是有個舅父住在信陽州，又仿佛是跟三霸天有點什麼關係。總之，歐陽錦仿佛時時刻刻關心着那個人，但又不是什麼善意的關懷，似是其中有一種仇恨。他們必須要得到那個人才甘心，可是一時顧忌頗多，得不到手，所以很使他們急躁。

柳夢龍看出了這種情形，他就索性裝傻裝聾。可是他越發跟歐陽錦表示着願結深交，並催着快些帶他到襄陽見耿二員外。

歐陽錦表面上跟他很率直，什麼話都說，一點不分彼此，其實柳夢龍看得出來，他是處處謹慎小心，而且還時時在設法追究着柳夢龍的底細。他尤其注意柳夢龍的那條紫色手絹，他屢次地笑問柳夢龍有什麼相知，住在哪裏？名叫什麼？多大年歲？模樣怎樣？情意如何？柳夢龍就告訴他說：「這手絹是我的女人給我的。她跟我成了親還不到兩個月，我就保鏢出來了，把她一個人拋在冀州。好在那裏還有她的娘家，可以關照。”

歐陽錦跟柳夢龍訂的是後天起身，可是當天他就托了這裏的一個鏢行中的人，拿着他封得很嚴的一封信，騎快馬先奔往襄陽去了。

柳夢龍就裝作不知道。

次日，歐陽錦就叫這裏的鏢行給他們預備了兩匹馬，晚間並在這城內最有名的一家大酒樓大擺筵席，邀請一些鏢行和護院的朋友，算是他自己給他和柳夢龍餞行。

正在高談快飲之際，忽然酒樓外響起了一陣嗩吶和鐃鈸聲，原來是劉主事家裏送庫，請的是僧、道，還有尼姑，只那紙糊的金庫銀庫、金山銀山、紙馬紙轎，還有玉女仙童，就占了半條街，燈籠火光排成行列，惹得酒樓上的人全都離席去看。柳夢龍也扒着樓欄杆向下看，就見這人群裏就有賽張遼，他也穿着白布的孝袍子，足忙一氣，他倒像是跟人家結了親了，柳夢龍就不禁暗笑。

當晚的宴會上大家都十分盡興，凡是歐陽錦的朋友，都沒有拿柳夢龍當作外人，並且都說，像柳夢龍這樣的人才，到了襄陽，一定得備受耿二員外的優待，因為俗語云：好漢愛好漢，惺惺惜惺惺。他們把那個耿二員外說得不啻是今世的孟嘗。

當夜，柳夢龍與歐陽錦仍同住在一家店內。次日清晨，二人便起了身，離開汝南府直往南去。

歐陽錦的心裏似乎很急，柳夢龍倒不願意快走，這是因為他怕腿上的鏢傷再被磨破了。他預料着到了襄陽，學鏢未必學得成，可先得跟耿二員外比武。不知他的武藝究竟如何？

由汝南府往襄陽去，最近便的道路是往西南去走，可是豫西本來是山嶺綿亙，尤其伏牛山，就如一扇大屏風似的，橫隔住了南北。這裏的各個山峰山谷都有大幫的強人，附近的州城府縣也時有強人的暗哨潛入人群裏。只要有富商大賈，上任下任的官員眷屬被他們注意上了，他們就撒下了網羅，無論走在哪裏，也得被他們搶劫一空，碰巧還得出人命。

這一帶的強人都是無法無天的，保鏢的有時都不敢走這條路。孤身的客人，窮苦一點的倒不要緊；若像他們兩人這樣，渾身上下都是綢緞，騎着肥馬，柳夢龍的馬上還帶着個很沉重的包袱，十九是得要被劫。柳夢龍護身的傢伙還只有那把刀，歐陽錦竟連個傢伙也沒帶着。

他們又只要走到一個地方，就得找那最大的店房，最講究的房間，吃最好的菜飯。歐陽錦還有個壞毛病，到一個地方，他先得要叫來妓女，陪着他喝酒取樂。仿佛非得這樣，他才能夠吃得飽，睡得着。因為這樣，走到哪兒就總有人對他們生疑，還有的就冒冒失失的來向他們詢問、盤查。歐陽錦的態度還十分傲慢，跟誰也不說實話，跟誰也不和氣。柳夢龍就猜着這路上一定得出事，他倒很盼着有點事出來，好看看歐陽錦的武藝。

這一天他們就走進了伏牛山的山口，山路曲折迂回，而且荒涼得可怕，樹木都少，處處是怪石崚嶒。因為天氣仍寒，山中冰雪未消，馬走着十分的吃力，險些滑倒了，蹄鐵敲着堅冰喀喀喀地響，借着山谷的回音，十分清脆。

才轉過了兩個山環，忽就聽見一陣哨子聲，仿佛是鷂鷹在天空上叫似的。柳夢龍就振奮起來了精神，揚目去看，就見前面的山道上，轉過來了一幫強人，約有二十多個，都手執刀槍，閃爍着寒光。

　　柳夢龍就說：“這是幹什麼的？是要攔阻咱們的路嗎？咱們跟他們講文的，還是講武的？”

　　歐陽錦卻搖頭微笑說：“你不用管！”他的馬在前，就往前直沖過去，柳夢龍在後面緊緊地跟着他。

　　來到了臨近，那二十幾個強人，已經擺好了陣勢。其中一個為首的手舞着大刀，喝道：“站住！站住！若是江湖的朋友，請先道出字號來！不然，咱們可就按照規矩辦，馬留下，銀子拿出來！”

　　歐陽錦此刻卻一句話也不說，只由懷裏掏出來一枝鏢，向着那邊打去，但他並不打人，卻聽當的一聲，正打中那人正在舞動的大刀之上。

　　當時，對面的那些強人全都驚訝變色，立時就給讓開了一條路。歐陽錦一句話也不說，當時馬不停蹄地就帶着柳夢龍闖過了這伏牛山。

　　由這一次，柳夢龍覺出來會打鏢實在有點用，他就一心一意地要跟着歐陽錦到襄陽去學鏢。不過，又忽然想起，陶鳳兒曾囑咐過我，叫我千萬不要往南方去，襄陽府可也不能不算是南方啊！又加上歐陽錦這個人，雖然武藝高，可也未必是好人，他跟我結交，帶我去見那耿二員外，也未必是好意，我真得謹慎一點，別弄個鏢沒有學成，反又遭他們的毒手。

　　一路上柳夢龍是時時小心謹慎，這一天便同着歐陽錦來到了襄陽府。

　　襄陽位於漢水之濱，與樊城隔水相望，這是古代楚國的地方，三國時諸葛孔明曾隱居於此，所以城西還有隆中山，有三顧堂，有孔明當時高臥的茅廬。

　　他們由樊城渡過了漢水，進到襄陽城。時已黃昏了，街上可還很熱鬧，到底這是一個大地方，買賣人煙，十分的繁盛。

　　歐陽錦就向柳夢龍說：“今天恐怕你是見不着耿二員外了，我先給你找個地方歇息歇息吧？”柳夢龍說：“怎麼都行。”

　　歐陽錦就指着街道的兩旁，說：“你看，這裏的店倒不少，可是咱們何必要在店裏住，妄費錢呢？你既是慕名來見耿二員外，就得算是他的貴客，你住在這兒一天，吃飯和住房子就都得由他供給，是沒有別的說的。因為你還沒有見着他，我不能冒然地就把你讓到他家裏去住，可是他在這城裏開着好幾家大買賣，哪兒都是可以容得下一個閒人。你在他的買賣裏住着，有好幾種方便：第一房子乾淨，第二伺候得周到，第三，你要是花錢，盡可在那櫃上去支，第四，他要是想見你，一找便能把你找着。”柳夢龍又微笑着說：“怎麼都行！”

　　於是歐陽錦和他的兩匹馬又往前走，轉過了一條街，來到一家鋪子前，歐陽錦就先下了馬進去了。

　　少時從裏面出來了一個穿長衫的小夥計，柳夢龍也下了馬，那歐陽錦又出來了，說：“把馬交給他吧！叫他找個地方給喂去，你進來吧！”

　　柳夢龍便解下了馬上的包袱和那口刀，就隨着歐陽錦進去了。一看，這個買賣四壁油飾得很新，但沒有什麼貨物。進了櫃房一看，更是乾淨、講究，所有的桌椅全是紅木的，桌上不過放着些筆墨紙硯，天秤戥子之類，柳夢龍才知道這是一個錢莊。掌櫃的沒在這兒，只有一個寫帳的先生和兩個大夥計，都對他很是客氣。

　　歐陽錦在這裏連坐也沒坐就走了。柳夢龍無聊地在桌旁找了一本皇曆，一篇一篇地翻着看，不覺着屋裏就漸漸地黑了，夥計給點上了燈，另一個夥計就出去關上了門。

可是門才關上了不多時，又有人來咚咚地捶門。這裏那管帳的趕緊就叫着一個大夥計的名字說：“呂福元，快開門去！一定是胡二回來了。他要是喝醉了，可別惹他，頂好就叫他上後院去。你就說櫃房裏有客人，別叫他進來！”

大夥計呂福元答應着，趕緊就出去了。門外那人還在咚咚地用力捶門，並且大聲地喊道：“開門來！”

柳夢龍很覺着詫異，心說：看這樣子，這裏是個規矩的買賣，怎麼有這樣粗暴的人？他放下了那本皇曆，側耳向外去聽，就聽見門開了，外面的人進來了，腳步之聲很是沉重，並打着很響亮的膈兒。大概是那呂福元沒有攔住，他就跟跟蹌蹌地走進了這櫃房。

柳夢龍一看，這個人身材短小，可是很胖，小辮子盤在頭上，臉色是黑中透紅。已經喝醉了，連氣不斷地打着膈兒，噴出一陣一陣難聞的酒氣。一進門，他就斜瞪着兩隻大眼睛，東瞧瞧，西望望。他自然是看見柳夢龍了，可是並沒有覺出眼生，這個人已經醉糊塗了。

管帳的先生說：“得啦！得啦！你就回你屋裏睡覺去吧！”

這人卻斜怔着眼睛說：“我還沒吃飯呢？”

管帳的先生說：“你沒吃飯？你可喝了這麼些個酒？快走吧，別在這兒待着，今天這兒有客人！”

這個醉鬼簡直就沒把這話聽明白，他也沒注意柳夢龍，就咕咚一聲，往椅子上一坐。只聽當的一聲，原來是他腰帶子上插着的一把匕首，掉在地下了。他也沒顧得拾起來，就將頭靠在椅子背上。他醉得成了一攤泥，身子都沒法動彈，舌頭也早就短了，可還嘰裏咕嚕地不斷在說。他說：“到底還是白乾過癮，我喝了足有兩斤，可也不醉。鶯姑娘直灌我，鶯姑娘真跟我有交情，明兒就是她的生日麼！花毛虎那小子，他巴結上了二員外，想要把我踢開，早晚我得跟他拿小刀子見面！綠眼獅子他硬說我醉了，不叫我回來，叫我在那有槐樹的小屋裏睡覺。好，我可沒那膽子！去年，我親眼瞧見的，小丫環順梅，就為那件事，那娘兒兩個逃走，是她給放了的，二員外就是一鏢……”

管帳的先生說：“你說這些個幹嗎呀？胡說八道的，你快睡覺去吧！”

這醉鬼卻依然一面打着膈兒，一面說：“是我看見的，一鏢就給打死在那槐樹底下啦，真慘！那小丫環長得還真不錯。屍首在那樹底下放了兩天，她家裏的人才來把屍首抬走了。大概二員外給了他們二十兩銀子，算是完事。可是那小丫環死得屈，那小院裏常聽見鬼叫，有人說是貓叫。我可，簡直白天我也不敢到那院裏，一看見那棵槐樹，就仿佛那小丫環在那樹底下站着似的。我胡二也闖過江湖，刀子底下也結果過人，可就是這件事我覺得慘。媽的！叫我拿鏢打死那嬌嫩的小丫環，我可下不了手！”

管帳的先生還說：“你說這些話幹嗎？我怎麼沒聽說有這事兒？你是喝糊塗了吧？”

這時，柳夢龍卻把這醉漢的一通醉語，分析得明明白白。由此可見，那耿二員外為人的殘忍，簡直是個惡霸凶徒。憑仗他的鏢打得准，憑仗他家裏有錢有勢，以往不定做過了多少惡事？我，單單找了他來學鏢，真算是找着了，這個人我非得見見不可。學鏢的事，倒不必指望了，我得替這一方除掉這個惡霸，倒是真的，倒算是我沒有白來！

　　因此，柳夢龍胸中蓬勃起來了一種難以抑制的義憤，就是要多聽聽這醉漢往下說幾句。這醉漢卻又說：“我知道，歐陽老三今天也回來了。他媽的，我想他一定白去了一趟。咱二員外單信服他那樣的人，其實我敢保，他就是見着了陶鳳兒，他也絕不敢下手擒拿！”

　　柳夢龍在旁聽了這句話，當時臉上就變了顏色。真想不到，果然被自己給猜中了，陶鳳兒的底細果然就在這襄陽城！現在這個醉漢，當然他不會知道柳夢龍與陶鳳兒的關係，可是他已經把事情露出來了，顯明了。他又說：“他媽的！歐陽老三這一趟，不定又騙了二員外多少錢，結果他是空手回來，什麼事也沒辦。我就知道他不行麼，單講打鏢，他也打不過人家呀！要是我去，我可至少也得把那娘兒們給捆回來！”

　　柳夢龍注意往下去聽，這醉漢卻已經沒有力氣再往下說了，他坐在椅子上，搖搖擺擺的，直打盹兒，眼看着就要睡着了。

第五回　試武庭前龍蛇爭對舞　揚鞭道上恩怨感相思

　　柳夢龍本來還沒吃晚飯，可是看這櫃上的人，大概晚飯早就都用過了，他雖然覺着餓，可也不便說什麼。待了會兒，有個小夥計給沏來了一壺釅茶，每個人的面前都送來了一茶碗。柳夢龍喝下去了，精神愈發地興奮，同時肚子裏也咕嚕嚕地直響，餓得真有點受不住。

　　那醉鬼也喝了一碗茶，喝完那碗茶，竟把他的醉意給解開了一些，他的兩眼又瞪大了。看見了柳夢龍，他就驚訝地問說：“喂！你是幹什麼的呀？誰叫你到這兒來的？”

　　那管財的先生就代柳夢龍回答，說：“這位是歐陽三爺給請來的，說是二員外的貴客，可是還沒有見着二員外呢，要叫在這兒暫且住着。”

　　醉鬼胡二當時就把柳夢龍從頭至腳地打量了一番，並且由地下拾起來那把匕首。他直瞪着兩隻眼，向柳夢龍問說：“你跟歐陽錦早就有交情嗎？你也是跳板上的朋友嗎？”

　　柳夢龍卻聲色不動，不卑不亢地回答他，說：“我跟歐陽兄也是新交，是在路上才認識。我原是冀州四海通鏢店的鏢頭，因為保了一檔子鏢，才來到這裏。現在那鏢已交了，沒有什麼事了，因久聞這裏耿二員外的大名，恰巧歐陽兄又能給我引見引見，我這才特來拜訪耿二員外。也沒有什麼事求他，只是想跟他認識認識，領教領教他的鏢法……”

　　醉鬼說：“你要想看他的鏢法，你可先得有躲避飛鏢之能，要不然你就得練就了金鐘罩、鐵布衫，身子不怕鏢打才行。因為他的鏢是專打活人。不打活人，他就絕不施展。”

　　柳夢龍微笑道：“我想我是好意前來拜訪他，他還能見了面，就用鏢打我嗎？”

　　醉鬼撇着嘴說：“這可說不定！你可不知道二員外的脾氣，他倒不是殺人不眨眼，可就是別提到他的鏢，他只要手裏一摸着了鏢，當時就六親不認。真的，連他的舅舅都吃過他一鏢。他就是有這麼個怪脾氣，所以大家都時時刻刻地提防着他，連我都只要看見他身上一帶着鏢，就不敢跟他接近。他要是一摸鏢，嚇得旁邊的人都得跑得遠遠的，因為說不定他要打誰。朋友，咱們是初次見面，你是遠路來的，我不能不關照你一下，咱們又是在這兒說，話不能夠傳過去。我勸你要沒有什麼事情，還是少見那位瘟神爺……」

　　柳夢龍一聽，這個醉鬼的心眼兒還不錯，當下就點點頭，可又微笑着，表示自己對於那個兇狠的耿二員外也並不畏懼。

　　醉鬼卻說：「我告訴你的都是好話！你要是自找送命，我也攔不住你。可是我最怕看他拿鏢打人，因為他能夠不為什麼事，就隨便拿鏢打人，說不定幾時就許用鏢打我。我離開他，不但沒酒喝，連飯也找不着；我要在這兒，早晚得做他的鏢下之鬼！他媽的，一想起這些事來我就發愁！耿二員外，平心而論，他的人倒不錯，可就是別提鏢，別提女色。一提起這兩件事兒，他就是個瘟神、太歲，簡直就不是人了！自從去年春天，他有一個最親近的婦人，拐了他的許多金銀財寶跑了……」

　　柳夢龍一聽，當時就像是頭上被扎了一針似的，精神興奮地再往下去聽。

　　這醉鬼又接着說：「那陶鳳兒跑了以後，耿二員外簡直急得就算得了瘋病，脾氣愈發的難惹！」

　　柳夢龍對於陶鳳兒的來歷本來就懷疑，自從在路上遇着了歐陽錦，他看出歐陽錦的行動與陶鳳兒有關，所以才決心跟他到這裏來，預備詳細地探詢。不料，才來到這裏，還沒有見着那耿二員外，就先由這醉鬼的口中聽來了這些話，這不是已經把陶鳳兒的來歷全都說明白了？陶鳳兒原是耿二員外的姬妾，拐了東西私逃了。耿二員外還正在派歐陽錦要找她，並沒有甘心，沒有甘休。我卻，我簡直是個傻子，我竟跟她訂了親了，我也未免太有點冤枉！

　　可是，陶鳳兒雖是出身不高，身世不太清白，但她長得又太美了，對我也太多情了。我若娶她，只能夠叫江湖人都笑話我；我若拋了她，可又實在難舍，這真是一件難辦的事。想不到她竟是這麼一個人，幸虧我還沒跟她貿然就成了親，到底她不是什麼清白人家的女兒！

　　醉鬼胡二是無意地說着，然而柳夢龍就覺着每一句都好像是故意說給他聽的，都是在罵他，挖苦他，揭他的短。他的腦子都幾乎要炸裂了，他實在有些坐立不安，忍耐不住了。

　　又喝了半碗釅茶，肚子越發饑餓，他就自言自語地說：「歐陽錦怎麼還不回來？」

　　管賬的先生說：「他走了很多日子了，今天才回來。他見了二員外，先得說半天話。他的家就在二員外的宅子裏，他剛回來也得歇一歇，大概今天不能再來了。柳爺，您有什麼事兒，可以對我說。」

　　柳夢龍搖搖頭說：「也沒有什麼事，不過，我直到現在還沒有吃晚飯。」

　　管賬的先生說：「這，你怎麼不早言語呢？我們這兒是買賣規矩，早飯是九點吃，晚飯是四點吃，吃完了就封灶，大司務也回家去了。可是，街上的館子還許沒上門，叫夥計給您叫去吧？」

　　醉鬼胡二說：「要叫就多叫幾樣兒菜，你們別看我酒喝了不少，我可還真沒吃晚飯呢！」

　　管賬的先生說：「有你什麼事？你喝得這麼醉，還能連飯都沒吃？你快些睡覺去吧！在這兒要是吐了，可不行！」又問柳夢龍說：「怎麼樣？給您叫去吧？您不要客氣！」

　　柳夢龍搖搖頭，微笑着說：「何必那麼麻煩？我出去一趟，自己上館子裏吃去吧！」

管賬的先生說：「柳爺要用零錢，櫃上可有。」

柳夢龍說：「用不着，我帶着的盤纏還夠。」遂就由自己那包袱裏摸出一塊銀子帶在身邊，將那個包袱交給管賬的先生收存。

這時醉鬼胡二直瞪着兩隻眼看那包袱。管賬先生也沒打開包袱看裏面的東西，就給放在了一個空小櫃裏，將櫃門嚴嚴地鎖上，而將鑰匙當時就交給了柳夢龍。

柳夢龍遂就叫那大夥計呂福元給他開了門，他就走出了這錢莊。只見天已黑了，天空上銀星萬點，風吹來還很冷。街道凄清，鋪戶都已關上了門，往來的人也很少。倒是走了不遠就見有一家酒樓，樓上樓下的燈光全都很亮，柳夢龍就信步走了進去。他連樓梯都懶得上，就在樓下找了個位，先叫堂倌沽來酒。他此時真是煩惱極了，恨不得立時就喝個酩酊大醉，想要一醉解千愁。

他心裏發着恨，恨不得立時就見着那耿二員外，一刀就把他砍死，就算是酬謝了陶鳳兒，然後自己就要當着面對鳳兒說：「不行！咱們兩人還是成不了親。我柳夢龍年將三旬，尚未娶妻，可是不能娶這麼一個給人家當過小老婆女子，這簡真是侮辱我！」

他一邊飲着酒，一邊這樣想着，又由這眼前的情景，想起了那夜下着雪，在那小鎮上的小店裏的事，以及後來發生的種種事情。總之，這都是下霸天那傢伙幹的壞事。他不把我激了去，我也不能見着陶鳳兒，以及後來的中鏢、養傷、說親、訂婚的種種事。陶鳳兒跟她媽也都可恨，她們既是這等的出身，為什麼對我不明說？還要逼着我去學鏢！我學了鏢怎樣？給她們當臂膀嗎？等將來耿二員外去捉她們的時候，叫我去替她們去拼嗎？這不但是欺騙我，分明是耍弄我，把我柳夢龍也看得太老實啦！

他越想越煩躁，就又長歎了一口氣，把錫酒壺吧地向桌上一摔，叫着：「堂倌！給炒菜！來飯！」

那堂倌問他要吃什麼菜，他卻說：「什麼都行。」

這酒樓裏本來也快要熄灶歇息了，所有預備的菜飯都快賣完了，所以只給柳夢龍用肉絲和雞蛋炒了一大盤子白米飯，並給他端來了一碗調了醬油、胡椒，還放着幾個乾蝦米的肉湯，柳夢龍倒是饑不擇食。

正在大口的吃着，忽聽見樓梯響，由樓上下來了兩個人。堂倌就趕緊迎過去，笑着說：「唐大爺，趙大爺，您二位回去嗎？不多坐一會兒嗎？」

這兩個才下樓的人，都是身體結實，面皮發紫，穿着緞子的短棉襖和夾褲，一看就知道他們不是保鏢的，就是護院的，反正都是會點武藝、學過功夫。氣派也與平常人不同，帶着一股傲氣。其中的一個就要掏錢會賬，堂倌卻說：「不用給啦！我們記在二員外的賬上就是了。凡是二員外的朋友，到我們這裏叫菜喝酒，都用不着給錢。您二位不是就住在二員外的宅裏嗎？那更不用麻煩了，到月底我們會上宅裏要去。」

這兩個人都露出點詫異的樣子，便都笑着問說：「你這酒樓可也是耿二員外開的嗎？」

堂倌笑着說：「差不多就得算是他老人家開的。在這城裏，只要是站得住的大買賣，誰不是沾着二員外的光呢！」

兩個人點了點頭，一個錢也沒掏，就大大方方地走了。

這裏柳夢龍趕緊往嘴裏填了幾口飯，一邊嚼着，一邊說：「堂倌！你也給我記上帳，我也是耿二員外請來的朋友！”他抹抹嘴也要走。

堂倌和掌櫃的卻都作難地說：“您，貴姓？”

柳夢龍說：“我姓柳。”

堂倌帶笑說：“柳爺！您聽明白了，是耿二員外的朋友，都得先有人來這兒說幾句話，剛才那姓唐的跟姓趙的，都是我們認識的，知道是沒錯，才不用給錢，您……”

柳夢龍瞪着眼說：“我難道就是假的？藉着耿家的名義騙酒飯吃？”

這掌櫃的和堂倌看着柳夢龍也不像是沒來歷的，所以態度始終是謙恭的，而且很客氣，就又解釋說，他們並不是一定得要跟柳夢龍要酒飯錢，假使他現在身邊沒帶着錢，手頭不方便，也沒有什麼。不過最好是給留下點錢，因為向來冒充是耿二員外的好友，來這兒白吃飯，欠了賬不給的人很多。其實由遠方來此，真能夠受到二員外的優待，就像剛才出門的那兩位，並沒有幾個。耿二員外也不是隨便什麼人都可以見，都可以交的。有此種種緣故，又有耿二員外的吩咐，所以他們現在既與柳夢龍不相識，這筆賬自不好記上，最好請柳夢龍留下一點錢，明天若是問明了耿二員外確實與柳夢龍有交情，這筆錢還照樣給送回去，想要給他們也是絕不敢收的。

柳夢龍由此更看出來，耿二員外在此地的聲勢實在不小，同時他更想要追出去看看那姓唐的和姓趙的兩人，到底是什麼樣的人物，他遂就不願再磨煩工夫，掏出來一錠銀子，放在櫃上，轉身往外就走。那堂倌說：“用不了這些錢，您等一等，給您算一算。”柳夢龍卻頭也不回地就走了。

此時，天色愈黑，街上簡直沒有什麼行人了。往東，只有剛才那兩個從酒樓出來的人，正在慢慢地走着。一個人嘴裏哼哼着當地的戲曲，顯出沉醉的樣子，另一個人走路已有些歪歪斜斜。風兒吹着，他們剛才喝的酒越發地湧上來了，所以兩個人就開始胡說了，也顧不得回頭看有沒有人跟隨着他們了。

柳夢龍在他們的後面有一箭之遠，他也不知道這兩人哪個姓唐，哪個姓趙。只聽有一個人說：“耿秉榮，真他娘的會享福，他的家裏有多少女人呀？大概都是他的老婆。”

另一個說：“他的老婆武藝也都了不得，個個還都會打飛鏢，你可別小覷了她們，也不要把話說錯。”

那一個說：“咱們還是那個主意，不提武藝，更不提飛鏢暗器。你今天沒聽那姓歐陽的回來說，他又由河南給請來了一個本事大的，也不知是什麼人？現在我也看出來了，耿秉榮大概是有一個仇人，那個人還本事不小，連他都未必弄得過，所以他才要招集幾個有本事的，替他辦這件事，收拾那個人去。咱們倆來了，他這樣地款待，也是這個意思。”

另一個說：“我早就看出來了。”

那一個說：“你看出來了，你先別露呀！剛才在咱們吃飯的時候，你就要跟我說，幸虧我向你使了個眼色。原來那酒樓就是他們開的。以後在襄陽城裏真得處處小心，因為到處都是耿家的人！”

那一個又說：“我這回來到這兒，什麼也不想，也不想永遠吃他耿家的飯，只要他肯出大價錢置我的那口寶劍，我就算心滿意足了！”

柳夢龍在後邊聽得很是清楚，由此，他更知道了那耿二員外現在正在安排着什麼事情。這人所說的"有個仇人"，"那人的本事還不小"，莫非說的就是陶鳳兒？無怪乎鳳兒囑咐我不要到南方來，襄陽城這個地方原來就是她早先的窩。現在她所掛心掛慮的地方，她的底細一股腦兒全都在這兒了。最可恨的就是在下霸天的家裏，她假充着清白女兒身，拿我當傻子看！

這樣想着，氣得他的頭又有些發漲了，他追隨在這兩人的身後，依着他此時的不知從哪兒來的怒氣，真恨不得拿一口刀，先把這兩個人殺了，然後再殺耿秉榮，索性大鬧襄陽府。

但是他的理智還不許他這樣，而且知道耿二員外的勢力也絕不是易惹的，這必須一步一步地做。總之，自己來到這裏，既已看出了這一些事，那自然無所謂學鏢了，至少先得把他耿家鬧一個天翻地覆。

當下他尾隨在這二人的身後，自己越發地仔細小心，又細聽這二人的談話，才知道這兩人的來意、性質也不同。其中那個姓趙的，此人年事似乎略長，大概在豫南各地，頗有一些江湖名氣。他是有一口寶劍，現在來是為做買賣，希望耿二員外買他的那口寶劍，能夠給他一大筆錢。

可是那姓唐的，年紀似乎比他輕些，來這兒是要打算長久做耿二員外的門客。但又擔心着耿二員外的賞識力太高；尤其知道耿家的小老婆個個全都武藝高強，他自己的武藝怕見不得人，怕不能被耿二員外看得起，他最憂慮的是這些事。同時他又說："看耿二員外今天對咱們的面子，住在這兒吃他些日子，自然不算什麼了。那口寶劍他也是一看見，立時就愛不釋手了，可就是要叫他出大價錢，怕是辦不到。"那姓趙的最怕的就是寶劍換不來大筆的錢。

這兩人隨走隨談，柳夢龍是一路偷聽，有些話還沒大聽清楚。不覺着就來到了一個地方，這不用說，一定就是耿二員外的宅院了。在繁星微月之下，黑壓壓的一大片房屋，雖然細看不出，可是比磁州中霸天的宅子，上霸天的段家堡和下霸天住的那地方，又寬廣，而且顯赫得多多了。大門前雄踞着兩個石雕的獅子，黑沉沉的，好像是在守着大門。

其實不錯，在一個石獅子的後面，正有一個守門的人，一定是這裏的打更的，伴着一個燈兒，正在打盹兒。這兩個人來到，說明是這裏二員外的朋友，因為吃酒去了，現在要回到這裏來住。打更的卻說是大門已經關了，不能夠再開，叫他們去走旁門。

這兩個新的客人只好跟隨着那打更的去走那旁門。原來旁門就在牆的東邊不遠，連柳夢龍都沒有想到，正門是這樣黑黝黝的，那小的旁門卻連關也沒關，一推開門，就可以看見院裏是處處有着燈光。

當下姓趙的和姓唐的二人走了進去，他們當然也用不着給關上門，打更的提着小燈籠也哼哼了兩句小曲兒，轉身又往那石頭獅子的後邊避風兒處打盹兒去了。柳夢龍就隨着那二人也進了那旁門。

本來這時還沒到三更天，天色還早，有許多人沒有吃晚飯呢，這廣大宅院裏現在正熱鬧着。各屋的窗上全都有明亮的燈光和亂動的人影，屋裏處處是男男女女的說話聲，笑聲，偶爾還有一句兩句的唱曲之聲。雖然因為外面天黑且冷，人都在屋裏，可是由此就看出來耿二員外的家是很雜亂的，而且沒有什麼規矩。

那兩個客人不知走往哪個屋裏去了。此時柳夢龍的精神益為奮發，他將腰間的絲帶緊了一緊，衣襟掖好，雙袖全都挽起來，他就邁着腳步兒輕輕地走。走過了好幾處，窗子裏面都有人談着話，他就聽見這些人說的都是些輕佻無聊的話，大概這都是些個僕人住的屋子，可是又有些女僕人，或者就是耿二員外的姬妾攪在裏面？一點不成體統。這個地方真叫柳夢龍小看，而又深深地痛心：為什麼自己的陶鳳兒竟是這樣的出身？

他走過了一重院子，為避免被人看見，就縱身上了牆頭，接着又輕輕地走上了屋脊。這是他早先學過的功夫，多年未用，如今使用出來了，還覺得十分熟練，只是那條受過鏢傷的腿，雖說並不疼痛，可還是有點彆扭似的。這更使他心裏不痛快，無名的怒氣又向心裏擁聚。

過了這一道高高的屋脊，向下一看就是正院。院當中點着個亭子形狀的玻璃燈，燈光把院子照得很亮。院中的地面上鋪的都是又平又細的四方形的大磚，極為整齊，地上還擺放着數只很大的金魚缸。朝上就是一座影壁，壁上還有磚雕的很細緻的字：四季平安。東西北三面的房屋都探出來很深的廊廈，廊柱上都油漆着各色圖畫，如同錦繡的一般。廈子前安設着小巧的欄杆，被室中的燈光映到牆上，形成淡淡的花紋，顯得極為雅致幽靜，令人覺出這裏與那個僕人住的院子迥然不同，這裏才表現出耿二員外是官宦之家，的確有一些勢派。

柳夢龍蹲伏在屋瓦之上，他反倒不知道應當往哪邊去走才好了，猜不出耿二員外是在哪間屋裏。這院裏半天也沒個僕人走過，北屋的玻璃窗並且懸着很厚的窗帷，所以顯着那屋裏的燈也是不大亮。他正在猶豫，忽然聽見就是那北屋內有人咳嗽，這咳嗽的聲音似是女人。咳嗽之後，接着是兩聲女人的笑聲，北屋的屋門就開了，走出來了一個身材很高的女人，穿的是一件淺顏色的短小的綢緞衣服，順着廊子很快地往西邊走來。在那屋門一開的時候，裏面的燈光就射了出來，原來那屋中的燈光也很強烈，人也不少，彷彿正在吃飯。

這女人似乎是因為點什麼事，負氣而走出來的。緊接着就有一個身材瘦小的女人追出來了，她叫着說：「大姐！你回屋裏去，你不該……二員外今天剛高興一點，怎麼剛一提到她，你就躲出來，顯見你是……真的，快回去，再喝一點酒去！他們說他們的，即使當時就把她找着，她也未必那麼容易回來。再說，就是她真回來了，又能夠怎麼樣？她把這個宅子攪了個亂七八糟，金銀財寶拿走了不計其數，在外邊又姘了什麼三霸天、六霸天，把二員外氣得病了足有一年，回來倒還都是她的？還讓她吃香？那由我就不行！大姐，你回去，聽他們怎樣說！別一點也忍不住氣，別這麼一賭氣就走，這樣叫二員外更覺着咱們不好了。」

此時，高身材的女子止住了腳步，只聽她生氣地說：「本來是咱們不好麼，咱們這十個人，也比不上一個姓陶的，要不然二員外何至於叫這個人，叫那個人？又聽說叫來了很多的人，千方百計的要去找那姓陶的。你別聽着話說得那麼狠，什麼找回來就殺了剮了，其實二員外才捨不得呢！真要是把她找回來，那還不跟找回來了金子寶貝兒一樣，還不趕緊就拿在手裏，抱在懷裏，把咱們全都踢得遠遠的？你們都陪着去吧，我可恕不奉陪了，我不能夠聽那些話！」

這個女人耍起脾氣來了，那年紀小的女人就拉住了她，伶牙俐齒地還不斷地說着勸着，可惜有些話聲音太小，而柳夢龍現在所在的地方又太高了，因此聽不大清楚。

但是，緊接着那屋裏又出來了幾個人，都是女人，當然還都是年輕的女人，六七個，衣裳的顏色有深有淺，但是都閃着光澤，可見全是些綢緞的質料，而且樣式一律是短小、緊身的，還許是琵琶襟。

柳夢龍就仿佛在哪裏見過這些女子似的，或是他曾見過的一個女子，如今忽然幻出許多的化身來了，他覺得有些眼亂，覺得特別的驚奇，接着又從心裏覺得生氣，同時又好像有些灰心。

這時，那屋裏出來的女人大約是七個，都圍上了那身材高的女子，勸着，拉着，就又把她給拖回到北屋裏去了。更神秘的是那屋門一關，立時岑寂，窗帷厚厚的，也顯不出裏面有多少人，更聽不出屋裏有人說話。可是，待了會兒，忽然有個男子聲哈哈大笑，笑聲怪異而驚人。

柳夢龍猜出這發笑的男子，一定就是所謂耿二員外，別人是絕不敢如此狂妄地大笑的。

這是因為他高興了，今天歐陽錦回來告訴他，陶鳳兒可以找回來了。陶鳳兒不過是這些個女人的其中之一，而是更為他所寵愛的。為什麼事離開了他的？混帳！憑這麼個女人，就敢在外面假惺惺地欺騙我柳夢龍？我何必還要跟這個耿二員外爭她？一切我都明白了，我走開就是了，還回到金刀徐老那裏，好好地保我的鏢去，把這些，連身上穿的和那些金銀，全都扔還她，或者就扔在這裏陽河裏……這樣一想，氣得他就在房上一坐，真不想做別的事了。

然而，夜風陣陣地吹來，那北屋裏忽然發散出細細的笙簫聲和嫋嫋的歌聲，他又一陣地忿恨、嫉妒。並見幾個丫環和婆子，擔着食盒，正不斷地給那北屋裏添酒送菜。門開時，不獨燈光更明，笙簫歌唱之聲也立時就一陣清晰，還聽見似乎有那歐陽錦的語聲。

柳夢龍就驟然又忿恨地想道：原來這個小子也在那屋裏了！旁的不說，他這次把我帶到襄陽來，絕不是毫無用意！而我來到這裏，他又不叫我當時就見姓耿的，他卻先來到這兒商量，更不定是懷着什麼歹心，我絕不能饒他！”

此刻那屋中的歌唱聲更清楚了，仿佛有兩個女人同時在唱着，越唱越高興，索性沒完了。

耿秉榮真是樂得可以呀，柳夢龍又一想：我既然來到這裏，就不能不看看他，同時，也得讓他看一看我才行！由此，精神又複振奮。他就細細地觀察這房屋的局勢，覺得若是設法進到那北屋裏並不算難。向下看着，半天也沒再看見那北屋的門開，院中廊下全都沒有人往來。他遂就輕輕地下了房，貼着廊子，在燈光照不到的地方，很快地走着，就到了北房的盡西首。

這北房一共是五大間，正中的三間屋子有人有燈光，但是盡東首和西首的兩間，上下窗全都是漆黑的，一點光也沒有。可見這兩間屋也許是臥室，現在還沒有人。柳夢龍就到了那西首，用法子將窗戶啟開，他就躥進去了。屋裏漆黑無人，只有一扇木門通着外屋，外間的燈光從門縫中一條一條地射進來。這原來是個所謂的套間，只為存貯什物，不像是有人住。

柳夢龍就扒着門縫向外去看，見那外屋所有的器具陳設是十分富麗，楠木的大屏風上雕刻着精緻的百鳥朝鳳，上面鑲嵌着金絲和珠寶，並有檀香床，床上鋪着錦繡的被褥和大幅的豹皮。

但是那屋裏也沒有人，紅木的小桌上，銀制的臘台，點着一枝紅燭，光線也很黯淡。前面有大幅的拖到地的幔帳，不知是什麼質料做的，堆花簇錦，看上去很厚很沉。

這幔帳以外，才是那些人正在歡樂的屋子，所以有時這幔帳被人碰一下，動一動，啟開了一道縫，這才可以看到幔外的強烈燈光和歡笑的人們。這屋子陳設得富麗而神秘，無疑是耿二員外的臥室了。

柳夢龍就大膽地拉開門，走出了套間。那門還輕輕地響了一聲，可也為歌聲所掩。他覺得一點兒也不用鬼鬼祟祟的，他並未把耿二員外看成是什麼了不得的人物，直接地就走到那幔帳之前，用手輕掀了掀，外屋的一切景象就都被他看見了。

只見屋當中是一個大圓桌，擺着杯盤壺碗，魚才吃了半條，一大盤子什麼還在冒着熱氣，其它總之是些山珍海味，豐美的酒肴。

歐陽錦那個小子是這裏唯一的陪客，可知他真是耿二員外的心腹。但他此刻拘拘束束的樣子，好像連酒都沒敢多喝，四邊坐的盡是那些服裝怪異的女人，有的還斜挎着一個繡花的口袋，大概是鏢囊，有的在系腰的羅巾上插着帶有皮套兒的短刀。

這幾個丫環不丫環，侍妾不侍妾，高矮不等，胖瘦不同的女人，有斜坐着的，歪立着的，有輕輕吹笙的，慢慢吹蕭的，有喝酒的，還有邊笑邊唱的，唱的不知是什麼，柳夢龍一個字也聽不懂。

大家都圍着一把太師椅，那太師椅上鋪着虎皮，坐着一個大胖子。這個人穿的是一件綠色的肥大緞子衣裳，好像是一口巨豬，又像是個魔君。

柳夢龍只能看見他的一個側面，見他沒有鬍鬚，年紀也不過三十多歲。鼻子大，面白而臃腫，頭髮是挽成個道髻似的，插着金髮簪。這自然就是所謂的鎮襄陽銀鏢將軍賽呂布耿秉榮耿二員外了，原來是這樣一個怪樣子的人。

柳夢龍此時不知從那裏又發出了一陣妒恨，立時就想把他殺死。但，柳夢龍此刻手中真是沒有寸鐵，而那幾個女人，連吹笙的都帶着刀，有的還佩着鏢囊。歐陽錦也在這裏了，此人的鏢法和武技，柳夢龍是知道的，因此他也不敢胡來，不敢不小心仔細些。他並且看見耿二員外的手中原來正在把弄着一口寶劍，此劍很短，不足三尺，燦燦的發着青色的光芒，確實是一口古劍，是真正的寶劍。

而耿二員外竟一面聽着歌，一面愛不釋手地把玩，用手摸着那劍身，並輕輕地摸那劍鋒，也不怕傷了他的手指頭。歐陽錦就面對着他，也不說什麼話。

這場酒筵看不出有多大的意思來，歡笑早已過去，燈漸闌了，二員外也有些酒醉了。笙蕭嗚嗚地吹着，沒有一點兒力氣，歌也唱得已沒有了詞兒，而且其聲頗哀。那耿二員外似乎是想了好半天的心事，忽然他擺了擺手，說了聲：「別唱了！」

立時歌停笙止，蕭也放在桌上了，這麼些人都默默無言，除了那個高身材的女人還挾着魚吃，其餘的人仿佛連動都不敢動，連低聲說話也不敢。

耿二員外仰着臉打了一個大呵欠。他倦了，他說話很慢，而且聲音又低，仿佛是對歐陽錦說：「你回去吧！明天叫姓柳的來見我。那賣寶劍的兩個，就叫他們在這兒住着吧，品察品察他們的武藝如何！……你回去吧！有什麼事明天再說……」又自言自語地說：「陶鳳兒！哼！陶鳳兒！」接着長歎了口氣。

那高身的女子立時又撇嘴冷笑，歐陽錦卻趁此際趕緊起身告辭，椅子一陣響，帷幔被掠動着，柳夢龍就急忙退步藏在那屏風之後。

這屏風後面，地面也並不狹，柳夢龍一碰就碰在一張桌上了，只聽呱嗒一聲，也不知是什麼掉在地下了，幸虧還沒有叫幔帳外邊的人給聽見。這張桌上的零碎東西還真不少，柳夢龍用手一摸，就摸着了好幾枝同樣的古怪東西，是冰涼的，鐵的，長圓的，可又仿佛有梭有角，一端是尖的。就着自屏風之間透過來的一絲燈光，他看出來這原是鏢，鋼鏢，與陶鳳兒所使的鏢一個樣。這張桌上有不少的鏢，這個地方真的是處處是鏢。

當下柳夢龍就把兩枝鏢藏在自己的懷中，立刻，又聽到屏風外那耿二員外大聲地打着呵欠，並有女人說話。原來是帷幔掀開了，兩三個女人攙扶着肥胖的耿二員外，離開了那太師椅，來到檀香床畔，就躺臥下了。

此時柳夢龍偷眼從那兩扇屏風之間的微隙之處，向外去瞧，就見三個女人一齊在服侍着那耿二員外，給他的身上蒙錦被，給他的腳下墊銅的暖水壺，給他的脖子下放枕頭。這肥胖如豬的耿二員外真是舒服極了。

待了會兒，又進來了四個女人，有的挪燈，有的搬腳凳，將這屋子又收拾了一陣。

此時柳夢龍的心裏是十分的緊張，想着：如果她們要收拾到這屏風後邊來，那時自己是連躲也無法躲。只有兩個辦法，一是拿這桌上的鏢打她們，可是這太沒有把握，她們有的還帶着鏢囊呢，打不着她們倒許遭她們的毒手，這群女人恐怕個個都有陶鳳兒那麼厲害！所以最好是驀然將這沉重的楠木屏風推倒，先嚇她們一大跳，並可以擋鏢，還許能夠壓躺下她們幾個，那時自己就趁勢出屋逃走。他準備着要這樣做，大概也非得這樣做不可。

可是待了半天，竟沒有一個人到屏風後邊來，仿佛這裏只是為藏着一張放鏢的桌子，輕易沒有什麼人來。這幾個女人將耿二員外服侍得睡下了，就有的拿着燈，有的還抱着暖爐，都往那西套間去了。

此時柳夢龍又覺着自己一定要被她們發現，因為剛才自己啟開那套間裏的窗戶進來的時候，忘記是把那窗戶又關嚴了沒有？萬一沒有關嚴，被她們察覺，必要驚慌起來，必得在各處搜查。

可是，那幾個女人到了套間裏，竟閒談起來了，聲音很小，在這裏也聽不見。

那帷幔以外，大概是有僕婦們收拾那桌殘席，杯盤輕輕地響了一會兒，也不響了。

此時在床上躺着的耿二員外是面向着裏首，要是從外面暗算他，真是十分容易。可惜柳夢龍手邊雖有鏢，但是不敢打，恐怕打不準，倒驚醒了他。

耿二員外這時也還沒睡，床邊無人，燭光很暗，但他手裏還拿着那口寶劍，不住地在把玩。

柳夢龍在這屏風後，屏聲靜氣地又站立了好半天，這時套間裏的那幾個女人還在閒談，而且有的還壓着聲兒笑，好像是這一天中，只有這時候才是她們談笑、玩耍，最高興的時候。床上的耿二員外卻已發出了鼾聲。

柳夢龍又等了一會兒，看那耿二員外大概已經睡熟了，他遂輕輕地走出了屏風，一直就奔向了那耿二員外的床邊。他伸手要去拿那口寶劍，並準備劍到手之後，立時即揮劍，將這一方的惡霸，世上的淫魔結果性命。

可是他的手剛一伸，卻發現夠不着那劍。因為二員外的身子肥大，蓋着的被褥又厚，而且他的身子靠着床的裏邊，那口劍更是在床的最裏邊。

此時耿二員外也似有了點驚覺，身子一翻，柳夢龍只好向後退身，只見那耿二員外因為身子太胖，沒有一下就翻過來，呼嚕呼嚕地接着又睡了。

此時柳夢龍就想：其實以自己的渾厚的臂力，輕捷的身手，熟練的武藝，何必管耿二員外此時是睡着還是醒着？就上前按住他奪過他的劍也就行了，何必還怕驚醒他？即使套間裏的那幾個女人都出來，自己也可以揮動寶劍跟她們鬥一陣，她們有鏢，我也不怕……」

這時耿二員外睡得真香，如一匹死牛，套間裏的女人們說話的聲音更真切了。就聽有一個說：「鸞大姐她可真是，她今天不但跟醉鬼胡二喝了一回酒，又陪着二員外喝了幾盅酒，我看她倒真像是喝了半缸醋，一聽說要去找陶鳳兒，你看把她給氣的……」

又有一個說：「我看，二員外就是把陶鳳兒找回來，也不能輕饒了！我跟你們看得不一樣，二員外對陶鳳兒是真氣了，真恨了，找回來她，就絕不能夠叫她活，你們說還能夠照舊跟她好？我不信！」

另一個女人笑着說：「你不信？我信！只要把她找回來，二員外不但不打她，不罵她，還一定能夠把咱們這些個人全都踢得遠遠的，你要不信，咱們就打個賭吧，到時候看！我們賭什麼的？……」

一聽到了這話，柳夢龍就不由得又要側着耳朵專心地去聽，同時心裏是又生氣，又羞愧，這就仿佛是說着他家裏的人似的，說到他心裏的短處似的。他立時就轉了念頭，暗想：我何必要這時就殺死這耿二員外，是為陶鳳兒嗎？是為嫉妒、吃醋，才殺死他嗎？那我也太不是英雄，太不是丈夫了。

如此一想，他轉身就走。不料他的腳步重了些，被套間裏的女人們聽見了，立時就有人驚訝地問說：「是誰？誰？」同時有好幾個女人急急忙忙的從那套間裏出來，柳夢龍卻已經大開了屋門走出，屋裏的女人齊都驚慌地大聲說：「有人啦！」

耿二員外也已驚醒，驚問道：「什麼事？什麼人？不至於是有外人進來吧？」

柳夢龍卻在院中掏出來懷中的一枝鏢，吧地就向裏北屋的門打去。這一下，屋中的人更都大驚，霎時外間的幾個女人就全都手提着鋼刀出來，柳夢龍卻早已飛身上了房，等到下面的人用鏢向房上來打，他卻已從容地走去。

這耿家的宅院，深而且廣，在高處看着，有的地方有燈光，有的地方是黑沉沉，樹木也不少，後面還有巍峨的高樓，直如波濤起伏的一片大海似的。此時下面也似海濤驚起來了，燈光增多了，而且各院裏，都急急的向那正院滾動着，集中着。

柳夢龍在匆忙之間又回頭看了一眼，心裏感到一種快意。他就由高牆上跳下，到了外面。走到那大門前，見那打更的小燈籠已不知向那裏去了，兩隻石雕的大獅子卻還在那裏靜靜地蹲着。

柳夢龍很快地走，走到了街上，一個人也沒有遇見，他就找着，回到了那家錢莊。此時他反倒沉下了氣，敲門時一點兒也未顯出慌張或急躁。

待了半天，裏邊還是那個叫呂福元的大夥計，隔着門問明白了，才把門開了。他走進來一看，櫃房裏的燈光也昏黯欲滅。呂福元關好了門，才悄悄地對他說：「您到後邊歇着去吧！掌櫃的回來了，櫃房的人都睡了。」遂就帶着他往後院走去。

後院是四合房，呂福元把他讓進一間東屋，摸着了燈替他點上。柳夢龍一看，這屋裏一切的木器很是齊全，也很講究，木榻上已鋪好了整潔的被褥，倒像是為招待貴客而設的。

他就先說：「我在飯館裏多喝了幾盅酒，要不是堂倌把我叫醒，現在我還得在那兒睡着呢，現在天色不早了吧？」呂福元說：「倒還不晚，還沒有打三更呢！」柳夢龍又說：「這裏館子的菜倒還做得不錯。」呂福元沒有言語。

柳夢龍又問說：“歐陽三爺沒有來？”

呂福元回答說：“沒來。”

柳夢龍又笑着問：“那個醉鬼呢？”

呂福元說：“您問的是胡二嗎？他是天天要醉的，他在西屋裏睡，別人誰也不願跟他在一屋裏睡。”

柳夢龍就問道：“他是幹什麼的？”

呂福元說：“他是耿二員外家裏的老人兒，在這兒已十多年了，去年才派他到我們這兒。”

柳夢龍問說：“他還會打算盤寫賬嗎？”

呂福元搖頭說：“他不管櫃上的事，就算是個看門兒的，可是他連門兒也不看。不過這個買賣雖是二員外家開的，沒人敢來搗麻煩，可是去年也鬧過賊，丟了很多金銀；又有別處來的江湖人找來，由此才把他派來。他掙這兒的錢，可是兩邊兒吃飯，宅裏的菜好他在宅裏吃；菜不好，他就在櫃上吃，可是天天得回到這兒睡覺。因為他跟宅裏的人都熟，有點兒錯，也沒人說他。”

柳夢龍本想要再打聽些事，可又覺着那就未免太露形跡了，還是有什麼事明天再說吧！

當下，呂福元就帶上了門出去了，柳夢龍將門插好，熄了燈，摸摸懷裏還有一枝鏢和一把鑰匙。他也疲倦了，遂就熄燈上榻去睡。但是一躺下，不禁又想起剛才所看見的耿家那些情景，及和陶鳳兒過去的一些事，心裏非常的地惱，三更敲過又聽敲四更，他才惛惛睡熟。

次日起來的時候，這錢莊已開過早飯，做起買賣來了，歐陽錦可是還沒有露面。

這櫃上共有七八個夥計，然而都沒有什麼事。掌櫃的姓黃，是個老頭兒，對待柳夢龍非常地客氣。他自稱，耿二員外的父親老員外在的時候，他就在耿家。那位老員外做過道台，他也跟着到任上去過，歐陽錦也是他的老世侄。他詢問柳夢龍的家世，柳夢龍卻用別的話給支吾過去了。

胡二也是才起，穿着新衣裳，腰帶子上插着一對匕首。

昨晚他醉的時候，倒跟柳夢龍說了許多像是朋友的話，顯着他的為人還爽直；現在他不醉了，卻倒端起架子來了，高傲得很。見了柳夢龍，連一句話也不說，並斜着眼瞪着，仿佛心裏很氣憤似的。他並且蠻橫而兇惡，有一個要飯的老貧婆，到這門口兒來乞錢，也被他連踢帶罵地就給打走了。看來他還不知道昨夜耿家的事，也許是耿二把事情瞞住了。這裏沒有人知道昨夜那裏曾經有過一番驚擾，也許是那裏的事還沒傳到這裏來。

柳夢龍很無聊地在這門前站着，看着來來往往的人跟車馬，他覺得這襄陽城十分的熱鬧，天氣也比較暖和。正在看着，驀見由東邊馳來了一騎棗紅色的馬，騎馬的是一個披着紅緞大門蓬的女人。

這個女人身材很高，臉是又白又胖，長得不但不好看，還兇惡得很，胭脂粉可擦得真多，年紀至少有三十二三了，騎在馬上很得意。柳夢龍昨晚已經把她認識了，她就是那個愛吃醋的鸞大姐。

馬到了錢莊的門前，她就下來了，她並不注意柳夢龍，就一直地走入。櫃上的人，連掌櫃的都趕緊站起來，帶笑地招呼她。那胡二仿佛發了瘋了，笑着追着她說：“喂！鸞姑娘！昨兒晚上咱們在一塊兒喝過了，您沒有再喝嗎？那酒可真不算什麼的，回來我一點也沒覺着醉，今天晚上再喝，您敢嗎？」

那鸞大姐卻用手把他一推，這一推就幾乎把他給推倒下。鸞大姐卻一直走進了櫃，叫那掌櫃的跟她一同進了櫃房。待了不大的工夫，就見她手托着一包約有三十兩的銀子走出來了。

胡二趕緊又追過來，嘻皮笑臉的說：「大姐有了銀子啦！先借給我一點兒吧？」

這鸞大姐卻不理他，她敞開披着的棉鬥蓬，只見裏面穿的是一身銀灰色的緊身小襖兒，帶着匕首，還帶着鏢囊，她把銀子就裝進鏢囊裏去了，沉着臉一句話也不說，仿佛是心裏有事似的，當時就出門走了。

胡二還追出去，抓着人家的馬跟人說話。這裏櫃上的好幾個夥計都看不下去，有的暗笑，有的小聲議論。就聽一個人說：「哼！他也就是敢跟鸞姑娘這樣，早先鳳姑娘在這兒的時候，他可不敢。他敢這樣，那就是不要命了！」

柳夢龍一聽談到了鳳姑娘，就不由得走近來細聽。

這幾個夥計不過是因為櫃上沒有事，看見了胡二跟那鸞大姐的這種醜樣，而忍不住地批評幾句，說話還不敢聲音太大了。他們由「鸞」就提到了「鳳」，仿佛那個鳳比這個鸞好得多。

柳夢龍就走過去，笑着問道：「你們說的那鳳姑娘是誰？也是耿二員外的小老婆嗎？」他問出這話來，雖然故意做出是閑打聽的樣子，卻實在覺着難為情，臉不由得一陣紅。呂福元就說：「不是！」他搖着頭，仿佛打不平似的說：「這鸞姑娘連給二員外當小老婆也不配！人家鳳姑娘可不是，誰也不能夠胡說人家。」柳夢龍趕緊就進一步的問：「那麼，那鳳姑娘到底是耿二員外的什麼人呢？」呂福元卻不回答，旁的夥計也仿佛都不願意說。

這時，那鸞大姐已經騎着馬走了，胡二也回來了，掌櫃的也出了櫃房，幾個夥計更連什麼話也不敢說了。

柳夢龍的心中覺着十分氣悶，而且亂得很，就想：這是怎麼回事呀？聽這話，陶鳳兒似乎又不是耿二員外的姬妾，又似乎是很清白的。既清白為什麼原先住在耿家，還住了絕不像是一年半年？為什麼跟耿二員外好像是混得極熟？為什麼她又拐去了金銀財寶逃走？惹得耿二員外想盡了方法，邀請旁人要去把她捉回來？而且耿二員外不僅是恨，還像是為她害了相思病，那鸞姑娘為這還直吃醋？但聽這幾個夥計這麼一說，陶鳳兒不但是出於淤泥而不染，蓮花一般的純潔清白，而且她平時的為人，過去的歷史，還是很受這裏的人尊敬的，唉！真是令人不解！

柳夢龍腦裏縈徊思索着這件事，信步又走出了這錢莊的門首，站在臺階上呆呆地發怔。眼前人來人往，車馬走過，他仿佛全都看不大清。他出了神了，他現在對陶鳳兒不但不恨，而且更愛了。他覺得是冤枉了她，可是，她也實在是還不能叫人放心，總是有些個不大清楚的事。好在我已經來到這裏了，不打聽明白這件事，反正我是絕不走！

待了一會兒，他還在發着怔，就聽有人說：「在這兒幹嗎啦？看熱鬧了？襄陽城怎麼樣，地方不錯吧？」

他一看，是歐陽錦來了，穿着新緞子的棉袍，戴着瓜皮小帽，態度和藹，滿面的春風，向他點手說：「進來！進來！」

柳夢龍隨着他進來，一直到了後院昨晚住的那屋裏，歐陽錦就東瞧西看，點點頭說：「這兒倒還不錯，他們給收拾得還乾淨。你不用客氣，這跟我的買賣一樣，你要用什麼，或是有什麼事，自管支使那幾個夥計，我已經吩咐過他們了。”

柳夢龍說：“我在這兒住着，能有什麼事？”

歐陽錦忽然說：“昨天夜裏你到了耿二員外的家，其實，你就是明着見他也不要緊。”柳夢龍裝作發怔地說：“你這是什麼話？”歐陽錦笑了笑，擺手說：“不必再說了！”

歐陽錦點破了柳夢龍昨夜的行徑，就去又說別的。柳夢龍可絕不能就默認了這個，還在緊問：“剛才你說的什麼？我怎麼不明白？”

歐陽錦微微一笑，拍拍他的肩膀，說：“你不明白，我可是真明白！我知道昨夜是什麼人混進了他們的宅裏，可也絕不能向他們說。”

柳夢龍就作出着急的樣子，說：“你，莫非是喝醉了？”

歐陽錦哈哈大笑，說：“我喝醉了？我的兩隻眼睛倒是還清楚。告訴你，我要是看不出你是個何等的人物，我也不能邀請你到這兒來。你跟我說你要學鏢，其實你要學什麼？頭把交椅是耿二員外，二把交椅是那女人，第三把交椅就是你了！你也不必說謊了，將來我倒許得跟你再學一學鏢。”

柳夢龍一聽，歐陽錦把這事可弄錯了，他竟以為我是個鏢法精通的人了，這事倒可以將錯就錯，叫他們有一點顧忌也好。於是柳夢龍就不再辯駁。

歐陽錦說：“今天是二員外的一個愛妾的生日，晚上他要預備下豐盛的酒席，順便宴請各位朋友，你也在內。這你可別覺着是對朋友們不恭敬，他向來是有這麼個脾氣。他以一個世家公子的身份，不願意像一般土豪似的天天招朋聚友，落別人的閒話。近年來他的精神也不大好，輕易也不接見閒人，只是常常借着家裏有點什麼事，如愛妾的生日，小孩兒彌月，他才請客。他可也不下請柬，今天我帶着你去認識認識他，就行了。”

柳夢龍微微地笑着，點頭說：“好！”

這時候忽然那呂福元來請柳大爺，說是酒樓那裏的人，給柳大爺退回銀子來了。

歐陽錦就問說：“是怎麼一回事？”

柳夢龍卻笑着說：“我去看看。”當下歐陽錦也跟着他到了前面。

原來是那家與耿家有關係的本地最有名的酒樓襄水春的掌櫃來了，手裏拿着一塊銀子，向柳夢龍說：“柳大爺！昨兒晚間我們真對不起您，我們今兒一早晨上宅裏一打聽，宅裏的人說實在是有一位柳大爺住在這櫃上，是二員外派歐陽三爺從河南給特請來的。這塊銀子本來就多了，我們哪敢收呀？現在給您退回啦，您千萬別怪我們昨晚上眼拙。”

柳夢龍微笑着說：“你們是買賣生意，我吃完了飯應當給錢，無論是為什麼，哪有我又把銀子收回的道理？”

這酒樓的掌櫃的拿着那塊銀子，還執意地要柳夢龍收回。歐陽錦卻在旁說：“柳大爺他何在乎這點銀子？你就拿回去作為給夥計們的小費吧！”他這樣的一吩咐，才算給這塊銀子找着了去處。這掌櫃的笑着彎身道謝，又說：“有工夫還請柳大爺上我們那兒坐着去！”然後就走了。

這裏，歐陽錦向柳夢龍笑笑說：“你在襄陽城各處還都不熟，今天我也沒有事，走吧，我陪着你到各處去逛逛！”

當下歐陽錦就帶着柳夢龍走出了這錢莊。他安步當車地在街上大搖大擺地走着，這邊有人稱呼着歐陽三爺，向他恭恭敬敬地行着禮；那邊又叫着歐陽三哥，跑過來招呼他，十分恭敬地跟他閒談。這些人是三教九流，幹什麼的都有。歐陽錦卻總是那麼和藹地笑着，可又似乎板着點兒架子，保持着他的身份。

襄陽城裏的熱鬧街道不只一條，酒樓飯莊也真有不少家。他因為知道柳夢龍還沒有吃早飯，遂就帶着柳夢龍進了一家飯莊。

這飯莊比昨天柳夢龍去的那酒樓又大得多了，是平房，好像一所住宅。院落寬大，還有戲臺，是為有錢的人家在此辦喜慶之事，演戲娛賓之用的。房屋都是一個一個的單間，裏面陳設得極為雅致。

這裏原來也是耿二員外開設的，名字叫慶榮堂。掌櫃的夥計們見了歐陽錦，就如同見了他們的東家一樣，忙着歡迎接待，給他們找了個寬大的房間。雖只兩個人，可也給他們擺來了好幾杯酒，陸續的上來了十多樣的美菜豐肴。

歐陽錦就陪着柳夢龍吃着，他可是不大說話。待了一會兒，原來在別的房間裏宴客的人，聽說歐陽錦在這裏，就都趕過來見他。這些人有的是大商人，有的是衙門的，有的是本地紳士，有的是城裏鏢行中有名的人，全都跟歐陽錦極力地討好，有的還低聲跟他談着事，大概都是有求於耿二員外，而請他代轉的，只是當着柳夢龍的面，不能夠怎樣暢快地談話。

歐陽錦也把這些人一一地向柳夢龍引見，引見的時候總是說：“這位是直隸省冀州的柳大鏢頭，現在是被二員外請來的。”

別人對於柳夢龍這個人仿佛有點摸不透，聽歐陽錦這麼一說，都表現出一種驚訝嫉妒的樣子。

柳夢龍對這些都不大介意，他只是看出來了歐陽錦在這裏的勢力，那耿二員外若是個老虎，歐陽錦就得算是老虎的爪牙。倘要是跟耿二員外拼殺起來，就先得把這小子結果了不可！他心裏如此想着，就用眼看着歐陽錦，可是歐陽錦卻總是跟柳夢龍那樣地隨隨便便，如自家的兄弟一般。

飯後，他又帶着柳夢龍去看戲。這裏也有很大的劇團，只是戲不大好。然後，歐陽錦又領着柳夢龍赴花街柳巷去冶遊。這兒他更熟了，那些個鶯鶯燕燕沒有一個不巴結着歐陽三爺的。如此，一直磨煩到四點多鐘，這才一同去耿家，由那大門進去，一直就去見耿二員外。

柳夢龍其實早就知道耿二員外是怎樣的一個人了，可是今天得光明正大地見一見他，看他是什麼態度。倘若是說的話不投機，那就許打起來。論武藝，自己是誰也不怕；只是那鏢——這裏有無數會打鏢的人，未免令自己的心裏有些踟躕。

今天原來就是那個鶯大姐的生日，看來她是耿二員外名正言順的愛妾了。大客廳裏早已經坐滿了許多的賓朋，並有叫來的雜耍。在客廳當中的地上鋪展開一幅極大的絨毯，擺一張小桌。有滑稽的腳色唱小戲。小戲終了場，又有兩個穿着花衣裳的妙齡歌女，耍着根上面嵌着銅錢，一搖就嘩楞嘩楞響的短木棍兒，唱着婉轉的小曲，在打蓮湘。

客廳裏陳設得富麗堂皇，天這麼早，已燃起了許多隻官燈、紗燈。擺着約有十來張大圓桌，座位已全坐滿。這些來賓，有的今天在慶榮堂裏見過的，起來跟柳夢龍打招呼，總之，都是些豪商大賈，紳士官宦和鏢行裏的大鏢頭。有托着水煙袋的，有拿着茶盅的，有出着神看那打蓮湘小戲的，柳夢龍簡直認不清楚他們的面孔。這裏只能說是有一個熟人，就是那醉鬼胡二，此時也穿上了肥大的緞子長袍和黑絨馬褂，見了他一點頭。

另一座間裏，是全身綺羅、滿頭珠翠，有老有少的女人們，有的還帶着小孩，這全是來賓的眷屬。還有一些往來招待人的女子，有的是本宅的丫環，有的卻是那些個會打鏢，也會吹笙簫、唱小曲的姬妾，不過她們這時的打扮與昨夜所見不同，也都紅紅綠綠的穿上長衣裳了。

柳夢龍隨着歐陽錦進來，並沒有什麼人注意他。歐陽錦卻跟一些人招呼着，又抱拳，又作揖，又點頭，忙亂了一陣，便帶着柳夢龍到了這大廳的裏面。幾扇屏風之後，這裏懸掛着許多幅金字的喜幛，上面寫着什麼福祿仙侶，仙壽永載，還擺設着香案，高燒着紅燭。

另外有兩個用小巧精細的隔扇隔出來的單間，裏邊有許多女人。歐陽錦先帶着柳夢龍進去，給引見一個三十來歲的似乎有病的婦人，這原來就是歐陽錦的妻，還有一個二十來歲的，滿臉紅胭脂的矮女人，是他的妾。然後他就向那鸞大姐說明柳夢龍是來給她祝壽的，柳夢龍作了一個揖。全身紅衣裳，跟新娘子一樣的鸞大姐也還禮，道萬福，但她實在還不知道柳夢龍是什麼人。

歐陽錦帶着柳夢龍出了這屋，就到對面的屋裏去，原來耿二員外正在這裏的一張床上躺着休息。聽說歐陽錦帶來了柳夢龍，他當時就坐起，拱手帶笑，高聲說："久仰！久仰！很難得請來了你這樣的英雄！"柳夢龍幾乎怔了怔，他滿以為耿二員外一定是非常高傲、驕橫，不懂得人理，誰想到竟是這樣的客氣謙恭。

當下耿二員外趕緊叫身邊的兩個侍妾給他穿鞋，其中就有昨晚見過的那個身材瘦小的。她們卻跟昨夜一樣的打扮，帶着匕首，掛着鏢囊。兩個人半蹲半跪地給耿二員外穿上了鞋，並攙扶着他站起。

這時，歐陽錦在旁規規矩矩地站着，就跟個僕人似的。柳夢龍卻只拱了拱手，心想：我索性就端一端架子。耿二員外是趕緊向他讓座，他就坐下了。

耿二員外又坐在那榻上陪着他，胖臉上帶着笑說："昨天，華齋……"他指着歐陽錦說："他回來說，在河南道上遇見了一位豪俠。他是有眼力的，他那樣一說，我就曉得一定是位不等閒的英雄。昨天，因為天已晚了，我又身體不大舒適，所以沒有即時請你前來，是很抱歉的。今天，說起來也太不恭敬了，因為小妾的生日，就屈勞了大駕。不過，我們可以算是從此就見面相識了，以後你還不要客氣，我向來最喜歡結納有本領的朋友，很敬佩！"

柳夢龍說："我沒有什麼本領，不過各樣的武藝，還略略地精通。我雖多年行走江湖，但不大愛與江湖人結交。耿兄的大名，我也沒聽人提過，也許因為我認識的人少的緣故。自從在衛輝府見了歐陽兄，他誇讚耿兄的鏢法是如何的好，我這才來拜訪！"

此時耿二員外突然神色略變，柳夢龍立時提起心來，趕緊就防備着要打鏢，可是這耿二員外倒不像胡二說得那樣地厲害。他只怔了怔，把柳夢龍又打量了一番，他就哈哈地大笑，說："我早已猜透了，柳兄你要不是精通鏢法，豈能夠到這裏來找我？本來我也是最喜歡同道，有同道的朋友來了，我不敢說是比一比，可是也要拿着鏢獻一獻醜。但這一年來，我可不行了！因為心緒不佳，身體多病。鏢，我簡直連摸也不摸了！好在我也知道，柳兄你到我這裏，原是為交我這個朋友，並非要同我比鏢比武，那麼這些事，咱們就暫且不用提。今天雖然我裏來了朋友，但是你看，我連起身都難，所以你初來到這裏，也得恕我的簡慢。幸喜我聽說你也暫時不回冀州去了，正好，自今天起……」

　　說到這裏，就又吩咐歐陽錦說：「柳君住在錢莊上一定不很方便，你把他的行李都搬到這裏來吧！他在這裏，我跟他隨時可以閒談，至少我要留他在這裏住兩個月……」

　　歐陽錦在旁就答應着。

　　柳夢龍心裏暗想：這也好，我不必再時時防備着他的鏢了。他們無論是誰，大概也都不敢用鏢打我。同時我若住在這兒，更可以隨時打聽打聽，陶鳳兒早先到底是這兒的一個什麼人？他真喜歡極了，想不到這樣地容易。可是又聽耿二員外說：「以後我真得跟柳兄請教武藝，談論談論鏢法！」

　　當下柳夢龍也不願在這裏跟耿二員外多談，耿二員外更恨不得姬妾服侍他再躺下，同時歐陽錦是更覺着拘束，他就向柳夢龍使了使眼色。柳夢龍遂就暫時辭出，而到宴賓客的席間。看了一會雜耍小戲，聽了不少的賓客笑談，觀察了那些女人們，尤其是耿家姬妾們的動作，並由歐陽錦給他介紹了花毛虎龔芳，綠眼獅子徐鵬，小秦瓊韓越，鐵尾天狼袁大琦。這些人有的是本宅的護院師父，有的是城中的鏢客，還有那兩個，柳夢龍在昨天就已認識他們了，一個是那姓唐的，他原名叫小獼猴唐崇彪，一個是那想賣寶劍發大財的姓趙的，他叫神劍趙奉。這些人都不知柳夢龍是怎樣受耿二員外的尊敬，更因為柳夢龍本來是在江湖沒有什麼名聲，所以他們就似理不理，連多看一眼也不看，驕傲地對着柳夢龍。

　　少時酒席擺上來了，大家紛紛讓座，這時卻不知道歐陽錦上哪兒去了。跟柳夢龍就席的卻是幾個鏢頭和護院的，最令人難耐的是醉鬼胡二，他就坐在柳夢龍的上首，他卻跟柳夢龍像是沒見過面似的，扭着脖子，表現出他的驕傲。他跟那幾個人劃拳歡樂，大談特談，談什麼刀法鏢術，江湖門路，好漢的行徑，仿佛是專為顯耀給柳夢龍聽，專為嚇嚇柳夢龍。柳夢龍卻只是持杯自飲。

　　此時，廳堂之內，燈光更明，豐盛的酒筵擺了十多桌。鸞大姐她今天也算是老壽星，她一張桌一張桌的，沿着次序敬酒。敬到這桌旁，胡二早就端着空杯趕過去了，跟要飯似的，但鸞大姐卻持着壺給柳夢龍滿滿地斟了一杯，並且斜着眼瞧着柳夢龍，作出一副嬌媚的樣子，笑着說：「剛才二員外跟我說了，柳兄弟你是我們這兒新來的貴客。得啦！無論如何你得給個面子，喝我給你斟的這杯酒。」斟完了，她就又往別的席上去了。柳夢龍的酒卻仍在眼前擱着，眾人都把眼睛來看着他，胡二越發地嫉妒，摔筷子，摔杯，自己拿着酒壺咕嘟嘟地直往嘴裏灌。柳夢龍也不睬他。

　　未等到大家吃喝完畢，柳夢龍就離開了席。歐陽錦已經回來了，點手兒叫他，一同出了客廳，往裏院去走，帶着他到了一個院內。這裏有兩間小屋，請他進去，屋內的燈已點上，陳設、佈置得更為清雅、整潔。他的那些東西，連他的金銀包兒，已都由那錢莊搬到這兒來了。歐陽錦就說：「你就在這兒住着吧！那邊太亂，大概你也有點頭痛了。我可還得上那邊應酬應酬去，真沒法子。待會兒，我就派個人來專伺候你。」說畢，歐陽錦就出了屋。

　　柳夢龍在屋裏待了一會，也覺得發悶，便走出屋來，站於階下。忽然聽得風吹樹枝，一陣蕭蕭的聲音，這時他才看清，原來這院中有一顆巨大的槐樹。他驀然想起，醉鬼胡二所說的那丫環順梅，慘受鏢傷身死的事情。

　　前邊那院裏還正在猜拳行令，暢飲高談，那雜耍又演起來了，絲竹之聲，都傳到這裏。這裏卻是陰陰慘慘，古槐樹下，直似有個婢女的冤魂，嗚咽地哭泣。

　　柳夢龍咬牙忿忿地想：這是個什麼所在？我眼前所做事情也不對，我打上霸天，傷中霸天，鬥下霸天，其實那倒不過是些雞鳴狗盜，沒有什麼太大的惡處，值不得一打；真正的惡霸是在這裏，我卻不能夠手刃凶徒，剪除強霸，今天還給他的小老婆拜壽，我真是個懦夫了！

　　忿忿了一會，又回到屋裏，懷裏還有一枝鏢，然而無用，在這裏正不必使這個。鑰匙還在身邊，金銀的包兒卻已取來了，只是自己原來帶着的那把刀，是隨着馬被歐陽錦拿去了，至今也不送回，以至自己現有手中沒有一口刀劍，這也許是他們放心我在這裏住着的原因吧？

　　正在這裏想着，忿忿地握着拳頭，就有一個人開門進來了。柳夢龍一看，是個老僕人，腰都彎了，至少也有七十歲了，進屋來白髮飄飄，帶笑地說：「您就是柳大爺吧？歐陽三爺叫我來這兒伺候您。」

　　柳夢龍倒不由得笑了，問說：「怎麼叫你來？你這麼大年紀了，恐怕我還得伺候你吧？」

　　老僕人卻說：「我還硬朗呀！幹事還行，耳朵也不聾。因為我要是不來，這宅裏五六十號用的人，就誰也不敢到這院裏來，因為這院子裏鬧鬼！」柳夢龍笑着說：「哪兒的事？」

　　老僕人說：「是啊！我也是不信。我今年六十八了，什麼事都見過，可就是沒見過鬼。本來，人要是死了，就氣化清風肉化泥，哪兒來的鬼呀？那都是瞎說。不過這個院子去年死過一個人，可真死得冤屈⋯⋯昨天夜裏聽說這宅裏又出了事。」

　　柳夢龍半躺半坐地在一張木床上，他就向老僕人詢問這院裏曾冤死過什麼人？老僕人很愛說話，於是他就唏噓感慨地說出。說去年丫環順梅在這院裏是怎樣被二員外用鏢打死的，與醉鬼胡二所說的倒還大同小異。只是他說順梅死的冤，可是那孩子也太不懂事，她本來是隨身服侍二員外的人，可是她把二員外屋裏的鑰匙偷出來，交給了人，因此拿去了二員外的不少財寶和要緊的東西⋯⋯

　　柳夢龍就趕緊問說：「拿東西的那人是誰？是這裏的什麼人？為什麼這樣的大膽？」問了一回，這老僕人未回答；他又問，老僕人卻只是搖着頭說：「那些事我可不敢隨便說，您要是想知道，除非你去問鶯姑娘。這宅裏只有她還敢提那件事，別人誰也不敢提，我更不敢了！」柳夢龍微微的冷笑說：「我看這耿二員外的家，真是古怪！」

　　由是，柳夢龍越發知道了那鶯大姐在這宅裏的重要，心裏就想：我倒得想法子去跟她談一談。」遂即起身又走出了屋。只見天空陰暗，星也沒有幾顆；一輪新月，也昏暗無光。

　　他正要往前院去，忽見由那前院跑來了好幾個人。這幾個人一邊跑着，一邊喳啦喳啦地說着話，帶笑。原來就是耿二員外的那幾個姬妾，由鶯大姐帶領着，都跑到這院裏來找柳夢龍。其中，多一半是已經帶有醉意，那鶯大姐剛才喝的酒大概更不少，因為她們的說話和行動都瘋瘋癲癲的，仿佛連廉恥都不顧了。內中有幾個人一齊說：「我們得看看二員外由河南請來的這位英雄，聽說是會鏢法，武藝高，還年紀又輕！」

　　此時柳夢龍是站在石階上，屋門開着，屋裏的燈光射出來，他把這幾個女人看得清楚，看見其中只有兩個帶着鏢囊，其餘卻不是提着刀，就拿着劍，只有鶯大姐手裏倒還沒拿傢伙。由她領頭笑着，指着柳夢龍說：「就是他！就是他！他就是歐陽三兒由河南請來的。咱們二員外說他的本領大極了，二員外並且明白他的意思，是專來找咱們比武比鏢的……」

那兩個帶着鏢的侍妾說：「我們二員外現在精神不好，再說他也沒那工夫，你要是看不起我們襄陽耿家，想要比鏢比武，就跟我們來吧……來！」說時，一鏢就打來了。柳夢龍趕緊躲閃，這枝鏢就從他的肩膀上飛到屋裏去了。同時又來了一鏢，卻從他的胯間打在門檻上，第三鏢被柳夢龍用手接住，拿着鏢向她們冷笑了一聲。她們都不由得發了怔，認為柳夢龍既能夠躲鏢，他本人的鏢法一定更得驚人了。

柳夢龍此時是專心一意地提防着她們的鏢，刀跟劍他倒是一點也沒放在眼裏。可是這幾個女人見她們的鏢法失了功效，就一齊掄刀舞劍，向柳夢龍撲來。柳夢龍也毫不客氣，跳到院中，拳擊腳起，前攔後護，一霎時就奪過來一口刀，施展起來他的刀法。當時有的被他一刀擊在頭上，有的被他一刀砍在背上。他所用的可都是刀背，不願使這幾個女人負傷。有的被他一腳踹得傢伙也飛了，在地下直滾，有的卻被他用手一推，直給推到那樹根下，噯喲噯喲地直叫。當時是群鶯亂飛，又像是群鳥亂叫。一個個的姬妾，長得未必全好，打扮得可都鮮豔得跟花兒一般，柳夢龍就像是花叢間飛來了一隻老鷹，膀子亂翻，爪子亂撓，把這些「花」擊得紛落，揉得粉碎。這小院裏當時就亂了一陣，古樹下演了這麼一場武戲，可是也滑稽。這些個女人剛才是被鶯大姐給帶來的，現在全都被柳夢龍打敗了，有的連腰也直不起，有的頭髮散亂，有的都哭了。

鶯大姐這時又說：「咱們走吧！人家的本事大，咱們走吧！明天再說！」她的意思是要帶着她們還回那客廳。可是有兩個女人就氣哼哼地說：「這個樣兒，回那兒去幹嗎？還怕人不笑話嗎？」當時就呼隆呼隆地都走出了這小院，往後院去了。臨走時這些女人都特別的氣大，有跺腳的，嘟囔的，有嘴裏胡罵的，令柳夢龍不但覺着毫無意思，心時也生了不少的氣，暗想：這成了個什麼地方？耿秉榮他何必要弄這麼些個無恥而又潑悍的女人？

他想剛才，只是沒看見那瘦小的，常帶着鏢囊的女人，鶯大姐也沒有親自跟他動手。其餘別的女人，本領全都這樣的稀鬆，鏢也打得不準，比陶鳳兒差得太遠了！由此愈覺得陶鳳兒可愛。

現在，除了他手中得到的一刀一劍之外，老樹下還堆着不少傢伙，他也懶得去拾，就帶着一肚子氣，又回到屋內。

屋裏的那個老僕人剛才躲在桌底下，蹲了多半天，現在又慢慢的爬了出來。難為這個老頭子，他還能夠爬得出來，同時，他倒沒有什麼害怕的樣子。柳夢龍很覺詫異，就問說：「你不害怕嗎？」

老僕人卻搖搖頭說；「我倒不害怕，我在這兒多年啦，大員外在家時是什麼事也沒有，大員外在外做官，多年不回來，家就由着二員外胡鬧，像剛才那事兒常有，每年總有幾個是被二員外請到家裏的朋友，住不了兩天，就被他們給打出去。現在還算好呢！因為二員不常往家裏請人了，又因為早先在這兒的那陶姑娘，我們都叫她鳳姑娘，她不在這兒了！」

柳夢龍聽了這話，不由得又一陣驚異，便瞪起眼睛來問說：「那鳳姑娘在這兒的時候，比這些個人還凶嗎？」

老僕人說：「凶倒不是凶，可是更厲害！」

柳夢龍又低聲一點問：「你跟我說實話！那個鳳姑娘，跟這一些人，她們倒底是耿二員外的什麼人？是丫環還是妾？”

　　老僕人說：“這，這我哪兒知道呢？”

　　柳夢龍冷笑着說：“大概你就是知道，你也不敢說！”此時他恨不得用刀威嚇着這老僕人，叫他實說出，但又想着：何必？而且對於一個老僕人，他也有些不忍。

　　這個老僕人，倒實在膽大極了，他不獨不怕那些女人再來掄刀打鏢，他也不怕什麼鬧鬼的傳說，連只燈籠也不點。就慢慢地走了，說：“我給你沏一壺茶去，剛喝完酒的人，嘴一定是苦的，你又跟她們惹了半天的氣。”

　　現在只剩下柳夢龍一個人在屋裏，窗外樹聲蕭蕭，床上放着光芒的一刀一劍，門也沒閉嚴，燈光黯黯。他獨坐凝思，心裏如一團亂麻，信手就又掏出那塊紫手帕來，反復地看。陶鳳兒真是個謎，是個令人又恨又愛的謎，也是個鬼，是個小妖精！

　　那客廳的賓客大概還沒有散，因為那唱雜耍的弦聲歌聲，還隱隱約約，一陣陣隨着風兒傳到這裏來。現在他倒是不發愁沒有兵刃了，但這時只將耿二員外的性命結果了，也不能便算是好漢。今為陶鳳兒來到這樣兒，我還是先將陶鳳兒的來歷判明，清清楚楚、詳詳細細地弄明白了，那才是第一着。

　　待了會，老僕人給他沏來了茶，倒了一碗給送過來。他卻先叫老僕人去睡，自己卻連門也不閉。他希望着最好是耿二員外再來找自己，較量三合。但是等待了半天，又瞎想了一陣，竟一點事兒也沒有。天過了三更，他這才關上門，熄燈就寢。

　　次日早晨起來，在院中的古槐下徘徊了半天，記得昨晚地下還堆着刀劍跟鏢，現在都沒有了，可見剛才已經有人到這裏來過。許多的麻雀忽而由樹上飛到地下，忽而又由地下飛上了屋頂，啾啾地叫，顯得這宅院裏也是很安靜的，天氣也好像是更暖了。

　　午飯時，忽然歐陽錦親身來請，把柳夢龍請到了那客廳的院內。就見當中擺設着兵器架子，架上陳列着刀槍劍戟，斧鉞鈎叉，鞭鐧錘抓，各項兵器，無不齊全。柳夢龍就覺得詫異。

　　客廳的門也全都敞開，迎着門擺了一排椅凳，與昨天的情形完全不同了。在這裏的是那小獼猴唐崇彪，神劍趙奉，花毛虎龔芳，綠眼獅子徐鵬，小秦瓊韓越，鐵尾天狼袁大琦，還有不少的鏢頭和昨天曾見過面的人。更有那醉鬼胡二早就來了，今天他全身上下紮束得還格外的俐落。柳夢龍一看，心裏就明白了，今天一定是耿二員外要叫大家在他的眼前比一比武。

　　這些準備着要比武的人，各位全都精神興奮，你打量着我，我觀看着你，仿佛立時彼此之間就沒有一點客氣了。柳夢龍一來到，他們大家的眼光自然就都集在柳夢龍的身上，可是又都露出一種看不起的樣子，這是因為：你既是被二員外讓到宅裏住，並且還單住一個院子，可見是特別敬重你了，可是你畢竟有什麼本領？江湖上誰聽說過有柳夢龍這個人？穿得又這樣闊，來頭一定不正，長得可是個小白臉，無怪昨晚鶯姑娘特別給你斟酒，大概你就是個憑臉子不憑本事的吧？……”一些人對他，心裏懷着這樣的妒意、輕視，倒還都沒說出來。

　　柳夢龍也不大理他們，走進了客廳，被歐陽錦引着，又進了昨天與耿二員外相見的那個單間，就見耿二員外和鶯大姐，還有那個瘦小的女人，全都在這裏了。想起了昨晚的事，柳夢龍倒覺着有點不好意思似的，可是耿二員外竟一句也沒有提，只是讓他坐。鶯大姐也沒說什麼，態度是矜持的，只不住地把眼向着他來瞪。那瘦小的女人，昨天柳夢龍與那群妾交手的時候，倒沒看見她。她是永遠短衣俐落，掛着鏢囊，帶着匕首，仿佛是給耿二員外隨身保鏢的，寸步不離，她當然也沒跟柳夢龍說話。

柳夢龍倒先帶笑問說：“怎麼？今天來了那些個人，是有誰要跟誰比武嗎？”

耿二員外笑一笑，說：“也不能說是比武，只是那些人都是前後投奔我來的，有的在我這裏已來了一兩年，有的才不過來了幾天，都是各處的英雄豪俠，都是看得起我耿某的。一向我因為身體多病，精神不好，難免疏於接待，昨天借着小妾的生日，不成敬意地跟諸位歡聚了一場。今天我又有點高興，想要看諸位各自施展施展武藝，柳兄的本領想必高出他們，到時還要先請教。”

柳夢龍說：“我既是來到這裏，今天自然要獻一獻醜，至少我也得走兩趟刀。可是我不願開場就練，我得先看別人。”

耿二員外說：“好戲自然排在後頭，待一會，我也得賣弄幾手，叫你們笑話呢！”

柳夢龍一聽這話，就不由得一怔，聽出耿二員外的話味兒來了：待一會，他一定是要打鏢，但不知他的鏢是要向誰打？這倒得防備着一點。

又見耿二員外耿秉榮今天的精神很興奮，手腳也俐落，他那肥大的身軀不再用人攙扶，就讓眾人跟着他出了這個小間，向那些個人笑着說：“今天也可以說是群英大會，只不知鹿死誰手？”

先請這些人落座吃茶，可是這些人現在連坐也坐不住，個個精神興奮，恨不得當時就比武。

只有那小獼猴唐崇彪，一個人坐下了。自己倒茶在喝，他懶懶的，仿佛一點也不起勁。並且他見耿二員外的態度豪爽，用話直恭維眾人，並含有激勵之意，他就知道，待一會，無論是誰，要想不練幾手兒，恐怕是不行，愁得他皺起眉來了，他是實在地發怵。

最奮勇的是醉鬼胡二，今天他一點酒也沒敢喝，手腳都仿佛有些發漲，不但坐不住，站着也是不安。現在他就將兩掌磨一磨，說：“我先練一趟八仙拳吧！”說時他就往階下跳去。剛打了兩下，耿二員外卻在大廳門裏斥他說：“不要急，回來！”他急忙止住了，翻眼瞧耿二員外跟鸞大姐。鸞大姐卻瞪着眼睛說：“你忙什麼？你搶什麼先？難道是你的本事高嗎？”醉鬼胡二只好就走回來。

耿二員外又對眾人說：“我的話還沒說完呢！”遂就向旁邊的鸞大姐使了個眼色，說：“叫他們把那東西擺出來吧！”鸞大姐答應了一聲，當時轉身走了。

待了不大的工夫，她帶領着四個丫環，在屋中擺設了一張桌子，上面還鋪着紅毯，毯上先放上四隻大元寶，這足有二百兩，銀光燦爛，惹得很多人的眼睛都有點發直；然後又抱來了錦緞二匹；第三樣是一口寶劍，雖不是耿二員外新得的那口寶劍，這可也是新打的，鯊魚皮的鞘和上面嵌着的銅扣，全都很新；最末一件是銀盤、銀壺、銀酒杯。一共是四樣，好像是禮物似的。

耿二員外說：“今天我們要比試誰的武藝最高，身手最好。大家雖都是好朋友，今天可是應當各不客氣，受傷也不要埋怨。那武藝最好的人……”他指着那桌上的東西說：“我預備下四樣禮物：四隻元寶，兩匹錦緞，一口青鋒，我全都奉送，我並與小妾，每人敬他三杯酒！”

這些話一經說出，把那小獼猴唐崇彪的臉全嚇白了。神劍趙奉送卻笑着說：“二員外，你今天是要叫我們打擂臺呀？”

耿二員外沒說什麼，個個人的精神都更見緊張。那醉鬼胡二又跳在院中，拍着胸說：「我可也不客氣啦！今天那些東西我都得要，我先叫姓柳的，來！咱們較量較量吧！」鸞大姐卻不禁地撇嘴，更用眼瞪他。

柳夢龍這時反倒到座位上喝茶去了，態度如常，不笑也不動聲色，胡二的話，他就如同沒有聽見。旁邊的人都用眼望着他，有的就笑他膽怯。歐陽錦卻說：「叫柳兄先歇一會兒，徐鵬，你去陪着他走兩趟拳。」

看歐陽錦的意思是因為綠眼獅子徐鵬在這裏護院，跟胡二一樣是這裏雇用的人，他們倆平日又有交情，本事差不多，走兩趟拳，譬仿譬仿，不用分勝負，就算了，別叫他們某一個人太顯出無能。因為那於這宅裏的面子太不好看，顯見是這兒連個能人也沒有，他並且向那兩人使個眼色。不料，銀子跟緞子把這兩人的眼睛都弄花了，都不聽他這一套。當時，徐鵬過去就跟胡二相打起來。兩三合，二人就揪扯到了一塊，互相誰也不讓着誰，咕咚吧又，兩人全都躺下了，躺在地下還不住的亂滾亂揪。

耿二員外見兩個人這樣地胡打，覺得真給他洩氣，便喝一聲：「回來吧！你們這也能算是比武嗎？」

那兩個人多半是沒有聽見，還在亂揪着。徐鵬把胡二的臉都打紫了，倒好像他又喝醉了酒，他可又把徐鵬的衣裳扯碎了。這傢伙的本事原來真稀鬆，他還不及徐鵬呢，結果是被徐鵬踹得半天也沒有起來，嘴裏當着耿二員外的姬妾，他把什麼難聽的話都罵出來了。

耿二員外大怒，便令龔芳、韓越二人把他又出去！

當下胡二就被這兩個人拖着扯着的往外去走。他老羞成怒，也不罵徐鵬了，卻大罵柳夢龍，說：「姓柳的！你這小子是什麼東西？你有什麼本事，來到這兒竟他媽的自覺着不錯啦！別看我叫徐鵬打啦，我們都是自己人，我是故意讓他，這沒什麼的。你小子敢跟我來嗎？你別覺着昨兒鸞姑娘給你斟了杯酒，就是⋯⋯就是他媽的抬舉你啦，你還是不能邁得過我去⋯⋯」

一片胡說八道，直被那兩個人叉了出去，他仿佛還在喊着罵。這雖使柳夢龍怒形於色，倒還沒有說什麼。耿二員外的面上卻實在難堪，他就申斥着歐陽錦，說是不該叫胡二來，歐陽錦只是聽着，連一句話也不敢辯白。

徐鵬這時可真得了意，站在院中，擺出了架勢，威風凜凜，真像一頭小獅子似的，睜大了兩隻發綠的眼睛，說：「哪一位還來？我再請教請教！」

耿二員外明知他的本事也不大高，不願意叫自己的人敗在別人的手裏，那太難看了，遂就說聲：「你回來！現在用不着你了！」

徐鵬本來還惦記着要得到那幾個元寶綢緞等等，他不願意回來，可是耿二員外把眼一瞪，他就不敢不聽話，晃動着膀子，就回來了。

鐵尾天狼袁大琦也要出個風頭，袖子挽起，小辮向頂上一盤，耿二員外卻向他擺手。耿二員外此時很費考慮，雖然這裏的外人只是柳夢龍跟唐崇彪、趙奉，但這三個人的本事到底如何，他實在摸不透。向鸞大姐看看，他雖相信鸞大姐的武藝不錯，可是萬一要是被人打了呢？她是我的如夫人，于我的臉上更無光；又看看那瘦小的，這就是永遠掛着鏢囊，帶着匕首保護他的，她的名字叫雉兒，本是個賤人的女兒，她的父親正了法，她被官府所賣，賣到耿家，半婢半妾，名份很低，而武藝比那鸞兒，鸞大姐還好，不過究竟能否抵得住柳夢龍，也不敢肯定。

耿二員外心裏仍在考慮着，這時他不禁又想起他身邊的另一個人了，那個人此時若是在這兒，管保來了金剛、太歲也不足慮，可是那人已離開他了，當時他心中突起了一陣煩惱，一陣急躁，一種憂傷，呆呆地發怔了好大半天，結果還是吩咐着說：「雉兒！」

柳夢龍在旁一聽，就覺這名字有點特別，可又不知是哪一個雉字。

當時雉兒答應了一聲，耿二員外指着唐崇彪說：「你跟這位唐君，比一比刀法吧！」

雉兒立時就跳躍到院中，從武器架上摘了一口單刀，「唰」的一掄，然後用臂一抱，說聲：「請來吧！」小獼猴唐崇彪着急得不住地口眼亂動。

小獼猴頗有自知之明。他本來因為武藝不高，在江湖上混不住，這才投到耿家來找飯吃，想要混下去。口裏儘管亂吹，可不表現武藝，也就不至於叫耿二員外看出他的底細。耿二員外也太不馬虎了，今天就要考究這幾個新近投奔他的人的武藝。

小獼猴真恨不得臨陣脫逃，他連剛才那個飯桶，醉鬼胡二的那種胡鬧的勁兒瞧着都有點害怕，何況如今二員外派給他的對手，雖然是個娘們，並且也像猴子一般的瘦小，但是有鏢，有匕首，現在又拿上了單刀，至少也還會三樣兒武器呀？三樣之中碰到我的身上一樣，那可當時就要了我的猴兒命！

他還在拿着茶碗，作出笑來，又裝出拘謹的樣子說：「我那敢呀？……我怎敢跟一位堂客，又是二員外貴府上的堂客，動刀動槍呢？這我不但是沒有仁義禮智那個禮，也沒有人情道理的那個理了。您，另叫別人吧！」

不料耿二員外瞪眼說：「來到我這裏的朋友，都是江湖豪傑，都得爽直痛快，不要這麼文縐縐的！我說怎麼樣，你便得怎麼樣，傷了我家的女人，我也絕不怪你。」

小獼猴嚇得兩條腿直發抖，他見耿二員外簡直是跟他翻了臉，這個武，恐怕不比是不行。真糟糕！轉又一想：雖聽說耿家的娘兒們全是好身手，可究竟是個娘們，比男的差得遠，何況這個瘦得跟個病貓兒似的娘們，她，我還能夠怕她？我也太懦怯了！不如趁着派了這麼一個容易對付的跟我比武，我就趕快把她打敗，或是打個平手兒，我就說我是讓着她。反正今天想不比武也不行，除非不想在這兒吃飯了，倘若這時候不比，待會兒要換了那個柳什麼龍，我可就更得抓瞎！他的腦子這樣一轉，立時就勇氣百倍，起座向耿二員外抱拳說：「既是這樣，我可就要無禮了！」

他趁着這股子勇氣兒，跑到了院中就抽了一杆花槍，抖起來向着那雉兒就刺。他還有兩下子，槍花兒抖得還不外行。雉兒以單刀相迎，唰唰，那刀光就如閃電似的。

柳夢龍這邊看得清楚，見這個女人的刀法靈活而毒辣，身手俐落且穩健，很可以比得上陶鳳兒。單刀對長槍，一步逼緊一步，在院中只見她身隨刀進，騰越如飛。那小獼猴前三四下還能夠招架，後來索興拖槍而逃。小獼猴原來有這種本事，他跑得快。雉兒雖也追得急，可是剛到東邊追上他了，忽然他一抹頭又跑到西邊去了，滿院子亂轉，追來追去，倒好像走馬燈。

小獼猴雖是逃，可是架勢還有，就仿佛他沒敗，在準備着使什麼回馬槍，或是用計似的；他越跑，雉兒越追不着，他就越高興。但這時，雉兒已掏出了鏢，一鏢飛去，小獼猴怪叫了一聲，立刻跌倒。這一鏢打得十分的準確，正中小獼猴的後腦殼，一會兒，就趴在地下死了。

此時連柳夢龍全都驚駭得變了色，因為這是人命呀？襄陽城也有府台衙門，有王法，豈能隨便的殺人？可是這時耿二員外的臉上一點表情也沒有，叫丫環由外院叫來了幾個男僕，就把小獼猴的死屍抬出去了，掃了掃院子。他又吩咐那神劍趙奉，再與那雊兒去比武。

趙奉這時都要哭了，說：“我來是為賣給你寶劍的，並不是為來比武。二員外你要想要那口寶劍，你就快給我錢，我就走了，我也不想讓你當朋友一樣的款待我，該怎樣怎樣。不想要寶劍，就把貨給我退回。咱們無怨無仇的，你何必叫我也去送命呢？”

他因為太着急了，而且小獼猴是他的朋友，死得這樣慘，太令他傷心，不免就把話說得急躁了一點，卻因此就衝撞了耿二員外。只見耿二員外把臉一沉，手向懷裏一摸，立時趙奉也咕咚一聲跌倒，痛得直亂叫。

柳夢龍更是驚訝，因為簡直就沒看見耿二員外的臂動，可是他的鏢就打出去了，這足見他的手快、鏢准。

但耿二員外這時仿佛還不滿意，鏢雖也打中，卻不是致命之傷，仿佛他自愧沒有他的侍妾打得那樣準確。他覺着不太愜意，便又自懷中掏出了一枝鏢。

此時，柳夢龍疾忙也將自己的那枝鏢掏了出來，眼盯着耿二員外，耿二員外同時也盯着他。他是神態從容，好像是極有把握：你用鏢來，我也就以鏢奉還。這樣一來，倒使耿二員外拿不定主意了，面帶出一種顧慮的樣子，而微微地一笑。

旁邊歐陽錦等人也都可恨，只是看着，不多嘴也不勸阻。那雊兒這時兇悍依然，走上階來，怒衝衝地向柳夢龍說：“你來吧！姓柳的，我看你到底有多大的本事？”

柳夢龍氣急，跳了出去，騫的一腳，便將那雊兒踢得由階上又滾到院中，囊裏的鏢撒了一地，刀也扔了。但她同時翻身而起，刀也重拾在手，如一只牝狼似的向柳夢龍撲來。柳夢龍待她撲來，便巧妙地扣住了腕子搶過來她的刀，又一腳把她踢倒。雊兒一滾再疾快地爬起，同時掏出她囊中的餘鏢向柳夢龍連打了二隻。柳夢龍早有防備，就全都躲開了。

雊兒就再跑往兵器架旁抄了一枝方天畫戟，趕來向柳夢龍就刺。柳夢龍用刀相迎，刀翻身轉，同時覺出雊兒這娘兒們的戟還使得不錯，她一定是學過的。但究竟敵不過柳夢龍的刀法高超。所以她雖然探着她瘦小而精悍的身軀，瞪着兩隻圓眼，擰着戟，一步緊一步，且刺且鉤，但不是被柳夢龍躲開了，就是用刀給撥開了，使她更是生氣，乾着急。

柳夢龍與這雊兒交手才不過四五回合，他本來能夠再把這個娘兒們打躺下，他卻正在心裏算計着，依着他的意思是：這樣狠毒的女人和那殺人不眨眼的耿二員外，全都是死有餘辜。為了剪惡除暴，義俠本分，此番既來襄陽，就得把耿二員外置於死地，而目前就應當把這雊兒結果了才對。可又想：那樣一來，可就不能在這兒住了，陶鳳兒到底是耿二員外的什麼人，是不是也跟這雊兒一樣，平日給那耿二員外穿鞋進履，鋪床疊被，而對於別個人卻恣意兇殺？即使她後來改悔了，但她早先是不是也這樣？這些事若不弄清楚了，自己絕不甘心。所以一面巧妙地對付着這雊兒的方天畫戟，一面在心裏來回不斷地斟酌着，結果還是拿定了主意，暫時得留着這兩個人的性命，還得忍耐着，等待着，以看最後的那個水落石出。

客廳裏的耿二員外，一看他的雊兒還是不行，趕緊就叫鐵尾天狼袁大琦、花毛虎龔芳、小秦瓊韓越，一使刀，一掄棍，另一個是使雙鐧，一齊去幫助她。

但此時柳夢龍已經揮刀砍在雊兒的手上了，方天畫戟扔在地下了；又一刀，全用的是刀背，正擊在雊兒的脊樑上，雊兒就慘叫，彎腰；柳夢龍用腳一踢，同時又用刀背砍第三下，雉兒就趴在地下起不來了。

　　龔芳才一上前，也被斬斷了棍，踢得趴在一邊；鐵尾開狼使的還是大砍刀，但只三合，就被柳夢龍短短的單刀砍倒，背上湧出了血；韓越力大，雙鐧齊上，柳夢龍轉身閃避，舞刀反逼，韓越此時危極。耿二員外急得親身走出了客廳，趕緊吩咐歐陽錦去幫助。

　　歐陽錦向來自命不凡，武藝不輕施展。耿二員外也永遠留着他作為看家的寶貝，現在不用他恐怕不行了。但歐陽錦還是沒有勇氣立即就去廝殺，不願脫他的長褂，先拿出鏢，看准了柳夢龍，突然地打去。

　　不料，柳夢龍這半天跟別人動着手，心裏還想着事，同時也正在隨時提防着這邊的鏢呢。他早就想到耿二員外有趁空用鏢打他的可能，卻不料先是歐陽錦翻了臉，忘了朋友。歐陽錦的鏢法本不平常，可是這一鏢飛來，立被柳夢龍躲過了。

　　柳夢龍這時才覺得以鏢打人不易準確，但若是身手好的人，再先存下心，謹慎地提防着，要想避鏢卻並不難。所以歐陽錦緊接着就打來第二鏢，又被他躲開了。第三鏢打到，柳夢龍是用刀一遮，鏢便落地。

　　小秦瓊趁勢掄雙鐧自旁來擊，柳夢龍的刀法又一變換，使的是蜻蜓點水，燕子鑽雲：一刀先向小秦瓊的下腿削去，小秦瓊疾忙閃跳，雙鐧還想再掄，卻不料一陣刀風，驀地腦袋頂兒覺着一陣發涼，趕緊縮脖，但耳朵又覺得一陣麻木，原來他已被柳夢龍把一個耳朵削下去了。

　　這時歐陽錦已脫去了長衣，舞劍而來。柳夢龍迎上去，一句話也不說，掄刀就砍。那鸞大姐舞着雙刀也來了，柳夢龍不獨不懼，反而高興，心說：「也許我這才算逢着對手吧？」

　　歐陽錦使的就是桌上擺着的那口簇新的寶劍，快雖未必快，可是非常光芒，舞起來白光閃閃，逼人的眼睛；劍法又純熟老練，真夠敵的。但柳夢龍與他交手三五合之後，便看出來這個歐陽錦的武藝，原來也不過如此，往日把他還估計得太高了。

　　柳夢龍原可以不太費事，就將這位「老朋友」歐陽錦打輸，然而鸞大姐的雙刀在旁邊直胡掄亂攪。她的刀法也不錯，可是比陶鳳兒仍然是差得太多，就是歐陽錦也比不上那盈盈的紫衣少女，風塵一鳳。柳夢龍跟這兩個人真不樂意費工夫胡打，已恨不得兩三下就將他們全都砍傷。

　　他的刀法固然施展開了，可是那兩人也都不肯放鬆，因此又交戰了幾合。柳夢龍是以三分的力量抵歐陽錦，二分的力量抵鸞大姐，其餘的五分精神與力量，全都在防禦着那邊高站在石階上的耿二員外。

　　果未出他所料，忽然，就見耿二員外又掏出鏢來了，並先高喝了一聲：「你們都暫閃開！」

　　歐陽錦與鸞大姐聽了此話，齊都疾忙閃在一旁。這時柳夢龍知道耿二員外的鏢快要打來了，他立時不由得面目改色，依然還只有用他那老法子，把自己手中的那枝鏢，向着耿二員外一比，作出也要打的樣子。不想把耿二員外的臉，當時也嚇成了蒼白，趕忙往旁去躲，手裏的鏢倒發不出來了。

　　柳夢龍趁此時，便哈哈地大笑，說：「來吧！我千里迢迢到襄陽，就為的是領教耿二員外的鏢法。你來吧！咱們兩人的鏢一齊打，倒看看誰打得准，好！打來吧！反正是一鏢抵一鏢！」

耿二員外此時不但把鏢又收回去了，反倒勉強地一笑，說：“咱們兩人何必呢！我找一個不怕我的鏢的人很難，我何忍將你打死？你也是，我豈看不出來？你的鏢未必在我之下，你也應當留下個朋友。會鏢的不可打會鏢的，這就叫鷺鷥不吃鷺鷥肉，英雄不跟好漢拼，算了！算了吧！”又向歐陽錦和他的愛妾說：“你們也回來吧！何必還再比武呢？柳夢龍的武藝也不用我誇讚，可是恐怕踏遍了江湖，再難找出第二個了！”

歐陽錦這才又向柳夢龍拱手說：“得罪得罪！我們真不該這樣地胡鬧！”那鸞大姐也笑着說：“我們領教這一回就行了，我們佩服了！”柳夢龍依然從從容容地，同着他們又進了客廳，手中的刀卻仍不放下。

此時那些受傷的人早就叫人抬出去了，打敗了的也溜走了，連那個雉兒也看不見了。只有耿二員外、歐陽錦、鸞大姐、柳夢龍四個人，其餘都是僕婦、丫環和兩三個男僕。

耿二員外命人擺酒上菜，然而此時他的精神仿佛仍不開展，仍露抑鬱之色。忽然，他又掏出那枝鏢來了，但同時就向柳夢龍擺手說：“不是我又要向你來，我知道了，咱們兩人若是對起了鏢，結果是兩個全敗、全傷、全死，那真合不着，還不如交個好朋友吧！我還有一件要緊的事要托你辦呢，待會兒我再詳細告訴你。現在是因為我的那枝鏢，既已拿出，就不願空回，這是多年來我的一個脾氣。現在我要做一個玩藝兒，給他們看看。”此時他的眼睛卻向廳外去看。

因為現在院子裏沒有人打架了，客廳裏的人也少了，所以那些麻雀又飛到瓦隴之間，去找食兒吃，並有那大膽的麻雀就落下了地，跳着，啾啾地叫着，兩眼四下裏張望，好像個小賊。耿二員外手拿着鏢，悄聲說：“不要說話！”又擺擺手，笑着悄聲說：“拿鏢打人容易；打鳥，尤其是打麻雀，可太難！因為這鏢……”拿着給柳夢龍看了看，接着又說：“這雖是我特打的，特別地尖銳，可是也很沉，打麻雀不行。即使打着，在它羽毛上一滑，它還是不能受傷，還是立刻就飛了。所以鏢只能打大東西，可不能擊小物。打麻雀只能用彈弓，弓弦緊，勁也足，打一下，麻雀就准死；人的手可不行，到底比不了彈弓，可是……”

說到此處，他的神態十分驕傲，又說：“這就得看打鏢的人腕力如何，打得准也不算能耐，真能耐真本領是應當手法巧妙，可重可輕。想打大東西，老虎豹子，一鏢斷命；要想打小的，那怕是空中飛着個蜜蜂兒，也得一鏢把它打下來。練成了這樣的本領，才能夠跟別人比鏢。因為若是對頭仇人，一鏢就得中他的要害；若是不想結果他的命呢？或是跟個美貌的女子，你怎忍得傷了她？那麼你就可以輕輕地打，也許鏢飛去了，僅僅傷了她的眼毛，一點也妨礙不着她那明媚的眼珠。”

這話惹得那鸞大姐又不住撇嘴，柳夢龍也忍不住地生氣，但是要看一看耿二員外的鏢法畢竟如何？

此時，對面房上的瓦間，正有一隻麻雀，離得既遠，而且目標太小，從這裏要打，實不能令人置信。但是耿二員外連這客廳也不出，就隔着屋門，將臂輕輕的一動，只見一鏢飛去，立時由那瓦上掉下來了那隻麻雀，死了，同時滾下來了那枝鏢。

歐陽錦在旁捧場說：“真准！腕力運用得不輕也不重，太合適了！”

柳夢龍也點頭，心中也不由得不欽佩，這實在可以說是神乎其技。照理說，自己也得把鏢顯一手兒，也得令耿二員外心折才行；可是，說來也慚愧，我何嘗會打鏢？我也只有這一枝鏢，還原本來就是他們的鏢，無意之中把他給欺蒙住了。刀法拳法各般真武藝，自己是儘管施展，不會窮盡，露出了馬腳！可是現在更不能服氣。他便又輕蔑的一笑，仿佛認為這不過是小玩藝，無足稱道，同時他說：「我可不會這個，輕的鏢我不會打，重鏢或可以奉陪。可是我的鏢又太重了，鏢一打去，總使那個人流出來腦漿！」耿二員外當時一陣駭然。柳夢龍又淡淡地說：「將來我必定獻醜。」

此時，僕婦、丫環們在另一旁已經擺好了酒席，菜肴很多，可惜他們只是四個人入座。耿二員外令鸞大姐給柳夢龍斟酒，他自己也飲着。酒喝了兩杯，他便說：「柳兄！我如今要請教你幾件事，說出來，你可不要急惱！」

柳夢龍微笑說：「什麼事？你自管說，我絕不急惱。」

耿二員外先慢慢地說：「柳兄自直隸過河南，可曾知道北方的江湖上，有個三霸天？」

柳夢龍說：「三霸天不是一個，上霸天是叫青毛豹段成恭，中霸天是叫鎮山豹陳衮，下霸天是白眉老魔薛大朋。我全見過，怎能夠不知道？」

耿二員外把眼向柳夢龍看着，又問說：「他們的武藝如何？」

柳夢龍說：「你這裏的人，哪個也比不過他們。他們，其中以下霸天的雙鈎最好。歐陽兄你也不要氣惱，你這樣子三個，也怕不是他的對手！」

歐陽錦臉有些紅，說：「可是我在衛輝府店房裏已經聽人說，你把他們全打了？」

柳夢龍點頭，笑着說：「我自然不把他們放在眼裏。」

耿二員外又問：「他們三個手下的夥計、徒弟、嘍羅，約有多少？」

柳夢龍卻搖頭說：「說不清。」

耿二員外突又問：「聽說他們家裏，可不知是上霸天，還是下霸天的家中，有個女人，更為潑悍？」

柳夢龍只點了點頭，什麼話也沒有說。

此時那鸞大姐突然在旁邊急問說：「那個女人，是不是叫陶鳳兒？她會武藝，也會鏢。跟着她的還有一個老太婆，那是她媽。陶鳳兒平常有個怪脾氣，最喜歡穿紅紫的衣裳。她到底嫁了誰？還是三霸天她齊都嫁了？」

柳夢龍怒目說：「你不要胡說！我知道，我並見過這個女子，她，她是清清白白的小姐。」

耿二員外疾忙把那鸞大姐推開，十分情急地問說：「那麼她到底是嫁了誰？她與柳兄又是怎麼相識的？」

柳夢龍卻飲着酒說：「萍水相逢，偶然相識，可是只見了一面，我就走了。」勉強地笑了笑，又說：「你們問我這些事，不知是什麼原因？」

耿二員外怔了多半天，胖臉是一陣陣地變白，兩隻眼睛卻一陣陣地變紅了，好像要發瘋病，末了是指着歐陽錦說：「你問他吧！叫他跟你說吧！不過，我們既是這樣的朋友，求你多幫忙，事如辦得成，我耿秉榮終身不忘，必要重重地謝你！咳……」

他說到這「咳」字時，就一跺腳，驀地站了起來，在這客廳裏亂轉，身子又要倒，丫環僕婦趕緊驚慌地攙住了他。這時那鸞大姐卻妒忿地摔手走開了。歐陽錦倒是幫助去扶，扶着耿二員外回那小單間裏去休息。

柳夢龍覺得滿胸裏都是疑問和忿恨，只連氣地用酒去澆。

　　待了一會歐陽錦才又回到座間，這裏倒好，只剩了他們兩個人了，挨近坐着。歐陽錦就悄聲說：“你別怪，二員外他原是有一件傷心的事，這就是陶鳳兒。我早就在衛輝店裏聽到人說，你仿佛是在下霸天的家裏，跟她在一塊兒住過似的？這大概是那人胡說。不過，我要不是為信了這話，也許，不能設法……”他笑了笑，又說：“把您請來！”柳夢龍點頭說：“我早就明白。”

　　歐陽錦這時是更跟柳夢龍表示着是“自己人”了，他說：“我到河南去，也就是奉二員外之命，去打聽這件事。因為那個陶鳳兒，原也是這裏的，去年春天才逃的。二員外是一定要親身去把她捉回來，可就是顧慮着她現在已有三霸天那些人給她保鏢，再說她的刀法又高強，我是實在比不了！二員外論起鏢來自然比她高，可是武藝，因為二員外近年多病，手腳不大便利，所以也怕難以把她制伏了。思來想去，這才各處招請朋友，並于今天比試武藝。到了現在，沒什麼話說了，天地之間恐怕只有柳老弟你才能制得住那個女人。你雖與她相識，可是我相信你們並無深交，因為那女人自然是一個尤物，可是我見老弟你剛強、正氣，眼中不大留心女色，好像是魯男子柳下惠，哈哈！我說得不錯吧？

　　“現在的事就是，二員外打算三天之內就起身，就往河南去捉陶鳳兒。捉着捉不着咱們不管，咱們只管的是保護二員外，別叫陶鳳兒忘恩負義，反倒傷了二員外，或是那三霸天給陶鳳兒助威，使二員外吃虧。說明白了吧？就是要仰仗着你幫助，我們好能夠放心去捉那陶鳳兒！事情辦完，你就看吧，二員外一定對得起你！”

　　柳夢龍聽了，心裏倒不禁覺着好笑，但表面上卻聲色不露，也不假思索就點頭說：“這個忙，我一定得幫的。本來三霸天全是我手下的敗將，陶鳳兒我也沒有把她放在眼裏，可只是……”他鄭重地問說：“你也得先詳細說明陶鳳兒的來歷，她的理虧，你們的理直，我才能夠管；因為我不能幫助你們，去欺負一個與我無干的女子！”

　　歐陽錦說：“那女人極沒有良心，她是耿家給養活大了的，武藝也是在這兒學的。二員外待她那樣的好……”柳夢龍攔住他，說：“你就簡話捷說，明明白白地說出來吧！她是這裏的丫環呢？還是耿二員外的妾？”說到妾字，他咬牙忍住了氣忿。意外的是歐陽錦竟搖頭說：“全都不是！”

　　柳夢龍不由得發急，拍着桌子說：“你們既不說明白了，糊裏糊塗的一件事，我怎能幫忙？”

　　歐陽錦卻低聲說：“因為我實在也不知道。那女人雖是在這宅裏生長大了的，跟着員外形影不離，可是她既不像那雉兒，是個人人都知道的武丫環，又不像是鶯大姐，是二員外的愛妾。那個鳳姑娘卻全都不是，只好像是這兒寄住的一家親戚，我能夠胡猜她是什麼呢？”

　　柳夢龍聽到這裏，才點了點頭，心裏頓然覺着寬慰了一些，因為歐陽錦的話，仿佛又證明了陶鳳兒的身世是相當的清白，這就不必往下再深究了。又聽歐陽錦更悄聲地說：“我們只是陪着二員外去一趟就是了，其實到時一定用不着動手廝殺，因為他二人本來有情！”

　　柳夢龍聽了這句話，卻又不禁緊着眉頭，愁悶了半晌。可是現在也不必再問了，反正他是說不明白，也許是故意不說。這只好跟着他們走一趟，倒要看看陶鳳兒見了耿二員外是什麼樣子？若是太叫我不能忍耐，我就全部把他們殺死！當下他心中既決定了主意，便什麼話也不問了。

少時飯畢，耿二員外和他的愛妾鸞大姐又一齊過來，親手把那四隻元寶，兩匹綢緞，一口寶劍等都給了柳夢龍。柳夢龍是既不推辭，連聲謝也沒有道，並接受了耿二員外和鸞大姐以那銀壺銀盃，每人敬給他的一杯酒。

他回到那小院屋內，將元寶送給那老僕人一個，其餘的三個，令那老僕去找着那已死的丫環順梅家裏的父母，都贈給他們。綢緞是令人送給那錢莊夥計呂福元一匹，襄水春的堂倌一匹。寶劍扔在一旁不用。他把這些東西都分配完了，當日沒有出門，到夜晚卻時時懷着警戒，倒還沒什麼事。

次日清晨，便有兩個小丫環給他送來了上等的細點，還有加了糖和玫瑰的蓮子粥，據說都是那鸞大姐親手熬的，請他"點心點心"。柳夢龍因為表示不能接受她這過分的優待，就都叫給照樣兒端回去。他卻出了耿家，自己去找飯鋪，吃了一頓早飯，自己付過錢。可是在掏出錢來時，又深深地慚愧，因為這些錢都是陶鳳兒給的，也許就是她由耿家偷的。我這樣花着，就真算是廉潔嗎？這實在是"英雄氣短"的一件事，但是憶起了陶鳳兒，怨中帶着愛，卻又不禁地"兒女情長"。

他去到了襄水春，那個堂倌直向他道謝，說是那匹緞子我已收到了，您這是幹嗎呀？我整天端菜洗傢伙，還能夠做一件花緞子的油裙嗎？我把它賣啦，得的錢夠還我這一年掏下的虧空啦！

那掌櫃的說是有河南新來的黃河鯉魚，要給他清蒸，請他落座喝兩壺陳紹。柳夢龍卻擺着手微笑着，點了點頭就走了。

他又到錢莊，呂福元也向他道謝，並請他到櫃房裏去坐。此時黃掌櫃和胡二全都在櫃房，胡二的臉青一塊，紫一塊，驕傲之氣全無，見了柳夢龍就叫柳大哥，作揖打躬地說："你千萬千萬別怪我！我是不知道您有那麼大的本事，以後，您叫我當您的孫子都行！"

柳夢龍笑着說："這是什麼話？"

胡二跟黃掌櫃一齊恭謹地請他落座，柳夢龍卻心中突又一動，因為聽說這個黃掌櫃的是耿家的舊人，陶鳳兒的身世和來歷，及與耿家的關係，他當然得盡都知道，所以就想向他問一問。於是，他就故意在這里間坐着不走，跟黃掌櫃的談起了閒話。

這個老頭子不愧在耿宅裏多年，他自稱：在耿秉榮之父耿老員外在做着道台的時候，他是一位師爺，慣弄刀筆；及至耿老員外退職在家裏養老，他又算是一位清客，琴棋書畫，他都懂得的不少。耿老員外臨終的時候，派他來這兒，管理這個錢莊，也是為叫他以終天年的意思，省得在宅裏，既不能把他當作主人，也不能叫他當僕人，實在不好安置。他自從當了這錢莊的掌櫃，耿大員外在家裏的時候，對他都很尊敬、客氣。可是後來耿大員外到京裏去做官，二員外就在家裏胡鬧，什麼鸞大姐、胡二等等的人，常常在這櫃上搗麻煩，對他一點也不尊重。可是他並不生氣，也不灰心，鬍子都白了，還喜歡跟年輕的人開開玩笑。

他對於柳夢龍現在耿家所受的待遇，和耿家對他有所借重之處，好像全都知道，所以他也就特別地向柳夢龍表示着客氣、恭維，但柳夢龍問到他什麼話，他是半句話也不說，不是裝耳聾，就是隨便打個哈哈岔過去了。

柳夢龍用盡了心機，旁敲側擊，為陶鳳兒的事向他探詢了多半天，這老頭子只無意之中吐露出來一句話，就是他說："那陶鳳兒的事麼，咳！那是件小事，不足一提。那本來是因為耿老員外在世的時候，一點……一點善心所致，就落得如今……好在她們除去拿了點錢，也沒有什麼事。"柳夢龍就坐了半天，坐得不耐煩，只好走了。

　　現在，柳夢龍也不想再打聽陶鳳兒的詳細身世了。反正，她在耿家不會怎樣清白，在襄陽城裏也始終沒有人敢說。好在眼看着就要走了，同着耿二員外去看她，到見了面的時候，還能夠弄不明白他們到底是怎麼回事嗎？此時打聽也無用，因為人言未必為憑。

　　三天以內就起身，柳夢龍原想絕做不到，憑耿二員外那樣子，走一步都得叫兩個侍妾攙着，他還能夠上河南去？那恐怕至少也得帶幾十名侍妾，連廚子老媽子，帶他那檀香床、虎皮褥子，全都得帶着了。可是，也沒看見他們怎樣地預備行裝，到了第三日的清晨，是一個陰霾欲雨的天氣，歐陽錦就真來催着柳夢龍，說：“馬已經都備好了，二員外也來了，就等着你啦！”

　　柳夢龍倒覺着出乎意料之外，好在他的行李簡單，稍微一收束就好了。他到前院，只見耿二員外已行色匆匆。

　　耿二員外今天的精神特別暢旺，身體雖是肥胖，可不再像往日那樣笨重遲緩了，他的身體紮得十分的便利，佩戴着寶劍，還掛着鏢囊，外面卻披着一件黑緞面狐皮裏子的大鬥蓬，頭上又戴着一頂黑緞的風帽，看來真像是戲臺上的《捉放曹》那個曹操。鸞大姐也披着大鬥蓬，像是要唱《昭君出塞》。雉兒自前幾天被柳夢龍打了，也許是因為氣憤，現在顯得更瘦了，可是更為強悍、精神，她也有一件鬥蓬，但沒有鸞大姐穿的那麼漂亮，她依然是個隨身丫環樣子。歐陽錦也只像是個“大管家”。此外還有醉鬼胡二和一個姓陸行七的年輕人，聽說這人早先是受過二員外的好處，現在棗陽縣自己開着鏢店，當着大鏢頭。這是耿二員外特把他叫來的，昨天他才趕到。

　　這個人一見着柳夢龍，當時就稱兄喚弟，說：“柳老弟，咱們這回跟着二員外出外，可得彼此幫忙呀！二員外已跟我說了，他用咱們，就為的叫咱們擋那三霸天，別的事都用不着咱們。”

　　柳夢龍對他理也不理。

　　此時倒沒有什麼人來給他們送行，因為耿二員外等此次出外，並沒叫外人知道。當下，只在客廳裏，大家匆忙的用了點早飯，就出門去了。

　　大門的兩隻石頭獅子，倒好像是給他們助着威，瞪眼張牙地，也像是要跟着他們到河南去捉人，捉那麼一個柔弱的女子。

　　現在預備的統共是六匹馬：耿二員外騎的是棗色的大馬，鸞大姐跟那雉兒騎的是黑馬，歐陽錦和柳夢龍都各自另換了一匹，不是由河南來的時候那兩匹馬了，胡二也弄了一匹黃馬。獨有陸七騎的是一頭黑驢，歐陽錦叫他換馬騎，因為宅裏並不缺少馬。陸七卻笑着搖頭說：“我這個驢比馬還快，一天能走五百里路，我騎它比騎馬還舒服。”

　　鸞大姐在那邊皺着眉說：“你快換了吧！全都騎着馬，獨你一個人騎驢，有多麼不好看？”

　　陸七卻依然笑着，搖頭說：“我真捨不得換，因為我騎慣了這驢啦，換匹馬騎，我倒覺着彆扭得慌！”

　　因為耿二員外對他這個驢並沒有說什麼，所以別人的話就都不算，他照舊還把一頭驢，夾在這群馬的裏頭。

　　柳夢龍也明白，耿二員外叫這個人來，就是為對付我的，叫我跟着出力氣，可還不能不聽話。我若是不聽話，或到時出了別種情形，有耿二員外的劍和鏢，有鷲、雉兩個武藝精通的姬妾，有歐陽錦，還有這刁鑽狡猾的陸七，就夠對付我柳夢龍的了。至於醉鬼胡二，這一回倒是個配搭，是個苦力，因為耿二員外這次出外，所帶的大包裹就有七八隻，都在胡二的馬上放着，他是個背包袱的。

因為耿二員外這次外出，不願叫很多人知道，所以不但他家裏的人全沒送出門口，他並且吩咐走小胡同，迤邐地走着。到了東門，也沒遇見什麼熟人。出了城，到了河岸，這兒倒有他們的不少船。用最新最大的船，不載別的客，少時間就平平穩穩地把他們連人帶馬全都渡過去了；本來是應當穿過樊城，可是他們也繞城而過，就踏上了"康莊大道"。

六匹馬，以雉兒的馬在最前，陸七的小黑驢在最後。耿二員外心裏倒還像並不太急，一路上觀看着大地上的陽春煙景，跟他的愛妾鷲大姐並着馬也並着肩，且談且走。依着鷲大姐是先要上信陽州，說是："說不定她跟她媽都在她的舅舅家裏了，她的那個舅舅本來就是來路不明，不定是她媽的什麼人啦，前年不是到咱們襄陽來過一趟嗎？看那樣子簡直是個小偷。他要是不來，不跟她們娘兒倆偷偷地捏合好了，去年她們還許不敢就偷了東西跑。我看她那個舅舅就是壞蛋，說不定她就許在她那舅舅家裏了。"

耿二員外卻說："連柳夢龍都說在下霸天的家裏見過她，咱們還是去找三霸天，找她那個舅舅幹嗎？那只是個開石頭鋪子的石匠。"

歐陽錦催馬趕過來說："其實，咱們也可以由信陽州經過，不算遠。"

耿二員外卻搖頭說："去找那麼個人幹嗎？豈不丟失了咱們的身份？"

鷲大姐卻說："不是去找他，找的是陶鳳兒，說不定她就在她舅舅那兒啦，您現在不是恨不得當時就要見着她的面嗎？"這時的鷲大姐，仿佛一離開襄陽，就敢跟她的二員外使脾氣了，瞪着兩隻眼睛，醋勁實在不小。

胡二也騎着馬過來，說："我也願意先到信陽州，要是在那兒能夠遇見鳳姑娘……"鷲大姐聽他現在對陶鳳兒還是這樣的稱呼，就更生氣了，惡狠狠地瞪着他，恨不得要掄鞭子抽他。胡二卻一點也不覺着，還說："我就願意快點把那位鳳姑娘找着，我也好回去，好輕快點。我倒不怕走路，是我這馬上，帶着的東西太多啦！簡直夠我受的了！"鷲大姐當時就要拿鞭子打他，斥道："到那邊兒去！你快滾回去吧！現在有你說話的份兒嗎？"醉鬼胡二嚇得直縮頭，幸虧歐陽錦把鷲大姐攔住，把他拉開了。

耿二員外卻漸漸怒色浮在面上。陸七也過來勸，笑着說："走吧！走吧！剛出了門，別就搗麻煩呀？"於是又往前走，決定是路過信陽州了。

柳夢龍也聽說過，陶鳳兒在那裏有一個舅父，他也是盼望着，早一些見着他，好早一些把事情弄清楚。不過他知道陶鳳兒絕不會離開下霸天的家的，她一定是在那兒，朝朝暮暮地盼着我把鏢技學成，回去了就跟她成親。她的出身雖不好，自從見過我之後的一片癡情，卻是真的。因為這才使我更作了難，而更覺痛苦。

他在路上不大說話，可是那鷲大姐卻時常想跟他閒談。

一路上要沒有鷲大姐，也可以說就沒有什麼。這真是一個討厭的女人，吃醋、撒嬌、發凶，樣樣兒俱全，一天至少要搬演上七八回。乾脆說，她是把那陶鳳兒恨極了。雖然耿二員外說是見着陶鳳兒，就揮劍斬下她的頭來，鷲大姐可是一點也不相信，她所以非得跟着看個究竟。她還，走吧，歇着吧，都得由着她。

　　她因為跟柳夢龍說話，柳夢龍向來是不理她，她就推說是頭疼，才下午三點多鐘，就找店住下了。

　　醉鬼胡二也是願意多歇着而少走路，並且當着耿二員外，他也敢跟鸞大姐開玩笑。鸞大姐就用馬鞭子抽他，抽得真狠，一點也不留情，把他的臉抽得青一道、紫一道的，耳朵都要抽下來了，他可還用手摸着，嘻嘻的，流着涎水，像傻子似的笑着。

　　柳夢龍覺着太不成事體了，尤其不成事體的是：這一晚，柳夢龍因為跟歐陽錦和陸七，同在一間屋內睡覺，他覺着非常的悶，就出屋來，看看天星。

　　不料鸞大姐正在院中，一把就將他揪住，悄悄地對他說："夢龍！你有那麼好的武藝，會那麼好的鏢法，你的心眼兒可是一點也不聰明。跟着他們去，能有什麼好處？你替人家去捉小老婆，真合不着，絕沒你的便宜。因為耿秉榮、歐陽錦他們，並沒把你當作真朋友，還時時地想要暗算你呢！我也是真傷了心，他把鳳兒那狐狸精找回去，一定得把我打入冷宮，還許拿鏢要我的命。所以我想，我跟着你走……"

　　柳夢龍卻一手就將她推開，冷冷地一笑，什麼話也沒說，就回屋裏去了。

　　這種種的情形，連醉鬼胡二都有點看出來了，眼睛都紅了，若不是知道柳夢龍的本領特別的大，他非拼命不可。柳夢龍對這些事是處之泰然，他不急也不惱，只是凜凜然的，威嚴可畏，仿佛什麼事他都不管，可是也休想觸犯着他一點。

　　耿二員外雖屢次邀他在一間屋內去飲酒，吃飯，對他竭力的攏絡，他也是沒有一點感謝的意思。他同時卻觀察着耿二員外，覺着耿二員外有幾點特別的地方，令人可疑：一是他對鸞大姐什麼的並不關心，在店房裏吃完了飯，就叫給他鋪好了帶來的錦緞被褥，把玩一會他的那口寶劍，就睡了；二是此人好像並不太惡，而且還有點感傷的性情。別人提到了陶鳳兒，他胖臉上立時就浮現出一陣的憂愁，而唏噓感歎不已；三是他自從出了門，就永遠佩帶着鏢囊，雖睡眠時也不解下，這自然是防備着別人暗算他。他因為有這種種的特別之處，所以柳夢龍的心裏更狐疑了，更弄不清他跟陶鳳兒是怎麼回事了，更得看到底了，說不定這個胖員外見了陶鳳兒，還許要抱頭痛哭呢！

　　柳夢龍心中時時忍耐着這種妒忿，而卻聲色不動地跟着他們去走。

　　走了五天，才來到信陽州，進了城就要去找陶鳳兒的舅舅。胡二知道得最為詳細，因為前年，她那舅舅到襄陽去的時候，曾住了兩個多月，幾乎天天跟胡二在一塊兒喝酒，因為那個人也是很好喝的。

　　胡二隻指出了那地點和姓名，說："他告訴過我，他是住在城裏什麼耳朵街，他的家就是石匠鋪子，他名字叫什麼張大糖？"但是叫他帶着去，他可是搖頭，他連帶着去也不敢。陸七向他追問："是為什麼？"他卻又不住地搖頭，吐吐舌頭，悄聲地說："我才不那麼傻呢！現在我去跟陶鳳兒的舅舅打架倒不要緊，萬一將來她又跟二員外好了呢？張石匠還照舊是張舅爺，跟我記上了仇兒，我可吃不消！"

　　耿二員外是有身份的，他不能親自去找那張舅爺，所以他就找了店房，先歇下，只叫歐陽錦、陸七二人去打聽，柳夢龍卻主動地願跟着去。原來倒很容易打聽的，這城裏的石匠鋪子只有兩家，張大糖，原來名字叫張達堂，這人是很有名的，據說這幾年很發財，他的石匠鋪原來是在二道街，這裏並沒有什麼耳朵街。

　　柳夢龍跟着歐陽錦找到那裏，只見這石匠鋪子很不小，院中堆積着許多長的方的大石頭，有的已經做成了石碑、石臼、石鎖、磨盤等等石器。三四個石匠還正在做工，一問到張達堂，就說那是他們的掌櫃的，於是有個石匠就高聲地叫道：「掌櫃的！來了生意啦！」

兩三間門戶很整齊的小瓦房，由那邊就走出了一個年約六十多歲的老頭兒，鬢髮斑白，身體還很瘦弱，不像是石匠出身。柳夢龍還以為這是另一個人呢，不料他就是陶鳳兒的舅父。他認識歐陽錦，立時就現出一種驚慌恐懼的樣子，說：「哦！歐陽……三爺！您是從哪兒來？請屋裏去坐吧！」

歐陽錦扳着嚴肅的面孔，搖搖頭說：「我們不進去了，我就跟你在院裏說幾句話吧！」他往前走了幾步，那張達堂卻向後退了幾步。歐陽錦說：「我們是從襄陽來的，你大概也知道是怎麼回事，你的外甥女，一定是在你這兒了。」

張達堂雖然發慌，可是立即向天起誓，說：「當着老天爺，我不說瞎話，她們實在沒有來，我倒還很不放心她們呢！」歐陽錦又問：「那麼她們現在哪兒住？你快實說！」張達堂說：「她們……我真不知道……」

此時那陸七忽然一個箭步躥過去，就一手扭住了他的脖領，說：「你不肯實說！大概你是覺着我們太好說話兒了？好吧，你的外甥女拐了我們二員外家那些個金銀財寶，多半是都在你這兒窩着啦，今天你不把人交出，也得把東西交出來，絕不能夠就便宜了你！」說時，掄掌向他臉上就打。但是，手掌還沒觸到人家的臉上，就被柳夢龍推開了，用的力還很大，幾乎把陸七推了個屁股蹲兒。旁邊的歐陽錦趕緊向陸七使眼色。陸七雖然臉都已氣白了，可是經這麼一個眼色，他也不知是怎麼回事，不禁嚇得毛髮悚然，連一句話也不敢說了。

此時柳夢龍和婉地把張達堂勸進了屋，隨後就回身向歐陽錦說：「他既是不知道他的外甥女現在哪兒，想必是實情，何必打他？打他也是無用，徒然顯着咱們欺負他。」歐陽錦點頭說：「也有道理。」當下三個人就出了石匠鋪，回到了耿二員外住的那店房。歐陽錦還跟陸七嘀咕嘀咕的，也不知是在談論些什麼，柳夢龍也不理他們，然而暗中卻時時對他們注意。

待了一會，忽見那鷺大姐獨自個兒急匆匆地出去了，不大的工夫卻又急匆匆地回來，很生氣地來找歐陽錦，說：「剛才你們是把事情怎麼辦的？既是見着了陶鳳兒的舅舅，為什麼還不把他抓住揪來？我剛才也去了，聽他的夥計說，他也不知道從哪兒借了一匹馬，早就走啦，早就跑出城去，大概都走出了三四十里地了！他家裏除了老就是小，真正是連一句話也問不明白，咱們也不能把他們怎麼樣！你們三個人怎麼辦的？真全都是飯桶！」

柳夢龍這時就忿然地站起，好像是要打她。她卻又聲音緩和了一些，笑着說：「至少你們三人裏有兩個是廢物！」拍拍她的磕膝蓋，做出着急的樣子，說：「放走了他，他一定是給陶鳳兒送信兒去了！陶鳳兒得了信兒還不藏起來？咱們就去找吧，讓咱們二員外去找吧，找到天邊兒，也准保找不着她啦！」

這幾句話，卻把柳夢龍提醒了。柳夢龍現在盼的倒是叫陶鳳兒跟耿二員外見面，以便看看那時的情景，而試一試陶鳳兒的心。如今，她的舅舅去給她送了信，她就真有逃走藏躲的可能，那時不是連我也找不着她了嗎？事情更得糊塗不清，而難辦了。我是還要她呢？是舍了她呢？更不知何年何月才能把這事弄明白？柳夢龍很着急。

那鷺大姐把歐陽錦、陸七兩人，又着着實實地埋怨了一頓。那兩人都不說話，只用眼瞧着柳夢龍，仿佛是說：「這件事情，得問他！」好在鷺大姐這時嘴裏雖是不住地抱怨，樣子雖是十分着急，其實心裏是樂意，說：“讓咱們的二員外去找她吧！找到天邊兒去……”

她又說了幾句話，就回她的屋裏去了。這裏胡二可發愁了，自言自語地說：“找到天邊兒去？哎呀，我的媽！我可受不了！”

柳夢龍尋思着，他覺着不能再跟着耿二員外這些人一同走了，必須趕忙北去，越過了那張達堂，而先去見她陶鳳兒。不然陶鳳兒一定得去躲避着；若是知道我跟耿二員外在一塊了，她必定更得遠遠地走去，並且還得把我恨入骨髓，什麼婚嫁的事，當然就算吹了。所以此時柳夢龍一刻也待不住，他就自己出去備馬。備好了馬，剛要出店門，不想歐陽錦就知道了，趕緊出來問他：“柳兄弟上哪兒去？”

柳夢龍將馬牽出店門之後，才抱了抱拳說：“我先走了！咱們在陶鳳兒那裏再見吧！請你替我向耿二員外說聲再會吧！”

歐陽錦着急地說：“兄弟你這是幹嗎？為什麼不一塊走呢？”

柳夢龍卻並不答話，就上了馬。歐陽錦跑過去伸手一掀，已經揪住馬上的那只包袱了。但是柳夢龍忽然把臉一變，瞪起眼來，歐陽錦趕緊就撒了手。於是柳夢龍就吧的將鞭子一抽，馬就飛似的往北馳去，不多時就出了信陽州，而順着大道，一直往北。

這時已到了吃午飯的時候了，他也無暇去打尖吃飯，就緊緊地走，原想還可以追上那張達堂，由那人的口中可以問出陶鳳兒過去的種種事。可是，路上的人雖也往來甚多，卻是沒有再看見那瘦弱、年老的石匠鋪的掌櫃。

天的確已晚了，路旁的柳樹已發出了綠芽，遠望着如同浮着一片綠煙。這景色越發惹人的相思，使他的心急。他就急急地走，至深更半夜才投店。次日清晨便匆匆地又起身，連飲食都不暇選擇，只是走。所怕的就是丟失了那塊紫手絹，所以他常常拿出來看。他的眼前又很清楚地幻出來，那渺渺的紫鳳和亭亭的美人，但他就心頭帶着苦的滋味，心想：“是有緣呢？還是無緣呢？這就看將來她見着耿秉榮之後，是怎樣了。反正，我是絕不要一個不清白女子，更不許她跟耿秉榮舊情不斷，可是我又捨不得她……”

第六回　　洞房沉沉鴛衾乖好夢　　中庭擾擾虎爪碎嬌花

　　馬走得很快，漫長的路都被他的馬蹄掠過。他這馬在路上換了好幾次蹄鐵，都磨盡了，要是再這樣趕路，馬就要累壞了。可是這天便走到了，遠遠的已望見了下霸天的莊院。

　　時已將近黃昏，夕陽下墜，滿天都鋪着發暗的紫色雲霞。四顧無人，春風吹着柔柳，暮鴉飛過，發出了哀鳴，叫得柳夢龍心中也不禁有些難過。

　　他來到了下霸天的門外，反倒有些趦趄不前。第一，陶鳳兒母女也許走了，我來到這兒，就許撲個空；其次，假定她們沒離開這兒吧，可是見了面又說什麼？鏢根本沒學，南方倒偏去了。不錯，我已大概知道她的出身了，可是忍得不說別的，就先問她嗎？因此心中徘徊不決。

　　下霸天的這兩扇鐵葉子大門，依然緊閉着，與那天風雪歲暮的情景，沒什麼兩樣，難道他們忘記了現在已是春天了？柳夢龍下了馬，敲了半天門，裏邊不但沒有人給開，寂靜得連一點聲音也沒有。他不禁起了疑心，暗想：「莫非是這裏出了什麼變故嗎？」他越發的心急，就又用力緊敲了幾下，拿拳頭捶了半天，可是裏面依然沒有人答應。

　　他就只好還跟上次來的時候一樣，飛身上了牆頭。向下面一看，各院裏仍然是沒有人，連狗也沒有了。他就想：難道是又都藏起來了？這一定得有點緣故。

　　他跳到院裏，開了門將馬放進來，隨後又把大門關上。他什麼也不顧得，只由馬身上取下了包袱，夾在胳膊下，往裏院就走。不防才進到裏院，就看見了下霸天，穿着短小的褲褂，手裏提着一把鐵做的大開水壺，好像是茶房似的。

　　他見了柳夢龍，不由得就一怔，問說：「怎麼着？柳兄弟！這麼快你就回來啦？」

　　柳夢龍說：「怎麼我叫了半天門，都沒有人去開？」

　　下霸天說：「誰開去呀？除非是我開去，可是我在裏院又聽不見。你大概不知道，自你走後，陶姑娘就勸我以後得學好。她先把我手底下那跟着我多年的大夥計們，全都給打發走啦，還給了他們銀子，叫他們以後安分守己，各謀生路，別再幹那些綠林江湖的買賣了！現在我家裏只留下一個廚子，兩個老媽兒。」

　　柳夢龍問說：「她們，老太太跟姑娘，現在哪兒啦？」

下霸天向窗戶努努嘴，說：“都在屋裏了，你自己進去吧！我還得提着開水回我那院裏去，因為你的嫂子要洗腳。”

柳夢龍自己便拉開了門，一看，原來陶鳳兒已經由那里間走出來了，正要往外來，可是還矜持着，仿佛有點害羞。現在又看見了這系在心頭、腦裏，而常常飄在夢裏的美人。她！陶鳳兒現在穿的不是紫衣裳，也不是紅的，只是一件半長不短，可是很可身的青緞的短袖夾襖，胳膊上也沒戴鐲子，只是手指上還戴有鑲嵌的戒指，倒好像“蓬門不識綺羅香”的小家碧玉。說實話，她連胭脂也沒怎麼塗，不過一見了柳夢龍，不由得臉就紅了。

她看見了她的未婚夫柳夢龍，先就遞過來驚訝欣喜的眼波，她有萬種柔情、熱情，但仿佛都被拘束着，什麼也不能夠表示。她笑一笑，這笑裏含蓄着她心裏無限的話，趕快就先由柳夢龍的手中接過那只包袱，低聲地問說：“你還進裏屋來嗎？媽可是睡啦，她老人家這幾天的身體又不好！”

柳夢龍搖搖頭，不笑，全沒有一點熱情，說：“我還到那里間去吧！”陶鳳兒當時就提着包袱，先去打那間屋的簾子。

這時，柳夢龍清楚地看見了鳳兒的背影。她不梳辮子了，改的是一個現在大城市裏，官宦之家的年輕女眷才梳的，很時興的頭髻，這就表明她是已經有了婦人的身份，她正在待嫁、適人。

進了屋，這就是柳夢龍養鏢傷住過的那個里間，可是已經修飾得簇新了。四白落地，裱糊的都是那最考究的，上面印有富貴吉祥字樣的銀花紙；木器也都是新的，甚至連梳頭匣上的粉缸兒、油罐兒，也全都是沒用過的；床也嶄新，發光的銅床鉤撩起來紅綢的帳幔。床上鋪的更漂亮，兩床大紅被褥，大概是剛縫好，高高地疊着，還沒有展開；枕頭更不用說了，繡的是龍鳳吉祥；此外，床上還放着兩隻包袱，裏面都是做成的和尚未做成的新衣。剪子、針線笸籮，還在亂放着。床前一個小凳上有個小燭臺，那臘燭燒得只剩了寸許，蠟淚堆積着，可見昨兒鳳兒必是睡得很晚。她這些日沒有幹別的，大概只是日夜的趕做着這些婚嫁的衣物。

她把包袱放在床上，就拉住了柳夢龍的手，輕聲地說：“你歇一歇吧！你今天一定走了不少的路。你先躺着歇歇，等一會，我再給你拿洗臉水來。”又關切地問說：“你那……腿上的傷，這些日子沒有疼嗎？是全都好了嗎？”問這話時，她仍然帶着一種自怨自艾的樣子。

柳夢龍卻說：“那傷，我早就忘了，可是我這次出去，只瞎遊了幾個地方。把我保的那鏢算是送到了，我卻沒上終南山，也沒有學會打鏢，壓根兒我就沒去學。”

陶鳳兒點點頭說：“好！不用學了，你走後我就很後悔，我覺着我不該任着性兒，還是早先我那壞性情。我也不知是為什麼，就逼着你去學鏢。你走後我一細想，我真不對！”

柳夢龍說：“我也還是那個脾氣，我認為鏢那種東西，值不得叫我去學。”

陶鳳兒連連地擺手說：“得啦！你千萬別在說了，再要說，我可就要哭了……”說這話的時候，她當時就在眼泡裏湧出了點淚水，但接着就撲哧一笑，說：“我逼着你走了一趟也倒好，現在你回來了，叫你看看，什麼什麼的東西，我都給咱們預備好了！”。

她笑着，欣喜的地等待着柳夢龍高興，至少也應當表示點滿意。可是柳夢龍卻依然是那麼呆板板地坐着，眼睛只不住地看着她，看得她臉更紅了，更溫柔地笑了。她又說：「自從你走後，我心裏真不知是什麼味兒，向來我也沒有這樣兒過！你也覺得嗎？」

柳夢龍搖搖頭，沒答話。站起身來走了幾步，忽問道：「沒人來嗎？這兩天沒有人來嗎？」

問得鳳兒倒十分地驚異，搖頭說：「沒有人來呀！你走後，我就叫薛大朋把這兒的好些人全都打發走了。我還叫他們去告訴中霸天、上霸天，也叫他們打發了那些不做好事的閒人，並勸他們以後都要改過自新……」

柳夢龍笑一笑，說：「你這麼辦，可是萬一有冤家來了，可叫誰去抵擋？」。

陶鳳兒聽了這話，當時她的小臉兒上就變了顏色。但她以為柳夢龍是無意中說出來的，不是有什麼所指，因此她又微微一笑，搖頭說：「我們可沒有冤家，為人沒有虧心事，半夜裏不怕鬼叫門。真的，我跟我媽，我們誰也沒得罪過，除了罪過一個人……」

柳夢龍趕緊問說：「是哪一個？」

鳳兒用纖纖的手指指着他，赧然地笑着，說：「就得罪過你一個，可是我們立時就給你陪不是了！」

柳夢龍不由得也笑了笑，心裏卻說：哼！好狡猾的女人，你到現在還想瞞我嗎？便又說：「這一次我到了外面，可真遇見了不少的人，聽來不少的事；有些事叫我想也想不到，叫我發恨，又叫我痛心！」

陶鳳兒說「本來，外邊淨是不平的事，難怪你看不上眼，就要生悶氣；可是咱們管吧，也管不來，不如索性不聞不問。我媽的意思是等你回來，咱們倆就……拜天地。以後，我媽原想是叫咱們上信陽州，因為我有個親娘舅在那兒開石頭鋪。」

柳夢龍說：「你不用去找，他也快來了。」

鳳兒點頭說：「是，本來我們就時常不斷地有音信，他也是老說要來看我們，可是他年紀太老了，怕是來不了。」

柳夢龍搖頭說：「不見得！」

鳳兒卻執意的說：「是真的！你沒見過你哪兒知道？因此我們這才想還回北京。那兒雖沒什麼親戚，可是住家兒真舒服，那兒買賣旺盛，鏢店也多極了……」

柳夢龍卻問說：「南方好不好？像湖北，像……」他本打算說出了襄陽，一句話就把事情完全點破，但又覺着那太令她傷心了，顯得自己太無情而且殘忍了，並且事情一經說穿，她還不是矢口否認，落一個彼此沒趣，心裏反生了隔閡；就是她承認了，那時我可怎麼辦？除非打她一頓，罵她幾句，忿忿地一走，永不見面。可是，那有什麼用呢？那——捨得麼？應當麼？

他因為心裏着急、猶疑，想不出來准辦法，就不禁「咳」地一聲長歎。

陶鳳兒這時也有點犯了脾氣，把小眼睛一瞪，問說：「你是怎麼啦？回來就是這樣子！本來，這不過是說說閒話兒，其實咱們就是在這兒住一輩子，下霸天他也不能攆咱們。因為……我告訴你吧，這所莊院是我們拿錢買過來修蓋的，近處還有二十畝地，也是我們的，這個家乾脆就是咱們的家。不過是因為你的前程，才想着還是換一個大地方去住好些，可是南方我們絕不去。因為什麼？你就別細打聽啦。現在你既回來了，你就先歇着，待會兒過那屋去見見媽，她老人家還跟你有話要說呢。以後的事兒，現在還都用不着提。」說到這兒，她又倩然地一笑，說：「其實，以後也真沒什麼事兒，不該人家又不欠人家的，可有什麼事呀？」

　　柳夢龍倒連一句話也不能說了，恐怕說出來，鳳兒要惱的。但是鳳兒她為什麼對那耿家毫不懼怕，一點也不心虛？這可又奇怪了！。

　　當下，陶鳳兒就出去叫人來沏茶。她殷勤，而且十分地高興，好像是柳夢龍如今一回來，她就什麼心事也沒有了，就等着辦她的喜事了。柳夢龍看着她，自己倒替她提着心，覺着耿二員外那些個人若是來了，可怎麼辦呀？話還是不能告訴她，由我的嘴裏，我實在不忍得告訴她。好在這事倒別忙，她的舅舅大概快來了；只要那位石匠鋪的掌櫃的一來到，就把事情都明瞭了，我也不能不承認我是跟耿二員外在過一起。

　　柳夢龍倒有點神不守舍。

　　陶鳳兒出屋去了好大半天，待了些時，才又進屋。原來她是梳洗打扮去了，現在又搽上了胭脂，換上了紫色的新衣，釵環首飾也全都戴上了。下霸天家裏的一個僕婦，提着開水壺進來，把茶沏上。陶鳳兒就叫她出去了，然後向柳夢龍又倩然地一笑，說：“剛才媽可是有點醒，我就說你回來了，她老人家似乎是聽明白了，可又像是沒聽明白。用不用你跟着我過去，先見一見她老人家？”

　　柳夢龍卻搖頭說：“不用，等她醒了再說吧！”

　　陶鳳兒聽了這話，倒是沒有怪他的態度冷淡，依然是高高興興，倒了一杯熱茶，給柳夢龍送過來，二人默默地相對着。此時屋子裏已經漸漸地黑了，鳳兒可也不張羅着點燈，也不問他是否吃過了飯，就含情脈脈的對着柳夢龍，倍覺依戀。這真使得柳夢龍的心裏更亂，更覺着鳳兒的美，實在是什麼鸞大姐等等，一萬個、一千個女人也比不了的。可因為她這樣的美麗，就更覺痛心。過去，難道就是那胖子的愛妾，或侍女？妒意焚燒在腦中，可惜就是不能夠向她直接去問，又沒法子把那些忘去。

　　他覺着真是苦惱，倒願意鳳兒問一問：你這些日倒底是上哪兒去啦？淨跟什麼人在一塊兒了？那麼也可以借這話頭，把那些事說一說。可是，誰想到細心而聰明的陶鳳兒，對這些話就不問不聞。她也許是太癡情了，也太天真了，聽說柳夢龍是把鏢送到了，就以為他只辦了這一件事，就回來了，並未疑及其它。再說，她這時就已經像是個新娘，心裏的熱情多於口頭溫語，眼波的傳送比話語多得多，她簡直是不說什麼了。

　　柳夢龍也沒法子辦，待了半天才說：“你把燈點上吧！”陶鳳兒笑了笑，身子這才移動，她卻好像連這麼片刻，也不捨得跟柳夢龍離開似的。

　　待了一會，她由那個里間，托着一盞燈過來，說：“媽醒來了，叫你過去見一見呢！”

　　柳夢龍只好下床來了，心裏又想着見了陶老太太要說什麼話，難道就無條件地承認，她是我的丈母娘？

　　當下他隨着鳳兒到了那邊的里間，就見這屋中的一切情景，還跟昔時是一樣，還升着火爐，可是藥味撲鼻。陶老太太蓋着棉被躺在炕上，病得大概很厲害，見了柳夢龍，就親切地叫着：“姑爺！”

　　柳夢龍對於陶老太太原也懷着一腔忿恨。當她在訂婚之前，為什麼也不說實話？但是現在見陶老太太病中這種痛苦的樣子，又不禁地心軟了。陶老太太問他說：“姑爺，沒在路上累着嗎？”

　　柳夢龍搖頭說：“沒有！”

　　陶老太太又問：“學好了吧？”

　　柳夢龍對這強他學鏢的事，更覺着是一種侮辱，然而現在跟這個病老太太還爭辯什麼？他遂就也漫然地點頭答應。

　　陶老太太聽了，就似乎是很喜歡，連忙叫人快去找下霸天。這屋裏也沒個僕婦，只有陶鳳兒。她又向柳夢龍看了一眼，就自己出屋去找去了。

　　這裏，陶老太太點手叫柳夢龍到她的炕前，就說：“我這病兒不要緊！還是我那肝氣痛的老病兒，犯上幾天，也就能夠好。你走之後，我天天心神不安，我那女兒是個苦命的孩子，好容易遇見了你，訂下了親事，萬一你要是在外邊有個好歹歹，我那孩子可怎麼辦？現在你回來了，我的這心，才算是一塊石頭落到地下，好了！等着老薛來，咱們再商量吧！”

　　柳夢龍倒很疑惑，不知道有什麼事情要跟他商量？

　　等了一會兒，鳳兒就把她媽所說的那個老薛——下霸天白眉老魔薛大朋，給叫來了。陶老太太就說：“我得跟你商量啦，因為你是媒人呀！”

　　白眉老魔點着頭，說：“好！我是媒人，有什麼話只要您說出來，我就辦得到。”

　　陶老太太指了指柳夢龍，說：“夢龍現在也回來啦！他把鏢也學好啦！現在就是，他們已經訂了親，可還沒有拜天地，在一個屋裏住着也不大合適。我本來想着等我的病好了，能夠起來的時候，也得請一請親友，才能叫他倆成親。現在我看是不能等了。小倆口兒，索性叫他們在一塊兒去吧。”

　　白眉老魔回頭向柳夢龍笑笑，又向陶鳳兒笑笑，此時鳳兒已經羞得低下了臉去。白眉老魔就說：“他們成親還費事嗎？床帳被褥，屋子頂棚，全都預備好啦，乾脆今兒晚上，就叫他們成親吧！”

　　陶醉老太太說：“咳！也別這麼急呀！也得挑個好日子呀！”

　　白眉老魔說：“真的，我還忘了這件事，這倒是要緊的！別像我，當初沒挑個好日子就成家，落得一輩子彆扭。好啦，等一等，我這就拿黃曆去。”他向柳夢龍兩人笑笑，就走了。

　　這裏陶醉鳳兒忽然掠起眼波，向柳夢龍看看，臉兒紅紅的，偷偷地又笑笑。柳夢龍自然也不禁有一些銷魂，可是心裏又有老大的不痛快。

　　少時，白眉老魔拿着一本黃曆，就又來了，就着燈，翻了半天，才算找着今天的日子。他說：“哎呀！今天可不行，今天是諸事不宜！”又說：“明天怎樣？嘿！明天這下邊的字可有兩大行，夢龍你來看看，我的眼睛馬虎。”

　　柳夢龍卻沒有走過去，倒是陶醉鳳兒走過去細細地看了看，她說：“明天也沒有，後天倒是有‘宜嫁娶’。”

　　白眉老魔說：“哎呀！還得一天半？我可都覺着着急，乾脆馬馬虎虎的，就是今兒晚上得啦！”

　　陶老太太躺在那裏搖頭說：“不行！這事情可馬虎不得的，那麼現在就定了吧，就是後天吧！夢龍剛回來，也得叫他歇歇。你可，趕快點給他們預備着！”

　　白眉老魔說：“還有什麼可預備的呀，我的老太太！”

　　陶老太太卻說：“你還得給我打掃出一間房子來，這房子是一明兩暗，其實跟一間屋一樣，別看夢龍在這兒養傷的時候，可以這麼混着住着，他們倆要是拜了天地，這三間房子就都得讓給他們。我當娘的，可不能夠跟他們住一間屋。”

　　白魔老眉說：“老太太真有點瞎講究！好啦，現在我的人也都打發走啦，明天我自己動手，把西屋給您打掃出來。”

　　陶老太太卻搖頭說：“這個院的西屋我也不樂意住，因為在一個院子裏，離着太近了，難道把轎子就由那個屋門口，抬到這個屋門口？”

　　白眉老魔一聽，原來陶老太太還得叫她的女兒坐轎子，這麼一來可真不能夠馬虎了，遂說：“要離這屋子遠一點也行，您就住在裏院，在那兒僕婦們伺候您也方便。可就是我的家裏，她整天頭不梳，臉不洗，嘴裏老是吃，您看見了可別生氣。還有，是預備一頂轎子，一份兒吹鼓手，神主、香燭、供天地桌和子孫餑餑，長壽麵……別的……”。

　　陶老太太說：“那倒都免了吧！越省事越好，也沒有什麼人來，給誰看呀？這不是我養女一場……”說到這裏，老太太的聲音悲泣。

　　白眉老魔連點頭，說：“好啦！好啦！這都交給我辦，到時如缺少了一樣，您就朝着我說。”轉頭向柳夢龍努努嘴，說：“老柳！你先回那屋裏歇着去吧！”

　　柳夢龍回到屋裏，心裏不能說沒有一點欣喜，可實在地抑鬱，總是想：“沒把陶鳳兒的來歷弄明白，難道就娶她？”自己很盼着明天那耿二員外等人就來，鬧一場，結果是證明了陶鳳兒清清白白的，與耿二員外毫無曖昧，並將那耿二員外一鏢打走——也不必打死，然後自己必能高高興興地跟陶鳳兒成親。

　　當晚，陶鳳兒在那屋裏服侍她母親的病。也許因為婚期已近，女孩兒們總是有些靦腆，所以再不來見柳夢龍。這屋子的新床新被，處處生輝，刺激得柳夢龍倒覺着心神不安，他真恨不得捶床長歎。

　　次日，柳夢龍在屋中待着實在地悶，並且時時心驚肉跳，覺得不是耿二員外那些人來了，就仿佛是張達堂來了，這事情反正在三五天內就得鬧穿的。

　　他出了大門向遠處去望，望了幾次，望了半天，也沒見一匹馬。他又回到院裏，看見了陶鳳兒。但陶鳳兒就像個怕被人撲着的蝴蝶似的，一溜就進屋去了。他深深地覺着陶鳳兒可憐，自己應當把一切的事，預先告訴她們，可是不能斷定她們聽了之後作什麼表示？也許悍然不顧，也許惱羞成怒，更許翻臉成仇。只好到時再說吧！反正，我寧可叫耿二員外用鏢將我打死，也不能任他傷她分毫，並不得向她侮辱。我一定要保護她的，可是得叫我把事情弄明白了，我就——雖死無憾。

　　又過了一天。這天的早晨，柳夢龍更沒看見陶鳳兒，因為她跟她媽，都搬到裏院去了。這屋裏貼上了鮮紅的雙喜字，連窗簾都換成紅的了。白眉老魔催促着柳夢龍換了新夾袍、新馬褂，一切都是新的，因為今天他要做新郎了。柳夢龍對這些事並不拒絕，可也不怎麼表露喜歡。

　　過了晌午，喜轎就抬進來了，這就是由那大鎮上雇來的。雖是下霸天這兒有人辦喜事，不敢拿出太破爛的東西，但是這頂轎子可也不大新，幾個吹鼓手也都跟要飯化子似的。鑼鼓和笙一霎時就嗚啦嗚啦地吹奏起來，柳夢龍是更覺着麻煩。

　　這時下霸天白眉老魔就走進屋來，他也穿上了新袍和新馬褂，作揖道喜，然後說道：“段成恭跟陳袞他們，原也應當來給你道喜，可是你回來得太快了，這喜事也辦得太急促了，我也趕不及去通知他們。好在以後你成了姑爺，咱們更是一家人了，更不在乎這些虛禮了。”

　　柳夢龍突就正色問說：“現在你應當告訴我了，到底你跟陶家母女是怎麼認識的？她們母女是從哪兒來的呢？”

　　白眉老魔發着怔說：“怎麼，你還不知道？”又笑拍着柳夢龍的肩膀，說：

“得啦！你就別跟我裝傻啦！她還不早就都告訴你啦？”

柳夢龍說：“她實在沒有告訴過我，我也真……真不忍得向她問。”

白眉老魔又笑說：“好麼，你不問她卻問我。我雖是個媒人，可是媒人的舌頭總得成全人，你就馬馬虎虎點吧，別細打聽了，反正不能叫你吃虧。要不，今兒晚上你就跟你的老婆細問去。我不但是不能說，還……實實在在，我一點也不知道。說假話是忘八，你愛信不信！”

柳夢龍緊皺着眉頭不住地發怔。

這時，白眉老魔卻也正色地對他說：“老柳！你遇着這麼喜歡的事兒，怎麼仿佛倒不高興起來？”

柳夢龍說：“我這個人向來就是這樣子，從來沒有高興過，也不知道什麼叫不高興。”

白眉老魔搖頭說：“不對！不對碴兒！你前天回來，我看你的臉色跟神情，就不是那麼回事兒，我想你一定是自愧沒有學成鏢法。其實那算什麼？你娶了這麼闊的一個老婆，將來還用得着去打鏢吃飯嗎？再說她們母女倆，早先倒實在把那當作一件大事，現在你回來了，她們索性不提啦！本來那就是蒙着眼睛唱梆子腔，瞎咧咧！”

柳夢龍忽然帶忿怒地問說：“我不明白，她們母女的那錢到底是從哪兒來的？”

白眉老魔說：“你何必細問呢？她們的也就是你的，你就拿着花就完了。反正你放心她們的錢，絕不是黑道兒上來的。因為我走了半輩子黑道，若不是去年遇見她們，她們蓋的這房子，買的這地，我簡直連吃飯都沒着落。想走黑道兒賺錢，那是比登天還難，不然世上的人全不幹別的啦，全都走黑道兒去了。——就我知道的，告訴你吧！陶姑娘的爸爸，你的老泰山，早先做過一品大官，金銀財寶都是他留下的。”

柳夢龍卻搖着頭，心裏是絕不信。因為不用說，陶鳳兒若是小姐出身，她絕不至於在耿家去為妾婢，而且，為什麼又學了武藝和打鏢？金銀財寶全是由耿家拐出來的，還說什麼？

此時，白眉老魔看着他的神色越來越不大對了，遂就說：“老柳！我可不知道你心裏想着什麼以後的事，可是今天，你看花轎已然抬進門來了；你聽，鼓手吹得多麼熱鬧？無論怎麼着，你得沖着我的面子，把這出唱完了，行不行？”柳夢龍點頭說：“行！”又冷笑了笑，說：“本來我也沒什麼不高興的事！”白眉老魔說了聲：“奇怪！”望了柳夢龍一眼，他就出屋去了。

這時柳夢龍反倒把心往寬裏一想，覺得已經如此了，有什麼話只好等到那耿二員外來了，再談吧！

於是柳夢龍也比剛才高興點兒了，吹鼓手們的笙雖然吹得很熱鬧，可是連個賀喜的客人也沒有，總有點淒淒涼涼的。白眉老魔算是大媒，又算是禮賓，帶柳夢龍給陶老太太叩三個頭。

陶老太太倒是因為今天一喜歡，病又好了，能夠下炕了。她吩咐着女兒跟柳夢龍拜天地，陶鳳兒此時蒙着蓋頭，穿着大紅的襖兒，大紅緞的裙子，連繡鞋也是紅的，雖然她的衣飾在平日也是非紅即紫，這天卻更覺着嬌艷萬分。

一切的俗禮，麻煩的儀式，柳夢龍全都乖乖地履行過了，然後就叫柳夢龍先回他那屋裏去。這兒叫陶鳳兒上了轎，放下了轎簾，倒也不必用轎竿，只由四個轎夫連托帶抬，把轎子就運到了前邊院裏，送到那屋門口。由屋裏的柳夢龍親自把鳳兒攙下轎去，鼓手在屋外又吹了大半天，然後截然而止，這就算完事大吉了。

磨煩了這麼大半天，原來時候已不早了，屋內已漸漸昏黑。柳夢龍將陶鳳兒的蓋頭掀了去，鳳兒卻仍在低着頭，默默的。柳夢龍頭這時跟她反倒覺着生疏，同時想起了襄陽城內耿家姬妾的那些污穢的情景，及那耿二員外的可嘔的癡態。現在娶來的這新娘，竟是早先他們那群裏的人，這真叫人掃興之至。所以他又不由得心裏一陣煩惱，就拋開了陶鳳兒，獨自走進里間去了。

戶外是一點聲息也沒有了，待了半天，聽見外屋有那裙子的窸窣之聲和輕微的腳步聲，大概是陶鳳兒自己站起來，走動了。柳夢龍就暗暗地歎氣，心說：「她進屋來，我索性把事情跟她說明白了，問明白了吧！反正日內就有人來了，事情想瞞也瞞不住！」於是他就等着鳳兒進這里間。

可是等了半天，也不見鳳兒進來，他倒有些疑惑了，趕緊掀開了屋門簾往外一看，見對面那個里間的門簾裏，倒有豔豔的燈光，可不知鳳兒在那裏幹什麼了。他就心說：「莫非她已經知道了，愧得她不敢過來了？或是她故作扭捏，非得我去央求她，請她不可？」猜疑了半天，依然不知陶鳳兒在那邊是做些什麼，他索性把門簾一摔，回到那新床上去坐着。

又待了一會，忽見有燈光從門簾縫漸漸射到這屋裏，而漸漸的移動，並且輕微的腳步聲也越來越近了，門簾慢慢的掀起，燈光慢慢到這屋裏，陶鳳兒手執着燈檯，原來這半天她是在那里間卸妝更衣。現在她已換了紅的長褲和紅的琵琶襟的短襖——現在柳夢龍實在恨這種打扮，因為耿家的那些姬妾全都是這種打扮。

鳳兒的眼角此時還掛着殘淚呢，這一定是因為她雖然沒有嫁出去，可是也總算離了她的娘，所以她在轎子裏的時候流的淚，到現在還沒有幹。絕不是覺出柳夢龍對待她冷淡，她才哭的，因為她一進屋來就笑，指着桌上的一個燈檯，說：「怎麼，你連這個燈也不點？就這麼摸着黑兒，你可也真受得了！」

柳夢龍只看看她，心裏又在亂七八糟地想，所以還是沒有言語。新娘子陶鳳兒面帶羞容，扭扭捏捏地走過來，先把手裏那燈檯擱在桌上，隨後把這桌上原有的燈燃着，並指着說：「這是長命燈，不應當不點，今兒得點一夜！」

說着，她漸漸往床這邊走近，帶着點笑說：「今兒，你別看沒怎麼辦事，可是事情也很多的，你不覺頭疼嗎？」

柳夢龍微微冷笑說：「我走江湖，闖南闖北，打三霸天，都沒覺頭疼過，今天連門都沒出，何至於就頭疼？」

鳳兒卻輕輕地跺腳，說：「今兒你怎麼還說這些話？我真不喜歡聽！」

鳳兒的這種嬌憨的樣子，使得柳夢龍不禁地笑了，說：「你雖是不喜歡聽，我可不能不這麼想，我半生歷遍了江湖……」

鳳兒笑說說：「喲！你才有多麼大？就說是半生，好像是鬍子都快白了似的，真氣人！」

柳夢龍說：「就說這十年吧！我可是也經歷了不少的事，我想你所遇見過的事，恐怕比我還多。」

鳳兒的神色雖仿佛稍稍一變，緊接着又搖頭說：「我沒遇見過什麼事，除了遇見了你。真的，我一個女子，永遠跟着媽，能夠遇得見什麼事？」

柳夢龍在心裏冷笑着，暗道：好！你還狡辯，還不實招？他本想三句話、兩句話就把她的隱私完全揭露，看她還說什麼？還拿我當傻子？不過，卻真真的不忍。

陶鳳兒小鳥依人的，手裏絞着個新的紫絹子的手帕。

這時忽然外面有人叫門，鳳兒就推了柳夢龍一下，說：“你出去看看是誰，今兒我可不能出屋。”

柳夢龍只好到外屋，一問，原是下霸天那院裏的僕婦，現在是老太太派她給新郎新娘送菜飯來了。柳夢龍開了屋門，僕婦就提着食盒進來，外面還有個廚子，也拿着食盒在那兒等着。僕婦是先後提進來兩隻食盒，每只盒子上面都放着紅紙剪成的雙喜字，打開盒蓋，裏面有熱氣騰騰的菜飯，還都特意取着吉利，什麼四喜丸子，長壽麵，富貴鯉魚，一品湯，子孫餅，福祿糕等等，擺滿了一桌子。

這僕婦請姑爺和姑奶奶都落了坐，她就先道喜，又給斟“對兒杯”的酒，說了連串的吉祥話。

柳夢龍把鏡盒上放着的那預備好了的裝着錢的紅紙封兒，給了她兩個，她道了謝，就走出去了。

這半天，陶鳳兒又是那麼端端重重的，好像一品夫人似的。但等到僕婦出去以後，她卻又瞪了柳夢龍一眼，悄聲囑咐着說：“我可不讓你喝酒，今兒晌午你一定就喝多了，要不然為什麼說的話那麼顛三倒四的？”

柳夢龍又笑了笑，並且微微地歎息，說：“我說的話一點也沒有顛三倒四，我的心裏，這幾天有些亂七八糟。”

陶鳳兒哼了一聲，說：“你還做對聯呢。”

柳夢龍說：“我倒不是做對聯，我是恐怕對頭真要來了！”他把話差不多就算說明白了。可是不想鳳兒仍是沒有聽懂，她只是說：“對頭！對頭！我看咱們兩人大概就是對頭！人家說：不是冤家不聚頭，我真覺着說的對。咳！早先倒還好，這次你交了鏢回來，也不知怎麼？看樣子，老是像在發着愁，說話總是彆彆扭扭，難道是覺着我們預備得太草率？可是你也得看看這兒還有誰幫忙？我一個人可也夠忙的啦！你要說我這兩天對着你冷淡，可是能夠怎麼樣？我當了新娘子，無論如何也得做出點樣子來，不然叫底下人都得背地裏笑話，並且我的心裏也真慌裏慌張的，跟平常不一樣。你沒當過，你不知道出嫁時的滋味兒……”

說着說着，她的小眼圈兒就不由得紅了，用手裏的手帕擦着，說：“你何必逼着我，叫我在咱們的好日子，這麼哭啼抹淚的！”

柳夢龍的心，就好像被一個又柔，又弱，又快利的小剪子，一下一下地給剪斷了似的，真難受，可又覺着銷魂。他對於鳳兒實在不恨了，而且愛她，就是還有那些疑團、煩緒。可是，索性不去管它吧！這樣千嬌百媚的年輕的妻，過去，就有點什麼，可是也原諒得過，只發愁的是張達堂和耿二員外那些人，明天或後天就要來，紙裏究竟包不住火！

這話哽在他的喉間，用筷子也掏不出來，以酒也壓不下去。本來，這個洞房花燭夜，興味就夠黯然的了，要是再說出明天那些人騎着馬就許來到，由那又勾引起鳳兒早先的隱秘的事，那——今晚可就不必睡覺了。所以只好還忍抑着不說，並且笑道：“我真沒有逼你呢，你千萬可別難過！我不是故意的。”

這麼兩三句話，當時把陶鳳兒就安慰得又撲哧笑了，還掉着眼淚兒，拿手帕擦着，卻嫵媚地笑了。

柳夢龍又說：“我也是因為今天晌午多喝了兩杯酒。”

　　鳳兒立刻就趕過來搶他的酒杯，說：「現在我可不能讓你再喝了！」

　　燈光豔豔，人影成雙，閨房中的情趣，柳夢龍現在才算領略到了。他什麼也不說了，就與鳳兒一同吃過了這晚餐。

　　少時那僕婦又進來，把杯盤撤去，柳夢龍跟着她又去緊閉了屋門。

　　此時外面的天色已黑，但是澹澹的有點月光。這個莊院，四面不靠鄰舍，房子多人卻少，未免教人有些不放心，尤其柳夢龍深恐耿二員外那些人今晚上就能趕來。耿二員外那肥笨的身子自然不會飛簷走壁，胡二跟那鷥大姐更不算什麼，可提防的是歐陽錦。尤其是那陸七和雉兒，簡直是男女兩個飛賊。此時，洞房之中，我既沒有刀，鳳兒恐怕連鏢也沒帶在身旁。

　　當下柳夢龍就不由得發了征。正在尋思着，手探到懷裏，卻覺出在耿家拿的那枝鏢，還在裏衣的口袋裏裝着呢。有這一枝鏢，要交給鳳兒，她一定就能夠應付一陣。不過耿家的鏢都是特打的，樣子和外邊的不同，鳳兒她一定能認識。她倘若問我這枝鏢是怎麼得來的，我還能不對她說實話嗎？

　　這時，鳳兒將那屋門簾掀起，站在屋裏向外看着，着急的悄聲問說：「黑忽忽的，你在外屋幹什麼啦？快進來吧！」

　　柳夢龍說：「我看看門關好了沒有。」

　　鳳兒說：「得啦！關好了就算了，難道還能夠有賊來？那麼今晚一夜，你就站在這兒看屋門吧，可別進屋！」她似是有點生氣了，柳夢龍只好就進屋來。鳳兒迎着燈光望着他，又嫣然地一笑。

　　柳夢龍覺着她倒是真喜歡，一點也不知道發愁，心想：可是恐怕你的愁事就快來了啊！

　　明天或後天，來的那事就不小。雖然此時我不忍對她說，但是一個男子漢大丈夫，在這時候應當把主意拿定。我對鳳兒，自然是不能夠舍了，可是萬一那耿二員外一來到，像鷥大姐所猜測的那樣，同時那個胖子又那樣多情，真許拉住了鳳兒就央求，鳳兒也許就軟了心，那時，將置我於何地？我還能夠看着，就忍受嗎？所以，我雖已把她娶過來，但懸崖勒馬，猶未為晚；若是把今天真當成了洞房花燭夜，與陶鳳兒實際成為夫婦，那可真是笑話了，我柳夢龍一生也不做這種輕佻的事。她可以負我，騙得我白做了一回新郎，我卻不能夠負她，將來令不明白我的人，批評我對她是始亂之，終棄之。總之，非得耿二員外來過之後，看完了他們的情形，問清楚她的底細，那時我才能夠與她做真的夫妻。

　　這樣地一想，柳夢龍又不禁呆呆地發了半天的征。陶鳳兒真似有點發愁了，皺着眉，關心地悄聲問他說：「你是怎麼啦？」並搖撼着他的胳膊，倚着他的身子，又問說：「你是怎麼啦？是不高興嗎？」

　　柳夢龍卻搖頭決然的說：「我也不是不高興，晌午我喝的酒實在太多了，這時候我覺着頭疼，我可要睡了！」他把鳳兒輕輕的向旁邊一推，卻不用眼看她，就往床上一倒，仿佛是就睡了。就覺得鳳兒坐在燈旁發了半天的呆，可是不知道她哭了沒有。柳夢龍卻在心裏說：今天我對不起你，過幾天，假定咱們倆還有夫妻的緣份，以後，或者一輩子，我再跟你好吧！再彌補吧！當下他就什麼都不管了，不知不覺地沉沉睡去。

　　次日一清早，因為有紅窗簾，長命燈也沒有滅，顯得外面還很昏黑，其實雞都叫得累了。鳳兒早已起來，正在對鏡梳妝。她見柳夢龍一翻身，就趕緊過來，斜坐在床邊，手還握着頭髮，臉紅着笑問說：“你的酒還沒有醒嗎？”

柳夢龍見她一點也沒生氣，沒傷心，反倒更覺着喜悅似的，溫柔嫵媚，心裏就不禁覺着她可憐，遂也笑一笑說：“我的頭現在才不痛了。辜負了一刻千金的春宵。”鳳兒笑着說：“得啦，你別再酸啦！”柳夢龍發誓似的說：“以後我再也不喝酒！”

鳳兒在梳頭，柳夢龍開了門出屋。白眉老魔正在掃院子，見了他，就笑着說：“姑老爺，您幹嗎起來得這麼早呀？”

柳夢龍反倒自覺有些慚愧，笑了笑，也沒有說什麼，他就往外院去查看。這裏，各屋多半全都空着，院子倒更顯寬敞，耿二員外那些人來了，打架、拼鬥，倒不發愁沒有地方。可是這裏，究竟人太少了，耿二員外那些人，武藝都並不弱，要是打起來，取勝也並不容易，動起鏢還許要吃虧。當日，柳夢龍愈覺着心神不安。

午飯的時候，依舊是由裏院的廚子做好了，僕婦給送到新房裏，一樣兒一樣兒的在桌上擺好了。陶鳳兒要把她媽也請到這兒來，一同用飯，她遂就出屋往裏院去了。待了一會可就回來了，原來陶老太太的肝氣病才覺略見好一點，還是不大愛吃東西，所以不能夠來跟女兒、女婿在一起用飯。鳳兒的臉上本就掛上了一層愁容，她才回到他們的新房裏，忽見柳夢龍坐在那兒正在自斟自飲，她就趕緊過去奪那酒杯。柳夢龍一面微笑着，一面用力握住了那杯，死也不放，說：“我只喝這一杯，絕不多喝。”陶鳳兒卻跺着腳說：“那也不行！連半杯、一口今兒我也不准你喝！你忘了，昨兒晌午也不知喝了多少酒，晚上就醉成那個樣子了，還不覺着羞？還要喝？給我，快把酒杯給我！”

他們兩人為搶一隻酒杯幾乎打成了一團，到底陶鳳兒不像別的新媳婦，她胳膊靈活，手也快，像打拳似的，時時能夠捉住柳夢龍的腕子，而不放鬆，結果還是叫她把一隻酒杯搶過去了。她笑着跳着，嬌憨地說：“我就是偏不准你喝！”

柳夢龍也不住地笑。心裏如同浸着很多的蜜似的，閨房的樂趣，假定要是沒有別的波折，這麼享受着，玩味着，真是神仙一樣的呀！

此時，陶鳳兒把酒杯、酒壺全都拿着，要往外屋去藏，但這時忽聽有人在窗外高聲的叫着說：“陶姑娘！外邊有人來找你們了！”

這是下霸天白眉老魔的語聲，柳夢龍聽了先吃了一驚。陶鳳兒卻還在外屋藏那酒杯酒壺，並且向裏屋笑着急着地說：“你可不准出來瞧……”

白眉老魔這時已經把屋門拉開，說：“陶姑娘！是你出去看看，還是讓夢龍出去？外邊現在來了個上年紀的人，牽着馬，一身的土，神色有些不對。他說他是由信陽州來的，是……老太太的什麼兄弟？”

陶鳳兒聽了，不禁一怔，說：“是我舅舅來啦？真怪！他為什麼偏這時候來呀？對啦，我想起來了，上個月不是還托了鎮上的一個做買賣的，給捎去了一封信嗎？”她又說：“去年，我們在磁州中霸天那兒住着的時候，就派人送去過兩封信。要不是因為這兒的這些事，我們娘兒倆也早就上信陽州去啦！你快給請進來吧！先請到裏院……那是我的舅舅，不是外人。”

白眉老魔說：“幸虧我沒給得罪了！既是舅老爺駕到，我就趕緊去請。”他轉身又跑出去了。。

鳳兒卻笑顛顛的跑回里間，說：“我舅舅來啦！我想他一定是聽說了咱們的事兒，趕來給咱們道喜，看你來了！你可……”她又悄聲地囑咐着說：“他要是問到你的來歷，你可別又說什麼，父親是個老學究，什麼一貧如洗，幸虧認識一個和尚，寫了一封信，什麼薦在金刀徐老那兒當夥計……你也不妨吹着一點，就說……你中過武舉……」

柳夢龍不由得心裏哼了一聲。如今那耿二員外等人雖未來到，可是張達堂，她的舅舅已經來了。事情眼看就要揭露，她還這樣地喜歡，雖看她長得聰明，嘴兒伶俐，人兒能幹，原來是個小傻子。你還勸我把過去的來歷吹一吹呢，只怕待一會兒，你自己就沒法子吹了。

當下柳夢龍只是點點頭，什麼話也沒有說，鳳兒卻跑出屋迎接她的舅父去了。柳夢龍倒為她捏着一把汗，心裏也忐忑不安。

鳳兒跑到外院時，那白眉老魔已把張達堂請進了大門，鳳兒迎上去就親親熱熱地叫着：「舅舅！」白眉老魔去給卸馬上的鞍彎，鳳兒拉着她的舅舅往裏院來走。

此時，柳夢龍就掀起了一角紅窗簾，隔着玻璃往外去瞧，瞧見鳳兒真是喜歡、活潑，一面走一面還說：「舅舅你來得真巧！這兒我的媽才病好，我也有一件事……」臉兒又紅了，說：「你也許知道了，可是我想你絕沒有這麼快的耳風……」她嘻嘻地笑着，又說：「反正待一會兒你老人家就全都知道了！」

那張達堂卻滿面的風塵，神情十分呆板，面帶着着急的樣子。其實，鳳兒現在完全是新娘子的打扮，他可一點也沒覺出奇怪來；他的外甥女這一片小鳥兒鳴聲似的動聽的話，一點也寬解不了他滿面的惶恐憂急之狀。他急匆匆的地跟着鳳兒直進了那裏院，見陶老太太去了。

這裏，柳夢龍放下了窗簾，一回身，就不禁歎了口氣。張達堂這次趕來就為的是報告耿二員外那些人將要前來找尋，他見了陶老太太絕不能隱藏不說，我就且等着，看陶鳳兒說什麼吧。她如都對我說了實話，我也可以趁着那些人還沒來，替她想點主意。

當下，柳夢龍坐在凳兒上，對着滿桌的做得很好的菜飯，就一個人吃着，然而也吃不下。

待了許多的時間，也不見陶鳳兒進屋，他更不放心了，真恨不得自己也進裏院去看看。又待了會兒，聽見腳步聲，進屋來的原是白眉老魔。

白眉老魔笑嘻嘻地指着他說：「剛娶了媳婦，有了丈母娘，現在又來了個舅丈人，說不定再過兩天，什麼七姨八姑、二大爺三叔就全都來了，那可真熱鬧了！」

柳夢龍忽然面現怒色，以為白眉老魔莫不是得到了什麼耳風，故意以這話來挖苦我？可是細細地一觀察，白眉老魔說的這話原來是無意。他挾點這個菜，又挾點那個菜，手總是不閑着。他又找酒壺倒酒，可也不知鳳兒給藏到哪兒了。他絮絮煩煩地又說什麼：他要開一個大鏢店，請柳夢龍當大掌櫃的，陶鳳兒當大內掌櫃的，他自己當二掌櫃的，上霸天當三掌櫃的，中霸天當四掌櫃的，今兒來的這位舅爺當寫帳先生……

柳夢龍覺着他這些話說得真是無味，尤其因為自己心裏有事，聽來更覺着不耐煩，恨不得把他推出去。

可是，白眉老魔忽然迎到外屋，笑着說：「陶姑娘，柳大嫂子，您回來了？舅老爺遠路來的，不知吃了飯了沒有？您吩咐什麼，我幫着廚子這就給做去吧？」

陶鳳兒已經進到屋裏來了，她擺了擺手兒，說：「不用！他跟我媽還在那兒說話兒啦。跑了好幾天的路，叫他吃什麼，他當時也吃不下去，待會兒再說吧！」

　　白眉老魔點點頭，剛要向屋外走去，鳳兒卻說：「你先別走！我還有話。」她似是要低聲向白眉老魔吩咐什麼事，但是因那柳夢龍也走到外屋來了，陶鳳兒索性做出從容的樣子，高聲地吩咐說：「你快去一趟，叫鎮店上去個人！或是你自己去吧，叫上霸天、中霸天他們，三天之內就趕快到這兒來！」

　　白眉老魔聽了這話，不由得嚇了一大跳，神色都變了，可也不敢多問，只是連聲地答應。陶鳳兒沉着臉，兩隻小眼睛射出嚴厲的光芒，狠狠地盯着白眉老魔，這意思就仿佛是表示着一種切切的吩咐，是一種急不可待的命令。白眉老魔就明白了，趕緊答應着說：「好！好！我這就急忙去，急忙地回來！」當下他忙忙地出屋去了，並回手帶上了屋門。

　　這裏的陶鳳兒卻轉過身來，向着柳夢龍又一笑，笑得還是那麼嫵媚、從容，就好像心裏一點事兒沒有似的。她拉着柳夢龍又進到里間，說：「不能不叫他趕快去找上霸天跟中霸天，那兩個都受過我們很多的好處。這一次咱們的事，他們也沒來給賀賀喜兒，難道他們還會在那邊胡作非為，躲着我？我得把他們都叫來，教訓教訓他們！」說着就跟柳夢龍對面坐着，照舊地吃菜吃飯，並且笑語相談。

　　柳夢龍覺着陶鳳兒可真是夠厲害的！一方面調兵遣將，把下霸天打發走了，去找那兩個「霸天」，一方面還跟沒事人兒似的，這樣的女子可也真難鬥！

　　當下兩人對面用着菜飯，默默不語了良久，柳夢龍就問說：「那位舅父是幹什麼來的？」

　　陶鳳兒搖頭說：「沒有什麼事，他只是來看看咱們，順便接咱們到他那兒住着。」

　　柳夢龍故意地又問：「他住哪兒？信陽州？」

　　陶鳳兒說：「原來是住在信陽州，現在可在北京又開了個買賣，打算接咱們到他那兒住些時去。我媽打算明天就走，我也想：在這兒住着幹嗎呀？怪悶得慌的，不如咱們跟着他去玩玩？」

　　柳夢龍的心裏明白，鳳兒是要逃跑。這倒使人為了難，若說依着她——可恨的是她直到現在還不說實話，還在騙我，還以為我是個傻子；若是不依她，非得叫她在這兒等着耿二員外，把一切的醜事全都揭露，而令她無地容身，那又顯得太殘忍，太無情了！於是，柳夢龍就沉吟着，猶豫不決。

　　陶鳳兒皺着眉，急不可待地說：「你倒是快點說話呀！依着我媽可是今天就要走。她老人家走了，在路上咱們能夠放心嗎？再說咱們在這兒也是乾閑着，沒有一點兒事，為什麼不跟着去玩玩呢？我還想，你現在是這麼無精打采的，整天坐在凳兒上發呆，除了喝悶酒，不幹一點事，大概你一出去就有了精神啦！」

　　柳夢龍卻微微笑着說：「我倒是出去了那麼些日子，南方也去過了，可還是這個樣兒！」

　　鳳兒忽然神色一變，把筷子一摔，說：「其實你是愛去不去！不過我不能夠放心我媽跟我舅舅，去走這麼遠的路，先論怎麼着我可得跟着去！」

　　柳夢龍點頭說：「好！你走吧！你們今天就走吧！我一個人情願留在這兒！」

　　忽然，陶鳳兒的眼淚簌簌地落下來。她這次的哭，不像是往常的哭，顯出她實在是傷心得厲害。她一面抽噎着，一面說：「我真想不到，咱們才在一塊兒，你就跟我離着心！這幾天，無論商量什麼，一點小事，你也總是跟我彆彆扭扭的。」

　　柳夢龍心中實在難受，卻慷慨地說：「並不是我彆扭，是你！你想你剛叫下霸天去找那兩個霸天；不等着他們，你忽又立時就要走，你想一想，是你彆扭呢？
還是我彆扭？”

陶鳳兒依然痛哭着說：“也不是我願意立時就走，是我媽，是她老人家彆扭。
她想起要走，就誰也攔不住！”

柳夢龍說：“這本來不必攔，你就同着老太太走就得啦！我在這裏專等着上
霸天跟中霸天。”

鳳兒擦着眼淚說：“其實我找他們來，也並沒有什麼事。”

柳夢龍冷笑着說：“有事情也不要緊呀！我倒盼着有事。你就放心走吧！慢
說上霸天、中霸天，就是再有別的人敢前來，我也跟他們較量較量！”

陶鳳兒忽然吃驚，淚眼驚望着柳夢龍。柳夢經卻依然冷笑，不說一句話，放
下了筷子就走出了屋。

原來這時候下霸天白眉老魔已經走了，家裏只有那廚子，還是個男的。那位
舅老爺張達堂便叫他趕忙到鎮上去雇車，並跟着他出去關大門，一邊走一邊囑咐着
說：“你可找那靠得住的趕車的！車得結實，騾子還得好。先到磁州，還許往北去。
錢多錢少倒都不用爭……”

柳夢龍也走出了屋，那張達堂一看，他當時就發了怔。

那天在信陽州，若不是柳夢龍從中勸說，這個瘦老頭——石匠鋪子的掌櫃，
早就叫那陸七給打了。所以他認識柳夢龍，當天就打聽出來了，歐陽錦跟這個柳夢
龍——他那時還不知道柳夢龍的名姓，還有胡二和那鷰大姐等等，並聽說有個胖子，
闊而且會享福，一舉一動都有掛着個鏢囊的女人伺候着，他就斷定了必是耿二員外，
絕沒有錯。

他在信陽州居住多年，並且還認識鏢行的朋友，所以他借了一匹馬，趕緊前
來。雖因為他年老，騎馬的本領又不大嫻熟，以至在信陽州比柳夢龍先動的身，而
結果反後到了這裏。可是他也不敢延遲，尤其是陶老太太，驚慌得立刻就要帶着女
兒、女婿一同遠避，所以他才叫廚子趕快去雇車。不料，這時候就看見了柳夢龍，
不由得驚訝得發怔，同時他的外甥女鳳兒也從屋裏出來了，說：“見一見吧！這是
咱們的舅舅，這就是……”

張達堂更是詫異了，兩隻眼都直了，心說：“怎麼着？他就是我的外甥女新
嫁的那位姑爺？他，難道是我眼花了？他不是跟歐陽錦、耿二員外他們一夥兒的
嗎？”

柳夢龍微笑着說：“這位舅舅，前幾天我們在信陽州已見過了！”

他把話現已說明了，不獨張達堂的這種驚惶的樣子十分可笑，鳳兒這時也是
詫異萬分。她的臉上淚跡還未乾，卻盯着兩隻小眼睛，怔得簡直不能夠轉動了。

柳夢龍倒覺着她很可憐，便想：讓你們舅舅與外甥女細談吧，我何必直說呢？
那叫鳳兒太難為情了。於是他又轉身回到屋裏去。

待了半天，陶鳳兒獨自進到屋裏。柳夢龍就觀察她的神色，見她小圓臉兒上
張着兩隻小眼睛，藏蓄着憂急和忿怒，卻仍然做出沒事人兒似的樣子，坐下拿起筷
子來還要吃飯。柳夢龍只覺着她可恥的底細已經被人揭穿，而仍不知羞愧，是真令
人生氣，尤是令人生疑。如此，相對着默然了半天，柳夢龍忍不住就問：“怎麼樣？
到底是走不走呀？”

陶鳳兒堅決地昂然回答說：“只叫我媽走，我是絕不走啦！”

　　柳夢龍不禁駭異着，又問說：「你為什麼又不走了？你不是本來想走的嗎？叫老太太一個人上路，如何能夠放心呀？」

　　陶鳳兒卻一句話也不回答，她只是拼命地吃菜。其實她大概也吃飽了，可是她還要吃，仿佛是拿着吃菜出氣。

　　柳夢龍也不禁拿起筷子來，隨手挾了一點也不知道是什麼，就往嘴裏放。他專心注目地看着陶鳳兒，微微地笑着，又說：「你放心吧！」陶鳳兒卻仍是一句話也不說，但是她的那兩個可愛的眼泡裏面漸漸充滿了淚水，簡直就要溢出來，忽然她低下頭去。

　　柳夢龍說：「你也不要難過呀！什麼事情都有我啦，只是……」

　　忽然陶鳳兒站起了身，用手帕擦着眼睛，又向外屋走去。柳夢龍還想再說，鳳兒卻把他用力地一推，就出來了。柳夢龍追到了外屋，急急地說：「無論什麼事情都好辦，只是你得把話說明！」陶鳳兒那兒理他呀，摔了門就往院裏去了。

　　柳夢龍就不再追出去了，只在屋中嘿嘿地冷笑，說：「這就叫惱羞成怒呀！」陶鳳兒由這院中又走往後院去了。

　　待了半天，那個廚子把騾車雇來了，再待會兒，陶鳳兒就攙着她媽由裏院出來。這時，柳夢龍隔窗看見了，本想不出屋，心裏卻又覺着不對。陶老太太雖然跟她一同騙我，不說真實的來歷，但那也未必便是一種惡意，無論怎麼樣說，她已經是我的岳母了。所以，他就趕緊到院裏。

　　陶老太太本來已經愁眉不展，病仿佛又要犯，一見了女婿，就不禁地直掉眼淚，說：「柳夢龍！你在這兒可好好地待我的女兒！咱們過幾天再見面吧！」仿佛有許多的話，還是說不出來。張達堂也在旁邊了，他把柳夢龍往旁邊一拉，這時鳳兒已經攙着她媽往前院去了。

　　這裏，張達堂就向柳夢龍說：「咱們是在信陽州見過的，你一定是由那兒趕來的，我還不知道你是姑爺。咱們是這樣的至親，也不必跟您說什麼了！不過我跟她們娘兒兩個的主張不一樣。她們當媽媽的只是想躲事，做女兒的卻是氣傲，仿佛非得拼拼才行。我對這兩樣都不放心，淨躲不是個辦法，躲到哪兒耿二員也能夠追到哪兒；拼吧，耿二員外的鏢可打得真毒。咳！我勸你的新夫人——我雖是她的舅舅，可也攔她不住，我想你既然跟耿家那些都有交情……」

　　柳夢龍搖着頭說：「我跟他們並無一點交情！」

　　張達堂着急地說：「反正你們彼此認識。你應當趕緊迎上去勸他們，別叫那些人來。耿二員外若是要早先的那些錢跟東西，咳，那也不用管它到底是誰家的了，我決定叫我的姐姐和外甥女設法給他們，就請他們千萬別來鬧，因為顏面太不好看！」

　　柳夢龍一聽，這話裏又有些可疑之點，怎麼她們母女的這些財物，又不完全是那耿家的？並且還談到顏面？陶鳳兒若跟耿秉榮沒有曖昧之情，哪能談到這個呢？趁着有個知道以往詳情的舅舅在這兒，我真不能不向他問問了，遂就將張達堂一拉，說：「咱們到西屋去細談談好不好？」

　　張達堂着急說：「我還得走呢！」

　　柳夢龍說：「不用忙！只要有我在這兒，你們就都不必怕耿秉榮。」

　　張達堂說：「你們一定要跟他拼，我也沒法子攔，可是這與陶家兩代的臉面有關！」

柳夢龍一聽，就更是詫異了，說："陶家與耿家到底是怎麼回事？"

張達堂也驚訝着，問說："難道你還不知道嗎？"又說："你叫我怎麼能把那些事告訴你呢？我說不出口來呀！"柳夢龍聽出話中的隱情，就不由得呆然一怔。

忽然，陶鳳兒由前面急急地回來，不住地催着張達堂，跺腳說："舅舅您還不趕緊走？我媽都上了車啦！您還在這兒唧咕什麼啦？"並且瞪了柳夢龍一眼。

張達堂連連地說："走走，好！這就走！姑爺！再見！再見！"

柳夢龍真不明白鳳兒現在是作什麼打算，他不由得更是發怔。鳳兒跟張達堂都往門外去了，他本想也應當送一送，但又想："我送什麼呀？這場親戚，將來還不定弄成什麼亂七八糟的啦！"他煩惱地又回到了屋裏。

待了好大半天，鳳兒方才回到屋裏，態度、神情依然是那個樣子。柳夢龍說："你也應當走！你在這兒幹嗎？"鳳兒卻什麼話也不說，只是微微地冷笑。

他們這個洞房，不像是溫暖和樂的洞房了，已充滿了愁悶、猜疑的空氣。燕爾新婚，也毫無樂趣可言了。二人的中間，仿佛阻礙着一個什麼東西，話也彼此都不說，笑也只是冷笑。陶鳳兒並且換上了青色的緊身衣褲，帶上了鏢囊，並且拿手絹直擦她那口刀。

柳夢龍看了她半天，就忍不住微笑着說："這沒有用，一點也沒有用。"

陶鳳兒卻急得跺腳，說："你要逼死我嗎？"她的眼淚又簌簌地落下。

柳夢龍說："我不是逼你，是我主張你也應當走，何必在這兒？"

鳳兒說："這是我的家，憑什麼不叫我在這兒？"

柳夢龍歎了口氣，說："你要是走了，到時候能夠免去許多的麻煩，也省得把事情弄得誰都知道了！"

鳳兒說："我就是為叫人都知道，尤其為叫你知道，我才決意不走，索性叫你明白明白，我跟那姓耿的，到底是有沒有虧心的事？"

她哭得跟淚人兒一樣，柳夢龍真心痛，就也不禁發急了，說："你何必如此呢？把事情詳細地跟我一說，我也就明白啦！"

鳳兒咬着牙說："偏不跟你詳細說，非得到時候叫你看！"

柳夢龍說："你若跟我一說，我明白了，我心裏也就開展了。"

鳳兒說："你愛開展不開展！"

柳夢龍又說："你若能使我明白了一切，我立刻就有辦法！"

鳳兒卻跳起來說："我用得着你給想辦法？嘻嘻，要不認識你柳夢龍，我們就沒有一點辦法了嗎？哼！你太小瞧了人！"

柳夢龍又微笑着說："我哪敢小瞧你？我早就知道你的武藝高，耿家的什麼鸞兒、雉兒，全都比不了你；我還知道你的鏢法妙，被歐陽錦推為打鏢的第二把交椅；我更知道你的計算絕倫，小丫環順梅幫你把耿家的……"

鳳兒趕緊擺手說："得啦！得啦！你既都知道，何必還逼着我說，何必還儘自這麼說，人也不可以沒有一點情呀？"她伏在椅子上不住嗚嗚地痛哭。

柳夢龍歎息道："不是我無情，也不是我忍心逼你，是……鳳兒，你告訴我幾句實話吧！使我的心裏舒展一些。"

鳳兒抬起臉來，淚珠紛落，緊緊抽泣着說："我告訴你，我們不該耿家的，不欠耿家的。他們至今，反倒欠着我們的，欠下我們海一般的仇！恨！"

柳夢龍說："我明白了！你們從耿家拿出來的錢，全是你們自己的錢，但是，你們母女當初為什麼要住在他的家裏呀？」

　　鳳兒搖頭說：「這可不能告訴你，我死也不能告訴你，頂好你還是別打聽！」

　　柳夢龍又歎了口氣，說：「我也不打聽了！可是這些年來，你跟那耿……，不是，他耿秉榮到底待你怎樣？」

　　鳳兒哭着說：「到時他來了，叫你看就完了，我說你也不能信。」

　　柳夢龍點頭說：「我信！於今我相信你真是一個清清白白的好女兒！」

　　鳳兒搖頭說「不！我非得等着他來不可，叫你看明白了！」

　　柳夢龍說：「我也不必看了！我想，我既是先回來了，他如若沒有武藝高強的人幫助他，他未必敢當時就來找你。」

　　鳳兒說：「你可以去幫助他！」

　　柳夢龍說：「我預備到時殺了他！」又說：「只是，他的鏢卻實在厲害，我們不可不早防備着點。」

　　鳳兒說：「那也沒有什麼，早先我怕他的鏢，多少年來我都怕他的鏢，現在我也不怕了，我只要到時候叫你看着！」

　　柳夢龍急得直搓手，忽然又一跺腳，說：「也好！咱們就等他來吧！到時我要為你追回來那海一般的仇恨，因為你和我，我們已經成了夫妻。」

　　陶鳳兒聽了這話，更是眼淚如雨，哽咽不勝，樣子真是十分的楚楚可憐。柳夢龍心裏十分懺悔，覺着自己有百般的不對，於是就向她安慰。可是她，此時簡直如同一隻受了傷的小鳥，全身連一點力氣也沒有了，雖然不哭了，可還不住地拿着一塊綢手帕擦眼淚。

　　到了晚間，她把眼泡兒全都揉腫了，更顯着眼睛跟一條縫兒似的了，點上了燈，她的眼睛簡直不敢對燈光。

　　柳夢龍萬分地悔恨，但是事已至此，無可挽回，不但不能勸鳳兒離開此地，自己也實在願意在這兒等着耿二員外他們。鳳兒說過海一樣的仇恨，這早晚是解不開，不如索性在幾天之內，見一個分曉。這是命！這是我跟陶鳳兒前一輩子就定下的命！

　　這所莊院，本來離着那小鎮很遠，孤零零的，四面也沒個鄰舍。有白眉老魔那些夥計的時候，已顯着房多而人少；現在更得啦，連白眉老魔也走了。這兒，除了裏院的那廚子之外，只有柳夢龍一個是男人。這裏真好像一座荒山，只有幾隻小獸。陶鳳兒倒可稱是一隻雌獅子，然而她又太心重，此刻，已仿佛是病體懨懨了。

　　柳夢龍自覺着也是一隻猛虎，無奈又孤掌難鳴。眼看着，說不定就許是今夜，那些個兇暴的獵人——耿二員外等等，就許要來到。因此，柳夢龍坐立不安，他將身上的衣服也紮束得緊襯、俐落；找了一把刀，也擦得雪亮；懷裏的一枝鏢，真像是他的護身符。他也顧不得向鳳兒多安慰了，他簡直連鞋都不敢脫。一夜之間，他在這前院後院，裏院外院，巡邏了也不知有多少次。他又暗笑自己，這樣疑鬼疑神的樣子，簡直有點像賽張遼了。

　　他深深地歎氣，在庭前仰望着澹澹的明月，已向西墜去了，風吹來冷颼颼的，雞在後院嗚嗚地叫。回首，見那遮着紅窗簾的窗裏，燈光也發暗了。走進屋去，見繡帳半垂，錦衾疊掩，陶鳳兒連鏢囊也沒有解，就斜臥在床邊。柳夢龍只好就坐在椅子上眯一眯眼吧。如此，就又辜負了這一夜的良辰。

　　又次日，天色傍午時，外面有許多人都來了，先把柳夢龍嚇了一跳，但是鳳兒倒還鎮定，她說：“一定是下霸天回來了！”

她趕緊出了屋子，就見來的果然是白眉老魔下霸天，他給請來了中霸天鎮山豹陳衮，並跟來了五六個夥計。陶鳳兒先叫他們到西屋裏去，她就去跟他們說，也不知是說什麼了。

柳夢龍此時還在北屋，心裏想：“我也別永遠悶在這屋裏，不出去見人呀？雖說中霸天陳衮早先是我的對頭冤家，我也曾傷過他的左臂，再見面總有點不好意思；可是現在不同往日了，已成了一家人，我如不出去見他，未免顯得我的氣量太小！”

所以，柳夢龍就想也去跟他們商量商量，如何對付耿二員外的法子。但他才一出這北屋，那中霸天、下霸天等人，都由西屋裏忽隆忽隆地，腳步聲音雜亂，全都走出來了，個個手中都拿着刀和寶劍，無不精神興奮。

白眉老魔跳起來笑着說：“陶姑娘派我們現在就去，迎頭去殺那鎮襄陽銀鏢將軍小呂布，老柳你就在這兒聽着好消息吧！”

最奇怪的是那巨大的身材，黃臉濃眉，露着一顆大牙的中霸天陳衮，早先他是多麼驕傲、兇橫，現在他就被陶鳳兒指使着，命令着，唯恭唯謹地，一點也不敢怠慢。他先趕緊過來，向柳夢龍抱拳賀喜，並說他前幾天是沒有得着信，現在又沒有工夫，所以未來送禮道賀。他表示着很是抱歉，並說上霸天段成恭是因為那次摔傷，直到現在行走還不便，所以也沒有來，他也很抱歉，只好等這些事情辦完了，我們再一齊給柳兄慶賀吧！

柳夢龍也連連抱拳，心裏非常難為情。

此時陶鳳兒也由西屋出來了，瞪着兩隻小眼睛，厲聲說：“你們快走吧！別磨煩啦！記住了我的話，迎頭去殺耿秉榮，不必要活的，頂好割下他的腦袋來見我！”

中霸天、下霸天及五六個強悍的小夥子，都一齊答應着：“是！是！我們都聽見啦！請陶姑娘不必吩咐啦！”都向外匆匆地走去。陶鳳兒也跟着他們往外去走，待了些時，就聽見大門以外馬蹄亂響了一陣，但越響聲音越遠，一會兒便又歸於寂然。

柳夢龍在院裏站着發呆，回憶着陶鳳兒指揮眾人時那種兇樣子，真有點可怕。她的權威，仿佛比耿二員外的在襄陽城還厲害，還大，真不知道她用了什麼方法，竟使中霸天那些人對她是這樣地拜服、聽從，她可真有點了不起！不過，中霸天、下霸天等人的武藝，雖也可以比得過歐陽、陸七，但他們沒有飛鏢，去了恐怕要白吃虧的……

正在想着，鳳兒就由前院回來了，走路還是慢慢的，並向着他一笑，說：“打發他們去了！咱們還在這多安靜兩天，他們就許把耿秉榮的腦袋割來。”

柳夢龍卻搖頭說：“我看不能那麼容易，頂好我也同他們去。”說着就往外去走。陶鳳兒卻雙手把他的胳膊拉住，說：“你幹嗎去呀？你要是走了，把我一個人擱在這兒，我可真害怕！”

當下她推着、拉着，又叫柳夢龍同着她進了屋。她還是笑着，溫柔地說着話，嫵媚地笑，可有時又緊鎖雙眉，有時也面露驚色。柳夢龍的心裏更是不安得很。

兩人在屋裏沒什麼事可做，想說閒話，更沒什麼可說的了，不覺着天又黃昏。才點上了燈。鳳兒還有點生氣似的說：“裏院的廚子跟婆子也是！怎麼還不把菜飯送來？難道因為有這麼點兒事，就連飯都不吃啦？”

現在柳夢龍倒是只要遇着一點事，都要自告奮勇，就說：“我催催去！”

鳳兒卻又把他攔住，說：「得啦吧！您就別出馬啦！你要上裏院，遇見白眉老魔的媳婦，那才麻煩啦。她整天頭不梳，臉也不洗，可專愛上廚房，有了什麼吃的，她都得先得先嘗一點。她的疑心還最大，你去了，她能夠說你是野小子想調戲她。其實她的頭髮比白眉老魔的眉毛還白！」鳳兒說完這話，就不禁地笑。

柳夢龍更覺着有些神馳，暗想：像鳳兒這樣的女子，還能上哪兒找去？我要娶個像白眉老魔家裏的那樣老婆該怎麼樣？現在無論如何，也不能叫她落在那耿二員外的手裏。

他發呆地瞧着鳳兒，鳳兒也瞧着他笑。待了一會，鳳兒就說：「還是我去催催吧！也不能夠就不吃飯呀？」

她剛一走出了這個里間，忽就驚訝地止住了腳步，點手叫着柳夢龍，說：「你快來！聽聽！」

戶外餘霞四放，明月已出，澹澹地照着庭院，隱隱聞得馬聲、人聲，已來到大門之外。柳夢龍趕緊去抄刀，陶鳳兒卻又擺手，說：「大概是中霸天他們回來了。」柳夢龍心說：哪能夠這麼快就割來耿二員外的人頭？但是，外面的舉動卻很廝熟，並不亂捶門，仿佛也是有人先跳牆進來，開了大門，才讓那些人馬全都進來。

少時，亂嘈嘈地就來到了這裏院，只見有人叫着：「陶姑娘！快把刀創藥找出來！」鳳兒雖然驚訝，但還不顯慌張，趕緊就去拿刀創藥。

柳夢龍便急忙就走出屋，在月光下，見那些人都回來了，兩個人攙着白眉老魔下霸天，他受的傷已經很重，說：「我沒帶雙鉤去麼……要不然能怕他？」

中霸天卻慌張地向柳夢龍說：「我們走到楊橋店，正遇着那些人！他們的人多極了，大約有四五十個。他們自己稱道字號，說都是汝南府那一帶的著名鏢頭。」

柳夢龍聽到這裏，自己就明白了。這一定是在信陽州自己走後，那耿二員外非常地驚慌，所以必定是歐陽錦出的惡計，他必定是把他認識的那些鏢行裏的人，全都勾來了，如今是要以人多勢眾來欺負陶鳳兒！

這時，旁邊的人都亂嘈嘈地談着，那耿二員外的一些人是如何地厲害。現在白眉老魔一共身受三鏢，別人因為當時沒敢怎麼動手，所以才能僥倖逃脫，不然恐怕也都回不來。當下就把白眉老魔一直抬進裏院，陶鳳兒拿着一大包的刀創藥也急急地去了。柳夢龍想着白眉老魔的老婆，一定撒潑打滾地大哭一場，因此他不願看那慘景，便徘徊在院中，心裏卻十分焦急。

月光冷冷清清的，裏院漸漸人聲寂靜，但待了不多時，就很清楚地聽有婦人的痛哭之聲，說：「我的夫呀！你怎麼拋了我呀！誰叫你去胡幹呀？到底死了啊……」

柳夢龍心裏一驚，又覺着十分地難過，暗想：下霸天白眉老魔現在死了，他是為陶鳳兒死了。他撮合成了我跟陶鳳兒的婚姻，他可死了，他算是對得起陶鳳兒，但我，卻將怎麼樣呢？

裏院的白眉老魔的老婆仍在數數叨叨地哭着，陶鳳兒卻同着中霸天又走到這個院子。就在月光下，柳夢龍見陶鳳兒不住地拭淚，並聽中霸天急急地說：「再待會兒他們一定來！耿二員外的鏢太厲害，他們人又多，咱們絕抵不了，我還得趕快地躲。薛大朋死了，屍首只好暫放在這裏，他家裏人咱們也顧不了啦！陶姑娘得趕快走，柳兄你也得走。段家堡倒是離着這兒近，可是那個地方也四邊不靠，太落荒，耿家那些人一定還能追了去！不如你們索性往磁州，到我家裏去，跟老太太和張舅爺也能夠會在一起。我那地方離着城近，我那裏的人也多，他們就是追了去，也未必就敢怎麼樣。現在的事情急不可緩，也不用商量了，柳兄跟着陶姑娘，咱們大家就快點一塊兒走吧！”

柳夢龍問陶鳳兒說：“怎麼樣？你快些跟着他們一起走吧！”

鳳兒卻哼哼地冷笑，說：“你們都走我也不能夠走呀！我為的就是在這兒等着耿二員外耿秉榮，我得叫別人看看、瞧瞧，瞧我跟他到底是怎麼回事！”

她說這話，雖是依然那麼意態激昂，語聲兒卻帶着點顫，身軀也仿佛是有點抖。柳夢龍卻着急地說：“你們全都快些走！因為留在這裏無用，這裏只有我一個人就行！”

鳳兒流着淚，卻又冷笑着說：“喝！你看你把你自己，看得可有多大呀？嘿！只有你不怕姓耿的，我們就都怕他嗎？告訴你，要叫我走，除非先叫我死！我為你，我才在這兒等着耿秉榮，我就為的是叫你一個人看！”

柳夢龍忿忿地搖頭說：“我不看了！”

陶鳳兒拭着淚，又冷笑說：“現在你不想看還不行了呢，非得叫你到時候看看不可！我得叫你看我……到底清白不清白！”她抽搐着痛哭，然而意態堅決，忿忿地又走回屋裏去了。

這裏柳夢龍的心，就像被刀割着似的，他長歎一聲，向中霸天說：“你們都快些走開吧！我們是不能走了，但你們何苦跟着我們受累呢？”

中霸天說：“柳兄的話說錯了！”

中霸天為白眉老魔受傷慘死的事情，自不免兔死狐悲，所以他那張黃臉上到現在還掛着大顆的眼淚。但是他聽了柳夢龍叫他們走的話，他卻不住地搖頭，說：“陶姑娘不走，我們就是死在這兒，也不能夠走。這也不是怕她，不敢走，是因為她對我們有過厚恩。她們母女，是天底下心腸最好，最顧恤別人的兩個好人。我們知道耿二員外不是東西，害得她們如此，還逼着她們，要斬盡殺絕，仿佛還得把鳳姑娘搶回去，他才能夠甘心。這不行！江湖人都得講義氣，叫我也跟白眉老魔一樣，死了都行，我們可不能眼看着鳳姑娘受欺負！”

柳夢龍點頭說：“好！既然是這樣，我們就都在這兒待着，等耿家那些人來了再說。不過陶姑娘既然是這麼好的人，我們總得想法救她，萬一到時她打不過那些人，我們必須強着把她救走。”

中霸天說：“到時叫我幫助打，我許不行，因為這是你知道的，我的武藝不高，左膀子的傷至今還沒有好。可是到時候你放心，我們一定把馬都預備好了，只要看着事不行，陶姑娘也願意走的時候，那時咱們就都上馬，能夠沖得出重圍，咱們就一塊兒逃；不能，一塊兒死了也算義氣！”

柳夢龍這時的心裏更覺得難過，他又急忙跑到屋裏。卻見鳳兒正在燈旁，對着鏡奩梳頭髮，身上還掛着鏢囊，刀就在桌上放着。柳夢龍先說：“他們的人來得多，咱們倒不怕，只是那耿秉榮的鏢，你究竟能不能夠抵擋得住？倒得先思索思索，我就怕你到時受了什麼閃失！”說畢，他就借着燈光，觀察着鏡裏鳳兒的表情；只見鳳兒的表情還是那樣的堅決而慘澹，一句話也不回答，柳夢龍便長歎了一聲。

鳳兒卻忽又一笑，說：“難道你就先愁死嗎？”

柳夢龍說：“我並不發愁，也並不怕，不過得想想這事情值得不值得？”

鳳兒又一笑，說：“你應當早就想好了！這些日子，你到了南方，結交了不少的人，打聽出來很多的事；回來，直到咱們拜完天地，你卻連一句也不肯吐露，可見你是很有心眼！值得不值得，你還不早就全都想好了嗎？”

　　柳夢龍不由得面紅過耳，一句話也回答不出。陶鳳兒卻又點頭微笑着，說：“我看我倒很值得的！反正早晚也得把這件事弄明白了。早點兒叫你明白了倒好，也能顯出我是清清白白的，到那時我死了，也省得你老有一塊心病。”柳夢龍的心中不由一陣悲痛，見鳳兒，卻依舊那麼慘澹地笑着。

　　現在的陶鳳兒，如同是一朵帶雨的玫瑰，因為有一種凄慘愁暗之中，所以愈顯得嬌美非凡。同時，她的命運是正在風襲雨打之中，很可能一會兒便要紛紛謝落。

　　柳夢龍的心就像被火燒着，被油煎着，越想陶鳳兒的幽怨的諷刺言語，他越心疼；越看鳳兒的可愛可憐的模樣，他越感覺着痛惜。他提着刀，又出了屋，就見月色蒼白，春寒刺膚，裏院那白眉老魔下霸天的妻子，還在痛哭。中霸天等人都忙忙亂亂地把馬飽足了，備好了，準備到必要的時候，騎上馬就逃。他們索性把大門開敞着，在門外時時張望着。

　　柳夢龍回首一看，他的那間新房，窗戶裏掛着紅色的窗簾，映着燈光，色調兒是那麼柔美。陶鳳兒的苗條影子又閃動着，真吸引人，但是這美麗的小巢，恐怕不久就要為那耿二員外等一群暴客拆碎。柳夢龍急急地又進到屋裏，只聽鳳兒帶着惱意的問他說：“你這麼忙忙慌慌，出來進去的，是幹嗎？你看我都不怕！”

　　柳夢龍見她的頭髮上緊緊地罩了一塊紫綢子的大手絹，是更顯着別致風流了，而她此時，也是十分地鎮定，真像是一點也不怕什麼耿二員外，確實心裏沒有一點愧。柳夢龍就着急地，但是故意做出跟她商量的樣子，又說：“咱們說真的，我想不如還是趁着這時就走。到了磁州，中霸天在那裏的人到底是多一點。即使他們再找了去，咱們也可以從容應付——其實咱們也並不是怕姓耿的！”

　　鳳兒卻又慘澹地一笑，搖了搖頭，說：“到了這時候，我是絕不走了！你想，人家白眉老魔剛為咱們死了，連棺材還沒預備呢，咱們就都跑了，那對得起誰？”

　　柳夢龍說：“因為在這裏也無用，聽說耿秉榮現在勾來的人太多，咱們寡不抵眾！”

　　鳳兒又冷笑，說：“誰管他有多少人呢？等着我的只是耿秉榮。你要是不知道有他這人，我倒可以躲躲；你既是知道了，你的心裏又胡猜亂想的……”

　　柳夢龍搖頭說：“我沒有……當初是我弄錯了！現在我都已明白了，咱們就快走吧……”

　　陶鳳兒的容顏忽又變為更慘暗，淚下紛紛，抽搐着說：“這可是你說的要走，並不是我不敢見耿秉榮？”

　　柳夢龍連連點頭說：“是是是！現在什麼也都不用說了，我們應當先躲一下！”

　　陶鳳兒就說：“那麼就先上段家堡去，那兒離着還近！”

　　當下急匆匆地，柳夢龍就幫助鳳兒收拾包袱。

　　但在這時，就聽得前院大喊起來：“來啦！來啦！”

　　鳳兒就把柳夢龍一推，說：“這時候咱們還走什麼？不如咱們出去迎他們吧！你看我到底怎麼樣對付耿秉榮！”

　　陶鳳兒已經如飛似的奔出了屋，柳夢龍也提着刀趕緊向外跑去。

　　就見中霸天的兩個夥計跑進來，指手劃腳地亂嚷着說：“都來啦！一大群馬，都來啦！陶姑娘快點走吧！”

　　柳夢龍說：“都上門外迎着去！擋住他們，不能叫他們進院來！”

　　當下一同跑出了大門，就見中霸天的另一個夥計騎着馬又飛馳來到，氣喘吁吁地說：“眼看就來了，人真不少！”

　　柳夢龍向陶鳳兒說：“其實現在就走也還來得及！”中霸天也說：“陶姑娘！現在咱們的人可少，他們人多，咱們寡不抵眾，我想還是走吧！”陶鳳兒卻瞪着眼厲聲說：“誰再叫我走，我就跟誰拼！”中霸天嚇得不敢言語了。

　　柳夢龍此時也極力地保持鎮定，提起來了勇氣，瞪着眼向遠處望去，只見西南方向那股大道上，月光照着稀稀的楊柳，待了不大的工夫，只聽得潮水一般的馬蹄聲漸漸湧來，煙塵滾滾，有如一條巨大的烏龍，就向這邊爬來。但似乎那些人初來此地，不能立時就找着這座莊院，所以馬就漸漸行得緩了，然而更顯着多，大約有四五十匹馬，四五十個人。

　　陶鳳兒此時卻也拉過來一匹馬，騎上去就要迎那些人。中霸天趕緊把她攔住說：“不用！他們也許找不着？”然而才說到這裏，不想他沒有猜對，人家那邊大概早就有人給領着路，剛才雖然是行得慢，可是現在竟蜂擁似的直奔向這邊來了。

　　陶鳳兒勇敢得就如一員女將，她催馬往那邊去迎。柳夢龍、中霸天等人也都騎馬緊跟着她。走了不多的路，那邊的馬就都停住了，只見馬頭亂動，馬身亂轉，有個人催馬過來問說：“你們是幹什麼的？”柳夢龍借月光一看，馬上的人正是那雉兒。他還沒答話，鳳兒卻先迎上前去了，兩匹馬幾乎頂着了頭。鳳兒就說：“你還問什麼呀？是我，你們不是特為找我才來的嗎？現在有什麼話快點說！”

　　此時，月光正照在鳳兒的臉上，那雉兒把她看得很清楚，雉兒就仿佛很驚奇似的。同時，因為兩個人過去曾在一起多年，好像還沒有什麼惡感，所以，這平常極為兇狠、刁惡的雉兒，竟也不好意思怎麼樣了。她見鳳兒稱呼着鳳姑娘，說：“現在二員外可是來了，頂好你把話跟他說明白了，他大概也不能夠跟你怎麼樣。”

　　鳳兒搖着頭，忿忿地說：“我不怕他！我要是怕他，為什麼我不跑？”說到這兒，她的語氣雖壯，可是情態顯出有點發怯。雉兒卻擺手說：“你別跟我說，你快跟二員外說去吧！”

　　這時候，柳夢龍就覺着有點不好，因為看出來，陶鳳兒還沒跟他拼命，還沒有“割下耿二員外的頭來”，她已經先有點怯懦了。

　　那邊也是，群馬之中，惟有陸七騎的一頭小黑驢，但惟有陸七最可惡。他嚷着說：“往前來吧！管他們是誰呢？過去把他們都捉住，或是全都殺死，也就完啦。”

　　那邊的一些人也都掄刀舞劍地往前來進。但是聽得耿二員外猛喊了一聲：“誰敢往前多走一步，我就拿鏢先把他打死！”當時，他說的這話，就如同號令似的，這些人全都不敢再往前來了。

　　這裏的雉兒卻嚷嚷着說：“她在這兒啦！是鳳姑娘，找着她啦！二員外快來看看吧！”就仿佛是如獲至寶似的，趕緊報告她的二員外。那邊有兩匹馬，當時就相伴着，緩緩地走過來。

　　柳夢龍看得很清楚，一個是鸞大姐，她的臉兒沉着，真不知道她的心裏是多麼恨多麼妒了；一個就是耿二員外，此時居然精神百倍，聲音也很洪亮，叫着：“鳳妹妹！是鳳妹妹嗎？你千萬不要發鏢！我是來看看你，並無什麼惡意，你千萬可別發鏢！你相信，我也絕不能夠暗算你……”

　　這時陶鳳兒在馬上卻呆呆地不動，真的，鏢也沒發，刀也沒舉。

　　柳夢龍實在忍耐不住了，急忙催馬向前，掄刀說：“喂！耿秉榮，你先不用跟她說話，你來看看，你認得我嗎？”

　　鸞大姐先發言了，說：“他憑什麼不認得你呀？我也更認識你啦！你有本事，你是鳳兒派去的，臥了我們那麼些日子的底，什麼事什麼事，你都知道了；你還騙了我！我倒不怕，因為我的臉厚，今兒咱們的賬，一筆一筆地也都得算清！”

　　“別忙。”耿二員外又擺手把她擋住。這耿二員外，此時的本事好像極大，並不像在襄陽他家裏時那樣好欺蒙了，他居然態度十分從容鎮定。看見柳夢龍跟鳳兒在一塊兒了，他並不感覺詫異，反倒先點明白了，說：“柳兄！我都已知道了，因為你走之後，我們就到了汝南府，拜會了還留在那裏沒有走的賽張遼。”

　　柳夢龍一聽，心說：怎麼賽張遼在汝南府直到現在還沒走？他在那劉家辦的是什麼事？”

　　此時耿二員外又往下接着說：“賽張遼已經把你的來歷盡皆告訴了我，我並找着了兩個是才從下霸天這裏走的，他們把你跟陶鳳兒的種種事情，更盡情地告訴了我，所以我今晚來，也是預先給你賀喜。”

　　柳夢龍就冷笑說：“不用你賀，我跟陶鳳兒前天拜了天地，入了洞房，現在我們已是夫婦了！”

　　耿二員外這才大吃一驚，說：“啊呀，好快！”

　　柳夢龍冷笑說：“難道還要等你來嗎？”

　　才說到裏，忽見耿二員外一鏢發來。他躲閃不及，正中前胸，把他嚇了一大跳。可是鏢僅僅碰到他的衣服上，當時就掉在鞍前。

　　原來耿二員外發鏢的時候，腕力就用得很巧妙，不重也不輕，僅僅給柳夢龍一個警告，倒沒有打算當時就要他的命。然而柳夢雖然身上打了個寒噤，卻反要掄刀來砍。耿二員外擺着手說：“不必！我的手裏還有鏢呢！以前我還疑惑我也許有個對手，自前兩天聽說了，你曾被鳳兒用鏢打過，我才知道你不行，你原來一點也不會。鳳兒叫你學，找什麼金鏢李，你也沒去。鏢，還得讓我為尊，許我隨時能夠制他人於死命，你可千萬別逼着我再打你了！”

　　柳夢龍聽了這話，雖然膽寒，卻氣仍壯，還要拼命。耿二員外卻又擺手，說：“你們既已成了夫妻，我就算是白來了！我更不能傷你了，因為你已是我的妹夫了。”

　　鸞大姐在旁邊嫉妒地拍着手說：“哎喲！妹夫，叫得倒真親熱呀？比我的臉還厚，羞！羞！羞！”拿她的手指不住地向臉上劃。忽見她又哎喲的一聲慘叫，高舉着手臂，仰身摔下馬來。她還穿着鬥蓬，連鬥蓬就在地下不住地亂滾。雉兒、陸七，連歐陽錦都一齊跳下了坐騎，來攙扶她。結果她被雉兒抱了起來，她前胸的鏢傷不住地流血，仰着臉不住呻吟。

　　耿二員外還恨恨地說：“你已經羞辱了我一路，這時還敢當着鳳兒的面羞辱我，以為我不忍得用鏢打你嗎？”他說着，那鸞大姐呻吟着，但越呻吟氣力越微，結果斷了氣了。她的屍身平平被放在地下，月光照着，情況十分地淒慘。

　　雉兒不由得哭了，耿二員外也一陣黯然，但又看了看柳夢龍和陶鳳兒，尤其當他看到明潔的月光下，陶鳳兒那當過新娘後的嬌豔的容貌，別致的打扮，他就又長歎一聲。可是他並不頹喪，反更惡狠了，挺着他那肥胖的身軀，真像是個魔怪。他說：“我得到你們新房去看看，咱們談談，我得把我的話全都說出來……”。

　　陶鳳兒瞪着眼說：“你說吧！在這兒就說吧！”

　　耿二員外搖頭說：“不！在這兒不能說，咱們的事，不能叫他們都聽見！”

　　柳夢龍決然地說：“那麼就走，今天是得弄個水落石出！因為這件事情，已經死了下霸天和這女人！”

　　鳳兒也說：“好！回去咱們細算算帳！倒看是誰該誰的？誰欠誰的？”

　　當下，柳夢龍、陶鳳兒先撥馬向回去走，中霸天等人保護着他們，耿二員外就跟隨着前去，雉兒、陸七、歐陽錦等一些人，都保護着耿二員外。那鸞大姐的屍身，卻只交給醉鬼胡二獨自看守了。

　　當下蹄聲亂雜，頃刻之間，便已都來到了下霸天的莊院門前。那陸七先吩咐他們約來的那些汝南府一帶的鏢頭，把莊院整個圍住，中霸天鎮山豹陳袞倒冷笑着說：“圍吧！他媽的你們還不知道，這全是空房子！”

　　大門本來就開着，柳夢龍、陶鳳兒、耿二員外等人一齊走入。柳夢龍還想同他們到別的屋裏去說話，可是耿二員外一定要看看他們的新房。鳳兒發出尖銳森厲的聲音，說：“看吧！叫他們看吧！這還怕他嗎？他不看看還不行呢！我嫁了柳夢龍並不犯法，我又沒有虧心的事，我也不是不清不白！”此時，柳夢龍見鳳兒完全不畏耿二員外。

　　耿二員外雖仍在發癡，發瘋、發凶，可是他真沒有什麼話，仿佛真沒有一點理，只是無賴，只有胡攪，證明了以前種種猜測，都是沒影兒的事，是真委屈了清白的陶鳳兒。

　　柳夢龍現在完全明白了，就對這耿秉榮益發地忿恨，但是見陶鳳兒先開了那屋門，讓耿二員外和雉兒、歐陽錦全都進去了。

　　新房裏的燈此時還在燃着，耿二員外把那些新床新帳新被，甚至於新窗簾，都細看了一番，他就連連點頭說：“不錯！不錯！鳳妹妹在這住也很好！”忽然他又瞪起兩眼，特別地發凶，凶得和獅子一般的，向柳夢龍說：“你可知道，她陶鳳兒原是我的妻子？”

　　柳夢龍一聽這話，突然掄刀就向他來砍。但耿二員外的手中原也預備着那口短短的寶劍，當時一迎，就聽嗆啷一聲，柳夢龍的刀立被削為兩截：半截落地，半截還被柳夢龍掄着。他跳起來要殺耿二員外，卻被歐陽錦急忙將他擋住。

　　耿二員外轉又向陶鳳兒，怒問道：“五年前，你媽就答應把你許配給我，你知道不知道？”

　　陶鳳兒的臉都紫了，搖頭說：“那不算！”

　　耿二員外又嚷起來，說：“當年，你的爸爸在外做官，他因為貪髒枉法，並且私通海盜，犯了滅門之禍，多虧我的爸爸跟他是同年，是好友，把你們一家三口都隱匿在我家。我的爸爸救了你們的性命，這些舊恩，難道就全都忘了？”

　　鳳兒這時候不說話了。

　　柳夢龍一聽，他們當初原來是這麼回事。此刻，耿二員外就好像有了理了，指着陶鳳兒卻向他說：“柳夢龍，你是久走江湖的，大概也得明白點道義，無論什麼人，都應當有點良心！他們住在我家，我爸爸真為她們擔着殺身滅族的大禍。並且，朝廷雖然不知道他們藏在哪兒啦，可是她的爸爸早先結義的幾個海盜，卻把他的下落找到了。原來她的爸爸為人尖刻、貪妄，竟還欠了海盜一筆債。有一天，四五個強悍的海盜拿着刀，深夜到我的家裏，找她的爸爸索債，並要把她搶走。那時候她才八歲，我可就已經二十二了。那時我也不像現在這樣胖，我已跟隨我家裏請的護院人，也就是我的師父，他叫雙手鏢俠魯玉臣，學會了我這身武藝和鏢法。當時我們師徒二人，將那幾個海盜全都打走，又救了她全家的性命！」

　　陶鳳兒咬着嘴唇兒，忍着氣，聽到這裏，她又哼哼地冷笑，說：「你覺着這是你們對我們的大恩呀？可是我還一點也不感謝，我更恨呢！」

　　耿二員外又對柳夢龍說：「她的爸爸因為那次的驚嚇憂愁，不久就死了。這又是我的先嚴，將他埋葬，並因為她們寡母孤女，無處投奔，所以仍舊住在我家裏，我的爸爸對他的老友，真可以說是仁至義盡了。」

　　陶鳳兒掄起刀來，踩着腳說：「你別說啦，提起來我更恨。假使你的爸爸，那個老頭子要在這兒，我非得拿刀砍他不可……」，此時雉兒擎着刀，為耿二員外防禦着鳳兒。

　　耿二員外卻又感慨忿懟地說：「這些事，在我家裏的那些老人全都知道，我的先嚴真是一位仁人義士，他對待鳳兒的母親，如他自己的弟婦……」這時陶鳳兒忽然又抽搐着哭泣起來了。

　　耿二員外又接着往下說：「叫我把她當作親妹妹。我也是真愛她。我教給她武藝、鏢法。我師父魯玉臣，也傳授給她武藝、鏢法，所以我們兩個人又算是師兄妹了。還有剛才被我打死的鷟兒，跟這雉兒，跟我們家裏的鸝兒、雁兒、鶿兒那些，她們都算是我爸爸的乾閨女。可是，我爸爸後來去世了，我把鷟兒當作我的妻，雉兒、鸝兒、雁兒等等當我的妾，也當我的丫環，當我的奴才，但我對於陶鳳兒卻是始終地尊敬。她的脾氣又比那些人都壞，她的本事也比那些人都高，她的模樣——我憑良心說，她一年一年地長大，一年比一年出落得好看，我實在是被她迷住了。但她與那些人究竟不同，她永遠也不跟我親近……」

　　這時陶鳳兒瞪着淚眼向柳夢龍看着。

　　柳夢龍這時候對陶鳳兒的身世。可以說完全明白了。

　　忽然又見陶鳳兒對他正顏厲色，並流着淚說：「你聽見了沒有？這是由他嘴裏說的，不能是假的了吧？我還告訴你，他們家裏只有那雙手鏢俠魯玉臣是個好人。若不是他保護我，我還不定受他們的什麼欺負！因為這事，他們對待人家魯玉臣非常不好，人家病了，他們反倒不給人家飯吃；人家死了，他們連棺材也不買就給埋了。我們本來有很多的錢和金銀財寶，但都在他們的手裏，一個錢也不許我們用，跟他們要，他們是不認帳。還拿他的鏢嚇唬我，逼着我媽答應把我給他，逼着我多少次……我們沒有法子，才幸虧有他家的一個小丫環順梅幫助，我把我們自己的錢跟東西拿回來，我才跟着我的媽離開他家……夢龍，你想想我對他是應當感恩？還是應當報仇？我不過是自己知道打不過他，才忍到今日，遇見了你，才嫁了你……」

　　這時耿二員外忽又更發起了兇狠，拿他的鏢，本來要去打柳夢龍，但被陶鳳兒看出，先揮刀去剁他的手，可是刀未剁着，被那雉兒以刀架住了。歐陽錦也揮劍幫助雉兒，柳夢龍卻又要奪耿二員外手中的那口寶劍。當時，話也都不再往下說了。這新房的地方太窄，本來打不開，凳子也翻了，桌子也倒了，鏡奩掉在地下都摔碎了，一陣的大亂。

　　雉兒和歐陽錦先把耿二員外保護着出了屋，但柳夢龍同時追出，耿二員外的那口斬銅斷鐵的雙鋒竟被他奪去了。他揮動起來，一劍先劈倒了歐陽錦，雉兒跟陸七卻又一齊來和他廝殺。

　　此時鳳兒也出屋來了，可是才一出屋門，便忽被耿二員外的一鏢打中，她的嬌軀立時倒臥在地。柳夢龍大驚，顧不得一切了，趕緊回身去救鳳兒。不料此時耿二員外又連發二鏢，一鏢又打中了鳳兒，一鏢卻中在柳夢龍的右肩。同時，那亂哄哄的一大群人——耿二員外請來的那些汝南府一帶的鏢頭們也全都擁進院裏來了。

柳夢龍左臂抱起來陶鳳兒，右臂忍痛揮動着寶劍與這些人亂殺、亂砍，同時就向外走去，趁空就飛身上了房。耿二員外在下面又發來了一鏢，又打中在他的左胯。他一疼，就連鳳兒全都跌倒在屋瓦之上了。下面的陸七也飛身追上了房，兇狠地掄着刀，向着他跟鳳兒驀地砍來。

此刻危急萬分，柳夢龍與陶鳳兒全都身受不只一處很重的鏢傷，兩人身子相挨着，陸七這一刀實能夠同時要了他兩個人的性命，幸是柳夢龍急忙忍着傷疼，就坐在瓦上與他刀劍相鬥。同時陶鳳兒也勉強地掙命打去了一鏢，當時就聽哎喲的一聲，陸七中了鏢，摔下房去了。陶鳳兒就趴在屋瓦上，由鏢囊中掏鏢，連續地向房下打去，一連打傷了好幾個人，她也不知打的全是誰。只聽那耿二員外在下面暴躁地喊罵着：「跟我學會了的鏢，竟敢打我的人？好丫頭，我非得要你的命不可！我可不念舊情了！」說着他又發鏢往房上來打，但柳夢龍趕緊拉着陶鳳兒就爬到了後房簷。

耿二員外可是不會上房，會上房的陸七已死，而歐陽錦是身負重傷，雉兒還得保護着耿二員外，她也不敢追上房來。這才使得柳夢龍能夠拉着、抱着鳳兒，由後房簷爬到了牆上，然後抱着她一躍而下，這才算到了莊院之外。柳夢龍只覺兩臂、雙手全都沾着發粘的血，鳳兒就像一隻死了的鳥似的，伏在他受傷的肩上。他的傷處雖疼，但還不如心疼得厲害。

他走路一瘸一點的。而月色茫茫，曠野遼遠，他不知應當抱着鳳兒往何處去。

第七回　　月下揚鞭冤仇全消盡　　人間補恨紫鳳尚翩然

　　這時，幸虧中霸天手下的兩上夥計，牽着馬來了。原來剛才他們在大門外，也跟那些個鏢頭亂殺了一陣，中霸天鎮山豹就在那時候死了，只剩下他們兩個牽着馬藏在後牆那邊，幸虧那些鏢頭們都進院裏幫助打架去了，還沒有搜着他們。他們不急急逃走的原因，就是想等着亂過之後，他們好去找中霸天的屍身，還有他們的幾個夥伴，也不知道都是死了，還是跑了，他們更不知道陶姑娘怎麼樣了。現在才知道，連柳夢龍帶陶姑娘敢則都受了傷。

　　當下，柳夢龍就向他們要了一匹馬，說：「現在咱們一起走吧！快些離開這兒，別的事，日後再想辦法！快先找個地方叫陶姑娘歇歇，因為她受的鏢傷很重，我倒是不要緊。」

　　於是，他抱着陶鳳兒騎上了一匹馬，中霸天這兩個夥計一個騎馬，一個就跑着在後跟隨，他們一直向西跑去。再回頭去看，恍惚見那莊裏已出來了十多個人，向西下尋找追趕，但是柳夢龍等人，愈跑愈遠，就算是已經脫出了危難。

　　現在的月色更為蒼茫慘黯，曠野吹來陣陣寒鳳。柳夢龍一手揪住馬韁，一手抱住宛轉呻吟的陶鳳兒——這是一隻受了傷的鳳，時時在滴着血。柳夢龍不敢再快走了，因為從耿二員外手中奪來的那口寶劍，此時還在他的腰帶上倒插着，要是一不小心，也能夠將鳳兒碰傷，那時可真不得了。他卻也騰不出手來，更緩不過來酸痛的胳膊，同時他的肩頭、胯間，鏢傷也不算輕，一陣陣痛得也幾乎發暈。然而這還沒有他此時的心痛，他痛惜的是鳳兒原來是這麼一個清清白白的人，真如出淤泥而不染的蓮花，我卻多疑心，太渾蛋，我害了這多情俠烈、聰明薄命的美人！

　　停了停馬，他就問說：「咱們那刀創藥呢，現在身邊還有嗎？」連問了兩聲，鳳兒才一面呻吟着，一面斷斷續續地作答：「都叫我媽拿走啦，給了薛大朋一些，不是在你那包袱裏，還有一包嗎？」

　　柳夢龍皺皺眉說：「那只包袱我也沒拿出來，現在自然也不能夠立刻就回去取。可是，你的傷覺着怎麼樣呢？要緊不要緊？」

　　陶鳳兒又不住地呻吟着，她說的聲音是益為微弱，說：「不大要緊……」

　　柳夢龍的心中，就像是被劍刺着，被刀割着一般的疼，知道鳳兒是故意說這話，免得令他着急。但是她傷勢之重，由她說話和呻吟的微細、淒慘，也可以聽得出來。柳夢龍就不住長長地歎氣。

這時，中霸天的兩個夥計全都趕上來了，說：“快找個地方，叫陶姑娘歇一歇去吧？”

柳夢龍問說：“你們說上哪裏去才好？”

兩個夥計都說：“只好上段家堡去吧！我們都是從那兒來的，那兒離着還近些！”

柳夢龍點了點頭，於是，就叫這騎馬的夥計在前面領着路，他在後面慢慢地跟着走。他一點也不敢快走，因為快走，馬必顛動，傷勢沉重的陶鳳兒必定受不了。現在覺着她的血，還不住涔涔地直往自己的臂上淌，她千萬可不要就這樣地死了，她是不應當死的，“咳！……”當下柳夢龍就不禁仰望着蒼天冷月，行一會，駐一會，他的淚也流個不休。

好不容易才走到了段家堡，這時月向西墮，天色已將發曉。段家堡那個土崗，在濃霧籠罩之中像是一座古代的陵墓，四下裏一個人也沒有。來到那狹陡的臺階前，這可就麻煩了。先下了馬，請那兩個夥計幫助，連柳夢龍一共是三個人，將陶鳳兒抬着、抱着，柳夢龍並時時囑咐着：“輕一點，千萬可輕一點！”這樣費了半天的時間，才把陶鳳兒給抬了上去。

這裏樹木蕭蕭，門垣寂靜，已無復是第一次柳夢龍來這裏搏鬥之時，那樣雄偉森嚴的氣象了。幸虧這裏還留着個聽門的人，把那鐵柵欄開了，讓他們進去。他們又抬着陶鳳兒，進大門，進二門，進三門，倒都沒有一個人擋阻。昔日的那些如虎似狼的人，大概也都是因為遵了陶鳳兒的命，給打發散了，所以落得這般淒清。陶鳳兒勇於改過，辦事情有決斷，使一般多年為盜的悍惡的人，對她莫不聽從而且敬服，實在更是難得的！

現在鳳兒被人抬到了此地，可是她還有餘威。這裏還留着四五個人，本來都已經睡着了，被人叫起，立時就趕忙地前來照拂他們的陶姑娘——就仿佛對待他們的恩人似的，趕緊請陶鳳兒到一間大屋子裏，這裏有舒適的床褥。他們忙着去升火，因為怕陶姑娘嫌屋裏冷，有的去叫他們的老爺上霸天給找藥。

此時屋中已點上了兩枝蠟燭和一盞油燈，柳夢龍一瘸一點地，手托着油燈，到床邊先細看鳳兒的傷勢，只見鳳兒的模樣兒，還是那樣地美麗，可是手帕已經丟失了，頭髮有些淩亂。她的小眼睛緊緊地閉着，睫毛上掛着瑩瑩的淚珠，好像是已經昏暈過去了。胸前偏着左邊和右邊的肩膀上，卻各有一處鏢傷。血已在衣服上凝結，成了一塊一塊的，她至今尚掛着的鏢囊上，也都沾着鮮血。

柳夢龍就輕輕地摸了摸她的手，覺着倒還溫暖，這才算是稍微地放了一點心；同時也覺出自己的傷來了，是右肩一處，左胯一處，疼自然是很疼了，可是他咬着牙，還能夠忍。

旁邊的夥計說：“柳大爺你也躺一躺吧？”他卻搖頭，表示自己的傷並不算回事，他只是望着陶鳳兒，不住地皺眉和歎氣，恨不得把她身上兩處鏢傷，也都挪到自己的身上來，因為那也能受，最難受的是眼望着這絕世的風塵美人，自己才娶的嬌妻，就已奄奄地垂死！

待了一會，上霸天青毛豹段成恭，拄着一根拐杖，拿着一包藥就來了。他們原是仇人，上霸天幾乎摔成了殘廢，是因為柳夢龍所至。現在柳夢龍覺着很不好意思，恨不得先向他道一個歉。但上霸天對過去的事倒都沒有提，他只是說：“這刀創藥，本來是她們的，因為我摔傷才跟她們討了一包，幸虧我沒用完，你快給她上上吧！」

柳夢龍趕緊就將這藥用水調和了一茶碗。但是，他想：哪兒能夠找得一塊柔軟的絨布呢？在這倉促之間，他知道是無法找着的，就摸了摸身邊，倒還帶着那塊紫綢子的手絹。於是，他就用這個蘸着藥，給鳳兒的傷處去敷。因為也得解開她一點衣裳，所以上霸天跟他的夥計們，就都回避着走出屋去了。

鳳兒，此時又微微地睜開了眼睛，看着柳夢龍，淒慘地，嫣然地微微一笑，細聲說：「你可別着急啊！」

柳夢龍簌簌落下眼淚，她卻又閉上了雙眼，任憑柳夢龍在她那血色染遍的肩頭及胸部，敷那個藥。她忍着疼，故意地不呻吟，只惺忪着眼睛，帶笑說：「我不能夠死！」這個「死」字，如一把利刃，突然地扎住柳夢龍的心。

鳳兒又搖頭說：「我知道我不能夠死，這點傷我也應當，受點痛苦好贖贖我早先的驕傲、糊塗，也替我的爸爸媽媽贖贖罪，誰叫我們當初認識耿家呢？」她微微地歎息了一聲，緩緩氣，又說：「這藥也是當初我爸爸從海賊的手裏得來的，得了好幾大包。可見他雖然是個大官，可是跟海賊有往來，也有仇恨。耿家——他們那個老員外，我叫他伯父，也做過道台。他那個人也不好，他跟我的爸爸是彼此恨，彼此怕的一種交情。我的母親更是柔弱，咳！我不能說了！總之，我的父母全都有罪過。我從小就是那麼可憐地長大的，幸虧我媽後來改好了，我自己也還有主意……如今我就是被姓耿的打死，可是總沒在他的家裏失去了我的清白。」又說：「你也都明白啦！我就盼着我千萬別死。我才二十二歲，你應當把我當個小孩子、小妹妹，別太跟我較真兒……」

柳夢龍說：「是！是！你快些好！我，我知道這些都是我的錯！」

鳳兒又淒淒慘慘地說：「本來我可也招人疑惑，過去的那些事我又真不好意思對人說。我由小兒，就仿佛在十八層地獄裏長大了的，旁邊的人都是些惡鬼；遇見了你，你才是一個好人！」

柳夢龍說：「我也不好！」

鳳兒卻宛轉地說：「你以後自然對我好了。我們都做個規規矩矩的人，跟人家平常的年輕夫妻一個樣，將來我們也有好看的小孩兒……」

柳夢龍說：「是！以後我們一定有很多快樂。你安心地，暫時養一養傷，不說了！」

鳳兒又微微地笑，可是她的眼睛又閉上了。

柳夢龍把藥在她的傷處敷了很多，並用被給她輕輕地蓋上。慢慢地才離了床邊，自己給自己的傷處也上了點藥。

這時候，上霸天才又進屋裏，只見他也滿面是淚，原來他已聽說了下霸天和中霸天的死耗。

柳夢龍反倒安慰他說：「為我們的事，想不到使你們兄弟，竟落得這樣地慘！」

上霸天歎了口氣，說：「這能夠埋怨誰呢？走江湖的大概都得落這麼個結果！」他又說：「柳兄弟你也都知道，我青毛豹，跟鎮山豹、白眉老魔，我們這三霸天，本來都是無惡不作的人，要死早就應當死了。可是我們因為都年紀大些了，世故經得多些，漸漸知道各人自己的不對，願意洗手。只是，一來因為空走了幾年江湖，手頭實在沒剩下錢，花費又大，不幹歹事就沒飯吃；二來，跟着我們吃飯的夥計也不少，我們想不幹，他們也不答應，倘若翻了臉，還許跟我們為仇。所以就弄得騎虎難下，這麼混了幾年。在前年才遇見陶姑娘。那時陶老太太還在耿家住着，沒有出來，陶姑娘一人私自北上，為的是給她母女先鋪下一條平安的道路。那時，我們也不知道她是個什麼樣子的人，你就想吧，路上忽然來了一個騎着馬的，穿着一身紫的，頭上還帶着絨鳳花，年紀輕，長得又標緻，我們看見了還能夠放她走嗎？

所以——說這話應當叫你給我一刀，——除了白眉老魔，我們那個老兄弟，他是好財不好色，我跟中霸天鎮山豹真都沒懷着好心。為這事，我們兩人差點沒傷了交情。可是這時候還沒跟陶姑娘動手呢，及至一動手，大概你也知道，我就不必多說了，我們真像是一群小妖兒遇見了天神女，野鬼遇見了個女鍾馗，蛤蟆精遇見了個女張天師。她的刀好像斬妖劍，她的鏢就如降魔杵。我們三個霸天，跟那些個夥計們，簡直都一點辦法沒有。她那時候要是狠點心，早就把我們全都殺光了。可是她對待我們很慈善，竟像是個觀音老母，教我們知道了些人情天理，還幫助我們解去了許多難處，這才使得我們服了她。她由此又回往襄陽，直到去年春天，她才又由襄陽出來，就帶出來她的老太太，還帶出價值萬千的金銀財寶。她分了我們一些，叫我們各置田產，別再幹壞事，所以我們三個人早就都洗了手了。要不是那劉主事，乃是我們的大仇，誰能去劫他？"

柳夢龍點頭說："差不多我已全知道了。"

可是上霸天還要跟他絮絮煩煩地說，並說："你也在床邊躺一躺吧！我看你受的鏢傷也不輕。我們早就都知道那耿二員外厲害，連陶姑娘都怕他，都跟怕老虎一樣，不然何至於跟我們這些人交結？她交我們，全為的是我們人多勢眾，地方熟，到耿二員外來找她的時候，我們可以幫助她抵擋。我們手下那些夥計，她不許去幹壞事，可也不讓走，她供給飯吃，就供了這麼一年多。最近要不是你來了，你又走了去學鏢，她把什麼都托靠你了，她不怕了，她這才叫我們把那些個不老實的夥計都打發走，可還留下這幾個，說是將來在磁州開鏢店，旗子上繡紫鳳凰，算是紫鳳鏢，做規矩買賣。"

柳夢龍一聽，覺着陶鳳兒倒真是頗有打算的，而所打算的事又都極為可愛，就看了床上的鳳兒一眼，心裏像念佛一般地祈禱着，她的傷千萬要快一些好。

此時上霸天又說："這些話現在我提着也沒心腸了，因為我們老二、老三，都已經叫姓耿的打死了！耿二員外，他媽的！我知道他名叫什麼銀鏢小呂布，可是我還沒見過他，他難道是三頭六臂？他比太上老君，元始天尊還有本事？他的鏢，難道就是廣成子的翻天印？"

柳夢龍一聽，這上霸天把《封神榜》閒書上的那些荒唐人物倒都記得很熟，他的樣子倒是很滑稽，可是這時真沒法子笑出來了，心裏結着個痛苦的大疙瘩，連這些話，聽着全不耐煩，可是又不能不讓上霸天往下去說。

上霸天又說："陶姑娘，其實她的本事也未見得比那耿二員外低多少，可是她已被嚇怕了，一提起耿二員外，她就仿佛耗子見了狸貓，本事先減去了很多。其實要是真跟他拼起來，也未必就鬥不過他！"

柳夢龍卻歎息着說："這就是因為那暗器，耿秉榮的鏢打得實在准，若憑真正的武藝他也不行！"

上霸天又說："現在可還得提防着！由磁州到河南這條路上，一年來，沒人不知這紫鳳女陶鳳兒的，也沒人不知道我們三霸住在哪兒。他們既能找到下霸天那裏，也自然能找到我這裏。"

　　聽了上霸天的這話，柳夢龍就不禁愁煩了半天。本來昨夜的一場爭戰，耿二員外算是占了上風，他沒受一點傷，雖說那悍勇的陸七和他的臂膀歐陽錦，大概都已經沒了命，可是他還有個雉兒，還有那不少的汝南一帶的鏢頭，全聽他的支使。假使陶鳳兒要在這些地方不出名，現在隱在個僻鄉小戶人家去養息，三個月、五個月也許不至於被他們找到；現在卻不行，陶鳳兒從前年出來的時候，打服了三霸天，同時也弄得這條路上，甚至於車夫、店家，都知道紫鳳女。她藏在什麼地方也是不行了，何況在這兒？說不定霎時之間，那耿秉榮又能夠持着飛鏢找來。鳳兒現今是已經半死了，我又已受了兩處的鏢傷，上霸天和他手下的幾個夥計，更沒有什麼用，難道等他來，我們就眼睜睜地吃虧？或是真要死在他的飛鏢之下？

　　這樣一想，他不由得更着急起來。上霸天也慌張地叫他夥計去關大門、關二門，並緊閉三門，然後都拿着刀防備着。

　　此時，陶鳳兒又呻吟着叫着說：「來！你上我這兒來！」

　　柳夢龍趕緊一瘸一點地走到她的床邊，輕聲地問說：「你有什麼事？」

　　陶鳳兒卻拉着他的手，殷勤地問說：「你受的傷重嗎？」說着話，睜開了眼睛瞧着他。

　　柳夢龍卻搖頭說：「不重！我並不覺着怎麼樣。實在說，比你上一回打我的那一鏢，差得太多了，耿秉榮的鏢法並不怎麼樣。」

　　鳳兒微微歎息地說：「別再提他啦！我如今受了鏢傷，也算是報應，因為我一個女人家，當初何必要學它？何不安安分分地跟別的女人一樣？」

　　柳夢龍說：「這也不怪你，這總是你的遭遇太不幸了！」

　　鳳兒微微地搖頭說：「也不是！我也有許多的不好。當初我學會了鏢，也非常之驕傲。前年，我往北方來，因為想着闖名聲，叫三霸天他們全怕我，全都得聽我的指使，我就不免也狠一些，我用鏢打死打傷過他們二、三十個人。現在我也受傷快死了，我想這也不屈！」

　　柳夢龍說：「咳！你不要再想這些個了！你就安心地將這傷養好，以後就按你所說的，我們都做規規矩矩的人。」

　　鳳兒默然了一會，忽又問說：「你能夠現在騎馬趕到磁州，把我媽或是我舅父請來嗎？」

　　柳夢龍一陣愕然，問說：「為什麼事呢？不會等你的傷略略好一些時，咱們就一同到那裏去嗎？」

　　陶鳳兒聲音微微地說：「不是！我是要叫他們來，有幾句要緊的話想告訴他們。」聽了鳳兒的話，柳夢龍的心，就仿佛被刀深深剁着一個樣，因為，鳳兒要把她媽找來，就像是要說遺言似的，就像是已經自己覺着不久于人世了，這叫人有多麼痛心呀！

　　當下，柳夢龍眼淚又不住地汪汪地往外來滾。

　　鳳兒微睜開了眼睛看看他，似笑地說：「你可難過什麼呀？」

　　柳夢龍跺腳說：「我為什麼難過？都是我自己把事情弄錯了！當初我就應當叫你跟着老太太和舅舅，一塊兒走！」

　　鳳兒呻吟着說：「這倒也用不着後悔啦，因為我早已知道走是白費事，反正也走不開。你沒看見耿秉榮的勢派有多麼大嗎？他的鏢打得有多麼准嗎？他反正是沒別的事，安下了心想找我。我走到哪兒，他也能追到哪兒。」

　　柳夢龍說：“就是！咱們在這兒，也不算就躲開了他，說不定我才一走，他就許又來了。所以不如索性你安心調養兩天，傷好點，咱們上磁州去。”

　　鳳兒反問說：“那麼，要是沒等到我的傷好一點，他就又來了呢？”

　　柳夢龍說：“那有我在這兒，究竟好一點。”

　　鳳兒卻歎息着說：“咳！好什麼？”她實在沒有氣力往下再說了，就閉上了眼睛休息了一會，然後，又聲微力弱地說：“我猜得到，耿秉榮只要是知道我沒有死，他一定還得來。他不把我逼死，他是不甘心的。”柳夢龍忿忿地說：“為什麼就容許他逼？他就是不來，我也還要找他去！他與你們的恩仇是非，都且不論，我是早晚得跟他拼一個生死！”鳳兒閉着眼睛沒再言語。

　　上霸天在旁邊連連地向柳夢龍擺手，但柳夢龍怒猶不止，又說：“我也知道你的心，你是想把我支開……”鳳兒忽又睜開了眼，急問說：“我支開你幹嗎？”

　　柳夢龍說：“你也是一種好意，你怕我再遭耿秉榮的暗算，所以你料定一半天內他仍能夠找來，所以你先叫我走，你卻一人在這兒，等着他將你氣死或害死！”

　　鳳兒又淒慘地笑了，說：“這是哪兒的事？我可真沒有這樣想。我告訴你，我到了現在，我才真不怕他啦！別看我傷得這樣子，他要是真來了，我還真能夠掙扎着，拿鏢去打他！”

　　柳夢龍說：“既然這樣，咱們不必再說別的話了，且在這兒安心地調養，耿秉榮來了咱們就跟他拼個生死；他若不來，咱們再一同往磁州，去看老太太。”

　　鳳兒闔上了眼睛，不再言語了。

　　柳夢龍卻暗暗對上霸天說：“你派一兩個人去打聽打聽耿二員外的動靜。”上霸天悄悄地回答說：“已經派人去了。”於是柳夢龍就在這裏調護着鳳兒，並也調護着他自己。上霸天在這裏也有家眷，男女僕全有，他派了兩個女僕，來這屋裏幫着服侍。

　　鏢傷雖重，究竟還與刀砍、劍戳的那種重傷不同。這種傷的傷口都不太深，而且所打的並非致命之處。只是柳夢龍與陶鳳兒，燕爾新婚，竟然突遭此難，雖說是誤會全銷，感情益篤，但二人的心，卻都已受了殘酷地摧毀，沒有一點快樂了。

　　耿秉榮還就離着這兒不遠，隨時都有來到的可能。此時，最着急的就是上霸天，他不但命人嚴守住了三道大門，並派人時時去往那邊探聽，得了耿秉榮在那邊的舉止情形，立刻就飛馬前來報告。

　　那邊本來有個小鎮，鎮上都是他們的熟人，而下霸天白眉老魔的莊院——即出事的那地方，距離那鎮本來甚近，很容易打聽的。所以當日晚間，就有人回來報告說：“耿二員外那些個人，連馬匹，昨夜就全都宿在那莊裏，他們把白眉老魔的家，當作了他們的家，耿秉榮多半還是就在那新房裏睡的覺。鎮上的棺材現在都被他們買去了，把他的那妾——就是被他親手打死的那鸞大姐和姓陸的、姓歐陽的等人，都入了殮；連白眉老魔，他們也發給了一口棺材。中霸天的屍身，是被那鎮上開店的人給領了去，現在也裝在棺材裏了。”

　　又說：“縣衙門的人，今天也去了，可是那耿秉榮說這是私仇。又說，那莊院是他的錢蓋的，衙門的人也弄不清楚這件事情，更因為耿秉榮的勢派很大，說他有個胞兄，在京裏做官，跟着他的那些人也是各處的鏢頭，因此縣衙門的人就也沒把他們帶走。現在他們還都在那兒了，可不知將要做什麼打算……”

　　上霸天聽了這些話，才算略略地放下心。柳夢龍也願意他們暫時就在那裏，別管做什麼，而自己與陶鳳兒就在這裏調養。他又給陶鳳兒的傷處敷了些藥，看着還不致有什麼性命之虞，他心中也稍為安慰，只默禱着能夠在此安居幾日。這刀創藥是有效驗的，鳳兒的傷如能夠再好一點，那時再離開這裏，至於耿秉榮，此番以後，雙方冤怨是能由此解開，或是結得更深了，現在全都不能夠預想。

他眼望着陶鳳兒，緊皺着眉，暗自歎息。就見陶鳳兒閉着兩隻小眼睛，微微喘着氣，神情是十分地恬靜。燈又點上了，窗外仍然有月光，鴉鵲無聲，四周寂然。但是待了不大的時候，忽又有人來報告信息，這時前面的人又慌亂起來了。人雖不多，可都緊急地呼喊，說：「快來了！趕緊預備着吧！你去看大門，我去看着三門⋯⋯」

上霸天拄着拐杖，跟跟蹌蹌地又進了屋，他急得了不得，說：「真的來了！耿秉榮現已帶着他那些人往這兒來了，說話就要來到！柳兄弟，你想想到底怎麼辦呀？我這兒雖說還有幾個人，可是他們的本事都不行，咱們的身上又都有傷啊！」

柳夢龍聽了不由得又十分地興奮，怒火燃燒着全身，冷笑着說：「不要緊！他來了正好，若不拼出個死活，永遠是沒有完！」說着，就又把那口寶劍拿在手裏，又向上霸天說：「你不用怕。」

上霸天卻長歎着，說：「怕倒是不怕！柳兄弟，不是我抱怨你，要不是那次你跟我交手，把我摔成了這個樣子，我現在的腰腿要能跟早先是一樣，嘿！我真——不但不怕，還願意他耿秉榮前來，叫他認識認識！現在可不行，我真跟個殘廢差不多了。」又說：「我也不是抱怨陶姑娘，陶姑娘要不叫我們把手下的人打發走了，現在還勢大得多，怕他們幹什麼？」

這時，忽然陶鳳兒瞪起了兩眼，怒聲說：「你抱怨什麼？現在你們這些人可以全走開！誰也不要來管，把大門、二門、三門全敞開，叫那姓耿的來吧！」

柳夢龍擺手說：「你剛好一些，不要再生氣，也用不着就着急，這事也沒有什麼了不得的。」

陶鳳兒說：「你說得對，若不拼出個死活來，永遠是沒有完。待會兒他要來了，還是讓我去見他！」

柳夢龍故作鎮定地說：「不要緊，你盡可照舊地安心養着傷，我既沒有躺下，手又有寶劍，一個耿秉榮難道我還抵不過？那些鏢頭我看也是跟着他瞎湊熱鬧，既沒有什麼本領特殊的人，也不是願意幫他拼命⋯⋯」說着，又向上霸天說：「到時你也不要上手，你只叫你手下的幾個人都沉住點氣，千萬不要驚慌。」這時上霸天是一聲兒也不敢言語了。

柳夢龍提劍走出了屋，又見月色澹澹，跟在下霸天莊院裏的時候景況無異，只是現在沒有心裏的那些疑悶了，可是事情也愈危急。因為耿秉榮的鏢真令人難防，鳳兒如若再受他一鏢，那可一定完了。所以今天，無論怎樣也不能叫鳳兒再跟他見面，我得先去迎上他！

當時，柳夢龍就令上霸天手下的兩個人，在這院裏防守，他提着寶劍向外走去。出了三門、二門，直到了大門，只見門雖都能夠緊緊地關閉，可是看門的人太少了，自己這裏的勢太孤了，也難怪上霸天抱怨。可是又想：陶鳳兒不顧利害，將那些賊夥計全都打發走了，原是表示她將要跟我結婚，從此安分守己，才那樣做的，是很可欽敬的；為此而被禍，真更令人痛惜，她真是一個可愛的女子！今天這最後的一關，我如將耿秉榮擋走，或打死便罷；倘若不然，我也決定以一死報答於她。他這樣想着，心裏不由得更是十分難過。

　　站在大門外，向下去看，只見那條狹陡的石階被樹影遮着，由樹枝上漏下來的月光，鋪在地面，縱錯斑駁，時時地搖動。石階之下，卻是一片月色蒼茫的曠野，什麼東西也沒有，就像一片大海似的。

　　柳夢龍站立了一會，覺得胯骨疼痛，但心裏卻十分地急躁，就想：我要是等着耿秉榮他們再來，那豈不太傻了？昨天還不就是因為那樣，才吃了虧？現在我應當趕緊迎上他們去，至不濟，也得跟耿秉榮同對死亡，絕不能叫他又到這兒來！於是柳夢龍就將心一橫，精神陡然振起百倍，回首向大門裏喊道："來！把我的馬牽出來！"

　　裏面守大門的只有三個人，柳夢龍出來之後，他們早就把大門閉得嚴嚴緊緊，聽外面這一說話，他們還驚慌着直問："是誰？是誰？"柳夢龍又大聲地重新說了一遍，叫他們快給備馬，裏面才答應着，並叫他等一等。

　　這裏面現有的馬，恐怕比人還多，所以待了不大的工夫，門就開了一扇，放出來了一匹鞍鞘全備好的白馬，並隔着門，將一隻皮鞭子遞給了柳夢龍，大門隨着又緊緊地閉上了。

　　柳夢龍見門裏的人這樣地謹慎，這倒還略略地叫人放心。於是他就將這匹馬揪住，忍着胯骨的疼痛，騎上了去。馬不敢向下走，還用力地扭脖頸，要往那大門上去撞。柳夢龍卻狠狠地勒過來馬頭，吧吧地抽了幾鞭子，這匹馬就三躥兩跳地跑下了這高坡，如同瘋了似的嘚嘚嘚，往東一陣飛跑，踏得塵土飛揚。柳夢龍的胯骨疼得已經失去了知覺，用盡全力勒住了馬，馬還在亂跳。

　　他的這匹馬全身是純白色的，在月光下，除了地面上亂轉的這個影子，要想從對面看得清楚，簡直不大容易。這匹馬的性情又真頑劣，柳夢龍的手稍微一緩，轡一松，它當時就向東飛馳。

　　走出約有三里多地，就看見眼前有一條烏龍似的東西，蜿蜒地，蠢蠢地來了，這就是一大隊馬。柳夢龍看見了，立刻便故意放馬過去，霎時之間，只聽得呼啦一聲，他幾乎跟對面來的這些匹馬撞在一起，幸虧對面已有了準備，向四下裏一散開，就讓他這匹馬沖過去了。

　　但是這裏的耿二員外已經掏出鏢來，揚手打去。立時，那性劣的一匹馬，便即中鏢而跌倒，整個把柳夢龍翻下。柳夢龍趁勢一跳，就跳到了道旁，腿一軟，身子剛要倒，又咬住了牙，努力地站住，橫劍怒喊道："耿秉榮！你不要往那邊去，我正是要迎你來，拼一個生死！"

　　這些人又齊都亮出了閃閃逼人的刀劍，高舉着，一齊驅馬來逼。那耿二員外卻又連聲大喊着："不可！不可！這是柳夢龍，他是條好漢子，這樣叫他死了，顯着咱們做事不光明。反正我叫他死，他立時就得死。"

　　柳夢龍卻冷笑着說："若怕死還不能迎你來，我死也非得叫你陪上。來！無論是刀是劍，或是你的鏢，儘管向着我柳某來吧！"他反舞起寶劍，咩咩，將三四個人手中的鋼刀全都削折斬斷。

　　耿二員外仍然叫他手下的人都住手，這時群馬才都閃開，嘚嘚嘚地蹄蕩土揚，擺了一個長圈子，好像是陣勢，就將柳夢龍困在當中。

　　柳夢龍卻毫無畏懼，仰起臉來，藉月光細看，就見十步之遠就是那耿二員外，持着鏢坐在馬上，旁邊有那姓兒，也騎馬保護着他。

　　耿二員外的樣子並不太生氣，只說："柳夢龍！你這是鬧什麼？在襄陽的時候咱們原是好朋友！」

柳夢龍怒斥說：「胡說！誰跟你是朋友？慢說你對於我的妻子那樣的欺辱，就是沒有那些事，為你過去的種種兇橫行為，我也得殺了你！」

耿二員外說：「我也不怕死，只是我還得見鳳兒一面。」

柳夢龍舉劍跳起說：「不行！你快用鏢來找我吧！但你要知道，你再發，也絕不能將我打死，我卻還能夠負着傷，要你的命！」

耿二員外把馬向後退了幾步，雉兒卻手持鋼刀，連人帶馬擋在他的前面，護住了他，瞪眼看着柳夢龍，卻不發一語。

耿二員外說：「我們真不必如此，有話盡可好說。歐陽錦跟隨我多年，陸七是給找來的，他們也都跟你沒有什麼仇恨，但可憐他們都慘死了。為什麼呢？就為的是我跟陶鳳兒。連你都是無辜……」

柳夢龍忿然說：「你不要說這些話！」耿二員外卻說：「這是真的！你跟她雖是夫妻，可是你們相識了才有幾天，我卻是跟她在一塊兒長大了的，親近有如兄妹。」說到這話，他竟哭了，肥胖的身體幾乎由馬上墮下。

他拿身上的斗篷不住地擦着眼淚，悲切切地說：「我知道昨天我因一時性急，將她用鏢打傷了，可是我想她一定還沒有死，所以我還得去看看她。我只向她再說兩話，然後我就走，永遠也不擾你們，或是任憑你將我殺死，我也絕不還手。你若是不相信，你看……」

說着話將手裏的鏢扔在地下，並將身上帶的鏢囊也解下扔在地下了，拍拍手說：「我身邊寸鐵皆無，他們這些人，一個也不叫跟着我去，只咱們兩人走。走出三步以外，你柳夢龍若想掄劍殺我，那也隨你的便！」

柳夢龍這倒真覺着作難了，因為想不到耿秉榮現在竟是這樣的態度慷慨，我若是依然執拗着不許他去見陶鳳兒，那倒顯出我太量小心狹，不是好漢。再說，現在他們的人多，真若是一齊來上手，我實在是要吃虧的。若不就叫他去？反正他現在仍然迷着心竅了，還抱着片面的癡心妄想，索性叫他再去看看。他見陶鳳兒跟我真心摯意，他也許就明白了，也就打斷了他的迷夢——這是說叫他活的話；他如若仍是像昨晚那般的兇橫，我就也不必管他身邊還藏着鏢沒有，就跟他肉搏，那時再拼個生死。

於是就冷笑着說：「其實叫你去看看也可以，不過我什麼時候叫你走開，你就得立時離開那裏才行！」

耿二員外點頭說：「那是自然！因為那上霸天住的段家堡，就是你們的家，我去了不過是個客。陶鳳兒是你的女人，我去了，也不過是因為舊日的一點恩同兄妹之情！」柳夢龍就說：「少說廢話！走！」於是，耿秉榮命那些鏢頭們讓了一匹馬給柳夢龍騎着，這是因為柳夢龍剛才騎來的那匹白馬受了鏢傷，臥在地下大概是起不來了。

耿秉榮再向那些鏢頭囑咐着說：「我要同着這位柳兄去走一趟，你們眾位可以在此稍候。若是月亮走到當中，向西偏下一些的時候，我若還沒有回來，你們就不必在這裏等着了，可以仍然回到白眉老魔之處，將歐陽錦等人的棺材運回，我家裏的人對你們自有一番謝意！」

這些鏢頭裏就有人忿忿的說：「耿二員外！你可不要上了他的當，你空手跟着他，走不到那兒你就得吃虧，還是我們跟着你去吧！」

耿二員外卻發怒說：“誰要是跟着我去，我可就跟誰翻臉！我叫你們來，原是先講好了價錢的，你們做的是買賣，是我雇的，就得都聽我的話！”

雉兒撥馬上前來，說：“我跟着去吧？”耿二員外卻劈頭就是一皮鞭，將雉兒的頭髮立時打散了。他怒斥說：“退後！你要敢跟隨一步，那鸞兒怎麼死的，我也立時叫你怎麼死！”雉兒卻一聲也不敢言語，披散着頭髮，急忙將馬向後去退。

柳夢龍都覺着有些看不下去，因為這瘦小而悍勇的雉兒，對他太是忠心，他卻一點情理也不講。這傢伙實在兇惡，別看他現在態度慷慨，他不定懷揣着什麼惡意。

此時，耿二員外就毫無顧慮地說道：“走吧！”於是他的馬在前，柳夢龍的馬在後，踏着月色，又一直向西。

柳夢龍回首看着，那些人馬倒是沒有跟着前來，他很有心在這時候就趕上前去，一劍就將耿二員外戮死。他自己已經打算着這樣做了，當時就挺劍追上前去，耿二員外卻疾忙地回首，看見他手持着寶劍，就歎了口氣，說：“我本來得了這口寶劍，很是喜歡，那時你又到襄陽去了，我更為高興。我滿想憑着這口寶劍，持在我手，再有你這樣武藝高強的人幫助我，必能夠把三霸天全都打敗，得回來陶鳳兒。你可不要又生氣，我原來真是這樣想的。鳳兒若跟我回去，我下點耐心，一定能使她跟我成為夫婦。以後我有嬌妻、寶劍，又有好友，我一生已足，再給我什麼我也不要了。想不到啊……”

他又長長地歎氣說：“三霸天倒是徒有其名，一點也護庇不了陶鳳兒。可是你這個朋友原來是假的，你才是護庇着鳳兒的人，並且跟她還結成了夫妻，把寶劍也奪了過去。我還有什麼辦法？只好都聽憑於你吧！”

柳夢龍此時倒有些不忍得將他戮死了，就說：“你既是明白了，我也不為己甚，你現在就可以走吧。回去你應當改悔前非，你是一個世家子弟，應當好好地致力於你的前程。”

耿二員外慘笑着說：“我連命都不要了，還要什麼前程？”

柳夢龍說：“這口寶劍你也可以拿走，只是你那鏢，嗣後不可再胡亂地傷人。”

耿二員外又搖頭，說：“寶劍我也不要，連我家裏的家私，全都送給你跟陶鳳兒也行！我還要什麼？沒有了陶鳳兒，我什麼都沒有了。這兩年還有個鸞兒，解去我一些愁煩，可是也被我用鏢打傷了……”說到這裏，他更不住汪然流涕，大哭着說：“不用勸我，我也一輩子不再打鏢了！我現在只去看看，我用鏢把鳳兒傷得重不重？她嫁了你不要緊，她別永遠恨我，早先總有過一個時候確實是恩同兄妹……”

柳夢龍真覺着發愁了，耿二員外怎麼竟會是這樣的一個人呀，可真叫人難辦！

耿二員外一邊哭着，一邊向前去走。走了一會，他就直問說：“在哪兒？在哪兒？可別走錯了路！”

所以，柳夢龍就催馬越過了他，在前領着路。又走了些時，就到了段家堡的山坡之下了。

這裏，寂靜淒涼得真像是一座古墳，尤其月光照着耿二員外那一張慘白的，臃腫的，死人一般的臉，跟他那些鼻涕眼淚，真難看。

柳夢龍也實在疲倦極了，這條胯骨受了傷的腿，簡直跟沒長在自己的身上一樣，這時候要叫他跟耿二員外拼殺一陣，他也實在沒那力氣了，所以，他也很是心灰意懶，將馬系在一棵樹上。耿二員外仰面向這座高崗看了看，問說：“就在這上面嗎？”

　　柳夢龍點點頭，並說：“馬要是往上去牽，那太費事了，不如你自己將馬系在哪棵樹上吧？”

　　耿二員外卻搖了搖頭，他既不言語，也不去系馬，下了馬把韁繩松了手，就什麼也不管了，仿佛他的馬是否能夠跑遠了，而致找不着，他是一點也不顧慮。只是精神頹喪，連步都懶得邁。

　　柳夢龍指着向前去的道路，就催促着說：“往上去走吧！你在前面走！”

　　耿二員外又歎了口氣，遂就一級一級地，慢慢地邁步向上去走。本來這山坡既高，路面又窄，他的衣裳長，身體又肥，向上走真難，吁吁喘，又噯噯地歎氣，走一會兒，就要站住歇半天。

　　柳夢龍也是一條腿跛着，往上走，非常覺着痛苦。同時他又覺耿二員外也甚可憐，以他在家裏時的那樣養尊處優，走三步全都得有侍妾攙扶，如今竟落到這步天地，也夠淒涼的了。所以，柳夢龍有時竟想攙他一把，更有時想把他推得滾下去摔死，心裏就這樣矛盾地想着，終於是雖然不屑於去攙着他，可也不願用惡劣的手段去摔死他。

　　好不容易才走到了崗上，耿二員外籍月光一看，就不禁驚訝，說：“啊呀！在這山上竟還有這樣大的一片房屋？”

　　柳夢龍也不理他，就先上前叫門。裏面的人向外問明白了，才把門開了，開的這道門縫太窄，耿二員外側着身子才算擠進去。柳夢龍隨着進來，遂又令人將大門關嚴，並且鎖上，囑咐着說：“無論外面有誰來叫門，或是裏面有人向外走，全都不許給開！”三個看守大門的人一齊答應，並且全驚訝着望着耿二員外。

　　進二道門，進三道門，也都是如此，耿二員外實在已成了甕口之鱉，但他也不慌，只問說：“鳳兒呢？你的夫人呢？她現在哪裏了？”

　　柳夢龍忿然地說：“你不能就隨便進屋，就站在這兒等着吧！”他命站在院中的那兩個夥計，持刀看着耿二員外，說是：“只要他敢動一動，你們就自管下手殺他！”兩個夥計全都高聲答應着。

　　耿二員外卻也嚷着說：“柳兄！你可千萬快一些出來招呼我！因為我在這裏兩腿站不住，心也忍耐不住。反正，我已經來到這裏了，我不必跟陶鳳兒說話，要我死在這裏也行，反正她能夠看得見我的屍首了。鳳兒！鳳兒！無論咱們有多麼大的冤仇，當年可也是恩同兄妹，我從來沒跟你瞪過一次眼。今天我來是叫我看看，並不是只有柳夢龍能夠輕身去往襄陽，在我家中充幾天好漢！你看我，我赤手空拳，也敢來這裏，我的膽子並不比他小。鳳兒，你再許我見你一面就行……”

　　他這樣地大聲嚷，那兩個上霸天手下的夥計，齊將刀高高地舉起，就等着柳夢龍說一句話，他們的刀就要落下來了。柳夢龍心裏雖很是生氣，可是仍然猶豫，仍是沒有乾脆就將耿二員外結果了的決心。

　　但，就在這時，突聽前面看守大門的人齊聲喊嚷，仿佛是說：“來了！來了！”把話傳到二門。看二門的兩個人也向裏喊：“來了不少匹的馬！”接着三門上的人跑過來，就緊緊地說：“怎麼樣？柳大爺！現在外面可來了不知有多少的人馬，把咱們這段家堡給圍住啦！待一會就都能夠撞進來了！”柳夢龍當下就用劍指着說：“好！這算是你訂下的毒計！”耿二員外卻搖頭說：“不是我叫他們來的！他們那些人是不聽我的話。”

　　此時，在耿二員外身旁舉着刀的兩人，也都着慌了，問說：“柳大爺你快定主意，到底是殺不殺他？不如殺了他咱們跑吧？”

　　柳夢龍卻急急地擺手，心裏十分地焦急。而這時突然對面的牆上發現了一條瘦小的黑影，向着這裏說：“二員外！給你！”說着嗖嗖地扔來兩枝鏢，全都被耿二員外穩穩地接住。

　　那邊的牆頭上正是雉兒，柳夢龍更是驚訝了，那兩個拿着刀的夥計，也嚇得向旁邊跑去了。柳夢龍就嘿嘿地冷笑着說：“好個耿秉榮啊，真算是有點本事！不但你騙到這兒來了，你還又得到了你的兵器。真光明！真磊落！真會裝出那種可憐的樣子！不怪你是世家公子出身，哼！”

　　耿二員外說：“這兩枝鏢嗎？你別害怕！我也不用它。實在跟你說，我的袖子裏和身邊，立時掏出二十枝、三十枝鏢，我也有；我若真是赤手空拳，還能跟你們到這裏來嗎？”

　　柳夢龍說：“赤手空拳這句話，原是剛才你自己吹的，如今你忽又招供出來了實情。你真不是個好漢！不像是個男子！隨你吧，你要拼就拼，這屋裏卻不許你進來！”說着他就疾快地進到屋裏。

　　此時屋裏的燈，早就不知被誰給吹滅了，十分昏黑。雖然窗上有幾點班駁的月色，可是那絕透不到屋裏，看不清屋裏全有什麼東西，更看不見有人。他心裏就想着：說不定我走了這一趟，跟耿秉榮搗了那半天的麻煩，鳳兒在這裏，早已經因傷而死了……我真糊塗，我真傻，雖然他們一定要尋到這兒來，我卻何必自尋着上這個當？

　　他又不敢叫，恐怕窗外的人知道鳳兒躺臥的地方。他就慢慢地蹭着腳向前去走，伸着一隻手向前去摸，打算摸着鳳兒躺着的那張床，不料就驀地被人揪住了他的胳臂。他立時大吃一驚，覺出來揪他的正是陶鳳兒那纖纖的手，他就悄聲問說：“你怎麼竟……竟能夠站起來了？”

　　鳳兒是站在隔扇的旁邊，悄聲兒說：“我早就起來啦！隨身的東西跟藥，我也都帶好了，咱們現在就想法子快一些走吧！”

　　柳夢龍卻皺着眉，悄聲說：“怎麼能夠走？這屋子又沒有後窗，上霸天的一家人全都在這兒，咱們若走了，他的一家子也都不能夠活命！”

　　陶鳳兒說：“咳！咱們到現在還能能夠顧得了誰？你這個人的心可太好了，居然你還能夠上他們的大當……”

　　柳夢龍說：“這我倒不後悔，反正擋不住他們來。現在我想跟他們拼，你趁機會走！”

　　鳳兒說：“我走你也得走才行！其實我的傷真是掙扎不住。可是無論如何，我也得把你救出這虎口，我，萬一能走出，萬一能夠活，那不是更好嗎？”

　　這時那耿二員外在院中又大聲地說：“柳夢龍！你快些出來吧！陶鳳兒在哪屋裏，她若能夠行走，你就也叫她出來，這沒有什麼，只要叫我跟她說幾句話就行。我又不攔擋你們做夫妻，你們可怕的什麼？我赤手空拳都敢來到這裏，怎麼，你們反倒害怕起來了？”他到現在仍然說他是赤手空拳，可見他簡直是瘋顛了，而居心頗惡。

　　陶鳳兒此時站了一會真站不住了，就又倚偎着柳夢龍，悄聲說：“現在也不能管別人了，我只是不知道你的傷怎樣？你能夠，抱着我或背着我，咱們一同逃開這兒嗎？」柳夢龍更是着急，說：「三道大門我已都叫人關嚴了，外面那許多人自然不容易闖進來，可是我們要往外走，也一定來不及。因為他的手裏有鏢，不用咱們把門開開，他就必定用鏢來打。我想，或是我帶着你躥上房去，大概還行……走不了不要緊，我死就叫耿秉榮也得死，可絕不能夠叫你死。」陶鳳兒用手把他一推，說：「你說的這是什麼話呀？」她似乎有點生氣了。

這時，耿二員外又在外面大喊：「陶鳳兒！柳夢龍！你們出來吧！不用怕我。」又說：「你們要是不出來，我可就要進屋去了！」越說話，他的聲音離着窗越近，仿佛是往近走來。

陶鳳兒急忙叫柳夢龍扶着她，忍着傷，蹭着腳步，到屋門的旁邊。柳夢龍一隻手攙扶她，一隻手就狠狠地握着寶劍，劍鋒直向着門外，只要是耿二員外拉開門一走進來，不容他進來，就準備着刺他一劍。

然而鳳兒卻向他的耳邊低聲說：「不要緊！」陶鳳兒把精神振奮了一些，她早已掛好了鏢囊了，此時就突然掏出來一枝鏢，拿在手中，緊張地叫柳夢龍把屋門慢慢地打開。

這時耿二員外已登上了石階，發急了，說：「怎麼？還不出來？陶鳳兒就是死了，也得叫我看看她的屍首……」

這時，柳夢龍就以劍鋒支住了門，慢慢地開了，呀的一聲，這扇門開了一道縫。就見門外月光之下，耿二員外那胖身子正要硬進屋來，離着門不過四五尺遠。就在這一眨眼的時間內，陶鳳兒手中的鏢突然打出，正從門縫穿出，而打中了耿二員外的咽喉。耿二員外連喊也沒喊出來，就咕咚一聲仰倒了，真像是倒了半堵牆似的。

那雉兒大驚，趕緊跑過來。柳夢龍突然出屋，舉着劍說：「你還在這兒要找死嗎？」雉兒兇狠地掄刀向他就剁，柳夢龍以劍相迎，只一兩合，雉兒的刀就被寶劍斬斷了；她又飛來了一鏢，也被柳夢龍閃開。

此時鳳兒扶着門走出，厲聲說：「雉兒！你還要幹嗎？」

瘦小而強悍的雉兒，看見了鳳兒，她當時就哭了，說：「鳳姐姐你可真狠心！無論怎麼樣，你也不應當將二員外打死呀？」鳳兒看見了仰臥在月光下，如一口死豬似的耿二員外的屍身，她也不由得內心發出了一陣難過，咬着嘴唇，瞪着眼睛，呆立了半晌。她又扶住了柳夢龍，向雉兒說：「他也應當死了，你算一算，他生前曾用鏢打死過多少人？現在叫他吃這一鏢，也不為之過！」又問說：「怎麼樣？現在你是想為他報仇呢？還是想走？」

雉兒一邊抹着眼淚，一邊說：「二員外是被你打死的，又是用鏢打的，我還給他報什麼仇？他也是活該，因為你的鏢多一半都是他教的，早先他待你，又比待我們都好！」

鳳兒說：「你只知道他對我那些假好處，卻不知道我們兩家的仇恨！」雉兒說：「那我都管不着。因為他待我有恩，我才跟着他出來。現在他已死了，還有什麼說的？我只求你叫我把他的屍首抬走。」鳳兒點點頭，向柳夢龍說：「叫她抬走吧！」

這時，上霸天青毛豹等人知道耿二員外已經死了，就全都不怕了，各個都威風百倍。外面那些被二員外雇來的鏢頭們，雖將這座莊院都已圍住，並且砸了半天的門，可也沒將大門砸開。此時，上霸天的夥計把耿二員外已經死了的事，隔着門傳到了外邊，並向他們說：「你們還捶什麼門？你們惹得起陶鳳兒嗎？趁早兒回去吧！」當時外面的那些鏢頭們，就不再砸門了。

陶鳳兒由柳夢龍攙扶着，又回到屋內的床上躺下，燈已點起來，只見她的面色如同白紙，精神十分地疲憊。柳夢龍真不知道應當用什麼話安慰她才好，待了會，她就將眼睛閉上了。

這時，那上霸天與雉兒共同商量了些話，然後由雉兒出去向那些鏢頭解說，說是耿二員外已死，現在什麼話也不必說了，就把他的屍身抬出去就得了。那些鏢頭們都默默地，無話可說，進來了幾個人，抬着耿二員外的屍身，雉兒哭泣着跟着，就走了。

又待了些時，上霸天進屋來說：「他們連人連馬全都走了，就盼着陶姑娘傷快些好，就是了！」柳夢龍連連地點頭，其實他自己身上的傷，這時也痛得十分地難受。

上霸天又出屋去，囑咐他手下的人說：「雖說事情都完了，大門、二門、三門，可還得好生地看着！」他自己一隻手架拐，一隻手提着刀，還在院中來回地走，這時的月亮已向西去了。

屋裏，柳夢龍歇息了一會，就趕緊又給陶鳳兒的傷處敷藥。陶鳳兒卻緊握着他的手，不住地悲泣，並且說：「你可別誤會了，我是為別的事哭。我用鏢打死了耿秉榮，並不後悔。就是我想到以往事情，都使我難過，誰跟誰的情也不是真的；誰跟誰的心，也不能夠彼此明瞭！」柳夢龍就勸她說：「你不要再想那以往的事了，我們只想將來吧！只盼着你的傷能夠快一些好吧。」

給鳳兒上了藥，柳夢龍往他自己的傷處也上了一些。待了一會，鳳兒睡了，他也就躺在床邊，不覺沉沉地睡去。這驚險的一夜，竟然度過。到了次日，到院中去察看，地下還有那耿二員外的斑斑血跡。

上霸天又派人到那小鎮去打聽。天約中午，派去的人就回來了，說道：「耿二員外的屍身，在那鎮上已經裝好了棺材，連什麼姓陸的、姓歐陽的和被耿二員外親手用鏢打死的那個小老婆的棺材，都雇了車拉着，由那些個鏢頭們保着，由那小寡婦雉兒跟隨着，剛才就一同起身往南去了。」上霸天說：「咱們趕緊也去把咱那兩口棺材都拉來吧！」

柳夢龍聽見這個嘴裏也說着棺材，那個嘴裏也說着棺材，仿佛是很多的棺材，他驀然想起：這番自己保着鏢出來，保的就是一口棺材。因為保護棺材，才惹起了三霸天，才招出來陶鳳兒，才勾起來耿二員外等等的人。總之，當初應的那號買賣，就是不吉之兆。

江湖處處皆兇險，人間事事多苦痛。柳夢龍現在仿佛灰心極了，他真不由得起了找老朋友悅禪，出家為僧的念頭。然而，再看看陶鳳兒的傷，不但沒有因為昨夜累着了，而轉沉重，反倒真就比昨天見好得多，實在是那刀創藥的靈驗，也是她的心事沒有了。柳夢龍身上的鏢傷，也覺着不太疼痛了。

此時，上霸天已命人將白眉老魔和中霸天鎮山豹的棺材，全都抬到這段家堡，把白眉老魔的老婆也接來了，把早先柳夢龍跟陶鳳兒那新房裏稍微值錢的東西，也全都抬到這裏來。那邊的一所莊院，真成了空曠無人的莊院了，尤其那裏因為死過人，已成了一所凶宅，所以想派個人去看房，也沒有人敢去。

上霸天倒很對得起他的亡友，雖然沒有怎樣大辦喪事，可也請來了僧人、道士，誦經念咒的，超度了一番中霸天和下霸天的亡魂，然後將下霸天白眉老魔在山後掩埋，堆起了墳頭，還種了兩棵樹；把中霸天鎮山豹陳袞的棺材，卻派人給送往磁州。

　　到磁州去的人過了半月方才回來，說是中霸天的靈柩運回家的時候，真還有不少的人去致祭，現在也已經安了葬，他遺下的幾個老婆正在爭家產。

　　不過同時帶來了一個兇信，就是陶老太太在那兒病重得很。舅老爺張達堂，有親筆的書信叫人捎來，催促着姑爺和姑娘，趕快去見一面。

　　信到了柳夢龍的手裏，這不能不給陶鳳兒看。鳳兒一看見信，就痛哭了多時。她身上所受的鏢傷雖說是日漸痊癒，可是除非有人攙扶，她還是不能夠下床行走，但是她立刻就要往磁州去。這也沒有法子，柳夢龍只好叫人給找來了兩輛車，因為他自己胯骨上的傷也還沒有好，所以也得坐車，並帶了兩個人在路上伺候着，他就同着鳳兒離開了段家堡。

　　這時春風漸暖，沿路的樹木全都披滿了茂盛的葉子，大道上十分平靜。過泥窪鎮，過斷命橋，穿過黃土溝，全都一點事兒也沒有。想起去歲年末，那黃土溝裏一場惡鬥，那風雪載途的情形，那在店裏與鳳兒初次相遇的種種，真不堪回憶了。

　　現在還萬幸，鳳兒只如同是個病人，而且這傷，也不是沒希望好的；只是她永遠沒個歡樂，話也不多說，仿佛心裏永是愁悶、悲戚。

　　這一天走到了磁州，到了中霸天的家，見了她的舅舅，可是沒見到她的母親。原來陶老太太那次倉促地來到這裏，舊病又復發，而且憂慮着姑爺和女兒，恐懼着耿二員外，她就一病不起。在張達堂托人帶去信的時候，不到兩天，她就斷了氣。所以今天陶鳳兒來到，沒看見她媽，只看見了一口棺材。她一痛幾乎昏厥，她本來就是個受了重傷，羽毛零落的鳥兒，如今，她的心又碎了。

　　在她悲哀哭泣之中，柳夢龍拭淚歎息之下，買了一塊地，將陶老太太建墳安葬，並樹了一塊石碑。但這碑上的題字就難寫了，柳夢龍與陶鳳兒斟酌了半天，因為陶鳳兒又觸起她過去生活上的那些陰影，傷心歎泣。結果是只鐫上了"陶母某老夫人之墓"，就把這一位確實是做過官兒的夫人，但是也備嘗人世的艱險，死於風塵，死於折磨，死于仇家的脅迫的老婦人，的一生結束了。

　　鳳兒也不願在中霸天的家裏久住，所以給了她舅父一些銀子，請他仍然回信陽州去經營石匠鋪子，她與柳夢龍一同北上，也不往冀州去，卻到了天津府，在一個幽僻的鄉間置了幾間房子，雇了兩個僕人，他們就住下了。

　　半年的時光以後，他們倆才算痊癒。柳夢龍並沒成什麼殘廢，休養得更健康了；鳳兒也還好，還那樣年輕，不過就是身體轉弱，跟她媽媽一樣，過幾天就要在床上病些日子。她的脾氣改得完全的溫柔，溫柔得簡直成了懦弱了，屋裏要沒有別人，她一個人就不敢待着。她本來是像鸚鵡一般的好說話，又好笑，跟小孩子一樣地好玩，好生氣，現在卻全都不了。

　　舊日活潑的精神和心靈，已都變成了枯木和死水，她的心受了永不能平復的創傷：仿佛也不是因為懷念她去世地母親，更不是因為用鏢打死了耿二員外，至今還後悔。

　　她是不能與柳夢龍還似早先那樣地癡心相愛了。當初柳夢龍獨往襄陽，看了耿家的種種情形，而就對她發生了猜疑，回來一句實話也不肯吐，非得等到耿二員外找去大鬧，以事實而證明，才免去了柳夢龍心中的猜疑。因此，她媽死了，她受了傷，這仿佛是柳夢龍對她不諒所致。所以無論怎樣，她總覺着人與人之間是有一層隔膜，但等着把這層隔膜打破，必須經過很多地艱難。僥倖把艱難再度過，可是人也不能像早先那樣地天真了，尋不回來過去那種健全，那種活潑了。但這也並非他們夫妻之間就全無愛情，她跟柳夢龍依然是很好的。

　　炎夏已過，秋風送爽，夜來明月高懸，他們或在籬旁栽菊種豆，或在小窗對飲，以謀薄醉，跟新婚地夫婦一樣。只是鳳兒，已沒有以前那麼嬌憨了。

　　在天津府地鄉間居住了兩年，連一個小孩子也沒生，鳳兒就因病而死。柳夢龍仿佛把一生全都完結了。

　　然而他才不過三十歲，他的身體還健，武藝還沒有放下。可是鳳兒的錢，本就花得快光了，他不能閑着，於是重入鏢行，到冀州去找着金刀徐老。

　　這時金刀徐老的五個女兒全都出嫁了，他倒是老當益壯，自己帶着族侄小長蟲徐順，照舊開着四海通鏢店，見柳夢龍來到，他是特別地歡迎。

　　賽張遼原來是因為那一回勾引人家劉主事家的小寡婦，倒是被他勾引得差不多了，可是招起了劉家族人的公憤，一頓老拳，打得不輕。他是被人給抬回家裏來的，那趟鏢所掙的銀子，也完全作了路費，結果還虧本。弄了一身的傷，被打得時常吐血，因此也就死了。他的妻子至今還全仗着四海通鏢店給點錢養活着。

　　柳夢龍重新幫助徐老做買賣，他就首先換了鏢旗，旗子都用素緞做成，上面繡着紫鳳。這是因為鳳兒生前原本有過這麼個意思，她說過："將來在磁州開鏢店，旗子上繡紫鳳凰，算是紫鳳鏢，做規矩買賣……"現在柳夢龍就是想完成她的遺志。

　　紫鳳鏢行走在北方各處，緞旗招展，到處無阻，因為有陶鳳兒的餘威，有柳夢龍的威名。所以無論是多少輛，無論裝着多少貨物，或乘着官眷，絕保萬無一失。即使沒有柳夢龍跟着，半夜黑天在野地上走，也從來沒出過一點舛錯。

　　此時，三霸天之中僅存着的那個上霸天青毛豹，倒是用段家堡和下霸天的那些產業養了老，不再在江湖上行走。雉兒聽說是還在襄陽，她成了耿二員外的遺妾，倒也很安份的。

　　柳夢龍終身不再娶，他所得的錢，完全隨手施捨於別人。他尤其憐憫一些孤女，如遇大戶人家有受虐待的丫環，或青樓中的雛妓，以及一切年輕幼稚，遭遇不幸的女子，他必定設法援救，為此也跟人結仇、廝殺，就是遇着了慣用暗器之人，他也非得找了去廝殺不可。

　　金刀徐老死後，四海通鏢店歸了徐順，柳夢龍卻仍然是大鏢頭，也是遠近馳名的一位好心腸而又有點怪脾氣的俠客。

　　過了二十多年，柳夢龍便往嵩山去找他的老朋友悅禪和尚。以後，他大概也就在那裏出家，永遠斷絕了紅塵，江湖之間也從此消失了紫鳳。

《繡帶銀鏢》

江 湖 出 版 社
JIANGHU PUBLISHING

Jianghu Publishing
PO Box 35075 Fleetwood Postal Outlet
Surrey, BC Canada V4N 9E9
www.jianghubooks.com

THE COLLECTED WORKS OF DULU WANG

王 度 廬 選 集

Author of Crouching Tiger, Hidden Dragon

《 臥 虎 藏 龙 》 作 者

Wuxia Novels Volume Two

武 侠 小 说 集　卷 二

繡 帶 銀 鏢

DULU WANG

王 度 廬

Edited and Modified by Hong Wang

校 訂 者：王 宏

JIANGHU PUBLISHING　　江 湖 出 版 社

第一章　论镖行重翻古老梦　进城市初到贵人家

　　“保鏢”一事，已隨着交通的便利，幣制的革新，武器之改良，與夫各地員警組織之進步，而成為過去的名詞了。無論相距多麼遠，可以用現代的交通工具將它縮短，用不着什麼“起早”、“打尖”、“投店”；無論多少款項，一紙匯票或是拍一個電報，便可以轉移過去，用不着成鞘的銀、整塊的金往返搬運；無論有多麼好的身手，或是手使什麼“龍泉”、“太阿”削銅剁鐵的寶劍，絕對鬥不過洋槍；再說現在到處都有員警，所謂江湖好漢、綠林英雄，那是一萬個也行不開的。所以，保鏢的這項買賣已經沒人提了，它被時代淘汰了。現在雖還存在着一兩位當年的鏢頭，但也都鬚髮如銀，回憶起以往，真是一場“古老的夢”。

　　然而今日之古老的夢，在五十年前便是事實。民國九年十年之間，我還在北平煤市街，看見一家大買賣，粉牆上用黑墨寫着是某某鏢局。我的先輩人也都能講述當年那保鏢的種種俠義慷慨的事，尤其是鐵臂劉得飛與大刀王五，他們是後世鏢行，也可以說是保鏢史末葉的兩位最出色的人物。我少時聽來的故事化成的印象，至今偶一思起，他們仿佛在我的面前仍然栩栩如生。實在說，他們若是在今日還活着，也必等於一個廢物。但，似那等的血性男兒，激昂壯士，在現代還真是少有。

　　我現在就要說說鐵臂劉得飛。在光緒二十六年——八國聯軍進北京的那年，他就已經六十多歲了，他的胳臂據說有人用一輛滿載着大石頭的牛車的輪子去軋，也損傷不了一點。我沒看見，也不大相信，但他確實有真功夫。直到七八十歲時，雙手要舉沉重的石鎖和仙人擔，還是一點也不吃力。這只是說他的渾厚的力氣和健強的身體，尚武的精神；至於他一生的俠義行為，悲壯事蹟，更是令人可泣可歌。

　　劉得飛生在京西的門頭溝，那地方是一片煤田。在清末時，就早已有人用舊式的方法開採，賣給城裏。那運輸的器具，就是駱駝。

　　駱駝是一種龐然大物，然而它的頭不大，尾巴尤小，四條細腿支着一個巨船似的身子，按說應當不大穩吧？但它的蹄子，即腳卻是很大，走起路來慢條斯理的，不慌不忙的，好像是個老於世故的、艱苦而負重的人。它的身子又真富於曲線美，在背上是兩個高高的駝峰，是天然的一副鞍韉，像生下就為人騎或是放東西用的。

　　這傢伙大概生在寒帶，所以不怕冷而怕熱。它的胃部構造很是特別，一次喝足了水，就可以存蓄起來，三天五天也不會渴。它最能顯露本領的地方是蒙古一帶的沙漠，所謂「沙漠中的旱船」就是它。它的巨大的蹄子踏着萬里的荒沙，據說真比馬還快。它能夠水草一點也不進，安然地渡過了旱海，走到甘泉。所以蒙古人跟它是好朋友。北平因為地理上的關係，距離蒙古很近，所以就把它請了來，豢養着它；不叫它做別的，只叫它馱煤。

養駱駝的人家多半在門頭溝，夏天還得帶着它到海邊，最好是秦皇島——去避暑。北平的秋風一起，落葉翻飛，它就得回來了，因為這時家家戶戶，都得買些煤，都得叫它馱運。天氣愈冷，駱駝的工作愈為繁忙。在北平隨時可以看到，一串一串的，每一串至少有七八匹，都用繩兒穿着鼻子，頸上還掛着鈴鐺，隨走隨發出叮啷噹啷的悠揚而美妙的聲音，如同安慰着人們的寂寞。

拉駱駝的人年紀不能太老，還須要有兩膀子的力氣，因為每當將大袋的煤運到人的家門口時，駱駝就把前後腿都一屈，向地下跪倒，這就算是休息了。它可不能進人的家門口，因為它的身體太大，這就必須拉駱駝的人將駝峰之間放着的大袋的煤，每袋至少也有一百來斤，背在肩頭上運進了人的家，傾在院中，或是倒在倉庫裏。

劉得飛就是這麼一個拉駱駝的小夥子。那時他年才十五歲，什麼事也不懂。他沒有父母，每天只是跟着叔父劉大脖子拉駱駝運煤。起先他只能做「拉」跟「看」的工作，現在，他算是長成人了，他就也幫助背。沉重的煤袋壓在他小小的肩頭，他並不覺着吃重，而且他逐漸地往上去添，後來他竟能背負二百多斤的重量，同行的人沒有一個比得過他。

他簡直是一匹駱駝，比駱駝還健壯；身上永遠穿的是破棉襖和破棉褲，連個帽子也沒有，臉是永遠烏黑，他也沒法洗，因為天天得沾上許多的煤。他跟他的同行一樣，被人喚作為煤黑子，他的臉黑得看不出模樣是醜還是俊。

劉得飛的生活十分簡單，每天只盼着買賣順利，回來時，可以在彰儀門關裏的大茶館，吃一頓生蔥生醬卷大餅，喝幾碗土末子的茶，這就知足了。他不抽煙喝酒，也不賭錢，更不像有幾個年輕的拉駱駝的似的，臉那麼黑，還天天在想媳婦。他是根本不知道媳婦是怎麼回事，反認為是一種怪事情，使人覺着不大光明的事情。

這一天，他跟着他的叔父拉着一共四匹駱駝，最後還有一個小駱駝，是跟着它的媽媽練着走道兒的。煤，一共馱的是三千斤。天色還黑着，就冒着寒冷的北風離開了家，來到彰儀門關裏的時候，天才大亮。今天的運氣好，立刻就遇着了主顧，卻是一個僕人樣子的人，在前面領着他們，進了城。走了不算太遠，就進了一個也不知是什麼胡同裏，有個好闊的一家大門，這個僕人說：「到啦，先看看地方，你們就往裏邊搬吧。」

現在劉得飛的叔父劉大脖子，因為脖子上的一個瘤子越長越大，連低頭都不方便，他就借此為理由，索性不出力氣了。這三千斤煤，這個人家全都買下，而叫卸在院裏，是一重一重的第四重院落，還得拐過一個夾道，進兩重小門的一個空院裏，因為這空院是靠着大廚房的後窗，煤放在這裏取用着方便。劉得飛心裏有點生氣，暗道：「我今天可真應了那句話，門頭溝的駱駝，倒了煤（霉）啦！」

這個人家的老爺也不知是個幹什麼的，媳婦真不少；還有，大概是老媽兒跟丫頭，都還很大的講究。這個僕人說：「送煤的！你可留點神，別把煤灑一廊子。煤，堆得高一點，別占着半個院子，聽見了沒有？」劉得飛沒有言語，心裏說：「還他媽的用得着你吩咐？」於是他就一袋煤、一袋煤地往裏來背，上臺階，過門檻，進大門、二門、三門、垂花門、瓶兒門、過穿廊、遊廊和許多的廊，咕隆一聲，傾倒在那個指定地，然後抖一抖口袋。就這樣，他出來進去的，不多的時間，已將煤堆成了一座小山，而空口袋也疊起了一大堆。

忽聽有人說：“哎呀！怎麼這送煤的就是一個小孩呀？他可真有力氣！”咯咯咯地又發出一陣笑，都是媳婦的聲音。劉得飛扭着頭四下去看，到底也沒看見說這話和笑的人，但是他可更有了精神，加倍地努力，又來回走了幾趟，便把三千斤煤完全卸完了，拿袖子擦擦頭上的汗，當然又抹在臉上不少的煤，忽又聽得有兩聲笑。吧！不知是從哪兒竟扔來了一個又紅又大的蘋果。

劉得飛看見了這個蘋果，不由得一怔，心想：“這是誰，跟我鬧着玩？”蘋果在地下已經沾了不少的煤渣子，可是它那大而紅，真誘得人發饞。本來，他哪裏吃過這麼好的水果？當下不由得就拾起來了，笑着說：“這是給我的嗎？”四面看了看，還是沒有人，只那個後窗戶裏，還有笑聲。他知道那裏邊必定有人，向外邊看得很清楚，他可就是看不見人家。他也沒去猜那窗裏到底是誰，就把蘋果呀地咬了一口，真是又涼又甜，好吃極了。

他就背起來那一疊裝煤的空袋，一邊啃着蘋果，就離開了這個小院，往外走去。不想才又走在第二重院內的廊子上，忽見迎面來了兩個人，一人當時就把他攔住，說：“喂！送煤的小孩，你哪兒得來的蘋果呀？”劉得飛本來是很頑皮的，當下他就說：“是我買的！”他這麼無意中地撒了一句謊，不料，就把這兩個人，弄得生疑，由生疑而發了怒。後面的那個，渾身穿着綢緞，像是這裏的老爺，但這個老爺又不像他看見過的那些做官的，為宦的，那多半是些老頭兒。而這個身高，膀闊，眼睛圓，鬍子髭着，臉面黑中透亮，年紀不過三十，簡直像個關帝廟裏的周倉；而在前面問他話的這個人，又活像個猙獰的小鬼。劉得飛哪裏怕這兩人，就又把蘋果吃了一口，齜着牙笑着說：“難道就瞧不起我嗎！瞧我買不起蘋果吃嗎？”

他這樣地嬉皮笑臉，不說真話，那小鬼似的惡奴，掄圓了巴掌，狠狠地就打了他一個嘴巴，把他嘴裏剛咬下的一塊蘋果也打掉了，半個臉是又發燒，又疼痛。他哭着躍了起來，抓住了這個人，嚷着說：“你憑什麼打我！你，欺負我！他媽的，蘋果又不是我偷來的！”他一用力氣，就把那個人給揪得伏在地下了。他說：“你打了我，我就得打你！”說着，哭着，他就騎在這人的身上掄着拳頭，一陣亂捶。這個人掙扎着說：“好小子！你敢打我，你是要反了嗎？”可是這麼大的人被他按住了，竟是翻不過身來。

倒是那位周倉樣子的老爺，有些力氣，一手就把劉得飛拉開了，說：“你吃個蘋果，並不要緊。可是你得說真話呀。到底是誰給你的？因為這蘋果是特別大的一種蘋果，在外邊買不着。昨天人才給我送來，我都有數兒。再賞給你一個都不要緊，可是你不應說是你買來的，因為你就是有錢也買不來。我也不能說你是偷來的，可是，或者是人給你的，或者是你從什麼地方拾來的，只要你說出實話，就沒有你的事！”

劉得飛這才哭着說：“你，問你們家裏的人去罷！我給你們送煤，不知怎麼着，就由那後窗戶擲出個蘋果來，我也沒看見是誰擲的。我想：蘋果既沒有主兒，難道就不許我拾起來吃嗎？你們就打我？不行！”他還要揪住那剛起來的人拼命，卻又被那位老爺攔住了。他這位老爺倒是一位老爺，別看長得像周倉，說話倒還講理。他說：“得啦，得啦，他雖打了你，可是你也打了他，我明白啦！蘋果一定是我家裏的小孩隔着窗送給你的。”劉得飛說：“不是小孩，是你們家裏的娘兒們，她擲出蘋果的時候，還在那窗戶裏喳喳地直笑呢，我聽得出來，是娘兒們的聲音。」這位老爺的黑臉上發紅，皺着眉連連地擺手說：「算了！算了！一個蘋果，給了你也不要緊，你就去罷！」那個挨了一拳頭的人，此時更像是一個小鬼兒了，他說：「喝！想不到我栽了這麼個跟斗，竟叫一個送煤的小孩把我打了一頓。」他的老爺十分不耐煩的樣子，又向着他連連地擺手。同時，劉得飛又背上那一疊空口袋，依舊啃着蘋果，流着眼淚，就走出去了。

　　他到了門外，還不住抹眼淚。他的叔父劉大脖子正在由一個僕人的手中，接過錢來，一五一十地點着，當時也沒看見他這樣子。待了一會，把錢數對了，他才看了他的侄子一眼，立時就驚訝地說：「怎麼回事呀，誰打的你，臉怎麼都腫啦？」劉得飛哭着，把剛才因為吃了人家的蘋果，挨了打的事，詳細的說了一遍。劉大脖子當時就氣得不得了，直嚷着說：「他們憑什麼打你？為個蘋果就打人？這還行？乾脆叫他把咱們的煤再給裝上，咱們不賣給他了！」那付給他錢的僕人，趕緊就勸他說：「你說的這叫買賣話嗎？我也不是偏護着我們老爺，我們的老爺金三爺，平時真沒欺負過人，哪裏能夠跟一個小孩子過不去。這一定是有別的事，絕不會只為一個蘋果。」劉大脖子說：「我知道呀！我早就都聽明白了啊！蘋果一定是這裏邊的年輕的娘們給我侄兒的，才叫老爺吃了醋。可是，你別瞧我這侄子個子高，實在他今年才十五歲，難道就會跟娘們吊膀子嗎！他不過是嘴饞，為這個，就把他臉都打腫了？」

　　這僕人又勸他說：「得啦得啦！你們就認點虧吧！做買賣的人，總得忍點氣，已經打了，你爭也爭不出什麼來吧！就算拉個主顧得啦，以後我們絕不叫別家的煤，你們再送煤來，我們一定連價錢都不還！」

　　劉大脖子的大瘤子本來氣得都像紫茄子一樣，這時才漸漸地恢復了原狀，可是還氣忿忿地說：「我還敢給你們這兒送煤？這一回打了我侄子的嘴巴，下一回還不得把我這個大脖子砍掉了，得啦！我不敢惹你們，你們是惡霸！」

　　劉得飛牽起來一串駱駝，蘋果早吃完了，他的叔父卻仍是氣惱着。

　　出了這胡同往西走不遠，就有一家大茶館，劉大脖子就向他的侄兒說：「把駱駝停住，咱們先進這茶館，吃點什麼吧。」

　　這家茶館比他們常照顧的那彰儀門外的茶館，地方稍稍狹窄一點。堂倌裏也有熟人，一見他們進來，就說：「喝！大脖子，少見哪！」又看見了劉得飛的這種神情，就驚訝着問說：「怎麼啦，跟人打架啦？臉怎麼都腫了。」

　　在這茶館裏喝茶的，吃飯的，談天的，拿着幾隻鳥籠喂鳥兒玩的，人本來很多，都看見劉得飛被打的這個腫臉了。劉大脖子是一腦門子的氣，指着南邊說：「那個胡同裏的那家人，簡直是惡霸，是閻王！因為他們家裏的娘們給了我侄子一個蘋果，就惹得他家裏的老爺發脾氣，就不容說話，他們就打人！」

　　他又把剛才的情形詳細一說，他是為給這個熟識的堂倌聽，同時也發洩發洩心裏的不平之氣，卻不料他說話的聲音太大，太激昂，就被這裏的人全都聽見了。當時，這裏的這些人，有的是笑，有的也表示不平，有的互相加以談論，簡直很少有漠不關心的。並且，劉大脖子也不知那家的人姓什麼，可是這些人就全知道了，就有人說：「是韓金剛的家裏呀！他們本來就是不講理。」

　　韓金剛，似乎是很有名的，他家裏的事情好像是頗能作為人的閒談資料，因此就有人在旁邊閒談起來了，說：「他巴結上了黃老公，就給他補了個御前侍衛，當時他就比中堂的派頭兒還大，立刻就拿勢力欺壓人。”又有的說：“今年夏天，他不是又把麗春班的小玲瓏拿五百銀子給接出去了嗎？”對面又有個人說：“你們還不知道，賣老豆腐的常九的女兒，才十六歲，也被他連用錢帶仗勢地給弄到他家當小婆子啦。那傢伙，真是個色裏魔王。”

劉大脖子倒不管旁人的這些談論，他還是在生悶氣。劉得飛是臉疼得仿佛連嘴都不能張，心裏幻想着，怎麼樣才能報這筆仇。他們叔侄要的是大餅，夾着生蔥生醬，就往嘴裏吃。正在吃着，有個人就走到他們的旁邊來了，說：“小兄弟！你慢慢地吃，吃完了我帶着你去見韓金剛，我要去問問他，絕不能就叫他白白地打了你。”

當下，他們叔侄就都停止了吃那大餅，而翻着眼睛看這個說話的人。這人，年紀有三十多歲，長得相貌不錯，衣履也很整齊，看他穿那身打扮，好像是個練把式的，會武藝的；也可以說是就像街上的流氓地痞，手裏拿着一個鐵鼻煙壺兒，腰帶子上插着連着皮鞘的匕首。但是，此人的態度不惡，神情也很誠懇，可也不知他為什麼要替劉得飛打這個不平。

劉大脖子是看見有人出來管閒事，他反倒縮了頭，就說：“算了吧！我們還得拉駱駝運煤呢！哪有工夫跟他惹那閒氣？”劉得飛卻高高興興地說：“對啦！你得帶我再去一趟。你們看看，我這半邊臉越來越腫，牙都活動啦，非得叫他家賠我點什麼才行！”說着他又哭了。

這個人卻擺手說：“你先不要哭！哭，還算是好漢子嗎？咱們也不是要向他韓金剛藉端詐財，是至少也得叫他拿出幾兩銀子給你買膏藥。北京城裏這個地方，有人是專愛欺負人。你這一回挨了嘴巴白挨了，他認為你是好欺負的，下一回就能留下你們的駱駝。這個虧不能白吃，走，我帶着你問他去！”

堂倌在旁邊笑着說：“好啦！彭二爺出頭管這閒事了！”

這彭二似乎很有名聲，而平日頗受人尊敬的一個人。劉得飛也不知道他是幹什麼的，當時就要跟他去。劉大脖子也希望着這個彭二能夠為他的侄子逼出來幾個養傷的錢，還得表示他們拉駱駝的也不是好欺負的，他遂就說：“我在這兒等着，你們就去吧！至少得跟他們要五兩，不，十兩，還得說明了，我的侄子要是回到家裏有點好歹，我還得叫他們給抵命。”

遂就在許多人的眼光相送之下，彭二帶着劉得飛走出了茶館。這裏，就有好事的人，說：“玉面哪吒現在要去找韓金剛，這是成心找碴兒，說不定就得比比武呀！咱們快去看熱鬧吧！”當下就有好幾個人也跟着走了。

劉得飛被彭二拉着氣昂昂地走，不多時就又來到剛才他卸煤的那個地方。他一看，正巧，門口兒停着兩輛騾子車，那長得像周倉似的老爺，他就是韓金剛，帶着個擦胭抹粉的小女人，剛要上車，也不知是要往哪兒去。彭二就趕上前去說：“韓爺！你先別走！”指着劉得飛又說：“是誰把這孩的臉打成了這樣？這太不對啦！”

第二章　拜名師一心學武技　觸情網五載印相思

　　韓金剛不由得一怔，當時把臉沉下來了，他可是並沒立即就發脾氣。他本來認得這玉面哪吒彭二，早先都是吃鏢行飯的，誰還能夠不認識誰？不過現在已與以前大不相同。兩年以前，韓金剛跟彭二一樣，鏢店就是家，掙來了錢就吃酒賭博，有時窮得能夠沒有一條整褲子，可是雖窮而硬，動不動就抱打不平，動不動就抽出小刀子拼命，而且還仗義疏財。但是二年以來，韓金剛卻漸漸地改了樣，因為他認了一個在皇宮中頗有勢的太監，作他的乾爹；同時，他又巴結上了皇上的一個本家，即是宗室，俗稱為黃帶子，他也拜了義父。所以他現在有兩個有錢有勢的乾爹，他本人並且補了御前侍衛的官職。因此他置了房子，成了家。不但是成了家，還陸陸續續地弄來好幾個小老婆，雇用了許多的僕傭，交遊的都是當朝的顯宦。

　　他跟玉面哪吒彭二那些人早已斷絕了往來，並且誰也不敢再叫他韓金剛了！這本來是一個渾名兒，足以說明他的出身是不大高，所以他十分忌諱。他現在只喜歡人們稱他金三爺，因為皇上和黃帶子全都是姓金，這個字兒高貴，而且叫出來又響亮；並且這時候作官的人都是指名為姓，名字的頭一個字是什麼便被稱呼為什麼爺，這樣才顯着官派，才不同凡俗。

　　但是今天，他想不到因為一個送煤的小孩子，竟惹了一場閒氣。他不願意弄得人都知道了，他是極力地忍了又忍。可是也有些是實在不能忍的，就是他的幾個小婆子，真是水性楊花，叫他防不勝防，而管也沒法子管，氣又不由得不生。這種滋味是在兩年前他打光棍兒的時候，絕想不到的。尤其今天，看見個有點力氣的小煤黑子，就擲蘋果，這成了什麼事？要叫我戴多少頂綠頭巾？

　　他沒法了，氣又難出，這才命人套車，要帶着他這最不安分的小女人，到城外羅天寺去住幾天。他跟那寺裏方丈極熟，那裏也清靜，頗可以消愁解悶，也可以勸勸他這個女人。不料，才出門口還沒上車，彭二就來了，並且還是領着那小煤黑子來了。

　　這口氣，本來是不能再忍了，然而打起來有什麼好處？自己是個御前侍衛，他至今還是個地痞，跟他合得着嗎？平素又知道彭二在鏢行裏是第一流的人物，不大好管閒事；這次他出了頭，一定是另有原因，還是不惹他才好。於是，韓金剛把才沉下的臉，又改為和顏悅色，笑着說：「老二，很多日子，咱們沒有見面談了！

我老想叫人請你來在一塊喝幾盅酒兒，我的差使總是忙，應酬也多；我也知你買賣很忙的，怕你也沒有工夫。就這麼，倒好像是疏遠了，其實咱們的交情還跟早先是一樣。今天的這事你不知道，其實沒有什麼，這個孩子也不是我打他的，再說他雖挨了打，可是他也打了人。」

他把話才說到這裏，玉面哪吒彭二就說：「我本來不願意管閒事，可是這件事太說不下去！原因是為一個蘋果，可是蘋果又不是他偷的，是你們家娘兒們給他的。」這句話把韓金剛說得滿面通紅。

彭二又說：「老韓，我不能稱呼你什麼金三爺，也不管你是侍衛、刺蝟，你的乾爹有多大勢力我也不怕；你現在發多大的財，也與我不相干。我就認識你是韓金剛，咱們在一塊兒混過。有一年你過不去八月節，是我替你還的賬；還有一次，大老雕、金眼虎、綠毛猴那幾個人，要收拾你，是我彭二給你解的圍。乾脆說，你現在闊了，你不認識我了，可是我還認識你。你的家務事亂七八糟，小老婆怎樣的給你出醜，我也不問，只是你要憑仗着財勢欺負人、打人，叫我知道了，我就要管管，我就得打個不平。」

韓金剛這時的面已漸漸發紫，心裏的氣，實在無法再忍耐了。彭二又指着劉得飛說：「今天的這件事得弄清楚了，你快說蘋果是誰給你的？」劉得飛就指着旁邊那小女人說：「多半就是她！」韓金剛怒不可遏地掄拳向劉得飛打去，劉得飛趕緊往旁邊一閃，韓金剛又一腳，當時就將劉得飛踹倒了。

可是同時，劉得飛的身子一撞，又恰巧把那個小女人撞得也坐下了，就聽哎呀一聲，兩個人滾到了一起。小女人新的花衣裳，不但摔了一身土，還叫劉得飛給沾了一身煤。在旁邊看熱鬧的人，都大笑起來。

彭二卻一手扭住了韓金剛的衣領，一手抽出了短刀，說：「韓金剛，你別打他，咱們兩人拼一拼罷！今天，你打死我白打，因為你有勢有錢；我彭二卻殺了你准給你抵命！」

韓金剛伸手要奪他的刀，可當時就被彭二將腕子扣住了。韓金剛知道彭二的武藝高強，自己要是跟他幹，立刻就得吃虧；可是這個僵局非得想法子解開不行，這個臉只好就這麼丟了，以後再想法子報復罷！於是他故意地歎了口氣，說：「彭二哥！你當時就要我趴下，再也見不得人嗎？我並沒怎樣得罪過你，我做的事有什麼不對你可以指教。現在，有話進到裏面細談行不行？在這門口兒，我太難看了！」

彭二聽了這話，才把韓金剛放了手；旁邊的劉得飛自己也爬起來了；那個小女人，卻早已叫由裏邊出來的僕婦給扶起來，羞得連頭也抬不起來，就被攙進去了。

彭二拉着劉得飛，跟隨韓金剛進了門，就被讓在客廳裏。彭二這時是完全占了上風，韓金剛是勉強地笑，勉強地謙恭客氣，勉強地拉故舊、套家常。劉得飛卻半糊塗半明白的，他只知道彭二是勝了，而且彭二屬害得很，現在無論他要什麼，韓金剛都得給；無論他說什麼話，韓金剛也都得聽。

彭二的意思就是勸韓金剛以後不可太驕傲了，有那錢，得做些善事、義舉，別淨想着弄小老婆。他並說：「我因為早先跟你有交情，近來看着你鬧得太不像話了，得罪的人太多了，所以今天借着這件事，才來找你；這倒是關照你的意思，因為咱們兩人早先有交情，我來找你，總比別人來找你事情好辦。」這言外之意是告訴韓金剛，倘若如此驕奢淫逸，一意胡為，那麼被別的江湖俠客看不下去了，而出頭來打不平，那時韓金剛是一定更得吃虧。

　　韓金剛現在是只有點頭的了，結果彭二卻說，以後如有什麼事，如資助孤兒寡婦，及貧病潦倒在異鄉的人，自己的錢周轉不開的時候，隨時都可以來要；自然每次也只是三兩五兩的，用不着太多，可是不許他拒絕。

　　這件事韓金剛答應了。彭二又說：「把這孩子的臉打腫了，你得拿出點錢來給他買膏藥。」韓金剛當時就給了十兩銀子，彭二也滿意，並且也沒有再要求別的。於是韓金剛叫僕人給熱了點酒，叫廚房給炒了兩樣菜，就留彭二在這兒喝酒。兩個人談起閒話來，仿佛剛才的事情都不提了，二人又恢復了舊交。劉得飛在旁邊看着，倒覺着很奇怪。彭二可也沒有多坐，只飲了一杯酒，挾了幾筷子菜吃了，隨就拱了拱手說聲：「再會！」拉着劉得飛就走。韓金剛還要往外送，可是他已帶着劉得飛出了門。

　　回到了那茶館裏，這時隨去瞧熱鬧的那幾個人早就都回來了，都已知道了彭二占了上風，都說今天把韓金剛管教得對。劉大脖子卻早就等急了，見劉得飛回來，就問說：「這餅，你還吃不吃啦？」劉得飛依然是沒事人兒似的，一句話也不說。雖然他的臉還腫着，卻一點也妨礙不着他吃東西，拿起那都已經涼了的大餅，蘸着醬，就着大蔥，照舊大口地吃。彭二卻坐在他們的旁邊，把剛才韓金剛給的那十兩銀子，白花花的一大塊，交給了劉大脖子，把劉大脖子樂得大脖子上的肉都直往上聳。他笑着說：「哪用着這麼些錢買膏藥呀？他的這個嘴巴可倒挨得真值！」

　　彭二說：「這不過是為爭一口氣！其實你的侄子剛才確實也打了人家。」又笑着說：「你這侄子不錯，我倒很歡喜他的，要叫他老這麼跟着你拉駱駝、送煤，未免把這孩子委屈啦！」

　　劉大脖子說：「我也不願意，可是要叫他在家裏閒待着白吃飯，我哪兒養活得起他呀？」

　　彭二說：「這不要緊，以後可以叫他跟着我，我教給他點武藝，並叫他學着做點鏢行的買賣。他的吃、穿、住，我都供給，一個月暫且支給他五兩銀子，叫他全都給你。」

　　劉大脖子笑着擺手說：「那也用不了！五兩銀子我能買兩匹駱駝；要拿它雇夥計，一個能賣力氣的，着用的人，帶吃帶工錢，一個月有三兩銀子足足的夠了。」

　　彭二說：「這就完了！那麼由今天起你就叫你的侄子跟着我罷，以後你還可以隨時來看他，我就住在東邊天泰鏢店，這茶館裏的人全都知道。」

　　劉大脖子笑着說：「彭二爺，這還用說嗎？連我也知道呀！我這侄子能夠跟着彭二爺學買賣，總比跟着我天天拉駱駝，當個小煤黑子，還常受人的欺負強得多。再說，我也算是對得起他的爸爸，我那死去的哥哥呀！」劉大脖子這時是真喜歡，同時也引起他有一點傷心。

　　旁邊，劉得飛可是樂極了，他心裏想：好！由今兒起，就不拉駱駝了，就跟着這麼大的英雄彭二爺學武藝，學刀槍劍戟、斧鉞鉤叉，就當鏢頭了！好！還掙銀子，誰還敢欺負我？真好！他樂得連餅都顧不得吃，拿大蔥蘸着生醬竟往臉上去抹；那醬跟煤渣子，還有剛才吃的蘋果皮都沾在一塊兒，連上紅腫，顯得他的小臉兒更好看了！他劉得飛真高興得要飛起來。

　　事情就這樣定規了。由現在起，小煤黑子劉得飛就算是玉面哪吒彭二的高徒了。旁邊有些個熟人就都來給彭二道賀，彭二就指着劉得飛說：「以後諸位就多多地關照他吧！」接着又歎了口氣，說：「我雖然還沒有老，可是這幾年的江湖，我也走夠了，真沒有什麼意思！我就願意趁早兒歇一歇。可是我當初跟着我師父學藝不容易，這份本事白白地丟了還是有點不甘心。所以想早些收個徒弟，把武藝都傳授給他，我好洗手。這個孩子你們是看不出來，他身高膀闊，膂力雄厚，要是指點指點他，學些武藝，將來真能夠給我爭光。再說這孩子忠厚老實，長大了，准不至於幹壞事！」

他並替劉大脖子會過了茶錢、飯錢，笑着說：「沒有什麼別的說的，待會你那串駱駝，得你自己拉回去了。無論什麼時候，你要想你的侄子，就自管到天泰鏢店去看他。你可千萬別以為他是過繼給我了，或是賣給我了，那可就誤會了。」劉大脖子笑着說：「彭二爺就別說了，我都知道，他跟着彭二爺這樣的人，我還能夠不放心嗎？」

當下彭二又笑了笑，遂就帶着劉得飛先離開了這茶館，回到了天泰鏢店。這家鏢店很大，彭二在這裏也只算是個大鏢頭。另外還有個掌櫃的姓徐，卻是個買賣人，一點武藝也不會，但是有資本。開鏢店也得有充足的本錢，萬一鏢銀被什麼強人劫了去，就不能立時聲張，先得如數把鏢銀墊出，才能夠維持得住信用。然後，能不能把已失的鏢銀討回來，那得看你的本事。討不回來可就賠了賬，還得吃啞巴虧。這裏的徐掌櫃雖是個外行，但是專會拉攏買賣，因此他家的生意特別興隆，又因為有玉面哪吒的名聲兒震着，所以從來也沒有出過什麼事。

其實彭二是任事兒也不管，他懶極了，整天去管閒事，去喝茶。今天他又領回來一個小煤黑子，別看是個煤黑子，待了一會，彭二在櫃上支了幾兩銀子，就帶着他到街上，出去了半天，上澡塘裏洗了澡，剃了頭；到新衣莊買了全套的衣裳，又買了一雙青布鞋，瓜皮小帽。回到了天泰鏢店裏，渾身上下的全都換了，嘿！誰還能夠認識剛才那個小煤黑子？現在，這不是一位英俊體面的誰家的小少爺嗎？小臉還有點青裏透紅，好像是蘋果似的。

玉面哪吒彭二喜歡極了，就仿佛是得了個兒子似的。當日晚間他即叫來了幾桌酒席，邀請來了幾位朋友，在廳堂中擺上了香案，點着燭，燒着香，叫劉得飛跪在地下給他叩了三個頭。可惜他是個光棍兒，沒有師娘，劉得飛的頭也就沒法子再叩了。當日劉得飛就算正式地拜了師，一些朋友們全都給彭二道賀，當晚歡呼暢飲，熱鬧非常。

到了次日，彭二就認真地傳授給劉得飛武藝。一清早就起來，沒有別的，他先叫劉得飛舉石鎖，然後他把一個滿裝着鐵砂子的麻布口袋，跟劉得飛兩人在院中來回地扔。並且無論鏢店裏有什麼用力氣的事情，其實他們管不着，可是彭二總是逼着劉得飛去做。因此，劉得飛覺着這一天真比拉駱駝、搬煤還累。

到了晚間，彭二還教給了他兩套拳，並向他說：「你因為已經十多歲了，筋骨兒已經發硬了；學習飛簷走壁，躥房越脊那些功夫，不是不行，是已經有點晚了，練不到那登峰造極之處。這些玩藝，你別以為是只有當賊的才會，咱們用不着，其實不然！走在江湖上，有時要是不會那些功夫，還真得吃虧。現在你只仗着你的身體還結實，當練些氣力的功夫，以剛克柔，將來還許能夠在江湖上闖一陣。」劉得飛一聽，這才知道學習武藝真不是容易的事，比拉駱駝、搬煤難得多了；越學越深，越深也越難，越難反倒覺着越有意思，越覺得彭二的武藝淵博，而且指點得極為得法。

彭二是這鏢店裏鏢頭，櫃上有飯，他可是不大愛在櫃上吃，常常要到外面去叫。劉得飛雖然是個在此閑住的人，可是若在櫃上混一碗飯吃，也不至於有人說什麼，但彭二卻不願意這樣做；即使刮着大風，下着大雨，他也是掏出錢來，叫劉得飛買着吃。買的也不過是燒餅、大餅，有時還吃窩窩頭。無奈劉得飛天天練武用力氣，越來身軀越高，體格也越健壯，吃得越多。他這個吃，彭二就有點供不起，何況劉大脖子來，每月還得給錢。

許多人都覺彭二收了這個徒弟，簡直是收了個債主，太冤枉了！然而彭二一點沒有埋怨，並且他在外面還時常惜老憐貧、賑濟貧病，管一些出錢費力不討好的事情。到他實在手頭一個錢也沒有了的時候，他就想起韓金剛來了，便叫劉得飛替他要去，有時三兩，有時五兩，韓金剛倒還如數地把銀子交給劉得飛，帶回來給他。

就因為劉得飛常到韓金剛的家裏去，漸漸地跟韓家的人都熟了。別人倒不是都知道他早先在這兒揀過蘋果，挨過嘴巴，可是他卻只要一來到了韓家的門前，就不由得想起往事，臉面上就一陣發燒。

他本來是一個天真無邪的小孩，但鏢店那個地方不好。一些鏢頭們都是些無賴子，什麼話都講；專愛評論誰家的老婆，還喜歡說某某家的姑娘與某某家的男人的一些私情的事。劉得飛起初是不大愛聽，後來竟漸漸地喜歡聽，並且時時盼着那些人說了。

他的身軀漸漸長得強壯，簡直是一條大漢子了，因為不覺的光陰已過去了將及四年。

他的叔父劉大脖子，那脖子也不像早先那麼大了，因為瘦了，也老了，並且越混越窮，早先拉過的駱駝都逐漸地死了。

玉面哪吒彭二是雖還不顯着老，可是已露出來了暮氣。這三年多，江湖間和北京城又出了不少的能人、英雄豪強，彭二雖然倒還沒有栽過跟斗，可是不得不將鋒芒隱起，不願輕易和人家較量，因此他漸漸地有一些不吃香了。他對人的態度卻變得和藹了，不得罪人；閒事還管，可是抱不平的事不打了；對韓金剛也真算是恢復了舊交，在他自己真周轉不開的時候，就不得不派劉得飛去索要。

韓金剛——金三爺，這幾年是越來越闊，家裏的小老婆置得更多。劉得飛去了好幾次都沒見着他，可是三兩、五兩的銀子算什麼的，何況韓家的僕人們又都認得劉得飛，不必等着去請示，也就給他啦。早先他算代他的師父來這兒要"胳膊錢"，簡直就算是訛詐；現在，實如同求乞了，他真覺得慚愧。

尤其，這韓家仿佛有一個與他有關的人，這就是韓金剛家裏的那個小女人。早先在韓家的那些女人之中，她的年紀最小，大約也就十五六歲，跟劉得飛的年歲相差不多；是個瓜子臉兒，眉清目秀，很苗條的女人，劉得飛跟她曾在這大門前撞到過一塊兒。劉得飛一見了她，就覺着她一陣臉紅，有時候還笑，劉得飛認定那天的蘋果就是她扔的。劉得飛打聽出來她是這兒的五姨太太，名字叫小芳。小芳似乎也很對他有情，但二人從來也沒說過一句話。

這幾年來，劉得飛是日漸英俊，完全不像早先那個小煤黑子了。小芳也漸漸的身材高了，頭髮豐滿了，更會打扮了，簡直成了個美貌的年輕婦人，不再像個小丫頭似的了，同時不知為什麼她的神態上似乎添了一點憂鬱。她也不跟韓金剛常常出門了，似乎是已失了寵，但是她倒仿佛自由、隨便。每逢劉得飛來，就時常看見她，有時是在門前賣呆兒，嘴裏還嗑着瓜子，有時她又抱着一個未滿周歲的小孩。她總是那麼看着劉得飛，還微笑着像要說話，像要想招呼一聲似的。

劉得飛可是不行，他臉燒得自覺着好像喝了酒，到門房好好歹歹地要了錢，低着頭就走。走了之後，他可又恨自己，恨不得打自己的嘴巴，覺得自己太糟糕：跟人家說句話又算什麼的？我又不是大姑娘。人家倒還開通，我卻真是泄了氣。每有這麼一回，他就自怨自艾，又抱歉又發呆，總得一天老想着這件事。不過他卻不敢作什麼幻想，因為他師父彭二的正氣與至誠，實是時時對他加以無形的感化和教訓。

彭二——玉面哪吒，現在留上鬍子了。鏢店掌櫃又聘請來了一位名叫追魂槍吳寶的著名鏢頭，那個人既有名，又會聯絡，師兄弟很多，盟兄弟尤眾，漸漸就把他壓下去了，他已成為不甚重要的角色了。有人激着他跟那吳寶比武，彭二卻搖頭，說：“我不比，萬一比不過人，可怎麼辦？”

其實劉得飛的武藝也可以說是學成了，在本鏢店既可以添個名兒，掙點工錢，別家鏢店也有人來請。劉得飛願意幹，不忍得再吃師父、喝師父，還得叫師父每月給叔父錢；他並且立志，自己只要是發了財，要把歷年由韓金剛那裏要的錢，都如數奉還，還給師父養老。可是彭二不叫他幹事，說：“幹什麼呀？鏢頭還是好人幹的嗎？你就安心學習武藝吧。武藝是為護身，是為幫助人，不是為剛學了幾手兒，就去拿它欺負人、混飯！”彭二對劉得飛的感情有如父子，而親敬有如兄弟，有時，感動得劉得飛都幾乎要哭。

彭二的名氣是一天比一天低，時運愈來愈劣。最近他因為管閒事，在衙門押了他半個多月，出了獄就害了病。為去治病，又恰巧有個同去治病的人，丟了銀子，硬說是他偷去的，氣得他病勢日重。韓金剛是到外省出差去了，錢也不能再派劉得飛要。他還有個窮乾媽呢，八十多歲了，最近死了，也是他給發葬的。幸虧這一個月，劉大脖子還沒來要錢。

可是那追魂槍吳寶，卻不斷地向他們師徒尋釁，就在院裏大聲嚷着：“什麼他媽的玉面哪吒？他也配！帶着個什麼他媽的徒弟？也能算這鏢店的人？一個月之內，就叫他們滾開！不然，我拿槍把他們連師傅帶徒弟，全都挑出去！”

劉得飛聽了，忍不住氣，當時由壁間摘下來寶劍，就要出屋跟吳寶去拼。彭二卻一伸手就將他攔住，臉上毫不動氣，說：“合得着嗎？這話又不是天泰鏢店的掌櫃說的。若是掌櫃說的，咱們師徒當時就走；他可不行，我不認得他，也不願跟他一個小輩慪氣。我在這兒吃定了，住定了，可也不跟他還手；就等着他來拿槍把咱們挑出去，等他挑的時候再說。”師父能忍這個氣，劉得飛可實在忍不了，但又不敢不聽他師父的話。

劉得飛天天在氣忿、憂急、感動之中生活，同時遙遙的，仿佛還有一點渺茫的相思，在牽繫着他的心，他就只有加緊地，日夜不斷地練習功夫、武藝。

這天，吳寶真的手持着追魂槍挑他們來了。他站立在屋門外，把劉得飛叫出去，說：“你們該讓讓屋子啦，我家裏的人要來這兒住。已跟掌櫃的說了，他也叫你們今天就走。本來，你師父有兩年都沒幫着鏢店作買賣，他還算這兒的什麼鏢頭？你，這兒更沒有你的份兒。走！不是我追魂槍吳寶不懂交情，是你們看不起我，成心在我的眼前窮膩！想耍無賴！”

劉得飛當時臉就紫了，但是，沒有師父的吩咐，還是不敢不忍氣。最令人難辦的是，鏢店裏那幾位跟彭二相交多年，跟劉得飛也很熟的人，現在沒有一個給從中調解，卻全在袖手旁觀。劉得飛的肺都要氣炸了，可還極力地忍耐着，說：“我師父現在屋裏病着起不來，等我們見着掌櫃的再說，好不好？”

　　吳寶卻說：“掌櫃的上保定府收賬去啦，十天也回不來，我就是掌櫃的。”

　　劉得飛卻忍不住，大罵道：“你也配？”只這麼一句，招得吳寶當時就抖起了他的追魂槍，瞪着眼說：“好麼，你竟敢罵你吳大太爺？”劉得飛說：“你媽的狗屁爺！”立時，毒蛇似的長槍就向着他刺來，他便疾忙躲進了屋。

　　吳寶因為自己是個使長傢伙的人，得防着屋裏地方窄，抖不開槍，所以不能追進屋裏，只站在門外暴跳如雷的不住大罵，用他那杆“追魂槍”向門框上直扎。

　　這時，劉得飛忿怒地自壁間抽出了寶劍，三尺青鋒，光芒閃閃。可是病臥在炕上的彭二忽然一滾身下了地，連鞋也沒穿，只光着襪底。劉得飛着急說：“師父，你還是躺着吧！我學了武藝是為幹什麼的？能夠眼看着叫這麼個人，這樣地欺負咱們？”他執劍正要出屋，他的師父玉面哪吒早已搶先出去了。

　　吳寶的追魂槍，見了彭二反倒不扎了。彭二此時雖然帶着沉重的病容，可是因為一振奮，精神依然十分暢旺。他雙目一瞪，兩年來也沒這樣發過脾氣，就說：“吳寶！你也是走江湖的，就是不明白江湖義氣，也不應任意凌人！我彭二從來沒得罪過你，你可是欺我太甚！”

　　吳寶說：“這話你說不着！現在這個鏢店，做買賣只仗着我一個，你跟你那徒弟，咱們沒交情，你們為什麼白吃？”彭二一笑，點頭說：“這行，由現在起，我就不吃櫃上的飯，不要一個錢。”吳寶搖頭說：“那也不行！”彭二瞪着眼說：“什麼不行？”吳寶擰槍說：“立時我就得用槍把你們挑走！”

　　未容他的槍刺來，彭二就一個箭步跳躍過去，要徒手去奪他的槍。但吳寶的身手也頗漂亮，身向旁閃，槍反扎來。他的槍，無怪名叫追魂槍，的確是狠毒而且疾快。幸虧彭二也閃得疾速，同時劉得飛手掄寶劍來幫助他的師父，那槍尖才自彭二的臉旁扎空。

　　彭二趁勢急急地退後，劉得飛的寶劍抵住了追魂槍。劍似青虹閃閃，槍如梨花亂墜，交手了三四合，吳寶就覺出劉得飛這小子，劍法高低且不說，力氣是非常之猛。他可是有點着急，心裏不得不打一打算盤了。因為他欺負彭二，原是因彭二尚有一點虛名，打了他，也可以給自己愈增名氣，可是彭二這個徒弟又不好惹，萬一吃了這恇小子的虧，那可是弄巧反拙。

　　此時彭二向劉得飛斥道：“得飛！你快躲開，我還行！今天還是絕不用什麼傢伙，非跟他拼到底不可。來！姓吳的，你的槍自管再來！”吳寶卻冷冷地笑，雙手持槍，眼睛不單盯着彭二，還得時時地溜着劉得飛。因為這小子未必真聽他師父的話，而且力大，勇猛，寶劍仿佛也很沉。

　　現在彼此在虎視眈眈，相持未見勝負，在旁瞧熱鬧的人，這時才過來解勸。可吳寶仍然不下臺，他說：“眾位哥兒們，你們給做個見證，我要跟姓彭的拼到底。我要是不把他挑出去，我就自己滾蛋！好在我是個保鏢的，他也是個在江湖混的，誰也不算欺負誰，只憑的是各人的武藝、功夫。我雖是力壯年輕，他可也不老，我們的身材又一般高……”

　　吳寶的這話倒說得真對，因為二人的身材和肥瘦，幾乎是一個樣，要是只看後影，真分不出來，都是腰細膀寬的一條好漢。不過，彭二有些黑鬍子，又因為病，所以是削瘦枯黃，不像吳寶的臉那樣黑中透着紫。當下吳寶表明了並不是欺負彭二，只為是叫他走開，同時又說得拼到底，可是不跟劉得飛幹，因為合不着，他不配！

　　旁邊的人又勸着說：“有什麼話明天再說，好不好？或是約訂個日期再比武？

現在先沖我們的面子，再叫他們在這兒住一天。”

　　吳寶還沒有還言，彭二卻先大怒，他拍着胸說：“姓彭的不是怕誰，是無論如何我也不能走。我在這鏢店十幾年，我不忍得給這鏢店惹事。吳寶，你要是不服氣，今兒晚上咱們就定個地方？”

　　吳寶昂然說：“定個地方？好！西直門外頭高亮橋，你敢去嗎？你可不能帶你這徒弟，因為我不能理他。”彭二點頭說：“好！就是高亮橋，慢說我這徒弟我絕不帶他，若有個別人幫助我，我也不是人！”吳寶說：“好！一言為定了，晚上六點鐘，不去就是膽小的鼠輩！”當下他把槍又掉了個花兒，忿忿地走了，那幾個人也跟着一同走去了。

　　這裏彭二的怒氣好像漸漸消散了，看了看他的徒弟，臉上現出一種很難過的樣子。劉得飛趕緊一隻手提着寶劍，另一隻手前去攙扶，就回到屋裏。彭二長長地歎了一口氣，說：“想不到我竟受人這樣的欺負，連病也養不了！”

　　劉得飛就忿忿地說：“他是趁着師父得了病，才來欺負您，平常他大概也不敢。可是師父，您老人家何必跟他一般見識？您還照舊養您的病，今天我去，我到高亮橋去會一會他！”

　　彭二微微一笑，搖着頭說：“你自然是一片好心，初生的犢兒不怕虎。可是，我如今要是死了倒還可以，可我卻還活着，還沒把你的武藝教成。”

　　劉得飛說：“成了，我覺得我已經學成了，練好了。漫說他一個追魂槍吳寶，就是十個追魂槍，二十個吳寶，我今天也得把他打在高亮橋的橋底下！”

　　彭二本來是正躺着，聽了這話，就不禁哈哈大笑，坐起來說：“你真是小孩子的見識！無論怎樣，追魂槍吳寶也是目前站得起來的一位英雄，他的朋友眾多，其中不少都是具有真功夫、好武藝，今天不定得有多少個人去幫助他。”

　　劉得飛忿然說：“我也去幫助您！”

　　彭二沉下臉來，說：“剛才你沒聽我向吳寶說的什麼嗎？我絕不能請別人助拳，更不許你去，因為這倒是我一個恢復名聲的機會。本來我已倒楣這些日子了，別人都以為我玉面哪吒不行了。今天我趁着病，要打敗吳寶跟他那些朋友，從此以後，我的威名更得遠震。我還得硬棒硬棒、振作振作，要不然將來連你想找一碗飯都難。至於你，好徒弟，別太自滿，你的武藝還差得多呢！還得學兩年，我才能夠帶着你，一家一家去登門拜託；告訴各位老師、前輩，說你跟着我學成了，那時你才算出師自立，我才能夠把你放手。現在，你就聽我的話，好好在家裏待着吧！不然你幫我不成，反倒跟着我吃了虧，叫人家笑話；我若把個還沒教熟了的徒弟，就拿出來了，那才真是給我玉面哪吒丟盡了名聲，泄盡了氣！”

　　劉得飛覺着師父也未免言之過甚了，便像是爭辯似地說：“可是，師父！你如今病得這樣，還跟他們去慪氣，我怎能放心？”

　　彭二發怒說：“我用不着你關心！本來咱們江湖人的性命就是浮萍草，不定幾時就吹飛了。你將來若是武藝學成，走南闖北，我也不能淨跟着你，那時也得由你的命。這不像是媽媽孩子，誰都不能離開誰。學得硬棒點，我死了你也不要哭。還有，學武藝練功夫的人，都得心無二用，近來我就看你時常地散了心，好像外頭有什麼事似的，所以韓金剛的家裏，我也不叫你再去了。”

　　這句話卻把劉得飛說得面紅過耳，好像是心裏的事，就是常常想着韓金剛家裏的那小女人的事，已被師父猜着了似的，他不禁低下頭去，慚愧着。彭二倒是沒有再說什麼，只是說：“你要是不聽話，今天硬去幫助我，咱們師徒可就絕交了，我不能再認識你這個徒弟了！”

　　這話把劉得飛嚇得身上有點發顫，同時心裏委屈得恨不得大哭一場，因為師父從來也沒跟他說過這樣無情的話。今天可也難怪，本來他就病得很重，又受了吳寶的無理欺侮，所以他的脾氣改變了，他現在就好像是個瘋人。

第三章　長河助武師徒乖離　小院棲身豪傑落魄

　　彭二現在是十分地興奮，也不再躺下歇着了。他就換衣裳，換了一身緊箍着身的，俐落的衣裳，又往懷裏帶了點錢，披上他的一件老羊皮襖，就向劉得飛說：「你看着家，晚飯你還是出去買幾個燒餅吃，就得了，炕上涼席底下有錢，你可以隨便拿。」

　　劉得飛點頭答應着，就見他的師父走了。這使他非常難受，因為見他的師父臉是那麼紅，一定是又發了燒，而且身子還有點晃搖，走路都仿佛沒有勁兒似的；這樣的一個病人，去跟追魂槍吳寶那些個凶徒拼命，今天晚上還能夠回得來嗎？

　　所以，彭二走後，劉得飛一時也在屋裏待不住，他就想：師父雖說不叫我去幫他，可是到了現在，我要不幫助他，難道眼看着就叫人把他打死？欺負死？我不能夠那麼聽他的話，那麼沒良心。乾脆，這時追魂槍吳寶大概還沒走，不用等着他去到高亮橋，跟我的師父去幹，我就先跟他幹一干得啦！

　　當下，劉得飛想着他的師父出了鏢店，一定已經走出很遠了，他就拿起了寶劍，出屋去找吳寶。可是，只見這時的鏢店，是清靜極了，原來吳寶等一些人，早就都出去了，只有一個寫賬的先生，在櫃房裏看着醫人詞，是什麼呼延慶大上肉邱墳，嘴裏還在哼哼着。

　　劉得飛就向他問說：「高亮橋在哪兒？」這管賬的先生看了他一眼，便笑着說：「怎麼，你也要去看看嗎？我勸你趁早把你師父拉回來吧！別跟吳寶賭這閒氣了！吳寶，論名氣他現在比你師父大，武藝也比你們高，鬧出事來，掌櫃的回來，明着是你們有理，可也得落個沒理！」

　　劉得飛的心裏更氣，就着急地說：「你快告訴我，高亮橋到底在哪兒？」這管賬的先生眼睛還看着那本小書，微笑着回答說：「你還拉過駱駝呢，連那個地方全都不認識！出了西直門的關廂就是。那個地方，常有人約定好了，在那兒打野架。」

　　劉得飛轉身就走，他也不回屋去，就一直出了鏢店。對門就是一家燒餅舖，這幾年來，劉得飛幾乎天天在這兒買燒餅當飯吃，所以他跟那烙燒餅的熟極了。這時那烙燒餅的人，隔着窗戶看見了他，就高聲叫道：「小劉！你還要芝麻火燒不要？你要是要，我就給你留下幾個；再待會，可就沒有啦。」劉得飛擺着手說：「不要！不要！」他此時是什麼也不顧得了，急匆匆地就走。

　　他本來認識西直門，就抄着近路走，但是因為離着彰儀門大街這個地方太遠，他走了約有一個鐘頭才到。出了城，就是關廂，關廂之外有一道河，河上的堅冰尚未溶解。一座不大的石橋建在河面，這原來就是高亮橋，是一個往來的要道。附近十分荒涼，有空曠的田地，疏疏的樹木，遠處還有那蒼翠的西山。

　　這時正是正月底，天氣猶寒，北風呼呼地吹着，吹得人的身上打戰。日已快落了，大約至少也有五點多鐘了，可是這裏並不見有人，劉得飛詫異着想：怎麼看不見他們呀？我師父沒來，吳寶他們也沒來，莫非他們已經打完了？不然就是換了個別的地方打去了？

　　他正在納悶，來回地走了一會，突然見由南邊來了一大群人。定睛一看，原來就是吳寶，還有些個都是幫助他的人，提槍的提槍，拿棍的拿棍，看那樣子全都氣勢洶洶。劉得飛就想要迎過去，跟他們先大戰一場，把他們打個落花流水，等到師父來的時候，就沒事兒了。可是忽又見這群人之中，就有他的師父彭二，神氣還很昂壯，手裏也提着一杆扎槍。大約是他們剛才在關廂茶館內見的面，喝過了茶，便一同來這兒比武。

　　劉得飛現在倒為了難：師父不叫我來，我偏來了，無論我是好心是歹心，師父一定也先把我大罵一頓，不叫我在這兒，那我不就白來了嗎？於是他就趕緊跑開，遠處有一個墳墓，他就將身向下一蹲，用墳墓隱住了身形，手中卻緊緊地握住寶劍，偷眼向那邊去看。就見那邊吳寶的一些朋友圍了個大圈子，就把彭二困在了垓心。劉得飛這時心裏十分緊張，只是離着那邊太遠，那邊的人影行動，在這兒雖看得清，可是那邊講的話，這兒是一句也聽不見。劉得飛的心裏真着急，就見大約是彭二說了些話，吳寶也不願當時就以眾淩寡，所以立時他的那些朋友，全都散開了。吳寶的一杆槍和彭二的一杆槍，當時就對鬥起來。

　　兩杆槍都帶着紅纓子，吳寶的追魂槍，纓子既長且新，槍頭兒也閃閃發光；彭二卻不知是由哪兒抄來的一杆破槍，纓子都要掉光了，槍尖也發了鏽，是黑的。所以兩人的槍很易分別，當時對鬥起來，越殺越緊。只見追魂槍宛如梨花，吳寶確實是很不弱。彭二生平不以長槍著名，劉得飛跟他學了三年多的武，雖也學過長槍，曉得師父對此並不外行，可是還沒料到竟是如此的熟練。雖是一杆破槍，使用起來卻不在吳寶以下，他竟往來馳驅，槍如毒蛇惡蟒一般，就與吳寶廝殺了三十餘合，把旁邊那些人的眼睛都看直了。

　　劉得飛也索性站起身來，索性不在墳頭後面藏着了，他就手提寶劍往近去走。他就看出來師父所用的是叫盤龍槍，這種槍法是可以護身，而不易制勝；吳寶的槍法卻是另一路，着數都極毒狠，槍法十分特別。他不愧是專學槍的，一定受過特別的傳授，下過清苦的功夫。因此彭二的槍法起先還可以施展、進取，後來，也是因為他身有重病，氣力不足，他就只有剩了招架了。劉得飛一看，心說：「不好！」只見吳寶的銀槍亂點，處處追魂；彭二是木杆虛掄，堪堪就要敗走。那些人都一齊狂呼：「來！再使點勁！吳老弟，行！彭二眼看就完了！」

　　劉得飛看見他的師父在這緊急之時，他就什麼也不管，什麼也不顧了，舞動着寶劍飛奔過去，同時大喊道：「你們這麼些人，欺負我師父一個，他還正害着病！來！我跟你們來！」彭二一看是他來了，就怒斥了一聲：「滾開！你不要管！」自己還要努力與吳寶拼殺，可是劉得飛已經攪在他們的當中，用劍向吳寶猛砍。

　　吳寶大怒，說：「混帳！你也要陪着你的師父送死嗎？」挺着長槍，向劉得飛的咽喉猛刺。劉得飛卻並不閃避，只用劍去磕。只聽咯的一聲，吳寶就覺着兩隻手都發麻，再換力，擰槍去刺他的腹部，不料劉得飛的劍又削過來。雖沒把槍桿給削折，他的槍可當時就撒了手。他慌了！大驚失色，劉得飛的劍又挾着風向他的頭頂削來。幸仗旁邊他那些朋友，一齊掄動了傢伙上前，十多個人齊把劉得飛圍住，槍桿齊遞。劉得飛卻劍法不亂，竟似虎入狼群。

這時吳寶已經又拾起他那棍槍來，晃動着喊說：“停住！停住！本來說好彭二是不叫他這個徒弟幫助，如今，眼看彭二就栽跟斗了，卻又忽然使出他的徒弟來瞎攪，算了！咱們不打了，彭二他要是有臉，叫他以後還見人？言而無信，枉稱了半世英雄好漢，敢情跟娘兒們一樣。咱們不跟他鬥了！跟他這還沒出師的小徒弟更合不着！勝之不武……”

他雖是這樣說，他那幾個朋友卻不但打不過劉得飛，還有的被寶劍所傷，躺在地下哎呀哎呀地直叫。劉得飛又兇猛地直奔吳寶，卻被彭二用槍攔住，怒斥道：“走！走！走！這裏有你的什麼事？走！”劉得飛還不服氣，還瞪着那些人，只是他的師父用槍頂着他的後腰，逼着叫他離開這裏。他沒有法子，只好隨走隨回頭，他的師父卻永遠在身後跟着他，逼着他，那邊的吳寶等人都不住地一齊鼓掌大笑。

劉得飛既恨那些個人，可又怕他的師父。被他師父逼着就進了西直門，他幾乎要哭了，他的師父彭二卻以從來也沒有過的冷淡，對他說：“你就先回去吧！”說畢，彭二就手提着扎槍，無精打采地往東去了。

他還想追上他的師父，可又怕再碰釘子，只好自己就回去吧！心裏氣忿不平，可又有些欣喜，暗道：吳寶那些人原來真不成！我的武藝總算學得不錯了，今天雖然違背了師父的話，可是幸虧我來。我要不來，師父准得吃虧，我看師父面上雖是不高興，心裏也准是喜歡吧？

他一邊走着一邊想，又煩惱可又高興，不覺着回到了天泰鏢店。天已黑了，只見那廳堂之內，燈燭輝煌，一片划拳行令之聲，十分熱鬧，原來吳寶那些人早就都回來了。按理說，他們今天應當算是輸了，並且有人受了劍傷，還許要打官司。可是沒那些事，他們快樂得很。劉得飛不由心裏納悶，想着：這是怎麼一回事呀？他們反倒慶賀起來了，莫非是故意氣我們師徒嗎？好！你們等着，只要我師父不管我的時候，咱們再幹！

他忿忿地回到了屋內，把寶劍再掛在壁間，點上了燈。這時彭二就回來了，劉得飛趕緊就笑迎着說：“師父，您老人家回來了！快歇歇吧！”彭二卻沉着臉擺手說：“從今以後，咱們不算是師徒！”劉得飛不由怔住了。彭二說：“你不要見怪！因為今天你不聽我的話，叫我在許多人的面前失信！丟醜！我得走。剛才我已見了吳寶，我對他說算我栽了！就算是他用追魂槍把我挑出去了。從今晚起，我就不在這兒住。”

劉得飛的心中難受，立時就愁眉苦臉地說：“師父！你別這樣生氣，你饒我一次。今天的事，是我錯了！”彭二搖搖頭說：“你也沒有錯，不過你叫我失信，我沒面子再見人！”劉得飛掉下淚來，說：“師父！那麼你一定要走，我也跟着你去！”

彭二哈哈大笑，但笑過之後，立刻就繃着臉，怒衝衝地說：“你能夠淨指着我養活你嗎？你這麼大，也應當自立了，永遠跟着我還行？你可以去想法子謀生，或是再回家找你叔父拉駱駝去，幹什麼不能夠吃飯呀？可是，你要記准了我的話：

第一不許你去偷盜；第二不許你再指着我的名字找韓金剛要錢；第三，你斟酌着辦吧，反正別給我壞了名氣！”說着他把他的那簡單的隨身東西，收拾了收拾，拿起來就走。

劉得飛趕緊揪住他的衣襟，哭着說：“師父！我跟你去！”彭二狠狠地說：“你要敢跟着我，出了門，我就一刀斷了你的命！”劉得飛跪下了，彭二卻把他一腳踢倒，忿忿地說：“你的腿竟這麼軟，你不是我的徒弟！咱們爺倆，永遠不必見面了！”說畢，帶着憤怒走去了。

這裏，劉得飛真恨不得痛哭一場，但是他站起來了，心說：師父既是這樣的脾氣忽變，一點情義也不講了，我再求他也是沒用。他說得對，我這麼大了，也應當自立了。不過我們師徒這次的失和，都是追魂槍吳寶給挑撥的，乾脆我跟他去拼，去要他的命吧。他抄起了寶劍要往外走，卻又將自己攔住了，暗想：師父剛走，我何必就給他惹事？慢慢說吧，反正我不離開北京，他也跑不了！

於是他放下了寶劍，卻又思慮着：自己是不是也應該離開這兒呢？要是還在這住着，吳寶也不能夠把我奈何，可是何必耍那潑皮，又給師父壞名氣？不如我也從今兒就離開這兒，也叫他們看看我，不是離開師父我就不能活，也不是離開這兒就沒地方住。媽的！追魂槍吳寶！有什麼話咱們日後再說！

當下他也動手收拾彭二給他留下的這點東西，並發現在炕席底下有幾吊錢。他知道這是師父故意留下的，怕他立時就沒有飯吃，感動得又不由一陣鼻酸。他又發愁師父那病，恐怕從此就見不着面了，不由得眼淚一對一對地往下直掉，但當時又自己斥責自己：哭什麼？好漢子，大英雄，眼淚就這麼容易掉嗎？媽的，我永遠不再哭！他好像是自己跟自己生氣、使勁，要使自己堅強。

現在，先得找今兒晚上睡覺的地方。可是，在這城裏，認識誰呢？師父的朋友自己也不願去求，自己卻只認識對門的賣燒餅的，於是他就趕緊到了對門的燒餅舖。這舖子裏有一個專管烙吊爐燒餅的，名叫張歪子；一個管炸油麻花的叫馮大，還有一個小徒弟。另外有兩個天天背着筐子，搖着個手鼓在外面賣貨的，一個姓陳，是個麻子；一個姓岳，是個老頭。掌櫃的年紀也很老了，就是張歪子的爸爸，也是京西的人，跟劉得飛說起來是鄉親，這幾年來，彼此熟得跟一家人一樣。

當下劉得飛來了，據實一說，燒餅舖的人就全替他抱不平。張歪子說：“揍他去！我拿我那鏟燒餅的鏟子，跟他的追魂槍幹幹！”陳麻子說：“彭二爺也是，徒弟救了他，他反倒跟徒弟絕啦。那個人，我看是要倒楣。”張老掌櫃的卻道：“你搬到我這兒來住吧！慢慢再找事。找不着事，或是你還回家拉駱駝，或是在我這兒，學着烙燒餅；旁的話不敢說，燒餅、麻花，還能供得起你吃，有錢沒錢都不要緊！”

劉得飛這時倒喜歡了，他就回到鏢店裏，到櫃房去說：“我師父搬走了，我可也要搬走了，把房子交給你們吧！你們可別以為我們是讓吳寶給挑出去的，他沒有那麼大的能耐！”本來掌櫃的現在沒在家，櫃上的寫賬先生跟幾個夥計也都作不了主意，可也惹不起追魂槍；他們要走，就走吧，也省得再住下去，鏢店裏就許出事。所以沒有一個人勸他，也沒人催他去走。劉得飛氣忿忿的，取了他的那點隨身東西，拿着他那口寶劍，就往對門的燒餅舖裏住着去了。

他住在這燒餅舖，這裏的人雖都對他很親熱，他可是覺着沒有在天泰鏢店裏舒服。在鏢店裏是他跟他師父兩個人住着一間大房，那院子就是他們的，怎樣掄拳打腳，甚至躥房跳牆都沒關係，白天整天睡覺也沒人管。這燒餅舖可不行，五六個人，都擠在一間小屋的小炕上，雖然暖和，可是腳臭氣就難聞。並且他緊擠着陳麻子睡，陳麻子人是很好的，可就是身上的蝨子太多。

這幾年他舒服慣了，與他拉駱駝的時候不同了，他受不了苦了。可是，有什麼法子？他還得甘心的受着。他剛一睡，也就是半夜一點多鐘，張歪子、馮大，跟那小徒弟就都起來了，烙燒餅、炸麻花，得一直工作到天明。煙油的氣味彌漫着，刺激得他在夢裏也咳嗽，簡直睡不好覺。次日，也一天不斷有買賣，或是有人來找老掌櫃的閒談。他一個寄住在人家這兒的，更不好占着人家的炕頭睡大覺。

他的性情，這幾年很受玉面哪吒的影響，什麼事都要面子，都不願意叫人不願意；不獨是這兒陳麻子他們煮的麵條，讓他吃他也不肯吃，連他吃這裏的燒餅、麻花，也是當時就付錢的。

他整天閒着沒有事，一看見對門的吳寶等人出入，他就氣得眼紅。他又懷念着他的師父，曾向很多熟識的人去打聽，也沒有人知道；簡直就仿佛玉面哪吒彭二已經離開了北京，高飛遠走了，或是已經因病死在什麼地方了，他的心裏實在難受。

他的叔父劉大脖子倒也進城來了一趟，先到天泰鏢店去找他，聽那裏的人說："劉得飛不在鏢店裏了，在對門的燒餅舖裏閒住着了。"所以就又來到這兒找他。他見了他的叔父更不由得難過，因為劉大脖子是又病又窮，簡直不像樣子了，說是："駱駝全都賣光了，就仗着給村子裏的一個小茶館，燒燒水，灌灌茶，混兩頓飯吃。"倒是沒有跟他要錢，臨走時卻囑咐他說："有工夫你應當回去一趟！因為咱村裏的駱駝趙家，他現在養着五十多個駱駝，正要雇夥計；知道你有力氣，你要是回去，他一定能雇你。咱幹什麼的，結果還得去幹什麼。彭二教了你幾年武藝，現在他不管了，你還能夠拿着武藝換飯吃嗎？在這燒餅舖裏閒住着，你可又不賣燒餅，也不是個長事呀！"

劉得飛對他的叔父，無一言可以回答。叔父走後，他的胸頭更為抑鬱，便一心一意的要想在鏢行找個事做。北京城的鏢店不下七八十家，他師父的老朋友，至少也還有十個八個的，平常不大見面，現在他不得不硬着頭皮前去拜訪；說明了他是要找個事，只要能夠管吃管住，他就於願已足。但是他師父的那幾個老朋友，如利合鏢店的鐵天王薛五，就說："現在各鏢店的買賣全都不好，裁人還裁不夠啦，誰還能夠邀鏢頭，找夥計？"悅遠鏢店的唐金虎見了他，就吸着氣說："你不行呀！你還沒出師呀！武藝還沒學好呀！鏢行這門檻兒，你怎麼能夠進呀？"

他又去找他師父的師兄弟，卷毛獅子周大才。周大才反倒罵他一頓，說："你把你的師父氣走了，卻來叫我給你找事？別說我也給你找不着，能找我也不管呀！好！你跟追魂槍吳寶結下了這樣的深仇，太歲刀韓豹，判官筆小羅崇，黑虎鞭焦泰，雙鐧靈官陳鋒，賽黃忠馬宏，金眼夜叉……"當時他說了一大片人物，說："這些個人跟追魂槍吳寶都是生死兄弟，你得罪了一個，就把他們全都得罪了！你師父都站不住腳了，都躲啦，你不但不快些離開京城，還想在京城混？想在鏢行充人物？那你這小子可想錯了，趁早別打算吧！"

劉得飛聽了這些話，氣得肺都炸了，當時他一句話也沒有說，就回到了燒餅舖。不想燒餅舖也住不成了，因為吳寶對這裏的張掌櫃的已說了話："你們叫劉得飛住在我這鏢店的對門，就是成心跟我過不去，是要找別扭，是氣我！限你們當時就把劉得飛趕走，要不然，我拿追魂槍給你們拆了舖子！"

其實，張老掌櫃的倒是豁得出去，說："讓他拆吧！我拼出跟他打官司了，拼出我這條老命了，你自管照舊住着！＂馮大跟岳老頭兒卻是嚇得不得了，馮大竟要捲舖蓋辭工，連今天晚上的油麻花，他也不敢炸啦。

劉得飛覺着這不對，不能因為自己一個人與別人結了仇，就拆了人家的買賣；人家留我住是好意，是恩情；我不能反倒把人家害了。所以自己情願立時就搬走，就是今晚上睡在大街上呢，也不願累及人家。

結果，算是陳麻子給他找了個住處。離着這兒還不遠，有一座破廟，是關帝廟，廟裏的道士把所有的殿宇全都租給了一些小販，群居着生活。這些小販都是京師附近各縣的人，每年秋後到北京來做小買賣，春天再回家去種地，等秋後再來，如此地周而復始，其中自然也有不少是長期以此為業的。他們賣的多半是老豆腐、炸豆腐、薰魚、硬面餑餑，這都是北京人所最愛吃的點心和夜宵。他們大半是湊在一起，大批地做好了，而分途去賣，也有掌櫃的和夥計。這種地方，叫作鍋伙，都是些個光身漢，沒有一個女人。

陳麻子因為天天在街上賣燒餅，所以也就認識了這些個人。當日他把劉得飛帶到了這裏，介紹給了賣薰魚的江四，跟七八個賣薰魚的住在一間屋；言明他在此住一天，要給江四房錢，製錢二文，這倒還不算多。同時，這兒住的全是男子，廟門日夜不關，一切方便，劉得飛住着最合適，而且院子雖髒，但是寬大，正好練劍打拳；殿宇雖舊，卻是結實，躥房越脊，也不至於踢掉了瓦。

於是，劉得飛就在這裏住下了，不過住處雖然有了，錢卻漸漸地沒了。他怕把錢花光了，所以一天只吃一頓飯，其餘雖是餓了，也寧可勒勒肚子，咬着牙，絕不太顯露出窮樣子來。可是他眼前的路，卻越來越窄，簡直走不開了。

春風已暖，草木重生，北京城的景象越來越繁華，連賣老豆腐的常九都說他近日來的買賣很不錯，不必再指着他的女兒補貼他了。可是劉得飛呢，這最年輕、最強壯的好漢英雄，卻已經感到日暮途窮，無以為生。

第四章　打鏢車英名震京師　買豆腐小鬖傳繡帶

　　北京所謂的老豆腐，其實倒是一種比較嫩的豆腐，是在鍋裏煮得很熱，連湯盛上一碗，外調以醬油、香油、芝麻醬、豆腐乳汁、韭菜花、蝦醬、辣椒油……很多的滋味。這麼一碗，可以就着燒餅吃，也可以獨自地吃它，算是點心，也可以算是菜。從早晨就有賣的，一直賣到傍晚。

　　在這廟裏住着的，做這種行業的也有四五個人，其中以常九為最老。他已經六十多歲了，聽說他從十幾歲就賣老豆腐，至今已約五十年。其間，他也娶過妻，還生過一個女兒。他掙過錢，積蓄過，可是後來又叫他糊裏糊塗地都花光了。他的妻也死了，拋下他一個人，他仍然是每天挑着那份擔子，出去賣老豆腐。

　　有人說：“別看常九那個樣兒，他的女兒比鮮花還好看，是個有錢人家的小老婆，常來給她爹送錢！人家常九，比咱們有辦法！”這些話劉得飛倒還不大往心裏放。

　　不過，他每天的一頓飯，就是一個玉米麵的貼餅子和一碗老豆腐。他的心裏也跟老豆腐那些調料似的，鹹的、辣的，簡直什麼都有，尤其他忍受不住追魂槍吳寶的氣。他躲到這兒來，吳寶還派了個鏢店裏素日與他熟識的夥計，特地找了他來，說：“小劉！你別在這兒住啦！連你的師父都因為惹不起他們，才跑了，你幹嗎還在這兒，成心當他們的眼中釘？現在天泰鏢店，都得聽追魂槍吳寶的，他又請來了好些個本領高強的朋友，你惹得起他們嗎？何必還在這一帶住着？何必還常上那燒餅舖，拿眼瞪着天泰鏢店？我來勸勸你，到別處去闖一番江山去吧！在這兒，那追魂槍可對你沒懷着好心！”

　　劉得飛微微地笑着，點了點頭說：“好吧！過兩天我就走，以後大概我也不能再到北京來啦！”那夥計點頭說：“對啦！外省的錢好掙，彭二爺就是不定上什麼雲南、雲北，發大財去了！你出外去闖闖，過十年八年再回來，那時或許比韓金剛還闊！千萬躲一躲追魂槍，他可不是個好東西！”劉得飛又點頭，他現在老實極啦，簡直跟個駱駝似的那麼溫馴。可是鏢店的夥計走後，他卻又暗中長歎，心說：師父！我不能再聽你的話了，我得跟追魂槍吳寶幹幹！也得跟北京這些霸道橫行、欺壓良善的惡鏢頭，都幹幹了！

　　當日他出去了一趟，聽人說：“天泰鏢店應了一號大買賣，是走張家口去的。

銀子多少車，富商和官員官眷有多少位！這件買賣，有多少家大鏢店，爭、搶、運動，都沒到手；因為追魂槍吳寶的名頭大，所以叫他給得着啦！這筆錢一定掙得不少，天泰鏢店跟吳寶都發了大財啦！」劉得飛在燒餅舖裏坐了坐，把這些事全都打聽明白了。當日，他可吃得很飽，並賒了幾個燒餅帶回去，一夜他興奮得簡直睡不好覺。

次日一清早，那常九已經把老豆腐做好了，可還沒有挑出去賣，劉得飛就去吃了兩碗，把昨天賒來的幾個燒餅也都吃了。老豆腐也是賒的，他說明白了，自己的口袋裏只剩了二文錢，還得給今天的房錢。因為他平常為人老實，所以常九也仿佛很可憐他似的，就說：「不要緊，你幾時有錢，幾時再說吧！」

他此時因為吃飽了，所以全身都有力氣、有精神，想起來了追魂槍吳寶這些日來對他的欺壓、淩辱，怒氣就從胸中直升。他去拿了寶劍，走出了破廟，就一直奔向天泰鏢店。

這時候，太陽才將滋牙兒，時間還早，但天泰鏢店的門前熱鬧極了，今天因為有鏢車要往外走，而且應得是一件特別的大買賣，所以得特別的鄭重其事。吳寶可還不能為這個買賣就親自出馬，他得留着點身份，以便將來再應比這還大的買賣，並且得防備着萬一鏢車出去了，而發生了事故，那時候他還能夠出頭去辦理。

今天吳寶派的是他的師弟太歲刀韓豹，盟兄賽黃忠馬宏，還有從大同府特邀來的，出名的好漢羅崇。因為這人年輕，而又生得短小精悍，所以江湖上都稱他為小羅崇。小羅崇使的是一對特別的傢伙——判官筆。這一回的鏢，就仰仗着此人，但是他昨夜宿在娼寮裏，現在大概還沒起來啦。

門前已停着有十多輛車，現在可還都是空車，得等着小羅崇來，才能夠去裝鏢。聽說銀子大概就有幾十鞘，現在十多個趕車的，正在爭論着，你的車上裝多少，我的車上裝多少，誰也不願意多裝。聽說還有幾個大掌櫃的和幾位官員和女眷，此次也都搭幫，一同走路。約定的是上午九點鐘，在利通誠票莊的門前見面，就從那裏出發。

現在才六點多鐘，鏢店門首來了不少趕檔子」做小買賣的，什麼老豆腐、杏仁茶、燒餅、油炸果，全都在這兒擺設起來了。一些趕車的和鏢店裏的小鏢頭、大夥計們，都在門前，各選所好的吃起了早點；吃完了就預備走張家口去啦，這有多麼高興呀！這些夥計、鏢頭們就都鬧得很，都穿着新做的短打的衣裳，肥褲襠，系着紡綢的腿帶，有的穿着薄底的靴子，有的是靸鞋，腰間都系着寬寬的什衲的板兒帶子，這表示出來他們是練家子，是保鏢的。現在個個都興高采烈地正在門前吃着，說着。

這時，就見劉得飛從西邊走來了，這裏有不少的人都認識他，有的就遠遠地指着他，笑說：「喝！這小子倒還沒餓死！聽說他一天就吃一頓飯，也能夠活着，可真是怪事！」又有人驚訝着說：「他拿着寶劍來幹嗎呀？別是他餓極了，窮瘋了，來這找對頭吧？這小子可怔，也有點力氣，咱們可是提防着他點！」有人就要進店去報告追魂槍，卻被別人攔住了，說：「幹嗎呀？這麼點兒事，值得就去告訴吳大爺嗎？看他能夠怎麼樣？」

此時，劉得飛已來到門首，有人就假笑着向他招呼，說：「小劉！起來得真早啊！吃一碗呀？」劉得飛卻怔柯柯地，什麼話他也沒聽見，手持着寶劍向鏢店門裏就走。當時兩個小鏢頭，也顧不得正吃着的東西，趕忙來攔他。劉得飛卻不容分說，一拳將一個打得臉腫鼻青，一腳將另一個踹得坐在了地下，他三步兩步就闖進了鏢店。

那太歲刀韓豹眼快手快，急忙抄了一口撲刀迎過來，就說：“喂！劉得飛！你想要幹嗎？有話可以跟我說！”劉得飛瞪圓了眼睛，腦上的青筋也都迸起來了，大聲地說：“我跟你說不着！我要找吳寶，叫他還我的賬！”韓豹說：“喂！你先說說，吳大爺到底欠你什麼？”

劉得飛氣忿得都要哭出來了，說：“他欠我的可多啦！他欺負我們師徒，把我的師父氣走！”韓豹說：“你師父彭二是自己願意走的，因為他在北京城混不開啦！跟吳大爺有什麼相干？”劉得飛又說：“我在對門燒餅舖裏住，吳寶把我攆走；我搬到廟裏，他還叫人告訴我，得離開北京，他媽的欺負我到了什麼地步？”

這時賽黃忠馬宏趕過來了。他本來沒見過劉得飛，但是大概常聽人說，當下他便從中給勸解，說：“不至於吧？吳鏢頭一天忙到晚，他哪有閑功夫跟你作這個對？你別是受了誰的騙了吧？”劉得飛卻不聽他的勸解，一直就奔向吳寶住的那屋子。馬宏趕緊又追去攔，並說：“喂！你再聽我說，你有什麼過不去的事，那不要緊，三吊五吊的，我們都可以幫你個忙！”劉得飛頓腳大罵說：“誰是來找你們告幫？我就找吳寶，叫他得還我的賬！”

這時，他把那追魂槍吳寶可罵急了。吳寶是正在屋裏洗臉，聽見了這話，立時推開屋門探出頭來，怒聲地說：“好個小子！你耍無賴竟敢耍到吳太爺的頭上？來！把他拉出去，揍他！”

此時各屋裏鏢頭，什麼黑虎鞭焦泰，金眼夜叉錢祿等等一些人就都出來了，而且個個全都抄起了兵器。門口外的那些人也全都拿着傢伙，把大門給堵住了。處處是刀光閃閃，棍影沉沉，更有什麼鋼叉、鐵鞭，仿佛就要立時把他打爛在這個地方。劉得飛卻昂然持劍，毫無懼色，並且罵得更厲害了，說：“吳寶！你這不算能耐！你應當自己出來，老子今天要鬥一鬥你媽的追魂槍！”

吳寶卻在那屋門口冷笑，吩咐眾人上前。當下七八個人手舉着傢伙，就向着劉得飛逼近。

劉得飛把劍一掄，準備着廝殺。但此時櫃房裏的徐掌櫃的，趕緊跑出來了，急得直擺雙手，說：“別打！先別打！劉得飛！你上櫃房來，有話可以跟我說。你師父本是我的好朋友，他幫我做了不少年的買賣，我沒在櫃上的時候他走的，現在我還正找他呢！劉得飛！好侄子！有什麼話可以跟我來說，千萬別在我這門兒裏鬧出事來。”劉得飛聽了，就點頭說：“好！”把寶劍指着那屋子說：“追魂槍吳寶，小子！你滾出來！咱們到門外幹去！”說着他向外就走。

那堵門的幾個人都笑了，說：“哈！這小子倒會自找臺階，他看見事不行了，他要跑！”所以也都不攔阻他，讓劉得飛出了門。劉得飛卻站在大街上，又向着鏢店大罵，指出名字，非得叫吳寶出來跟他幹幹不可。那徐掌櫃的還直在院裏勸，說：“今天咱們的買賣還沒出門呢，千萬可別惹事！”

那太歲刀韓豹卻因為今天是他們出門保鏢，他氣得不得了，說：“買賣還沒出門，就先來了這麼個小子這樣地大鬧，咱們就都沒辦法，這還配保什麼鏢？出了門更不定得受誰的欺負了，人家主顧對咱們還能放心嗎？我非得把這小子打死不可！”

當下就由他領頭，追趕上劉得飛。劉得飛卻反撲過來，擰劍向他就刺。韓豹急忙以撲刀相迎，兩三合，韓豹就覺出劉得飛的劍雖輕，可是力氣卻真渾厚；劍的着數又不但壯，而且巧妙，他不得不後退了三四步。焦泰揚起了鐵鞭，錢祿晃動起來了鋼叉，便一齊跑過來幫助他。

這本來是在大街上，來來往往的車馬行人很多，可是現在這幾個人拼殺起來，嚇得車也都停止住了。坐車的跟趕車的，還有走路的，及特意趕來的一些閒人，全都在兩邊擁擠着看這熱鬧——鏢店的門口打架，原是常事，也是人們最喜歡看的事兒，所以，連燒餅舖的人也都出來看來了。

劉得飛的寶劍就舞了起來，只見寒光閃閃。先是黑虎鞭焦泰過來與他鬥，黑虎鞭焦泰這個人身體強壯，膀闊腰細，臉色黑得跟鐵一樣，卻真是與他的外號相合；手中的七節鋼鞭有數十斤重，舉起來向劉得飛的身上就砸。旁邊看着的人全都捏着把汗，但劉得飛很巧妙地就躲開了他的鞭，同時也巧妙地進取。三四回合之後，黑虎鞭就顯出慌張的樣子來了，太歲刀韓豹急忙掄刀助戰。劉得飛的寶劍閃爍，游若銀蛇，身體往來閃避、輾轉，並且有時更猛烈地向前逼進。他抵住了這一個太歲、一隻黑虎，卻更顯着劍法綽然有餘，而神情沉穩，不慌不忙的。而那兩個人都顯出發累、着急的樣子，光掄着傢伙卻近不得他的身。

這時那金眼夜叉錢祿，嘩啦啦地舞動着三股鋼叉，好像是大法船上紙紮的那個開路神，又如戲臺上的金錢豹，真是兇猛至極。他躥到了近前，就專叉劉得飛的咽喉，卻被劉得飛用劍當的一聲將叉磕開。同時左側的黑虎鞭又蓋頂砸來，劉得飛卻不敢以劍去迎，疾向旁閃，而右邊的太歲刀卻又向他的脖頸來砍。他趕緊閃身、後退，不料那雙鐧靈官陳鋒，自他的後邊也來了。一對雙鐧雖不太粗，可是加起來也有百十來斤重，一隻向他的後腰來捅，一隻卻向他的肩膀猛然砸下。這時看不出劉得飛是怎樣躲閃的，居然他和燕子一般的，輕快地就躲開了，殺出了重圍。

不想那賽黃忠馬宏，掄着一口長把的大刀攔着他，同時吳寶手挺着追魂槍也出了鏢店，怒喝道：「一齊上手！他媽的！咱們這麼些個人，連這麼個小子也收拾不了嗎？」他急得跺腳。那賽黃忠等人一見大鏢頭出來了，更都是精神百倍。他們一共是兩口刀、一對鐧、一隻鞭、一杆鋼叉，真可以說是各樣的兵刃全有，從四面齊向劉得飛來進。兩邊遠遠看熱鬧的人看着都不平了，有的就喊起來說：「不公道！」

追魂槍吳寶瞪着眼，向人叢去找那喊的人，倒沒有找着，他可看見了被阻住的那幾輛車，有外城御史衙門的陳文案——這是他的老朋友，有敬武鏢店的盧天雄。這可真叫人家看不起，連個無名的小輩，我們都打不過，還敢應大買賣，那可叫這同行恥笑了。他又看見了一輛車上，坐着個抱着孩子的小女人，他也認識，這是他的朋友韓金剛的姨太太。一個女人，不叫趕車的轉別的胡同，趕快地回家去，卻在這兒坐在車上，卷起了車簾，看這些男人們打架拼命。這有什麼可看的？也不怕嚇着孩子，韓三哥可也太沒家教了，真是人不可以老婆太多。

當下，追魂槍吳寶看見旁邊有這些人都正在看着。鏢車本來都快到了，到走的時候了，可是現在反倒都閃到一邊，這真令人着急，也覺得面上難看！此時他手下那些靈官、太歲、夜叉、黃忠的鞭鐧刀叉等等的，簡直是瞎掄了，竟然就打不過劉得飛一個！劉得飛的寶劍飛舞，前遮後護，身體往返跳躍，煞是英雄。他覺着自己要再不上手，真不行了，於是他就大叫一聲：「都躲開！叫我一個人跟他較量較量！」便抖動了追魂槍撲奔過來。

但他不來上手還好，劉得飛只是為施展武藝，表現身手，還怕把人傷了或殺死了，得打官司；現在見追魂槍也來了，劉得飛可是真急了，當時寶劍就使得更緊。

他使出來毒辣的着數，先一劍刺着了賽黃忠的右胸，這老傢伙當時扔了大刀，就倒在地下。劉得飛從他的身上躍過，寶劍又直取金眼夜叉，那夜叉拽叉而逃。黑虎鞭上前來救，劉得飛卻斜劈一劍，正中此人的右臂，黑虎當時也扔了鞭趴下了。追魂槍吳寶將槍梨花亂點，追了上來，狠狠向劉得飛的後心就刺。劉得飛翻身劍取，只一兩合，追魂槍便要糟糕。幸仗太歲刀飛身上前，但劉得飛反手幾劍，又將太歲刀刺倒。金眼夜叉是早已跑回了原陣，再也不出馬了，只仗着雙鐧靈官來幫助追魂槍，但這兩個人更是敵不過劉得飛。

此時看熱鬧的人有不少高聲喝彩的，劉得飛就越發地精神抖擻。同時他也看見一輛車上坐着個小女人，正在望着他笑，那正是小芳，前幾年就扔給過他蘋果的那心上人。他更高興了，更不知所以了，劍舞身回，英風倍起。

此時吳寶拽槍退後，陳鋒的雙鐧難掄。劉得飛想着：這時還不報仇嗎？反正已傷了三個啦，官司是一定得打了，為什麼不叫吳寶也受點罪？於是他挺劍專取吳寶。追魂槍吳寶雖然盡力的招架，可也腕軟槍沉，真是危在頃刻，卻又沒臉，也無法逃脫。

正在這時候，他的救星來了。只見一個二十來歲的精悍的小夥子，赤着膀子就奔來了，雙手持着一對怪樣的武器，卻是都有二尺多長，渾鐵打成的，形如兩根短棍，但頭兒都極尖銳。劉得飛猜着這就必定是判官筆。

此時，吳寶和陳鋒都躲開了，只由這才在娼寮中睡夠了覺，今天那檔子大鏢全仗他一人保着的，判官筆小羅崇來打了。這是大同府最出名的英雄，北方鏢行後起的唯一好漢。他的雙筆就像鹿的兩個犄角，而劉得飛的劍也如犀牛的那只獨角，就互鬥起來了。二人幾乎是勢均力敵，煞是好看，一連二十餘回合，越殺越緊，難解難分。四面的人都看直了眼，燒餅舖的張歪子恨不得飛出個燒餅，打着小羅崇的眼睛，好叫劉得飛趁勢得手；那車上的小芳更着急，小臉兒都發紫了，恨不得也下車去幫助。

追魂槍吳寶見劉得飛連戰了這麼半天之後，如今小羅崇來了，竟還不能夠勝他，就想：這小子可真可以！有這小子，天泰鏢店非得關門不可，我們非得沒飯吃不可！於是，他趕緊就招呼着手下所有的夥計，不管會武的不會武的，說：“你們都一齊快拿傢伙去幫助小羅崇，殺死了這個小子，我去打官司！”他嚷嚷着，他手下的人紛紛去拿傢伙，可是敢過去上手的簡直就沒有一個。他急得像被大火焚身，喊聲愈為暴烈，把一杆追魂槍直掄。那邊的劉得飛是單劍飛舞，小羅崇以雙筆招架，也還未分出了勝敗。

忽見那些看熱鬧的人一齊亂跑，車也亂跑，馬也亂奔，原來外城御史衙門已經派了班頭、捕役約十多名，吧吧地揮着皮鞭，嘩嘩地抖着鎖鏈，都趕來捉人。小羅崇回身跑進了鏢店，劉得飛也趁着這一陣亂，他就溜走了。

一陣亂過之後，天泰鏢店的門前，反倒顯着平靜了。剛才還虎鬥龍爭，車擁人擠，現在卻幾乎連個人也沒有了，車也都跑淨了，只還留下預備走鏢的那幾輛空車。可是那邊，吳寶應得這檔子大鏢的那些主人，鉅賈、官員跟官眷，已經派了兩個人來到，通知着說：“今天不走啦，過幾天再說吧！鏢還沒有走，你們的鏢店就先出了事，我們可不放心了！買賣咱們另商量罷！”

吳寶這時更着急，也更忙碌。他把外城御史衙門的幾位老爺，都給請到鏢店裏，並把受傷的賽黃忠馬宏、黑虎鞭焦泰、太歲刀韓豹，全都叫人給抬進來，請官人一一去看。他請官人立刻就去捉拿劉得飛，並說：「那個小子就是彭二的徒弟。彭二一定還在北平啦，這一定是彭二在背後主使，最好連劉得飛帶彭二一齊捉來！」官人卻說：「你們是互毆呀！要打官司也得兩邊一塊兒去打，都沒有什麼便宜，又沒出人命，頂好還是私了啦罷，你們斟酌斟酌罷！」追魂槍吳寶可真發愁。小羅崇也怕打官司，他卻不怕將來跟劉得飛再較量。當下，眾班頭捕役們，在門前又查看了一番，彼此商量商量，就都回衙門請示去了。

　　這種鏢頭互毆，本來是常有的事，僅僅傷幾個，沒有出人命，向來都不打官司。可是此時的劉得飛，他也沒別的地方可去，只得提着寶劍，又回到廟裏；心想待會官人一定來捉他。這他倒不怕，然而覺得剛才的那場架，打得實在無味！雖然多少也出了點氣，可攔不住追魂槍吳寶還做他那大鏢頭，自己的師父也不能因此就回來，而自己呢，還是沒錢，還是得挨餓！

　　他早晨本來吃得很飽，現在還沒到晌午，可是，這一定是因為剛才那一場惡戰，太用力氣了，把肚子裏的食物消化得太快了，現在又空了，餓得慌，又想吃，可是哪兒來的錢？媽的！看你能把我餓死不能？我偏不吃東西！他跟自己的肚子賭着氣。

　　待了會，好！他打架的事情，原來這廟裏的人全都知道了。賣熏魚的老王伸着大拇指，說：「行！劉兄弟！你真可算武藝高強，一個人能殺他們那些人，真是趙子龍複生，李存孝再世！」

　　賣炸豆腐的徐二可還批評他，說剛才他不應當把力氣都白用在黑虎鞭、雙鐧靈官那些人的身上，以至判官筆來到，未能取勝。擒賊應先擒王，打人應先打強，把他們裏最強的那個小羅崇若先打趴下，其餘那些個人也都沒用了。

　　賣老豆腐的常九，別看是個老頭子，他還很佩服着這年輕的好漢，他向着劉得飛說：「你今天打得對！把天泰鏢房拆平了，那你才算好樣兒的！天泰鏢店除了你師父，他還是一個好人，其餘什麼追魂槍、黑虎鞭，跟新來的那判官筆，都是些混蛋，都是些惡霸，殺了他們才好！」

　　賣熏魚鍋伙的掌櫃的江四，走過來向常九擺手，說：「得啦！你還不去做你的買賣？還在這兒等着誰啦？你的姑娘不是昨天來看過你了嗎？今兒她不能再來啦，剛才有人看見她抱着孩子坐在車上，看了半天打群架的。你等着你的姑娘來了，再誇得飛吧！現在幹嗎呀？他年輕氣盛的人，還能禁得住你這樣老奸巨猾的人一捧？他今兒沒弄出人命來，可也得罪了不少的人，你以為這是好事兒呀？」

　　江四的為人平常最刻薄，嘴裏說出來的話，尤其難聽，當下他這麼一說，別人就都不言語了，因為犯不上跟他抬杠。

　　劉得飛這時卻不住地發怔，心裏思量着，莫非韓家那小女人，就是常九的女兒？她也常到這兒來看她爸爸？我怎麼沒遇見過呀？細想了一想，驀然就想起來，前兩天，仿佛是常九的屋裏有女人說話的聲兒。本來這廟裏住的雖都是些男人，可是有時也從外面來一兩個婦女，那都是附近的住戶，跟這兒這些賣東西的都很熟；有時一清早，就拿着個碗來買什麼老豆腐，跟熏魚，為的是一來鄰居的關係，可以便宜點，多給點，二來為的是趕個開鍋熱。不過那些個婦女多半是頭也不梳，臉也不洗的，還多半是毛頭小丫頭子，所以自己向來也不注意。沒想到小芳也常到這兒來，這兒還是她的娘家。這樣一來，以後常九的老豆腐，我更不好意思吃啦！

　　此時江四卻向他說：「得飛！其實你也不是我們這一行的，我本不願意叫你在這兒住，都是因為陳麻子的面子。可是你別出去惹事呀？你要惹得那些個鏢頭來這兒一鬧，砸了我的傢伙，我可找誰給賠？找你賠嗎？得飛老弟！這些日子你手裏一共有幾個錢，我還不知道嗎？你連飯都沒有轍，還打什麼窮架？真的！我說話太嘴直，你聽了可別惱！”

劉得飛沒有言語，一來是還正在幻想着那小芳，二來是江四本來說得對。飯都沒轍，這是北京的俗話，乾脆就是挨着餓了。任憑天大的英雄，若是挨了餓，還能說什麼呀？他不禁在暗中歎氣。賣熏魚的、賣老豆腐的，連常九都擔着他們各自的貨物，又出去謀生去了。劉得飛在這裏一天也沒做什麼事，衙門也沒有來抓他，可是他一天也沒吃飯。

次日，起來得很晚，天氣還照樣的晴和，日子還這麼長。好不容易才熬到近午，他可還是決定不吃東西，因為也實在沒有錢買東西吃。肚裏難受，而口水特多，尤其在這裏，所有的人除了賣吃食的，就是做吃食的。這屋裏熏魚，那屋裏炸豆腐，常九那邊又在磨老豆腐，還有那硬面餑餑整整烙一天，為的是夜裏才出去賣。所以處處是煙油的香味，眼前盡是充饑的東西，而圍繞着他這個餓人。他想盡了救饑謀生之法，竟沒有一條道路。他又真不甘心餓死，心想着：只好再找張歪子去賒幾個燒餅吧，那究竟是鄉親。同時，再去看看天泰鏢店的景象如何，判官筆要是在那兒，我還是得跟他決一勝負！

當下，他倒是沒有再帶上寶劍，出了屋一看，敢情天色已經不早，太陽都轉向西了。天空的亂雲也都有些發黑，且都鑲上了金黃色的邊兒，一塊一塊的攪得他的眼睛發花，兩腿尤其發軟。他心想：不好！真得找點什麼東西吃去！不然，餓死倒不要緊，媽的什麼追魂槍、判官筆，趁着我沒力氣，來找我復仇，那才是乾吃虧！

他走到院子裏，還故意地挺直了腿，想邁大步，可是頭禁不住地就發暈。他更得謹慎了，走出廟門的時候，他幾乎要用手扶着牆。在這時，就見門口兒站着一個穿着藍布褂，花緞褲子的十二三歲的小姑娘，胳臂夾着個手巾包，手裏拿着個空的大碗，正站在廟門口兒向外張望，看見了劉得飛，就問說：“常九沒回來嗎？”

劉得飛站住了，把這小姑娘細看了看，就見她仿佛還有別的事似的，因為她有點偷偷摸摸的樣子，好像怕叫人看見，因就問說：“你是要找常九買老豆腐嗎？”這小姑娘搖着頭說：“買不買老豆腐倒不要緊，我還要找劉得飛。”說時就用眼直直地盯着他。劉得飛倒不禁很是納悶，點頭說：“我就是劉得飛，你找我幹嗎？”這小姑娘噗哧一笑，說：“你就是劉得飛呀！得啦！我就快給你吧！老豆腐我也不買了！”說着，把她夾着的那手巾包兒交給了劉得飛，她轉身往南就走，走得還很快。

劉得飛趕緊拿着這包兒往前去追，問說：“喂喂！你先別走！你先告訴我，這包兒裏是什麼東西呀？”小姑娘說：“你不會打開看嗎？”劉得飛怔柯柯地，說：“是誰叫你給我的呀？”小姑娘笑了笑，臉上仿佛也有點紅似的，說：“是我們五太太叫我給你送來的，她說也不用跟你細說，你全明白。”劉得飛心說：我哪兒明白呀？

小姑娘又說：“這事可也別讓常九知道，你看！”她舉起那只空碗來說：“我是假裝兒給我們小少爺來買老豆腐，我才出來的，其實就為送給你那包兒。我們五太太說了，這是她的點小意思，將來有什麼話再說吧！”說着，忙忙地又走。

但是才走了幾步，她忽又自己轉回來，跟劉得飛距離很近地悄聲說：“咳！還有幾句話，也是五太太叫我說的，我差點兒就忘了告訴你！五太太說，今兒上午她趕緊就去見了外城御史胡大人的三太太，替你托了人情；說是你打傷人的那事，已經沒事兒了，叫你放心！她還叫你得拿錢吃點好東西，因為身子骨兒比什麼都要緊。"劉得飛聽到這裏，不禁鼻子覺着發酸，眼淚仿佛都要流下來。小姑娘笑了笑說："我回去啦！再見吧！"說着，她就拿着那只空碗，跑跑顛顛地就走了。

這裏，劉得飛的心裏真不知是一種什麼滋味。看這半天，胡同裏也沒有人來往，他就把這手巾包兒打開。一看，原來是一條帶子，也就是練武的人腰間常紮的那種板兒帶子，是又寬又硬，用絲線衲出極為精細的各種花樣，這恐怕沒有十天、半個月的工夫是做不成的。劉得飛心說：她送給我這麼一條帶子，是幹什麼呀？是為叫我系着嗎？這是她買來的現成兒的，還是她親手特為我做的呀？又見這條帶子上附着有三個口袋，都是為裝錢用的，全都鼓鼓囊囊的，裏面真許是有錢。他就全都掏了出來，只見是兩個很小的金如意，一錠金子，還有幾張錢莊開的票子。他雖不大認識字，可是這種莊票他還見過，上面的字也能略略認得出，只見有一兩的，有二兩的，還有一張是五兩的，總之，真不算少。

當下，劉得飛的神情緊張萬分，腿都發抖，手也亂顫。為怕有人看見，他趕緊就把這些財物全都裝好，而將這條帶子就系在自己的腰間。他連餓也忘了，精神倒振發起來，因為想不到，都快要餓死了，突然發了這麼一筆財：這可真是救了我，我先快找個地方去飽餐一頓罷！於是他高高興興地出了胡同，來到大街。他也不會找什麼著名的菜館，卻就又到了那個早先他拉駱駝與彭二相遇的那家大茶館。因為他已有兩三年沒來，這裏的堂倌也都不認識他了。當下他就像個闊大爺似的，找了條板凳一坐，吩咐堂倌說："給我快來一份大餅，兩碗鹵麵，把你們新做的肉火燒拿十個來，再炒一盤肉片，溜一碗丸子，煎幾個荷包雞子，來一盤爆羊肉……"他儘量想也想不出什麼菜名兒來了，就說："夠了，夠了，快點上吧！"

堂倌連連地答應着，待了一會，就先把肉火燒跟大餅給他拿來了。他就一隻手拿着肉火燒，一隻手拿着卷着大蔥，蘸着生醬的大餅，往嘴裏去填，就覺着真香，真好吃，吃到肚子裏立時就舒服。廚房那邊刀勺亂響，待了一會兒，堂倌又把什麼鹵麵、丸子、雞子等等，陸續地都給他送來了。他眼看着這些東西，都是屬於自己的，他吃得簡直顧不過來了，並且一不小心，還咬着了自己的舌頭，覺着生疼。

他把空空的肚子很快地給裝滿，他得松一松腰間新系上的帶子了。摸着了帶子，又摸着了錢，他驀然覺出這件事情有點不對！雖不是偷來的，不是搶來的，可也有點不光明。這是娘們的錢，是人家姨太太的錢，我一個堂堂正正的男子漢，花這個錢可真寒磣得慌。我對不起師父，也對不起自己，要叫我的對頭追魂槍他們知道了，得把我看成一文不值！

他放下了筷子發着怔，恨不得當時就去找那個小姑娘，那一定是小芳用的丫頭！去跟她說明，帶子我可以留下，金銀和那如意，我是一點也不能要，請她照舊給她們的五太太送回。但是如今已經吃了，回頭就得拿這錢給，說我不用，也算是用過了。到哪兒再借點錢，給她補上，再還給她，那才對，是得這樣。她看得起我，那另說，向什麼外城御史替我託人情，也不是我求的她。她跟我有緣，從打扔給我那個蘋果的時候，我們就有緣。可是這只能記在心裏，我將來再報答她。她要也是個男的，我可以跟她八拜成交，不願同生願同死；她卻是一個女的，還是韓金剛的姨太太，這我可怎能跟她接近呢？不行！不行！我劉得飛是個人，是彭二的徒弟，我不能夠幹這事。當下他倒發起愁來了。

第五章　春風得意奇技驚人　雨夜揚鏢嬌娥思嫁

　　這個茶館裏，現在的人也不少，並且有很多的人都交頭接耳地談話，眼睛可全看着他，還有的用竹筷子表現出來刀槍的架勢。劉得飛就心裏明白，這些人都是在談論他呢！他的心中非常地高興，就想：我劉得飛今兒是行啦！有了名，又有了錢。可是名是真的，是我打出來的；錢呢？是怎麼來的？想起來可真叫人慚愧！

　　心裏正在想着，嘴裏也還不住地填，突然有幾個人自外進來了，都是鏢頭的打扮，這倒把他嚇了一跳，還以為又是追魂槍吳寶那些個人，找他報仇來了。但是，等到這幾個人走到燈光臨近，他才看清了，原來他認識。其中就有悅遠鏢店的唐金虎，是他師父彭二的好朋友。他還沒有言語，唐金虎一眼就看見他了，幾乎喜歡得要跳起來，說：“老侄！你真叫我們好找！我們找到廟裏沒有你，找到燒餅舖也沒有你，原來你在這兒啦？”

　　劉得飛發怔地問說：“你們找我幹什麼？”唐金虎說：“找你來有事，有好事兒！你吃完了沒有？喝！你一個人吃這麼些個？你真有錢呀！得啦，都算我的啦，堂倌！堂倌！”當時他把堂倌叫過來給算帳，他就替劉得飛把錢給了。劉得飛說：“我還沒吃完呢！”唐金虎說：“沒吃完正好，我們那兒已經擺好了酒席，正等着你呢！快走，快走吧！”

　　劉得飛一邊系着腰間的帶子，一邊又問說：“唐三叔！到底有什麼事，你說明白了啊？”唐金虎笑着說：“你就走吧！反正是件好事兒，你到時自知。”唐金虎拉着劉得飛的胳臂，跟着的那幾個人也全都笑嘻嘻的。

　　出了這茶館，喚來了騾子車，唐金虎跟劉得飛坐在一輛車上，當時就咕嚕嚕地走去，不一會就到了悅遠鏢店。上次劉得飛曾來過，曾向唐金虎求事沒有求成，反倒遭受了一場奚落。今天的情景，卻與那日大不相同，他簡直是一位貴賓，被這些鏢頭們給恭敬地請來。

　　這裏還有好幾個很闊很闊的人，唐金虎就一一給劉得飛介紹。原來這幾個人就是追魂槍吳寶應的那檔子大鏢的主人，都是大商人和給大官當差的所謂“二爺”。因為他們那檔子鏢金銀太多，本來是講妥請天泰鏢店給保，他們相信追魂槍吳寶的手下人才濟濟；可是不料今天早晨，劉得飛去一鬧，就把吳寶手下的那些“人才”，全都給打了。他們才退了鏢，臨時改變行期，要另請高手保護。唐金虎這才趁勢一攛掇，說今天大鬧天泰鏢店，力敵眾人，給追魂槍吳寶十分難看的那位小英雄劉得飛，正是他的師侄！所以他才擺席請客，請來了劉得飛，當面講好，那檔子買賣是由他們悅遠鏢店做了。明天就起鏢，由唐金虎親自出名保護，同時聘請劉得飛為本店的大鏢頭，明天就一塊兒走，保鏢去往張家口。

乾脆，劉得飛也聽明白了，這檔子鏢就歸給他了，算是他從吳寶的手中把鏢奪過來了，不過由唐金虎出名。其實，劉得飛不但一個人得負責保着這檔子鏢，還得同時保護着唐金虎呢。

鏢主兒對這位新出的英雄劉得飛，是完全信賴，唐金虎便以跟彭二的面子，請劉得飛務必幫忙。劉得飛哪受過這樣的榮幸？當時他就十分高興，滿口答應了。接着又大吃了一頓，吃得他都倦了，就想回去。唐金虎卻笑着說：“你還回去幹嗎？我已經派人把你廟裏存着的東西，寶劍跟破舖蓋，全都拿來了，屋子也都給你預備好了，從此你就在這兒住吧。這鏢店是我開的，以後也就是你的，咱們師叔侄，同心同意，以後專攬大買賣。憑着你的武藝，再憑我的名氣，咱們要是不發財，不在北京城的鏢行稱雄，那才叫怪呢！老賢侄，你是趙子龍！今早晨天泰鏢店門前那一戰，那就是長阪坡；我是劉備。以後我的江山，都得仗你保着呢！”劉得飛聽了很樂，覺得自己真是走了運啦！於是，就到唐金虎給他預備的一間乾淨敞亮的屋子，蓋着新被、新褥，去睡覺了。

舒舒服服地睡了一夜，次日，唐金虎又買來了新衣叫他換上。新衣上再系着那條板兒帶子，腰裏還有金又有銀，他真個闊起來了，自己也洋洋得意。一霎時，門前擺滿了昨天天泰鏢店的那些車，鏢主兒，還有女眷，也都坐着車來了。唐金虎還命人嚴加防備，恐怕追魂槍吳寶，判官筆小羅崇那些人，也前來攪鬧、復仇。

此時門前也聚滿了不少看熱鬧的人，都料到必定又有一場大戰，不料追魂槍那些個人真的認了輸，到了十時左右，還沒個人來。唐金虎哈哈大笑，吩咐着：“起鏢！”當時一大列車，轔轔地走動，無數的鏢旗鮮明招展。唐金虎騎着大馬，意態昂然，手下的一些小鏢頭、小夥計，也莫不眉飛色舞。街上的人就像看婆媳婦似的那麼擁擠，齊把目光注視在劉得飛的身上。

劉得飛穿着新衣，系着新板兒帶子，掛着寶劍，騎在一匹棗紅大馬上。只是一樣，他騎馬就跟騎駱駝一樣，姿勢不大好看，然而他可真是神氣，誰不說：“這麼年輕的人，竟有這大的本事！一下子就從最有名的追魂槍吳寶的手裏，把這麼大的一檔子鏢給奪過來了！以後，鏢行的生意還有別人做的份兒嗎？不得全是他的嗎？”不過劉得飛也不驕傲，他只是樂不可支。當下他就像新中的狀元，跨馬遊街似的那樣榮耀，保着大隊的鏢車就出了西直門，往張家口走去。

一路上春風撲面，遇見了不少駱駝隊，越過了不少高山峻嶺。唐金虎很細心，他知道那判官筆原是大同府的鏢頭，在這一帶地方很熟。現在搶的是他的鏢，他還能夠服氣？還不得來找點麻煩？所以就得特別地小心，並且也囑咐着劉得飛。劉得飛仍舊是不在意，心說：判官筆哪能就來呀？來了我也不怕他。

鏢車成隊，再往北行。不料走到了一個地方，名叫馬脖子嶺，地勢極為險惡，山路迂回，風沙揚起。走了大半天，也沒看見個別的人。這時就忽聽得嘶嘶的一陣聲音，極為尖銳。劉得飛還以為是鷂子叫喚呢，就仰面向天去看，看了半天，可連一隻鳥兒也沒有。

此時車夫們可都驚訝起來，唐金虎來到劉得飛的近前，悄聲說：“聽見了沒有？”劉得飛發怔問說：“聽見了什麼？”唐金虎說：“口哨子響，一定是有強人。”劉得飛向四下裏張望着，說：“在哪兒啦？我怎麼沒有瞧見？”

唐金虎擺手說：“先別聲張！叫車上的客人知道了可不好，再說還有女眷，更不可大驚小怪的。不過聽了這聲音，可知附近必定有強人，他們已看見咱們了。可是他們也得先斟酌斟酌，未必就敢冒然下手。”劉得飛一聽，當時就鏘然一聲，亮出了他的寶劍，一邊走，一邊向各處張望，只見山嶺連雲，如同翠障，那狹窄的小路蜿蜒有若長蛇。

如是，又向下行約五六里，只見前面的山嶺上出現了十多個人，個個手中全拿着光芒閃爍的刀槍。而後面，也自遠遠的一遍松林之中，馳來了十多匹馬，馬上的人也全都拿着兵刃。這裏跟着鏢的眾夥計們，有的就喊道：“不妙！要是熟人，說幾句話也就過去了，生手子可就麻煩啦！”說着話，也一齊亮出來了傢伙。

唐金虎手使着一根齊眉棍，他先向車上的眾客人說：“沒有什麼的，大家放心，我們有辦法。”劉得飛卻不等着對面的賊人往下來，他就催馬迎上去了。

那十多名強人，持刀撐劍，向他撲來，為首的還直嚷：“你們是悅遠家的鏢不是？快答話，要不是他家的鏢，我們就不截！”劉得飛卻說：“你們這些小子，既是來了，想不截還不行呢！”他掄劍就舞，有人還問他：“你是不是劉得飛？”劉得飛卻大聲喊：“我是張飛！”

當下他因為騎着馬，廝打不慣，就一躍而下，寶劍如一條銀蛇，向這些人亂鑽亂扎。十幾個強人齊力與他爭戰，卻抵不過他的身軀伶便，別人的刀槍都挨不得他的身。他的劍法可又十分厲害，差不多劈一下，就准砍倒一個人，刺一下也必定就倒下一個；他是力大身猛，如虎入羊群，一霎時山坡上就倒下了五六個，其餘的強人盡皆逃竄。

此時那騎馬的群盜也到了，已經與唐金虎等人殺在一起。唐金虎騎着馬，掄着齊眉棍，已經被陷在重圍之中，張惶着嚷說：“得飛！老侄！你快來吧！”

劉得飛又挺劍自山坡跑下，他跑得真比馬還快。同時他就看見這十幾個馬上的強人，為首的正是那個判官筆小羅崇，就怒喊道：“小羅崇！你來得真好！咱們在城裏沒打夠，來這兒再拼拼吧！”

此時，那判官筆小羅崇，一眼看見了劉得飛，就像是看見了欠他債的人，說：“好！我找的就是你，咱們兩人來，叫他們全都住手！”於是，他手下的十多個騎馬的人一齊閃開。

唐金虎逃出了重圍，趕緊去保護着鏢車，在馬上還不住地喘氣。山頭上那幾名被劉得飛殺散了的強人，此時也都聚在一起，在上邊又掄刀掄槍地給小羅崇助威。悅遠鏢店的鏢頭夥計們，是都持着傢伙，神氣十足，可是全不敢上前拼命，只把目光都盯在劉得飛的身上。

那小羅崇也下了馬，將手中的一對怪傢伙——判官筆，對準了劉得飛的胸和咽喉，就惡狠狠地走過來了。劉得飛只橫劍挺身站立，問說：“你是要鏢？還是要命？要鏢就提防我的寶劍，要命你就趕緊逃走！”

小羅崇獰笑着說：“什麼？你還叫我走？走也行，除非是你立時將鏢交還，還得把你的腦袋割下來，給我才行！”劉得飛氣的擰劍向他就刺，小羅崇以筆相迎。

他的這對判官筆，既可以當作雙劍，去刺人，更可以作為短棍，所以，只要是劉得飛的寶劍一來到，他就用筆去磕，本來就是凶得絕倫，至今更拼出了一切。

他右手的筆，如同毒蛇鑽穴，是突突地不住向着劉得飛的胸膛去點；左手的筆，是喀喀地專磕劉得飛的寶劍，有如吳剛伐桂之勢。同時，腳下是一步緊一步向前進逼，口裏還噴着唾沫說：「憑你這小輩，拉駱駝的小煤黑子，連你師父都不要你了的龜孫子！你竟敢……惹了追魂槍還另論，你還膽敢來冒犯我？你也不打聽打聽大同府的三對筆？我父親魁星筆老羅龍，我哥哥閻王筆大羅岱，那都比我還厲害哩！你竟敢惹我們羅家的筆？好個瞎了眼的龜孫子，鼈小子！」

劉得飛被他罵得益為忿怒，起先還巧妙地與他迎殺，將劍時時躲避着他那筆，因為究竟劍是一種輕巧的兵刃，不可與渾鐵去撞，所以他的劍只是挽花、撩月，趁虛進取。怎奈小羅崇不管這一套，依然是兇猛地逼迫，這可真招得劉得飛的性起了，呼呼呼，反向羅崇逼近，也不顧他的筆能撞損了劍鱗，更不懼他兩面同時進取，只見寒光閃閃隨風至。小羅崇可也不含糊，雙筆齊掄，待劉得飛的寶劍劈下來，他就用筆去架；儘管架住了，然而他也覺出劉得飛的力大，劍也重。

一霎時，劉得飛忽又抽劍挽花，小羅崇又將筆去扎劉得飛的胸際。不料劉得飛向旁一側身，騰步跳起來；真是「得飛」，一點也不錯，比鷹還疾速，那劍就如鷹的翅膀子，唰的一聲向下來擊。小羅崇就像是一隻兔子，他的筆就像兔子的兩隻耳朵。但這兔子也很厲害，就用兩隻耳朵猛地去迎那鷹翅——寶劍。卻未料到劉得飛的寶劍並不向下擊，竟又以撥雲撩月之勢，向旁展開了，他就疾忙以筆去迎。更不料劉得飛的寶劍呼地向下削來，同時忽又翻飛而上。這一下，乃是玉面哪吒彭二真傳的劍法，更兼劉得飛的力猛手快，竟使得小羅崇無法招架。一時的慌亂，就聽喀的一聲，小羅崇一聲喊叫，就摔倒在血泊之中。他的右手連腕子帶那枝筆，全被斬斷，疼得他身體緊縮在一起。但那另一隻手中的筆，他還握着不放，並且猛向劉得飛擲去。可是不行，擲得不准，立時被劉得飛躲開了。

那邊的唐金虎喊一聲：「好侄子！快再給他一劍吧！」劉得飛當時又將寶劍舉起，但心中有點猶豫，因為小羅崇已經受傷了，何必還要殺他？所以劍還未落。而這時那山上的和騎馬的強人全都一齊擺手，嚷嚷着說：「不要！不要……」一個人就下了馬，過來向劉得飛抱拳，說：「劉大鏢頭！請你手下留點情！他已經成了殘廢，今天我們都算是栽了跟斗啦！可是，君子人不做絕事，你給他留一條活命，將來冤仇還可解；你要是下毒手，那他可還有他的老子跟哥哥，並有許多的朋友。」

劉得飛說：「我也不怕他的什麼老子跟哥哥，什麼魁星筆、閻王筆，誰管他什麼筆？劉大太爺全不怕。你們把他抬回去吧！叫追魂槍吳寶可也小心一點！」當下，他也就不再理這些人了，向着唐金虎笑笑，說聲：「咱們走吧！」遂又上了馬。這時的一些人看了這場血戰，有的不禁膽戰心寒，有的卻又皺眉咧嘴，車上的女眷們把眼睛閉着，連看一眼也不敢，當時這一隊鏢車又咕隆隆地走動起來。

爬過了這道山嶺，迎面雖仍有挾着沙塵的風陣陣吹來，可是毫無阻擋，劉得飛意態自得，一些人對他是越發敬佩。如是，又走了一天多，便到了張家口。

這樣大的鏢，憑一個人保着，竟能夠毫無損失，平平安安送到了此地。也不用有人給傳揚，這裏的人，尤其是鏢行，早就都知道了在馬脖子嶺，劉得飛劍傷判官筆的那件事情。何況跟來的小鏢頭、大夥計和那些趕車的又是一宣揚，把北京城天泰鏢店門前的那件事，說了個真真切切，誰能夠不信？

還有一個新從北京城來的呢！那也是北京鏢行有名的人物，開設着敬武鏢局，姓盧名天雄。在那一天，天泰鏢店門前的情景，他是親目所見。劉得飛不但是個後起之秀，簡直是猛勇無敵，可稱為江湖第一。盧天雄本來就是此地的人，又很有名，經他這麼一說，立時，就無人不知劉得飛了。

　　按理說，鏢到了當地，保鏢的人應當親自拜訪本地的各家鏢店。唐金虎在這裏原有不少熟人，他剛要帶着劉得飛向大家去介紹介紹，同時想給他自己也吹一吹：「我是他的師叔！」不料，他還沒有這樣去辦，本地十多家鏢店的大鏢頭，就全都到棧裏來拜訪劉得飛。這個問他與追魂槍吳寶結仇的經過，那個向他又細問與判官筆惡戰的情形。這個說：「久仰大名！」那個也說：「尊師彭二爺也是我的老朋友！」簡直把劉得飛給捧上了天。劉得飛真受不慣這個，他也不會說什麼話，只是見了人就抱拳、拱手。

　　盧天雄是比他們前一日趕來的，好像是另有用意，特別地跟劉得飛接近，當晚就請劉得飛到他的家裏去吃飯。他是住在一家名叫鎮成鏢店內，這鏢店的掌櫃的就是他的胞兄，名叫盧天俠，外號叫鎮長城，是一位老英雄了；買賣做得也不錯，在本地可稱第一，用着不少鏢頭和夥計，卻沒有外人，不是他的兒子、侄子，就是他的徒弟。他有一個女兒，不但會寫賬，還裏外的事情全管。

　　劉得飛是同着唐金虎來的，他一進門，這裏的許多人就爭着瞻仰他。他先被讓到櫃房裏，就看見了一位年約十七八歲的大姑娘，坐在賬桌旁，正在劈里啪啦地打算盤，手上戴着兩三個金戒指；長得雖說有點黑，可是模樣真不錯。她專心地寫算，並沒有注意劉得飛。劉得飛被讓得落座，盧天雄又向他的哥哥盧天俠誇讚起來劉得飛在天泰鏢店門前，及在馬脖子嶺，那兩件堪稱驚天動地之事，把劉得飛說得真如生龍活虎。旁邊的人聽了，都目瞪口呆地對着劉得飛，那位寫賬的姑娘，就不禁也直向他這邊來看。

　　她的爸爸跟她叔父也沒有給她向劉得飛介紹，她好像有點不高興似的，推開算盤就走了。臨出屋的時候，她由劉得飛的眼前經過，又盯了一眼。劉得飛也看了她一下，見她穿的是青衣裳，綠褲子，梳着一條大松辮，腳下是繡花鞋。

　　劉得飛不好意思多看人家的姑娘，他除了對於這位姑娘會打算盤，也會寫賬，感覺得有點稀奇之外，他並沒有想到什麼。唐金虎卻問說：「這就是侄女嗎？」盧天俠點頭說：「對啦！就是那孩子。」唐金虎又問：「你老哥只是這一位千金嗎？」盧天俠撚着那花白的鬍子，微笑着說：「她是第二的，大女孩子已經出嫁了，這個孩子……」唐金虎說：「想必是寫算皆通了，你老哥可真會養女兒。」盧天俠笑着說：「什麼吧！不過是小孩子家，沒什麼事，叫她幫幫我，好在我這櫃上也沒有外人。只是這個孩子的脾氣不好，總是缺少教訓之故。」

　　盧天雄卻在旁說：「我可不是誇我這侄女，她還是文武全材呢！文的雖不是會什麼詩詞歌賦，可是寫封信，記個賬，都是清清楚楚的，又好又快；武藝是自幼跟我學的，刀法精通，真叫她當個鏢頭都可以。她還自己練了一種武藝……」

　　他哥哥盧天俠，又去說別的話，仿佛故意攔阻他。而盧天雄卻又說：「我這個侄女，名字叫盧寶娥，簡直真是我們家裏的寶貝，我哥哥的這鏢店一時也離不開她。」盧天俠又笑着說：「因為我老了，常常想，奔波了半世，到如今這年歲，還不享點清福嗎？天雄他自己在北京做着買賣，不常回家，也不能夠幫助我；幸虧我還有這麼一個丫頭，所以我把什麼事，全都交給她辦，我才算省了心。」

　　盧天雄指着他的胞兄說：「我這哥哥的脾氣怪！連我嫂子都常跟我說，他只叫女兒給照料買賣，卻永不為女兒的終身大事想一想。」盧天俠又笑着說：「我這個女兒可不能夠馬馬虎虎地就嫁出去，想要娶我的女兒，他非得有一表的人才，精通的武藝，赫赫的名頭，家裏也得過得去……"盧天雄向劉得飛說："你聽！我嫂子時常托人帶去話，催着我給我侄女在京城找個女婿，可是我哥哥挑得又這麼嚴，我上哪兒給她找去呀？"說着，他就不住地望着劉得飛。唐金虎卻又用話在中間直攪，又去說別的。

待了會兒，就入席飲酒，接着菜飯也端上來了。吃完了，唐金虎就催着走，說是得回棧房上歇歇。盧天雄挽留不住，便命鏢店裏的車，把唐金虎、劉得飛二人送回去了，是時，已是二更時分。

他們住在棧房，是分為兩個單間。為什麼二人不在一個屋裏住呢？這就是唐金虎要擺一擺派頭。現在這棧房的屋子，幾乎全都被他們的人包下了，唐金虎囑咐劉得飛說："在此千萬不可露出一點窮氣來，處處都得吹着，這與咱們的買賣有關。因為這次出了名，以後就許不斷地要來張家口。盧天俠是這裏鏢行的頭領，咱們不可得罪他；他的兄弟盧天雄又在北京，咱們都是同行，嗣後更得常聯絡着，可是……"

說到這兒，忽然他又不說了，只把眼睛看着劉得飛，帶笑的問："剛才你看見盧天俠的女兒沒有？"劉得飛說："看見了又怎麼樣？"唐金虎笑着說："我不過是問問，你覺着那姑娘長得如何？"劉得飛說："我沒看清楚，我也向來不愛看人家的姑娘。"唐金虎故意納悶地說："那麼你將來就不娶媳婦了嗎？"

劉得飛聽人談到媳婦兩個字，就好像大姑娘聽人說到婆婆似的，立刻臉就紅了，搖着頭說："要媳婦幹嗎？不娶媳婦就不能夠活着了嗎？"

唐金虎伸着大拇指頭向他誇讚着說："對！這才是英雄的話！為人無論多大的本事，一近女色就完了！我看盧天雄現在是要用美人計。"

劉得飛問說："什麼叫美人計？"

唐金虎笑着說："沒有什麼的，我不過是隨口說說。這些話就不必提了，咱們還是說點正經的。現在鏢是交了，明天大概就可把賬全都算清。其實依着我的意思，明天就回去。回到北京你就看吧，不定得有多少號兒的大生意，都在那兒等着咱們呢！可是這些夥計都願意多歇兩天，他們還都想辦點貨，什麼口蘑、羊皮等等，都想要帶回去再賺一筆錢，可是我主張咱們絕不可在此多留。後天，無論如何也得走！"

劉得飛也願意快些回北京去，他是另外有一件心事，就是現在腰間系着的帶子和那些東西。他想着：小芳待我真不錯，她給我的這些東西跟金銀，我要不收下，倒像是看不起她啦。可是她對我的這些好意，我拿什麼報答她呢？給她買點什麼呢？因此也頗費了一些心思。

次日，唐金虎的鏢主兒把賬都算清楚了，沉沉的銀子四五封，約有三百兩。他就先給了劉得飛四十兩，叫他先花用着。劉得飛十分高興，跟一個同來的小鏢頭出去，買了五斤口蘑，一對狼皮褲子，還有一盒子奶酥，兩幅牛毛毯子，這全都是張家口的名產。他買來了，也不說明是送給誰，就拿回到棧房裏。盧天雄又在這裏了，可是見劉得飛一回來，他卻就走了；唐金虎把他送出門去，回到屋裏又氣又笑，說："到底是叫我猜着了，盧天雄用的果然是美人計！"

劉得飛又問說："什麼叫美人計？"

唐金虎說："這事情我也不能瞞着你。盧天雄跟隨在咱們的後邊來到張家口，他原來不只是看望他的哥哥，他卻是想給他的侄女作媒，他看上你啦！他的哥哥要招門納婿，叫你到他的家裏，不但作養老女婿，還得給他當夥計。盧天雄也是想跟你拉成了親戚，以後借重你的名聲和武藝，好幫助他保鏢！”

劉得飛一聽，不由有點生氣；同時又想起那盧姑娘，她叫什麼盧寶娥？長得可也不錯，會寫會算，聽說還有一身好武藝。唐金虎拍着他的肩膀說：“老侄！你不用生氣，我已經用話把他們頂回去啦。我說：不行！劉得飛他自己說過，他絕不娶媳婦！他是一條好漢子，以後是專心練功夫，交朋友，走江湖，絕不要家口之累。”劉得飛倒有些怔住了。

唐金虎又拍了他的肩膀說：“老侄，我是跟他們這樣說呀！叫他們死了心，斷了念頭。其實‘不孝有三，無後為大’，你又沒出家，還能夠真一輩子也不娶媳婦嗎？只是，憑你劉得飛今日有如此的名頭，又有咱們這買賣興隆的鏢店，你想說親，真的，要多少有多少。這就得端端架子了，得細細地挑一挑，選一選啦！憑盧天雄的侄女，昨天咱們看見的那個姑娘，長得那麼黑，好像是尉遲恭的二姨，張飛的三舅媽，李逵的妹子，包公的大姐，真還沒有我俊俏呢，會能夠配得上你？再說十八歲的姑娘還沒訂親，整天跟些鏢頭、夥計在一塊，誰知道她是怎麼回事？不過就是認得幾個字，會算帳，可是那算什麼？開鏢店做買賣，要叫媳婦管賬，那還能有出息？所以我就跟他們說了，不行，不行，劉得飛是我的侄子，由我這兒就不行。”

劉得飛眼裏的那個盧寶娥，倒實在不像唐金虎說得這麼難看，不過既是已經說出不行了，那就不行吧！他心想：實在說，可也真不行。我將來的媳婦，也是得挑選挑選。我覺着最合適的就是小芳，因為我們兩人有緣；從扔蘋果的時候她就跟我好，直到現在給我繡帶子、贈金銀，她實在是最關心我的。她長得又那麼白，而且好看，她的爸爸老常九人也不錯……只是，根本這是瞎想，根本這更不行！因為她不但已嫁了韓金剛，還有了孩子。我劉得飛是好漢子，絕不欺天害理，做遭人唾罵之事……

當日他的腦筋很亂，這才難辦呢！打天泰鏢店，鬥追魂槍，殺判官筆，那都不算什麼，惟有這些事——將來說媳婦的事，可真為難！盧寶娥既不行，小芳更不行，將來就是遇見行的，我也不要，我真決心做和尚了。

晚間，他宿在他那屋裏，孤燈一盞，客味淒清，窗外又簌簌地落下雨來。他將屋門關好，躺在炕上，先解下那條板兒帶子，翻來覆去地看了多半天；覺着活計真細，小芳的手兒真巧，這比打算盤、寫賬可難得多啦，女人還是應當學這本事才對。他又把那兩個小如意拿出來細看了看，這種東西也是金子做的，薄薄的，前面像是個小老虎頭，連着一個小鑔子似的，這就叫如意，聽說它的樣式很像是草書的“如”字，取吉利之意。皇上贈給有功的大臣，大臣贈給他的親友，尤其是訂親，或是祝壽，大都要用這種禮品。小芳把這東西贈給我，可不知是什麼意思？她也是願意我處處隨心，事事如意吧？她可不知道，無論我出多大的名，發多大的財，受多少人的恭維，我也還不算如意，我不喜歡，我心裏還有時難過；除非是再遇見我的師父彭二，他老人家照舊地跟我好。想到他的師父，他確實傷心，窗外的雨聲，更增添了他的愁緒，他就吹了燈，睡去了。

睡了也不知有多少時候，他在夢裏，突然有一點驚異的感覺，立刻就醒來了。這也是師父彭二把他訓練成的，只要是一醒，腦筋當時就清楚。現在他覺出屋門是開了一道縫，外面簌簌的雨聲還不斷在響，有一股潮濕的雨氣隨着風兒吹了進來。他覺出是有人進屋來了，他可不敢抬頭去看，因為這時要是一動彈，進屋來的這個人必定拿着刀，鋼刀一落，自己的性命就完了。所以他依舊裝睡，兩眼卻微微睜開，只見進屋來的這人已到了炕邊，穿的是黑布褲子，身材似乎不大高，竟伸來了一隻手。劉得飛一看，不由得驚訝，因為這是一隻纖纖的女人的手，指頭上帶着三個戒指！他可真害怕了，當時就翻身而起，嚷了一聲：「你是幹什麼的？」這女子卻也嚇了一跳，當時由炕上拿起來一件東西，呼的一聲，就跳出屋去了。屋門就開了，外面的雨下的還真不小。

劉得飛着急地說：「把我什麼東西拿去了？」他找了找，褲腰帶也在身旁了，可就是沒有了那兩個小如意。他當時就明白了，想必是在自己沒睡覺的時候，在燈旁拿出那兩個小如意來玩賞。大概在那時，就有人隔着門縫兒偷偷地看見了。其實那也不是什麼值錢的東西，她拿去就拿去吧！我也不要啦，反正我也知道她是誰啦！於是，他把屋門又關上，點上燈，系好了板兒帶子，穿上鞋，細細地再查看。別的東西全沒丟，就是那兩個小如意，真沒有了。他未免心裏有氣，就罵着說：「好不要臉！」

而這時，突然間門又開了，撲的一聲，外面的人把他的燈給吹滅了。其時快極，他簡直沒看清楚外面那人的模樣。他立時大怒，抄起寶劍就追出了屋，只見那人在雨中一縱身就上了對面的房屋，卻飛來了一枝暗器。劉得飛一伸手就接住了，見是一枝鋼鏢，就說：「你就是這本事呀？我犯不上理你。」遂就帶着氣把屋門又關上，關得嚴密的，把燈又點上，燈撚挑得很高，屋子真是亮得很。他就心說：你再來吹吧！反正我不理你，我劉得飛是好漢子！

當時，他就像賭氣似的，索性不睡了。待了半天，外面那人也沒再來，他就又把得來的那枝鏢，就着燈光細看，覺着分量極微，又細又小。這是一種女鏢，打也打不死人，不過，太討厭了，我真得趕快離開這兒。

雨下了一夜，到了第二天還不止。路上盡是污泥，車馬都不能夠走，這可真沒法子動身。唐金虎也着急，說：「我還不放心家裏呢！昨兒夜裏我做一個夢，夢見咱們一走，追魂槍吳寶就到我家裏大鬧，把我的小孩都給打傷了！」劉得飛說：「不致於吧？吳寶要是那樣，他一生的名頭更算完了。」唐金虎說：「是啊！我做的是夢呀。可，萬一要是真的呢？也別說吳寶就不能夠幹那事。他氣瘋了，什麼事情全都做得出。」劉得飛沒有言語，唐金虎也沒提昨兒夜裏的事，大概他是不知道，劉得飛也沒有告訴他，就把那枝鏢收起來了。

雨下得真愁人，待了些時，忽然鎮成鏢店又派了一輛騾車來，說是請唐掌櫃的跟劉大鏢頭前去吃酒，那兒全都已經預備好啦。劉得飛搖頭說：「我不去啦！」唐金虎卻又有點犯饞，就悄聲說：「咱們別不去呀！本來昨兒盧天雄來提親，我滿口地說不行，盧天雄臉上的顏色就不大好看；今兒請咱們，咱們要是不去，那可就把他們得罪了。既是同行，將來還要在這條路上做買賣，總是不得罪人為是，何況人家的盧寶娥長得雖然黑，可是個黃花女兒，人家自己還看得很重呢，咱們不要，別人搶還許搶不來呢。那件事就不用提啦，咱們還是不妨去吃他的菜，喝他的酒。」

劉得飛也不願把事情弄得太僵，所以他就跟唐金虎坐着車，冒着雨，又到了鎮成鏢店。今天這裏的菜酒預備得特別的豐富，盧天俠、盧天雄，對劉得飛招待得更為殷勤。

吃飯的地方仍是在那櫃房，一來的時候倒是沒有看見盧寶娥，可是待了會兒，因為有幾個夥計從外面收了賬回來，這就不能夠不把管賬的小姐請出來給算一算了。

　　當時盧天雄一邊吃着飯，一邊就派人到裏去請，並且說：“你去告訴寶娥姑娘，這兒沒有外人，還是唐大叔跟她的劉大哥。她要是還沒吃飯，就叫她也到這兒一塊來吃吧，我們的菜，還沒有動哩。”一個夥計答應了一聲，就出屋去了。

　　待了好長的時間，才見那盧寶娥打着一隻油紙傘從裏院出來，走到這櫃房的門前卸了傘進了屋，卻誰也不理。唐金虎帶着笑招呼了一聲：“我們這兒給姑娘留着座呢，來吧！”寶娥卻搖頭說：“我吃過了。”她真是連眼皮兒也不抬，一直就奔那賬桌，吧啦吧啦地去打算盤。她今天換了裝束，穿的是紅緞子的小夾襖，綠綢子的夾褲，特別顯出來嬌嬈。

　　這裏劉得飛不由得向那邊看了一眼，心裏卻想起來昨夜的事，暗想：我應當問問她，得叫她把那兩個小如意還給我，因為那是人家的！可是，萬一昨兒晚上的那人要不是她，是我猜錯了，那可就麻煩了！這件事在他的心裏斟酌了半天，結果是不好意思去跟人家要，因為那本來也不是什麼要緊的東西，更因為昨夜那件事，既是連唐金虎全不知道，也就不必再說出來了。他便發着呆吃菜，盧天雄給他斟了酒，他也就喝。

　　此時，盧天雄當着面又誇讚她的侄女，說盧寶娥的刀法多麼強，鏢打得多麼准，又說：“既能寫，又會算。這不是誇，她要是個男子，是我的侄兒，我早就把她帶到北京去啦！真的，說實話，她也許早就把什麼追魂槍吳寶跟判官筆小羅崇打得降服了！唐大哥跟劉鏢頭你們可別惱，果真那樣，這次的買賣你們也許落不着。我們在這兒有家，又有買賣，這條路上必定比你們吃的開。無奈，寶娥是個姑娘，是我的侄女，可就不能幫助我幹什麼了。”

　　盧天雄當着大家誇他的侄女，原不要緊，但是他這話味兒裏卻帶着點妒嫉唐金虎，輕視劉得飛的意思。劉得飛不禁笑了笑，但這笑似乎近於一種冷笑。唐金虎也忍不住說：“這也不要緊呀！盧二弟，你應當把侄女接到北京去，叫她幫你做做買賣，那你一定得大發其財！”盧天雄卻搖頭說：“不行！不行！我哥哥他把女兒養得太為嬌貴，在櫃房上辦事，他還放心！有幾次寶娥都打算跟着鏢車出去，闖練闖練，可是她爸爸不願意。”

　　這時盧天俠倒是在旁直擺手，說：“為這事，天雄常常跟我抬杠。咱們也不是把女兒養成千金小姐，卻是咱們原是好人家，雖說以保鏢為業，可不是江湖賣藝的，哪能夠指着姑娘出去做買賣呀？”

　　他望着劉得飛說這話，劉得飛聽了就頗表贊成，連連說：“對！對！女的哪兒成？我在鏢店也這麼幾年啦，從來沒聽說誰家鏢店有過女鏢頭。”

　　他是無意之中說出了這話，不料就被那邊的盧寶娥聽見了，當時就用眼睛向這邊來狠狠地瞪，劉得飛又微笑一笑。他這一笑，可笑出禍來了，那盧寶娥立時就站起身來，氣忿忿地問說：“你笑什麼？你剛才談論我什麼？”劉得飛也不由得生氣，就說：“我笑，你還能夠攔得住我嗎？這太豈有此理了！談論你的那是你爸爸。”盧寶娥說：“你也說來的！”

　　那賬桌旁邊的兩個正在交帳的夥計，趕緊給勸解，唐金虎跟盧天雄卻都不言語。盧天俠倒是說：“寶娥！不可跟劉大哥這樣。”盧寶娥卻尖聲地嚷起來說：“他是誰的劉大哥？我不認識他！什麼他在鏢行多年？我就沒聽說有他這麼個人！現在來到咱們這兒……”

　　劉得飛也忿然站起身來說：“不是我要來的，是你爸爸跟你叔父請我們來的！”

　　盧寶娥卻說：「他們請你來？我今兒卻要叫你們滾出去，以後你們還休想來到張家口！」劉得飛不由得更是冷笑，說：「你好大的口氣呀！」這時突見盧寶娥抄起算盤打來，幸虧劉得飛伸手給接住了，要不然准得把杯盤碟碗盡都打碎。

　　這時盧天俠氣了，怒喊道：「寶娥！你這是怎麼啦？給我得罪朋友，教人笑話我沒有家教！快走！」他的女兒可又抄起硯臺，用手高高舉着，還要向劉得飛來打。劉得飛也怒目相視，說：「你來吧！你的鏢我都不怕，這什麼算盤、硯臺，我更不怕了！」盧天雄倒怕下不來台，趕緊把他的侄女勸出屋去，勸回了裏院。

　　這裏唐金虎一直也沒有吭氣，他倒是願意盧寶娥跟劉得飛揪打起來，頂好盧天俠、盧天雄也跟他們打到一塊兒。那樣一來，雖說交情是吹了，以後還許成仇，可是畢竟比他們盧家兄弟用美人計，把我好容易給請到手的劉得飛奪了去，叫他們又得女婿又發財，叫我一個人落場空，將來還得挨吳寶的打，叫判官筆找我去報仇，那又強得多了。所以他現在就是坐山觀虎鬥，願意劉得飛怔來一氣，把盧家的人全都給得罪了才好。沒想到，沒有打起來，盧寶娥蛾眉直豎，杏眼圓睜地凶了一陣，經她的叔父一勸，她就往裏院去了。

　　盧天俠又給劉得飛敬酒布菜，說：「我這個女孩子缺少管教，劉鏢頭你千萬不要放在心上。」劉得飛居然又笑了，連連搖頭說：「沒有什麼的，我絕不放在心上。」唐金虎卻心說：喝！你的心可真寬，就是不能因此發生了嫌隙，可也不應當立刻就飲酒和好呀！

　　因此唐金虎不大贊成劉得飛，本想再譏諷他幾句，使他生一場大氣，拂袖而去，可是又想不起說什麼話，才能夠有效。他正在思索着，盧天雄進屋來了，說：「得飛！你可別在意，我那侄女就是這個脾氣！她回到了裏院直哭，這都是我哥哥嫂嫂自小時把她嬌縱的。可是你也別以為她跟你那樣，就是瞧不起你，那可就錯了。我這個侄女的脾氣怪，她看得起誰，才跟誰發脾氣呢！她越佩服誰，才跟誰越厲害，其實她的心裏倒是一點也不厲害；她要是看不起的，就連理也不理，瞧也不瞧。」

　　唐金虎也不知他是說了些個什麼，照他這樣一說，盧寶娥扔算盤，扔硯臺，向着劉得飛大發雌威，那還是因為跟劉得飛特別地好啊？他們是還沒忘了要把她嫁給劉得飛吧？這可不行，這是成心給我過不去，我非得想法子給他們拆臺不可。於是他就笑了笑，說：「二位盧老兄，說句實話，你貴府上的這位小姐，我跟我這個師侄，可都惹她不起。咱們也別因此耽誤了交情，我們已經打攪半天了，現在就要告辭。」

　　他是沒等着菜上齊，就要走，故意做出來不大高興的樣子，劉得飛也要跟他走。盧天雄說：「怎麼着？莫非真叫我那侄女，把你們二位得罪了嗎？」唐金虎擺手說：「沒有的話！卻是因為那位姑娘現在院裏直哭，我們在這兒喝酒，也喝不下去啦！再說萬一姑娘再看得起我們，一邊哭着，一邊拿出刀來跟我們拼命，那時我們可怎麼辦？動手吧，不對；不動手吧，幹挨。所以我們不如趁此告辭吧！」

　　那盧天俠的臉色此時頗不好看，唐金虎假若再說幾句，他們真能夠打起來。劉得飛也仿佛氣有些不悅，發着呆，瞪着眼，握着拳頭。盧天雄恐怕事情弄僵了，就趕緊叫鏢店裏的車，把唐金虎、劉得飛兩人送回去了。

第六章　　金鏢寶劍再度相逢　　俠士蛾眉深宵聚首

　　兩人回到棧房，唐金虎又把那盧寶娥挖苦了一頓，說：“長得不但黑，脾氣還那麼暴，簡直是個夜叉精。誰能夠娶她作老婆呀？倒貼兩萬銀子、十頃地，連我也不要！他們還想招你做養老女婿？這真叫作看不起人。明天，無論雨住不住，咱們趕快地走吧！倒不是怕他們，是真要跟他們打起來，太有點合不着！”

　　劉得飛也越想越是生氣。不過，要說那盧寶娥的脾氣暴，是真的；說她長得黑，那卻未免太甚，因為她長得雖有點黑，卻不難看，擦上胭脂粉還真漂亮。可是，誰管她漂亮不漂亮？快些離開這兒是真的。

　　此時的雨雖還在下着，但是越下越微細了，天光也越來越亮，到了傍晚之時，居然晴了天。夜間有些月色，劉得飛在屋裏真不敢睡，想起那個小如意，雖不是什麼要緊的東西，可是究竟不甘心；不過又想：也犯不上為這麼點事，就去向盧寶娥索要。

　　一夜無事。次日，車已套齊，馬也備好，帶着這次保鏢賺得的錢和辦的一些土物，唐金虎、劉得飛和他們手下的一些夥計，就離開了張家口；也沒人給他們來送行，盧家兄弟更都沒再照面。唐金虎心裏倒很喜歡，暗道：這麼一來，他們的那想頭就算吹了。省得我好不容易才搭上這個夥計——劉得飛，要叫他們一個黑丫頭就給拉了去，那我才冤呢！因此，他在路上就對劉得飛很是親熱、尊重。

　　走了一天，就到了馬脖子嶺這個險要的地方了。才過了山坡，劉得飛又想起那天與判官筆小羅崇，在這地方的一場惡鬥，真是痛快！闖江湖有那麼一件事，是永遠也不能夠忘。如今來到這兒，手還覺着有點癢癢，最好什麼魁星筆老羅龍、閻王筆大羅岱，也再來了這兒，跟我較量較量，那才算是更為痛快了！

　　這時唐金虎卻催促着說：“快點走吧！這地方可有點懸，你看四邊除了山就是樹林，連個村莊，連個人都沒有。咱們不怕誰，可是犯不上在這兒再出事！因為已經卸了鏢，又沒有客人跟着，咱們就是再做出什麼驚天動地的事來，也沒人看見，也不能給你去傳名；咱們要自己去跟人說，人家倒說咱們是瞎吹。走江湖的人就是，把本事要顯在明處，在這兒要是再跟人瞎打，那算是白得罪人，白費力氣，一點也不能因此抬高身份。快走吧！快點走回北京，咱們再跟同行的誇耀誇耀去！”他一邊笑着，一邊這樣地說，表現他的經驗、閱歷仿佛全都高人一等似的。

　　無奈因為是才下過雨，地面太滑，尤其這下坡路，騾子跟馬實在都不能快走。所以無論唐金虎怎樣催促，依然是走得很慢。唐金虎不由就生氣了，罵道：“你們真都是飯桶！怪不得我的鏢店開了十多年，永遠沒應過一件大買賣，從來沒保過一件像樣兒的鏢，敢情真不行！要不是我師侄，人家得飛幫助我，咱們將來真得挨餓！”他向他的一個老夥計，名叫禿尾巴鷹的，狠狠抽了一鞭子，說：“你還笑什麼？你不會接過鞭子趕着車，領頭在前，快一點嗎？”

　　他正在使脾氣，驀聽颼的一聲，一件什麼東西，從他的耳朵旁邊飛過去了；絕不是鳥兒，倒好像飛鏢。他不由嚇得打了個大冷戰，趕緊回首去看，就見那山坡上站着一匹黑馬，騎馬的卻是身穿一身青衣，頭上蒙着一塊桃紅色紗帕的女人，手擎着單刀，向下叫道：“劉得飛！你站住！”

　　唐金虎看出來這正是盧寶娥，他不由笑着說：“啊哈！這個丫頭的臉可真大！人家不要她，她還追下來？待我去……”他剛想撥馬迎上去，卻又覺着不妥，因為不知道這丫頭的本領到底如何？她既追了來，來意就必定不善，我把她弄回去，再吃了她的虧，那可真寒傖。於是他就向劉得飛看了看，說：“怎麼樣？她現在是逼上咱們來了！她又有鏢，這丫頭不講理，咱們是應當躲着她，還是跟她幹幹呢？”

　　這時那山坡上的盧寶娥，又連打來了兩鏢，全都被劉得飛毫不費事地接在手中。唐金虎一看，對於劉得飛就更加倍地欽佩，同時他一點也不發慌了，就說：“怎麼樣？你去鬥一鬥她吧？反正不給她個厲害看看，她是不死心，她是絕不肯走。我不好意思跟她怎麼樣，因為我是她的長輩。”劉得飛雖是很生氣，可真是不願意跟個女人去爭較。

　　這時盧寶娥又在上面叫他，說：“劉得飛，你有膽子來嗎？別以為你有多大的能耐，你敢跟我打一打才算……”這時候連唐金虎，帶一些個夥計和趕車的人，全都哄然大笑，把劉得飛笑得倒好難為情。他更加生氣，便抽出寶劍，催馬向上就走。

　　到了山坡上，那盧寶娥在馬上掄刀向他就砍。劉得飛以劍相迎，他也不下馬，只探身伸臂，巧妙地以劍抵擋，並想趁空叫盧寶娥負一點輕傷，也就算完了。可不料盧寶娥非常兇悍，把一口刀舞動如飛，寒光亂閃，逼近了劉得飛。劉得飛也就不客氣了，運劍迎殺。

　　兩人交手二十餘合，那盧寶娥竟撥馬往北山坡跑了下去，這下邊的一些人又都大笑狂嚷。劉得飛也就往下去追，明知道盧寶娥必定要回手打鏢，所以不容她緩手，就緊緊地追到她的背後，相離不過二尺。盧寶娥在馬上翻身掄刀，劉得飛卻將劍平着向她的左肩一拍，啪的一聲，說：“你還不快些走！”

　　盧寶娥吃了一驚，當時更急了，臉兒真氣得黑中透着紅；颼颼颼，掄刀又向劉得飛緊砍，馬也撥回來，向着劉得飛緊逼。兩匹馬的馬頭幾乎頂在一塊兒了，她把刀又高高地舉起，狠狠地殺來。劉得飛卻以劍一迎，只聽噹啷一聲響亮，劉得飛忿怒地說：“我是不願意傷你！你要是不服，咱們就都下馬，或是比拳，或是刀對劍，痛快地廝殺一陣，怎樣？”說時瞪起老虎一般的眼睛。只見盧寶娥的臉更紅，涔涔地由鬢邊滴下來汗珠。她忽地嫣然又一笑，雖然還舉着刀，卻不再兇狠，只是似羞似恨的說：“我問你，你為什麼瞧不起我？”

　　劉得飛說：“我也不是瞧不起你，我也用不着瞧得起你！”盧寶娥又問：“那……為什麼我叔父跟你們說了，你可不願意？”劉得飛莫明其妙地說：“你叔父跟我說什麼啦？我怎麼不知道？”

　　盧寶娥的臉兒更紅了，咬着嘴唇，待了半天，才說：“他大概沒跟你本人說，他可是跟唐金虎說了。說！你別假作不知道！”說着又瞪了劉得飛一眼。

　　劉得飛這才恍然明白，自己也覺着有些難為情，同時又更生氣，就說：“原來你為的是那事呀？告訴你，那不成，我怎能給你家做養老女婿？那辦不到。”

　　盧寶娥說：“不是叫你到我們家裏，是……你說叫我跟你到哪兒去，我就跟你到哪兒去。”說到這裏，她羞得似乎要哭了，刀放下去，頭也低了下去。

　　劉得飛搖頭說：“不是養老女婿，我也不幹，凡是當女婿的事兒，我就不幹。”盧寶娥抬起臉來問說：“那麼，你要幹什麼？什麼你才稱心？”劉得飛說：“我要幹，我就幹鏢行，我就保鏢，別的什麼事我也不幹！我什麼事也不能夠稱心，除非跟我師父見了面。”

　　盧寶娥用手指指他，笑說：“原來你是個傻子！得啦，我也不跟你廢話啦，反正你明白，你已經把訂禮給了我，你不能夠再娶別人啦！”

　　劉得飛急了，說：“誰給你訂禮啦？你怎麼胡說？你這個女的，是怎麼回事呀？”

　　盧寶娥冷笑着說：“不用再說啦，反正我已經告訴了你，咱們算是定啦！過些日我到北京找你去。”

　　劉得飛說：“你千萬別找我去，找我我也不理你！告訴你不行，就是不行，我這輩子也不想娶媳婦啦！”盧寶娥撥馬就走了，往北走了不遠，她還回首看看，又冷笑了笑，然後就縱馬向北，一溜煙似地馳去。這裏，劉得飛裝了一肚子氣，心說：怎麼這些個女人們，比男的還能夠拉得下臉來？這可真是怪事情！自己只好也撥馬，又過了山坡，就見他們那些車馬還在下面等着。

　　劉得飛放開了韁繩，飛一般地馳下。唐金虎一些人就問道：“怎麼樣啦？把那丫頭打走了吧？”劉得飛點了點頭。唐金虎又問說：“傷了她沒有？”劉得飛又搖搖頭。他實在不願把剛才那詳細的情形，對這些人說；因為是想着，為人應當學着忠厚，那盧寶娥能夠拉下臉跟我說那些話，我不理她就是了，我也不便把那些話去告訴別人，叫別人譏笑她。反正，我不遇着我師父，我也絕不娶媳婦，無論什麼女人；我不要她，可是我也不給她太難堪。

　　這就是劉得飛心裏拿定的主意，他真沒把女人當作一回事。早先，他還覺着女人似乎有點神秘，可是自從遇見了個小芳，又遇見這麼個盧寶娥，他真對於女人有些看不起了。

　　當下由這馬脖子嶺又往南去走，沿路上一些夥計跟趕車的，都不斷地談說着關於女人的事，他卻連聽也不樂意聽。唐金虎又對他說：“老賢侄！憑你這樣的武藝，憑你現在立下的這點名聲，將來一定要發大財。憑你這年輕，憑你這一表堂堂的英俊相貌，將來要一百個媳婦也有。”

　　他笑了笑，又說：“可也不能娶那麼些個，娶多了，她們淨得打架，還是娶一個好。不過這一個，可就得仔細地挑選了。別忙，將來我幫助你挑選！咱們非得要那有沉魚落雁之容，閉月羞花之貌；知三從，曉四德，還得身家清白，頭是頭，腳是腳，能洗會做，拿出去見得起人，那才行，那才不虧負你。這事兒你將來交給我辦，我的這兩隻眼，不是吹，最會替人家相媳婦。那盧寶娥，我一看就不行，你看怎麼樣？她還能夠拿着刀，騎着馬來追你，可見是個瘋丫頭。”劉得飛也不言語，不過心裏確實有些煩惱，自己也不明白是什麼緣故。

　　又走了幾天，便回到了北京城。他奪了天泰鏢店的買賣，保着那樣大的鏢，竟能夠平平安安地送到，又大搖大擺地回來。在馬脖子嶺，他折服了判官筆小羅崇的事，也傳揚開了，弄得鏢行裏無人不知，並且都驚為奇跡，把他看成了神人。所以，不但劉得飛，連玉面哪吒彭二之名，現在也時時為人提起，都說：「彭二有好徒弟！」又說：「咱們北京城出了這麼一條年輕的好漢，也是光彩，恐怕再沒有人能夠比得上他了！」

　　天泰鏢店現在是黯然無色。追魂槍吳寶的聲譽一落千丈，也看不見他出門了，更沒人敢把鏢交給他們去保了。悅遠鏢店，卻忽然買賣興隆，房子、院牆，全都刷新了，招牌也重新上了油漆，描上了赤金和朱紅，又雇了些夥計，請了幾個二三路的鏢頭，並且換了鏢旗。以前不過是破布上寫着悅遠鏢店四個褪了色的字，現在卻是用白紡綢繡紅字，是京都悅遠鏢局，唐金虎、劉得飛，兩個名字排列着也繡在上面。這樣的旗子就預備着好幾十杆，因為每天至少要出去三四檔子鏢，都得插這旗子。劉得飛卻不必親自跟着，只用他現在的名頭，就足以將江湖震住。

　　唐金虎現在是滿身的綢緞，他的老婆孩子也享了福了。櫃上永遠是不斷有人來講買賣，小買賣他們還一概不應。他的架子也頓然大了起來。早先，唐金虎不過是個平庸之輩，常在小酒館裏喝酒還欠着賬；現在，幾乎天天要到大飯館、大飯莊去坐席，結交了不少的達官顯宦、巨賈富商，平常的人，他連理也不理了。不過他對於劉得飛可永遠殷勤備至，供給錢花，供給豐富的飲食起居，就好像是曹操對付關雲長的那一套，聯絡得無微不至。

　　好在劉得飛人很老實，雖有別的鏢店主人托人、送禮，百計千方地要請劉得飛，還有人在暗地裏跟他說：「你為什麼不自己開個鏢店呢？唐金虎是個勢利小人，你忘了你早先不得意的時候，他對你是多麼冷淡了？好男子應當自己創一番事業，別再給他幹了！」劉得飛卻也不為所動，他整天是那麼誠誠懇懇的，好衣裳他也不穿，好吃的他也不愛，嫖賭的事情，他更是一點也沒有。

　　他常到早先那燒餅舖裏去坐着，跟那張歪子馮大、陳麻子等人，有如兄弟一般的好。他掙的錢都送到京西，孝敬了他的叔父劉大脖子，並周濟了一些家境困難的老親舊友。他對於鏢行的朋友無不和藹，稱人家為前輩，懇切地托人去打聽他師父的下落。

　　他有時還到那廟裏，什麼熏魚、杏仁茶、炸豆腐、硬面餑餑等，他想吃什麼就買什麼，因為現在他有錢了。可是那些個做小買賣的老朋友，如江四等人，又都不好意思要他的錢，都說：「吃吧，還給錢幹嗎？咱們是誰跟誰？難道連這麼點還過不着嗎？你也太客氣啦！」他可絕不願意欠人一文，尤其他對於那老常九，他吃一碗老豆腐，必定要給兩碗的錢。有一天常九病了，他就勸常九不要再去做買賣，他贈給了常九三十兩銀子，並且說，以後還可以隨時供給。

　　他就在常九的屋裏，又遇着一次那一回為小芳傳遞繡帶的小丫鬟。這小丫鬟直望着他笑，當着常九的面，他們不能說什麼。他走出了廟，小丫鬟也跟着他出來，手裏拿着一個空碗。因為她是專要買常九的老豆腐，可是常九病了，沒做老豆腐，她就索性不買了。她跺跺腳，向劉得飛說：「怎麼你說走就走嗎？」

　　劉得飛轉身回來，臉紅紅的，笑着問說：「還有什麼事兒？」

　　小丫鬟說：「你也不打聽打聽，我們五姨太太她近些日好不好？」劉得飛說：「她還能夠不好嗎？」小丫鬟說：「好？哼！反正沒有你好，你現在是發了財啦！」

劉得飛說：“我也沒發財！不過你告訴她，我永遠也忘不了她；無論她遇着什麼為難的事，只要她告訴我，我就萬死不辭。”

小丫鬟笑笑，說：“這才像是人說的話，得啦！你就走吧！以後你可常來，我有時也借着買東西常來，咱們得老通着點氣兒才好。”

劉得飛說：“以後我恐怕沒有工夫常來，萬一有什麼事，你可到悅遠鏢店去找我。”小丫鬟笑着說：“得啦！以後再說吧！只要你別忘了我們五姨太太就行。”劉得飛說：“不能忘。”遂就走了。他一邊走一邊想，自己真不能忘了小芳，不能忘了小芳這五載的知己，一片的恩情。她是我的姐姐，又如是我的長嫂，我將來必定要捨死忘生地去報答她！

他慨歎着，回到了悅遠鏢店。從此起，他越發地勵志，行事端正，磊落光明，因為他心裏有一位恩師和一位賢姊——就說小芳是他的賢姊吧，俱仿佛在鼓勵着他，他不敢有一點頹廢懶惰，或是自覺着不對的行為和念頭。

還有，他從張家口帶來的那一盒奶酥、五斤口蘑、一對狼皮褥子、兩幅牛毛毯，本來都是為送給小芳的，但是劉得飛常常的發愁，這怎麼才能夠送給她呢？由常九那裏轉送她是不行的，因為常九還不知道。假使常九知道了，那個老頭子也許弄不明白，還許把他女兒大罵一頓，也罵我一頓呢？是的，不能夠叫他知道。

那個小丫鬟倒可以替我傳遞東西，不過，不但夾着狼皮褥子跟牛毛毯進韓金剛的家，恐怕不行，就是拿着奶酥跟口蘑，要叫韓金剛看見了一盤問，可也准得出麻煩。出了麻煩就壞，弄得眾人皆知，誰能說我們是光明磊落，真是沒一點別的事呢？男女之事，尤其是一個著名鏢頭，跟個著名惡棍的家裏小老婆，到人的嘴裏還能有好話嗎？我的嘴又笨，不會辯解，只有跟人打架，越打架越得鬧得人都知道了，再說無論如何是我沒理。

不好，不好，那四樣兒禮物，等慢慢地再送吧！所以他見了那小丫鬟，從來就沒提過。他也不願多到那廟裏去，就是因為不願再碰見那個小丫鬟，以免跟小芳越套越深；深了可實在不好，拔不出腿來那可難辦了！

不料這一天上午，他剛在院子裏練完了功夫，忽然看見由鏢店的大門外，走進來一個小姑娘。這不是別的人，正是小芳用的那個小丫鬟，劉得飛覺着非常詫異。小丫鬟可一進門就看見了他，當時就一笑，跑着進來。劉得飛問說：“你是找我來的嗎？”小丫鬟笑着說：“不是找你，我還找誰？這些日子你怎麼不到廟裏去啦？我去了好幾回也都沒看見你，幸虧我們……”看見旁邊沒有別的人，她才說：“我們五太太知道你在這兒住着，她才叫我來。”

劉得飛悄聲問說：“有事嗎？”小丫鬟點頭笑着說：“自然是有點事，還是好事兒，可是在這兒不能夠說，你跟我到門口外去好不好？”劉得飛一想，門口外就是大街，雖然是跟這麼一個小丫鬟說話，可也難免招人的注意，遂就叫她跟到了自己的屋中。

小丫鬟一進來，卻不住的東瞧西望，說：“你這間屋子很好呀！就是你一個人住着嗎？”劉得飛點點頭，問說：“她叫你來，又有什麼事？”小丫鬟卻先不說，還是不住地看這屋子，又問：“你的老婆不在這兒住着嗎？”劉得飛的臉不由得紅了，說：“我沒有老婆。”

小丫鬟不禁又笑了，這才說：“我們五太太叫我來告訴你，今兒她要到西直門外羅天寺去，因為那兒有焰口，她去了至少也得住三天；叫你今天務必得去，好見一個面。”

　　劉得飛搖頭說：“我可不能夠去，我鏢店裏的事情太忙。”

　　小丫鬟說：“你白天忙，晚上還忙嗎？無論如何你今天也得去一趟，不然她一定不但生氣，還，真許死了！”劉得飛驚問着說：“為什麼事？”小丫鬟說：“我也不能跟你細說，你見了她的面，自然就會知道了。這幾天，她真難死啦！簡直天天地哭，想尋死，我勸她也不行；非得你去勸勸她，給她想個辦法。要不然，她可就回不了城了，她非得死在那兒不可！你千萬去一趟吧！”

　　劉得飛緊緊皺着眉，還沒有答應。小丫鬟卻就要走，並說：“我把話算帶到了，去不去還是由你，就憑你的良心啦！我還得去買東西呢，我可走啦！”

　　劉得飛把她攔住，正色地問說：“你非得把她到底是為什麼事情，她有什麼難處，告訴我才成。我看看若必須我去，我就一定去；不然，我可不能去，因為我沒那工夫。”

　　小丫鬟把眼睛一瞪，說：“既找你來，還能夠沒有要緊的事，拿你打耍着玩嗎？你要是救她，你就去一趟；你要是見死都不救，那也隨你。”說着，由劉得飛的胳膊底下一鑽，撞開門就跑出去了。

　　這裏劉得飛也沒往外去追她，只是呆呆的站着不住的發怔。他想：到和尚廟裏去與小芳見面，總不大好，可是聽那小丫鬟說，仿佛小芳現在已身遇大難。本來，韓金剛那傢伙待人還能夠好？小芳既在難中，不用說她還對我有好處，即使素不相識，我也得去救她，給她想個辦法，那才不愧是俠義英雄！於是他就決定去了。

　　劉得飛不禁心裏煩悶、疑惑，在屋裏待不住，所以又走到院裏。鏢店的夥計瞪眼獅子小程，向他眯眯地笑着，問說：“剛才找你來的小姑娘是誰呀？”劉得飛一時答不出話來，只說：“是朋友家的。”

　　唐金虎又叫夥計請他到櫃房裏，因為現在有幾件買賣。第一件又是往張家口，劉得飛便搖頭說：“我不去了。”唐金虎也笑着說：“你不去不要緊！好在這個買賣不大，隨便派兩個人，借着你的名聲去一趟，也就行了。再有半年，難道盧寶娥那個丫頭，還找不着養老女婿嗎？索性等她有了女婿，那條道兒你再去走，省得他們跟你瞎纏。”劉得飛一聽這些話，心裏真膩煩，真氣惱。

　　唐金虎又說：“另一件買賣是往東走，到豐潤縣，鏢也不大，也用不着你。還有一件買賣現在還沒講好。這股路可遠了，是要到河南開封府，可以借此機會，你再往南闖闖名聲。”劉得飛點頭說：“這個還行。”

　　唐金虎說：“那麼今天晚上你就跟我到天興樓去吃便飯，跟那鏢主兒見一面，商量商量好不好？”劉得飛卻搖頭說：“今天不行，今天我要出城去。”唐金虎說：“今天你是要回門頭溝去看看嗎？”劉得飛點頭說：“我要去看看我的叔父。”唐金虎說：“那麼咱們改在明天或後天再談吧，好在這件買賣倒是不忙，到月底，人家才往開封去呢。”

　　唐金虎對劉得飛是無事不遷就，遇着一點事情，就要獻殷勤。當下聽說劉得飛要往門頭溝去，他就問劉得飛是不是要支錢使用，劉得飛搖頭說：“不用，我的錢還存着很多。我也不會花。”唐金虎又說：“你這位老叔父，一個人在鄉下也很苦，為什麼不接到這兒來？這鏢店裏添一個人吃飯，算什麼的？”劉得飛說：“慢慢再說吧！”嘴裏這樣說着，心中對於唐金虎的這番隆情厚意，又是十分地感激。他對於人的好處，全都感念不忘，何況是小芳；今天無論如何也得去見見她，如果她真有大難，需人捨命殺身去救她，那正是報答她的機會。

午飯後，他就令鏢店的夥計給他備上了他最愛騎的一匹棗紅大馬，帶上了劍，又帶上了十幾兩銀子，他就走了。

騎着馬出了西直門，在關廂裏跟人打聽明白羅天寺的地點，原是順着長河一直往西去走。長河，就是西直門外的一道河，高亮橋就橫跨在這河上，這裏也就是昔時玉面哪吒彭二與追魂槍吳寶比武的那個地方。從那時起，彭二——他的師父，才與他分離。所以他來到這裏，心裏是很難過的。

河水清清，楊柳依依，天氣十分暖。這河畔，有不少洗衣裳的婦女，見了他的馬，都不住地扭着頭看，他卻不看人家；有些在河邊玩的小孩子，就在他的馬後邊追着跑，他回頭笑笑，就又走。

順着河岸走去約有四里地，便見道旁有一座大廟，面對着河。這裏的柳樹特別多，也都十分粗大，柳絲萬縷，都垂在水波裏；水也深而清，岸上還生着不少的綠草。廟門前有四五輛騾車，一頂轎子，兩匹馬，幾個轎夫在柳陰下蹲着賭錢，三個僕人樣子的坐在長板凳上，喝茶談天，很是清靜的。人不多，飛來飛去的小燕子和蜻蜓，倒是不少。

劉得飛一來到，向廟門看了看，那匾上有三個字，他只認得當中的那個天字，就知道一定是羅天寺無疑。下了馬將韁繩就系在柳樹下，托這村裏的人給他看着。一個正在閒談的僕人，卻問他說：「你是哪個宅裏來的？」

劉得飛一聽這個人竟把他也當作了什麼宅裏的僕人，他就搖了搖頭，說：「我是鏢店裏的。」

這人就又問他：「你是鏢店裏的，到這兒來可做什麼？」劉得飛說：「來找一個人。」這人說：「你找誰呀？你要找和尚，和尚今天沒工夫，現在裏邊正念着經呢。你要是找什麼宅裏的，今天來這裏燒紙的，只有我們這幾個宅裏的女眷，都是些太太們，你可來找誰？千萬別怔往廟裏去走！」

劉得飛一聽，倒不由得發了怔了。他的確不慣跟女人打交道，尤其現在廟裏的一定不止是小芳一個女人。若當着很多的什麼太太、姑娘，我更不能夠跟她說話；我尤其不能說，我是她叫來的，是要給她辦理什麼為難的事情，那就不定得叫別人如何的猜想了，她的臉上也一定掛不住，還得說我太冒失。真的，這可別怔來，我先打聽打聽吧！

於是他就找了一塊青石頭，坐下歇着，跟這三個都穿得很乾淨的富貴之家的僕人就談起來。不過人家談十句他只能談一句，因為他不敢多說話，怕把他心裏的事情，叫人家知道了。他也不會編謊，總也沒說出，他來到這兒是找誰。

這三個僕人之中，有一個最喜歡說話的，就告訴他說：「今天這裏不過是有一場小焰口，是外城御史衙門胡老爺的三太太、吏部侍郎家的二太太和御前侍衛韓老爺家的五太太請的。這三位太太是乾姊妹，娘家的媽全都不在了，太太們現在有了錢花，享了福，可不由得想起了生身的母親來了，這才請這裏的和尚給作一番道場，為的就是盡一點孝心。」

旁邊另一個僕人說：「要是正經的夫人太太，絕沒有這事，這都是些個姨太太。就拿我們的這位太太說吧，她本來是個從良的，離着家不定多遠哪，家裏的爹媽大概早就死啦，給我們老爺當了三姨太太，受了也不知有多少氣。早先夫人活着的時候，拿鞭子打，那是常事，現在才好一點。」

又有一個僕人說：「這裏邊頂年輕，長得最漂亮，人也最和氣，命也最苦的，恐怕就是韓侍衛的那個五姨太太了。你們想：她嫁了個韓金剛，她還能夠好得了嗎？早先聽說還得點寵，現在要不是她的兩個乾姊妹還有點勢力，早就叫韓金剛這小子虐待死了！」那好說話的僕人又問說：「韓金剛到底有多少個姨太太呀？」這個人搖頭說：「數不出來，現在至少也有十個吧，被他親手打死的就有兩個啦。」

劉得飛聽了這些話，不由得義憤填胸，覺得自己今天來得對，定要見一見小芳，問她受了那韓金剛多少屈辱，然後自己就急速馳馬進城，替她報仇。不然，空當個大鏢頭又算得什麼英雄？打傷了判官筆也不算好漢！如今那裏明明有一個色中的魔王，淩辱孤弱婦女的惡棍，我的寶劍剪除不了他，我就算白學了這身武藝！武藝原為的就是剪除豪強，扶助孤弱，仗義行俠。

當下他越想越生氣，越覺着小芳受苦，使他痛心，他就站起來說：「我到廟裏去看看。」那好說話的僕人說：「你到底是找誰呀？可千萬別去怔撞。」劉得飛點了點頭，就大踏步往廟裏去了。

廟裏的院落很深，人卻很少。往裏去走，就聽見念經的聲音，並敲着九音鑼、鐘磬，叮兒當兒地響，還吹着笛和笙，聲音宛轉、嘹亮，而含有些悲涼的意味。再往裏走就是正殿了，殿門大開着，當中高高地設着佛像。下面另一張桌上，擺設着好幾個靈牌，還供着祭菜。有三個女人，在僕婦和婢女攙扶之下，聽着和尚的指示，叫她們跪，她們就都得跪；叫她們起，她們就全起。

這三個女人倒是沒穿着縞素，可也周身沒有一點紅紫，都是青布的上身、青布的裙子，髮上也都蒙着青紗。其中一個是高身材的，一個是有點胖，年紀都有三十多了，跟在最後面的，就是那嬌小玲瓏而楚楚可憐的小芳。

這三個富室的姬妾，也都是薄命的人，在經聲咒語之下，在鐘磬鐃鈸的聲音裏，全都深深地低着頭，用白布的手巾拭着眼睛。一種悲哀的氣氛，觸到了劉得飛的心中。劉得飛注意地看，見攙扶着小芳的是一個僕婦，一個丫鬟，但並不是他認識的那個小丫鬟。這使他的心中，又不由得悶悶，因為連一個他所認識的人也沒有。小芳又不抬頭，沒看見他。他就想：我來了還不跟沒來是一樣嗎？究竟，小芳現在是有什麼急難的事情呀？我又不能夠趕上前去問，這可真叫人着急！

殿裏雖然鐘聲不停，經聲也那麼永遠念着，可是庭中清靜，不見人往來，小麻雀還直在地下跳。劉得飛就如同是一個泥塑的神像一般，呆呆地立在這裏。驀然，身後邊有腳步之聲，他回頭一看，倒嚇了一跳，原來正是他認識的那個小丫鬟，點着手叫他。他就跟着走，走到牆角一個磚砌的神廚旁邊。

這廚裏有一尊小小的泥像，是個白鬍子老頭子，大概是土地爺。小丫鬟就站在土地爺的旁邊，皺着眉，指着他，低聲地埋怨着說：「你真是個傻子，站在這兒看什麼？要叫兩位太太看見，不是給她招事嗎？咳！你可真是！你不會在廟門外去等着嗎？」劉得飛怔柯柯地問說：「我得等到什麼時候啊？」小丫鬟說：「那可說不定！也許叫你等到半夜裏十二點。你怕麻煩就別來！告訴你，你看見了沒有……」她用手偷偷地指向殿裏，說：「那個高身材的是胡家的三太太，胖胖的那個是祁二太太，這都是我們五太太的姊妹；可是你的事情也還瞞着她們呢，叫兩位太太知道了也是不行。」

劉得飛幾乎要歎出氣來，說：「既是這樣，何必叫我來呀？」

小丫鬟說：「不是因為想跟你見見面嗎！這次要是不見，你們這輩子也見不着。”劉得飛說：“咳！到底是有點什麼事啊？”小丫鬟說：“我沒法兒跟你說，我說了也不算，因為不是我自己的事，還是你等着見她吧。”劉得飛說：“現在倒是見着了，可是我也不能夠過去跟她說一句話。”小丫鬟說：“你不會等着她嗎？連這麼點耐性兒你都沒有，她可真是白跟你好啦！”

劉得飛說：“我想，我既不能跟她說話，等着她，我又着急。我們幹鏢行的人性情全是這樣，要辦就辦，要殺就殺，要砍就砍！”

小丫鬟驚訝着說：“喝！你看你說話有多麼橫呀？你吃了橫人的肉了嗎？你要殺誰呀？要砍誰呀？”

劉得飛握着拳頭瞪着大眼，忿忿地說：“我要殺韓金剛！我去砍韓金剛！我知道小芳受的這些苦，都是韓金剛幹的；憑什麼小芳年紀才這麼大，在五年前就叫韓金剛搶去做小老婆了？”小丫鬟擺着雙手說：“你別嚷嚷！”劉得飛點點頭，和緩了一些說：“我不嚷嚷，可是，我想她找了我來，絕沒有別的事，就是這件事。這其實很容易辦，你去告訴她，我立刻能給她報仇！”

小丫鬟搖頭說：“不對，她要是找你給去報仇，還用得着要見你的面嗎？我去跟你說一聲，也就行了。誰不知道你會打架，會跟人拼命，你都出了名啦！可是不對！我們五太太還天天心焦，怕你早晚闖出禍來，還想勸你改改脾氣呢！待會你見了她，可千萬別跟她說這些凶話，說出來，能夠把她嚇死。她找你的事兒，她可也沒跟我說，據我猜麼……”

她瞪了劉得飛一眼，又說：“你真是個傻子！傻小子！得啦！你就快出去吧！到廟門口外遠遠去等着。到晚上，我想非得等到晚上不行。這廟有個後門兒，到那時候，我想法子跟和尚把鑰匙要過來，開那個後門兒去找你。”看見劉得飛又皺起眉來，她就又瞪眼問說：“你覺着麻煩嗎？那你可以不等啊！這就都憑你的良心啦！”說着，一摔手就走開了。

劉得飛滿腔的疑悶壓在心裏，他慢慢地移動腳步，就見那小丫鬟也走往殿裏去了。他恨不得也跟着走進去，但實在還沒有那勇氣。他又看見小芳了，那玲瓏的身材，素淨的打扮，愁鬱的神態，白淨的帶着淚的俊俏臉兒，她是比早先瘦得多了，她，可惜也沒有抬一抬眼皮。

劉得飛只好向廟外走去，到了外邊，沿着廟牆走了一走，就見西邊果然有個後門兒，也可以說是旁門。這個門前的地面很窄，有一棵大柳樹，走不了幾步就是一個泥窪，通着河，現在裏面的水還不很多，可是已長了不少的蘆葦了。這個門閉得很嚴，塵土很多，像是向來也不開的樣子；但到了今天夜裏，就許要開了。劉得飛真不敢想，到了那時候是一種什麼情景，不過他覺着不大合適，那太鬼鬼祟祟的，仿佛並非英雄之所當為。

可是，事情都已說定了，別說半夜，就是等到五更天我也得等，這有什麼法子？除了如此，我就沒法跟小芳說話，永遠不說一句話也不行呀。已經是四五年的默默交情了，何況她今天找我又有要緊的事情。也就是這一回，我給她辦完事也就完了，永遠用不着再見面了。是的，今夜我都得把話跟她說明，我要把事情做得光明磊落。

他發着呆，在這小門前又站了一會，隱隱還能聽見廟裏的鐘磬鐃鈸，不住地奏着。他又想：得什麼時候才能夠奏完呢？心中不禁既着急，而且惆悵，只得仍然退回去，就又到了那三個僕人談天的地方。

這三個人，都翻着眼睛瞧着他，面上露出對他懷疑的樣子。那好說話的僕人就問他說：「怎麼樣啊？你找着了人沒有？」劉得飛搖了搖頭。那僕人又問說：「你到底是哪兒來的呀？找的是誰呀？」劉得飛依然搖頭，他就跟個傻子似的，口裏只說是：「我找的那個人沒來，大概他待一會才能夠來呢？」

這個僕人笑了，說：「大概你是上了人的當了！今天這裏沒有外人，只是幾位太太。再待會念完了經，我們也就都回城裏去了，這兒只剩了和尚啦！你就等着吧，到晚上這河裏可有鬼出來！」劉得飛聽說有鬼，可不禁有一點害怕，但是，誰管他？晚上就是連小芳都走了，我也要來的，只是晚飯在哪裏吃呀？看這裏的三個僕人，不但喝着茶，還吃着雞蛋糕，卻一點也不讓他。那邊的幾個轎夫跟車夫們，都是越賭越高興，什麼也不顧了。

暖風陣陣地吹着，太陽漸往西移去。他在這兒一時也不能安心，眼睛還時時看着廟的大山門；雖然他知道看也是白看，小芳是不會走出來的，那邊的旁門這時更不能開。他就問說：「這附近有賣吃食的地方嗎？」那有鬍子的僕人指着雞蛋糕說：「你來兩塊好不好？不用客氣呀！」劉得飛擺了擺手。這個人就向西邊指着說：「往西，再走不遠，就是北塢村，那邊有小舖。」

劉得飛點了點頭，又在這塊石頭上坐了一會，就想：越在這近處等着，越是叫人着急！不如索性到那邊去，找個小舖先吃點什麼，歇一些時，然後我再回來。那時這裏的車跟轎子大概也就走了，我再一個人在這兒等着，既省得餓一夜，又省得這些人淨看着我，他們也不知我是怎麼回事。這樣一想，他就自言自語的說：「好！我就到那邊去買點吃食，待一會⋯⋯」他故意地說：「我可不一定來不來了。」也沒有人理他這句話。

劉得飛去解了馬騎上，繞過了河，直往正西，走了不到二里地，便來到北塢村。這裏原是一個很冷落的小村，統共也不到五十戶人家；雖不靠近大道，可是因為附近的風景很好，尤其這春末夏初的時候，常常有人來遊玩，所以這裏開着一家很乾淨的野茶館，還帶賣麵飯。掌櫃的是個老頭兒，還有個老婆兒跟一個十六七歲的姑娘。姑娘很俐落，燒火、做水全都是她，不過她就是不管伺候客人。

劉得飛在這裏下了馬，馬就放在對面青草地上，他在涼棚下一條板凳坐下。老頭兒給他沏了一壺茶，他並要吃烙餅，當時老頭兒就吩咐那姑娘給做。那姑娘卻回過頭來問說：「是吃甚麼餅呀？吃油鹽的？還是吃蔥花的呢？」這聲音，仿佛比小芳的那個小丫鬟，說話的聲兒還好聽，因為是宛轉的，不那麼橫；更比盧寶娥那帶着土音的話腔兒，受聽得多多了。可又不知道小芳說話是甚麼聲音？因為他記不起來了，腦子裏也越想越亂。

老頭兒把姑娘的話轉來問他，他就說：「吃蔥花餅吧！」可又想：何必叫這姑娘麻煩呢？遂就趕緊改口說：「不用，我還是吃油鹽餅吧！」那姑娘看了他一看，仿佛是笑話他沒有一點准主意。當下，就見那姑娘由麵缸裏舀了一瓢乾麵，倒在盆裏，又倒上水，這時就在火上坐上了餅鐺。然後她和麵、擀麵、灑油鹽，兩隻手兒真快，比劉得飛打拳使劍的時候還快，不大的工夫，就把餅烙在鐺上了。

在這時候，劉得飛不禁又有一種感想，心說：將來是得想法兒娶一個媳婦兒，要不然誰管烙餅呀？老吃鏢店裏的飯，或是買着吃，那不但費錢，還不是滋味兒。咳，娶個媳婦可不是一件容易的事，因為哪有合適的呀？還得比盧寶娥長得白，還得像小芳那麼跟我有緣，又得像這個姑娘會烙餅，可就真不容易了！他也不敢太胡思亂想了，因為覺着那太不對。待了會，老頭兒就把姑娘烙好了的油鹽餅，給他拿來，他吃着仿佛都覺着不大好意思。雖然沒有菜，可是他覺着這餅也太好吃了，就就着茶，一連吃了五大張。看了一看，太陽還很高，他就趴在桌上睡了。

胡裏糊塗地睡了一覺，醒來夕陽已落，他這才趕緊算帳、付錢，拉着他的馬離開了這裏。但他卻不騎着馬，他的腳步覺着很沉重，往前走着仿佛有點發怯；不，好像是很作難似的：到了這個時候，他忽又感覺有點怕見小芳了。滿天的金色晚霞，光輝燦爛，映着長河，好像抖動着一條錦繡的帶子。楊柳舞得也更起勁，晚風猶帶春寒。蝙蝠四五隻，在他的眼前飛繞。

又來到了羅天寺的山門前，他看見那些騾車、轎子，車夫、轎夫，跟那些個僕人，現在已全都沒有了，地下留了一些騾子的糞尿。他不禁驚訝，心說：那幾輛車裏，也有韓家的車吧，怎麼如今也走了？莫不是小芳也回城裏去了？又想：不能，她是因為有要緊的事才找我，而且是約定好了的，她怎能夠沒見我的面，就回去呢？

可是他也沒法子去詢問，因為這一帶，此時連一個人也看不見。山門是已經關了，那個小旁門可還沒有開，並且不像是曾經開過的樣子。他又把馬系在樹旁，走近了廟，向廟裏側耳靜聽。他簡直懷疑自己的耳朵聾了，因為連一點聲音，任何的聲音也沒有聽見。他想向裏面大聲叫那小丫鬟，可是那小丫鬟叫什麼名字呀？至今他還不知道；又不能夠叫小芳，因為那不太莽撞了嗎？而且這事大概還不應當叫和尚知道。他又想：這其實不難，一聳步就可以跳過這堵牆，但覺着那樣也不對。

他只得又回到河邊的柳樹下，坐在那塊青石上等着，好在肚裏有五張那個姑娘給烙的油鹽餅，一點也不餓。此時，只有一兩個鬼影似的蝙蝠，回翔着，陪伴着他。漸漸，蝙蝠也沒有了，身邊的暮色越來越濃。

天空轉為深青色，霞光反變成了片片的白雲，黑了不大的時間，忽又越來越亮；因為東方，就在柳梢以外，長河的盡頭，天邊已升起來一個半圓形的月亮，旁邊還點綴着幾粒小星星。他不禁喜歡，心說：好啊！他昂然地站起身來，離遠了柳樹，自言自語地說：「月亮出來得好，省得黑摸咕咚的，倒像是幹什麼見不起人的事；這倒叫月亮爺看看，我劉得飛做事是光明的！」

他看着廟前這塊地方，既平坦而又乾淨，沒有人。月亮在天空像是懸着一盞燈，正可以在這裏走一趟劍。於是他從鞍旁，鏘然抽出了劍。這口劍是他師父留下的，他日夜摩擦、舞練，但此時他倍加睹物思人，因為他已經感覺到他同小芳的事，現在已走到了很危險的一步。這一步，就可以看出他是不是一個知恩尚義的好漢，肝膽血性的豪傑，也許由此就以性命酬知己；倘若意志不定，那將來就見不起師父。

他在廟前抖起了寒光，劍鋒指處，寶劍疾進，身軀騰轉，腳步飛揚；忽然如大鵬扶搖於雲霄，忽然又如猿猱潛行於平地。此時只有明月在驚窺，稀星在偷看，片片的浮雲如隨着他的劍光在移動。他練得高興，簡直忘了他是在這兒等着小芳，忽然聽見旁邊有人說：「喂！別練啦！」

第七章　　月澹澹嬌女訴衷情　　仇深深群雄謀小俠

　　他這才急忙收住了劍勢，借着月光一看，原來那個小丫鬟已經走出廟來了。他手提着寶劍迎上去，小丫鬟的眼睛跟星星那麼圓，瞪着他，並且拿鼻子哼他，說：「你在這兒幹嗎？你怎麼閒不住呀？她都出來啦！」劉得飛趕緊往旁門走去，小丫鬟又說：「你快把你的刀放下吧！別嚇着她！你看你練了一腦門子的汗，成了什麼樣兒啦？傻子！」

　　他趕緊把寶劍放在廟牆根，拿衣袖擦了擦頭，跟着小丫鬟走到那旁門前，一看，卻是什麼也沒有。小丫鬟說：「你可還得在這兒等一會！」說着，推開了那小門，跑進去了，隨手又把小門關上。

　　這裏，月光照不到，風吹着他的頭跟身上，更覺着涼爽，心可倒突突地跳起來了，這是怎麼回事？他自己也不明白。

　　又等了半天，這半天他的精神可真緊張，才見那小門又開了，月光裏一閃，一條纖細的影子，無聲地、嫋娜地走了出來。他知道就是小芳，他的心，簡直要跳出來了，但他可不敢邁步了。小芳可也止住了腳步，定睛看了看他，也像是有點遲疑似的。但是，因為他不向前，結果小芳就像是被吹來的一朵花似的，那麼飄搖地走到了他的近前。他這才看見了小芳頭上的烏雲，身上的裙裾，模樣兒也隱約地看出了，並且見她在青小襖上罩了一件繡花的長坎肩，正仰着臉兒望着他。

　　劉得飛的臉直發燒，一抱拳，嘴裏說……可說什麼呢？心裏不錯是有話，腦子卻全都想不起來了，嘴更不管用了。他就笑了笑，說：「我，我，我等了多半天啦！我都吃完了飯啦……」小芳嫣然而又淒慘地微微一笑，這美麗的可憐的小臉兒，依然仰望着他，他就又向小芳拱了拱手。他也怪了，到了這時仿佛只會抱拳與拱手了。不想，一下子，他的右臂就突然被小芳的兩隻手揪住了。他大驚，趕緊往後去退，但小芳將頭也貼在了他這只鐵臂上，就抽搐、哽咽地哭泣起來。

　　月光照着他們兩個人，小芳的柔秀頭髮與閃爍的耳環，就壓在他的臂上，使得他的臂無法伸展了，並且分明小芳的淚水已汪然地流濕了他的胳臂。這使得他感情興奮，而又心裏發痛——他的心從沒有這樣疼痛過，他就說：「幹嗎呀？有什麼話對我說！」

　　小芳忽然痛苦地，雙手搖晃着他的臂說：「只要，我今天能夠跟你說半句話，我就死了，也不冤！”劉得飛說：“你也別死呀？有事說出來，我給你去辦呀！”

小芳更傷心了，在他的胳臂上搖頭，說：“我也沒什麼事，用不着你給辦。我就是，五年前，不知為什麼，我就跟你……”劉得飛說：“是，我也還記着，你扔了一個蘋果給我吃。”小芳跺着腳說：“那蘋果不要緊，卻是我的心！仿佛從那個時候，就都……”她更哭泣着說：“都給了你啦！”

劉得飛對這句話，可是不大十分明白，不過由此倒想起了往事，拉駱駝背煤的時候，尤其是那天才認識的師父啊！他不禁也難過了起來，就說：“你放開我的胳臂吧！”

小芳卻跺着雙腳說：“不！我要永遠在這裏揪住了你！”

劉得飛心說：這才難辦呢！這真比盧寶娥還難辦呢！而且這又同不得盧寶娥，我能夠跟她比武；這，這是我的恩人，是我的姐姐……因此他就也慷慨悲痛地叫了出來：“姐姐！”

小芳抬起了臉來，含着眼淚又向他嫣然一笑，說：“你別也難過呀，你是有名的英雄劉得飛呀！”

劉得飛趁勢輕輕地拿回來胳臂，深深地到地一躬，說：“我劉得飛沒有父母跟親人，只有一個師父，他老人家也走了！我不會說話，我保鏢也不為的是錢，也不為的是打人。我打人，得打那壞人。誰欺負我師父，或是害了你，我就一定打他。姐姐！你告訴我，韓金剛待你怎樣？你叫我拿我的頭去換他的頭，我也立時就幹！”

小芳搖搖頭說：“那些事現在倒不用說，哎呀！你原來是這麼一個老實人。”

劉得飛垂手侍立，低着頭說：“是，我什麼也不會。”月光已漸移過來，淡淡地浸着這雄壯少年英雄的全身，他在這纖小的美麗少婦的眼前，像個綿羊似的。

小芳便把頭抬起來，拿手帕揩拭眼邊的殘淚，又微笑着問說：“你明白我吧？”劉得飛點頭說：“我明白。”小芳停了一停，欲語複止，結果又帶着顫聲兒的問：“你明白我的心吧？”劉得飛又點頭說：“是！我明白姐姐的心。”

小芳忽然着急地說：“你別叫我姐姐！什麼姐姐姐姐的，我不愛聽！”

劉得飛倒為難了，心說：我應當叫什麼呢？他不敢太抬起臉來，因為小芳現在的臉兒是正迎着月色，她那好看的頭髮，那清秀的眉毛，那明麗的眸子，那不高不低的鼻子，那會噴出許多好聽的聲兒的小嘴，那……

這時風兒撩動她那鬢邊的秀髮，益發撩起了劉得飛記憶中的往事。在往時，他的確對於小芳有過一點不應當的念頭，其實那也只可說是一種不具體的幻想。但是後來，尤其是小芳贈給他那條板兒帶子之後，他就一點不應當的幻想也沒有了。如今他雖看見了小芳的美麗，但這卻是一種聖潔的美麗，如觀世音菩薩的像，雖然美麗，卻只令人起敬，而不敢褻瀆。

小芳又說：“你知道，我十五歲就被韓金剛硬搶到他家，為搶我，他打得我的爸爸吐了血！直到現在，我爸爸還賣老豆腐。韓家的門他不登，韓家的錢他不要。我在韓金剛的家裏，為什麼能夠待這些年呢？”

劉得飛說：“我知道，你是因為有了那小孩。”

小芳急躁着說：“誰說那小孩是我的？就是我常抱着的那個嗎？那……哎呀，原來你還不知道？我那丫鬟她沒告訴你呀？你去打聽打聽吧！沒有人不知道的，那是韓金剛的四姨太太的小孩。他的那四姨太太，比我先進他的門不到半年。我一進門，四姨太太就受了氣，又待了兩個月，她就生那小孩。可是有一次她因為招惱了韓金剛，被由屋裏踹到院中，就那麼給踹死了……」

劉得飛忿然地說：「韓金剛竟是這麼一個殺人不眨眼的東西！」

小芳緊擺手說：「你聽我慢慢說。我因為那孩子沒人撫養，我才抱着她，可是我也不是為那不是我的孩子才活着。告訴你，我是時時刻刻地心裏惦記着你，在韓金剛跟前，我也是時時當心着他跟你的事。」

劉得飛驚詫着說：「他怎麼常提我嗎？」小芳說：「他不但是常跟吳寶那些人提你，還常提你那師父彭二。」劉得飛趕緊又問說：「他們知道我師父現在哪裏嗎？」

小芳說：「咳！你這個人糊塗！我不能跟你細說。因為我一細說，你必定要生氣。不過你也放心，你師父一走，他們起初也不把你放在眼裏，現在可又都不敢惹你了。再說我跟外城御史的三太太拜乾姊妹，也為的是你。反正你暫時不要緊，可是將來，你還得提防着點吳寶跟韓金剛。」劉得飛聽到這裏，氣得更說不出一句話來了，只是哼哼地冷笑。

小芳又拉住了他的胳臂，仰着臉望着他，悲切地懇求似的說：「我不該告訴你，告訴了你一定又去找他們打架，你可千萬不要那樣！求你答應我這件事。」

劉得飛又想了半天，才點頭說：「好！我不去找他們打架，可是他們不能再欺負你！」

小芳說：「我現在有了兩個好乾姐姐，我也再不怕他欺負了。就是，我常想，我給他永遠做一個五姨太太，算是怎麼一回事呀？我跟你一樣的還年紀輕，我知道我已不配……，只是我又盼着你能夠……」

劉得飛說：「你叫我怎麼樣，我拼出這條命報答你！」小芳驚喜過望，笑着說：「真的嗎？那我可……」她似乎是又慚愧又而感激，就說：「那麼，你千萬聽我的話！你以後遇事也得忍着點，別一來就打架，像那天在天泰鏢店門口時，可真把我嚇死了！」劉得飛微笑着說：「那不要緊。」

小芳又流着淚，跺腳着急地說：「我知道你的武藝好，不過究竟我不放心！連保鏢的那個事情，我都不願意叫你幹。」劉得飛說：「只要我找着我的師父，我就不再保鏢啦。」小芳點頭說：「那也行，我想要慢慢的，我給你點錢……」

劉得飛搖搖頭說：「韓金剛的錢我是絕不要了！你的錢也是他的錢，連你上回給我的那金子銀子，我全都一點也沒動，將來我全都還你。還有，前些日我到張家口去，帶了那地方出產的狼皮褲子、羊毛毯等等的東西，也為是送給你的，可是我還沒得工夫送你。」

小芳收起淚來輾然地一笑，說：「天都熱了，你送我那些東西，為的是熱死我嗎？得啦！就先擱在你那裏存着吧！暫時別送給我。我們那裏，除了我那心腹的小丫鬟香兒，哪個也靠不住。這羅天寺裏的和尚都是韓金剛的好朋友，要不然我在這兒住幾天都不要緊。我那兩個乾姊妹，倒是跟我好，可是她們不明白我。咱們倆的事，暫時還是不能讓她們知道……」

劉得飛昂然地說：「咱們的事，讓誰知道了也不要緊，敢說是光明磊落！」小芳聽了他這話，似乎又不禁憂愁起來。

月慢慢地往柳梢西移去了，風兒吹來更冷，河水在眼前一閃一閃的。小芳又將劉得飛的胳臂放下，正經地說：「那麼以後你把掙的錢攢下一點。」劉得飛說：「我都沒有花，我也不會花。我攢得的錢，預備將來都給我叔父，因為我叔父現在西山門頭溝住着，就仗着我養活他。”小芳說：“為什麼不在西山那邊買幾畝地呢？”劉得飛說：“因為我攢的錢怕還不夠。”小芳說：“我能夠借給你，再湊上你攢的錢，慢慢的置上地；只要有十幾畝，就夠一家子吃的啦，將來連我的爸爸跟你師父，都可以上那兒去住，那不好嗎？你也得有個家呀？”劉得飛說：“對啦！以後就這麼辦！我攢下的錢就交給你，你給我存着，等到夠了的時候再買地。”

小芳笑着點了點頭，仿佛對於他這話，很是滿意。

她嫋娜地向南走了幾步，劉得飛也跟着往那邊走去。忽然小芳又回身止住了步，仰着臉兒望着他笑，問說：“你看，這個地方兒好不好呀？”劉得飛點頭說：“挺好！”小芳嬌媚地笑說：“那麼以後咱們要是再見面，也就還在這兒。”

劉得飛問說：“以後還有什麼事要見面？”小芳說：“事情多極了！以後我無論遇着了什麼為難的事，可都得你給我拿主意！我好不容易才找着了你這麼一個依靠，你千萬不准變心。”劉得飛點頭說：“行！行！”

小芳忽又問說：“我還問你一件事，你早先沒成親？”劉得飛說：“什麼？我早先是成心？哪件事呀？”月光照着小芳的臉有點紅，問說：“你這麼大了，你的叔父還沒給你娶媳婦，一定是因為你早先沒有錢，娶不起，也訂不了吧？”

劉得飛真不願意聽人家問他這種話，同時，他的腦子現在又想到追魂槍吳寶跟韓金剛的身上，心裏又不禁在冒火；對小芳問的這話，他根本沒注意，根本沒有十分聽明白，但是他又把頭點了點。小芳卻仿佛有點不高興的樣子，然而又很關切地問着說：“那麼，你現在當了大鏢頭啦，有了錢，也有了名了，難道就沒個人要給你說媳婦嗎？”

這……劉得飛本要立時就把盧寶娥的事情說出來，可是又想：說不得！不是為別的，是小芳給我的那兩個小金如意，都叫盧寶娥給偷了去啦！小芳倒不能為別的事生氣，為這事她還能不生氣嗎？好！我給你的東西你不好好收着，卻叫個黑臉的姑娘都給偷了去啦？這也顯着我武藝不高呀！不能說，一說出盧寶娥，就全都得說，還是不能說。所以他就把頭搖了搖，說：“沒那事兒！我也不要！我倒不管臉黑臉白，我是都不要；會打算盤、會打鏢的姑娘，我也不要！”

小芳噗嗤一聲笑了，又問說：“那麼你要……”說到這裏，她把話止住，忸怩、赧然地笑着，把劉得飛望了半天，忽又問說：“那麼你覺着我怎麼樣？”問出這話來，她立時低下了頭去拿手絹拭淚。

劉得飛說：“你好，這還用說？咱們兩人早就有緣。”小芳聽到這裏，感動得不住地哭泣，仿佛連站都站不住了。

卻聽劉得飛又打了個呵欠，道：“天不早啦！我要困了，因為我練功夫，天天早晨戴着星星就起來，晌午也不睡覺。這時大概有三更天啦，我可真熬不住了。你也該回廟裏睡覺去了，待會兒和尚還念經嗎？”他問這話，小芳卻不回答。他就又問：“以後這兒不再念經的時候，你還來嗎？你告訴我，省得我來的時候撲空。”小芳卻依然拿手絹拭着眼睛。

劉得飛忿然說：“你也用不着再傷心！反正，追魂槍吳寶跟韓金剛，他們不再欺負你跟我便罷，只要是再敢拔咱們的一根汗毛，哼！你看……”他跑到牆根，把寶劍抄了起來。小芳一眼看見了，就說：“你快點收起來吧！我看着害怕！”劉得飛微微笑着搖頭說：“我不能夠怎麼樣！因為我已經答應了你，我不去找他們打架。可是，天真不早了，你也應當睡覺，我也該走了，以後咱們只要常常見面就得啦！”

　　小芳突然又趕過來，緊緊地拉住他的胳臂說：“這可是你說的，從此以後常常見面。”劉得飛點頭說：“一定！”小芳又鄭重地問說：“你可是說的咱們是定下了緣？”劉得飛說：“沒有緣我今天還不來呢！咱倆早就有緣。”小芳又說：“永遠？”劉得飛說：“一輩子！”他歎一聲，又說：“大丈夫知恩報恩！這話也不用說，將來都得叫你看見。”小芳慢慢地松了手，說：“這就行了！那麼……”她此時又轉悲為喜，但是依戀不捨地說：“我可要回廟裏去了。”劉得飛說：“明天晚上我就許還要來。”遂就站住。

　　待了半晌，忽然小芳又笑着問說：“你怎麼不走呀？”劉得飛說：“我得等着你進了廟，看你關上了門，我才走，要不然我不放心你。”小芳又笑笑，笑的樣子更是美麗，她就又嫋娜地走去。她才走到小旁門前面，那小門就從裏邊開開了。她一步邁在門檻裏，一步還在門檻外，又回首向着劉得飛笑，並點了點頭。劉得飛提劍抱拳，就見小芳慢慢地進去，小門兒也慢慢地關上了。

　　月影愈向西移，光愈低暗，地下的樹影、牆影，全都十分模糊，河水也仿佛變黑了。天上的雲更多，星光全隱，夜風吹來颼颼地響。劉得飛悵然地走到樹下，將劍入鞘，遂就解下馬來，慢慢地，一步一步地離開了這座廟。他又回首望望，不知道小芳這時進到廟裏，是就睡了呢？還是哭泣？或是喜歡？咳！總算是有緣，到底見了面，說了話了。以後還能夠常常見面說話兒，還許跟親戚一樣地來往呢？這緣還真不淺呢！真許就這樣兒永遠的，一輩子，直到她老了，我也老了。這倒不錯，我也不必娶媳婦啦！可是，娶了媳婦也不要緊，叫我的媳婦也常跟她見面說話兒呀！就是一樣兒，我媳婦管她叫什麼呀？叫大姑子？又不對；叫嫂子？媽的，韓金剛卻不配當我的哥哥！

　　一想起來韓金剛他又不禁氣忿陡起，心說：媽的韓金剛，他把小芳當他的小老婆，只要不欺負她，我倒不生氣；令人可氣的卻是，原來他跟追魂槍吳寶，兩人是一個人！逼走我師父、害我，原來不是吳寶一個人幹的，是有韓金剛給他出主意。得，我記住了！以後再說！

　　他這樣發呆地站立了一會，一生氣，就把小芳給忘了；遂回身牽馬，再走幾步，就飛身上馬，放韁疾馳。嘚嘚嘚這連串的馬蹄聲，震動在這夜靜無人的長河河岸，蕩起了滾滾的煙塵，而且跑起來也不怕馬撞着了人，所以他倒非常的高興。可是忽又想起了一件事，他就趕緊將馬勒住，心說：不行呀！這時候正在半夜，店門也都關了，我想去投店住宿，店家也一定不收；我要進城，城門可非到天亮才能開。若叫查街的官人攔住我，問出才從羅天寺來，那可就把小芳也得說出來了；雖沒什麼的，可是究竟不好，別再往前走了！

　　當下他就下了馬，又一看，這河邊還很乾淨，不但沒有人，真許地下連個螞蟻也沒有。他打着呵欠，覺着疲倦極了。雖然身上穿的衣裳很乾淨，可是衣裳算什麼？髒了可以洗洗，將來還許叫小芳給我洗衣裳呢——不用，別累着她；我早先拉駱駝的時候，是隨便躺在地下就睡覺，那個樣子小芳都不嫌我，現在，真的，我應當還像那時候那樣灑脫。於是，將馬拴在河邊的一棵樹上，他就往地下一躺，雖覺着不大習慣，可是因為他太疲乏了，所以不大會兒，就沉沉地睡着了。

　　他跟他師父練功夫的時候，養成了一種習慣，如若沒什麼特別的事情或是聲音，就怎麼叫他、攪他，他也是不能夠醒；可是遇有特別的事情，或是異樣的聲音，他能夠當時就醒，腦子也立時清楚。他在這裏睡了多時，其實天都已經亮了，他可還在睡；雖然有往城裏去的騾車跟小車，咕隆咕隆，吱吱扭扭地響着，他可是並沒有十分清醒，身子又懶得厲害。這裏柳樹搖擺着春風兒，倒是十分涼爽，他願意再睡一覺。

又待了一會，忽然聽見一種異樣的聲音，卻是嘚嘚嘚嘚……；這聲音由遠處震動着地面，傳到他的耳裏，他立時就驚醒了。他急忙站起身來，一邊拍着衣裳上的土，一邊瞪目向西北方向去看；就見由道路的盡頭滾來了一片塵煙，原來是七八匹馬，馬上都是非常健壯，而且態度驕橫的人。他也沒細細的看，只見有一個人耳朵後頭生着許多黑毛，樣子很怪；這人的背後背着一件傢伙，罩着黑布的套，仿佛是笛子或是簫之類，但是一對——兩枝。劉得飛猜出來必定就是判官筆，他不由得一驚。幸而，這幾個騎馬的都沒有注意到站在路旁柳下的他，卻從他的眼前飛馳着過去了，像是往城裏去了。劉得飛扭頭望着這一片塵煙，心中詫異：這幾個人是哪路來的鏢頭？莫非是專為找我而來的嗎？

他發了一會怔，微風往他的脖子上吹着，柳絲都拂着了他的臉，河裏的水在眼前流着。他忽然又想：昨夜我為什麼在這裏睡了一個覺呢？想起來昨夜跟小芳見面，覺得是另一股味道，不禁又想了半天。忽然他又想到了韓金剛跟吳寶，不禁怒氣向上直冒，遂就解下馬來，騎了上去，一揪馬的鬃毛，他這匹馬也就嘚嘚嘚地向東疾馳，不一會就又進了西直門。

他回到鏢店裏，不禁有些慚愧，仿佛昨夜是做了什麼虧心事似的，暗想：如若被唐金虎他們知道了，還不得又拿我打趣嗎？卻不料現在的鏢店裏，仿佛是有什麼事似的，個個人的臉色全都顯得很慌張，尤其是唐金虎。一見了他，就說：“我的大爺！你昨晚上怎麼沒回來呀？我剛派了禿尾巴鷹，往門頭溝去找你，正發愁他還許找不着呢！幸虧你回來了！”

劉得飛不禁驚訝，就問說：“有什麼事？”唐金虎卻笑說：“你一回來，事情就好辦啦！別忙，跟我進櫃房來，聽我慢慢告訴你。”馬已經叫小夥計牽到棚下喂去了，劉得飛就拿着他的寶劍，發着呆，跟隨唐金虎走進了櫃房。

唐金虎說：“你昨天到底是上哪裏去啦？我可聽說有個小姑娘找過你。老侄，你年輕輕的，在外面幹些荒唐事，我也不怪你，可是，你在哪裏睡的覺呀？怎麼滾得一脊梁、一屁股、一臉的土呀？”劉得飛不由得臉紅了，自己也不能說實話，又不會臨時編謊。

唐金虎卻是沒往下再說，只故作從容鎮定，先叫劉得飛在椅子上坐下，然後悄聲地說：“昨天下午，你走了不大的工夫，利合鏢店的鐵天王薛五就來找我，說是他聽來的信：你的仇人，判官筆小羅崇的爸爸魁星筆老羅龍，跟他的哥哥閻王筆羅岱，全都快要來啦！”

劉得飛一聽，不由得驀然醒悟，就說：“我看見了他們一個，他們已經來了，可是我不怕！”

唐金虎詫異得怔了一怔，說：“你怎麼會看見他們了？他們是昨天晚上來的，可是聽說後來又出城去了，大概是又請了在京城附近住的幾個有本事的人，可不知都是誰？”

劉得飛說：“管他們是誰？我剛才看見他們都進城來了，我姓劉的一點也不怕！”唐金虎說：“你聽我細說！這一次，聽說只先來了羅岱，那老羅龍大概還在後邊，還沒來呢！”劉得飛忿然說：“無論誰來我也不怕！”

　　唐金虎卻揚目說：「你別這麼說，這一次要想收拾你的不只是一兩個人。小羅崇的爸爸、哥哥，跟追魂槍吳寶還都不算，又有卷毛獅子周大財。你別看他是你師父的把兄弟，因為嫉恨咱們的買賣好了，更恨你這麼一個後生小輩居然能出了名，所以也幫助他們。還有盧天雄，他的美人計沒使成，要把侄女嫁給你，你沒要，他也翻了臉啦，說是非把你踢出北京不可。這另外聽說還有一個人呢，那是你師父早先給得罪的。你知道嗎？那人是現在的御前侍衛，有勢有錢，並且也精通刀槍武藝……」

　　劉得飛站起來，握着拳頭大怒說：「我早就知道他！我還認識他，他就是韓金剛！」

　　唐金虎說：「你既知道就完了，這個人可惹不得！還有什麼太歲刀韓豹、黑虎鞭焦泰、賽黃忠、雙鐧靈官、金眼夜叉，這些人都是你的仇人。另外有些是跟着羅岱來的，他們還正在請人，反正這樣說吧！因為你小小的年紀，初出茅廬，北京城的鏢頭就都給你壓下去了，這就不行，所以他們非得把你收拾了不可，恐怕還得要你的命！」劉得飛氣得只是冷笑。

　　唐金虎卻又歎了口氣說：「昨晚上我一夜也沒有睡，我就為此事着急。我想如今只有兩個辦法：一個是你索性跟他們去拼，但只怕是不行，因為閻王筆羅岱，那本事一定得比你高，何況還有韓金剛、盧天雄，那許多人。萬一你有點舛錯，我也對不起你；第二個辦法是我把這鏢店關門，我帶着你去給他們一一謝罪，我想這個辦法還好……」說着，他就觀察着劉得飛的臉色。

　　只見劉得飛的臉真跟個紫茄子似的，尤其因為沾着許多泥土，兇惡得更像是泥塑的小鬼：兩隻眼睛皺在一起，跟鐵鍊子似的；那雙拳頭緊握着，仿佛是松不開了。可是他的兩隻眼睛起始是瞪得很圓，都幾乎冒出火來了，後來卻漸漸地有點洩勁，只見他發着呆，好像是想到別處去了。末了，他卻哼了一聲，說：「姓劉的不怕他們！給他們去謝罪，那是休想！可是我也不找他們去拼，我只在這裏等着他們，看他們敢來不敢來！」

　　唐金虎怕的就是這一手兒，那些人怎麼不敢來呀？來了還不先把這鏢店拆平了嗎？他說是要領着劉得飛去向人謝罪，那是激將法，實在他是恨不得劉得飛立刻就找那些人去拼。拼贏了，鏢店更得出名，發財；拼出禍來，那是劉得飛的事，他還可以說：劉得飛不過是他雇的！卻沒有想到劉得飛竟這樣謹慎起來，倒像是聽了誰的勸，把命看得很寶貴了。

　　當下唐金虎就不禁抓耳撓腮，又說：「我還聽了一個信兒，我不敢跟你說，你的師父，原來早就叫韓金剛給害死了！」劉得飛聽了這話，臉色又漲得發紫，瞪着兩隻大眼發了半天的呆，緊接着汪然地流下了眼淚。唐金虎卻微笑着，說：「好侄子！你哭不算是英雄，如今就是或者服軟，給他們去下跪，也別再想你的師父了；或者就去跟他們拼！找他們去，別等着他們找到這裏來。」

　　劉得飛聽到這裏，當時就忿然抄起了他的寶劍。可是，他似乎又想了一想，並沒有將劍抽出鞘來。他把許多的眼淚似乎是硬瞪了回去，什麼話也不再說，就走出去了。唐金虎趕緊跟着看他，看他要是拿着寶劍出門口，那可就好了，沒想到劉得飛沒出門口，卻走往他的那屋裏去了。

　　劉得飛回到屋裏，胸中怒不可遏，最難忍的是聽說了他師父的死訊，這真使他的心痛、腸裂。但是細細一想，覺着唐金虎的話不太靠得住，這倒不是別的原因，卻是他堅信師父玉面哪吒彭二的武藝高超，別人絕不是他的對手，絕害不了他。不過卻又想，師父走的時候可正在害病，而且韓金剛專以暗箭傷人，也說不定，師父是早已遭了他們的毒手了吧？

他心中將信將疑，想了半天，鏢店裏就開飯了。他到櫃房裏去吃飯，唐金虎陪着他，又說到了什麼羅岱、吳寶等人之事，並說剛才聽說他們確實由城外請了幾位人來，只還不知是誰，倘若是鎮京西佟老太歲，那可真得小心一點，那是幾十年來北方頭一位大俠，只是隱居多年了，想來他不會出頭管這閒事；可是也說不定，因為韓金剛的神通廣大。劉得飛聽了，只是一句話也不說，他心裏就在斟酌着辦法。

飯吃過了，他依然坐着發呆，可就漸漸地拿定了主意：覺着第一得趕快去打聽打聽，師父彭二，他老人家現在是生是死？如果師父還是安然無恙，那就與羅岱、吳寶、韓金剛，全都不相干。他們欺負我，我還是忍，因為我還得遵守着我答應過小芳的那句話，忍到最不能忍處我也得忍；可是如果證實我師父真是死在他們的手裏了，那可不行！那我就不能再管小芳，我得豁出了性命跟他們拼。

他這樣想着，不由就捶胸跺腳，真像忽然得了瘋病一樣，把唐金虎都嚇了一跳，但唐金虎的心裏卻很喜歡。劉得飛說：“吃了半天，連點酒也沒有，這不行！”唐金虎趕緊說：“因為你平常不喝，所以我也從來不預備。這好辦，你喝白的，咱立刻就叫人去打幾斤；你要喝黃的，咱們就買一罐子來。”劉得飛搖頭說：“不，我出去喝去！”唐金虎說：“對！這幾日你也真應常常出去到酒樓坐坐，茶館走走，要不然叫他們真覺着你是怕了。”

劉得飛依然一句話也不回答，站起身來向外就走，唐金虎跟在後面還問說：“你帶着零錢了沒有？其實沒零錢也不要緊，酒樓茶館全都認識咱們，你說一聲，他們就能夠給記帳。”又想叫人給他把寶劍拿來，可是劉得飛空着手就出去了。唐金虎又不放心，趕緊派了兩個夥計，癩頭三和老鼠小二，在後面跟着他。

劉得飛才一走出鏢店的門首，忽就見有兩個人橫着就走過來了，猛力向他身上就撞。這兩個人的面目都很生，都長的極為結實、兇橫。這同時的一撞，若換個別的人，當時准得爬倒；可是劉得飛竟立定了腳根，不但身子沒歪，反把那兩個人幾乎給絆倒了。劉得飛立時明白了，這是成心來找麻煩的人，他不由得胸頭的怒火直往上冒。那兩個人立時就要由衣襟底下抽短刀，但是劉得飛趕緊躲開幾步，就想過馬路。可是南邊早已有兩個人在盤馬等候，正當他過馬路的時候，兩匹馬又直撞過來，劉得飛卻急忙地跑過來了，沒有撞着他。馬上的二人，卻潑口大罵：“笨蛋！軟包！這樣子也配充大鏢頭！”

這種侮辱，使得劉得飛更加冒火，當時就要撲上去。然而忽又有一種力量將他擋住了，這種力量，卻是一種柔軟的力量，立時他的心就發軟了，想着：別！別！昨晚才答應的，今天就又打架，實在對不起小芳！一想起了昨晚，昨晚那廟旁的柳波月影，小芳的秀髮明眸，又如現在他的眼前；那柔和的態度，那溫婉的聲音，又都如在身畔，像一片夢似的又把他迷住了，使他出神了。

他雖然緊靠着舖戶門前的高石階走，可是他竟不知道怎樣走了，他有點糊塗了，幸虧這時候那兩匹馬沒有再撞來，不然他真連躲也不會躲了。他就趕緊定了定神，心裏簡直沒有一點主意，後悔昨晚答應了小芳不跟人打架，又後悔不該走出鏢店來。現在弄得進退兩難，怎麼辦？難道氣就這樣的受了？或是真要違背了在恩姐面前的諾言？

這條街就是北京最熱鬧的前門大街，車馬紛紛，人來人往，但據劉得飛看來，仿佛都是羅岱、吳寶，韓金剛的那一夥，都是要來向他尋仇似的。他雖不怕，卻覺着作難。

旁邊的舖子，每家都是六七層的石階，都有寫着一大串字的冲天招牌，都還有樓。尤其是茶館、酒樓的樓，是最高最大，裏邊也最熱鬧。劉得飛本來出鏢店的時候，就想到去酒樓，他倒不是為找人搗麻煩，而是為打聽他師父的事。現在他倒不敢進去了，因為想着光天化日的大街上還有人怔撞人，馬也要怔撞人，可見羅岱、吳寶，韓金剛的人早已密密地佈置好了，茶館酒樓中還能夠少了他們嗎？進去，我不找他，他們一定也得來找我，萬一我忍不住氣，那豈不對不起小芳嗎？因此，他倒真仿佛有點害怕了。

正在躊躕不前，忽聽身後有人叫道：“你在這兒幹什麼啦？”他趕緊回身，卻還是怔柯柯的。跟他說話的這人卻笑着說：“你不認識我了吧？”他其實認識，這是他師父早先的把兄弟，卷毛獅子周大財，也是個保鏢的。不過剛才曾聽唐金虎說，他也幫助羅岱他們了，所以，現在劉得飛不禁對他很懷疑。周大財是一個矮胖子，連鬢鬍子卷卷着，面貌倒很和善，又笑着說：“老侄呀！我正找你哩，得啦！快跟我到酒樓上坐一會去吧！我有一肚子的金玉良言，就要找着你，跟你說一說！快點跟我進來！”

旁邊就是酒樓，字號是一壺春，樓下擺着酒缸，缸的上面鋪着平板，就當作桌子。許多的酒客都在這兒喝吃，其中多一半見了卷毛獅子周大財，都站起來打招呼，但是見着了劉得飛，有的是詫異地變了形，有的是把眼瞪得像酒杯一般大。周大財略向那些人點點頭，就帶着劉得飛順着樓梯直上了樓。

樓上倒還座客稀少，尤其周大財帶他進了雅座，更是一個人也沒有。周大財就問他：“你吃過飯了沒有？”劉得飛說：“我剛才吃完。”周大財說：“那麼咱們就喝點酒罷。要緊的是借這個地方，咱們爺兒倆得談一談。我早就想找你談談，就因為你住在唐金虎那裏。別看我們兩人也是朋友，可是自從他仗着你發了財，他那個門口兒我就絕不走。”他氣忿忿的，又叫堂倌給拿酒、拿菜。

他穿的是兩件小褂，現在脫下一件來，一邊脫，一邊又說：“得飛！要說起咱們兩人來，可比跟唐金虎近，我是你師父的生死弟兄。扳個大說，你師父沒在這裏，我就是你的師父。”

劉得飛聽了此話，不由得一陣悲戚，他就問說：“你可知道，我的師父，他老人家在哪裏了嗎？”周大財說：“我雖然不能夠准知道他在哪裏啦，我可有地方去打聽他，因為我認識一個人，一問那個人，就能夠知道你師父的下落。”劉得飛趕緊問說：“那個人是誰？”

周大財卻不回答這話。堂倌把酒和菜都擺上來，他就自斟自飲，自己拿着筷子吃，又說：“你永遠不來找我，倒仿佛我是個外人！你就由着唐金虎耍你，他發財，你跟人結仇。”又悄聲說：“你知道你現已弄成什麼樣子了？有多少人現在都想要收拾你？”劉得飛忿忿地說：“這我不怕！”周大財趕緊又擺手，笑着說：“你別都不怕呀？等你怕的時候可就晚了！那閻王筆大羅岱和追魂槍吳寶，今天他們還邀請來了……”

劉得飛卻擺手說：“你別說這些人！這些人我不怕他們，可也絕不跟他們打架；我關心的是我師父，沒有一個時候，我不惦記着我的師父。”說到這裏，他不禁落下來兩行眼淚。

周大財說：“你師父真算是收下了個好徒弟，親生的兒子也難得像你這樣的孝順。可是，要想找你師父，那只有先去找一個人，此人就是大名鼎鼎的金三爺，綽號叫韓金剛。”

劉得飛一聽，不由當時臉就發紅，同時又不禁氣忿，說：“找他幹嗎？”周大財說：“他是你師父的好朋友，有幾年，你師父花的錢，全仗着他供給，這大概你也知道。”劉得飛點頭說：“我知道，可是他們不是好交情。”

周大財說：“他兩人交情雖然不好，可也認識了多年。韓金剛供給他錢，不是怕他，卻是敬重他；對他睜一隻眼，閉一隻眼，不跟他較真兒，願意幫他那麼一個朋友。雖然你師父的脾氣向來不好，他可也不怪。”劉得飛搖頭，心裏哪信這話呀？

周大財又說：“韓金剛還常跟我提到你，願意跟你見面談談。他怕你師父沒在這裏，你雖受不了別人的欺負，可能夠受別人的騙。他還親口說，他要給你跟吳寶、羅岱等人講和，因為本來都是一家人。”劉得飛連連搖頭，說：“什麼我都信，這話、這事，我可不信。”

周大財立時就站起了身，發誓賭咒地說：“你不信，我就帶着你去見見他！”劉得飛冷笑着說：“我早就見過他韓金剛。”

周大財說：“你見過他是在早先，現在他更闊了！他早先作御前侍衛不過是七品，現在成了四品啦，戴上藍頂兒，大花翎了，天天跟萬歲爺見面，你看他闊成什麼樣子啦？他的那最得寵、最漂亮的五姨太太，也交了不少達官顯宦的夫人。”劉得飛一聽這話，好像是戳着了他的心，尤其是“最得寵”三個字，惹起他的怒火又騰起來萬丈多高，他臉色立時就變了。

周大財又悄聲地說：“早先的韓金剛確實也是個混混，現在他那人變得可是好極啦！對人和氣極啦！尤其喜愛少年有才之人，更關心老朋友。他對於你的師父，大概就是不知道下落，也能夠設法找出來，因為他的手面大，眼皮雜，各處的州城府員，官員老爺們都跟他有交情；他要是托那些個人為你去找一個人，還費什麼吹灰之力？”

劉得飛聽到這裏，覺着也有點理，就說：“誰能夠去托他？我可不去托他，因為我不能夠上他那裏去。”周大財說：“這是為什麼呀？韓金剛為人最好交！近幾年他雖發跡了，可是更好禮賢下士。他的家裏整天的高朋滿座，他的妻子、姨太太都不避人，他最以朋友為重。”劉得飛擺手說：“那我更不能夠去了。”

周大財說：“我看你還是去一趟的好，待一會，我就帶着你去，因為這時候，他一定下班了。他家裏今天又來了一位老英雄。說起來這還是你師父的老前輩呢！此人住在京西望兒山，已有二十年不問江湖之事，今天算是又被請進了城，現就住在韓金剛的家裏。”劉得飛問說：“這個人姓什麼？一定是個老頭子了？”周大財說：“他的年紀快有七十歲了，姓佟，外號叫佟老太歲。”

劉得飛是剛才聽唐金虎說過此人的名字的，知道是被那羅岱給請來，專為跟他作對的，心中不由又有些生氣，就說：“我沒聽我師父說過這個人，大概我師父一定也不怎麼佩服他。他是個老人了，別管他名聲多大，武藝多好，我，我還是用不着見他。乾脆韓金剛那兒我還是不能夠去，無論誰說，我也不信他是好人。他要知道我師父的下落，派人來告訴我，將來我找着我的師父，那時也許向他道聲謝；他若明是知道，可不來告訴我，或是我的師父已經被他所害，那就……”說到這裏，他更為忿恨，就伸手向腰間去摸，仿佛是要拔出劍來，至少得亮出來向桌上斬一劍，才能夠出氣。可是，他這時才覺出沒把寶劍帶出來。他簡直有點糊塗了，自己也不明白是氣的，還是被這些事情給攪的。

這時，周大財又斟着酒兒，並且還給他斟了一杯，說：「你別淨生氣呀？事情你也得細想一想，我說的都是忠言。雖然你的武藝高，可也不應當淨得罪朋友；只認識一個唐金虎，旁人都是仇人，那早晚得吃虧。再說冤家宜解不宜結，今天我想帶着你去見韓金剛，就是這個意思。由他出頭，給你跟羅岱、吳寶等人講和，然後再叫他們一同去找你的師父，找着就把他請來，那豈不甚好嗎？」

劉得飛說：「他們肯幫助去找嗎？」

周大財說：「有什麼不肯？他們都是江湖人，只要的是面子，無論有多大的仇冤，一說就能夠說開。他們還一定出死力給你幫忙，替你去找你師父。反正你的師父他雖是走了，可也絕離不開江湖。他離了鏢店護院，就不能吃飯，這你還能夠不知嗎？別看你在北京出了名，外頭的事情你可還不熟，他們卻是到處都有朋友。若托他們去找，一找就准能夠找着，你何苦空跟他們拼命作對，不跟他們講和？不叫他們去找你師父呢？」

這話，劉得飛聽着，更覺着有道理，反正我也不想跟他們拼命，連打架我都不能夠。那麼，跟他們交交朋友，倒兩全其美。到韓金剛家裏就應當今天去，因為小芳在那廟裏，大概還不能回來。這麼一想，他就點了點頭，爽快地說聲：「好！」

周大財掀着鬍子直樂，說：「你這才是我的好侄子了嘛！好，幹咱們這一行飯的，是得這樣，有朋友得交，不可得罪。那麼，咱們還是少喝一點酒，因為到了韓金剛的家裏。他一高興，一定要擺兩桌。你可記住了，見了面，大家只是嘻嘻哈哈，過去的事可千萬一字也不要提！」

劉得飛當時又搖頭，變了臉了，說：「為什麼不提？我找他韓金剛，為的就是向他打聽我師父的下落，不提過去的事還行？」

周大財說：「提是可以提，卻不能猛然就提。乾脆這樣辦吧！你師父的事情交給我辦，問時由我去問，打聽時由我去打聽。我包你一個月，准能把你師父的下落打聽得出來。」

劉得飛卻說：「一個月？我等不得。」周大財說：「那麼半個月，你也得給人容點工夫呀！你師父要是往江南去了呢？也得派人到江南找着他，才能算哪！」劉得飛不再言語了，心裏卻覺着半個月也時間過久，恨不得當時就見着師父才好。他的師父離開他確已不少的日子了，他真不明白，為什麼單獨現在，他的思師之心就這樣的既痛且深。

他現在是十分忍耐不住，催着周大財立刻就帶他去找韓金剛，弄得周大財對他都有點疑惑了：可是見他沒帶着寶劍，便也放下了心。又喝了杯酒，吃了幾口酒菜，周大財就把酒杯向桌上一摔，說：「好！咱們這就走！」劉得飛先站起身來，周大財也不叫堂倌算帳，他是站起來，套上那件小褂就走，堂倌還恭恭敬敬地把他送到樓梯口。下了樓又聽見一陣招呼，都說：「周大爺您回去呀？」周大財只向那些人略略地含笑點頭。

劉得飛對於他的這種光榮，可也不由有點羨慕，心說：周大財算個什麼？他並不是多麼有名的人，居然就到處有些面子。可見朋友是得交，不可以光憑武藝當鏢頭，只使人怕，而不使人敬，這一點，我倒得學一學。今兒先跟韓金剛講和，對啦！跟他交朋友也還有一種用處，以後得勸他待小芳好些。

當下他們走出了這酒樓，街上還有幾個人，當時就兇橫地往近走來。但是大概是周大財向他們使了個眼色，他們便都止住了腳步，但用一種怒視、輕視的目光來看劉得飛。劉得飛也不理他們，跟着周大財向南走去，那幾個人在後邊不住地哈哈大笑。周大財悄聲說：「你鬥得過嗎？這都是吳寶和羅岱手底下的。他們的人多，你只是一個，唐金虎他在這時候能夠幫你什麼忙？」劉得飛說：「我不怕這些人，我只是因為發過誓，不再跟人打架了。」

周大財說：「這才對！好侄子，想不到你為人竟是這樣的聰明！我看你是要走運了，不但你們師徒，不久就要聚首，韓金剛還一定得出力幫你的忙。他真許一高興，就給你開一座大鏢店，字號就叫得飛鏢店；還能送給你一房好媳婦，他有個妹子，將來我設法給你做媒。」劉得飛一聽這話，腦子更亂了，想着：跟韓金剛做了親戚可也不錯，因為那樣一來，就跟小芳也成了親戚啦……

他們隨走隨談，不覺着就來到彰儀門內，韓金剛住的那條胡同裏了，並望見了韓家的那個門。見門前停着一輛新騾車，周大財就喜歡着說：「咱們來得正巧，這一定是金三爺剛由朝裏回來！咱們要是早來，他還許不在家呢。」已經來到了這門口兒，周大財可不敢再說什麼韓金剛，而必須用尊稱了。他在此時，樣子也特別地顯着恭敬。

其實這個門口，劉得飛可稱是走熟了。舊地重來，他倒沒想起來別的，卻想起來五年前他往這門裏運煤，小芳扔給他一個蘋果。那蘋果的香甜味兒，好像至今還溢在口裏。這麼一想，他不由得更發呆了。

周大財已經上前，跟門裏的兩個僕人笑着打招呼，問說：「三爺在家了嗎？」這兩個僕人原來早就認識劉得飛，一看見了他，就不禁都直了眼。周大財帶着劉得飛往裏就走，兩個僕人慌張的追着、跟着，嚷着說：「先請到客廳來坐吧！」當下便把他二人讓進了外院的客廳。

這大概是專為接待比較生疏的客人的地方，劉得飛也想起來了，他跟着師父彭二到這屋裏來過。當年的事，歷歷如在目前。細想起來，師父彭二確實欺負過韓金剛，他們兩人的仇大概解不開了。那麼，我今天算是來拜訪與我師父作對的人嗎？

他才想到這裏，周大財就已經對那兩個僕人說明白了：「今天是帶來悅遠鏢店的大鏢頭劉得飛，專為拜見三爺！」當下，一個僕人急往裏院去回稟，剩下的一個僕人就招待着他們，眼睛卻時時不住地向劉得飛來盯。

劉得飛的眼睛是不住地向這屋內各處去掃，他就覺出韓金剛，比早先更闊得多了。他媽的更闊得多了，可不知道我的師父究竟被他給害死在哪裏？一見了面，非得問他不行。他若不說，我非得揍他、殺他不可。不知為什麼，劉得飛的無名怒火自胸膛往上直湧，他的忍耐全都沒有了，只緊緊地握着拳頭。

第八章　入深宅冤家成好友　敲小窗軟語報驚音

　　但就在這時，忽聽得窗外一陣細碎的腳步聲，伴着嬌滴滴的笑語喧嘩，劉得飛當時就專心地聽外面的動靜。廳外面是幾個婦女的談笑聲音，似是才由門外進來，而往裏院去了，沒聽明白說的是什麼，也沒分清其中是不是有小芳。不過他想着：一定沒有小芳！韓金剛家裏的女人早先就有一大群，這不定是他的哪幾個姨太太，這都與我不相干，小芳這時一定還在城外那廟裏。

　　然而他卻有種異樣的感覺，思想也墮入回憶，並且想得極遠。他知道這地方就是小芳五六年所居住的地方，她在這裏睡覺、吃飯，發愁、流眼淚，專想着一個人，那個人就是我。我對於這裏的關係也不能說不深，由運煤、拾蘋果，到今日。這個地方實在是個好地方，它叫我能在此遇着小芳；但也是個頂壞的地方，它把小芳給害了，把我也給拉在這裏了。這一座座的大瓦房，一層層的寬院落，就使我劉得飛仿佛靠着它做了一場夢，直到現在還沒醒；將來也許這夢會做得更深，但也許就在這裏揮劍殺人。

　　周大財現在就像等着要被皇帝召見似的，維恭維謹，還有些坐立不安。待了半天，那僕人由裏邊出來，說：「三爺出來了！」周大財趕緊就站起了身，垂手侍立。劉得飛倒是想：我偏要坐着，看他能對我怎樣？周大財直沖他努嘴，他也不理。

　　這時又聽窗外幾聲沉重的腳步，就進來了韓金剛。劉得飛傲然地抬頭一看，韓金剛比早先胖得多了，鬍子修得很整齊，臉也發白點；早先他長得像周倉，現在仿佛像曹操了。劉得飛連身也不起，韓金剛卻向他細看了看，便大聲笑起來，說：「哎呀！這就是得飛劉老兄弟嗎？要是在外邊，我真不敢認你啦！哎呀，這真是有好師父必定有好徒弟，近來我只聞你名聲日大，如雷灌耳，不料你相貌也變得這樣魁梧了！了不得，後生可畏，老兄弟！來！」

　　他伸手來拉劉得飛，劉得飛卻恐怕他是來施什麼詭計，所以雖將腕子被他拉住，但同時預備着還手之式。可是，竟覺出韓金剛的這只手，是很溫暖的，他面上更現出誠懇、親近的笑容，說：「老兄弟！咱們可不是自今日起才認識的，我可不能跟你客氣！你既然好不容易來了，我也不能叫你當時就走，來吧！請到裏面，咱們真得談一個痛快。」劉得飛不由得也站起了身，不知說什麼才好，只覺有些不好意思。

那邊周大財遞着笑走過來，彎着腰說：“三爺真好眼力，原來還認得劉鏢頭！我就說，三爺為人最關心老朋友。剛才在酒樓裏，我勸了他半天，他才來。現在這不是嗎？您跟他又見面了。本來麼，俗語說：‘英雄惜英雄，好漢愛好漢’，三爺是位大英雄，得飛是條好漢，不見面說不開，一見面自然就分外親熱。”

韓金剛說：“本來我們也沒什麼說不開的，這幾年外面有人給造的謠言，我全不聽，我知道得飛也不能信。我不但跟他是熟人，前幾年他還小的時候，我就喜歡他；我跟他的師父，我那彭二哥，我們更是生死弟兄。”

周大財又笑着說：“誰不知道啊？這話我也跟得飛說了半天啦，當年三爺待玉面哪吒彭二哥，真是親手足一樣。”

韓金剛一聽，眼睛便顯出來潮濕，長歎了口氣，說：“他也是該！他不聽人勸，他的性情是耿直，然而太彆扭。臨走的時候還到我這裏來，說跟人嘔了氣，非得離開北京不可。我知道他跟吳寶向來不大和睦，我想給他們說和說和，勸他不要離開北京，因為，憑他那個脾氣，縱有好武藝，到什麼地方也是不行！不想他說，他並非跟吳寶惹氣，卻是和另一個人，我也就不能再問他了。他還由我這裏拿去了二十兩銀子，我想多給他，他還不要。由那天他就走了，直到如今，不覺着五年了。”他這樣說着，也不知是真是假。周大財就不住地連聲歎息；劉得飛卻心痛如絞，淚下如雨。

韓金剛拍着劉得飛的肩膀，說：“來！到裏邊咱們再細談，大財！你也來！”於是劉得飛和周大財，全都跟着他出了這屋，往裏院走去。

進二門、三門、垂花門、瓶兒門，劉得飛覺着這裏的門好像比早先更多，也更乾淨，而且闊，處處養着花，掛着鳥兒，而迎面就遇見了不少個女人。

周大財跟在最後邊，低着頭走。韓金剛卻依舊拉着劉得飛的手，邊走邊大聲地說：“我早就想把你找來，可是你住在唐金虎那裏，我沖着他，就不能夠去。我知道他一定在背地說我種種，還許說你師父是被我給害了呢！還許說追魂槍吳寶跟你們師徒作對，是我在背後頭。他那個人本來就是那樣，尤其是仗着你，他發了財，聽說誰去找你，他一定把兩隻眼睛瞪得很圓。”劉得飛覺着唐金虎那個人也實在是這樣，韓金剛說的不算錯。可以說，今天一看韓金剛這個人，好像還不錯，似乎還可交；可是想到他對待小芳的種種，又不禁怒從心頭起。

韓金剛對待劉得飛越發親熱，連周大財也跟着沾了光，一直被延請到最裏院，讓進了大概是他的臥房。屋裏還正有幾個婦女在抹紙牌，一看見了生人來，就要回避。韓金剛卻說：“你們不用躲，這都不是外人。這個叫周大財，外號叫卷毛獅子。你們看他這把鬍子，本來是個老頭子啦，你們用不着回避。這位……”指着劉得飛說：“他更是鼎鼎有名，他現在是北京城最出名的少年鏢頭，人可是極為忠厚。”

劉得飛也覺着怪，他為什麼要帶我來到這間屋呢？這屋裏可真闊，四壁全都輝煌燦爛，擺着叫不出名字的東西。這時韓金剛就指着屋裏的幾件東西叫他看，說：“瞧！這全是萬歲爺賞給我的。”周大財看了，不但是豔羨萬分，而且肅然起敬，仿佛是要朝着這幾件御賜的東西，磕幾個響頭似的。劉得飛卻一點也不在意，管他是萬歲爺，千歲爺的，與我不相干！

又見韓金剛把幾個正在里間木炕上抹牌的婦人，叫下來給他介紹，說：“這幾個全都是你的嫂子，只這一個是我的妹妹。”劉得飛一看，他這個妹妹長得好像個小鬼，身上的緞子衣裳發着光，好像上着油漆；臉上那些胭脂粉擦得真厚，像是特雇來瓦匠給抹的。

劉得飛倒不注意他這個妹妹，只專看他那幾個小老婆，只見並沒有小芳在內，他略放了點心；同時見這些個婦人，長得沒一個好的，更覺得小芳是長得俊，那麼俊的人夾雜在這些人裏，可也真冤屈。這幾個女人沒事做，還聚一塊抹紙牌，可見都不是有教養的婦女。然而，這幾個女人可都跟劉得飛不錯，很客氣地讓他落座，還給他殷勤地倒茶。

韓金剛又說：「老兄弟！你不要客氣！以後你若悶得慌了，可以在每天這個時候來找我，因為每天這時候我就從朝裏回來了。十天值一回班，除了值班，或是有什麼應酬之外，晚上我也准在家。你來了，可以一直就進裏院。我對你，敢說是妻女不避，因為本來咱們是自己人。以後你如若遇見什麼周轉不開，或有什麼困難的事，只管跟我說。我敢先答應你，我絕沒有給你辦不到的事。」

劉得飛見韓金剛的態度和談話，全都是這麼慷慨，他就也說：「好！韓大哥！你既是這麼個人，我劉得飛交你這個朋友了。」

韓金剛喜歡得直笑，說：「本來，我並不是當面誇你，像你這樣又忠厚又老實，武藝高強，名聲遠震的少年英雄，誰不願跟你交朋友？拋開你師父不提，就是咱們兩人早先不認識，我也得交你。告訴你說吧，我有我的心思，這現在還不能跟你說……」

他笑了笑，喝了一口他小老婆給他倒的茶，就又說：「現在要不跟你說，我的心還真癢癢。我這個人就是一個直性兒，心裏一點也存不住話。告訴你也不要緊，就因為我現在當的這個差，御前侍衛之職，雖比不上中堂、尚書，可是天天跟皇上見面。內廷裏，除了太監，就是咱能進去。萬歲爺雇咱們，雇的就是咱們這身武藝，好保護他老人家。可是不瞞你說，我的功夫，因為多年不練，早就全都擱下了。所以我才想將來找一個幫手，我值班的時候，叫他幫助我去值班。可是那宮廷大內，叫別人去還了得嗎？北京城的鏢頭們，我全都認識，可是全都覺着他們靠不住。因此，我才想到你。你要是能夠幫助我去當差，慢慢地我再給你補上一個實缺，將來博一個封妻蔭子，比當一輩子保鏢的，要強得多吧？」

劉得飛說：「這事我現在也不能就答應，得等到見了我師父，問他。他讓我去幫你，我才能夠幫你。」

韓金剛一聽，臉上立時露出不高興的樣子，淡淡地說：「不忙！本來這我也不過是隨便說說。真要往宮廷大內去帶進一個幫忙的，還不那麼容易呢！」他的臉有點沉下來。

周大財就說：「三爺這是一番好意，要不，怎麼不去找別的人呢？」

劉得飛也無心去考慮這件事，茶也不喝，只說：「韓大哥！咱們現在既是交了朋友，我得把我心裏的話告訴你了。我今天來，就為的是三件事，要不為這三件事，你請我我也不來。」

韓金剛問說：「哪三件？兄弟你只管說出來，我一定給你盡心盡力去辦！」

劉得飛說：「第一件事最要緊，就是你得告訴我，我的師父現在哪裏啦？我想即刻就去找他。」

韓金剛說：「你的師父在哪裏，我要是知道，我早就把他設法請回來了！天地之大，江湖之寬，你那師父向來是愛東走西闖，他又無家無業，哪有准去處？不過今天你既來求我，我一定設法托人，趕快把他找回來就是，反正我一定盡心！」

劉得飛長長地歎了口氣，又說：“第二件事，是請你去告訴吳寶，跟閻王筆大羅岱，就說我現在已不願再跟他們打架，可是他們也別逼急了我！”

韓金剛說：“這件事容易辦！本來都是一家人。縱有些小小的仇恨，也應當一說就開。我跟吳寶交情不深，跟羅岱也只見過一面，但這不要緊。可以由我出面，叫大財把他們都請來，我給你們擺酒講和。第三件事是什麼？老兄弟你快說！”

劉得飛說這第三件事的時候，可頗費了一些斟酌，臉也不由得有些紅了。他想來想去，覺得還是不可把自己與小芳的事，貿然就說出口，因為那一定要與小芳不利；再說當着周大財和幾個女人的面，是更不應當說。然而不說，心裏不痛快，早晚也得說，還得光明磊落，無隱無瞞地說。不過，他的嘴唇動了一動，結果是沒有說出來。

韓金剛卻大笑，說：“有什麼話你就說吧！老兄弟！無論你是用錢，或是叫我給你做媒，我都立時給你辦。”

劉得飛一聽這話，倒不禁吃了一驚，就說：“第三件事不是別的，就是韓大哥你以後得多做點好事，尤其待你家裏的人，要好一些！”

韓金剛又笑了，說：“一定是你聽外人說的，我早先不孝順父母；我對我的妹妹也不好，她這麼大了，我還不給她說婆婆家；我又待僕人們刻薄寡恩，是不是？我早就知道有些人背後批評我，可是你只知其一不知其二。我無論對誰，也是問心無愧，慢慢你自然就曉得了。我願意你常來找我，或是你索性在我家裏住些日，就可以看出我的為人。”

周大財在旁又說：“三爺心地最寬厚，無論待誰都好，都是熱心腸。”

韓金剛說：“不過老兄弟他跟我說的也都是忠言。我向來對人是舍財捨命，結果是挨罵，受埋怨，他的師父彭二還不是如此嗎？外人都說我把彭二害了，所以，為這些個外人說的混帳話，我也得跟我這位老兄弟深交一交，至少也得叫他明白我！”說到這裏，韓金剛似乎非常的憤慨，又冷笑，又歎氣。

劉得飛就站起身來，說：“韓大哥！今天我們把話既都說明，我算認識你了，以後我不再聽別人的話！只求你幫幫忙，去找我的師父，其實大概在一半月內，我也要離京，前去找他。打攪了半天，請你莫怪！現在我要回去了。”

韓金剛卻攔住他說：“你先別走！我還有話，沒跟你說完。”周大財也笑着說：“不用忙！多坐一會，三爺一定是還跟你有話。”劉得飛只得又坐下，問說：“什麼話？”

韓金剛拿眼睛盯了盯他，又笑着說：“你跟我一連說了三件事，你說完了，我可也有三件事要請教你。第一件是你在張家口，跟盧天雄、盧天俠，弄的是一件怎麼回事……”

劉得飛回答說：“他們要把姑娘許配我，我不要。”

韓金剛說：“盧天俠的女兒盧寶娥，名聲可很大呀！聽說長得也不錯，鏢是百發百中。是你不願意呢，還是唐金虎攔阻你呢？”劉得飛說：“是我自己不願意，唐金虎管不着我。”

韓金剛又笑笑說：“看不出老兄弟你這小夥子，原來是個鐵羅漢！可是，你是真的一輩子也不娶妻呢？還是現在假若有人把姑娘給你，還陪了許多嫁妝，你也可能樂意呢？”

劉得飛說：“無論什麼，我也不樂意！找不着我師父，像這些事，我連想它也不想。”

韓金剛遲疑了半晌，然後又正色的問說：“那麼，現在有一位老英雄要會會你，你是見他不見他？”劉得飛問：“誰？”韓金剛說：“是北幾省聞名的老英雄，你師父跟我，都是他的晚輩，他的外號叫佟老太歲。”劉得飛說：“我聽說了，他是吳寶、羅岱給請來的，專為要對付我的。我本來不怕他，可是因為我已發誓，不再跟人打架了。”

韓金剛說：“你絕不跟人打架，可為什麼還保鏢呢？”

劉得飛說：“這是昨天晚上我才發的誓。再說佟老太歲一定是個老頭兒，我打了他，便是我不講理。”

韓金剛擺手說：“不要緊，我也絕不能叫你們一老一少打起來。可是那老俠客脾氣很怪，他此來，倒不是跟你作對，只是他不信，一個玉面哪吒彭二教出來的徒弟，又很年輕，居然在京城出這樣的大名？他不信，他不服，所以非來看看不可。我想，不如你就叫他看看？”

劉得飛說：“叫他看看也沒什麼，我就是這個長相，我是背煤出身，現在還是這渾樣兒。他要是想看我的武藝，我也可以練練給他瞧，我可是不會那些花拳花棒。”

韓金剛笑着點點頭，說：“這就好說了，你先在我這裏等着他吧！待會兒，他們一定來，到時你們上前院子練去，那裏地方寬綽。”

周大財在旁邊捧場說：“到時候我也開開眼，還得煩那位老俠客也練幾手兒呢！”

韓金剛就說：“那麼你現在就辛苦一趟，到天泰鏢店把他請來。如若吳寶、羅岱他們也要來，你也不必攔擋，我在這裏擺酒。”說着，就站起來，點手叫周大財，說：“你來！我還有另外兩件別的事，要托你順便去辦。”說着，周大財就同他出了屋子，也不知是到外面談說什麼去了。這兩人實在是有點鬼鬼祟祟的，未免惹劉得飛生疑，他就瞪着眼不住向門外去看，可是這屋門，已被韓金剛回手給帶上了。

這屋子雖然都通着，可是應當稱為三間，是兩明一暗，很寬大，棚頂很高，還懸着精緻的玻璃燈數盞；到晚上若是都點起來，一定倍覺輝煌。由劉得飛坐的這個地方，向右邊一斜臉，就能看見裏邊的木榻上，圍着一張炕桌，坐着幾個小老婆；韓金剛的妹妹也扒在一個小老婆的肩上，嘻嘻地笑着看，看的就是抹紙牌。這種抹紙牌，劉得飛是知道的，因為在鏢店，那些小夥計們就常賭這個，不過那是大嚷大喊，有時能夠揪打起來。而這幾個女人卻都是輕輕說話，輕輕地笑。她們也賭的是真錢，也有輸得都像要哭了似的；更有贏了錢的，樂得都閉不上嘴，叫婆子給倒茶，叫小丫鬟給裝煙。大概是有一個不知是第幾位姨太太，她把錢輸光了，叫一個老婆子出去給她取錢，也許是去找誰借錢。

老婆子出屋多時，沒有回來，她不回來不要緊，韓金剛卻仍然沒回來，因此更叫劉得飛起了疑心，同時更加急躁。他忿忿地小聲叨念着：“怎麼還不回來？把我一個人撂在這裏，是幹什麼？”他真要踢開椅子揚長而去，然而又想着：究竟得等一等那佟老太歲，既是他想看看我麼，我已經答應了；若是走了，倒仿佛怕他看似的，那可真叫人恥笑，連小芳也得恥笑我！這樣一想，只好再耐着性子等一會。可是在這時候，忽見屋門一開，走進來了一個小丫鬟，劉得飛一看，不禁地吃了一驚，同時也不由得臉紅了。

　　這個丫鬟就是跟着小芳的那個香兒，她手裏拿着一個小手巾包袱，裏邊大概不是錢，就是零碎的銀子。一定是這屋那個姨太太賭輸了，臨時派那老婆子去找別人借。現在是香兒給送進錢來了，可知是跟小芳去借的，同時並可證明小芳是已經由城外回來了，她回來得可也真快！並且見香兒抬眼瞪了他一下，仿佛並不詫異似的，什麼話也沒有說；自然，在這眾目睽睽之下，她哪能夠顯出是和自己認識呀？香兒的臉孔沉着，仿佛是有一些不高興，一直走進里間，把那手巾包袱交給了一個姨太太，說了兩句話；可也不知是什麼話，說完了轉身就走，從劉得飛眼前不遠的地方走過去了，連眼皮也都沒有抬。

　　劉得飛可真坐不住了，想着：既是小芳已經回來了，她知道了我竟跟韓金剛交了朋友，她得多麼生氣？待會兒，佟老太歲、大羅岱、追魂槍，一些人全都來了，說是只為看看我，說是只叫我練練武。韓金剛說是要擺酒講和，可是我這脾氣也說不定，也許就踹翻了桌子跟他們打起來，那小芳可更得生氣了：好啊！你昨天晚上發的誓不再跟人打架，今天立時就打起來了！還在她的眼前打起來了，那她不得氣哭？不行！我得快走開。

　　他出了屋，臨出屋的時候，里間的那幾個女人全都停止了抹牌，驚奇地看他，大概是他的臉色太不好了。劉得飛又着急又發怔，忙忙地往外去走。不想才走出了一個院子，就見韓金剛在廊下，正吩咐僕人做什麼，一看見了他，便說：“老兄弟，你怎麼不在那屋裏坐着了？”劉得飛就說：“我要回去。”

　　韓金剛趕忙過來攔他說：“你可不能回去！我已經叫周大財去請他們，並叫人請唐金虎去了，索性大家見個面。以後北京城的鏢頭武師，就全成了一家人，再也不可存着什麼意見，酒菜都正在預備了。今天這些事，歸根說還專為的是你一人，你要是一走，不是給我個乾撩台嗎？我若這次失了信，以後再請他們，他們也不能到了，倒顯出是你見不起人，是玉面哪吒彭二的徒弟見不起人。”

　　這話又把劉得飛胸中的怒氣激起，他想了一想，也對呀！我現在走了，就是怕他們來了，給我自己丟人不要緊，給師父丟人，將來可更見不起師父了！所以，他就站住了，更是發呆。韓金剛又拉住他的手，說：“你還是別走吧！反正唐金虎也知道你在這裏啦，他櫃上絕沒什麼事，再說他待會也一定來。”劉得飛真沒有准主意了，便依舊被韓金剛給拉回到剛才的那屋。

　　他原想着是再等一會，如若那些人還不來，我再走；反正得快一點走，別在這裏叫小芳生氣。不想，韓金剛立時向那些小老婆發脾氣，說：“你們還弄什麼牌？劉兄弟來了，也不知道幫着我應酬應酬！”更向他的妹妹瞪眼，大聲呵斥着說：“大姑娘！你又不會弄牌，你可看什麼？快來，陪一陪劉大哥！”又指着劉得飛說：“這不是外人！”

　　當時，這些女人都嚇得收起了紙牌，紛紛地下了木炕，來殷勤地應酬劉得飛。這個給倒茶，那個又拿點心，還有的像是賠罪似的說：“劉兄弟可別怪我們！我們只是貪玩！”韓金剛的那個妹妹卻走出去了。劉得飛被這幾個女人伺候着，卻也有些不好意思，心想：這幾個女人也都倒楣，怎麼都嫁了韓金剛？

　　卻聽韓金剛大笑着說：“因為你是個鐵羅漢，所以我才特叫你的這幾個嫂子都來應酬你。告訴你，老兄弟！咱們練武是一件事，成家又另是一件事，不能為練武就當和尚。一個男子，離不開女人。沒接近過女人的，那叫作傻瓜一個，而且還是個苦瓜。你看，哪個保鏢的不討老婆？除了你師父彭二，可是他早先還有兩個姘頭呢！他一定沒告訴過你，我可是都知道。我韓金剛就是這點不成材，老婆真多，可是我還覺着少呢。我因為有這幾個老婆，才使我天天快樂。不像你，這半天我就盡看見你皺眉了。這不對，一個男子得有點丈夫氣，得看的開，拿得起來，心要寬，精神要大，別盡皺眉發怔。皺眉發怔，就是想媳婦啦。

「我敢說，你現在要是有個媳婦，你的脾氣絕不能夠這樣古怪，你也就會說話的了，好交朋友了。女人的好處你絕想不出，她能把個鐵羅漢給變成棉花球似的。棉花球團在外面闖才不怕碰釘子；你要永遠是鐵羅漢，那非栽跟頭不可，還是一碰見硬的就要糟糕。老兄弟，我告訴你一句忠言，你趕快去辦，或是你快到張家口娶那盧寶娥，喜事由我包辦，這裏還給你預備喜房；或是我給你做媒，你要什麼長相兒的，我准能給你找着什麼樣兒的；你同時娶兩個，我也給你辦得到。別等着你師父了，你師父大概發了一筆外財，不定躲到什麼地方，成了家，早抱上孩子享福去了！」

這一大套話，叫劉得飛聽了，覺着糊裏糊塗的；同時，這邊一隻戴着金鐲翠指的手給他來送點心，那邊又來了個染着嬌紅指甲的切了果子來了。門外還送來了菜，另一個穿綠衣裳的先擺上了酒盅，還有一個穿繡花褲子的擺來了醉螃蟹、松花鴨蛋、醬肉片、炸小蝦等等各種的酒菜。韓金剛說：「都來！叫大姑娘也來，小芳呢？怎麼單單她不來？」劉得飛一聽這話，立刻神色忽變，坐立更顯着不安了。

卻見韓金剛高高興興地又說：「都來喝酒！酒菜不夠，還得來！叫廚房快預備！那大桌的席不要緊，那得等晚上才吃呢；再說吳寶、羅岱、唐金虎那群王八蛋都不要緊，給他們壞點的吃，沒有什麼。得飛，老兄弟！反正你一人等着他們也是着急，不如咱們先樂一樂，我現在拿親戚待你。我看你跟盧寶娥那事不成，不如咱們結下一門親吧！」劉得飛簡直不明白韓金剛是怎麼一回事，不知他還要胡說些什麼。

這時這些女人忙忙亂亂，叫他都看花了眼，叫他都起了厭惡，發了急，驀然一想：韓金剛現在使的這莫非就叫美人計？他媽的，他想用這些娘兒們先收拾我嗎？想到這裏，他的臉色又漸變，眉頭又緊皺，更發起呆來，兩隻拳頭也不由得緊緊地握起。

忽見屋門又開了，從外面走進來一個穿繡花的紅衣紅裙的少婦，環佩叮噹，腳步輕移。劉得飛一看，原來正是小芳。

劉得飛現在一點酒還沒喝，臉可突然就跟一塊大紅布似的了，他想：現在沒話說了。見了小芳，這麼熟的人，昨天晚上還見面談了半天呢，難道裝作不認識？我可不會，我得當着這些人光明磊落地說開了，韓金剛要跟我結親也行，她就是我的姐姐！

當下，劉得飛站了起來，又要拱手，韓金剛卻笑着說：「老兄弟你就別拱手啦！這個也是我的小老婆。」小老婆這三個字，招得劉得飛加倍惱怒，他幾乎當時就要將盛醉蟹的盤子抄起，向韓金剛打去。但小芳三步兩步就走近前來，說：「這醉蟹太冷，吃下去能夠肚子疼，劉兄弟還是別吃吧！等一會叫廚房做點別的酒菜吧。」辭意是那麼溫和。劉得飛明白又是勸他不要打架，他只好飲下一杯酒，將胸中的怒氣強按下去，做出老老實實的樣子來。

韓金剛卻笑着說：「你看我這小老婆多麼會體貼人，這是我最寵愛的小老婆。」小芳卻說：「得啦，你就別說了。」劉得飛的心中說不出是怎樣的生妒。韓金剛又笑着說：“將來只盼你有這麼一個好老婆，也就得了。”這話說出，小芳也不由得一陣臉紅。

劉得飛又由小芳的手中接過酒杯來飲了一口，同時覺着腳下被人輕輕踢了一下，他立時就放下酒杯，心說：怎麼，你既給我斟酒，可又不許我喝？小芳向他直使眼色，他沒看出來，韓金剛也沒看出來。

各樣的熱菜一件一件擺上，真豐富，還有醋溜魚。幾個小老婆，連丫頭、僕婦依舊忙碌着伺候他，韓金剛也不住地向他夾菜、灌酒。同時韓金剛自己也不住地喝，他先臉紅了，由紅而發紫，並且不停地跟劉得飛談閒話；談他過去的一些得意之事，怎樣發的財，怎樣弄的這些小老婆，怎樣做的現在這侍衛。他高興極了，也不管劉得飛愛聽不愛聽。如此就磨煩了很多的時候，窗外的天色漸漸黑了。

劉得飛是因為小芳在旁，他的舉止既受拘束，心裏又十分的不安，想走既不行，坐又坐不住。酒，今天居然喝了好幾杯，頭不禁有點發暈，可是心裏還明白；忽然就想起那佟老太歲等一些人，這時候怎麼還沒來呢？連去請人的周大財，也不回來了，唐金虎更沒有到，這是什麼緣故？

他遂就停杯向韓金剛去問。韓金剛卻擺手說：“管他們呢？他們都愛來不來，反正我請了他們，已經給了他們面子了；他們要不要面子，我也不管了。劉兄弟，你放心！不要怕他們。你交了我這樣的朋友，還怕他們嗎？無論官面私面，只要有我韓金剛，包你吃不了一點虧，誰也不敢惹你。今天我特意請你，叫我這些小老婆都出來陪你，就為的是把這件事傳出去，叫人看看咱們兩人的交情是多麼深厚！”

劉得飛一聽，越發詫異，心說：這是幹嗎呀？韓金剛跟我這樣深交，難道真是出於一番好意嗎？

正在想着，又見韓金剛吩咐人點燈，再添菜、換酒、搬凳子，叫他的小老婆們，連小芳也在內，都陪着來吃。一時衣香鬢影，圍繞着劉得飛越近，小芳就在他的身旁。韓金剛還怒聲呵斥道：“你們也不看看，劉兄弟的酒杯空了半天啦！你們也不管給斟，算是幹什麼的？”他拍着桌子，震得杯碗都亂動，又向小芳瞪眼說：“你發什麼呆？你是想什麼啦？你就在劉兄弟的旁邊，為什麼不給他斟酒？”嚇得小芳趕緊給劉得飛去斟酒。

不想這是新灌來的滿滿一壺黃酒，小芳一失神，壺蓋先掉了，酒就灑了劉得飛一身。韓金剛更是大怒，把拳頭捶向桌上，嚷着說：“這是怎麼回事？成心給我得罪朋友嗎？”劉得飛卻搖頭說：“不要緊！我的衣裳不怕沾酒，你喊嚷什麼？”他緊握拳頭，仿佛要跟韓金剛打架似的，把幾個小老婆全都嚇得驚惶失色；小芳更是緊緊地咬着嘴唇，兩眼含着淚水，仿佛要哭。韓金剛倒笑了，說：“你倒護着她們？怪，我打她們，罵她們是常事！因為要是不會打老婆的，就千萬別弄小老婆。像你，倒是個多情的男子，女人若嫁了你，倒是造化。”

他哈哈地又一笑，說：“劉兄弟，事到如今，我不妨跟你把話說明白了吧！因為我有一胞妹，今年二十五歲，剛才你已看見了，長得還不難看。可是這幾年來我盡顧給我自己弄小老婆，卻把胞妹的婚姻大事耽擱了！又加着我說過，非得是有錢的，還得是官，更得好武藝，我才能夠給；這樣一來，嚇得別人都不敢來求親，弄得她高不成，低不就。

“老不給她說婆家也不像話，人都得笑話我。我看來看去，可就看上老兄弟你啦！你雖沒有錢，可是有名；你雖不是官，可是京城第一名大鏢頭，你的武藝更不用說了，所以我想佟老太歲、大羅岱，也都一定敵不過你。你要是能做我的妹婿，我必有重重的陪送妝奩。以後咱倆是大舅子和妹婿，我仗着你的武藝，你仗着我的錢，在京城，誰還敢惹咱們？這是我跟你說真話，你點了頭咱們就算訂了，絕沒你的虧吃；你要是不答應，你可得想一想，將來你別後悔。」說出這話時，他是笑着，可又瞪着兩隻惡眼。

劉得飛卻不假思索地就搖頭，說：「不行，不行，我不能夠答應，我不願意。」

韓金剛把眼瞪得更大，問說：「那麼你要什麼樣的媳婦呢？難道說你還是想要張家口的盧寶娥？」劉得飛說：「她？我更不要！」韓金剛忽又笑了，說：「怪啦！那麼你可要誰呢？」劉得飛說：「我沒見着我的師父，我絕不要媳婦。」

韓金剛笑着說：「你別把師父跟媳婦拉在一塊，這是兩件事，不是一件事。你訂了親，不必當時就討；再說你有了媳婦，再去找你師父，別人也不能說什麼。咳……」

他歎了口氣，似乎覺着劉得飛傻，然而傻得可愛；因為這樣又傻又有本領的人，才愈使他韓金剛有點捨不得，因就又笑了笑，說：「咱們先說一句開玩笑的話吧！反正說媳婦也不過是挑女人的醜俊，女人的醜和俊原也都差不多。你來看看，眼前的我這幾個小老婆，都年紀不老，有的是瘦的，有的是肥的，有的柳葉眉，有的櫻桃口，你看看挑挑吧，她們哪個配當你的媳婦？你就用手指，不要緊。」

劉得飛此刻不由得十分驚訝，心裏猜着：我跟小芳的事，莫非他已曉得了，他要作一個順水人情，把小芳讓給我？他若真肯將小芳讓給我為妻——但她是我的姐姐，怎可做我的媳婦呢？咳！誰管他！把她接出了這個地方，叫她逃出了韓金剛的手，以後再說。於是他的心裏不禁歡喜，而又不住地盤算。他又去看小芳，見小芳的臉倒不紅，而是直發白。這種嬌羞可憐之姿，叫劉得飛的心裏既愛惜而又情急；實在忍不住了，他就用手準確地一指，說：「她就行！她這樣兒的我才能夠娶，我才願意。」

這話一說出來，許多人都驚訝地望着小芳，小芳卻早就把臉低下去了。韓金剛又哈哈一陣大笑，只說：「老兄弟！你喝酒！」便叫他的另一個小老婆給劉得飛去斟酒。

韓金剛沒再說什麼，小芳卻立時就躲避出屋去了，劉得飛反倒覺着十分不好意思：不是怕韓金剛，倒是怕小芳生了氣。他又喝了半杯酒，就聽韓金剛又說：「天這麼晚了，老兄弟你就不用回去了，住在我這裏。晚上佟老太歲若來了，咱們再開一桌；他如不來，我還有點事跟你商量。現在我看你喝得也差不多了，你若住在我這裏，管保什麼事也沒有。回到鏢店可就難說了，佟老太歲縱使不去找你，那大羅岱等人也未必干休，倘若去找你……」

劉得飛聽到這句話，不禁怒氣又往上湧，把酒杯吧地摔了一下。又聽韓金剛說：「你雖然不怕，可是究竟是惹氣，不值得的。」這話倒說到劉得飛的心上，因為他也實在不願惹氣。同時又想：在這兒住一晚也好，因為剛才我一定把小芳得罪了，她口雖不言，心裏不定有多麼生氣了。今夜我住在這裏，應當找着她住的房子，跟她解釋解釋：我把話說錯了！我並不是要將應當作我的恩姐的人，作為我的媳婦，我是希望你跟我離開這個地方……

又想：剛才當我點出小芳的時候，韓金剛並沒有說不行，也許因為他的小老婆太多了，他不在乎一兩個的，願意分給我一個？他說待會兒有點事要跟我商量，大概就是這件事？劉得飛如此一想，心裏便萌發出許多的希望，他有點坐不住了，渾身發燒。

韓金剛又說：“你再喝一杯酒吧，待會我就叫人送你到旁的屋裏歇歇去！等你睡一個覺，半夜起來，我再請你喝夜酒。我向來對待至交的朋友全是這樣。尤其你，今天你雖沒點頭答應親事，可是咱們早已不是泛泛之交。近些日，我也頗有一些耳聞，今晚上，非得給你一個玩藝兒看看不可！”說到這裏，又不禁哈哈地一陣狂笑。

劉得飛此刻已經有些頭暈了，不敢再喝酒了，因為到夜裏還得辦事呢！縱使韓金剛不把小芳交給我，我也得設法把她救出。救出之後將她安置在一個穩妥的地方，然後我再往天涯海角去尋我的師父。媽的！指着韓金剛他們去找我師父是絕靠不住。今天我已經看見了，若還叫小芳在這兒當小老婆，那真使我羞得慌。

當下他的主意已經決定，心就更急，於是裝作喝醉的樣子，就要趴在桌上睡覺。韓金剛命僕婦叫來了兩名力氣強壯的男僕，就把劉得飛攙出了這屋，而送到這個院的西屋，把他放在床上。兩個男僕出去，就將門倒鎖上了。

屋門外的鎖頭哼的一響，不禁把劉得飛嚇了一跳，心說：不好！我上了當啦！原來韓金剛是想暗算我！當時氣往上湧，一滾身，坐了起來。四下看看，屋裏很黑，前後都有窗櫺，都閉得很嚴。他先去摸摸後窗，就見也鎖着了。窗戶格兒是木頭做的，十分小巧，還粘糊着紙，推了半天也推不開，大概是從外面鎖着的，這真使他着急；又到前窗去看，卻安得更是結實，簡直現在就是把他困住了。他不禁更是生氣，心說：好啊！韓金剛原來是這麼一個奸徒！今天周大財把我騙了來，他用計將我穩住，原來是想要害我？好！你太小瞧了我劉得飛！

當時，他就要將這窗戶和門全都砸開踹毀，而跳將出去，抓住韓金剛，用拳將他打死！這在劉得飛並不是辦不到。他的神力，他的猛勇，這間小屋實在困不住他。但是，他顧慮着小芳：看今天這事，韓金剛要害我，恐不只是為幫助吳寶、大羅岱等人，大概小芳跟我的事，連贈給我繡帶，及昨晚在城外廟旁見面的事，他都已曉得了，這於她不利。我若打出屋去，我的手裏又沒寶劍，未必就能立時取勝；在那時，倘若他一時氣惱，先命人去收拾了小芳，而使小芳慘遭毒手，那可怎麼辦？這倒是應當細想一想。

因此他就很發愁，仔細地考慮着，又去撼動那後窗，但仍然開不了。那一根根的窗格兒，倒是經不住他的拳頭砸，咚的一聲他的拳頭砸去，立時就砸斷了兩根。他心說：可別再砸了，再砸就要被這兒的人聽見了！韓金剛手下的惡奴恐怕不少，我跟他們鬥，也得鬥半天。於是他就發着怔，看着窗外。

天色已黑沉沉的了，這後窗戶之外是另一個偏院落，院裏也有幾間房。房裏也都有燈，可是不太亮，大概是僕婦、丫鬟們在這裏住。他於是又狠命地去砸這窗戶，咚咚地又砸了幾下，這後窗上的木格兒就被他砸得七零八落。他又用手去撤折，如是這窗戶就成了一個大洞。

正在這時，忽聽窗外有個人說：“哎呀，你是要幹嗎呀？”劉得飛一聽，不由吃了一驚，因為這是女子的聲音，並且還異常廝熟。他於是就叫着：“小芳！小芳！快來幫我的忙！”那說話的女子，聞聲立時就跑近了窗外，驚惶惶地悄聲說：“原來是你呀！劉得飛呀！你怎麼在這裏啦？”

劉得飛這時才看出這矮小的身形，原來不是小芳，卻是隨身服侍小芳的那個丫鬟——香兒。他立時就更着急，並帶着一點慚愧地說：“我上了韓金剛的當了！

他把我送在這屋，鎖上門窗，預備着要收拾我。媽的，他卻不知我是裝醉，這麼個小屋就能困得住我啦？」

香兒悄聲地說：「韓金剛現在前院裏了，那裏來了好些個人，都是鏢店的。」

劉得飛說：「我知道，那一定是追魂槍吳寶跟閻王筆大羅岱他們那一群王八蛋！」

香兒說：「他們正在喝酒啦，還有一個老頭子。」劉得飛說：「那就是甚麼佟老太歲！他們太欺負人，我本是忍着氣，忍了一天的悶氣，就為的是小芳。」

香兒悄聲地，驚恐而又緊急地說：「你還提小芳啦？還提我們五太太啦？你還不知道吧？」

劉得飛驚問着說：「她怎麼啦？」心裏卻抨抨地不住緊跳，因為小丫鬟說的話太可疑又可驚了，莫非小芳這時已叫韓金剛給打死了？害死了嗎？

此時，香兒在窗外嗚嗚地哭起來了，她抽搐着，低聲驚恐着說：「我們的五太太，她好多日沒受這罪啦！剛才，三爺，韓金剛拿着那皮鞭子追到房裏，就向我們五太太沒頭沒臉地抽，抽完了還給捆在櫃門上，現在還在那裏捆着呢！一定是，就是跟你的事……」

劉得飛沒等到說完，心裏早已騰起來了怒火，當時拳又掄，咚咚地向着窗上猛砸，又喀嚓喀嚓地將這窗上的木格兒亂掘、亂拆、亂扔，當時這個洞就越來越大。

但此時前窗之外，卻有人說話：「幹什麼啦？是劉得飛……」

「這個小子……」

「快開門！快開門！」有人用力來砍着門，並說：「讓我進去結果了他就得啦！留着他終究是個禍害……」

小丫鬟香兒嚇得回身就跑。劉得飛忿怒地咚咚！喀喀！又連將窗狠砸了兩下，趁此飛身就向外去躥。只聽喀嚓一聲巨響，他的腳是先踹出去的，身子如白鶴斂羽，同時就越出了這後窗。

而房上忽然有一人跳將下來，原來這就是剛才在前窗砍門沒有砍開的那人。現在由房上爬過來了，急快地掄刀向他就砍。劉得飛閃身避開，同時一腳踢去，這個人當時就往前一栽，吧嚓一聲栽在地下了。但是他的刀仍緊握，敏捷地站將起來，急忙回身舞刀。卻不料劉得飛早用了一個蒼鷹擒兔，飛撲了來，不容他還手，吧的一聲，立時將刀奪到手中；同時順手將刀向下一擦，這人喊也沒喊叫出來，便被殺傷，而昏倒於磚地之上。劉得飛這才看出來，這人正是追魂槍吳寶的手下的，他的名字叫金眼夜叉。

劉得飛也不再管他，趕緊手提鋼刀，順着這過道，就向後院走去。走了幾步，就見那小丫鬟縮在一個牆角裏，戰戰兢兢地說：「怎麼？那個人是死了嗎？」劉得飛也不答話，仍急急地說：「你快帶着我去救小芳！」於是這香兒，就帶着劉得飛去往後院，指着西屋說：「就，就，就……」她可是說不出話來了，兩條小腿都像跑不動了。

劉得飛立時就往她所指的那屋走去，踹開了門，走進屋去就將手中的鋼刀一掄，只聽屋裏的兩個僕婦，還有一個是小老婆，齊聲驚叫着：「哎喲！媽喲……」都咕咚咕咚，爬到炕裏的被褥堆那邊藏着去了。

劉得飛瞪大了眼睛，借着几上的燭光一看，只見小芳的情形真是淒慘。她仍然穿着白天的那身紅衣紅裙，倒好像是個罪人：頭髮已被鞭子抽亂，那秀麗的小臉兒上也有紫青色的橫一道，豎一道的鞭痕。她正低着頭痛哭，看見劉得飛進來，她的帶淚的兩隻秀眼，立即驚懼地睜開，而哭泣、抽搐得更加厲害了。

她的兩手還被倒剪着，捆在大豎櫃櫃門的銅環上。她是跪也跪不下，站也站不住；看這樣子，實如一只待宰的羔羊，真是可憐。劉得飛看了真是痛心，當時趕奔上前，用刀把捆綁着小芳手的繩子全都割斷，小芳的身子就倒在他的懷裏了。他趕緊用一隻胳臂抱住，就說："走吧！你跟着我走吧！"小芳卻趴在他的肩頭上不住地哭泣，一句話也不能說，一步都不能走了。他就只好將小芳往他的身上一背，向外就走。

但是這時，院中迎着屋門，有兩個人一齊抖着長槍，怒喊說："劉得飛！你出來！滾出來！"這正是追魂槍吳寶和黑虎鞭焦泰兩個人的聲音。

劉得飛自己是不害怕，然而他現在是背着小芳了；若是闖出去，和他們拼鬥就十分不便，小芳也容易受傷，因此就十分着急。他又怕被院中的人看到屋裏，而打來什麼暗器，所以就先一回手，用刀吧的一聲，將几上的燭臺砍掉在地下。可是蠟燭倒在地下，還不住地燃燒，並且將地下的一隻女人的花鞋給引着了，漸漸地冒起了濃煙。那藏在被褥堆上的三個女人，不住噯呀噯呀地怪叫，並喊着："着了火啦！"

第九章　起鬥中庭暗逢人助　潛身小舖自歎郎癡

　　外邊又有人在怒喊：“劉得飛，你忘恩負義的東西！今天我好意地待你，你反倒在我這裏殺人，還敢侮辱我的小老婆！”這正是韓金剛的聲音。劉得飛聽了，心中不住地冒火。同時又聽到屋外，遠遠的有女子慘呼哀求之聲：“……不是我喲！我沒說話喲！喲哎喲……”這又像是那小丫鬟香兒。劉得飛將牙一咬，向小芳說：“咱們闖出去，你可千萬用兩隻手抱住我的脖子！”說時，他用刀尖將屋門頂開，同時急掄刀開路，背着小芳向外一跳，就跳到了屋外。

　　那追魂槍吳寶就迎面一槍，猛地扎來。追魂槍吳寶這時兇悍異常，不但是仇人見面，分外眼紅，而且他的槍法，這些日練習得較前更為狠毒了。他哧哧哧，急三槍扎來，專取劉得飛的咽喉，但都被劉得飛用刀，唪唪唪地給磕開了。那焦泰是在左側。今天他沒使鞭，卻也用的是長槍。他的槍法，不在吳寶以下，而且力氣更為渾厚，是如怪蟒鑽洞，專扎劉得飛的左胯，劉得飛又得趕緊跳開躲避。

　　劉得飛手中的傢伙不便利，他是使劍的，拿着刀，真有點外行；同時還背着個嬌軀時時在顫抖的小芳，而小芳又把他的脖子抱得很緊，使他更覺着不方便。對面的兩杆槍絲毫不讓地往前來扎，一個手持雙判官筆的凶漢也跑來了，大喊着說：“叫我來要這小子的命，給我的三弟報仇！”劉得飛不敢輕敵，知道這一定是大羅岱。當時雙筆夾雙槍，颼颼、哧哧，如急風驟雨。劉得飛只得將刀亂舞，舞成了一股上下飄騰的白氣，這樣，才暫時將他和小芳保護住。他隨打隨向後退，一個老頭子又站在門那邊，大喊說：“別放他跑了！”

　　那邊是來了很多的人，有的高高舉着燈籠，有的晃動着比燈還光芒耀眼的兵刃。韓金剛就在那邊了，他卻嚷着：“先住住手！叫他先把我的人放下！劉得飛！你得明白，今兒你絕逃不開了！我的小老婆多得很，你搶去一個不要緊，可是你絕搶不走。我這裏的人若一擁上前，你當時就不得活。可是，我還看在你師父的面子，你快放下我的人，我就給你一條活路！”他這樣的喊着，情急而力嘶。

　　劉得飛在那裏仍在與那三人拼鬥。他的力氣又足，那判官筆與兩杆槍，雖極力要致他於死，可是都近不得他的身。大羅岱的雙筆是施展不開，焦泰的槍桿都幾乎被刀給砍斷了，吳寶也覺有點兩腕發麻。這時佟老太歲手掄一杆鐵棍，也要奔上來打。卻聽又有人喊叫：“不可！不可！”

　　劉得飛聽了一聲，就聽出來是盧天雄的聲音，心裏詫異着：這小子怎麼也來啦？媽的，我不要他的侄女，他就惱羞成怒，來幫助他們嗎？可是見盧天雄把佟老太歲給攔住了，他急急地說：“這麼打不對！打死劉得飛，難免就傷了三爺的屋裏人，還是顧人要緊。劉得飛你是好漢子，怎麼做出這事來？你快把人家的娘們兒放手，我還有話跟你說，我擔保他們不能傷你。”

　　劉得飛哪管這一套，他一面掄刀狂殺，一面要趁空躥房而逃；可是忽然一眼望見房上也有兩個人。韓金剛又喊叫說：“房上的兩個！你們可小心點！別叫他背着我的人跑了！”又狠狠地跺腳說：“還是顧我的人要緊！劉得飛，你放下她，有什麼話咱們好說。”盧天雄也擺着手說：“都沖着我的面子！我聽了信趕來，就為給你們解和來了，劉得飛！劉賢侄！我有話跟你說。”韓金剛又說：“我也有話跟你商量！劉得飛！沖你師父的面子我絕不能害你，你放心吧！”

　　那邊燈光耀耀，人影擁擠，喊聲急噪。這裏兩杆槍，一對筆，還在沖着他，一齊逼他將小芳放下；佟老太歲的鐵棍也高高舉起，離着他不過一尺。劉得飛卻一隻手向後攏緊了小芳的腰，一手橫刀，發出冷笑，說：“媽的！誰還跟你們商量事？上當只是一回！你們還提到我師父？今天俺劉得飛不但要為師父報仇，還要救我這小芳姐姐！”他稱小芳為姐姐，大家聽了，不由都怔了。

　　韓金剛更加暴躁，劉得飛卻更為猛勇。他一面接着大喊說：“你們休當俺劉得飛不是好漢！我救我姐姐是為報她的恩，不能叫她在這裏受辱，我姓劉的光明磊落！”一面鋼刀疾舞，身背小芳，向外去沖。兩杆槍就在後緊追，他一刀唏的一聲，就將焦泰砍倒了。羅岱喊道：“別放他走呀！”狂呼聲和慘叫聲同時騰起，人亂又燈動。佟老太歲一鐵棍，當的一聲巨響，打碎了地下不知多少塊大方磚，卻沒打着劉得飛。韓金剛手中也拿着一對護手鉤，要攔截，也沒有截住。劉得飛身背小芳，鋼刀開路，就闖出了這個門，而到了前面的院中。

　　這時他更勇了，吳寶持着槍率領眾人緊緊追來，前院裏又有幾個壯漢各持刀槍奔到，又將劉得飛攔住了，因此劉得飛又陷於重圍之中。他雖更為奮勇，可是無論如何奮勇，也殺不開這重圍；他心急如火，汗流氣喘，小芳伏在他的身上仿佛癱了似的，那佟老太歲又舞動着大鐵棍奔來了。

　　就在這時，突然見有兩個人哎喲哎喲，摔倒在地。吳寶喊着：“暗器！留神！”可是他當時也扔了槍，身中暗器，躺倒在地。人更亂，韓金剛大聲驚喊：“誰！是誰？放暗器的是誰？”

　　劉得飛這時也大驚，他也不知道暗器是從哪兒打來的，他更沒工夫看是誰打的。他就趁勢兒一加力，跑了幾步，嗖的一聲，連小芳都上了房。他足踏屋瓦，飛也似的就走，由房過脊，過脊上牆，順着牆頭又向前飛跑；越過了幾層院落，便將身一跳，下了牆。到了外面，也不顧身後有無追喊之聲，他順着胡同向北就跑。

　　跑過了兩條胡同，就到了大街。街上傳來梆梆、當當的更聲，原來才交了二更。巡街的官人自對面走來，同時街上這時還有稀稀的行人呢。他手拿着鋼刀，怕被人看見疑惑，於是就把刀扔了，雙手背起了小芳，便覺着不費力。又跑了不遠，他覺着身後背着個小媳婦也不大好，何況天上還有月光，於是他就緊貼着牆根的黑影去走，腳步也慢一些了，倒是也沒人注意他。如此，他又走了一截路，就見舖戶雖都已關了門板，可是一家小舖的裏邊還有燈，他心裏一喜，當時就背着小芳走進去了。

　　這家小舖，就是他的鄉親開的那家燒餅舖。張歪子正在和麵，預備待會兒好烙吊爐燒餅。馮大是正在往面里加白礬，好炸麻花呀。忽然進來這個人，身後還背着一個紅衣紅裙的小媳婦，可真把他們嚇着了。幸虧燈還亮，他們瞧出來是劉得飛，就齊聲驚訝地叫了聲：「啊呀！」

劉得飛把小芳放下來，可是小芳卻暈得站不住。他趕緊又抱住小芳，進了那個裏屋。陳麻子正在睡覺，驚得坐起來說：「這是怎麼回事呀？」張歪子跟馮大，各自張着兩隻麵手都追進來。劉得飛就說：「我們只在這兒歇一歇，待會就走！」他把小芳輕輕地放在炕上，對她說：「在這兒待會不要緊，這都是我的鄉親，都是好人。」

這時陳麻子趕緊連着破被臥往炕裏邊去滾，因為他常常串胡同兒賣貨，他認得這位小媳婦，就說：「哎呀！這不是韓家的……嗎？」劉得飛一邊喘氣，一邊說：「你們認識她，那更好啦！可別胡疑惑，她是我的姐姐。我剛從韓金剛的家裏把她救出來。」張歪子的爸爸老掌櫃的也驚醒了，光着膀子就坐起來，說：「劉得飛！你可別胡鬧呀！韓金剛可惹不得呀！搶人家的媳婦可犯法呀！」

盤膝坐在炕上的小芳，忽然掠着頭髮，擦着眼淚，搖着頭說：「不要緊！我跟御史太太是姊妹，無論什麼事我也護得住得飛。可是……我也犯不上找她們去。得飛！你再想想法子吧！人家這兒是個買賣，咱們也不能多待，咱們倒是上哪兒去呀？」

劉得飛說：「我就有一個地方，就是回我鏢店，有我的那口寶劍，我就全都不怕他們！」

張歪子搖頭說：「不行不行，你的寶劍使得好，今兒晚上他們也許不敢找你去，可是明天早晨他們一定去人！去了他們，你可以打；去了官人，保你連動也不敢動一動，因為他是侍衛呀！還了得？再說你無論怎麼有理，搶人家的媳婦就是沒理。」

劉得飛指着小芳臉上的傷，說：「哪裏是他的媳婦？就是個被他欺負、被他虐待的！他家裏的小老婆一大群，都是被他搶去的。因這，還不知他害了多少人？我現在把小芳救出，是為報恩，這是俠義勾當，光明磊落！」

小芳趕緊把他攔住，說：「你小點聲！這個舖子臨着街，他們要是從外邊走，能夠聽見裏邊說話。」又哭泣着說：「得飛！反正我既跟你出來啦，我就不能回去了，回去也是個死。」

張歪子不住地點頭，說：「本來，既出來，哪能夠回去？得飛也年輕，我們都知道他，人老實，心腸也好，現在這也是一件好事。不過我們這裏可不能住，因為明天一早，就有人來買燒餅，這屋子也常有人來。」

他的爸爸老掌櫃的說：「乾脆叫他們回門頭溝吧！」

陳麻子說：「對呀！得飛，門頭溝是你的家呀！把她送回家裏去藏幾個月，你也別進城了。幹這鏢頭整天跟人拼命，娶了媳婦也得整天替你捏着一把汗呀！」他們現在簡直就把小芳認作是劉得飛的媳婦了。

小芳擦着淚，低着頭，抿着嘴唇兒，臉上雖有鞭傷，可是掩不住她的俊俏。她本來是年紀輕輕的，本來跟劉得飛實在配得過，尤其現在穿的是紅衣裳，還繡着花，紅裙子上有許多皺褶，下邊穿的還是紅繡鞋。因為有帶子，一隻都沒有丟，確確實實像一位新娘子，所以這幾位賣燒餅的老鄉要給他們撮合。

劉得飛根本沒這麼想，他也沒看出這些人的意思，不過覺着把小芳送到門頭溝，確是穩妥；她可真成了我家的人了，真是我的姐姐了。

　　事不宜遲，說話就得辦，然而，現在九城各門全都關着哩。大家發愁了半天，結果還是陳麻子出的主意：他說送走小芳，得雇一輛騾子車。可是不能在這附近雇，因為附近的趕車的都能立時去報告韓金剛與追魂槍，眞許把車停擺，由着韓金剛將人搶回；非得上別處雇去才行。陳麻子有個表弟住在哈德門外，他現在就能找去，叫他的表弟不等天亮就把車趕來。別出彰儀門，因為明天一早韓金剛必定派人在那裏去截；不如索性繞遠點，出正南的永定門，出城再往西走，不到明天十點鐘，也就過了蘆溝橋了。當時張歪子也覺着這個辦法不錯，陳麻子也不睡覺了，當時就走了，找他的表弟訂車去了。

　　劉得飛卻想要回鏢店把他所攢的銀子都帶上，同時他還想去取來他的那口寶劍，因為他還預備明天萬一走不成，還得跟韓金剛那些人去拼。張歪子說：「你回去一趟也行，可是你得趕緊回來。我們今天一晚上自然都不能睡覺了，可是這嫂子在這裏究竟不穩妥。追魂槍吳寶他們就住在這對門，又都知道咱們認識。」劉得飛點頭說：「我只去拿了錢，便回來。」小芳說：「你可還得留神他們暗算你！」劉得飛搖搖頭，冷笑着說：「不要緊！你放心吧！」當時他就走出了這燒餅舖，並叫張歪子跟着他將門關嚴了，把外屋的燈也暫時吹滅了。

　　劉得飛穿着胡同，回到了悅遠鏢店，心裏原想着韓金剛必定找到這裏來了，可是沒想到這門前很清靜的，雙門閉得很嚴。劉得飛心說：大概唐金虎還不知道，索性不叫他知道倒好，不必拉扯上他；他不知道，韓金剛也就不致於跟他來找麻煩。於是劉得飛又縱身上了牆頭，由牆上再輕輕跳到院裏，只見櫃房裏還有燈光，算盤亂響，大概是正在算帳，可見這裏沒什麼事發生。

　　他就躡足潛蹤地走到他住的那屋門前，拉開了門，摸着黑就走進去。才摸着走了兩步，忽然就覺着眼前晃晃搖搖有一個東西，把他嚇了一大跳，趕緊問說：「你是誰？」屋裏這個人卻說：「你才回來呀？我們五太太沒來嗎？」劉得飛眞覺着詫異，原來這是那小丫鬟香兒，遂就悄聲問說：「你怎麼會跑到這兒來啦？這鏢店裏的人不知道嗎？」

　　小丫鬟說：「沒人知道。我是剛才在宅裏，你砸開了後窗戶跳出去，不是我帶着你找到我們五太太的屋嗎？韓金剛他們知道啦，當時就打了我兩個嘴巴，踹了我幾腳。因為那時他們只顧跟你打架，卻沒工夫顧得到我。我就躲在那小過道哭着，我眞害怕着他們待會兒一定要把我打死。你跟他們在院裏打了個亂七八糟，我也不知道。可是忽然就跑來一個人，把我怔背起來了……」

　　劉得飛驚訝得不禁打了一個冷戰，趕緊問說：「你沒看清這個人的模樣嗎？」

　　小丫鬟說：「我哪敢看呀？我就閉上眼睛了。他背着我上房跳牆，走了半天，就把我扔到這院子裏；他一句話也沒跟我說，就又跳上房去了。我看了半天，才知道這兒是你那鏢店，我認得你這間屋子，我就自己走進來了。我不敢點燈，也不敢吭氣兒，我又害怕。我正等着你啦，你就回來啦，你沒把我們五太太救出來嗎？」

　　劉得飛怔了半天，但不敢遲疑，只悄聲說：「你被別人也救出來了，這正好，現在我就帶着你去找小芳。以後不許再管她叫什麼五太太！明天我就送你們出城，到我家裏去！」

　　小丫鬟一聽，當時就哭着悄聲說：「對啦！你這才算是有良心！我們……她跟我……都算沒白跟你好了一場。」

　　劉得飛摸着了自己多日來儲蓄的銀錢，並摘下來壁間的寶劍，拉着小丫鬟就

　　出了屋。到院中，聽着櫃房裏的算盤還在響，並有唐金虎咳嗽的聲音；他就把小丫鬟背在他的背後，一躍而上了房，由前簷走到後簷，便一跳而下，這就是門外了。他想要拉着這小丫鬟去走，還不如背着她走得快，所以他就仍然背着，撒開腿就跑。

　　剛跑幾步，忽然吧的一聲，一塊磚頭自後邊飛來，沒打中小丫鬟，卻正打中了他的頭，很痛。他這一驚非同小可，氣也湧了上來，剛要說：什麼人？是好漢來拼！拿磚頭打人可不光明！但他不敢嚷嚷出來。

　　忽然又想到：這一定是我的師父！旁人沒有這樣大的本領，敢跟我開玩笑，我的師父一定在暗中跟着我了！剛才在韓金剛的家裏幫我的忙，把小丫鬟救到鏢店，一定都是他老人家。於是他就高聲叫着：“師父！我知道是您啦！您老人家露面叫我見一見吧！當初是我錯了，您別再生我的氣啦……”他口中這樣叫着，心中十分難過，眼睛發酸，然而沒人應聲。

　　小丫鬟在他的背後，把臉枕在他的左肩上，說：“快點走吧！快找小芳去吧！你是怎麼啦？這兒哪有一個人呀？”劉得飛只得又往南跑。

　　卻見南面遠遠地來了不少的人，還打着大燈籠、小燈籠，好像就是韓金剛院裏剛才的那些燈籠。劉得飛知道這一定是韓金剛那些人到鏢店來找他，他本想奮身前去格鬥，但又想：我把這小丫鬟可放在哪兒呀？再說我師父現在暗處了，他跟小芳一樣，都不願意叫我跟人打架，我還是忍一口氣，趕緊去找小芳要緊。好在他們這些人到悅遠鏢店是去找我，絕牽連不上唐金虎。

　　於是，他就趕緊背着小丫鬟上了路旁一家的房屋，由這房屋又跳到那家房屋，就把人家的瓦屋當做他的道路，小丫鬟嚇得直哆嗦。幸虧天已晚了，下面的人家都已睡了，同時他雖背着個人，身子也還很輕，手腳也敏捷；又加天上有雲，月光也不像昨夜那麼亮，因此沒有人察覺他。那一夥人也就從街上走過去了，還聽得到他們忿忿地彼此說着話，燈光裏閃爍着刀光槍影。劉得飛暗暗冷笑，他什麼也不顧得，就一直回到了那燒餅舖。

　　他把小丫鬟放下，上前叫門。裏面張歪子問了半天，問清楚了是他，這才把門開了半扇，並急急地說：“快進來！快進來！你沒看見對門天泰鏢店裏邊，好！跟馬蜂窩似的，亂哄哄，又是燈，又是人，剛才走了一大幫啦！快進來吧！”劉得飛便拉着小丫鬟進來了，張歪子一邊關門，一邊回過頭來看，說：“這是怎麼回事呀？”

　　劉得飛帶着小丫鬟進了裏屋，小丫鬟見了小芳，抱住了就哭，小芳也哭。張歪子關好了外邊的門，又跟進來，悄聲的說：“這怎麼辦？一個就夠麻煩的啦，這麼一會兒，又變成了兩個啦！你有了媳婦就得啦，還要乾女兒嗎？”劉得飛搖頭說：“不是她乾女兒，是她的丫鬟。是別人把她救出來的，送在我那兒，我就把她帶來了。”

　　老掌櫃的連連擺着手，說：“得啦！得啦！先小點聲說話！反正她們已經都來啦，車也雇去啦，一個人坐一輛車，兩個人也是坐一輛車，有個伴兒倒好。只是，得飛！咱們是老鄉，誰還能夠不知道誰？這兩位堂客若都到你家裏去，有的吃嗎？”

　　劉得飛點頭說：“有，我叔父已經從我那裏拿去不少錢啦，他一定沒都花完，我這裏還有錢。”說着就從他的懷裏，掏出金錠和小的銀元寶好幾個，都交給小芳，說：“你替我收着吧！”

　　小芳卻給推開，說：“你還是自己拿着吧！交給我，倒許給你弄丟了。我本來還有些首飾，也都沒帶出來；還有一些我的體己，可是存在我那兩個乾姐姐家裏了，慢慢的我可以跟她們要去。”

劉得飛卻擺手說：“不用去要了！那算來算去還是韓金剛的錢，要到手裏也不光明。連悅遠鏢店櫃上我還存着的錢，我都不想要啦。唐金虎待我不錯，我幫他的忙沒幫到底，還許給他惹上麻煩。他欠我的錢我也不要了，將來我再憑本事掙去；反正我師父也回來啦，剛才救香兒的那人，一定是他老人家……”

小芳說：“你還提你那師父啦！韓金剛把他恨死啦。他們恨你，也是因為恨你那師父。我早就偷聽過他跟吳寶在一塊兒商量，想要害你的師父，並且害你。韓金剛他還另有個打算，就是想要把他那沒人要的妹妹嫁給你，你好幫助他作惡。今天大概你要應了，也就沒有後來的事了；因為你不答應，他才要把你害死。”

劉得飛聽了，不住地冷笑，說：“他是沒看清了我劉得飛！連張家口那盧寶娥我都不要，我就能夠要他的妹妹嗎？”小芳趕緊問：“盧寶娥是誰呀？”小丫鬟也問：“長得好看嗎？”劉得飛搖頭說：“不用管她啦！她住的地方遠極啦，咱們先別說那些話，先說明天怎麼走？”小芳說：“怎麼走？明天不是坐車走嗎？”劉得飛點頭說：“是坐着車走，可是明天說不定他們就派人截車。”

小芳決然的說：“由他們去截，反正我就是死了，也不能再跟他們回去！”小丫鬟挺起小胸脯來也說：“我也是絕不再回去啦，我老跟着我們五……”她趕緊改口說：“反正我們就都跟着你啦！永遠跟着你啦！”

劉得飛又點頭說：“好！這就行！我憑這口寶劍，拼出命去也准得都把你們救走。”他說這話時，忿忿然的，顯得十分英雄的樣子。

老掌櫃說：“你看你這麼大聲嚷嚷，非得叫街上聽見不可！我真替你提着心。”這老掌櫃的簡直不能再在這兒睡覺了，就把他兒子張歪子叫到外屋。

原來外屋的吊舖上，還睡着兩個人，一個是炸麻花的馮大，一個是小徒弟，都睡得正香。老掌櫃的說：“把他們也叫起來，咱們就動手做活兒吧！對門的鏢店看見咱們照舊做着活兒，也就不疑惑了。”於是，外屋就點起燈，升火、熱油，開始做起活兒來了。

裏屋的小丫鬟靠着炕角躺下睡了。劉得飛仍站着，小芳在炕頭坐着，不住地看着他。這時小芳的頭髮已經挽得很好，臉上的傷痕更襯出她的嬌豔、美麗；她這一身紅，更是刺眼，簡直像個新嫁娘。她也像新嫁娘那麼嫵媚，斜着眼把劉得飛看了半天，就慢慢地伸手把劉得飛拉住了。劉得飛趕緊向旁躲了躲，說：“姐姐你就睡吧！睡一會還得走呢！”小芳卻悄聲向他說道：“怎麼到了現在，你還對我叫姐姐？不許再叫了，讓人聽見了，可要笑話你。”

劉得飛卻憂鬱而正氣地說：“別人不能笑話我，我只認了個姐姐，沒做絲毫不光明的事。我師父知道了，他老人家也不能惱怒。”說着話，他又向旁躲了躲。他的腰間可還系着那條繡帶，用手又往緊勒，愈顯出猿臂蜂腰、健強英俊；然而竟像是個傻小子，小芳不禁輕輕地歎了口氣。

這時外面又有人來叫門，把小芳嚇了一跳，劉得飛也立時又提起寶劍。原來是陳麻子回來了，他說：“車講好了！天不等亮，他一定來，絕誤不了事。”劉得飛點點頭，陳麻子又看見了正睡着的小丫鬟，他就指着說：“嘿！這是誰？”劉得飛還沒答言，張歪子就把他拉出去了。

當下，外屋就炸麻花、烙燒餅，通夜忙碌起來。也許因為這緣故，或是對門天泰鏢店的人覺得劉得飛還不能這麼傻，不能把小芳帶到這兒來，所以竟沒人來找。他們這裏的麻花炸了兩筐，燒餅已經烙得了一大堆。陳麻子偷偷地扒着門向外瞧了瞧，見對門的鏢店，門關得很嚴，裏邊一點燈光也沒有，街上也沒有人。他就喜歡了，拿了些燒餅麻花，拿到裏屋。

小丫鬟這時也起來了，他們就算是吃了一頓飯，於是就盼着、等着。又多時之後，車就來了，於是就叫小芳先悄悄地出去，坐在車的盡裏邊，小丫鬟挨着她；劉得飛也擠進去，身旁放着寶劍。趕車的把車窗扣得嚴嚴的，陳麻子還扒着車窗，向裏笑着說：「小劉！再見呀！到時候我再給你賀喜！」劉得飛也沒注意去聽，他只聽見吧的一聲，鞭子一響，騾子就拉着車走了。

車走得很慢，走的時候見天空的星星還不少，月色顯得模糊，及至走到了永定門，正巧星失月墜，天色將將發曉。他們這輛車便隨着許多等城門的車輛，趁着一陣雜亂，就出了城。一出城，趕車的可就把鞭子緊揮，車就走得快了，順着城牆一直往西。劉得飛將車窗解開，他露出頭來，呼吸了一口氣，說：「這就不怕他媽的韓金剛了！」

回首看看，見身後坐着小丫鬟跟小芳，全都是十分歡喜。小芳的眼波一掠一掠的，尤其顯出來情意纏綿。小芳的美麗多情，在劉得飛的心中，並不是不受感動，然而有一種東西，這東西大概就是正義、人格，來攔阻他。他並且最注意的是昨夜有人相助之事，他急於要將這兩個女人先安置好了，然後他還回到城裏找師父，所以他就催着車，緊緊地走。

他們這輛車走盡了北京城南面的城牆，照理說是應當再往北，登上那股石頭道，才能一直往西；但他們為躲避韓金剛派人在那裏擋截，所以就走上了一股土轍。這股路是坑坎不平，車顛動得太厲害。小丫鬟就又叫又笑：叫是哎喲哎喲地叫，笑是格格地笑。小芳就擰了她一下，說：「你怎麼啦？你瘋了？」小丫鬟說：「我是因為喜歡，現在咱們可算是逃出來啦！」小芳不禁回憶起來前塵，從她被硬搶進韓金剛的家，直到昨晚受過的苦，現在臉上的傷痕還在痛着。她不由得一陣難過，掏手絹擦眼淚，恨不得這時讓劉得飛安慰安慰她，但劉得飛現在只顧催趕車的，說：「快走！還是快走！」

車從偏路又認向了正途，這裏滿是鋪着平石的大道，一直通到蘆溝橋，往來的車馬極多。趕車的就又要把車窗扣嚴，劉得飛卻搖頭說：「不行！我覺着擠得慌，我可不能夠在車裏！」小芳央求似的說：「可是我……我還不願意遇見認識我的人，你還是把車窗遮嚴了吧！」於是，劉得飛就將車窗遮嚴，叫兩個女人在裏邊，他自己卻坐在車窗外，跨着轅子。

這時的天氣實在很熱，恨不得扇扇子才好。而石頭道上，塵煙滾滾，車輪咕碌碌，發着響亮的聲音，同時後面又有嗒嗒嗒的馬蹄之聲追來。劉得飛不由得回首一看，就見後邊來了兩匹馬。馬上的人一個是雙鐧靈官陳鋒，一個是賽黃忠馬宏，這全是追魂槍手底下的，也都是劉得飛的仇人。當時兩匹馬就從車旁擦過，一直向西，仿佛沒看見他們似的。劉得飛只是怔了一怔，然而毫不畏縮，仍然向趕車的說：「快着點走！」於是騾子又嗒嗒前行，車輪又隆隆急滾。

又走了約有二里路，身後邊又聽見馬蹄緊響。他趕緊又一回首，卻見又來了兩匹馬，馬上一是太歲刀韓豹，這人更不被劉得飛放在眼裏；那另一個，劉得飛見了卻不由得生氣，原來正是卷毛獅子周大財，他心說：「好小子！」

此時周大財先趕來了，但相離還有一箭遠，他就大聲地叫：“得飛！我的老賢姪！你把車停一會！”劉得飛回首怒目望着他，卻不發一語。周大財既着急又帶着笑說：“老賢姪！沖我的面子你再回城裏一趟！昨天那事是他們的不對，我叫他們給你賠罪。可是你得把那五姨太太連那小丫鬟都送回去，不然與韓金剛的面子太難看，與你的名頭也不好，把你師父的名聲也丟完了……”

劉得飛忿然說：“你說什麼？”說時從車中取出寶劍來一舉，那周大財嚇得勒馬向後退去。劉得飛就怒目說：“你騙我到的韓金剛家，想害我，現在又想騙我再進城，再害我？”

周大財的馬向後退了很遠，可還依然大聲地說：“你這樣做事太不光明，再說你也跑不了！”

劉得飛卻冷笑着說：“看你們誰敢往前來？”又說：“你說我做事不光明，將來我叫你看！我是個俠義英雄，如今救的是我的恩姐跟她的丫鬟，你們敢胡說八道，我就跟你們拼！”

那邊太歲刀韓豹早已亮出刀來了，劉得飛就要持劍跳下車去拼鬥。小芳卻扒在小丫鬟的肩上，伸手將他拉住，語聲顫顫巍巍地對他說：“你千萬可別……可別……這是大道，更不能打架！還是快點走吧！”劉得飛不由又忍下了這口氣，就又叫車快走。那兩匹馬在後面還跟隨着，可是越離越遠，馬仿佛倒沒有這輛騾子車走得快。

趕車的也知道是劉得飛的威風把那兩個人嚇住了，於是也幫助劉得飛向後邊罵，鞭子更吧吧地連揮不止。騾子渾身是汗，不住地向前跑去，車跟着就好像是在飛，眼前可就望見了滾滾的渾河，即永定河了。河上有長龍一樣的石橋，就是蘆溝橋，是北京著名的風景地，名叫蘆溝曉月，更是個險要之地。

第十章　鬥起長橋俠女相助　情生良夜好漢為難

　　這橋是早先劉得飛拉駱駝的時候，每天至少要走兩趟的。現在因已天熱，所以沒看見一匹駱駝；可是橋的石欄杆上，雕刻的那樣式不同的一個一個的獅子，卻依然存在。他們的車疾疾向上去走，車輪的聲音顯得更大，在車上的人覺着更顛簸。還沒有走到橋的中心，突然，就被幾個拿刀、持槍、掄鐵棍的人截住了，一齊怒聲喊說：「站住吧！劉得飛你這小子，今天還想拐了娘兒們跑嗎？」

　　劉得飛並不吃驚，手中緊緊地握着劍柄，揚眉一看，見就是雙鐧靈官陳鋒、賽黃忠馬宏、佟老太歲和閻王筆大羅岱；另外又來了一個虎背熊腰、身材矮小，可是十分結實，滿臉灰白鬍子的老頭子，手持一對特別長，也分外尖銳的判官筆。這不用說，一定是羅岱和羅崇的爸爸，那綽號為魁星筆的老羅龍了，這老傢伙大概是今天才從大同府來到。他們倒有主意，知道劉得飛必從這裏走，所以先趕到這裏來等着。

　　這地方橋身雖寬，可是兩邊都是水，前邊截住，後邊的周大財跟韓豹也追來了，個個手中的傢伙全都舉起。佟老太歲的大鐵棍向下一砸，當的一聲巨響，幸虧這橋結實，不然能給砸塌了。他怒嚷着說：「劉得飛！我活了這大年紀，還沒見過你這樣的大膽橫行的小輩！硬從人的家裏搶娘們，什麼東西！今天我非得把你打成肉泥！」

　　老羅龍嘿嘿地冷笑說：「我道劉得飛是怎樣的三頭六臂？原來就是這麼一個乳毛未脫的小崽子！我來得這趟真不值得。在馬脖子嶺傷了我的二兒，原來就是你這麼個小孩子？孩子你下車來吧，快跪在這橋上叩頭，把人家的姨太太交出來，我老頭子也真不願要你的小命！」

　　劉得飛雖然已叫車停住，他卻依然守護住車簾，並不下來。他手握寶劍，拱拱手說：「你們兩位老英雄，別聽信旁人的話。韓金剛他憑什麼搶去人家那些良家婦女，在他的家裏，受氣挨打？我就是為這不平，我救的是小芳，她是好人，她早就是我的恩姐。」

　　佟老太歲大怒，高舉起鐵棍來說：「你說什麼吧？花言巧語，你騙得了誰？快！快下車來，扔下你那寶劍，便饒你命，要不然我一棍連車帶你全都打碎！」

　　劉得飛聽了他這句狠話，心中實在氣憤已極，便在車上驀地就站起身來，手掄寶劍，向佟老太歲就砍。佟老太歲疾以鐵棍橫迎，老羅龍自側面又雙筆齊進。劉得飛卻將劍變換着數，噹啷噹啷舞起，殺退了羅龍的兩隻筆；劍從佟老太歲的胸前掠過，佟老太歲不得不拽着棍向後去退。而這時羅岱又挺雙筆扎來，也被劉得飛劍舞如飛，使他反倒閃避。

最可恨是周大財，帶着陳鋒、馬宏等人就去掀車簾，要把小丫鬟跟小芳都揪下來，車裏嗳喲嗳喲地直叫。劉得飛疾忙回身，咯咯咯，寶劍緊削。周大財等人雖然以刀招架，可也敵擋不住，當時周大財跟馬宏齊都被劍斬倒在地，陳鋒跑了。

羅龍父子的"筆"又一齊扎來，佟老太歲的鐵棍自下邊掃到，但劉得飛一躍而起，形如飛鶴，寶劍狂舞，呼呼地帶着風，同時大喊："趕車的快走！"那趕車的——陳麻子的表弟，也真能幹，趁勢掄鞭，趕車就跑。

然而大羅岱卻叫他的爸爸和佟老太歲敵住劉得飛，他卻與陳鋒跑去追車，三兩步便已追上。陳鋒掄着雙鐧，羅岱挺着判官筆，他們就要將車拆了，連車裏的人也都不顧。在這危急之時，忽見羅岱慘叫一聲，雙手扔了判官筆，趴倒在地，頭上流出了血，原來中了一鏢；陳鋒是腿上中了一鏢，也躺倒在地，車咕隆隆，飛似的馳去了。

劉得飛一面死力敵擋佟老太歲跟老羅龍，同時他還把那邊的情形看得清清楚楚，不禁大為驚詫。他一面掄劍繼續敵擋，一面側目向右邊看了一眼，就見原來是由東邊來了一個騎小黑驢的人，卻是個女的，打鏢的就是她。她又打來一鏢，佟老太歲扔了大鐵棍也趴下了。這女的下了驢，掄刀也來戰羅龍，並尖聲說："劉得飛你快走！"劉得飛再一看，哎呀！這原來正是盧寶娥，她怎麼由張家口來了？

盧寶娥此時又一鏢，把羅龍也打躺下了，她就急急地說："劉得飛你還不快走！傻東西！韓金剛還有人呢，他們眼看着就來了！"劉得飛收了劍，說："盧姑娘！那麼你呢？"盧寶娥就噗哧一笑，她這一笑也真好看，臉兒雖黑，卻很風流。腰兒纖纖有如楊柳，然而這是一棵隨風疾舞的楊柳，她的身手真是矯健。她的手裏拿着鏢，還拿着刀，身穿藕色的小衣褲，直說："快走！快走！保護着你那小姐姐、妹妹，快點請吧！韓金剛來了全有我，用不着尊駕您！"

劉得飛又慚愧又感激，他也不知應當說什麼話，只好轉身向西跑去。他追上了那輛車，跨上了車轅，又催着快走，咕隆隆，咕隆隆，一霎之間就過了橋。橋的這邊本來擁擠着許多過路的車馬，但當時就給他們讓開了一條路，齊都扭着頭看他們，他們的這輛車就過去了。騾子的四腳不停，車的雙輪飛動，趕車的雖想立時叫停，可也停止不住了。

如此又往西走了二里多地，車走得才緩了一些，回首已看不見盧溝橋，更看不見盧寶娥了。劉得飛心裏真佩服，又感謝，覺着剛才幸虧有她來救，幸虧她會打鏢。可是她原在張家口，怎麼會來的呀？來了是為幹什麼呀？莫非她是專為幫助我，才來的嗎？啊！她真跟我好，她可真有本事。只是現在那橋上連死帶傷，趴着躺着的有好幾個，那能就算是完了嗎？她救了我，我算是跑了，可是把一大堆麻煩都給了她。韓金剛和官人就是找不着她，也能去找盧天雄。我叫人家受連累，我算什麼好漢？因此心中又氣又着急，恨不得即時又回去，有什麼事情一人去當。然而他又不放心小芳跟這小丫鬟，想着只好先把她們安置好了，然後自己再回城裏去；別的不說，反正還得找着盧寶娥，給她道個謝。

這時小芳坐在車的盡裏邊，向外對劉得飛連問了幾句話，問是剛才得到了誰的幫助，才脫的險？劉得飛卻沒答言。趕車的說：「是一個女的，真很厲害！」小芳驚訝着說：「什麼？是一個女的？她是幹什麼的呀？」劉得飛只說：「是一個女保鏢的！」詳細的話，他卻一句也不說，因為是不好意思說。

要是沒有盧寶娥提親的那件事倒不要緊，有了那件事，可真不好意思。早先不叫人家當媳婦，嫌人家黑；現在可多虧人家這黑丫頭來相助，何況人家也不是怎麼太黑呀？比我背煤的時候那張臉，可白多了！再細說，更不好意思。因為小芳給我的那金如意，現在還在盧寶娥的手裏。女人的心眼窄，她要知道我把她的如意弄丟了，她得有多生氣？我也算丟人。得啦，不說吧！反正我把小芳救出來，是已經報了她的恩；盧寶娥對我的好處，我將來也必報答，絕不欠帳！又想：連盧寶娥都知道小芳是我的姐姐，並說小丫鬟是我的妹妹，那麼，她可算是我的什麼呢？這可真不大容易稱呼她啦，乾脆，見面時，我就稱她一句「女英雄」！

騾子車慢慢地走着，到了夕陽銜在西山角的時候，就來到了門頭溝。劉得飛也許因為有好幾年沒回家的緣故，進了村子，他看着很是生疏；又因為駱駝都找涼快的地方避熱去了，所以連一個長脖的駱駝也沒看見，他更感覺着景況蕭寥、冷落。到了他的家門前，一看，也改了樣兒了，土房更顯得破了。

他就叫車停住，寶劍放在車上，他先下車走進門。見了鄰院胡大嫂，頭髮都禿了；胡大嫂的兒子比他小兩歲，現在也成人了，倒還認識他，說：「哎呀！你是得飛呀？你怎麼回來了？」他的叔父劉大脖子，現在已是一個孤老頭子，脖子不但不大了，而且變得又瘦又細，說：「得飛，你還回來？」劉得飛顧不得一一行禮，只說：「外面還有人。」

這時小丫鬟攙扶小芳也下了車，走進來了，劉大脖子跟胡大嫂母子看着全都驚訝。門外的鄰家婦人也趕來了好幾個，都說：「這是得飛的媳婦呀？」小芳當時就一一的見禮，真好像媳婦來到了婆家似的。劉得飛卻張口結舌，因為回到家裏，還能對老鄰居說，這是我的姐姐嗎？這話不能說，因為都知道我本沒姐姐；說是媳婦，又實在不是。他只得含糊其辭，說：「我是送她們來這兒住，她們來這兒住住，就是住住。」

劉大脖子只住一間屋子，屋子還很小，當然也髒得很。胡大嫂就說：「快讓到我這裏屋來吧！你大哥又沒在家，等給他們收拾好了屋子，你們再住！」劉得飛把趕車的也請進來喝水休息。天色已不早了，趕車的今晚也不能回去了，只好也在這兒住；所以房子小，真麻煩啦。

胡大嫂當時就把小芳跟小丫鬟全讓進她的屋，幾個鄰家女人也都跟着進來，悄聲評頭論足，說：「這媳婦長得不錯！」可是劉得飛怎麼給說來的呀？還帶着個丫鬟，大概是揀得的一個便宜。

當下，劉大脖子就追來問了：「我沒聽說你娶媳婦，怎麼會帶來了媳婦？」劉得飛擺手說：「慢慢說！慢慢再說！」他這樣一支吾，人家都更狐疑起來。小芳是害着羞，低着頭，一聲也不言語，小丫鬟更把嘴閉着。於是劉大脖子就害怕了，說：「得飛呀！你可別弄回來麻煩呀？這媳婦是哪兒的？你別在城裏惹禍呀！」

趕車的陳麻子的表弟，卻在窗外說：「沒什麼的，我知道，他是昨晚在燒餅舖裏娶來的。」劉大脖子說：「是張歪子那燒餅舖嗎？」趕車的回答說：「對啦，是我的表兄陳麻子給他做的媒，媳婦的娘家也沒人，那小姑娘是她的侄女。」

趕車的大概對劉得飛的事已看明白了，知道他不會說，所以才替他胡編了這麼一套謊。不想這些人就都相信了，立時女人們全都給劉大脖子賀喜，說：“您這可有了侄兒媳婦了，還來了一位親戚的小姑娘。”又向得飛說：“你得請我們喝喜酒呀。”劉得飛只好笑着，說：“我們餓了，我這兒有錢，誰給我們買點飯食去吧？”說着就從懷裏掏出一塊銀子來。

胡大嫂說：“都說你在城裏保鏢發了財，敢情是真的。可是咱們這村子，你忘了？連個賣餅的也沒有，乾脆我給你燒鍋做飯吧！”她就要下手。小芳卻急忙站起身來攔阻，說：“大嫂子，哪有這樣兒的？我們一來就先叫您忙！您告訴我鍋在哪兒，叫我自己做吧！”胡大嫂說：“不行，不行，我們這村裏的規矩，新進門的媳婦不能就做飯，還是讓我來吧！”

小芳依然客氣着，這時就有鄰家的女人點上了屋裏的燈。燈光一亮，可照出她臉上的鞭傷痕跡，原來不是胭脂，當時又使得一些人起了疑，鄰家女人們又悄悄地談論。小芳卻走到外屋的灶旁，小丫鬟給她抱來院中的乾草，她就升起火來。

小芳真是一進門就成了新婦，她一點不避煙薰火燎，她穿着那麼貴重的，繡着花朵的紅緞衣裙，就坐在灶前地下的一塊磚上，煙把小丫鬟刺激得不住咳嗽。小丫鬟也勤快地往鍋裏添水，一霎時就燒熱了一大鍋開水，於是就沖茶。這兒也沒有茶葉，是現往鄰家去借來的茶葉，於是就傳嚷得滿村子的人全都知道了。來的人更多，都說：“我們來看看得飛的媳婦，哎呀！真不錯，還一定會過苦日子。”又有人說：“快點給人家收拾屋子吧！哪有人家剛回到家裏，頭一夜就不叫人家團圓的？”所以，大家都在忙亂，小芳跟丫鬟還是一句話也不答。

劉得飛拿着個粗飯碗，坐在炕頭喝熱茶。他卻直發怔，還想着盧寶娥在蘆溝橋施展的那絕妙的身手。他又不住的發愁，因為現在的情景，簡直是要弄假成真，真要把小芳弄成我的媳婦，我可怎能當得起呀？這樣，他的心裏倒不禁難過起來。別人拿他打趣，說：“哎喲！你娶了這麼個漂亮媳婦，你可怎麼消受呀？”還有的人推他、拉他，叫他跟小芳當晚就拜天地。他卻一聲也不言語，他甚至要起急，跟人家翻臉，但他極力的忍耐着；好在是回家裏暫時躲避，明天我就還得進城，絕不可以得罪這些老鄰居。

待了會兒，胡大哥回來了。胡大哥是以趕驢載客為生，一天不知要跑幾趟蘆溝橋，一進門就說：“今天蘆溝橋出了一件事，是個女的，會打飛鏢，打死打傷了好幾個人，聽說那全都是城裏的鏢頭！可惜當時我沒在那兒，沒看見那個大熱鬧。”

當下許多人又談論着這件事，把一些鄰家婦女，連胡大嫂全都嚇得直哎喲，說：“那樣的女人得有多麼厲害呀？多半是個母夜叉吧？”小芳、小丫鬟跟那趕車的全都聽見了，可是一聲也沒言語，劉得飛也只好不言語。

胡大哥卻又來向他說：“得飛！你現在帶着媳婦回來了很好，城裏那些保鏢的簡直沒有好人，他們整天拿刀動杖的。前天有個人來找你，說是鏢店裏派的人，催你趕快回去。別說你沒在家，就是你在家，我也得說你沒在家，因為保鏢的來找你，大概沒什麼好事。我替你做的這個行當，真時時提着心！現在你既娶了媳婦，也回家來了，我看着真喜歡。我勸你就在家裏住着吧，以後或是置幾頭駱駝，或是租幾頭駱駝，還是幹你的老本行吧！在鏢行混，真不是事！”劉得飛也只得點頭答應。

鄰家們都很熱心，有的幫助小芳燒好了粗米飯，有的早把新房給他們收拾好了。所謂新房，還是劉大脖子住的那間屋，叫劉大脖子臨時搬到鄰家去住。小丫鬟住在胡大嫂的屋，趕車的有他的那輛車，就是睡覺的地方。劉大脖子的屋裏雖然破破爛爛，可是經過一收拾，也很整齊，還有人臨時用紅紙寫成雙喜字，貼在牆上；被褥，連枕頭都是鄰家借來的；另外由西鄰新結婚的陳二嫂家借來了一對錫燭臺，點的還是紅蠟，真是應有盡有，喜氣洋洋。大家還念着吉利的話兒，待了會，就將劉得飛和小芳，雙雙送到屋裏。

夜漸漸的深了，鄰家們陸續散去了，窗外也毫無聲息。小芳羞答答地坐在炕頭，低着頭，半天之後，她才漸漸地抬起了眼皮，借着燭光看了看英俊的劉得飛。但劉得飛卻離着她很遠，依然是個傻子的樣子。更不知道他是什麼時候把那口寶劍拿進來了，現在用衣袖不住的拂拭，仿佛他這件東西，比什麼都要緊。他不但不來看小芳，並且不說一句話。小芳幾次都要先開口，然而終覺着難為情。末了，她實在有點忍不住了，好像要是再不說話，劉得飛就能把那寶劍擦一夜似的，於是小芳急得輕輕頓了幾下腳，悄聲地說：“你在那兒幹什麼啦？”

劉得飛這才抬起頭來望了望她，說：“你就睡吧！我現在不困。”小芳皺着眉說：“你就不睡覺，也應當過來，跟我說一說話兒呀？”劉得飛這才往前走了一步。

小芳微微地笑了一笑，斜着臉兒問他說：“今天覺着喜歡嗎？”劉得飛點頭說：“從昨晚上我就喜歡，因為我把你救出了韓金剛的家，我的心裏痛快。”小芳又頓頓腳說：“咱們別再提韓金剛家了！忘了那些事吧！我既跟了你，我以後就是你的人，咱們得說咱們過日子的話。”

劉得飛吃了一驚，他趕緊擺擺手，說：“不行！小芳！姐姐！今天這裏的鄰家們，無論說什麼，弄什麼，那都不算；不過咱們也不能分辯，因為一分辯，話就得說好多，事情就麻煩了。我是送你們暫時在這兒住，將來還得給你們另找好地方。你可千萬別惱，他們說什麼，那全都不算。反正你也不信，我也不能那樣幹，我絕不能真拿你當作媳婦。”

小芳驚問着說：“什麼？”劉得飛說：“你放心我，我不能喪心背德。”小芳說：“這叫什麼話？我跟了你……”劉得飛說：“你跟我是暫時躲避那韓金剛。”小芳急得雙腳直跺，說：“怎麼是為暫時躲避着他呢？我不是為跟你……痛快說吧！我不為在幾年前就愛你，就想嫁你，我幹嗎這樣？”她的淚如兩串斷線的珠子似的，不住地向下直落，肩膀兒一顫一顫地抽搐着，語聲哽咽，又說：“難道你覺着我不配？我因是韓金剛的姨太太，就不配嫁你？”

劉得飛連連擺手說：“不是，不是，我要是那樣想，叫我的頭掉，叫我死無葬身之地，叫天雷劈打我！”小芳說：“咳！別說啦！你真叫人的心裏難受！我也知道你是個好人。”劉得飛說：“因為我是個好人，我才絕不能做不義之事，你對我好，對我有恩。”

小芳急得又頓腳，說：“什麼叫有恩呀？”

劉得飛不由得也哭了，大顆的眼淚順着臉直往下流，說：“我自幼便沒有了爹媽，拉駱駝，背煤，你當初扔給我的那個蘋果不要緊，可是那我覺着比金元寶還貴重。”

小芳說：“在那時候我就有心要嫁你。”

劉得飛擦着眼淚說：“那時候更不行啦，我也養活你不起呀！後來，我師父玉面哪吒彭二，又是我的恩人，他養活我，並教給我武藝。不料又因為他跟吳寶拼命，我去幫了一幫，他當時便生了氣，跟我斷絕了師徒之情。我那時住在小廟裏，窮得沒有飯吃，也沒有人肯管我，又多蒙你贈給我金銀，並送給我這條繡的板兒帶子。”

說着把短衣裳撩了一撩，露出在褲腰上系的那條繡帶，並用胳臂不住地擦眼淚。

小芳也用手擦着眼淚，依然哽咽着說：“你可知道，我為繡這一條帶子，費了多大的心？我的心，早就都給你了！我比你還命苦，還沒有人疼愛，幸虧遇着你……”

劉得飛說：“我也沒說你不好呀？我敢發誓說，在我的眼裏，頭一個是我師父，第二個就是你。”

小芳說：“我也不是說我待你，比你師父還好，本來這就比不到一塊兒，我不能逼着你，我也不是不識羞恥。可是你想，我為什麼跟你呀？更不用說這兒你的親戚、朋友、鄰家，已都知道了咱們是夫妻。”劉得飛說：“這……”小芳斬釘截鐵地說：“這，這什麼？這還有別的說的嗎？反正我既跟了你，活着是你的人，死也是你的鬼，我永遠也不能再離開你啦！除非你，你，你把你那寶劍拿過來，叫我死在你的眼前！”她哭得坐都坐不住，真是十分可憐。

劉得飛趕緊把那口寶劍緊緊地拿住，藏在背後。他真為難，急得頭上的汗水直流，卻不知怎樣才好，不能怪小芳，小芳實在是一片真心；也不能怪她死心眼，女人都是這樣；更不能怪她不明白我，她只知道多情，哪知道江湖義氣？我跟韓金剛拼命，要只是為搶他的姨太太作媳婦，那我不但枉負俠義之名，簡直是不如豬狗！但小芳不僅可憐，也真可愛；又可以說，今天是已經被人弄假成真了。我師父若是在這兒，我可以問他老人家，我應當怎樣辦，但現在沒有人能夠告訴我，是否應當就娶她為妻？娶她，總覺不對；不娶她，她可又太可憐，又這麼動人的心，我，我可真難死了……

小芳哭着，又說：“你要是不喜歡我，你就快說！你要是覺着我不配，那更好辦。你是一個男子漢大丈夫，又是出了名的大鏢頭，難道連句痛快話都不會說嗎？”

劉得飛卻真說不出來痛快話，因為他實在愛小芳，只是他覺着實在不應當娶小芳。他的感情和理智相互矛盾着，他的嘴又拙笨，說話哪能夠痛快呢？所以急得他直擺手，結結巴巴地說：“得，得啦！今兒你先睡，有什麼話明天再說……”

小芳卻依然搖頭，哭着說：“不！我不能一個人睡，我要你把話說痛快了，講明白了才行！”

這時候，忽然屋門開了，從外面一下子就飄灑地跳進來了一個年輕女子，把劉得飛跟小芳全都嚇了一跳；起初還以為是鄰家的婦女，幹嗎來啦？不能是來鬧喜房呀？小芳尤其的驚訝，因為她根本不認識這個女子。

這女子的年歲有十八九，臉兒發黑，卻長得嫵媚；身穿的是一身青，又瘦又緊，這個打扮很特別，腰間還系着一條青綢帶子；肩上掛着一個黑緞繡着白小花的口袋，裏面裝着些個沉東西，可不知是什麼，並且背後還插着一把刀。她雙手叉腰站立，對着劉得飛“噗哧”一笑，說：“我找你來啦！這不是新房嗎？這應當是我的！因為你在張家口的時候就已經給了我訂禮，你早就把我訂下了！”

劉得飛說：“這是什麼話？”他認出來的這女子就是盧寶娥；這原也不足為異，她能夠在蘆溝橋助我拼鬥，就能夠找到這裏來。可是她依然是那樣不知羞，誰曾向她下過訂禮？我正在為難着急，她卻又來攪！

因此，劉得飛的氣直往上升，就瞪着眼說：“什麼？你說的是什麼？你是走江湖的女子，我劉得飛也是個江湖人！今天在蘆溝橋，承你相助，你的鏢法、武藝，我佩服了就是，這我以後再報答你。你將來在江湖上遇着了兇險，我舍了命也得救你，沒別的，可是你少說這些不識羞恥的話！」

盧寶娥卻說：「呸！你不認帳了嗎？」說着由懷裏掏出來一個小綢子包兒，打開了給劉得飛看，說：「這不是你給我的訂禮？你訂了人家，難道不算了？你的手裏，還拿着我的一隻鏢呢！」

她如今拿出來的，正是昔日劉得飛在張家口店中，雨夜被她給偷了去的那兩個小如意；她是得意洋洋的，還仿佛怕被劉得飛驀然搶了過去，所以她是仔仔細細地拿着。小芳在旁邊看得十分清楚，面露驚詫之色，便看着劉得飛。兩個女人全都這樣的看着劉得飛，劉得飛真紅了臉，就說：「盧寶娥，你真不識羞！」

盧寶娥瞪着眼說：「誰不識羞？當着這女人罵我，我從來也沒受這樣的欺負！你因為保鏢，那次到了張家口，我叔父跟唐金虎做的媒，你還給了訂禮，我爸爸才把我許配的給你的。」

劉得飛急得頭上更流汗，直向小芳擺手，說：「別聽她的，千萬別聽她的，她說的這都是瞎話！」

盧寶娥卻冷笑着說：「怎麼是瞎話？就算是瞎話，可是救了你，幫助你，那可都是真事兒。我猜出來你自張家口回北京來，一定就得有麻煩！因為你這麼一個楞頭青，連半點江湖門檻全不知道的人，頭次走鏢就出了大名，一定得有些人不服氣。我就也來了，住在我叔父那兒，我可還不知道你跟韓金剛有那麼深的仇。所以昨天晚上，我叔父聽說你上了韓金剛的當，被困在韓家，性命難保，他就趕忙去給你說情，我也就趕忙地去救你；我還沒想到你跟韓金剛的這個小娘們，原來還有這些個事！」

劉得飛橫劍正色的說：「你可別胡說！」

盧寶娥又微微一笑，說：「我也都知道了，大概你是受過她的好處，所以你把她當親姐姐一樣的侍奉着。別管她是有什麼心，你倒是傻呵呵，只知道救她離開韓家，卻沒想跟她做夫婦。這一點情景，我要是沒看出來，我還能夠救她？我恐怕連你也犯不上救了！我明白你，你真是個好人，要不然今晚我也不再來。現在我來了，第一就是跟你說，你別忘了，你已把我訂上了！這也不是我不識羞，是誰叫有張家口的那回事呢？你能忘了我，我也忘不了你。第二我是來跟你的這個姐姐說說，她是你的姐姐，也就是我的姐姐，她不像你那麼傻；我這一來，她就明白啦，她不能占我的份兒。

「第二件事現在頂要緊，我來告訴你們吧！韓金剛現在並不是就完了，他已告到了外城御史衙門和北衙門的正堂，說是你殺傷人命，搶去了他家的女人。你現在藏在這兒，他們哪能夠不知道？今天是天晚了，大概明兒一清早，你們就是想走也走不開，趁早兒快想主意吧！在這兒還瞎磨煩什麼？難道你們還真把這兒當你們的新房？韓金剛一來到，連你帶她，全都得沒有活命！」

劉得飛一聽，心裏的確為難，氣惱倒全都沒有了，他把寶劍往桌上一拍，忿忿地說：「我不怕！我在這裏等候着韓金剛！」小芳卻驚恐萬分，淚落紛紛的說：「這是幹嗎呀？要是有地方躲，還是躲一躲吧！」劉得飛問說：「往哪裏去躲？再說我於心無愧！韓金剛要說我殺傷了人，那我抵命；要說我搶婦女，那可不行，她，小芳是自願跟我出來的。」

他一說這話，連盧寶娥都着急了，跺着腳說：「那行嗎？你跟人家分辯人家也不能信，天一明，韓金剛帶着南北衙門的班頭捕役們就一定來，那時能容你分說？」

劉得飛慷慨地笑說：「沒有什麼，或是我跟着他們去打官司，或是我跟韓金剛拼個死活，我劉得飛若是懼怕，就不是玉面哪吒彭二的徒弟！頂好是，盧寶娥你既是一位俠女，你就應該把小芳跟那個小丫鬟都帶走，你們做姊妹去；她們有了辦法了，你也有了伴兒了，我一人留在這兒跟韓金剛拼，命我不要了！」

他這樣一說，連盧寶娥也傷起心來了，又急急跺腳說：「這是圖什麼？都死也不能叫你死！」轉臉就向小芳說：「你勸一勸他，他還許能聽你的話。」

小芳緊咬着唇，沉思了一會，就站起來向劉得飛說：「你不用生氣，也不必為難，現在的事情，我也都看明白啦！剛才我跟你說的那些話，那都是我錯了，全算我沒有說。我知道你只能把我當作姐姐，這，其實我更喜歡，因為我還沒有個弟弟；姐姐跟弟弟是一奶同胞，比夫妻近得多。可是，弟弟，你還得聽姐姐的話，我叫你走，你就還得走。」

劉得飛眼淚一對一對的往下流，他低着頭，彎着身說：「你說什麼我聽什麼。」

小芳說：「我是絕不能讓韓金剛來了，再把我搶回去。」

盧寶娥說：「你們現在要走，我就保護着你們都到張家口我們家裏去，韓金剛他天大的膽子，也絕對不敢去找。」

小芳搖頭說：「那麼遠，我可不能去。」又向劉得飛吩咐似的說：「你還把我送到羅天寺廟裏去，雖說那廟內的和尚都跟韓金剛認識，可是無論是誰，大概還不能由那佛門淨地裏去搶人。雖說我一個女人，住在廟裏不方便，可是因為我親娘的靈牌還在那兒供着，我還想放一場焰口呢！再說，至少我也得去辭一辭那靈牌，以後才能再向別處去走。我還有兩位乾姐姐，我也要把她們請到那廟裏去見面，並且給我想法子，保護我。」

劉得飛聽了，就點頭說：「既是這樣，倒容易！那麼現在就走吧！」他對於小芳的話，真是百依百從。

小芳又笑了笑，說：「你願意當我的弟弟，以後可就得聽我的管，不像做夫妻，我得聽你的。」她說的這話宛轉而淒慘，她的美麗的臉兒，這時又掛滿了淚。

劉得飛也不再問什麼，更不說什麼，就去到院中，把趕車的喚醒，說明白了現在還要動身。並去隔窗叫醒了胡大哥與胡大嫂，他把實話也都說了，並說還得趕快躲一躲，不然，到了天明，就能夠連累你們。

那胡大哥與胡大嫂，本來對今天劉得飛忽然帶着個小娘們，還有個小丫鬟回來成家的事，就有些猜疑，向那小丫鬟問了問，那小丫鬟也是不肯說；弄得他們睡不安覺，仿佛有什麼大禍要臨頭似的。現在，劉得飛隔着窗，把真情實話盡皆告訴了他們，把這夫妻可真嚇得不得了，繼而聽劉得飛又說是現在就要走，他們哪敢怠慢？當時就把那正在熟睡的小丫鬟叫醒了，說：「你快起來吧！又要帶着你走啦！」

那小丫鬟也不知道是怎麼回事，幸虧她睡覺不脫衣服，所以一咕碌身就起來了，出了屋，見那趕車的已在門前把車套好了。從屋裏出來了小芳和另外一個年輕的女子，這小丫鬟她不知道這是盧寶娥，就非常詫異；月光模糊，照着這女子的黑而俊俏的臉兒，仿佛帶着緊張。小芳悲慘慘地對她說：「你去向人家道一道謝吧，咱們打擾了人家半天，現在忽然就要走，真是對不起人。」

這時候那胡大哥出來說：「得啦！得啦！你們就不必再客氣啦！快點走要緊。反正明天無論是誰來打聽，我一定說你們全都沒回來，也不知道你們是上哪兒去啦！可是盼着你們得多保重，事情若沒弄清楚，可千萬別再回來了！」正在說着，驀然看見了面生的，背着刀、掛着鏢囊的盧寶娥，他也不禁嚇了一跳。

　　盧寶娥是在門外有一頭小驢，她上了驢，小芳跟小丫鬟依舊坐在車裏，劉得飛是手提着寶劍跨着車轅。那趕車的也看了看盧寶娥，不禁吐了吐舌頭，又打着哈欠，暗叫着倒楣！詳情也不敢細問，只問說：「劉爺！這半夜深更的，還上哪兒呀？」

　　劉得飛說：「羅天寺你認識不認識？現在就上那兒去。」趕車的說：「剛娶了媳婦又要上和尚廟，可幹什麼呀？」盧寶娥舉着皮鞭子說：「你不用多費話，你就趕着車快去吧！」

　　這時，那胡大哥已經把那門關閉上了，趕車的不敢再多說話，只得趕着車就出了這村子。月光慘黯，大地茫茫，車後的盧寶娥小驢嗒嗒，車裏的小芳卻又嗚咽着，痛哭起來。

第十一章　忍淚懺情重棲古寺　攜劍入市巧遇恩師

　　在這時候，女人的哭聲，是真叫人聽了心酸，劉得飛就問說：“你還哭什麼呀？”小丫鬟也勸說：“您就別哭啦！現在大家不是還在一塊了嗎？”小芳的哭聲卻仍不停止。車搖動得太厲害，使她的哭聲也忽斷忽續，是愈覺得淒慘。

　　盧寶娥催驢趕到車旁，說：“大姐！你就不用再傷心了！我告訴你，只要你能脫開韓金剛的手，叫得飛也不去跟韓金剛拼死命，就什麼事情都好辦！”小芳的哭聲仍然不止，盧寶娥也仍不住地追着車勸解，越勸她的話說得可越急躁。

　　現在她的驢，離着劉得飛跨着的車轅很近，幾乎擦在一起了。劉得飛就說：“你何必跟着我們？你自己回去辦你的事好了。我的事你已幫了不少的忙，將來我一定報答你，現在沒有你的事兒啦，你走吧！”

　　這話把盧寶娥的惱怒當時招起，她厲聲地問說：“什麼？你說的這是什麼話？”

　　劉得飛說：“我說的這是我心裏的話，你跟着我們幹嗎？已經沒有你的事啦。她就是在羅天寺待不住，我會再把她送到別處去，反正絕送不到你那張家口。還有，也許有人願意在張家口給你們家當養老女婿，你可另找別人；我劉得飛，今天把話都說開了，我一輩子絕不娶妻！”

　　盧寶娥氣得當時從背後唰地一聲拔出刀來，蓋頭向着劉得飛就砍。劉得飛本能地用寶劍去迎，可是不用迎，盧寶娥的刀，根本就沒砍下來，手就先軟了。她長長地吁了口氣，說：“真氣死我了！天下還有這樣沒良心的？這樣不給人面子的？”

　　他們這樣一打架，車立時就停住了，趕車的趕緊跳下車去，說：“可真懸！你們怎麼說話就動刀呀？索性等你們打完了咱們再走吧！別出了誤傷，那，我這買賣應得，可真夠了本錢啦！”

　　劉得飛一手拿着寶劍，也要下車，但他的另一隻手，卻被小芳由車裏緊緊拉住，小芳說：“你這是幹什麼呀？人家對我也是好意，才想也跟着送我到那廟裏。”

　　她的悲哽之聲未止，又加上苦苦的哀求，劉得飛真又聽了她的話，也不下車了，只口裏念叨着說：“我也不管她是好意不是！她的武藝跟鏢法我佩服，可是她不該拿着那兩個小如意，就訛上了我，纏上了我沒完，這我不能依她。”

　　小芳說：“算了吧！現在我也什麼都不說了，你只把我送到那廟裏，就完了。”劉得飛這才不言語了。盧寶娥將刀收起，依然插在背後帶子上，仍不住地冷笑。那趕車的又上車來，趕起了車。車仍在前走，驢仍在後面跟隨。

小芳在車裏雖然忍住了悲聲，可是還不住地抽搐着。劉得飛聽了，心裏更是難受，他簡直煩得很，心說：女人真是不好惹！小芳跟我好，原來是想嫁我，我一搖頭說不行，她就這樣哭起來。可是無論她怎麼哭，我也不能改變心腸，不然我一定就成了萬人唾罵的一個貪色的無賴漢了。盧寶娥是真臉厚，訛上了我啦！可是我雖然愛她的武藝，卻絕不能娶她為妻，不然也對不起小芳，得把小芳氣壞了。我兩個全都不娶，將來剃光了頭當和尚，那時她們還能夠去找我嗎？我只有這一個法子，這個法子最妙！所以，差不多他的心裏就算把主意拿定了，並且仿佛到了羅天寺，一下就在那裏當了和尚最好。那就完了，她們也都死了心了，也就不能再麻煩我啦，這樣麻煩，我可真受不了！他此時簡直不忍聽車裏小芳的哽咽聲，尤其不敢回頭，怕看盧寶娥那含愁帶怨的俊俏黑臉。

車走得很快，趕車的對於路徑是非常之熟，同時也是恨不得快把這趟子買賣做完了，明天好回家去睡覺，可再也不應這個買賣了，當時只是加緊的趕路。由這裏往那羅天寺去，本非近路，所以一直走到月向西墜。天色黑了一陣，東方就顯得有些發白，已經望見了潺潺流淌的長河。

劉得飛認出了這個地方，這裏已經離着羅天寺不遠了。他想起了前夜間的事，那晚，小芳原來就是有意，自己竟沒覺出來。想到這裏，臉上還覺得發燒，覺着這件事，還是不大好辦，就是作姐弟也不行。年輕的小夥子忽然認了個年輕的小媳婦作姐姐，也是不大像話。

他正在想着，車已越過了河灣，由廟後轉到廟前，就停住了。這時天光已經大亮，這座廟的兩面全是汪洋的水，小燕子已醒來了，成雙的在水面上飛翔，鳥兒也在柳枝上亂唱。小丫鬟先下車去敲廟門。那盧寶娥並沒下驢，她只揚着臉兒把廟門看了看，遂就又斜瞪了劉得飛一眼，就一句話也沒說，策着驢向東走去了。

及至和尚將廟門開了，小丫鬟手攙扶着小芳下了車。小芳已用手把頭髮大致地梳好了，臉上的淚跡也多半擦去了，所以下車時，態度依然十分的尊貴而雍容。她是這廟裏的大施主，當時和尚就很客氣地讓她進內，到那特為女施主休息設備的禪堂裏，獻了茶，還問：“胡三太太跟祁二太太那兩位女施主，今天也來嗎？還做焰口不做了？那靈牌前，我們倒是不斷地給上香。”

小芳點了點頭，說：“她們不一定來不來，焰口也先不做了。我是因為昨晚在家裏生了點氣，所以現在才來到這兒躲一躲，因為知道這裏清靜。”和尚點點頭。大概這廟裏是時常有些好佛的，又曾寫過很多佈施香資的太太們，來到這裏躲氣，不足為奇，所以和尚也不細問。

小芳又囑咐了一句：“無論是誰找我來，可都說我沒在這兒。”和尚又點點頭，就走出去了。

這裏屋裏只剩下小芳、小丫鬟和劉得飛。小芳又使了一個眼色，把丫鬟也給支出去了，她就用淚眼望着劉得飛，低聲又問說：“你現在打算的是什麼主意？”劉得飛說：“我還是那個主意。”小芳說：“據我看着那盧寶娥很不錯，再說她會武藝，你也會武藝，你們兩人正配得過。”劉得飛又搖頭，卻不說一句話。

小芳又說：“我也知道我是配不過你了，因為我跟過韓金剛，你不會再娶我了；以前我還癡心妄想，現在我灰了心了。我也覺着你說得對，一個男人，尤其是在外面要名聲的人，是應當這樣的。”劉得飛說：“我怕受萬人唾罵，我才不能答應你。”小芳說：“現在你就再答應了我，我也不能因為我，就壞了你的一輩子名聲。我已經明白了！我也不能再哭了，你放心。”劉得飛仍然不言語。

小芳擦了擦眼淚，又說：“我在這兒住着，也不是個長局，韓金剛還能夠不來嗎？要說再往別處去，可還有什麼地方可去？再說我老連累着你，也不像話；咱們兩人又沒有名份，老在一塊兒，還是能叫人說閒話的。何況那盧寶娥也不能不再找你，她跟你那麼好，她又沒嫁過人，長得也很不錯；只有我不清不白的在中間阻礙着，我也自覺着不對。”

劉得飛說：“咱們的名份還是姐弟。”

小芳說：“算了吧！說這話可真羞人，誰給咱們認的？我實在不願意聽。好在昨天晚上我到了你家，無論是真是假，你家裏的人跟鄰居，都已經知道咱們倆是夫妻了，那，我就不冤。”說到這裏，她的眼淚愈發如雨點一般，簌簌地向下不住地落。

劉得飛又為難了半天，小芳這樣嬌媚的哭實在是令人心痛，可是他又真不願意為這種哭泣所軟化，那樣一來，一輩子的名聲可就完了。他依然咬着牙，停了半晌，就叫了聲“姐姐”，說：“你還有什麼事情叫我給辦嗎？因為今天我無論如何也得到城裏去一趟。我還得見見唐金虎，我給他當鏢頭，不能就這樣不辭而別呀！叫他倒以為我是偷着跑了似的。”

小芳說：“倘若你進城碰見了韓金剛，可怎麼好？”劉得飛微微笑笑，搖頭說：“絕碰不見他！萬一要碰見了，我也叫他抓不着，昨天是因為有你。”小芳點頭長歎說：“我知道，我就是跟着你，不但能夠壞了你的名聲，還總是你的一個大累贅。”

劉得飛又皺了皺眉，說：“我又想起了一個主意！我進城去到那廟裏，把常九老頭兒找來，叫他也不必再賣老豆腐了。我給你們找一個地方，你們爺兒兩個，就帶着香兒去過日子，柴米跟零花的錢全由我供給。”

小芳瞪着眼睛問說：“這是幹什麼呀？”

劉得飛說：“這你也用不着客氣，反正常九是你的爸爸，也就跟我的爸爸是一樣；他沒有兒子，我當他的兒子。”小芳又問說：“那麼他想要兒媳，可怎麼辦？”劉得飛怔了一怔，說：“他要兒媳幹嗎？有了兒媳倒能使家裏不和。”

小芳又瞪了他一眼，說：“你這個人，可真糊塗到了萬分！”

劉得飛說：“哦！我明白了。”說到這裏，他的臉不禁紅了一紅，接着就決然的說：“我絕不娶媳婦，更絕不能⋯⋯”歎了口氣說：“咱們兩人這一輩子是完了！只有緣當姐弟，卻無緣做夫妻，以後我只好多掙些錢，孝敬常九跟你吧！盡我的心。”

小芳卻說：“這，用不着你！”她此時的語聲忽然變為嚴厲，臉色也更顯慘白，眼淚倒少了。似乎她已經完全斷絕了希望，知道跟劉得飛不能夠再說什麼話了：劉得飛是個死心眼，是個硬性的人，是根木頭，是一塊冰！

她便說：“得了吧！你愛進城去，你就去吧！我看你也不必去找我的爸爸，他一個苦老頭子，以後你要是能夠可憐他就行了。倒是你得去找我的乾姐姐胡三太太，去送一個信，就說我在這廟裏住着啦，叫她今天千萬來這兒看我。”

她不住地哽咽，接着就把那胡三太太的詳細地點告訴了劉得飛，並囑咐着說：“那胡三太太的老爺，就是外城御史胡大人。不是聽說韓金剛正在托那外城御史捉拿你了嗎？你可千萬別去自投羅網，你可托鏢店的人把這信兒送了去，其實⋯⋯”說到這裏，小芳已哭得痛不成聲，一邊哭着又一邊說：“信送得到送不到，她來不來，其實全不要緊，我只是為把香兒，跟我幾年的那小丫鬟，求她給帶了去照應照應。”

劉得飛見小芳這麼哭，他的心裏更是難受，只點頭說：“好啦！這些事我都能夠給你辦，可是我今天進城，大概當日不能回來。”

小芳說：“你今兒不必回來了，明天你可千萬再來這兒看看我。”劉得飛點頭說：“明天我一定能夠回來！好啦，事情都說開了，我進城去看看，大概也沒什麼事。以後我也不在城裏混了，我還得上海角天涯，去尋找我的師父去呢！好啦！你就在這兒，也不必淨哭了，哭腫了眼睛也不好。”小芳卻哭得更厲害了。

劉得飛急於要回城裏，當時又看了小芳一眼，拿上他的寶劍就往外走。小芳卻仿佛要往外送他，他也沒回頭，就急急地走出了廟門。這時那輛騾車還沒有走，趕車的說：“劉爺，車錢是現在就開發呀？還是我進城見了陳麻子再說？”劉得飛說：“我現在也回城裏，還得坐你的車。”當下，他就坐在車裏，把寶劍放在身旁，前邊放下了車簾，就由着趕車的將車趕走。

他的心裏時時難受，回想着昨晚在自己的家裏，幾乎被那些鄰居們弄假成真，叫自己進了一回洞房，這真是對不起小芳；幸虧剛才把話都跟小芳說開了，叫她斷了想頭，那事做不得。但是我心裏有多麼難受呀，她長得多好看呀，跟我多有緣呀！假若她不是韓金剛的姨太太，我要不娶，不跟她一輩子老好，我不是人！

不覺車就進了西直門，他隔着車上的藍紗小窗，向外偷看，就見街上還是那麼熱鬧，各幹各的，可見昨夜鬧韓金剛的家救走小芳和盧寶娥在盧溝橋鏢傷眾鏢頭的事情，並沒有什麼人知道。車越往南走，他見街上一如平常，他就更放了心。

可是還沒有走到前門，忽然這輛車在路旁停住了，趕車的遇見了個熟人，談起話來了。他的心裏很着急，就掀起來一角窗簾，向外一看，看見正是趕車的表兄——燒餅舖的夥計陳麻子；也沒背着他往日做買賣的那個筐，神情頹廢，額角還有血跡，跟趕車的在說話，還是很害怕的樣子。劉得飛不由得生疑，就探出頭來問說：“陳大哥！你在這兒有什麼事？”

陳麻子慌張擺手說：“你快鑽到車裏去吧！事情弄糟啦！昨天晚上韓金剛就帶着人搜查燒餅舖，沒把你跟那小媳婦搜着，燒餅舖的人可就都遭了瘟啦！把張歪子、馮大全都打成殘廢啦！幸虧老掌櫃的沒在舖子裏，不然一定得送老命！把麵案子、油鍋、燒餅爐子，全都砸了個稀爛。我也吃了虧，你看……”他指着額角，說：“差一點就是太陽穴！我這條命也是揀來的，韓金剛可真不講理！”

劉得飛此時已氣得紫漲了臉，剛要說話，陳麻子卻又接着說：“他們砸完了燒餅舖就去砸悅遠鏢店。幸虧唐金虎早就溜了，不然也得吃一頓飽打。他們還不解氣，又到關帝廟，聽說把賣老豆腐的常九那老頭也給打了，因為常九是你那小媳婦的爸爸。他可因為女兒的事受了苦，打得大概要進棺材了……”

劉得飛實在忍不住怒氣，就催着說：“快走！咱們先到關帝廟去看看常老頭！”

趕車的卻猶豫，陳麻子也嚇得了不得，說：“老爺！你還敢出南城哩？要叫韓金剛那些人看見你，你還能有命？連我也不敢回去啦！我昨晚上睡了一夜小店，今兒還沒地方去，我也賣不成燒餅啦，吃飯的地方也沒有啦！”

劉得飛說：“不要緊！你先上車來。咱們一同到關帝廟去看看常九，然後再去看張歪子。看完張歪子，咱們一同到悅遠鏢店去吃飯。”

陳麻子說：“還去吃飯哪？連唐金虎家裏的飯鍋大概都碎啦！”劉得飛說：“唐金虎鬥不了韓金剛，但我要回去，韓金剛他們絕不敢去找我，今天晚上咱們就在鏢店裏住。”陳麻子說：“我可也真沒有地方住，我這表弟他家裏又有老婆，又沒有閒地方。”

劉得飛忿然說：“有我，你就不必再怕韓金剛，你看！”他把車中的寶劍拿出來給陳麻子一看，說：“我有這口寶劍，韓金剛絕不敢來碰我。”又把衣裳拍一拍，說：“現在我身上帶着金銀，我不但出錢給常九治傷，還能賠你的燒餅舖；凡是幫助我的，我都有重謝。事情都辦完了，半年之後，我再跟韓金剛去拼，一點也連累你們不着。”

陳麻子想了一想，就說：“好啦！我也豁出去啦！你要跟韓金剛拼，我也得幫助，因為他也打了我。”當下他也爬到車上，並且爬到盡裏邊，將車簾放下。

有他催着，他的表弟可就又把車趕起來了，而且趕得還飛快。車出了南城天還早，到了那破爛的關帝廟前，劉得飛跟陳麻子就一同下車進去。陳麻子在這兒很熟，可是這時候，在這兒住着的一些賣吃食的，還都沒回來，他們就一同進到老常九的屋裏。這屋裏根本就沒有什麼東西，所以倒沒有被砸毀，可是老常九臥在炕上，不住地呻吟，頭上、身上雖無血跡，可是內傷一定不輕，他已經顯出來生命危殆的樣子。

劉得飛叫他：“常老叔！常老叔！”他睜開了兩眼，已經不認識劉得飛了。但他倒還認識陳麻子，這也許因為陳麻子的模樣兒太容易認，他喘着氣說：“喂！陳麻子！你說這是哪兒的事？我女兒叫韓金剛逼着當了他的小老婆，我連他的門也沒登過一次。我不沾他的，女兒我也不要了，誰叫他有錢又有勢力呢？可是他還找我來，帶着一大群惡奴，硬說我把女兒藏起來了，還不容我分說，就打我，把我的老豆腐擔子都砸了。我跟他撞頭，他就沖我一腳……”

劉得飛緊握着拳頭說：“他媽的，韓金剛真是不講理！”

老常九這才看出他來，就說：“哎呀！你不是劉得飛嗎？你在這廟裏住過，你打過天泰鏢店，你是英雄好漢呀！聽說我的女兒跟了你去啦？這很好，你是我的小姑爺啦！你回去告訴我的女兒，別管我，她只要好好跟你過日子就得啦，我在這兒等死哪，死了我好到閻王爺那兒去告韓金剛！”

劉得飛又氣又悲，他覺得自己對不起老常九。他的女兒倒是想嫁我，並且昨晚入過洞房，可是我沒答應，有緣變成了無緣。他們父女為人都是這麼好，我雖是出於無奈，可是我也太狠心！這話他不願對常九說明，只說：“老大叔！你老人家就不用生氣了，我一定給你們報仇！”他又轉臉，皺着眉向陳麻子說：“他這麼大年紀了，爬不起來，又沒有人服侍他，可怎麼辦？”

陳麻子想了大半天，就說：“乾脆，我也不用跟你上悅遠鏢店去啦！我看你回到鏢店裏更懸，韓金剛非再去找你不可，這兒他倒許不能來啦。你現在不是帶着銀子了嗎？你就給我點銀子，我買吃的，帶給他買藥，我就住在這兒服侍你這個老丈人；反正我這幾天也不能做買賣，又沒個地方住。”

劉得飛說：“好！”當時由懷裏掏出銀子包，給了陳麻子幾塊銀子，一錠金子。陳麻子喜歡得閉不上嘴，說：“夠啦！夠啦！我賣了一輩子燒餅，哪見過這個呀？兩年我也花不完啊！你放心，這連你老丈人的棺材本兒都夠啦！咳！你可別怪我說話喪氣。我把你老丈人的傷服侍好了，將來還得送到你們那兒，叫他跟姑爺、閨女享幾年的福呢！”

劉得飛又向陳麻子拱手拜託，他就走了。出了廟門，就用銀子將趕車的打發走了，他只拿着寶劍，呆呆地站了一會，便邁步昂然走去。走到大街上，他也毫無恐懼。

來到天泰鏢店的門前，看見兩扇大門依然緊閉，對門的燒餅舖那扇小門關得更是結實。他上前去推了推，推不開，他就又把門捶了捶，裏面才有個小孩的聲音問說：「是誰呀？」他答道：「是我，我是劉得飛，裏邊現在還有誰？」裏邊的小孩，原來就是這燒餅舖的那個小徒弟，就聽他說：「這兒就是我一個啦！」

劉得飛說：「那麼，你就不用開門啦！給你這個。」他急忙的向裏邊投了幾塊銀子，並隔着門上的窟窿，向裏邊說：「張歪子回來，你就把這銀子給他，叫他們先養傷，然後開門做買賣，不要怕！韓金剛再來，有我去跟他鬥！」說着便轉身走開，氣更往胸頭直頂。

他大搖大擺地走着，恨不得對面來了韓金剛。然而他一直走到悅遠鏢店的門前，竟連一個熟人也沒遇見。這鏢店也閉着雙門，他叫了半天，才有人把門開開。原來這裏也只剩了一個夥計，就是那禿尾巴鷹。劉得飛怒衝衝地叫着：「把門大開着，今天來了買賣，咱們還應，怕誰？」

禿尾巴鷹說：「劉爺，你要早在這兒也沒有事呀？掌櫃的一嚇跑了，他們全都溜啦，連做飯都沒有人啦。掌櫃子的孩子、老婆也全都走啦。現在這兒是一出《空城計》，就是我一個人兒在這兒啦！」劉得飛說：「你去把他們都找回來，禍事是我一個人惹的，我就一個人當！」禿尾巴鷹說：「好！我就去把他們都找回來，您可看着門。」說着，他趁此時候就也溜走了。

劉得飛走進鏢店，雙門大敞。他進了櫃房，就把寶劍亮出來，坐着等待。但他又困又餓，等了半天，一個人也沒有回來，禿尾巴鷹更飛得不知去向了。劉得飛就手持着寶劍到了門外，東張西望，也沒看見一個熟人。他恨不得即時就去找韓金剛拼，為京城剪除一害。然而又沒有人來給這兒看門，他離不開身。他急得更生氣，只得回身又走進門來。

到廚房裏去看了看，一點吃的東西都沒有。裏院唐金虎的家眷住着，他向來是不去的，如今雖明知那院裏也沒有人，他可是仍不願進去，餓得他的肚子直響。他驀然想起來：我的屋裏有從張家口帶回來的一盒子奶酥，大概還可以吃，誰管它好吃不好吃？先來治一治餓是真的。

於是他走到他住的那屋裏，看見什麼東西都沒有動，上次由張家口帶來的狼皮褲子、牛毛毯、口蘑、奶酥四樣禮物還都放在這裏。他很傷心，這些東西原是為送小芳的禮，可是也沒送成，有緣反倒變成無緣了。咳！我將來一定得設法報答她，我雖不能跟她做夫婦，可是得更對她好。

他一邊這樣想着，一邊打開了奶酥的盒子，只見這東西純粹是牛油做的，沒有麵，是點心又不像點心；不但已經乾了，還長了許多的白毛，這真沒法子吃。那口蘑是為做湯的，當然更沒法吃了。他歎了口氣，又到櫃房去找鎖頭，想把大門鎖上，到外邊去吃飯，可是連一把鎖頭也沒有。他可真急了，餓得更難受。禿尾巴鷹也不回來，唐金虎等人更都是孬種，膽小如鼠，竟全不敢回來了！

他又提劍走出大門，東張西望，連一個賣吃食的也沒有，來來往往倒是有不少的車跟人。他想大概白天也不會有賊，於是就拋下了這座空鏢店，往南去走，想找一家賣吃食的舖子，買些東西拿回鏢店去吃。

他隨走隨回頭，恐怕有什麼人溜進那鏢店去，可是倒沒有。他走幾步，仍不放心，又回頭去看，可是就在這時候，猛然地就被人用力抓住了他的後背。他驚得趕緊回身，卻見原來是一個滿臉的鬍子的人，穿的衣裳很破爛，好像是個叫花子，抓得他還真不輕。他不由得大怒，說：“你抓我做什麼？難道你是韓金剛的……”驀然見這人一瞪眼，他看出來了，“啊呀！”他不由得喊叫起來，說：“師父啊！原來是你老人家呀！”彭二卻說：“快跟着我走！”這個人正是玉面哪吒彭二，他的師父，他不由得眼淚流下來了，心說：師父怎麼落得這麼窮呀！

　　他有無數的話都要對師父說，然而這時彭二哪裏容他說話，只說：“快走！快走！你快跟我走！”他哪敢怠慢，緊緊地跟隨着彭二，就進了一條小巷。這小巷裏可也有不少的人家，不少的人，還都很注意他手提着的寶劍，所以彭二仍是腳步不停。曲曲折折地走過了許多條小巷，彭二才回首說了一句：“你好大的膽！你不怕韓金剛，難道還不怕官人嗎？幸虧……”話不待說完，就又帶着劉得飛走，走得飛快，劉得飛都有點跟不上了。

　　又轉過了一條巷，就看見了一條不大繁華的街，這裏有幾家店房。但他的師父不帶他進店房，卻進了一家小小的命館。這命館像一座小小的神龕似的，掛着牌子，上寫賽洞賓，奇門遁甲，六壬神課，臨街懸着綠色的竹簾。彭二一掀簾子就走進去了，劉得飛隨着進去。只見室中的光線很暗，擺着一張方桌，上面陳列着很大的銅籤筒；筒裏放着一尺多長的竹籤許多枝，另外有黃銅的搖錢卜課的盒子，還擺着許多巨大的棋子，上面刻着字。

　　一位白髮白鬚的老道，見劉得飛進來，就吧的把棋子一拍，說：“你這個人為何面帶凶煞？”彭二趕緊說：“這是我的徒弟。”看這樣子，彭二跟這位老道人很熟。

　　裏面還有一間小屋，彭二又帶他走進去，就說：“再遲一步，御史衙門的官人們，就要進那鏢店裏拿你去了！他們都知道你已回到了鏢店，只是看見你手攜寶劍，未敢惹你，可是絕不能放你跑。他們一面有人回御史衙門去叫來班頭捕快，一面早有人盯着你了！無論你有理沒有理，前天你也不該去騷擾御前侍衛韓金剛的家。”

　　劉得飛聽了這話，倒不由得一怔，覺得師父怎麼竟變成一個小心謹慎的人啦？於是他就忍不住的說：“師父！你老人家難道不知前天我在韓金剛家裏的事？不是我去找他，是他叫周大財把我騙去的。他不但把我鎖在一間屋裏要害我，他還把他的小老婆，那個名叫小芳的，綁起來用鞭子抽；我才抱打不平，因他太作惡多端！”

　　他師父玉面哪吒彭二微微笑着，擺手說：“你都不用說了，我全知道！我為什麼要跟你分別？就是因為那天在西直門外長河河邊，我跟吳寶那些人拼鬥，忽然你跑上前去幫我。我一看，想不到你的武藝和勇力竟是那麼好！我不能跟你在一塊了，在一塊你絕沒有發展，你永遠想依靠着我，所以我才離開你；叫你受點折磨，好自立！”

　　劉得飛滾着眼淚，說：“師父！自從你老人家走後，我時時在想念你老人家。”

　　彭二擺手說：“這不是好小子說的話！好小子得自立為人；遇有磕碰，得自己去受。不過你還好。我是自從與你分手，當時並沒離開北京，可是追魂槍吳寶時時逼着我。他是受韓金剛的主使，因為早先為你的事我就跟韓金剛結了仇。韓金剛在面上，好像不敢惹我，又似不願和我一般見識，見了面的時候還跟我假客氣，其實他是懷裏揣着刀。他主使吳寶要我的命，我不得不避出京城，在外面飄流了些日子。前一個月我就回來了，就住在這命館，因為這位算命的賽洞賓，是我的老朋友，別人都不知道。我在街上也遇見過你，你可沒看見我，你跟韓金剛小老婆的那些事，我也都知道了。”

劉得飛不由得臉紅，說：“那我……我可……我可沒……”

彭二微微笑說：“你不用辯解，我知道你們不會有什麼苟且之事。可是那小媳婦很好，她又很可憐，既是被你帶走了，我也願意她當我徒弟的媳婦。”

劉得飛不由得發怔了，心說：師父怎麼會願意呢？把人家的媳婦做自己的媳婦，這豈不招人恥笑？怎麼師父倒說是對呢？他遂就連連搖頭，說：“沒有！我雖跟她有緣，她也跟我好。昨晚回到我家裏，老親舊鄰們，都要叫我跟她入洞房……”他就把昨夜的情形略略說了一遍，又說：“我沒有，我不能幹那事。”

彭二問說：“你為什麼不能幹？”劉得飛說：“因為她本來是嫁了韓金剛。”彭二問：“哪裏是她願意嫁的？是韓金剛硬給搶去的。韓金剛有妻又有妾，哪能夠由他搶去一個女子，就得算是他的老婆？那小芳不過一個可憐的柔弱女子，她不能算韓金剛的妻，她幸喜有眼力，看上你可靠。你就應當救她，救她的終身，不應當嫌棄她。”

劉得飛說：“我倒沒有嫌棄她，我也喜歡她，可是又覺得那樣辦太不光明了。”

彭二說：“渾蛋！什麼不光明？救出來一個受難多年的女子，並沒什麼不光明。你要是已經娶了妻，或訂了親事，那你自然不應當娶她；可是你還是個光棍，如果娶了她，人家既有了依靠，你也成了家。韓金剛的事，由我辦，我跟他去拼一生死，沒有你的事，你們自管好好地去過日子。”

劉得飛一聽，心裏喜歡極了，暗道：原來是對的！我為什麼昨晚上跟今天早晨，就全沒想開？對呀！她不能算是韓金剛的老婆，她只是一個可憐的女子，我救了她，就應當娶她。對呀！這就好辦了，我再見着她就勸她，叫她也別再哭了，我還是跟她有緣。我得拿錢大辦喜事，用花轎娶她，跟她再入一回洞房，那時候可就不能叫她為姐姐啦，得叫她為媳婦兒啦，好！

他樂得簡直要笑出來，可是驀然又想起來那盧寶娥，她還拿着我們的小如意呢！她臉皮厚，硬賴我訂下過她，以後要娶了小芳，說不定她還得大鬧，那可怎麼辦呀？這也應當問問我師父，於是他就又說：“還有那個盧寶娥……”

彭二不等他說完，就又笑了笑，說：“那丫頭我也知道！本來我跟盧天雄、盧天俠早先都是好朋友，我也沒看得起他家，想不到竟出了這麼一個武藝超群、鏢法出眾的厲害丫頭！那丫頭也不錯！實同你說，昨天佟老太歲、老羅龍、大羅岱那些人，追你們到蘆溝橋，我原也跟着下去了，本想你要是打不過他們，我就去上手。可是沒容我去幫助，盧寶娥那黑丫頭就去了，憑她的幾隻飛鏢，竟把那兇猛的鏢頭和惡漢全都打傷，我真佩服她！她的叔父逢人就說，他的侄女已經是許配了你。前三天，盧寶娥那天大概是才從張家口來吧，跟她的叔父，還來這兒算過卦，問她的婚姻能成不能成。那時我就躲在這屋裏，沒叫他看見。盧天雄要見着我，一定得拉住我，叫我作媒。”

劉得飛搖頭說：“我不能要她，我看她沒有小芳順眼，我跟她沒緣。”

彭二說：“我倒覺着她也配得過你，更因為她會武藝，若是做了你的媳婦，是你的一個膀臂。不過既然有小芳那事，你也不能娶兩個媳婦；再說還是救人要緊，你使一個可憐的女子有了着落，比你自己娶個厲害媳婦應當，咱們好漢子做事不能只為自己方便。盧寶娥的事就不用提了，只當沒這回事。將來，等我叫韓金剛完了，那時我就可出頭了，我一定去見盧天雄。他想把侄女配你，可也是喜愛你是一位少年英雄，原是一番好意，可是我勸他把那意思打消了吧。”

劉得飛又說：“師父，我還得趕緊回悅遠鏢店，因為我出來的時候，那鏢店裏一個人也沒有，大門又開着。”彭二說：“你現在回去是自投羅網。御史衙門的官人，一定在那兒了。”劉得飛說：“不要緊，我還要找他們御史的太太去呢！御史的太太跟小芳是乾姊妹，今天臨走的時候，小芳囑咐我給她的乾姐姐去送信。”

彭二說：“這些都不是要緊的事，回頭再辦不遲。告訴你，今晚我得跟韓金剛去拼，你可不許跟了我去。”

劉得飛着急的問說：“這是為什麼？”

彭二卻說：“因為我不能叫你殺傷了人命，永遠做一個黑人！你年輕，你還有前程，將來你還要娶妻生子，成一份兒家業，立一番事業。我原想也跟韓金剛合不着，可是韓金剛他不該欺凌軟弱的人，他打傷了燒餅舖裏那些人，還打傷年邁的老常九，這我真不能忍，真看不下去，我非得跟他去較量較量不可。你千萬別幫助我，你要再不聽我的話，我可不但真跟你割斷師徒之情，我可還得跟你翻臉成仇，算是你輕視我，看我一個人鬥不了韓金剛！”彭二說着這話，又生起氣來，他那兩隻帶有威嚴的雙目，嚇得劉得飛真膽顫。

彭二又說：“我不願意你惹韓金剛，就是怕你因此斷絕了一輩子的前程。我早先躲避着他，不是怕他，還是怕因我連累了你。今天若不是看見你傻呵呵的，還在鏢店等着叫人捉，還在街上大搖大擺，我真不叫你，你看我這樣子！”

劉得飛擦眼淚說：“師父，你老人家沒有錢花嗎？”

彭二搖頭說：“錢我用不着！我只是不願叫你認出來。好徒弟，你我雖系師徒，但卻有如兄弟；更因為你的武藝好，行為正，給我爭光不小。我早先不過是個潑皮，以後卻也要做一名義俠。得飛你千萬聽我的話：第一你犯不上跟韓金剛拼；第二你暫在這裏躲一躲，你要到御史家裏給小芳送信也行，可是你等着天晚再去，到他們的門上說一句話就行，他們不至於認識你；第三件事最要緊，就是你快娶那什麼小芳——就是那跟你有緣的女子，做你的媳婦。”末了又問了一句說：“都聽明白了沒有？”

劉得飛嚅嚅地答應着：“都聽明白了！可是我還沒有吃飯，師父你老人家吃過了嗎？”

彭二說：“你在這兒坐着等會兒，我出去給你買些吃食來，順便我再到悅遠鏢店的門口去看看。反正我這樣兒，就是遇見熟人，他們也不能夠認識我，我絕不會出事，你就在這兒等着我好了。”

劉得飛點頭答應着，望着他師父滿臉的鬍子，破衣襤褸地走出了這間屋子。他緩了口氣，心裏倒十分歡喜，因為既遇見了師父，又把小芳的事說成啦！小芳的事可真叫他高興，恨不得當時就跑到羅天寺，把話跟她說明，可是怎麼跟她說呢？就說：行啦！我就娶你當媳婦吧！這話仿佛說不出口。因此他的臉不禁覺着發燒，心裏可真樂。

這時，這裏的那位道士裝束的老先生賽洞賓也走進來，劉得飛急忙恭恭敬敬地打躬。賽洞賓掀着白鬍笑說：“不用客氣！不用客氣！你是彭二的徒弟，就跟我的徒弟是一樣。”這位道士裝束的老先生，是一個老江湖，能說會道。他跟彭二的交情很厚，彭二大概早就跟他說過劉得飛，尤其是跟劉得飛正在接近的那一兩個女人的事情。剛才他又隱隱約約地聽他們師徒，說了好些個什麼媳婦、女子。這老先生雖沒聽清楚，可也早就猜出是怎麼一件事了，他就掀動着白鬍，大笑說：「你快把女方的生辰跟你的八字告訴我吧，我好給你們合一合婚。」又說：「小夥子！你不用臉紅，這是一件好事！年輕的人得趁早娶媳婦，千萬別像我，這麼大的年紀了，淨給人寫龍鳳吉帖，自己可沒有娶過一天媳婦，你的師父也是打了一輩子鰥過兒。陰陽相生，缺陰少陽，都不是正理。我盼你快把媳婦娶了吧，拿着寶劍幹嗎？這凶東西，最能闖禍生災，千萬放下吧！」

劉得飛卻一心惦記着師父，並急盼着師父給他買來食物，好治餓。不想等了半天，外面都黃昏了。這命館裏，賽洞賓也點上了一盞香油燈，燈光非常昏黯。他又燒草煮飯，飯味極香，饞得劉得飛的口水增多，肚子更是不住咕碌碌直響。

又待了一些時，忽見外面走進來一個人，正是彭二。劉得飛就問說：「師父！怎麼樣了？為什麼去了這大半天？」

彭二卻擺了擺手，說：「說話小一點聲兒！我看外面有幾個人，大概不是御史衙門的官人，就是韓金剛的手下。他們大概知道你在這兒了，只是還不敢貿然下手。」劉得飛就說：「在哪裏？師父，咱們兩人一同出去吧！該怎樣怎樣，別連累了人家這裏算命的老頭兒。」彭二擺手說：「你先不要慌張，先吃吧。」遂由懷裏掏出來幾塊大餅，另外還有兩條薰魚。彭二自己就先吃了。那賽洞賓也把黃米飯燒好了，還給劉得飛盛了一碗。

劉得飛這時反倒都吃不下，咽不下了，心中又氣忿又緊張。聽他的師父又說：「老常九已經因傷而死了，我剛才幫助陳麻子給他買了一口棺材，拉出城外義地裏埋了。因為他的女兒沒在跟前，你是他的女婿，可還沒有成親，誰能老看守着他的屍首？只好先埋了就算了，以後你們再給他開吊設祭吧！」

第十二章　　探酒樓師徒逞豪雄　　失芳蹤深夜滋悲痛

彭二又說：“得飛！你吃點東西就快些走！那小芳不是住在羅天寺嗎？你就趕快去找她；在那廟裏可也不應多待，趕快再走。張家口你不是去過嗎？可以到盧天俠那裏暫時住些日，這裏的事情你全都不要管。”

劉得飛還在猶疑着，卻見賽洞賓也直催他，說：“你快點走吧！你師父既叫你快走，你就快走吧！先去告訴你那媳婦，就說你的丈人死了；可是也已經埋了，叫你媳婦別難過，好好跟你過日子去吧！”

劉得飛站起身來，淒然地說：“師父！我走了！可是咱們幾時才能再見面？”

彭二卻微微地笑着，說：“你找我很難，我想找你可容易。你不用再在這兒磨煩，快些走！等到你娶了媳婦成了家，就是住在海角天涯，不定那一天，我也就找你們去啦！”

劉得飛又問：“悅遠鏢店現在怎麼樣了？我今天從那裏出來就沒再回去，也不大對。”

彭二說：“唐金虎你倒放心！他雖然躲了，可是他沒閑着，一面托朋友，求人情，花錢打點，還給他自己洗刷得乾乾淨淨！說他跟你本無交情，不過因為看你飄流着可憐，才把你收容在他的鏢店，給你一碗飯，也沒想到你屢次給他惹事、闖禍。所以從此以後，他是絕不用你啦！並且若見着了你，還要把你揪住。大概今天晚上他就在一壺春酒樓請客，聽說有很多的人，有盧天雄，有御史衙門的，還有別的鏢店裏的。總之，他們都說得開。盧天雄的侄女用鏢打死打傷的那些人，也就都推在你一人的身上了。現在這時候，一壺春酒樓一定很熱鬧，唐金虎還不得給韓金剛當眾叩頭認罪嗎？只怕韓金剛未必去。盧天雄也得替他的侄女求人家寬容，同時一定又得想法兒捉你，找那小芳。他們是不知道我在這兒了，知道有我，也一定不饒！”

劉得飛忍不住突然又抄起他的寶劍，不料當時就被他的師父奪了過去，說：“我絕不叫你去胡來！因為你還得顧你的前程，我只有你這一個徒弟。”劉得飛急得跺腳，說：“師父，你老人家淨叫我顧前程，但這口氣可怎麼忍？”

彭二忿然說：“氣我去替你出，我連這點事都不能辦麼？你這是小瞧了我！現在你就趁早兒空手去走，遇見有人揪你、打你，只許你躲避，卻不准你還手；你若不聽，我拿着這口寶劍或是殺了你，或是我自刎！”劉得飛流淚說：“師父，你老人家真叫我難死啦！”

　　彭二一邊嚼着大餅，一邊說：“我要叫我的徒弟，將來做一個頂天立地的男子漢！前程廣大，流芳百世，那才是我彭二的好徒弟，你難？我可也不容易！”

　　賽洞賓在旁直推劉得飛，說：“你就快走吧！過兩天你再來。你師父在這裏住了這些日子，我看他的脾氣比早先更怪，簡直跟瘋子一樣。若不因為是老朋友，我也早跟他打架了。你別理他！他是又犯了糊塗，明天就許好了！”

　　劉得飛只好走出了這家命館，只見天漸黑，因為天氣熱，外面倒還有不少乘涼的人。他往北走了幾步，回頭看了看，倒也看不出來有沒有人在背後跟着他。他不覺着又走到了一條繁華的市街，這裏的人很多，燈也密密的，這邊叫賣着酸梅湯，那邊擺設着許多水果，還有年輕的婦女出來逛街，更有狂歡的人在酒樓上聚宴。他恨不得到一壺春去找韓金剛拼；即使韓金剛沒去，自己也應當在眾人的眼前露一露頭，那才算得英雄好漢。

　　又想得快些去告訴小芳：你爸爸已經死了，你別再生氣！更想到那御史家裏是應當去一趟，並不是去求她的人情，卻是小芳既託付了我，難道進城一次，連這麼一點兒事也沒給她辦？所以，劉得飛就照着小芳告訴他的那地址，急忙地走了去。

　　走了半天，方才找到，只見這是一家很顯赫的大宅門，門前掛着大燈籠，還停着幾輛大鞍子的，油得發亮的騾子車。劉得飛就走到一輛車前，問說：“這裏就是外城御史的宅子嗎？”他問的這人是個趕車的，不想這人當時沒有答話，卻借着那邊門燈射來的燈光，不住仔細的看他的臉。把他看得心裏倒直發毛，又很生氣。

　　半天，這趕車的才說：“你不是那天在羅天寺的門口兒，你騎着馬去了……”

　　劉得飛點頭說：“對了！我來是有一件事，因為那小芳，你知道嗎？”這趕車的驚訝着說：“小芳不是韓家的五太太嗎？前天夜裏丟的，我們這宅裏的三太太因為跟她是乾姐妹，她正不放心呢！現在剛從祁侍郎的宅裏回來，也沒有打聽出來她乾幹妹妹一點下落，正着急啦！”劉得飛就說：“小芳現在住在羅天寺，叫她的幹姐妹明天千萬去。”趕車的說：“你是幹嗎的呀？是她託付你的嗎？”劉得飛回身就走，趕車的還在後面叫他，他卻連頭也不回。

　　他現在已經把小芳所托的事情辦了，走過了一條胡同，他又無目的地慢慢走着，心想：明天御史的姨太太一定要去看小芳。我既娶了小芳，跟她也算是乾親了，她必定叫她的老爺保護着我，這才真是羞恥！不如我今天夜間就出城回羅天寺，去告訴小芳她爸爸已經死了，可是我當時就走。娶她，那是以後的事，現在我還得去找韓金剛！殺了他，我償命；闖了禍，我自己當，用不着媳婦的乾姐妹，也不必把事情交給師父去辦！

　　當下他決定了去往一壺春酒樓，就忿忿地往前走去。將走到前門大街，忽聽有人叫着“劉……”他一回頭，借着旁邊舖戶裏的燈光，看出是陳麻子，他趕緊走了過去。陳麻子卻一拉他，靠着牆根，悄聲對他說：“老常九死了，你知道不知道？”劉得飛點頭說：“我聽我師父說了！”

　　陳麻子驚訝的說：“原來那個窮漢真是玉面哪吒彭二呀？他怎麼變成那麼老啦？我簡直都有點不認識他啦！今天自從你走後，我算是倒了霉啦，老常九就直翻白眼兒。後來幸虧彭二去啦，要不然我一個人還真沒法兒啦。常九臨死的時候還直叫他的女兒給他報仇，伸直了兩條腿，眼睛可還沒閉，我倒成了他的送終孝子啦。多虧彭二給出主意，還有廟裏的江四幫忙，買了棺材，找了地，就把你的老丈人給埋啦。我可又沒地方去住，住他那間房子我又怕鬧鬼，我正在這兒找店呢。你給我的那錢，除了埋了你的老丈人，還剩下點，我想拿着先用一用吧？明天或後天我就得回家啦，北京城我不能混啦！」

劉得飛卻一聲也不語，他此時怒氣更是將胸塞滿。他仰面看着天，天上烏雲密佈，星光模糊；地下車來人往，前門大街仿佛比白天還熱鬧。他發着呆，向陳麻子說：「好好！那錢你拿去用吧！後會有期，我還去有事。」

他拋開了陳麻子，又往南走。走幾步就是悅遠鏢店；大門關了半扇，裏面的櫃房還有燈光，大概禿尾巴鷹那些人都又回來了。他想：這鏢店當然不至於有什麼事了，因為，唐金虎能給人磕頭！可是千萬不要去替我給人磕頭，我是還要去找韓金剛！於是他就連鏢店也不進去，緊握雙拳，又往南走。

走了約有一箭遠，就到了一壺春酒樓的門前，他突又將腳步止住了。這時他又怕起來他的師父，因為他師父是不叫他來的，他也忘了他是怎麼就走到這裏來了。

這酒樓，前天也就是在這門前遇見了卷毛獅子周大財。周大財騙他到了韓金剛的家，幾乎上當送命！劉得飛於是又想起韓金剛的口蜜腹劍，和他鞭打小芳，又打死了常九的種種無法無天的惡行。他實在是北京城第一個惡霸！跟我劉得飛的仇恨還是小事，我不能再叫他在這裏尋歡作樂！不能再叫他在北京城欺人作惡！於是，他收束不住自己的腳步，當時就又氣昂昂地走進了酒樓。

一壺春酒樓裏，晚上更加倍熱鬧，樓下的大酒缸旁全都坐滿了人。橫着的板凳，豎着的桌子，三個一群，五個一夥，有的高談闊論，有的捋袖豁拳；有的脫光了膀子，還往嘴裏灌酒，大聲嚷嚷，胡說八道；有的還拉着女人，女人多半是妓女。燈光之下，奇形怪狀，燈又不大亮，氣味也很是難聞，熱哄哄，亂騰騰，簡直再也找不着一點空隙可以坐下了。

劉得飛這時的心裏倒不禁有些遲疑，心說：唐金虎給韓金剛賠罪，一定是在樓上，我現在是不是應當就上樓呢？若是上樓，他們若已經來了，當時我可就得跟他們拼命；我若是不上樓，那麼現在我來這裏，又為的什麼？

他心裏尋思着，兩眼就不住東瞧西望，覺着倒沒有什麼人來注意他。他想：也許是因為我沒拿着寶劍！究竟在鏢行中，在街面上，認識我的人還少，所以沒人注意我。可是他卻很注意這些人，看出眼前的這些酒客，差不多沒有幹別的，都像是保鏢的；並且有的在腰帶上插着裝在皮囊裏的匕首，有的乾脆就把雪亮的刀放在酒杯旁邊，還有的在凳子旁豎着什麼護刀鉤、梢子棍等等的傢伙。並聽有人說：「怎麼一個也不來了啊？難道真是給那姓劉的小子給嚇回去了嗎？」

又有一個人說：「盧天雄已經來了，我想再待會兒一定就全都來到。究竟劉得飛那小子有什麼可怕？今天雖聽說他回到悅遠鏢店去了，可是後來忽又悄悄溜走了，扔下了一個空鏢店，他也不管啦！可見他也是膽小，怕人找他去，這叫作蓬椒杆兒打狼，兩頭害怕！」

這人對面的那個人，喝了口酒又說：「我看鬧來鬧去，是咱鏢行的人臉上無光。昨天在蘆溝橋受傷的，死了的，都是咱鏢行的人；可是用鏢打人的，也不是外人，是咱鏢行人家的丫頭；今天在這給人賠罪的還是咱鏢行的。只有劉得飛，他雖也吃鏢行飯，可是他沒拜訪過誰，咱不認識；韓金剛也是雖跟咱們鏢行有交情，可是他不吃咱鏢行的飯，應當叫他們兩個人去鬥，咱們別管。」

剛才說話的人又說：「細說，劉得飛也是咱們的同行呀，咱怎能不認識他呀？

他的武藝是彭二教出來的，彭二不是保鏢的嗎？他上悅遠鏢店是唐金虎請的他，雖然只保鏢上過一趟張家口，可也不能說他不是一個保鏢的呀！」

那人又拍案子，說：「壞就壞在彭二的身上了，他竟收了這麼一個徒弟！唐金虎現在栽跟斗也不屈，他不該請上一個無名小輩，也不拜客，就硬走鏢，仗着武藝好，就欺負同行。盧家的丫頭也沒臉，弄的這是什麼事呀？天下只有男追女，哪有女追男？再說劉得飛那小子不但是個好色之徒，還沒有良心；他並不要盧寶娥，卻硬搶走人家姨太太，這真丟臉！咱鏢行裏絕不認識他！」

劉得飛一聽，這是別人對他的批評，他雖然生氣，可又想：也難怪人家！我對小芳的光明磊落，小芳的情景可憐，誰能夠像我師父知道得那麼透徹？誰能像他老人家那樣，不但不疑、不怪，還說是應當？我今天，別的不說，非得叫大家全都知道了我才行！打架拼命在其次，講理，說明了事情是最要緊。

當下他忿忿的，卻又強按着氣，也不敢多抬頭去看人，就在樓梯旁找了一個不為人注意的地方，將身一靠；連坐的地方都沒有，燈光也照不着他。可是雖然人這麼多，堂倌卻看得很清楚，當時就過來問他要什麼酒，還要給他搬凳兒來，他卻擺手說：「等一會！等一會！」

又聽旁邊都談着金三爺長，金三爺短的。劉得飛知道金三爺就是韓金剛的尊稱，看來這些人有的是給韓金剛助威來的，有的卻是為看熱鬧來的。不過他們都罵劉得飛，像剛才那兩人敢談論盧寶娥的，還真沒再看見。就好像大家都不敢，或是不好意思提盧寶娥。不知是為什麼，只是都恨劉得飛。這幾天，鬧韓宅，搶小芳，盧溝橋死傷多人，所有的事情都推在他一人身上了，他成了大家的仇敵。假定這時他被發現在這裏了，真許大家一齊上手，來飽以老拳，或是把這些匕首、鋼刀、護手鈎、梢子棍，都向他的身上來「光顧」，他此時真仿佛是四面楚歌。可是他毫無畏懼，只躲避着別人的目光，卻時時向着那樓梯去看。

有個妓女唱起了四季相思，真難聽。這些鏢頭喝酒還要女人陪着，可見都不是好鏢頭，都是受過韓金剛的恩惠者。其實他們的本事一定都不強，比追魂槍吳寶、雙鐧靈官、賽黃忠那幾個，一定更差得多；這一定是無名鏢行裏的一些無名小輩，他們不給韓金剛來助威，又能夠到哪裏去？

他驀然一回頭，見後面有一個門，大概是通着後院，也許是通着廚房，那裏的燈光也很低暗；好像是有一個女的，見他這麼一回頭，當時又退回去了。他想着也許是這裏掌櫃的家眷，他既沒看清那女子的模樣，也沒有怎麼注意。他又看那唱四季相思的妓女，唱得還是很難聽，但是那字句仿佛有點搖撼着他的心，令他想起什麼來了。他開始知道了男女之間似乎是有一種情，那就是小芳對他的那種情。

外面陸續地來了人，個個全是衣服闊綽，挺胸腆肚，氣派十足。這些人不是鏢店的大掌櫃，就是跟韓金剛差不多的，有身份有財勢的人。劉得飛只認得其中的一個，是利合鏢店的鐵天王薛五。唐金虎也來了，雖然換的也是很新的衣裳，像給誰來拜年似的，可是他的樣子極為狼狽。這時妓女不再唱曲了，一些喝酒的人，也差不多都站了起來，爭着擠着的去看。這麼一來，可把劉得飛的視線擋住了，他企着腳，伸着脖子，也看不見什麼。

忽聽大家都緊張地，彼此悄悄地說：「來了！來了！」大概就是韓金剛來了，可是劉得飛卻看不見，他只聽得樓梯不斷咚咚亂響，都往樓上去了。

這裏許多的人都爭着往樓梯上去擠，都是要看看唐金虎今天怎樣給韓金剛磕頭賠罪。劉得飛胸中的怒氣越發忍不住，他也要往樓上去看看。因為他想，唐金虎丟人，也就是自己丟人！他恨不得拆了這個樓梯。

但在這時候，忽然就覺着身後有人直揪他。他吃了一驚，急忙回首，借着微弱的燈光一看，卻是一個小夥計，系着油裙，年紀也就有十二三歲。劉得飛就問說：“你揪我幹什麼？”心裏想着：我也不認識你呀？然而這個小夥計卻還不住地揪他，並且很有點力氣，臉上也表現出來是有事，非得叫劉得飛跟着走。劉得飛心說：這可真怪！遂就轉身跟着他走開。

這時因為人擠着人，想要往外走是絕不可能了。小夥計拉着他不放手，就出了後面的門。原來這裏是一個小院，廚房也不在這兒，倒有三間矮屋，屋裏有小孩在哇哇地哭。劉得飛就驚詫地問說：“你叫我來這兒幹嗎呀？”這小夥計說：“不是我讓來的，是別人叫我去揪你，來這兒躲躲。”劉得飛趕緊問：“誰叫你去揪我？”小夥計卻不答話，又往前邊去了。

劉得飛不由得發怔，心說：這小夥計大概是一個小跑堂的，或者是這個酒樓的廚房裏學徒的，可是怎麼會有人叫我躲一躲？這倒算好意，可是他們怎會認得我呀？他越想越覺得奇怪。又見這小院黑忽忽的，一個人也沒有，屋裏當然是有女眷跟小孩，也沒有一個出來的。

他一仰面，就看見這座高高的酒樓上有後窗，可是開得很小，而且很高，一共是四個，就從這四個後窗裏，把樓裏的喧嘩之聲隱隱地散了出來；也聽不清那是誰在說話，是說的什麼。但劉得飛氣往上湧，心說：我非要看看不可！於是他就嗖的一聲，躥上了房，由房上又一躥，就上了一個後窗。這後窗本來不大，鑽進去倒是可以，然而在這兒趴着卻真難受。可是窗洞開着，毫無遮擋，能夠把酒樓的情形看得清清楚楚。只見臨街的樓窗也都大開，那窗戶可都比這後窗大。

樓裏現在也不分什麼雅座不雅座了，擺着兩大桌酒席，還都沒有動筷子。燈光照耀，如同白晝一般。人很多，然而下面的那些人可只能在樓梯口兒，伸着脖子來看，卻沒有一個敢上來的。當中坐的是韓金剛，他那樣子簡直像個皇上，又像閻羅天子。旁邊有兩個小廝給他扇扇子，他面帶煞氣，兩眼兇惡可怕。只聽他說：“我沒遇見過這樣的事！我自從在皇上跟前當了差，更不愛生閒氣，可是劉得飛欺我太甚，他又是唐金虎給架起來！。”

旁邊是那薛五說：“算了！算了！大人不見小人怪，三爺你老人家宰相的肚裏能撐船。金虎他絕不是敢跟你老人家過不去，我知道，他跟劉得飛小子本來也素無交情。”

唐金虎站在韓金剛的眼前，連頭也不敢抬，只嚅嚅地說：“對啦，我也不是跟他有交情，我是因為早先認識彭二，他是彭二的徒弟。”

韓金剛說：“我知道啊！我的頭一個仇人還是彭二，他早就跟我作對。我只想我是有官職的人，犯不上理他。”薛五又說：“聽說彭二去年跑到外省，害了一場大病，渾身是毒瘡，死在店裏了，連棺材都沒有。”韓金剛卻說：“我從來不與小人一般見識，可是想不到劉得飛前夜竟到我的家裏殺人，還搶去了我的小女人跟一個丫鬟，昨天更在蘆溝橋……”

這時盧天雄在旁邊了，便不禁滿面通紅，連連給韓金剛拱手，說：“我今天先當着諸位，給韓三哥賠罪，那個盧寶娥確實是我的侄女。我的哥哥家教不嚴，不知怎麼，叫她一個人竟自張家口來到北京。她好玩，時常騎着個驢出城去玩，我攔也攔她不住。她跟劉得飛也不認識，前天的事情大概是湊巧，她走在蘆溝橋，只看見一群人在橋上打架，她也沒弄清楚是怎麼一回事，就拿她的飛鏢上前去幫忙，不想救的倒是劉得飛，傷的倒全是我的老朋友！我已經把她着實地管教了一番，將來我還要帶着她，一位一位的去給伯伯叔叔們磕頭賠罪！”

韓金剛卻擺手說：“既是你的侄女，我還有什麼話說，我還跟她一般見識嗎？不過我將來倒要見見她，看她個女孩子家，鏢到底打得怎麼樣？”盧天雄說：“過兩天我必定要帶着她，到您的府上去賠罪。”韓金剛微微點了點頭。

這時唐金虎也連連直打躬，說：“我也在這兒給三老爺賠罪了！求三老爺玉手高抬，我再也不敢用劉得飛了！”韓金剛卻沉着臉說：“你光不用他，也是不行，你還得給我去找他！”唐金虎哭喪着臉說：“三老爺，我找不着他呀！他大概又回他家裏去啦！”韓金剛說：“今天早晨，御史衙門的眾差官到西山門頭溝去拿他，可是聽說他並沒回家。”唐金虎說：“我也不知道他上哪兒去啦。”

韓金剛嘿嘿地冷笑，說：“你不知道？你怎能夠不知道呀？今天明明有人看見他回你的鏢店裏去了，後來可又不知上哪兒去啦。他現在絕沒離開北京，他有幾個去處？你一定全都曉得，你就快說出來吧！”

唐金虎都要哭了，說：“三老爺！我真是不知道呀！我跟他本來沒交情，他除了那燒餅舖和常九那兒，還有什麼別處可去？”

韓金剛恨恨地說：“燒餅舖已被我砸了，常九老頭子也被我打得半死，但是還出不了我的氣，我生平也沒受過這樣的氣！”

唐金虎又說：“我實在不知道劉得飛在哪兒了，今天他回到鏢店的事，我是後來知道的。因為我連老婆、孩子都早就躲出去了，我怕三老爺你帶着人去砸呀！”韓金剛傲然地說：“我是堂堂的御前侍衛，豈肯去砸你那麼一個破鏢店！”唐金虎說：“我是不知道三老爺這樣的寬宏大量。”

韓金剛說：“今天當着這許多朋友，我也不願十分逼你。可是你既是劉得飛的掌櫃的，沒有你，他早就餓死了，也出不了名，這樣吧！你再幫一個忙。”

唐金虎說：“三老爺你叫我變雞變貓，我也幹！別說幫忙，你老人家叫我幫忙，是瞧得起我。”

韓金剛大聲說：“好！”他遂就站起身來，拱手說：“諸位朋友！今天的事都已說開了，可是我捉不到劉得飛我不甘心；我尋不回來我那五小妾我不能出氣；這個臉我要不掙回來，我難再見人。因此，我要請唐金虎受點委屈，我要把他捆綁起來，高高地吊在他的悅遠鏢店門上。”

這話一說出來，唐金虎簡直嚇得要趴下。旁邊的人，像盧天雄也覺着不好意思。鐵天王薛五卻說：“這沒有什麼，叫老唐受點屈也不要緊。捆他由我捆，吊他由我吊，我絕不能叫他難受，可是三老爺打算把他吊多大時候呢？”

這時，趴在後窗上的劉得飛簡直把肺都要氣炸了，覺着韓金剛是太欺負人了，唐金虎也太可憐了。他瞪大了兩眼，就要鑽窗去跟韓金剛拼，卻又見韓金剛微微地冷笑，說：“無論如何，我要把他吊在他鏢店的門前，幾時把劉得飛那小子激出來，幾時才把他放下。我不是跟姓唐的過不去，我是得看看，劉得飛到底出頭不出頭，救他的掌櫃子？那小子氣傲，我想他不能不出頭。他只要出了頭，我就先得叫他送出我的五小妾，然後我把他跟我那小妾，都在那鏢店的門前，砍成肉泥！”

他這話一說出，刺激得劉得飛義憤難忍。然而劉得飛還沒有鑽進後窗，卻見由那臨街的前窗忽然跳進來一個人，手掄寒光寶劍，大喊着說：“韓金剛！你太兇橫了！今天我要叫你惡貫滿盈，死在眼前！”韓金剛大驚，急忙站起，這人卻手掄寶劍向他就砍，他的旁邊幸虧有兩個保護着他的，一齊舉刀將寶劍攔住。

韓金剛看這個人，衣服破舊，滿臉的鬍鬚，長得很是削瘦，面目卻是很熟，就急問說：“你是誰？”這人卻說：“你連我全都不認識？你忘了彭二太爺爺！”韓金剛說：“啊？你是玉面哪吒彭二？你竟還活着！”

說到這裏，他見他手下的一些人，雖然都舉棍掄刀，氣勢洶洶；在樓下的也都擠上樓來了，都大喊着說：“打他！打他！哪兒來的這小子？”但韓金剛估量着這些人也未必就能抵得過彭二。因為玉面哪吒在早先就名震鏢行，何況他又是劉得飛之師？遂退後兩步，用一把大椅子將身擋住。他連連說：“彭老二，咱們是老朋友啊！很多日沒見，見了面，你別這樣兒呢。我找的是你的徒弟，沒找你；找着劉得飛，我們好說也行！”

彭二卻抽回來寶劍向他又刺，怒說：“你不用再說這些甜話，肚子裏揣着刀！只為你無故打死老常九的事，我就得叫你給他償命！”劍閃寒光，毒蛇鑽心，向着韓金剛刺去。

韓金剛舉起那把椅子向彭二就砸。樓梯邊的人一齊擁上，大喊着，刀槍鉤棒一齊來打彭二，唐金虎卻趁勢躲遠了。鐵天王薛五說：“彭二不對！你得罪了金三爺，你可是找死！”盧天雄在當中卻給勸解說：“不可！有話好商量！”然而此時誰還聽得見他說話，早就喊嚷嘈雜，紛紛亂打，椅飛桌翻；沒下筷子的菜，連盤子帶碗，全都飛了，碎了。

此時劉得飛早已鑽進了後窗，他師父現在使的就是他的那口寶劍，所以他手無寸鐵；這倒不要緊，最難的是不敢上前幫助，怕他的師父生氣。可是不幫助也不行，彭二現在一人雖能抵得過眾手，可是他摸不着韓金剛；他若不迅速的得手，不但來幫助韓金剛的會蜂擁而至，並聽有人高聲喊着：“去找官人！去找御史衙門！”

劉得飛手舉着一條板凳，正在着急，正在猶豫，突然身後的後窗，又有一個人跳下來了，用力推了他一把，說：“你在這兒幹什麼啦？為什麼不快去幫助幫助？”他趕緊回頭一看，原來是個女的，正是盧寶娥。他也沒跟盧寶娥說一句話，當時就把高舉着的大板凳向他眼前站着的鐵天王薛五砸去。

這個小子當時正手掄寶劍，高聲喊叫着：“你們快努點力，殺了他不要緊！他是彭二，是著名的強盜、地痞，千萬別叫他傷着金三爺！”他正在逞能，全不顧他早先也是彭二的朋友了。不提防劉得飛把大板凳往他的頭上砸來，吧的一聲砸了個昏，連喊叫也沒喊叫得出。一些人更慌了，回身前來救他，劉得飛卻一彎腰，就將他的劍奪到了手中，飛舞了起來，東殺西刺。旁邊的人怪喊急嚎，有的受傷，有的喪命，有的人擠着人往樓梯下去跑、去滾，亂成一團，比剛才更亂了。同時盧寶娥也揮動了刀，她叔父盧天雄卻藏躲了起來。

這時彭二已用劍將韓金剛砍倒，然後向劉得飛怒喊說：“誰叫你來？你快些走！不聽我的話我就殺死你！”劉得飛又急又怕地問說：“那麼，師父你呢？”彭二冷笑着說：“你不用管我！”並向盧寶娥說：“盧姑娘！我託付你，你快將得飛救走！你們去找那小芳，一同遠走！快！”

當時盧寶娥就伸手去拉劉得飛，劉得飛急得眼淚直流，只得跟盧寶娥一同鑽出了後窗，翻身扒到房頂上。盧寶娥還揪了他一下，笑着說：“你簡直是個傻瓜！

剛才我要不叫那小夥計去揪你，你大概還在樓下呢！得啦，您可站穩了一點，別因為着急發慌，再摔下去。」

這時劉得飛卻身軀極為靈便，他在樓頂上站了起來。上面是黑天黯月，腳下卻都是不平的瓦。他向前急急地走，是想要看他師父怎樣離開。一低頭，見下面就是前門大街，街上的人可多極了。有許多隻圓形的大燈籠在飄着，人頭在滾動着，這大概都是外城御史衙門來的官人。刀光閃閃，人聲嚷嚷，並有冷箭嗖嗖之聲向酒樓上射來。劉得飛急得跺腳說：「我師父可怎麼辦？」盧寶娥卻在他的身旁拉住他，聲音嬌媚地說：「你先別着急呀！等一會兒，再看！」

但就在這時，卻見由酒樓的前窗飛躍出來一個人。劉得飛不禁叫了聲：「哎呀！」跳下樓去的當然就是他的師父彭二。

街上立時更亂了，人都擁擠在一塊了。劉得飛奮不顧身，也要向下去跳，盧寶娥卻在後面緊緊地用雙手拉住他，急說：「你下去幹嗎？你師父那麼大的本事，他還能夠吃虧嗎？咱們不用管了，咱們若一管，他一定要生氣，他不是叫咱們去找小芳嗎？咱們就快走吧！」

然而劉得飛就像是一匹牛似的，身子努力地向前去拽。忽然他兩腳登空，連樓簷的瓦也帶下了很多。盧寶娥依然還揪着他，二人手中還拿着刀劍，就像是平空飛落下一對鷹鷂，落到了大街上，當時四下的人都驚慌閃避。

彭二正昂然大聲喊說：「殺死韓金剛，殺死別的人，都是我彭二一個幹的，與別的人全無干！」一眼看見了劉得飛，他就怒斥着說：「你快走！」

劉得飛還要奮身前去救他的師父，但盧寶娥卻用力揪他，並且來了一個男子也用力揪他。那邊的一些御史衙門的官人倒都沒理他，卻把彭二團團圍住了，全在說：「把他綁起來！綁起來！」又有彭二的笑聲，說：「好！好！我去打官司，殺人者償命，欠債者還錢，我彭二跟諸位走！」

劉得飛隱隱聽了，不禁心如刀絞，但禁不住盧寶娥和那個男子全用很大的力，把他揪住拖拽，就給拉到一條僻靜的小巷裏。劉得飛定了定神，拿手背擦擦眼淚，才借着黯淡的月光，隱隱看出幫助盧寶娥來拉他勸他的人，正是盧天雄。

大街上嘈雜之聲，這時已漸漸稀少了。盧天雄說：「他們一定拉着彭二爺上御史衙門打官司去了！這不要緊，誰不欽佩彭二爺是好朋友？他到了衙門絕不能吃一點虧。官司也不要緊，不能判死罪，也不能給韓金剛抵命。衙門的人我又都認識，慢慢我給他去托點人情，不到兩個月，他就一準出來。」劉得飛依然是哭，盧天雄又說：「老賢侄你也不用哭了，男子漢大丈夫，不應當淨流淚。你看你的師父有多麼硬，那才是好漢。」

劉得飛急得跺腳，忿忿地說：「我是好漢，我就得去救我的師父！」說着，他手挺寶劍就要去追。

盧天雄跟他的侄女寶娥又一齊用力將他拉住。盧寶娥說：「有話不會慢慢說嗎？救你師父，明天再去救也不晚！」盧天雄也說：「你師父是上衙門去了，衙門是有王法的地方，難道你連王法都不怕了嗎？」盧寶娥又宛轉地哀求着似的，對劉得飛說：「你師父不是叫咱們先走嗎？」盧天雄也說：「對啦！先回到我的鏢店裏去歇歇吧！總有辦法，我擔保你。」

劉得飛發了半天怔，然後長歎了一口氣，說：「我師父是叫我去找小芳，現在我就去找她，跟她還有話說。說完了，我還進城來。打官司我去打，叫他們得把我師父放了，不放不行。”盧天雄笑着說：“你這都像小孩說的話。”盧寶娥向她的叔父擺着手說：“叔父不用管他啦！他的這脾氣，反正咱拗不過他。你回去吧！我跟他出城一塊兒去找小芳，那是他的心上人。那小娘們把他迷住啦，我也得去跟那小娘們去說一說。”於是他們就都把劉得飛放了手。劉得飛當時提劍就走，連頭也不回。盧天雄也沒辦法，只得回自己的鏢店，盧寶娥卻在後緊緊地跟着他。

劉得飛並不回頭，他只是穿街越巷，直奔到西便門與廣安門之間的城牆，這就是北京外城的西邊界限。他將寶劍插在背後那腰系着的繡帶上，就像猿猴一般，敏捷地直向城牆之上爬去，這是玉面哪吒彭二特別傳授出來的絕技。頃刻之間，他就爬上了城。城上有很寬的道路，名叫馬道；過了馬道，就是臨着城外的垛口；向下一看，黯月模糊，一片原野，真似一片深深的大海。

這時忽又有人自背後一揪他，嬌聲地說：“你可小心着一點！”原來盧寶娥也上城來了。

劉得飛不由得暗暗敬佩，心說：這女子的武藝可真不在我之下，並且她還會打鏢呢！他回了回頭，盧寶娥的臉色黑不黑也看不出來，只見她的影子十分的俏媚；跟她又這麼近，高城深夜，四下裏又沒有人，實在叫劉得飛的臉上有些發燒。然而，他顧不得想這些，他的心裏有萬分着急的事情，就說：“你跟着我幹嗎？你屢次幫我的忙，我永遠不能忘；可是你別再跟着我，因為你是女的，咱們在一塊不方便。”

盧寶娥笑聲問說：“那麼你跟小芳在一塊，就方便嗎？”劉得飛正色地說：“小芳，她是我家裏的人啦！”盧寶娥急問說：“她算你家裏的什麼人？你說得這麼近。”

劉得飛說：“實在，今天早晨我還覺着我不該娶她；但下午聽我師父說，我應該娶她，現在我去找她，好叫她放心。”盧寶娥更急了，屬聲問說：“叫她放心什麼？”劉得飛說：“叫她放心我娶了她呀！本來昨天晚上，我已經算是娶過她了，可是以後還得再娶一回，得叫她坐轎子，那才算是明媒正娶。”

盧寶娥問：“媒人是誰？”劉得飛說：“媒人就是我的師父。”盧寶娥又問：“有什麼訂禮？”劉得飛說：“我沒給她，她可給了我繡的一條帶子。”他拍拍腰，又說：“這就算訂禮，還有被你拿去的那小如意。”盧寶娥說：“哼！沒聽說還有女的給男的下訂禮的，你好漢劉得飛的臉可真算不薄……真氣死我了！”

劉得飛說：“我也對不起你，可是沒有法子！現在我得先去告訴小芳，明天我還得來救我師父，或替我師父去打官司，咱們後會有期吧！”說畢一越身就跳下了城牆。這城牆比那一壺春酒樓的樓高得不止有十幾倍，他跳下來卻依然身體絲毫無傷。他想着盧寶娥是絕沒有這本事的，所以他放了心，急急地走去。

夜間的野風吹來十分涼爽，這郊外卻連犬吠的聲音也聽不到。他急急地走着，心裏為師父的事依然很是焦急、悲痛；不過又想師父到御史衙門裏，也許受不了什麼苦，叫小芳托一托她的乾姊妹，再轉托那外城御史大人，大概就不致判師父的死罪。這辦法雖是不光明的，叫師父曉得了，他一定要大怒；可是為救他的命，也就沒法子。他想到這些，腳下就更加快。

走了約近二十里地，方才到了長河河邊的羅天寺。這時大概已將三更，在這裏是聽不見更鼓的，可是廟裏的木魚聲還梆梆梆，不住地響，必是和尚在半夜還要念一場經，這也是日常的功課。廟外月色愈黯，星光發昏，河水和池水全在暗暗地動盪着，也無水聲，楊柳垂着的長絲卻被風吹得直動。

劉得飛跳進了廟牆，他趕緊先將寶劍放在一個牆角，心裏倒為難了；小芳一定睡下了，她雖已是我的媳婦，可是我也不好意思去叫她呀？那小丫鬟一定更早睡了。真不好，夜晚進廟，尋找媳婦，豈不太不光明？先去問問和尚吧！於是他順着木魚聲，直走到大殿，就見這裏點着昏暗的佛燈，有四五名和尚正在低聲地誦經。

他把腳步放重，走進殿去，就把和尚們都嚇了一跳。有個和尚到佛燈前點了一根火紙捻兒，拿過來細看劉得飛的臉，說：「你不是今天一早跟韓五太太來的嗎？」劉得飛聽和尚叫小芳仍為韓五太太，他又不大高興，可是又想：本來這裏的和尚只認得小芳是韓金剛的妾，哪裏知曉與我的事？遂就點點頭，問說：「她們在那邊禪堂住着，大概都已睡了吧？煩你去給我點個燈籠，我去叫她，因為有事。」

他的話還沒有說完，這和尚就很驚訝，又很神秘地拉了他一下，叫他跟出了這座大殿再談話，省得擾了別的和尚做功課。劉得飛覺出這事情有點可疑了，因為這和尚的態度很慌張。

出了殿，這和尚就急急地問他說：「你怎麼還不知道嗎？白天你上哪兒去啦？」劉得飛發着怔說：「白天我進城去啦，怎麼，莫非有什麼事？」這和尚卻着急地說：「韓五太太，不知上哪兒去啦，找不着她啦！」

這好像在劉得飛的頭上劈了一劍，他覺着有些發暈，急問說：「是怎麼一回事？你快告訴我！」和尚說：「這是後來聽那小丫鬟說的，她在禪堂裏哭了整整的一天，到傍晚時就自己開了便門走出了廟，到現在不知蹤影。」

劉得飛驚問着說：「到底上哪兒去啦？」和尚回答着說：「不知道麼，我們在廟的四周圍，找了半天，可也沒有找着一點影兒，她莫非是回往城裏去了嗎？」劉得飛搖頭說：「天晚，城門早就關了，這廟離着城又這麼遠，她怎能夠一個人走回去？」和尚也沒有話說。

劉得飛又急急地說：「勞你駕！你快去給我找一隻燈籠點上，我去找她，我想她絕不能夠走遠。」和尚皺着眉說：「我們現在也沒有工夫呀！今天晚上我們有功課，還沒做完呢。」劉得飛急急地說：「你告訴我地方，我自己去取燈籠，自己去點蠟。」

和尚說：「我給你去點一隻燈籠去吧！這深更半夜，附近又只是河，只是水，沒有人家，能夠上哪兒找她去呀？恐怕燈籠也是白點，你還是找不着她。」

雖是這樣說着，這和尚可領着劉得飛到了一間僧房裏，給他找了一隻白紙糊成的燈籠，裏面有半截蠟，點上了。劉得飛拿着，手不住地發抖，因為他感覺着這件事不妙，多半又是叫韓金剛手下的人搶去了！可是，和尚明明說的是她在禪堂裏哭了整整的一天，到傍晚時就自己開了便門走出了廟，可又不像是叫人搶去了，難道……

劉得飛現在簡直不敢細想，他手提着燈籠，急急地先去到今日白天小芳來到廟裏時所住的那間禪堂；他希望小芳沒有走，或是自己回來了。燈光一搖一搖的，他走進了這間屋，卻見一張木榻上，堆着一份被窩，裏邊直搖動。他驀地上前把那被窩一掀，看見原來是那小丫鬟，連鞋也沒脫，在被窩裏蜷着。她一見了劉得飛就大哭，說：「我害怕！我也睡不着……你上哪兒去啦？五太太也沒有啦！」

劉得飛大聲問說：「臨走的時候她沒告訴你什麼話嗎？」

小丫鬟哭着又說：「我哪兒知道她是什麼時候走的呀？吃晚飯的時候，我們在一塊兒啦，她就只是哭，一點什麼東西也沒吃，我勸她，她也不聽；後來她自己出屋，就不回來啦。我等了半天，不見她回屋，我才害了怕，我才去叫和尚，叫他跟我去找；黑忽忽的可是哪兒找得着呀？我們也不敢到河邊兒去，怕掉在水裏。」

劉得飛的雙眼也不禁潮濕，淒然地問說：「今天我走後，她沒再提說我嗎？」

小丫鬟哽咽着說：「她，她猜着你今晚一定不回來了。她囑咐我，說明天你要是回來，叫你把我帶到城裏去，把我交給胡三太太，或是祁二太太。她又哭着說，你現在系着她的那條帶子，叫我囑咐你可千萬系好了，別丟了，永遠系着，一輩子也系着！系着那帶子，就算是記住了她。」

劉得飛一手摸着腰間的繡帶，幾乎要痛哭失聲，誰能夠聽不明白？他就是心眼發癡，可現在也有點明白了，就急忙的說：「咱們快出去！再找一找她。」

小丫鬟急忙下了木榻，就跟着他走出了屋，並說：「大廟門鎖上了，那小旁門剛才我看見是開着啦，咱們還是走那個門吧！」於是她帶着劉得飛，借着燈籠的光照着，找到了那個小旁門；可是一看，這個門也鎖上了。小丫鬟要找和尚去要鑰匙，劉得飛卻擺手說：「不必了，你就在這裏等着我好不好？」小丫鬟卻又哭了，說：「我害怕！」劉得飛只得用牙咬住了燈籠，把小丫鬟用胳臂一挾，就輕輕地上了牆頭，然後輕輕地跳下去，再把小丫鬟放下。

他手提着燈籠向各處去照，只見柳絲拂着黑影，塘水撩動着愁波；風還不小，幾次都要將燈籠吹滅。小丫鬟緊緊拉着他的衣襟，悲慘地叫着：「五太太！五太太！五太太……」劉得飛也大聲喊着：「小芳！小芳！小芳……」一聲比一聲喊叫得急，喊得他的嗓子都發啞了。

此時月愈晦，風愈涼，柳絲搖擺得也更亂。他並且將腳踏入水裏，水深沒脛，旁邊還有很多的蘆葦；他手裏的燈籠也滅了，更什麼也照不着了，四下裏更覺昏黑。岸上的小丫鬟又直叫着：「得飛！得飛……你在水裏幹什麼啦？我們五太太還能在水裏嗎？她不能夠投河呀……」劉得飛的兩腳都陷在深泥之中，蘆葦的根兒還直扎腳，一聽了這話，卻不由得淚水汪然地流下來了。他心裏想着：小芳必定是已經投了這水塘，然而現在連屍首也找不着；也許是因為天黑看不見，不能找到？他的心悲痛極了，氣似乎都喘不出。

小丫鬟在那裏着急地叫他，他只得又一步一步走到岸上。小丫鬟直害怕，說：「我們回去吧！」劉得飛卻依然是不甘心，然而夜色沉沉，星微月隱，小芳到底是死是生呢？他擦了擦眼淚，將腰間系着的板兒帶子松了一松，長吁了一口氣；又想起這條帶子是小芳親手做的，她待我可有多麼好呀？難道，就因為我沒答應娶她，她就心窄而自盡了？現在我可也答應了……因此，他又瞪着大眼看那黑沉沉的塘水，又連聲的叫着小芳，小芳可仍然是蹤跡杳然。

韓金剛雖然大概是死掉了，可是師父彭二已坐了牢，小芳又這麼不明生死，他的心裏真難過，並且十分的急躁，恨不得拿來寶劍劃破這天空，叫天當時就亮，好看看水中到底有沒有小芳的屍體。他並且想：假如是沒有，他就往天涯海角去尋；不幸若是有了，他真不敢想像小芳的屍體是多麼淒涼，那時他的心是如何的悲痛，然而他已決定，必要橫劍刎頸，以報小芳，跟她在那世裏做夫妻去！

小丫鬟真是膽小害怕，緊緊地拉住他的胳臂，求他回廟裏去，他卻搖頭，索性坐在地下了。小丫鬟也就坐在他的旁邊，待了一會，就直打盹兒。劉得飛是越想越心煩，不禁地一聲一聲長歎，可是忽聽得背後似乎有人笑了一聲。

第十三章　乾姊妹古刹訓癡人　情姑娘鋼刀敲寶劍

　　劉得飛聽了這一笑聲，當時非常驚訝，就急忙的將身站起，小丫鬟可也差點沒有躺在地下。劉得飛問說：「是誰？是小芳嗎？是你在笑了嗎？」可是看了看，身前身後全都沒有人，並且笑聲也沒有了。回憶着剛才那一聲笑，還似是女人的笑聲，他就納悶地想：小芳不能夠跟我開玩笑呀？而且也不能跟着就看不見了呀？這莫非是她的鬼魂？這樣一想，不由得毛髮悚然，他又連聲叫着：「小芳！小芳！我娶你了！」可是依然沒有人回答。

　　小丫鬟此時也站起來了，說：「咳！我才倒了霉啦！五太太是沒有影兒啦，你又快成了瘋子啦。你是跟誰說話啦？哎喲你簡直是見了鬼啦，這可怎麼辦呀？明兒我可上哪兒去呀？」小丫鬟也哭了。

　　幸而，天色漸漸地發曉，四周圍看得有些清楚了，柳絲一條條的都顯在眼前。廟西邊的泥窪，就是劉得飛夜間步入的那座池塘，水汪洋的，倒是沒看見躺着什麼死人，更尋不出一點小芳自殺的痕跡。然而，這座池塘可就接連着那橫在廟前的長河，河裏的水，流得雖然不甚急，可是相當的深，他就又到河邊去查看，隨看隨走，往東走出了很遠。太陽已升起來了，卻仍然不見小芳的蹤影，他就站在河邊，不住地發呆。呆了半天，他才回身往羅天寺走去，又在那池塘旁邊細細的尋找。雖然找不着小芳，他可還是不死心。

　　那小丫鬟坐在廟門前的石階上，發着愁，兩隻手托着臉，又不住地打盹。這時東邊可就有騾子車來了，來的一共是三輛，兩輛在前，一輛在後。那後邊的一輛很有點奇怪，還沒到廟前，就停住不走了。前邊的兩輛車卻一直趕到了廟門，才停住。由車上先下來的是兩個僕婦，跟着就下來了兩位太太。那小丫鬟站起來迎着一看，她就大聲地哭了，說：「胡三太太！祁二太太！您來啦？您瞧，我們五太太昨天晚上一個人兒出去的，就，找不着了……」

　　來的這兩位中年的富貴之家的姬妾，她們當然是因為劉得飛昨天晚上送去了那個信息，料定她們的乾妹妹是在這裏有了不幸的事；因為小芳前夜在韓家，被人連小丫鬟全都搶走的事，她們已經知道了，所以現在天色才亮，兩個人就會在一起，誰也沒跟別人說，就急急來了。將出西直門的時候，後邊才又來了那輛車，至於那輛車上坐的是什麼人，她們可也沒有注意。

　　現在看見了這小丫鬟，又聽小丫鬟哭着詳述了一大遍話，她並且指了指那邊，不遠處背着身站立着的，兩腳都是泥的劉得飛。這兩位姨太太都是沉默不語，遂後就由胡三太太吩咐說：「叫他過來吧！」小丫鬟就跑過去拉劉得飛，說：「人家叫你呢！」

　　劉得飛倒不懼怕，只是真覺着慚愧、懊悔，而且見不起人，但是又不得不轉身。他就上前走了幾步，向兩位姨太太深深地打了一躬。這兩位姨太太全都像看新郎似的，那麼不住地向劉得飛頭上、臉上、身上、腳下去看，看得劉得飛的臉上直發熱，不禁低下頭去。然而，待了一會，忽聽胡三太太說：「你可真好！你把小芳從她的家裏搶出來，可又把她氣走了，你可知道你犯的是什麼罪名嗎？」到底是官兒太太的口吻，問的這話非常的嚴厲。

　　劉得飛略抬抬頭，見這位高身的胡三太太，瞪着威嚴可畏的兩隻眼睛，他本來可以用話辯白，可是現在對着女人，他說不出，更不能發急使氣，只是又低下頭去。胡三太太又說：「你知道小芳是我們的乾妹妹嗎？她要是有點什麼好歹，可是得叫你抵命！」

　　那有點胖的祁二太太倒真心軟，直拉胡三太太，說：「這事也不能怨他，總是，咱們那乾妹妹糊塗；弄的這事，事先一點兒也不叫我們知道，她可真行！」

　　胡三太太又向劉得飛說：「你可在這兒不准走！你跑了也能抓的住你，你就在這兒等着發落吧！」

　　這時趕車的已經把廟門叫開了，裏面的和尚恭敬地把這兩位官兒太太讓了進去。小丫鬟可憐似的看了劉得飛一眼，就跟着進去了；兩名僕婦都狠狠地瞪了劉得飛一下，也進廟裏去了；剩下兩個趕車的卻把劉得飛監視住了。

　　劉得飛沉悶不語，微微抬起頭來，但見那邊遠處停着的騾車，車上的一人，也下來了。這人身穿綢子的短衣褲，青緞雙臉鞋，像一位大掌櫃的；然而劉得飛看了，卻不由得更是納悶，他認識此人，正是盧寶娥的叔父盧天雄。

　　盧天雄往近走，面帶着笑，向劉得飛點一點頭，問說：「盧寶娥昨夜跟了你來，她大概也出城來了，你可看見她了嗎？」劉得飛更是驚訝，同時也生氣，就把頭搖一搖，說：「沒有，不知道！」盧天雄倒是不着急，只像是納悶似的說：「她可上哪兒去啦？莫非跑啦？」又看看泥塘，看看那長河的水，自言自語地說：「難道她是投水死了？」

　　劉得飛真想把心中的氣一齊向他發作，因為太可惱了，這簡直是欺負人！小芳已失了蹤，偏偏他家的盧寶娥也失蹤了，也來找我。小芳或許是投水自盡了，他家的那無恥的黑丫頭還能夠也投水？這不是成心來搗亂嗎？但究竟盧天雄是鏢行裏有名的人，在張家口還有過一點交情，所以劉得飛也不願太傷了臉面。

　　盧天雄從容不迫地在河邊看了一看，然後就點手叫劉得飛，說：「老賢侄！你來！我跟你有話說。」兩個趕車的都不禁直着眼睛去看。

　　劉得飛往那邊走了幾步，盧天雄就低聲說：「我來特意告訴你，韓金剛是已經見閻王去啦！現在城裏頭鬧得也夠瞧。雖說你師父已經挺身去打官司，可是人家還在捉你。追魂槍吳寶他們又出了頭，聯上衙門的官人，全要捉你歸案。韓金剛死了不就算完，他還有不少親的故的，北京城的鏢頭也不是全叫你打服了；外省的好漢聽說也都要赴京來會你，現都正在路上。老賢侄，你真沒看見我們寶娥嗎？你快些找着她，你們一同往張家口去，躲在我們大哥那兒，方保無事。」

看見劉得飛已經瞪起眼來，他就又笑了笑，悄聲說：「老賢侄，你年輕的人當然氣傲，可是你得明白，你不能再進城去了。剛才到廟裏去的那兩個官太太，她們也護庇不住你。你還是應當趕緊跑，還放心你的師父。我跟他是老朋友啦，他的官司由我打點。不但不能叫他受一點罪，還得叫他過幾天就出來，沒有一點的事，然後我陪着他到張家口去找你。你要不信，你就看看我的手面，這可不是吹！」

劉得飛的氣倒是有些消散了，心中卻又不禁掠過一陣辛酸。他落着淚說：「盧鏢頭，我們不錯，你要救我的師父，我謝謝你，將來我必定報答；可是你叫我走，跟着你的侄女上張家口，那件事辦不到，她跟我沒緣。」盧天雄仍是笑着，說：「你說這話我就不明白，也不是我有個侄女沒處去嫁，非嫁你不行，你要是這麼想可就錯了！」劉得飛歎息，搖頭說：「我也沒這麼想。」

盧天雄說：「這就好說了！自古言郎才對女貌，我那侄女雖說長得黑一點，可是不寒磣，並且那刀，不在你那口劍之下；夜行功夫，滿行；拳腳刨去你，誰也打她不過；算盤、寫賬全都能；飛鏢更敢說江湖第一，保起鏢來比你強得多。人也精明強幹，更懂得三從四德。在張家口的時候，我怎樣跟你求親你也不答應；其實你不答應也就算了，這事情還能夠強求嗎？不過，恰巧我的侄女偏也看中了你。她來到北京，也不是專為來巴結你，可是看見你受韓金剛、吳寶那些人的欺負，她就有點不服，她就拔刀相助。你想一想，前天夜裏，你被困在韓金剛的家中，若沒有她相助，你縱使能夠獨自脫身，豈還能背出來人家的姨太太？再說那小丫鬟又是誰給救出來的？你不應當裝傻裝糊塗。次日，蘆溝橋上那些人都想劫小芳，想要你的命，然而，您並沒費一刀一槍，全仗着我侄女給你解圍。昨晚在一壺春，要不是寶娥幫助你，大概你也跑不了那麼快！」

劉得飛點頭說：「是！我將來也一定報答她。」

盧天雄冷笑，說：「什麼叫報答？我們的姑娘跟你這樣，屢次三番地救你，幫助你，你又是一個年輕的小子，我們的姑娘還能再給別人嗎？」

劉得飛皺着眉問說：「那麼？你說應當怎麼辦？」

盧天雄說：「怎麼辦？你也不能夠一點主意沒有！現在，誰全知道你跟韓金剛的姨太太弄的是怎麼一回事。那事情我們也不笑話你，只怪你年輕閱歷淺，上了一個水性楊花婦人的當。」劉得飛搖頭說：「不是，你說錯了，是我們有緣，我師父也叫我娶她。」盧天雄說：「彭二哥他不明白，他大概見了你這麼一個好徒弟，不知要說什麼才好啦。再說你也不是他的兒子，你娶了壞媳婦與他有什麼相干？」

劉得飛說：「小芳不壞，可是她也走啦，不知上哪兒去啦！」說着又不住地流眼淚。盧天雄一看他這種情形，不是假的，他是真被那個叫小芳的娘兒們給迷了心，遂就向他詳細地問。劉得飛就把最早先的時候，他送煤，小芳扔給他一個蘋果，以及以後種種，直到昨晚小芳失蹤，全都說了，隨之不住流淚。

盧天雄倒為了難啦，想了半天，才又問說：「那麼要是從此就找不着她啦，可怎麼辦呢？」劉得飛只是流眼淚，不言語。

盧天雄又說：「要是找着她呢？她也沒死呢？」說到這裏，又先解釋着說：「你可弄明白了，我們現在可不知道她是在什麼地方，你別疑惑是我們把她給藏起來啦，我們犯不上用那卑劣的手段。再說她是昨天沒黑天的時候從這廟裏走的，那時我同我侄女才預備要上一壺春，給唐金虎去解圍，並防備你去鬧出事來吃虧，她丟了與我們不相干。我侄女還救過她跟她那小丫鬟呢！可是，我又不是吹，你要是托我給去找，因為我認識的人多，地面熟，手底下又有夥計，信息來得快；即使她跑到天涯海角，我要想尋回來她，包管不費吹灰之力。”接着又補充了一句，說：“她要是尋了死，我只能夠把死屍給你抬回，救活我可沒法子，因為我沒煉過仙丹。”

劉得飛對盧天雄說的這話很是相信，於是就不假思索地說：“只要把小芳找着，我就娶你的侄女為妻。”盧天雄說：“丈夫說話，如白染皂！”劉得飛又猶豫了一下，然後就點頭，說：“我只要知道她是活是死。就是我師父還叫我娶她，我也不娶她啦！因為事情這麼麻煩，大概是沒緣。”

盧天雄又說：“其實要是這麼把我的侄女配了你，也真不光耀。可是沒有法子，誰叫我的侄女跟你已經走到了這一步？好，就這麼辦吧！我回去就叫夥計來，給你找那小芳。”說着話，他點了點頭，也沒顯出怎麼高興的樣子。走了幾步，又站住向四下瞭望，似乎是觀察這一帶的地勢，然後，又大聲向劉得飛說：“你要看見了寶娥，就叫她先回城裏去好了！”說畢，即上了他那輛騾車，往東回去了。

這時，那小丫鬟又從廟裏跑出來，急急地叫劉得飛進去。劉得飛也不知是又有什麼事，雖然他對那兩個官兒太太有點發怯，可是也不能夠不進去，遂就跟着小丫鬟到了裏面。又是在那禪堂裏，他見到了祁二太太和胡三太太。這兩位官兒太太，大概是把小芳跟劉得飛的以往的情義和劉得飛的為人，全又聽小丫鬟說了一番，她們瞭解了這二人之間的一段深情，並感慨作姨太太的命運，而自傷不已；現在也是才都拭乾了眼淚，見了劉得飛，也就不像剛才那樣嚴厲了。

胡三太太就說：“你跟我們那個乾妹妹的事，我們現在也明白啦，總算是她的命苦！你這個人倒是個老實人，可是有點糊塗。現在，最要緊就是把她找着，她也許是還在這一帶；不然就是一個人兒進城去了，什麼尼姑庵，或是她爸爸早先認得的人家，都應當去找找。你趕緊找，我們回到城裏也派人去找。我們知道她的脾氣，很軟弱，還許不至於尋短見。你也放心，只要把她找着，她願意跟你，我們也都喜歡；將來你們辦喜事的時候，我們還都要送禮去呢，我們也是親戚。”劉得飛一聽了這話，更不由得感激得落眼淚。兩位官兒太太，就把那小丫鬟帶走，一同離了廟，回城裏去了。

這裏，劉得飛倒更煩了。因為一方面已經答應了，只要盧天雄找着小芳，自己就娶盧寶娥；一方面小芳這兩個乾姐姐，還要是把她嫁我，我到底是怎麼辦呢？咳！女人真麻煩，兩個女人，更麻煩！男子漢，大英雄，真是千萬也別跟女人接近。我現在只有兩條路：第一是快去找，別叫盧天雄先找着小芳，不是他們給找着的，我說的那話就不能算；第二條路就是如果證明小芳已死，我就拔劍自刎。對了，還得找那口寶劍去。昨夜，他進到廟裏的時候，曾把那口寶劍放在一處牆根，現在他才想起來去找。

寶劍仍在原處，他手提着鋼鋒寶劍，無精打采地又走出了廟門。兩三夜都沒得睡覺，又加以心中無時不在思慮、悲痛、着急，精神真不行了，兩耳嗡嗡發響，腦袋不住地發暈，真恨不得躺在地下就睡一個大覺才好。但是，他不能夠睡，他還得趕緊去找小芳。這時，陽光高升，天又熱起來，沿着長河寂靜無人，只聽見鳥兒叫；長河裏的水，弄得他兩眼昏花，哪裏有小芳的蹤影？再往北去，就是大道，曬得他的頭沉；往來的車馬也不多，熱風刮得塵土滾滾，天地漠漠，哪裏可尋得到伊人的足痕？他歎着氣，又回到河邊，把寶劍扔在地下，倒下身就跟死了一般的睡着了。

這一覺睡得不短，醒來已是下午四點多鐘，他還沒吃午飯呢，真覺着餓。又想：

小芳如果沒尋死，這時也一定餓了，她可在哪裏吃飯呢？咳！她真是可憐！他站起來，把寶劍向地下敲了一下，心中又一陣悲痛，就振起來精神再順着河邊去找小芳。

走了不遠，忽聽見"梆楞梆楞"的一陣砧杵之聲，原是河邊有幾個婦女正在洗衣裳。他本想過去問一問，有人看見了小芳沒有？可是不行，他見這些人裏沒有一個男人，倒有大姑娘，他不能去跟女人說話！他覺得女人真是別扭的，她們並不少，可都像跟男子隔着一堵牆似的；但是，若要把那堵牆一推倒，可又麻煩啦，麻煩一出來還真沒法兒辦。他又往前走，向着斜陽，他想要高聲喊叫："小芳！"因為昨天小芳離開廟的時候，天還沒有太黑，這夕陽也許知道她的去向？

劉得飛手提寶劍，慢慢地向西走去。又走了一會，忽然，他覺着這一帶地方很熟，想起來這西邊有一個小村，名叫"北塢村"。那天，初次來到羅天寺與小芳相會，曾因為去得早了些，等得饑餓了，經人指示，去過那裏；在那裏的一家野茶館，吃過一頓油鹽餅。對了，想起來了，那家野茶館，很乾淨，賣麵賣飯；掌櫃的是個老頭兒，還有個老婆兒，跟一個十六七歲的姑娘。那姑娘長得沒有小芳好看，臉可也不像盧寶娥那麼黑，說話的聲兒很好聽，會烙餅；烙的油鹽餅那麼香，還會烙蔥花餅……對了，想起來了，現在再去一趟，反正我也不多看那姑娘一眼；我也不忍得在這時候，叫別的女人烙餅給我吃，我寧可餓着，我只是得到那裏去打聽打聽小芳的下落，於是他就向前走到了北塢村。

這風景優美的小小村莊，十分的清靜，家家屋頂炊煙縷縷，所以門外倒都沒有什麼人。那家野茶館，門外的涼棚下也沒有客人，會烙餅的姑娘提着一隻木桶，正要往外傾倒髒水。這茶館的窗裏邊黑糊糊的，矮房有幾間，還有後院；有個光脊樑的小孩，拿着一根竹竿趕出兩隻豬來，喝外邊的剛才倒的髒水。

提着空桶的姑娘，看了劉得飛一眼，半跑着就回去了。劉得飛到了涼棚下，想要找那掌櫃的老頭兒，於是注意的向窗裏邊看；就見屋裏一張桌子旁，有一個女客人，正在捧着碗吃麵。他一看，不由得驚訝了，於是趕緊就退回身來；屋裏的女客人卻當時就放下了麵碗，跑了出來，瞪着眼向他尖聲的問說："喂！劉得飛！你也上這兒幹什麼來啦？"

劉得飛不言語，因為這女人正是盧寶娥，他不願意理她；同時心裏可又覺得詫異，因想：她怎麼也到這兒來啦？真倒楣！我沒找着小芳，倒找着了她，於是轉身就走。

盧寶娥卻追上來，喂喂地叫着，並且說："你是特為找小芳來的不是？告訴你，她現在這兒啦！"

劉得飛止步驚問着說："是嗎？"然而回頭去看，見盧寶娥斜瞪着眼睛只是笑，劉得飛就知道她是信口瞎說。她現在穿的是青色瘦袖的衣裳，青色系褲腿的褲子，花鞋上沾着不少的土，頭髮也像沒得工夫梳；腰上系着一條青綢子，插着一把短刀，旁邊還有一個煙袋荷包似的，大概是她的鏢囊。這個打扮兒可真古怪，更不明白她為什麼跑到這兒來吃麵。劉得飛於是就問說："你上這裏來幹什麼？"

盧寶娥笑着說："我也是找小芳來了，因為我知道昨晚上你在那廟門前，跟那小丫鬟叫喊了半夜啦！"

劉得飛忽然明白了，怪不得天還沒亮的時候，我在那廟門前，似乎聽見身後有人笑了一聲，可是卻沒看見人，那一定就是她了！昨夜，我越牆出城之時，她必定是時時在暗中跟着我，這丫頭的本事可也太大了。於是歎了口氣，說："你既都知道，那也很好！你把她找着，我就謝謝你。”

盧寶娥卻哼哼地冷笑着，說：“你謝謝？哼！我幫了你多少次的忙？救了你多少回？你竟是鐵面鐵心。走江湖像你這樣兒也交不着朋友，何況你又是給過我訂禮！”劉得飛瞪着眼說：“什麼？你再說？”盧寶娥繃着臉兒說：“就是那小如意，現在我還帶着呢！你拿不回去，你就永遠不能不認帳，說你沒訂過親。”

劉得飛真氣得要掄起劍來，盧寶娥一拍胸脯，說：“你別拿寶劍來嚇人！我盧寶娥知道你有多大的本事，我不怕你，我只是還不願意用鏢打你就是啦！”

劉得飛卻又歎氣，說：“你不要這樣厲害！你要能夠找着小芳，無論她是死是活，你就替我找一找，我也好放了心；不然，你的叔父叫你回城裏去了，你就快回去吧！”

盧寶娥又冷笑着說：“要找小芳容易，可是活的已經沒有了，只剩下死屍啦！死屍這時候也許……”劉得飛不禁大吃一驚，說：“怎麼？她真是已經死了？”盧寶娥說：“昨晚她要投河沒有投成，被我看見啦，我不但沒去拉她，反倒遠遠地給了她一鏢！”

劉得飛舉起寶劍，厲聲問說：“是真的？”

盧寶娥微微笑說：“可不是真的嗎？我自己還能往我自己身上攬人命官司嗎？所以我今兒很痛快，在這地方玩了半天。玩餓了，我就去吃飯。吃完飯我還想回羅天寺，因為那小丫鬟是我救出來的，我還得把她送回去。”

劉得飛還有點不敢信她的話，又問說：“是麼，小芳的死屍在哪裏了？”

盧寶娥指着說：“在河裏了，你自己去找吧，我沒那麼大的工夫給你去找。你要是不服氣，可以到城裏上衙門告我去，我承着；不然你就到敬武鏢店我叔父盧天雄的家，你劍來我劍擋，刀來刀迎，使鏢還不算女好漢！”

此時，劉得飛的寶劍唰地就向她砍來，她卻立刻就抽短刀相迎，當的一聲，驚人的響亮。劉得飛又將劍對準了她的胸膛，厲聲問說：“你快說真話，小芳是真死了沒有？”

這時候茶館裏的老掌櫃、老婆兒，全都跑出來了，那個會烙餅的姑娘更顯出十分驚惶。盧寶娥卻依然笑着，用手中的短刀當當地敲着劉得飛的寶劍，說：“我們在這兒打架，叫人多笑話？你要有本事，可以跟我來！”說着她也不再吃她那碗麵了，卻轉身往村外就跑。

劉得飛手提寶劍忿忿地追出了村子，只見盧寶娥在前，兩隻腳幾乎不沾地，身子就像被風吹着似的，跑得極快；隨跑還隨回頭，揚起她的短刀，冷笑着。劉得飛一面提防着她的暗器，一面就在後緊追。眼看就要追到羅天寺了，劉得飛見前面跑着的盧寶娥，就像是向他開玩笑似的，還直叫着說：“來！來！你有本事嗎？”

劉得飛反倒止住腳步，心說：我別上了她的當！她說她用鏢打死了小芳，那話也未必靠得住。這丫頭說什麼話都是假的，她也許故意氣我，叫我着急，因為拿她的本事來說，她要是想害死小芳，何必等到昨天？昨天晚上也不能那麼巧，她跟我全是半夜裏出的城，怎麼小芳就單叫她遇見了？她說的話不大對！我本來夠傻的了，論起心眼來，我真鬥不過女人，我別再上她的這個當啦！

此時，前面跑的盧寶娥，已沒有了蹤影。劉得飛也不想再去追她，就暗暗地歎氣，心說：完了！小芳的下落是沒法子再找啦！盧寶娥即使就是殺害小芳的兇犯，我也用不着去找她報仇，總怪我。沒有我，小芳還在韓金剛的家裏，盧寶娥也還在張家口。我不但把她們都害了，還害了我的師父。現在我應當自刎，才算對得起這些人；可是那也無用，我應當現在就進城，到衙門投案，給韓金剛抵命，救我師父出來。對的！還是師父要緊，我豈能叫師父他老人家去替我坐牢？給人抵命？

第十四章　投官衙被指瘋魔漢　允婚事堪憐老實人

　　當下，劉得飛萬念俱灰，倒也不太生氣跟悲痛了。他提着寶劍也不避人，順着長河就走到西直門關廂。因為太餓了，他就先找了個小酒館，喝了幾杯酒，吃的炸醬麵。飽了，天可還沒有黑，他就進了城，雇了一輛車一直往前門去，他就打聽外城御史衙門的所在。

　　外城御史又名五城御史，是專管京師外城的五門，負一切治安的責任。在那時候權柄很大，常往前門外跑的人誰不曉得？所以這個趕車的聽說他要到外城御史衙門去，就把車一直趕到了那衙門前，可是還不知道劉得飛來到這兒，是要幹什麼。

　　劉得飛卻下了車，給過了車錢，手提寶劍就往衙門裏怔走。衙門的監獄裏出來了兩個官人，都大聲地問說：“喂！喂！你是幹什麼的？手裏幹嗎拿着寶劍？”劉得飛卻皺着眉說：“我是來投案的，因為我殺了人。”

　　兩個官人一聽這話，當時就一個上前，把他持劍的這只胳臂揪住，另一個趕緊回到屋裏去拿繩子。劉得飛知道這就要把他捆上了；知道這就可以換出師父，不叫他老人家在監裏受苦了；知道既是自認殺人，當然就得砍頭，砍下頭來倒舒服，省得這樣找不着小芳，又忘不了小芳，所以他一點也沒有抗拒。

　　可是屋裏的官人剛把繩子拿出來，還沒給他上綁，突然由裏邊，又急急地走出來一個黃臉兒的，仿佛是個頭兒樣子的官人。這個人大聲說：“嗨！你們是要幹嗎呀？”

　　兩個官人都說：“他是來自首的，他說他把人殺啦。”

　　頭兒過來，直搖手，說：“哪兒的事吧，你們會不認識他？他就是在前門大街鏢店住的，缺少個心眼兒，又有點痰迷症，瘋瘋顛顛的；平日除了打人，就是挨打，殺人他可沒那膽子。你們就信他的話？好嗎，大人升堂，帶上他去，再來一陣胡說，大人還不得生氣？一個瘋子你們也往衙門裏收？你們還想當差事不當啦？再說也給我這當頭兒的洩氣呀！”說着就過來用手推劉得飛，說：“得啦！您請吧！幹嗎拿我們來開心？你吃了飯沒有？沒吃快回家吃去吧！這麼大啦，原來是個傻瓜帶瘋病，怪不得沒人肯給你說媳婦呀。”

　　劉得飛倒被弄得莫明其妙，趕緊爭辯着說：“我不是來胡鬧，我是來換我的師父。”

這頭兒說：“你師父上西天取經去啦！你也快走吧！你這傻豬八戒！”說着連推帶拉，又掄拳頭打。劉得飛可真不敢向官人還手，就這樣，被這頭兒給推出了衙門，拉出了很遠。

然後這個頭兒看兩旁無人，就對他說：“你是怎麼啦？你就能把你師父換出來嗎？死一個韓金剛，還值得叫你們師徒兩人抵命？你快走吧！你媳婦盧寶娥跟你叔丈人盧天雄，都在敬武鏢店等着你啦！你不去認親，可來到我們這兒胡炒螺絲，真叫我生氣！”又笑了笑，轉身就回去了。

劉得飛手提寶劍又發了半天怔，大失所望，知道遇着了這麼個頭兒，自己想打官司也不成啦！真奇怪，他怎麼會認識我？他為什麼不願意叫我打官司？咳！真難！處處是難！連打官司，求死，想不到也這麼難！

他煩惱已極，無目的地走着，又進了一家酒館。酒上壓酒，喝不下去，他偏要勉強地喝，他願意醉死！可是喝了幾杯之後，醉意是一點也沒有，眼淚卻又不住汪然地流出。他想着剛才的事，太令人莫明其妙：那衙門的頭兒，我並不認識，他就說我是瘋子，是傻瓜，這是怎麼回事兒呀？我真不明白！不明白的事兒太多了。早先我拉駱駝的時候，就沒遇見過這些事。後來，自從我戰敗了追魂槍吳寶，漸漸享了大名，事兒可就多了起來，還多半是使我不明白。例如，小芳為什麼偏要跟我呢？盧寶娥也是，她不會另去找婆婆家嗎？真不明白！大概也許我實在有點兒傻。以後，我可真別再傻了！

打了一個嗝兒，酒力這時才有些向上湧，寶劍在旁邊冷冷地發光。他驀然想起今天盧寶娥說的那話：小芳是被她用鏢打死的！媽的，說不定那是真的？早晨，盧天雄坐着車也找到羅天寺，逼着我說出來：只要他們能把小芳找着，我就跟他的侄女成親。這也可疑，而又令人納悶，說不定小芳失蹤的事，真是他們搗的鬼！剛才，衙門那頭兒也說：“你的媳婦盧寶娥，跟你的叔丈人盧天雄，都在敬武鏢店等着你啦！”這話簡直就是明告訴我，是他們幹的事，拿我當作傻瓜。我要不去找他們，是太便宜他們了，他們還必在暗地裏笑我！一想到這裏，當時他就推開了酒杯，扔了幾個酒錢，手提寶劍就出了酒店。

這時候，原來天已黃昏了，又快到了昨晚他到一壺春去鬥韓金剛的那個時候。街上華燈四起，月色微茫，車往人來，十分熱鬧。天氣更熱，一壺春那酒樓的燈光依舊照到大街，並不因為昨晚死了一個韓金剛，而顯出什麼冷落。可是回身走幾步，再到悅遠鏢店的門前，見雙門已然緊閉，裏邊大概還是沒有人。可見唐金虎那個人跟這個買賣，在昨天全都算是就栽了，完了，他可真不行！劉得飛因此又不由得忿忿，仿佛這鏢店的名聲跟他有關係，他還得給掙回來似的；可是想到自己現在還能顧得什麼呢？不由就長長地歎了一口氣。

劉得飛在這燈光所照不到的地方徘徊着，忽見對面就有一個人走來了，他趕緊將手中的寶劍藏在背後。對面來的原是一個閒逛街的人，這人也好多說話，就說：“你是要找這鏢店的人嗎？這裏邊是倒鎖着門，一個人也沒有了。”

劉得飛搖了搖頭，心說：我得學着機靈一點了！他就問說：“這裏就是敬武鏢店嗎？”對面的人說：“不對！你找錯啦，這是悅遠鏢店。敬武鏢店還得往南，是在鯉魚胡同，你看！”用手一指說：“往南，再往東，是路北的大門。”這樣一來，就把敬武鏢店的地點，詳細地告訴了他。

劉得飛遂就道了一聲：“勞駕！”便往南走去，心裏卻又想：我還是得學着機靈點，別去怔找他們！因為找着他們，他們一定還是不說真話，盧寶娥又得跟我撒潑，我又能將她奈何？不如等到半夜，我再去到他們那鏢店，探出實情。如果，斷定小芳確實是盧寶娥用鏢打死的，那我就必定殺了那黑丫頭；如果根本那是瞎話，就算了，我從此也不再理他們，還是往天涯海角去找小芳。

於是他就在街上閑走，走得街上的人跟車都稀少了，一壺春的酒樓也滅了燈，他又覺着餓了。遠遠地看見有個賣老豆腐的擔子，放在那裏，他卻不敢往前去走，因為恐怕是關帝廟裏的熟人。可是，他又真想再吃一碗老豆腐，不由得直流口涎，便慢慢地走到近前；借着這擔子上掛着的一枝昏黯的小燈，先注意賣老豆腐的這人的面孔，倒是很面生，不是那廟裏的。他就買了一碗，用小調羹一口一口地吃着這極嫩的，帶有點湯的，調着醬油、香油、芝麻醬、豆腐乳汁、韭菜花、蝦醬、辣椒油，五味俱全的老豆腐，心裏不由得又想起早先在廟裏吃老常九的老豆腐。老常九那人有多麼好！死得有多麼慘！他父女二人的一生又是多麼可憐！咳，惡霸韓金剛還是我師父給剪除的，我竟沒替他們父女做一點事，並且還把他的女兒弄丟，我可真是傻，真是無用！這事一定有盧寶娥跟她那叔父搗鬼，好，我豈能就饒了她？

一連吃了三碗老豆腐，差不多又是半飽了，他這才給了錢，就手提寶劍，一直進了那鯉魚胡同。走了不遠，見路北一家大門，招牌早已摘去，門已經閉了；粉牆上墨筆寫的大字，在微茫的月光下，還能看得清晰，劉得飛認得那個鏢字，心裏就說：一定是這裏了。他遂就一聳身上了牆，向下面一看，外面很寬敞，房屋卻都很低小。屋裏沒有燈光，院子裏可是橫躺豎臥地睡滿了人，這大概都是這裏的夥計們。有的還沒有睡，正在仰巴腳的看着星星，說：“喂！你們看，牛郎星跟織女都快到天河邊兒了！”

劉得飛卻又跳下牆來，幸虧還沒有人看見他。他心說：不行，時候還太早！可是這些人都在院裏，誰知道什麼時候他們才能睡着？又見這裏後邊的房屋，倒都較高，也整齊，大概盧天雄的家眷就都住在那裏。他遂向旁走了幾步，先跳到別人家的房上，由那裏，輕如飛鶴似的，就繞過鏢店的前院，而一直到了後院。

這裏房屋顯着確是整齊，前面那院子都是土地，這院裏都滿鋪着平磚，並有磚砌的花池子，裏面種着各種花草，開放得很茂盛。因為天氣很熱，所以院中支着個木頭框兒，繃着帆布的一把躺椅，躺在那裏的是一個身軀相當胖的，大老爺似的人，正是盧天雄，旁邊放着的一張小圓桌上還擺着茶具、水煙袋；另外又有方凳，坐着一個婦人，這多半就是盧天雄的妻子，有僕婦提着開水過來沏茶。

盧天雄倒沒脫光脊背，扇着一柄蒲扇，很着急的樣子，直歎氣，跟他的妻子悄聲說了半天。說的是什麼，藏在房上屋脊後的劉得飛，可是沒有聽清。又待了半天，才聽清盧天雄向屋裏說：“你出屋來涼快涼快好不好？院裏又沒有別人，在屋裏你又不睡覺，只是哭，哭壞了眼睛可沒人管了，咳！這孩子怎麼這麼不聽話？真叫我着急！乾脆，明天你回張家口去吧！或是叫你爸爸來接你。”

他的太太卻是半着急半笑着，也向屋裏說：“乖孩子！你聽我的話，出屋來涼快涼快吧！要不然我讓方媽給你在院子裏支上舖，你在院子裏睡？幹嗎悶熱的天，要在屋裏呢？連哭帶熱，要把身子骨兒毀了，那你以後可就什麼福也享不着啦！好孩子，千萬聽我跟你叔父的話吧！”

盧天雄又似乎氣了，說：“寶娥！你要這樣兒，可就不是我盧家的女兒啦！我們盧家女兒跟男子一樣養活，講的是慷慨豪俠，刀子扎在胸上都不皺眉頭，打趴了跳起來再幹。你也不是沒閱歷過，這算甚麼？劉得飛那傻小子，還能逃得開你跟我的手心？剛才御史衙門裏張頭兒來說的那事，你說劉得飛混蛋成什麼樣子啦！真是又可氣又可笑。我們不用理他，早晚他會自己來，那時得叫他來求我們。反正，他要不來求，他一輩子也見不了韓金剛那小老婆！」

這時候房上的劉得飛就吃了一驚，因為由這句話，可以證明小芳並沒有死，他便要提劍下去，向他們逼問。但是劉得飛才要這樣去辦，才要直起腰來，卻見那個僕婦方媽已經從東屋那掛着竹簾有燈光的屋內，連勸帶攙地把盧寶娥請出來了。

盧寶娥今天多半也是傍晚時候才進的城，現在可一點也不像白天那樣的潑辣和厲害了，她哭哭啼啼的，一邊往院中走一邊還頓腳，說：「誰也別管我！反正我就是出了這個屋子，我也不出這門兒啦！張家口我也不回去啦！本來，我還見得起誰？可是要不是叔父，我也不認識他這個混蛋、傻鬼，自以為不錯的劉得飛，現在倒像是巴結他啦，誰不笑話我？」

盧天雄坐起身來，連氣扇着他的蒲扇，說：「這你也不要埋怨我。當初，我要說提親的時候，誰知道他那個傻忘八蛋竟會認識韓金剛的小老婆？」

盧天雄的太太也說：「早晚我倒得瞧瞧那小老婆，看是怎麼樣的一個狐狸精，拆散了人家的婚姻？」

盧天雄搖頭說：「也不怨人家！那娘們本來就是水性楊花。只是劉得飛，我混了半輩子鏢行，還真沒瞧見過他那樣兒的。今天早晨，我在羅天寺前跟他說話，他還是架子頂大，我心裏的氣是忍了又忍。我料定他會自己去投案，所以我才托了衙門的張頭兒。剛才張頭兒來送信，果然不出我的所料。我還料定他今晚不來，明夜也一定得來，等不到大刀王來到北京，他就得先來求我們！」

此時，在房上的劉得飛一聽了大刀王三個字，又不由覺得有些奇怪，暗自想：大刀王又是什麼人？來到北京是幹什麼？難道是為來找我？

而房下院中的盧寶娥，這時又哭着說：「我想去殺了小芳！留着她還幹嗎？殺了她，劉得飛找我來，我也殺了劉得飛！」

盧天雄又趕緊擺手說：「不必！不必！事情我們還慢慢辦。要是倒退二十年的話，我也沒這涵養，用不着你去殺那娘兒們，我也不能叫欺負我侄女的人活！現在我們可不能那麼辦了，我們叫他劉得飛親自來……」

這時劉得飛聽盧寶娥說是要去殺小芳，他就忍不住心頭冒火；同時卻又慨歎，覺得何必為我這一個人，叫兩個女人爭？於是就在房上站起身來。下面那方媽先看見了，就大聲嚷嚷說：「哎喲！房上有人！」盧天雄卻趕緊攔住，說：「不要嚷嚷！前院那麼些個人都睡覺了！」

他的太太也很驚慌，盧寶娥卻抄起一隻茶碗向房上就打。這只碗正向劉得飛的臉上飛來，可是劉得飛一伸手就接住了。同時，盧寶娥如狸貓似的一聳身就上了房，她正要揚拳來打，可是一看出來是劉得飛，當時拳就打不出去了，只是嘿嘿地笑着說：「是你呀？哼！你來偷聽賊話兒也不要緊。告訴你吧，小芳是活着啦，可是今夜我就去要她的命！我有本事我去殺她，你有本事你就去救她吧！」

劉得飛擺手說：「用不着這樣，她已經夠命苦的啦！我也不是非娶她不可，可是我們得把話說明。」盧寶娥瞪着眼說：「有什麼話你就下去說吧！」說着用力地伸手一推，可是她沒有把劉得飛的身子推動，劉得飛依然直立在屋瓦上。

下面的盧天雄先叫他的太太進屋裏去，然後他就向房上招手說：「得飛！我早料定你今夜要來，我正等着你哩！請下來吧！別鬧得叫前院那些夥計都知道了，那就不好看了，有話請下來講。扳個大說，你是我的老賢侄；再往近點說，我們是江湖朋友，你是我的老兄弟。用不着玩這高來高去的，請下來！我這兒有釅茶，院子也涼快。”

劉得飛卻仿佛還在想什麼，盧寶娥又用手推他，並拿腳兒踢他，說：“你下去跟我叔父說去吧！你怕什麼？你就放心吧！我們這兒沒有埋伏！”劉得飛的身子依然不動。

待了一會，他方才將身向下去跳，盧寶娥也隨之飛下了房。只見劉得飛先把他剛才接到手裏的那茶碗放在桌上，提劍向盧天雄拱拱手。盧天雄說：“請坐吧！在椅子這邊坐吧！這幾天你也很累了，歇一歇，不要客氣。慢說我們還有交情，就是沒交情，素不相識，有人在這時跳下房來拜訪我，我也是竭誠接待。我這侄女，你們也都見過面，更不必拘束了。來！給你扇子你用着，坐下！坐下！”說着他親手給劉得飛倒茶。盧寶娥又着手兒，又羞又氣又喜歡似的，站在他叔父的身旁邊，這時她倒不再哭了。

劉得飛在那方凳上落座，劍卻不離手。他歎了口氣說：“我半夜裏來，自知也很不對，可是有些話我得跟你們說說。”盧天雄說：“請隨便說，有什麼話你自管說；我就是不愛聽，我也絕不惱，因為我們是一家人。”劉得飛又歎氣說：“我鬥不過你們，因為我自己也知道，我是個傻子！”

盧天雄說：“笑話啦！老賢侄，你是如今京城第一有名的大鏢頭！雖然閱歷還不多，可是獨戰天泰鏢店眾鏢頭，馬脖子嶺力敵判官筆，張家口走的那趟鏢，多麼漂亮！你自稱為傻，那是你太謙虛。不過，你確實是一個老實人。乾脆說，你要不老實，我也不這麼敬愛你。因為江湖上，尤其是鏢行裏，你這樣的誠實人真是百裏挑一。像那些個眉毛亂轉、眼珠亂翻，滿肚子狼心狗肺，一嘴的天官賜福的人，我連理他也不理；他若來了，我早就提起我的八寶駝龍槍，把他給叉出去啦！縱使我的功夫已經擱下了，可是我這侄女的武藝、鏢法，也還不含糊。總之，我們敬的是誠實君子，喜的是道義豪傑，愛的是言而有信。少年英雄，就是有點脾氣也不要緊。只是，話是得說，你剛才說的那鬥不過我們，那話可不對；因為我們叔侄，過去不但沒和你鬥，還處處幫你忙，自然我們不叫你答情，可是你說這話，我們卻不能受！”

劉得飛擺手說：“都不用說啦！現在還是第一是我師父的事，第二是小芳的事。”

盧天雄說：“你師父彭二是我的好朋友，他在監獄裏如若吃一點苦，算我盧某人沒能耐，枉在京城幹了二十多年，在公門裏那麼點人情都托不到，那我就連這鏢店都沒臉開了！”

劉得飛又問：“小芳呢？她到底是死是活？你們到底知道她的下落不知道？”

盧寶娥這時在旁邊搭話了，她冷笑着說：“說是活着，可跟死了也差不多；說是我們知道她的下落，可是不告訴你，你也沒法子去找！”

劉得飛氣得又要站起，盧天雄卻把他攔住，並說：“你現在是跟我說話，不要理她，無論如何她是一個姑娘。我們是江湖朋友又是同行，有話你得跟我講。我告訴你，你放心，那個名叫小芳的堂客，確實沒死，不過她可不是我們給藏起來的，也不是故意不告訴你她的下落。不過你得再先說一聲，早晨在羅天寺廟旁你跟我說過，如若找着小芳你就討我這侄女，那還算話不算話？”

劉得飛：“自然算話！”

盧天雄：“這就好！可是你打算什麼時候討我這侄女，什麼時候見小芳？”

劉得飛說：“現在就見！”盧天雄說：“萬一你見了小芳，你把跟我說的那話可又不算啦，那可怎麼辦？”劉得飛忿忿地說：“那還算是什麼英雄？我劉得飛不是那樣的人。其實我現在既已准知道她並沒死，要找她也不算怎麼難！”

盧寶娥在旁又搭話了，說：“劉得飛你可別吹！你要找着也許容易，可是等你找到她的時候，我早已一刀兩段，叫你看見個死的，看不見活的！”劉得飛冷笑着說：“她跟你，又有什麼冤仇呢？”盧寶娥手掐着腰忿忿地說：“不是仇，仇倒一點沒有；就是有氣，氣可真能把我氣死！憑什麼她一個小老婆，就使得你這樣？我……”她又大哭起來，說：“你已經訂下了我，我還救過她，救過你有許多次，你就跟我沒有一點情？”弄得劉得飛只好不言語了。

盧天雄又給勸解說：“我倒有個主意，就是你當天討我們的寶娥，我當天就能夠叫小芳和你見面。”

劉得飛一聽，心裏不由就氣極了，暗想：這明明是盧天雄的手段。他把小芳搶了去，藏起來，逼着叫我討他的侄女。這可是太可恨了！簡直是欺負我。小芳現在不定住在什麼地方，不定多麼可憐了。這麼一想，他恨不得立時就掄起來寶劍把盧天雄殺死，然後跟盧寶娥那丫頭拼。可是又想：不行，現在還真不能不依着他們，要不然他們去殺死小芳，我連知道都不知道，那時小芳才真是可憐呢！現在至多還不過是我們沒緣……想到這裏，不禁心中一痛，幾乎落淚。他就此歎了一聲，說：“行！現在你們就把小芳找出來，讓我們見面吧，我今天就可以討你們的寶娥。”盧寶娥聽了這話，就一轉身子，不知她是害羞還是喜歡。

盧天雄又說：“也不能夠這麼急呀！”說着又命那方媽給倒茶，勸劉得飛喝，又說：“老兄弟！我也可以稱你為侄女婿吧！你可得明白，現在這件事，不是我們硬掐鵝脖，非要你允應親事不可，卻是……得啦，多餘的話也就不必再說了，以後盼我們是兩家親戚，彼此不分；盼你們小夫婦白頭到老。不過要辦喜事，可還得預備預備，房子也得見新，木器還得另置，我侄女不能沒點像樣兒的嫁妝，不然要給人看不起。我的哥哥縱使不能由張家口來，也得等着我嫂子來，因為他們養女一場，何況只這一個女兒，不能夠太馬虎。我們盧氏兄弟在鏢行多年，朋友不少，姑娘出閣，不能跟人手拉着手兒就走，那樣可要讓人笑話，將來連朋友也都不好見了；所以還必需擇定吉辰，置備酒席，大請親友，叫人都知道知道，於你的將來也有好處。”

劉得飛卻長歎，把手中寶劍的劍尖，向地下敲着說：“我師父還在獄裏，我卻在外面娶了媳婦……”

盧天雄顯出不高興的樣子來，說：“你怎麼說這樣的話？師父只是教習武藝的，還能夠管你一輩子的事嗎？再說‘男大當婚，女大當嫁’，你娶媳婦是正事，你師父在獄裏知道了，自然也會喜歡的。”

劉得飛說：“可是，我師父叫我娶的原是小芳，他不知道我又另娶了別人。”言下很發愁的樣子。

盧天雄說：“你這個人太實誠，可又有點夾纏不清。你娶誰不是一樣？你娶媳婦的事情，當師父的還能管得着嗎？我是知道他的脾氣的，他所以一輩子也沒有娶媳婦，就是因為他一生也沒遇着個俠女，他最欽佩的是會武藝的女子。他要是聽說你娶着了，並且是他的老朋友盧天俠的女兒，盧天雄的侄女，他在監裏也一定樂得要飛呢！”

　　劉得飛聽了這話，卻仍是非常抑鬱，低着頭一聲也不言語。盧寶娥在旁轉過身來，又忿忿地說：“得啦！得啦！得啦！叔父您跟他說話是白費唾沫，您說一萬句話，也頂不過他師父的一句話。我非得把他弄得死心塌地的不可，他要是這樣勉勉強強地娶我，我還不幹呢！我就不信，我哪點就不如那給人當過小老婆的小芳？玉面哪吒能叫徒弟娶她，卻不叫徒弟娶我？也許他是誠心往他師父的身上去推，不弄個腳踏實地他不甘心，我還更不痛快呢！喂！劉得飛！乾脆，我們現在就走行不行？你有膽子嗎？”

　　劉得飛問說：“上哪兒去？”盧寶娥說：“我們一塊兒偷偷的去到御史衙門，也不是想去劫牢反獄，只是到監裏去見見你師父，問他願意不願意叫你娶我。”劉得飛站起來說：“好，這就走！”

　　盧天雄趕緊站起身來直擺手，說：“不可！不可！你們去倒不要緊，萬一弄出事來，給張頭兒添麻煩。”劉得飛拍着胸說：“鬧出事來我一人當！我恨不得我這時替我師父去坐牢。”盧天雄又趕緊向他侄女使眼色。可是盧寶娥也一點沒理會，她正在氣頭上，就跑到屋裏換上一雙軟底鞋，又走出來，向着劉得飛高聲說：“走！這就走！你也不用拿寶劍。”劉得飛說：“好！”噹啷一聲扔下了寶劍，向盧天雄說：“我還回來！”那方媽說：“姑爺不再喝碗茶了嗎？”劉得飛也不答話，見盧寶娥已經擰身上房去了，便也隨之躥上了房；一霎時，兩個人全都沒有了蹤影。盧天雄長歎一聲，躺在布椅子上，連蒲扇仿佛都沒力氣再扇了。

　　微月之下，盧寶娥在前面走着，劉得飛在後邊緊緊地跟着，走的都是曲曲折折的黑窄小巷。她對於路徑似乎也是不熟悉，有時候頓住腳，拉劉得飛一下，悄聲問說：“應該再往哪邊走呀？”她模糊的娉婷的身影，離着劉得飛很近，頭上大概還戴着鮮花，陣陣的花香，也送入劉得飛的鼻中。她的身手這樣快捷，膽子這樣大，而心又是這麼熱，劉得飛不由得倒作難了，又感覺着對她不起。

　　因為時已夜深，所以走了半天，也沒遇見一個人。還是劉得飛的記性好，他剛才來過，現在還能認識，就找到了外城御史衙門。但是這座衙門不同別的衙門，大門前掛着明亮的大燈籠，有持着刀、鐵尺、鈎竿子的官人捕役們正在出入，看這樣子是換着班往各處去查街，去捉賊，所以夜晚比白天更顯着森嚴；大概那位外城御史胡老爺，還許到了此時才辦公事呢？

　　盧寶娥又拉了劉得飛一下，二人貼着牆躲避了一下。劉得飛倒是說：“你回去吧！本來你不必來。”盧寶娥說：“因為是你氣得我！”劉得飛說：“或者你就在這兒等着我，我一人去找我師父。”盧寶娥轉着頭仰着臉兒說：“幹嗎呀？不是為當面問你師父我們才來的嗎？我不放心，萬一你師父要答應了，你再騙我說沒有，那可更得把我氣死。”

　　劉得飛只好不再說什麼，心裏只是想看看師父在監裏的情形，問不問那句話，師父究竟叫他娶誰，他倒不管；最好是全都不叫他娶，他兩面都不得罪，全都對得起，那才是他最盼望的，可是他必須得把小芳找着。

　　盧寶娥很心急，不等那衙門的人都進去，她就乘人不備，拉着劉得飛進了旁邊的一條小胡同。這胡同極窄，也不通別處，一邊是極高極高的牆，牆上鋪着很多荊棘，令人一看就知是監獄；也有一個閉得很緊，關得又很嚴的極狹極小的旁門，門上滿釘着鐵葉，這個門一定通着監，為是提解死囚才設的。盧寶娥在這裏推、拉，想了許多法子要開這個門，也沒有開得了，最後忽見她一跺腳，竟自躥到那高牆上去了。

劉得飛也緊跟着躥上去，就覺着牆上的荊棘真扎手，幸虧他們還都是好功夫，不必用手攀牆上去。但，盧寶娥穿的是底薄得跟襪子差不多的小鞋，她如何能受得住呢？劉得飛很是擔心，要扶她一扶，盧寶娥卻推了他一下，說："你不用管我啦！"推的時候，劉得飛覺着她的手臂同自己的手臂一挨，有點發粘，想必是她已經被荊棘的針刺出了血，心中更覺着對她不住。

忽聽盧寶娥又悄聲地說："現在我們可就要下去啦！你記住了，我們只為的是向你師父問那一句話，不是為別的，你可別見了他，又囉哩囉嗦的沒完。這可是公門，我們可別犯法。"說時，她先飄了下去。劉得飛又緊隨着下去，這時即看出來了盧寶娥的本事。她走江湖，一定有經驗，對監裏的情形也都知道，不像是初次到這裏來；必是她早先在張家口，幫助他爸爸開鏢店，她一定進監中救過人，或是探過人。

這外城御史的監獄本來很小，因為犯人都是當日捉了來，臨時羈押，至多三五天，就解到刑部去，所以犯人不多，防範得也不嚴。

盧寶娥來到那鐵窗前，向裏邊輕輕地吹了一聲口哨，吹了一聲，裏邊的犯人沒聽見；吹了第二聲，就有犯人驚醒了，也還聲吹了一吹。這聲音都極細微，不是老江湖的耳朵簡直聽不清，又覺得裏面有微微的腳鐐響聲，就有人來到窗戶的臨近了。

監裏沒有燈，黑糊糊的，連裏邊的人半身的影子都看不清，更不用說模樣，反正不是彭二。只聽這人隔着鐵窗向盧寶娥交談了幾句，劉得飛簡直聽不明白，因為都是江湖黑話，劉得飛沒學過；想不到盧寶娥倒全會，和裏邊那個人一問一答，末了她仿佛急了，就說："去你的吧！誰是你的朋友？我們找的是玉面哪吒彭二，叫他來和我們說幾句話。你管便罷，不管我就進去先宰了你！你雖不認識我，可是你大概也猜得出我是什麼人！"

裏邊的人卻還笑着，說："得啦！我白喜歡啦！可是你們要幫彭二，也應當順勢兒幫我一個忙呀，都是一條緣上的，是合字兒……"

盧寶娥卻催着說："快去！快去！你再磨煩，我可就要掏鏢往裏打你了！"她這時是真凶真狠又真能幹，劉得飛覺着實在是自慚弗如。

第十五章　聆直言心傷多情女　礪寶劍迎鬥大刀王

　　裏邊那犯人一定是個偷雞摸狗的慣犯，久坐監獄，可也時時想溜。如今有人來私探彭二，並且還是一個女的，黑話都會，他就知道這一定是彭二爺的好朋友，來歷不小，彭二馬上就要出去了。他也想乘空兒往外去，所以他也更謹慎，在監裏摸着黑兒，就去通知了彭二，同時他又跟着"擦楞擦楞"走過來。

　　這時，獄旁不遠，窗上糊着白紙，浮着燈光的小屋，那是監裏官人值班住的屋子，正有人在裏邊說話，還唱着："一馬離了西涼界……"巡更的梆子也越敲越近，劉得飛都不住地心慌。忽然盧寶娥又拉他，悄悄地說："你師父來了！你快問他，問完了我們趕快走！"

　　劉得飛手揪住鐵窗的格洞，就聽裏邊換了一種沉重的聲音，問說："是誰？盧姑娘麼……啊！還有得飛，你們幹嗎來啦？"從裏邊看外邊大概看得見，因為天際有微微的月光。盧寶娥又推着他，說："你倒是快問呀！"

　　劉得飛卻真不知說什麼話才好，他是見着了師父就發怯。這時他心裏更悲痛得很，就悽慘地叫了聲："師父！"熱淚滴了下來。裏邊卻說："我不是你的師父，你快滾！"他難過得說不出一句話來。

　　盧寶娥更着急，就向裏邊悄聲說："彭二叔！彭二叔！我是盧天俠的女兒，盧天雄的侄女盧寶娥。"

　　彭二在裏邊回答說："我認得你，你是本事不小，可是你不該帶着得飛來！我是他的師父，我替他來是光明正大的；我要想出這個小房子，易如反掌，我就是不這麼幹。你的意思我謝謝，請你再替我謝謝盧天雄吧！"

　　盧寶娥說："不是，我帶着得飛來找你，只是為叫你說出一句話……"彭二在裏邊問："什麼話？還非得叫我說？"盧寶娥就使勁的揪劉得飛，還拿腳暗暗地踢他，催着他快些說。劉得飛向裏嚅嚅了半天，才又叫一聲："師父！"然後問說："你是叫我娶小芳呢？還是娶盧寶娥？"

　　彭二在裏邊卻堅決地說："娶小芳！小芳要死了，不許你再娶！以後你好好去找個行當做個人，少跟什麼盧天雄、盧寶娥接近，學那些個壞！我把話說完了，你快走！"

　　這時盧寶娥已經氣忿忿地一跺腳就上房走了，劉得飛又揪住鐵窗向裏面沉痛懺悔着說：「我可是已經答應她們了。」裏邊的彭二卻不答話了。只有那個犯人，還悄悄地說：「喂！快想法子！叫我出去呀！喂！交個朋友吧！你要是幫忙救我，我出去能替你偷一隻鵝，好叫你給女家放訂禮。喂！我幫了你們半天忙，你們還是不幫我嗎？喂！怎麼你也走啦？」

這時巡更之聲，梆梆梆梆已敲了四下，四更天了，微微的月影，更向西斜。劉得飛躥上獄房，再過了高牆，褲管都已被荊棘劃碎。他又跳了下來，到了小胡同，就悄悄地走出，扭頭去看，連那衙門口的兩隻大燈都發昏了。他又疾向南走去，進了一條僻巷，只聽得汪汪的犬吠和喔喔的雞鳴，卻已不見盧寶娥的蹤影。

想起剛才師父說的話，真是痛快，可又對盧寶娥似乎有點抱歉。可是，還得上敬武鏢店找她去，我的寶劍還扔在他們那兒，再說他們還得叫我見着小芳，才算是沒事。於是，劉得飛又於殘月曉風，這將要天明尚未天明的時候，重回到敬武鏢店。

他依舊是先躥到房上，直奔後院，一來是不願叫前院那些在院睡覺的鏢頭知道；二來是想着：反正他們這房子，大概平日就跟大門一樣，隨便叫人走來走去。盧寶娥自從張家口來，這些日子，恐怕她就沒規規矩矩由大門走過一回，那丫頭黑話等等都會說；還是我師父有眼力，不叫我娶她，真對。

當下劉得飛又站在那西房上向下一看，見院中還放着那把布椅子，他的那口寶劍也依然在地下扔着，可是一個人也不見了。盧天雄一定是進屋睡了，盧寶娥還不知回來沒回來。

此時劉得飛原想跳下房去，拾起那寶劍，就坐在那椅子上等着；等到天明，盧天雄起來，自己再跟他要小芳。卻不料，由前院咕隆隆跑來了五六個人，這大概都是本鏢店的鏢頭。有人就嚷說：「喂！朋友你下來吧！我們早看見你在房上啦。」又有人說：「是劉姑爺吧！請下來吧！我們掌櫃的等了您半天，您也沒回來，他實在困得支援不住了，才進屋去睡的。姑爺請下來吧！我們這就要升火做飯了，因為今天七點鐘，我們這兒就有一隻鏢，往張家口去走。」

劉得飛站在房上，倒覺着不好意思，他只得下來。這幾個人要請他到前院去坐，並說：「剛才我們掌櫃的才把我們叫醒了的，對我們說，您是我們這兒的姑爺啦，說是您出去辦事兒啦，待會兒准由房上回來；叫我們別再睡，等着您。」

劉得飛從地下拾起寶劍，皺着眉又問說：「你們姑娘回來了沒有？」這幾個人卻都搖頭，有的說是：「不知道。」有的說：「我們這兒的姑娘盧寶娥，她是昨天快黑的時候由外邊回來的，就沒再出去呀？現在大概是在屋裏睡覺還沒醒。劉姑爺，您將來娶了我們這兒的姑娘，您是一準能發財，我們這鏢店也就快興隆了！」

劉得飛說：「把你們掌櫃的請出來，我要跟他說幾句話。」

一個鏢頭就回答說：「我們掌櫃的剛才睡，誰敢又去驚動他？他本來精神不大像早先了，去年就差點得了半身不遂，櫃上的事情他都不願意再操心。我們這幾個，不怕您笑話，武藝又都不濟；遇着熟路敢走，生路兒縱使給很多錢，也是不敢應，因為這才想請您！我們掌櫃的早就跟我們說過，說是有您來幫忙，這鏢店一定能在北幾省數第一！現在成了親戚啦，這就是您的鏢店啦，以後您就也是我們的掌櫃的了。」劉得飛聽了這些話，弄得他既不能急，又不能怒。

這幾個人還都很恭維他，就把他請到前院的櫃房裏。這裏點着燈，旁邊還有人睡覺，可是外面已經有車來了，直敲大門，這裏確實是今天有買賣。負責押鏢的兩個人，劉得飛也看見了，都是精神不濟，武藝大概也都好不了。他們都在收拾隨身的東西，還特別拿着一個大信封，大家爭着看，原來就是盧天雄的家信，叫他們給捎到張家口，交給盧天俠的。他們彼此互相笑着，說：「這是喜信！」說話時又偷眼瞧着劉得飛。

看他們這幾個鏢頭，連夥計都是很高興，劉得飛卻等得着急，就說：「勞你們的駕！到裏院去問問你們的掌櫃，或是姑娘，旁的也全不用說，只叫他們把那小芳的下落告訴我，就完了，要不然我可是沒完！」

他一提出來小芳，不想這裏有一個鏢頭，好像是認識小芳，就驚訝着說：「那是韓金剛的小老婆呀？」另一個鏢頭卻用腿拐了這人一下，並向劉得飛努努嘴，仿佛是知道劉得飛從韓家救走了小芳的事。隨着，這屋裏的幾個鏢頭，就在劉得飛的面前，你一言我一語地亂談起來了，又像是故意說給劉得飛聽。劉得飛就坐在一把椅子上，手拄着寶劍，低着頭，十分煩惱。他也不是故意留心的去聽，但那些人的話，自然就灌入了他的耳裏。

先是一個鏢頭說：「小芳那小娘們我可見過，真漂亮，嫦娥也比不過她，可就是白虎星的命，誰跟她近，她妨誰，妨得老常九那麼老還賣老豆腐，結果就算是叫人活活打死啦；妨得韓金剛，偌大一位御前侍衛，就被人殺死在酒樓。」

又一個鏢頭說：「她妨死人不要緊，她妨得咱們鏢行的朋友都倒楣的倒楣，喪命的喪命，歸根還不都是由她而起？彭二殺了人，他得去償命；韓金剛的家是一敗塗地了，剩下的那些個小老婆，有的沒等到他的棺材抬出去，就卷了包兒跑了。他那妹妹，聽說要嫁追魂槍吳寶。

「本來吳寶的買賣——他開的那家天泰鏢店，已經算是完啦，雙鐧靈官陳鋒、賽黃忠馬宏，跟他特請來的佟老太歲、老羅龍，全都受了傷，大羅岱並且喪了性命，是鏢打的。他雖報了官，可不催着當官的給他捉兇手，因為第一是他心裏也有愧；第二是還想着是個江湖上的仇，在江湖上去報，用不着告府求官，還得挺起腰來掄膀子，招請朋友撈面子。

「韓金剛這一死，他倒闊了，他天天在韓家主辦喪事。他本有老婆，可又訂下了韓金剛的妹妹，不是圖色，卻專為財；誰愛走誰走，誰愛跑誰跑，反正韓金剛的房子、地都到了他的手裏了。他以妹夫老爺的身份，在韓家為所欲為，並對外人拍胸脯說，他要重整天泰鏢店，買賣還要往大了發展；他已經派人往南直隸去請大刀王了。」

對面的一個鏢頭一撇嘴，說：「人家大刀王未必能來！人家跟他沒交情。人家大刀王是北方五省著名的俠客，平日仗義疏財，做的都是好事；人家保鏢，以北至保定為限，連京城這些鏢行中人，人家都不來往，一來是怕傷和氣，二來是人家向來就沒瞧起咱們這樣的鏢頭。所以我說，他一定不來，那都是吳寶吹牛皮！」

另一個待會兒就要動身的鏢頭，卻說：「這是真的！不是吳寶吹，吳寶現在跟外城御史衙門也走得很勤，那裏邊的頭兒們跟他全有交情。他並不是不告府求官，還是暫時不敢得罪咱們掌櫃的，其實他的心毒極啦！他現在天天住在韓家，不大見人，其實若等着大刀王來到北京，連咱們掌櫃的、寶娥姑娘，帶劉得飛劉姑爺，都跑不了。

「因為這時，饒是衙門派來成千的官人，也絕拿不住我們姑娘跟我們這位新姑爺，他還能夠不明白嗎？大刀王來了，可就另說了，他若幫助官人，說拿誰，誰大概就跑不了，插翅也難飛。因為大刀王是什麼樣兒的？我雖沒見過，可是我知道，他比我們寶娥姑娘……我再說一句怔話，大概我們姑爺這樣英雄的人，十個也鬥不了他一個。所以我們掌櫃的現在愁得了不得，這話又不能對別人去說，大刀王又一準能來；他雖是一位俠義英雄，不能為吳寶所用，可是禁不住吳寶去挑唆。

「只要是大刀王一聽說，是為劉得飛搶去了韓金剛老婆，彭二、劉得飛師徒才把韓金剛殺死；我們這裏的姑娘才在蘆溝橋傷了那些有名的鏢頭和像佟老太歲那樣的老師傅；我們掌櫃的又加以袒護，這就行啦，那大刀王就得氣炸了肺，他就得提着大刀來北京。再加上羅家父子，連周大財、薛五他們一些朋友，出了頭一助威，那聲勢可也夠瞧的，反正還有一場熱鬧在後頭呢！我，我真得趕快走這一趟張家口，不但是送喜信，還是去勾救兵；趕快叫我們掌櫃的那位大哥想主意吧！頂好是率領着塞外的英雄，來到這兒幫助兄弟、女兒和姑爺。」

早飯做好了，端上來了，他們匆匆地吃畢。天光大亮，該押鏢的人跟着鏢車走了；不該跟鏢的人，卻還在這裏七拉八扯的閒談。他們讓劉得飛也在一起吃，劉得飛卻只是搖頭，什麼話也不說，只在這裏等着盧天雄或是盧寶娥起來。

他都有點發困了，一直等到九點多鐘，大概又快用午飯了。他叫人到裏院去問了好幾次，都說是盧天雄睡得正香，連他的太太也不敢叫醒他。最末一次是帶出來盧寶娥的話，連這傳話的人都顯出不好意思，說是：「姑爺您先請回去吧！我們那位姑娘又犯了脾氣啦！她不但不見您，也不讓她叔父見您，還……」又笑着說：「還叫我們打走您呢！我勸您還是先回去歇一歇吧，反正已經訂了親啦！到您辦喜事的那一天，花轎一來，咚咚咚地一打鼓，嗩吶哇啦哇啦地一吹，我們姑娘也就樂了，脾氣也就好了。」劉得飛一聽此話，想了想，確實也無可奈何，只好抑鬱地手提寶劍，走出這敬武鏢店。

他無聊之極，心緒紊亂，精神疲憊，頭昏眼花；街上還這麼亂嘈嘈，他卻四顧茫茫，只好暫時到他師父那朋友賽洞賓的命館裏，去歇一歇。他這個神氣——辮子蓬鬆，臉有三天沒洗，衣褲上沾的都是浮土跟泥，就晃晃搖搖的，手持寶劍，進了這光線低暗的神秘的命館。那白髮白髯的假老道賽洞賓，一見他就指着說：「啊！你有喪門星照命，白虎臨頭，眼前有一步奇災大難，外帶還犯桃花煞。快來抽一枝籤，我指你渡過這條迷津吧！」

劉得飛卻一直就進了裏邊的那間小屋，坐在椅子上向着牆壁上一靠，他就好像昏迷了過去。賽洞賓隨進來，悄悄地和他說；原來韓金剛被殺死在酒樓，彭二被捉往官裏，他全都知道。他勸劉得飛說：「頂好你快走，不要管你師父！你師父原是個老打官司的，他把監獄當旅店。你這麼個初出茅廬的小傢伙，真要被抓在監裏，你可受不住。那盧寶娥在蘆溝橋打死打傷的那些人，雖然暫時有她叔父拿錢擋着，可是她早晚也得犯案；真要是進了監，那可就像蘇三起解了，你又不是王公子，也救不了她。我算出你們的祿馬已動，應當都得快走。我給你們每人畫三道護命符，可是一道符是三兩銀子，不給錢我不畫；拿着我的符你們到處都能遇着貴人，方可趨吉避凶，毫無危險。」

劉得飛點頭說：「好，好，等一會，我現在先要歇一歇！」他遂就靠在這裏，閉着雙目歇息。其實他的心中卻仍然跟油煎着似的，是又急又難過，他想着：在這兒歇歇，或者在這兒暫住着也好，我等着大刀王來，叫他看看我是怎樣一個英雄！我非得還在北京幹一件轟轟烈烈的事情不可，我更得救我師父，還得找着小芳才行。

賽洞賓這命舖的生意也不佳，一個人住在這麼一個半屋，也沒個夥計；每逢要出去，就得倒鎖門，可是又怕鎖上門的時候又有人來找他算命。如今劉得飛一來到，他就託付劉得飛來替他看屋子，並說：“要是有人找我算命，你就請人家坐着等一會，可別把主顧放走了。”他走後劉得飛等了半天，他也沒回來，劉得飛實在困乏得坐不住，就把門從裏邊關上，在那裏屋倒頭睡下。

睡了一個大覺，醒來又覺着餓了，賽洞賓不知上哪兒去了，依然沒回來；劉得飛就將門倒鎖上，自己出去買了吃食，再回來開鎖進屋。因此，這裏的一條很短而很粗的鐵鍊和一個形式特別的鐵鎖，還只有一把鑰匙，就拿在劉得飛的手裏。好在這屋裏只是一些算命用的器具，而且都很破舊了，賊要是偷了去也沒有用，因此大概也招不來賊。

賽洞賓雖沒有什麼命可算，他的外務可很多，據他回來跟劉得飛閒談時吐露，原來北京城各衙門、各鏢店，他差不多全都有熟人，劉得飛的事情他也都知道，他並且說：“南直隸最有名的英雄大刀王，大概一兩天可就要來了，來了是專為找你比武，你可要小心一點！還有，別在我這門口兒打，別耽誤了我的生意。”

劉得飛在這兒住着，心裏十分煩惱，他有許多的急事都要辦，而現在頭一件事就是等着大刀王來；來了，先殺砍一陣，痛快痛快，然後再說。

第二天賽洞賓一早就出去了，過午才回來，就問：“沒有人來找我算命嗎？”劉得飛簡直不想理他，他卻摸着長長的白須，笑着說：“你們年輕的小夥兒真不行呀！讓一點事兒，折騰得就連半分豪俠氣概也沒有啦，真不中用。你看我，一清早就出去，連借錢，帶給朋友說合事，還給你打聽來不少的消息。”

劉得飛趕緊十分注意地問說：“什麼消息？”

賽洞賓大笑着說：“現在可還是不能夠告訴你呀！有好些個好事兒啦，現在先悶你一會兒吧！我的小夥子，你先別着急，你快娶媳婦兒啦！”劉得飛有心奔過去打他一拳，可又怕把他打死。賽洞賓哪裏像是個老道？他多半連道士廟還許沒進去過呢，分明是一個江湖人。

不知是為什麼，他竟高興起來了，大唱起西皮二簧：“離了揚州江都縣，回轉綠林樂安然……”正在唱着，忽然外面有車輪子咕嚕咕嚕響聲，他就扒着門向外一看，立時說：“來了生意啦！”趕緊又拿紐子上掛着的一隻牛角梳子，梳了梳他的白鬍子，向破大椅子上正襟危坐，做出老神仙的樣子。

門一開，外面來了個找他占卦的，是一位女客。劉得飛趕緊躲避到那屋裏，只覺得這女客穿的是銀紅的繡花衫子繡花褲，模樣兒怎麼樣，他可一點也沒去看。只聽賽洞賓耍起江湖口來了，把籤筒喳喳地顛動，金錢嘩楞嘩楞地搖，棋子吧吧地摔，又像唱戲道白似的高聲說着：“乾、坎、震、巽、離、坤、兌，你這是‘水火既濟’之課呀！在卦裏邊看你是心緒不安，求謀未遂，卦中還犯着陰人，更犯着口舌，你要問的倒是什麼事呀？”

來占卦的女客人卻輕發嬌聲說：“我問是一個人，他能不能夠來？”

劉得飛一聽，這語聲很熟，他趕緊探着頭，向外望了一望，才看出這來占卦的女客，敢則正是盧寶娥！但，要不是細看，簡直就不能認識她啦。她的臉兒上擦着宮粉，描眉畫鬢，點着紅嘴唇，嬌豔得有若桃花，一點也不像早先那個黑丫頭了。她本來模樣兒長得不難看，這麼一倒飭，倒有七八分賽得過小芳。她穿的是一身銀紅色綢子的衣褲，下面是繡着蝴蝶的紅鞋，更學會了小芳有時露出來的那種羞答答的可憐可愛的嬌態；她連眼皮兒也不抬，簡直跟馬脖嶺那回遇見的，和前天夜裏一同探監去的，那全不是一個人，成了一個安安穩穩的大姑娘，又像是個小媳婦。

她是占卦來了，問的是個"能不能夠來"的人；問了半天，賽洞賓也胡扯了半天，結果她留下了卦禮，眼睛也不向別處去看，就頭也不回地轉身走了。外面的車輪聲又響，越響越遠，劉得飛卻把什麼都想起來了，心裏很亂，站着不住發呆。

賽洞賓把那卦禮的一疊子小製錢，一五一十的在手裏數着，又離了座位，來向劉得飛笑着說："你不認得剛才來的那個小堂客嗎？我聽說你們兩人很熟，怎麼見了面不說話呀？這個小堂客，可真是一把手，你的武藝，我可不是瞧不起你，你比人家差的多，連你師父都佩服人家。她來占的是問一個人，能來不能來，你猜問的是誰？我想一定問的就是大刀王。"劉得飛一聽，臉上不由得一陣變色。

賽洞賓又笑着說："你可別吃醋！我猜的大刀王若是來了，那可是直隸最有名的好漢，雖然輕易也不到北京來，可是名頭早已壓過了北京的所有鏢頭。這一次他是應吳寶之邀，名目上說是要鬥鬥你，其實你還禁得住他一鬥？他是要打服了北京所有的英雄，他好在這兒坐頭把交椅。這件事，街上的人全都曉得啦，沒有一個敢不服氣的，都知道大刀王若是提着大刀來啦，絕沒有人敢擋。天泰鏢店還得數京城頭一家；敬武鏢店不但得壓倒，他們還得找盧天雄算帳！

"街上現在都說盧天雄袒護着彭二師徒，違背江湖道義。大刀王來了，絕饒不了他。因此，我又聽說剛才來的那位小堂客盧寶娥，已經在鐵器舖裏特別定打了十幾隻三棱、加重、鍍銀的，又厲害又好看的飛鏢。等到大刀王來了，她要在北京城裏再顯露一手，她要以雌爭雄，那時候，可就省了老夥計你的事啦！我勸你最好在我這裏忍一忍，給他個別出頭，看盧寶娥跟大刀王拼成什麼樣？假定要大刀王得了勝，我去拉着你向他認罪，順勢磕頭，就拜他為師；反過來要是盧寶娥占了上風呢？那更好哩，我再去求人把她說給你當媳婦兒。"

劉得飛聽了這些話，氣真忍不住，好在大刀王也快來了。盧寶娥如果真是為他來算卦，那可見盧寶娥也是手覺着癢癢，急盼着那個有名的豪俠來到，拼一拼，要爭一口氣。可是，這是我惹出來的事，我能讓她幫忙？我到時還絕對不許她拿着鏢又在中間鬧攪！

劉得飛任憑賽洞賓怎樣話中含着譏諷，他也絕不還言。他沉着臉，緊皺着兩道眉，當日就出去買來一塊很大的磨刀石，就在這命館裏整天磨那一口寶劍；哧哧地濺了一身的鐵銹和泥漿，磨得劍口越來越光亮，用手彈了彈，當當地響。他就決定：先憑此劍折服了大刀王，振起了英名，洗清了侮辱；然後再設法將小芳找着、救出，將她安置於妥善之處；最後自己就要去救師父，如果救不出，或師父不許救，那時就在自己師父的面前，或是他所囚禁的那監門口，用此劍自刎，那就完了。

所以他盼着大刀王來的心更急，他托賽洞賓去給打聽，他並且自己提劍到街上去走。可是，只見人都躲着他，沒有一個人跟他說話，那賽洞賓也沒給他打聽出來大刀王的消息。劉得飛又憂慮着小芳，這兩天她究竟在那裏？生活的怎麼樣？是不是還在那裏哭？是不是已被盧寶娥她們鎖起，或是綁起？大刀王要是再不來，他就想不等着了，還是先去向盧家叔侄逼問小芳的下落，不然就把預備對付大刀王的這份力氣，去跟他們拼；可是最要緊的還是得先洗去污名，叫大刀王看看我是一條好漢，沒有什麼不光明磊落。所以，還是得先向江湖拼鬥，然後才能去找小芳。

到了第三天，賽洞賓又是一清早出去的。約摸八點多鐘，他就從外面急急慌慌地走回來，說："得飛！得飛！你還不快去看看！你師父起解啦！外城御史的門口，有不少你師父的朋友，都在那兒拿着酒，要給你師父餞行啦，你還不快些去！”劉得飛一聽，當時什麼也顧不得啦，立時向外就跑。

他一口氣兒跑到了御史大門，只見這裏的人很多，盧天雄、盧寶娥，還有許多不大相識的人全都在這兒了，拿着酒，並預備着菜。彭二是今天才由這裏提解，送刑部去審訊，已經從那小胡同裏的牢門提出，並且已經被盧天雄這些人給灌過許多的酒了。一輛大敞車已經向北走去，車上有官人押着，車前車後也都有鋼刀出鞘，戒備森嚴的官人。劉得飛這時候已經滿面流淚，往那邊的囚車就奔，盧天雄卻令人將他攔住，劉得飛不禁忿怒地掄拳說：“你們為什麼攔阻我？”

盧天雄趕緊過來，擺着手說：“得飛，你先別哭！你師父今天起解，這是一件喜歡事。解到刑部，那裏的正堂大人明鏡高懸，問明了你師父殺韓金剛是行俠仗義、除暴安良，也許就把他放了；剛才我們預備着酒送他，也是給他賀賀喜。今天來的全是老朋友，他也很痛快，喝的酒不算少，我還特意問了他你跟寶娥的親事，他是一口答應了。”

劉得飛卻搖頭說：“我就不信。”

盧天雄說：“你要是不信，就趕緊追上他，問明白了！親事也不是強求的，要不沖着你師父是我的老朋友，我也不能答應把侄女給你。現在他是不是親口答應了，我也不再提啦，失信由你失信；現在大家都知道，就別多說啦，你就追你師父問問去吧！”

劉得飛撒開腿向着囚車去追，囚車走得很慢，他追了不遠，就追上了。別的官人都舉起刀來驅逐他，那外城御史裏的張頭兒坐在車後邊，卻攔住了眾官人，說：“不要趕他，他是彭二的傻徒弟，叫他們師徒再說幾句話吧！”別的官人一聽說他就是劉得飛，仿佛現在他是更有名了，就都現出一種好奇，又像是拿他打耍的樣子，來看着他。

囚車可仍然遲緩地向前滾動，劉得飛仰着臉，流着淚追着喊着：“師父！”只見他師父戴着手銬腳鐐，鬚髮亂蓬蓬的，好像是個鬼；他也削瘦得多了，並且垂着頭，不但是喝醉了，還像染了重病，他就又大聲地哭叫着：“師父！師父！”

彭二抬起頭來，瞪大了眼，一看是他，便暴怒起來，厲聲問說：“你來幹嗎？”劉得飛哭着說：“我想替師父打官司！”彭二還沒聽明白，張頭兒等幾個官人卻都哈哈大笑起來。

劉得飛追着車又問：“師父！是你老人家叫我娶盧寶娥嗎？”

彭二還沒答言，張頭兒先又笑了，說：“對啦！你師父剛才答應盧天雄啦，給你做了媒啦，你看！你的媳婦不是在那邊了嗎？長得多俏？又黑又俏，好像一朵黑牡丹，你這傢伙幾時修來的呀？”旁的官人也齊聲大笑。

劉得飛依然緊緊追着車，依然哭着問：“師父師父，你倒快說一句話，叫我娶小芳，還是娶盧寶娥？”

彭二卻也哈哈笑了起來，緊接着卻把臉一沉，說：“你也這麼大了，闖過江湖了，這麼一點事情，還非得來問我？剛才我已聽說了，你已經應允盧家了，我彭二不要言而無信的徒弟，你的事你自己去辦理，我管不着，我也顧不了。咱們師徒一場，我也沒對你有過多大的好處，今天咱們是見末一次面，以後你只要別敗壞了我的名聲，就完了！”

劉得飛聽了心都痛，再也走不動；彭二把頭一扭，也不再說話了。囚車咕嚕嚕地走去，劉得飛就呆呆地站在道中心，來了車馬全都不知道躲避，他好像是呆了。

呆了半天，忽見盧寶娥跑過去拉他，說：“你還在這裏站着幹什麼？還不快回去！”劉得飛也不理，依然淚眼望着越去越遠的囚車。盧寶娥又使勁地拉了他一下，說：“師父已經走了，過兩天我們再到刑部看他去吧！現在還不快回去，剛才聽人說，大刀王已經在今天早晨就到了北京了！”

劉得飛聽了這話，當時就回頭瞪眼，問說：“什麼？大刀王來了？”盧寶娥嫣然一笑，說：“我還能夠騙你？他就住在天泰鏢店。”劉得飛說：“好啦！不用他去找我，現在我就去找他，可是不准別人幫助我！”盧寶娥婉轉溫柔地說：“有你這句話，我想幫你也不肯幫啦！可是說不定我得去看看，要不然我不放心。”劉得飛也不說話，回身急忙就走。

那邊盧天雄等一些人，又都把他攔住，盧天雄說：“得飛！你問明白你師父了吧？我家裏這兩天可把一些事全都預備好了，房子都裱糊新了，嫁妝都買齊，在你們那新房裏擺了。今天又是好日子，我待會就吩咐趕做酒席，因為朋友們早就都知道了，喜敬我都收了。大丈夫說話要如白染皂，言而有信，何況已向你的師父問明，這件事可不能再反悔了，就是今天。我願你先去會會大刀王，那也是一位英雄好漢，話應說開了，不必真較量，最好還是跟他交朋友，今天就請他到我那兒去吃喜酒。還有，我說什麼就得辦什麼，今天叫你跟盧寶娥成親，今天也准叫你跟小芳見面！”

這話卻又使劉得飛特別的興奮，但是劉得飛一心要去會大刀王，對盧天雄說的這事沒有工夫細加考慮，就把頭點了點說：“待會再說。”他卻很快就走了，也不知身後有人跟着了沒有。

他一口氣兒就又走回了賽洞賓的那命館，賽洞賓此時正急急慌慌的，見了他，先問說：“見着你師父了沒有？見着盧天雄跟盧姑娘沒有？”劉得飛顧不得答話，就去取了他的那口光芒雪亮的寶劍。賽洞賓又說：“你要是走，你可鎖上門，我現在有要緊的事。”他把鑰匙、鐵鍊，都交在劉得飛的手裏，他卻急忙忙地走了。

劉得飛手裏拿着這些東西，發着怔，出了命館向南就走。走出一截路，他才驀然覺悟，鎖頭、鐵鍊等全都在手裏拿着，那命館的門卻忘了關。他本想回去，卻實在是急於要跟大刀王會面，胸中這把火是再也忍不住，片刻也不能待；好在知道那命館裏也沒有什麼好東西，關門不關門也不要緊，遂就將鎖頭、鑰匙，粗短的鐵鍊，全都揣在懷裏。他又把腰間系的板兒帶子往緊收了收，這是小芳給他繡的那條帶子呀！今天就能夠跟小芳見面了，戰完了大刀王，就可以見着小芳了。但與盧寶娥今天成親的事，那想起來可真令人頭痛，索性現在不必想了，打起來十足的精神，先去會會大刀王是怎樣一條英雄；跟他幹一幹，看看到底是誰高誰低？

於是劉得飛手提寶劍緊緊向南走，不一會到了大街上，又往西，就望見了天泰鏢店；並且看見對門的燒餅舖，原來又開張了，陳麻子站在那門前直向他招手，他點了點頭，就一直闖進了天泰鏢店的大門。

第十六章　踞新房鳳鸞成大錯　埋永恨血淚結全書

　　天泰鏢店關了這許多日，現在好像是又興旺了起來，裏邊的人很多，還有不少匹馬。有個外面飯莊的夥計挑着一對大食盒，還帶着一桶高湯，正往裏去送菜，真像是有遠方的貴客來到的樣子。

　　劉得飛手提寶劍一進來，就被人看見了，立時火急地進正房去報告；同時，有些個人就脫衣裳、緊腰帶，紛紛地去抄刀拿棍，那追魂槍吳寶也自正房中走了出來。吳寶自承受了韓金剛的家產，比早先也闊了，穿的是一身寶藍綢子，也學了點韓金剛那官派頭，一拱手說：「得飛你來了？我正要請你呢！這兒來了一位朋友，你請進屋來見見面。」劉得飛卻搖頭說：「我不進去，你把大刀王叫出來吧，我會會他。」

　　這時，大刀王原已在屋裏，隔着窗上玻璃向外看清了，一聽此話，當時就昂然地走出。劉得飛一看，這人年紀也不過二十來歲，身材雄偉，神情嚴肅，一張方臉，眉目端正，顯出一種俠氣英風；穿的是一身青布的褲褂，腰系板帶，敞露出一些健壯的胸膛。他出了屋，就丁字步站立，把劉得飛打量了一番說：「我說誰是劉得飛？原來就是你。」

　　劉得飛雙手捧劍說：「你就是大刀王？好！你拿刀去吧，我們就在這裏較量較量。」

　　大刀王卻冷冷一笑，說：「我王某不常到北京，到北京也不與人來往。因為我家住在南直隸，那一帶就夠我闖的，用不着與北京的朋友交好，或是惹氣。北京的朋友多番請，我都不來，因為知道這裏的朋友也都懂義氣、講面子，天子腳下，還能容得住橫行霸道的人？近來我聽說有個劉得飛，武藝如何我倒還沒看見，你的行為可真給江湖人洩氣；你殺了韓金剛，就為的霸佔他的小老婆小芳！」

　　劉得飛忿然掄劍說：「你胡說！」大刀王又說：「昨天我在路上又聽人談說你，說你已經答應了娶盧天雄的姪女，卻又翻了臉不認帳。」劉得飛氣哼哼地說：「你更不明白！」大刀王卻把臉往下一沉，說：「什麼我不明白？我王某就是要管教天下不仁不義、不忠不信的無良心的匹夫！你為搶人老婆殺死韓金剛，是不仁；搶走了小芳藏起來，是不義；給唐金虎惹下了禍，你跑了，是不忠！」劉得飛忿忿地說：「你全都沒弄明白，你上了吳寶的當！」

　　大刀王卻又冷笑，說：「別的我都沒有眼見，但今天一早我來到城裏的時候，就先去拜訪了盧天雄，因為我們二人早先本來就認識。他卻親口對我說你答應了娶他家的寶娥，忽又反悔，這就是不信，這你還有什麼話可說？你是既不仁又不義，既不忠又不信，你還竟敢腆臉在這京城稱雄？我的大刀正是為教訓你這一類的匹夫！」

這話真把劉得飛給氣昏了，旁邊的一些人又都起哄似的喊着：「哈哈！不仁不義！哈哈！不忠不信！哦！哦！沒良心的匹夫！」劉得飛氣得不住地渾身亂抖，臉已經像茄子那麼發紫，額上的青筋也凸起來很高。他唰地將劍一掄，一個箭步撲向了大刀王，大刀王卻向旁一跳，閃開了。

早有人由屋裏捧出來他的那口大刀。他這口刀，在形象上看，也與別的單刀並無區別，刀柄上連刀衣也不掛，然而尺寸是特別的長，分量格外的重。他一手將刀抄到巨掌之中，微微一笑，說：「按理說，咱們無冤無仇，應當較量較量拳腳也就算了，可是你既是拿着傢伙來的，我也得奉陪。刀槍無眼，說不定今天咱們兩人之中，就許有一個送了性命，可是先說好了，到時別後悔：你殺了我，算我的武藝不高；我殺了你⋯⋯」他冷笑着又說：「那是你這喪義背信的人惡貫滿盈！」

劉得飛又猛躍向前，掄劍就劈。大刀王故意地橫刀向上一磕，只聽嗡唥一聲巨大的響聲，驚得旁人全都失色。大刀王力大刀沉，卻不料劉得飛毫不在意，展劍又向大刀王橫砍。大刀王以刀攔開，斜身轉步，形似飛鷹，嗖地跳開，同時大刀唰地削來。劉得飛向旁一避，伏地等待，及至大刀王的刀又劈來，他卻閃身拗步而騰起，寶劍環繞一匝，橫擊大刀王的頸項；左手助勢左展，正似疾風撥雲。大刀王臥身揚刀，掠開了寶劍，同時換步轉身，旋刀再砍，刀光閃閃，挾風飛霜。劉得飛冷劍森森，如鶴展翅，連環三退步，直到大刀王趕至，縱蹤旋一轉，連撩帶砍，勢若追風。大刀王的大刀，也是絲毫不弱，揮動如飛。兩個人越殺越緊，越拼越近，刀劍連聲的當當當交磕，竟似一面在白刃交拼，一面要伸手相搏。大刀王固是奮勇，而劉得飛尤為猛悍；大刀王如一只猛虎，他簡直像一隻雄獅。

這時旁邊那些人全都躲避得很遠，可是嘴裏還齊聲地嚷嚷着：「哦！哦！劉得飛！不忠不信！哦！不仁不義的劉得飛！」劉得飛一面劍敵大刀王，一面還時時向旁去看這些人，他氣得眼珠都要努出來了，心想：今天先殺了大刀王，然後把這些嚷嚷的人殺他個一個也不剩，氣死了我劉得飛啦！劉得飛越殺越猛，劍飛身躍，不顧一切地向前緊逼；大刀王身旋步轉，靈敏而又狠毒，絕不後退。

在這時候，二虎相搏，必有死傷，但忽聽得當當兩聲響，也不知自何處飛來了光芒耀眼的銀鏢兩隻，打得十分準確：一隻正中劉得飛手中寶劍的劍口，一隻卻打中大刀王的刀身。劉得飛知道是盧寶娥來了，他連看也不看，伏地追風，劍鋒向下，仍取大刀王；大刀王卻向旁一躍，凝目去看了盧寶娥一下。這時盧寶娥就如掠波的燕子一般，斜飛到二人的當中，一手執刀仰拒，一手捏着鏢低藏，跺着腳皺着眉，高聲說：「別打啦！別打啦！」

這時又有盧天雄也來了，吳寶便出了頭，向大刀王擺了擺手。大刀王走向一旁，目光仍注視着劉得飛，點了點頭，仿佛表示欽佩的意思。劉得飛卻仍然挺劍向前去躍，卻被盧寶娥拖住了。盧天雄又連連擺手，旁邊的人這才不喊了。盧寶娥就說：「這是幹什麼呀？比一比也就完了，值得拼命嗎？」又一拉劉得飛，嬌嗔着說：「走吧。」

劉得飛卻向她發着怒，搖頭說：「我不走！」他還要幹，因為大刀王跟吳寶，連那些人還都在笑他，他的煞氣沖頂，羞憤填胸，無法抑制。但是盧天雄向那邊拱拱手，似乎是請原諒之意，又過來向劉得飛說：“小芳已經進了城，現在我那裏，急等着要看你。”劉得飛聽了，這才仿佛是勇氣全消，而心頭發愁的婚事又掠起來了。盧寶娥也推他，含着羞似的嬌聲兒說：“快點回去吧！”

得飛轉身走了兩步，又站住身，回頭去瞪大刀王。只見大刀王在那邊的臺階上站着，倒像是沒有什麼氣，吳寶也在那邊笑哈哈的，仿佛他們跟盧天雄都很有交情。劉得飛又覺着很奇怪，同時看見院當中扔着那只鎖頭跟鎖鏈，這一定是剛才拼鬥的時候從懷裏掉出來了。這是賽洞賓的，別給他弄丟了！於是劉得飛跑過去，從地下都拾起來。他這麼一來，招的大家更笑，還有幾個人小聲地向他說：“不忠！不信……”可是都站的離他很遠。他要揮劍過去，卻又被盧寶娥連推帶拉，盧天雄並且跟他後邊一本正經的說：“小芳在那邊等着你哩！真的，等着你哩！”他這才又出了天泰鏢店的門。只見門外已經預備好了兩輛車，盧寶娥一個人坐上一輛，先走了去，盧天雄就讓劉得飛與他同坐在一輛車上，就往敬武鏢店。

進了鯉魚胡同，一看那鏢店的門首站着許多人，都是看熱鬧的，見了盧天雄，都作揖道喜，更把眼光全都盯在劉得飛的身上。劉得飛依然是生着氣的樣子，寶劍跟鎖頭鐵鍊還在手中拿着。

進了門一看，那裏院正在支搭喜棚，有幾個棚匠正在那兒綁杉木杆子、鋪席，爬得很高的，劉得飛就不住發怔。盧天雄笑着說：“你也不必再這麼氣哼哼的了！大刀王原是我的好朋友，這次我托了挺大的人情，費了好些力，才把他請到北京；並不是為叫他一定與你較量高低，不過是要制制你的傲氣。人生在世，尤其咱們保鏢的，更應當以信立身——說的話不能不算。賽洞賓那老傢伙也很幫咱們的忙，有好些主意都是他替我出的。待一會，他跟唐金虎，還有許多朋友都得給你來賀喜。吳寶是你的舊仇人，現在也都一筆勾銷，因為他現在夠了，財發啦，女人也有啦，鏢行中的氣，他犯不上再爭啦。現在，不但是你的大喜的事，還算你從今天才走入正道。怎麼樣了，寶劍還不能放下嗎？那鎖頭是誰的？你別淨發呆呀？”

劉得飛這時候實在是發呆。他才知道，這許多日子，原來都是在盧天雄的圈套之中；盧天雄不過是為跟我結了親，好叫我幫助他的買賣發財！媽的，今天的寶劍絕不放下，惹惱了我，我就不管他什麼喜棚，先殺他幾個人！所以他不肯放下寶劍。

盧天雄也不敢太勉強了，只笑着說：“那麼你到裏邊去看一看吧，看看新房子預備得怎麼樣？那還都是我們寶娥給你預備的啦，她為你，可真是不容易。我也不用跟你細說，以後你們小夫婦倆的日子長了，自會慢慢地都說明白的。現在，你也算是走了一步好運，一個年輕的男子漢，能有這樣的榮耀，也就夠了！總因你學藝到家，本領出眾，走了一趟張家口，名頭就起來啦，許多的英雄豪傑盡都敗於你手下。大刀王江湖無敵，可是剛才那一場大戰，他也不能不欽佩你。真的，我看你就好比百戰歸來的一位名將。當然啦，寶劍你還捨不得扔，那麼你到裏邊來，我叫你的新娘子，親手自你的手中接過去寶劍，這個面子還算小嗎？這于你們夫妻，情意上也能增加好多。”說着，拉着得飛往裏院就走。

得飛這時候更發呆，心裏好像很亂，沒有了准主意。他跟着盧天雄到了裏院東邊的一小間房，一看，這屋裏四壁和頂棚，都用銀花紙裱糊得嶄新，“喜”字的紅紙，全是新粘上的，旁邊放着喜幛還沒有掛。一張床上放着錦被、鴛鴦枕，四方桌上還有一對銀燈。另一張長桌是鏡奩等等，紅漆盒裏還預備着點心——這是為他們半夜裏若是餓了吃的，屋裏可還沒有人。

　　盧天雄就問說：「你看怎麼樣？房子只是窄一點。這不要緊，慢慢我的買賣好了，還得上別處租大房子。那時，至少得給你們小夫妻分出來三間。還得為你們專雇一個老婆子，或是買個丫鬟，那麼一來，你們就真成了一個家了，哈哈……」又指着說：「你看，這屋門也十分嚴緊，掛上鎖鏈一鎖，誰也開不開。你還別擔心，今兒晚上沒有人鬧你們的喜房，等完了事，我把那些毛頭小子，全都趕出去！」又說：「來，到這屋裏來看看寶娥吧！」

　　劉得飛跟着盧天雄走，卻又見吹鼓手也來了，這就要嗚啦嗚啦地吹奏。靠西牆角臨時搭的灶，大司務正在那兒擦炒勺。盧天雄說：「今天辦事，看來似乎有點急躁，其實我是籌畫已久；就為的是你跟大刀王見了面，打了平手之後，名頭更起。那麼就當日成親，一來叫他們順便來賀喜，二來為給鏢行留一佳話；將來到你們老了的時候，還能聽說有人談到今天的事，我跟着也就揚起名來了。今天也不用花轎，只是天地桌兒等照例預備。我哥哥現在出去了，反正到時候你得給他磕三個頭，以後得稱他為泰山。我倒不叫你稱呼我什麼，咱們雖是親戚了，以後當江湖朋友結交，我也樂意。」說着領着劉得飛到了北屋裏。

　　這屋裏已經來了幾位親友女眷，正幫着盧寶娥重新梳頭，梳的是新娘應梳的盤龍髻，並且把那豔麗的絹花也插上了兩枝，臉上敷的脂粉更多而嬌豔。盧寶娥穿的是大紅襖兒大紅褲，裙子還沒穿，繡鞋剛要換；見了劉得飛，她立時低下了頭，默默無語。

　　盧天雄說：「寶娥，這是你的女婿。你們兩人早先可也不是沒見過，你們的姻緣，是鏢劍姻緣，過去也都不容易。咱們盧家是規矩人家，雖沒讀過聖人的書，可也有一種江湖道義；你是咱家養的出色女兒，我給你找的這又是有名的少年英雄，今天是喜事，是你們二人的終身大事，不必害羞，也不必難過。過來，先由你親手把你女婿的寶劍接過去，再把你女婿腰系的這板兒帶子解下來，叫他今天暫且洗去江湖的兇悍，做一個知情知義的新郎！」

　　劉得飛倒覺着不好意思，然而盧寶娥真嫋嫋娜娜地走過來了。她低着頭含着羞，溫存地從劉得飛的腰間，解下來那條繡花的，都已經髒了破了，而且也不硬了的帶子。這條帶子簡直跟一條破布條差不多了，可是劉得飛還有點捨不得叫她解，不過真不好意思拒絕，這種情意真感人。但當盧寶娥伸出她那慣會打鏢，又慣會使刀的一雙手——手心上還擦着嫣紅的胭脂，要來接他的劍時，劉得飛卻又向後退步；他不但寶劍不肯放下，連左手拿着的鎖頭跟鐵鍊也不肯交給別人。他扭身就出了屋，盧寶娥咬着下唇，就現出來不大樂意。

　　盧天雄也跟出屋來，沉着臉問劉得飛說：「這又是為什麼？難道你要拿着劍跟我侄女入洞房？那可不成！」

　　劉得飛卻搖頭說：「劍我自然會放下，不過話還得先言明，當初我說的是要結親，先是叫我見小芳！見着了小芳，我就扔下寶劍當新郎，因為，誰叫我當初答應了？若見不着，我的那話可也不能算了，我也不在這兒了，我還得上別處去，我還得憑我的寶劍去再會一會那大刀王！」

　　盧天雄真生氣了，說：「我真沒有見過你這樣的人！好，我告訴你吧，我要不把那小芳接來，豈能令你來？我不背約，才能叫你不失信；你要見她，容易，她就在這兒了，你來！」當時就忿忿地帶着劉得飛又向外院走去。

　　劉得飛倒不禁吃驚，真想不到小芳是已經來了！他心裏着急，就腳步咚咚，一手提劍，一手拿着鐵鍊跟鎖頭，跟着走去。他只是後悔，小芳親手繡的那條板兒帶子，已經叫另一個女人由自己的身上給解了去啦，這好像是很對不住她。

　　當下他跟着盧天雄就到了這鏢店的外院，南房的一間低矮的小屋裏。盧天雄倒是沒進去，然而劉得飛走進來一看，把他嚇了一大跳：只見這屋裏一條板凳上，正低着頭擦眼淚的卻是一個穿白戴孝的年輕婦人。劉得飛瞪大了眼，細看這少婦的模樣兒，啊呀！原來正是小芳！他的心裏立時痛得發緊。這時就聽盧天雄在屋外說：“江湖人不但講忠信，可還明禮義。你可別忘了，這小芳是韓金剛的小老婆，韓金剛死了，她是寡婦。”

　　但，這時屋中寡婦打扮的小芳，早就哭着站起身來，緊走了兩步，就將頭投在劉得飛的懷裏了。劉得飛不住落淚，小芳抽泣着，痛苦地說：“好啦，我們又見着面兒啦！我跟你說明白了吧，我死了也甘心。那天，因為……你不娶我，我就想尋死。天將要黑的時候，我走出了廟，想要投河。可是我的膽子又真小，我就順着河邊哭着走，幾次咬着牙想投河，可是又不敢投，我就坐在河邊哭；哭了有多半夜，傍天亮的時候，就看見盧寶娥了。她說她正在找我，她又說你因為殺了韓金剛，打了官司了，被縣衙門捉去了；我就更着急，那時候我也不想死啦。盧寶娥就說，韓金剛死了，衙門還要捉我。她就帶着我去找地方，就找到北塢村一個帶賣餅賣麵的小茶館，那兒有個老頭兒、老婆兒，還有一個姑娘……”

　　劉得飛搖着頭，說：“你不用細說了，那我都知道，你只說他們把你送到那裏怎麼樣？”

　　小芳又哭着說：“她叫我在那兒不許出來！還有這鏢店掌櫃的盧天雄也去了一趟，拿話嚇唬我：說只要是我一出那小茶館的後院，不是叫衙門捉去，就是得叫韓金剛的朋友殺了。這兩天他們天天有人要去一趟，總是拿話嚇唬我。”

　　劉得飛聽到這裏，不由得怒氣上升。小芳又哭說：“其實我死不死不要緊，我只是掛念着你，我怕衙門判你給韓金剛抵命。我就求那茶館的老頭兒給我寫信，托我那兩位乾姐姐想法子，好救你；一共寫了兩封，都交給了盧寶娥，托她給帶到城裏，去交胡三太太。後來她告訴我，全都交給了，可是沒有回信，我真急得要死。今天一清早，天剛亮，盧寶娥騎着馬就來了，跟着一輛車，還帶着許多人，又交給我這一身孝袍子，叫我非穿上不可；說是因為我是韓金剛的小女人，韓金剛既是死啦，我就得穿孝。我不穿，盧寶娥又拿刀逼着我，對我說，她把你從監裏救出來了，今天你就要跟她成親，叫我去一趟。我說我穿着孝，怎麼能夠進你們的喜棚？她卻說：‘因為不叫你進喜棚，才叫你穿孝；你是韓金剛的人，不是劉得飛的什麼人，你今天進城見了劉得飛就得把話說明白了，要不然就殺了你！’我當時聽了，也只好一咬牙，反正只要叫我跟你再見一個面就行，見了面我也想什麼話都不說。盧寶娥騎着馬是先走的，我叫那幾個人逼着，坐在車裏，車簾子都擋得很嚴，我就來啦。”

　　劉得飛氣得掄劍狠狠地砍着地，說：“原來是這麼一回事呀！盧寶娥真毒，盧天雄也太無恥！”

　　這時突然門一開，盧天雄在門外說：“得飛，你可別聽這娘兒們的一面之詞！我們救了她，把她安置在北塢村的小茶館，那倒是真的，可是我們沒逼過她；她的這身孝，也是她自願穿的。”小芳捶着胸，渾身抽搐着痛哭說：“憑良心吧！”

　　新娘子打扮的盧寶娥也出了頭，先假作不知似的，問說：“怎麼回事？”又和婉地說：「算了吧！我的小芳姐，你願意到了這時候還破壞我們的婚姻嗎？你做一件好事吧！」

盧天雄卻在院中喝道：「眾弟兄，給我把鏢店的門堵住！親友們來賀喜請他們等一等，無論是誰，也不許他出門！」

劉得飛一手持着寶劍，一手拿着鎖頭鐵鍊，並拉着小芳，忿然地出屋就想走。然而，門外鏢頭夥計足有二三十名，全都手持刀槍棍棒，密密層層地擋住。盧寶娥急得直跺紅繡鞋，說：「這是為什麼呀？得飛！得飛！我就是對小芳姐有點什麼不好吧，可是，我也是為你，再說我也並沒把她怎樣。今天叫你見着她啦，這還不算行了嗎？小芳！你也真是狠心！給我攬了這一場喜事，你就照我囑咐過你的那些話，快說一遍吧！」

小芳卻搖着頭說：「我偏不能說！劉得飛是我的，我們在五年以前就相好。」

裏院的盧天雄的妻子和幾個女眷，連火房司務跟吹鼓手，帶那幾個搭棚的人，全都跑到這前院來看。盧天雄卻抄起了一杆大槍晃動着，喊着說：「都閃開！都閃開！我們可要拼命了！劉得飛！親事的話，現在也不必提啦，我問你是否還有信義？你是不是應得見了這個娘兒們，你就娶我的侄女？現在我已叫你見着這娘兒們了，你為什麼竟聽了她的饞言，突又變卦？這是否還叫有信義？我們將她救活了命，安置在北塢村，並沒將她害死，用車還接來見你；並且我對你種種關懷，種種款待，為的就是提拔你，誰想你竟翻臉無情？像你這樣的人，彭二也不能認你做徒弟！」

劉得飛掄劍怒斥說：「胡說！我師父原是叫我娶小芳的！都是你一人耍我，要叫你那無恥的侄女給我！」

盧寶娥沉着臉在旁尖聲地說：「今兒你不跟我拜天地都行，就是不准你罵我！」

小芳這時越發大哭起來，說：「我把我的委屈都說出來，也就完啦，得飛你撒開手讓我走吧！你們還是辦喜事吧！我可真惹不起這一群厲害人。」

劉得飛這時腦上的青筋繃起，滿面煞氣，搖頭說：「不行，我可不能叫你跟我離開！我師父叫我娶你，沒叫我娶盧寶娥，我不能跟你失信、不義；我跟他們可就不管那一套，因為他們全都是口是心非！」

盧天雄抖槍，哧的一聲向他刺來，劉得飛將寶劍吧地向槍桿上一磕，旁邊的小芳驚得哎呀一聲尖叫。盧寶娥躍過來，將身擋在當中，擺着兩隻染着胭脂的手掌，連說：「別這樣！別這樣！」

劉得飛一手持劍，一手拉着小芳，就走進了裏院。他原想拖着小芳躥上房去，可是因為現在是白晝，沒有法子走；他想要殺開一條血路沖將出去，但盧天雄和手下的眾夥計、群鏢頭，又都齊晃動着刀槍逼上來，劉得飛是顧得了自己顧不了小芳。這時他想起了一個主意，就將小芳拉進了裏屋——那新房裏。他站在門首掄起寶劍，咯咯、當當，殺退了盧天雄等人。他隨之也進了那新房，急急向門上穿上了鐵鍊，哧的一聲，把這屋門就從裏邊鎖上了。

這倒真好，他把他自己跟小芳，全都鎖在新房裏了。盧寶娥氣得在外邊怒罵：「不要臉！不要臉！占我的屋子！」由她叔父手中奪過來大槍，哧哧向窗裏就扎，窗紙都扎破了，只是扎不着人。劉得飛在裏邊也不理，拉着小芳到了盡裏邊，叫小芳在那新床一坐，他喘喘氣，也坐在床頭。

但是待了不大的時間，忽見飛鏢自外打入。劉得飛的手快，趕緊把鏢接住，又趕緊把長桌拉開，桌上的鏡匣等等的東西可都嘩喇一聲，都摔在地下了。劉得飛把長桌豎起，放在方桌上，就像個屏風似的擋住了床，他跟小芳安然坐在床上。外面雖又吧吧連打來了兩鏢，可全都釘在那桌面子上了，而打不着他們，嚇得小芳就投在他的懷裏。劉得飛說：「不要怕！咱們就在這兒住下了，看他們能夠把咱們奈何？」

此時盧寶娥在外邊氣得都哭了，她又用力去撬那門，砍那門，可也沒有給弄開。她大罵着：「劉得飛！你算是什麼英雄？小芳！你真沒臉！沒臉！」她罵着，用鏢向窗裏又吧吧地來打。

盧天雄又說：「不用着急，這倒也好，反正他們都別想逃。得飛！現在你可要細想想啊！你這樣辦，不但太傻，沒有用，反倒丟了你師父的面子，你也就一輩子都完了。好！我也不再說什麼啦！你就在屋裏細想想好啦！你要吃什麼我這兒也有，你索性就在那屋子裏養老，我也很樂；可是你別出來，出來我們就得講講理，你還是得跟我侄女拜花堂……」

他又呵斥着說：「寶娥，你回屋子裏去！不要鬧，也不要生氣，反正又丟人又不講理的是他，不是我們；再說這事情也不是沒辦法，耗着他，難道他們還真能在這屋裏等到生兒子嗎？」

接着大概是又向他們的夥計說：「你們也就不用看了，這有什麼可看的呀？頂是我的哥哥盧天俠，他已從張家口來了，可是今天一清早就出去，現在還不回來。難道他是未卜先知？知道今天必有麻煩？他真會躲心靜就是啦！賽洞賓，你的課算得不靈，你偏說劉得飛跟我侄女有姻緣，我要不是信了你的話，我還不能這麼放心地大辦呢！如今你看看這叫什麼緣？簡直是麻煩緣！」

原來賽洞賓也在這裏了，他也隔着窗戶向劉得飛勸了半天，可是劉得飛連一聲也不應，就好像是一點也沒聽見。許多的人又大聲喊：「不信不義！劉得飛丟人……」喊了多半天，想把劉得飛激出屋來。可是大概是有小芳勸阻着劉得飛，劉得飛此時竟能夠忍耐，無論外邊怎樣喊嚷怎樣刺激，他只是給一個不出來。大刀王也來了，拿江湖話連激帶勸，也說了半天，仍然無用。後來，聲音漸漸寂然，盧天雄把眾來賓讓到前院去了，盧寶娥也氣得回到了北屋。

日光移動得也很快，不覺着又到黃昏的時候了，劉得飛跟小芳在屋裏，每人都吃了些那盒子裏預備的點心，餓倒是不餓，只是有點兒渴。天黑了，他們不點燈，黑糊糊的，真是一間洞房，這裏成了為他跟小芳倆設的洞房。

這時劉得飛反倒精神百倍，仿佛一切的憂愁、煩惱全都沒有了，自己也覺着不傻了，也不像這些日來那樣的猶豫不決了；他也不再管小芳叫姐姐了，就仿佛打算要在這屋裏與小芳，住一生，一世。倒是小芳，雖仍哭着說：「現在我死了也不冤！」卻又說：「這是人家的屋子呀！我們永遠在這兒住着，不但不像話，不能喝水，不能吃飯，也總說不下理去。」

劉得飛卻仍然手持寶劍忿忿地說：「是他們把我們招來的，不是我們自己來的。」小芳說：「可也不能老在這個屋裏待着呀？」她着急得要哭，劉得飛就低聲問：「那麼你有什麼辦法嗎？」

小芳說：「你不是武藝好嗎？就趁着這個時候，你背着我出去。你不是會躥房越脊嗎？我們就趁着這個時候走，跟上一次你把我從韓家救出來的時候一樣。只要我們能夠離開這鏢店，事情就好辦啦！我們可以深更半夜去叫胡宅的門，找我那乾姐姐胡三太太，就住在她那裏。明天，她跟祁二太太，就都能夠給我們想法子啦。」

　　劉得飛想了一想，說：「去求官兒太太救我們，那不是英雄。」

　　小芳着急地說：「這算什麼呀？又不是你去求她！我跟她，跟祁二太太，我們是盟姊妹。祁二太太的娘家母親，前年還沒過世的時候，我又拜她為乾媽，所以我倆又是結盟姊妹，又是乾姊妹。早先我常抱着的那個小孩，那管我叫媽的，可又是胡三太太的乾兒子。我們是怎麼近怎麼走，簡直就跟一家子人是一樣。這幾天我住在北塢村，只恨是沒有個跟我的人，進城來給我那乾姐姐送個信兒，她們這幾天找不着我，也一定是很着急。要不然，盧天雄、盧寶娥他們今天也絕不敢，我還想要看看我那小丫鬟香兒去呢。」說着她又不住地哭，說：「得飛！反正我們得走，你就趁這時候帶我出這屋子吧，他們這時一定都已經睡啦！」

　　劉得飛卻搖頭說：「他們才不會睡呢！」

　　小芳又悄聲急急地說：「反正跟我作對的，就是一個盧寶娥，人家別的人，誰愛管閒事？看見你上房，人家也一定裝作沒看見。可是這時候，盧寶娥必定也睡了，她今天的新娘子沒當成，一定氣極啦，她這時還不氣得睡了嗎？」又說：「咳！我也覺着怪對不住盧寶娥的，可是沒有法子，誰叫我們兩人已經走到這一步？我們要是永遠在人家這屋子住着，那可更不對啦，那可真成了強盜啦！所以，以後我還得跟盧寶娥講和，我托我那兩個乾姐姐，給盧寶娥說一門好親事，就算是我賠補她啦！」

　　劉得飛到這時才算決定了主意，就點頭說：「好！我們這就走！可是先得悄聲點，要叫盧寶娥知道，又是麻煩，因為她會打暗器！」說着又顯出很發愁的樣子。

　　小芳又低聲說：「快一點走吧！只要離開這兒我就放了心啦，在這兒究竟是算怎麼回事呀？」說着她還用手摸着，把她剛才用過的梳頭的器具都給收拾好了，把床還給掃了掃，被褥給疊了疊。此時劉得飛已輕輕用鑰匙將那門上的鎖開了，就拉着小芳，微微開了門，兩人悄悄地側着身子走出了屋。

　　這時，雖然喜事沒有辦成，可是喜棚照舊搭好了，遮的連天上的星星都看不見；而四邊都是橫的杆子，豎的棍子，處處阻礙着，劉得飛想要一下躍上房去，簡直是辦不到。院子的角落那臨時搭的灶上，已經熄了火；有一個大概是看棚的，躺在一條寬板凳上呼嚕呼嚕地打着鼾，睡得已經很熟。北房西房全沒有燈光，劉得飛放了點心，他就一手持寶劍，一手將小芳抱起。小芳實在是身子輕，他就用一隻巨臂將她連挾帶抱，真覺得算不了什麼，小芳也緊緊地抱住了他。劉得飛就向這東房上將身一聳，當時就飛上去了。他一腳踏住了房檐，一腳登在喜棚的一根橫紮的杉木棍兒上，剛待要換腳，不料北屋的門吧的一聲推開了，出來一個人，尖聲怒問說：「是誰？」

　　劉得飛聽出來是盧寶娥的聲音，他這時真不由得有點不好意思，就大聲說：「寶娥！後會有期，我們將來准對得起你，求你放一條路！」

　　但見那下邊，盧寶娥的窈窕身影向起來一跳，怨恨而氣急地說：「你敢走？給我下來！」說時，忽見白亮亮的一物飛來。這是一枝她後來特打的鏢，大概是為幫助劉得飛去打大刀王用的，如今竟向劉得飛毒辣地打來。

　　劉得飛急忙用劍一迎，想要給磕落。卻不料這時因為抱着小芳，小芳這時又一驚，身子一動，他的劍就沒有將鏢迎着，鏢也未虛發，只聽小芳哎喲一聲慘叫。

　　劉得飛大驚，明明覺得小芳的頭上溢出血水來，身子仿佛立刻就軟了。劉得飛心痛得也啊呀一聲，趕緊就又跳下來，蹲伏在地，手抱着小芳連聲地問：「小芳！

小芳！你是什麼地方受傷了？你覺得怎麼啦？”小芳半天也沒說出話來。

　　這時裏院外院的許多人全都沒有睡，盧天俠、盧天雄，連賽洞賓也還在這裏；聞了聲音，一齊點上了燈，同着夥計來到，打起燈來照着看。只見小芳下身躺在地下，上身卻仰在劉得飛的臂上，全身都已不能夠動；臉上離着右太陽穴不過三分，鮮血如湧泉一樣地流，將她的素服和劉得飛的手臂都已染得殷紅。鏢不知掉在哪兒去了，而傷卻是極重。小芳的眼睛已不能睜開，但還微微的有氣息，她的嘴唇微微動着，有聲無力，而含糊、淒慘地說：“得飛，我死了好……本來我不對……你娶盧寶娥吧，別想我，也別恨我……”她似乎還有許多的話要說，可是連半句也說不出來了，她的頭愈往下垂，血仍在冒，嘴唇也不動了。

　　這時旁邊圍着看的一些人，連盧寶娥全都低着頭，緊緊皺眉，盧天俠、盧天雄全都沒有話說了。賽洞賓蹲下了身，用手一摸小芳，就趕緊縮回了手，說：“得飛，你還抱着她幹嗎呀？她身上都涼了！人是已經死了！”

　　這時盧寶娥急忙就回身又進北屋去了，劉得飛卻放下了小芳的屍身，猛跳起來，掄着寶劍就去追。盧寶娥已經進屋把門從裏邊關嚴了，連燈也不點，話也不回，銀鏢也不再向外放。劉得飛就急怒地向那門上吧吧狠劈，並喊着說：“盧寶娥！你出來！我非得叫你給小芳償命不可！”並伸腳咚地向門猛端。

　　這裏的幾個鏢頭、夥計便一齊上前，將他的腰跟臂膊全都抱住。盧天雄說：“得飛老賢侄，我也沒想到事情竟鬧得這樣！可是，有什麼法子？你也不必急，還是那一句話，我們好說好辦。”

　　賽洞賓一看出了人命，他卻急得當時就溜了。一些個鏢頭、夥計等人，也一面用力拉着劉得飛，一面齊都用好話來勸他。但，劉得飛這時就跟瘋了一般，舉着劍，高聲大喊：“盧寶娥！你出來！你非得給小芳償命！”可是喊了半天，盧寶娥在屋裏仍是不還言。

　　盧天俠忽然過來說：“劉得飛，你不要再這樣逼我的女兒。北屋裏原來有親友，事是因為白天鬧出來了，親友女眷，連我弟妹全都不敢在這院裏住了，現在屋裏可就是寶娥一人。她打死那小芳，也絕不是故意，你不可以逼着我女兒再死！”遂高聲叫着：“寶娥！寶娥！好女兒，你答應一聲！咱們走江湖的要敢作敢當，不要怕！你答應一聲！”然而，又連叫了半天，屋裏仍是一句話也不答，一點聲音也沒有。

　　盧天雄也慌了，搶上前去大聲說：“劉得飛！你不用再劈門端門，我們自己去開，只怕，只怕……”又急喊着說：“寶娥！你可要往開了想！咱們學武藝，不容易，你的鏢法已天下馳名，誤打死一個娘兒們這不算事！官司絕不用你去打。鏢店交給你爸爸，我帶着你去闖綠林，外邊比劉得飛好的人多得是……”

　　他一面喊，大家一面齊力地去推門，這個門就開了。眾人隨着燈籠爭着擠進屋去察看，幾隻燈籠齊都高高舉起，一看——可都嚇壞了，只見正當中的房梁上，高高地懸掛着手腳直垂，舌已吐出，髮已散亂的銀鏢女俠盧寶娥。大家急忙解下來時，已經無救。最可憐的是，她現在身上穿的仍是當新娘才做的那紅襖紅褲，而她用以縊死的那根繩子——細一看，原來不是繩子，卻正是今天她親手由劉得飛腰間解下的那條板兒帶子——已經舊了的繡帶；這還是在外邊躺着的那女屍，小芳所刺繡而成的情物。

　　盧天雄咚地把腳一跺，說了聲：“錯啦！”身子向後倒去，他的夥計忙將他扶住了。盧天俠是放聲大哭，說着：“寶娥！女兒！”

劉得飛卻瞪大了兩隻眼，這時他好像已經傻了，既沒有眼淚，也失了知覺；半天之後，他忽然大哭一聲："啊……"將寶劍一橫，就向脖頸刎去。突然身後有一個有力的人將他抓住，奪過寶劍，噹啷一聲，扔出了很遠。劉得飛回首一看，原來是大刀王來了，他就將頭撞去，說："快殺我！快殺我！我受不了心中這難受……"大刀王拉住他，直勸他，他就跳着腳大哭；哭着哭着，他又發傻了，一切的事情他也都不知道了。

劉得飛當夜就被大刀王送到天泰鏢店，大刀王永遠看着他。小芳與盧寶娥的屍身齊由盧天雄給備棺掩埋。盧天雄從此半身不遂的病症又重了，把敬武鏢店交給了夥計們，買賣他們自己不做了。

盧寶娥的靈，他們也不想運回張家口，因為他們傷心；只當寶娥走了，憑着單刀、飛鏢獨自去闖江湖，她永遠也不回來了！這麼假設的想着，他們兄弟二人還都可以免去點傷心。

追魂槍吳寶霸佔着韓金剛的家，原來也不行，因為韓金剛生前是一名御前侍衛，雖然死了，在官面上還有朋友，就把吳寶捉了去坐監。

至於在刑部監獄中的玉面哪吒彭二，不久就因病死於獄中，這件事情卻不敢讓劉得飛知道。

劉得飛依然跟傻子一樣，連話都不會說了。大刀王待他像親兄弟一樣，就讓他住在大刀王收買過來，而經營的聚興長鏢局裏（即是天泰鏢店的舊址），供給劉得飛食宿；什麼事也不叫他幹，因為他什麼也不會幹了。他連那現在遊手好閒，常到這兒來找人談天，自己早先的掌櫃的唐金虎，見面時也一點不認識。對面燒餅舖麻子來給他送燒餅，他就吃，不知道給錢，也不知道說話。他的那又窮又老的叔父大脖子也來看他，他依然是直着眼若不相識。

但是約莫有兩年以後，忽然來了一個穿得很闊的，據說是外城御史胡三太太用的丫鬟，名叫香兒。這早先服侍小芳的小丫鬟，現在已經長大了，特意來找劉得飛，打聽她早先主人的墳在哪裏了。劉得飛這才顯出有一點明白，可是直哭。大刀王就雇了車，親自帶着劉得飛跟那丫鬟，到城外小芳的墳上哭祭了一回。

大刀王辦事公平，他叫那丫鬟香兒自己走了，他卻又領着劉得飛到盧寶娥的墳上，劉得飛也哭祭了一場。

劉得飛的腰間絕不再系帶子，見了帶子他就給撕爛了，扔出去。他並且怕聽人打算盤。鏢局的買賣，還能夠沒有算盤嗎？可是一見他進櫃房，就得趕快把算盤藏起來。他穿的衣褲也是大刀王叫裁縫給他特做的，只用紐扣，使衣褲相連，卻不用褲腰帶。他的種種傷心事，他自己雖然不肯說，又像不會說，然而慢慢地都叫人猜出來了，都傳出去了。凡是知道劉得飛的就也都知道，小芳送過他一條帶子，而後來盧寶娥又用那條帶子縊死；並且盧寶娥生前原是文武全材，不但鏢打得准，算盤還扒拉得頂熟。

劉得飛就這樣又活了幾十年，他雖住在鏢局，吃飯不保鏢，卻沒扔下功夫。後來他時常練臂力，他的胳臂用巨石碰，用大車軋，都毫無損傷，並且他的胳臂愈受苦，他心裏反倒愈舒服；他很知道用一種自己給予的肉體刑罰，來醫治他內心的痛苦。

由清末到民初，大刀王已經死了，他卻仍然健在。他已經得了個外號，鐵臂劉得飛，憑着兩隻鐵似的胳臂，練一些使人咋舌的技藝，得到錢吃飯。他一向是漂泊無家，但當他有時心裏稍稍有點明白，他就歎息着對人說：“我的跟前永遠站着一個穿白衣裳的和一個穿紅衣裳新娘打扮的，那麼兩個女人，她們都向着我又哭，又笑……”

王度廬武俠小說選集　卷二　燕市俠伶

《燕市俠伶》

THE COLLECTED WORKS OF DULU WANG

Copyright©2021 by Hong Wang
《燕市俠伶》Starring Actor, Hidden Hero
王度廬選集 THE COLLECTED WORKS OF DULU WANG
ISBN：9781990113277 (Paperback)
ISBN：9781990113253 (eBook-epub)
ISBN：9781990113260 (eBook-Kindle)

江 湖 出 版 社
JIANGHU PUBLISHING

Jianghu Publishing
PO Box 35075 Fleetwood Postal Outlet
Surrey, BC Canada V4N 9E9
www.jianghubooks.com

THE COLLECTED WORKS OF DULU WANG

王 度 廬 選 集

Author of Crouching Tiger, Hidden Dragon

《 卧 虎 藏 龙 》 作 者

Wuxia Novels Volume Two

武侠小说集　卷二

燕市侠伶

DULU WANG

王度廬

Edited and Modified by Hong Wang

校訂者：王宏

JIANGHU PUBLISHING　江湖出版社

第一章　寄身學戲

　　現在風行的平劇，在早先原屬於亂彈。清朝乾隆年間，因為皇帝屢次南巡，那時南方最闊的是兩淮的鹽商，他們用了很多的錢成立了戲班，專為給皇帝祝福之用。他們的戲班分為花、雅兩部。雅部是昆曲，是那時候正統派的戲劇。花部所包括的可就多了，都是一些地方戲，例如：京腔、秦腔、弋陽腔、梆子腔、羅羅腔，全都名之曰亂彈，以與雅部之昆腔相對而言，可以說是平民化的戲劇。後來漸漸集中在北京，彼此互相競爭、淘汰，結果是京腔（包括西皮、二黃）占了上風；昆曲以曲高和寡，反倒日漸沒落；而秦腔等各自在各自的本地，還有根深蒂固的勢力，然而也難與西皮、二黃相與抗衡了。本書所記，就是那時候（清代），關於劇場上的一件故事。

　　那時候的伶人不像現在，稱為藝員，還有的稱為博士；那時候是封建時代，對於伶人非常卑視，他們的子弟無論念得多好的書，也是不准應科的。咸豐年間，因為誤取中了一個人，大概是唱過戲的，就將那主試官柏中堂殺了頭，王法可謂極嚴，待遇實不平等！所以那學戲的青年之中，不知有多少天才都被摧殘了，多少仗義、激昂、慷慨之人，也俱湮沒無聞了；又有多少卑鄙、昏庸、惡劣之人，倒因為“門第清高”、“身世清白”能夠發財升官。雖然說“三年出一個狀元，三年出不了一個好唱戲的”，言戲劇的天才，實較那些只會作八股的狀元、進士為難得，但也改不了彼時社會的風習，仍然是對伶人看不起。

　　那時學戲的也苦極了，簡直比奴隸還不如。有一個京腔班的主人，名叫吳三貴，他是南方人，帶着幾個徒弟在京唱戲，他的教戲法子只是一個“打”！他來到北京二十多年，被他教成了的不過五六個徒弟，可是打死的就有三個了。打死也是白打死，因為這些學戲的孩子多半是孤兒，並無家屬。在當初投他學戲之時，契約上就已寫得明白：如有生死存亡，均聽天命。

　　吳三貴是一個老頭子，不好惹，他在鏢行裏有朋友，衙門裏也認識人，並且常常帶着他的戲班去伺候王府。他的班名叫貴華班，貴字排行的于貴官、趙貴長、秦貴如都已經出師了，現在要收華字排行的，也已經收下七八個了。這一天忽然又有一個人，帶領着一個小孩前來，投他的門來寄身學戲。

　　這時已是夕陽西落的時候，他住的這前門外胭脂胡同的小瓦房，寬院落，黑板門，突然聽外面不住有人吧吧地亂敲門環。他正在屋裏吃飯，嫌他的老婆跟兒媳婦把米飯煮得太硬了，他本來牙口就不好，近來又犯牙痛，給他煮得這半生不熟的飯，豈不是想要害他？「好啊！你們這些婆娘們，給我這硬飯吃，還不如給我羊肚湯喝呢。我也知道你們呀，你們都是恨不得給我一碗毒面，叫我死了，你們好沒有管主呀！」他這樣罵着，沒有人敢說一句話。

忽然他聽見了外面有人打門，他就放下了飯碗，高聲喊着：「叫門呢！開門去呀，看看是誰？要是找我要賬的，就千萬別讓他進來。」他的徒弟七頭，就急忙跑去開門了。待了好大半天他才進屋來，避貓鼠兒似的對他師父說：「師父，外頭是一個人，帶着一個人，說是來投師父，要學戲……」吳三貴說：「叫他們去吧，就說我不收徒弟啦，收徒弟也得有個介紹人呀！他們……七頭你看清楚沒有，是不認識我的不是？不認識我的一概不收。乾脆，七頭，你就去告訴他們，我不收！」

七頭一轉身——他仿佛還要掄袍袖——剛要往外去走，可是外邊來投師學戲的人已經進來了，當時就把吳三貴嚇了一跳！因為進屋來的這個人身材雄偉，臉膛烏黑，兩眼又圓又大，簡直像是張飛！又像《安天會》戲裏，把孫悟空捉拿住了的那個王靈官。

此人鬍鬚滿臉，年紀也不過三十多歲，像個幹粗笨活兒的，態度可是十分恭謹；一進門來就深深地打躬，操着山陝一帶的土音，說：「吳師傅，久仰大名！現在我帶着我的小兄弟來，請你收下為徒，叫他跟着你學戲。」

吳三貴趕緊擺手說：「這不行！告訴你，連我現在都快沒飯吃啦，我還養得起徒弟嗎？」這人卻說：「我這小兄弟頗能受苦！因為實在是沒法子，我的父母全都死了，只留下我們兄弟二人。我又沒成家，還得去飄流各地找飯吃；我這個小兄弟身體又不好，也不能跟着我去東奔西走……」

吳三貴又搖頭說：「不行不行，身體不好更不能夠學戲啦！別弄得戲沒學成又死在我這兒，教人說我待徒弟太苛。我也五十多啦，教戲還能教上幾年？我不願意落那壞名聲啦。」

這人卻說：「我這小兄弟倒沒有什麼病，他也能夠吃苦。只因為我帶着他由家鄉飄流到京城，在這裏也找不着事，盤纏都用光了，我就想把他先找個地方寄存下……」

吳三貴不待他說完就翻了臉，說：「你想把個人寄存在我這兒呀？那更不行啦！我這兒不是店，也不白管飯。跟我學戲，要等出師，至少得五年……」

這人點頭說：「五年也行。」

吳三貴說：「五年？十年也不行！我不收徒弟啦，你快走，你快滾！這……」他跺着腳說：「這是怎麼回事？平日我又不認識你們，你們就硬闖進我的家裏來，真……可惱呀！可惱，滾開！別攪我吃飯……」

來的這人低頭不語，好像是在發怔。而這時暴跳如雷的吳三貴也突然地發起怔來了，因為來的這個人的小兄弟此時也從屋外悄悄地走進門來。他這小兄弟說小也算是不小了，年紀有十六七歲了，身材到他哥哥的肩膀下，很瘦弱，然而青頭皮兒、黑長辮、半新不舊的藍布大褂，十分斯文。他腰細肩窄，模樣卻真清秀：長長的眉，細細的眼，小鼻子小口，這要是唱青衣或花旦正是合格。他的態度也很羞澀，連眼皮兒仿佛都不敢抬，就半藏在他哥哥的背後。

吳三貴發着怔，心想：我這個戲班，鬚生、黑頭、武生、小丑全都有了，七頭也能對付着唱青衣，可是還沒有一個好花旦，現在的一些大老爺、大掌櫃們還是專愛聽花旦的戲。我這戲班的戲為什麼近二年來沒人愛聽，就是因為我的徒弟，唱花旦的韓貴寶死了，後繼無人，所以落得我現在吃這煮不爛的粗米飯！這個孩子，倒還似乎是一個材料。

他這樣想着，態度就顯得緩和了一點。他把兒媳婦剛給端過來的香油燈的燈撚兒挑了一挑，問說：「你們姓什麼呀？」

這帶着小兄弟來學戲投師的雄偉漢子，就沉毅而帶着憂愁地說：「我們兄弟是河南陝州人，家裏是讀書的，父親做過縣令；因為丟了官，在家中病了幾年，去年才死，母親也故去了。我帶着我這兄弟來京投親……」

吳三貴趕緊問說：「投的是什麼親呀？因為你要是在北京有親戚就好辦，我收徒弟必須得有個保人。」

這人說：「我投的這親，是我兄弟小的時候訂的親，是做京官的，但來到這裏也沒投着。我腰裏的盤纏都已用盡，在此地又毫無親友，所以非走不可，只我這小兄弟是我的一個累贅。聽店裏的人說，吳老師這裏收徒弟，因此我才把他帶來……」

吳三貴趕緊問說：「你住在哪一家店裏，店裏的人姓什麼？」

這人說：「我住在不遠，是柳樹井地方的謝家店。因為我也姓謝，那裏的店掌櫃對我很好，是他叫我來的。」

吳三貴說：「好個老謝，給我攬這個？也罷，既是你們很可憐，我又沖他的面子，也不能不收你這兄弟，可是你得寫一張字據給我，你會寫字嗎？」

這姓謝的點頭說：「我會寫字。」

於是吳三貴就叫兒媳給找了一張紙條，嘴裏說着大意，就令這姓謝的去寫。筆禿墨淡，但這個好像張飛的大漢居然提筆就寫，非常流利，寫的是：

> 立字人謝大猛，今因窮途潦倒，意欲出外謀生，特將胞弟謝琴，年十七歲，拜在吳三貴老師家中學戲，學徒五年。在五年內所掙的錢必須交與師父，如有死傷不幸，均聽天命。不得藉端訛詐，不得中途不學，如有反悔，保人是問。恐口無憑，立字為證。
>
> 　　　　　　　　　　　　　　　　　　某年，某月，某日。

吳三貴又令謝大猛按上鬥箕，並叫那謝琴過來也按上鬥箕。見謝琴那細細的手，簡直像是大姑娘的手，吳三貴又覺得他唱花旦或閨門旦、玩笑旦，甚至於刀馬旦、潑旦，一定都行，就對謝大猛說：「好哇，這就算成啦！還得打一個保，這好辦，明天我到店裏找老謝去打。現在你就走吧，奔你的前程去吧，以後可不能夠常來！因為他既跟我學戲，就是我的人啦，跟我買的人一樣，再說學戲得專心，不能淨有親友來看他。反正你放心吧！我也是養兒女的人，我不能夠待他太壞了。」

謝大猛又深深打了一個躬，回身與他的兄弟作別。謝琴卻拉住他哥哥的手，不住地嗚咽哭泣。他流着淚抽搐着，拉着他的哥哥直送到屋門外，連這裏吳家的兒媳婦都替他們也直落淚。

吳三貴卻拍着桌子大喊說：「回來！你哥哥給你找了吃飯的地方，我可憐你，收下你了，你還不知足嗎？哭什麼？你為什麼不托生個好命，當少爺？當公子哥兒去呀？」

　　怯懦的謝琴趕緊退身回房，隔着門檻，淚眼望着他哥哥雄偉的背影。謝大猛就絕不回顧地在這黃昏暮色之下走了，拋下他倚着門，不住地擦眼淚。

第二章　驚天巨案動京城

　　自此，吳三貴就又收了一個徒弟。按照他的原來名字，再加上華字的排行，吳三貴就給他改了個名字，叫做謝華琴。然而他又覺得念着不受聽，吳三貴用南方口音念着：「謝華琴，謝華琴……」倒好像是說：「誰花錢，誰花錢。」不好！還得改改。吳三貴想了半天，結果是決定了，就叫他「謝琴官」吧！以後一定有官喜歡聽他的戲，而且這時如五福班的張銀官、升平班的楊錦官全都唱紅了。就叫他謝琴官吧，意思是：謝謝欽（琴）差大人跟闊老爺，以後得多多捧我們這個孩子。

　　吳三貴對於謝琴實在是很喜歡的。這孩子身體不好，現在是五月，天氣雖然熱了，別的徒弟全在院子裏睡覺了，可是不能叫謝琴也在院子裏睡，因為受了夜寒能夠壞嗓子。再說得看着他點兒，這個孩子也不小了，睡不着覺胡思亂想，也能夠壞嗓子。所以吳三貴就叫謝琴在他的床邊臨時支了兩扇舖板，還分給他一份舊被褥，吹了燈睡着。

　　半夜裏吳三貴忽然被臭蟲咬醒了，他就要叫老婆兒點上燈給捉臭蟲。可又想起來老婆兒沒在這裏，這屋裏是新收的徒弟謝琴，於是他就叫着：「琴官！快起來點上燈，給我拿臭蟲。」

　　這孩子卻不答應，也沒有一點鼾聲。吳三貴就氣了，心說：好麼，才來我家就裝睡，懶得伺候我，以後還想跟我學戲呢，我非得揪着你的耳朵，把你揪起來不可！於是他就用手去摸耳朵，可是摸了半天，別說耳朵，連頭也沒有摸着。吳三貴可就有點起了疑啦，又用手去推，卻覺得是空被褥。他不禁嚇了一大跳，心說：這個孩子可不好，他怎麼走啦？莫不是……我的兒媳婦可也才十九，兒子又沒在家……但又想：不至於吧，他今天才來呀？

　　吳三貴一急，一生氣，趕緊起來，光着兩隻腳，在地下慢慢地走幾步，又一腳幾乎踢翻了尿壺；他摸火鐮也摸不着，吧的一聲又碰上燈檯，把燈也撞倒了。他大怒，要喊，可是覺着喊也不便，萬一這孩子是個賊，此次前來為的是偷我的東西，行頭、戲衣，還有幾樣「切末子」（道具），他一害怕，抄起兩件就跑啦，那豈不便宜了他？不行，我得拿賊，好個小子，要來偷我？於是就摸到外屋，摸着一杆破了的關公使的木頭大刀，掄起來就要往門外闖。

　　突然他又吃了一驚，原來門從裏邊關得很好，不像是有人出了屋，莫非這孩子是藏在我的床底下啦，跟我開玩笑？還得點上燈找他。但是這屋裏沒有火鐮呀，得到廚房去找。於是他就吧地拔了插門，吱呀一聲，開了屋門。

忽然聽見裏屋又有響聲，他就驚問道：“是誰呀？”

裏屋說：“是我。”

他又問說：“你是誰呀？你是琴官呀？你……你剛才上哪兒去啦？”

裏屋說：“我沒有出屋呀。”這確實是琴官說話的聲音，陝州口音，可又像杭州口音，簡直摸不清他到底是哪裏的人；聲音是那麼嬌而細，天生是學花旦、閨門旦的材料。

吳三貴放下木頭大刀，又進到裏屋，說：“你剛才沒出屋子，我怎麼沒摸着你呀？”他怒衝衝抬起光腳丫用力去踢，卻踢在桌腿上了，痛得他哎喲哎喲直叫，一隻腳直在地下蹦，兩隻手抱着那個發疼的腳趾頭。窗戶不知怎麼會開了，吹進來涼風，使他阿嚏阿嚏，又連打了兩個噴嚏。

這時候，倒不知謝琴從哪兒來的火鐮，他一打就打着了火，然後扶起了燈，將燈點上。吳三貴真氣極了，上前去吧吧，連打了謝琴那小臉兒兩個嘴巴，這才消了點氣，說：“你要怎麼樣？你想偷我的東西嗎？不然你鑽到我的床底下去幹嗎？你一定是鑽到床底下去啦……可氣！可惱！令人可恨呀！可恨。”

謝琴卻一聲也不言語，只是低着頭，也沒哭。這裏的油已灑了一桌子，所以如今的光焰很微，模糊的燈光照着他羞澀怯懦的側影，真像個大姑娘，真像個花旦；他的藍布大褂可撩起來掖在腰間，頭髮上還沾了幾片柳樹葉。

吳三貴倒也沒有再說什麼，只說：“快把屋門跟窗戶都關好了吧！得啦，我也不叫你給拿臭蟲啦，油都沒有啦。”

謝琴嫋嫋娜娜地到外屋去關好了門，吳三貴又說：“快吹滅了燈吧！別燒那燈撚啦！我看你有了地方吃飯，你倒睡不着覺啦，不如你還跟你哥哥東走西撞去吧，那早晚要落得討飯為生！”他吹了燈又睡下了，除了臭蟲還咬人，倒沒有什麼事。

第二天一清早，吳三貴就到柳樹井謝家店去找老謝。老謝一見他來，就明白了意思，迎頭笑着說：“吳老闆，我給你薦去的那個徒弟，你收下了吧？你看那孩子有多麼漂亮，你是快發財啦！”

吳三貴說：“那個孩子長得倒還聰明，只是怕他靠不住。”

老謝說：“沒有什麼靠不住。他們兄弟兩個，在我這店裏住了一個多月，真是規矩極啦！只可惜越住越窮，找不着一個吃飯的地方。依着他哥哥的主意，想把他賣給東邊輔大人的宅裏去當小廝，我知道了就趕緊去攔，我說：那還行？輔大人的宅子是老虎窩，丫環、老媽子一二百人，小廝、聽差、護院、家奴等等，至少有四百多人，還全是無惡不作的人。輔大人那個人更是常為小事就殺人，把那麼聰明又軟弱的孩子，要是賣給他的宅裏，那還不就是死嗎？因此我才指他一條明路，叫他把他的兄弟送到吳老闆那兒，學戲比當小廝不強嗎？他的哥哥聽了我的話就這麼辦了，辦完了，今天一清早就走了。”

吳三貴說：“這一年來，我的時運也不好。可是你既多管閒事，叫他哥哥把他送到我那兒了，我沖你的面子還能不收下？只是不知道將來是能夠賺錢，還是賠帳。”

老謝笑着說：“我包你將來一定能因那孩子賺錢！那個孩子長得太俊啦，學戲正合適，送在你那兒，我還有點捨不得呢！因為那孩子是個小子，假若他要是個姑娘，我准把他收做乾女兒。”

　　吳三貴也笑了笑，同時心裏不禁地感慨。他在二十年前也是唱花旦，一來到北京，就住在這店裏，那時他還跟着他師父，而這老謝不過是這店裏的一個夥計。現在老謝卻成了大掌櫃的了，很發了些財了，又胖又有鬍子；而他卻因為唱戲，雖老也不能留須。雖然也算是個老闆了，有了幾個徒弟，但是依然落拓，不操心就不能吃飯。這就是唱戲的結果，“藝人不富”這句俗話，令他想起來，就不禁地傷心。

　　他叫老謝在謝琴的哥哥立的那張字據上，打了一保，他就走出了店門。這條街叫柳樹井，原因是柳樹特別多。向東一望，不遠，那裏的柳樹更高更密，柳蔭裏，露着那畫棟雕樑的一片大宅院，那就是輔大人的宅第。

　　輔大人是當朝的勳臣，封為侯爵，勢力比王公還大，家中珠寶成山，在京城是最有名的。誰要是沾着他的一點光，一輩子就夠吃喝的了；但是誰要是倒了楣，得罪了他宅裏的奴僕，也足以家敗人亡。輔大人最愛聽京戲，他自己宅裏也養着戲班，將來……吳三貴的心裏又想：將來把那謝琴官排練成了，如若蒙輔大人叫到宅裏去演唱，輔大人聽了再一高興，一賞錢，那就連我的棺材本兒都許夠了……

　　吳三貴這麼一想，心裏又是喜歡，就回到家裏，預備香燭，供上老郎神祖師爺。他自己燒香，磕完了頭，然後就命謝琴官拜禮。拜完了老師拜師娘，因為師哥沒在家，只得先拜師嫂，最後又命他們同門的師兄弟，四五個人一齊向着祖師爺磕頭，這就算舉行過了拜師禮。

　　從此，吳三貴就給謝琴官說戲。這孩子可真聰明，一說就會，而且嗓門兒好，口齒又清楚；平常說話是帶着點外省的土音，然而一學戲，一矯正他的口齒，很容易就會說了北京話。先教的這《小放牛》，身段那更不用費事，真比練了六七年的七頭，好得不知有多少。

　　謝琴嫵媚天生，性情更為溫和，平常連一句大聲話也不說，吃的飯也很少，跟師兄弟們更沒有過一點兒爭吵。他總是讓着人，吃飯、喝水都讓人在先，連上茅房，也是等候別人全都上完了茅房，出來之後，他才走進廁所。

　　晚上，吳三貴可不讓他在一屋裏睡了，他要是再鑽在床底下，那可怎麼辦呀？吳三貴想着：這孩子早先一定是嬌生慣養，他怕生人，跟別人在一屋睡不着覺，那麼就不如叫他到廚房裏去睡。廚房暖和，於身體弱的他是有益，順便還可以叫他看着耗子。因為廚房裏的耗子鬧得太是厲害，把存的那半袋粗米都快給吃光了，可是又不能夠養貓，貓常在行頭櫃上、紗帽盒上撒尿，所以就叫謝琴一個人晚上去睡廚房。謝琴的嬌嫩的小臉兒上，也表現出來一點歡喜。他只是似乎時常牽掛着他那遠走天涯的胞兄，憂愁若不能解。七頭常拿他開玩笑，說：“你想誰啦？想你的婆婆家了吧？想你的張三郎呀？還是想你的王……王公子呀？”

　　這一天忽然回來了一個人，是吳三貴的兒子吳鐵肚。吳鐵肚是個小矮胖子，早先也跟他爸爸學戲，唱武二花，會翻跟頭、打武把子。但是後來他太胖了，而且他不願唱戲，就到鏢局裏去幫忙，現在也是廣發鏢局裏的大鏢頭了，在鏢行中頗有名聲，錢掙得也比唱戲掙得多。

　　他向來不常回家，今天一回來，就不住地大驚小怪。他先跟他的爸爸悄聲說：“昨天，在天津府不遠的大道上，有人給劫了皇綱……”皇綱就是皇上特命人從外採辦來的大宗東西，誰敢劫呀？除了瓦崗寨上的程咬金，大概是在隋朝的時候劫過一回，落得後來戴上了枷，幸虧被秦瓊秦二爺給放了。

如今吳三貴聽他兒子這樣一說，他就嚇了一大跳，說：“啊呀！這還了得，這是哪處的強盜呀？”

吳鐵肚說：“聽說只是一個人，劫去的沒有別的，全都是珠寶翡翠。聽說這個強盜劍法高強，樣子也魁梧，說話是河南陝西一帶的口音，有人疑惑是鏢行的。我們吃鏢行飯的可都害了怕啦！都着急，怕受連累。”

吳三貴說：“我看你還是別幹了吧！這要一拉上，就是滅門的大禍。萬一有人疑惑是你，可怎麼好呀？”

吳鐵肚說：“沒人疑惑我！我又不是高身材，我的肚子又這麼大，我說話也不帶外省口音。我只是疑惑，這是誰幹的呀？現在不但衙門的官人四出捉拿那劫皇綱的強盜，我們各鏢局，北京城的四十二家鏢局，五百七十多名大鏢頭，都要洗刷這個乾淨兒；商量着要一齊出頭，捉拿那劫皇綱的大盜！”吳鐵肚腆着大肚，很興奮。他的爸爸就勸他在家裏住兩天，別在外面沾上嫌疑。

他這次回來，也是為會一會才娶了半年的嬌妻，然而看見爸爸又收了一個徒弟，是個小白臉，在廚房裏住，他可就生了氣。當他爸爸叫來謝琴見見師哥的時候，謝琴給他作揖，他卻腆着大肚子理也不理，心說：男人麼，可又長了一副女相，看他這媚裏媚氣、弱不禁風的樣子，我一肚子就許把他撞死！可是又聽他的媳婦說：“這個琴官是他哥哥給送來的，可憐極啦……”他卻瞪着大眼說：“誰問你啦？”

當日，就有不少鏢行中人來找吳鐵肚，跟他談論那與劫皇綱有關的事。聽說直隸總督衙門、天津府衙門、漕河總督衙門、四標五鎮，京裏的都察院、順天府、步軍統領、大宛兩縣，以及兵部、刑部全都派了人，嚴拿劫皇綱的大盜。

鏢行中，在天津有金鞭袁豹、鐵獅子劉雄、玉臂猿猴唐賜，在京都有老鏢頭神鞭林五公、花刀胡天永、賽牛皋張奉、鐵夜叉焦敬、焦敬的妻子黎三娘，還有名拳師雙錘胡慶，廣王府的護院小哪吒刁隆，輔大人——就是柳樹井輔宅——的護院人黑蜈蚣晁四、賽關平王謹、猛霸王江苞等人。至於天津府的大班頭賽秦瓊，順天府的大班頭追風腿、捉雲手，步軍統領衙門的飛鈎伍降龍，那更不用說了。總之，這一些英雄豪傑、名捕、大鏢頭，都要限在半個月以內，捉拿住一個劫皇綱的大盜及知情共夥的罪犯，四面八方現已撒下了天羅地網。

如今這幾個鏢行朋友也是特來跟吳鐵肚商量，他們怎樣才能夠借此獻功而出大名，都越說越興奮。吳鐵肚拍着大肚子說：“看我的！我不捉住那劫皇綱的，我不叫吳鐵肚！捉住了我也不向萬歲爺的駕前討別的賞，我只要一件黃馬褂、一枝亮白頂子大花翎，還得封我個官……”

他們正說着，就聽院裏謝琴正在練習着唱《翠屏山》的花旦，念道：“唔，石秀哇石秀，你不言講還好，你若是言講了，嫂子我豈能與你甘休？”接着就唱：“耳邊廂，又聽得木魚響亮，險些兒驚醒了猛虎大郎……”

第三章　狂風吹弱柳

　　外面為這件劫皇綱的巨案鬧得天翻地覆，而謝琴卻在這裏安心地學戲。他進步得很快，差不多只兩天就學會一出。師父吳三貴待他很好，師兄弟們也都不妒嫉他，只是他那大師哥吳鐵肚，因為搬回家裏住了，就天天尋找他的錯處。

　　夏天難免有蒼蠅，吳鐵肚拿了一碗綠豆稀飯，其實不是謝琴給盛的，當時卻訛上了他，把一碗稀飯整個向他臉上潑去，並掄起大拳頭向他頭上猛砸，罵着說：「你成心要噁心我嗎？想叫我把吃的都吐出來嗎？稀飯裏的死蒼蠅，一定是你給放的！」

　　謝琴只是低着頭忍受，一聲兒也不敢言語。吳鐵肚還故意叫他幹粗笨的活兒，叫他一個人倒兩桶髒水；叫他拿着灰泥上房，去補房上的漏洞；叫他搬石頭搭雞窩；叫他踩着蹺就去磨小豆腐；無故地也打他、踹他、罵他，並在吳三貴的面前給謝琴說壞話，說別的還不要緊，竟說謝琴要調戲他的師嫂。

　　吳三貴聽了可真生氣了，就叫謝琴跪在當院地上，說：「我也不用說明是為了什麼打你，反正你自己心裏明白。我本應當把你趕出去，不要你啦，可是我心痛我這些日教你戲，下的那些功夫！這麼點的人兒，本領還沒學成，心眼卻先壞了，我不能不管教你！」吳三貴就用藤條狠狠地抽了他一頓，只是不敢打他的臉，吳鐵肚卻用棍子狠狠地去打謝琴的那細腰兒。可憐的謝琴，來到這兒還不到十天，就受了這樣的虐待。他自己倒似乎還沒覺着怎麼樣，師嫂看着，卻心裏真真地難過了。

　　師嫂的娘家姓紀，她有個閨名，叫紀湘娥，也是南方人，是隨着做書吏的父親在京城長大了的。父親去世了，繼母也改嫁了，她一個伶仃的弱女無依無靠，才於去年冬天，經同鄉的做媒，嫁了吳鐵肚。按理說湘娥雖生於官宦之家，可也是讀書知禮，嫁了一個伶人的兒子，這兒子又是在鏢行混的，本來就使她不大遂心。可是沒有法子，她受過三從四德的教訓。她非常地順從丈夫，孝順翁姑，可惜她的丈夫肚子很大，裏邊卻沒裝過一點詩書道理，只會發凶，自命為英雄，而且永遠在外面住，不常回家。公公吳三貴人倒不太壞，可是一逢到手頭沒錢，或是覺着飯糙米硬了，立時也是大發脾氣。

　　屋裏院中，也整日沒有一點清靜，不是說戲就是練武把子。幾個師弟本來都是苦孩子，可是學了許多的惡習，當着師父都是像綿羊一般的老實，可是只要師父一轉身，就都像猴子似的那麼頑劣，嘴裏還什麼難聽的話都會說。

　　紀湘娥今年十九歲了，她是個細長身材，扁臉兒，不十分美貌，但也不難看的女人。她最怕看見師弟們挨打，而尤其新來的這謝琴官，人最老實，可是挨打的次數也最多。湘娥就心裏覺得難受，曾經婉轉地勸過她丈夫：「你淨打人家琴官幹嗎？現在你又不教他的戲，再說他也不是有什麼錯兒呀？」不料她的丈夫掄掌就要打她的臉，可是沒打下去，只踹了她一腳，踹得她幾乎跌在地下。吳鐵肚瞪着眼睛說：「你是護着他嗎？你瞧上小白臉了嗎？你這個狗婆娘！」

　　從此，湘娥也不敢再看謝琴一眼了，也是因為謝琴那可憐的相兒，令她不忍得再看。她時時躲着謝琴，可是因為住的院子太小了，她又必須整日往廚房、往公公屋裏、婆婆屋裏去操作家務，而謝琴是早晨必在院裏練習，夜晚必回到廚房睡覺，所以想躲也躲不開；就連她丈夫的那些不三不四的朋友來了，她也是沒法子躲。

　　每天一清早，幾個徒弟就在院子裏啊啊、哦啊地喊嗓子。這是伶人必須做的功課，嗓子就是本錢，然而可攪了她的睡意。她倒是不要緊，趁着這聲音把她叫醒了，她得急忙起來，去伺候公婆洗臉和早飯。

　　可是這時把她的丈夫攪醒了，那吳鐵肚可真是生氣，他仰臥在床上，腆着那越氣越鼓，好像身懷六甲似的大肚，就罵着說：「真他媽的，沖着這個我就還得搬走，上外邊住着去！他媽的，還不把這幾個小忘八蛋全都打出去？」然而他可不能到院裏去干涉，還得叫那幾個孩子去喊，而那幾個孩子也都不敢不喊，因為都還得指着這吃飯麼；要是都不唱戲了，那憑他吳鐵肚在鏢局掙的那幾個大錢，連他自己也養不住，所以雖攪了他的早覺兒，他可還是不能攔阻。

　　他只是恨謝琴的那條嗓子，就向他媳婦說：「你聽！沖這條尖嗓子，他會能夠命好？他會能夠長壽？他的爹媽大概就是讓他這條嗓子給妨死的！他又跑到咱們家裏天天來喊，妨咱們來了，早晚我非得把他宰了不可。」湘娥不敢言語，心裏卻十分不平，因為人家謝琴的嗓子本來很柔潤，很好，又因為吳鐵肚講到了什麼妨死爹媽，這更掠起了她自己的身世感傷。

　　這一天天才亮，別人還都沒起，只有謝琴起來了。他不敢頭一個喊嗓子，然而又不敢閑着，就先拿掃帚把院子掃了掃，隨後就拿了一桿花槍練習起來。這種花槍可不是衝鋒打仗，或是鏢頭、武師們所用的那種真槍，這是木頭的槍頭，短而輕，是專為唱戲的用的，現在謝琴練習這花槍，為的是好唱《穆柯寨》戲裏的穆桂英。

　　他一邊舞動花槍，一邊學着作出騎馬交戰時的婀娜姿態，並且他還得假想着對手是小生楊宗保，他還得時時地飛眼波，因為這樣才算近乎戲情。當時槍花飛舞，在身前身後亂繞，耍得真像一朵花似的。最後，他又把雙腿交迭着向下一彎，斜着腰兒持槍一亮相兒，把眼睛那麼含情脈脈地一盯。

　　不料這時，湘娥才開了屋門，手裏端着尿盆，剛出來。他這麼一盯，就盯在師嫂的身上跟尿盆上；他又直起腰來，再耍槍，嘴裏還輕輕地打着鑼鼓點兒：「居隆居隆……崩楞崩楞……嗒嗒嗒嗒……咚！」他是穆桂英麼，他沒有注意他的師嫂。

　　湘娥呢，本來是要把尿盆再端回屋裏，可又想：他是一個小孩子，怕他幹嗎？所以就趕緊端着尿盆，半跑着進了茅房裏了，待了半天才出來。這時謝琴還在這兒練，不但耍槍，還假裝兒跑馬；他右手握槍，左手虛作出掄馬鞭子之式，嘴裏念着「隆隆隆隆……登不隆咚」，跑了這麼一個圓場，不想卻整個兒與師嫂又撞了個滿懷。

　　師嫂倒沒有說什麼，他卻一驚，叫了聲噯喲，又嫵媚地一笑，低聲問說：「沒撞着您呀？」

湘娥只是臉紅了，搖搖頭說：“沒甚麼，沒撞着，不要緊。”

謝琴走開了兩步，就重新去耍槍。

忽然西屋的門吧地一摔，光着膀子，露着大肚子的師哥，怒氣衝衝地走了出來。

湘娥先害了怕，猜着她的丈夫一定是看見了，剛說：“謝琴他撞我，不是故意的……”

沒想到她丈夫吳鐵肚就奔向了謝琴，掄起大巴掌，吧吧吧打了謝琴幾個嘴巴，回手又打他媳婦。

湘娥驚慌着說：“這是為什麼呀？你是怎麼啦？”

吳鐵肚大聲嚷嚷說：“我的眼睛不揉沙子！你們的事，我還瞧不出來？”一腳丫沒有踹着他媳婦，轉過大肚子又要抓謝琴，謝琴卻只是跑。他更氣瘋了，喘着氣說：“好個小忘八蛋，敢調戲你的師嫂？他媽的，我今天非得宰了你不行！”說着就到屋裏去取刀。他的這刀可是真刀，是他保鏢用的刀，刀光閃閃奪目，掄起來就要殺謝琴。

吳三貴也從屋裏出來了，急喊着：“這還了得？七頭！柱子！快去拉你們的師兄！”七頭、柱子徐華仙全都趕緊跑着上前。

柱子膽小，吳鐵肚沖着他把刀一掄，瞪着眼睛說：“你敢攔我，我就先宰你！”嚇得柱子回身就跑。

七頭可是真勇敢，他就右手去托吳鐵肚的腕子，左手向吳鐵肚那鐵肚上一推。卻聽吳鐵肚哎喲了一聲，刀也噹啷落地，屁股也吧叉坐地下了。他雙手揉着肚子直喊哎喲，說：“你傷了我的腸子啦！”把七頭嚇得倒直臉白，想不到吳鐵肚的肚皮竟這麼嬌嫩。

吳鐵肚還在喊叫，湘娥也過去攙她的丈夫。

吳三貴卻指着謝琴說：“好，你給我滾蛋！我這兒不要你啦！自從你一來，就攪得我家宅不安，你這麼點小小年紀……早先我還不大信，原來你真敢調戲你的嫂子？”他把謝琴剛才耍的那杆槍要過來，雙手掄起，向謝琴的身上就打。槍桿振起了風，嗖、吧、嗖吧，狠命地向謝琴的細腰擂了幾下，正如狂風吹搖着細弱的柳樹，是那麼殘暴而無情。

謝琴躲避也躲避不了，被打得東倒西歪，身子可還沒有躺下。他用雙臂擋着臉，不住地說：“噯喲，我不敢啦！噯喲，我再也不敢啦……”一邊求饒，一邊哭啼。

第四章　　飛鉤伍降龍

正在院裏亂得一團糟之際，忽聽得外面咕咚咕咚地打門。七頭倒跟沒事人兒似的向外面問說：“找誰的呀？找誰的呀？”

外面卻有兩三個人的語聲，說：“找姓吳的！吳三貴在家了沒有？吳鐵肚在家了沒有？我們是衙門來的。”

一聽這話，吳三貴就趕緊扔了那杆花槍，臉當時慘白，兩條腿直哆嗦。吳鐵肚趕緊忍着肚疼，爬起來就要往屋裏跑，並悄聲吩咐他的媳婦湘娥，說：“快把我的刀藏起來。”

而這時，卻聽門外又有人高喊着：“鐵肚呀！快開門吧！是我呀，現在有貴客拜訪你來啦！我說老肚呀，肚兒大嫂呀，你們快把門開開吧！”

吳鐵肚一聽，當時又放下心去，因為聽了出來這聲音，原來是他的把兄弟，同在一家鏢局做事的癩子盧大。這還怕什麼呀？所以吳鐵肚就趕緊叫媳婦拍了拍他屁股上沾着的土，又大聲回答說：“等一等！等我披上衣裳。”

外邊的盧大說：“還披什麼衣裳呀？來的沒有外人。”七頭趕緊上前，把街門開開了。

吳三貴這時仍害怕着，他一看，就見外邊來的一共是三個人。頭一個進來的，就是生着一頭癩瘡，耳朵上也貼着膏藥，但是穿着一身白紡綢的褲褂，白襪子、青靸鞋，周身連個泥點兒也沒有的盧大；跟進來的一位穿得更闊，虎背熊腰，滿臉的花白大鬍子。這是街上誰都認識，也是都敬畏的，柳樹井輔侯爺輔大人宅中的護院老師傅，名叫猛霸王江苞。像這樣尊貴的人，今天這麼早竟然到這裏來了，這可一定是有點事兒；第三位進來的更是有名，身穿官衣，頭戴官帽，年紀有四十多歲，雙目發光，瘦臉。這可真叫吳三貴一看之後身上更打顫，並且很疑惑，心說：莫不是我的兒子在外闖了什麼禍，現在是案發了？原來這位官人卻是京都最有名的，不但武藝超群，而且慣破大案，現在步軍統領衙門當差，手下管着四十多名捕快。此人名字叫飛鉤伍降龍，平常別說這個地方他不屑於來，就是最有名的鏢頭、拳師、大掌櫃們，看見他遠遠地來了，都得趕快地躲一躲；那些流氓、地痞、小偷兒之類的人就更不用說啦，還沒瞧見他的影兒，就許嚇得撒出了尿。其實，辦案捉賊從來也用不着他親自動手，那麼今天他突然來到了這兒，他不是為辦案，這麼早出來幹麼？可是，這個案子得應當有多麼多麼大呀？吳三貴覺得要完了，他要站不住了！要被嚇得發昏了！

他的兒子吳鐵肚，別看肚子真是稀鬆，人可到底在鏢行混過兩年，見過世面，敢用正眼去瞧這樣的闊人；同時看見有癩子盧大跟着了，這是好朋友啊，還怕什麼？他於是就趕緊披上媳婦給他拿出來的黑白鈕扣的小褂，迎上兩步，一抱拳，笑着說："今兒怎麼鳳凰落到了無寶地？江老師傅，伍大老爺，你們二位貴人竟到舍下來啦？"舍下這兩個字，他覺得說得不俗，官派！占身份！他還得轉一轉，遂又說："有失遠迎，當面恕罪，請吧！二位請到屋裏來歇歇腿兒。二位可別笑話，我們屋裏是亂雞窩，被窩兒都還沒疊呢！拙荊尿盆兒剛拿出去……"他的嘴不聽使，腦子也想不起應當說什麼話才好了。

飛鉤伍降龍卻微微搖頭，小鬍子嘴兒上掛着點淡淡的笑，說："我們不進屋，就在這兒看看就得啦。"遂就站在院中，把亮得跟大星星一般的眼睛，向着院中的幾個徒弟七頭、徐華仙、趙華五、秦華奎和謝琴等的身上，展了一展；那猛霸王江苞更是把幾個徒弟的模樣，一個一個地狠瞪。

癩子盧大瞧出吳三貴那魂不附體的樣子來了，就笑着上前說："三叔，你老人家別疑惑！我跟伍大班頭、江老師爺今天一大清早到您這兒來，也不是有什麼事。剛才我跟他們二位在茶館裏會着的，我們喝完了茶，就出來隨便瞎溜達，溜達溜達着，就溜達到您這兒來啦，想要瞧瞧您這兒排戲。"

飛鉤伍降龍又淡淡地笑着說："我們就是為來看看吳老闆排戲，因為吳老闆的戲班是最好的啦，教出來的徒弟個個都是好角兒，只不知吳老闆新近又收了什麼新徒弟沒有？"

吳三貴搖頭說："沒有沒有！回稟老爺，我沒有，真沒有。"他渾身打着哆嗦，說出來這話也不是他故意隱瞞，收個新徒弟也不犯罪，但他只要見了官，就只會說沒有，仿佛不會說別的了。

伍降龍又帶着笑問："那麼，吳老闆很辛苦啦！不收新徒弟，大概是想找一個可造之材，這也不是件容易的事，是嗎？"

吳三貴說："沒有！沒有！"

伍降龍又說："我聽過貴班的戲好多次啦！臺上既是都唱得那樣好，私底下怎樣教，怎樣排，我也早就想要來看看。"

吳三貴又說："沒有！沒有！"

旁邊的猛霸王江苞聽他所答竟非所問，就生氣了，問說："你有耳朵沒有？"

吳三貴說："沒有！沒有！"

癩子盧大趕緊來給勸解，江苞又瞪眼說："你這個老猻猴，你要腦袋不要？"

吳三貴身子亂顫，連連地說："沒有！沒有！沒，沒沒有！"

吳鐵肚抱着肚子上前來，陪笑說："我們這兒……"

伍降龍把手一擺，不叫他往下說。伍降龍卻笑眯眯地點手叫着謝琴，說："你這個小孩子，到這兒來！"

吳三貴在旁咕咚一聲就跪下了，說："啟稟老爺！這個孩子他因為不聽話，他師哥剛才才打了他。我們也沒有虐待他，是因為他身體太弱，又有點發傻，來到我們這兒五年啦，一齣戲也沒學會；白賠了五年的飯，他沒給我掙一個錢。我想這樣也不行呀，所以有時候才打他，可是絕不能夠再打死他啦！我說錯啦，沒有沒有，我沒有打死過徒弟！早先死的那三個徒弟，都是得癆病死的。過幾天，他要是再學不好，就叫他爹媽領回啦。”

伍降龍繃着臉又問：“他的爸爸是幹什麼的？”

吳三貴說：“他的爹是我舅舅……不是！不是親舅舅，只是親戚，沒法子，不能不收留他。他的爹爹是個打漁的，他還有一個姊姊，叫桂英兒……沒有！沒有！我沒有說謊。”

吳鐵肚聽他爸爸這樣胡說八道，不知所云，簡直氣得了不得，可是真話反倒不能說了，只好也添了一句，說：“這孩子是個廢物，要是依着我，從前年就不要他啦！”

伍降龍聽了似乎很失望，可是仍然向謝琴笑着說：“小孩兒，你說一句話來我聽一聽。”

江苞又瞪着眼說：“你給我唱一段梆子戲吧！”

謝琴卻搖頭，細聲細氣地說：“我不會，真是一點兒也不會，因為師父沒教給過我。我就會唱西皮跟二黃，京裏現行的昆曲，倒會唱幾口兒。”說的字字句句是純粹的北京官話。

伍降龍就更納悶了，直翻眼睛。江苞卻拉了他一下，說：“走吧！咱們白來啦！”

伍降龍卻忽然望着謝琴一陣獰笑，說：“小兄弟呀，你可別跟我耍這手兒呀？得啦，講點交情吧，跟着我上一個地方玩去吧！”

謝琴卻發着怔，又像害羞似的，只是瞪着吳三貴。

吳三貴站起來，說：“這位老爺要帶着你去玩，你就跟去吧！”

謝琴喜歡地笑說：“我還用換換衣裳吧？”

伍降龍卻用亮眼睛看着他的神色。

江苞卻又拉了拉伍降龍，說：“走吧！走吧！帶着他幹嗎？滿不對，咱們猜錯啦，別再弄得叫人在暗地笑咱們。”

伍降龍卻依然盯着謝琴，並說：“誰心裏在笑我，我可能看得出來！”

謝琴卻還是聽着，顯出莫名其妙的樣子，既發怔，又發怯，可又不敢說叫人帶着出去玩。

飛鈎伍降龍的兩隻尖銳的指爪就如同一對鋼鈎，只要抓住了人，人就跑不了。然而這時他卻失望似的倒背起手來，翻着眼睛，泛思了又好大半天。

剛才的緊張空氣完全渙散了，旁邊癩子盧大跟吳鐵肚又談起閒話兒來。吳鐵肚說：“怎麼樣啦，劫皇綱的那個案子還沒有破嗎？”

盧大說：“咱哪兒知道？只聽說天津府的賽秦瓊快要來了，大概那個差事，還得在北京辦。”

吳鐵肚努努嘴說：“北京，有飛鈎伍老爺，還用得着別人來插腿嗎？這件功勞難道都要來爭？我想用不着。伍老爺要是為難，別人可就更不行啦！伍老爺是天下第一，現在有伍子胥的鋼鞭，還用得着秦瓊的鐧嗎？”他這話自覺說得很俏皮，把伍降龍捧得可以。

伍降龍轉過身來，說：“吳老弟，你們鏢行的人眼皮兒雜，看見什麼告訴我一聲。”

吳鐵肚受寵若驚地說：“一定！一定！我今天就出門給你們找去，我也不管那個強盜是怎樣的三頭六臂。”

　　伍降龍說：“話既說到這兒，咱們是一家人，現在這兒也沒有外人；幾個小孩子我也都看過了，倒都是老實的孩子，他們聽見也不要緊。就是，我告訴你，這件案子已經將輔侯爺輔大人牽掛上了！原因就是那批皇綱，全都是自西洋採辦來的珠寶翡翠，是為皇宮內院裝設百寶鑲嵌的屏風之用的；御用之物，想不到竟遭盜劫，昨晚更于輔大人的深宅之中發現……”說到這裏，他回頭看了一看，又低聲地說：“按王法講，輔大人有私匿大內珍品、窩藏劫綱大盜之嫌。然而輔大人明白，這是有仇人往他的家裏栽贓，意圖陷害他家受滅門之禍，因此輔大人在家中發現了那種不知從哪兒來的怪異之物，立刻就報了御史衙門、順天府衙門，跟我們衙門。幾位正堂全都是半夜去的，會同檢驗無訛，確屬外來飛賊移贓。輔大人並趕寫奏摺，稟明皇上，心明眼亮，正大光明！他又是開國元勳，世襲功爵，汗馬功勞立過不少，結果竟沒有受一點兒處分。皇上聖明，毫不見罪，只敕拿賊。這麼一來，我們才真正忙了起來。”

　　他說到這裏一指猛霸王江苞，又接着說：“江老師跟輔大人在外多年，輔大人做過河南總督、川陝總督，還做過江淮總督，一輩子捕盜緝凶，得罪過什麼綠林豪傑，結下過什麼仇家，他自己全都知道，並且還都認識。如今的這案，分明是那強盜不為劫綱圖財，只為得寶栽贓，他必是與輔大人的家裏有不共戴天之仇無疑。並且輔大人也明白，當時就想起來了，斷定那劫綱之密必非一人，尚有黨羽隱身在戲班裏，說實話，我們現在才來捉拿……”

　　這些話一經說出，把聽的一些人，連吳三貴、吳鐵肚、七頭、謝琴等等的人和站在那邊聽了半天的紀湘娥，全都嚇得臉色蒼白，呆呆地說不出一句話。伍降龍特意地把謝琴看了看，遂傲然地說：“這些事早晚瞞不住人，不如我明說了，叫大家全都知道。還告訴你們說，我伍降龍要在五天之內破案！破不了案我就摘下這頂官帽，永不在衙門當差，二十年的名聲我扔啦！可是我也得跟那兩個或是三個賊人鬥，直到他掉了頭，或我進棺材入土！”

　　吳鐵肚說：“有了伍子胥，還找不着楚平王麼？有降龍羅漢濟顛僧，還拿不着那華雲龍麼？伍老爺既說是有賊藏在戲班裏，那好，鏢店我也不去啦！今天我就去幫您查一查戲班。現在京都的戲班兒有五福班、升平班、全祿班、高升班，我跟我爸爸全認識他們。倘若查出有個帶着賊味兒的人，我當時就把他抓住，送到您的衙門裏。”

　　伍降龍點頭說：“好好！老江，癩子盧大，咱們走吧，在這兒打攪了半天，實在對不起！”說着他們三人往外就走，吳鐵肚趕緊往外去送。那伍降龍臨出門的時候，還回頭向謝琴看了一眼。

　　吳鐵肚把那三個人送到門外，然後，他腆着大肚子洋洋得意地回來，喜歡得笑的要閉不上嘴，自言自語地說：“行啦，到了咱們出名走運的時候啦！只要拿住賊，伍降龍跟江苞都得佩服我！做了官，發了財，買上一座大宅子，就他媽的不在這兒住啦！”他向他的媳婦又喝一聲：“快給我舀洗臉水去！”說着他就回屋裏去了。

　　這時七頭又把街門關上，趙華五、秦華奎等人還要喊嗓子，謝琴又掄起那杆花槍，要再練習。吳三貴卻急得直跺腳，大聲嚷嚷說：“還喊什麼？還練什麼？你們還想學戲麼？算了吧！我也不教啦！我連唱帶教三十多年，混到如今，窮得只差點沒光屁股；平日不犯法，不得罪人，想不到今天差官也來了，捕頭也來啦！幸虧還沒把我跟你們全鎖走。可是你們剛才沒聽人家說麼，有賊藏在戲班子裏啦！難道你們都沒有耳朵，都沒聽見？還想唱戲啦，還要腦袋不要啦？”他把幾個徒弟說得全都發怔，不言語，都仿佛釘在那兒了。

那吳鐵肚在屋裏匆匆忙忙地洗過了臉，連辮子也沒重新編；他穿上一件夏布大褂，連紐子也顧不得扣，拖拉拖搭地向外就走。

吳三貴趕緊問說：“你要上哪兒去呀？”

吳鐵肚說：“我訪一訪去。”

吳三貴歎息說：“咳，您還去訪什麼呀？別多管閒事兒啦！別再踩一腳屎，閒事沒管成，再惹出漏子來，那可就要賠上我的老命啦！輔大人你惹得起麼？”

吳鐵肚卻跟他爸爸發橫說：“我是要幫助輔大人去捉賊！”

吳三貴說：“咳，賊咱們也不敢得罪他一點呀！你也不想想，賊既是敢劫皇綱，又敢到輔大人的宅裏去栽贓，還能夠是個好惹的麼？別說‘賊咬一口，入骨三分’，萬一那個賊正是咱們的同行，不捉住還則罷了；要是捉住，叫他恨上了咱們，還不得反咬一口？我勸你，千萬別出門啦，還是在家忍着吧，連鏢行也別去啦！咱們就關着這兩扇大門，我的戲也不想教了，過幾天叫這幾個孩子各去尋生路。我們受窮、挨餓都得認命！省得天天嘔氣，還說不定什麼時候大班頭就闖進門來，叫你提心吊膽。”

吳鐵肚哪裏肯聽他爸爸的話，就把嘴一撇，說：“老糊塗！剛才跟人家亂七八糟說的是些什麼話？琴官是新來的，哪用得着瞞人，豈不顯得倒是無私有弊？我要不出去晃搖晃搖，幫助人家去破破案，咱們這裏，你當飛鈎伍降龍就能放了心啦？以後你就是閉門家裏坐，還許禍從天上來呢！”說着氣忿忿地已開了大門，又回首向謝琴瞪眼說：“琴官！你這小子可別跑，我要不是看你這一手指頭就能戳死的軟蛋包，我真得疑惑你啦！反正你絕不是個好東西，等待會兒我回來，我再審你！”說着腆着大肚子就走了。這裏一些師兄弟們都瞧着謝琴，謝琴只受了委屈似的低着頭，擦眼淚。

吳三貴走一步歎一口氣，自己去關上了門，然後回過身來說：“孩子們，你們也都歇去吧！都別着急，誰叫遇着了這事？這不但是咱們倒楣，所有的戲班都算倒楣啦！飛鈎伍降龍硬說咱們這裏有賊，不錯，咱們唱《賈家樓》，去程咬金的武二花劫過皇綱；《貪歡報》的浪裏白條張順，還殺了那麼些個人呢！可是那是戲呀，真賊，咱們誰做過呀？可是現在就算叫人訛上啦！想起剛才伍降龍說的那話，我現在還直打顫。沒法子，大概是咱們師徒到了緣分啦！”說着他的眼圈兒直紅，一邊擦着眼淚，一邊歎息，就回到了他的屋裏。

第五章　深夜怪事

　　院中幾個師兄全都垂下了頭，只有七頭還滿高興，他悄聲對謝琴說：“師父叫咱們走，那才好呢！我要上終南山去，那兒有仙桃仙果，只要吃一個，就永遠不死；還可以另找一個師父學仙，將來腳踏祥雲，愛上哪兒去就上哪兒去。咱們一塊兒走，你幹不幹？”

　　謝琴卻搖頭說：“我不幹，你這叫瞎說，世間沒有那事兒。師父要是不要咱們，咱們就還得投別的班兒學戲去，幹別的不行……”

　　他正在說着，吳三貴在屋裏就叫道：“謝琴官！來！”謝琴應聲，獨自進到師父的屋裏。

　　吳三貴坐在一條板凳上，把他叫到眼前，就說：“我這戲班是一定散啦！餓死我，這碗飯我也不再吃啦！那麼跟我學戲的你們這幾個徒弟們，以後也都不能在我這兒住啦，因為我以後都沒得吃的啦，自然也不能養活你們這些閒人，這是沒法子的事。咳，別人倒還不要緊，他們還多半都有爹有媽，我只是不放心你。你哥哥把你送在我這兒，他就走啦，現在也找不着他啦！你人又這麼老實，你就是在街上要到了飯，也得叫別的乞丐搶了去，我對你真不放心。

　　“我教戲這些年，只遇見你是真夠個學花旦的好材料！平常的日子我不能跟你說，恐怕你驕傲了。我跟你厲害，那也是假厲害，因為當着別的人，我不能顯出偏向着你；連他們說你調戲你的師嫂，我都覺着你委屈，因為你不是那種壞孩子。我本想留下你，可是不行，你在這兒要是吃閒飯，更得受我那混蛋兒子的氣；把你送在別的班裏去吧，可是那你更得受委屈、遭排擠啦，不如你去自尋生路。

　　“我也沒什麼盤纏給你，不過多少我還有一兩件破衣裳、行頭什麼的，你若想要，就可以自己挑選兩件，拿到路上去變賣。將來能夠找着你的哥哥更好啦！要是找不着，你或者去給人做個書童，或者去當個店小二，年輕的人，說不定將來總有一天時來運轉。切記住了，像我兒子那樣的人不要交！嘴甜心辣、笑裏藏刀的人，千萬莫要接近！”謝琴不由得掩面直哭。

　　吳三貴又說：“你也不要難過。我說了這話，是叫你心裏先留下一個譜兒，自己沒事兒的時候仔細尋思尋思，到別處還有什麼投靠沒有？我並不是立刻就趕着你走，因為我家裏還有幾十斤粗米，戲箱、帽盒、幾樣砌末子若是變賣了，對付着也能夠供你們吃些日子。將來咱們分別之後，我這麼大的年紀，算全完了，我那個兒子也指不得，可是你們只要肯好好兒地幹，那就不發愁找不到前程。」謝琴聽了哭得更是厲害，可是他也不說一句話。

當日，除了七頭還跟沒事人似的，其餘的人全部都垂頭喪氣，謝琴大概連飯也沒吃，吳鐵肚是直到天黑還沒回家。吳三貴依然時時提心吊膽，他總是回想着今天早晨的那件事，尤其飛鉤伍降龍說的那些話，簡直是句句是刀。他越想越打冷戰，而更覺得謝琴可疑，心說：莫非是這孩子給招來的？這孩子雖說是像個好孩子，但是來歷不明，也不能不叫人起疑呀！

謝琴一個人還是在廚房裏睡覺，天氣是熱得像是要下雨。七頭等幾個人，這兩夜本來都沒敢在院裏睡覺，第一是怕受了夜寒，傷了風，嗓子喊不出來，要挨師父的打；第二是怕半夜下起雨來，那時還得跑進屋去，同時大師哥的疑心病又多，誰敢招惹他那鐵肚子呀？

今天，大家更不敢在院裏睡了，安安份份地吧！所以就都在那存放戲箱、砌末子的那屋裏去睡覺。好在戲班也快散啦，把那大戲箱當作臥鋪也不要緊；那面畫着車輪的那塊布，就可以當作被單。七頭把一個破椅墊子就當作了枕頭，四壁掛着土地爺的小鬼臉、寶爾墩的紅鬍口。戲臺上遇到真龍出現時用的那個龍腦袋，裝老虎的時候用的虎套，上元節唱應節新戲用的全份骨牌燈，麼二、長三全都有。還有唱《水簾洞》時佈置水晶宮、唱《天河配》百鳥搭橋時所用的道具，一大堆，占了半間屋子。

這些東西，都將要與他們分別了。他們擠在一塊兒睡覺，有的是夢見發了財，手捧着一隻金元寶；而有的則夢見了跟蘇三一樣戴上枷了。各人都心緒不寧，所以做的夢也全都很怪異，不過倒都呼嚕呼嚕地直打鼾。

另一間屋裏的吳三貴，雖沒覺着臭蟲比往日特別地咬人，可是翻來覆去地總是睡不着。半夜裏他起來了，因為他發愁地想：鐵肚兒大概是沒回來吧，別是在外出了什麼事？所以他就趿拉着鞋走出了屋。忽然看見了廚房裏有燈光，他就不禁更為生疑，心說：且慢！謝琴這孩子半夜裏點着燈，到底是幹什麼？於是他就壓着腳步兒，輕輕地往那邊走。因為廚房的門沒關着，他探着頭一看，就見屋裏有兩條人影，是一男一女：男的是謝琴，女的是他的兒媳紀湘娥。

他可當時就氣起來，心說：好麼，這樣地不識羞恥，果然有這樣的事，還怪我的兒子嗎？剛要發作，自己卻又把自己攔住了，心說：這可不是玩的，萬一他們狗急了跳牆，就許要我這條老命，正倒楣的時候別再出事兒！我還是過去先偷聽一聽，到底他們是在說些什麼知心的話兒？明白了他們打的是什麼主意，好再想辦法，反正謝琴這忘恩負義的孩子，是再也要不得啦！因此，他的腳步更輕，就走到了廚房的門旁。

這時天空打了一個大閃電，照得跟白天似的那麼亮，把他嚇了一大跳，接着可又轟隆的一聲雷。他縮了縮頭，然後側耳往廚房裏去聽，只聽他的兒媳正在說：「你到現在還不跟我說實話嗎？你瞞我不要緊，你還瞞得住伍降龍？今天早晨他就為你來的！我勸你快點走吧，我有幾個貼己錢，可以借給你作盤纏，你現在要是不跑，明天早晨或許跑不了啦。我倒不是怕你連累我，你連累了我公公、我丈夫，也連累不着我，可是你這麼年輕，又這麼瘦……」

謝琴的聲音似乎更為嬌細，他不急不慌地說：「本來我心裏沒愧嘛！我又不是賊，伍降龍要捉我，就叫他來捉我吧。”

湘娥卻又長歎了一口氣。

吳三貴倒不禁在暗中點頭，心說：兒媳婦猜想得對，我也是有點這麼猜想，謝琴你到底原來是個幹什麼的，你何妨快一點說呀？聽了半天，屋裏的謝琴還是不認帳，並且嗚嗚地低聲哭了起來。

吳三貴偷眼看了看兒媳婦的那個影子，好像也在揉眼睛，就聽她又說：“其實你要被人捉去，我管得着嗎？不過因為你是個苦命人，我也是一個苦命人……”吳三貴心說：我的命比你們更苦啊！

可是這時，忽然天空中又打了一個比剛才更亮的閃電，他驀一抬頭，忽見對面牆頭上坐着一個人，穿着黑衣，垂着腿兒；模樣兒還沒容他看清，那閃電又縮回去了。這可把吳三貴嚇得幾乎趴在地下，兩腿哆哆嗦嗦，心說：我的家裏大概是要出滔天大禍，怎樣半夜裏還有人坐在我家牆頭上涼快呀？莫不是謝琴倒真是一個好孩子，這牆頭上坐着的才是賊？這位賊大爺，難道我得罪過他？

剛一這麼想，忽見牆頭上的那個人，嘴裏一亮一亮地抽起煙來了，還倒真不避人。此時又是一個閃電，吳三貴趕緊乍着膽子仰臉一看。這一回他可看清楚了，牆頭坐的原來正是飛鉤伍降龍，手裏拿着煙袋，好像還向着他笑了一笑。

吳三貴就更是害怕，知道這件事情不小，心想：伍大老爺是盯上了我這個家了！其實縱使我的徒弟之中有賊，我也不至於就有死罪，只是我的兒媳婦現在正跟那個小子談知心話兒，這種家醜，可是瞞不住伍大老爺啦！我現在可怎麼辦呢？把他們打散了？不行，伍大老爺在牆頭上也許看得正入神，別叫他看白戲呀；請伍大老爺下來喝茶吧，誰知道伍大老爺現在願意不願意人理他？咳，“千思萬想無計奈，我只得轉回家”，於是他又慢慢地走回自己的屋裏。他自然心裏還在跳，覺更睡不着，然而也不敢再出屋，屋外閃電一下一下地照耀，雷聲也隱隱地響。下了一會兒雨，可就住了，不覺天就明了。

昨夜，也不知道兒媳婦跟謝琴的結果如何，更不知伍降龍是什麼時候走的，吳三貴忍隱在心，是一句話也不再提，更顯出來垂頭喪氣。他關上街門，不讓徒弟們練習，可也不放徒弟們走，現在更不敢叫謝琴走了！咳，真是想不到，他那樣聰明而又溫柔的孩子，怎麼就……咳，難說，難說！不敢想，不敢想，不敢想！

謝琴倒還是跟往日一樣，只是那俊俏的小臉兒上添了一層憂愁，而人卻更規矩了。吳三貴也不多看他，更不願意，也像是不敢似的多跟他說一句話，這樣就過了一個上午。

到了下午兩三點鐘的時候，忽然吳鐵肚回來了。吳三貴這才放了心，同時卻又見兒子吳鐵肚好像喜歡、興奮得了不得。他散開懷，還把他那淌着汗的大肚子，不住地用扇子扇着，說：“爸爸！我給你攬來了個好生意，你快點預備着，明天就去走堂會。”

吳三貴一聽有人要邀走堂會，這可以掙些錢呀，自然也很是喜歡。可是轉又一想，就把頭搖搖說：“算了吧，戲還唱什麼唱？在家裏忍着都許要出漏子，要是再一去走堂會，那就許全都回不來啦！”

吳鐵肚卻說：“這不是別人家裏邀，正是柳樹井輔侯爺輔大人家。”

吳三貴一聽當時又吃了一驚，腿又有點發抖。

吳鐵肚說：“不是因為劫皇綱的賊人，深夜到他宅裏去栽了贓嗎？那個賊可也真笨，他卻不想，那就能夠叫皇上辦輔大人的罪嗎？那真是錯打算盤啦！皇上知道了，反倒想起輔大人早先立下的那些功勞，不但沒降罪，反倒把輔大人給大大誇獎了一場，賞了皇上御筆寫的一幅匾。哈！這麼一來，可把輔大人那老頭兒樂瘋啦！全家更是歡天喜地。恰巧下月初十就是他老人家的七十整壽；明天也是初十，早辦一個月，慶祝皇恩，外帶着慶壽，所以要大辦一場，明天是唱對台大戲。”

吳三貴聽到這裏，就忍不住探着頭問說：“邀的都是哪家戲班？”

吳鐵肚說：“邀的有升平班……”

吳三貴一聽，就不由得心生妒嫉，因為升平班是現在最大的一個戲班，班裏人才濟濟，尤其他們那個唱小旦的楊錦官，紅得簡直都有點透着紫啦！

吳鐵肚又說：“還有就是咱們這個戲班。這生意不是我給拉的，是輔大人親自發下的話，傳給了江苞。江苞就叫癩子盧大到鏢店去找我，吩咐咱們明天務必全都去，得好好兒唱；要多少錢給多少錢，另外還有賞錢。”

吳三貴一聽，樂得實在有點閉不上嘴，可是心裏卻又發愁，暗想：昨兒跟着飛鉤伍降龍一塊來的就有江苞。他府裏本來就出了大案，大案的賊據說又跟戲班有連帶，現在可又要叫到他的宅裏去唱戲，萬一要唱出禍來，可怎麼好？

他正在猶豫不決，他兒子吳鐵肚又說：“這件生意應也得應，不應也得應！湊不齊人也得向外拉去，反正明天得給人家去唱，人家這是賞臉！癩子盧大還指出咱們這兒有個小娘們似的徒弟，大概就是琴官，叫他明天一定得去登臺。爸爸可得囑咐他，唱不好，就要他的命！”

吳三貴更疑慮起來了，昨夜的事他不能說，但是明天是謝琴的福呢？還是謝琴的禍呢？他是福是禍倒不要緊，可千萬別把我也拉上啊！

發愁了半天，他的兒子吳鐵肚都看不過了，就說：“爸爸，你倒是怎麼樣啊？快預備呀，明天都給人家預備什麼戲呀？”

吳三貴點頭說：“好，好，這就預備着，明天的戲自然得唱些吉祥戲啊。”

吳鐵肚說：“淨唱些吉祥戲，也沒有什麼大聽頭兒！反正人家大人邀咱們唱，是瞧得起咱們。憑咱們這破班，也要跟升平班對台，本來就是不夠，角兒、行頭，無論那一樣也比不上人家，可是您得囑咐他們唱；也不用怎麼露臉，因為那是做夢！咱們這幾個破角兒，尤其是琴官，他上了台，能唱出來就是好的，只要不現眼就行。要是唱砸啦，不但您這戲飯一輩子別想吃啦，連我吳鐵肚也得跟着丟臉！一定得叫人說：你還保鏢呢，你們家的那個戲班都是湊合事，保鏢還會保得好？”

吳三貴一聽，又默然了半天，更顯得發愁，自覺着自己這戲班，瞎唱戲可以，要跟升平班打對台，是實在得招人見笑；謝琴又是剛學，如何能跟人家那個大名鼎鼎的楊錦官比？不過……他又想：是得給兒子鐵肚作一作臉！人家邀我，大概還是沖着兒子的面子，何況，錢也一定不少哇！有一個多月沒開張啦，現在有這麼好的買賣上門，為什麼不打起精神來去唱一天？先掙到銀子是真的！有禍叫謝琴官去頂，反正他也不是我的兒子。

因此吳三貴又打起來精神，就喊道：“你們都來呀！”喊了兩聲，才把七頭、趙華五、秦華奎全都叫來。原來這幾個孩子這兩天都沒有學戲，卻整天蹲在院裏的牆根下擲骰子，一叫來，他們還都彼此擠眉弄眼的。謝琴正在廚房幫着師嫂擇韭菜，聽了呼喚，也趕緊跑來了。

吳三貴就說：“我本來想把班子散了，可是買賣又來啦！明天柳樹井輔大人家裏邀堂會，人家還邀了升平班。你們知道麼……”他把兩隻眼睛一瞪，又接着說：“要跟咱們唱對台！生意倒是一件好生意，升平班我也不怕，我才來到北京的時候，那時候他們那個班子還提不起來呢！我教的戲，敢保說規矩，不像他們，淨要靠楊錦官唱粉戲掙錢。咱們明天倒要跟他們打個對仗，唱好了是咱們的榮耀，以後咱們還都許發財呢，你們也都用不着去改行啦！可要是唱不好，泄了氣，那可就算真吹啦！我把你們都趕走，把大門一關，誰應該餓死那可就憑命了。”

吳鐵肚也說：“明天你們都得打起精神來，好好給人家唱呀！唱壞了，回來我就拿下來你們的腦袋！”

幾個徒弟一聽了這些話，知道又唱戲了，當時就全都高興，七頭喜歡得更是厲害。吳三貴當時就打發他跟趙華五，趕緊分頭去找那已出了師的于貴官、趙貴長、秦貴如；還有沒出師，因為在這裏養活不起，不唱戲的時候就在外做小買賣的徐華祿、柳華保等幾個人。文場拉胡琴的，武場打鼓的、打鑼的，連龍套、揀場的，都是由秦華奎跑去通知。

這裏只留下謝琴一人，吳三貴就很和善地問他說：“明天你能登臺麼？你頭一回就遇見這麼大的堂會，你敢登臺麼？”謝琴只是點點頭。

旁邊站的吳鐵肚厲聲說：“你既點了頭，明天要是別人都唱得好，只有你洩氣，那可不行！我可饒不了你！”吳三貴向兒子擺擺手。

吳鐵肚依然瞪着兩隻凶眼睛說：“還有一件事，我得囑咐你，到了人家府裏你可得規矩！臺上說什麼話，都得按着戲詞，別瞎添討巧；下了場就好好在後臺待着，別滿處亂轉。因為人家侯爺府裏有好幾位少奶奶、小姐，還有姨太太呢，你只要拿眼睛瞧一瞧人家娘兒們，那你可就小心着點！人家就是不當時挖下你的眼睛，回來我也得剝你的皮！”

吳三貴又擺手說：“你也不用再說啦！這孩子他自己也明白。反正他來到這兒這些日，我待他也不錯，他絕不能安心害我。明天他要給我丟了臉，拆了班子，砸了飯碗，都不要緊，只別給我惹出漏子來，就得了。”

當時大家都很忙，七頭、趙華五、秦華奎他們給找的那些人，先後全都來了，派戲、分配角色、收拾行頭、預備演唱，直忙到半夜裏十二點多鐘才散；有的走了，有的回到屋裏就倒頭睡去。夜內，倒好像沒再有什麼驚人的事情發生。

第六章　壽堂鷹虎也凌人

　　次日一清早，就來了很多的人，像于貴官、趙貴長、秦貴如，都跟謝琴、七頭在一起喊嗓子，又請拉胡琴的把琴操起來，一個一個地又吊嗓子。這個院裏從來也沒有這麼熱鬧，雖然他們也常出堂會，在王府裏都演過，可是大家也不像今日這樣地緊張。

　　今日是因為到輔大人家裏去出堂會，是唱戲的都知道，那個輔大人懂得戲。與升平班楊錦官齊名的五福班的小旦張銀官、架子花費傑官，去年在他的宅裏出堂會，輔大人一聽唱得好，當時賞了每人五十兩銀子，還囑咐老闆說：「這是我賞給他們自己花的，可不許你們在裏頭剝皮！」所以，今天大家都想也能得到輔大人的賞識，倘若唱得好，得了賞，不但有了銀子，可算是發了一筆財，還立時就身價十倍。

　　其次便是今天是跟升平班唱對台。「同行是冤家」，往常升平班的都斜着眼睛瞧，用鼻子哼，一點也瞧不起咱們，現在居然他們瞧不起的人，要跟他們唱對台了！這也許是輔大人故意抬舉咱們，壓下他們，所以大家真得使使勁兒！不必師父囑咐，也得好好地唱這一天。

　　吳三貴既是高興，可又懸着心。他也見過世面，輔大人的宅裏縱使炫赫，可是難道還真能夠蓋得過王府？不見得；輔大人就是懂得戲，可是如果唱錯了，他至多也不過笑笑，未必屑於跟唱戲的為難；升平班雖然今天與他們唱對台，可是吳三貴自己知道，就連行頭也比人家不上。他倒沒想去賭氣，就是他覺得，這一次輔大人忽然召他們去唱，仿佛有點可疑，另有作用，尤其是指明了叫琴官今天非得去登臺，這別又是伍降龍的主意吧？葫蘆裏的是什麼藥呢？琴官就是不好吧，跟他師嫂的事也是可氣，不過也沒有得罪過他們呀？他們為什麼單單注意上了琴官？

　　吳三貴用眼去瞧謝琴官，見這孩子倒是很可憐的，他一點也不知道，還很高興地跟人在一起預習戲劇。拉胡琴的褚老九是一隻眼，給許多的名角都托過腔兒，然而他如今聽謝琴一唱，立刻就讚不絕口，說：「我簡直沒見過有這麼充實的本錢（嗓子）的！」又把戲衣拿出來給他試了試，雖然長短不太合適，可是穿在他那苗條的身體上，就那麼嫵媚動人；他的腳更小，不踩蹺都不顯腳大，踩起蹺來更是靈活，他的身子真是熟練呀！

　　吳三貴也不明白自己怎麼有這麼大的本事，才教了不多日子，就把個徒弟教得這麼好。這徒弟實在是叫人又可愛，又可惜，而又可疼！疼是心疼，怕只怕今天他或者一唱，輔大人就許抓碴，不是吩咐猛霸王江苞把他拉下臺，打個半死，就是叫飛鉤伍降龍掏鎖鏈把他帶走，那多麼叫人心疼呀！

謝琴還沒有一件平常穿的像樣兒的衣服。吳三貴這戲班為走堂會，倒是每個徒弟都給預備着一條竹布褂；平時不准穿，到出堂會的時候都穿上，為的是整齊，可就是還沒給謝琴做。但他沒有一件乾淨一點的衣裳也不行呢！所以昨天吳三貴就從箱子裏，找出他老婆的一件淡青色的春羅褂子，大概是他老婆年輕的時候穿的，交給兒媳婦給改。

紀湘娥針線不離手，大概費了多半夜的工夫，才按着謝琴的身材改做了一件大褂。現在已經改好了，叫他穿上看看，倒還合身，可是仿佛有點不男不女似的，七頭他們看見了全都暗笑。吳三貴把他端詳地一看，倒覺着他益為娉婷，真像個小媳婦。這樣進了輔宅，輔大人見了不得更生氣麼？他又不禁有些猶豫起來，謝琴倒仿佛很愛他的這件新衣裳似的。

臨時瞎湊，若是細講究，時間也趕不及。現在就已經有上午八點多了，吳三貴就先叫人把戲箱、圓籠等等的東西送了去，還打算叫兒子跟着去。可是他的兒子吳鐵肚，現在才不管這些事兒啦！竟自打扮得闊大爺似的，一個人走了，吳三貴也沒有辦法。

他又叫文場上的一些琴師、鼓手們也都去了。然後他就換上了他的一件官紗大褂，也拿上一柄黑紙面子灑金的摺扇，一面又囑咐眾徒弟們說：“到了人家宅裏，有酒席也不准隨便地吃，甜菜、酒，跟太涼太熱的東西都不准用。頂要緊的就是到了那兒，都要在後臺好好地待着，別滿處亂轉，也不准看人家的少奶奶跟小姐，連人家的丫環也不許瞧一眼。你們要是惹出漏子來，我可也護不了你們。別看咱們今天走堂會的這地方不是王府，其實輔大人的宅中規矩，比王府還更嚴，再說……”他又小聲一點說：“他們宅裏的人向來是凶得出名，你們都知道吧？可千萬都要好好的，不求有功，但求無過，好歹把今天對付過去，也就完了。”

說這些話時，他特別地用眼瞧謝琴。可是這些人裏唯有謝琴最為規矩，他低着頭，大姑娘似的，一聲兒也不言語。並且別的人都穿的是一律的淡藍色的竹布褂，惟有他穿的是淡青春羅的旗袍，這顯得很特別。但吳三貴心裏想着：特別一點也好，叫人知道他就是謝琴，有人捉他的時候也好捉，省得連累了我別的徒弟，別連累着我！

當下他就帶着他的這幾個徒弟走了，臨出門的時候，還回過頭來囑咐兒媳婦，說：“你可把門關好了！我們也許半夜裏才回來啦！無論是誰來叫門，你可也別給開！”

紀湘娥輕聲兒答應着，關心似的看着謝琴的背影。謝琴也回首看了看，臉色上也顯出來一些悲慘，可是一閃就過去了。他掉過頭去，就跟在最後邊走着。

走了不算太遠，就望見了柳樹井那一片密密的柳樹，尤其輔大人宅子門前的那八棵大柳樹，簡直高得連上了雲彩。那柳樹的姿態不同，有伸着腰的，有彎着腰的，就好像唱戲的在臺上做出不同的架勢，而這架勢還都像很凶猛似的，那橫枝、斜幹都像是伸着巨臂要來捉人。

吳三貴領着頭，越往前走，他的腿又有點發抖。來到臨近，就見綠呢的八抬大轎已經來了好幾頂，簇新的大鞍馬車擺了一大排，駿馬在石椿子上也拴了不少，還有小廝們牽着騾馬來回地走着。那威風顯炫的，高懸着許多塊大匾額的廣亮大門前，僕人們不斷地出人，還有四名腰佩着鋼刀的官人把着門。吳三貴更覺着腿軟了，來到高臺階前，仰着向上說：「我們，我們是貴，貴華班的……」他說出這話，把門的官人就像是沒有聽見，並不理他。

但是忽見癩子盧大從裏邊出來，見了他們就笑着說：「你們來啦？好好好，進來吧！那個謝琴官來了沒有？」他看了看謝琴，就更笑着說：「好好，你們全都來啦！快進來吧！客人都來了不少啦，升平班的人也都來啦，待一會兒就開台；我還怕你們來晚了，那可真叫我坐蠟。」說着，就帶着吳三貴跟謝琴等人往裏走。

吳三貴一看，癩子盧大的腦袋上，戴了一頂青紗的小帽頭，把他頭上的癩掩藏起來了，臉也洗得很乾淨，穿的是一件很新的青洋綢大褂。這傢伙真能夠鑽，他不會什麼武藝，可也保過鏢；他家無恆產，身無薄技，但也居然混得不錯了。現在竟混到這侯門巨宅，像個清客似的，裏裏外外、上上下下，他都很熟。吳三貴不敢得罪他，更十分地恭維着他，就跟着他順着穿廊、遊廊，進了兩三層寬大而奢華的庭院。

盧大就帶着他先看了看戲臺。原來今天這裏不僅僅是唱對臺戲，一共是三個戲班呢！除了他們的貴華班和那個升平班，還有本屋裏養的戲班。本屋的戲班完全是小姑娘們演唱，人數不多，而且只會唱崑曲，是在後花園裏原築就的那臺上演唱；大概是專為女賓們聽的，現在也還沒開鑼。

在東跨院臨時搭了一個台，是由升平班在這裏演。這個跨院可也不小，有大客廳，平時大概是輔大人在此召集大臣名宦，商量重要事宜的所在。升平班的腮下有一撮毛的史老闆，對吳三貴說：「你們可得讓着我們點呀！我們這兒可沒有你們那麼多的硬棒角兒。」

吳三貴聽他這話，知道是帶着譏諷的意味，心裏有點不高興。要過他們排好的戲單子一看，見最重要的戲目有《長阪坡》、《御碑亭》、《金榜樂》、《大團圓》。楊錦官的是三出戲，《御碑亭》不算，還有《春香鬧學》和《貴妃醉酒》，這真是崑亂不擋了。吳三貴看了，更不由得着急，因為他們的琴官哪裏會這些戲呀？大半是非砸不可。

跟着癩子盧大到了給自己搭台的那個院子一看，他更覺着是受了侮辱似的。原來他們今天唱戲的這個院落，寬大倒是寬大，可是地下有馬糞還沒有掃淨呢！可是已經有不少人在這兒催着開台了，這些人裏幾乎沒有一個穿着像樣兒的，都是一些跟着主人來的二爺、小廝，還有本屋裏的一些護院的、打更的，再有就是他們的老婆、小孩，還有專為聽對兒戲而來的他們的一些親友，總而言之，沒有高貴人。這個院子就是馬圈，接連着把式場，那邊還有個養着幾隻梅花鹿的地方。

吳三貴明白了，花園的戲臺，是為太太小姐們看；升平班那邊，是侍候來賓中的一些貴人。而這裏呢？乾脆就是為打雜的、跟班的看的。這輔大人簡直是下眼看人呀！今天就是唱得天好，也沒有人能給賞錢呀？實在有點不平。我們在王府都唱過，也不應當就這樣看不起我們呀？心裏氣得真想不唱了，可是他轉又一想：這也好，本來我就怕輔大人邀我來，尤其是指出名的來叫謝琴，多半是有什麼漏子出來。現在，三台大戲，輔大人還能夠到這裏來聽？大概見不着他啦！今天是絕保沒有事，好好歹歹把戲唱完了就行啦，也別跟升平班賭氣。他有點灰心，可也放了心，精神也鬆弛了，兩條腿也不再哆嗦了。

這時忽然走來了一個彪軀大漢，滿臉生着紫黑色的大疙瘩，穿着青緞短衣褲，腰系板兒帶子，別着匕首兩隻。癩子盧大趕緊給引見說：“這是晁四爺，見見，見見。”連盧大都顯出是極畏懼這個人，吳三貴猜着，這必定就是北京街面上最有名的凶漢，而是本宅裏護院的，他的綽號叫黑蜈蚣，當下不禁兩腿又有點發抖。

黑蜈蚣晁四卻說：“你們去拜過壽了麼？”

吳三貴說：“沒有，沒有。”

黑蜈蚣說：“那麼你們就先等着，現在裏邊正拜着壽呢，等到輪着你們的時候，我再來叫你們！”

吳三貴又連連地彎腰，說：“是，是，四爺就多關照吧！”

黑蜈蚣又瞪起來大眼說：“哪個叫謝琴官呀？”

吳三貴嚇了一大跳，趕緊指着說：“就是他，就是他。”

黑蜈蚣一見謝琴，就說：“哈！哪來的這麼漂亮的小孩？給我當乾兒子吧！”說着就上前一拉謝琴的胳臂。謝琴當時就哎喲哎喲地直叫，大概黑蜈蚣的力量很大。吳三貴臉都嚇白了，可也不敢攔。

黑蜈蚣卻不住地哈哈大笑，說：“原來是這麼一個涼粉兒似的嬌孩子！孩子，今兒你可小心着點啊。”

正在說着，忽聽那邊屏門裏有人高聲叫着：“來吧！現在是該他們唱戲班的拜壽賀喜啦！”吳三貴扭頭一看，那邊站的原來有四五個人，一個是猛霸王江苞，一個是飛鈎伍降龍，還有兩位全穿得極闊的年輕少爺。一個白圓臉的誰不知道，就是輔大人的第十一個兒子，有名的花花公子，又是少年英雄，人稱之十一太子，名叫輔豹；另一位少年卻生得十分英俊，雙眉自然地高挑，就好像戲臺上的武生似的，可不知道這是誰，反正不是這宅裏的高親，就是貴友。這四位全都是了不起的人呀，但就像已經在屏門裏向這邊看了多時啦！

黑蜈蚣的手還緊緊拉着謝琴，就說：“走吧！都進去磕頭去！”

吳三貴又心跳起來，暗想：進裏邊拜壽賀喜是應當的，可是也不必這個樣兒呀？大概是要出漏子，琴官要完！他的雙腿簡直邁不開步。

黑蜈蚣卻拉着謝琴走，一進了屏門就被那十一太子輔豹把謝琴接過去了。這位太子可更悍更凶，他就把謝琴的胳臂揪住，用力地一掄，同時在背後一掌，整個把謝琴推出了穿廊的欄杆，而謝琴竟如同是趁勢兒飛過去的，到了廊子外他可沒有跌倒。

忽然，猛霸王江苞驚詫地說了聲：“怪！”

謝琴當時就臉紅了，這邊飛鈎伍降龍卻微微地一笑。那長得像武生似的少年卻說：“他唱武旦一定不錯，腰腿兒伶便。”

這時謝琴卻像受了欺負似的，直要哭。那邊，隔着花圍的廊子上正走着七八名姑娘，全都是頭梳着大辮子，身穿着花衣、花褲、花鞋，都有十七八歲，好像是一般高似的。她們全都止住步，向這邊來瞧，都露出驚訝，而不知道這裏是怎麼回事。十一太子輔豹也得意地笑了，卻倒沒有說什麼。

這裏也不是正院，還得往裏邊走。謝琴就像一隻可憐的小雞，連飛也不能飛，又得爬上廊子來，在飛鈎伍降龍、猛霸王江苞、黑蜈蚣晁四、十一太子輔豹和那少年幾個人的包圍之下，往裏邊走。

後面跟着的吳三貴覺着事不祥，心說：一定得把我連累上，這可怎麼好？

　　那于貴官、趙貴長、趙華五等人，尤其是七頭，可真覺着不平，又都敢怒而不敢言，也都往裏院去走。只見那一隊花衣裳的姑娘，在他們的前邊先進去了，原來就是這輔宅裏自己養的戲班女伶們。

　　走進這層院落，就看見了正院。走廊上擺列着無數盆名貴的，叫不出名目來的紅紫紛披的鮮花；鸚鵡就養着三十多隻，籠裏奇異的鳥兒不知有多少，都吱吱喳喳地在叫着；還有兩對白玉的大魚缸，四隻金鼎裏邊焚着檀香。正面大廳裏的男女貴賓甚多，皇上賜給的御筆匾額大概也在大廳裏，而那位尊貴的輔侯爺輔大人，也必定在廳內。

　　本屋裏的女伶們由人領着，都到裏邊拜壽賀喜去了，十一太子跟那位武生也都進去了。待了一會，由裏面傳出話來說：“就在外邊磕頭吧！”

　　院中本來鋪着一大條紅毯，於是連吳三貴全都下跪，向着那大廳磕頭。只是謝琴好像十分不願意似的，他的臉色先是有點發紅，由紅而顯出紫色，旋又浮上來一層悲哀，似含着一種隱忍，結果是十分草率地磕下了三個頭。他隨眾站立起來，斜看了一眼，只見那飛鉤伍降龍又對他微笑，他就不敢再以眼睛對伍降龍的那森厲的目光了。

　　猛霸王江苞大聲問說：“你們今天預備的都是什麼戲？誰都唱什麼？”

　　吳三貴趕緊恭敬地回答說：“戲單兒昨天就帶來了，遞上去了，是《大賜福》、《百壽圖》、《二進宮》、《封官》、《打金枝》、《蟠桃會》、《喜封侯》……”

　　江苞卻說：“大人不愛聽這些俗戲，叫他們換！”

　　吳三貴說：“換什麼我們都能伺候。”

　　江苞進到大廳裏，待了半天，便拿出一張白紙寫的戲目，不交給吳三貴，卻單交給了謝琴，說：“這是大人交給你的，說你一定認識字，你就看吧！”

　　謝琴接過來，發着傻，搖頭說：“我不認識字。”

　　伍降龍便趕緊過來看，只見這戲目大概是輔大人親筆開的，寫的是：《陽平關》、《英雄會》、《一箭仇》、《斬蔡陽》、《拿謝虎》、《魚腸劍》、《俞伯牙摔琴》。他同時念出來，同時目光更顯出森厲，眼瞪着謝琴。

　　此時廳裏又走出來了那武生模樣的人，說：“大人有話，你們就按着戲單唱去吧！只留着那謝琴官在這裏。”說着又向謝琴看了一眼，意帶憐憫，並含着點安慰，仿佛是說“你不要害怕”，但並沒有說出來。

　　謝琴的臉色顯出有點蒼白，但一會兒便又鎮定了。吳三貴就像生離死別似的說：“琴官，那麼你就在這兒吧。”

　　七頭卻忿忿地說：“這是怎麼回事呀？我們是一塊兒來的，要唱一塊兒唱，要走一塊兒走……”他的話還沒說完，江苞就用大手搧了他一個大耳光。

　　謝琴這時的小臉上可顯出怒容來了，伍降龍卻擺手，叫吳三貴趕緊帶着他們走。

　　吳三貴驚驚慌慌拉着七頭就走，七頭哭着說：“你們屋門大，就欺負人嗎？你們還能憑勢力把琴官吃了？”吳三貴在後邊拿腳踢他，趙貴長等人慌慌張張地勸他。

　　才出了那屏門，這裏江苞就向黑蜈蚣一努嘴。黑蜈蚣飛奔過去，就拔出雪亮的兩隻匕首，而這時幸虧那武生似的人趕緊地跑過去給攔，但還是聽見七頭“哎喲”的一聲喊叫，這裏謝琴的臉色立時就慘白了。

　　旁邊飛鉤伍降龍搖頭說：“不對！這不是地方兒，不應該。”

　　而此時大廳裏急走出來一個穿着華麗的大丫環，說：“是怎麼回事？廳裏那麼些位客，鬧什麼？”

　　伍降龍趕緊搖頭說：“也沒鬧什麼，不過是有個唱戲的說錯了話，晁四追過去打了他一下。”

　　這大丫環沉着臉兒說：“晁四也真不識體統，今兒是什麼日子，就在這兒打人？不許他再進這院來啦！”

　　伍降龍笑着說：“他是護院的。”

　　大丫環說：“他是護院的，這個院子可不叫他護，現在用不着叫他護！再說，他是護院的，你是幹什麼的，你也在這兒？”

　　伍降龍說：“我是在這兒當差事。”說到這裏，顯出不樂意的樣子，仿佛觸犯了他的威嚴了。

　　不想這大丫環比他更顯着威嚴，說：“你當差？這可不是你當差的地方！”

　　伍降龍冷笑着說：“是你們家裏的大人請我來這裏當差。”

　　大丫環說：“請你當差，我怎麼沒瞧見帖子？你快滾出去！”

　　伍降龍生了氣，瞪眼說：“什麼？”大丫環也把一雙杏核眼厲害地瞪着他。

　　此時，那大廳裏可走出來五六個女人，有僕婦、有丫環。其中有一位身材很細小，而生得美麗，穿得特別華貴，嫋娜如仙的，這大概是小姐。伍降龍這才不敢再說什麼了，便又冷笑了笑，說：“好！我們出去，來！琴官，好朋友，你跟我一塊出去吧！”說着就要來拉謝琴。

　　那邊有個大腳的僕婦趕過來，給嚷嚷說：“你拉人家幹嘛？大人、小姐待會兒還要叫他另外唱一齣戲呢！”這時那武生似的少年也回來了，外邊又有貴賓跟女眷來了，伍降龍才不得不暫時放開了謝琴，他又笑了笑，才走出了這個院。

　　客來了，小姐卻不回避，叫那大丫環領着謝琴到西邊屋裏，安慰着說：“你不用害怕！好好在這屋裏待着就得了，到叫你唱戲的時候，一定有人來叫你。”謝琴點了點頭，拿袖頭擦眼淚，這長着一雙杏核眼的大丫環就忙忙地又出屋去了。

第七章　　豪俠公子冉青雲

　　來的貴客是越來越多了，前院已鳴起了鑼鼓。謝琴現在待的這西屋，好像是書房，但又沒有多少書，只是一套烏木桌椅，條案上擺着的全是一些古銅鼎、古陶器、古硯、漢瓦、秦磚，光線十分昏暗。但當中懸着一隻巨大的鐵籠，籠裏噗噗地直響，謝琴仰面一看，見是一隻蒼鷹正在籠中抖翅。

　　忽然屋門一開，進來一個人，說：「你怎麼能在這個屋裏待？快出來！咱們看戲去。」

　　謝琴走出了這屋子，才看出來這個人正是那位眉毛高挑的英俊少年，這個少年帶着謝琴出了屋，還不住地低頭直看着他，說：「看你倒還很規矩老實的，你怎麼會遭遇着這事？」

　　謝琴顰眉淚眼地說：「我也不知道怎麼得罪他們啦？今天一進門來，就有這麼多的人欺負我。」

　　這少年驚疑地問：「你對自己的事，真一點也不知道嗎？」

　　謝琴搖頭說：「我什麼也不知道，我就知道我跟着我師父來這兒走堂會，來這兒唱戲。」

　　這少年說：「你別以為我也是壞人。我名叫冉青雲，我跟這裏是至親。他們現在對你是打算怎麼樣，我也不十分清楚，不過我已看出來，他們是要害你的性命！」

　　謝琴顯出驚懼的樣子，說：「為什麼呀？我招惹了他們誰啦？」

　　冉青雲說：「你快把實話跟我略說幾句，使我明白了，我好給你想辦法。」

　　謝琴拭着眼淚說：「這就全是我的實話，我真沒招惹着他們誰。」

　　冉青雲說：「你得知道，你一個人無論如何是不行的！你看他們有多少人呀？他們要立時把你拿住，也是易如反掌；想殺害你，也不費什麼事。我只是看出來他們還不願意那麼辦，他們必是要用更老辣的手段加在你身上。」

　　謝琴又顯出發愁又發呆的樣子，說：「這是為什麼呀？」

　　冉青雲歎氣說：「你不肯跟我實說，可真叫我着急。因為我看你這小孩兒很可憐，又可愛，所以我才想救你。」

　　謝琴把他掠了一眼，反而忿忿地說：「你也不用救我！我跟着師父來唱戲，唱得好，他們可以聽；唱得不好，他們可以不聽，難道還能夠殺我？輔大人雖是個官，這兒可是他的家，不是他的衙門，再說我又沒犯罪。」

　　他們現在這裏說話，廊子外有花木遮着，所以大廳那邊出入的人看不見他們。但是冉青雲仍然企着腳兒，從花間、小樹的樹梢上向那邊張望着，似是惟恐被那邊的人看見。

　　謝琴卻又拿袖子把眼淚抹了幾下，說：「你不用管了！我倒看他們能夠把我怎麼樣？」說着自己就往前院走去。不想才一到那屏門，就又被飛鉤伍降龍一手緊緊地揪住。謝琴又顯出害怕、着急的樣子，直往回奪他的胳臂，但他的力氣是太微弱了，伍降龍的手指在他的胳臂上就像是緊緊的鐵箍。

　　同時，伍降龍向他和氣地笑着，低聲說：「你何必這麼麻煩？多耗兩天三天的工夫，就與你有什麼好處嗎？你也知道你自己有幾隻翅膀，你會飛幾尺高，可是現在四面已撒下了天羅地網。不如你給我個面子，咱們交一回朋友。我的小兒子也有你這麼大啦，我還能夠幹那損陰壞德的事嗎？你既省事，我又露臉。」

　　謝琴卻又哭着說：「我真不知道我哪一點錯啦？我才倒楣呢！你們都是大人，幹嘛欺負我呀？」

　　伍降龍把臉一沉，說：「好刁皮！伍大老爺現在可就要鎖上你，揪到衙門裏去上夾棍！」

　　這時那冉青雲趕了過來，說：「伍班頭！你不可以這樣，事情有沒弄錯了？」

　　伍降龍哈哈一笑，說：「冉少爺！可惜你家老大人是已經去世啦，不然你去問問他，我伍降龍這雙眼睛會錯看過人？」

　　冉青雲也似乎有些生氣，說：「伍班頭你快放開他！既是這裏的大人今天叫他來唱戲，無論怎樣，也得叫他把戲唱完了再說。」

　　伍降龍冷笑着說：「好好，那麼我就把他交給你！」說着把謝琴的胳臂放開，可又一推，謝琴就撞在冉青雲的懷裏了，伍降龍卻轉頭就走去了。

　　這裏冉青雲也非常生氣，說：「不然你就跟我走，到我家裏去！我住在崇文門外。」

　　謝琴卻搖頭說：「我不，我還得在這裏唱戲呢！」

　　冉青雲點頭說：「也好，那麼我等你唱完，我把你送回去。或是跟你師父說說，叫你到我家裏去住着，我要看看他們把你奈何？」謝琴還像是受了委屈似的，愁眉苦臉的，然而他的這種表情卻仿佛更好看，更顯着楚楚可憐；少年昂壯的冉青雲又是長歎了一聲。

　　謝琴在前面走，他跟在後面，就又來到馬圈那個場子。吳三貴領着的貴華班，這時唱得正熱鬧。《一箭仇》是《水滸傳》的故事，盧俊義活捉史文恭。秦華奎飾史文恭，趙華五飾武松，開打得極為火熾，鑼鼓也敲得震天價響。台下擺着許多椅子，上面高搭着席棚，那十一太子輔豹、黑蜈蚣晁四、癩子盧大全都在這裏看戲了，都直着眼睛大聲喊好。此時還有許多這裏的護院的跟男僕，更有外來的保鏢的，吳鐵肚腆着大肚子，搖着扇子，也在這裏了。謝琴卻掀開了後邊的帳幕，進了後臺，冉青雲也跟隨着他走入。

　　謝琴關心的就是七頭，一看七頭倒在這裏啦，可是耳朵都被打腫了，口中還在罵罵咧咧，說：「他媽的，他們這屋子是老虎窩麼？不為什麼就打人！這還是辦壽、祝喜啦？我看輔大人今天晚上就得中風，明天就叫他們這裏辦喪事！」幸虧這後臺的人都正在忙着扮戲，有的在打花臉，有的在拍粉，沒人顧得理他，前臺鑼鼓的聲音又大，要不然他這話，又得挨幾個耳光。

謝琴近前來說：「你是為我受的屈。」

七頭說：「我看着不平！他們那些人都一腦門子煞氣，別人不找，單找尋你幹嘛呀？欺負人找老實的欺負，算什麼能耐？看他這輔侯爺家，早晚得着一把天火！」

謝琴擺手說：「你就不用再說啦。」

七頭也看見了冉青雲，說：「沒這位大爺的事，我沒罵他。輔大人知道我這裏罵他，我也不怕，叫他宰了我吧！反正我也不想活啦，咱們這戲班也就是唱這一天啦。」

吳三貴由前臺也來了，見了冉青雲先遞笑，然後湊近了謝琴的耳邊，說：「輔大人點的戲可有一出《女起解》，是你唱呀，還是派七頭唱呢？」

冉青雲聽見了，就向吳三貴說：「今天既有那幾個人吃醉了酒，直找你們琴官的麻煩，就還是得不派他就不派他吧，免得他正在唱着的時候，又出了什麼事！反正今天這裏的大人，也不會到這院來看你們的戲，你們唱什麼都行。」吳三貴又連連躬身答應着：「是是是。」

七頭又嚷嚷說：「我怎麼來到這裏半天了，也沒瞧見輔大人的鬍子有多麼長呀？我還想問問他，為什麼我給他磕了頭，不給我賞，還叫人打我耳光？」

吳三貴聽着，說：「不准胡說八道的啦！就好好伺候這裏的老爺少爺吧！」

冉青雲又向他說：「我想帶着琴官再到那邊去看看。」

吳三貴又連連回答着：「是是是。」現在他是一點也不管謝琴了，隨便謝琴怎麼樣，他只求的是千萬別連累了他。

冉青雲帶着謝琴出了這裏的後臺，又走往升平班演戲的那個院裏。這時候，著名的楊錦官正在唱《貴妃醉酒》。楊錦官生得倒也眉清目秀，扮起來有七八分像女的，嗓子也還不壞；他身段兒相當的好，穿的行頭是特別的新，不過究竟可以看出是有點做作。

在這裏聽戲的確實都是官，有的連官帽都不摘，戴着紅頂子、大花翎，看得都很入迷；並有也像是這裏的少爺，卻是年歲大些了，大概也做了官，有了品級，卻與那十一太子不一樣，在這裏恭敬地招待着貴賓，但是也沒看見哪位是輔侯爺輔大人。

冉青雲就叫謝琴在一處廊子的角落坐下，說：「你就在這裏坐着吧！千萬不要動，在這裏那伍降龍絕不敢把你怎樣。他們就不敢到這兒來，因為他們的堂客也在這兒聽戲啦。」又說：「等到晚上我再來這兒找你，帶你走。」謝琴也沒有說什麼，就坐下了，冉青雲就又回身走了。

這裏，只有臺上細細的絲竹聲，纖纖的歌唱聲，很是清靜。那些位官老爺們談笑也都聲音不大，往來伺候的僕人們全都穿着長衫、青坎肩，全都是那麼規矩。謝琴在這個角落坐着，也沒有人管。他就好像是今天叫人抓來抓去，屢次幾被掐死、幾遭饒吻的一隻小鳥兒，現在才僥倖地遇見了恩人，把他救了，給他找了這麼一個又安靜又保險的樹枝，眼前還有別的鳥兒給他唱，可是他在這兒，倒覺得十分地悶悶無聊。

不大的工夫兒，忽然來了兩個僕人，走到他的近前。其中的一個就說：「你就是謝琴官嗎？大人叫你。」謝琴倒嚇了一跳，同時又似乎有點興奮。他站起身來，點點頭，就跟着一個僕人走，另一個僕人卻往這升平班的後臺去了。

謝琴跟着這年紀也有五十多歲，腰都有點彎了的老僕人，才一出這個院子，正看見吳三貴。他急得頭上直流汗，說：“你怎麼又串到這兒來啦？大家找了你好大半天！咱們今兒來，是因為伺候人才來的，你，你就是還沒輪到你唱戲，也應當時時等着吩咐呀？好，你就胡串亂串吧，再串出漏子來，我可不管！”

謝琴問說：“什麼事？”

吳三貴說：“什麼事？屋裏大人叫你唱戲！說是你一定會唱梆子！你快去唱一句梆子腔給大人去聽，要不然又是漏子，咳！”

謝琴說：“師父，您沒教給過我唱梆子呀，我哪兒會？”

吳三貴說：“你不會，你自己跟裏邊說去，我是一句話也不敢說；我只會說‘是是是’，旁的我都說不上來。得啦！算是我走運，收了你這麼一個出尖拔帽兒的徒弟，裏邊的大人是專找你。得啦！就憑你的小命兒自己闖去吧，只千萬別連累上我，我就謝謝阿彌陀佛青天大老爺吧。”

他要走，這僕人卻說：“喂，你別走啊！”吳三貴又站住了，連連口稱：“是是是。”

三個人站在這兒等了半天，那另一個僕人才把升平班的那個一撮毛的史老闆，連同一個穿青洋縐大褂、中等身材，臉白眉細的年輕男子找來。這人笑向吳三貴作了作揖，叫聲：“吳老闆！”

吳三貴問說：“你是剛下妝嗎？剛才唱的是什麼呀？”

這男子抿嘴笑說：“唱的是‘醉酒’。”

他也不住地看謝琴。同時謝琴也才看出來，這個人就是剛才還在臺上演唱“醉酒”，扮楊貴妃的，那個大名鼎鼎的楊錦官。

當下史老闆就向吳三貴說：“這裏大人的意思，是叫我們錦官、你們的琴官，跟本屋戲班裏那幾個姑娘們合唱一兩出，這可是特別地賞臉！不過恐怕他們所學的戲路子不大一樣，咱們當師父的應當聚在一塊兒，給他們說一說；反正得到晚上才叫他們唱啦，現在給他們說，還來得及。”

吳三貴說：“是，是，可是……”他又有些發愁地說：“我們這琴官，他會的戲太少啊！”

那兩個僕人也都沒理吳三貴，就帶着他們往裏院走去。順着廊子，繞過了那大廳，謝琴還特意往那大廳裏望了望。只見那大廳的窗上都嵌着大塊的玻璃，裏面並掛着薄紗的窗簾，從裏面向外看，大概能看得很清楚；但從外往裏看，卻什麼也看不見。謝琴始終也沒有看見那個輔大人，他的心裏似乎是很着急，而又惆悵。

走到這廊子的盡頭，是一個月亮形的門兒，上有用磚刻的“泉林小憩”四個字。進了這個門依然有回廊，廊檻和廊柱全都彩畫得十分精緻。一脈竹林種在廊外，但從竹子的稀疏之處去看，那邊都是花卉叢生，粉白如錦，還有幾間花廳。廳中和廳前的廊下擺設着許多座位，有不少的人，多半都是裝飾豔麗的婦女，女眷和丫環們；也有男客，但絕不是外人了，恐怕不是至親好友，就是王公貴族和當朝的顯宦達官。他們是都在觀聆着這花園中一座戲臺上的戲。這戲臺可不像前院的那兩台，這裏只有幽笛嫋嫋之聲，一個老生和一個小生正在唱着昆曲，大概是《長生殿》劇中的那一出“彈詞”。

謝琴這幾個人是轉向西去，進了兩間廂房，這裏屋外就是本宅昆班的後臺。

剛才那幾個穿着花衣裳的女伶，正在屋裏扮戲，鶯聲燕語的，但扮好了卻有小生和老生，還有花臉；拖着大袍，拿着髯口，還嬌聲地說着笑着。從這屋裏出去，得順着廊子走數十步，才能夠進那戲臺的後門，而等候着挑簾露面去演唱；幸虧那一段廊子也全有疏疏的竹子遮着，那邊聽戲的人不能夠一眼就看見這裏的角兒怎樣走出屋。可是有幾個小孩子，哥兒和小姐，卻專專地在那廊子上，截着這裏的女伶們笑着拍手，弄得女伶們都很發怵似的。

謝琴、楊錦官一進了這屋子，看見了幾個女伶，他們立時就都顯着很害羞，而裏屋的女伶們卻都抓着軟簾向外偷看他們。其中有一個細長身子，長得很秀麗，還沒有化妝的女伶，還向着謝琴嫣然地笑了笑，又回過頭去，跟她的女伴們竊竊私語。

這裏有一個白鬍子的老頭兒，穿着白夏布的大褂，旁邊一個也穿着花衣裳的女伶，拿着一柄雕翎扇，不住地替他扇着。一撮毛史老闆認識此人，就給一個個介紹，原來這人就是本屋的教戲師傅，名字叫呂萬能。這原來是二三十年以前，河東陝西有名的伶人，梆子、秦腔無所不能，後來又轉學昆曲，二黃、西皮他也懂得，真是一個無所不能的人。看他已經有了這麼長的白鬍子，可見已是多年自己不唱，而專教給別人；看他還掛着一隻金表，手指上戴着翡翠的扳指（扳指有牛角做的，有玉琢的。牛角的是為扳弓射箭，免得磨傷了手指；玉的卻成了男子的裝飾品，等於是戒指），由此可見這屋裏待遇他很好，他是享了福了，很有錢了。

他的態度，見了同行倒還謙恭，精神也很充足，剛一介紹了，他就問：“誰是謝琴官？誰是謝琴官？”其實，也沒有等到吳三貴給指點。他似是見過那楊錦官，此時除了錦官之外，年輕貌美，像是唱花旦的，只有謝琴。他把兩隻皺紋層層的眼皮睜大，目不轉睛地瞧着謝琴，說：“哎呀！我怎麼瞧着你這麼眼熟呀？咱們不但是見過面，好像還是在一塊兒相處過多少年似的。”

他這樣地面露驚慌之色，弄得旁邊的人也全都詫異了起來。吳三貴的兩條腿又不住地亂哆嗦，心說：不好！大約這兒老闆他認識琴官，他曉得謝琴的那不明不白的來歷，這可怎麼好？他正在着急，那楊錦官倒是笑着說：“呂老闆，您一定認錯了人了吧？您有多大年紀啦？他比我還小哪。”

呂萬能也笑着說：“本來我也知道，我跟他沒見過面，可是他長得很像我的一個老朋友！是在二三十年之前，跟我一塊兒在陝西長安唱秦腔的；那人也姓謝，唱得比我好，外號叫關西鳳凰。咳！可惜那個人，後來遭了橫死……提起來話長，現在我連想也不願意再想了。咱們還是商量商量，怎麼伺候着大人交派下來的這檔子差事吧！”

一說差事兩個字，吳三貴可又嚇了一跳，但是又細一聽，原來呂萬能所說的差事還是唱戲的事情。他就又放了心，然而還為難，心說：我們謝琴才學了幾天的戲，他會唱什麼呀？於是就轉臉看了看謝琴。

就見謝琴的小臉兒上發了一陣慘白，此時卻又忽然喜歡了。他向呂萬能稱呼為呂老大爺，高興得跳起來，笑着說：“呂老大爺，你要叫我唱什麼戲吧！只要你老人家分派出來，我會的我就當正角；我不會的，我可以當掃邊，反正，既是這裏的大人要聽我唱戲，我就得唱給他聽！”

吳三貴卻在旁偷偷地拉他的衣襟，並且悄聲說：“你別就這麼滿應滿許呀，你能會唱些什麼？”心裏可還有話沒說出來，卻是：你若唱戲一給輔大人聽，我的孩子呀，就怕要唱出漏子來了！

第八章　在扮戲房裏

　　正在這時，又有一人走進屋來，使得吳三貴越發地害怕，原來又是飛鉤伍降龍。這位在京城天字第一號的大班頭，不知是為什麼，他單單地盯住了這麼弱小的謝琴了。這時他那一向沉穩，常帶微笑的臉上，顏色卻不好看，眼睛更像是鷹見了小鳥似的，那麼暴露着凶光。他腰間新換了一條帶子系着，這條帶子是用細而軟的羊腸子編的，一頭兒是一隻鏢，另一頭兒是一雙齒鋼鉤，像是虎牙似的。他進屋來只擋着門兒一站，什麼也不說，而謝琴此時對他，就像一點也沒看見。

　　呂萬能欠欠身說：「伍頭兒請坐！這兒可也真沒有地方兒。因為這屋子本來窄，平常只是這裏的大人侯爺，也是一高了興，或是一煩惱了，就命我們唱戲，只有七太太、九太太陪着他老人家聽；他有時叫我們唱到四更天，有時連半出戲還沒唱完，就令我們立刻收場。我只教着這幾個女孩子，這都是買來的，唱的也沒有什麼高熱鬧的戲，又沒有幾個人，所以也用不着多麼寬大的扮戲房兒。今天偏又大人交派下來，叫楊錦官、謝琴官來跟我這幾個女徒客串兩出，把我這兒弄得進來人轉不開身子啦！伍頭兒，我現在正忙着啦，我可沒工夫接待你。」

　　伍降龍擺擺手說：「用不着客氣！你們自管說你們的戲，我只是在這兒站會兒就走。」

　　呂萬能這才又轉臉，向謝琴說：「這裏的那位大人，咱們這是背地裏說啦，他是一位頂難伺候的人！我跟了他多年，因為他是聽見有人唱秦腔，他就生氣，我才改學的昆曲。我那幾出昆曲是花了銀子向人討教出來的，其實禁不住行家看，好在我只是伺候他一個人聽。他對昆曲，也實在不大懂，只仗着幾個女孩子還清秀，尤其是柳鶯官，最能得他的喜歡。不想今天他忽然又派下來，要單邀你給他唱秦腔，你會嗎？」

　　謝琴點頭說：「我會。」又回手一指吳三貴，說：「是我師父去年教給我的，可是會不了幾出。」

　　這時吳三貴倒直發怔，心說：我哪兒教給過你秦腔呀？連我自己也一句都不會呀！他覺着謝琴多半是叫那邊的飛鉤伍降龍給嚇糊塗了，要不然嘴裏怎麼這樣胡說八道的呀？

　　又見呂萬能摸摸鬍子，笑了笑，說：「要是真唱起秦腔來，不但配不上角兒，連場面上的人都不夠。我倒會拉呼呼兒，我們這兒有一位姓薛的，他會敲梆子。得啦！到時候，就先讓我們兩個人對付着吧！我先問你，你全會什麼戲吧？」

謝琴似乎是想了一想，就回答說：「《紅梅閣》我只會前邊那一段『遊湖』，《玉堂春》我會『起解』，《蝴蝶杯》我會『洞房』……」

呂萬能一聽，更喜歡了，說：「這就行！這就行！因為我在沒事兒的時候，也給我的這兩個最得意的徒弟柳鶯官、餘瑞官，說過《蝴蝶杯》這齣戲；本來就是防備着，有朝一日輔大人忽然一想起來，又叫我們唱秦腔，我好拿那個擋差事，所以這秦腔我也早就存了一份。現在就問你，你是能唱《蝴蝶杯》裏的田玉川呢？還是能唱那位小姐呢？」

謝琴說：「我就能唱田玉川。」

呂萬能說：「這更好啦！我們柳鶯官是大人最喜歡的，因為她的做工兒細膩。《蝴蝶杯》『洞房』大概她還沒有忘，那麼就叫她跟你配吧！這裏大人把她的《鬧學》跟《刺虎》也都聽膩啦，正好叫她換一出梆子腔，以顯着我會教徒弟。那麼，好啦……」

他向裏屋就叫着說：「鶯官！你出來！」

裏屋的兩三個女伶，其中還有一個鼻子上抹着白，剛扮成小丑的，就笑着，又妒忌似的把一個女伶推出來了。而這個女伶，原來正是剛才在裏屋扒着窗簾向外偷看，並向着謝琴嫣然一笑的那個。她長得是比一切的人全都美麗，細長的身材，倒有點像謝琴；梳着大辮子，靈活的雙目襯着高鼻樑和染着胭脂的小嘴。

這輔宅為她們家裏的女伶做的衣裳是很特別的，短袖短身，瘦腰兒的小褂，瘦長的褲腿，全都是雪白的綢子的，上邊特繡的海棠花；鞋也是白緞子的，繡着一樣的花。她們多半是由小時就賣到這裏來學戲，所以都是天足；這個女伶的腳大概從來沒有裹過，楊錦官在旁邊看了先要笑，仿佛是沒有看慣似的。

呂萬能指着說：「她就叫柳鶯官。來！你跟這謝琴官，你們兩人把《蝴蝶杯》的戲詞兒對一對吧！」

柳鶯官的臉都紅了，她好像從來也沒有見過什麼男子，大概更沒見過謝琴這樣的，比她長得似乎還嫵媚的姑娘似的男子。今天還要跟他配戲。她不知道是不習慣呢，羞澀呢，還是心裏也喜歡，當下她笑了笑，又瞧了瞧謝琴；而謝琴見了女人倒像是不十分拘束，也向這柳鶯官笑着。旁邊的吳三貴卻心裏說：這孩子可真壞！而此時，卻見飛鉤伍降龍轉身走出去了。

呂萬能又說：「還得叫錦官也得跟我們這裏的人配配戲呢！錦官，你進裏屋跟他們去商量吧，好在我知道你，文武昆亂你全都拿得起來。吳老闆、史老闆，你們出來，我還有話要跟你們說！」吳三貴更覺着莫名其妙，就隨着呂萬能走出了屋。

呂萬能卻對他跟那一撮毛史老闆說了一套話，還是悄聲說的：「我告訴你們二位一件事，這是我看出來的，這裏的大人輔侯爺，看中你們的楊錦官跟謝琴官了！可還不知道待會兒要選中哪一個？也許把他們兩個全都選中，永遠留在這兒，叫他們天天給唱，省得淨聽女孩子的戲，沒意思。這也是一件喜事，輔大人留下的人不能白留，至少也得送給你們百八十兩的銀子或是金子。

「不過你們得囑咐你們的徒弟，如若收在這兒，第一要緊的是守身如玉，別拈花惹草！不單對小姐、姨太太們千萬不可多看一眼，就連這裏的丫環和我的這幾個女徒弟，千萬也少親近；因為連我也不曉得哪一個是輔大人的人，哪一個是輔少爺的人，將來倘若惹出事來，你們還都跑不了！這你們千萬要囑咐囑咐你們的徒弟。”

　　史老闆一聽大覺着為難，因為楊錦官是他戲班裏的臺柱子，他就指着楊錦官吃飯，若是被輔大人留在這兒，就是一次能夠賞許多的銀子，可也不合賬呀！所以他雖然沒言語，可是發起愁來了。

　　吳三貴雖然仿佛也有點捨不得謝琴似的，可是輔大人真要留下他，卻也是沒有法子！得到一筆錢，還可以補一補虧空；要是再留着謝琴，結果再蕩上一場註誤官司，那才叫人財兩空呢！因此他就連聲答應着：“是是是。”

　　而這時，由廊子那邊走來了幾個才下場的女伶，同時那十一太子輔豹也跟着來了；那冉青雲卻自月亮門外，順着廊子急匆匆地走到，他們先後全進扮戲房裏去了。

　　史老闆跟吳三貴也要再進那屋，呂萬能卻說：“你們就還到前院照料你們的班子去吧！把你們兩個班裏的臺柱子，現在都提到這兒來伺侯大人來啦，恐怕在那邊聽戲的一些位老爺們，要大不高興吧？”

　　史老闆搖搖頭說：“那倒不要緊！只是……”他摸着他腮下的那一撮毛，發着愁說：“只是我們的錦官，還是別叫留在這裏才好，因為他快娶媳婦啦！”

　　呂萬能笑着說：“我剛才不過是那麼說呀，真叫輔大人留，輔大人還許不單不肯留，更得生大氣！因為這全屋，別看今天熱鬧，平常是三尺童子非呼喚便不得入內，要不然家裏養戲班也不能專養些女戲子，教戲的、吹笛的、打鼓的，也全都是我們這幾個老頭子。得啦！你們二位放心，剛才那些話，是我的瞎猜。”

　　他遂又悄聲說：“今天還不定要出什麼事啦！雖說是輔大人喜慶的日子，可是他不見客，拜壽的人也只沖着大廳掛着的那幅湘繡的老壽星磕頭，連戴紅頂子的大官來了，他老人家都沒有親自接見，也不知是怎麼一回事。前兩天這屋裏出的那件事，你們大概也聽說了，那件事有多麼怪呀？要不是聖上天恩浩蕩，這兒連家都許抄啦！你們沒看見飛鉤伍降龍在這兒亂走亂串，就像貓兒要找耗子似的……”

　　正說到這裏，剛才的那兩個人才從扮戲房裏出來，而飛鉤伍降龍又大搖大擺地由戲臺那邊走過來了。呂萬能趕緊中止住談話，又努了努嘴。吳三貴嚇得又面色蒼白，這才與一撮毛史老闆一同走出月亮門，各自去照料各自的戲班。

　　扮戲房裏真熱鬧，謝琴跟那柳鶯官坐在一條二人凳上，面對面地說他們《蝴蝶杯》的戲詞兒。謝琴是一本正經，可是鶯官卻一陣一陣地臉紅，並時不時低着頭含羞地笑。

　　十一太子輔豹輔少爺進到里間胡鬧了一陣，就出來拿大眼睛瞪着謝琴，謝琴也不理他；他同時又去瞪柳鶯官，鶯官也不敢再笑了，並顯出有些恐慌似的。

　　呂萬能也進到屋裏來，他對輔豹倒不怎樣客氣，卻親自給冉青雲搬凳兒，並說：“冉少爺請坐吧！我們正忙着呢，待會請你聽秦腔。”

　　冉青雲說：“你們忙着吧！不要客氣，我只在這兒站着看一會兒就走。”遂就伸手去拉輔豹，說：“這裏地方窄，不要在這兒攪人家啦！走，等他們預備好了戲，我們一定看得着。”

　　輔豹卻不讓他拉，並且發橫着說：“你管得着我嗎？我不愛看臺上的戲，專愛看屋裏的戲，待會，還要看房上的戲呢！”

　　冉青雲卻也怒聲地說：“你胡說什麼？你也忘了你是什麼身份？在這裏多麼招人笑話！”

　　輔豹瞪着眼說：“誰敢笑我，我就掰下他的腦袋來！要不然，我就叫伍降龍一鉤鉤住他，就綁到衙門去！誰敢笑我？這裏的人都是我們買的！就是有外來的，那他媽的只要敢笑我，我就要他的那條狗命！」說話時，又用眼狠狠地瞪着謝琴，但禁不住冉青雲連拉帶揪地就把他弄出去了。這裏呂萬能也直皺眉，表現出他對這位十一少爺的厭惡。

而此時，謝琴跟柳鶯官已經把一齣戲的詞兒都對完了，互相都驚訝對方的秦腔戲詞兒居然這樣地熟，不必再對了。趁着呂萬能進到裏屋，又監督着那幾個女伶扮戲的時候，謝琴與柳鶯官就背着在那邊坐着直打哈欠，仿佛要困覺似的楊錦官，他們兩個人就用低微的聲音談起閒話來。

柳鶯官拿手指彈了謝琴的腿一下，說：「你是怎麼得罪他啦？十一太子為什麼直瞪你呀？他剛才說的那些話，仿佛都是向你說的。」

謝琴皺着眉說：「我也不明白，到現在我還不知道他是誰呢？」

柳鶯官說：「他就是這裏輔大人輔侯爺的第十一個兒子，『十一太子』是外邊的人給他起的綽號。」

謝琴問說：「輔大人怎麼有這麼些個兒子呀？」

柳鶯官說：「因為他的太太多，所以生了六位少爺、七位小姐；他們是大排行，男女一塊兒論。大少爺現在是戶部尚書，二的是小姐，跟七小姐、八小姐、十小姐全都早就出閣了，都嫁的是外任的大官，沒在京裏；二少爺、四少爺全是武官，也在外省。六少爺、九小姐是全都得病死啦，十三小姐今年才十五歲。現在這屋裏的少爺，最小的就是剛才來到這兒的那十一太子，他簡直是個渾蛋！因為他是正太太生的，他就最嬌貴。還有一位十二小姐，還沒有出閣，是六姨太太生的；媽媽雖說不得臉，她可是最得大人的喜歡。她今年十九歲啦，在這家裏很有權。你剛才看見的那個冉青雲，那是這兒的表少爺，也是十二小姐的姑爺，可是還沒成親呢。」

這些話，屬着一大套數目字，柳鶯官說得頭頭是道。因為她自稱：從七歲的時候就賣在這屋裏，如今整整的十年了！所以她對於這屋裏的事情很是清楚。她並且一提起這裏的一些人，就仿佛使她發恨，她的眼圈兒就不由得一陣紅，就要哭，這足見十七歲的她，在這裏度着比奴婢還不如的家伶生活，是很受凌辱，很痛苦的。

謝琴把她的話也略略地聽明白了。他對別人都不注意，十一太子是個壞人，十二小姐必就是今天看見的那位嫋娜如仙的小姐，那就是冉青雲的未婚妻。而冉青雲卻實在是一個好人，是一個英俊而又勇武的少年，這人似乎頗使他留意，而又有點傾心。

這裏的一些人都很忙碌，扮着戲裝出來進去的。那楊錦官倒是跟她們直拉近乎，可是她們又都不大愛理他，尤其是柳鶯官，不住拿鼻子哼他，悄聲對謝琴說：「你瞧楊錦官那個樣兒，大概他還覺着自己怪不錯的呢？」所以楊錦官因為沒什麼人理，顯得很無聊，坐在那兒又直打盹兒。

直到呂萬能又被個僕人請出去了一趟，回來就說：「屋裏大人還要派你們都加演兩出戲！指定的錦官跟琴官唱一齣《穆柯寨》，然後錦官、琴官跟我們這兒的月官，再合唱一齣《鬧學》，再換秦腔。」楊錦官聽了這話，才算又振起一點精神。於是他又跟琴官出了屋，在廊子上輕輕地演習着怎樣地槍來槍往，及一切的動作，預備待會兒好唱《穆柯寨》。至於《鬧學》，因為琴官沒有學過昆曲，只臨時由呂萬能教給他幾句，並指點指點；叫他到時候飾杜麗娘，那倒是一個不甚重要的腳色。

這時，前面那兩台戲不知道情形如何，但這花園裏，臺上一出接連着一出，由藝術不精的女伶們演着枯燥乏味的崑曲，實在叫人看着不感興趣。觀眾之中的一些貴眷們，全都談起來她們的家常，簡直沒有什麼人看臺上的戲；幾位坐近的男賓，也是說官場的事，說書畫琴棋，顯示風雅，並給別人家的女眷們看。尤其是輔大人始終沒有露面，所以就更顯着沒意思了。

待了些時，就擺上晚餐了。因為那些伶人們也都要吃飯，所以就臨時休息一會，臺上是空的，但是有僕人在那裏點燈。大家都知道飯後還要接着演《穆柯寨》這樣熱鬧的劇碼，尤其是壓軸子，還有這裏很多人都沒有聽過的秦腔，因此才把男女賓客們的精神漸提高起來。

晚餐在這花園裏就擺了十幾桌，花廳裏、走廊旁、月牙河畔，全都擺着圓桌和圓凳，烏履交錯。那些太太、小姐們的嬌音笑語，有如百鳥齊鳴；她們的衣飾比天空的晚霞加倍地燦爛，頭上戴着的花仿佛比這園裏盛開着的各種花卉更香。她們的丈夫或爸爸也多半自前院聽完了戲，而來這裏用餐。有一個雄赳赳的是個提督，直誇貴華班的武戲真好。另一個似是二品文官，卻搖頭說：“那有什麼聽頭？還是升平班的戲好！我要不為等着待會聽楊錦官的戲，我早就回去啦。”

這些人一邊飲着陳紹酒，吃着海參、魚翅、燕窩，一邊在誇獎楊錦官，那邊的女眷席上也都說錦官好；雖沒聽過錦官的，也說是好，仿佛就沒有人知道謝琴的名字。自然，這時的座間一些男賓，雖沒有伍降龍在內，可是有冉青雲，他今天是很注意謝琴的，他可也沒說什麼話。

女眷席上，獨有一位最美麗最嬌貴的，那就是本宅的十二小姐，她的名字叫輔若梅。她是一位有着梅花一般的美麗容顏，細小身材，嫋娜如仙的姑娘。她正在吃飯，旁邊有一個丫環、兩名僕婦在服侍她；她用不着自己去挾菜，而她的菜也是每種單有一碟，碟子都是細瓷，雖然擺在大家的眼前，可是別人就不敢動。

其實她也不怎麼吃，她拿着特備的金筷子，呆呆地，有點像是在思索。聽旁的人都在誇錦官，她就把眼睛一瞪，說：“什麼錦官？我聽他這個名字就覺着討厭，依着我不讓他唱！”旁人就不敢言語了，都知道她脾氣不好。跟她在一桌的，還有她的阿姨、舅母，可是也都不敢惹她的脾氣。她是渾身的珠翠金珠，這也足以表示她的驕矜，但是她今天在驕矜之中更似有一些煩惱，也似乎是幽怨，不知是為什麼事。幽細的花香、竹香，被柳邊的清風吹送過來，小蝴蝶雙雙地在眼前飛舞，都似是來安慰她、哄她。

又待了一會兒，戲臺上又打起鑼來，是晚戲登了場。人們都想見輔大人，可是今天這些人，竟沒有一個看見壽星老兒的。有的人覺着奇怪，若不是有幾台大戲排遣着，有豐富的酒席吸引着，早就連坐也坐不安了。有的人卻又覺着很惆悵，因為本想趁着今天好日子來巴結巴結，將來還有好處呢，可是直到現在，還沒有見着“真佛”，這多麼叫人掃興呢。

不但在戲臺上，連遊廊上、花廳裏也都掛滿了紗燈，真跟過年一樣，招得蚊蟲團團地飛，丫環們又都拿着小扇子給太太小姐們趕蚊子。十一太子輔豹，卻坐在廊外的一個石頭臺上，叫個小廝給他抓大腿，因為被蚊子咬得他癢癢的更發急。這時，癩子盧大、吳鐵肚也都混進花園裏來聽戲，因為天色漸漸黑了，除了燈光所照之處，是不大容易看得出誰跟誰的。

第九章　雷霆發出纖歌止

臺上的《春香鬧學》已經出了場，聽說輔大人也到花廳看戲來了。大家雖還沒有見，卻不由得立時齊都肅然，連話也不敢大聲地說了，有僕婦們走過來悄聲地說：「大人是在花廳裏，隔着紗窗看臺上的戲，那裏只是兩個親隨小廝，誰也不敢去見。」

而這時猛霸王江苞、黑蜈蚣晁四都站在戲臺下；遠處竹林外，站着幾十名本宅的護院把式，還有的暗藏着傢伙；飛鉤伍降龍是把守住了那月亮門。冉青雲突然看出了奇異，他也起座，驚疑地四下觀瞧，又似在忿忿地摩拳擦掌。

天空有橢圓形的澹月，戲臺上有明朗的華燈，響亮的笛聲，伴奏着輕鬆的戲曲。原本是先要演《穆柯寨》的，因為人都想看名旦楊錦官的「春香」，所以這齣戲才提前上場。楊錦官的春香是正角，他的唱、做都實在不錯，扮相也倒還秀麗；但那小姐（謝琴）扮的更是秀麗，溫柔而又嫻靜，壓倒了台下這許多名閨。姑娘也在看，太太也在驚，都互相地說：「哎呀！那是個男戲子嗎？怎樣像是姑娘？不對吧，是本宅補的女戲子吧？」另一個說：「聽人說這確是男的，他是貴華班的，名字叫謝琴官。」

這時候蓮步姍姍的十二小姐輔若梅，已經走近了戲臺，旁邊有兩個丫環為她扇扇子，她的明麗的眼波就投射到臺上。臺上是兩個唱旦的男伶，那本宅的女伶月官反倒戴着假鬍子，充那位教書的老夫子，唱了半天。楊錦官扮的頑皮丫環春香，雖然很認真做戲，可是沒什麼人贊好，因為人們的視線，都被那裏坐着的不大唱，也不道白，可是儀態萬方的謝琴給奪了去了。不多時間就下了場，因為輔大人沒給賞錢，所以別人也全都不敢開賞。接着本宅的小女伶又上了場，演的一出鬧戲兒，是《打杠子》，這時輔若梅等人都又離遠了戲臺。

《打杠子》演畢，就是皮黃的半文半武的戲《穆柯寨》，於是鑼鼓齊鳴。楊錦官反串的楊宗保，白盔白甲，確實英俊；謝琴扮的是披甲持槍，滿頭紅粉絨球，一對顫巍巍的雉尾，娉婷勇武的女將穆桂英，她就跟楊宗保槍對槍地打起來，並且眼對眼地鍾情起來。楊錦官雖說是花旦，但武工頗有根底，這不足為異。但誰也想不到，一個無名的小角兒，有人說他還是初次登臺的謝琴官，武功竟也這麼乾淨俐落，簡直是十分地勇猛。

這時，連那藏在廊子角落偷看戲的吳鐵肚竟也大驚，他旁邊的癩子盧大說：

“哈！這小孩子有兩下子呀！”猛霸王江苞、黑蜈蚣晁四也都躍躍地，仿佛也要上場跟穆桂英去比一比武。

最把眼睛瞪得大的是伍降龍，他已經從月亮門那邊走來了，驚訝得竟要摘他腰間的飛鉤。

冉青雲也看出來，心說：不對，這不像是戲班教出來的身手！輔豹拍手喊說：“打得棒！”而花廳裏也跑出人來，說：“請大家閃開點！別擋着，大人在裏面看不見！”

飛鉤伍降龍一使眼色，叫了好幾個人來，都四面八方地圍住了台。但謝琴扮的穆桂英槍法更緊，身法更繁，雉尾亂動，錦鎧飛揚。

伍降龍忽說一聲：“捉吧！”猛霸王跟黑蜈蚣正要向上跳，但是他們就看見十二小姐又來了。這位小姐輔若梅只把俊眼一瞪，他們立刻都向後退步。小姐並令身旁的大丫環來趕走他們，說：“你們來這兒幹嗎？這是你們待着的地方兒嗎？”當時連飛鉤伍降龍都不得不暫時走開了。

花廳的僕人傳出了話，說是：“大人有賞錢！楊錦官十兩，謝琴官五十兩！”臺上的楊錦官、謝琴官依然在演戲，台下的人卻都私相談論起來了，都驚訝地說：“怎麼謝琴官的賞，比錦官還多？”猛霸王江苞、黑蜈蚣晁四都仿佛顯着不平，可是不敢再往台底下走去了，因為十二小姐輔若梅就在那裏。

那小姐是這宅裏，大人之外的頭一個有勢力的人，沒有人不怕她。她今天也很奇怪，不愛聽戲的她忽然又愛聽戲起來。聽說賞了錦官和琴官，她非常地喜悅，倩然地向臺上笑着。但她看的可不是錦官扮的楊宗保，而卻是那穆桂英。伍降龍在遠處向江苞等人搖搖手，意思是他原來也惹不起這裏的這位小姐。

小姐如一喜歡，那富麗的丰姿可就更好看。但她的未婚夫婿冉青雲卻不怎麼看她，也不跟她說話，跟她一樣發呆地看那穆桂英；也許因為穆桂英的這身戲裝，比台下小姐穿得還要華麗；論起模樣來，謝琴比小姐也是更加上兩分的美。謝琴一邊練着槍，一邊也向台下飛了一眼，不知道他是看誰，冉青雲可當時就喊起“好”來，接着又連說：“好！好！好！”他的未婚太太不住地回頭瞪他。

一會兒《穆柯寨》演完了，這些男女賓客都回轉身來，等着看錦官跟琴官下了妝，給大人謝賞。可是很令他們失望，因為聽說輔大人派人到後臺去通知了，不必謝賞。這真是輔大人的恩典，他對於伶人向不寬厚，今天怎麼會這樣地不但高興，還開恩？這真是謝琴官所得的殊榮！於是大家全都明白了，輔大人喜歡的是琴官，而琴官也太僥倖了！那十一太子輔豹，原想要到那扮戲房去攪擾一場，至少得拿那琴官開開心，別叫那麼個小娘兒們似的孩子太得意了！現在可也不敢去了，因為知道了那琴官現已成了他爸爸的“寵兒”。

臺上空閒了約有十分鐘，就換了場面，呼呼兒、梆子齊拉奏起來了，這是多數人都沒聽過的秦腔，又叫陝西梆子。猛霸王江苞將着花白的大鬍子，不住地傲笑，嘴裏先哼哼出來秦腔的戲詞；這是表示他懂，他聽過，更表示他是跟隨輔大人多年，早先領兵掛印，威鎮秦中。那是輔大人跟他過去的榮耀，現在這些人，誰也沒有他跟大人的關係深，他把他剛才對謝琴的那種無端的仇恨，仿佛也忘了。

這時臺上的《蝴蝶杯》出了台，台下有人在講着《蝴蝶杯》的故事，因為皮黃裏沒有這齣戲，所以有些個人不太明白。這齣戲的內容大概是：早先有位武藝超群的少年英雄田玉川，他遨遊湖廣，適遇領兵大將盧公之子為爭奪一尾人頭魚，欺侮平民；田玉川路見不平，揮拳將他打死了。這可惹下了大禍，在眾官兵緝拿之下，田玉川幸為一漁家女所救，藏於舟中，倖免於難。這一段戲在秦腔中，名曰《打魚藏舟》。其後田玉川逃走，又身遇盧公兵敗，為賊人所追，勢幾被擒；幸為田玉川單人施展武藝，打敗賊人，救了盧公。盧公感其德，愛其才，便將女兒許配于他。這一段戲叫作《帥府招親》。

　　如今是專演招親之後，入了洞房。謝琴此刻是反串小生，頭戴武生公子帽，身穿內緞繡花箭衣，腰上系着的寬寬繡帶，在足旁垂了下來，下登一雙厚底鞋，英姿煥發；臉上擦着胭脂，眉毛高挑，跟剛才不一樣了，現在他才是一位美男子，少年英雄。

　　他飾的是田玉川，雖然入了洞房，可是覺着不對；自己雖然救過小姐的爸爸，可也打死了小姐的哥哥，如何能成親呢？所以他坐在燈旁裝睡，不肯進那邊的紅羅帳。這時就要看飾小姐的柳鶯官的表演了，柳鶯官故意來撞桌子，好叫他醒；他可是假裝不醒，柳鶯官是又羞又着急。

　　這時的表演最為神化，秦腔唱來也悠揚可聽，把台底下的一些人看得都入迷了。尤其一些年輕的女眷，當了太太的，是曾經經驗過這種洞房的旖旎風光；未婚的小姐們，尤其是已經訂了婚事的，像輔若梅那樣的小姐，她們更是愛看。但見紅雲已染上了她們的香腮，這齣戲引動了她們的芳心，聽到了未來甜蜜的夢；尤其臺上的柳鶯官是個美貌的女伶，穿的是繡花的紅裙襖，她的表情極細膩，好像謝琴就真是她的新郎。結果是田玉川與小姐同入羅幃帳，帳子垂下了；台下的太太們全笑了，小姐們更是臉紅，可沒有人注意此時男賓們是什麼表情。

　　但待了一會兒，田玉川又出了羅幃，向小姐說出了：我就是打死你哥哥的田玉川！於是小姐又悲又氣，就要綁上他，可是費力地，好容易才把他的右臂按在背後，他的左臂又伸出來；按回去左臂，他又伸出了右臂，來回地搗麻煩。飾小姐的柳鶯官又哭又咬他，可又對他愛，演得很好；謝琴把個武藝好，而會跟他的新娘開玩笑的田玉川，演得更好。

　　台下的男女賓客看得正出神，連疲倦都忘了。突然這時有隨身服侍輔大人的一個小廝，自那花廳中急忙地走來，還沒到台根底下就大聲地喊說：「把場子收了吧！大人不許唱了！」

　　他雖然只是個小廝，傳出話來卻跟聖旨一樣，立刻臺上正唱到緊張之處的謝琴和柳鶯官，全都趕忙地跑進了後臺。台下的人莫不發怔，可也都不敢打聽。只有輔若梅小姐大聲問：「這是為什麼呀？唱得好好的，忽又不許唱啦，這真是大人的主意嗎？我去問問大人。」她忿忿地要往花廳裏去。

　　可是那小廝卻說：「大人已經回房裏歇息去了，傳下話不許唱，還請各位親友都趕快回家！」這句話更令一些人全都驚訝，更不敢再問，再打聽。

　　戲臺上此時燈都滅了，一切聲音俱無，夜漸深，園中的花影亂動。十二小姐輔若梅帶領丫環，忿忿地走回她的香閨，親友們陸續地都散了，先後地走了，這時大門前當然有一陣熱鬧。

　　那兩個院裏的戲也早就煞了台了，戲班的人可還都沒有走。忽然，據說是輔大人又傳下話，說是：「都走！唱戲的全都走！只把那謝琴官留下！」這話被吳鐵肚聽說了，立時就跑到馬圈那院裏，去告訴了吳三貴。吳三貴一聽，兩條腿顫抖得簡直不能邁步兒了，急急地催着他的徒弟們、夥計們，背着挑櫳趕快回家。他們也不知道這是怎麼一回事，只有七頭嘴裏叨念着說：“他們要把謝琴官害了，將來我去給他喊冤！”

　　事情雖在意料之中，可是來得也太突然。剛才要說輔大人不愛聽戲，不喜歡謝琴吧，可何必要那麼點着戲，還賞銀子？既是人家孩子唱得很好，為什麼忽又不叫人家唱了？還扣住人家，不准人家走，這算是什麼脾氣？因此，裏裏外外的人，大概除了飛鉤伍降龍那幾個，無不覺着奇怪。

　　不大的工夫，男女賓客和一些唱戲的、白聽戲的人全都走了，大門也關了，燈多半已熄滅，這一所深似海的大宅院，尤其那後花園，是特別顯得陰氣森森。

　　謝琴是仍在花園裏那扮戲房內，呂萬能帶着本宅的那幾個女子，紛紛地下了裝，也都要走。女戲子們現在都對謝琴表現出一種驚異，尤其那柳鶯官，現在又穿着那一身繡着海棠的衣裳，羞容答答的，臨走的時候還用一雙靈活的雙目向謝琴偷看着。然而她並不似怎樣地歡喜，卻似帶着些憂愁，還仿佛要說話，別人卻笑着把她推出屋去了。呂萬能對謝琴就沒有再招呼一下，好像是謝琴跟他毫無關係，他就不管。

　　他們全走了，屋裏只拋下謝琴一個人，只在外屋有一盞燈。戶外風吹竹響，半天也沒有人進來。謝琴就輕輕地走了幾步，推開了門，他卻吃了一驚，原來是那廊子下站立着兩名雄赳赳的人，手拿亮晃晃的刀。謝琴趕緊又掩上門，退身屏息了半天，才聽外面有人說話，說：“在屋裏了不是？他沒想出來嗎？不用太嚇唬他，這是大人的交派！”

　　謝琴趕緊又退後兩步，剛要找凳子坐下，卻見外面的人已經拉門進來了，正是白天的時候，把謝琴等人由前院領來的那兩個僕人中的一個。這僕人在這裏很像管一點事，有一張死沉沉的臉，見了誰也不笑。他把謝琴望了望，就點點頭說：“你就在這兒好好等着吧！待一會大人一定要傳你。”

　　謝琴卻央求着說：“快一點吧！大人要是見我，就快點帶着我去見吧！因為我累了一天啦，我困啦，我還要回去睡覺呢。”

　　這僕人卻說：“你快不要說夢話！說出麻煩來，可是誰也幫不了你的忙。你就好好等着吧！反正你放心，大概沒有什麼好事，還許有壞事。我現在來看你，就是怕你在這兒不老實，反正你也明白，因為你戲唱得太好啦，你是不能走啦！”說着又轉身出屋，帶好了門，並聽得哢的一聲，把門從外面鎖上了。

　　謝琴在屋裏倒並不十分顯得害怕的樣子，只是無聊得很；他坐着那小凳子，一隻手托着腮，悶悶地坐着，也不知他是在想些什麼。如是，就又過了許多時，外面巡更的拿着梆子跟鑼，到花園裏來敲，梆梆梆、當當當、”，原來已經三更天了。

　　在屋外看守着他的那兩個人，原來還都沒有走，一個大聲地打着呵欠，一個嘴裏罵着：“倒了他們的死運啦！這都是飛鉤伍降龍那混帳傢伙鬧的，咱們他媽的是為誰？”那一個仍然打着呵欠，說：“別罵呀？叫他聽見了不好，得罪人！”

　　這一個更忿忿地說：“怕得罪他？老爺又不吃他的飯！媽的叫我看一個老虎，我都敢看，那倒值得呀！他媽的，現在叫咱們看一個唱戲的，姐兒似的小孩。門都鎖上啦，還叫咱們看，是見了鬼啦是怎麼着，那樣一個小孩子他還會飛了？再說，殺人的兇犯、滾馬的強盜捉住他，叫咱們守着，熬一夜、熬八夜那也沒法子；如今欺負一個小孩，人家唱完了戲，還把人家鎖起來當賊看！誰不是人生父母養的？我看着就不平！”

　　對面的那人連呵欠也不顧得打了，只是壓着聲音勸他，說：“喂，你說話可真得小心點！這不是伍降龍一個人的主意，是江老師、晁四爺、十一少爺，最要緊的是咱宅裏的大人！這是咱這宅裏頭一回大事，我心裏也不明白，我也想打聽打聽，可是我又想：打聽幹嗎？反正叫咱們看着，就看着得啦。”

　　那人卻依然生氣，說：“我看過人，沒看過鬼！我在江湖闖過，就是他媽的沒為一個姐兒似的唱戲的，小雞一樣的小孩，弄得乾瞪眼不敢睡覺！他們大概都是見了鬼啦，我可還沒幹過這傻事。”正說着，那打呵欠的人又噓他，說：“噓！噓！別說啦，來啦！”謝琴反倒把凳兒搬到桌子旁，趴在桌上睡覺，外面的腳步聲、開鎖聲他都似乎不覺。

　　進屋來的人過來推他，大聲說：“醒醒吧！喂，醒醒吧！”他這才抬起頭來，揉了揉眼，見是猛霸王江苞和黑蜈蚣晁四。這二人全換了一身緊箍身的青衣，腰帶上全插着明晃晃的匕首，另外還有一個小廝，是黃胖的臉，看樣子比他們的氣派還大。

　　江苞倒還帶點假笑，說：“沒有什麼！琴官，你先別慌，這是好事情來啦！現在這裏的大人就要見你，也沒別的，就想跟你談一談話。你可是要實話實說，說明白了都好辦！你這麼點的年歲，要是說不明白，或是故意不實說，那可就⋯⋯”

　　旁邊的那小廝卻說：“跟他費什麼話？來！先摸一摸他身上，帶着什麼了沒有？”於是江苞揪住了他的胳臂，晁四卻就要上前來摸。

　　不料謝琴巧妙地將胳臂奪開，急避到牆角，突地沉下臉來，說：“這可不行！反正我身上什麼東西也沒有。”說着自己將身上拍了拍，說：“可不准你們動我的身！要不你們就是殺了我，我也是不見你們這兒的大人！”

　　黑蜈蚣晁四瞪起眼來，說：“啊？你還敢鬧脾氣？看你還真是有什麼能為嗎？你身上一定有東西，我非摸不可！”

　　他往前來摸，謝琴卻登着凳兒上了桌子。江苞從中一攔，說：“算了吧！大人那兒等着呢，哪有工夫瞎搗這個蛋？快走！琴官你下來，快跟我們走！”

　　晁四還瞪着凶眼睛，搖頭說：“得防備着他點，這小子真有鬼胎！”

　　謝琴卻又要哭了，說：“你們都欺負我，我才倒楣呢！”

　　江苞說：“走吧走吧！別說啦！”

第十章　　梅花攢心針

　　出了屋，江苞又把謝琴的一隻胳臂揪住。那小廝在前，兩個持刀的人分為左右，看着謝琴；黑蜈蚣晃四氣哼哼地在後邊走。過了廊子，過了竹林，月微星密；假山石如蹲伏着的怪獸，水池裏發着亮，凝滯着愁波。走了似乎是好大半天，其實淨是繞着走路，始終也沒出了這花園，就把謝琴推進一個門裏去了。

　　這門裏真黑，似乎是一個過道。曲折地走了約有三四十步，就望見這過道裏邊還有屋、有窗，窗上有特別亮的燈光。那小廝先進去，待了一會，裏邊當的一聲，擊了一下鐘，江苞這才把謝琴拉進去；別的人可都持刀握匕首，站在窗外。

　　謝琴進屋裏一看，見是一色硬木器具。桌上可除了茶具之外，別無陳設，只有在楠木架上掛着的約有一尺高的，一個古銅鐘。後牆上是有一個嵌在牆裏的，有人那麼高的長形的玻璃鏡，正照着謝琴。謝琴覺出自己是露出緊張來了，就立時又改為從容不迫的樣子。

　　屋子不太小，靠窗有一張大木榻，上面就坐着一個人，正在燈旁看書。燈共是兩隻，都是古銅燈口，燈光耀耀地照着這個人。這人年約有五十多歲，穿得很闊，是四方的臉，很白淨，有些稀稀的花白鬍子。

　　江苞就說：「見見，這就是大人，叩頭！」

　　然而謝琴卻不肯跪下來叩頭。他也不是違抗，只是顯出羞怯的樣子，那大人就擺了擺手，說：「算了吧。」這位大人倒是顯着沒有什麼脾氣，可也沒有什麼威儀。

　　但是謝琴驀然一扭頭，見這屋裏，不知什麼時候又進來一個人。這人卻身高體胖，年紀有七十多歲的樣子，但面上皺紋卻是很少；他的眼睛非常大，眼珠仿佛比那鏡子還亮，長臉，胸前灑着一把雪似的白鬍。他戴着一頂青紗的小帽，穿的衣裳雖也是綢子的長衫，可不顯得太闊，雖然威儀可畏，但他不是這裏的大人。

　　榻上的這位大人，他就是功封侯爵、官高一品、朝廷的棟樑，財勢蓋過王公、聲名滿於宇內，同時也令人害怕的這柳樹井、老虎窩的主人？皇上賜匾，今天辦壽的就是他？看來可是不太像，但這個人卻就是輔大人了。

　　謝琴只屈一屈腿兒，細聲地說：「請大人安。」

　　這大人微微點點頭，問說：「你是姓謝？」

　　謝琴點頭說：「是。」

　　這大人盤問得很詳細，又問：你今年十幾歲？哪裏的人？你爸爸是幹什麼的？他還活着沒有活着？你是否有兄弟或叔伯？你跟吳三貴學戲到底有幾年啦？

　　謝琴卻略略地回答，他只是說：父母俱亡，沒有叔伯和兄弟；跟吳三貴學戲已四年多，原籍是河南陝州人……

　　這大人又問：「你既是陝州人，那裏離着陝西省很近。你知道或聽說過沒有，陝西西安府當年有一個唱秦腔的著名戲子，別號叫關西鳳凰？他也姓謝。」說話時，卻把眼睛向着謝琴的臉上直盯。謝琴沒有立時回答，轉臉看了一看身後那個身高體胖，威嚴可畏的白鬍子老頭，就見他兩隻大眼睛更向自己瞪得厲害。

　　這大人又微微地冷笑着，說：「你告訴我不要緊！我只問你這一句話。大概你是不肯當着別的人跟我說？那麼我就叫他們全都躲開。」他當時一努嘴，那猛霸王江苞和那有威嚴的老頭，就齊都出屋去了。

　　而這時的屋裏，除了這大人，就是謝琴了。這大人把燈吹滅了一隻，留下的一隻，也把燈撚兒壓下去了一些。立時屋裏的光線極低，十分昏黯，那些硬木的器具都更顯得發黑，而那面巨鏡也光亮頓滅。

　　停了些時，仿佛窗外的人全都走了。這大人就眼望着顯出一種淒慘、一種忿恨的謝琴的這張小臉，又把腰挺起來些，一手當胸，仿佛是預備着招架似的，他就微微笑着說：「小孩子，你別再瞞着我啦！別以為我不知道你是誰？你姓謝，你有個比你大得多的哥哥，前些日你們都住在謝家店裏。你拜那吳三貴為師，前後還沒有幾天，你可竟敢欺騙我，說什麼跟他已經學了四年多啦！

　　「哈哈！你不必再瞞着我！你跟吳三貴學戲，一定也是為知道我平時愛好聽戲，才想以唱戲為名，混到我這宅子裏，以便接近我。所以我今天辦壽，偏要叫你來；我慶賀御賜的匾額，也得讓你知道。在天津府的道上劫皇綱，把珠寶向我家裏栽贓，那個口操河南、陝西一帶口音的劫綱大盜，不是你的哥哥還是誰？

　　「這些事全不必瞞，我早料到這一回！那關西鳳凰謝鳴霄，他死後我就知道。因為他妻子有好武藝，更認識許多綠林中的人，他還有後代，二十年之後必定有人替他找我來報仇。現在可還沒到二十年，你就來了，好！」

　　這時候謝琴是一語也不發，小臉兒慘白，雙目瞪得很大。這大人卻索性下了床，站起來了，他也似乎顯着有些驚惶，但依然傲笑着說：「不但我早已猜透，伍降龍也把你看出了，如今你並且承認了！我勸你趁早不要再糊塗，你就是會一點武藝，也沒什麼用，何況你現在手裏沒有傢伙，這屋裏又只有這一對鐵燈檯。你要想行刺於我，你就拿一隻鐵燈檯，我再拿一隻鐵燈檯，咱們兩人碰一碰，看看倒是誰力氣大？

　　「這時候，其實我立時就可以叫人來把你綁起，或送官去殺頭，或當時將你剁成肉泥爛醬，都很容易，我早已佈置好了。可是我卻於心不忍，因為我佩服你有膽子替父報仇，是好孩子；我又可憐你年紀太小，長得又文弱；我還愛你戲唱得好，叫你死了可惜，所以我百計千方地想留下你這條命。

　　「我還勸你趁早改悔，快叫你那哥哥去投案，了結他那場官司；他的性命我盡力保，我還能夠給你很多錢。你們一定還有黨羽，大概全是你的娘鐵金蓮，窈窕俠女官月姑的一些舊識，你也去勸他們死了心。要想害死我，那是做夢！無論他們的本事有多大，計畫得多麼周密，也是沒用。再說我跟你爸爸、媽媽雖說有仇，卻也有恩；你爸爸是我的孌童，你媽是我的侍妾，至今仍有人都曉得……」

　　說到這裏，忽然他哎呀了一聲，不知中了什麼暗器，當時手摸着胸口，眼睛瞪大，面色漸漸發青；他先還用一隻手扶着床，忽然咕咚一聲，就直挺挺地倒在地下了。這時猛霸王江苞手挺明亮的匕首，帶領黑蜈蚣晁四和兩名手提鋼刀的護院把式一齊闖入，說：「啊！好小子，你竟敢殺人？」窗外卻有蒼老而急懼的聲音說：「快保着我走！他必有暗器！」

　　江苞卻早已以餓虎撲羊之勢，握着匕首向謝琴來扎；謝琴卻只是直立着，全然不躲。可是江苞才撲過來，忽又跌倒，他在地下翻了一個身，喊說：「痛死我啦！不對，是輔大人害的你爹娘，我跟王謹我們冤……」他再也喊不出來，也直挺挺躺在地下了。

　　晁四和那兩個護院卻趕緊又跑了出去，把屋門緊緊地推嚴。又聽那蒼老的聲音在外面遠遠地喊說：「鎖上門！小心他的暗器！他必定有極毒極毒的暗器！」外面鑼聲當當當、當當當，不知有多少面鑼，一齊亂敲起來。人也像越聚越多，齊聲吶喊：拿住他呀！殺死他也行！可別放他跑呀！小心他的暗器……又聽有人急急地說：「快保護住大人！快保護住大人！」

　　這時在屋裏的謝琴卻只是發怔，緊緊咬着小嘴兒，心裏是又失望，又生氣。他恍然大悟，費了這麼大的事，冒了這樣大的險，如今以「梅花攢心針」所刺死的，原來卻是那輔大人的替身！怪不得這個人的威儀不夠，原來他是個假輔大人。他雖是二十年前輔大人手下「四凶」之一的賽關平王謹，與猛霸王江苞、黑蜈蚣晁四和小毒蠍岑采，當年也曾逼害過我的父母，但不是真正的仇人。梅花攢心針只有五支，如今已經用去兩支了，尚有三支，無論如何也得刺在仇人輔大人的身上，豈能再用？可是現在手無兵刃，被困在重圍，有什麼方法才能夠脫身？他不禁焦急起來，急忙跑去推門，但用力也推不開，門確已從外面鎖上了。

　　他正在想主意，忽聽啪的一聲由外面打進來一隻飛鏢，幸虧沒有打准，而釘在牆壁上了；接着又有鏢，還有弩箭，嗖嗖地一齊自窗外射進來。他急忙伏身，同時將那盞燈也按滅，屋內變成了漆黑，以免被人看到屋內。隨手他將兩隻古銅的燈檯分握在手裏，但這種東西是又笨又沉重，不能當作兵器呀！

　　窗外哧哧地，有幾杆很長的扎槍一齊向屋裏來扎，並有人罵道：「小戲子！快出來！反正今天你是逃不開了！」這又是黑蜈蚣晁四的聲音。這人本也算是謝琴的半個，其實還不足半個的仇人，可是謝琴仍然不願以梅花攢心針向外去射，何況這種微細的毒針根本就射不到三尺以外。他更為着急，掄起來一隻燈向窗砸去，啪的一聲巨響，倒是將窗格洞兒砸斷了兩根，都掉了下來，可是那只燈也沒飛出屋，卻又掉在床上了。

　　外面又有伍降龍的聲音大喊：「放開膽往屋裏闖吧！他的暗器大概早用完啦，諒他的身邊還能帶着幾支？」又向屋裏說：「姓謝的！總算你有本事，到底叫你弄死了兩個！可也怨這裏的輔大人不聽我的話，他非要先把事情弄明白了，才致叫你得手。可是你也想開了吧，絕跑不了啦！咱們還是交個朋友吧，我也謝謝你，我跟了你這麼幾天，你沒把身藏的暗器對我來使，總算有點面子。還是那句話，你乖乖地跟我去打官司，我姓伍的一定關照你，不然可……」

　　這時外面的幾杆槍，一下一下向窗裏扎得更緊；刀響，鎖鏈響，不知有多少人已經堵住了那過道。謝琴卻匍匐在屋裏，旁邊就是兩具屍體。他是沒法子逃，也自然力不能敵眾；除非他在此時自裁，但冤仇並沒有報了，他死也不甘心。他想往外去闖，跟那些人去拼，他自覺着並不是拼不過，只愁的是那過道太窄，展不開身手；又恨手裏沒把刀或劍，徒手究竟不行，他着急得要哭。

外面伍降龍又說：「開開鎖吧！把門開開吧！你們死了我給償命！不要怕他，我保他的暗器已經用完了……」又向裏面說：「小孩子！你這是弄巧成拙！本來你當初若乖乖跟伍老爺去打官司，你沒這麼大的罪。現在可是不行啦！兩條人命，我也沒法子替你刷洗；只好你聽話，別叫我生氣，還許有你點便宜！」

門鎖眼看就要開了，拿刀持槍的一群人，眼看就要進屋來捉拿。謝琴急中生智，想從那牆壁間，拔下剛才自外打在上邊的那些鏢。但這時，忽聽那鏡子裏面有響聲，他不禁更驚訝，心中想着：莫非鏡後邊有夾牆壁？還埋伏着打手？他已經將鏢拔下來了，握在手裏。

此時那鏡子忽然呼的一聲倒下來了，真的現出來一個門，門裏還有燈亮。他剛要揚鏢向這暗門裏打去，卻見暗門裏燈光照處，現出來一個身形細小的美麗女子，正是那十二小姐輔若梅，急急地點着手叫他，說：「快來！從這兒走！」他還有點疑惑，那邊的門鎖卻已經開了，伍降龍帶領着許多的人闖入，急喊說：「快捉住他，別叫他由暗門跑了！」謝琴慌不擇路地就向暗門裏一跳，幾乎撞在十二小姐的身上；而十二小姐將什麼東西一拉，急快之間鏡子又起來了，將門堵住了。

那邊的伍降龍一些人，卻咕咚一聲已把鏡子砸了。謝琴也顧不得跟十二小姐說話，十二小姐卻急向他說：「快走！」他才看出，這個屋，原來就是他白天來過一次的，那間擺着許多古鼎、陶器、古硯、漢瓦的西屋。十二小姐旋即將燭火吹滅，用軟軟的手推了他一下，又說：「你還不快逃命！」謝琴就疾快地躍出了屋。

這裏是正院，院中也正在亂敲着鑼，聚得的人很多，刀槍如林。謝琴飛身又上了房，卻見伍降龍已經爬上來截，飛鉤一掄；幸虧謝琴躲的疾，沒被鉤住。伍降龍又喊說：「別漏水！」謝琴如燕子一般地由房頂跳到前邊的牆上，他腳踏穿廊的棚頂，急急向前飛奔，又闖出了一層院子，轉上了牆頭。這裏的下邊卻燈火滾滾，人更多，刀槍也亂。有個人想上牆來拿他，謝琴這時手裏還拿着一隻鏢，就順手揚鏢，啪地打去。下面的人中鏢跌倒，滿地亂滾，大聲慘叫，謝琴這時才看出，原來中鏢的正是十一太子輔豹。

謝琴只看了這麼一眼，同時身子早就飄到另一幢房上去了。由這裏，他攀着了一枝從門外斜探進來的柳樹枝幹，兩腳懸空，換了幾次手；將手一撒，身子一飄，就飄到了大門之外，隨之落下來許多柳葉。門外卻有一個人正在等着，借着微月繁星之光，一看見了他，就發出驚喜之聲，說：「好！你出來啦？快走快走！快跟着我走！」

這原來正是那冉青雲，謝琴倒十分地不明白，就緊緊追着他向東跑去。二人跑進了一條小巷，謝琴這才喘了喘氣，嬌聲地問說：「喂！你們為什麼倒要幫助我呀？」冉青雲說：「快跑快跑！跑遠了咱們再說話！」

身後卻聽當當鑼聲敲得更緊，並聽遠處也有鑼聲。不但是伍降龍等人已向那大門外追出來了，別處的官人大概也聞了聲，趕往那宅裏去幫助捉拿。冉青雲一邊跑一邊笑了，說：「伍降龍到底是不行！他預備的人太少，分派的人不夠……」謝琴跟着他跑，又問說：「喂！你得告訴我明白才行！你是輔宅的親戚，為什麼你倒幫我的忙？你不說明白，我就不能當你是好心；我跟着你跑，還許上你的當！」

冉青雲當時就把腳步停住了，他回過身來，大不樂意地說：「這真是豈有此理！我不能說是救了你，可是今天也算幫了你點忙；要不是我替你去求輔若梅，她也未必管，因為你要害的是她的爸爸。她爸爸也是我的表叔，又是岳丈，我為什麼反倒護着你呢？還不是因為看着你很可敬，又很可憐。”

謝琴頓着腳，痛哭着說：“我沒殺死那老仇人，你們叫我跑，我也不跑！”

冉青雲又過來勸他，拉住他的胳臂，拍着他的肩膀說：“你不要這樣想！你想報仇，殺死我的岳丈輔大人，那可不容易。他二十年來就有防備，他的武藝也比咱們全高得多，你別看他是做了一輩子顯要的官爵，舉世無兩！不然當年的鐵金蓮竊窕俠女官月姑和她那麼些個江湖綠林朋友，為什麼竟不能替她丈夫報仇？這你應當先有一個估量。那劫皇綱的是你什麼人？他今天應當來，然而他不來，我倒佩服他的慎重。

“現在，反正吳三貴那兒，你也不能夠再回去啦，別處你更藏不住，伍降龍早晚得把你捉住，不如你跟着我走。我今天這樣舍出一切，連親戚我都不顧啦，將來出禍，我也甘願陪着你去當，就為的是可憐你年紀輕，還是個英雄！”

謝琴還真沒料到，這模樣長得像武生的人，竟真如此之慷慨，同時回想輔若梅仗義相救，又不由得十分感激，於是問說：“你叫我跟着你上哪兒呀？”

冉青雲說：“你跟着我上我家裏去，我家住在崇文門外，咱們繞過幾條胡同，過了前門大街，再走些路就到了。”謝琴似乎還有些猶豫，但是聽後面鑼聲越來越近了。冉青雲就驚訝着說：“不好！飛鉤伍降龍到底不是好惹的，這傢伙不一直順着大街去追，卻要進胡同！來了！來了！快走快走！”說着他拉着謝琴飛快地又跑。

別看冉青雲穿的那麼闊，他掖起來綢子大褂，立時健步如飛。謝琴的官紗袍兒是早就撩起，把前襟、後襟在胸下系了一個扣兒，跟小褂差不多，也是非常地便利。他就跟冉青雲拉着手兒，冉青雲在前，有如虎奔；他在後，卻像燕子一般地飛。穿過了好幾條曲折的小巷，竟聽身後仍有鑼聲，仍有人隱隱地喊着說：“他們在前面了！快追！”冉青雲更加緊地快跑，不多時就跑出了一條胡同，而來到了前門大街。可是這大街上，早已埋伏下許多的官人。

第十一章　深宵燈火鬧長街

　　官人在這條大街上，每個胡同口都佈置着有十幾名，打着氣死風的燈籠，在這裏好像官人尤其地多。黑天半夜，他們倆這樣地跑出來，哪能招人不注意？當時就有官人大喊說：「跑什麼？站住！」

　　冉青雲同謝琴只得不跑了，他並回首說：「不要害怕，我全認識他們。」

　　這時，十多名官人，有的手提燈籠，有的拿着鉤竿子、單刀、鐵尺、梢子棍，走近前來，還氣哼哼地說：「手裏有傢伙沒有？快擱下！好大膽，在我們哥兒們的地面上，你們敢這樣地妄為，今兒你們可跑不了啦！」及至用燈籠一照，這說話的人卻又驚訝地說：「喝！冉少爺！您上哪兒去啦？幹嗎這麼慌啊？」

　　冉青雲卻裝作喝醉了的樣子，說：「少問！少問！」說着，拉着謝琴就要過馬路。卻被官人給攔住了。

　　這官人說：「冉少爺，您別見怪！您府的老大人在世時，也當過我們的正堂，我還是他老人家栽培起來的哪！您別說半夜裏走道兒，您就是這時候在這馬路上翻觔鬥，我也不能攔住您，可是您帶着的這個人得交我們。因為有伍班頭的話，今天同不得往日，現在南北衙門大會齊，各處嚴防，只怕的是劫皇綱的賊人漏了網。」

　　冉青雲回手指着說：「這是我的書童，我保他，你們還不讓他過去嗎？」

　　這官人說：「不但不能放他過去，還得暫時把他鎖上，給伍班頭看過了，才敢放。」

　　冉青雲忿忿地說：「他伍降龍是什麼東西？我就要把他帶走，看你們誰敢攔？」

　　這時，在別的胡同口把守的官人看見這兒出了事，也都趕過來了，高舉着燈籠照着。聽冉青雲這樣一說橫話，立刻就有一人掄刀近前，說：「你是幹什麼的？這麼大的脾氣！你就是王爺，你也得知道王法，來！先把他鎖上！」可是沒有人敢鎖。

　　冉青雲突地一下，把這人手中的刀奪過去了。這人更大怒，說：「好個不遵王法的東西，你是不想要命嗎？」順手由旁的人手中又拿了一根鐵尺，向冉青雲的腰際就砸；冉青雲再用刀背一磕，當的一聲，磕得這人的鐵尺幾乎撒手。這人更為大怒，說：「好，北京城原來真有這樣潑悍的強盜！我玉臂猿猴唐賜，今天真是頭一回見過！」

　　這時，旁邊就有官人悄悄對此人說了冉青雲大略的來歷，這玉臂猿猴卻更加跳腳大怒，說：“管他是什麼早先正堂、偏堂的兒子，管他是誰的少爺，我這次奉賽秦瓊大哥之命，來北京幫助他破案，我就不管他媽的少爺、小爺！”

冉青雲把謝琴往後一推，他將手中的單刀一亮，說：“唐賜！你不過是天津府的一個小鏢頭，你也不是官人，來這兒逞什麼威風？”

玉臂猿猴唐賜說：“我幫朋友，幫的是賽秦瓊！”

冉青雲卻冷笑道：“幫什麼？我看你的出身大概就是個賊！今天我倒要先鬥鬥賽秦瓊派來的小輩！”說話時唰的一聲，刀自上砍下。

玉臂猿猴疾用鐵尺相迎，同時向旁邊喝了聲：“閃開！”他將鐵尺掄了一掄，卻又說：“不大好使。”急忙跑開，又跟人換了一口刀。

旁人也都似乎願意看一看熱鬧，看看這賽秦瓊派來的小子塌台，於是把五六隻氣死風燈全都高高地舉起。只見他先來了一個燕子穿雲勢，提足進躍，刀向冉青雲狠劈。

冉青雲卻閃身避開，又微微一笑。他要在謝琴的眼前顯一顯武藝，當時身軀連退，雙刀繞刀花；待玉臂猿猴縮身躲閃，同時他轉守為攻，見對方刀來，嗖地一個燕子掠波，直取下部；冉青雲以定海神針之式，擋住了對方的刀，趁勢向上一托。玉臂猿猴抽刀反劈，如秋風拂草；冉青雲抽刀迎住，當的一聲，白刃交磕，聲音響亮。

玉臂猿猴斜撤半步，刀復揚起，雁翅斜掠，冉青雲卻碾步反斫。玉臂猿猴疾轉身形，刀又從下掃來。冉青雲卻用紫燕躥雲騰起避開，跳到一旁，伏身刀進，白光如電，倏地擊來。玉臂猿猴也飛躍一旁，伏身截刀，喊聲：“好盜賊！”冉青雲卻忽地旋刀轉步，頓腳高騰，霜刃飛回，有如白鶴翩舞。玉臂猿猴又疾以刀招架，卻不料一時地眼花手遲，當時就聽喀的一聲，一刀中胸。幸虧冉青雲落下來的是刀背，但也把玉臂猿猴擊得一個腦破頭昏。

冉青雲方才收刀，忽見自左方又趕來二人，花槍急抖，鳳凰點頭，齊向他扎來。他急揮刀，寒光閃閃，喀喀擊開了兩杆槍，飛身斜避，同時借燈光虎目掠人。他認識這兩個都是順天府的班頭，一個叫追風腿，一個叫捉雲手，他就說：“好！你們也敢來侵犯冉少爺！”

這時可聽見追他們的那些人，在胡同裏喊着：“在前面了！截住，別放他們跑了！”喊聲越來越近，隨追隨還敲鑼。此時謝琴已跑到道旁一家舖子的沖天招牌旁邊躲着去了，而附近幾家鏢店裏的鏢頭也聞聲跑出，齊喊着：“拿賊！拿賊！”

冉青雲一刀敵雙槍，同時又發着冷笑，高聲說：“你們不用拿賊，賊就是我！”

追風腿說：“好！今天就請你上衙門！”捉雲手說：“着槍吧！”雙槍不斷扎來如急雨，冉青雲一刀翻舞振寒風。鏢頭們來的有花刀胡天永、鐵夜叉焦敬，還有不少的人，一齊擁前；刀光飛，叉聲響，將冉青雲困在當中。冉青雲卻刀影隨身，往返跳躍，左右前後地迎殺、攔斫。

這時伍降龍就帶着人追來了，先叫敲鑼的人別再敲，喊叫的人別再喊，他就大聲地說：“你們都昏了吧！跟個姓冉的打什麼大勁兒，你們還能說他是賊？賊早跑啦吧！兩條人命都在那邊撂着啦！正兇不捉，你們可捉他這麼一個瘟少爺、傻公子！”

伍降龍真有見識，而且令出山河動，一些人除了鐵夜叉焦敬還在跟冉青雲打，其餘的人都不管冉青雲了，都打着燈籠齊向各處搜謝琴。忽有人一眼看見了，指着說：“哎喲！他爬上去了！”只見謝琴跟一個猴子似的，就爬上了那只沖天招牌。

這招牌高得好像旗竿，離地至少四丈。白天可以看見那上面刻着：京都麟鶴堂自辦川陝雲貴名山藥材，虔制祖傳神效丸散膏丹，童叟無欺，言不二價……那麼一大串的字；現在可看不見，黑兀兀的，聳天矗地。伍降龍奔上去，一鈎飛去，沒有鈎着；謝琴就像腳下有梯子，很快地就爬上去了，一直爬到了招牌頂上，貓也不會有這能耐。

一些個官人、鏢頭就仰着臉向上看，只見天上的星星好像謝琴的眼睛，一霎一霎的。其實謝琴爬到那樣高，下面的人誰也看不清，伍降龍就仰臉喊道：「下來吧！那不是地方兒，摔下來還不成個肉餅子？下來都好說，這全是你的叔叔大爺們，只要你認頭去打官司，誰還能難為你？」但謝琴在那麼高的地方卻不下來，下面的喊聲他大概也聽不見。

伍降龍一轉腦筋，說：「這好辦！追風腿，你快跑到前門把神箭趙給找來！一箭要把他射不下來，我不姓伍，我姓六！」追風腿就手提花槍，飛快地向北跑去了。

伍降龍又抖起了飛鈎跑過去勸架，說：「你們還打什麼打？焦鏢頭快住手！冉少爺，你也回去看看你的丈人跟大舅子去吧！幹嗎這樣？今兒姓伍的已經夠講面子的啦！論公事半點也不行。你是念書的人，又懂得外場，可別教人太過不去！」

冉青雲卻仍在和焦敬在那裏殺砍。焦敬是京城頭一流的鏢頭，三股鋼叉嘩喇喇地舞動如飛，真好像一個開路神，並且時時地狠叉，他本來就與冉青雲有些舊恨。

冉青雲是今天非展夠了本事不可，得叫謝琴在沖天牌上看着也得驚訝。因為現已知道謝琴的本事很大，他就也不能露出武藝稍差，他拼出命來，不惜也去打官司。所以他鋼刀翻飛，挾風帶雨，倒海排山；穿雲起霧，掂月推雲，一切的刀法，通身的武藝盡皆施展出來了。

焦敬有些不敵，拽叉便跑，胡天永舞刀又來助陣；一些個鏢頭也都不管拿賊了，只管來跟冉青雲打架。

伍降龍本想不管他們啦，反正要把冉青雲捉到衙門，不但無功，還得落不是；現在的步軍統領正堂官，就是他爸爸的門生，還是早先的屬下，不如叫這鏢頭把他收拾了，誰也沒話說。他現在只是着急地說：「神箭趙怎樣還不來呀？一箭把這個賊射下來就完了！」

他不住向北邊去看，而數十步馬路旁，冉青雲跟那些人刀光槍影地殺得更凶，鑼倒是都不敲了。可忽聽得從南邊咕碌碌傳來一陣車輪聲緊響，漸漸燈光所照之處，飛快地馳來了一輛健壯騾子拉的棚兒車。車到臨近，突然停止，車廂中出來一個女子，就站在車上高聲叫着：「青雲！」大家都怔了，看招牌的人也不仰面看招牌了，齊隨燈光來看這周身綾羅、環佩叮噹，身材細小、而姿容綽約如仙子，神情焦慮更嬌矍的女子。有人認得，說：「哎呀！這是十二小姐輔若梅！」

輔若梅一躍下車，就手展繡帕，撲奔槍林刀叢，去勸她的表哥亦即未婚夫。那些鏢頭們雖然殺得已是凶神附體了，可是也不敢誤傷了這位貴人小姐，當時就都棄了冉青雲而跑到一邊。

胡天永的肩上已經挨了一刀，喊叫道：「給我報仇！」可是連焦敬這時也不敢再跟冉青雲動手了。那剛才被冉青雲打昏了的玉臂猿猴，負傷忍痛，拾刀還要來拼。卻見伍降龍向他一晃鈎，說：「這可惹不得！許她來胡鬧，不許咱們無禮！」輔若梅卻已經伸着纖手，將喘吁吁的冉青雲拉到車那邊去了。但冉青雲是絕不上車，他也仰着臉向招牌上看，說：「我非得等着琴官下來。」

北邊追風腿已把神箭趙找來，這神箭趙鷂眼鷹鼻，小鬍子兩撇，身穿箭衣，頭戴緯帽，現任前門守城官。三十年來射箭百發百中，從不虛發的神箭趙，來到沖天招牌下，就撚箭拉弓，仰面嗖的一箭；又聽啪的一聲，原來箭又掉了下來，掉在他的帽子上了。他不禁就臉紅，再搭一箭，朝空射去。嗖的一聲，箭已沒了影，人也不掉下來，大家都怔了，冉青雲卻在那裏拍手。

神箭趙一咬牙，再自弧中抽箭，搭弓向上比准；他連退三步，又來了一個鷂子翻身，好像這樣才力足箭准。撒手一箭，噗的一聲，忽然有人喊：「哎喲！我的眼睛……」原來是玉臂猿猴頭昏剛好，忽又受了誤傷，一箭中目，疼得他亂滾亂翻。神箭趙還以為是射下來了，就說：「還不趁勢快捉？」

伍降龍氣得直跺腳，說：「捉誰呀？」又吩咐人說：「借斧子借鋸子去！鋸斷了這個沖天招牌，看他下來不下來？」當時他的手下又遵命，到附近去砸木廠的門，叫醒了那裏的人，借來了幾把斧子幾把鋸。伍降龍就吩咐着：「快動手！」於是他手下的幾個人，齊就脫成了光膀子，流着汗，使足了力，向這老藥舖門前的沖天招牌，喀喀喀群斧齊下，又哧哧哧哧，快鋸猛拉。

這木料不錯，斫了半天，鋸也換過兩把才要倒。伍降龍先趕緊避到一邊，同時大喊：「慢！慢！躲開點！四丈以外去有人等着，下面也得緊快；他立時摔下來，立時就按住他。看！看……」一時齊都緊張萬分。

那邊尚未走去的冉青雲和十二小姐輔若梅，也全都直着眼向上看；見謝琴確實還在招牌頂上了，然而招牌這時就要倒了。剛才這麼想，就聽得呼隆的一聲，好像城塌了，整個的招牌倒下；斜在馬路上，直挺挺如一條僵死了的巨蟒，同時追風腿反倒沒有跑得及，身子被壓在招牌底下。但是冉青雲分明地看見，在招牌正往下倒的時候，那謝琴竟如一只飛鳥，趁勢兒已飛到對面一家買賣的樓上。這時伍降龍又跳起來，說：「捉……」可是早已不見謝琴的人影。

冉青雲不禁高興得大笑，十二小姐卻說：「快回去吧！」兩個人就上車了，車子往東進了胡同。在月落星稀之下，他們且不回柳樹井，而徑往冉青雲的家裏去了。

第十二章　冉青雲之家

　　冉青雲的家，就是已故的前步軍統領正堂冉大人的私邸，不過現時已不似過去那樣炫赫。他是一位聰明的少爺，風流的名士，而且武藝精通，但他可是他父親的不肖之子，並不承繼門風。他的父親去世不過六七年，他便把家產揮霍得淨盡，他都交了朋友了，周濟給窮人了；落得現在他把正院租給了一個商人，開了當舖，他只住後院。

　　所以現在這輛車來了，就停在後門兒。他一邊贊佩道：“我第一次遇見這樣的奇事奇人！謝琴可當為今世的飛俠，大忠大孝！大義大才！”一邊又歎氣，仿佛發愁不知謝琴跑到哪兒去啦。

　　他的未婚妻，也就是他的表妹十二小姐輔若梅，卻在車裏說：“快叫開門吧！我得歇歇兒啦，我都累啦。”

　　趕車的也幫助冉青雲去叫門。但這個門，非冉青雲自己叫，就絕叫不開。他是有暗號的，他把門環當作鑼，門框當作鼓，叮叮叮、咚咚咚，這樣地捶敲了幾下，裏邊就有人開了門。開門的是他的一個健壯的小廝，同時交給他一口寶劍。其實他現在有一口刀，他就一手持刀，一手握劍，護衛着自己，帶領着嫋嫋娜娜的他的表妹未婚妻，這才進了門。

　　院子很窄，房屋不過數十間。他雖然穿着華貴，而屋中卻似貧家。在當中供着他先父的遺容和生前佩帶過的寶劍，花梨、紫檀的器具都已東倒西斷，古瓷瓶成了水壇，繡墩也成了兩半。書都堆在地下，槍、棍可放在床上；貓兒餓得直叫，鷹卻在籠裏拉屎。燈可頂亮，油都溢出來了，光輝燦爛，照得這屋裏更顯得凌亂不堪。

　　十二小姐輔若梅真沒個地方坐，她皺一皺眉，說：“你看，我才有半個月沒來，又亂成這個樣子了！”

　　冉青雲卻說：“誰要有耐心收拾屋子，誰就是個俗人。”

　　十二小姐瞪了他一眼，說：“天下的人只有你不俗？”

　　冉青雲伸着手指，說：“還有兩個，一個就是你，另一個是謝琴官。”

　　十二小姐頓頓纖足，說：“你還提謝琴官呢！因為他一個人，惹下的這些禍，可怎麼辦？”

　　冉青雲說：“好辦得很！本來我已經結下了許多仇人，在家裏也不能安居，今天不但招惱了伍降龍，還更惹起來鐵夜叉。謝琴官是與劫皇綱的案子有關，這事非同小可！剛才我已被人視為琴官的一夥，還幫助他抗拒官人，雖沒當時被抓，但光憑我父親生前的面子，究竟不能長久。所以我在京待不住了；我想再見琴官一面，我就得遠走高飛。

“你呢，家裏鬧成那樣，以後後患猶深。你父親早先害過人家的爹媽，如今人家找來了！雖然他利用替身，多方防備，可早晚也得給人家的爹媽抵償，因為這是天理昭彰。你父親又嫌貧愛富，只認我是表侄，不認我是女婿，你我二人更是難以完婚。不如你跟我遠走天涯，倒落個逍遙爽快！”

十二小姐垂下淚來，說：“我倒是也願意跟着你走，可是……”她搖了搖頭，又說：“不行，我不能離開我父母！雖然他們的人都不怎麼好，我也不能離開。因為你別看我那個家，那麼些人，要是沒有我，就得全反塌了天，這你不能夠不知道。”

冉青雲微微地歎氣，又伴笑着說：“既是這樣，話就都不必再提了，只恐怕你家裏的事，從今天起，是越來越糟糕。”

十二小姐搖着頭說：“也不至於！由今天起，我就挺起身來，反正今天謝琴官是我給放走了，以後再出什麼事，就由我去當！”

冉青雲沒再說話，十二小姐也不言語了。

此時窗上已發了白色，冉青雲就說：“天已亮了，反正事情如何，今天總能見個分曉，咱們且不必多加談論。已有多日沒在一起對劍了，現在你拿上寶劍，我也拿上寶劍，咱們到院中再對比一番怎樣？”

十二小姐卻微微地跺腳，說：“現在誰還有那些閒情？昨晚我家裏遭了那麼大的事，我十一哥被謝琴官用鏢打傷了，還不知道傷勢輕重呢！”

冉青雲說：“你那十一哥呀，他受的傷應當重些。”

正在說着，外面就有人急急地叫門，冉青雲用的那健壯的小廝跑進來說：“宅裏派人找十二小姐，請急速回去！”

十二小姐趕緊站起身來，又斜瞟了冉青雲一眼，說：“你不也再去一趟嗎？”

冉青雲卻微微地笑着說：“你的那個家門，恐怕我已是不能夠再去了！”

他的這樣冷淡的表示，使得十二小姐很生氣，並且有點傷心，不過這時候沒有工夫和他爭論，遂就出屋匆匆地走了。到了門外一看，除原來的那輛車沒走，還另外派來了一輛，但冉青雲連往外送都沒送；她只得獨自坐着一輛車，後面那輛空車跟着，就迤邐地走着。

走到前門大街的時候，見街上聚着許多人。她扒着車簾往外看了一看，原來就是昨天鋸倒的那個沖天招牌；現在雖說已經順過來了，不至於妨礙車馬，可是還在地下躺着。所以招了這些人圍着看，也有官人在那裏，只是沒見飛鉤伍降龍。當下她的心裏很急，自己從出事之後，就獨自出來了半夜，一定很使家裏的人生疑的，假若父親要是嚴詞地問我，我將用什麼話去回答？

車到了柳樹井，十二小姐輔若梅進內一看，就很是驚訝，因為在第二進院落的當中，就停放着一口棺材。她想：王謹跟江苞死了，也不配把棺材停在這裏呀，何況只是一口？她就向特意迎出來的大丫環香雪問了一問。

香雪卻說：“這棺材裏是咱們的十一少爺呀！昨天半夜被那個賊打了一鏢，到今天早晨四點鐘的時候就死了。”

十二小姐吃了一驚，心中十分地悲痛，不但是悲傷她這哥哥的慘死，而且是痛恨；謝琴官那樣一個可愛的人，他怎會與我家結上了這樣的仇上之仇、恨中之恨？昨夜我放走了他，那更是我的罪過了！

　　她走到內院，先想去見父親，然而宅裏的人，恐怕除了一兩個親隨吧，誰也不知道輔大人輔侯爺，現在是在哪個屋裏了。自從天才亮，就有許多官員前來慰問，然而誰也沒得見着。她雖是親女兒，可也無法去見，心下甚急；這時候輔大人究竟還在不在這園裏，也是無從得知。

　　她也顧不得去休息，趕緊就先去看望嫡母。只見正太太正在大哭她那親生的兒子，並向她問：「到底是誰把那個小賊，那個唱戲的謝琴官給放走了的？」

　　她搖頭說：「我也不知道，一定是他自己逃走的。」

　　正太太又哭罵着說：「給我把柳鶯官捆起來！我那兒子活着的時候，屢次要想把她收房，可是聽說她尋過兩回死，怎麼也不願意。昨天又是她跟那兇手在一塊唱的，他們一定是合謀害我的兒子！我非得叫把鶯官那小賊人，跟我的兒子埋在一塊兒不可！」

　　十二小姐急忙給勸解說：「那樣一來，我十一哥在陰間也是不得安呀？柳鶯官既是那樣壞，她到了陰間，還能害我的十一哥呀！」

　　當下她把這位已經成了瘋子一樣的嫡母，暫時哄住了。她就趕緊回到自己房內，叫香雪急速地把那柳鶯官找來，給了她一百兩銀子、幾件衣服首飾；並轉令香雪吩咐那呂萬能及宅中的一切人，都不許攔阻，並不准聲張，就當時令那柳鶯官逃命去了。

　　宅中現在辦起了喪事，親友及一些大小官員來這裏慰問的、弔祭的，絡繹不絕，比昨天仿佛更熱鬧。大事情全由這裏的大少爺，現任戶部尚書輔正堂辦理，內宅裏全聽十二小姐輔若梅的話，僕人裏是那年紀老的僕人起順，最為拿事。

　　護院的頭目現在只剩下黑蜈蚣晁四一人，他簡直像凶煞附了體，手提明晃晃的鋼刀，到馬圈裏停放的王謹、江苞兩口靈柩之前，大聲地哭祭，說：「我一定給你們報仇！」

　　這裏是另辦喪事，出入的人全由車門行走，來的各處護院把式、各鏢店的鏢頭等等可就多了，都在大談昨夜之事。

　　癩子盧大說：「可把飛鉤伍降龍氣得不得了！賽秦瓊今天必自天津府趕到，待會兒我們還要到神鞭林五公那兒去吃酒。北京城四十二家鏢局，五百七十多名鏢頭，這次就要聚集在一塊，幫助官人，捉拿那小娘們兒似的謝琴官，他絕跑不了！」

　　吳鐵肚也在這裏了，他哭喪着臉說：「琴官就是我們家裏的徒弟吧，可是收他的時候，我們也不知道呀，為什麼今天一清早，伍班頭就派人把我爸爸鎖去了？幸虧還沒帶走我的媳婦。可是保人原是西邊謝家店的老謝呀，他跟謝琴官大概是一家子。」立時就有人站起來說：「找老謝去！」

　　忽然另有一個人站起身來，擺手道：「你們誰也不必去找，這事用不着連累別人！昨夜前門大街上出的事，無人不知。玉臂猿猴唐賜誤受箭傷，頭上且被刀背所砍，至今性命難保；追風腿是被沖天招牌砸傷，說不定得落個殘廢；胡天永肩中一刀，現仍昏迷不醒；焦敬昨夜惡鬥了一場，舊仇加上新氣，已經吐了血，他的老婆黎三娘現正家裏磨劍，預備替夫出氣。鬧的這些事，都是誰？不單是謝琴官！憑謝琴官一個無名小輩，昨天晚上他本來跑不了；幫助他的，使他跑了的，那就是……」說到這裏，他四下觀望了一下，才說：「在這裏說也不要緊，那人大概你們也全聽說了，就是這裏的貴親，咱們往日的仇人，那個冉青雲！”

說這話的人，也是京城有名的人物，現在廣王府充當護院，姓刁名隆，綽號叫小哪吒，他是已死的猛霸王江苞的徒弟。大家本來都知道此事，可還沒敢說出口，如今經小哪吒這樣一激，大家就無不暴跳如雷，一齊擦拳攘臂，高呼說：“找他去！誰管他是誰家的親戚？”

黑蜈蚣晁四把鋼刀向靈案上一拍，瞪起凶眼，說：“我全都知道！我可是在輔宅吃了一輩子的飯，冉統領在世的時候我也見過。多少日來，冉青雲欺負我的朋友，我就不管，現在，媽的！什麼也不能說了，我不單立刻就要去宰了他冉青雲，回來這兒還有一筆賬呢！昨晚幫助謝琴官逃走的，還有一個人……”

有人就推他，說：“那就先別說了！”黑蜈蚣卻掄刀跳起來，喊着：“什麼別說？今天這筆賬要一塊兒算！”大家亂哄哄地說：“走！走！”當時人聲喧嘩，腳步亂響，拋下了這裏的兩口棺材，就自車門擁擠着出去了，去找冉青雲！

這時天色尚早，街上的人本來還不甚多。可是這一群人足有二、三十個，個個又都凶眉惡眼、怒氣衝衝，一邊走着，一邊還嚷嚷着、談論着、漫罵着，揮拳逞能，並且他們身上還多半帶着匕首、梢子棍、繩鏢等等的傢伙，所以也就招人注意起來了；有些人就跟在他們的後面，去看熱鬧。

走到瓷器口，路過鐵夜叉焦敬的那鏢店門首，焦敬的妻子黎三娘，這個又胖又高大，非常潑辣的娘兒們，手拿着新磨的光亮耀眼的寶劍，帶着幾個人，正在門口兒等着呢！見了他們，黎三娘就過來，管這個叫大哥，管那個又叫二弟，她說：“真想不到！昨兒夜裏，我是沒在家，因為我外甥媳婦要坐月子，我給他們幫忙兒去啦！我的當家的，他這些日子給衙門幫忙，捉拿劫皇綱的賊，我就沒往心裏放。我想那麼多的人捉拿一個，又不是什麼有名兒的，到時還用得着我當家的動手嗎？他鐵夜叉也不是三歲兩歲的孩子，我又不是他的媽；媳婦老跟着男人，別看我都快四十歲啦，我還真覺着害羞呢！

“沒想到就差一步！等着我在快天亮的時候，我外甥媳婦養下來孩子，我趕緊跑回來一看，好！我那當家的，你們的焦三哥，吐了一地的血！把我嚇得……我還以為他是受了傷了呢！後來一細問，敢情……好！真氣死人！北京城想不到出了飛賊，由沖天招牌上就跑啦！是一個唱戲的，這就不說啦，還有以前步軍統領正堂的大少爺、輔大人府裏的十二小姐，都給飛賊幫忙！這麼說來，那飛賊的來歷還是不小呢！

“好，我倒得鬥一鬥他們！寶劍我有半年沒有摸啦，現在我又特意磨了磨。剛才我聽說你們快來了，好，咱們現在就去找冉青雲！惹了闊大爺要是犯罪，由我去承當。找完了他我還得找那十二小姐去！反正她是個娘兒們，我也是個娘兒們，倒瞧我們兩人是誰撕得過誰？”

眾人說：“好！三嫂子您去領頭，咱們非得找冉青雲去拼拼！誰管他是個闊大爺還是窮大爺，咱們就拿他當賊辦。謝琴官那小東西，今天之內也非得捉着；把輔家的丫頭也捆起來，得罪了輔大人，咱們也不管啦！反正他們三個人都是賊，都跟劫皇綱有關，有飛鉤伍頭兒可以給咱們做見證，把冉青雲、謝琴官、輔家的丫頭全送往衙門，看到底辦他們不辦？”

黎三娘說：“我不為別的，我就為給我當家的出這口氣！”黑蜈蚣晁四、小哪吒刁隆齊聲說：“還得給王謹、江苞、唐賜、胡天永、追風腿，都報仇！”黎三娘說：“你們哥幾個手裏還都沒有拿着傢伙，就進我院裏拿去吧！”於是這些人就都跑進院裏。焦敬夫婦開設的這個鏢店也有多年了，夫妻倆又全會武藝，所以院裏的刀槍棍棒很是不少；這些人進去，連頂門杠子都給拿出來了。

晁四、刁隆，連吳鐵肚也在這裏，他們都進屋去看了看焦敬。焦敬躺在炕上，把昨天夜裏在前門大街的事，又都跟他們說了說。氣得晁四掄刀砍桌子，說：“我真沒想到，冉青雲跟輔若梅竟護着賊人，那賊人還是仇人！謝琴官就是關西鳳凰謝鳴霄跟鐵金蓮管月姑生下的孩子，跟輔家有二十年的冤仇！”

於是有些人又向他詢問，到底是怎麼回事？晁四跺腳着急地說：“這時哪有工夫細說？咱們快走吧！別叫冉青雲拐了謝琴官，跟輔若梅再一跑，輔若梅又有錢。他們要跑到關西，勾上鐵金蓮窈窕俠女管月姑，那娘兒們是綠林出身，江湖上淨是朋友，咱們可就追吧！追到她窩裏，可就都出不來啦！”

這時候，那吳鐵肚一聽，趕緊就扔下剛拿起的一根木棍，悄悄地溜啦。

黎三娘卻更嚷嚷起來了，說：“喝！原來這個案子裏還有俠女？還有什麼娘兒們？我是個娘兒們，我可專愛跟娘兒們鬥！好啦，快走快走！在北京今天就把事都得辦完，明天我就一個人兒走，找那什麼琴官的媽去！”

黑蜈蚣晁四也大聲嚷嚷着：“快走！快走！誰不去誰是孬小子！”當下忽隆忽隆地一干人都出了鏢店，又走了。

走不遠就到了冉青雲的家，原來冉青雲沒在家，據他那身體強壯，渾頭渾腦的小廝發誓賭咒地說：“我不說假話，不信你們進來搜！我們少爺，因為昨兒一夜沒睡覺，今兒天將亮，送走輔宅十二小姐，他就一個人上澡堂子洗澡去啦！澡堂就在大街上，叫浴升堂。我說假話我是忘八蛋！你們誰要不敢去找他，誰也是忘八蛋！”

眾人聽了，更氣起來，刁隆拿着刀就過去，問說：“你說的是什麼？我先把你這小子宰了，試試刀！”

晁四卻把他攔住，說：“先不用跟他惹氣！咱們留着力氣先找他主人去，反正他也跑不了。”說着就又一同掄刀舞杖地，直奔那浴升堂。

然而黎三娘可作了難啦！那是男人們洗澡的地方，她雖然潑辣，豁得出去吧，可是那個地方兒，她也是不好意思去呀！

第十三章　黎三娘浴堂逞潑悍

　　北平以前的澡堂子，多半是在一條極狹極窄的小胡同裏，外邊豎一根粗杆，上面挑着一個粗圓形的紙燈籠；這紙燈籠到了晚間未必點上，不過是個招牌而已。進了小胡同也許要走半天，才能看見一個與普通住戶無甚區別的門樓，磚牆上刷着白灰，寫着大水缸口兒那麼大的墨筆正楷，是什麼官盆雅座、溫熱兩池等等的字樣；門前寫着什麼堂，或是什麼樓，總有一幅完全相同的對聯寫在門框的兩邊，是：金雞未唱湯先熱，紅日初升客滿堂。

　　走進去，當然只有男性才能夠走進去，裏邊是住宅一樣的院落，樓上至多有兩三間官盆，其餘分盆湯、池湯；盆也全是木盆，池是磚砌的。屋子有井（因為前清時沒有自來水），井上的轆轤是專有一個人，整天地在絞井繩，拿柳罐往池塘裏放水，另有燒煤的地方。

　　這澡堂裏的人，無論是顧客或是夥計，全都是一絲不掛，若非有官盆及普通池塘之分，絕對看不出誰富誰窮，因為都不穿衣裳；並且高了興時，一面渾身水淋淋地做着人體展覽，一面還在唱着二黃。冉青雲現在就到了這麼個地方兒來了，當然黎三娘無論如何是不能夠進來了。

　　那高大肥胖、肉眼泡、大腳丫子的黎三娘，梳着個撅撅兒頭，擦着一臉怪粉，穿着花鞋綠褲、粉紅綢子的短衣裳。她手提寶劍，氣得嘴都鼓了起來，就站在澡堂門外的小胡同，指着裏邊大罵說：「死不了的冉青雲，真給他當正堂的爹洩氣！哪個地方不能去？可偏到這地方來，叫我也不能進去！」

　　刁隆說：「三嫂子您別着急，我們這些人進去就行啦！您在這兒把住門兒，可別讓他跑啦！」

　　這時黑蜈蚣晁四手提鋼刀，率領眾人向門裏就闖。裏邊的夥計一看，先是驚異說：「哪兒來了這麼些洗澡的？」後來一細看，全都拿着傢伙，他們就都慌了。掌櫃的倒還穿着一條白短褲，迎過來問說：「什麼事？諸位爺⋯⋯」

　　門外又有娘們兒聲音，黎三娘已在大罵：「冉青雲！你披上皮給老太太滾出來！我看你有多大的本事？連我當家的也給欺負啦！」

　　黑蜈蚣晁四是在院裏，他把掌櫃的一推，說：「滾開！」遂就領着頭大罵：「冉青雲！滾出來！滾出來！」很多的人也跟着他嚷嚷。門外的閒人也都為着看熱鬧擠進來了，一些洗澡的官人都赤身露體的，紛紛都要逃避。

冉青雲是在樓上雅座，洗的是官盆。洗完了，躺在個條舖上喝了一碗茶，剛要睡覺，忽然就聽外面這樣地吵嚷，並且指出名來是叫他冉青雲。他吃了一驚，急忙將一塊白布大手巾在腰間纏好，趿拉着板兒鞋就走出來了。站在樓廊上向下一看，就見天井裏的人都站滿了，各個晃動着棍棒刀槍。他看見了黑蜈蚣晁四，究竟晁四不過是他表叔手下的奴僕，他就一點也不客氣，怒聲呵斥着說：「晁四！你要幹什麼？」

晁四捧着刀，仰着臉，瞪大了眼睛說：「幹什麼？捉你來啦！還要給王謹、江苞報仇！謝琴官那小賊在哪兒啦？他不但是劫皇綱的賊，還是殺人的兇手。你幫助他，你們就是一夥！現在你還充他媽的什麼大少爺？識相點兒，滾下來吧！」

冉青雲是一點也不服這口氣，他面無懼色，點點頭說：「好！那麼你們就上來吧！一齊上來也不要緊，該怎樣就怎樣，我絕不含糊！」

晁四也忿忿地說：「好！你小子在樓上等着我吧！」說着他手挺鋼刀就去奔樓梯。

小哪叱刁隆卻伸臂將他攔住，說：「別着急！說不定謝琴官那小子也在上頭，跟他在一塊啦！那小子有暗器，咱們不能不防備着他點。」

晁四說：「管他什麼暗器，我不怕！」他將刁隆一推，咚地一跺腳，想要躥上樓去。這在十幾年前他是辦得到的，他本來也是綠林出身，飛簷走壁的功夫不算什麼的，可是現在他也老了，功夫也多半擱下了，現在只跳起了有一尺多高。

樓上的冉青雲就哈哈地笑，說：「上來吧！我這裏也不是用的空城計！我手無寸鐵，無論你們是誰，若想找不自在，就自管上來！」

黑蜈蚣晁四咚咚地才走上兩級樓梯，下面跟着來的那癩子盧大就嚷嚷着說：「小心他點！他抄起花盆來了！」原來樓上的欄杆裏擺着幾隻小花盆，種的都是些玉簪花和指甲草，冉青雲就一手拿起來一隻，對着樓下；把樓下的這一群人嚇得全都紛紛後退，唯恐花盆砸下來打傷他們的腦殼。癩子盧大這時候還要做好人，急擺着手，說：「冉少爺！別打！我們跟您都好說話，我們不是為您來的，只要您把謝琴官交出來就行……」

這時晁四在前，刁隆在後，都已挺刀上了樓梯。冉青雲迎着樓梯口，啪地就砸了一隻花盆。晁四本來有防備，並且他的武藝究竟有些根底，所以見花盆飛來，他就急忙地一閃，可是正打在跟他上來的刁隆的左脅。刁隆痛得一彎腰，人雖沒摔下樓梯，那花盆連花兒帶裏邊的土卻全都滾下來，啪咪一聲摔了個粉碎。

晁四上樓掄刀向冉青雲就砍，其勢兇猛已極。冉青雲卻向後一退，兩隻木板兒鞋全都掉了，他就光着腳，然而卻又掄起來第二隻花盆。這是一盆指甲草，又名鳳仙花，紅花綠葉，十分地嬌豔，就又沖着黑蜈蚣的黑腦袋砸來。黑蜈蚣晁四卻將刀去迎這花盆，只聽當的一聲，花盆沒削碎，掉在樓板上啦，他的腕子倒震得有點發疼。

此時冉青雲光着腳趁空兒一躥，就又進了屋。晁四忿恨地喊着：「冉青雲！你不乖乖地將琴官交出來，今天你就休想再活！」掄刀向官盆雅座的房間裏就追趕，迎面卻又飛來了一茶壺！茶還很熱，砰的一聲打中晁四的腦門。瓷茶壺掉在樓板上，啪的一聲粉碎，茶水、茶葉潑了晁四一臉一身。晁四啊呀一聲怒喊，說：「這算什麼本領？」

刁隆緩了緩氣，也跟着要追進屋來，但是冉青雲又把他剛洗完澡的那一大木桶，滿是胰子泡沫的水，就搬起來，嘩的一聲向着屋門口用力地一潑。這可了不得，晁四跟刁隆全都成了水怪啦！滿頭、滿臉、滿身全是水，全是胰子沫！兩隻腳都像在河裏了。樓上發了大水，水向着樓欄杆外沖去，又像下雨似的往下流，下面的人都嚷嚷起來。

那黎三娘真忍不住了，扭動着肥胖的身軀，手挺着寶劍，就闖進來說：“我也不管這是什麼地方了！我倒得看一看，為什麼捉這一個小子冉青雲，就會費這麼大的牛勁兒？”她剛走進來，樓上流下來的洗澡水就流了她一頭，她也喊叫着：“喲……”

這時樓上的冉青雲卻趁着晁四、刁隆眼睛被淹，全都睜不開眼的時候，他就一連奪過來兩口刀；雙刀飛舞，逼得水淋淋的晁四與刁隆，不得不回身趕緊跑下了樓梯。冉青雲就趁此時，匆忙地穿上了衣褲和鞋襪。

只聽樓梯亂響，黎三娘帶着十多個人齊都上了樓。黎三娘可還不好意思進屋，她就站在屋門外說：“姓冉的！你快穿好了衣裳滾出來！你是個大爺嗎？沒有點骨氣，別縮在屋裏拿水潑人，那不叫本事！”晁四跟刁隆這時手裏都又有了刀，他們更是氣惱、急躁，也喊着說：“他要不出來，就揪他出來！”

此時冉青雲卻已連大褂全都穿上了，並將大襟掖得十分地俐落。他的兩隻緞子鞋還怕水濕，就先喊一聲：“我可要出去了！你們快躲開！不然傷了性命，我可不管！”門口外堵着的幾個人，已經往裏看見了他手握雙刀那勇悍的樣子，一齊向旁退了半步，分站在門口左右，伸出刀劍擋住了屋門口。冉青雲卻手舞雙刀，驀地向外一躍，勢如猛虎出籠；左手的刀抵住了晁四和刁隆，右手的刀卻與黎三娘的劍，當的一聲使力地磕了一下。黎三娘又“喲……”了一聲，急忙退步抽身。

冉青雲的足尖只向着樓板上點了一下，他就跳上了欄杆。然而這欄杆安得不結實，只聽“喀哧”一聲響，黎三娘與晁四、刁隆又齊掄刀劍向他去砍，但是也沒有砍着他，冉青雲就連同着那斷了的幾根欄杆，一齊掉下了樓。冉青雲同時挺身站定，同時又將兩口刀向兩旁一分，如白鶴亮翅，說：“你們誰來？”

這些人裏，癩子盧大是早就逃了，其餘的人，有的也往外邊去跑，有的卻都躲進了洗澡的大屋子。那屋裏的一些洗澡的人都亂紛紛地穿衣着褲，掌櫃的和夥計們也都驚惶極了，有人就說：“這得趕緊去報衙門！”也有人說：“打架的是以前步軍統領的少爺，官人來了也得跟他講點面子呀！這都怪那胖娘兒們，太凶了！”

此時，冉青雲手執雙刀站在院中，找不着人跟他對敵，他還不肯走。那黎三娘也從樓上一躍而下，她雖然身體碩胖，但功夫還沒有擱下，跳下來竟是俐落得很，擰劍向冉青雲就刺。冉青雲就以手中的兩口刀還擊，刀光翻飛，劍影也疾疾地掠抖。往返三四個回合，黎三娘竟一點兒也不示弱。

那黑蜈蚣晁四、小哪吒刁隆，又咚咚咚地自樓上跑了下來。晁四是氣喘吁吁，只有大喊，卻無力再往前來廝殺；刁隆卻還兇悍，忍着左脅的疼痛，手掄鋼刀，一個箭步跳過來，拋開黎三娘，直取冉青雲。黎三娘卻改為自後夾攻。

冉青雲前後受敵，他就雙刀並起，鷂子翻身，轉向外邊去跑，跑了兩步卻又回手迎殺。刁隆與黎三娘一齊奮勇上前，一刀一劍，直撲不讓。冉青雲畢竟是個少爺，手裏雖掄着兩把刀，此時可已顯出有些力弱來了。藏在洗澡的大屋子裏的那些人，這時可又都出來了，都抖起了威風，掄棍擰槍，其勢洶洶，齊奔冉青雲，要把冉青雲圍住。

　　冉青雲這時可就急了，罵着說：「你們這些人是什麼東西？」他也顧不得什麼刀法不刀法，就將手中的兩口刀胡掄亂舞，呼呼地好像刮起了大風；當當、啪啪，無論對方是什麼傢伙，他也亂擊亂砍。不料這樣更為厲害，喀哧一下，就削去了小哪吒刁隆的半個腦袋，屍身橫倒，血花飛濺。

　　一些人齊都驚喊：「啊呀！出了人命啦！」黎三娘尤其尖聲地叫說：「快拿！別放跑了！兇手是做過正堂的冉家少爺！」

　　冉青雲這時也慌了，虛晃了兩刀，向門外就跑。出了這澡堂的門，就見小胡同正有好幾個人在堵着他，他就跟凶神似的掄着雙刀隨殺隨往前沖，嚇得那幾個人回身便跑。黎三娘又自後追來，冉青雲回刀再戰了兩合；但這地方太窄，兩口刀無法施展得開，他又急回身向外去沖，就沖出了這條小胡同，而到了大街上。

　　他往兩邊一看，卻不禁吃了一驚，原來現在大街上滿是戴紅纓帽的和一些沒戴紅纓帽可穿着薄底快靴，手拿單刀鐵尺、鎖鏈長繩的官人，但沒看見伍降龍。為首的是一個有黑鬍子的和一個瘦長個子、手持雙鐧的人。

　　冉青雲認識這有鬍子的，是步軍統領衙門捕快的副頭目，姓鐘，外號叫穩拿鐘老，是把老手；無論什麼飛賊大盜，脫不出他的手去。他地位雖沒有伍降龍高，可是伍降龍的本事還多半是跟他學出來的，道兒還多半是他給領出來的；現在雖然不得意，可是在冉青雲的父親做正堂的時候，屬他最得信任。當下他過來先請了個安，說：「少爺您在這兒啦？」

　　他還沒有把話說完，那手提雙鐧、衣帽全新，瘦長個子的官人卻搶步過來，沉着鐵青色的面孔，說：「鐘頭兒，咱們得辦公事，這兒不是你們敘家常的地方。喂！」他向着冉青雲撲來，說：「把傢伙扔下吧！還用我們費事嗎？」

　　這時黎三娘等一些人，也都自小胡同裏出來，指着冉青雲齊聲嚷嚷說：「快把他鎖上！他殺了人啦！殺了小哪吒刁隆啦！」

　　這手使雙鐧的官人說：「他就是沒殺人，這場官司也得叫他打！劫皇綱，那是罪惡滔天，好容易快要抓住一個小唱戲的，倒叫你給放跑了。誰管你是什麼人的少爺？王子犯法，與民同罪，你就快點老實着叫我們鎖上，還免得吃苦！」

　　冉青雲又連向後退了兩步，揚眉問說：「你是幹什麼的？你就是天津府衙門的賽秦瓊不是？」賽秦瓊點點頭，說：「你看見我手中的雙鐧，難道你還不曉得？廢話不必再說，快點扔刀就擒！」

　　冉青雲卻不但不扔下刀，反倒把雙刀唰地左右飛騰。賽秦瓊也舉起雙鐧，瞪着眼說：「怎麼着？你還要耍一個樣兒嗎？」

　　穩拿鐘老是直擺手，連說：「別打！別打！」可是那邊站着的黎三娘又舞起了寶劍，晁四也舉着單刀，都又撲過來。賽秦瓊一鐧蓋頂砸來，一鐧自腰橫取；冉青雲同時退步，同時雙刀舞動如飛，越殺越緊。官人們和那些鏢頭們全都手持傢伙，逼迫近前，正要活捉冉青雲。

　　可就在這時候，忽然自南側嘚嘚嘚飛快地馳來了兩匹馬，卻只有一個人；這人騎着一匹，牽着一匹，兩匹馬都非常的劣性，橫奔亂跳的，簡直都跟活龍似的，馬上的正是冉青雲家裏的那個健壯的小廝。

　　這小廝年紀不過十八九歲，長着一張圓臉，黑得像個煤球，眼睛發亮，就好像冒着火苗。他背着短棒，掄着寶劍，冷不防地就來了，當時這麼一闖，就把圍着冉青雲的這些人全都闖開；而冉青雲就趁勢兒上了馬，將手中的兩口刀飛起來，向着那些人拋去。那些人全都驚喊着，人撞人地紛紛向後去躲，小廝卻將寶劍交在他少爺的手中。冉青雲一有了合手的傢伙，就越發地精神十倍，他那小廝也自背後將短棒摘下；他這短棒是鋼鐵打成，比賽秦瓊的那一對鐧湊在一塊兒還粗，而且更重。

　　此刻賽秦瓊猛勇地撲到，狠掄雙鐧，自後來打冉青雲，但冉青雲的馬早就躥過去了。這小廝卻揮着短棍將雙鐧截住，嗒地用力一磕，短棍重如泰山，砸得賽秦瓊兩手發麻，立時扔下了雙鐧。

　　那邊的黎三娘又喊着說：“哎喲！哪兒來的這麼一個怔小子呀？”這小廝卻也不是打上沒完，他保護着他的少爺冉青雲，兩匹馬就嘚嘚嘚嘚，疾馳如飛，任憑後邊怎樣追，怎樣喊嚷，黎三娘跟晁四還怎樣地大罵，他們連頭也不回，就一直向南馳去，而出了北京外城的左安門。

第十四章　小犀牛喬裝送信

　　冉青雲以一位富貴之家的子弟，而闖出了這樣的滔天大禍，逃出了城圍，他卻跟沒事人兒似的，一點也不發愁。他洗過了澡，又跟人家打了這麼半天，也已經餓了，就跟他的健僕說：「咱們先找個地方兒吃飯要緊！」

　　這左安門本來是北京外城之中最偏僻的一個城門（外城一共有七座城門），關廂只是短短的一條街，買賣十分地冷落，所以連一家較大的飯舖也沒有；不是太髒，就是裏邊的人太雜亂。找了半天，才找着一家門口兒掛着一個笊籬（即是撈面的傢伙）這麼一家店房。冉青雲就說：「好啦，就在這兒吧！這兒也有地方兒喂馬，假若今天還不把事情辦完，我就住在這兒啦。」於是主僕二人走進去。

　　大白天的本來沒有什麼人來投店，可是這裏的店家見冉青雲穿着很闊，又有馬，又帶着僕人，所以也不敢細問，就趕緊將兩匹馬接過去，送到馬棚下去喂水跟草料；而給他們主僕找了一間，在這個店裏可以說是最寬敞也最乾淨的房子。

　　冉青雲就叫店家快去做飯，又轉向他的健僕說：「你快進城去，通知十二小姐，就把咱們剛才的事情跟她說一說，就說我已經闖下了漏子啦！我自己不怕去打官司，殺人無理應償命。但是我的父親做過步軍統領正堂，我要是打了官司，就是給他老人家丟人，所以我想遠走高飛。她是我的妻子，雖沒有過門，並且她的父親輔大人早就想不認這門親事了，可是她自己還沒不認。你就快去跟她說，叫她趁此時期，跟我遠走天涯，也落個逍遙爽快！」

　　他的健僕點頭答應着，可是還有點猶豫，不敢當時就進城去。冉青雲又說：「還有一件頂要緊的事情呢，就是謝琴官的下落。昨天晚上他從沖天招牌上逃去，不知他到底逃到哪裏去了？使我很不放心。你去叫十二小姐今天務必想個法子，把他的下落打聽打聽。」

　　他說到這裏，他的這健僕就搖頭說：「我看十二小姐也是沒法子找出謝琴官的下落，因為他是一個賊，可上哪兒打聽去呀？」

　　冉青雲發急地說：「你就不必多廢話了，你就把我的話轉告她就行了！十二小姐本事很大，你就不用管她怎麼辦了，快點去！」這健僕也不再言語了，他也不在這兒吃飯，馬也不騎，就暗帶短刀，進城去了。

　　這健僕今年才十八歲，他的外號叫小犀牛，本姓倪。他的父親倪震天，保鏢一生，走南闖北，後來為朋友所累，吃了官司，死在步軍統領衙門的監牢裏。倪震天留下一個兒子，那時才將十歲，便被冉青雲的父親冉大人所收養；名為僕人，卻待之十分地優厚，也不知原來他在那麼小的年紀，便已有了一身純熟的武藝。冉大人死了，家道中衰，所有的舊僕全都走散，只有他一個人，依舊緊緊跟着冉青雲而不肯走。冉青雲那個人狂放好鬥，見着閒事就要管，不顧身份，不惜金錢，把家當花的是越來越光，而仇人結的是越來越眾；要沒有小犀牛保護着他，他早就遭了仇人的毒手了。

小犀牛因為很早就跟隨他的父親行走江湖，他的父親雖早就死了，可是提起倪震天之名，仍然是無人不知。他雖然不常向人提說，可是他父親的舊日朋友在京的依然有四五個，有時候他還要去看看。所以他雖也是才在城裏跟人凶毆了一陣，保護走了冉青雲，他可是一點也不怕，照舊進了城。

他先到他父親在世時的一個朋友的家裏，除了托那個人去給打聽謝琴官的下落，他並在這裏找了一身鄉下人穿的衣裳換上；又在臉上抹了點煤灰，把辮子剪短了些，重新編上，故意弄亂，還灑了一些土。這樣一化妝，就像是個鄉下人，跟剛才的模樣完全不同了。他就一直前往柳樹井，到了輔大人的家門前。

這裏還正為十一太子辦着喪事，來弔唁的人依然絡繹不絕。門前聚有一群要飯的，輔宅的一個僕人正在發怒地嚷嚷：「你們這一群要飯的花子，也太沒有眼色！往常這裏全都不打發你們，今天這裏出了事，上上下下都正在熬心的時候，你們還在這裏攪哄，是找揍嗎？快走！快走！滾開！滾開！」他又自言自語地罵着說：「今兒這日子，飛鉤伍降龍可又他媽的不來啦！昨兒在這兒一直待了一天一夜，不是他，還許不出這些事來呢！昨天拜壽賀喜，有三台大戲、幾十桌席，他這一來……今天，我就沒見他來照個面兒！也不派人來攔一攔這些要飯的。平時淨聽人說他有本事，現在可看出來了，原來他是這般無用！」

這人正在嘮叨着，小犀牛就來了，上前作了一個揖，怔怔柯柯地，口音立時就改了鄉下味兒。小犀牛就說：他是這裏服侍十二小姐的僕婦起媽的兒子，起媽可早就告了假，回家養病去了；現在是因為有點事，叫他來，見了這裏十二小姐的面，要當面說……

門口這正在氣惱的僕人一聽，就要抬腳踢他，說：「快滾一邊兒去！這個時候，誰還有工夫給你去回這閒話？十二小姐也正忙得連屁股都歪了……」說到這裏，他可趕緊又回頭看了看，仿佛是恐怕被十二小姐的心腹人給聽了去，那可罪過不小！當時這個僕人見說錯了話，很是害怕、後悔，威風也就小了點了，只說：「這兒的起媽有七八個啦！我都不認識，誰知道你的媽是哪一個？乾脆，這時候沒有工夫，你快走吧！有什麼事，等着這兒辦完了喪事你再來。快走快走！別在這兒擋着道兒！」於是拿手驅逐着。

小犀牛又向旁邊另一個年老的僕人直作揖，好像都要跪下磕頭央求了，他依舊作出鄉間的口音，說：「你行好，替俺向十二小姐回一聲吧！俺真是有要緊的事，俺媽在家裏病得要死啦！」

這個老僕人倒還是個心腸軟的人，同時似這類僕婦因病或死在家裏，家裏的人來求助的事也常有，因為這裏的僕婦是太多了；十二小姐又與別人不同，她向來待人最厚，仗義疏財。所以今天這裏雖然有事，可是這事情也不好給他耽誤了。於是這老僕人就叫小犀牛往遠着點兒去站着，他就給進裏邊回稟去了。

　　小犀牛在大門旁十多步以外的柳樹下站着，等候了一些時，忽就見由東邊來了一群人，為首的就是黑蜈蚣晁四。這晁四雖然身上的水還沒幹，形象極為狼狽，但仍是氣勢洶洶；跟他來的還有黎三娘和賽秦瓊等一些官人和鏢頭們。晁四先來到大門前，說：「冉青雲要是來了，就把他揪住！宅裏的十二小姐要是出門，也別叫她走！你們要攔不住，就找我們去，不用怕他們。現在官司已經出來了，管他媽的什麼小姐跟少爺，一個也跑不了！」說畢，還向着小犀牛望了一眼，他們可沒有認出來，就齊都跟虎狼似的進那大車門裏去了。

　　那大車門裏，有的是在崇文門大街，剛看完這些人同冉青雲凶毆、大鬧澡堂、刀傷人命，現在又跟到這兒來的，有的是為弔祭王謹和江苞來的，所以那邊比這邊人還多，而且近於胡鬧起來了。把和尚、道士、尼姑都請來了不少，就在馬圈裏叮兒當兒響起了法器，比這正院裏十一太子仿佛更顯得哀榮，亂騰騰的，大車門裏的事好像連主人也管不了啦。待了一會兒，又來了北京城有名的鏢行前輩神鞭林五公，是帶着燒紙跟鋼鞭來的，看這樣子，也不但是為祭奠他的老朋友江苞和王謹，還要幫助捉拿冉青雲。

　　裏邊又急匆匆地走出來人，說是要去到冥衣舖，去催着快些把訂下的紙人兒做好。黑蜈蚣親自追出來，再三再四地叮囑說：「得添做兩個，一共做四個！叫他們寫好了條子，貼在紙糊的人的脊樑上。記住了！一個是寫上謝琴官，一個寫上鐵金蓮窈窕俠女管月姑，一個就寫冉青雲，另一個是冉青雲那個跟班的，不知他叫什麼，就寫上個忘八蛋就行啦！」說完話，又進車門裏去了。

　　糊紙人是為了待一會拿在大街上燒的，為解恨的。然而這門前的一些閒人聽了，可更高了興啦，嚷嚷着說：「等着看吧！待一會還要燒紙人哩！可真有意思。」大門前，那個剛才直驅逐人的那僕人，現在對於這些閑漢，可真沒有法子哄攢了。他並且聽別人說話已經聽出了神，別人所說的就是剛才在澡堂子、崇文門大街，冉青雲演的那一場驚人的大武戲。

　　這時又來了個腆着大肚子，穿着白布孝衣的小矮胖子，這是吳鐵肚。他已經知道，那一場凶毆早就打完了，冉青雲逃跑已無蹤影。黑蜈蚣晁四把死者小哪吒刁隆的屍身送回了家，又邀請群雄來這裏為江苞、王謹辦喪事，而小哪吒的喪事，也許明後天再說，那也不能不熱鬧。

　　尤其現在，傳出風聲來是：如若捉不着冉青雲，可就要捉十二小姐，所以吳鐵肚趕快又來啦！十二小姐那麼一個嬌姑娘兒，還有什麼不容易捉的呀？捉那麼一個，倒有好看，亞賽戲臺上演的那《青石山》捉拿狐狸精、《泗州城》捉拿女水怪、《百草山》捉拿王大娘，那都是好戲！他也得來幫個忙兒，顯一顯身手。同時他還賃了一件孝袍子表示着哀悼，得洗刷洗刷，別叫人疑惑謝琴官還在他家，更別叫人知道謝琴官跟他的妻子紀湘娥，聽說有一腿。

　　人都來了，只是不見飛鉤伍降龍。

　　小犀牛在那邊等着很是着急。又過了好大半天，剛才為他進去回話的那個老僕人才出來，吐吐舌頭說：「我為你的事情，可真費了大事啦！我一進內宅，就被大管事的起順把我叫住，盤問我半天。他說是這宅裏倒是有幾個起媽，可不是他的兒媳婦、侄媳婦、孫子媳婦，就是他的本家，再沒有什麼叫起媽的了；伺候十二小姐的幾個老媽子，也沒有一個姓起的。他說你是特意來胡攪，趁着這兒正有事，你來蒙事；他要叫把你交給在這裏的官差，抓起你來辦。幸虧十二小姐的大丫環香雪趕過來聽明白了，就立刻回稟了十二小姐。到底十二小姐那個人好說話兒，就把起順攔住，叫我傳你進去。你可還得小心着點！進去說完了話，就快出來！”

　　小犀牛故意作出傻樣兒來，點頭答應着，隨着這個僕人進了大門、二門。這院裏就給十一少爺正辦着喪事，因為有十二小姐管理着，所以雖然人也不少，可是秩序井然不紊。十二小姐輔若梅已料出來是有點事，所以早就在房裏，隔着玻璃向外看；她一看，就看出來這是冉青雲的那個健僕小犀牛，於是她就趕緊令香雪迎出去，把小犀牛暫時領到那後花園。

第十五章　孤燈只劍繡閨待群雄

　　這花園裏，昨天演戲之時是那樣地熱鬧，來了那麼多的男女貴賓。謝琴官在台上演《春香鬧學》，演《穆柯寨》，《蝴蝶杯》雖只演了一段的半出，可也已經博得那麼許多人驚訝、讚賞。侯爺輔大人雖然後來忽令停戲，但以前聽的時候還頒下賞錢，可見也是很高興。那時候江苞還在台下逞威風，十一太子又胡攪，又有點被色所迷，冉青雲跟十二小姐也都那麼喜歡。

　　但是現在呢？這園裏景物依稀，竹子仍滴翠欲流，隨風簌簌作着細語；各種的花還放着幽香，蜜蜂、蝴蝶還在花叢飛鬧；假山像在發愁，池水漣漪如蹙，鳥兒唱着悲歌；那座戲臺依然在那裏，只是帷幕俱撤，笙管不知何處去？香扇華衫、人影履蹤，都已杳然，顯出來空洞洞、寂寞寞、冷清清，只像是一幅光有山水，沒有人物的畫圖。

　　大丫環香雪把這抹着一臉煤灰的小犀牛，帶到這裏竹蔭後的廊子下，就說：「你在這兒等一等，待會我們十二小姐就來啦！」說畢，她就走到那月亮門的旁邊去迎接着。又一會兒，果見十二小姐姍姍地來了。

　　十二小姐輔若梅現在穿的是青嗶嘰的旗袍，首飾可仍然戴的是黃的，頭上再沒戴花朵，臉上也脂粉全無。這就是因為死的雖是她的胞兄，不是長輩，她可也不能不表示着穿上一點兒孝，但她更顯得素潔嫻雅。小犀牛眼中是不細看女人的，見了這十二小姐，他就把今天在澡堂他的少爺殺死了人，現在跑在左安門外，叫十二小姐趕緊去，並且還得找着謝琴官，以便一同遠走高飛的事情，說了一大遍。

　　十二小姐原來還是一點兒也不知道，聽了這些事，她自然也很着急，可是面上並不露出驚惶的樣子。小犀牛又悄悄地把剛才在這大門口外看到的那種情形和所聽來的話，都加以描繪地說了，末了他警告十二小姐說：「看這樣子，你要是再不走，就要遭黑蜈蚣那些人的毒手！」十二小姐這才臉色變了一變，緊閉着嘴兒沉思，半晌也沒言語。

　　小犀牛又問說：「十二小姐，你打算怎麼樣？我們少爺殺了人的事倒不要緊，可是黑蜈蚣那些人，認定了你跟謝琴官有關，又跟劫皇綱那件事情是一案。今夜大概他們就要對你下手，也沒有人幫助你；衙門的人不但不能保護你，還許說不定今天什麼時候就要把你捉了去，你的小姐身份他們也不管啦，你說怎麼辦？你快點打定主意。要不然，除非叫你這裏的老大人出頭，保護住你，把黑蜈蚣那些人立時趕走；賽秦瓊、伍降龍要是來了，由他老人家給申斥回去。”

十二小姐卻微微冷笑着，說：“這裏的老大人，我的父親，連我也不知道他現住在哪屋，也許他都離開這座宅子了，從昨天晚上我就沒再見着他老人家。現在這裏已經沒有一個主人了，我的大哥，人家只辦喪事，卻不管別的事。誰叫謝琴官在昨晚上總算是叫我給放走的呀？有事情我就得當；黑蜈蚣那些人，無論他是誰，也由我來搪。我跟你家少爺走是一定得走的，可是今天還不行，明天也不行，至少我也得見見我的父親，我才能夠走。

“至於謝琴官，我本來不認識他。昨夜我救他，是因為看他戲唱的好，而我父親卻那樣對待他，他太可憐！這是你家少爺常說的那俠行義舉。我也不知道他在哪兒住，可是等我辦完了這兒的事，想去找他大概也不難，因為聽說他是謝家店的老謝，把他薦到戲班去的。他有一個哥哥，據說就是劫皇綱的人。這都是那老謝給透的風，我雖不認識老謝，可是他的店總不會跑了，將來我可以叫人去找他，逼着他去找琴官的下落。”

她歎了口氣，又說：“我這些話，你就快去告訴你家少爺去吧！他要是走，就叫他走。現在我雖不能去送他，可是將來我們一定能夠見面，只望他諸多保重，並叫他對我這裏的事放心。”說這些話時，十二小姐的語聲雖然悲哀，顯出有些兒發顫，可是態度十分地決斷而沉着。

小犀牛一聽，倒不由得發了愁啦，皺着眉說：“我們少爺因為知道小姐的本事大，才叫我來找小姐。我現在這麼看，小姐也是實在走不了，可是，光叫我跟着我們少爺走，走哪兒去呀？幹什麼去呀？我想不如叫我們少爺不但別走，他也來吧！來到這兒幫小姐，我們一塊堆兒對付黑蜈蚣那些人，你說怎麼樣？小姐，我還是聽你的一句話！”

十二小姐卻說：“隨你們少爺的意思，他想走就走，不想走就來。他來這兒，要有事也是我一馬當先，用不着他，你叫他去斟酌吧！我現在還有許多的事，沒有工夫和你多談話，你就快走吧！”說着十二小姐轉了身，就姍姍地走去，又往前邊去了。這裏小犀牛也趕緊又混出去，出左安門找他的少爺冉青雲去回復，並再作商量。

輔宅的門前，柳樹擺動着晚風，看熱鬧的人是越聚越多了，都等着看燒那幾個紙糊的人。這裏的情形的確是緊張，據僕人們偷偷地說：“那邊黑蜈蚣等人已在口口聲聲地說是，今晚就要殺這裏的十二小姐！本宅裏的大少爺是個文官，現任戶部正堂，知道黑蜈蚣晁四那些人在馬圈裏胡鬧，他也很惶急；趕緊令人拿着他的名片去到外城御史衙門、到步軍統領衙門，請派官人來這裏保護。官人倒是派來了幾個，可都是找了一個屋子去坐着喝茶談天，並不管事。

“這原因就是，那邊馬圈裏的胡鬧，本來就是由伍降龍、賽秦瓊這兩個京津最有名的捕快班頭在暗中主使，換句話說，那些官人也在幫助他們。何況王謹、江苞確實是在這裏死的，並且還是替輔大人死的；冉青雲跟十二小姐又明明是把謝琴官救走了的，總有點理虧，所以對那些人也就沒有辦法，只好一任他們去凶鬧。”

輔大少爺是十分地焦急，但看了看他的妹妹輔若梅，卻又那麼平平常常，不急不慌，十分地沉穩，好似什麼也沒有感覺到似的。

十二小姐輔若梅，她的私心裏是喜歡那謝琴的，她也不知是為什麼。仿佛謝琴那瘦弱的樣子、俊美的容貌、精湛的演技藝術和那麼些人都無辜欺負他，都令她十分地憫惜，而一見傾心，所以她才仗義拯救謝琴。卻不料謝琴敢情也有一身好武藝、好技能，而且知道自己的父親早先是虧負過人家的，所以使她更是驚訝、羨慕，並且萬感叢生。

她是已經鍾情于她的表哥冉青雲的了，她也並不是想要再愛，或是將來嫁于謝琴，但她實在已把謝琴跟冉青雲一樣地掛在了她的心上。尤其謝琴是把她的胞兄十一太子輔豹殺死了，愛中留下了仇，真跟《蝴蝶杯》的劇情是一樣；謝琴就是田玉川，她自己就是那盧小姐。不！她比盧小姐更難自處，因為自己還有一個未婚的丈夫……

她表面沉默、冷靜，似乎是完全無懼，對一切全都有了辦法，心裏實在是悲哀的。她預料身畔已處處伏着仇敵，面前已臨到大難，但是她不思躲避或求人保護。她願意今夜憑着自己的能力，去對付暴橫的敵人，而至實不得已時，犧牲了生命，了卻一切的煩惱、癡情，她也無悔。

到夜裏了，這兒，她十一哥的靈柩由僕人們看守，每隔約一小時，還要焚化幾張紙錢。那靈桌前的一盞引路燈黯黯地點着，據說是為引導亡魂向陰界去的，四下俱無聲息。

她先去見了她的嫡母，安慰了一番，又去見了她的生母六姨太太，這是等於做一種萬一之時的永訣。她這母親受了半輩子的苦，在這冤愁海一樣深的大家庭裏，並未因女兒有了權，而使她能夠稍受人的尊敬，稍享一點福，如今輔若梅不禁又流了幾點眼淚。她想要再去看看父親，可是這麼些院落和房屋，真不知道她父親輔大人是藏在哪兒啦？問僕人，僕人們也全都說不知道。

夜深了，十二小姐輔若梅獨坐在她的的繡閨裏，丫環香雪等人都已各自睡去了，這時在她的眼前，只有黯淡淡的孤燈一盞；在她的手邊，只有冷森森的寶劍一隻……

——完——

跋 － 尋找父親的足跡 (Epilogue)

王宏

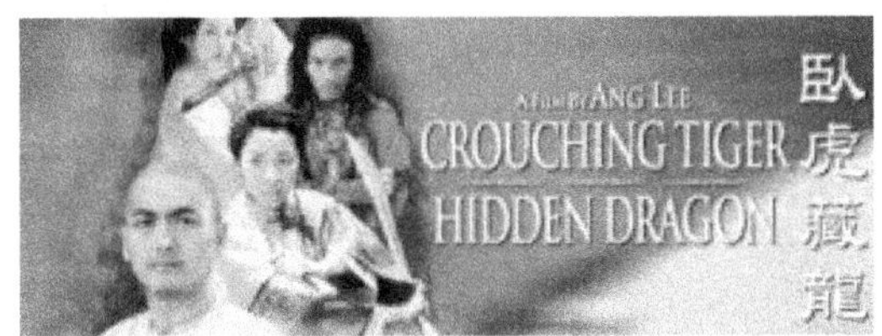

一、影壇驚世

2000 年，由臺灣著名導演李安執導，根據已故作家王度廬的武俠小說系列「鐵鶴五部」改編，由周潤發、楊紫瓊、章子怡、張震等主演，拍攝了《臥虎藏龍》電影。

該電影大獲成功，獲第 73 屆奧斯卡包括最佳影片在內的 10 項提名，獲 4 項獎（最佳外語片、最佳藝術指導、最佳原創配樂和最佳攝影）。獲 3 項金球獎提名，其中兩項獲獎（最佳導演獎和最佳外語片）。這是華語電影歷史上第一部榮獲奧斯卡金像獎最佳外語片的影片。《臥虎藏龍》電影在西方尤為受到廣泛好評。世界總票房為 2.1 億美元，其中美國為 1.3 億，打破了美國外國語電影票房的歷史記錄。

愛屋及烏，西方對該電影的喜愛甚至擴展到它的名字：Crouching Tiger, Hidden Dragon，以致創造了許多類似的用法，例如

Crouching Confusion, Hidden Hassles
Crouching Manager, Hidden Database
Crouching Impact,Hidden Attribution
Crouching Market,Hidden Value……

對中國的傳統理念和價值觀，特別是對來自於中國民間的俠義精神有所認識。這些自然應該歸功於李安先生的高超導演才能。然而，對於其原著的作者王度廬，國外一無所知，甚至國內也很少有人知道。

二、深隱市井

王度廬是我的父親，可是我以前並不十分了解他的過去。小時候，我就知道父親是一個普通的中學老師。不擅交際，朋友不多，家裏的裏裏外外，都是母親一人張羅。父母從來不過節，不慶生。年三十我只好跟別人家的孩子一起放鞭炮，到鄰居家吃年夜餃子。父親是老教師，初一，一大早校長就領着一大幫幹部和老師來拜年，父親基本上是年年被堵被窩，大家也見怪不怪。

父母工作都很努力，晚上父親還要到學校給學生輔導。母親負責學生的舍務，晚間回來更晚，有時甚至不回家住。有一天晚上，我跟着母親去學生宿舍樓，困了就睡在一個職工的床上，半夜被母親喚醒，發現我的兩隻耳朵都被臭蟲咬腫了。晚上常常是我一人在床上躺着，等父母回家。父親從來都是體弱多病，當他走到離家還很遠的地方時，我就會聽到他強烈的咳嗽聲，趕緊去給他開門。

六十年代困難時期，從來都吃食堂的家出現了食品危機，媽媽只好支起爐子，生火做飯。煤柴不夠，媽媽沒辦法，就打開了一個裝滿了書的大木箱，問爸爸：“燒不燒？”爸爸答道：“燒就燒吧，反正都交代了。”媽媽轉過頭來對我說：“這都是你爸過去寫的書，你看不看？”我一瞧，書的顏色都發黃了，封面上的畫也很怪，心想，一定不好看，就搖頭說不看。於是，媽媽就一本一本地，把這些書燒掉炊飯了。

初中時，團支部組織我們去撫順階級教育展覽館參觀學習，當我走到一個展示反動、黃色書籍的櫥窗時，霍然發現裏面有署名王度廬的書，嚇得我趕緊走開，沒對任何人講，把這件事埋在心裏。

文革期間，父親受到了衝擊，遭到大字報揭發，可是缺少“罪證”（都燒了）。學校的紅衛兵對他還是比較客氣的，來抄家也只是翻翻書架，拿走了一個相冊。在

批判會上一個學生指着相冊裏的一個照片，問：“王老師，你說你在舊社會的日子很窮，可是你們這張全家照都穿得挺好，這是怎麼回事？”父親笑了笑，答道：“李老師抱着的那個嬰兒是王宏，他是解放後出生的。”

每天早上，所有人必須到院子裏去跳忠字舞。我出去一看，這幫老師和家屬，一個個笨手笨腳，跳起來簡直就是群魔亂舞，心裏覺得好笑。出去一看，這幫老師和家屬，一個個笨手笨腳，出去一看，這幫出去一看，這幫老師和家屬，一個個笨手笨腳，跳起來簡直就是群魔亂舞，心裏覺得好笑。母親讓父親也去，他就是不去。逼急了，他就說：“不去，打死我

也不去！”母親也沒辦法。父親在家裏對母親從來都是言聽計從，令行禁止，這次居然堅決“反抗”，使我感到很吃驚。

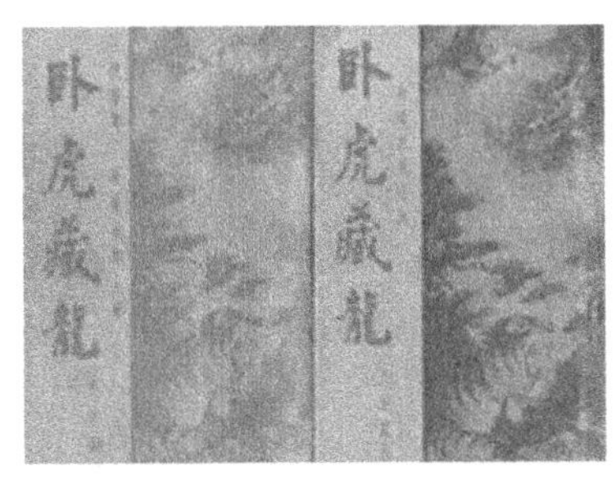

　　1970年，母親被下放農村，“走五七道路”，父親被指令退休，作為家屬隨行。當時我已經在農村插隊。學校領導對父母說：現在是照顧你們，派你們到你兒子下鄉的縣裏，以後下放的還指不定要去哪呢。我雖然那時思想很左，決心扎根農村幹革命，可是當我得知父母也要被趕到農村時卻十分不理解。父母已經分別61和54歲了，而且父親體弱多病。我趕緊往家裏趕，要跟領導理論一番。沒想到一到家，看到家裏的東西已經全都被裝到了卡車上，就準備出發了！一路上，年邁的父母坐在裝滿物品的敞篷卡車上，隨着顛簸的汽車搖晃，痛苦不堪。爸爸半路下車解手時，站了半天也解不出來。媽媽暈車，走一路吐一路，膽汁都吐出來了。那情景，我現在回憶起來都止不住要流淚。

　　父母去的是一個窮困的小山村，借住在農民的半間屋裏。母親每天要去勞動，父親在家裏常常吃不上飯，生活上遇到了很多困難。唯獨可以慶幸的是，淳樸的農民並沒有歧視他們，並給了他們許多幫助。父親覺得像是躲開了喧囂的亂世，來到了世外桃源。尤其是後來姐姐把孩子送到了他們的身邊，使他們看到了希望，嘗到了天倫之樂。四年後，“五七戰士”陸續被調回安排工作，而母親卻被動員退休，無緣回城。所幸我當時已經畢業留校，他們便搬到了我這裏。1977年，父親因帕金森氏綜合症離世。

　　改革開放以後，海內外學者開始尋找父親王度廬，並研究他的作品。天津藝術研究所張贛生先生多方查詢作者的生平，詢問過不少津京老報人，但一無收穫。臺灣葉洪生先生批校的《近代中國武俠小說名著大係》收入了度廬的“鶴一鐵五部曲”等七部作品。他在文章一開始就說：“王度廬之生平不詳。”

　　80年代初，葉洪生先生托小說家宮白羽之子宮以仁先生在大陸尋找王度廬。宮先生根據小說內容，推測王度廬可能是北方人，便與蘇州大學徐斯年教授聯係。徐先生回憶道：

　　“我所在的學科決定立項研究通俗文學，這一課題並被列為‘七五’國家社科重點專案。不久，幾位研究通俗文學的朋友相繼來信，說起‘武俠北派四大家’中，寫白羽、李壽明、鄭證因三人的生平，人們多已知曉，惟王度廬，至今不知何許人也，問我可有這方面的線索。經過他們的‘強化刺激’，猛然想起母校的王度廬老師。

他是我高中同班同學王膺的父親，沒給我們上過課，也從未聽說他寫過武俠小說，但姓名倒一字不差，姑且問問看。很快就收到了母校回信，得知王老師已經逝世，但因此卻找到了王老師的夫人，我們當年的舍務老師李丹荃女士，並且確認了那位四十年代聞名全國的'俠情小說大師'果然就是王膺的爸爸。正是：踏破鐵鞋無覓處，得來全不費功夫！"

後來徐先生為《王度廬武俠言情小說集》寫的序言，就是以《尋找王度廬老師》為題

母親回憶道：

四十多年前，我和我的丈夫王度廬同在一所中學裏工作，那時，徐斯年是這所學校裏的一個朝氣蓬勃、多才多藝的學生。以後我們多年未見，再見面時他已成了一位學識淵博的學者。我和王度廬共同生活了四十多年。如今，我已是耄耋之年，以後的時間不會太多了，所以我願意將我能憶及的一些往事和想法寫下來，留給熱心的讀者和關注通俗文學及其發展的學人。

從此，母親便帶領姐姐和我，開始艱難地搜集、整理父親的作品，追尋他曾經走過的足跡。

三、出身寒門

父親生於 1909 年 9 月，他的青少年時代是在北京的皇城根下度過的。父親原名王葆祥，字霄羽，王度廬其實是他後來的筆名之一。爺爺曾是清宮管理車馬機構裏的一名職員。父親七歲時爺爺不幸病故，遺腹的弟弟葆瑞出生，一家人老的老，小的小，生活困頓。

父親 9 歲那年，姐弟三人又相繼患上傳染病。他昏迷了好幾天，慢慢地又蘇醒活過來了。當他睜開眼時，卻見屋裏全變了樣子，空蕩蕩的少了不少東西，桌子和炕頭上的櫃子也全不見了。奶奶坐在炕邊掉淚，為了給孩子們治病，把家中能賣的東西全都賣了。父親病癒後，由於長期營養不良，身體很不好。

儘管貧窮，奶奶還是支撐着讓父親斷斷續續地上了幾年學，讀完了舊制高等小學。父親十二、三歲時，家裏曾送他到眼鏡舖當學徒。原想這活兒較輕，三年出師，學門手藝，一個月也能掙幾塊錢養家。誰知幹了沒幾天，掌櫃的嫌他身體瘦弱，不會幹活，就打發他回家了。以後又送他去給一個獨身的小軍官當聽差，試工三天，人家嫌他太小，半天生不着一個煤爐，給了幾個銅板，就叫他捲舖蓋了。後來，父親在他寫的小說裏曾經一而再、再而三地寫及城市下層民眾生活的困苦景況和貧民青年求生之難，應該是來自他親身的感受。

父親讀書勤奮，人也聰明。當時有位姓李的小學教師很賞識他，經常借給他書籍，並且教他音律和詩詞格律。

他的學識主要來自於自學。北京大學一院當時離他家很近，所以他有時就到那裏去旁聽。那時的北京大學很開放，外邊的人進去聽課，也無人過問。若有名家來講課，常常是連窗外都站滿了旁聽的人。

父親也常去三座門的北京圖書館看書，一坐就是一天。那時候"鼓樓"那裏還有個民眾圖書閱覽室，可以進去任意翻閱書報雜誌，那裏也是他常去的地方。

父親在十幾歲時就常向報刊投稿，寫些小文章和舊體詩詞。

四、少年修箴

1924 年 6 月 5 日，父親在北京《平報》上發表了《座右箴並序》一文，署名"高小生王葆祥"，時年不足 15 周歲。他寫道：

> 人非聖賢，孰能無過？撼心意之常忽，故箴之以自警。吾本小子，將以致德，行之未嫻，故爾常忽，昭昭矣。效先人之法，作自修之箴，以於座右云：
> 孔曰成仁，孟曰取義。惟其義盡，所以仁至。邪之將熾，正心以止；善之將萌，力之以成。公德急公，是心宜充；私欲利私，是心勿滋。合群守分，勤學好問。今也不修，後也為恨。義烈敢勇，愛眾直耿。茲彼二則，人其猛省。遇宜則為，見賢思齊。日則孜孜，夜則休息。食前運動，飯後步走。處恭禮儀，安命耐時。上述之德，人之要持。交友以信，待長以敬。賢者炙之，惡者感動。勿拘小節，見危授命。勿爭小奮，守真持性。思范淹之訓以先憂，三衛武之詩而謹語。樂然後笑，義然後取。盡己之謂忠，推己之謂恕。拳拳服膺之謂慎，己所獨知之謂獨。忠恕慎獨，聖賢之素。力行忠恕，再加慎獨。亹亹上者，難至極處。要哉要哉，要在勿忽。

接著，他又在平報上發表了《座右銘並敘》。從此，父親用這座右箴和座右銘激勵自己，成為指導自己行為的指南，開始了持續了 27 年寫作的生涯。

1925 年 2 月 1 日，父親（15 周歲）在《平報》上發表了第一部武俠小說《浮白快》，約二十萬字。
此書開頭有題詞：

> 勁梅獨逞歲寒姿，英沾玉碎落池硯。鴻孤天冷無聊趣，呵冰筆寫易水詞。劍光激目奸心悚，翩舞定跡遊俠兒。毫勞一時談千古，傳贊高著史遷遺。
> 少林外派武當門，藥歌俠士幾人存。冷劍抽出心驟悚，光斑猶具淚珠痕。惜哉未涉咸陽地，難質薛家秦客門。德薄姑敗狂遊志，轉向烏毫快談論。

大都王葆祥避菲氏自題

舒翼和貿貿居士在他們所作的序和評注中對《浮白快》讚不絕口，有的地方也許有些過譽，如說《浮白快》堪比《水滸》和《紅樓夢》。但他們盛讚父親對情感描述的真切和深刻應該是恰當的。《浮白快》連載了九個多月，頗受歡迎，隨即被報社印行出版。

《浮白快》完成後，父親便一發不可收拾，接連不斷地發表小說、短文和詩詞。由於大量報紙缺失和有些發表過父親的文字的報刊，如《升報》就根本沒有找到，我們尚無法找到父親全部的作品。至 1933 年的八年內，我們發現父親在《平報》和《小小日報》上發表了四十餘部小說和一千多篇包括雜文、筆記小說和詩詞的短文。

五、長安定情

1933 年 6 月，父親去了西安，在那裏他做過《民意報》的編輯，在"戲劇與電影週刊"上發表了一些文章。他還做過陝西省教育廳編輯室的辦事員，編輯了《陝西謠諺初集》，撰寫了《民間歌謠之研究》。父親在西安工作得並不順利，他既無背景，又不會逢迎，而且物價飛漲，薪金低微。

但這些都算不得什麼，因為父親去西安的目的是追隨與他相愛的人—— 母親，她在早些時候隨父母從北京遷往西安。1935 年父親與母親結婚。

根據母親的回憶，她在北京讀中學時，在一個同學家裏認識了做家庭教師的父親，從此彼此相愛。父親曾送給母親兩本書，一本是沈三白的《浮生六記》，另一本是納蘭性德的《納蘭詞》。母親不太喜歡《浮生六記》，卻很喜歡那本詞。《納蘭詞》中既有刻骨銘心的愛情詩，更有蒼涼悲愴的邊塞詩。

父母一起遊逛過許多北京的名勝古跡，北海、景山、中山公園、太廟、十刹海、陶然亭等地都去過，所以在父親的作品裏常會提到這些地方。陶然亭在永定門外，俗稱"南下窪子"，是明清時期文人騷客、落第舉子聚會賞景、飲酒賦詩之處，人稱"城市山林"。他們慕名前去遊覽，跑了許多路，結果大為掃興，看到的只是遍地荒草、成片污塘、一座破亭，和幾間坍屋。然而，父親曉得有關的典故，帶着母親找到了那座著名的"香塚"和"鸚鵡塚"，並去誦讀那香塚石碣上鐫刻的銘文（香塚毀於十年浩劫）。那銘文母親在晚年時仍能背出：

浩浩愁，茫茫劫。短歌終，明月缺。鬱鬱佳城，中有碧血。碧亦有時盡，血亦有時滅，一縷煙痕無斷絕。是耶非耶？化為蝴蝶。

後來，當父親撰寫俠情小說《寶劍金釵》時，便把書中的那位身後淒涼的"俠妓"謝翠纖的墓地設置在了此地。

父母在西安居住的時間雖然不長，但是那段經歷對父親後來的創作卻意義不小。西北地方，自然環境嚴峻，民風剽悍，加以窮困，乃多鋌而走險者。母親的父親因猝發心臟病，卒於三原縣。父親從西安前去接靈，途中就曾遭遇綠林強盜，衣物被洗劫一空，他只得返回西安，重新打點，再走一趟。後來父親在《鐵騎銀瓶》中寫韓鐵芳在那一帶被匪幫劫持，應是滲入了那時的切身體驗。

1936 年，父母回到了北京，接着在《平報》上連載了武俠小說《黃河遊俠傳》、《燕趙悲歌傳》和《八俠奪珠記》（未完成）。

六、開創先河

　　1937 年，父母去青島看望母親的伯父。父親的身體一直不好，青島的氣候很適合他養病，於是他決定"在此住一夏天，陪着闊人們避暑，休養我的身體，恢復我的健康，為預備我的衣食，繼續效力。但是我還需要回去⋯⋯"

　　不久，叔叔與幾個北平青年同來青島。小住之後，父母送他們離開青島，去參加抗戰。叔叔是遺腹子，父親對他格外疼愛，甚至在小說裏也寫進了他的小名。母親回憶道："他們兄弟一向感情很好，分手時不無留戀。最後王度廬慨然說：'你就放心走吧，我們以後會團聚的，母親的生活，家裏的一切，有我呢。'他把自己的懷錶給了弟弟。"

　　後來的事情則是始料不及的，7 月 30 日，日寇佔領了北平。1938 年 1 月，青島也被日寇侵佔。父親一家只得滯留青島。父親給自己起了個新的筆名"度廬"，他說"度"就是"渡"，希望能夠度過這一段艱辛的日子。"廬"就是簡陋居室。

　　1938 年 6 月 2 日，他在《海濱憶寫》中寫下了這段經歷，署名"度廬"：

　　　去年櫻花開的時節，我由北京初次來到青島，目的第一是看望多年未晤的戚友，其次便是因為我過了多年的寫作生活，把身體弄壞，需要覓一個適當的地方休養幾個月。⋯⋯然而，命運，不久便發生時局的變化。

　　　把避暑變成了避難，快樂休養變成了憂患戰亡，度了半載多的恐怖生活⋯⋯自然，在我是僥幸的，然而我的身體卻因為一往的憂患，需要更長時期的休養了，換句話說：我需要更長時期地住在青島了⋯⋯

　　"時局的變化"，當然是指"七七"事變和青島淪陷。父親雖然只是個文弱書生，可是愛恨分明、嫉惡如仇，可以想像得出，他的內心有多麼痛苦。但是為了養活家人，為了能在淪陷區不失尊嚴地生活下去，他只能賣文為生。

　　父親在青島的作品主要為俠情小說和社會言情小說，俠情小說多為清末故事，社會小說則多發生在上世紀二十年代至戰前，而地點多被設置在北京。北京是父親魂牽夢繞的地方，他熟悉那裏的地理環境、民風民俗，而且那裏還有他的母親。他只能在小說中寄託自己的鄉愁，通過小說裏的豪傑行俠仗義、除暴安良，以去心中之塊壘。想起父親在北京時寫的那些痛斥日本帝國主義的雜文，更能理解他此時內心的苦悶。儘管在日本人的鐵蹄下，他的作品仍保持了中國人的尊嚴，⋯⋯沒有媚骨。

　　父親在青島寫了《臥虎藏龍》五部系列和《風雨雙龍劍》等二十餘部俠義、

俠情小說和《落絮飄香》、《燕市俠伶》等八部社會言情小說，並將其創作成就推向了新的高峰。

臺灣學者葉洪生先生指出：

作者悲憫地將玉嬌龍這種對封建門第觀念視同'原罪'，並予以無情地揭露、鞭撻，正要世人認清其禍害本質所在。"而其震撼人心的力量，正是借玉嬌龍的悲劇性格和悲劇命運方得以顯示。在揭示人物內心上，作者甚得力於佛洛伊德的心理分析學說，運用較為成功。

張贛生先生曾寫道：

度廬先生是一位極富正義感的作家，這在他的社會言情小說中表現的格外鮮明。《風塵四傑》《香山俠女》中天橋藝人的血淚生活，《落絮飄香》《靈魂之鎖》中純真少女的落入陷阱，都是對黑暗社會的控訴，很能引起讀者的共鳴。度廬先生自幼生活在北京，熟知當地風土民情，常常在小說中對古都風光作動情的描寫，使他的作品更別具一種情趣。

度廬先生是經受過"五四"新文化運動洗禮的人，他內心深處所尊崇的實際上是新文藝小說，因而他本人或許更重視較貼近新文藝風格的言情小說和社會小說創作。但從中國文學史的全域來看，他的武俠言情小說大大超越了前人所達到的水準，而且對後起的港臺武俠小說有及深遠影響的，是他創造了武俠言情小說的完善形態，在這方面，他是開山立派的一代宗師。

七、留芳身後

父親是一個窮苦人家的孩子，從十幾歲起就開始寫作，從北京的皇城根一直寫到青島海濱，竟寫了上千萬字。我們不清楚他到底寫了多少，因為至今仍不時有新的作品發現，每每想到體弱多病的父親連續數年同時寫着幾部小說，想到他當時經歷的苦難、內心的苦悶，不禁淚目。

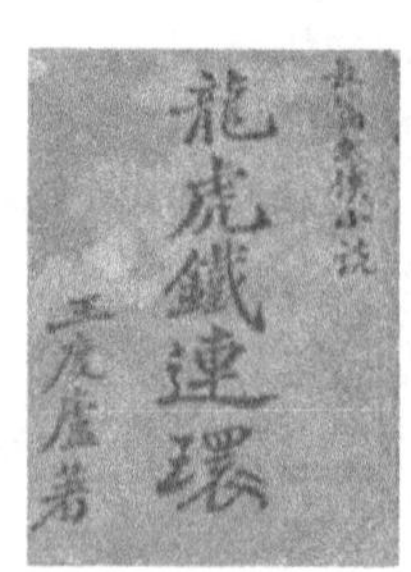

　　父親生前擱筆從教27年，寡言少語，絕口不提以前寫書的事。當別人問起時，他也只是敷衍作答。在長期左的思潮的影響下，我也誤以為父親過去寫的東西肯定不好，也從來沒想去問問父親。只是在改革開放以後，社會上開始"引進"，重新認識和接受我的父親早年的作品，學者、專家們開始研究和評價其文學價值和社會意義，這才使我們開始重新"發現"父親，了解父親，現在真是追悔莫及。

　　父親到底是如何看待他的作品的？我想父親或許對他的作品有不滿之處，因為那些畢竟是為了養家糊口，不打稿，不修改，一氣呵成，與有的武俠作家反復修改、精雕細琢、屢出新版的作品相比，難免時有粗糙。但細讀父親的作品，不但發現其才華橫溢、妙語連珠，更感受到充滿的激情、正義感、同情與憐憫及嫉惡如仇，是父親傾注全部心血甚至生命寫出的。所以，父親的內心，對他的作品應該又是喜愛的，珍惜的。

　　父親雖然已經去世幾十年了，但他的作品仍未被遺忘，他寫的故事被一版再版，被拍成了電影，被譯成了多國文字，還被收入了中學語文讀本。根據《臥虎藏龍》拍攝的同名電影對世界的震動遠遠大於其對中國大陸和華人社會的影響，這是一個很獨特的現象。這固然同李安先生的導演有關，但也說明了父親幾十年前的作品所表達的理念得到了西方現代文明的理解和認同。這一現象引起了海外許多學者的研究，及至於對中國的傳統文化和價值觀的興趣和重新認識。

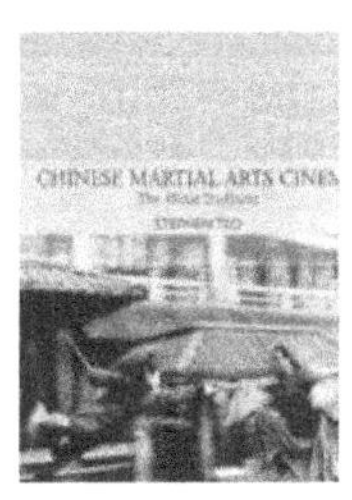

　　英國曼徹斯特大學 Hubertus M.G.van Malssen 在他以《"俠"的重新定義：王度廬的鶴—鐵系列中的現實與虛構，1938—1944》（Redefining xia: Reality and Fictionin, Wang Dulu's Crane-Iron Series, 1938-1944）為題的博士論文（2013）中指出：過去國外對"俠"（xia）的定義通常是同暴力和武藝（wu）相關。通過對民國史、王度廬生平及他的小說的分析，認識到"俠"的含義是正面的，是一種包括善良，利他，忠誠、正義等特點的美德，這種美德與武藝的強弱無關。而"義"（yi）即公正、正義，則是俠的一個道德方面的表現。把"俠"理解為歐洲中世紀騎士（knight）也是不恰當的。騎士只是男性，屬於特殊的社會階層，騎着馬，手執利劍和長矛到處遊逛，證實自己的勇氣，最後以贏得一個女人的芳心和美好的結局告終。而"俠"，既有男性也有女性，而且男女是平等的。俠士的愛情往往歷經波折並以悲劇告終。俠的道德往往高於盜匪、保鏢、捕頭、軍隊將領和朝廷官員。因此，他認為，對於"俠"，並沒有恰當的英語翻譯，應該引進新的詞彙　'xia'。

　　T.D. Sang 在《形體，代表性和中國文化所體現的現代性》（Embodied Modernities: Corporeality, Representation, and Chinese Cultures）一書中指出，雖然王度廬在中國文壇被忽視了幾十年，他其實是一個很有抱負的作家，他能在三、四十年代就能將中國的傳統同新思想結合起來。例如，他把中國長期以來就存在的俠女文學與現代的婦女平等、獨立、自主的思想聯係在一起，從而得到了推崇女權主義和人道主義現代文明的共鳴。

2011 年 9 月 14 日，我們在北京的八達嶺陵園為父親母親舉行了落葬儀式。墓地坐落於陵園的仙泰園內，這裏背依青山，松柏常綠，能聽到鳥鳴蟲叫，能遠眺巍巍長城，放眼望去，莽莽蒼蒼，群山峻拔，林木蔥籠。父親母親在外漂泊多年，終於魂歸故土，葉落歸根了，他們將在這裏，在八達嶺的蒼松翠柏之中，被後人長久垂念。想起父親 1930 年所寫的：

月上樹梢，晚風徐起，我也有些困倦了……

願他們安息！

已知王度廬著作目錄 (Bibliography)

序號 (Order)	作品名稱 (Title)	始載年份 (Publication Year)	出版社 (Publisher)	筆名 (Pen Name)
1	(Publisher)	筆名	平報	葆祥
2	(Pen Name)	1925	平報	霄羽
3	玻璃島	1926	平報	霄羽
4	血衫記	1926	平報	霄羽
5	草澤英雄傳	1926	平報	霄羽
6	半瓶香水	1926	小小日報	王霄羽
7	黃色粉筆	1926	小小日報	王霄羽
8	紅綾枕	1926	小小日報	王霄羽
9	殘陽碎夢	1926	小小日報	王霄羽
10	青衫劍客	1927	小小日報	王霄羽
11	俠義夫妻	1927	小小日報	王霄羽
12	琪花恨	1927	小小日報	王霄羽
13	孀母孤兒	1927	小小日報	王霄羽
14	風塵雙俠	1927	平報	葆祥
15	飄泊花	1927	平報	葆祥
16	甘肅響馬記	1927	平報	霄羽
17	紅手腕	1927	平報	霄羽
18	護花鈴	1927	小小日報	霄羽
19	怪皮鞋	1927	平報	王霄羽
20	江湖十六奇俠	1928	平報	王霄羽
21	獅子頭	1928	平報	王霄羽
22	蝶魂花骨	1928	平報	王霄羽
23	疑真疑假	1928	小小日報	葆祥
24	女刺客	1928	平報	王霄羽
25	雙鳳隨鴉錄	1928	小小日報	王霄羽
26	紅旗嶺	1929	平報	王霄羽
27	戰地情仇	1929	平報	王霄羽
28	脂粉英雄	1929	平報	王霄羽
29	塵海遊俠	1930	平報	王霄羽
30	自鳴鐘	1930	平報	王霄羽
31	驚人秘柬	1930	平報	王霄羽
32	神獒捉鬼	1930	平報	王霄羽
33	空房怪事	1930	平報	王霄羽
34	繡簾垂	?	平報	王霄羽
35	玉藕愁絲	1930	小小日報	香波館主

（接上表）

36	煙靄紛紛	1930	小小日報	香波館主
37	鼇汉海盜	1930	小小日報	霄羽
38	燕北雙雄	1930	平報	王霄羽
39	深宮奇俠	1930	平報	霄羽
40	胭脂劍	1931	平報	王霄羽
41	舞女啼痕	1931	平報	霄羽
42	北平新鏡	1931	平報	霄羽
43	纏命絲	1931	小小日報	王霄羽
44	觸目驚心	1931	小小日報	王霄羽
45	燕燕鶯鶯	1931	小小日報	香波館主
46	寶劍明珠	1931	平報	王霄羽
47	滄海雙鷹	1932	平報	王霄羽
48	洛水蛟龍	1932	平報	王霄羽
49	湖海龍蛇	1932	平報	霄羽
50	鸞鳳戟	1933	平報	霄羽
51	黃河四俠	1933	平報	霄羽
52	鷂子高三	1933	平報	霄羽
53	紅衣飲劍錄	1934	平報	霄羽
54	黃河遊俠傳	1936	平報	霄羽
55	燕趙悲歌傳	1937	平報	霄羽
56	八俠奪珠記	1937	平報	霄羽
57	河岳遊俠傳	1938	青島新民報	王度廬
58	寶劍金釵記	1938	青島新民報	王度廬
59	落絮飄香	1939	青島新民報	霄羽
60	劍氣珠光錄	1939	青島新民報	王度廬
61	古城新月	1940	青島新民報	霄羽
62	舞鶴鳴鸞記	1940	青島新民報	王度廬
63	風雨雙龍劍	1940	京報（南京）	王度廬
64	臥虎藏龍傳	1941	青島新民報	王度廬
65	海上虹霞	1941	青島新民報	霄羽
66	彩鳳銀蛇傳	1941	京報（南京）	王度廬
67	虞美人	1941	青島新民報	霄羽
68	纖纖劍	1942	京報（南京）	王度廬
69	鐵騎銀瓶傳	1942	青島大新民報	王度廬
70	舞劍飛花錄	1943	京報（南京）	王度廬
71	寒梅曲	1943	青島大新民報	霄羽
72	大漠雙駕譜	1944	京報（南京）	王度廬
73	紫電青霜錄	1944	青島大新民報	王度廬
74	春明小俠	1944	京報（南京）	王度廬
75	瓊樓雙劍記	1945	京報（南京）	王度廬

（接上表）

76	錦繡豪雄傳	1945	民民民	王度廬
77	紫鳳鏢	1946	青島時報	魯雲
78	太平天國情俠傳	1947	民治報	魯雲
79	清末俠客傳	1947	大中報	魯雲
80	晚香玉	1947	青島時報	魯雲
81	雍正與年羹堯	1947	青島時報	魯雲
82	粉墨嬋娟	1948	青島時報	綠燕
83	風塵四傑	1948	島聲旬刊	佩俠
84	寶刀飛	1948	青島時報	魯雲
85	燕市俠伶	1948	青島時報	綠燕
86	金剛玉寶劍	1948	青島公報　聯青晚報	王度廬
87	龍虎鐵連環	1948	軍民晚報	王度廬
88	玉佩金刀記	1949	民治報	王度廬
89	香山俠女	1949	上海勵力出版社	王度廬
90	春秋戟	1949	上海勵力出版社	王度廬

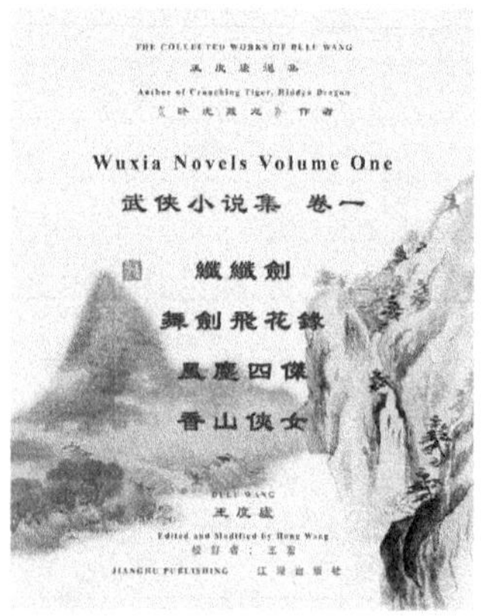

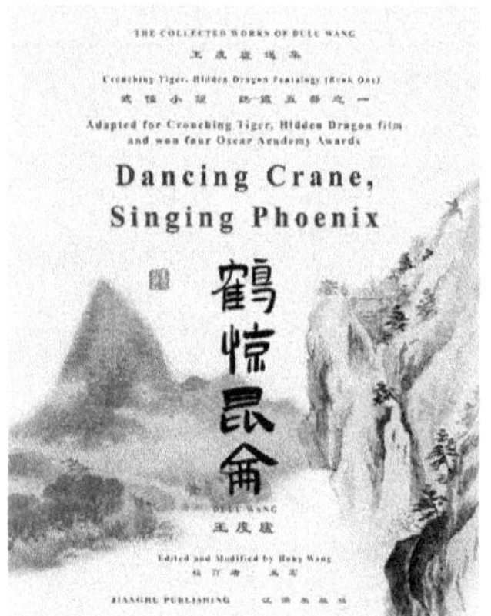

Collections for Dulu Wang's Wuxia
novels!

Collect Them All!
Dulu Wang, Author of
"Crouching Tiger, Hidden Dragon"

王度廬武俠小說選集大全
《臥虎藏龍》作者